La Tour Sombre

Stephen King

La Tour Sombre

Le Pistolero

Les Trois Cartes

Terres perdues

FRANCE LOISIRS
123, boulevard de Grenelle, Paris

Édition du Club France Loisirs, Paris
réalisée avec l'autorisation des Éditions J'ai lu

ISBN : 2-7242-8191-8

LE PISTOLERO

Titre original : *The Dark Tower. The Gunslinger*

Traduit de l'américain par Gérard Lebec

Une première version de ce roman est parue sous forme de cinq nouvelles publiées en France dans FICTION : *Le Justicier* (n° 302), *Le Relais* (n° 317), *L'Oracle et les Montagnes* (n° 327), *Les Lents Mutants* (n° 332) et *Le Justicier et l'Homme en noir* (n° 333).

Sommaire

LE PISTOLERO

1

L'homme en noir fuyait à travers le désert et le pistolero le poursuivait.

De tous les déserts ce désert était l'apothéose, immensément posé sous le ciel et couvrant jusqu'à plusieurs parsecs en tous sens. Blanc ; aveuglant ; aride ; sans rien pour le rompre sinon la traînée brumeuse des montagnes se découpant sur l'horizon et l'herbe du diable, porteuse de songes délicieux, puis de cauchemars, et de mort. Une pierre tombale, de temps à autre, montrait la direction à prendre, car cette piste tracée dans l'épaisse croûte d'alcali avait été jadis une route fréquentée. Le monde avait changé depuis. Le monde s'était vidé.

Le pistolero marchait d'un pas régulier, sans hâte mais sans traîner. Une outre lui ceignait la taille, évoquant un gros boudin. Elle était pratiquement pleine. Il progressait depuis maintes années dans le *khef* et en avait atteint le cinquième niveau. Au septième ou au huitième, il n'aurait pas eu soif et se serait borné à observer avec un détachement clinique la déshydratation de son corps, n'humectant ses fissures et creux internes que lorsque sa logique le lui aurait dicté. Mais il n'était ni au septième ni au huitième niveau. Au cinquième seulement. Aussi avait-il soif, tout en pouvant se passer de boire dans l'immédiat. En un sens, rien de tout cela ne lui déplaisait. C'était romantique

Sous le renflement de l'outre il avait ses armes, une paire de revolvers spécialement équilibrés pour lui. Les deux ceinturons se croisaient au-dessus de ses parties, soutenant des étuis si imprégnés de graisse que même ce soleil philistin n'en aurait pu craqueler le cuir. Ils se balançaient lourdement contre ses hanches, maintenus à ses cuisses par une cordelette de boyau. Les crosses qui en dépassaient étaient de bois de santal jaune au grain d'une finesse extrême. Les douilles de cuivre des cartouches disposées dans les alvéoles des ceinturons accrochaient la lumière aveuglante, scintillaient, flamboyaient, lançaient des héliogrammes. Le cuir crissait un peu ; les pistolets, eux, ne faisaient aucun bruit. Ils avaient versé le sang. Nul besoin d'être bruyant dans la stérilité du désert.

Ses vêtements avaient l'absence de couleur de la pluie ou de la poussière : une chemise ouverte sur la gorge, l'entrecroisement lâche d'une lanière de peau brute glissée dans des œillets sertis à la main ; et un pantalon de grosse toile à coutures renforcées.

Il gravit une petite dune (quoiqu'il n'y eût à proprement parler pas de sable ici, rien qu'une croûte dure dont les vents — qui, le soir, soufflaient avec violence — ne soulevaient qu'un peu de poussière, âcre comme du détergent). Sur le versant balayé par ces vents, versant que le soleil abandonnerait en premier, il découvrit des braises étouffées du pied, restes d'un minuscule feu de camp. De tels infimes indices, attestant une fois de plus le caractère foncièrement humain de l'homme en noir, ne manquaient jamais de le réjouir. Un sourire s'étira dans les vestiges grêlés, desquamés de ses traits. Il s'accroupit.

L'homme en noir s'était bien sûr servi d'herbe du diable, la seule chose qui pût brûler dans les parages. Elle se consumait avec lenteur, répandant une pâle lueur graisseuse, et, s'il fallait en croire les frontaliers, des démons dansaient dans ses feux. Ils la brûlaient mais se gardaient d'y poser les yeux. Les diables, disaient-ils, les appelaient dans ces flammes, les hypnotisaient, et finissaient par y attirer l'audacieux qui osait les regarder en face. Et le prochain, assez fou pour les contempler à son tour dans le feu, vous y aurait sans doute vu.

L'herbe brûlée s'entrecroisait en dessinant des idéogrammes désormais familiers qui se désagrégeaient en grise inconsistance sous les doigts tendus du pistolero. Il n'y trouva rien, juste un petit morceau de lard carbonisé qu'il grignota, songeur. Cela avait toujours été ainsi. Depuis deux mois que le pistolero poursuivait l'homme en noir dans ce désert illimité, dans la hurlante monotonie de ce décor de purgatoire, il attendait encore d'y relever d'autres traces que les hygiéniques et stériles idéogrammes de ces feux. Pas une boîte, pas une bouteille, pas même une outre (alors qu'il en avait déjà laissé quatre derrière lui, pareilles à des mues de serpents).

Peut-être que les feux sont des messages en toutes lettres, se dit-il. *Prenez de la poudre.* Ou : *Vous touchez au but.* Ou encore : *Arrêtez-vous pour manger chez Joe.* Aucune importance. Il n'avait pas la compréhension de leurs idéogrammes, si toutefois c'en était. Et ces cendres étaient aussi froides que les précédentes. Il savait qu'il se rapprochait, sans avoir la moindre idée de l'origine d'une telle certitude. Aucune importance non plus. Il se redressa, s'essuya les mains.

Rien d'autre. Le vent au tranchant acéré avait à l'évidence arasé les rares traces imprimées dans le sol compact au passage de sa proie — dont il n'avait jamais, par ailleurs, pu découvrir les déjections naturelles. Rien. Rien que ces feux éteints jalonnant l'ancienne grand-route et l'implacable télémètre dans son crâne.

Il s'assit, s'octroya une courte gorgée d'eau, puis scruta le désert, laissant remonter son regard vers le soleil qui déclinait à présent dans son ultime quart de ciel. Il se releva et, ôtant ses gants de la ceinture, entreprit de ramasser pour son propre feu de l'herbe du diable qu'il entassa sur les cendres abandonnées par l'homme en noir. Pareille ironie n'était pas dénuée pour lui — comme le romantisme de sa soif — d'une amère séduction.

Il attendit pour battre le briquet qu'il ne demeurât du jour que la fugitive chaleur du sol sous ses pieds ainsi qu'une sarcastique ligne orangée sur la monochromie de l'horizon occidental. Il observa patiemment le sud en direction des montagnes sans espoir ni attente d'y voir une mince colonne de fumée s'élever de quelque autre feu de camp. Il observa parce qu'il le devait. Il ne vit rien. Il se rapprochait, oui, mais tout restait relatif. Il n'était pas assez près pour distinguer une fumée dans le crépuscule.

Il fit jaillir l'étincelle du silex, enflamma l'herbe sèche préalablement réduite en lambeaux, puis s'étendit dos au vent, laissant la fumée hallucinogène se répandre vers l'infini du désert. Hormis pour quelques rares tourbillons de poussière, le vent soufflait constamment dans le même sens.

Au-dessus de lui, autre constante, des étoiles qui ne scintillaient pas. Soleils et mondes par millions. Vertigineuses constellations, feux glacés dans les trois tons primaires. Sous ses yeux, le ciel passa du violet au noir absolu. Un météore traça son arc, bref, spectaculaire, puis disparut. Le feu de camp suscitait des ombres étranges cependant que l'herbe du diable se consumait avec sa lenteur coutumière en formant de nouveaux dessins (non des idéogrammes mais un treillis net et vaguement effrayant dans la sûreté dénuée de sens de son enchevêtrement). Il avait disposé l'herbe de façon pratique, sinon esthétique. Ça parlait de Noirs et de Blancs, d'un homme apte à résoudre bien des problèmes dans d'insolites chambres d'hôtel. Une flamme régulière, ralentie, avec des fantômes qui dansaient dans son cœur incandescent. Le pistolero ne les voyait pas. Il dormait. Les deux schémas, art et technique, se mêlaient. Le vent gémissait. De temps à autre, une perverse plongée d'air faisait tourbillonner la fumée, la rabattait sur lui et quelques bouffées l'atteignaient. Il en naissait des rêves de la même manière que d'un grain de sable, dans une huître, peut naître une perle. Le pistolero, parfois, gémissait avec le vent. Les étoiles étaient indifférentes à tout ça, comme elles l'étaient aux guerres, aux crucifixions, aux résurrections. Cet aspect des choses l'aurait sans doute séduit.

2

Il avait atteint le bas du dernier contrefort, tirant derrière lui sa mule aux yeux désormais morts et turgescents de chaleur. Trois semaines auparavant, il avait traversé la dernière ville et, depuis, il n'y avait eu que la route déserte, çà et là rompue par quelques amas de bicoques. Puis ces maigres squats frontaliers s'étaient réduits à un habitat isolé — de misérables masures abritant des fous ou des lépreux pour la plupart. C'étaient les fous qui lui avaient paru de meilleure compagnie. L'un d'eux lui avait donné une boussole Silva en acier inoxydable à remettre à Jésus. Gravement, le pistolero l'avait prise. Il la lui donnerait s'il le voyait. Mais il doutait de l'éventualité d'une telle rencontre.

Cinq jours s'étaient écoulés depuis la dernière cabane et il avait commencé de se dire qu'il n'en verrait plus aucune quand, parvenant au sommet d'une nouvelle colline, il découvrit la silhouette d'un de ces rituels toits de chaume, tassé sur ses arrières.

L'occupant des lieux, un homme étonnamment jeune, avec une crinière rousse qui lui descendait presque jusqu'à la taille, s'acharnait à sarcler un misérable champ de maïs. La mule poussa un braiment asthmatique et le frontalier redressa la tête ; des yeux bleus se fixèrent sur le pistolero, instantanément. Il leva les deux mains en guise de salut puis, derechef, courba le dos sur sa tâche, s'attaquant au rang qui longeait sa demeure, jetant par-dessus son épaule l'herbe du diable et, à l'occasion, un plant de maïs par trop rabougri. Ses longs cheveux claquaient et volaient au vent qui soufflait à présent du désert sans rencontrer d'obstacle.

Le pistolero descendit la colline à pas lents, la mule sur ses talons. En bordure du misérable arpent de culture, il décrocha l'une des outres qui clapotaient sur les flancs de sa bête, prit une gorgée d'eau pour amorcer la salive et cracha dans les arides sillons.

— Vie pour vos récoltes.

— Vie pour les vôtres, répondit le jeune en se redressant.

Ses vertèbres craquèrent. Il examina l'étranger sans crainte aucune. Le peu de visage visible entre barbe et cheveux ne trahissait nulle marque de lèpre et ses yeux, quoiqu'un peu sauvages, ne semblaient pas être ceux d'un fou.

Je n'ai que du maïs et des haricots, dit-il. Le maïs est gratuit mais vous me devrez quelque chose pour les haricots. Un type m'en apporte ; il ne passe que de temps en temps et ne s'attarde guère. (Il émit un rire bref.) Il a peur des fantômes.

— Il croit que vous en êtes un, je suppose ?

— M'est avis que c'est ça.

Ils se regardèrent un moment sans rien dire.

— Je m'appelle Brown, reprit le frontalier, la main tendue vers le pistolero qui la serra.

À cet instant précis, un corbeau décharné croassa, perché sur la pointe basse du toit de chaume. Le jeune homme lui fit un petit signe.

— C'est Zoltan.

Entendant son nom, le corbeau réitéra son cri et descendit se poser sur la tête de Brown, ses griffes plantées dans la flamboyante tignasse.

— Va te faire foutre, croassa-t-il distinctement. Va te faire foutre avec ton canasson.

Le pistolero répondit par un hochement de tête affable.

— Haricots, haricots, fruits musicaux, déclama le corbeau, inspiré. Plus t'en manges et plus tu joues du pipeau.

— C'est vous qui lui avez appris ça ?

— Il ne donne pas l'impression de vouloir retenir autre chose. Une fois, j'ai essayé de lui apprendre le *Notre Père*. (Le frontalier porta un moment son regard par-delà sa baraque sur le paysage morne et pétrifié.) Mais ça ne doit pas être le coin rêvé pour les prières. Vous êtes un pistolero, non ?

— C'est ça.

Il s'accroupit, sortit tabac et papier à rouler. Zoltan voleta et alla se poser sur son épaule, abandonnant la tête de Brown.

— À la poursuite de l'autre, je suppose ?

— Oui. (L'inévitable question se forma sur les lèvres du pistolero.) Il y a longtemps qu'il est passé ?

Brown haussa les épaules.

— J'en sais trop rien. Le temps est bizarre par ici. Plus d'une quinzaine, à mon avis, et moins de deux mois. Depuis, le type aux haricots est venu deux fois. Mettons six semaines... mais je dois me tromper.

— Plus t'en manges et plus tu joues du pipeau, lança Zoltan.

— Il s'est arrêté chez vous ? demanda le pistolero.

Brown fit signe que oui.

— Il est resté dîner. Comme vous allez faire, je suppose. On a passé le temps.

Le pistolero se releva, amenant l'oiseau à regagner le toit dans des croassements rageurs. Il se sentait pris d'une étrange impatience, à en trembler.

— Que vous a-t-il dit ?

Le jeune homme lui décocha un regard en coin.

— Pas grand-chose. Il m'a demandé s'il avait déjà plu dans le secteur, depuis quand j'étais là, si ma femme était morte. En fait, c'est moi qui ai tenu le crachoir, ce qui n'est guère dans mes habitudes. (Il s'interrompit et l'on n'entendit plus que la véhémence du vent.) C'est un sorcier, hein ?

— Oui.

Brown hocha lentement la tête.

— Je m'en doutais. Vous aussi ?

— Non, je ne suis qu'un homme.

— Vous ne l'aurez jamais.

— Si.

Ils se regardèrent, un soudain abîme entre eux : le frontalier sur sa terre assoiffée, poussiéreuse, pulvérulente, le pistolero sur la surface durcie, craquelée du sol s'infléchissant vers le désert. Il chercha un briquet dans sa poche.

— Tenez.

Brown exhiba une allumette soufrée, la gratta d'un revers d'ongle en deuil. Le pistolero approcha de la flamme l'extrémité de sa cigarette et en tira une première bouffée.

— Merci.

— Sans doute voudrez-vous remplir vos outres, ajouta le frontalier alors qu'il se détournait. La source est derrière la maison, sous l'appentis. Je vais m'occuper du dîner.

Le pistolero enjamba soigneusement les rangs de maïs et fit le tour du bâtiment. L'eau sourdait au fond d'un puits creusé à la main dont on avait doublé de pierres les parois poudreuses pour les empêcher de s'ébouler. Alors qu'il y descendait par l'échelle bancale, il se prit à songer qu'un tel revêtement représentait bien deux ans de travail : réunir tous ces blocs, les ramener jusqu'ici et les agencer. L'eau était limpide mais son débit fort lent. Remplir les outres allait être long. Il refermait la deuxième au moment où Zoltan se percha sur le bord de l'excavation.

— Va te faire foutre avec ton canasson, s'entendit-il conseiller.

Il releva la tête en sursaut. Le puits était profond d'une bonne quinzaine de pieds. Brown avait toute latitude pour lui jeter une grosse pierre, lui fracasser le crâne et le dépouiller de ses maigres possessions. Un dingue ou une canaille ne s'y serait certainement pas risqué mais le frontalier n'était ni l'un ni l'autre. Le jeune homme, pourtant, lui était sympathique, et il chassa cette pensée pour se concentrer sur sa corvée d'eau. On verrait bien ce qui arriverait.

Quand il poussa la porte de la cabane et en descendit les quelques marches (elle était à demi enterrée pour retenir la fraîcheur nocturne), il y trouva Brown en train de retourner avec une spatule en bois des épis de maïs dans les braises d'un petit feu. Deux assiettes ébréchées avaient été disposées aux deux bouts d'une couverture de couleur indéfinissable. L'eau des haricots commençait à bouillir dans la marmite accrochée au-dessus des flammes.

— Je vous paierai aussi l'eau.

Ce à quoi Brown répondit sans lever les yeux :

— L'eau est un don de Dieu. Papa Doc ne fournit que les haricots.

Le grognement d'un rire s'échappa des lèvres du pistolero qui se laissa choir jusqu'au sol le long d'un mur inégal, croisa les bras et ferma les yeux. L'odeur du maïs grillé ne tarda pas à lui chatouiller les narines et, quand Brown versa les haricots dans la marmite, il les entendit glisser sur leur papier comme il percevait de temps à autre le bruit sec des pattes de Zoltan arpentant inlassablement le toit. La fatigue le submergeait : c'était par étapes quotidiennes de seize heures, voire de dix-huit, qu'il avait mis la plus grande distance possible entre lui et l'horreur de ce qui était arrivé à Tull, le dernier bourg rencontré. Et les douze derniers jours, il les avait faits à pied : la mule était au bout du rouleau.

Le corbeau continuait de s'agiter sur le toit.

Deux semaines, avait dit Brown, peut-être même six. Aucune importance. Il y avait eu des calendriers à Tull, et les gens de là-bas s'étaient souvenus du passage de l'homme en noir, à cause de ce vieillard qu'il avait guéri. Un vieillard tué par l'herbe. Un vieillard de trente-cinq ans. Et si Brown était dans le vrai, l'homme en noir avait perdu, depuis, quelque peu de son avance. Mais il y avait le désert maintenant. Et le désert allait être un enfer.

Le corbeau... sur le toit.

— Prête-moi tes ailes, oiseau, et je les déploierai pour chevaucher les thermiques.

Il s'endormit.

3

Brown le réveilla cinq heures plus tard. Il faisait noir. Nulle autre clarté que la terne rougeur des braises mourantes.

— Votre mule est morte, annonça le frontalier, puis : On mange, c'est prêt.

— Quoi ?

Brown haussa les épaules.

— Maïs grillé et haricots bouillis. Quoi d'autre ? Seriez-vous difficile ?

— Je parlais de la mule.

— Morte, c'est tout. Elle m'avait l'air assez vieille. (Et il ajouta, semblant s'en excuser :) Zoltan lui a bouffé les yeux.

— Ah. (Il aurait dû s'y attendre.) Bon.

Ils s'installèrent sur la couverture servant de table et Brown le surprit une fois de plus en train de réciter un court bénédicité : « Donnez-nous la pluie, la santé, la richesse spirituelle. »

— Croyez-vous qu'il y ait une existence après la mort ? demanda le pistolero à son hôte alors que ce dernier lui servait trois épis dans son assiette.

Brown acquiesça d'un signe.

— Oui. Celle que nous sommes en train de vivre, à mon avis.

4

Les haricots étaient durs comme des balles, le maïs d'une rare résistance. Dehors, le vent dominant reniflait et gémissait autour des bords inférieurs du toit. Il avala, dévora, liquida les bouchées difficiles par quatre bolées d'eau. À mi-repas, on frappa à la porte, un crépitement de mitraillette. Brown se leva pour aller ouvrir au corbeau. Zoltan traversa la pièce à tire-d'aile et se percha dans un coin, le dos rond, maussade.

— Fruits musicaux, grommela-t-il.

Leurs assiettes nettes, le pistolero proposa son tabac.

— Bon. C'est le moment des questions.

Mais le frontalier n'en posa pas. Il fuma, les yeux rivés sur les braises. Elles ternissaient. Il faisait déjà sensiblement plus frais sous le toit de chaume.

— Ne nous induisez pas en tentation, fit soudain Zoltan, apocalyptique.

Le pistolero sursauta comme si on venait de lui tirer dessus. Sa conviction fut immédiate : tout cela n'était qu'une illusion, tout — pas un rêve, non, un sortilège — jeté par l'homme en noir qui tentait ainsi de lui dire quelque chose sur un mode symbolique, abscons, horripilant.

— Vous connaissez Tull ? demanda-t-il brusquement.

Brown fit oui.

— J'y suis allé deux fois. D'abord en venant m'installer ici, puis pour y vendre du maïs. Il avait plu cette année-là. Quinze minutes, peut-être. Le sol avait paru s'ouvrir, comme pour tout absorber ; une heure après, il était redevenu blanc et sec comme à l'ordinaire. Mais le maïs, bon Dieu... le maïs ! Tu le voyais pousser. Ce qui était plutôt bien. Mais tu pouvais l'entendre aussi, comme si l'averse lui avait donné une voix. Et là, c'était moins agréable. On aurait dit qu'il se plaignait et soupirait en s'extirpant de terre. (Il s'interrompit.) J'ai eu un excédent de récolte, alors je suis parti le vendre à Tull. Papa Doc voulait s'en charger. Comme il m'aurait roulé, je me suis décidé à y aller.

— Vous n'aimez pas la ville ?

— Non.

— J'ai failli me faire tuer, là-bas, dit le pistolero de but en blanc.

— Ah bon ?

— J'ai tué un homme qui avait rencontré Dieu... sauf que ce n'était pas Dieu mais l'homme en noir.

— Il vous avait tendu un piège ?

— C'est ça.

Ils se regardèrent de part et d'autre des ombres, l'instant se teintant de finalité.

— Vos questions, maintenant.

Brown n'avait toujours rien à dire. Son mégot achevait de se consumer de l'intérieur mais il fit non de la tête quand le pistolero tapota sa blague.

Zoltan s'agitait, semblait ne pas tenir en place, être sur le point de parler, se raviser.

— Puis-je vous raconter toute l'histoire ? demanda le pistolero.

— Sûr.

Il chercha par où commencer, ne trouva rien.

— Faut que je pisse.

Brown hocha la tête.

— C'est à cause de l'eau. Pensez au maïs, s'il vous plaît.

— Sûr.

Il monta les marches et sortit dans la nuit sous la brillante éclaboussure du ciel étoilé. Le vent palpitait, régulier. Son urine décrivit une arche effrangée au-dessus du champ poudreux. L'homme en noir l'avait envoyé ici. Il se pouvait même que Brown fût l'homme en noir. Il était envisageable que...

Il coupa court à ses pensées. La seule éventualité à laquelle il n'avait jamais appris à faire face était celle de sa propre folie. Il rentra.

— Alors, avez-vous décidé si je relève ou non du sortilège ? lui lança Brown, goguenard.

Surpris, le pistolero se figea un instant sur l'étroit palier puis, lentement, descendit se rasseoir.

— J'allais vous parler de Tull.

— Ça se développe ?

— C'est mort, dit le pistolero, mots qui restèrent suspendus dans la pièce.

Brown prit un air entendu.

— Le désert. Je le crois capable en définitive de tout anéantir. Saviez-vous qu'une grande route le traversait jadis ?

Le pistolero ferma les yeux. Un tourbillon vertigineux.

— Vous m'avez drogué.

— Non, je n'ai rien fait.

Les paupières remontèrent, prudentes.

— Ça n'ira pas tant que je n'y aurai pas mis du mien, poursuivit Brown. J'y vais, donc : Pourriez-vous me parler de Tull ?

Le pistolero ouvrit une bouche encore hésitante et eut la surprise de constater que, cette fois, les mots venaient sans difficulté. Les rafales monocordes des premières phrases s'épanouirent lentement en récit au débit régulier, proféré d'une voix légèrement blanche. L'impression d'avoir été drogué le quitta et il se découvrit bizarrement excité. Il parla jusque très tard dans la nuit. Brown, pas une fois, ne l'interrompit. L'oiseau non plus.

5

Il avait acheté la mule à Pricetown et elle était encore fraîche quand il avait atteint Tull. Une heure plus tôt, le soleil s'était couché mais le pistolero n'en avait pas moins continué, d'abord guidé par le halo de lumière que la ville imprimait sur le ciel, puis par les notes étrangement claires d'un piano de bastringue jouant *Hey Jude*. La route s'était élargie, acceptant les chemins qui venaient s'y jeter.

Aux forêts s'était substitué depuis longtemps déjà un morne et plat paysage, interminable succession de parcelles et de prés repris par les herbes, de propriétés abandonnées, envahies de buissons, de taillis, de cabanes, sous la surveillance d'ombreuses et lugubres demeures qui avaient de fortes chances d'être hantées par des démons. La monotonie des masures vides que leurs anciens occupants avaient choisi — ou été contraints — de déserter se trouvait, de loin en loin, rompue par une bicoque encore habitée et signalée, la nuit, par un unique point de lumière clignotant dans le noir ou, encore, de jour, par des familles s'échinant en silence dans les champs. Le maïs constituait la culture principale mais le pistolero n'était pas sans remarquer des carrés de haricots et de petits pois. Il arrivait qu'une vache malingre rivât sur lui son regard lourd entre deux piquets d'une clôture lépreuse ; deux diligences l'avaient dépassé, pratiquement vides, alors qu'elles descendaient vers la ville pour remonter le croiser, plus tard, nettement plus chargées, tandis qu'elles retournaient vers les forêts du Nord.

C'était moche, par ici. Depuis son départ de Pricetown, il n'avait plu que deux fois, et seulement quelques gouttes. Même la mauvaise herbe, jaune et déprimée, semblait avoir du mal à survivre. Sale coin, vraiment. D'autant qu'il n'y avait pas relevé la moindre trace de sa proie. Se pouvait-il que l'homme en noir ait pris une diligence ?

La route fit un virage et, passé ce tournant, il arrêta la mule pour contempler Tull. La ville occupait le fond d'une cuvette circulaire, joyau de pacotille serti dans une monture à quatre sous. Quelques lumières scintillaient, la plupart autour de l'endroit d'où venait la musique. Il semblait n'y avoir que quatre rues, trois coupant à angle droit la grand-route qui faisait office d'artère principale. Il y trouverait peut-être un restaurant. Improbable, mais qui sait... ? D'un claquement de langue, il fit repartir sa mule.

De part et d'autre, les maisons se faisaient à présent plus fréquentes tout en restant dans l'ensemble inoccupées. Il longea un minuscule cimetière, dont les tombes en bois, déjetées, moisies, succombaient sous l'assaut de nauséabonds bouquets d'herbe du diable. Encore quelques pas et un panneau rongé lui apparut. TULL. La peinture était écaillée au point de le rendre presque illisible. Il en trouva un autre un peu plus loin mais ne put le déchiffrer.

À son entrée dans l'agglomération même, un chœur grotesque de voix passablement éméchées entonnait le refrain final, interminable, de *Hey Jude* : « naa-naa-naa naa-na-na-na... hey, Jude ». C'était sinistre comme le chant du vent dans le creux d'un arbre mort, et seul le prosaïsme massif des accords plaqués sur le piano l'empêcha de se demander si l'homme en noir n'avait pas repeuplé à son intention une ville fantôme — pensée qui lui arracha un petit sourire.

Il croisa des gens dans les rues, pas grand monde mais quand même... Trois femmes vêtues de manière identique — pantalon noir et marinière — passèrent sur le trottoir d'en face sans lui manifester une curiosité très évidente. Leur triple visage paraissait flotter au-dessus des corps entièrement dissimulés, balles de base-ball blêmes, énormes, trouées d'yeux. Un vieux monsieur fort digne, avec un canotier planté sur le sommet du crâne, l'observa depuis le seuil d'une épicerie condamnée. Un gringalet de tailleur délaissa son dernier client pour s'intéresser au passage de l'étranger, approchant une lampe de sa devanture pour mieux voir. Le pistolero fit un bref signe de tête, salut auquel ni l'un ni l'autre ne répondirent. Il sentit leur regard lourdement posé sur le balancement bas des étuis à ses hanches. Un garçon d'environ treize ans et sa camarade, qui traversaient à hauteur de l'intersection suivante, marquèrent un imperceptible temps d'arrêt. Leurs pas soulevaient des petits nuages de poussière qui tardaient à retomber. Quelques réverbères restaient en fonction, même si la lumière avait peine à percer l'opaque dépôt huileux accumulé sur leurs vitres. Il finit par atteindre des écuries dont la survie dépendait sans doute d'un service de diligences. Il y avait là, près de l'entrée béante de la grange, trois gosses silencieusement assis sur les talons autour du cercle qu'ils avaient tracé dans la poussière pour jouer aux billes. Ils fumaient des cigarettes de maïs. Leurs ombres démesurées s'étiraient dans la cour.

Le pistolero les contourna sur sa mule et sonda les profondeurs obscures du bâtiment. Une lampe y projetait dans un halo de lumière terne l'ombre tressautante et spasmodique d'un vieillard dégingandé en salopette. Il était occupé à remplir à la fourche son fenil, ses grandes volées de gestes ponctuées de grognements.

— Hé ! appela le pistolero.

La fourche hésita. Le vieux palefrenier promena autour de lui un regard hargneux.

— Hé vous-même !

— J'ai une mule.

— Tant mieux pour vous.

Le pistolero expédia dans la pénombre une lourde pièce d'or à la frappe décentrée. Elle résonna sur les vieilles planches jonchées de foin, scintillante.

L'homme fit un pas, se pencha, ramassa la pièce sans cesser d'examiner en coin le pistolero. Ses yeux plissés tombèrent sur les ceinturons. Il hocha la tête, plus mauvais que jamais.

— Combien de temps vous comptez la laisser ?

— Une ou deux nuits. Peut-être plus.

— Je n'ai pas de monnaie.

— Je n'en ai pas demandé.

— Sale fric.

— Comment ?

— Rien.

Le vieux prit l'animal par la bride et le rentra dans l'écurie.

— N'oubliez pas de la bouchonner ! lui cria le pistolero.

L'homme ne daigna pas se retourner.

Le pistolero ressortit et s'approcha des joueurs de billes. Ils avaient suivi toute la scène avec un intérêt méprisant.

— Ça va ? lança le pistolero, histoire d'amorcer la conversation.

Pas de réponse.

— Vous êtes d'ici, les gars ?

Toujours pas de réponse.

L'un d'eux extirpa d'entre ses lèvres l'informe tortillon de sa spathe de maïs, saisit une agate verte et, d'une chiquenaude, la projeta dans le cercle dont elle délogea la cible visée. Puis il récupéra sa bille et s'apprêta pour un nouveau tir.

— Il y a un resto dans cette ville ? demanda le pistolero.

Un autre — le plus jeune — leva les yeux. Il avait un vilain herpès au coin de la bouche mais posa sur le pistolero un regard ingénu, émerveillé, à la fois touchant et terrifiant.

— Sheb fait des steaks hachés.

— Le boui-boui ?

Le garçon se contenta de hocher la tête. Ses camarades le regardaient de travers maintenant.

Le pistolero effleura le bord de son chapeau.

— Merci beaucoup. C'est chouette de constater qu'il y a au moins une personne dans cette ville assez intelligente pour avoir appris à parler.

Il s'éloigna, remonta sur le trottoir de planches et s'achemina vers chez Sheb. Il entendit dans son dos la voix claire, méprisante, d'un des deux autres gosses.

— Bouffeur d'herbe ! Ça fait combien de temps que tu baises ta sœur, Charlie ? Sale bouffeur d'herbe ! Sale camé !

Trois lampes à kérosène brûlaient devant l'entrée du bastringue, une de chaque côté, la dernière accrochée par un clou au-dessus de la porte à battants. Le final braillard de *Hey Jude* avait flanché, remplacé par quelque autre ancienne ballade égrenée au piano. Des voix murmurantes comme des fils rompus. Le pistolero s'immobilisa un instant sur le seuil pour examiner les lieux. De la sciure sur le parquet, des crachoirs au pied des tables bancales ; des planches clouées sur une paire de chevalets en guise de bar et, derrière, un miroir poisseux où se reflétait le pianiste coiffé de l'inévitable chapeau mou. On avait dépouillé la caisse de l'instrument de sa partie antérieure, si bien qu'on en voyait les marteaux monter et descendre dans le jeu du mécanisme. La serveuse était une blonde filasse affublée d'une robe d'un bleu douteux dont une bretelle ne tenait qu'avec l'aide d'une épingle à nourrice. Le fond de la salle était peut-être peuplé d'une demi-douzaine d'indigènes s'imbibant et jouant aux cartes avec une égale apathie. Six autres formaient un cercle lâche autour du piano. Quatre ou cinq avaient jeté l'ancre au bar.

Un vieillard à la tignasse grise en bataille était affalé à une table près de la porte. Le pistolero entra.

Les regards se braquèrent sur lui et ses armes. Il y eut un moment de silence presque total ; seul le pianiste, distrait, continua de jouer. Puis la femme essuya son bar et tout redevint comme avant.

— Regarde ça, dit l'un des joueurs, abattant quatre piques contre les trois cœurs de son adversaire, lequel jura en poussant sa mise sur la table. Le donneur suivant distribua les cartes.

Le pistolero s'approcha du bar.

— On peut avoir des steaks ?

— Sûr.

Elle le regarda dans les yeux, et elle avait dû être assez mignonne dans le temps, avant que ses traits ne se fussent épaissis, avant cette livide cicatrice en tire-bouchon sur le front. Elle la poudrait généreusement, sans autre résultat que d'attirer plus encore le regard par ce camouflage.

— Seulement, c'est pas donné.

— Je m'y attendais. J'en veux trois, plus une bière.

De nouveau, subtil changement d'atmosphère. Trois steaks. L'eau montait à chaque bouche, chaque langue en épongeait la salive avec une lascivité ralentie. Trois steaks.

— Ça vous fera cinq dollars avec la bière.

Le pistolero plaça sur le bar une pièce d'or.

Les yeux s'écarquillèrent.

À gauche du miroir rougeoyait un brasero. Une petite pièce s'ouvrait derrière et la serveuse y disparut pour en revenir avec de la viande sur un papier. Elle fit trois parts qu'elle posa sur le gril. Il en monta une odeur affolante. D'une indifférence à toute épreuve, le pistolero n'enregistra que sur l'extrême périphérie de sa conscience les hésitations du pianiste, le ralentissement de la partie de cartes et les regards en coulisse des piliers de bistro.

L'homme était presque sur lui quand il le vit dans la glace, pratiquement chauve, la main sur la poignée d'un gigantesque couteau de chasse passé dans sa ceinture.

— Retournez vous asseoir, dit le pistolero.

L'homme se figea. Un mouvement réflexe lui retroussa la lèvre supérieure comme les babines d'un chien et il y eut un temps de silence. Puis il regagna sa table et les choses reprirent une fois de plus leur ordonnance initiale.

La bière arriva dans une chope de verre fêlée.

— Je n'ai pas la monnaie là-dessus, dit la femme, agressive.

— Aucune importance.

Elle leva les yeux au ciel comme si, même à son profit, un tel étalage de richesse l'exaspérait. Elle n'en ramassa pas moins la pièce d'or et, un instant plus tard, apporta les trois steaks saignants sur une assiette douteuse.

— Vous avez du sel ?

Elle prit la salière sous le bar et la lui tendit.

— Et du pain ?

— Non.

Elle mentait. Il le savait mais n'insista pas. Le type chauve fixait sur lui des yeux cyanosés, crispant et décrispant les mains sur le plateau fissuré, creusé, de sa table. Une pulsation régulière lui animait les narines.

Le pistolero s'attaqua posément à son repas, détachant avec une méticulosité presque narquoise du bout de sa fourchette des petits morceaux de viande hachée qu'il piquait et portait à sa bouche en évitant de se demander ce qu'on avait bien pu ajouter au bœuf.

Il avait presque terminé, allait commander une seconde bière avant de se rouler une cigarette, quand une main se posa sur son épaule.

Il prit alors brutalement conscience que le silence régnait de nouveau dans la salle et la forte tension qui flottait dans l'air alerta ses sens. Il se retourna et se retrouva rivant son regard au visage de l'homme qui, tout à l'heure, à son entrée, dormait près de la porte. Un visage terrible. Une atroce puanteur d'herbe du diable. Des yeux de damné, fixes, étincelants, qui regardaient sans voir, à jamais tournés vers l'intérieur de l'être, vers le stérile enfer des rêves incontrôlables, des rêves déchaînés, des putrides exhalaisons de l'inconscient.

La serveuse émit une sorte de petit gémissement.

Les lèvres crevassées se tordirent, s'écartèrent, révélèrent des dents moussues, verdâtres. Le pistolero pensa : Il ne la fume même plus. Il la chique. C'est ça, il la chique.

Et, tout de suite après : Il est mort. Il y a un an déjà qu'il devrait être mort.

Ils se regardèrent, le pistolero et l'homme qui était passé sur l'autre bord de la démence.

Et l'homme parla, et le pistolero sidéré l'entendit s'adresser à lui dans le Haut Parler :

— Une pièce d'or, par faveur, pistolero ? Rien qu'une. Pour la beauté.

Le Haut Parler. L'espace d'un instant son cerveau refusa d'en suivre les méandres. Il y avait des années... Seigneur ! des siècles, des millénaires. Le Haut Parler n'avait plus cours, il était le dernier, le dernier pistolero. Tous les autres étaient...

Ses doigts gourds cherchèrent une pièce dans sa poche de chemise. La main fendillée se tendit pour la prendre, la caressa, la leva, y accrocha la clarté huileuse des lampes à kérosène. L'or jeta son fier éclat civilisé : doré, rougeâtre, sanglant.

— Ahhhhhhh...

Cri de jouissance inarticulé. Le vieillard pivota sur lui-même et s'achemina vers sa table, la pièce à hauteur d'œil, la tournant et retournant entre ses doigts pour en faire jouer les reflets.

Le bastringue se vidait. Les battants de la porte avaient entamé un va-et-vient effréné. Le pianiste claqua le couvercle de son instrument et ferma la marche, comme dans une sortie d'opéra bouffe.

— Sheb ! hurla derrière lui la serveuse, mégère et terrifiée. Sheb ! Reviens tout de suite ! Putain de merde !

Entre-temps, le vieillard avait regagné sa place avec la pièce. Il lui imprima un mouvement de toupie et ses yeux de mort vivant en suivirent la rotation dans une fascination absente. Il la lança une deuxième fois, une troisième, et ses paupières s'alourdirent. Au quatrième essai, sa tête reposait sur le bois rongé de la table alors que la pièce tourbillonnait encore.

— Voilà, fit-elle, dans un feulement rageur. Vous avez fait fuir ma clientèle. Vous êtes content ?

— Ils reviendront, dit le pistolero.

— Pas cette nuit, en tout cas.

— Qui est-ce ?

Il montra le mangeur d'herbe.

— Allez vous faire...

Un geste compléta l'injonction, dépeignant une masturbation impraticable.

— Il faut que je le sache, insista-t-il poliment. Il...

— Il s'est adressé à vous d'une drôle de manière. De toute sa vie, Nort n'a jamais parlé comme ça.

— Je cherche un homme. Vous devez le connaître.

Elle le regarda, refoulant sa fureur. Il s'y substitua un temps de réflexion, puis cet humide rayonnement qu'il avait déjà observé chez elle. La bâtisse branlante semblait gémir. Au loin explosèrent des aboiements. Le pistolero attendit. Elle vit qu'il savait et la radieuse moiteur céda la place au désespoir, à un besoin muet qui ne pouvait s'exprimer.

— Vous connaissez mon prix, dit-elle.

Il l'examina. Dans le noir, la cicatrice ne se verrait pas. Elle était assez mince de corps ; désert, usure et labeur n'avaient pu tout affaisser. Et elle avait été jolie autrefois, peut-être même belle. Non que cela eût une quelconque importance. Les scarabées nécrophages auraient pu nicher dans les ténébreuses profondeurs de ses entrailles, rien n'en eût été changé pour autant. Tout était écrit.

Elle porta les mains à son visage. Il restait en elle de la sève... assez pour qu'elle pleurât.

— Arrêtez de me regarder comme ça. Vous n'avez pas le droit...

— Navré, dit le pistolero. Je ne pensais pas à mal.

— Aucun de vous ne pense jamais à mal ! lui hurla-t-elle.

— Éteignez.

Elle sanglotait, le visage au creux des mains. Il était content de ne plus voir sa tête. Pas à cause de la cicatrice mais parce qu'elle redevenait ainsi la jeune fille d'antan. L'épingle retenant la bretelle de sa robe brilla dans la clarté graisseuse.

— Éteignez et bouclez la baraque. Il risque de voler quelque chose ?

— Non, dit-elle dans un souffle.

— Alors, éteignez.

Elle attendit de l'avoir contourné pour ôter les mains de son visage et, ensuite, éteignit les lampes une par une, commençant par réduire la mèche avant de souffler la flamme. Puis elle lui prit la main dans le noir et ce contact était chaud. Elle l'entraîna dans l'escalier. Il n'y eut pas de lumière, pour cacher leur acte.

6

Il roula deux cigarettes dans le noir, les alluma, lui en passa une. La chambre était imprégnée de son parfum, lilas frais, bouleversant. L'odeur du désert, en s'y superposant, l'avait perverti. C'était comme une senteur marine. Il s'aperçut qu'il redoutait d'affronter le désert.

— Il s'appelle Nort, dit-elle. (L'âpreté de sa voix restait inchangée.) Nort tout court. Il est mort.

Le pistolero attendit.

— Dieu l'a touché.

— Moi, je ne l'ai jamais vu, dit-il.

— Il a toujours été là, aussi loin que je me rappelle... je veux dire Nort, pas Dieu. (Elle eut un rire en dents de scie dans le noir.) Pendant un temps, il avait une charrette de marchand de bonbons. Mais, un jour, il s'est mis à boire. Puis à priser l'herbe. Et ensuite à la fumer. Les gosses ont commencé de lui faire escorte, de le harceler, de lancer leurs chiens sur lui. Il portait un vieux pantalon vert qui sentait mauvais. Tu me suis ?

— Oui.

— Et il en est venu à la chiquer. À la fin, il restait assis dans un coin et ne mangeait plus rien. Il devait être roi dans sa tête, avec les enfants pour bouffons, les chiens pour paladins.

— Oui.

— Il est mort juste en face. Il est arrivé, les gamins et les chiens sur les talons, dans le fracas de ses croquenots sur les planches du trottoir — il avait peu de chances de jamais les user : c'étaient des chaussures de chantier. On aurait dit un paquet de cintres en fil de fer tout tordus, tout emmêlés. Tu voyais les feux de l'enfer au fond de ses yeux mais il souriait quand même, tu sais, ce large sourire que les gosses creusent dans leur citrouille la veille de la Toussaint. Il puait la crasse, la pourriture et l'herbe. Ça dégoulinait des coins de sa bouche comme du sang vert. J'ai l'impression qu'il voulait venir ici écouter Sheb jouer du piano. Et là, juste en face, il s'est figé, il a rejeté la tête en arrière. Je le regardais et je me suis dit qu'il venait d'entendre une diligence ; pourtant, ce n'était pas l'heure. Puis il a vomi un truc noir avec du sang dedans. Ça passait par son sourire comme par la grille d'un égout qui déborde. L'odeur était atroce, à n'y pas tenir. Alors il a levé les bras en l'air et il est tombé à la renverse. C'était fini. Il est mort avec ce sourire en travers de la figure, marinant dans son vomi.

Elle tremblait tout contre lui. Dehors, le vent modulait obstinément sa plainte et, quelque part au loin, une porte claquait comme dans un cauchemar. Des soupirs couraient dans les murs. Fugitivement, le pistolero songea que c'était peut-être le seul endroit en ville assez prospère pour entretenir une population de rongeurs. Il posa la main sur le ventre de sa compagne, elle fit un bond, puis se calma.

— L'homme en noir, dit-il.

— Tu y tiens, apparemment !

— Oui.

— Bon. Tu vas tout savoir.

Elle prit sa main entre les siennes et lui raconta tout.

7

Il était arrivé en fin d'après-midi, le jour de la mort de Nort. Le vent hurlait, dépouillant le sol de sa couche meuble, striant l'air de nappes de sable où tourbillonnait le maïs déraciné. Kennerly avait cadenassé l'écurie et les quelques autres commerçants tiré les volets sur leur vitrine en les renforçant par des planches de traverses. Le ciel était couleur de vieux fromage et les nuages y fuyaient comme devant quelque horreur entr'aperçue dans le désert qu'ils venaient de survoler.

Il arriva sur un chariot délabré dont la bâche ondulait, liée au ras du plateau. Ils le regardèrent entrer en ville et le vieux Kennerly, vautré près de la fenêtre, une bouteille dans une main, la chair chaude et molle du sein gauche de sa cadette dans l'autre, décida de ne pas répondre si l'étranger frappait à sa porte.

Mais l'homme en noir passa devant chez lui sans arrêter le cheval bai qui tirait son véhicule dont les roues continuèrent de soulever une poussière qu'avidement le vent leur ravissait.

Ç'aurait pu être un curé ou un moine avec sa soutane et le capuchon rabattu qui occultait ses traits. Et sous cette sombre masse de tissu qui claquait et se tordait, de lourdes bottines à boucle et bout carré.

Il pila devant chez Sheb, mit son cheval à l'attache. L'animal courba la tête au sol et renâcla. Puis l'homme fit le tour du chariot pour libérer un pan de la bâche, prit une vieille sacoche qu'il se jeta sur l'épaule et poussa la porte du bastringue.

Alice l'observa, sa curiosité piquée, mais fut bien la seule à remarquer son entrée. Les autres en tenaient une de première. Sheb jouait des hymnes méthodistes façon ragtime et les vieux cossards qui avaient débarqué très tôt dans l'après-midi, tant pour éviter l'orage que pour veiller Nort, s'étaient égosillés à force de chanter. Sheb — au bord du coma éthylique et en même temps remonté à bloc, mentalement bandant d'être encore en vie — jouait à une vitesse incroyable : ses doigts volaient littéralement sur le clavier.

Tous braillaient, hurlaient, sans jamais couvrir la voix du vent même s'ils donnaient parfois l'impression de l'égaler. Dans un coin, Zachary avait retroussé les jupes d'Amy Feldon et lui peignait les signes du zodiaque sur les genoux. Quelques autres femmes évoluaient dans la salle. L'atmosphère générale semblait être à la ferveur, mais le terne éclat du ciel d'orage filtrant au travers des battants de l'entrée n'en paraissait pas moins se gausser d'eux.

On avait étendu Nort sur deux tables réunies au centre de la pièce. Ses semelles dessinaient un V mystique. Sa bouche pendait, ouverte en un sourire flasque, mais celui qui s'était occupé de lui fermer les yeux avait pris la précaution de maintenir les paupières par des plombs. Les mains étaient croisées sur la poitrine, un brin d'herbe du diable entre les pouces. Il émanait de lui une odeur de poison.

L'homme en noir repoussa sa capuche et s'approcha du bar. Alice le regarda, sentant un vif émoi se mêler au désir familier qui se dissimulait en elle. Il ne portait pas d'insigne religieux mais cette absence n'avait en soi rien de révélateur.

— Whisky, dit-il. (Une voix douce, agréable.) Du bon.

Elle prit une bouteille de *Star* sous le comptoir. Elle aurait très bien pu sortir le tord-boyaux local et prétendre que c'était son meilleur whisky mais elle ne le fit pas. Elle servit l'alcool sous le regard de l'homme en noir. Il avait de grands yeux lumineux. La pénombre lui interdisait d'en distinguer la couleur exacte. Son désir monta. Dans la salle, les beuglantes ne fléchissaient pas. Sheb, le hongre inutile, improvisait sur *Soldats du Christ*, et il y avait eu quelqu'un pour persuader Tante Mill de chanter. Sa voix horriblement fausse se taillait dans le brouhaha le chemin d'une hache émoussée dans le crâne d'un veau.

— Par ici, Alice !

Elle alla servir, furieuse du silence de l'étranger, furieuse qu'il eût des yeux de couleur indéfinissable et elle un ventre sur le qui-vive. Ses désirs l'effrayaient. Ils étaient capricieux, échappaient à son contrôle. Ce pouvait être l'indice d'un changement, lui-même signe avant-coureur de l'âge, peut-être... d'une vieillesse qui, à Tull, avait d'ordinaire la brièveté, la rigueur d'un coucher de soleil en hiver.

Elle tira de la bière jusqu'à vider complètement le baril avant d'en mettre un autre en perce. Elle aurait pu demander à Sheb de s'en occuper — il serait accouru, comme un bon chien — mais ç'aurait été au prix de quelques doigts blessés, et de gerbes de bière renversées un peu partout. Les yeux de l'étranger étaient posés sur elle pendant toute l'opération. Elle les sentait.

— Il y a de l'ambiance, dit-il quand elle se retourna. (Il n'avait pas touché son verre, sinon pour le réchauffer en le roulant entre ses paumes.)

— Veillée funèbre.

— Je sais. J'ai vu le défunt.

— Des salauds, dit-elle, soudain haineuse. Tous des salauds.

— Ça les excite. Il est mort. Eux non.

— C'était leur souffre-douleur quand il était vivant. Ce n'est pas juste qu'il le soit encore, une fois mort. C'est...

Elle en resta là, incapable d'exprimer ce qu'elle pensait, de lui dire à quel point c'était obscène.

— Drogué ?

— Oui. Avait-il autre chose ? (Elle semblait l'en accuser mais il ne baissa pas les yeux. Elle se sentit rougir.) Pardon. Vous êtes peut-être prêtre ? Tout ça doit vous choquer ?

— Je ne suis ni prêtre ni choqué. (Il éclusa son verre d'un trait sans grimacer.) Un autre, s'il vous plaît.

— Il me faut d'abord voir la couleur de votre argent. Désolée.

— C'est normal.

Il déposa sur le comptoir une pièce en argent brute de frappe, épaisse sur un bord, mince sur l'autre, et elle dit, comme elle le dirait plus tard :

— Je n'ai pas la monnaie là-dessus.

Il secoua la tête, éludant la question, et, l'air absent, regarda le verre se remplir.

— Vous ne faites que passer ? demanda-t-elle.

Il resta un long moment sans répondre et elle s'apprêtait à répéter quand il eut un geste d'impatience.

— Trêve de lieux communs. Vous êtes en présence de la mort ici.

Elle se contracta, froissée, surprise. Sa première pensée fut qu'il avait menti pour la mettre à l'épreuve, qu'il était bien prêtre

— Vous l'aimiez, lâcha-t-il. Ne me dites pas le contraire.

— Qui ? Nort ? (Elle rit, feignit d'être fâchée pour cacher son trouble.) Dites donc, vous. Mêlez-vous de ce qui vous...

— Vous êtes sensible et quelque peu craintive, enchaîna-t-il. Il marchait à l'herbe et cherchait une porte de sortie à cet enfer. Et voilà où il en est, et ils ont claqué la porte, et vous n'avez pas l'impression qu'ils la rouvriront avant que ce ne soit votre tour d'y passer, c'est ça ?

— Non, mais vous déraillez ou quoi ? Vous êtes bourré ?

— Môssieu Norton est mort, entonna l'homme, sarcastique. Mort comme tout le monde. Mort comme vous, comme n'importe qui.

— Foutez-moi le camp !

Une vague de haine, violente, mais aussi cette chaleur qui continuait d'irradier dans son ventre.

— Parfait, susurra-t-il. Parfait. Attendez.

Il avait les yeux bleus. Elle se sentit tout d'un coup bien dans sa tête, comme si elle avait pris quelque chose.

— Vous voyez ? lui demanda-t-il. Vous voyez ou non ?

Elle fit oui et il éclata de rire, d'un rire franc, sonore, sur lequel les têtes se tournèrent. Il leur fit face, soudain au centre de l'intérêt général par quelque alchimie inconnue. Tante Mill perdit sa voix, laissa une dernière note craquelée, suraiguë, saigner en l'air alors que les mains de Sheb plaquaient un accord dissonant puis restaient collées au clavier. Ils regardaient l'étranger, gênés. Le sable raclait les murs à l'extérieur.

Le silence dura, traîna en longueur. Son souffle était figé dans sa gorge et elle baissa les yeux, vit ses mains sous le bar, pressées contre son ventre. Tous regardaient l'étranger, et lui les regardait. Puis de nouveau jaillit son rire, puissant, riche, irrépressible. Sans toutefois convier quiconque à s'y joindre.

— Vous allez voir un miracle ! leur cria-t-il, mais ils ne lui prêtèrent que l'attention docile d'enfants trop grands pour croire aux tours du magicien qu'on les a emmenés voir.

L'homme en noir bondit ; Tante Mill recula. Avec un sourire féroce, il lui assena une claque sur sa large panse. Un gloussement lui échappa ; l'homme en noir rejeta la tête en arrière.

— N'est-ce pas mieux comme ça ?

Tante Mill réitéra son gloussement puis fondit en larmes et se rua vers la sortie. Les autres la regardèrent faire sans rien dire. Dehors, l'orage éclatait, des ombres se bousculaient sur le vaste écran blanc du ciel. Un type près du piano, une bouteille de bière oubliée à la main, eut un ricanement.

L'homme en noir surplombait maintenant la dépouille de Nort, lui souriait. Le vent siffla, hurla, rugit. Un objet volumineux s'abattit sur le flanc du bâtiment, y rebondit puis fut emporté. L'un de ceux qui étaient au bar s'en arracha et sortit à son tour à grandes enjambées grotesques. Le tonnerre crépita par rafales.

— Parfait. (Un large sourire fendit les traits de l'homme en noir.) Parfait. Allons-y.

Il se mit à cracher à la figure de Nort, visant avec soin. Le glacis de salive recouvrit d'abord le front puis descendit méthodiquement le long du nez.

Sous le bar, les mains d'Alice s'activèrent.

Avec un rire idiot, Sheb se plia en deux et commença de tousser, de faire remonter du fond de sa gorge de grosses glaires gluantes et de les cracher. L'homme en noir poussa un rugissement de satisfaction et lui tapa dans le dos. Sheb sourit, exhiba le scintillement d'une dent en or.

Il y eut encore quelques départs précipités. D'autres se regroupèrent vaguement autour de Nort. Il avait à présent le visage et les plis flasques de la peau sur le cou, sur le haut du torse, luisants de liquide... de cet état de la matière si précieux dans ces contrées arides. Puis tout cessa comme sur un signal. Une respiration irrégulière, pesante, se fit entendre.

L'homme en noir plongea soudain par-dessus le corps, courbe souple, harmonieuse comme celle d'un jet d'eau. Il se reçut sur les mains, rebondit sur ses pieds, sourire aux lèvres, et recommença. Un des spectateurs perdit la tête, applaudit, puis recula, les yeux agrandis par la terreur. Une main en travers de la bouche, il se rua vers la porte.

Nort tressaillit au troisième bond de l'homme en noir.

Un son courut dans l'assistance — un grognement — puis le silence reprit ses droits. L'homme en noir rejeta la tête en arrière et hurla. Sa poitrine s'anima d'une palpitation courte, rapide, alors qu'il aspirait l'air par petites bouffées. La cadence de ses bonds s'accéléra ; il allait et venait par-dessus le corps de Nort, pareil à de l'eau transvasée d'un verre à l'autre. On n'entendait plus que son halètement râpeux mêlé au pouls croissant de la tourmente.

Nort inspira brusquement, à fond. Ses mains raclèrent et cognèrent la table dans des mouvements désordonnés. Sheb poussa un cri et sortit. Une des femmes le suivit.

L'homme en noir franchit encore une fois, deux fois, trois fois le corps de Nort qui, maintenant, vibrait tout entier, se convulsait, se tordait. L'odeur de décrépitude, d'excréments et de putréfaction montait en effluves suffocants. Ses yeux s'ouvrirent.

Alice sentit ses pieds la propulser en arrière. Elle heurta la glace qui vacilla. Une panique aveugle s'empara d'elle et la fit jaillir de derrière le bar comme un bouvillon du corral.

— Je l'ai fait pour vous, cria dans son dos la voix pantelante de l'homme en noir. Maintenant, vous pouvez dormir tranquille. Jusqu'à ça qui n'est pas irréversible... quoique ce soit si... si foutrement drôle.

Et de nouveau ce rire énorme. Il s'éteignit alors qu'elle escaladait les marches quatre à quatre et ne s'arrêtait qu'après avoir verrouillé la porte du trois-pièces surplombant la salle.

Alors, saisie d'un rire nerveux, elle se trémoussa, roula des hanches contre la porte. Le rire se fit gémissement qui s'associa au bruit du vent.

Au rez-de-chaussée, d'un pas d'automate, Nort sortit chercher de l'herbe. L'homme en noir — l'unique client du bar, désormais — le regarda faire. Il souriait toujours.

Ce soir-là, lorsqu'elle s'astreignit à redescendre, une lampe à la main, dans l'autre un gros bâton, l'homme en noir avait disparu, lui et son chariot. Nort, en revanche, occupait comme à son habitude la table jouxtant la porte. Il sentait l'herbe, mais pas aussi fort qu'elle aurait pu s'y attendre.

Il leva les yeux et lui sourit.

— 'soir, Allie.

— Bonsoir, Nort.

Elle posa le bâton et commença d'allumer les lampes mais sans jamais lui tourner le dos.

— Dieu m'a touché, disait-il à présent. Je ne vais plus mourir. Il me l'a dit. C'était une promesse.

— T'en as de la chance, Nort.

L'allume-feu qu'elle tenait entre ses doigts tremblants lui échappa. Elle se baissa pour le ramasser.

— Je voudrais arrêter l'herbe, dit-il. J'y prends même plus plaisir. Il me semble que ça n'est pas bien qu'un gars touché par Dieu continue d'en chiquer.

— Alors, arrête-toi. Qu'est-ce qui t'en empêche ?

Sa réaction exaspérée l'amena brutalement à voir de nouveau en lui un homme plutôt qu'un prodige vivant sorti de l'Enfer. Ce qu'elle vit n'était en fait qu'un assez piètre échantillon de l'espèce humaine, à moitié défoncé, un air de chien battu. Elle cessa d'en avoir peur.

— J'essaie. Mais j'en ai besoin. Pas moyen de m'arrêter. Allie, toi qui as toujours été bonne avec moi... (Il se mit à pleurer.) Je ne peux même pas m'empêcher de pisser dans ma culotte.

Elle s'approcha de la table et s'arrêta, hésitante.

— Il aurait pu faire que je n'en aie plus besoin, dit-il entre deux sanglots. Il aurait certainement pu faire ça puisqu'il m'a ressuscité. Mais je ne me plains pas... je ne veux pas me plaindre... (Il promena autour de lui un regard halluciné puis chuchota :) Il pourrait me tuer si je me plaignais.

— C'était peut-être une plaisanterie. Il m'a paru doté d'un solide sens de l'humour.

Nort prit la pochette qui se balançait à l'intérieur de sa chemise pour en prélever une poignée d'herbe. Par pur automatisme, elle la fit tomber d'un geste puis, effrayée, retira aussitôt sa main.

— C'est plus fort que moi, Allie. Je ne peux pas...

Et la main de Nort remonta gauchement vers le sac. Elle ne fit rien pour l'arrêter et retourna s'occuper des lampes, déjà épuisée par une soirée qui venait à peine de commencer. Personne ne vint, d'ailleurs, à part le vieux Kennerly qui avait oublié quelque chose. La présence de Nort ne parut pas l'étonner outre mesure. Il commanda une bière, demanda où était Sheb, la pelota. Le lendemain, les choses avaient presque retrouvé leur aspect normal, sauf que les gosses ne suivaient plus Nort. Le surlendemain pourtant, ils recommencèrent à le siffler. La vie avait repris son train-train, sans roulis ni tangage. La marmaille ramassa le maïs déraciné et, une semaine après la résurrection de Nort, le brûla au milieu de la grand-rue. Ce fut une grande flambée, claire et fugace, qui rassembla même, dehors, les piliers de bar chancelants et curieux. Ils avaient l'air de primitifs avec des visages qui semblaient flotter entre les flammes et la brillance de glace pilée du ciel. Alice les regarda, percée d'un désespoir passager à la pensée des temps maussades que traversait le monde. Tout s'était effiloché. Plus aucun mortier au centre des choses. Elle n'avait jamais vu l'océan, ne le verrait jamais.

— Si j'avais des tripes, murmura-t-elle. Ah, si j'avais des tripes, des tripes, des tripes...

Nort leva la tête en l'entendant et lui offrit un sourire vide du fond de son enfer. Des tripes, elle n'en avait pas, rien qu'une cicatrice et un bar.

Le feu rapidement s'épuisa, lui ramenant ses ouailles, et elle aussi s'imbiba de *Star*. À minuit, elle était fin soûle.

8

Elle se tut. Comme il s'abstint d'immédiat commentaire, elle crut que son récit l'avait endormi. Le sommeil la gagnait à son tour quand elle l'entendit lui demander :

— C'est tout ?

— Oui. C'est tout. Il est tard.

— Mouais.

Il se roulait une autre cigarette.

— Ne va pas me mettre du tabac partout dans le lit, dit-elle, plus sèchement qu'elle ne l'aurait voulu.

— Non.

Silence encore. La braise de sa cigarette mourut puis se ranima.

— Tu pars dans la matinée ? dit-elle d'une voix terne.

— Faudrait. Il m'a tendu un piège ici, je pense.

— Reste.

— On verra.

Il se coucha sur le côté et lui tourna le dos. Mais elle se sentait déjà mieux. Il n'allait pas s'en aller. Elle s'assoupit.

Sur le bord de sombrer, elle repensa à la manière dont Nort s'était adressé à lui, à son étrange façon de parler. Ni depuis ni avant, elle ne l'avait vu exprimer la moindre émotion. Jusqu'à son étreinte, totalement silencieuse, même si, à la fin, son souffle s'était fait rauque puis un instant suspendu. Il semblait sortir d'un conte de fées, d'une légende. Le dernier de sa race dans un monde qui posait le point final à son histoire. Aucune importance. Il allait rester encore un peu. Demain, il serait toujours temps de réfléchir, ou après-demain. Elle s'endormit.

9

Au matin, elle lui prépara des céréales qu'il mangea sans rien dire. Il les enfourna sans la moindre pensée pour elle, la voyant à peine. Il allait bien falloir partir. Chaque minute passée à cette table, l'homme en noir avançait — probablement dans le désert à présent. Il marchait vers le sud, sans jamais dévier.

— Tu as une carte ? demanda-t-il brusquement en levant les yeux vers elle.

— De la ville ? (Elle s'esclaffa.) Ce n'est pas assez grand pour être dessiné sur une carte.

— Non. De ce qu'il y a au sud d'ici.

Elle cessa de sourire.

— Le désert. Rien que le désert. Je pensais que tu resterais encore un peu.

— Et au sud du désert ?

— Comment le saurais-je ? Personne ne le traverse. Personne n'a essayé depuis que je suis là.

Elle s'essuya les mains sur son tablier, enfila ses gants et prit l'eau qu'elle avait mise à bouillir sur le feu. Elle la versa dans l'évier d'où monta un nuage de vapeur.

Il se leva.

— Où vas-tu ?

La panique avait rendu sa voix perçante et elle se détesta pour ça.

— À l'écurie. Si quelqu'un sait quelque chose, c'est le vieux là-bas. (Il lui posa les mains sur les épaules. Elle sentit leur chaleur.) Et il faut que je me mette d'accord avec lui pour ma mule. Si je dois m'attarder ici, je tiens à ce qu'il la soigne. Pour quand je repartirai.

Pas tout de suite, donc. Elle le regarda.

— Méfie-toi de ce Kennerly. S'il ne sait rien, il te racontera un bobard.

Quand il fut sorti, elle retourna à son évier, entre la chaleur de l'eau et celle de ses larmes reconnaissantes.

10

Kennerly n'avait plus de dents mais un caractère de cochon et des filles à ne plus savoir qu'en faire. Dans les ombres poussiéreuses de la grange, deux adolescentes surveillèrent l'arrivée du pistolero. Un bébé bavait allégrement dans la poussière. Une des aînées, blonde, crasseuse, sensuelle, lui manifesta une curiosité particulière tout en tirant de l'eau d'une pompe grinçante, tout près du bâtiment.

Le palefrenier vint à sa rencontre à mi-chemin entre la porte de son établissement et la rue. Ses manières oscillaient entre la hargne et la servilité craintive — celles d'un roquet qui a reçu trop de coups de pied.

— J'm'en suis occupé, dit-il, et avant que le pistolero n'ait ouvert la bouche, il se tourna vers la grange : Rentre immédiatement, Soobie.

La fille traîna son seau vers la baraque attenante à la grange.

— Vous parliez de ma mule ?

— Oui, m'sieu. C'est que j'en avais pas vu depuis un bout de temps. Avant, il y en avait partout à l'état sauvage, on s'en prenait une quand on en voulait, mais le monde a bien changé. Maintenant, sorti de quelques bœufs, des chevaux de diligence et... Soobie, bon Dieu, je vais te foutre une de ces raclées !

— Je ne mords pas, dit le pistolero, goguenard.

Kennerly rentra quelque peu la tête dans les épaules.

— J'pensais pas à vous, m'sieu. Pas à vous. (Il eut un vague sourire.) C'est qu'elle est godiche de naissance. Y a un démon qui la possède. Elle veut rien entendre. (Son regard s'assombrit.) On arrive à la Fin des Temps, m'sieu. Vous savez ce qui est écrit dans la Bible. Les enfants n'obéiront plus à leurs parents et de grands malheurs s'abattront sur les multitudes.

Le pistolero hocha la tête, puis montra du doigt le sud.

— Qu'y a-t-il par là ?

Kennerly sourit de nouveau, révélant ses gencives et quelques chicots jaunis.

— Des frontaliers. L'herbe. Le désert. Que voulez-vous qu'il y ait d'autre ?

Il ricana, ses yeux froids scrutant le pistolero.

— Il est grand, ce désert ?

— Très. (Kennerly fit un effort pour paraître sérieux.) Disons trois cents miles. Peut-être même mille. J'pourrais pas vous dire, m'sieu. Là-bas, y a rien que l'herbe du diable... et des démons. C'est par là que l'autre type est parti... celui qu'a requinqué Nort quand il était malade.

— Malade ? On m'a dit qu'il était mort.

Kennerly continuait de sourire.

— Ouais... enfin... on n'est plus des gosses, non ?

— Mais vous croyez quand même aux démons.

Kennerly prit l'air vexé.

— Ça n'a rien à voir.

Le pistolero retira son chapeau et s'essuya le front. Le soleil tapait dur, ce dont Kennerly ne semblait pas souffrir. Dans le mince filet d'ombre au pied de la grange, le bébé se barbouillait consciencieusement la figure de poussière.

— Et, après le désert, qu'est-ce qu'il y a ? Vous le savez ?

Le vieux haussa les épaules.

— Moi, non. Mais d'autres, peut-être. Il y a une cinquantaine d'années, la diligence en traversait encore une partie. En tout cas, c'est ce que me racontait mon père. Selon lui, y avait que des montagnes là-bas. Il y en a qui parlent d'un océan... d'un océan vert plein de monstres. Et d'autres disent que c'est là que le monde se termine. Qu'il n'y a rien que des lumières qui vous aveuglent et la face de Dieu, bouche grande ouverte pour vous dévorer.

— Foutaises, lâcha le pistolero.

— Sans doute, concéda joyeusement le palefrenier.

Il sembla rétrécir à nouveau, haineux, apeuré, avide de plaire.

— Arrangez-vous pour qu'on soigne bien ma mule.

Il lança une autre pièce d'or que Kennerly rattrapa au vol.

— Pour sûr. Vous restez quelque temps ?

— Possible.

— Allie... elle est plutôt chouette quand ça lui chante, non ?

— Vous avez dit quelque chose ? fit distraitement le pistolero.

La terreur déferla dans les yeux de Kennerly.

— Non, m'sieu. J'ai rien dit. Ou si j'ai dit quelque chose, j'vous demande pardon. (Il aperçut Soobie penchée à la fenêtre et pivota pour lui faire face :) Bon Dieu, tu vas l'avoir, ta raclée, p'tite tronche de rat !

Le pistolero s'éloigna, certain que Kennerly s'était remis à l'épier, certain aussi qu'il n'aurait eu qu'à se retourner à son tour pour surprendre quelque vérité, quelque émotion non maquillée sur les traits du palefrenier. Il laissa tomber. Il faisait trop chaud. La seule certitude qu'il avait maintenant au sujet du désert, c'était sa taille. Et tout n'était pas joué dans cette ville. Non, pas encore.

11

Ils étaient au lit quand Sheb ouvrit la porte d'un coup de pied puis entra, un couteau à la main.

Cela faisait quatre jours, déjà, et ils avaient passé en un clin d'œil. Il mangeait, dormait, faisait l'amour avec Allie. Quand il avait découvert qu'elle jouait du violon, il lui avait demandé d'en jouer pour lui. Elle s'asseyait près de la fenêtre, sa silhouette baignant dans la clarté laiteuse du crépuscule, et interprétait un morceau hésitant qui n'aurait peut-être demandé qu'un peu de travail pour être au point. Il se sentait une affection croissante —

mais bizarrement distraite — envers elle et y soupçonnait le piège tendu par l'homme en noir. Il lisait des revues, des vieux numéros jaunis aux illustrations effacées, au papier qui partait en miettes. Il réfléchissait peu.

Il n'avait pas entendu monter le petit pianiste — ses réflexes s'étaient émoussés. Ce qui semblait n'avoir d'ailleurs aucune espèce d'importance alors qu'en d'autres temps, d'autres lieux, pareille perte l'eût inquiété.

Alice était nue, le drap remonté sous les seins. Ils allaient faire l'amour.

La porte vola grande ouverte et le pianiste se rua dans la chambre, ridicule, maladroit. Alice ne cria pas, même en voyant dans sa main la lame de dix pouces d'un gros couteau à découper. Sheb bredouillait des mots inarticulés, le genre de sons que peut émettre un type qui se noie dans un seau de boue. Il cracha puis abattit son arme en la tenant à deux mains. Le pistolero saisit ses poignets joints et les tordit. Le couteau vola au loin. Sheb poussa un drôle de cri aigu, comme un grincement de porte rouillée. Ses mains s'agitèrent comme des marionnettes au bout des poignets brisés. Le vent griffait la fenêtre. Toute la scène se reflétait, légèrement déformée, dans le miroir brumeux suspendu au mur.

— C'était ma femme, sanglota Sheb. Ça a d'abord été la mienne ! La mienne !

Alice le regarda et sortit du lit. Elle enfila une robe de chambre et, l'espace d'un instant, le pistolero se sentit en communion avec cet homme qui se voyait sans doute atteindre le fond de la dépossession. Ce n'était qu'un pauvre petit homme, un homme châtré.

— J'ai fait ça pour toi, gémit-il. Rien que pour toi, Allie. Ça a toujours été toi d'abord et tout était pour toi. Je... ah, mon Dieu, mon Dieu...

Les mots se diluèrent en un paroxysme de sons inintelligibles avant de se muer en sanglots. Il se balançait sur place, les poignets suspendus à hauteur du ventre.

— Chut... du calme. Fais-moi voir ça. (Elle s'agenouilla près de lui.) Ils sont cassés, Sheb. Peut-on être aussi bête. Tu as toujours été fragile, tu le sais. (Elle l'aida à se relever. Il voulut porter les mains à son visage mais elles refusèrent de lui obéir. Il sanglota de plus belle.) Viens. Je vais voir ce que je peux faire.

Elle le guida jusqu'à la table et se servit de petit-bois relativement plat pour lui confectionner des attelles. Il ne cessa de pleurnicher, comme par habitude, et quitta la pièce sans se retourner.

Elle se recoucha.

— Où en étions-nous ?

— Non.

Elle se montra patiente.

— Tu le savais. On n'y peut rien. Qu'y a-t-il de plus à en dire ? (Elle lui effleura l'épaule.) Sinon que ça me fait plaisir que tu sois si fort.

— Pas maintenant, dit-il, la voix sourde.

— Je peux te rendre fort...

— Non. Tu ne peux pas faire ça.

12

Le lendemain soir, le bar resta fermé ; c'était le Jour du Seigneur — du moins ce qui y ressemblait le plus à Tull. Le pistolero se rendit à la petite église penchée sur son minuscule cimetière tandis qu'Alice entreprenait un grand nettoyage, passait les tables au désinfectant et mettait les verres des lampes à kérosène à tremper dans l'eau savonneuse.

Un étrange crépuscule violet sombre s'était abattu sur le paysage et, vue de la route, la chapelle éclairée de l'intérieur évoquait presque un haut fourneau.

— Je n'irai pas, s'était contentée de dire Alice. C'est du poison, la religion que prêche cette femme. Laissons ça aux gens respectables.

Il se posta sous le porche, dissimulé dans un coin d'ombre, et observa. Il y avait là, debout — les bancs ayant disparu —, Kennerly et sa marmaille ; Castner, le propriétaire de l'unique et pouilleuse boutique de nouveautés, flanqué de sa planche à pain d'épouse ; quelques piliers du bar ; une poignée de « citadines » qu'il n'avait jamais vues ; et, à sa grande surprise, Sheb. Ils massacraient un cantique... *a cappella*. Son regard se posa, plein de curiosité, sur la monumentale créature juchée en chaire.

« Elle vit seule et ne voit pratiquement personne, lui avait dit Alice. Il n'y a que le dimanche qu'elle sort, pour ranimer les feux de l'Enfer. Son nom, c'est Sylvia Pittston. Elle est folle, mais elle les a tous envoûtés. Et ça leur plaît ainsi. Ça les arrange. »

Les proportions de cette femme défiaient toute description. Des seins comme des remblais. Un énorme pilier pour cou, surmonté d'un blanc visage de pleine lune où clignaient des yeux si grands, si sombres, qu'ils évoquaient des lacs de montagne insondables. Elle avait une chevelure superbe, d'un brun profond, relevée à la diable sur le sommet du crâne et tenue par une épingle assez grosse pour servir de brochette. Sa robe semblait coupée dans de la toile de jute ; il en sortait une paire de bras pareils à des massues, tenant le recueil de cantiques. Mais le plus remarquable était son teint, velouté, sans la moindre ride, parfait. Elle devait peser dans les trois cents livres. Il la désira soudain avec une telle violence qu'il en trembla. Il détourna la tête, regarda ailleurs.

Rassemblons-nous au bord du fleuve
Merveilleux, merveilleux,
Rassemblons-nous au bord du fleuve
Qui passe près du Royaume de Dieu.

Alors que mourait l'ultime note du dernier refrain, l'assistance connut un moment d'agitation. Des pieds raclèrent le sol. Des gorges s'éclaircirent.

La prêcheuse attendit. Quand le calme fut revenu, elle tendit les mains au-dessus d'eux comme pour les bénir. Geste évocateur.

— Chers frères et sœurs en Christ.

L'entrée en matière était riche de résonances. L'espace d'un instant, le pistolero fut assailli par des sentiments mêlés de nostalgie et de peur, mêlés d'une étrange impression de déjà vu. Il pensa : *J'ai déjà rêvé cette scène dans le passé. Mais quand ?* Il coupa court à cette plongée dans ses souvenirs. Les fidèles — vingt-cinq en tout peut-être — observaient à présent un silence de mort.

— Nous allons ce soir méditer sur l'Intrus, entonna Sylvia Pittston.

Elle avait une voix douce, mélodieuse, le phrasé travaillé d'une soprano d'opéra.

Il y eut un remous dans l'assistance.

— J'ai la sensation, enchaîna posément la prêcheuse, la sensation de connaître personnellement chaque figure du Livre Saint. Dans les cinq années qui viennent de s'écouler, j'ai usé cinq bibles, et je ne compte plus celles qu'auparavant il m'a fallu remplacer. J'aime l'histoire qu'elle raconte et j'en aime les acteurs. J'ai accompagné Daniel dans la fosse aux lions. J'étais avec David quand la vision de Bethsabée au bain le tenta. Je me suis promenée dans la fournaise avec Shadraq, Meshak et Abed-Nego. J'ai massacré deux mille Philistins aux côtés de Samson et j'ai été aveuglée comme saint Paul sur le chemin de Damas. Aux larmes de Marie sur le Golgotha, j'ai mêlé les miennes.

Un léger soupir monta des fidèles.

— Je les ai tous connus, je les ai tous aimés. Il n'y en a qu'un — rien qu'un (son doigt se dressa) —, un seul et unique personnage dans la plus vaste épopée de tous les temps, qui me soit inconnu. Un seul qui reste à l'extérieur, les traits dans l'ombre. Un seul qui fasse trembler mon corps et défaillir mon courage. Je le crains. Je ne sais pas ce qu'il pense et je le redoute. Oui, j'ai peur de l'Intrus.

Nouveau soupir. Une des femmes avait porté la main à sa bouche comme pour se retenir de crier. Et elle se balançait, se balançait...

— L'Intrus qui s'est approché d'Ève en se tortillant sur son ventre et, sournoisement, lui a souri. L'Intrus qui s'est mêlé aux enfants d'Israël alors que Moïse était sur le Sinaï, qui leur a soufflé de fondre une idole, un veau d'or, et de l'adorer dans les turpitudes et la fornication.

Gémissements, hochements de têtes.

— L'Intrus ! Il était au balcon avec Jézabel à regarder Achab hurler dans les affres de l'agonie, et il sourit avec elle au spectacle des chiens rameutés qui lapaient le sang royal. Ô mes petits frères, mes petites sœurs, méfiez-vous de l'Intrus.

— Oui. Ô Jésus...

C'était le premier homme que le pistolero avait remarqué en entrant dans Tull, le vieux monsieur au canotier.

— Il a toujours été là, mes frères et mes sœurs, mais j'ignore ce qu'il a dans sa tête. Pas plus que vous ne le savez. Qui pourra jamais comprendre quelles atroces ténèbres y tourbillonnent, quel orgueil s'y dresse comme une forêt de colonnes, quel titanesque blasphème s'y profère, quelle jouissance impie s'y complaît ? Et la folie ! La cyclopéenne et baragouinante folie qui marche et rampe et se faufile dans les plus horribles désirs, les plus abjectes convoitises des hommes !

— Ô Jésus, notre Sauveur...

— C'est lui qui a transporté notre Seigneur sur la montagne...

— Oui...

— C'est lui qui l'a tenté, lui a montré le monde, et les plaisirs du monde...

— Ouiiii...

— C'est lui qui reviendra pour la Fin des Temps... et elle est proche, mes frères et mes sœurs, n'en sentez-vous pas l'imminence ?

— Siii...

Bercement et sanglots, l'assistance se fit mer. Le doigt de la femme semblait tous les désigner, n'en désignait aucun.

— C'est lui qui sera l'Antéchrist pour conduire les hommes jusqu'aux entrailles ardentes de leur perdition, jusqu'au bain de sang final du Mal, quand du firmament tombera l'étoile Absinthe, quand le fiel rongera le ventre des enfants et que les femmes donneront naissance à des monstres, quand les hommes verront l'œuvre de leurs mains se muer en sang...

— Ahhh...

— Ah, mon Dieu...

— Diiieu...

Une femme s'effondra. Ses jambes battirent frénétiquement le plancher. Une chaussure vola.

— C'est lui qui se dissimule derrière chaque plaisir de la chair... lui ! L'Intrus !

— Oui, Seigneur !

Un homme s'agenouilla, se prit la tête dans les mains et hurla.

— Quand vous prenez un verre, qui tient la bouteille ?

— L'Intrus !

— Quand vous vous asseyez à une table de jeu, qui distribue les cartes ?

— L'Intrus !

— Quand vous soumettez à vos dérèglements le corps d'autrui, quand vous souillez le vôtre, à qui vendez-vous votre âme ?

— À...
— L'In...
— Ô Jésus... Ô...
— ... trus !
— Haaa... haaa... haaa...
— Et qui est-il ?

Elle cria — mais demeurait calme au-dedans, un calme dont il perçut la substance, plein de maîtrise, de contrôle, de domination. Et soudain, avec horreur et certitude, il comprit : l'homme en noir avait laissé en elle un démon. Elle était envoûtée. La peur l'étreignit, une peur qu'il sentit parcourue par la chaude ondulation d'une nouvelle vague de désir sexuel.

L'homme agenouillé se traîna vers elle.

— Je suis en Enfer ! hurla-t-il. (Ses traits se tordaient comme s'il avait des serpents sous la peau du visage.) J'ai forniqué ! J'ai touché au jeu ! J'ai touché à l'herbe ! J'ai péché ! J'ai...

Et sa voix grimpa dans les aigus d'un gémissement hystérique et terrifiant, noyant toute articulation. Ses mains se crispaient sur son crâne, tel un melon trop mûr, prêt à exploser.

Comme sur un signal, tous se figèrent dans des poses extatiques, presque érotiques.

Sylvia Pittston se pencha, saisit la tête de l'homme qui se tut. Blancs et forts, immaculés et doux, les doigts jouèrent dans sa chevelure. Il leva sur elle un regard muet.

Elle y plongea les yeux avec assez de douceur et de rigueur pour s'y enfoncer.

— Qui était avec toi dans le péché ?
— Le... l'Intrus.
— Quel est son nom ?
— Satan, suinta la voix de l'homme.
— Renonceras-tu ?

Passionnément :

— Oui ! Oui ! Ô Jésus, mon sauveur !

Elle lui berça la tête. Les yeux restèrent rivés aux siens, des yeux brillants et vides, des yeux de fanatique.

— Tiendrais-tu ta promesse s'il entrait par cette porte ?

Elle braqua le doigt sur l'ombre du porche où se tenait le pistolero.

— Que ma mère en soit témoin !
— As-tu foi en l'amour éternel de Jésus ?
L'homme fondit en larmes.
— Ah ça oui, putain de merde !
— Tu es aussi pardonné pour ces mots, Jonson.
— Loué soit Dieu, fit Jonson en pleurs.
— Car je sais qu'Il te pardonne comme je sais qu'Il chassera les impénitents de ses palais pour les précipiter dans les flammes de l'Enfer.
— Loué soit Dieu, répéta solennellement l'assemblée des fidèles.
— Tout comme je sais que cet Intrus, ce Satan, ce Seigneur des Mouches et des Serpents sera abattu, écrasé... L'écraseras-tu si tu le rencontres, Jonson ?
— Oui, et loué soit Dieu ! gémit Jonson.
— Et vous, mes frères et mes sœurs, l'écraserez-vous si vous le voyez ?
— Ouiii.
Rugissement rassasié.
— Si vous le croisiez demain sur la grand-rue ?
— Loué soit Dieu...
Troublé, le pistolero quitta le porche à reculons puis regagna la ville. L'air s'était chargé de l'odeur du désert. Il était presque temps de se remettre en route. Presque.

13

Au lit de nouveau.
— Elle ne te recevra pas, dit Alice comme dans une réaction panique. Elle ne voit personne. Si elle sort, c'est seulement le dimanche soir pour leur flanquer la trouille.
— Depuis quand est-elle à Tull ?
— Douze ans et quelques. Mais pourquoi parler d'elle ?
— D'où venait-elle ?
— J'en sais rien.
— Allie ?
— Puisque je te dis que je n'en sais rien !

— Allie ?

— Bon, ça va ! Elle est venue des cabanes de frontaliers. Du désert, quoi !

— C'est bien ce que je pensais. (Il relâcha quelque peu sa tension.) Où habite-t-elle ?

Elle se fit plus câline.

— Si je te le dis, tu me feras l'amour ?

— Tu connais la réponse.

— Derrière l'église. Il y a une petite maison sur le tertre. C'est là que vivait le... le vrai pasteur avant de quitter la région. Tu es content ? Tu as ce qu'il te faut ?

— Non, pas encore.

Et il roula sur elle.

14

C'était le dernier jour et il le savait.

Le ciel était une vilaine ecchymose violacée fantastiquement éclairée d'en haut par les premiers doigts de l'aube. Alice tournait en rond comme un fantôme, allumant les lampes, surveillant les galettes de maïs qui grésillaient dans la poêle. Il lui avait merveilleusement fait l'amour après qu'elle lui eut dit tout ce qu'il voulait savoir, et elle avait senti la proximité de la fin ; elle s'était donnée comme jamais auparavant, avec désespoir, comme pour empêcher le jour de poindre. Avec l'infatigable énergie d'une jeune fille de seize ans, elle s'était donnée. Mais ce matin, elle était pâle, de nouveau au bord de la ménopause.

Elle lui servit son petit déjeuner sans rien dire. Il le dévora, mâchant, avalant une gorgée de café chaud sur chaque bouchée. Elle s'approcha des portes et contempla le matin, la silencieuse et presque imperceptible progression des bataillons de nuages.

— Ça va souffler, aujourd'hui.

— Je n'en suis pas particulièrement étonné.

— Tiens, ça t'arrive de l'être ? fit-elle, ironique, et elle se retourna pour le voir prendre son chapeau. Il se le colla sur la tête et sortit, l'effleurant au passage.

— Parfois, dit-il.
Il n'allait plus la revoir vivante qu'une seule et dernière fois.

15

Lorsqu'il atteignit la cabane de Sylvia Pittston, le vent était tombé, le monde entier semblait attendre. Il avait une assez longue habitude des régions désertiques pour savoir que plus l'accalmie durait, plus violente serait la tempête quand elle se déchaînerait pour de bon. Une étrange lumière plate baignait toute chose.

Il y avait une grande croix de bois clouée sur la porte de la bicoque, laquelle accusait des signes de fatigue. Il frappa et attendit. Pas de réponse. Il frappa plus fort. Toujours rien. Il prit son élan et décocha un solide coup de pied dans la porte. À l'intérieur, un loquet sauta. La porte s'ouvrit, alla valdinguer contre une cloison de planches disjointes et sema la panique dans une population de rats. Sylvia Pittston trônait dans le vestibule, remplissant un énorme rocking-chair en acajou, et posait sur lui le regard calme de ses grands yeux noirs. La lumière d'orage baignait ses joues d'effrayantes demi-teintes. Elle portait un châle. Le rocking-chair couinait légèrement.

Ils se regardèrent longuement, temps suspendu.

— Vous ne l'aurez jamais, dit-elle. Vous suivez la voie du Mal.

— Il est venu chez vous.

— Et dans mon lit. Il m'a parlé la Langue. Il...

— Il vous a baisée.

Pas un muscle de son visage ne tressaillit.

— Vous êtes sur un sentier de ténèbres, pistolero. Vous vous cachez dans l'ombre. Hier soir, à l'église, vous y êtes resté. Vous imaginiez-vous que je ne pouvais vous voir ?

— Pourquoi a-t-il guéri le mangeur d'herbe ?

— C'était un ange de Dieu. Il me l'a dit.

— J'espère qu'il a souri en disant ça.

Elle retroussa la lèvre supérieure, dévoilant ses dents, dans une mimique d'inconsciente sauvagerie.

— Il m'a dit que vous viendriez après lui. Il m'a dit ce que j'aurais à faire. Vous êtes l'Antéchrist, m'a-t-il dit.

Le pistolero fit non de la tête.

— Il n'a pas dit ça.

Elle leva sur lui un sourire nonchalant.

— Il m'a dit que vous auriez envie de coucher avec moi. C'est vrai ?

— Oui.

— Vous le paieriez de votre vie, pistolero. Il m'a fait un enfant... un enfant d'ange. Si vous me forcez...

Elle laissa le sourire achever sa pensée, l'illustrant toutefois d'un mouvement de ses cuisses monumentales. Elles se tendirent sous la robe, dalles de marbre pur, vision vertigineuse.

Les mains du pistolero tombèrent sur la crosse de ses armes.

— Tu as un démon dans le ventre, femme. Je peux te l'ôter.

La réaction fut immédiate. Elle se plaqua au fond du siège et ses traits se contractèrent un instant dans une expression chafouine.

— Ne me touchez pas ! N'approchez pas ! Vous n'aurez pas l'audace de poser vos mains sur l'Épousée du Seigneur !

— Tiens donc, dit le pistolero, tout sourire.

Il fit un premier pas vers elle.

Sur l'énorme charpente, la chair tremblota. Le visage de pleine lune s'était fait la caricature d'une terreur panique, et la fourche de deux doigts se projeta vers lui, conjurant le mauvais œil.

— Passé le désert, dit le pistolero. Passé le désert, qu'y a-t-il ?

— Vous ne le rattraperez jamais ! Vous m'entendez ? Jamais ! Vous brûlerez ! Il me l'a dit !

— Je le rattraperai. Nous le savons l'un comme l'autre. Qu'y a-t-il par-delà ce désert ?

— Non.

— Réponds-moi !

— Non.

Il se rapprocha encore, s'agenouilla et lui saisit les cuisses. Elle les resserra comme un étau, se mit à pousser d'étranges petits cris lascifs.

— Alors, tant pis pour le démon.

— Non...

Il réussit à lui écarter les jambes et dégaina l'un de ses pistolets.

— Non ! Non ! Non !

Elle haletait. Des grognements précipités, sauvages.

— Réponds.

Elle emporta le rocking-chair à la renverse et le sol trembla. Des prières mêlées d'un gargouillis de syllabes inintelligibles s'échappèrent de ses lèvres.

Il poussa le canon de l'arme, sentit plus qu'il n'entendit l'énorme bouffée d'air qu'elle aspira dans sa terreur, puis une grêle de coups lui tomba sur la tête alors que montaient du plancher les roulements de tambour de pieds trépignants. Et, simultanément, le corps monstrueux s'efforça de l'absorber, de l'engloutir. Dehors, ils n'avaient d'autre témoin que ce ciel de meurtrissure.

Elle hurla quelque chose de suraigu, d'inarticulé.

— Hein ?

— Des montagnes !

— Mais encore ?

— Il va s'arrêter... sur l'autre versant... aaah, doux Jésus ! pour concentrer... ses forces. Méd... m... méditation, vous comprenez ? Ohh... je... je...

La masse de chair tout entière s'arqua soudain, se souleva, et il prit grand soin de ne pas être en contact avec ses parties intimes.

Puis elle parut se dégonfler, diminuer, finit par fondre en larmes, les mains dans son giron.

— Bon, dit-il en se relevant. Le démon a eu sa dose, non ?

— Foutez le camp ! Vous avez tué l'enfant. Partez ! Partez !

Il s'arrêta sur le pas de la porte et se retourna.

— Pas d'enfant, dit-il, laconique. Pas d'ange, pas de démon.

— Laissez-moi tranquille.

Ce qu'il fit.

16

Le temps d'arriver chez Kennerly, d'étranges ténèbres avaient submergé l'horizon nord. La poussière, comprit-il. Au-dessus de Tull, l'air restait de plomb.

Le palefrenier l'attendait dans la grange.

— Vous partez ? demanda-t-il avec un sourire abject.

— Oui.

— Pas avant la tempête, quand même ?

— Je vais la devancer.

— Le vent est bien trop rapide, plus qu'une mule. S'il vous surprend à découvert, vous risquez d'y passer.

— Je veux ma mule... et tout de suite, se contenta de répondre le pistolero.

— Pour sûr.

Mais Kennerly resta planté devant lui comme s'il cherchait quelque chose à ajouter. Il avait toujours ce même sourire, cauteleux, sous-tendu de haine. Ses yeux fuyaient par-dessus l'épaule du pistolero.

Celui-ci fit un pas de côté, se retourna dans le même mouvement, et le lourd bâton que brandissait Soobie siffla dans l'air, n'effleurant que son coude. Dans la violence du coup, elle le lâcha, et il alla ricocher bruyamment sur le plancher. Les hirondelles qui nichaient dans le fenil emplirent les hauteurs d'ombres désordonnées.

La fille posait un regard bovin sur le pistolero. Ses seins tendaient le tissu délavé de sa chemise sous leur poussée de fruits trop mûrs. Son pouce chercha le havre de sa bouche dans un ralenti rêveur.

Il reporta son attention sur Kennerly. Le sourire du vieux s'était encore élargi. Son visage avait maintenant la couleur de la cire. Il roulait les yeux.

— Je... commença-t-il, mais son murmure s'érailla et il n'alla pas plus loin.

— Ma mule, insista en douceur le pistolero.

— Oui, oui, susurra le palefrenier, le sourire maintenant teinté d'incrédulité.

Il s'éloigna d'un pas traînant. Le pistolero se déplaça pour mieux surveiller ses faits et gestes, le regarda détacher la mule, la ramener et lui tendre la bride.

— Et toi, rentre t'occuper de ta sœur, dit Kennerly à Soobie.

Soobie rejeta la tête en arrière et ne bougea pas.

Le justicier les abandonna là, se regardant en chiens de faïence dans ce décor poussiéreux jonché de paille et de crottin, lui avec son sourire nauséeux, elle dans son apathique résistance. Dehors, la chaleur cognait toujours à coups redoublés.

17

Il remonta la rue, tenant le milieu de la chaussée, suscitant sous ses pas des giclées de poussière, tirant derrière lui sa mule bardée d'outres.

Il s'arrêta chez Sheb. Pas d'Alice. L'endroit était désert, barricadé contre la tempête, mais encore sale de la veille. Elle n'avait pas commencé son ménage et il flottait une odeur fétide, comme celle d'un chien mouillé.

Il bourra son sac de nourriture : maïs sous toutes ses formes, la moitié de la viande hachée qu'il trouva au frais dans le garde-manger. Sur le comptoir, il laissa quatre pièces d'or. Alice ne se décidait toujours pas à descendre. Le piano de Sheb lui adressa l'au revoir muet d'un sourire aux dents jaunes. Il sortit et sangla le sac sur le dos de sa bête, une boule en travers de la gorge. Il lui restait quelques chances d'éviter le piège, mais minces. Après tout, n'était-il pas l'Intrus ?

Il traversa la ville claquemurée dans l'attente, sentit des regards rivés sur lui par l'entrebâillement ou les fentes des volets clos. L'homme en noir, ici, avait joué au bon Dieu. Par sens de l'ironie cosmique ou dans l'outrance du désespoir ? La question avait son importance.

Derrière lui, un cri déchirant, et des portes volèrent soudain grandes ouvertes. Des formes en jaillirent. Le piège finissait donc par se déclencher. Des hommes en tablier, d'autres en bleu sale. Des femmes en pantalon, en robe aux tons fanés. Des gosses, même, accrochés aux jambes de leurs parents. Tous avec un bâton ou un couteau.

Sa réaction fut de pur automatisme, sans temps mort, innée. Il fit volte-face alors que ses mains arrachaient les pistolets des étuis, en logeaient fermement la crosse au creux de chaque paume. C'était Allie, bien sûr, qui avait crié. Ça n'aurait pu être personne d'autre. Elle avançait vers lui, les traits convulsés, sa cicatrice d'un pourpre impie sous la lumière plombée. Il vit qu'on la tenait en otage. Le visage grimaçant de Sheb apparut derrière son épaule, l'œil scrutateur, pareil à une figure de sorcière. Il se servait d'elle comme d'un bouclier, l'offrait en sacrifice. Il vit tout cela, net, sans ombre, dans la clarté pétrifiée, hors du temps, de ce calme stérile. Et il l'entendit :

— Il m'a eue Seigneur, je t'en supplie, ne tire pas, ne t...

Mais il avait des mains rompues à leur art. Il était le dernier de sa race et d'autres bouches que la sienne proféraient le Haut Parler. Les pistolets firent claquer dans l'air leur lourd accord atonal. Alice s'affaissa, mâchoire pendante, et de nouveau les armes crachèrent le feu. La tête de Sheb partit en arrière. Tous deux roulèrent dans la poussière.

Une pluie de bouts de bois s'abattit sur lui. Il esquiva les uns, détourna les autres. Un bout de planche avec un clou qui dépassait lui érafla le bras jusqu'au sang. Un type mal rasé, aux aisselles trempées de sueur, se rua sur lui, armé d'un couteau de cuisine. Le pistolero tira et l'étendit mort. L'homme tomba sur le menton ; le claquement de ses dents fut parfaitement audible.

— C'EST SATAN ! braillait quelqu'un. LE MAUDIT ! ABATTEZ-LE !

— L'INTRUS ! cria une autre voix. (Le déluge de projectiles continuait. Un couteau atterrit sur la pointe de sa botte et rebondit.) L'INTRUS ! L'ANTÉCHRIST !

Il tira dans le tas, s'élançant dans le temps même où tombaient les corps, ses mains choisissant chaque cible avec une redoutable précision. Deux hommes et une femme tombèrent et il s'engouffra dans la brèche ouverte par leur chute.

Et il les entraînait maintenant à sa suite dans une farandole enfiévrée, traversant la grand-rue vers l'épicerie-salon de coiffure qui faisait face au bastringue. D'un bond, il fut sur le trottoir de planches et se retourna pour vider ses armes sur la masse enragée. Derrière, Alice, Sheb et les autres gisaient crucifiés dans la poussière.

Ils marchèrent sur lui sans l'ombre d'une hésitation bien que chaque balle fît mouche et qu'ils n'eussent probablement jamais vu de pistolet auparavant, sinon dans de vieux illustrés.

Il recula, pliant son corps comme un danseur pour esquiver les objets divers qui continuaient de pleuvoir. Dans le même temps, il rechargea, avec cette promptitude qu'on avait également inculquée à ses doigts. L'espace d'une minute, ceux-ci s'activèrent entre les alvéoles des ceinturons et celles des barillets. La meute abordant le trottoir, il se réfugia dans l'épicerie dont il claqua la porte derrière lui. À sa droite, la vitrine vola en éclats. Trois hommes se glissèrent par l'ouverture. Des visages de fanatiques : inexpressifs, avec une flamme doucereuse au fond des yeux. Il les tua tous les trois, tua aussi les deux qui suivaient. Les cadavres restèrent accrochés aux longues aiguilles de verre brisé, obstruant la brèche.

La porte grinça et vibra sous le poids des autres, et il entendit la voix de la prêcheuse :

— LE TUEUR ! VOS ÂMES ! LE PIED FOURCHU !

S'arrachant de ses gonds, la porte bascula vers l'intérieur du magasin et se plaqua au sol, soulevant un nuage de poussière. Hommes, femmes et enfants déferlèrent sur le pistolero. Crachats et bûches volèrent. Il vida sur eux ses barillets, les vit tomber comme des quilles. Puis il battit en retraite, sautant par-dessus un tonneau de farine qu'il fit rouler sur le reste de ses assaillants, avant de gagner — toujours à reculons — le salon de coiffure, renversant au passage une casserole d'eau bouillante où trempaient deux rasoirs-sabres ébréchés. La meute se rua à sa suite dans un pandémonium de cris incohérents. Quelque part dehors, Sylvia Pittston les encourageait, modulant à l'aveuglette la hauteur et l'intensité de sa voix. Il regarnit les alvéoles brûlantes de son arme, respirant les senteurs mêlées de la brillantine et de la mousse à raser, de sa propre chair aussi, cette odeur de roussi qui montait des cals à l'extrémité de ses doigts.

Il déboucha sur la véranda par la porte de derrière, eut dans son dos l'horizon de broussailles, négation radicale de la ville accroupie. Trois types apparurent au coin du bâtiment, des grands sourires de traître leur barrant la figure. Ils le virent, virent qu'il les avait vus, et leur sourire s'inversa dans la seconde qui précéda leur chute, fauchés par ses balles. Une femme les avait suivis en hurlant. Elle était grosse et grasse. Chez Sheb, on l'appelait Tante Mill. Il la repoussa d'une quatrième balle et elle s'étala dans une pose de pute, la robe entortillée entre ses cuisses nues.

Il descendit les marches, recula dans le désert sur dix pas, vingt pas. La porte du salon de coiffure fut soudain béante et la foule en débordait. Il entrevit Sylvia Pittston. Ouvrit le feu. Ils s'affaissèrent, partirent à la renverse, basculèrent par-dessus la rambarde et s'aplatirent dans la poussière. Nul ne projeta d'ombre dans l'immortelle et violine clarté. Il s'aperçut alors qu'il était en train de hurler, qu'il hurlait sans doute depuis le début. Ses yeux lui faisaient l'effet de roulements à billes fichus.

Ses couilles lui étaient remontées jusqu'au ras du ventre. Ses jambes étaient de bois. Ses tympans de métal.

Une fois de plus, ses armes étaient vides, elles lui brûlaient les mains, le métamorphosant en un Œil et une Main, tandis qu'il se tenait là, rechargeant et hurlant, son esprit à des lieues de là, laissant ses doigts opérer seuls leur tour de passe-passe. Pouvait-il dire « pouce », les prévenir qu'il avait passé vingt-cinq ans de sa vie à apprendre tous ces tours et bien d'autres encore, leur parler des pistolets et du sang qui les avait bénis ? Impossible, pas avec sa bouche. Ses mains avaient leur version à raconter.

Entre-temps, ils s'étaient alignés pour le bombarder de projectiles. Un bout de bois l'atteignit au front ; le sang perla sur l'écorchure. En moins de deux, ils seraient sur lui. Au premier rang, il vit Kennerly avec une paire de filles — Soobie et celle qui avait dans les onze ans —, trois piliers de chez Sheb dont une femme du nom d'Amy Feldon. Ils y eurent tous droit, comme ceux du deuxième rang. Les corps basculèrent comme des épouvantails. Sang et cervelle giclèrent partout.

Ils marquèrent un temps d'arrêt, surpris, le visage unique de la foule se muant en tremblotante palette de paniques individuelles. Un homme démarra dans un cri, traçant un large cercle. Une femme aux mains couvertes d'ampoules leva la tête vers le ciel et se mit à jacasser. Le pantalon du monsieur digne — celui qu'il avait vu assis gravement sur les marches de l'épicerie à son arrivée à Tull — se lesta d'un poids inattendu.

Il avait le temps de recharger un pistolet.

Sylvia Pittston surgit alors, fonçant sur lui, une croix de bois dans chaque main.

— DÉMON ! DÉMON ! TUEUR D'ENFANTS ! MONSTRE IMMONDE ! ANÉANTISSEZ-LE, MES FRÈRES, ANÉANTISSEZ-LE, MES SŒURS ! ANÉANTISSEZ L'INTRUS QUI ASSASSINE NOS GOSSES !

Il dépêcha une balle dans chaque croix puis quatre dans le crâne de la femme. Elle parut se replier en accordéon, onduler comme l'air au-dessus d'un sol surchauffé.

Tous se figèrent, les yeux rivés sur elle. Les doigts du pistolero reprirent leur navette entre ceinturons et barillets, grésillants, chaque extrémité se marquant d'un rond précis.

Le nombre des assaillants s'était fortement réduit. Il les croyait même prêts à renoncer après la mort de la femme, mais l'un d'entre eux sortit un couteau et le lança sur lui à toute volée.

Le manche l'atteignit entre les deux yeux et il tomba à la renverse. Ce fut la ruée, et ils s'abattirent sur lui comme un essaim vicieux. De nouveau ses armes crachèrent alors qu'il restait étendu au milieu des douilles. Il avait mal à la tête, voyait danser autour de lui de grands cercles bruns. Il rata l'une des cibles, abattit les onze autres.

Mais ils étaient sur lui, ceux qui restaient. Il tira les quatre balles qu'il eut le temps de charger puis reçut un déluge de coups et de corps. Il en repoussa deux du bras gauche, roula pour se dégager. Ses doigts réitérèrent le tour infaillible. Quelque chose s'enfonça dans son épaule, quelque chose dans son dos. Autre chose s'abattit en travers de ses côtes, autre chose encore se planta dans ses fesses. Un petit gamin se tortilla jusqu'à lui et causa la seule blessure un peu sérieuse, une entaille profonde dans le gras du mollet. Il lui fit sauter la cervelle.

Ils s'éparpillèrent et il les resservit. Les rescapés refluèrent vers les bâtiments délabrés couleur de sable tandis que ses mains recommençaient leur numéro comme des chiens surexcités qui veulent vous montrer ce qu'ils savent faire non pas une fois, ni deux, mais toute la nuit. Elles les cueillirent un par un. Le dernier réussit à atteindre les marches de la véranda, à l'arrière de chez le coiffeur, puis la balle du pistolero lui entra dans la nuque.

Le silence reprit possession de l'espace, en colmata les déchirures.

Le pistolero saignait de partout. Une vingtaine de blessures peut-être, toutes superficielles sauf celle du mollet. Il le serra dans une bande prélevée sur sa chemise puis se redressa, examina son tableau de chasse.

Ils étaient étalés dans toutes sortes de postures, formant un sinueux tracé entre la porte du salon de coiffure et l'endroit où il se tenait. Aucun n'avait l'air de dormir.

Il remonta ce sentier macabre, comptant ses victimes. Dans l'épicerie, il trouva un homme étendu à terre, serrant amoureusement dans ses bras le bocal de bonbons fêlé qu'il avait entraîné dans sa chute.

Il finit là où il avait commencé, au milieu de la grand-rue déserte. Trente-neuf hommes, quatorze femmes et cinq enfants avaient péri sous ses balles. Il avait exterminé la population de Tull.

Une odeur douceâtre lui parvint, portée par la première bourrasque de la tempête. Il chercha d'où elle venait, leva les yeux, hocha la tête. Le cadavre de Nort pourrissait sur le toit de chez Sheb, crucifié, pieds et mains liés à des pieux. Il avait la bouche ouverte, les yeux aussi. On lui avait imprimé dans les plis crasseux du front la marque violette d'un sabot fourchu.

Il sortit de la ville et n'eut pas à aller très loin sur les vestiges de l'ancienne route des diligences pour retrouver sa mule dans un bouquet d'herbes folles. Il la ramena devant son râtelier dans l'écurie de Kennerly. Dehors, le vent jouait un morceau hypersyncopé. Il attacha l'animal et retourna chez Sheb. Il trouva une échelle dans l'appentis et monta sur le toit détacher Nort. Le corps était plus léger qu'un fagot bien sec. Il l'expédia rejoindre tout un chacun. Puis il rentra dans le bar, mangea quelques steaks, but trois bières alors que la lumière déclinait et que la poussière commençait à voler. Cette nuit-là, il dormit dans le lit qu'il avait partagé avec Alice. D'un sommeil sans rêves. Au matin, le vent était tombé, le soleil avait retrouvé son aspect coutumier, aveuglant, oublieux. La tempête avait emporté les corps vers le sud. Vers dix heures, après avoir pansé toutes ses plaies, il s'ébranla dans la même direction.

18

Il crut que Brown s'était endormi. Du feu il ne restait qu'un point rouge et Zoltan, l'oiseau, avait glissé la tête sous son aile.

À l'instant précis où il allait se lever et dérouler une paillasse dans le coin de la pièce, la voix de Brown monta :

— Voilà. C'est dit. Vous vous sentez mieux ?

— Avais-je motif de me sentir mal ? s'étonna le pistolero.

— Vous êtes un homme, m'avez-vous dit, pas un démon. À moins que vous ne m'ayez menti.

— Non, ce n'était pas un mensonge. (Il avait à s'avouer qu'il aimait bien le frontalier, et qu'il s'agissait là d'un sentiment sincère. En aucune façon il ne lui avait menti.) Qui êtes-vous, Brown ? Je veux dire... en réalité.

— Rien que moi, dit l'autre, imperturbable. Pourquoi vous croyez-vous une énigme ?

Le pistolero alluma une cigarette, s'abstenant de répondre.

— Je vous crois très proche de votre homme en noir, enchaîna Brown. Est-il désespéré ?

— Je l'ignore.

— Et vous ?

— Pas encore. (Il posa sur le frontalier un regard où perçait une lueur de défi.) Je fais ce que j'ai à faire.

— Alors c'est bien, conclut Brown qui se retourna et s'endormit.

19

Le lendemain matin, Brown lui servit à manger puis lui montra la route à prendre. En plein jour, c'était un surprenant personnage avec son torse décharné, brûlé par le soleil, ses clavicules minces comme des crayons et les longues boucles de sa tignasse rousse. L'oiseau se percha sur son épaule.

— Et la mule ? s'enquit le pistolero.

— Je la mangerai, lui fut-il répondu.

— Parfait.

Brown tendit sa main et le pistolero la serra. Le jeune homme pointa son menton vers le sud.

— Bonne route.

— Soyez sans crainte.

Ils se saluèrent d'un signe de tête et le pistolero s'éloigna, bardé d'eau et d'armes. Il se retourna une dernière fois. Brown binait furieusement son petit carré de maïs. Le corbeau s'était perché sur le bord du toit. Il ressemblait à une gargouille.

20

Le feu s'était éteint ; les étoiles pâlissaient déjà. Le vent restait infatigable. Le pistolero se retourna dans son sommeil puis ne bougea plus. Il rêva qu'il avait soif. La silhouette des montagnes s'était fondue dans l'ombre. Disparues les culpabilités, cuites par le désert, consumées. En lieu et place, il pensait de plus en plus à Cort qui lui avait appris à tirer. Cort avait su faire la part du noir et du blanc.

Il s'agita de nouveau, s'éveilla, cligna des yeux, découvrit les vestiges de son feu superposant leur forme — plus géométrique — aux cendres précédentes. Il était romantique, il le savait, secret qu'il gardait jalousement.

Il ne manqua pas, bien sûr, de voir resurgir le souvenir de Cort. Où était Cort ? Il n'en savait rien. Le monde avait changé.

Ramassant son sac, il se remit en route.

LE RELAIS

1

Toute la journée une comptine lui avait trotté par la tête, ce genre de truc horripilant qui ne veut pas vous lâcher, qui se tient moqueur sur le seuil de la conscience et fait des grimaces à l'être rationnel qu'elle héberge. C'était :

Des plic-ploc de la pluie les plaines sont pleines
Place au plaisir, place à la peine,
D'un plic-ploc de pluie les plaines restent pleines.

Belles ou laides, folles ou saines,
Vont ainsi clapotant les voies humaines,
Qu'elles pliqu'nt ou ploqu'nt, pareil au même :
Car que folie ou raison règne
Des plic-ploc de pluie les plaines sont pleines.

Si dans l'amour on se promène,
Dès que l'on vole c'est dans les chaînes.
La pluie plie les biplans, les plaque en plaine.

Il savait d'où lui était remontée cette comptine. Il y avait eu ce rêve récurrent pour le ramener à la chambre du château, à sa mère qui la lui chantait, à lui qui l'écoutait, grave, dans le petit lit près de la fenêtre aux vives couleurs. Elle ne la lui avait jamais chantée le soir quand il allait dormir — tout petit garçon né pour le Haut Parler devant être seul pour affronter le noir — mais à l'heure de la sieste. Il en retrouvait la lourde et grise lumière des jours de pluie projetant ses aplats colorés sur la courtepointe, la fraîcheur de la pièce, l'épaisse chaleur des couvertures et son amour pour sa mère, pour l'incarnat de ces lèvres arrondies sur l'obsédante mélodie de l'absurde ritournelle, pour cette voix.

Oui, voilà qu'elle lui revenait, crispante, lancinante brûlure, à se courir après la queue dans sa tête au rythme de ses pas. Il n'avait plus d'eau, se savait un homme mort selon toute vraisemblance. Il n'aurait jamais cru en arriver là. Il en était navré. Depuis midi, son regard restait plutôt fixé sur ses pieds que sur la route à suivre. Par ici, même l'herbe du diable se faisait chétive et jaunâtre. La croûte au sol s'était par endroits désintégrée en simple cailloutis. Les montagnes n'étaient guère plus nettes que seize jours auparavant quand il avait quitté la cabane du dernier frontalier, un jeune homme ni vraiment fou ni vraiment sain qui vivait à l'orée du désert. Qui avait eu un corbeau, se rappelait-il sans pouvoir épingler un nom sur l'animal.

Il regardait ses pieds alternativement paraître et disparaître devant lui, écoutait le refrain absurde tourner dans son cerveau en pitoyable charabia et se demandait quand surviendrait la première chute. Il ne voulait pas tomber, même s'il n'y avait personne pour le voir. Question d'orgueil ; un pistolero a sa fierté, cette ossature invisible qui lui maintient la tête haute.

Il s'arrêta, leva brusquement les yeux et en eut le crâne tout résonant, le corps entier qui, l'espace d'un instant, parut flotter. Les montagnes étiraient leur songe sur l'horizon lointain. Mais, là-devant, il y avait autre chose, beaucoup plus proche. À deux lieues seulement, peut-être. Son regard s'étrécit, s'efforça de distinguer ce dont il s'agissait, mais il avait les yeux brûlés par le sable et la réverbération commençait à l'aveugler. Il secoua la tête et se remit en marche. La ritournelle se dévida, bourdonna. Une heure plus tard environ, il tomba et s'écorcha les mains. Incrédule, il regarda les minuscules perles de sang se former à la surface de sa peau desséchée, en emplir les craquelures. Ce sang n'avait pas l'air moins épais, semblait muettement viable, sûr de lui comme le désert ou presque. Il s'en secoua les gouttes, avec une rage aveugle. Sûr de lui ? Pourquoi pas ? Le sang n'avait pas soif. Le sang était servi. On lui offrait des sacrifices. Le sacrifice du sang. On ne lui demandait qu'une chose, circuler... circuler... circuler...

Il regarda les gouttes qui avaient atterri sur la croûte alcaline, les vit absorbées avec une inquiétante soudaineté. Qu'est-ce que t'en penses, sang ? Ça te dit ?

Ô Jésus, tu es si loin.

Il se releva, les mains contre la poitrine, et le même spectacle qu'une heure plus tôt était là, presque sous ses yeux, lui arrachant un croassement de corbeau suffoquant dans la poussière. C'était un bâtiment. Non, deux... entourés d'une barrière en partie couchée. Le bois semblait vieux, fragile jusqu'à l'évanescence, du bois en cours de métamorphose, en train de se faire sable. L'un d'eux avait été une écurie — la silhouette était nette, parfaitement reconnaissable —, l'autre avait servi de logement, ou d'auberge. Un relais sur une ligne de diligences. Le chancelant édifice (criblé de sable par le vent au point de ressembler à l'un de ces châteaux que, sur la plage à marée basse, le soleil a recuits, durcis, rendus temporairement habitables) projetait une ombre étroite dans laquelle quelqu'un était assis, adossé au mur. Et c'était sous la poussée de ce dos que le bâtiment tout entier semblait pencher.

Lui. Enfin. L'homme en noir.

Le pistolero garda les mains sur la poitrine, inconscient de ce que la pose avait de théâtral, et riva sur le relais un regard ahuri. Et au lieu de l'excitation extrême à laquelle il s'était attendu (à la peur peut-être, voire à la terreur sacrée), il ne relevait en lui que l'obscure, atavique culpabilité pour ce soudain sursaut de haine à l'égard de son propre sang, l'instant d'avant, et l'interminable retour de la comptine :

... Des plic-ploc de la pluie...

Il avança, un pistolet sorti.

... les plaines sont pleines...

Et couvrit au pas de course les derniers quatre cents mètres sans s'inquiéter d'être repéré : derrière quoi se cacher, de toute manière ? Son ombre courte filait à sa hauteur. Il n'avait pas conscience du gris et grimaçant masque mortuaire que la fatigue lui avait imprimé sur le visage, ne savait que cette forme au pied du relais. Qu'il n'aurait pu s'agir que d'un cadavre ne le frappa que plus tard.

Il décocha un coup de pied dans l'obstacle de la clôture renversée — la barre se brisa en deux, nettement, sans bruit, semblant s'excuser — puis plongea dans le silence ébloui du corral, levant son arme en position.

— Je te tiens ! Tu ne peux plus...

La silhouette s'agita nerveusement et se dressa. Mon Dieu, pensa le pistolero, il n'en reste rien. Que lui est-il arrivé ?

L'homme en noir avait rétréci d'une bonne cinquantaine de centimètres. Et il avait les cheveux blancs.

Il s'immobilisa, sidéré, un vrombissement atone s'enflant dans son crâne, le cœur battant à tout rompre. Il se dit : Ça y est, je suis en train de mourir...

Il s'emplit les poumons d'une bouffée d'air brûlant et resta un moment la tête basse. Quand il la releva, il vit qu'il n'avait pas affaire à l'homme en noir mais à un petit garçon aux cheveux décolorés par le soleil qui posait sur lui des yeux où la curiosité même était absente. Le pistolero lui rendit son regard vide, puis secoua la tête, niant l'existence de l'enfant qui n'en disparut pas pour autant : il restait là, vêtu de son jean rapiécé au genou et de sa chemise marron de grosse cotonnade.

Le pistolero réitéra sa négation muette puis, les yeux rivés au sol, le pistolet toujours en main, se dirigea vers l'écurie. Il n'était pas encore en état de réfléchir. Des poussières lui voltigeaient dans la tête et il s'y développait par ailleurs une atroce et lancinante migraine.

L'intérieur de l'écurie était noyé dans la pénombre et le silence, explosive de chaleur accumulée. Le pistolero promena autour de lui des yeux immenses, instables, divergents. Une volte-face titubante le remit en présence du gosse qui l'avait suivi et le regardait, planté dans les décombres de l'entrée. Un bistouri de souffrance s'insinua rêveusement dans son crâne, l'incisa d'une tempe à l'autre, lui ouvrit le cerveau comme une orange. Il rengaina son arme, chancela, tendit les mains comme pour repousser des fantômes et tomba face contre terre.

Quand il reprit connaissance, il était couché sur le dos, un tas de foin pâle et sans odeur sous la nuque. Incapable de le déplacer, le garçon s'était quand même débrouillé pour l'installer confortablement. Et au frais. Il baissa les yeux et découvrit à la couleur plus sombre de sa chemise qu'elle était trempée, se passa la langue autour des lèvres, reconnut la saveur de l'eau et cligna, incrédule.

Le gamin était accroupi à son chevet. Le voyant éveillé, il tendit le bras en arrière et ramena un bidon ébréché que le pistolero saisit avec des mains tremblantes, s'en octroyant une gorgée, juste une. Quand il la sentit dans son estomac, il en reprit une seconde. Puis il se versa le restant de l'eau sur la figure en soufflant bruyamment. Les lèvres fines de l'enfant s'incurvèrent dans un petit sourire sérieux.

— Vous avez faim ?

— Pas pour l'instant, répondit le pistolero. (De son insolation, il gardait une douleur sourde tapie au fond du crâne, et l'eau n'avait pas l'air à l'aise dans son estomac, comme si elle ne savait où aller.) Qui es-tu ?

— Mon nom, c'est John Chambers. Vous n'avez qu'à m'appeler Jake.

Le pistolero se redressa ; instantanément le mal de tête réapparut, vrillant, intact. Il se pencha et perdit un bref combat contre son estomac.

— Il y en a encore, dit Jake, qui ramassa le bidon et s'éloigna vers le fond de l'écurie. Le pistolero le vit marquer un temps d'arrêt, tourner vers lui un sourire incertain. Il hocha la tête, l'encourageant. Puis il se cala le menton sur les poings. L'enfant était bien bâti, joli garçon. Il pouvait avoir dans les neuf ans. Une ombre était passée sur son visage, mais sur lequel n'en passait-il pas désormais ?

Un étrange bourdonnement se fit entendre et le pistolero redressa la tête en sursaut alors que ses mains descendaient vers les crosses de ses armes. Le bruit dura peut-être une quinzaine de secondes, spasmodique, puis cessa. Jake revint avec le bidon... plein.

Quelques gorgées, tout aussi parcimonieuses que les précédentes, passèrent nettement mieux. Le mal de crâne commençait à se dissiper.

— Je ne savais pas quoi faire quand vous êtes tombé, dit Jake. Pendant quelques secondes, j'ai cru que vous alliez me tirer dessus.

— Je t'ai pris pour un autre.

— Le prêtre ?

Le pistolero releva brusquement la tête.

— Quel prêtre ?

L'enfant le regarda, les sourcils légèrement froncés.

— Ben, le prêtre. Il a bivouaqué dans le corral. J'étais à côté, dans la maison, mais il ne m'a pas plu. Alors je ne me suis pas montré. Il est arrivé dans la nuit et il est reparti le lendemain. Vous non plus, vous ne m'auriez pas vu tout à l'heure si je n'avais pas été en train de dormir. Je me serais caché. (Il lança un regard noir par-dessus la tête du pistolero.) Je n'aime pas les gens. Ils me font chier.

— Il avait l'air de quoi, ce prêtre ?

— D'un prêtre. Il était tout en noir.

— Capuchon et soutane ?

— C'est quoi, une soutane ?

— Une robe.

— C'est ça, dit Jake, hochant la tête. Une robe et un capuchon.

Le pistolero se pencha et l'enfant dut lire quelque chose sur ses traits car il eut un petit mouvement de recul.

— Ça fait combien de temps qu'il est passé ?

— Je... je...

— Tu n'as rien à craindre de moi, dit le pistolero, patient.

— C'est que je n'en sais rien. J'ai perdu la notion du temps. Les jours se ressemblent tous.

Pour la première fois, le pistolero s'interrogea sur la manière dont ce jeune garçon était arrivé dans cet endroit cerné par un désert aride et meurtrier. Mais il ne voulait pas s'en préoccuper, du moins pas encore.

— Tu as bien une idée ! Il y a longtemps ?

— Non, pas longtemps. Je ne suis ici que depuis peu de temps.

Le brasier se ralluma dans sa gorge. Il saisit le bidon et but ; ses mains ne tremblèrent qu'à peine. Un fragment de la berceuse lui revint, mais cette fois, au lieu du visage de sa mère, ce fut un visage au front barré d'une cicatrice qu'il vit, celui d'Alice qui avait été sa maîtresse dans la ville à présent défunte de Tull.

— Combien ? Une semaine ? Deux ? Trois ?

L'enfant riva sur lui un regard affolé.

— Oui.

— Oui quoi ?

— Une semaine. Ou deux. Je ne suis pas sorti. Il n'a même pas bu. J'ai pensé que ce pouvait être le fantôme d'un prêtre. J'avais peur. J'ai eu peur presque tout le temps. (Il frémit, ses traits vibrèrent comme un verre de cristal à l'approche de la note ultime, suraiguë, qui lui serait fatale.) Il n'a même pas fait de feu. Il s'est juste assis là. Je ne sais même pas s'il a dormi.

Il le rattrapait ! Il n'avait jamais été aussi près. Malgré sa déshydratation extrême, il se sentit les mains vaguement moites, huileuses.

— Il y a de la viande séchée, dit l'enfant.

— Bon, dit le pistolero en hochant la tête. Ça ira.

Le garçon se leva pour aller la chercher ; ses genoux craquèrent légèrement. Il avait une silhouette nette et belle. Le désert ne l'avait pas encore sapé. Ses bras étaient minces mais la peau, bien que tannée, n'était ni desséchée ni craquelée. Il a de la sève en lui, pensa le pistolero. Il a de la sève et il n'est pas d'ici.

Jake revint avec un petit tas de viande séchée empilé sur ce qui ressemblait à une vieille planche à pain récurée par le soleil et le sable. Nourriture coriace, filandreuse, tellement salée qu'elle emportait dans des hurlements les muqueuses à vif du pistolero. Il mangea et but jusqu'à satiété puis s'étendit confortablement. Le gosse ne fit que picorer.

Le pistolero le regarda calmement et l'enfant lui rendit son regard.

— D'où viens-tu, Jake ? demanda-t-il finalement.

— Je ne sais pas. Je le savais encore en arrivant, mais tout est flou maintenant ; c'est comme se réveiller d'un cauchemar. Je fais beaucoup de cauchemars.

— Tu es venu avec quelqu'un ?

— Non, je me suis retrouvé là, simplement.

— Ça n'a pas de sens, lâcha le pistolero.

Tout d'un coup, le gamin fut au bord des larmes.

— J'y peux rien, moi. J'étais là, c'est tout. Et maintenant, vous allez repartir. J'vais crever de faim parce que vous ne m'aurez presque rien laissé. J'ai pas demandé à être ici. J'aime pas cet endroit. Ça fiche la trouille.

— Arrête de pleurnicher sur ton sort. Agis.

— J'ai pas demandé à être ici, répéta Jake, buté, perdu.

Le pistolero prit une autre lanière de viande. Il la mastiqua longuement pour la dessaler avant de l'avaler. Le garçon avait maintenant sa place dans la partie, et il disait la vérité : il n'avait rien cherché. C'était triste. Lui, en revanche, l'avait cherché. Même s'il n'avait jamais voulu que le jeu devînt aussi vicieux.

Non, il n'avait pas demandé à retourner ses pistolets contre la population désarmée de Tull, ni à tuer Alice au visage marqué par cette étrange et luisante cicatrice. Il se serait passé d'avoir à choisir entre la hantise de son devoir, sa quête et une amoralité criminelle. L'homme en noir acculé s'était mis à tirer de bien vilaines ficelles — si tant est qu'il ait effectivement tiré celle-ci. Racoler d'innocents spectateurs pour leur faire débiter sur une scène étrange des répliques qui les dépassaient tenait de l'injustice. Allie, se disait-il, Allie au moins avait joué le jeu du monde, avec sa manière à elle de se bercer d'illusions. Mais ce gamin... bon Dieu ! Ce foutu gamin...

— Dis-moi ce dont tu te souviens, dit-il à Jake.

— Pas grand-chose. Ça ne semble même plus avoir de sens maintenant.

— Raconte. J'en trouverai peut-être un.

— Il y avait un endroit... celui d'avant. C'était très haut avec des tas de chambres et un patio d'où on voyait des grands immeubles et de l'eau. Il y avait une statue debout dans l'eau.

— Une statue dans l'eau ?

— Oui. Une dame avec une couronne et qui tenait un flambeau.

— Tu inventes ?

— Peut-être bien, fit le garçon, découragé. Il y avait des choses pour se déplacer dans les rues. Des grandes et des petites. Des jaunes. Beaucoup de jaunes. J'allais à l'école à pied. Il y avait des chemins en ciment le long de ces rues, des vitrines à regarder, avec d'autres statues qui portaient des vêtements. Elles servaient à les vendre. Oui, je sais, on dirait une histoire de fou, mais ces statues servaient à vendre des vêtements.

Le pistolero hocha la tête, cherchant un mensonge sur les traits du garçon. Il n'en vit pas.

— J'allais à l'école à pied, répéta Jake obstinément. Et j'avais un... (Il ferma presque les yeux et ses lèvres articulèrent, hésitantes :)... un cartable... marron. Mon casse-croûte était dedans. Et je portais... (nouvelle hésitation, angoissée)... une cravate.

— Une quoi ?

— Je ne sais pas. (Inconsciemment, les doigts du garçon se portèrent à son cou et firent avec lenteur le geste de serrer, ce qui évoqua pour le pistolero une pendaison.) Je n'en sais plus rien. Tout a disparu.

Et il regarda ailleurs.

— Si tu veux, je peux te faire dormir, proposa le pistolero.

— Je n'ai pas sommeil.

— Je peux te donner sommeil, et t'aider à te rappeler.

— Comment vous feriez ça ? demanda l'enfant, dubitatif.

— Avec ceci.

Le pistolero prit une balle dans l'un de ses ceinturons et la fit tourner entre ses doigts. Un mouvement tout en adroite souplesse, fluide, comme huilé. L'objet circula sans heurt entre pouce et index, index et majeur, majeur et annulaire, annulaire et petit doigt. Il disparut, reparut, donna fugitivement l'impression de flotter puis pirouetta, avant de reprendre ses évolutions. Il se promenait entre ses doigts qui eux-mêmes ondulaient comme un rideau de perles agité par la brise. Le gosse était tout yeux. Son doute initial céda la place au plaisir, puis au ravissement, puis à une muette vacuité. Ses paupières se fermèrent. La balle continua d'aller et venir, de danser. Les yeux se rouvrirent, se fixèrent encore un moment sur le ballet régulier et limpide, puis se fermèrent à nouveau. Pour de bon, apparemment ; le pistolero n'en continua pas moins de faire évoluer la balle. Calme était la respiration de l'enfant, bovine. Était-ce un élément du tout ? Sans conteste. Il y avait là une certaine beauté, une logique, comme il en réside dans la dentelle frangeant, avec le temps, le bleu dur des congères. Il crut percevoir le tintement des carillons à vent. Ce n'était pas la première fois qu'il goûtait la saveur lisse, laineuse, de la mélancolie. Le projectile qu'il manipulait entre ses doigts avec une grâce inouïe devint soudain quelque chose d'impérissable et de terrifiant, l'empreinte d'un monstre. Il le laissa choir dans sa paume et l'y enferma dans son poing crispé, avec une rage douloureuse. Le viol existait de par le monde. Le viol, le meurtre, les pratiques innommables — et toujours pour le bien, le maudit bien, pour le mythe, pour le Graal, pour la Tour. Ah, la Tour ! Elle s'érigeait quelque part, projetant sa noire masse vers le ciel, et le pistolero à l'ouïe affinée par le désert était à même de saisir la subtile et douce musique des carillons à vent.

— Où es-tu ? demanda-t-il.

Jake Chambers descend l'escalier, son cartable à la main. Il a dedans ses livres de géographie — celui de géographie physique et l'autre, de géographie humaine —, un bloc-notes, un crayon et ce que la cuisinière de sa mère, Mrs. Greta Shaw, lui a préparé pour midi dans la cuisine en chrome et formica, éternellement remplie du ronflement d'un ventilateur aspirant les odeurs indésirables. Dans le sachet de papier kraft, il a un sandwich à la gelée et au beurre de cacahuète, un sandwich à la mortadelle avec laitue et oignons, et quatre biscuits Oreo. *Ses parents ne le détestent pas mais donnent l'impression de l'avoir oublié. Ils ont abdiqué, l'ont abandonné à Mrs. Greta Shaw, à des nurses, à un précepteur l'été, à l'école le reste du temps — l'École avec un É majuscule : privée, « bien », exclusivement fréquentée par des Blancs —, surtout. Ces gens n'ont jamais prétendu être autre chose que ce qu'ils sont : des professionnels, les meilleurs dans leurs domaines respectifs. Aucun d'eux ne l'a serré sur un sein particulièrement chaleureux, ainsi qu'il est de coutume dans les romans historiques que lit sa mère et dans lesquels il s'est plongé à la recherche des « passages croustillants ». Romans hystériques, comme dit parfois son père quand il ne les qualifie pas de « dépoitraillés ». « Tu peux parler », dit sa mère avec un infini mépris, derrière les portes auxquelles Jake écoute. Son père travaille à la télé. Il saurait le repérer dans un groupe. Oui, sans doute.*

Jake ne sait pas qu'il a horreur des professionnels, mais c'est un fait. Les gens l'ont toujours dérouté. Il aime les escaliers et ne prend jamais l'ascenseur de son immeuble. Sa mère — qui est maigre mais sur le mode sexy — couche souvent avec des amis malades.

Voilà qu'il est dans la rue ; Jake Chambers est dans la rue ; il est à « pied d'œuvre ». Il est propre et bien élevé, convenable, sensible. Il n'a pas d'amis, seulement des relations. Il ne s'est jamais donné la peine d'y penser mais il en souffre. Il ne sait pas ou ne comprend pas que sa longue fréquentation des professionnels lui a fait attraper bon nombre de leurs traits. Mrs. Greta Shaw fait ses sandwiches en vraie professionnelle. Elle les coupe en quatre par des diagonales, ôte la croûte de chaque triangle, si bien que, les jours où il prend son repas dans le gymnase, on a vraiment l'impression qu'il serait plus à sa place dans un cocktail avec un verre à la main plutôt qu'un roman sportif emprunté à la bibliothèque de l'école. Son père gagne beaucoup d'argent parce que c'est un virtuose de la « mise à mort », c'est-à-dire de la programmation sur sa chaîne d'une émission coup de poing à la même heure qu'une autre plus faible sur une chaîne rivale. Son père fume cinq paquets de cigarettes par jour. Il ne tousse pas, mais son sourire fixe fait penser aux couteaux à viande qu'on vend dans les supermarchés.

Dans la rue. Sa mère lui donne de quoi prendre un taxi mais il préfère aller à pied chaque fois qu'il ne pleut pas, balançant son cartable, petit garçon très américain avec ses cheveux blonds et ses yeux bleus. Les petites filles commencent à s'intéresser à lui (sous l'œil approbateur de leur mère) et il ne se détourne pas d'elles avec une arrogance de gamin capricieux. Il leur parle, empreint d'un professionnalisme inconscient qui les fait fuir, perplexes. Il aime la géographie, et le bowling l'après-midi. Son père a des actions dans une entreprise qui fabrique des systèmes automatiques de ramassage et de mise en place de quilles de bowling. Mais la salle fréquentée par Jake n'emploie pas la marque de son père.

Descendre la rue l'amène à passer devant chez Brendio dont les mannequins portent des manteaux de fourrure ou des costumes à six boutons ; ou encore ne portent rien, ils sont « tout nus ». Ces mannequins — ces fausses personnes — sont éminemment professionnels, et il déteste tout ce qui est professionnel. Il est encore trop jeune pour avoir appris à se haïr, mais la graine est déjà là : elle lui a été semée dans l'amère fissure du cœur.

Il arrive au coin de la rue et attend, le cartable au repos contre sa jambe. La circulation est un flot rugissant — autobus, taxis, Volkswagen, un gros camion y grondent. Ce n'est qu'un enfant, mais pas du lot commun : du coin de l'œil, il voit l'homme qui le tue. C'est l'homme en noir. Il n'en voit toutefois pas le visage, seulement la robe qui tourbillonne. Il tombe sur la chaussée, bras en croix, sans lâcher son cartable qui contient le repas froid extrêmement professionnel de Mrs. Greta Shaw. Il y a un bref regard par un pare-brise polarisé pour la grimace d'horreur d'un homme d'affaires sous un chapeau bleu foncé au ruban planté d'une petite plume à l'air coquin. Une vieille dame hurle sur le bord du trottoir d'en face — elle porte un chapeau noir à voilette. Une voilette qui n'a rien de coquin ; la dame a plutôt l'air d'être en deuil. Jake ne sent rien, sinon la surprise, et une familière plongée dans la confusion la plus totale... est-ce comme ça, la fin ? Il s'aplatit sur l'asphalte, les yeux rivés, à cinq, six centimètres, sur la rupture plus lisse d'une crevasse rebouchée. Le cartable lui est arraché de la main. Il se demande s'il ne s'est pas râpé les genoux à l'instant même où la voiture de l'homme d'affaires coiffé du chapeau bleu à plume lui passe dessus. C'est une grosse Cadillac, le modèle 1976 avec des roues de quarante centimètres. Elle est presque de la même couleur que le chapeau de son propriétaire. Elle brise les reins de Jake, lui réduit le ventre en bouillie, fait gicler le sang par sa bouche en un jet puissant. Il tourne la tête et voit briller les feux arrière de l'auto, crachoter la fumée entre les roues bloquées. Elle est aussi passée sur le cartable et y a laissé une large trace noire. Il tourne la tête de l'autre côté et voit une grosse Ford jaune piler à quelques centimètres de son corps dans un hurlement de pneus. Un Noir se précipite vers lui, abandonnant son commerce ambulant de bretzels-sodas. Jake saigne du nez, des oreilles, des yeux, du rectum. Il a eu les parties broyées. Il continue de se demander avec irritation s'il s'est beaucoup écorché les genoux. Le chauffeur de la Cadillac court maintenant vers lui en bafouillant quelque chose. Quelque part, calme et terrifiante, une voix dit : « Je suis prêtre. Laissez-moi passer. Un acte de contrition... »

Il voit la robe noire et l'horreur le submerge. C'est l'homme en noir. Avec ce qui lui reste de forces, il tourne encore une fois la tête. Quelque part à la radio passe un rock du groupe Kiss. Il voit sa main à plat sur la chaussée, petite, blanche, bien faite. Il ne s'est jamais rongé les ongles.

Regardant sa main, Jake meurt.

Le pistolero réfléchissait, le front barré d'un pli. Il était épuisé, avait mal partout et les pensées lui venaient avec une lenteur exaspérante. Devant lui, l'étonnant petit garçon dormait, mains jointes au creux des cuisses, la respiration toujours aussi calme. Il avait raconté son histoire sans grande émotion, sinon que sa voix s'était mise à trembler vers la fin sur les mots « prêtre » et « acte de contrition ». Il n'avait évidemment parlé au pistolero ni de sa famille ni de cette dichotomie dont il avait conscience ; mais ces choses avaient filtré — assez pour trahir leurs contours. Qu'il n'eût jamais existé de ville conforme à sa description (ou alors dans une préhistoire légendaire) n'était pas l'aspect le plus inquiétant du récit, mais restait troublant. Comme l'ensemble était troublant. Le pistolero en redoutait les implications.

— Jake ?

— Hein ?

— À ton réveil, tu veux te souvenir de tout ça ou l'oublier ?

— L'oublier, répondit aussitôt l'enfant. Mon sang a coulé.

— Bon. Tu vas dormir, compris ? Vas-y, allonge-toi.

Jake s'étendit. Il en parut encore plus petit, plus paisible. Inoffensif. Le pistolero ne pensait pas qu'il le fût. Une sensation de mort s'attachait à lui, et la puanteur de la prédestination. L'aura lui déplaisait mais il aimait ce garçon. Il l'aimait beaucoup.

— Jake ?

— Chut. J'ai envie de dormir.

— Oui. Et quand tu te réveilleras, tu ne te souviendras plus de rien.

— D'ac.

Le pistolero resta un moment à le regarder, repensant à sa propre enfance qui lui faisait généralement l'effet d'avoir été celle d'un autre — d'une personne métamorphosée par la traversée de quelque lentille osmotique — mais qu'il sentait en cet instant douloureusement proche. Il faisait très chaud dans l'écurie du relais et il but encore un peu d'eau. Puis il se leva et se dirigea vers le fond du bâtiment, s'arrêtant devant l'une des stalles pour y plonger son regard. Il y avait là un petit tas de foin blanc dans un coin, et une couverture soigneusement pliée. Mais pas le moindre vestige olfactif des chevaux qui l'avaient occupée. Rien ne sentait quoi que ce soit d'ailleurs, dans cette écurie. Le soleil l'avait saignée de toute odeur. Pas une ne subsistait. L'air était d'une neutralité absolue.

Une porte, au fond, donnait sur une petite pièce sombre au centre de laquelle se dressait une machine en acier inoxydable. La rouille ou toute autre atteinte du temps l'avaient épargnée. Elle ressemblait à une baratte. Sur sa gauche, saillait un tuyau chromé qui se terminait juste au-dessus d'une rigole ménagée dans le sol. Le pistolero avait déjà vu des pompes de ce genre dans d'autres lieux arides mais jamais d'aussi grosses. Il avait du mal à évaluer jusqu'à quelle profondeur il avait fallu creuser pour atteindre cette eau cachée sous le désert, dans des ténèbres éternelles.

Pourquoi avait-on négligé de récupérer la pompe à l'abandon du relais ?

À cause des démons, peut-être.

Il eut un brusque frisson, le dos parcouru d'une contraction, le hérissement puis la retombée de la chair de poule. Il s'approcha des commandes de l'appareil et poussa le bouton MARCHE. Le bourdonnement de tout à l'heure reprit. Trente secondes plus tard environ, une eau claire et fraîche jaillit du tuyau puis s'écoula le long de la rigole qui la réintroduisait dans le circuit. Une dizaine de litres furent ainsi tirés des entrailles du désert avant que la pompe ne s'arrêtât d'elle-même sur un déclic. C'était aussi étranger au lieu et à l'époque qu'un grand amour, et tangible pourtant comme le Jugement dernier, silencieux rappel d'un autre temps, bien avant que le monde eût changé. Il devait y avoir un générateur atomique pour l'alimenter, vu l'absence d'électricité à des milliers de lieues à la ronde. Des piles sèches n'auraient pas duré si longtemps. Le pistolero n'aima pas ça.

Il retourna s'asseoir à côté du gamin endormi, une main glissée sous la joue. Un bel enfant. Il se réoctroya une gorgée d'eau et croisa les jambes à l'indienne. Comme ce squatter à la frontière du désert avec son oiseau (ça lui revenait maintenant : l'oiseau s'appelait Zoltan), le garçon avait perdu la notion du temps, mais que l'homme en noir ne fût plus très loin devant paraissait hors de doute. Le pistolero se demanda, et non pour la première fois, si l'autre ne se laissait pas délibérément rattraper. Peut-être se jetait-il entre ses griffes. Il essaya d'imaginer à quoi ressemblerait leur affrontement et n'y parvint pas.

La chaleur était atroce mais il avait cessé d'en être incommodé. La comptine revint lui tourner dans la tête et, cette fois, au lieu du souvenir de sa mère, ce fut celui de Cort qu'elle fit remonter, son visage couturé de cicatrices dues aux pierres, aux balles, à toute sorte d'instruments contondants : les marques de la guerre. Il se demandait si Cort avait jamais connu un amour qui fît pendant à ces formidables stigmates. Il en doutait. Il pensa aussi à Aïleen, et à Marten, l'imparfait enchanteur.

Le pistolero n'était pas homme à se complaire dans le passé. Une vague conscience de l'avenir et de ses propres émotions lui épargnait seule la totale absence d'imagination du parfait demeuré. Le tour actuel de ses pensées ne pouvait donc que le surprendre. Chaque nom en faisait surgir d'autres : Cuthbert, Paul, le vieux Jonas, et Susan, l'adorable demoiselle à sa fenêtre.

Le pianiste de Tull (mort aussi... comme tous à Tull... et de sa main) avait aimé ces vieilles ballades. Il en fredonna une à mi-voix, rabotant la mélodie.

L'amour, ô l'amour, l'amour insouciant
Vois ce qu'amour a fait, négligemment.

Il rit, vaguement troublé. *Je suis le dernier survivant de ce monde, de ce vert paradis aux chaudes nuances.* Mais, si intense fût-elle, sa nostalgie ne s'accompagnait d'aucun apitoiement sur soi. Que le monde eût inexorablement changé ne l'empêchait pas de garder bon pied, bon œil. Et il avait gagné du terrain sur l'homme en noir. Il piqua du nez et s'assoupit.

Quand le pistolero se réveilla, il faisait presque nuit et l'enfant était parti.

Il se leva dans le craquement de ses jointures et gagna la porte de l'écurie. Une petite flamme dansait sur la véranda de l'auberge déjà bien obscure. Il se dirigea vers elle, traînant derrière lui son ombre longue et noire dans l'ocre du crépuscule.

C'était Jake, assis près d'une lampe à kérosène.

— J'ai trouvé du pétrole dans un fût mais j'ai eu peur d'allumer ça dans la maison. Tout est si sec...

— Tu as bien fait. (Il s'assit, remarquant sans s'y attarder la poussière des ans qui, mollement, se soulevait autour de ses fesses. La flamme de la lampe jouait par touches délicates sur les traits du garçon. Le pistolero sortit sa blague et s'en roula une.) Faut qu'on parle, dit-il.

Jake fit oui.

— Je traque cet homme que tu as vu, tu l'as sans doute compris.

— Vous allez le tuer ?

— Je n'en sais rien. J'ai quelque chose à lui faire dire. Peut-être aura-t-il à m'amener quelque part.

— Où ?

— En quête d'une tour.

Le pistolero pencha sa cigarette au-dessus du verre de lampe et téta une bouffée d'amorce. La fumée s'effilocha dans les premières approches de la brise nocturne. Jake la regarda s'enfuir. Ni peur ni curiosité sur ce visage, et certainement pas d'enthousiasme.

— Donc, je m'en vais demain, reprit le pistolero. Tu vas venir avec moi. Il reste beaucoup de viande ?

— Une poignée, pas plus.

— Du maïs ?

— Un peu.

Le pistolero hocha la tête.

— Y a-t-il une cave ?

— Oui. (Jake le regarda. Ses pupilles s'étaient dilatées jusqu'à en paraître fragiles.) J'en ai ouvert la trappe mais sans y descendre. J'ai eu peur que l'échelle ne casse, peur d'être bloqué en bas. Et puis ça sentait mauvais. C'est le seul endroit ici qui ait une odeur.

— Bon. Demain, on se lève tôt et on va voir s'il y a là quelque chose qui vaille la peine d'être emporté. Après, on décolle.

— D'accord. (Le garçon s'interrompit et ajouta :) Je suis content de ne pas vous avoir tué pendant votre sommeil. J'avais une fourche et j'y ai pensé. Mais je ne l'ai pas fait. Maintenant je n'aurai plus peur de m'endormir.

— De quoi avais-tu peur ?

L'enfant posa sur lui un regard sinistre.

— Des revenants. Qu'il revienne, lui.

— L'homme en noir, fit le pistolero sans qu'il y eût là une question.

— Oui. Est-il méchant ?

— Ça dépend du point de vue, répondit le pistolero, distrait. (Il se leva et gagna le bord de la véranda pour écraser sa cigarette sur le sol durci.) Je vais me coucher.

L'enfant leva sur lui des yeux timides.

— Est-ce que je peux dormir avec vous dans l'écurie ?

— Bien sûr.

Le pistolero attendit le garçon sur les marches, la tête renversée vers le ciel. L'étoile polaire y était visible. Mars aussi. Il avait l'impression qu'il lui suffirait de fermer les yeux pour entendre le coassement des rainettes printanières, sentir le parfum quasi estival des pelouses après leur première tonte (peut-être même entendre l'indolent cliquetis des boules de croquet de la partie que jouaient les dames de l'Aile Est, en chemise déjà dans le miroitement du crépuscule s'acheminant vers la nuit), presque voir Aïleen franchir la brèche pratiquée dans la haie...

Ça ne lui ressemblait pas de tant penser au passé.

Il se retourna et ramassa la lampe.

— Allons dormir, dit-il.

Ensemble, ils regagnèrent l'écurie.

Le lendemain matin, il explora la cave.

Jake avait raison : elle puait. Un remugle qui lui donna la nausée et lui fit quelque peu tourner la tête après l'aseptique absence d'odeur du désert et de l'écurie. Elle sentait le chou, le navet, la pomme de terre dont une forêt de longs germes, nés d'yeux aveugles, avait définitivement trouvé forme pourrissante. L'échelle paraissait toutefois solide. Il descendit.

Un sol en terre battue, et les poutres du plafond juste au-dessus de sa tête. Des araignées gris tacheté, d'une taille inquiétante, y survivaient. Bon nombre mutantes ; certaines avaient des yeux pédonculés, d'autres jusqu'à seize pattes.

Il promena son regard dans le noir, attendant que ses yeux fussent habitués.

— Ça va ? lui cria d'en haut Jake, la voix nouée.

— Oui. Attends, il y a des boîtes de conserve, ajouta-t-il en les découvrant dans un coin.

Il s'approcha, le cou rentré dans les épaules. Il y avait là une caisse ouverte sur un côté. Des légumes, haricots verts, haricots blancs... trois boîtes de corned beef aussi.

Il s'en emplit les bras, regagna l'échelle, la gravit à mi-hauteur et les tendit à Jake qui s'agenouilla pour les prendre. Puis il retourna en chercher.

Ce fut au troisième voyage qu'il entendit gémir dans les fondations.

Il fit volte-face, fouilla l'ombre humide, se sentit submergé par une forme de terreur languide. Sensation répugnante et langoureuse à la fois, faire l'amour dans l'eau... l'un dans l'autre se noyant.

Un mur de grès, gros appareil probablement jointoyé à la construction du relais, saillant en tous sens désormais. Une impression d'hiéroglyphes étranges et contournés. Un mince filet de sable coulait de la fissure entre deux signes, comme si quelqu'un creusait derrière, fébrile, dans l'angoisse et dans les larmes.

La plainte se fit haletante, monta en force jusqu'à remplir la cave de sa sonore abstraction de souffrance et d'effort désespéré.

— Remontez ! hurla Jake. Ô mon Dieu, mon Dieu, monsieur, remontez !

— Va-t'en, dit-il calmement.

— Remontez !

Il s'abstint de répondre. Les doigts de sa main droite réajustèrent du cuir.

Maintenant, il y avait un trou gros comme une pièce dans le mur. Quelque part au-dessus de la chape de terreur qui s'abattait, il entendit Jake détaler. Le sable s'arrêta de couler. Le gémissement cessa. Resta le souffle d'une respiration pénible.

— Qui est-ce ? demanda le pistolero.

Pas de réponse.

Alors, dans les termes du Haut Parler, dans le tonnerre d'un ordre, Roland exigea :

— Qui es-tu, démon ? Parle si tu sais parler. Et ne perds pas de temps ; mes mains ne sont guère patientes.

— Va lentement, lui répondit-on dans le mur d'une voix traînante, entravée. (La terreur de rêve s'épaissit, se fit presque palpable. C'était la voix d'Alice, cette femme connue à Tull. La voix d'une morte néanmoins ; ne l'avait-il vue tomber, une balle entre les yeux ? Des abîmes s'ouvrirent et il y sombra.) Va lentement, pistolero, passé les monts de la Donne. Aussi longtemps que tu voyages avec le garçon, l'homme en noir voyage avec ton âme en poche.

— Que veux-tu dire ? Parle !

Le souffle s'éteignit.

Le pistolero resta un moment figé, puis une monstrueuse araignée lui atterrit sur le bras et, frénétique, commença de remonter vers l'épaule. Un grognement lui échappa ; il chassa l'araignée, s'approcha du mur. Il n'en avait aucune envie mais la coutume était stricte, inviolable. Des morts aux morts, disait le vieil adage. Seul un cadavre a droit à la parole. Il présenta son poing au bord du trou et poussa. Le grès s'effritait. Une simple contraction des muscles lui permit d'introduire sa main jusqu'au poignet.

Et ses doigts rencontrèrent un objet solide aux contours émoussés. Il l'extirpa du mur. C'était une mâchoire, pourrie à la charnière. Les dents penchaient dans tous les sens.

— Parfait, dit-il à mi-voix.

Il fourra sans plus s'en occuper la trouvaille dans sa poche de derrière et regrimpa l'échelle, encombré par son dernier chargement de conserves. Il laissa la trappe ouverte. Le soleil allait mettre un terme à la mutante survie des monstres.

Jake était déjà au milieu du corral. Il reculait, se faisait tout petit, presque au ras du sol caillouteux et fissuré. Il cria en voyant le pistolero, fit encore un ou deux pas en arrière puis courut vers lui en pleurant.

— J'ai cru qu'il vous avait eu, qu'il vous avait eu, j'ai cru...

— Mais non.

Il serra l'enfant contre lui, en sentit le visage, chaud contre sa poitrine, les mains sèches qu'il accrochait à ses flancs. Il lui vint plus tard à l'esprit que ce pouvait avoir été en cet instant qu'il s'était vraiment pris d'affection pour le gamin — ce qu'évidemment l'homme en noir avait tramé dès l'origine.

— C'était un démon ?

Il avait la voix blanche.

— Oui. Un démon qui parle. Allez, viens. On n'a plus rien à faire ici.

Ils retournèrent à l'écurie et le pistolero rassembla leurs provisions dans un paquetage rudimentaire, utilisant la couverture sous laquelle il avait dormi. Elle tenait chaud et piquait, mais faute d'autre chose... Ensuite, il alla remplir les outres à la pompe.

— Tu vas en prendre une, dit-il à Jake. Tu te la mets en travers des épaules, comme un fakir porte son serpent. Vu ?

— Oui.

L'enfant leva un regard d'adoration sur le pistolero et se chargea d'une outre comme indiqué.

— Ce n'est pas trop lourd ?

— Non, ça va.

— Dis la vérité. Je ne pourrai pas te porter si tu attrapes une insolation.

— Je n'en aurai pas. Tout ira bien.

Le pistolero hocha la tête.

— On va vers les montagnes, n'est-ce pas ?

— Oui.

Ils se mirent en route sous l'écrasante omniprésence du soleil. Jake marchait à la droite du pistolero, le devançant légèrement ; il lui arrivait au coude. Les pattes de la chèvre dont l'outre était issue descendaient presque lui battre les tibias. Le pistolero avait entrecroisé les deux siennes sur ses épaules et coincé le ballot sous son bras gauche.

Ils franchirent le portail extérieur du relais et le pistolero retrouva les ornières peu marquées de l'ancien itinéraire des diligences. Ils les suivaient depuis près d'un quart d'heure quand Jake se retourna et agita la main en direction des deux bâtiments. Ils avaient l'air de se blottir l'un contre l'autre au sein de cette immensité titanesque.

— Adieu, cria l'enfant. Adieu !

Ils marchèrent. Et quand, à son tour, le pistolero se retourna, le relais avait disparu. Une fois de plus, il ne restait que le désert. Rien d'autre.

Trois jours les séparaient du relais et les montagnes s'étaient faites trompeusement nettes. Ils les voyaient à présent soulever leurs contreforts du désert, premières pentes dénudées, triomphe érodé, maussade, des affleurements rocheux perçant l'épiderme de la terre. Plus haut, s'offrait un bref replat et, vision refusée au pistolero depuis des mois, des années peut-être, du vert — du vrai, de ce vert de la vie. De l'herbe, des sapins nains, voire des saules, abreuvés par les neiges qui dominaient. Puis la roche reprenait ses droits, envolée de splendeur cyclopéenne et chaotique jusqu'à l'aveuglante blancheur des sommets. Sur la gauche, une gigantesque faille montrait la voie vers des hauteurs plus modestes, décor de grès érodé — parois, tertres ou tables — voilé du rideau gris d'averses quasi permanentes. Le soir, avant de sombrer dans le sommeil, Jake restait quelques minutes assis à contempler, fasciné, l'éblouissante escrime d'éclairs lointains, blancs ou mauves, déchirant la limpidité du ciel nocturne.

Le garçon était bon marcheur. Endurant, bien sûr, mais plus encore, semblant combattre la fatigue en puisant sur de calmes et professionnelles réserves d'énergie dont le pistolero savait apprécier la valeur. Il parlait peu, s'abstenait de toute question, n'en posant pas même sur la mâchoire que le pistolero tournait et retournait le soir entre ses doigts quand il fumait sa cigarette. Il sentait le garçon particulièrement flatté — voire exalté — de lui tenir compagnie et en était inquiet. Cet enfant avait été placé sur son chemin — *Aussi longtemps que tu voyages avec le garçon, l'homme en noir voyage avec ton âme en poche* — et que Jake ne parût pas le ralentir laissait seulement le champ libre à de plus sombres perspectives.

À intervalles réguliers, ils croisaient les symétriques vestiges des feux de camp de l'homme en noir, et le pistolero avait à présent la sensation que les traces étaient plus fraîches. Le troisième soir, il eut la certitude que cette lueur au loin sur les premiers contreforts était celle d'un autre feu.

Vers quatorze heures, le quatrième jour, Jake se mit à tituber et faillit tomber.

— Assieds-toi, lui dit le pistolero.

— Non, ça va.

— Assieds-toi, je te dis.

L'enfant obéit. Le pistolero s'accroupit à ses côtés pour lui faire de l'ombre.

— Bois.

— Normalement, je devrais attendre...

— Bois.

Le garçon s'autorisa trois gorgées. Le pistolero mouilla un coin de la couverture — déjà plus légère — et appliqua l'étoffe humide sur le front desséché par la fièvre et sur les poignets de son jeune compagnon.

— Désormais, tous les après-midi à cette heure, nous marquerons une halte. Un quart d'heure. Tu veux dormir ?

— Non.

Le gamin posa sur lui un regard honteux et il le lui rendit empreint de douceur. Distraitement, il ôta une balle de son ceinturon et la fit tourner entre ses doigts. La fascination s'inscrivit dans les yeux de l'enfant.

— C'est chouette.

Le pistolero acquiesça d'un signe.

— Sûr. (Il resta un moment silencieux.) Je ne sais pas si je te l'ai dit, mais quand j'avais ton âge, j'habitais une ville ceinte de murs.

Le garçon fit non de la tête, déjà loin.

— Oui. Et il y avait un méchant...

— Le prêtre ?

— Non. Mais sans doute étaient-ils parents, maintenant que j'y pense. Demi-frères, peut-être. Marten était sorcier... comme Merlin. On connaît Merlin dans le monde d'où tu viens, Jake.

— Merlin, Arthur, les chevaliers de la Table ronde, fit la voix rêveuse de l'enfant.

Une vilaine pulsion traversa le pistolero.

— C'est ça, dit-il. J'étais très jeune...

Mais le garçon s'était endormi, assis là, les mains l'une sur l'autre entre les cuisses.

— Quand je claque des doigts, tu te réveilles. Reposé. Frais et dispos. C'est compris ?

— Oui.

— Alors, vas-y, couche-toi.

Le pistolero sortit sa blague et s'en roula une. Quelque chose manquait. Avec application et méthode, comme à son habitude, il chercha et trouva. L'absence était celle de cette hâte exaspérante, de la sensation qu'il risquait à tout moment d'être semé, de voir la piste s'évanouir, de rester avec un fil interrompu entre les mains. C'était fini, tout ça. S'installait en lui, lentement, la conviction que l'homme en noir voulait être rattrapé.

Et maintenant, qu'allait-il se passer ?

Question trop vague pour retenir son attention. Cuthbert s'y serait intéressé, passionnément, mais Cuthbert n'était plus et le pistolero ne pouvait agir autrement qu'il l'avait toujours fait.

Il fuma, les yeux posés sur l'enfant, et ses pensées retournèrent à Cuthbert qui riait toujours, à Cort qui ne riait jamais, à Marten qui souriait parfois — mais d'un sourire mince, muet, au lustre inquiétant... celui d'une paupière s'ouvrant dans le noir sur du sang. Et, bien sûr, il y avait eu le faucon : David, ainsi baptisé d'après la légende du garçon à la fronde. Le seul besoin de tuer, de déchirer, de répandre la terreur avait mû David, le pistolero n'en doutait pas. Comme lui, le faucon n'avait rien eu d'un dilettante, n'avait jamais cessé de jouer au centre du terrain.

Il n'en restait pas moins qu'un examen final pouvait révéler David plus proche de Marten que quiconque... et Gabrielle, sa mère, l'avait peut-être su.

Le pistolero sentit l'émotion lui pousser le cœur à fleur de corps mais rien ne transparut sur ses traits. Il regarda la fumée de sa cigarette monter dans l'air surchauffé du désert, s'y évanouir... et retourna en arrière.

2

Le ciel était blanc, blanc pur ; l'air sentait la pluie. Haies et verdure naissante exhalaient un parfum doux, pénétrant. On était au cœur du printemps. David, petite machine meurtrière aux yeux d'or rivés sur le vide, était posé sur le poing replié de Cuthbert, l'attache de peau qui le retenait par les jets négligemment roulée autour du bras.

À l'écart des deux garçons se dressait, silencieuse, la silhouette de Cort : pantalon de cuir couvert de pièces et chemise de coton vert haut sanglée par son vieux ceinturon de fantassin. Le vert de la chemise se fondait dans celui des haies et du moutonnement de gazon des terrains du fond où les dames n'avaient pas encore entamé leur partie.

— Tiens-toi prêt, souffla Roland à Cuthbert.

— On l'est, rétorqua Cuthbert avec assurance. Pas vrai, Davy ?

Ils parlaient en langue basse, jargon d'écuyers et de marmitons ; il était encore loin, ce jour où ils auraient toute latitude pour s'exprimer dans leur propre parler en présence d'autrui.

— C'est un beau jour pour s'entraîner. Tu sens l'odeur de pluie ? C'est...

Cort souleva brusquement la cage. Le panneau bascula et la colombe fut dehors, s'enfonçant dans le ciel à tire-d'aile. Cuthbert libéra l'attache... pas assez vite : le faucon avait déjà quitté son poing dans un gauche envol. Il se rétablit d'un bref coup d'aile et monta, gagnant du terrain sur la colombe, rapide comme une balle de pistolet.

Cort s'approcha des garçons comme si de rien n'était et son énorme poing noueux jaillit vers la tempe de Cuthbert qui s'affaissa sans un mot, sans un son, même si ses lèvres se retroussèrent sur ses gencives. Du sang goutta de son oreille et macula le vert de l'herbe.

— Tu as été trop lent, expliqua Cort.

Cuthbert essaya de se relever.

— Désolé, Cort. J'étais simplement...

Cort frappa de nouveau. Cuthbert retomba. Le sang coulait plus vite à présent, filet régulier.

— Use du Haut Parler, reprit Cort à mi-voix, une voix sans timbre, légèrement rauque à force de libations. Dis ton acte de contrition dans cette langue civilisée pour laquelle sont morts des hommes meilleurs que tu ne sauras jamais l'être, petite larve.

Cuthbert se relevait une fois de plus. Des larmes brillaient dans ses yeux mais la haine lui crispait les lèvres en un pli mince et figé.

— C'est ma faute, ma très grande faute, dit-il, pantelant de se dominer. J'ai oublié le visage de mon père dont j'aspire un jour à porter les armes.

— C'est ça, morveux. Médite sur tes erreurs ! Et tu réfléchiras mieux l'estomac vide : ni dîner ni petit déjeuner.

— Regardez ! cria Roland, montrant le ciel.

Le faucon avait dépassé la colombe et planait au-dessus d'elle dans le ciel clair et serein, ses courtes ailes musculeuses déployées, d'une fixité totale. Puis il les replia et se laissa choir comme une pierre. Les deux masses entrèrent en collision ; l'espace d'un instant, Roland crut voir du sang dans l'air... illusion, sans doute. Le faucon poussa un bref cri de victoire et la colombe tomba, battant des ailes, tordue de soubresauts. Roland se précipita pour la récupérer, abandonnant Cort et le malheureux Cuthbert.

Le rapace s'était posé près de sa proie dont il déchirait d'un bec satisfait la gorge blanche et replète. Quelques plumes achevaient de voltiger jusqu'à terre.

— David ! cria l'enfant, lançant au faucon un morceau de lapin pris dans son sac. L'oiseau l'attrapa au vol, l'avala dans un sursaut du dos et du cou. Roland essaya de le rattacher.

Presque machinalement, le faucon se retourna et laboura le bras de Roland, y créant une longue entaille aux bords déchiquetés. Puis il reprit son repas.

Le garçon étouffa un grognement et enroula de nouveau l'attache, s'arrangeant cette fois pour recevoir les furieux coups de bec sur son gantelet de cuir. Il donna un autre bout de viande au rapace et lui passa son capuchon. David grimpa docilement sur son poing.

L'enfant se redressa, tout fier.

— Et ça, qu'est-ce que c'est ? demanda Cort, montrant l'estafilade sanguinolente sur le bras de Roland.

Le garçon se raidit en prévision du coup, contracta sa gorge pour interdire tout cri, mais rien ne vint.

— Il m'a attaqué, dit-il.

— Tu as dû lui casser les pieds, rétorqua Cort. Le faucon ne te craint pas, petit. Tu ne l'intimideras jamais. Il est le pistolero de Dieu.

Roland se contenta de regarder le vieux soldat. Il était dénué d'imagination. Si Cort avait eu quelque arrière-pensée pédagogique, tant pis pour lui : son élève était assez terre à terre pour envisager là une des rares bêtises qu'il lui eût entendu lâcher.

Cuthbert s'approcha par-derrière et, traversant le havre sûr du dos de Cort, lui tira la langue. Roland s'abstint de sourire, hocha toutefois la tête, discrètement.

— Maintenant, rentrez, dit Cort, récupérant le faucon. (Son doigt se braqua sur Cuthbert.) Et toi, n'oublie pas ta méditation ! Ni ton jeûne ! Ce soir et demain matin.

— Oui, fit Cuthbert, cérémonieux sur le mode guindé. Merci pour cette précieuse journée d'enseignement.

— Ça rentre, mais ta langue a la fâcheuse habitude de pendre stupidement de ta bouche quand ton instructeur a le dos tourné. Un de ces jours peut-être, elle et toi saurez tenir vos places respectives. (Nouveau coup de poing, juste entre les deux yeux cette fois, et avec assez de violence pour que le choc sourd fût nettement audible, évocateur aussi : le maillet du marmiton qui met en perce un tonnelet de bière. Cuthbert partit à la renverse. Fugitivement vitreux, son regard redevint net : il se rivait sur Cort, brûlant de haine, de haine à l'état pur, pointe d'épingle au centre de chaque œil, vermeille comme le sang de la colombe.)

Cuthbert hocha la tête, et ses lèvres s'ouvrirent sur un terrifiant sourire que Roland ne lui avait jamais vu.

— Tout espoir n'est pas perdu, p'tite larve, dit Cort. Viens me voir dès que tu seras prêt.

— Comment vous avez su ? grinça Cuthbert entre ses dents.

Ce fut Roland qui reçut la réponse, Cort se retournant si vite qu'il faillit basculer en arrière : pour un peu, ils se seraient retrouvés à deux décorant de leur sang ce vert tout neuf.

— Ça se voyait dans ses yeux de larve. Tâche de retenir la leçon, Cuthbert. C'est la dernière pour aujourd'hui.

Cuthbert hocha encore une fois la tête. Le même sourire.

— C'est ma faute, ma très grande faute. J'ai oublié...

— Trêve de conneries, coupa Cort, perdant tout intérêt pour lui et refaisant face à Roland. Allez, filez, tous les deux. Si j'avais plus longtemps sous les yeux vos deux faces de larves, je vomirais tripes et boyaux.

— Viens, dit Roland.

Cuthbert secoua la tête, s'éclaircissant les idées, puis se releva. Cort était déjà bas sur la colline de sa démarche fléchie, arquée, une indéniable puissance, quelque chose de quasi préhistorique.

La tonsure frangée de gris au sommet de son crâne se dessina un moment, engoncée entre les épaules.

— Je le tuerai, ce fils de pute, dit Cuthbert.

Il avait toujours son rictus. Un bel œuf d'oie violacé lui poussait par magie sur le front.

— Pas plus toi que moi, dit Roland, soudain fendu d'un large sourire. Tu n'as qu'à venir dîner avec moi aux cuisines de l'Aile Ouest. Le cuistot nous trouvera quelque chose.

— Cort le saura.

— Il n'est pas copain avec Cort. (Il haussa les épaules.) Et même s'il allait lui raconter ?

Cuthbert lui rendit son sourire.

— T'as raison. J'ai toujours voulu savoir à quoi ressemblait le monde quand on avait la tête en bas et renversée dans le dos.

Ils s'acheminèrent sur les vertes pelouses, escortés par leurs ombres dans la claire lumière de printemps.

Le maître queux des cuisines ouest se nommait Hax. Il y régnait, monumental, dans sa tenue blanche souillée de nourriture — homme au teint olivâtre, au sang quart noir, quart jaune, quart d'Îles Méridionales désormais presque oubliées (le monde avait changé), Dieu sait quoi pour le dernier quart —, y évoluait, tracteur au ralenti dans ses mules de calife, sous les hauts plafonds noyés de vapeur de trois vastes salles. Il était l'un de ces très rares adultes à bien s'entendre avec les enfants, avec tous, sans condescendance mielleuse, un rapport d'égal à égal qui n'excluait pas de solides démonstrations d'affection, comme une poignée de main peut s'imposer à l'issue d'une affaire. Même ceux qui avaient abordé l'Entraînement, il les aimait, tout différents qu'ils fussent — garçons moins démonstratifs et relativement dangereux, mais pas à la manière des adultes, plutôt comme n'importe quel enfant avec un grain de folie —, et Cuthbert n'était pas le premier élève de Cort qu'il eût nourri en douce. Pour l'heure, il se tenait à son fourneau — énorme, à cuisson rapide — l'un des six appareils électriques dans tout le domaine à demeurer en état de marche —, regardant les deux gosses engloutir la viande en sauce qu'il leur avait servie. Derrière, devant, partout, marmitons, commis, subalternes de tout poil s'activaient dans l'épaisse moiteur de l'air, remuant à grand vacarme poêles et casseroles, touillant les ragoûts, s'échinant dans les régions inférieures à éplucher pommes de terre et légumes. Agenouillée dans l'alcôve ombreuse de la resserre, une souillon aux traits terreux et misérables, les cheveux serrés dans un méchant fichu à peine moins loqueteux que sa serpillière, lavait les dalles à grande eau.

Un des plongeurs surgit avec un soldat de la Garde sur ses talons.

— Hax, y a ce type qui t'demande.

— D'accord. (Hax fit signe au garde qu'il arrivait.) Vous, les garçons, allez voir Maggie. Elle vous donnera de la tarte. Après ça, décampez.

Ils acquiescèrent de la tête et allèrent trouver Maggie qui leur donna deux énormes parts sur de grandes assiettes... mais à bout de bras, comme à des chiens susceptibles de la mordre.

— On n'a qu'à se mettre sur les marches, proposa Cuthbert.

— D'accord.

Ils s'installèrent derrière un volumineux pilier suintant d'humidité, à l'abri des regards de la cuisine, et mangèrent la tarte avec les doigts. Quelques instants seulement s'écoulèrent avant qu'ils ne vissent des ombres se projeter juste en face d'eux sur la courbure du vaste escalier. Roland prit Cuthbert par le bras.

— On s'en va. V'là du monde.

Son camarade releva la tête, un visage surpris, barbouillé de jus de baies.

Mais les deux ombres s'étaient immobilisées, leurs propriétaires respectifs toujours hors de vue, même si l'une d'elles était parfaitement reconnaissable à ses dimensions : Hax ; l'autre ne pouvait qu'être l'homme de la Garde. Les garçons restèrent où ils étaient. On aurait pu les entendre s'ils avaient bougé.

— ... l'homme de bien, disait le garde.

— À Farson ? s'enquit Hax.

— Oui, dans quinze jours, lui fut-il répondu. Trois semaines peut-être. Il faut que tu nous accompagnes. Il est arrivé un chargement de l'entrepôt... (Un fracas de batterie de cuisine particulièrement retentissant, suivi d'un concert de sifflets à l'adresse du malheureux marmiton qui en était responsable noyèrent le reste, puis les garçons entendirent le garde conclure :)... de la viande empoisonnée.

— Risqué.

— Ne te demande pas ce que l'homme de bien peut faire pour toi... commença le garde.

— ... mais ce que tu peux faire pour lui. (Hax soupira.) Soldat, ne pose pas de questions.

— Tu en connais les conséquences éventuelles, dit tranquillement le garde.

— Oui. Et je n'ignore rien de mes obligations envers lui ; tu n'as pas besoin de me faire la leçon. Il m'est aussi cher qu'à toi.

— Bien. La viande portera une estampille stipulant un séjour de courte durée dans tes chambres froides. Mais tu auras à faire vite, comprends-le.

— Il y a des gosses à Farson ? demanda tristement le cuisinier — question qui n'en était pas une, à vrai dire, et à laquelle le garde répondit avec douceur :

— Il y en a partout. Toutes nos pensées — et les siennes — vont aux enfants.

— De la viande empoisonnée. Drôle de manière de penser à eux. (Hax émit un lourd soupir asthmatique.) Vont-ils se figer, les mains crispées sur le ventre, en appelant leur mère ? Probablement.

— Ce sera comme s'ils s'endormaient, dit le garde, mais il y avait quelque chose de trop rassurant dans sa voix.

— Ben voyons, fit Hax, et il éclata de rire.

— Tu l'as dit toi-même : « Soldat, ne pose pas de questions. » Ça te plaît de voir ces gosses sous la loi du pistolet alors qu'ils pourraient être entre les mains de celui qui fait se coucher le lion près de l'agneau ?

Hax s'abstint de répondre.

— Bon, reprit le garde, son exaltation retombée. Fais-moi préparer un quartier de mouton. Entre-temps, je vais aller pincer une de tes femelles pour la faire glousser.

— Ce n'est pas mon mouton, au moins, qui te donnera des crampes d'estomac, Robeson.

— Tu vas...

Mais les ombres s'éloignèrent et les voix se firent inaudibles.

J'aurais pu les tuer, songea Roland, pétrifié, fasciné. J'aurais pu les tuer tous les deux avec mon couteau, leur trancher la gorge, les saigner comme des porcs. Il baissa les yeux sur ses mains où la sauce et le jus de tarte avaient rejoint la crasse récoltée au cours des exercices de la journée.

— Roland.

Il se tourna. Cuthbert et lui se regardèrent un long moment dans la pénombre odorante, et dans sa gorge monta la saveur d'un chaud désespoir. Cette sensation aurait pu être celle d'une forme de mort — quelque chose de brutal et de définitif à l'égal de la mort de la colombe dans le ciel clair au-dessus des terrains de jeux. Hax ? Il n'en revenait pas. Hax qui, l'autre fois, lui avait posé un cautère sur la jambe ? Hax ? Puis son cerveau se bloqua, déclara le sujet clos.

Et sur le visage de Cuthbert, même sur ces traits pétillants d'intelligence et d'humour, il ne vit rien, absolument rien. Les yeux de son camarade avaient déjà classé l'affaire, arrêté le sort du maître queux, tout rejeté dans le passé. Hax leur avait donné à manger et ils s'étaient installés sur les marches ; Hax avait alors mal choisi dans quel coin des cuisines emmener le garde Robeson pour leur bref et félon tête-à-tête. Point, à la ligne. Dans ces yeux, Roland lut que le cuisinier paierait sa trahison de sa vie, comme une vipère ne peut que périr dans une fosse. Il n'y lut pas autre chose, rien du tout.

C'étaient les yeux d'un pistolero.

Rentré du haut pays dans la demi-heure précédente, le père de Roland détonnait au sein du décorum et des tentures du grand hall de réception dont le garçon, depuis peu, s'était vu accorder l'accès comme marque de son noviciat.

Son père était en jean noir et chemise bleue. Il s'était négligemment rejeté par-dessus l'épaule sa cape poussiéreuse, pisseuse, déchirée en un point jusqu'à la doublure, sans souci du contraste déplorable qu'elle et lui offraient avec l'élégance du décor. Il était atrocement maigre et, quand il se pencha vers son fils, ce fut comme si sa tête était entraînée par la lourde moustache qui lui barrait la lèvre supérieure. Les ceinturons entrecroisés sur ses hanches suspendaient les pistolets à l'angle parfait pour ses mains et leurs crosses en bois de santal polies par l'usage avaient quelque chose de terne et d'endormi dans cette maladive lumière d'intérieur.

— Le chef de cuisine, dit-il à mi-voix. Tu te rends compte ! Les rails qu'on a fait sauter là-haut, au terminus de la ligne. Le bétail décimé de Hendrickson. Et si ça se trouve... Non, mais tu te rends compte ! (Il posa sur son fils un regard plus attentif.) Ça ne te lâche pas.

— Comme le faucon, dit Roland. Lui non plus ne lâche pas sa proie.

Il rit, de l'étonnante justesse de l'image plus que d'un quelconque comique dans la situation.

Son père sourit.

— Oui, dit Roland. Je crois que ça ne me lâche pas.

— Cuthbert était avec toi. Il a dû le dire à son père depuis.

— Oui.

— Il vous a donné à manger à tous les deux alors que Cort...

— Oui.

— Et Cuthbert ? Ça le travaille aussi, à ton avis ?

— Je n'en sais rien.

Il n'avait pas envie de se lancer dans les comparaisons. Savoir si les autres sentaient ou non les choses ne l'intéressait pas.

— Ça te travaille parce que tu as l'impression d'avoir tué quelqu'un ?

Il haussa les épaules sans le vouloir, instantanément ulcéré par cette enquête sur ses motivations.

— Tu as parlé quand même. Pourquoi ?

Les yeux du gosse s'écarquillèrent.

— Aurais-je pu faire autrement ? La trahison est un...

— Si tu as fait ça pour ce genre d'idéaux simplistes qui traînent dans les livres de classe, alors ce n'était pas la peine. J'aurais préféré voir tout Farson empoisonné.

Les mots lui giclèrent de la bouche :

— C'était pas pour ça ! Je voulais le tuer... les tuer tous les deux. Ces menteurs ! Ces vipères ! Ils...

— Continue.

— Ils m'ont fait du mal, acheva-t-il. Ils m'ont fait quelque chose, ont changé quelque chose en moi. C'est pour ça que je voulais les tuer.

Son père fit signe qu'il comprenait.

— Voilà qui vaut la peine. Amoral, certes, mais ce n'est pas ton rôle d'être moral. En fait... (son regard se riva sur son fils)... il se peut que la morale ne soit jamais de ton ressort. Tu n'es pas vif comme Cuthbert, ni comme le fils à Wheeler. Cela te rendra redoutable.

Jusqu'alors agacé, Roland fut à la fois ravi et troublé.

— Il sera...

— ... pendu.

— Je veux y assister.

Roland père se renversa dans un énorme éclat de rire.

— Moins redoutable que je ne pensais... ou alors, bêtement idiot.

Ses lèvres se verrouillèrent et sa main jaillit, saisit l'enfant par le bras, lui fit mal. Roland fils grimaça mais ne broncha pas. Roland père le regardait fixement ; il soutint ce regard, même si c'était plus difficile que de chaperonner le faucon.

— Bien, dit son père qui se détourna, de but en blanc sur le départ.

— Père ?

— Oui ?

— De qui parlaient-ils ? Savez-vous qui est cet homme de bien ?

Son père se retourna et posa sur lui un regard songeur.

— Oui, j'ai mon idée.

— Si vous l'attrapiez, dit l'enfant sur son mode réfléchi, presque balourd. Il n'y en aurait plus d'autres comme le chef qui auraient à se faire... se faire briser le cou.

Son père eut un sourire mince.

— Peut-être pas dans l'immédiat. Mais à la longue, il faudra toujours que quelqu'un se fasse briser le cou, pour reprendre ton expression imagée. Le peuple l'exige. Tôt ou tard, même en l'absence d'apostat, le peuple en invente.

— Oui, dit Roland, saisissant instantanément cette idée qu'il ne devait jamais oublier. Mais si vous l'attrapiez...

— Non.

— Pourquoi ?

Son père parut un moment sur le point de dire pourquoi puis choisit de se taire.

— On a assez parlé, pour l'heure. Éloigne-toi.

Il voulut dire à son père de ne pas oublier sa promesse quand le jour serait venu pour Hax de sentir le sol se dérober sous ses pieds, mais il était sensible aux humeurs paternelles. Il le soupçonnait d'avoir envie de baiser. Porte qu'il referma en vitesse. Il savait que son père et sa mère faisaient... faisaient ça ensemble, était raisonnablement bien informé sur la nature de la chose, mais l'image mentale qui ne manquait jamais de s'y associer lui donnait un double sentiment de malaise et d'étrange culpabilité. Quelques années plus tard, Susan allait lui raconter l'histoire d'Œdipe, et lui s'en pénétrer, calme et recueilli, songeant au bizarre et sanglant triangle formé par son père, sa mère et Marten — connu dans d'autres sphères comme l'homme de bien. Ou peut-être un carré si on l'y admettait.

— Bonne nuit, père.

— Bonne nuit, mon fils.

Et il commença de déboutonner sa chemise, l'air absent. À ses yeux, l'enfant n'était déjà plus là. Tel père, tel fils.

La colline aux potences se dressait en bordure de la route de Farson — rencontre poétique à laquelle Cuthbert aurait pu être sensible à la différence de Roland, qui en revanche l'était à la sinistre splendeur du gibet escaladant l'azur lumineux du ciel, noire silhouette anguleuse en surplomb de la piste des diligences.

Les deux garçons s'étaient vus dispensés d'entraînement ce matin — Cort avait laborieusement déchiffré les billets paternels, articulant silencieusement chaque mot, hochant la tête çà et là. La tâche accomplie, il avait levé les yeux vers le ciel bleu-rose de l'aube et hoché la tête une fois de plus.

— Attendez, avait-il dit. (Et il était rentré dans la maisonnette de pierre sèche où il vivait, en était ressorti avec une grossière galette de pain azyme qu'il avait rompue pour en donner une moitié à chacun.) Quand ce sera fini, vous émietterez ce pain sous ses chaussures. Faites exactement ce que je vous dis, sinon ce sera une bonne raclée pour commencer la semaine.

Ils n'avaient compris qu'en arrivant sur les lieux, montés à deux sur le hongre de Cuthbert. Ils étaient les premiers, deux bonnes heures d'avance sur les autres et quatre sur l'exécution. La colline était déserte, sauf d'oiseaux. Il y en avait partout, tous noirs évidemment. Bruyamment juchés sur la barre en travers de la trappe — sur l'armature de la mort —, formant rang sur le bord de la plate-forme, se disputant leur place sur les marches.

— Ils les y laissent, marmonna Cuthbert. Pour eux.

— Montons, dit Roland.

Il y eut quelque chose comme de l'horreur dans le regard que Cuthbert lui lança.

— Tu crois...

Roland l'arrêta d'un geste.

— On a des siècles d'avance. Il ne viendra personne.

— Bon.

Ils montèrent vers le gibet. Devant leur lente approche, les corbeaux se soulevèrent en vols indignés, croassants, circulaires, foule hostile de paysans dépossédés de leurs terres, aplats noirs sur la pure lumière de l'aube.

Et Roland reçut la gifle de son énorme responsabilité : ce bois n'était pas noble, n'avait pas sa place dans l'impressionnant parc de machines de la civilisation, rien qu'un squelette de poutres et de planches gauchies, chaulé de chiures. Partout : sur les marches, sur la rampe, sur l'échafaud même. Et ça puait.

Il retourna vers Cuthbert des yeux épouvantés, vit dans ceux de son camarade la même expression.

— Je ne pourrai pas, chuchota Cuthbert. Je ne pourrai pas voir ça.

Lentement, Roland secoua la tête. Il y avait une leçon, là. Rien d'étincelant mais du vieux, du rouillé, du tordu. Ce pourquoi les pères les avaient laissés venir. Et avec son opiniâtreté coutumière, son entêtement inarticulé, Roland prit mentalement possession de ce que c'était.

— Tu pourras, Bert.

— J'en dormirai pas de la nuit.

— Eh bien, tu n'en dormiras pas, rétorqua Roland qui ne voyait pas le rapport.

Cuthbert lui étreignit alors le bras et lui plongea dans les yeux un regard de muette souffrance qui raviva ses doutes. Amèrement, il regretta qu'ils eussent mis les pieds ce soir-là dans les cuisines ouest. Son père avait raison. Il aurait mieux valu qu'hommes, femmes et enfants meurent à Farson.

Mais, si rouillée fût-elle, à demi enterrée, il ne la laisserait pas échapper, cette leçon, ni ne relâcherait sur elle sa prise.

— À quoi bon monter ? dit Cuthbert. Y a rien d'autre à voir.

Roland s'inclina, à regret, sentant faiblir cette prise... sur quoi que ce fût. Cort aurait commencé par leur faire mordre la poussière, il le savait, puis les aurait forcés à monter, maudissant chaque marche, reniflant les morves de sang frais qui leur auraient pendu du nez. Cort aurait probablement expédié une longueur de chanvre par-dessus la potence et leur aurait fait passer la tête chacun à son tour dans le nœud coulant, les aurait fait avancer jusque sur la trappe pour qu'ils en éprouvent la sensation sous leurs pieds. Et, bien sûr, Cort aurait eu raison. Pour la première fois de sa vie, il se prit à détester son âge, aspira aux callosités, à la stature, à l'assurance des adultes.

Il arracha exprès un éclat de bois de la rampe et le mit dans sa poche avant de repartir.

— Pourquoi t'as fait ça ? lui demanda Cuthbert.

Il aurait pu lancer quelque chose du style : « Frères humains qui après nous vivez... » mais il se contenta de regarder Cuthbert en secouant la tête.

— Pour l'avoir, dit-il. Rien que pour l'avoir toujours sur moi.

Ils allèrent s'asseoir à l'écart du gibet et attendirent. Au bout d'une heure et quelques, les premiers se montrèrent, des familles dans l'ensemble, débarquant au grand complet de cabriolets et de chariots délabrés avec leur petit déjeuner : des pleins paniers de crêpes roulées à la confiture de fraises des bois. Roland sentit son estomac crier famine et, encore une fois, désespérément, vainement, chercha où était l'honneur, où était la noblesse dans tout ça. Il lui semblait que Hax, déplaçant sa masse vêtue de blanc maculée par les travées de son domaine souterrain de fumets et de vapeurs, était autrement plus noble. Il tripotait l'éclat de bois dans sa poche, hébété, nauséeux. Cuthbert étendu près de lui s'était accroché sur la figure un masque impassible.

En fin de compte, au soulagement de Roland, ce ne fut pas grand-chose. On amena Hax dans une charrette et, n'eût été sa corpulence, personne ne l'aurait reconnu : il avait les yeux bandés, une large pièce de tissu noir qui lui tombait sur le visage. Il y en eut pour lancer des pierres mais la plupart n'interrompirent même pas leur repas.

Un pistolero que le garçon ne connaissait pas (il fut content que le tirage au sort n'eût pas désigné son père) guida le gros cuisinier jusqu'au sommet des marches. Deux soldats du guet les y avaient précédés, plantés de part et d'autre de la trappe. Le pistolero arrêta Hax entre eux, lança une corde par-dessus la potence et lui en passa la boucle autour du cou, laissa tomber le nœud jusqu'à le voir reposer sur l'oreille gauche. Les corbeaux s'étaient tous envolés. Roland savait qu'ils attendaient.

— Souhaites-tu te confesser ? dit le pistolero.

— Je n'ai rien à confesser, répondit le condamné. (Sa voix portait bien, étrangement digne, en dépit de l'étoffe qui lui faisait bâillon et frémissait dans l'agréable brise qui s'était levée.) Je n'ai pas oublié le visage de mon père ; il n'a jamais cessé de m'accompagner.

Roland jeta un regard sur la foule, scruta les visages et ce qu'il y vit le troubla : de la sympathie, voire de l'admiration ? Il allait devoir poser la question à son père. Quand les traîtres faisaient figure de héros (ou les héros de traîtres, supposait-il avec sa grogne coutumière), on était sans doute entré dans des temps de ténèbres. Il aurait voulu mieux comprendre. Cort fit irruption dans ses pensées, Cort et le pain qu'il leur avait donné. Le mépris l'envahit : viendrait le jour où Cort serait à son service. Peut-être pas à celui de Cuthbert qui risquait de flancher à la longue sous l'incessante pression de l'instructeur, de rester page ou écuyer (ou, pire encore : plénipotentiaire parfumé badinant dans les halls de réception, feignant de lire l'avenir dans une boule de cristal en compagnie des rois et des princes décatis). Mais pas lui. C'était une certitude.

— Roland.

— Je suis là.

Il prit la main de Cuthbert. Les doigts s'en verrouillèrent comme les mâchoires d'un étau.

La trappe s'ouvrit. Hax tomba comme une masse. Et au sein du soudain silence il y eut un son, comme une pomme de pin qui explose dans l'âtre par une froide nuit d'hiver.

Mais, vraiment, ce ne fut pas grand-chose. Les jambes du pendu battirent un large entrechat, une espèce de chuintement satisfait monta de la foule, les deux gardes renoncèrent à leur raideur militaire et, avec des gestes nonchalants, entreprirent de tout ranger. Le pistolero redescendit lentement les marches, enfourcha sa monture et s'éloigna, droit devant lui, sans se soucier d'éviter un groupe de pique-niqueurs qui leva le camp de justesse.

Après quoi, la foule se dispersa très vite. Une demi-heure à trois quarts d'heure plus tard, les deux garçons se retrouvèrent seuls sur le tertre où ils s'étaient installés, assistant au retour des corbeaux curieux d'examiner la nouvelle aubaine. L'un d'eux se posa sur l'épaule de Hax et parut y élire domicile, s'amusant à pousser du bec l'étincelant anneau que le cuisinier avait toujours porté à l'oreille droite.

— On ne dirait pas que c'est lui, dit Cuthbert.

— Que si, lui assura Roland alors qu'ils retournaient vers le gibet, leur pain à la main. Cuthbert eut l'air interloqué.

Ils s'arrêtèrent au pied de la potence et levèrent les yeux vers le corps qui se balançait, tournoyait. Cuthbert tendit la main et toucha par défi une cheville velue. La rotation du corps s'inversa.

Alors, très vite, ils émiettèrent leur pain sous les pieds ballants. Roland ne se retourna qu'une fois en redescendant la colline. Il y avait à présent des oiseaux par milliers. Le pain — il ne le saisit qu'obscurément — avait donc valeur de symbole.

— C'était bien, dit soudain Cuthbert. Je... j'ai... Ça m'a rudement plu. Ça, oui, ça m'a plu.

Roland ne fut pas choqué. Il ne s'était pas senti un goût particulier pour ce genre de spectacle mais il comprenait qu'on aimât ça.

— Je ne sais trop quoi en dire mais c'était quelque chose, pour sûr.

Dix années s'écoulèrent encore avant que le pays ne tombe entre les mains de l'homme de bien. Entre-temps, il était devenu pistolero, avait vu mourir son père, avait tué sa mère... et le monde avait changé.

3

— Regardez !

Jake avait le doigt pointé vers les hauteurs.

Le pistolero leva la tête et sentit craquer dans son dos quelque obscure articulation. Ils avaient atteint les contreforts deux jours auparavant, et que leurs outres fussent presque vides n'avait plus trop d'importance. Sous peu, ils allaient pouvoir boire jusqu'à plus soif.

Il suivit des yeux la direction indiquée, survolant le soulèvement de la prairie jusqu'à la miroitante nudité des falaises creusées de gorges qui la bornaient... puis plus haut, montant vers les neiges du sommet.

À peine visible et si loin, rien qu'un point minuscule (ç'aurait pu être une de ces taches qui vous dansent devant les yeux, n'eût été sa permanence), il aperçut l'homme en noir qui gravissait la pente à une allure imperturbable, mouche infime sur un mur de granit immense.

— C'est lui ? demanda Jake.

Le pistolero regarda la petite tache anonyme se livrer à ses acrobaties lointaines, n'y voyant rien, sinon le pressentiment de quelque douleur.

— Oui, c'est lui.

— Vous pensez qu'on le rattrapera ?

— Pas sur ce versant. Sur l'autre. Et jamais si on reste ici à en parler.

— C'est si haut, dit Jake. Qu'est-ce qu'il y a de l'autre côté ?

— Je ne sais pas. Je ne crois pas qu'on le sache. Il se peut qu'on l'ait su jadis.

Ils reprirent leur ascension, provoquant de petits glissements d'éboulis vers le désert qui, dans leur dos, se déployait apparemment à l'infini. Et au-dessus d'eux, loin au-dessus, l'homme en noir ne cessait de grimper. Impossible de distinguer s'il lui arrivait de se retourner. Il paraissait bondir par-dessus d'invraisemblables précipices, escalader des parois verticales. Une ou deux fois, il disparut, mais toujours pour reparaître, jusqu'à ce que le rideau violet du crépuscule l'eût absorbé. Quand ils dressèrent leur camp pour la nuit, le garçon parla peu et le pistolero se demanda si l'enfant avait compris ce dont lui-même avait déjà l'intuitive conviction. Il revit le visage de Cuthbert, brûlant, épouvanté, excité, pensa aux miettes de pain, pensa aux oiseaux. C'est ainsi que tout s'achève, se dit-il. Encore et encore, c'est ainsi que tout finit. Quêtes ou routes toujours plus loin vous entraînent, et toutes pour aboutir au même endroit, sur des lieux d'exécution.

Sauf celle de la Tour, peut-être.

Le garçon, la victime offerte, au visage innocent et si jeune dans la clarté de leur petit feu, s'était endormi sur son repas. Le pistolero l'enveloppa dans la couverture et se roula en chien de fusil pour dormir à son tour.

L'ORACLE ET LES MONTAGNES

Ce fut le gamin qui découvrit l'Oracle et il fut bien près d'en mourir.

Quelque intuition subtile tira le pistolero de son sommeil alors que l'environnait encore le velours des ténèbres qui, sans transition, s'était abattu sur eux dès la fin du jour, voile tissé dans la fraîcheur de l'eau d'un puits. Jake et lui venaient alors d'atteindre le premier palier de ces contreforts étagés et la grasse bande de prairie pratiquement plane qui s'y étendait. D'en contrebas, déjà, sur la pente escarpée — dont chaque mètre gravi sous un soleil assassin leur arrachait des sueurs de sang —, ils avaient pu entendre dans le feuillage éternellement vert des saules qui les surplombaient le crissement aguicheur des criquets frottant leurs pattes l'une contre l'autre. Pas un instant le pistolero ne s'était départi de son impassibilité coutumière et, non sans fierté, il avait pu constater que le jeune garçon s'efforçait pour le moins d'arborer un visage inexpressif. Le masque avait pourtant ses failles, Jake n'ayant pu dissimuler la flamme féroce qui brûlait au fond de ses yeux fixes et à demi révulsés, ceux d'un cheval qui, sentant la proximité d'un point d'eau, n'est retenu de s'y précipiter que par l'unique et infime chaîne que constitue pour lui la volonté de son maître — dont les explications patientes ont seules pouvoir de ramener au calme l'animal insensible aux éperons dans cet état. En fait, pour juger de l'intensité du supplice enduré par Jake, le pistolero n'avait eu qu'à se référer à la démence en lui instillée par le vacarme des criquets. Ses bras lui avaient paru chercher les ardoises tranchantes pour s'y érafler et ses genoux quémander un nombre toujours croissant d'écorchures d'où sourdait la saumâtre humeur de son sang.

Toute leur ascension s'était effectuée sous un soleil écrasant et même quand, à son coucher, il s'était mué en masse énorme d'un rouge fiévreux, il n'en avait pas moins continué de briller avec perversité dans l'encadrement du défilé qui entaillait les collines sur leur gauche, les aveuglant, transformant chaque goutte de sueur qui perlait à leur front en prisme de souffrance.

Puis la végétation était apparue, d'abord sous forme de buissons jaunâtres s'accrochant au sol avec une effarante vitalité à l'extrême limite du ruissellement des eaux. Un peu plus haut s'étendait le domaine de l'hamamélis, et les quelques pieds épars qu'ils avaient commencé par rencontrer devinrent bien vite de luxuriants massifs de verdure... puis la douce et fraîche senteur de l'herbe de prairie leur était enfin parvenue aux narines et ils l'avaient vue se déployer devant eux, mêlée de trèfle, ombragée par les premiers sapins rabougris. C'était là, dans l'une de ces flaques vert bouteille, que le pistolero avait aperçu l'arc d'un mouvement fauve. Il avait dégainé et abattu le lapin avant même que Jake n'ait eu le temps de pousser un cri de surprise. Un instant plus tard, le revolver avait repris sa place dans l'étui.

— On s'arrête ici, avait dit le pistolero.

Devant eux, la prairie ne cessait de se faire plus dense, plus grasse, jusqu'à se perdre sous une jungle de saules dont le feuillage, d'un vert éclatant, avait quelque chose de choquant — voire d'indécent — après l'interminable cuvette brûlée par le soleil d'où ils venaient de s'extraire. Dans la saulaie, il devait y avoir une source — peut-être même plusieurs — et l'endroit eût été plus frais pour y passer la nuit, mais le pistolero avait préféré rester en rase campagne. Le gamin n'avait déjà que trop marché — jusqu'au bout de ses forces — et les profondeurs du sous-bois risquaient d'abriter des chauves-souris susceptibles d'interrompre son sommeil quand bien même il dormirait à poings fermés. Par ailleurs, pour peu que ces bêtes fussent des vampires, ils auraient pu tous deux ne pas se réveiller du tout... du moins, pas dans ce monde.

L'enfant s'était proposé pour aller ramasser du bois.

Le pistolero avait souri.

— Non, reste ici. Assieds-toi, Jake.

Qui avait déjà dit ça ? Une femme.

Le garçon s'était assis et le pistolero, à son retour, l'avait trouvé endormi avec, perchée sur la pousse de sa mèche rebelle, une grosse mante religieuse procédant à ses ablutions rituelles. Le pistolero avait démarré un feu, puis il était parti chercher de l'eau.

La saulaie s'était révélée beaucoup plus vaste qu'il ne l'avait cru de prime abord, et l'enchevêtrement de ses ramures pleureuses passablement déroutant dans la lumière du soir. Il avait cependant fini par tomber sur une source gardée par un impressionnant corps de crapauds et de grenouilles. Il y avait rempli une de leurs outres... et marqué un temps d'arrêt. Les bruits de la nuit éveillaient en lui une sensualité inquiète, quelque chose que même Alice, la femme avec laquelle il avait couché à Tull, n'avait su ramener en surface, baise et sensualité n'ayant après tout qu'un lointain cousinage. Il avait fini par mettre cette étrange impression sur le compte d'une sorte d'éblouissement de tous les sens au sortir du désert, d'un contraste par lequel la douceur des ténèbres dégageait presque une aura de décadence.

Il était retourné au camp et, après avoir mis de l'eau à bouillir sur le feu, avait dépouillé le lapin qui, mijoté avec le contenu de leurs dernières boîtes de conserve, avait constitué un excellent ragoût. Il avait alors réveillé Jake et l'avait regardé manger. Bien qu'à moitié endormi, l'enfant s'était montré d'une voracité rare.

— On restera encore ici toute la journée de demain, avait dit le pistolero.

— Mais cet homme que vous poursuivez... ce prêtre.

— Ce n'est pas un prêtre. Et ne t'en fais pas. Nous le rattraperons.

— D'où vient que vous en soyez si sûr ?

Pour toute réponse, le pistolero s'était contenté d'un vague signe de tête. Quelle que fût la force de sa conviction, il n'aurait osé l'exprimer, tant elle relevait d'un savoir sinistre.

Leur repas fini, il avait rincé les boîtes qui leur avaient servi de gamelles — s'émerveillant une fois de plus d'être si prodigue en eau — et il ne s'était retourné que pour trouver l'enfant de nouveau endormi. Il avait posé la main sur la poitrine de Jake, attentif à ce mouvement désormais familier qui, immanquablement, faisait resurgir en lui le souvenir de Cuthbert. Ils avaient eu le même âge mais Cuthbert avait toujours fait beaucoup plus gosse que Roland.

Sa cigarette s'obstinant à pendre, il l'avait jetée dans le feu et son regard, un moment, s'était rivé sur ces claires flammes jaunes, si propres, si différentes de la façon dont brûlait l'herbe du diable. L'air était empreint d'une fraîcheur délicieuse et, pour s'allonger, il avait tourné le dos au foyer. Dans les profondeurs du défilé qui donnait accès à l'intérieur des montagnes, il avait entendu la voix épaisse du tonnerre perpétuel. Puis il s'était endormi. Et il avait rêvé.

Susan, sa bien-aimée, mourait sous ses yeux. Mort à laquelle il était contraint d'assister, réduit à l'impuissance par les deux hommes qui, de part et d'autre, lui tenaient les bras, par l'énorme collier de fer qui lui enserrait le cou. Même au travers de l'épaisse puanteur émanant du brasier, Roland pouvait encore sentir le remugle humide des culs-de-basse-fosse... discerner la couleur de sa propre démence. Susan, adorable demoiselle à sa fenêtre, fille du meneur de chevaux, se consumait au sein des flammes ; des crevés d'écarlate s'ouvraient dans sa peau carbonisée.

— L'enfant ! hurlait-elle. Roland, l'enfant !

Il pivota sur lui-même, entraînant dans son mouvement ceux qui le maintenaient. Le carcan lui sciait à présent les chairs et il perçut les sons étranglés qui se bousculaient dans sa gorge. Une odeur de grillade flottait dans l'air, douceâtre, nauséeuse.

Debout sur le rebord d'une fenêtre surplombant de très haut la cour, le garçon le regardait. Susan, de qui Roland avait appris à être un homme, s'était un jour assise à cette même fenêtre, pour chanter d'anciennes ballades. Elle avait chanté Hey Jude, Ease on Down the Road *et* A Hundred Leagues to Banberry Cross. *Et voilà que c'était l'enfant qui s'y tenait, pareil à l'un de ces saints d'albâtre dans leur niche aux murs des cathédrales. Jake avait des yeux de marbre. On lui avait planté un clou énorme en plein front.*

Le pistolero sentit l'étranglement, la déchirure du cri annonçant que, du tréfonds de ses entrailles, la folie entamait son ascension.

— Nnnnnnnnnnnnn...

La brûlure lui arracha un grognement et il se redressa d'un bond dans le noir, tout à l'impression que son rêve continuait de le cerner, de lui comprimer la gorge comme le collier de fer qu'il y avait porté. En se retournant dans son sommeil, il avait fini par projeter sa main contre les braises mourantes. À son visage il la porta et sentit le songe s'enfuir, n'abandonnant derrière lui que l'image de Jake dont la blancheur de plâtre se détachait dans l'obscurité, saint pour démons.

— *Nnnnnnnnnnnnn...*

Roland fouilla du regard les ténèbres compactes et mystérieuses de la saulaie, le doigt sur la détente de ses deux pistolets dégainés. Dans les ultimes lueurs du foyer, ses yeux s'étaient étrécis en rouges meurtrières.

— *Nnnnnnnnnnnnn...*

Jake.

Il fut soudain debout, lancé au pas de course. La lune s'était levée, disque dont la lumière acerbe lui permettait de suivre la trace de Jake dans la rosée. Il dut marcher à croupetons pour passer sous les premiers saules et ne tarda pas à patauger dans la source, puis il prit pied sur l'autre rive, dérapa sur le sol détrempé (mesurant combien son corps, même en l'occurrence, exultait de ces sensations humides). Giflé par l'osier, il vit la lune disparaître derrière les frondaisons, la forêt se faisant ici plus dense. Plus haute aussi l'herbe qui, à chaque pas, revenait lui fouetter les genoux. Des branches mortes, à demi pourries, cherchaient ses jambes, ses *cojones*. Il marqua un temps d'arrêt, dressa la tête, huma l'air. Une brise passagère l'aida. Le gamin ne sentait pas très bon, bien sûr ; lui non plus, d'ailleurs. Ses narines palpitèrent comme celles d'un singe. Une odeur diffuse, huileuse, mais une odeur de sueur, à n'en pas douter. Il se rua de nouveau dans l'enchevêtrement de l'herbe, des ronces, des ramures abattues, s'engouffra sous un tunnel de saules pleureurs et de sumacs. Des mousses lui ruisselaient sur les épaules ; certaines y restaient accrochées, vrilles évanescentes et grisâtres.

Il eut encore à se battre contre une dernière barrière de saules puis déboucha dans une clairière ouverte sur les étoiles et sur le plus haut pic de la chaîne, d'une blancheur d'ossements, brillant à une altitude impossible.

Là s'érigeait un anneau de roches noires dont les hautes silhouettes évoquaient dans le clair de lune quelque piège surnaturel. Au centre de ce cromlech, une table de pierre... un autel, incroyablement ancien et reposant sur un monumental pied de basalte.

Debout devant cet autel, l'enfant oscillait d'arrière en avant, les mains tendues le long des cuisses, tendues et vibrantes, comme traversées par un courant électrique. Quand le pistolero fit claquer la syllabe de son nom, Jake se contenta d'émettre un son inarticulé mais indiscutablement négatif. La tache de son visage, pour brouillée qu'elle fût et disparaissant presque derrière son épaule gauche, n'en exprimait pas moins la terreur et l'extase. Autre chose aussi.

Le pistolero pénétra dans le cercle et Jake, poussant un grand cri, eut un mouvement de recul et lança les bras en l'air. Ses traits s'en firent parfaitement distincts. Roland put y lire une peur panique qui le disputait à une grimace de jouissance proche du supplice.

Le pistolero se sentit alors effleuré par l'esprit de l'oracle, le *genius loci*, le succube. Ses reins s'emplirent de lumière rosée, d'une lumière à la fois douce et violente. Un tourbillon s'installa dans son crâne et sa langue se gonfla, se fit atrocement sensible, jusqu'à lui donner à goûter la saveur de la salive dont elle était recouverte.

Ce fut avec une totale absence de pensée qu'il tira la mâchoire à demi pourrie dont il ne s'était jamais séparé depuis qu'il l'avait découverte au relais dans l'antre du Démon qui Parle. Nulle pensée, mais nulle peur non plus d'agir sous la pure dictée de l'intuition. Il brandit le sourire fixe et préhistorique de la mâchoire cependant que son autre bras se tendait avec raideur, l'index et le petit doigt pointés dans l'antique talisman fourchu de protection contre le mauvais œil.

Voile emporté par le vent, la vague de sensualité, s'arrachant à lui, reflua.

De nouveau, un cri suraigu monta des lèvres de Jake.

Le pistolero s'approcha de l'enfant, offrit au regard tumultueux la vision de la mâchoire. Il y eut un son mouillé d'infinie souffrance et Jake tenta de détourner les yeux, mais en vain. Puis soudain, ses yeux basculèrent, ne présentant plus que leur blanc, et il s'écroula. Son corps heurta mollement le sol, une main touchant presque l'autel. Le pistolero mit un genou à terre et prit l'enfant dans ses bras. Il était d'une légèreté surprenante : leur longue marche dans le désert l'avait laissé aussi déshydraté qu'une feuille en novembre.

Tout autour, Roland sentait encore la présence qui hantait ces lieux, vrombissante de jalouse colère, manifestant sa rage d'avoir été frustrée de sa proie. Toutefois, dès qu'il fut hors du cercle de pierre, la sensation cessa. Il s'engagea sur le chemin du retour et, au cours du trajet, les spasmes qui secouaient le corps inanimé de l'enfant s'espacèrent puis se résorbèrent dans un profond sommeil. Arrivé près des gris vestiges de leur feu, le pistolero resta un moment à contempler le visage de Jake baigné par le clair de lune. De nouveau, il se prit à penser aux saints des églises, à leur pureté sculptée dans l'albâtre de l'innocence. Saisi d'une impulsion soudaine, conscient de l'amour qu'il portait au garçon, il le serra très fort contre son cœur. Et il crut presque percevoir le rire de l'homme en noir, quelque part, très loin au-dessus d'eux.

Jake l'appelait ; ce fut ce qui le réveilla. L'enfant — qu'il avait solidement attaché à l'un des épais buissons poussant à proximité — avait faim, et il était en colère. D'après la hauteur du soleil, on approchait des neuf heures et demie.

— Pourquoi m'avoir ligoté ? s'indigna-t-il alors que Roland défaisait les gros nœuds de la couverture. Je n'avais pas l'intention de me sauver.

— Tu t'es pourtant sauvé, répondit le pistolero, et l'expression du garçon le fit sourire. J'ai dû partir à ta recherche. Tu as fait une crise de somnambulisme.

L'enfant lui jeta un regard méfiant.

— J'ai fait ça, moi ?

Le pistolero confirma d'un signe et, tout à coup, exhiba la mâchoire, la brandit devant Jake qui se détourna, levant un bras pour se protéger.

— Tu vois ?

Jake fit oui, l'air hagard.

— Bon. Maintenant, il faut que je te laisse un moment. Tu risques même de ne pas me revoir de la journée. Alors, écoute-moi bien. C'est important, mon gars. Si je ne suis pas de retour au coucher du soleil...

La panique bouleversa les traits de l'enfant.

— Vous allez m'abandonner !

Roland le regarda simplement droit dans les yeux.

— Non, dit Jake au bout d'un moment. Je le sens.

— Pendant mon absence, je ne veux pas que tu bouges d'ici. Et si tu te sens tout drôle — de quelque manière que ce soit —, tu ramasses cet os et tu le tiens entre tes mains.

Horreur et dégoût s'inscrivirent sur le visage de l'enfant, doublés d'incompréhension.

— Je n'y arriverai pas. C'est... c'est tout bonnement au-dessus de mes forces.

— Tu en es capable. Et tu auras peut-être à le faire. Passé midi, surtout. C'est capital. Compris ?

— Pourquoi faut-il que vous partiez ? explosa le gamin.

— Il le faut, c'est tout.

Une fois de plus, le pistolero eut un fascinant aperçu de l'acier qui se dissimulait sous la frêle apparence de Jake, aspect de sa personnalité pour le moins aussi énigmatique que le récit qu'il lui avait fait sur cette ville d'où il venait et dont les immeubles étaient si hauts qu'ils grattaient littéralement le ciel.

— Bon, dit l'enfant.

Délicatement, Roland déposa dans l'herbe, juste à côté des vestiges de leur feu, la mâchoire dont le rictus grimaçant tourné vers le ciel évoqua le sourire d'un fossile érodé revoyant la lumière du jour après une nuit longue de cinq millénaires. Jake s'obstinait à regarder ailleurs ; il avait le teint blême et les traits défaits. Le pistolero se demanda s'il n'aurait pas intérêt à l'endormir pour lui poser quelques questions, mais il y renonça, jugeant n'avoir pas grand-chose à en apprendre, peut-être même rien du tout. Il avait la quasi-certitude que l'esprit résidant à l'intérieur du cercle de pierres était un démon, probablement doublé d'un oracle. Un démon sans forme précise, simple regard de type sexuel doté de clairvoyance. La face sarcastique de son être émit l'hypothèse qu'il pût s'agir de l'âme de Sylvia Pittston, cette femme à la corpulence monstrueuse, fascinante, dont le fanatisme religieux avait entraîné le massacre final à Tull... mais il n'en était rien, il le savait. Les roches du cromlech portaient la marque d'une incroyable antiquité, territoire spécifique de tel démon, délimité bien avant l'aube de la préhistoire. À vrai dire, rompu qu'il était aux formes du parler, le pistolero ne pensait pas réellement que Jake eût à recourir au talisman que constituait la mâchoire : la voix et l'esprit de l'oracle allaient être beaucoup trop mobilisés par les questions de Roland pour s'intéresser à l'enfant. Le pistolero avait en effet besoin de connaître certaines choses, en dépit des risques qu'il allait courir... risques loin d'être négligeables. Mais tout autant pour Jake que pour lui-même, il avait désespérément besoin de savoir.

Il ouvrit sa blague à tabac et remua les feuilles froissées jusqu'à sentir sous ses doigts un minuscule objet enveloppé dans un fragment de papier blanc. Il le posa au creux de sa paume et parut le soupeser tandis que son regard, absent, montait vers le ciel. Puis il déplia le papier, en saisit le contenu entre le pouce et l'index : c'était une minuscule pilule blanche dont le frottement avait fini par émousser les angles.

Jake avait observé le manège avec une évidente curiosité.

— Qu'est-ce que c'est ?

Le pistolero éclata d'un rire bref.

— La pierre philosophale, dit-il. Cort nous racontait toujours que les anciens dieux avaient pissé sur le désert et que la mescaline était apparue.

Visiblement, Jake n'en fut guère renseigné.

— Une drogue, enchaîna le pistolero. Mais pas de celles qui te font dormir. Au contraire, ce que tu vois là t'éveille totalement l'espace de quelques heures.

— Ah oui, comme le LSD ! s'écria l'enfant qui tout de suite reprit son air perplexe.

— De quoi parles-tu ?

— Je n'en sais rien. C'est un mot qui m'est venu comme ça. D'avant, je pense... vous savez... avant...

Le pistolero hocha la tête mais sans que diminuât son incertitude. Il n'avait jamais trouvé référence à la mescaline sous le nom de LSD, pas même dans les vieux livres de Marten.

— Ça fait mal ? demanda l'enfant.

— Ça ne m'en a jamais fait, dit le pistolero, conscient de ce que sa réponse avait d'évasif.

— Je n'aime pas ça.

— Ne t'inquiète pas.

Roland alla s'accroupir devant l'outre et prit le cachet avec une gorgée d'eau. La première réaction fut, comme toujours, instantanée : sa bouche parut s'emplir de salive. Il retourna s'asseoir auprès du feu éteint.

— Quand est-ce que ça va vous faire quelque chose ? poursuivit l'enfant.

— Pas avant un petit moment. Maintenant, tais-toi.

Jake mit donc un terme à ses questions mais n'en continua pas moins d'observer de biais le pistolero qui, calmement, procéda au rituel nettoyage de ses armes.

Puis il les rengaina et dit :

— Retire ta chemise, Jake. Donne-la-moi.

Non sans répugnance, le gamin se dépouilla du vêtement et le tendit à Roland qui extirpa une aiguille de la couture latérale de son jean, du fil d'une alvéole libre des cartouchières, et entreprit de recoudre la longue déchirure dont s'ornait l'une des manches de la chemise. Il la rendait à l'enfant, son ravaudage achevé, quand il sentit monter la drogue : son estomac se contracta et il eut l'impression que les muscles de son corps étaient autant de ressorts qui se bandaient à l'extrême.

— Faut que j'y aille, dit-il en se levant.

Le gamin, le visage assombri par une expression soucieuse, esquissa le geste de se lever à son tour, se rassit aussitôt.

— Soyez prudent. Je vous en prie.

— Et toi, je te prie de ne pas oublier la mâchoire, lui rappela le pistolero, et il le quitta, lui passant la main dans ses cheveux couleur de blés mûrs pour les ébouriffer. Un rire bref y répondit, puis l'enfant le suivit du regard, un sourire inquiet sur les lèvres, jusqu'à ce qu'il eût disparu dans la saulaie.

D'un pas décidé, le pistolero s'achemina vers le cercle de pierres, s'arrêtant toutefois près de la source pour se rafraîchir. Dans une petite mare adjacente, bordée de mousses et de nymphéas, il entr'aperçut son propre reflet et resta un long moment à se regarder, tout aussi fasciné que Narcisse. La drogue prenait position dans ses synapses, ralentissant l'enchaînement de ses pensées en paraissant accroître les connotations de chaque idée, de chaque information qui lui était communiquée par ses sens. Certaines choses qui auparavant étaient passées inaperçues se dotaient à présent de substance et d'épaisseur. Il cessa de fixer son image, se releva et porta son regard sur l'épaisseur frémissante des saules pleureurs. Leur osier filtrait les rayons de soleil, les regroupait en faisceaux obliques chargés de poussières mouvantes et dorées ; il resta encore un moment à contempler le ballet virevoltant de ces particules infimes avant de se remettre en route.

Bien souvent, la drogue avait suscité en lui un état de fébrilité exacerbée tant son ego regorgeait de puissance (ou manquait par trop de complexité, peut-être) pour tranquillement accepter de se voir éclipsé, mis à nu, réduit à l'état de cible pour un foisonnement d'émotions sensorielles qui le titillaient comme les moustaches d'un chat. Cette fois, pourtant, il se sentait exceptionnellement calme. C'était une bonne chose.

Il aborda la clairière et pénétra directement à l'intérieur du cercle. Puis il s'arrêta net et donna libre cours au flux incessant qui se déversait dans son esprit. Oui, tout allait se compliquer maintenant, se précipiter. L'herbe lui lançait à la figure le hurlement de sa couleur verte. Il lui semblait que, s'il se baissait pour y frotter les mains, il allait se relever paumes et doigts maculés de peinture verte. Il résista à la pressante impulsion de tenter l'expérience. L'oracle gardait un profond silence et nulle aura de sexualité n'en émanait.

Il marcha vers l'autel, s'immobilisa devant. Il lui était désormais pratiquement impossible d'échafauder une pensée cohérente. Il percevait avec une étrange sensibilité la présence des dents à l'intérieur de sa bouche. Une luminosité bien trop vive baignait le monde alentour. Il grimpa sur l'autel et s'y coucha. Son esprit se transformait en une jungle de plantes-pensées toutes nouvelles pour lui et dont il n'avait même jamais soupçonné l'existence, une sylve luxuriante qui aurait poussé autour d'une source de mescaline. Le ciel était une vaste flaque d'eau par-dessus laquelle il planait immobile. Le vertige qu'insinua en lui cette vision lui parut lointain, de peu d'importance.

Un fragment d'ancien poème revint à sa mémoire mais ce n'était plus, comme auparavant, une comptine. Impossible. Sa mère avait toujours craint les drogues et regretté leur nécessité (comme elle avait toujours eu peur de Cort et déploré l'obligation de recourir aux services de ce bourreau d'enfants). Les vers qui lui trottaient par la tête lui venaient en fait de l'un des Repaires situés au nord du désert où les hommes vivaient encore parmi des machines qui, en règle générale, étaient hors d'usage... mais qui, lorsqu'il leur arrivait de fonctionner, les dévoraient parfois. Les syllabes du fragment de poème, inlassablement répétées dans son cerveau, lui rappelèrent (avec cette totale absence de transition caractéristique du flux mescalinien) la neige mystérieuse et presque hallucinante qui ne cessait de tomber à l'intérieur de cette boule de verre qu'il avait eue dans son enfance :

Plus loin que ne peut atteindre l'humanité,
Une goutte d'enfer, un doigt d'étrangeté...

Les arbres qui étendaient leurs branches au-dessus de l'autel recelaient des visages. Il les observa, pris d'une fascination analytique. Il vit là un dragon vert qui se tordait dans le feuillage. Là, une sylphide tendant vers lui les ramures de ses bras. Un crâne luisant de vase vibra là d'une vie interne. Des visages. Des visages partout.

Les hautes herbes de la clairière battirent soudain puis se courbèrent.

Oui !

Oui !

Un trouble vague s'empara de sa chair. Comment ai-je pu en arriver là, pensa-t-il, depuis ces merveilleux moments que nous avons connus, Susan et moi, couchés dans le foin tendre ?

Un corps de vent se lova contre son corps, des seins d'un soudain parfum de jasmin, de rose et de chèvrefeuille.

— Rends ton oracle, dit-il, la bouche emplie de métal.

Un soupir. Un gémissement sourd. Le pistolero sentit ses parties se rétracter et durcir. Au bord du ciel, par-delà les visages des arbres, il vit les montagnes... dures, brutales, hérissées de crocs.

Le corps se mit à frémir, à bouger, à lutter contre lui. Ses poings se crispèrent. Elle lui avait projeté l'image de Susan. Là-haut, c'était Susan. L'adorable Susan à sa fenêtre qui l'attendait, sa chevelure défaite roulant sur l'encolure. Il détourna vivement la tête, mais le visage de Susan resta dans son regard.

Jasmin, rose, chèvrefeuille, foin tassé par les amours... parfum de l'amour. Aime-moi.

— Ta prophétie... dit-il.

S'il te plaît, gémit l'oracle, pas de froideur. Il fait toujours si froid ici.

Des mains qui glissaient sur sa chair, des mains expertes qui l'enflammaient. Le tiraient. L'attiraient. Une fente noire. Ultime lascivité. Moite et chaude...

Non. Sèche. Froide. Stérile.

Montre-toi miséricordieux, pistolero. Ah, s'il te plaît ! J'implore tes faveurs ! Aie pitié !

— Est-ce que tu aurais eu pitié du gamin ?

Quel gamin ? Je ne connais pas de gamin. Est-ce un gamin dont j'ai envie ? Oh, s'il te plaît.

Jasmin, rose, chèvrefeuille. Foin bien sec gardant le fantôme des trèfles de l'été passé. Huile décantée dans de très vieilles urnes. Une émeute emporte la chair.

— Plus tard, dit-il.

Non. S'il te plaît. Tout de suite.

Il orienta vers elle son esprit — négation même de toute émotion —, le laissa se dévider. Le corps qui planait au-dessus de lui se figea, sembla hurler. Entre ses tempes, le pistolero sentit les brefs et perfides assauts d'une lutte à la corde — c'était son cerveau qui faisait la corde, grise, fibreuse. Durant de longues minutes, il n'y eut aucun bruit sinon le souffle tranquille et régulier de sa respiration et celui de la brise légère qui faisait frémir, cligner de l'œil et grimacer les visages verts dans les arbres. Nul oiseau ne chantait.

L'emprise du succube se relâcha. De nouveau, le sanglot étouffé se fit entendre. Il fallait faire vite, car le risque était grand que la démone le quittât bientôt. S'attarder l'exposerait à une perte d'être ; il se pouvait que ce fût là sa manière de mourir. Déjà, il la sentait se retirer vers les limites du cercle de pierres. Un vent traçait dans l'herbe des dessins tourmentés.

— Prophétie, dit-il — laconisme extrême.

Un gémissement, soupir las. Il lui aurait presque accordé ce qu'elle implorait de lui s'il n'y avait eu Jake. Fût-il arrivé plus tard, la veille, si peu que ce fût, qu'il eût trouvé l'enfant mort ou pour le moins fou à lier.

Dors, donc.

— Non.

D'un demi-sommeil alors.

Le pistolero porta son regard sur les visages dans les feuilles. Il s'y jouait une pièce pour son seul divertissement. Sous ses yeux naquirent et disparurent des mondes. Il vit se bâtir au cœur de sables miroitants des empires où des machines s'acquittaient des travaux pénibles dans le mouvement perpétuel de leur abstraite frénésie électrique. Les empires connurent leur déclin puis s'effondrèrent. Des roues qui, dans un silence fluide, avaient tourné à des vitesses vertigineuses commencèrent à ralentir, à grincer, à hurler, puis s'immobilisèrent. Sous des ciels constellés, pareils à de vastes gisements de gemmes aux feux glacés, le sable finit par combler les sillons d'acier immaculé de rues concentriques. Et, balayant tout sur son passage, un vent de mort se leva, un vent modificateur apportant avec lui le parfum de cannelle des derniers jours d'octobre. Le pistolero contempla cet univers qui basculait.

Et bascula lui-même dans un demi-sommeil.

Trois. C'est le chiffre de ton destin.

Trois ?

Oui. Trois est l'arcane. Trois se tient au cœur du mantra.

Trois quoi ?

« Nous n'entrevoyons que des fragments, tant s'est terni le miroir de la prophétie. »

Dis ce que tu peux voir.

Jeune est le premier ; noirs sont ses cheveux. Il oscille au bord du vol, au bord du meurtre. Un démon est en lui qui le possède. Ce démon a pour nom HÉROÏNE.

De quelle nature est ce démon ? Je n'en ai jamais entendu parler, même dans les berceuses.

« Nous n'entrevoyons que des fragments, tant s'est terni le miroir de la prophétie. » Il existe d'autres univers, pistolero, d'autres démons. Ces eaux sont profondes.

Le deuxième ?

LA deuxième. Et elle se déplace sur des roues. Elle a un cerveau d'airain mais son cœur et ses yeux sont de tendre substance. Je ne vois rien de plus.

Le troisième ?

Dans les chaînes.

Et l'homme en noir ? Où est-il ?

Tout près. Tu vas parler avec lui.

De quoi allons-nous parler ?

De la Tour.

Et l'enfant ? Jake ?

...

Dis-moi ce que tu sais sur l'enfant !

L'enfant est pour toi le seuil de l'homme en noir. L'homme en noir est ta porte vers les trois. Les trois sont le chemin qui te mène à la Tour Sombre.

Comment ? Comment cela est-il possible ? Pourquoi doit-il en être ainsi ?

« *Nous n'entrevoyons que des fragments, tant s'est terni...* »

Que Dieu te damne !

Nul dieu ne m'a damnée.

Pas de condescendance à mon égard, Créature. Je suis plus fort que toi.

...

Alors, comment t'appelle-t-on ? Roulure des étoiles ? Putain des vents ?

Il en est qui vivent d'amour, de cet amour qui perdure aux lieux antiques... même en ces temps de tristesse et de malédiction. Il en est, pistolero, qui vivent de sang. Et même, me suis-je laissé dire, du sang des jeunes garçons.

Ne pourrait-il être épargné ?

Si.

Comment ?

Interromps ta quête, pistolero. Lève le camp et dirige-toi vers l'ouest. Dans l'ouest, on a encore besoin d'hommes qui vivent par le plomb.

J'en ai juré par les pistolets de mon père et par la félonie de Marten.

Marten n'est plus. L'homme en noir a dévoré son âme. Tu le sais.

Je suis lié par serment.

Alors tu es damné.

Vas-y, salope. Fais de moi ce qu'il te plaît.

Un débordement trop longtemps contenu.

L'ombre bascula sur lui, l'enveloppa. Il atteignit instantanément à une extase constellée de souffrance, tout à la fois vive et diffuse, telles ces trop vieilles étoiles qui rougeoient dans le temps où sur elles-mêmes elles s'affaissent. Au sommet de leur étreinte, des visages se présentèrent spontanément à lui : Sylvia Pittston, Alice, la femme qu'il avait connue à Tull, Susan, Aïleen et une centaine d'autres.

Et pour finir, après une éternité, il reprit ses esprits, perçut sa lassitude et son dégoût, et la repoussa.

Non ! Encore ! Ce n'est pas...

— Laisse-moi, dit le pistolero. Il se redressa, faillit tomber en descendant de l'autel, mais retrouva de justesse son équilibre. Elle hasarda une caresse... (*chèvrefeuille, jasmin, suave senteur des huiles essentielles*)... et de nouveau, il la repoussa avec tant de violence qu'il en tomba à genoux.

Il se releva, chancelant. Tel un ivrogne il zigzagua jusqu'aux limites du cercle de pierres qu'il franchit, et il eut instantanément l'impression qu'un énorme fardeau lui était ôté des épaules. Il s'arrêta, se remit en route, la sentant toujours derrière lui qui le regardait s'éloigner, plaquée aux barreaux de sa prison. Il se demanda combien de temps s'écoulerait avant qu'un autre homme traversât le désert pour découvrir à son tour cette entité solitaire et affamée d'amour. Un long moment, il éprouva le sentiment d'être un nain en regard des infinies possibilités du temps.

— Vous vous sentez mal !

À peine avait-il vu le pistolero surgir de la saulaie et se traîner vers le camp, Jake avait bondi sur ses pieds. Auparavant, il était resté blotti auprès des vestiges du petit feu, l'antique mâchoire sur les genoux, rongeant tristement les os du lapin qu'ils avaient mangé la veille. Et voilà qu'il courait vers Roland avec, dans le regard, un tel voile de détresse que le pistolero se sentit soudain accablé par le hideux fardeau d'une trahison imminente qui — il en avait l'intuition — serait loin d'être la dernière.

— Non, dit-il. Je ne suis pas malade. Simplement fatigué. Rompu même. (Sans paraître y accorder plus d'attention, il désigna d'un geste vague la mâchoire.) Tu peux jeter ça, maintenant.

Jake s'empressa de la lancer au loin, de toutes ses forces, puis s'essuya les mains sur sa chemise.

Le pistolero s'assit — ou, plutôt, se laissa choir — sur le sol, les articulations douloureuses et le cerveau embrumé, comme roué de coups, sensation fort déplaisante qui ne manquait jamais d'accompagner la descente de mescaline. Il ressentait également dans ses parties la pulsation d'une douleur sourde. Il se roula une cigarette avec une lenteur appliquée mais l'esprit totalement vide. Jake l'observait, et il eut une impulsion soudaine de lui raconter tout ce qu'il venait d'apprendre mais, aussitôt, repoussa l'idée avec horreur. Il se demanda si une part de son être — âme ou esprit — n'était pas en train de se désintégrer.

— On va encore rester ici cette nuit, dit-il. Et demain, on reprendra notre escalade. Tout à l'heure, j'irai faire un tour, voir si je peux rapporter quelque chose pour le dîner. Mais là, j'ai avant tout besoin de sommeil. D'accord ?

— Bien sûr.

Le pistolero hocha la tête et se coucha. Lorsqu'il se réveilla, les ombres s'allongeaient démesurément dans l'herbe rase.

— Prépare un feu, dit-il à Jake, et il lui lança la pochette de son nécessaire à briquet. Tu sauras t'en servir ?

— Oui, je pense.

Roland reprit le chemin de la saulaie mais, obliquant sur la gauche, la contourna sans y pénétrer. En un point où le terrain devenait une vaste prairie de hautes herbes grimpant vers les montagnes, il se retira dans l'ombre du sous-bois et y resta immobile sans faire le moindre bruit. Plus ou moins distinctement, il entendait Jake battre le briquet pour en tirer des étincelles. Il resta ainsi sans bouger pendant dix minutes, puis quinze, puis vingt. Trois lapins débouchèrent alors, et le pistolero dégaina. Il abattit les deux plus dodus, les dépouilla, les vida, et les rapporta au camp. Jake avait allumé un feu et l'eau qu'il y avait mise à chauffer commençait déjà à frémir.

Le pistolero marqua son approbation d'un signe de tête.

— C'est du bon boulot, dit-il.

Jake rougit de plaisir et, pour toute réponse, lui tendit la pochette contenant pierre et briquet.

En attendant que le ragoût fût à point, le pistolero profita des dernières lueurs du jour pour retourner dans la saulaie. Il s'arrêta dès la première mare et entreprit une moisson des solides lianes qui poussaient sur ses rives. Plus tard, lorsque le feu ne serait plus que braises et que Jake dormirait, il les tresserait pour en faire des cordes qui, ultérieurement, pourraient s'avérer de quelque utilité bien qu'il fût déjà presque persuadé que cette escalade ne présenterait aucune difficulté notable. Ce genre de pressentiment devenait de plus en plus courant chez lui et il avait fini par ne même plus s'en étonner.

Pendant leur transport jusqu'au camp, les lianes perdirent le sang vert de leur sève, maculant les mains du pistolero.

Le lendemain, ils se levèrent avec le soleil et, en moins d'une demi-heure, rassemblèrent leur paquetage. Le pistolero aurait bien voulu profiter de ce moment où les lapins ont coutume de descendre manger dans la prairie pour en abattre un ou deux, mais aucun ne se montra et il n'était pas question de perdre du temps à les attendre. Le ballot contenant le reste de leurs provisions était à présent si réduit et si léger que Jake pouvait s'en charger sans peine. Il s'était endurci, ce gosse ; ça crevait les yeux.

Le pistolero, lui, portait leur réserve d'eau qu'ils venaient de renouveler à l'une des sources de la saulaie. Il avait également enroulé autour de sa taille les trois cordes de liane confectionnées la veille. Ils firent un large détour pour éviter le cercle de pierres (le pistolero craignait que Jake, à sa vue, ne connût une remontée de terreur extatique. Toutefois, lorsqu'ils passèrent sur une éminence rocailleuse qui le surplombait, ce fut à peine si l'enfant lui accorda un bref regard avant de lever les yeux vers le ciel où planait un oiseau porté par le vent). Assez rapidement, les arbres commencèrent à perdre en hauteur et en luxuriance. Ce ne furent bientôt que troncs torturés, racines à nu paraissant livrer au sol un combat désespéré pour lui arracher la moindre molécule humide.

— Tout donne une telle impression de vieillesse, dit Jake, morose, quand ils firent halte pour se reposer. N'y a-t-il rien ici qui soit jeune ?

Le pistolero sourit et poussa l'enfant du coude.

— Si, dit-il. Toi.

— Ça va grimper dur ?

Roland posa sur le gamin un regard étrange.

— N'en as-tu pas l'impression ? C'est qu'elles sont hautes, ces montagnes.

Jake se tourna vers lui ; son regard était comme voilé par l'embarras.

— Non.

Et ils se remirent en marche.

Le soleil monta jusqu'à son zénith et parut y rester suspendu un temps considérablement plus court qu'il ne l'avait jamais fait durant leur traversée du désert ; puis il continua sa course et leur rendit leur ombre. Des langues de roche hérissaient la pente, évoquant les bras d'immenses chaises longues enfouies dans le sol. À cette altitude, il ne restait de végétation qu'une lande jaunâtre desséchée. Le chemin qu'ils suivaient finit par buter sur un gouffre insondable, cheminée lisse et verticale dont ils durent, pour la contourner par en haut, entreprendre l'escalade sur une courte distance. Le gel, durant des milliers de millénaires, avait disloqué la masse granitique, faisant apparaître les lignes de faille aussi rapprochées que les barreaux d'une échelle. Aussi, conformément à leur intuition commune, l'ascension fut des plus faciles. Ils firent halte sur la corniche large de quelques pieds qu'ils trouvèrent au sommet de la falaise et se retournèrent pour contempler la pente dévalant jusqu'à la gigantesque patte ocrée que le désert arrondissait autour des hautes terres. Dans les lointains, ils le voyaient se transformer en un ruban miroitant d'une blancheur éblouissante avant de se fondre dans la grisaille ondulante des brumes de chaleur. Ce ne fut pas sans une légère surprise que le pistolero prit conscience que cette étendue stérile avait failli le tuer. De là où ils l'observaient, de ces montagnes baignées d'une fraîcheur vivifiante, le désert semblait certes impressionnant mais en rien meurtrier.

De nouveau, ils s'attelèrent à la tâche de gravir la pente, franchissant à quatre pattes les coulées d'éboulis et s'accroupissant pour passer sous d'obliques dalles de quartz et de mica. Ces pierres s'étaient chargées de soleil et leur contact était agréable mais l'air ambiant, lui, ne cessait de se refroidir. Vers la fin de l'après-midi, le pistolero perçut le roulement sourd du tonnerre. Quoi qu'il en fût, la barrière des cimes, sans cesse plus haute et plus impénétrable, leur interdisait de voir s'il pleuvait ou non sur l'autre versant.

Quand les ombres commencèrent à virer au pourpre, ils établirent leur camp sur le surplomb d'une roche en saillie. Le pistolero tendit leur couverture et la fixa au rocher de manière à former une sorte d'abri en appentis. Ils s'installèrent à l'entrée et virent le ciel jeter sur le monde son manteau de ténèbres. Jake s'était assis sur le rebord, les pieds pendant dans le vide, et Roland, tout en roulant sa cigarette du soir, l'observait, sourire en coin.

— Ne te retourne pas trop dans ton sommeil, dit-il. Tu risquerais de te réveiller dans l'au-delà.

— Il y a peu de chances que cela m'arrive, répliqua Jake, très sérieux. Ma mère avait l'habitude de dire...

Il s'interrompit brutalement.

— ... de dire quoi ?

— Que quand je dormais, j'avais l'air d'un cadavre, acheva l'enfant.

Et il tourna vers le pistolero un visage dont l'effort pour retenir les larmes faisait trembler la bouche.

Ce n'est qu'un gosse, pensa Roland, assailli d'une brusque souffrance comparable à ces pointes de glace que le contact d'une eau trop froide peut quelquefois vous planter dans l'intérieur du crâne. Rien qu'un gosse. Et pourquoi ? Interrogation absurde ! Lorsqu'un garçon, blessé dans son corps ou dans son âme, posait ce genre de question à Cort — ce foudre de guerre couturé de cicatrices, blanchi sous le harnais, dont le rôle était d'enseigner aux fils des pistoleros les bases de ce qu'il leur fallait savoir —, Cort avait coutume de répondre : « Pourquoi un *a* est-il un *a*, une lettre courbe dont tu ne pourras jamais faire un *i*... ? Ne t'occupe donc pas du pourquoi des choses. Remue-toi, morpion ! Allez, remue-toi un peu ! La journée ne fait que commencer ! »

— Pourquoi suis-je ici ? demanda Jake. Pourquoi ai-je tout oublié d'avant ?

— Parce que l'homme en noir t'en a arraché, répondit le pistolero. À cause de la Tour aussi. Car la Tour s'élève sur une sorte de... centre de connexion. Un carrefour dans le temps.

— Je ne comprends pas !

— Moi non plus, en fait, dit le pistolero. Pourtant, il s'est produit quelque chose. Et précisément dans ce temps qui est le mien. Le monde a changé, comme on dit... comme on a toujours dit. Mais à présent, il change de plus en plus vite. Il est arrivé quelque chose au temps.

Ils restèrent un moment assis sans rien dire. Un vent faible, mais vif et mordant, leur picotait les jambes. Quelque part, il s'engouffrait dans une fissure entre deux roches avec un hululement prolongé.

— D'où venez-vous ? demanda Jake.

— D'un endroit qui n'existe plus. Tu connais la Bible ?

— Jésus et Moïse ?

Le pistolero eut un petit sourire.

— C'est ça. Eh bien, mon pays avait un nom biblique ; il

s'appelait le Nouveau Canaan. La terre où coulent le lait et le miel. Dans le Canaan de la Bible, les vignes donnaient, paraît-il, de si gros raisins qu'on était obligé d'employer des traîneaux pour transporter les grappes. Les nôtres étaient loin d'atteindre une pareille taille, mais c'était quand même un pays où il faisait bon vivre.

— On m'a également parlé d'Ulysse, hasarda Jake. Est-il aussi dans la Bible ?

— Peut-être, dit le pistolero. — De nos jours, le Saint Livre est entièrement perdu... à l'exception des passages que j'ai été obligé d'apprendre par cœur.

— Mais les autres...

— Il n'y en a pas, l'interrompit le pistolero. Je suis le dernier.

Un croissant de lune émacié se leva dans le ciel, œil bridé qui jetait un regard fixe sur le chaos de roches au sein duquel ils avaient dressé leur camp.

— C'était joli ? Votre pays... l'endroit d'où vous venez ?

— C'était beau, répondit le pistolero, comme perdu dans un rêve. Il y avait des champs et des rivières sur lesquels, au petit matin, planaient des lambeaux de brume. Mais tu as raison, c'était seulement joli. Ma mère aussi employait ce terme... elle avait coutume de dire que la seule vraie beauté réside dans l'ordre, l'amour et la lumière.

Jake émit un son vague, dénué de sens précis. Le pistolero continua de tirer des bouffées de sa cigarette et se repassa des images du passé... les soirées de bal dans le grand hall central, les centaines de silhouettes, vêtues de riches atours, emportées dans les lents tourbillons majestueux de la valse ou dans l'ondoiement leste et plus rapide de la pol-kam. Aïleen à son bras, Aïleen dont les yeux éclipsaient par leurs feux l'éclat des plus précieuses gemmes. La clarté dispensée à profusion par des lampes électriques encloses dans le cristal et baignant de reflets chatoyants les coiffures apprêtées des courtisanes comme leurs amours teintées de cynisme. Il avait eu des proportions monumentales, ce grand hall de réception, oasis de lumière dont l'extrême antiquité défiait les estimations, ni plus ni moins, d'ailleurs, que l'ensemble du Domaine central où l'on pouvait compter près d'une centaine de puissantes forteresses de pierre. Douze ans s'étaient écoulés depuis que le pistolero avait une dernière fois contemplé les lieux de son enfance avant de leur tourner le dos, le cœur percé d'une intolérable souffrance, pour se lancer sur la piste de l'homme en noir. Et même à cette époque, douze années auparavant, la ruine avait déjà touché les remparts du château, les mauvaises herbes envahi les cours intérieures, les chauves-souris élu domicile entre les poutres massives du grand hall, et dans les galeries désertes bruissait le vol souple des hirondelles. Les terrains où Cort leur avait appris à tirer à l'arc et au pistolet, où il les avait initiés au noble art de la fauconnerie, s'étaient couverts de hautes herbes, de broussailles et de l'épais tapis des vignes vierges. Les vastes cuisines, frémissantes d'échos, où, en un temps, Hax avait tenu sa propre cour imprégnée de l'encens des vapeurs aromatiques, abritaient désormais une colonie de Lents Mutants qui, dissimulés dans l'ombre clémente des piliers et des garde-manger, suivaient d'un œil attentif les déplacements de Roland. À la chaude moiteur dont la cuisson des quartiers de bœuf ou de porc avait jadis rempli ces hautes salles, s'était substituée l'humidité froide et visqueuse des mousses et, dans certains recoins où les Lents Mutants même n'osaient s'aventurer, poussaient d'énormes champignons vénéneux livides. Des caves, dont l'épaisse trappe de chêne était restée grande ouverte, remontait le plus violent de tous les remugles flottant dans ces lieux à l'abandon, une odeur qui semblait résumer à elle seule, par son aspect net et décisif, les faits brutaux de la dévastation et de la décadence : l'âcre et puissante senteur du vin qui par barriques entières avait tourné au vinaigre. Roland n'avait pas eu à livrer de combat intérieur pour décider de porter ses pas vers le sud, laissant derrière lui le château de son enfance... mais il en avait gardé le cœur brisé...

— Qu'est-il arrivé ? interrogea l'enfant. Une guerre ?

— Mieux même, dit le pistolero, et, d'une chiquenaude, il expédia au loin l'ultime incandescence de sa cigarette. Une révolution. Nous n'avons cessé de voler de victoire en victoire pour en fin de compte perdre la guerre. À vrai dire, personne ne l'a gagnée, sauf peut-être les pillards et ceux qui vivent de récupération. À mon sens, ils n'ont manqué de rien au cours des années qui ont suivi.

— J'aurais bien aimé y être, dit Jake, le regard brillant de convoitise.

— C'était un autre monde, conclut le pistolero. Bon. Au dodo, maintenant.

L'enfant, dont Roland ne percevait plus qu'une vague silhouette, gagna sa place à l'intérieur de l'abri et se coucha en chien de fusil sous la couverture qui claquait au vent. Le pistolero resta encore assis pendant près d'une heure à monter la garde sur son sommeil et à ressasser interminablement les mêmes pensées. Pareille méditation était pour lui chose nouvelle, sans précédent, et non dénuée d'une certaine douceur au charme mélancolique quoique parfaitement dépourvue de valeur pratique : il n'existait pas l'ombre d'une solution au problème posé par Jake, hormis celle qu'avait suggérée l'Oracle... laquelle était tout simplement impensable. Une telle situation aurait pu être ressentie comme dramatique ; mais le pistolero ne voyait pas les choses ainsi : le regard qu'il posait sur le monde se bornait à constater l'existence de la prédestination et l'impossibilité d'échapper à ce qui, de toute éternité, vous était réservé. Puis, son naturel reprenant le dessus, il finit par plonger dans un sommeil sans rêves.

Le lendemain, alors qu'ils continuaient à grimper vers la passe étroite donnant accès à l'autre versant des montagnes, leur ascension se fit plus délicate. Le pistolero progressait avec lenteur, toujours sans se presser. Sur la roche inerte qu'ils foulaient, n'apparaissait nulle trace de celui qu'ils poursuivaient, bien que Roland fût convaincu que l'homme en noir les avait précédés par le même itinéraire — et cette certitude ne provenait pas seulement du fait que, depuis les premières collines, Jake et lui avaient vu sa minuscule silhouette d'insecte gravir les montagnes en direction du col. Chaque bourrasque d'air glacé descendue des sommets leur portait son odeur, une senteur huileuse et sardonique imprégnant les narines d'une amertume comparable à celle de l'herbe du diable.

Les cheveux de Jake étaient maintenant beaucoup plus longs et bouclaient quelque peu sur sa nuque brûlée par le soleil. Il avait pris de l'assurance et grimpait comme un vrai montagnard, le pied sûr et franchissant des précipices ou escaladant des parois verticales sans paraître éprouver le moindre vertige. Par deux fois déjà, il s'était hissé jusqu'en des endroits que Roland n'aurait jamais pu atteindre et, fixant l'une de leurs cordes à un roc en saillie, avait permis au pistolero de le rejoindre.

Le jour suivant, ils grimpèrent toute la matinée dans l'atmosphère humide et froide d'un nuage qui noyait déjà les pentes derrière eux. Ce fut alors que la neige fit son apparition sous forme de plaques subsistant dans les plus profondes dépressions du terrain. Une neige dont la texture rappelait celle du sable avec ses petits grains durs, secs et brillants, comme des cristaux de quartz. Ce même jour, dans l'après-midi, ils virent sur l'une de ces plaques la trace isolée d'un pas. Jake resta un long moment les yeux rivés sur l'empreinte, saisi d'une intense fascination, puis, quand il leva la tête, ce fut avec un regard craintif, semblant s'attendre à voir l'homme en noir se matérialiser au-dessus de la forme de son pied. Le pistolero lui tapota l'épaule et montra du doigt le chemin qu'ils avaient encore à couvrir.

— Allez ! On y va ! La journée commence à se faire vieille.

Quand elle fut au bord de la tombe, ils profitèrent de ses dernières lueurs pour établir leur camp sur un vaste replat qui prolongeait au nord et à l'est la faille donnant accès à l'intérieur des montagnes. Il y régnait une température glaciale, et un panache de brume, né de la condensation de leur souffle, flottait en permanence devant leur visage. Le roulement humide du tonnerre dans la clarté violine et cramoisie du crépuscule avait quelque chose de surnaturel, voire d'hallucinatoire.

Le pistolero pensait que l'enfant, comme tous les soirs, allait se mettre à lui poser des questions, mais il n'en fut rien et Jake bascula presque instantanément dans le sommeil. Roland suivit son exemple. Il rêva de nouveau de ce lieu de ténèbres, de ce cachot enfoui dans les entrailles de la terre, et encore une fois de Jake en saint d'albâtre avec un clou planté dans le front. Il s'éveilla en sursaut et tendit instinctivement la main vers cette mâchoire dont ils s'étaient depuis longtemps débarrassés, s'attendant à sentir sous ses doigts l'herbe qui avait tapissé l'antique saulaie. À la place, ce fut le contact de la roche nue, et la morsure de l'air raréfié dans ses poumons. Jake dormait à ses côtés, mais d'un sommeil qui était loin d'être serein : il ne cessait de se tourner et de se retourner pour échapper à ses propres fantômes et murmurait de temps à autre des paroles indistinctes. Le pistolero se recoucha, mal à l'aise, et se rendormit quand même.

Il leur fallut encore une semaine pour atteindre la fin du commencement — pour le pistolero, vingt ans d'un tortueux prologue dont l'ouverture avait sonné lors de l'ultime écroulement de son domaine natal et de la réunion des trois autres en un seul. Pour Jake, le seuil avait pris la forme d'une mort étrange dans un autre monde. Mais Roland avait vu la mort se présenter à lui sous une apparence encore plus insolite : celle d'une interminable chasse à l'homme en noir au travers de ce monde où ni carte ni mémoire ne pouvaient le guider. Cuthbert et les autres avaient disparu ; ils avaient tous disparu : Randolph, Jamie de Curry, Aïleen, Susan, Marten (oui, Marten aussi, qu'ils avaient réussi à attirer hors de son nid d'aigle ; la poudre avait parlé, et même les fruits de la vengeance s'étaient révélés d'une effroyable amertume). Si bien que, de l'ancien monde, il avait fini par n'en rester que trois, trois tels de sinistres arcanes tirés des lames d'un terrifiant tarot : pistolero, homme en noir et Tour Sombre.

Une semaine après que Jake eut découvert l'empreinte dans la neige, il leur fut donné de se trouver, un court laps de temps, face à face avec l'homme en noir. Le pistolero eut alors le sentiment de pouvoir presque saisir dans leur totalité les diverses implications de la Tour, tant ce moment si bref sembla se prolonger à l'infini.

Ils continuaient de grimper cap au sud-ouest et avaient peut-être atteint, voire dépassé, l'axe de cette cyclopéenne chaîne de montagnes quand, juste alors que, pour la première fois, leur ascension paraissait sur le point de se révéler fort délicate (de toutes parts, ils étaient surplombés par des pics enneigés, des parois infranchissables dont les corniches en saillie semblaient prêtes à basculer sur eux et donnaient au pistolero une désagréable impression de vertige inversé), le défilé qu'ils suivaient se mit à redescendre. Un sentier, qui zigzaguait en épingle à cheveux, les conduisit jusqu'au fond d'une vallée encaissée où, entre deux congères, un torrent couleur d'ardoise, précipité depuis les sommets enneigés, bouillonnait avec fureur.

Cet après-midi-là, le gamin s'immobilisa et se retourna vers le pistolero qui s'était arrêté pour se laver la figure au ruisseau.

— Je sens son odeur, dit Jake.

— Moi aussi.

Devant eux, la montagne dressa son ultime obstacle — gigantesque façade de granit qui se perdait dans l'infini des nuages. À tout moment, le pistolero s'attendit alors qu'un tournant du torrent les mît en présence d'une cascade et de la roche lisse d'une insurmontable paroi... bref, d'un cul-de-sac. Mais l'air avait cette faculté, fréquente en altitude, de faire paraître proches des objets lointains, et il leur fallut encore marcher toute une journée avant d'atteindre l'énorme barrière de granit.

Et de nouveau, Roland connut les épouvantables tiraillements de l'impatience, renforcés par le sentiment prémonitoire qu'en définitive il était voué à parvenir au but. Il lui fallut alors livrer un dur combat intérieur pour se retenir de presser le pas.

— Attendez !

L'enfant s'était arrêté net. Ils venaient d'atteindre un point où le torrent, faisant un brusque coude, débouchait, avec force remous et gerbes d'écume, de derrière la masse, polie par l'érosion, d'un gigantesque bloc de grès. Depuis le début de la matinée, ils progressaient dans l'ombre des montagnes car la vallée s'était transformée en gorges étroites.

Saisi d'un violent tremblement, Jake était blême.

— Qu'est-ce qui se passe ?

— Rebroussons chemin, murmura l'enfant. — Allons-nous-en... vite.

Les traits du pistolero restèrent de marbre.

Le frémissement incontrôlable de ses lèvres trahissait toutefois l'angoisse qu'il tentait de dissimuler. Au travers du lourd manteau de roche, ils pouvaient toujours entendre, tel un vacarme de machines souterraines, le roulement régulier et puissant du tonnerre. Le mince ruban de ciel encore visible accentuait l'atmosphère lugubre et fantastique par l'enchevêtrement de ses turbulences grisâtres nées de la tumultueuse rencontre des courants chauds et des courants froids.

— S'il vous plaît, s'il vous plaît !

Jake leva le poing comme pour frapper la poitrine du pistolero.

— Non.

La surprise se peignit sur le visage de l'enfant.

— Vous allez me tuer. La première fois, c'était lui. Maintenant, c'est vous.

Le pistolero sentit le mensonge naître sur ses lèvres, et le formula :

— Tu n'as rien à craindre. (Puis un mensonge encore plus gros :) J'y veillerai.

Livide, Jake s'enferma dans le silence. Comme à contrecœur, il prit la main que lui tendait le pistolero et tous deux s'engagèrent dans le tournant des gorges. De l'autre côté, ils se retrouvèrent face à face avec le mur de granit et avec l'homme en noir.

Il ne les dominait que de cinq ou six mètres, debout juste à droite de la cascade qui jaillissait de la gueule béante et déchiquetée d'une caverne. Les plis de sa robe à capuche ondulaient au gré d'un vent invisible. D'une main, il tenait un bâton et de l'autre semblait leur adresser la parodie d'un geste de bienvenue. Ainsi juché sur cette corniche de pierre et surplombé par ce ciel cataclysmique, il avait tout du prophète annonçant l'imminence du Jugement dernier. Sa voix se fit entendre, la voix d'un Jérémie.

— Pistolero ! Avec quelle perfection tu as accompli les prophéties des anciens ! Je te salue, je te salue, je te salue !

Il éclata d'un rire dont le fracas surpassa celui de la cascade rugissante.

Sans l'ombre d'une pensée consciente, sans même apparemment le plus petit déclic de ses réflexes, le pistolero dégaina. L'enfant alla se blottir derrière lui sur sa droite, ombre de son ombre.

Par trois fois, Roland fit feu avant de pouvoir reprendre le contrôle de ses mains traîtresses — trois détonations dont les sonorités de bronze se répercutèrent sur les parois des gorges, couvrant par la démultiplication de leur écho le vacarme de l'eau et du vent.

Des particules de granit pulvérisé voltigèrent au dessus de la tête de l'homme en noir ; d'autres à sa droite. Les trois balles avaient à l'évidence raté leur cible.

De nouveau monta le rire de celle-ci, rire phénoménal qui paraissait défier les derniers échos des coups de feu.

— Prendrais-tu le risque de tuer comme un rien les réponses à tes questions, pistolero ?

— Descends, dit Roland. Et parle.

Encore une fois, les montagnes retentirent d'un rire énorme et moqueur.

— Ce ne sont pas tes balles que je crains, Roland. Ce qui m'épouvante, c'est ton idée d'obtenir des réponses.

— Descends...

— Sur l'autre versant, je pense, dit l'homme en noir. Sur l'autre versant, nous tiendrons plus ample conseil.

Son regard passa fugitivement sur Jake et il ajouta :

— Rien que nous deux.

L'enfant s'écarta brusquement du pistolero avec un petit cri plaintif alors que l'homme en noir leur tournait le dos dans un tourbillonnant envol de sa robe. Les plis de celle-ci, dans la grisaille de l'air, évoquèrent les ailes d'une chauve-souris, puis disparurent dans l'anfractuosité de la roche d'où se déversait à gros bouillons l'eau de la cascade. Par un terrible effort de volonté, le pistolero se retint de vider ses pistolets dans la noire crevasse — *prendrais-tu le risque de tuer les réponses à tes propres questions, pistolero ?*

On n'entendit plus que le fracas de l'eau et du vent, bruits qui, depuis mille ans peut-être, avaient seuls rompu le silence de ces lieux désolés. Et pourtant, l'homme en noir s'était tenu en cet endroit. À l'issue de ces douze années de poursuite impitoyable, Roland avait pu le voir en face et lui parler. Et l'homme en noir lui avait ri au nez.

Sur l'autre versant, nous tiendrons plus ample conseil.

L'enfant leva sur lui un regard plein de cette résignation muette qui se lit dans les yeux des moutons ; tout son corps était agité d'un tremblement incoercible. L'espace d'un instant, le pistolero vit en surimpression sur le visage de Jake celui d'Alice, la femme qu'il avait connue à Tull, avec cette cicatrice au front telle une accusation silencieuse, et l'assaillit soudain une aversion irraisonnée pour ces deux êtres (beaucoup plus tard seulement, il devait lui traverser l'esprit que la cicatrice d'Alice et le clou que dans ses rêves il voyait planté dans le front de Jake occupaient exactement la même place). Le gamin parut saisir quelques bribes des pensées de Roland et un gémissement s'échappa de sa gorge. Gémissement de courte durée, car l'enfant se mordit aussitôt les lèvres pour le contenir. Il avait vraiment l'étoffe d'un homme supérieur et deviendrait peut-être un jour pistolero si le temps lui en était laissé.

Rien que nous deux.

Le pistolero sentit naître en lui, dans quelque insondable et secret abîme de son corps, une soif intense, une soif impie, que nul vin n'aurait su étancher. Des mondes tremblaient, presque à portée de ses doigts, et, sur le mode instinctif, il lutta pour échapper à la corruption, néanmoins conscient, dans la froide distanciation de son esprit, de l'éternelle vanité d'un tel combat.

Il était midi. Roland leva son regard vers le ciel et, pour la dernière fois, laissa la clarté brumeuse et incertaine du jour briller sur le trop vulnérable soleil de sa propre droiture. Personne, songea-t-il, ne peut vraiment l'acquérir à prix d'or. C'est en monnaie de chair que se règle toujours l'échéance d'un mal — qu'il soit nécessaire ou non.

— Tu peux venir avec moi ou rester, dit-il.

Pour toute réponse, l'enfant se contenta de le regarder. Et aux yeux du pistolero, en cet ultime et vital instant où se consommait son divorce d'avec un principe moral, il cessa d'être Jake et devint seulement l'enfant, un être impersonnel, pion sur un échiquier.

Quelque chose hurla, déchirant la constance du vent ; tous deux perçurent ce cri, Roland et l'enfant.

Le pistolero reprit son escalade et Jake, au bout d'un moment, lui emboîta le pas. Ensemble ils gravirent l'amoncellement de roches qui jouxtait la cascade aux eaux froides comme l'acier, atteignant la corniche sur laquelle l'homme en noir s'était tenu avant eux. Puis, ensemble, ils pénétrèrent là où il avait disparu.

Et les ténèbres se refermèrent sur eux.

LES LENTS MUTANTS

Le pistolero parlait à Jake en inflexions ralenties qui s'enflaient et retombaient comme en un rêve.

— Nous étions trois : Cuthbert, Jamie et moi. On n'aurait pas dû être là, aucun de nous n'étant encore sorti de l'enfance. Se serait-on fait pincer qu'on nous aurait fouettés. Mais ça n'est pas arrivé. Aucun de ceux qui s'y sont hasardés avant nous ne s'est d'ailleurs fait prendre, je crois. Il faut qu'un petit garçon essaie en cachette le pantalon de son père puis qu'il le replace discrètement sur le cintre une fois qu'il s'est pavané avec devant la glace. Là, c'était pareil. Le père fait semblant de ne pas voir que son pantalon est disposé de façon différente, qu'il reste des traces de moustache en cigare sous le nez du gamin. Tu comprends ?

L'enfant ne répondit pas. Il n'avait rien dit depuis qu'ils avaient renoncé à la lumière du jour et le pistolero parlait abondamment, fiévreusement, pour meubler le silence. Il ne s'était pas retourné sur le seuil obscur de la montagne, mais Jake oui. Le pistolero avait mesuré le déclin de la clarté extérieure au tendre miroir des joues de l'enfant : d'abord rose pâle, puis opaline, argent terni ensuite, jusqu'aux ultimes lueurs d'un crépuscule. Plus rien, enfin. Le pistolero avait allumé une torche et ils avaient poursuivi leur route.

Ils bivouaquaient à présent. Nul écho de l'homme en noir ne leur était répercuté. Avait-il choisi, lui aussi, de s'arrêter, de s'octroyer un peu de repos ? Ou bien filait-il toujours de l'avant, sans nul besoin de lumière dans ces salles que baignait une nuit perpétuelle ?

— Il se tenait une fois l'an dans le Grand Hall, reprit le pistolero. On disait : le Hall aux Aïeux, mais le vrai nom, c'était simplement le Grand Hall.

Un bruit d'eau tombant goutte à goutte leur parvenait.

— Un rite amoureux. (Le pistolero partit d'un rire désabusé et les parois inanimées en firent le halètement rauque d'un fou.) Qui aurait marqué jadis l'avènement du printemps, disent les livres. Mais la civilisation, tu sais...

Les mots moururent sur ses lèvres, impuissant qu'il était à décrire les changements impliqués dans ce mot galvaudé, la mort du romanesque et l'immorale survie de son stérile et charnel fantôme, maintenue à hautes doses de solennités et de clinquant. Lors du bal de la nuit de Pâques, dans le Grand Hall, les figures géométriques du badinage s'étaient substituées à l'insensé gribouillis de l'amour, à quelque chose dont une vague intuition lui suggérait le manque — splendeur creuse là où jadis avaient régné des passions dévastatrices qui vous lessivaient l'âme.

— On en avait fait un spectacle décadent, poursuivit le pistolero. Un amusement, un jeu. (Dans sa voix, tout l'inconscient dégoût de l'ascète, et une lumière plus vive eût révélé l'altération de ses traits... durcissement, tristesse. Mais l'essentiel de sa force n'avait subi nulle atteinte. L'absence d'imagination dans sa physionomie restait intacte.) Mais ce bal, fit-il. Ah ! ce bal...

L'enfant garda le silence.

— Il y avait cinq lustres de cristal, un parquet ciré, de lourds globes de verre avec des lumières électriques par-dessous. Tout n'était que lumière, une oasis de lumière.

» On s'était glissés dans une stalle de la troisième galerie, la vieille, celle qu'on disait peu solide. Mais des gosses, ça ne pèse pas lourd. On surplombait la salle. On voyait tout. Je n'ai pas souvenir de l'un de nous disant quoi que ce soit. On ne faisait que regarder. Des heures durant, on a regardé.

» Représente-toi une grande table de pierre d'où les pistoleros et leurs épouses contemplaient les évolutions des danseurs. Il y en avait quelques-uns sur la piste, mais peu, et rien que des jeunes. Les autres restaient assis et j'avais l'impression qu'ils se sentaient mal à l'aise au milieu de toutes ces lumières de la vie civilisée. Eux, les protecteurs, craints et vénérés, avaient l'air de palefreniers dans cette foule de petits-maîtres en galante compagnie...

» Quatre tables rondes croulaient sous la nourriture, et elles tournaient sans arrêt. Du soir, sept heures, à trois le lendemain matin, les serveurs n'ont pas cessé de faire la navette entre elles et les cuisines. Elles tournaient comme les aiguilles d'une horloge et des odeurs de rôti de porc, de bœuf, de homard, de poulet et de pommes cuites en montaient jusqu'à nous. Il y avait aussi des glaces et des sucreries. De grandes flammes derrière les gigantesques broches où cuisait la viande.

» Marten était assis avec mon père et ma mère — je n'avais pas de mal à les reconnaître, même de si haut — et il a dansé une fois avec elle, lent tournoiement. Les autres leur ont laissé la piste et ont applaudi à la fin. Les pistoleros se sont abstenus d'applaudir mais mon père s'est levé avec lenteur et a tendu les mains à ma mère. Elle est retournée vers lui en souriant.

» Cet instant fut celui d'une passation, Jake. Moment tel qu'il doit s'en trouver à la Tour Sombre, quand les choses prennent tournure, tiennent bon et développent leur puissance en temps voulu. Mon père s'était posé en maitre, en tant que tel avait été reconnu, distingué. La reconnaissance était le fait de Marten, mon père avait fait en sorte qu'elle lui fût manifestée. Et sa femme, ma mère, est allée vers lui, lien entre eux deux. Traîtrise.

» Mon père fut le dernier seigneur de lumière.

Le pistolero baissa les yeux sur ses mains. L'enfant ne disait toujours rien. Son expression n'était que pensive.

— Je me rappelle comme ils dansaient, dit doucement le pistolero. Ma mère et Marten, l'enchanteur. Oui, j'ai gardé en mémoire leur manière de danser, de tourner au ralenti, ensemble ou séparés, seuls sur la piste, dans les pas de l'immémoriale chorégraphie courtoise. (Il posa un sourire sur l'enfant.) Mais ça ne voulait plus rien dire, tu sais. Car le pouvoir avait été transmis sur un mode que tous comprenaient sans le connaître et ma mère était liée corps et âme à son détenteur. N'en fut-il pas ainsi ? N'est-elle pas retournée vers lui, la danse achevée ? Ne lui a-t-elle pas pris la main ? N'ont-ils pas applaudi ? La salle entière n'a-t-elle pas croulé sous les applaudissements et louanges des damoiseaux efféminés et de leurs fades conquêtes ? Dis-moi que ce n'est pas vrai. Dis-le-moi.

Une eau amère ruisselait au loin dans l'obscurité. L'enfant ne dit rien.

— Je me rappelle, répéta doucement le pistolero. Je me rappelle comme ils dansaient. (Levant les yeux vers l'invisible plafond rocheux, il parut vouloir un instant l'agonir d'insultes, défier aveuglément ces tonnes de granit obtus qui portaient leurs chétives existences dans ses entrailles de pierre.) Quelle main a pu tenir le couteau qui courba mon père vers son trépas ?

— Je suis fatigué, dit l'enfant, mélancolique.

Le pistolero retomba dans le silence et l'enfant s'allongea, interposant une main entre sa joue et le sol dur. Devant eux, la petite flamme vacillait. Le pistolero se roula une cigarette. Il croyait encore avoir sous les yeux l'éclat du cristal baignant la salle des fêtes de ses souvenirs, entendre résonner dans ses oreilles la clameur d'approbation ; clameur vide sur des terres dévastées qui, même alors, n'opposaient plus qu'une résistance sans espoir à l'océan gris du temps. Le rappel de cette oasis de lumière le faisait cruellement souffrir et il eût voulu n'avoir jamais été témoin d'un tel spectacle, ni vu l'infortune de son père.

Il souffla un rond de fumée qu'il réaspira par les narines, les yeux toujours rivés sur l'enfant. Quels larges cercles dessinons-nous sur terre pour nous y lover, songea-t-il. Combien de temps faudra-t-il attendre pour revoir la lumière du jour ?

Il s'endormit.

Quand la respiration du pistolero se fut faite ample et régulière, Jake ouvrit les yeux et posa sur lui un regard empreint de quelque chose qui ressemblait fort à de l'amour. Les ultimes lueurs de leur petit feu se reflétèrent un instant dans sa pupille puis s'y noyèrent. Il se recoucha.

Dans l'immuable décor du désert, le pistolero avait presque perdu toute notion du temps ; le reste s'évanouit dans l'obscurité non moins immuable de ces salles souterraines. Ni lui ni l'enfant ne disposaient du moindre repère pour mesurer la succession des heures et ce concept même se vida de son sens. D'une certaine manière, ils étaient hors du temps. Rien ne distinguait un jour d'une semaine. Ils marchaient, dormaient, mangeaient peu, sans autre compagnie que le tonnerre ininterrompu du torrent forant son chemin dans la roche tandis qu'ils en suivaient le cours, se désaltérant dans son eau plate, saturée de sels minéraux. Par moments, le pistolero croyait voir glisser sous la surface de fugaces lueurs pareilles à des feux follets. Tout en supposant qu'il ne s'agissait que de simples projections de son cerveau, encore hanté par le souvenir de la lumière, il avertit l'enfant de rester à pied sec.

Son télémètre interne les guidait sans à-coups.

Le sentier longeant la rivière (car il s'agissait bien d'un sentier, uni, légèrement encaissé) ne cessait de monter, probablement vers la source. À intervalles réguliers, ils rencontraient des piliers de pierre arrondis pourvus d'anneaux immergés (il se pouvait qu'on y eût jadis attaché des bœufs ou des chevaux de trait) et d'un étui en acier à l'intérieur duquel reposait une lampe électrique. Il n'y en eut aucune qui consentît à revivre.

Lors de leur troisième pause, Jake s'aventura un peu à l'écart. Le pistolero perçut le crissement des cailloux remués par la progression prudente de l'enfant.

— Attention ! lui cria-t-il. Tu ne vois pas où tu mets les pieds.

— Je suis à quatre pattes. C'est... eh, dites !

— Qu'est-ce qui se passe ?

Il s'accroupit à demi, la main sur une des crosses.

Court silence. Il s'usa les yeux en vain.

— Ça m'a tout l'air d'être une voie de chemin de fer, dit enfin l'enfant, encore hésitant.

Le pistolero se redressa et, lentement, assurant chacun de ses pas, se dirigea vers l'endroit d'où lui parvenait la voix de Jake.

— Je suis là.

Une main se tendit, effleurant son visage. Le gosse était très doué dans le noir, meilleur que lui, en fait. Ses pupilles semblaient se dilater jusqu'à repousser toute couleur : le pistolero s'en rendit compte quand il fit jaillir une maigre flamme. Ces profondeurs du roc ne leur offraient nul combustible et leurs réserves fondaient en cendres. Par moments, le besoin de lumière frisait l'intolérable.

L'enfant se tenait près d'une amorce de voûte où une rangée de hampes parallèles se perdait dans l'ombre, chacune ponctuée de boules noires qui avaient pu conduire l'électricité. En contrebas, dépassant de quelques centimètres du sol rocheux, couraient d'étincelants rails métalliques. Qu'est-ce qui pouvait jadis avoir roulé sur ces rails ? Le pistolero échouait à imaginer autre chose que de noires balles électriques, transperçant cette nuit éternelle derrière les yeux terrifiés d'une paire de projecteurs. Il ne connaissait rien de semblable et n'en avait jamais entendu parler, mais le monde n'était-il pas rempli de squelettes, comme il l'était de démons ? Il avait un jour rencontré un ermite qui avait acquis un pouvoir quasi religieux sur un misérable troupeau de pasteurs, simplement parce qu'il possédait une vieille pompe à essence. Accroupi près d'elle, l'enveloppant d'un bras jaloux, il débitait de mornes sermons, absurdes et filandreux. De temps à autre, il se passait entre les jambes le pistolet d'acier inoxydable, toujours étincelant au bout de son tuyau de caoutchouc cuit par le temps. Sur la pompe, en caractères parfaitement lisibles quoique cloqués de rouille, s'étalait une mystérieuse inscription au sens inconnu : AMOCO-Sans Plomb. Amoco s'était mué en totem d'une déité courroucée qui réclamait de ses fidèles d'orgiaques sacrifices de brebis.

Des carcasses, songeait le pistolero. De banales carcasses dénuées de sens, enfouies sous les sables là où jadis s'étendaient des océans.

Et maintenant, une voie de chemin de fer.

— On va la suivre, dit-il.

Jake s'abstint de tout commentaire.

Le pistolero souffla la lumière et ils dormirent. Quand il se réveilla, l'enfant, déjà levé, le fixait sans le voir, assis sur un rail.

Ils se remirent en route comme deux aveugles, le pistolero devant, l'enfant sur ses talons, d'un pas glissé d'aveugle, gardant en permanence le contact avec l'un des rails. Le déferlement continu de la rivière à leur droite leur tenait compagnie. Ils ne parlaient pas, et il en fut ainsi sur trois périodes d'éveil. Le pistolero ne vit plus la nécessité d'aligner des pensées cohérentes ni celle d'échafauder des projets. Il dormit d'un sommeil sans rêves.

La quatrième période les fit littéralement buter sur une draisine.

Le pistolero la prit en pleine poitrine ; l'enfant s'y cogna le front et s'écroula dans un cri.

Le pistolero fit aussitôt de la lumière.

— Ça va ?

Sa voix était devenue cassante, presque acerbe. Il fit la grimace.

— Oui.

L'enfant se tenait la tête avec précaution. Il la secoua pour être sûr de dire vrai. Puis ils se retournèrent et examinèrent l'obstacle.

Un plateau de métal assis sur les rails avec, au centre, une poignée à bascule.

Objet qui n'évoqua rien au pistolero mais que l'enfant reconnut instantanément.

— C'est une draisine.

— Quoi ?

— Une draisine, répéta l'enfant avec impatience. Comme dans les vieux films. Regardez.

Il se hissa dessus et saisit la poignée. Il lui fallut y suspendre tout son poids pour qu'elle consentît à s'abaisser, et l'effort lui arracha un bref gémissement. Dans une intemporalité silencieuse, la draisine avança, mais de presque rien.

— C'est dur à faire bouger, expliqua l'enfant comme s'il s'en excusait.

Le pistolero le rejoignit sur l'engin et à son tour pesa sur la poignée. La draisine obéit mais une fois de plus s'arrêta. Il avait senti tourner sous ses pieds un arbre de transmission, sensation plaisante — mis à part la pompe au relais, c'était la première fois depuis des années qu'il voyait une machine ancienne en état de marche — qui toutefois ne laissait pas de le troubler. Ils n'en toucheraient que plus vite au but. Encore un cadeau empoisonné, se dit il, certain que l'homme en noir avait délibérément placé la draisine sur leur chemin.

— C'est chouette, hein ? dit l'enfant et il y avait un dégoût immense dans sa voix.

— Qu'est-ce que c'est, des films ? demanda le pistolero.

Jake ne répondit pas et entre eux tomba un noir silence, la nuit du tombeau. Le pistolero ne percevait plus que la pulsation de ses organes et la respiration de l'enfant. Rien d'autre.

— Mettons-nous chacun d'un côté, proposa Jake. Il faut que vous poussiez tout seul jusqu'à ce que la draisine soit lancée. Autrement je ne pourrai pas vous aider. Ensuite, ce sera chacun son tour pendant qu'on roulera. Compris ?

— Compris, répondit le pistolero, serrant les poings dans son désespoir, son impuissance.

— Mais vous devez pousser tout seul jusqu'à ce que la machine soit lancée, répéta l'enfant, les yeux rivés sur lui.

Brusquement, le pistolero eut une vision parfaitement nette du Grand Hall, un an après le Bal du printemps, dans les dévastations de la révolte, de la guerre civile et de l'invasion. Suivit le souvenir d'Allie, la femme à la cicatrice de Tull, tressautant sous les balles qui la tuaient par pur réflexe, puis du visage de Jamie bleui par la mort et des traits de Susan, contractés et baignés de larmes. Tous mes vieux amis, songea le pistolero avec un hideux sourire.

— Je pousserai, dit-il.

Et il joignit le geste à la parole.

Ils roulaient dans le noir, leur progression plus rapide, maintenant qu'elle avait cessé d'être tâtonnante. Une fois son mécanisme débarrassé de la poussière des ans, la draisine marcha sans à-coups. L'enfant tenait à accomplir sa part, et le pistolero le laissa de temps à autre s'accrocher au levier — mais la plupart du temps il effectuait seul la manœuvre, amples mouvements ascendants et descendants, qui mettaient à rude épreuve les muscles de son torse. La rivière les escortait toujours, juste sur leur droite, s'éloignant parfois. À un moment donné, elle les assourdit d'un grondement caverneux comme si elle venait de franchir le narthex de quelque préhistorique cathédrale ; une autre fois, elle se fit presque inaudible.

La vitesse et le vent résultant qui les giflait se substituaient à leur vue défaillante pour leur rendre le sens du temps et de l'espace. Le pistolero estima qu'ils devaient couvrir entre quatre et six lieues à l'heure, le long d'une rampe presque imperceptible et d'autant plus perverse. Il en sortait exténué, s'endormait comme une souche à l'issue de chaque étape. La nourriture allait bientôt manquer ; c'était le cadet de leurs soucis.

Pour le pistolero, la tension d'une conclusion prochaine était aussi insidieuse — mais non moins réelle et cumulative — que la fatigue engendrée par la manœuvre de la draisine. On touchait à la fin du commencement. Il se sentait comme un acteur au lever de rideau, juste avant les trois coups ; lorsqu'il a pris la pose et que, la première ligne de son texte en tête, il entend le public invisible déplier le programme et remplir les fauteuils. Il vivait avec une boule compacte, précise, au creux de l'estomac et bénissait l'effort qui lui accordait le sommeil.

L'enfant parlait de moins en moins ; mais au dernier bivouac précédant l'attaque des Lents Mutants, il questionna presque timidement le pistolero sur sa sortie de l'enfance.

Adossé au levier, une cigarette, soustraite à ses déclinantes réserves de tabac, vissée au coin des lèvres, le pistolero était sur le point de sombrer dans son habituel sommeil de plomb quand l'enfant l'avait interrogé.

— Pourquoi tu me demandes ça ? fit-il.

La voix de l'enfant prit un accent curieusement entêté, comme s'il cherchait à dissimuler son embarras.

— Parce que. (Après un silence, il ajouta :) J'ai toujours eu envie de savoir comment on grandit. On raconte tant de mensonges.

— On ne devient pas grand du jour au lendemain, répondit le pistolero. Je n'ai pas grandi d'un seul coup. Ça s'est fait progressivement. Un jour, j'ai vu pendre un homme. Ça a joué un rôle même si je n'en ai pas eu conscience à l'époque. Douze ans plus tard, j'ai quitté une fille dans une ville qui s'appelait King's Town. Ça aussi ça a joué. Et, chaque fois, je ne m'en suis jamais rendu compte sur le moment. Je ne l'ai toujours su que plus tard.

Il s'aperçut avec une certaine gêne qu'il éludait la question.

— Je suppose qu'atteindre la majorité a également fait partie du processus, reprit-il presque à contrecœur. C'était tout un rituel. Quelque chose de presque stylisé. Comme une danse. (Il eut un rire déplaisant.) Ou comme l'amour.

» Ma vie n'a toujours été qu'amour et mort.

L'enfant ne dit rien.

— Il fallait faire ses preuves en combat singulier, commença le pistolero.

L'été et la chaleur.

Août s'était jeté sur le pays comme un amant vampire, consumant la terre et les récoltes des métayers, plaquant une blancheur stérile sur les champs qui entouraient la cité féodale. Quelques lieues plus loin vers l'ouest, sur les marges du monde civilisé, la bataille avait déjà commencé. Les nouvelles étaient mauvaises, mais aucune ne soutenait la comparaison avec la chaleur qui s'était appesantie sur le domaine central. Le bétail aux yeux vagues restait affalé dans les enclos. Les porcs grognaient avec indolence, oublieux des couteaux qu'on affûtait pour l'automne. Les gens râlaient contre les impôts et la conscription, comme d'habitude, mais une immense vacuité se sentait sous les jeux dépassionnés de la politique. Le centre s'effilochait comme un tapis en lambeaux, foulé, battu, lavé, suspendu, séché. L'ultime collier sur la gorge du monde perdait ses perles. Tout se désintégrait. La terre, cet été-là, retenait sa respiration dans l'attente de l'éclipse.

Le garçon flânait dans le couloir desservant le dernier étage de l'édifice de pierre où il avait sa demeure, sentant ces choses sans les comprendre. Lui aussi était vacant et dangereux.

Trois années s'étaient écoulées depuis la pendaison de ce cuisinier qui avait toujours su dénicher de quoi caler l'estomac des gamins affamés. Il s'était étoffé depuis. Âgé de quatorze ans maintenant, éternellement moulé dans un jean délavé, déjà doté de ce torse large et de ces longues jambes qui allaient caractériser sa silhouette adulte. Toujours puceau, mais deux des plus jeunes souillons d'un marchand du quartier ouest venaient de lui manifester un intérêt auquel son corps s'était empressé de répondre, réponse à l'exigence croissante. Il était en sueur quelle que fût la fraîcheur régnant dans le hall.

Il allait passer devant les appartements de sa mère et s'en approchait avec indifférence, comptant ne pas s'y arrêter, gagner directement la terrasse où l'attendait, sous la caresse d'une brise légère, le plaisir dispensé par sa main.

Il venait de dépasser la porte quand une voix monta dans son dos :

— Hé, fiston.

C'était Marten, l'enchanteur, dans une tenue d'une décontraction suspecte et irritante : pantalon noir et whipcord presque aussi ajusté que les collants d'un danseur et chemise blanche largement ouverte sur la poitrine. Il avait les cheveux en bataille.

L'adolescent le regarda sans rien dire.

— Entre, entre ! Ne reste pas dans le couloir ! Ta mère veut te parler.

Si les lèvres arboraient un sourire bénin, le reste du visage trahissait un humour nettement plus dévastateur, le tout voilant une insensibilité totale.

Que sa mère désirât le voir lui parut des plus douteux. Il la trouva dans son salon, installée dans un fauteuil à dossier bas près de la grande fenêtre — celle qui donnait sur les pavés chauffés à blanc de la cour centrale — et vêtue d'une robe d'intérieur flottante. L'unique regard qu'elle lui accorda s'accompagna d'un sourire bref, scintillement mélancolique, reflet du soleil d'automne sur une eau fugitive. Puis elle s'absorba jusqu'à la fin de l'entrevue dans la contemplation de ses mains.

Il ne la voyait plus trop désormais, et le souvenir des berceuses s'était presque effacé de sa mémoire. Toutefois l'étrangère qu'elle était devenue pour lui restait une étrangère bien-aimée. Une vague crainte l'assaillit ; une haine imprécise à l'égard de Marten, le bras droit de son père (ou était-ce l'inverse ?), était née.

Et, bien sûr, il y avait déjà eu ces bruits de couloir — des rumeurs qu'il croyait sincèrement n'avoir jamais entendues.

— Tu vas bien ? lui demanda-t-elle avec douceur, les yeux toujours baissés.

Marten était revenu se placer près d'elle et posait une main pesante, troublante, à la jonction de la blanche épaule et du cou blanc, les enveloppant tous deux d'un même sourire. Ses yeux marron s'en faisaient presque noirs.

— Oui, répondit-il.

— Tes études aussi ?

— Je fais de mon mieux, dit-il.

Ils savaient l'un comme l'autre qu'il n'avait ni l'intelligence de Cuthbert ni même la simple vivacité d'esprit de Jamie. Lui avait la tête dure et devait bûcher.

— Et David ?

Elle connaissait l'affection qu'il portait au faucon.

Le garçon leva les yeux vers Marten qui avait toujours son sourire protecteur.

— C'est qu'il n'est plus de la première jeunesse.

Il crut voir sa mère tressaillir ; une fraction de seconde, le visage de Marten parut s'assombrir et la main se crispa sur l'épaule qu'elle tenait. Puis sa mère tourna les yeux vers la blanche incandescence du dehors, et tout redevint comme avant.

C'est une charade, pensa-t-il, un jeu. Mais qui sont les joueurs ?

— Tu as une cicatrice au front, lui dit Marten sans cesser de sourire. Est-ce la marque du futur guerrier sur les traces de son père ou le simple résultat de la lenteur ?

Cette fois, le tressaillement de sa mère ne fit aucun doute.

— Les deux, répondit-il, fixant Marten et réussissant péniblement à sourire.

Même ici, la chaleur était difficilement supportable.

Le sourire de Marten s'évanouit brusquement.

— Tu peux aller sur la terrasse, maintenant. Si je ne me trompe, tu as quelque chose à y faire.

Mais Marten s'était mépris, l'avait sous-estimé. À la langue vile — parodie de relation d'égal à égal — dans laquelle ils s'étaient jusqu'alors exprimés, l'adolescent substitua le Haut Parler :

— Ma mère ne m'a pas encore signifié mon congé, serf !

Le visage de Marten se tordit comme sous un coup de cravache. Le garçon entendit sa mère exhaler un terrifiant soupir de chagrin. Elle prononça son nom.

Mais le douloureux sourire resta intact sur les lèvres du garçon, qui fit un pas en avant.

— Vas-tu me rendre hommage, serf ? Au nom de mon père dont tu es le vassal ?

Marten posa sur lui un regard fixe, totalement incrédule.

— Va, dit-il doucement. Monte retrouver ta main.

Le garçon sortit en souriant.

La porte refermée, alors qu'il reprenait le couloir en sens inverse, abandonnant son projet de plaisir solitaire, il entendit gémir sa mère. La plainte d'une âme errante.

Puis fusa le rire de Marten.

Il souriait toujours quand il alla se soumettre à l'épreuve.

Jamie revenait de chez les boutiquières et, voyant Roland traverser la place d'armes, il courut à sa rencontre pour lui livrer tout chauds les derniers potins concernant l'insurrection qui ensanglantait l'Ouest. Mais il se figea net, les mots coincés dans sa gorge. Ils s'étaient connus au berceau et ne comptaient plus les fois où, depuis, ils s'étaient défiés et battus, lancés dans l'exploration de ces murailles entre lesquelles ils avaient vu le jour et grandi.

Roland le dépassa sans altérer le rythme de ses pas de géant, regardant sans voir, le douloureux sourire toujours plaqué sur les lèvres. Il se dirigeait vers la maison de Cort dont les stores baissés tentaient de faire obstacle à la cruelle chaleur de l'après-midi. À cette même heure, tous les jours, l'instructeur faisait la sieste afin de pouvoir jouir pleinement, le soir venu, de ses virées de matou dans le dédale des bordels crasseux de la ville basse.

Jamie eut soudain l'intuition de ce qui allait se passer et, pris entre sa crainte et son exaltation, il ne savait s'il devait suivre Roland ou aller chercher les autres.

Il finit par s'arracher à sa paralysie et courut vers les demeures en criant : « Cuthbert ! Allen ! Thomas ! » Sa voix paraissait grêle et fluette dans l'atmosphère épaissie. Tous avaient toujours su, par ce mystérieux mode de connaissance propre aux enfants, que Roland serait le premier à franchir le pas. Mais pas si tôt.

Le hideux sourire sur le visage de Roland avait cependant galvanisé Jamie comme n'aurait su le faire aucun bruit de guerre, de révolte ou de sorcellerie. Il avait plus de valeur que toutes les paroles prononcées par une bouche édentée au-dessus d'une tête de laitue maculée de chiures de mouches.

Roland marcha jusqu'à la petite maison de Cort dont il poussa la porte d'un coup de pied. Elle s'ouvrit à la volée, alla cogner contre le plâtre du mur et rebondit.

C'était la première fois qu'il entrait chez son instructeur. La porte donnait sur une cuisine austère, sombre et fraîche. Une table, deux chaises et deux placards en composaient le mobilier. Par terre, un linoléum avait échangé ses motifs passés contre un triangle de traces noires entre le rafraîchissoir scellé au sol, le plan de travail avec son râtelier à couteaux et la table.

L'intimité d'un homme public. L'ultime et fade sobriété d'un brutal débauché noctambule qui avait aimé sur le mode bourru quelque trois générations de garçons et fait de certains d'entre eux des pistoleros.

— Cort !

Un nouveau coup de pied — dans la table, cette fois — expédia cette dernière à l'autre bout de la pièce contre le râtelier. Les couteaux tombèrent dans un joyeux pêle-mêle de reflets métalliques.

Il entendit remuer dans l'autre pièce — le gras raclement de gorge d'un homme encore à moitié endormi — mais n'entra pas, conscient qu'il s'agissait d'une feinte, que Cort s'était immédiatement réveillé, qu'il était là, derrière la porte, l'œil brillant, attendant de briser la nuque de l'indésirable et imprudent visiteur.

— Cort ! J'exige ta présence, serf !

C'était du Haut Parler. Cort ouvrit.

En caleçon, exhibant un corps trapu aux jambes torses, couturé de cicatrices de la tête aux pieds, noué de muscles bulbeux. Il y avait aussi un ventre proéminent, mais que l'adolescent savait par expérience offrir l'élasticité d'un ressort d'acier. Sous les creux et bosses du crâne rasé, l'unique œil valide le foudroyait du regard.

Le garçon salua cérémonieusement.

— Je n'ai plus besoin de tes leçons, serf. Aujourd'hui, c'est moi qui en donne.

— Tu es en avance, piaillard, répondit Cort comme si de rien n'était, mais dans les formes du Haut Parler, lui aussi. En avance de cinq ans, dirais-je. Bon, je ne le répéterai pas deux fois : te rétractes-tu ?

Le garçon se contenta de river sur lui son hideux sourire, et Cort, qui reconnaissait ce sourire pour l'avoir vu sur une vingtaine de champs d'honneur et de déshonneur détrempés de sang, jugea la réponse suffisante. Peut-être même était-ce la seule qu'il fût disposé à croire.

— Dommage, fit-il, l'air distrait. Tu étais un élève prometteur — à vrai dire, le meilleur depuis plus de vingt ans. Il sera triste de te voir, les os brisés, engagé sur un chemin sans issue. Mais le monde a changé. Les temps de misère approchent au grand galop.

Le garçon resta muré dans son silence (et se fût révélé incapable de formuler une explication cohérente, y eût-il été contraint), mais pour la première fois son atroce rictus s'atténua.

— Quoi qu'il en soit, reprit sombrement Cort, la voix du sang reste la plus forte, révolte et sorcellerie à l'Ouest ou non. Je suis ton esclave, mon garçon. Je reconnais ton autorité et — pour une fois — je m'incline devant elle de tout cœur.

Et ce même Cort qui l'avait giflé, battu, blessé, injurié, ridiculisé et n'avait pas hésité à le traiter de vérole rampante — Cort ploya un genou et courba la tête.

Et sur le cuir tanné — néanmoins vulnérable — de cette nuque, le garçon posa une main émerveillée.

— Relève-toi, serf. Au nom de notre amitié.

Cort s'exécuta, au ralenti, et peut-être y eut-il de la souffrance derrière le masque impassible de ses traits burinés.

— C'est du gâchis. Rétracte-toi, gamin. Je romprai mon serment. Rétracte-toi et prends patience !

Le garçon resta silencieux.

— Très bien. (Le ton de Cort s'était fait sec, terre à terre.) Dans une heure. Avec ton arme.

— Tu auras ton bâton ?

— Comme toujours.

— Combien t'en a-t-on arraché, Cort ?

Ce qui revenait à demander : combien de garçons venus sur l'aire jouxtant le Grand Hall l'ont-ils quittée pistoleros novices ?

— Je garderai mon bâton aujourd'hui, répondit lentement Cort. Et à regret, crois-le, car le châtiment de la hâte est le même que celui de la faiblesse. Ne peux-tu patienter ?

Le garçon revit Marten, écrasante montagne dressée devant lui.

— Non, fit-il.

— Bon. Quelle arme as-tu choisie ?

Le garçon s'abstint de répondre.

Le sourire de Cort révéla deux rangées de chicots ébréchés.

— Tu es un malin. Dans une heure, donc. Te rends-tu compte que tu risques de ne plus jamais revoir les autres, ni ton père ni cet endroit ?

— Je sais ce que signifie l'exil, répondit tranquillement le garçon.

— Va.

Le garçon s'en alla sans un regard en arrière.

Il régnait dans le sous-sol de la grange une fraîcheur factice, une odeur d'eau suintante et de toiles d'araignées. Même éclairée par l'omniprésent soleil, elle demeurait à l'abri de la chaleur du dehors. Le garçon y gardait son faucon et l'oiseau semblait s'y plaire.

David était vieux maintenant. Il ne chassait plus. Son plumage avait perdu le lustre qu'on lui voyait encore trois ans plus tôt mais ses yeux restaient aussi fixes et perçants que jamais. Nul ne devient l'ami du faucon, dit-on, s'il n'est faucon lui-même, comme lui passager solitaire sur la terre, dénué d'amis ou du désir d'en avoir. Un faucon ne s'embarrasse pas de morale.

David était un vieux faucon, désormais. Le garçon espérait (ou bien, manquant par trop d'imagination, s'agissait-il seulement d'une certitude) en être lui-même un jeune.

— Haï, fit-il à mi-voix, et son bras se tendit vers le perchoir où l'oiseau était attaché.

Le faucon y monta et s'y tint immobile, décapuchonné. De son autre main, le garçon fouilla dans sa poche et en sortit un morceau de viande séchée que le faucon lui happa délicatement des doigts avant de le faire disparaître.

Avec un soin extrême, il commença de caresser David. Cort n'en aurait probablement pas cru ses yeux, mais Cort ne croyait pas davantage que l'heure de son élève fût arrivée.

— Tu vas mourir aujourd'hui, je pense, dit-il sans interrompre les caresses. À ton tour d'être sacrifié, comme tous ces petits oiseaux qui ont servi à ton exercice. Tu t'en souviens ? Non ? Qu'importe. À compter d'aujourd'hui, c'est moi le faucon.

David restait sur son bras, silencieux, l'œil fixe, indifférent à la mort comme à la vie.

— Tu es vieux, continua le garçon, pensif. Et peut-être n'es-tu pas mon ami. Il y a encore un an, ce sont mes yeux que tu aurais dévorés plutôt que cette lanière de viande, non ? Cort va bien rigoler. Mais si nous réussissons à nous approcher... qu'est-ce qui l'emportera, oiseau ? L'âge ou l'amitié ?

David ne trancha pas la question.

Le garçon lui enfila son capuchon et prit les jets qui étaient enroulés au bout du perchoir. Puis ils quittèrent la grange.

L'aire derrière le Grand Hall n'était pas une cour mais un couloir gazonné délimité par des haies épaisses. On y procédait au rituel du passage à l'âge d'homme depuis des temps immémoriaux, bien avant l'époque de Cort ou de son prédécesseur, qui était mort ici même d'une estocade portée par un bras trop ardent.

L'extrémité orientale, par laquelle entrait toujours le maître d'armes, avait vu ressortir adultes bon nombre de garçons. Elle s'ouvrait sur le Grand Hall, sur la brillance et les intrigues du monde civilisé. D'autres garçons, en bien plus grand nombre, s'étaient furtivement éclipsés, meurtris et ensanglantés, par l'extrémité occidentale, laquelle ne livrait jamais passage qu'à des enfants. Au-delà les attendaient les montagnes et les huttes des populations marginales, plus loin les forêts touffues du monde barbare, plus loin encore le désert. Le garçon qui devenait un homme quittait l'obscurité et l'ignorance pour la lumière et les responsabilités. Celui qui avait dû battre en retraite ne pouvait que la poursuivre à jamais. La lice était aussi verte et plane qu'un terrain de jeu. Elle avait une longueur exacte de vingt-cinq toises.

À chaque extrémité se pressait habituellement la foule tendue des spectateurs et des parents, la date du rite de passage étant en général fixée à l'avance avec une grande précision — dans la dix-neuvième année du garçon, le plus souvent (ceux qui atteignaient vingt-cinq ans sans y avoir encore été soumis demeuraient toute leur vie d'obscurs tenanciers, incapables d'affronter le brutal tout-ou-rien de l'épreuve). Mais ce jour-là, il n'y avait que Jamie, Cuthbert, Allen et Thomas, massés bouche bée côté enfance et franchement terrifiés.

— Ton arme, abruti ! chuchota Cuthbert au supplice. T'as oublié ton arme !

— Je l'ai, répondit froidement le garçon.

Il se demandait vaguement si la nouvelle avait déjà gagné les demeures, était parvenue aux oreilles de sa mère... et de Marten. Son père s'était lancé dans une chasse à l'homme et n'allait pas rentrer avant plusieurs semaines. Absence qui entraînait chez lui quelque honte : son père l'aurait compris, voire approuvé, il le sentait.

— Cort est arrivé ?

— Il est ici. (La voix venait de l'autre bout de la lice et Cort s'y montra, les yeux protégés de la sueur par l'épais bandeau de cuir qui lui barrait le front, un bâton de bois de fer à la main, pointu à un bout, arrondi en spatule à l'autre. Il entama la litanie que tous, choisis par le sang aveugle de leurs ancêtres, connaissaient depuis la plus tendre enfance, qu'ils avaient apprise en prévision du jour où — qui sait ? — ils seraient enfin des hommes.)

— Es-tu venu animé d'une intention sérieuse ?

— Je suis venu animé d'une intention sérieuse, maître.

— Es-tu venu proscrit de la maison paternelle ?

— C'est ainsi que je suis venu, maître.

Et il le resterait jusqu'à sa victoire sur Cort. En cas de défaite, l'exil serait éternel.

— Es-tu venu avec l'arme de ton choix ?

— C'est ainsi que je suis venu, maître.

— Quelle arme as-tu choisie ?

Question qui avantageait le maître en lui laissant la possibilité d'adopter contre la fronde la lance ou le filet, la tactique appropriée.

— J'ai choisi David, maître.

Cort ne marqua qu'un soupçon de pause.

— C'est donc ainsi que tu veux courir sus à moi ?

— C'est ainsi.

— Alors sois prompt.

Et Cort entra en lice, le bâton passant d'une main dans l'autre. Les gosses pépiaient comme une volée de moineaux, les yeux sur leur camarade marchant à sa rencontre.

J'ai choisi David, maître.

Cort y pensait-il ? Avait-il vraiment saisi ? Si oui, tout était peut-être perdu. Son plan reposait en effet sur la surprise — et sur le bon vouloir du faucon. Resterait-il posé, indifférent, sur son bras tandis que Cort lui défoncerait le crâne à coups de bois de fer ? Ou s'enfuirait-il à tire-d'aile vers le ciel chauffé à blanc ?

Ils se rapprochaient l'un de l'autre. Le garçon voulut préparer le capuchon de l'oiseau. Il avait les doigts mous. La coiffe tomba sur l'herbe verte et il s'arrêta. Il vit les yeux de Cort se poser sur le faucon, la surprise y déferler, la compréhension s'y faire jour.

Tout de suite, donc.

— Attaque ! cria-t-il en levant le bras.

Et David s'envola, balle brune et silencieuse. En deux ou trois battements d'ailes, il fut accroché par le bec et par les serres au visage du maître d'armes.

— Bravo, Roland ! s'écria Cuthbert, fou de joie.

Perdant l'équilibre, Cort tituba en arrière, son bâton ne massacrant que le vide autour de lui. Soudé à son crâne, le faucon offrait l'aspect d'une vibrante boule de plumes.

Le garçon se rua en avant, bras tendu, coude verrouillé, main raidie en fer de lance.

Mais son adversaire était encore presque trop rapide pour lui.

Bien que la masse du faucon lui occultât neuf dixièmes de sa vision, Cort leva son arme, bout plat en l'air, et fit de sang-froid la seule chose qui pouvait à cet instant retourner la situation. Il se frappa au visage par trois fois, sans un tressaillement de ses muscles bandés.

David lâcha prise, tomba au sol le corps disloqué, battant frénétiquement des ailes, ses yeux froids de prédateur rivés, farouches, sur le visage ruisselant de sang de Cort dont l'œil mort saillait maintenant hors de l'orbite.

Visant la tempe, le garçon décocha un coup de pied sur lequel, normalement, le combat aurait dû prendre fin. Que sa jambe fût restée engourdie de l'unique coup reçu jusqu'alors n'en avait pas amoindri la violence, et ce choc aurait vraiment dû mettre un terme au combat. Or il n'en fut rien. Une altération passagère se lut simplement sur les traits de Cort qui soudain se fendit, cherchant à saisir le pied du garçon.

Lequel recula hors de portée mais trébucha et s'étala de tout son long. Au loin, il entendit Jamie pousser un cri.

Cort s'était déjà redressé, prêt à bondir, à en finir. L'espace d'un instant, leurs regards se croisèrent — le maître au-dessus de l'élève, sa joue gauche ruisselante de sang et son œil aveugle, dont le blanc n'apparaissait plus qu'à travers une étroite fente, presque clos. Ce soir, pas de tournée des bordels pour Cort !

Le garçon sentit quelque chose lui tirailler la main. C'était le faucon. David mordait à l'aveuglette. Il avait les deux ailes brisées. Qu'il fût encore en vie tenait du miracle.

Le garçon le saisit à pleine main, comme une pierre, indifférent au bec qui lui arrachait du poignet des lambeaux de chair. Au moment où Cort, les membres déployés, se jetait sur lui, le garçon lança le faucon.

— Haï, David ! Tue !

Cort alors, occultant le soleil, s'abattit sur lui.

Le faucon se trouva étouffé entre eux, et le garçon sentit le contact d'un pouce calleux à la recherche de son orbite. Il s'en empara et le tordit en même temps qu'il levait la jambe pour bloquer de la cuisse le genou que Cort tentait de lui enfoncer dans les parties. Sa main s'abattit sèchement à trois reprises sur le cou de son adversaire. C'était comme de cogner sur une colonne cannelée.

Cort émit un grognement sourd ; un frisson le parcourut. Le garçon entrevit une main tâtonnante à la recherche du bâton et, d'une ruade, le repoussa au loin. David avait planté ses serres dans l'oreille droite de Cort et, de son autre patte, lui labourait sans pitié la joue, la réduisait en charpie. Du sang chaud gicla sur la figure du garçon et l'odeur lui rappela celle des copeaux de cuivre.

Le poing de Cort descendit sur les reins du faucon, les lui brisa, redescendit sur le cou qui en resta déboîté. Mais les serres refusaient toujours de lâcher prise. Cort n'avait plus d'oreille, rien qu'un trou rouge sur le côté du crâne. Un troisième coup projeta au loin l'oiseau, libérant Cort de son masque meurtrier.

Le garçon assena le tranchant de sa main sur le nez de son adversaire, brisant net la cloison. Les narines se frangèrent d'écume écarlate.

Une main agrippa les fesses de Roland à l'aveuglette et, roulant sur lui-même pour se dégager, il rencontra le bâton. Il se releva sur les genoux.

Cort fit de même, souriant. Il avait du sang partout sur la figure et son œil valide tournait aussi follement que l'autre était fixe. Son nez s'était épaté de travers. Il avait les joues pendantes.

Le garçon tenait la longueur de bois de fer comme un joueur de base-ball tient sa batte pour attendre la balle.

Cort fit une double feinte, puis plongea droit sur lui.

Le garçon était prêt. Le bâton faucha l'air et cueillit le crâne de Cort dans un choc assourdi. Cort tomba sur le flanc, laissant flotter sur le garçon un regard qui ne le voyait pas. Un mince filet de bave apparut au coin de ses lèvres.

— Rends-toi ou meurs, dit le garçon, la bouche pâteuse.

Et Cort sourit. Il était pratiquement inconscient — promis d'ailleurs à passer la semaine suivante au lit sous surveillance, enseveli dans les ténèbres du coma —, mais pour l'heure il se cramponnait au monde avec toute l'énergie de son être, sans pitié ni coin d'ombre.

— Je me rends, pistolero. Avec le sourire.

Puis son œil valide se ferma.

Le pistolero le secoua doucement mais non sans insistance. Les autres l'entouraient à présent, les mains tremblantes de l'envie de lui donner une amicale bourrade dans le dos et de le hisser sur leurs épaules ; mais ils se retenaient, effrayés par le nouvel abîme qu'ils sentaient s'être creusé. Il ne leur était pourtant pas devenu beaucoup plus étranger qu'auparavant : il y avait toujours eu un fossé entre les autres et lui.

Dans le battement de sa paupière, l'œil valide se rouvrit faiblement.

— La clé, dit le pistolero. C'est mon patrimoine, maître, et il me le faut.

C'était sur les pistolets qu'il faisait valoir ses droits, non sur les pesants revolvers de son père aux crosses lestées de bois de santal, mais sur d'autres armes à feu non moins authentiques, non moins interdites, sauf à quelques-uns. Des armes décisives, absolues. Dans la chambre forte sous le casernement, là où, de par l'antique loi, il était désormais tenu de résider loin du sein maternel, étaient accrochées les armes de son noviciat, lourds objets de nickel et d'acier passablement encombrants. Elles avaient servi son père jusqu'à la fin de son apprentissage — et son père était à présent le maître, en titre du moins.

— Alors, est-ce si terrible ? murmura Cort comme s'il eût parlé dans son sommeil. Si contraignant ? Je l'ai craint ! Tu as gagné, pourtant.

— La clé.

— Ce faucon... quel coup de génie ! Quelle arme redoutable ! Combien de temps t'a-t-il fallu pour entraîner ce salopard ?

— Je n'ai jamais eu à l'entraîner. J'en ai fait mon ami. Cette clé.

— Sous mon ceinturon, pistolero.

L'œil se referma.

Passant la main sous le ceinturon de Cort, le pistolero sentit l'insistante pression de l'abdomen et la compacité de muscles à présent au repos. La clé était accrochée à un anneau de cuivre. Il la prit et la serra au creux de son poing, réprimant sa folle envie de la lancer vers le ciel pour manifester sa victoire.

Il se leva et s'apprêtait à retourner vers les autres quand il sentit la main de Cort tâtonner à la recherche de son pied. Craignant un ultime assaut, il se raidit, mais Cort se bornait à lui faire signe de se baisser, d'un doigt encroûté de sang.

— Je vais m'endormir, chuchota t il calmement. Peut-être pour toujours, qui sait ? Je ne t'enseignerai plus rien, pistolero. Tu m'as surpassé, et deux ans plus tôt que ton père qui fut pourtant le plus jeune pistolero de sa génération. Mais permets-moi de te donner un conseil.

— Quoi ? jeta impatiemment le pistolero.

— Prends patience.

— Hein ?

— Attends que ta légende t'ait précédé. D'autres que toi se chargeront de la répandre. (Son regard flotta par-dessus l'épaule du pistolero.) Les idiots ne manquent pas. Laisse-toi devancer par ta réputation. Que grandisse ton ombre. Qu'elle s'étoffe. Laisse-la se faire diffuse. (Il s'efforça piteusement de sourire.) Avec le temps, les mots peuvent enchanter jusqu'à un enchanteur. Tu me suis, pistolero ?

— Oui.

— Tiendras-tu compte de mon ultime conseil ?

Le pistolero s'assit sur ses talons, adoptant pour réfléchir une posture préfigurant l'homme qu'il allait devenir. Il regarda le ciel s'assombrir dans les pourpres. La chaleur du jour déclinait et une barrière de cumulus sur l'horizon ouest présageait un orage. De brefs éclairs harcelaient au loin le flanc serein des montagnes. Derrière, le cœur de la chaîne dressait ses sommets et, derrière encore, montaient des flots de sang et de déraison. Il sentit la fatigue le pénétrer jusqu'à la moelle des os.

Ses yeux redescendirent se poser sur Cort.

— J'enterrerai mon faucon cette nuit, maître. Plus tard, j'irai dans les bordels de la ville basse prévenir ceux et celles qui se poseraient des questions à ton sujet.

Un petit sourire triste étira les lèvres de Cort, puis il sombra dans l'inconscience.

Le pistolero se releva et se tourna vers les autres.

— Faites une civière et transportez-le chez lui. Ensuite, allez chercher une garde-malade. Non, deux. Compris ?

Ils continuaient de le fixer, pris dans un instant qui ne pouvait encore se rompre. Sans doute s'attendaient-ils toujours à le voir ceint d'une couronne de feu ou se métamorphosant comme dans les histoires de loups-garous.

— Deux gardes-malades, répéta le pistolero, puis il sourit.

Eux aussi sourirent.

— T'es un beau salaud ! s'écria soudain Cuthbert le visage fendu d'une oreille à l'autre. C'est à peine s'il nous reste quelques bouts de viande à ronger sur ses os !

— La terre ne va pas s'arrêter de tourner du jour au lendemain, répliqua le pistolero, citant le vieil adage avec un sourire. Allez, remue-toi, Allen ! Secoue ta graisse !

Allen entreprit de confectionner une civière pendant que Thomas et Jamie s'acheminaient ensemble vers le hall central et l'infirmerie.

Le pistolero et Cuthbert échangèrent un regard. Ils avaient toujours été particulièrement proches l'un de l'autre — autant du moins que le permettaient leurs caractères respectifs. À l'évidence, des horizons s'ouvraient dans les yeux de Cuthbert, et le pistolero eut grand-peine à ne pas lui déconseiller d'affronter l'épreuve avant un an, voire dix-huit mois, au risque d'un départ vers l'ouest. Ils avaient tout un vécu ensemble, et le pistolero voyait mal comment lui faire part de ses craintes sans que cela fût pris pour de la condescendance. Je commence à ruser, songea-t-il, quelque peu consterné. Mais à la pensée de Marten et de sa mère, il préféra gratifier son ami d'un sourire trompeur.

Je serai le premier, se dit-il, avec une conviction qui n'avait jamais encore été la sienne, quoiqu'il se fût maintes fois enivré d'une telle pensée. Le premier...

— Allons-y, fit-il.

— Avec plaisir, pistolero.

Ils quittèrent le couloir bordé de haies par le côté oriental au moment où Thomas et Jamie revenaient en compagnie des gardes-malades. Elles ressemblaient à des fantômes avec leurs lourdes robes blanches au plastron frappé d'une croix rouge.

— Je t'aide pour le faucon ? demanda Cuthbert.

— Oui, je veux bien, répondit le pistolero.

Et plus tard, quand fut venue l'obscurité et à sa faveur les gifles de l'orage, cependant que d'énormes caissons livides roulaient de par le ciel et que les tortueuses ruelles de la ville basse s'éclaboussaient à chaque éclair de feu bleu, cependant qu'à l'attache attendaient les chevaux, tête basse et queue pendante, le pistolero prit une femme et avec elle coucha.

L'acte fut rapide et satisfaisant. Quand ils eurent fini, alors qu'ils restaient côte à côte allongés sans rien dire, il se mit à grêler dans un accès de férocité crépitante. En bas, lointain, un piano jouait *Hey Jude* en ragtime. Le pistolero rentra en lui même, et ce fut dans ce silence martelé de grêlons, juste avant de sombrer dans le sommeil, que pour la première fois il pensa qu'il pourrait bien être aussi le dernier.

Le récit fait à l'enfant n'avait évidemment rien eu d'aussi détaillé mais il se pouvait que l'essentiel eût transparu. C'était un gosse extrêmement réceptif, avait déjà pu constater le pistolero, assez peu différent de Cuthbert, voire de Jamie.

— Tu dors ? lui demanda-t-il.

— Non.

— Tu as compris ce que je t'ai raconté ?

— Compris ? fit l'enfant avec une prudente nuance de mépris. Compris quoi ? Vous vous fichez de moi ?

— Non.

Le pistolero restait sur la défensive. Il n'avait encore jamais parlé à personne de cette entrée dans l'âge adulte qui n'était pas sans ambivalence à ses yeux. Certes, le faucon avait constitué une arme parfaitement légitime, mais il ne s'en était pas moins agi d'une ruse. Et d'une trahison. La première d'une longue série ! *Me préparerais-je à livrer cet enfant à l'homme en noir ?*

— J'ai compris, déclara l'enfant. C'était un jeu, n'est-ce pas ? Est-ce que les grands doivent toujours jouer ? Faut-il que tout soit prétexte à jeux ? Y en a-t-il pour vraiment devenir des grandes personnes ou se contente-t-on d'atteindre sa majorité ?

— Ne t'imagine pas tout savoir, riposta le pistolero en s'efforçant d'endiguer la lente montée de la colère.

— Non ! Mais je sais ce que je représente pour vous.

— Et quoi donc ? demanda le pistolero, la gorge serrée.

— Un jeton de poker.

Réprimant sa sérieuse envie de trouver une pierre pour lui fracasser le crâne, le pistolero s'abstint de répliquer.

— Dors, lui enjoignit-il. Les gosses ont besoin de sommeil.

Et, dans sa tête, il entendit en écho le « Monte retrouver ta main ! » de Marten.

Il resta assis dans le noir, crispé, frappé d'horreur et terrifié (la première terreur qu'il eût de quoi que ce fût dans toute son existence) à l'idée de pouvoir être saisi par le dégoût de soi.

Au cours de la période d'éveil suivante, la voie ferrée se rapprocha de la rivière souterraine, et là se plaça leur rencontre avec les Lents Mutants.

Ce fut Jake qui les aperçut le premier et il poussa un cri.

Le pistolero qui rivait les yeux droit devant lui alors que ses bras pompaient pour faire avancer la draisine tourna brusquement la tête à droite. À quelque distance et en contrebas, il y avait une tache ronde, verdâtre, comme une sorte de feu follet, qui palpitait faiblement. Pour la première fois, il prit conscience de l'odeur — fade, désagréable, humide.

Cette lueur glauque était un visage, et ce visage n'avait rien de normal. Au-dessus d'un nez épaté, les nodosités d'yeux d'insectes les regardaient, dénuées d'expression. Le pistolero sentit un ancestral frisson lui nouer tripes et parties et accéléra sensiblement sa cadence sur la poignée de la draisine.

Le phosphorescent visage s'évanouit.

— C'était quoi ? demanda l'enfant avec un mouvement de recul instinctif. Qu'est-ce...

Les mots s'étranglèrent dans sa gorge : ils allaient croiser un groupe de trois formes complètes, debout entre la voie et la rivière invisible, et qui les observaient, immobiles.

— Des Lents Mutants, répondit le pistolero. Je ne crois pas qu'ils nous inquiéteront. On leur fait probablement aussi peur que...

Une des formes se détacha des autres et s'ébranla vers eux dans des variations de luminosité. Des traits d'idiot famélique, un corps flou et nu, devenu enchevêtrement de membres tentaculaires garnis de ventouses.

L'enfant poussa encore un cri et se plaqua dans les jambes du pistolero comme un chiot apeuré.

Un tentacule commença de palper le plateau de la draisine. Ça puait l'humide, le noir, l'étrange. Le pistolero lâcha la poignée, dégaina et logea une balle en plein front dans le faciès de demeuré. La créature s'affaissa et sa luminescence de feu follet s'éteignit comme un astre éclipsé. L'éclair jailli du canon de l'arme resta longtemps imprimé sur leurs sombres rétines, ne s'effaçant qu'à contrecœur. L'odeur de poudre brûlée distilla dans ces lieux enfouis quelque chose d'ardent, de sauvage, de radicalement étranger.

Puis il y en eut d'autres, beaucoup d'autres, aucun ne s'attaquant ouvertement à eux, mais tous se rapprochant insensiblement, cernant la voie comme une bande de badauds hideux et silencieux.

— Il va probablement falloir que tu manœuvres à ma place, dit le pistolero. T'en sens-tu capable ?

— Oui.

— Alors, tiens-toi prêt.

L'enfant se plaça à côté de lui, le corps en position. Son regard ne faisait qu'effleurer au passage les Lents Mutants, sans y mettre d'insistance ni s'attarder plus que nécessaire. Il semblait disposé à supporter une certaine dose d'horreur, comme si le « ça » eût pour ainsi dire suinté par ses pores pour le revêtir d'une cuirasse psychique.

Le pistolero actionnait la poignée avec régularité, se retenant toutefois d'accélérer. Les Lents Mutants devaient sentir quelle terreur s'était emparée d'eux, il le savait sans pour autant croire qu'ils pussent s'en contenter. L'enfant et lui n'étaient-ils pas des créatures de la lumière... et des créatures normales ? Comme ils doivent nous haïr, songea-t-il, se demandant s'ils avaient voué la même haine à l'homme en noir. Il en doutait. Ou peut-être ne l'avaient-ils pas vu, était-il passé parmi eux, traversant leur pitoyable essaim sans plus attirer l'attention que l'ombre d'une aile obscure.

L'enfant émit un bruit de gorge et le pistolero tourna négligemment la tête. Quatre mutants se lançaient maladroitement à l'assaut de la draisine et l'un d'eux cherchait déjà une prise.

Le pistolero lâcha la poignée et dégaina une fois de plus, du même mouvement apathique et instinctif. Il tira dans la tête du premier mutant qui émit un son tenant du soupir et du sanglot, un sourire niais se dessinant sur ses traits. Il avait des mains flasques et visqueuses... mortes ; les doigts adhéraient les uns aux autres comme ceux d'un gant oublié dans de la boue qui a séché. Une de ces mains cadavériques accrocha le pied de l'enfant et commença de tirer.

Le hurlement de Jake monta vers l'invisible plafond de granit.

Le pistolero fit feu, visant la poitrine du mutant. Le sourire se souilla de bave. Jake était en train de glisser hors de la plateforme et, quand il voulut le retenir par un bras, le pistolero faillit à son tour perdre l'équilibre. La créature était d'une vigueur stupéfiante. Le pistolero lui logea dans le crâne une balle supplémentaire. Un œil s'éteignit, soufflé comme une chandelle, sans que son propriétaire fît mine de lâcher. Entre eux s'engagea, silencieuse, une lutte décisive pour la possession du corps tressautant de Jake. Ils se le disputèrent comme des chiens un os.

La draisine ralentissait. Les autres — les aveugles et les estropiés — commençaient à se rapprocher. Peut-être ne cherchaient-ils qu'un Christ qui pût les guérir et, tel Lazare, les rendre à la lumière.

C'en est fini du gosse, pensa froidement le pistolero. Voici venue la fin qu'il pressentait. Le lâcher pour retourner à la poignée ou le retenir et périr. C'en est fini de lui.

Il imprima une furieuse secousse au bras de l'enfant et déchargea son arme dans le ventre du mutant. L'espace d'un instant — d'une éternité, sembla-t-il — la créature tira plus fort et Jake recommença de glisser. Puis les mains fangeuses lâchèrent prise et le Lent Mutant bascula face contre terre entre les rails derrière la draisine freinée. Il souriait toujours jusqu'aux oreilles.

— J'ai cru que vous m'aviez abandonné, sanglota l'enfant. J'étais persuadé...

— Accroche-toi à mon ceinturon, lui dit le pistolero. Du mieux que tu peux.

Une main s'insinua sous le cuir et s'y agrippa; la respiration de l'enfant s'était faite convulsive; de vastes hoquets silencieux.

Le pistolero se remit à la manœuvre et la draisine reprit de la vitesse. Les Lents Mutants reculèrent d'un pas et les regardèrent s'éloigner avec sur leur visage à peine humain (ou si pathétiquement tel) cette pâle phosphorescence propre aux étranges poissons qui hantent les profondeurs sous l'incroyable pression des ténèbres liquides, et dans leurs yeux vides, ni colère ni haine, mais simplement quelque chose comme un regret d'idiot vaguement conscient.

— Leurs rangs s'éclaircissent, déclara le pistolero qui sentit se relâcher légèrement la tension dans les muscles de son bas-ventre et dans ses parties. Ils...

La route était barrée; les Lents Mutants avaient placé des pierres sur la voie. Du boulot vite fait, minable. Dégager les rails pouvait ne prendre qu'une minute, mais c'était une minute d'arrêt. Et quelqu'un allait devoir descendre s'en occuper. L'enfant frissonna, gémit et se serra davantage contre le pistolero. Celui-ci lâcha la poignée et la draisine poursuivit en roue libre jusqu'au tas de pierres contre lequel, dans un choc sourd, elle s'immobilisa.

Les Lents Mutants se remirent en marche avec une sorte de détachement, presque comme s'ils passaient par là, perdus dans quelque songe ténébreux, et qu'ils eussent trouvé à qui demander leur chemin. Congrégation de damnés postée sous l'antique roche, comme d'autres aux carrefours des rues.

— Est-ce que nous sommes perdus? demanda calmement l'enfant.

— Non. Maintenant, tais-toi une seconde!

Il examina le tas de pierres. Les mutants étaient évidemment trop faibles pour avoir pu traîner de gros rochers sur la voie. Ils avaient dû se contenter de pierres de petite taille, mais suffisantes pour les stopper et obliger l'un d'eux à descendre.

— Descends, ordonna le pistolero. Il faut les enlever. Je te couvrirai.

— Non, gémit l'enfant. Je vous en prie.

— Je ne peux pas te confier une arme, ni transporter ces pierres et tirer en même temps. C'est toi qui dois y aller.

Jake roulait des yeux effarés et son corps se mit à trembler pendant un moment au rythme des pensées qui se succédaient follement dans sa tête, puis il se laissa glisser de la plate-forme et commença à jeter fiévreusement les pierres à droite et à gauche, sans regarder nulle part.

Le pistolero dégaina et attendit.

Deux mutants, titubant plus qu'ils ne marchaient, avançaient dans la direction de l'enfant en tendant vers lui leurs bras à la consistance pâteuse. Les pistolets firent leur travail, lardant l'obscurité de traits d'un feu blanc-rouge qui blessait les yeux du pistolero comme autant d'aiguilles fichées dans ses pupilles. L'enfant laissa échapper un cri, mais continua de déblayer les pierres. Des éclats de lumière papillotaient de tous côtés. Impossible d'y voir à présent ; rien ne pouvait être pire. Tout s'était fondu dans l'ombre. Un mutant, celui-ci à peine phosphorescent, saisit brusquement l'enfant entre ses bras de croquemitaine en caoutchouc. Ses yeux, qui lui mangeaient la moitié de la tête, roulaient presque onctueusement.

Jake poussa un nouveau cri et engagea la lutte.

Le pistolero tira sans prendre le temps de réfléchir, de peur que sa vision troublée ne le trahît et ne fît trembler sa main. Les deux têtes n'étaient séparées que par quelques centimètres ; ce fut la masse gélatineuse du mutant qui tomba.

Jake se remit frénétiquement à la tâche. Les mutants s'agglutinaient juste au-delà d'une invisible ligne de démarcation, avant de se rapprocher petit à petit, de plus en plus près. D'autres les avaient rejoints, grossissant leur nombre.

— Ça va, fit le pistolero. Remonte. Vite.

Quand l'enfant s'ébranla, les mutants passèrent à l'attaque. Jake réussit à franchir le rebord de la plate-forme et, quand il se remit sur ses pieds, le pistolero manœuvrait déjà la poignée de toutes ses forces. Les deux revolvers avaient déjà regagné leurs étuis. L'instant était à la fuite.

D'étranges paumes se plaquèrent à grand fracas sur la surface métallique de la plate-forme. L'enfant se retenait maintenant des deux mains au ceinturon du pistolero, la tête enfouie au creux de ses reins.

Un petit groupe de mutants courait entre les rails, visages qui restaient empreints de la même attente vague, décérébrée. Dans l'organisme du pistolero, l'adrénaline avait atteint son taux maximum. La draisine filait à toute allure dans l'obscurité. Elle heurta de plein fouet les quatre ou cinq pitoyables formes phosphorescentes qui s'éparpillèrent comme des bananes pourries giclant de leur peau.

Ils continuèrent de foncer dans l'obscurité funèbre et silencieuse.

À l'enfant, craintif mais curieux de savoir, il fallut une éternité pour oser relever la tête. La lueur des coups de feu persistait sur ses rétines, mais il n'y avait rien d'autre à voir que l'ombre, rien de plus à entendre que le grondement du cours d'eau.

— Ils sont partis, dit l'enfant, tout à coup pris de peur à l'idée que la voie pouvait soudain cesser, qu'ils risquaient d'être brutalement projetés hors des rails, au milieu d'un amas de ferraille.

Il avait déjà roulé en voiture et son rigoriste de père s'était fait siffler pour avoir conduit à cent cinquante à l'heure sur l'autoroute à péage du New Jersey. Mais il n'avait encore jamais voyagé à l'aveuglette et en plein vent, environné d'horreurs, au bord d'une rivière à la voix moqueuse — la voix de l'homme en noir. Les bras du pistolero n'étaient plus que le jeu de pistons d'une machine humaine emballée.

— Ils sont partis, répéta timidement l'enfant, le vent lui arrachant les mots des lèvres à mesure qu'ils s'y formaient. Vous pouvez ralentir maintenant. Nous les avons lâchés.

Mais le pistolero n'entendait rien, et ils se ruaient toujours plus avant dans ces étranges ténèbres.

Trois périodes d'éveil et de repos se succédèrent sans incident.

Au cours de la quatrième (au milieu ou aux trois quarts ? ils n'auraient su le dire, savaient seulement qu'ils n'étaient pas encore assez fatigués pour envisager de s'arrêter), un bruit sec retentit au-dessus d'eux ; la draisine oscilla et la pesanteur inclina brusquement leurs corps vers la droite alors que la voie amorçait un virage en sens inverse.

Il y avait une lumière là-devant, si faible, si insolite qu'elle parut d'abord ressortir d'un élément totalement neuf : ni terre, ni air, ni feu, ni eau. Elle était également dénuée de couleur, et ils n'eurent conscience de son existence que par la perception retrouvée de leurs mains et de leurs visages sur un autre mode que celui du toucher. La sensibilité de leurs yeux s'était accrue au point qu'ils distinguèrent cette lueur à plus de deux lieues de distance.

— La sortie, fit l'enfant, laconique. C'est fini.

— Non. (Singulière assurance dans la voix du pistolero.) Pas encore.

Et il avait raison. Cette lumière n'était pas celle du jour.

À l'approche de sa source, ils s'aperçurent que la muraille rocheuse sur leur gauche s'était éloignée, que d'autres rails, raccordés aux leurs, formaient en se croisant une complexe toile d'araignée. Cette lumière vectorisait leur course sur des lignes de luisance. De sombres masses stationnaient sur certaines voies : fourgons et wagons de voyageurs ; une plate-forme était accolée aux rails. Le pistolero se sentit mal à l'aise, comme en présence de vaisseaux fantômes, galions prisonniers de quelque souterraine mer des Sargasses.

La lumière se fit plus intense, blessante pour les yeux, mais dans une gradation assez lente pour leur laisser le temps de s'y accoutumer. Ils quittaient l'obscurité pour la lumière à la façon de plongeurs remontant du fond par paliers.

Devant eux, de plus en plus proche, un hangar immense naissait de l'ombre. Découpées dans son volume en carrés de jaune lumière, deux douzaines d'ouvertures changèrent progressivement de dimension à mesure qu'ils s'en rapprochèrent, passant de la taille d'une fenêtre de maison de poupée à celle d'un bâtiment de deux étages. Ils franchirent l'une des entrées médianes. Au-dessus s'étalait une série de caractères où le pistolero soupçonna la même phrase dans des langues différentes et, avec stupéfaction, se découvrit à même de lire la dernière, écrite dans un lointain ancêtre du Haut Parler :

VOIE 10 VERS SURFACE ET DESTINATION OUEST.

À l'intérieur, la lumière était plus vive et les rails se croisaient et se confondaient par le biais d'une série d'aiguillages. Ici, certains feux de signalisation fonctionnaient encore, alternant, sempiternels, leurs rouges, leurs ambres et leurs verts.

Ils passèrent entre de hauts quais de pierre noircis par la circulation de milliers de véhicules puis se retrouvèrent dans une sorte de gare centrale. Le pistolero laissa la draisine s'arrêter d'elle-même et ils jetèrent un regard autour d'eux.

— On se croirait dans le métro, déclara l'enfant.

— Le métro ?

— Peu importe.

L'enfant grimpa sur la chaussée de ciment. Sous leurs yeux s'alignaient des kiosques déserts et silencieux où jadis on avait vendu livres et journaux, une ancienne cordonnerie, une boutique de prêt-à-porter pour dames et une armurerie (tout excité soudain, le pistolero y découvrit des revolvers et des fusils, mais dont un examen plus attentif lui révéla les canons obstrués avec du plomb ; il trouva toutefois un arc qu'il se passa en bandoulière, ainsi qu'un carquois de flèches pratiquement inutilisables tant elles étaient mal lestées). Quelque part, un convertisseur brassait l'air sans arrêt. Il devait le faire depuis des milliers d'années mais il se pouvait que ses jours fussent désormais comptés. Un grincement s'en échappait à mi-cycle comme pour rappeler que le mouvement perpétuel — fût-ce dans les conditions les plus rigoureusement contrôlées — demeurait une chimère. Cet air avait une saveur fade et artificielle. Leurs pas suscitaient des échos sans résonance.

— Hé ! cria l'enfant.

Le pistolero rebroussa chemin et le trouva pétrifié devant le kiosque à journaux. Il y avait une momie à l'intérieur, affalée dans l'angle opposé. L'uniforme à liserés d'or dont elle était vêtue suggérait un employé du réseau ferroviaire. Sur ses genoux reposait un vieux journal parfaitement conservé qui tomba en poussière quand le pistolero voulut y jeter un coup d'œil. Il tendit un doigt prudent vers ces traits parcheminés qui évoquaient une vieille pomme, et de la joue à peine effleurée s'éleva un petit nuage de poussière. Il se dissipa. Un trou exposait l'intérieur de la bouche et une dent en or y brillait.

— Le gaz, murmura le pistolero. On savait fabriquer des gaz capables de produire ce résultat.

— Ça servait à faire la guerre ? dit sombrement l'enfant.

— Oui.

Il y avait d'autres momies — pas en grand nombre, quelques-unes seulement. Elles portaient toutes un uniforme bleu et or. Le pistolero conjectura que le gaz avait dû être utilisé à un moment où l'endroit était vide de voyageurs. Peut-être, en quelque obscure époque, la gare avait-elle représenté un objectif militaire assigné à une armée aussi oubliée que la cause pour laquelle elle combattait.

Cette idée l'accabla.

— Nous ferions mieux de continuer, dit-il en prenant la direction de la voie 10 et de la draisine.

Mais l'enfant resta en arrière.

— Sans moi.

Le pistolero se retourna, surpris.

Le visage de l'enfant s'était crispé, vibrait sous un violent tremblement.

— Vous n'obtiendrez ce que vous cherchez que si je suis mort. Je préfère tenter ma chance tout seul.

Diplomate, le pistolero hocha la tête, non sans maudire son attitude.

— D'accord.

Il se détourna, traversa le quai de pierre et, en souplesse, bondit sur la draisine.

— Vous avez conclu un pacte ! lui cria l'enfant. Je le sais !

Le pistolero s'abstint de répondre. Soigneusement, il déposa son arc en lieu sûr devant le montant du levier.

L'enfant serrait les poings, les traits tordus par la souffrance.

Comme il est facile de duper cet enfant, songea froidement le pistolero. Son intuition ne cesse de le jeter sur ce seuil et chaque fois qu'il s'y trouve, tu le manœuvres à ta guise — mais, après tout, n'es-tu pas son seul ami ?

La solution lui apparut tout d'un coup, nette comme une vision : il lui suffisait de renoncer, de faire demi-tour avec l'enfant dans lequel il puiserait une force neuve. Oui, il n'était pas nécessaire de recourir à un moyen aussi humiliant pour atteindre la Tour Sombre. Il pouvait laisser grandir ce gosse et, à eux deux, ils se débarrasseraient de l'homme en noir sans plus de difficulté que d'un vulgaire jouet mécanique.

Et quoi encore ? se dit-il cyniquement.

Un brusque éclair de lucidité venait de lui faire comprendre que retourner en arrière signifierait leur mort à tous deux — leur mort ou pis : l'ensevelissement parmi les morts vivants qu'ils avaient laissés derrière eux, le déclin de toutes leurs facultés. Et il n'était pas impossible que les pistolets de son père — voués qu'ils étaient à longtemps leur survivre — n'en vinssent, de par leur pitoyable splendeur et à l'instar de la pompe à essence dont il avait gardé souvenir, à prendre valeur de totems.

Un peu de cran, se dit-il, hypocrite.

Il saisit la poignée, l'actionna, et la draisine s'éloigna du quai.

— Attendez ! hurla l'enfant, qui s'élança en diagonale vers l'endroit où la draisine allait apparaître avant de s'enfoncer dans l'obscurité.

Le pistolero fut tenté d'accélérer, ne fût-ce que pour laisser l'enfant dans l'incertitude.

Mais au lieu de céder à cette impulsion, il le rattrapa au moment où il sautait. Sous la fine chemise de l'enfant, qui se serrait contre lui, il sentit le cœur de Jake palpiter avec la violence d'un cœur de poulet.

Il était vraiment très près maintenant.

Le bruit de la rivière s'était fait assourdissant et son grondement perpétuel envahissait jusqu'à leurs rêves. Par simple fantaisie, le pistolero laissa l'enfant manœuvrer la draisine pendant qu'il tirait dans le noir quelques flèches attachées à une bonne longueur de fil.

Bien que miraculeusement préservé, l'arc ne valait rien. Sans précision et atrocement dur à bander, il aurait été vain de chercher à l'améliorer, le pistolero le savait. Même changer la corde n'aurait pas rendu au bois sa souplesse. Les flèches ne volaient pas très loin, mais la dernière qu'il lança fut récupérée trempée. Quand l'enfant lui demanda quelle distance elle avait atteinte, il se contenta de hausser les épaules. Il doutait toutefois que, propulsée par une telle arme, elle eût pu couvrir plus de cinquante toises — la chance aidant.

Et toujours le bruit qui s'amplifiait.

Au cours de la troisième période d'éveil après leur départ de la gare, le rayonnement spectral se manifesta de nouveau. Ils s'étaient engagés à l'intérieur d'un long boyau creusé dans une étrange roche phosphorescente, dont les parois suintantes scintillaient d'une myriade de minuscules fragments d'étoiles. Tout ce qu'ils voyaient portait à présent le sceau d'une espèce d'irréalité fantastique.

Le tumulte de la rivière leur était renvoyé par les murailles voisines qui faisaient office d'amplificateur naturel. Le son demeurait néanmoins bizarrement égal, malgré la proximité du carrefour que l'écartement progressif des parois laissait pressentir au pistolero. La pente de la rampe qu'ils gravissaient s'accentua.

Les rails filaient en ligne droite vers la nouvelle source de lumière, rappelant au pistolero les feux follets enfermés dans des tubes que l'on avait parfois vendus à la foire de la Saint-Joseph, alors que l'enfant y voyait d'interminables néons. Mais ce que la phosphorescence de la roche leur révéla, ce fut que ce monde minéral dont ils étaient depuis si longtemps captifs s'achevait devant eux par deux promontoires jumeaux déchiquetés s'ouvrant sur l'obscurité béante du gouffre où plongeait la rivière.

Les rails continuaient au-dessus de cet abîme insondable, soutenus par un viaduc sans âge. Au-delà, dans des lointains incommensurables, luisait un infime point de lumière ; ni reflet ni halo, mais la pure clarté du jour ; aussi minuscule qu'une pointe d'épingle piquée dans une étoffe sombre, et pourtant lourde d'un sens effroyable.

— Arrêtez, dit l'enfant. Arrêtez un instant. Je vous en prie.

Sans poser de question, le pistolero laissa s'immobiliser la draisine. En contrebas, devant eux, la rivière faisait entendre son invariable rugissement. L'artificielle radiance de la roche humide lui devint brusquement odieuse et, pour la première fois, il se sentit effleuré par la noire aile de la claustrophobie. Un impérieux besoin de sortir d'ici, d'échapper à cet état d'enterré vif s'empara de lui.

— On va s'y engager, reprit l'enfant. C'est ce qu'il veut, non ? Que nous conduisions notre engin au-dessus de... de ça... et que nous y tombions ?

Le pistolero savait bien que non, mais il répondit :

— J'ignore ce qu'il veut.

— Nous ne sommes plus très loin. Ne peut-on poursuivre à pied ?

Ils descendirent de la draisine et s'approchèrent prudemment du bord de l'abîme. Le sol continua de grimper sous leurs pas jusqu'au point où, basculant en sens inverse, il se sépara de la voie qui, elle, s'enfonçait droit dans le noir.

Le pistolero se laissa choir sur les genoux et son regard, plongeant dans le précipice, réussit à distinguer un invraisemblable enchevêtrement de poutrelles et d'étais de moins en moins net à mesure qu'il descendait à la rencontre de la rivière mugissante et servant de support au gracieux viaduc franchissant le vide.

Il se représenta les ravages qu'avaient dû faire subir au métal l'eau et le temps, ces meurtriers compères. Quelle résistance conservait l'ouvrage ? Faible, sans doute. Minime ? Nulle ? Il se rappela soudain le visage de la momie et avec quelle facilité cette peau qui semblait ferme s'était pulvérisée au moindre effleurement.

— Oui, on va marcher, fit le pistolero.

Il s'attendait à voir l'enfant regimber une fois de plus, mais celui-ci le précéda calmement entre les rails, posant le pied avec assurance sur les traverses d'acier soudées. Le pistolero le suivit, prêt à le rattraper s'il faisait un faux pas.

Ils avaient laissé la draisine et s'avançaient en équilibre précaire au-dessus des ténèbres.

Le pistolero sentit une fine pellicule de sueur lui voiler la peau. Ce pont était pourri, et pas qu'un peu. Subissant les assauts du cours impétueux de la rivière en contrebas, il vibrait sous ses pas, oscillait au bout de câbles invisibles. On est comme deux acrobates, songea-t-il. Regarde, mère, sans filet. Je vole. Il s'agenouilla, examina les traverses sur lesquelles ils progressaient. Elles étaient encroûtées, piquetées de rouille (et la fraîcheur sur son visage lui en donnait la cause : l'air, ami de toute corruption. Ils n'étaient plus très loin de la surface), et un solide coup de poing sur le métal les ébranla dangereusement. À un autre moment, il perçut par le bas de son corps un grincement prémonitoire et sentit l'acier s'affaisser, menacer de céder — mais déjà il avait franchi le point critique.

Plus léger de cinquante kilos, l'enfant ne risquait rien, bien sûr, à moins que la traversée ne dût peu à peu se faire plus ardue.

Derrière eux, la draisine s'était fondue dans l'obscurité. Le quai de pierre à leur gauche, plus long que celui de droite, les avait peut-être escortés sur une longueur de vingt pieds, mais l'ayant également dépassé, ils se retrouvaient sans appui au-dessus du gouffre.

Au début, il leur sembla que la dimension de la tache de lumière demeurait malicieusement constante (s'éloignant peut-être d'eux au fur et à mesure qu'ils avançaient par quelque prodigieux tour de magie). Le pistolero finit toutefois par se rendre compte qu'elle s'élargissait, gagnait en netteté. Elle les dominait toujours, mais ils continuaient de monter vers elle.

Un grognement de surprise jaillit des lèvres de l'enfant, qui vacilla bras emportés dans de vastes révolutions ralenties. Il donna l'impression de rester ainsi une éternité, en équilibre sur le bord, puis il redémarra.

— Elle a failli lâcher, celle-là, murmura-t-il sans émotion apparente. Sautez par-dessus.

Le pistolero obéit. La traverse sur laquelle l'enfant avait posé le pied s'était presque entièrement détachée. Elle pendait mollement, retenue par un rivet à demi désagrégé. Elle oscillait autour avec lenteur, pareille au volet d'une maison hantée.

La montée n'en finissait pas. L'aspect cauchemardesque de la traversée la leur faisait paraître plus longue qu'elle ne l'était en réalité. L'air même semblait s'épaissir et les engluer, au point que le pistolero avait davantage l'impression de nager que de marcher. De folles supputations lui tournaient dans la tête concernant l'épouvantable distance séparant le pont de la rivière enjambée, sa pensée lui présentant le détail spectaculaire d'une chute : le grincement du métal tordu, l'embardée qui le jetterait de côté, ses doigts qui chercheraient en vain quelque prise, la glissade de ses talons sur l'acier traître — et le plongeon tournoyant, la chaleur entre ses cuisses quand sa vessie se viderait, le vent qui le giflerait, lui dresserait les cheveux sur la tête comme dans une terreur de dessin animé, qui lui retournerait les paupières, et l'eau noire qui se ruerait à sa rencontre à une vitesse telle qu'il n'aurait pas même le temps de crier.

Le métal hurla sous son poids qu'il répartit pour franchir posément le périlleux passage, refusant de penser à la chute ou au chemin parcouru ou à celui qui restait. Sans penser non plus que l'enfant allait être sacrifié ni que lui-même avait déjà pour le moins presque à demi négocié la perte de son honneur.

— Là, il y en a trois qui manquent, l'informa calmement l'enfant. Je vais sauter. Hop ! Hop !

L'espace d'un instant, le pistolero le vit se découper sur la lumière du jour, les membres gauchement déployés en grand aigle. Quand il atterrit, l'édifice entier vibra dangereusement. Le métal gémit et, beaucoup plus bas, quelque chose tomba, émit deux sons bien distincts : d'abord celui d'un choc, puis celui d'une plongée en eau profonde.

— Tu es passé ? demanda le pistolero.

— Oui, répondit l'enfant, lointain. Mais tout est pourri par ici. Je ne crois pas que ça vous résisterait. À moi si, mais pas à vous. Retournez en arrière. Repartez et fichez-moi la paix.

Sa voix le montrait à bout de nerfs ; glacial mais à bout de nerfs.

Le pistolero franchit l'obstacle. Une grande enjambée avait suffi. L'enfant était pris d'un tremblement incoercible.

— Repartez. Je ne veux pas mourir à cause de vous.

— Avance, nom de Dieu, fit rudement le pistolero. Tout va s'effondrer.

L'enfant se mit en marche. Il titubait. Ses mains vibraient, tendues devant lui, doigts écartés.

Ils reprirent leur ascension.

Oui, tout était de plus en plus pourri. Qu'il manquât une, deux, voire trois traverses n'était pas rare, et le pistolero s'attendait à tout instant à se retrouver face à face avec un trou dont la dimension les contraindrait à rebrousser chemin ou à faire du funambulisme sur les rails au-dessus du vide.

Il gardait les yeux fixés sur la lumière du jour.

Elle s'était teintée de bleu et, à mesure qu'elle se rapprochait, son éclat se faisait plus doux, estompait la phosphorescence du roc en s'y fondant. Plus qu'une cinquantaine de mètres ? Cent ? Il n'aurait su dire.

Ils marchaient toujours, et le pistolero regardait maintenant à ses pieds, franchissant les traverses une à une. Quand il releva les yeux, il vit que la lueur irradiait d'un orifice, qu'il ne pouvait s'agir d'une lampe, que c'était une issue. Il touchait au but.

Trente mètres. Même pas. C'était faisable. Ils n'allaient plus tarder à rejoindre leur proie, peut-être. Et peut-être les fleurs du mal épanouies dans l'esprit de l'homme en noir allaient-elles s'étioler au grand soleil, et tout serait alors possible.

Quelque chose s'interposa devant la lumière du jour.

Le saisissement lui fit relever la tête, le regard fixe, et il vit qu'une silhouette occultait l'orifice, le dévorait, n'en laissait qu'un bleu narquois surlignant les épaules et soutenant l'entre-jambe.

— Salut, les gars !

La voix se propagea jusqu'à eux, amplifiée par le goulet de pierre, et le sarcasme de l'homme en noir s'en dota d'une formidable résonance. Les doigts du pistolero tâtonnèrent à la recherche de la mâchoire, mais elle n'était plus dans sa poche, disparue quelque part, son pouvoir épuisé.

Le rire de l'autre les dominait, un rire qui retentissait autour d'eux, répercuté comme le fracas du ressac dans une grotte marine. L'enfant poussa un cri et chancela, moulin à vent une fois de plus avec ses bras qui tournoyaient dans l'air raréfié.

Le métal se déchira, s'effrita sous leurs pieds et les rails ployèrent dans une torsion lente et rêveuse. L'enfant s'enfonça. Mouette dans le noir, sa main jaillit, arrêta sa chute. Il resta suspendu dans le vide, levant sur le pistolero des yeux noirs pleins d'un savoir ultime, perdu, aveugle.

— Aidez-moi.

— C'est maintenant, pistolero, ou jamais ! ricocha la voix de l'homme en noir.

Tapis. Et cartes sur table sauf une. L'enfant se balançait, le Pendu d'un vivant tarot, le marin phénicien, l'innocent, l'égaré, à flot mais de si peu sur la vague d'une mer stygienne.

Attends, attends encore.

— Dois-je m'en aller ? (Cette voix si sonore, elle l'empêchait de penser, exerçait son pouvoir d'obscurcir l'esprit des hommes...)

N'en fais pas une tragédie ; si la chanson est triste, teinte-la d'espoir...

— Aidez-moi.

Le métal grinçant des supports se tordait davantage, s'effilochait comme de la guimauve, cédait...

— Je vais devoir t'abandonner.

— Non !

Ses jambes le portèrent dans une brusque détente hors de l'entropie qui le tenait et par-dessus l'enfant suspendu vers la lumière qui s'offrait, le noir profil de la Tour gravé sur la rétine de son œil intérieur — soudain : silence, la silhouette évanouie, jusqu'à la pulsation de son cœur enfuie cependant que l'ossature descellée du pont s'affaissait davantage, entamant au ralenti son ultime ballet vers l'abîme, cependant que sa main s'accrochait à cette lèvre de roche éclairée qui le damnait, cependant que, derrière lui, au sein d'un affreux silence, la voix de l'enfant montait de trop loin en contrebas.

— Allez-vous-en. Il y a d'autres mondes.

Et ça s'arracha à lui, toute la masse. Et alors qu'il se hissait vers la lumière, y débouchait, à l'air libre, à la réalité d'un nouveau karma (tout s'enchaîne), il se retourna, tourna la tête, lutta dans sa souffrance, s'efforça d'être Janus — mais il n'y avait là qu'un insondable silence : l'enfant avait cessé toute existence audible.

Puis ce fut le rétablissement sur la saillie rocheuse d'où son regard domina la plaine herbue qui s'étirait au bas de la pente, y découvrit l'homme en noir planté jambes écartées et bras croisés.

Il se redressa, titubant, plus blême qu'un spectre, les yeux écarquillés sous la corniche de son front, sa chemise en daim blanche de poussière, conséquence de son ultime et frénétique reptation. Le traversa l'idée qu'il était voué à toujours fuir le meurtre. Le traversa aussi celle qu'il n'avait pas fini de connaître les humiliations de l'esprit, qu'auprès des autres qui l'attendaient, celle-ci risquait de lui paraître dérisoire, et qu'il ne cesserait pas pour autant de la fuir, de lit en lit, par couloirs et cités. Il fuirait le visage de l'enfant, chercherait à l'enfouir dans le sexe des femmes, voire dans une destruction moins symbolique, pour en fin de compte pénétrer dans une dernière chambre où ce serait lui-même que son regard découvrirait par-dessus la flamme d'un cierge. Il était devenu l'enfant, l'enfant s'était fait lui. Lycanthrope, il était, garou, et dans les abîmes de ses rêves il serait de nouveau l'enfant, s'exprimerait dans d'étranges parlers.

Est-ce la mort ? Est-ce elle ?

Dans une ivre lenteur, il descendit la pente de roc nu vers l'endroit où l'attendait l'homme en noir. Ici, la voie s'était effacée au soleil de la raison et rien ne permettait de croire qu'elle eût même existé.

Dans un vaste éclat de rire et du revers de ses deux mains, l'homme en noir repoussa son capuchon.

— Alors ! lança-t-il. Non pas une fin, mais à la fin du commencement, hein ? Tu progresses, pistolero ! Tu progresses ! Ah ! que je t'admire !

Le pistolero dégaina, éblouissant de rapidité, tira ses douze balles. Les flammes qui jaillirent du canon de ses armes éclipsèrent le soleil et derrière elles rebondirent les détonations sur la roche escarpée.

— Allons, allons ! fit l'homme en noir, toujours hilare. On fait une belle équipe de magiciens, tous les deux. Tu ne me tues pas plus que tu ne réussis à te tuer.

Il recula, s'éloigna sans cesser de faire face au pistolero, les traits barrés d'un large sourire.

— Viens... viens... viens...

Fourbu, le pistolero le suivit vers le lieu du conseil.

LE PISTOLERO
ET
l'HOMME EN NOIR

L'homme en noir le conduisit pour la palabre sur une antique aire de mise à mort, et le pistolero y reconnut tout de suite un golgotha, un lieu-du-crâne : de partout montaient vers eux les regards narquois de crânes blanchis bovins, coyotes, lièvres et daims. Çà et là encore, le xylophone d'albâtre d'une poule faisane abattue pendant qu'elle picorait ou le délicat semis d'os minuscules d'une taupe, peut-être tuée pour le plaisir par un chien errant.

C'était une cuvette creusée dans le flanc de la montagne et, plus bas, en altitudes plus praticables, le pistolero vit des arbres de Josué, des sapins rabougris. Le ciel était d'un bleu tendre comme il n'en avait pas vu depuis longtemps et, dans les lointains relativement proches, quelque chose d'indéfinissable suggérait la mer.

— Je suis dans l'Ouest, Cuthbert, pensa-t-il, émerveillé.

Et naturellement, dans chaque crâne, dans la rondeur évacuée de chaque œil, il vit le visage du garçon.

L'homme en noir s'assit sur une vieille souche de bois de fer. Ses bottes étaient blanches de poussière et d'os. Il avait remis son capuchon, mais le pistolero pouvait nettement apercevoir le carré du menton, les lignes de la mâchoire.

Un sourire effleura des lèvres plus renfoncées dans l'ombre.

— Ramasse du bois, pistolero. Ce versant de la montagne est clément mais à pareille altitude, le froid peut encore plonger sa

lame dans le ventre d'un homme. N'est-ce pas un lieu de mort ?
— Je te tuerai.
— Non. Tu ne peux pas. Mais tu peux toujours ramasser du bois pour te remettre en mémoire ton Isaac.

La référence échappa au pistolero. Sans mot dire, il se mit à ramasser du bois comme un simple marmiton. C'était une denrée rare. Pas d'herbe du diable sur ce versant et le bois de fer n'aurait pas brûlé, minéralisé qu'il était. Il revint quand même avec une pleine brassée de branches, couvert de poudre d'os, comme roulé dans la farine. Le soleil avait sombré derrière les plus hauts des arbres de Josué ; avec une lugubre indifférence, il les fixait par le serti torturé des ramures.

— Magnifique, fit l'homme en noir. Quel être d'exception ! Quel esprit méthodique ! Je m'incline bien bas !

Il gloussa. Le pistolero lui lâcha son bois devant les pieds, soulevant une bouffée de poussière d'os.

L'homme en noir ne tressaillit ni ne sursauta, entreprit simplement de construire un feu. Le pistolero fasciné regarda l'idéogramme (dans son état originel, cette fois) prendre forme et se révéler double cheminée complexe d'environ trois empans. La main de l'homme en noir monta vers le ciel, belle main effilée qui se dégagea de la vaste manche puis se rabattit, index et petit doigt tendus, dessinant l'antique fourche contre le mauvais œil. Une flamme bleue jaillit et le feu prit.

— J'avais des allumettes, dit jovialement l'homme en noir, mais je me suis dit qu'un peu de magie ne te déplairait pas. Pour la beauté du geste, pistolero. Maintenant, prépare-nous à dîner.

Un frisson parcourut les plis de sa robe et un lapin bien en chair en tomba, dépouillé et vidé.

Sans mot dire, le pistolero embrocha l'animal et le mit à rôtir. Une odeur appétissante s'éleva dans l'air alors que le soleil se couchait. Des ombres violacées dérivèrent, affamées, au-dessus de la cuvette où l'homme en noir avait choisi de finalement se confronter à lui. D'interminables borborygmes se firent entendre dans son ventre à mesure que dorait le lapin, mais quand il fut cuit, gorgé de ses sucs dans leur prison de peau croustillante, il tendit en silence la broche à l'homme en noir, fouilla dans son sac à présent presque plat et en sortit ses dernières lanières de viande séchée. C'était horriblement salé, pénible à mâcher, avec un goût de larmes.

— Totalement superflu, dit l'homme en noir, réussissant à mêler colère et amusement dans sa voix.

— Qu'importe.

Le manque de vitamines lui avait tapissé la bouche de petites irritations et le sel lui arrachait des grimaces.

— Tu as peur que ce soit de la viande ensorcelée ?

— Oui.

L'homme en noir repoussa son capuchon.

Le pistolero le regarda en silence. Déception troublante, en un sens, que ce visage. Des traits fins, réguliers, sans rien des stigmates de qui a connu des temps difficiles et s'est vu instruit de grands secrets. Il avait des cheveux noirs, longs et nattés, un front haut, des yeux sombres et brillants. Un nez indescriptible. Des lèvres pleines et sensuelles. Un teint pâle comme celui du pistolero.

— Je m'attendais à quelqu'un de plus âgé, finit par dire celui-ci.

— Pourquoi ? Je suis pratiquement immortel. J'aurais pu prendre une apparence plus conforme à ton attente, bien sûr, mais j'ai choisi de te montrer celle... euh... qui m'a été donnée à ma naissance. Regarde, pistolero, le soleil est en train de se coucher.

Il avait déjà disparu, en fait, et une morne fournaise occupait l'horizon ouest.

— Tu ne le reverras pas se lever d'ici, ce qui risque de te paraître très long, dit à mi-voix l'homme en noir.

Le pistolero se remémora l'obscur tunnel sous les montagnes puis leva les yeux vers le ciel où les constellations se déployaient dans leur profusion spiralée.

— Aucune importance, désormais, dit-il non moins doucement.

L'homme en noir battit les cartes avec une dextérité d'illusionniste. Un jeu d'une rare épaisseur, les dos imprimés de circonvolutions complexes.

— Un tarot, expliquait l'homme en noir. Le jeu classique, augmenté de lames personnelles. Regarde bien, pistolero.

— Pourquoi ?

— Parce que je vais te prédire l'avenir, Roland. Il faut en retourner sept, une par une, et les placer en conjonction avec les autres. Voilà bien trois siècles que je n'ai tiré les cartes à personne, et je soupçonne ne l'avoir jamais fait pour y lire un avenir tel que le tien. (De nouveau l'ironie se glissait dans sa voix, comme au cœur de la nuit un baroudeur kuvien armé de son couteau.) Tu es le dernier aventurier au monde, le dernier croisé. Quel sujet de fierté, Roland ! Et tu n'en restes pas moins dans l'ignorance de la distance qui te sépare encore de la Tour, dans l'espace et dans le temps. Les mondes gravitent autour de toi.

— Vas-y, fit le pistolero, la voix âpre. Dis-moi la bonne aventure.

Une première lame fut retournée.

— Le Pendu, dit l'homme en noir. (La nuit tombante lui avait rendu son capuchon.) Mais en l'occurrence, hors de toute conjonction, cela signifie force et non mort. Le Pendu, c'est toi, pistolero, cheminant vers ton but, obstinément, par-dessus les puits de l'Hadès. Tu y as déjà lâché un compagnon de voyage, si je ne me trompe.

Il retourna la deuxième.

— Le Marin. Remarque ce front lisse, ces joues glabres, ces yeux blessés. Il se noie, pistolero, et il n'y a personne pour lui lancer un filin. C'est l'enfant. C'est Jake.

Le pistolero tiqua et ne dit rien.

Troisième carte. Un babouin au large sourire à califourchon sur l'épaule d'un jeune homme. Le jeune homme renversait la tête ; sa grimace résumait l'horreur et la panique. En y regardant de plus près, le pistolero vit que le babouin tenait un fouet.

— Le Prisonnier, dit l'homme en noir.

Le feu animait d'ombres instables le visage de l'homme chevauché, donnant l'impression qu'il se convulsait de terreur muette. Les yeux du pistolero bondirent ailleurs.

— Un tantinet inquiétant, non ? fit l'homme en noir, et il parut sur le point de ricaner.

Il retourna la quatrième lame. Une femme coiffée d'un châle y était assise à un rouet. Le pistolero sidéré la voyait à la fois sourire, finaude, et sangloter.

— La Dame d'Ombres, annonça l'homme en noir. Ne lui sens-tu pas deux visages, pistolero ? À juste titre. C'est un vrai Janus.

— Pourquoi me montres-tu ces cartes ?

— Pas de questions ! (Cinglant. Souriant aussi.) Tu regardes, c'est tout. Vois-y comme un rituel absurde, si ça peut te rassurer. Comme à l'église.

Il étouffa un rire en retournant la cinquième lame.

Un moissonneur grimaçant nouant sur le manche de sa faux ses doigts de squelette.

— Mort, dit simplement l'homme en noir. Mais pas pour toi.

La sixième à présent.

Et à sa vue, le pistolero sentit sourdre au fond des tripes un étrange pressentiment : horreur et joie mêlées, ensemble indescriptible. Il en retirait en même temps l'envie de vomir et celle de danser.

— La Tour, dit l'homme en noir presque en un souffle.

Le Pendu — carte du pistolero — était au centre du tirage, chacune de celles qui avaient suivi étant allée se poster à l'un des quatre angles. La figure évoquait le ballet de planètes autour de leur étoile.

— Et cette sixième, où se place-t-elle ? demanda le pistolero.

L'homme en noir posa la Tour au centre, recouvrant exactement le Pendu.

— Qu'est-ce que ça veut dire ? demanda le pistolero.

Pas de réponse.

— Qu'est-ce que ça veut dire ? répéta le pistolero, la voix décomposée.

Toujours pas de réponse.

— Va te faire foutre !

Pas de réponse non plus.

— Alors, quelle est la septième carte ?

L'homme en noir la retourna. Un soleil qui montait dans la lumière d'un ciel d'azur semé d'amours et de lutins virevoltants.

— Vie, annonça l'homme en noir, toujours aussi bas. Mais pas pour toi.

— Où s'inscrit-elle dans la figure ?

— Tu n'as pas à le savoir. Ni moi, d'ailleurs. (Il expédia négligemment la carte dans le feu déclinant. Elle noircit, prit sa courbure puis s'enflamma. Le pistolero en eut un coup au cœur, une main de glace qui le lui arrêtait.) Maintenant, dors, ajouta l'homme en noir, indifférent. Il se peut que tu rêves ce genre de choses.

— Je vais t'étrangler, dit le pistolero, et dans une instantanéité splendide, sauvage, ses jambes se ramassèrent, se détendirent, le projetèrent sur l'autre par-dessus les braises.

L'homme en noir souriant envahit son champ de vision puis se mit à reculer dans un long couloir bruissant d'échos et bordé de piliers d'obsidienne. L'univers s'emplit d'un rire sardonique. Le pistolero tombait. Mourait. S'endormait.

Il rêva.

L'univers était vide. Pas un mouvement. Rien.

Le pistolero planait, nébuleux.

— De la lumière, fit la voix de l'homme en noir, nonchalante.

Et la lumière fut. Détaché, le pistolero pensa que la lumière était bonne.

— Et maintenant, des ténèbres constellées au firmament et des eaux en contrebas.

Cela se fit. Le pistolero plana sur des mers sans fin. En surplomb, les étoiles scintillèrent à l'infini.

— La terre, suggéra l'homme en noir.

Il en fut ainsi. Elle se souleva de l'océan primordial dans d'interminables convulsions galvaniques. Elle était rouge, aride, craquelée, vitrifiée. Elle était stérile. Interminablement, des volcans vomirent leur magma, gigantesque éruption d'acné sur quelque bouille adolescente et ronde.

— Bien, disait l'homme en noir. C'est un début. Pourquoi pas quelques plantes ? Des arbres. De l'herbe et des pâtures.

Il en fut ainsi. Des dinosaures déambulèrent çà et là, grognant et glapissant, s'entre-dévorant et s'embourbant dans de bouillonnantes, d'odorantes mares de bitume. D'immenses forêts vierges partout s'étendirent. Des fougères géantes saluèrent le ciel, balançant la dentelle de leurs frondes parfois ponctuées de scarabées bicéphales. Toutes choses que vit le pistolero, n'en continuant pas moins de se sentir démesuré.

— L'homme, à présent, murmura l'homme en noir, mais le pistolero tombait... tombait toujours plus haut.

L'horizon de cette terre vaste et féconde s'incurva. Oui, ses maîtres n'avaient cessé de le lui répéter : elle était ronde, fait prouvé, selon eux, longtemps avant que le monde eût changé. Mais cet...

Plus haut, toujours plus haut. Sous ses yeux éberlués, des continents prenaient forme, et des spirales de nuages venaient les occulter. L'atmosphère enveloppait le monde d'un sac placentaire et sur la courbure de l'épaule le soleil se levait.

Il poussa un cri, interposa un bras devant la vision.

— Que la lumière soit !

La voix n'était plus celle de l'homme en noir. Elle était énorme, nourrie de résonances, emplissant l'espace et les espaces entre les espaces.

— Lumière !

Chute ascendante que rien n'arrêtait.

Le soleil rétrécit. Il dépassa la rotation d'une planète rouge, hachurée de canaux, cernée par les furieuses révolutions de ses deux satellites. Puis une tournoyante ceinture d'astéroïdes. Une planète géante, effervescente de gaz, trop massive pour supporter sa masse et, partant, ovoïde. Puis un monde ceint d'anneaux, d'un scintillant disque d'esquilles glacées.

— Lumière ! Que la lumière...

D'autres corps célestes. Un, deux, trois. Et, bien au-delà du dernier, solitaire, une boule de glace et de roc étirant son ellipse dans des ténèbres inanimées autour d'un soleil réduit à la brillance d'un sou terni.

Puis le noir absolu.

— Non, articula le pistolero, et sa voix blanche resta sans écho dans l'obscurité. (Dans ces ténèbres plus noires que simplement noires, auprès desquelles la plus épaisse nuit de l'âme avait l'éclat du plein jour, qui ravalait le noir séjour sous la montagne au rang de simple tache sur la face de la Lumière.) Assez, maintenant. Assez, par pitié. Assez...

— LUMIÈRE !

— Assez. Par pitié...

Et ce fut au tour des étoiles de rapetisser. D'entières nébuleuses se ramassèrent, se réduisirent à d'insignifiantes moucheLures. Quelque chose semblait aspirer l'univers entier autour de lui.

— Seigneur, assez, assez, assez...

La voix de l'homme en noir susurra, soyeuse, à son oreille :

— Renonce, alors. Chasse la Tour de tes pensées. Va ton chemin, pistolero, et sauve ton âme.

Il se ressaisit. Seul, ébranlé, environné de ténèbres, redoutant qu'une implication finale ne se ruât sur lui, il se ressaisit et proféra le décisif éclair d'un refus :

— NON ! JAMAIS !

— QUE LA LUMIÈRE SOIT, DONC !

Et la lumière fut, écrasante, primordiale. En elle s'évanouit toute conscience, mais pas avant que le pistolero n'eût entrevu un détail d'une importance cosmique. Il s'y accrocha dans un douloureux effort et se chercha.

À force de fuir la démence qu'impliquait un tel savoir, il finit par se retrouver.

Il faisait encore nuit... cette même nuit ou une autre, il n'aurait su dire. Il s'arracha du sol où l'avait jeté, à bout de course, le démoniaque ressort de sa poursuite et leva les yeux vers la souche de bois de fer où l'homme en noir avait pris place. Il était parti.

Le désespoir le submergeait — mon Dieu, tout à refaire — quand la voix de l'homme en noir monta dans son dos.

— Par ici, pistolero. C'est que je n'aime pas te voir trop près. Tu parles en dormant.

Il pouffa.

Le pistolero se hissa sur ses genoux, encore abruti, et se retourna. Du feu ne restaient que braises éparses dans des cendres au dessin familier. L'homme en noir, assis près d'elles, se délectait bruyamment des restes du lapin.

— Tu t'en es bien sorti, dit-il. Je n'aurais jamais pu communiquer une telle vision à Marten. Il en serait revenu gaga.

— Qu'est-ce que c'était ? demanda le pistolero, la voix floue et tremblante, intuitivement convaincu que ses jambes refuseraient de le porter s'il cherchait à se relever complètement.

— L'univers, répondit négligemment l'homme en noir.

Il rota et jeta les os récurés dans le feu ; ils s'y parèrent d'une blancheur malsaine. Le vent sifflait avec une poignante tristesse en survolant la dépression du golgotha.

— L'univers, répéta sans comprendre le pistolero.

— Tu cherches la Tour, dit l'homme en noir.

Ce pouvait être une question.

— Oui.

— Mais elle continuera de t'échapper. (L'homme en noir eut un sourire éclatant de cruauté.) Je ne suis pas sans savoir à quelle extrémité elle t'a poussé récemment. À mi-chemin du prochain monde, elle te tuera.

— Tu ne sais rien de moi, rétorqua tranquillement le pistolero, et le sourire s'effaça des lèvres de l'autre.

— C'est moi qui ai fait ton père et c'est moi qui l'ai brisé, enchaîna l'homme en noir, sinistre. J'ai approché ta mère par l'entremise de Marten et je l'ai possédée. C'était écrit et ce fut accompli. Je suis à l'avant-garde des suppôts de la Tour Sombre. La Terre m'a été confiée.

— Qu'ai-je vu ? dit le pistolero, réitérant sa question. Juste à la fin ? Qu'était-ce ?

— Quelle en était l'apparence ?

Le pistolero marqua un temps de silence, songeur. Il palpa ses poches à la recherche de son tabac, mais sa blague était vide et l'homme en noir ne s'offrit pas à la lui remplir par magie... fût-elle noire ou blanche.

— Il y avait de la lumière, finit-il par dire. Une intense lumière blanche. Puis...

Il s'interrompit et son regard se riva sur l'homme en noir qui s'était penché en avant, le visage marqué par une émotion terriblement insolite chez lui, et trop manifeste pour qu'il pût la nier sans mentir. L'étonnement.

— Ainsi tu n'en sais rien ! s'écria le pistolero, esquissant un sourire. Ô grand magicien qui sais ressusciter les morts ! Dans ce domaine, tu es ignare !

— Si, je sais. Mais je ne sais toujours pas... quoi.

— Une lumière blanche, répéta le pistolero. Et puis... un brin d'herbe. Un seul brin d'herbe qui remplissait tout. Et moi, j'étais minuscule. Infinitésimal.

— De l'herbe. (L'homme en noir ferma les yeux. Il avait les traits tirés, décomposés.) Un brin d'herbe. Tu es sûr ?

— Oui. (Il fronça les sourcils.) Mais violette.

Et l'homme en noir se mit donc à parler.

L'univers (dit-il) présente un paradoxe d'une telle amplitude qu'il excède les limites de l'esprit. À l'instar du cerveau vivant qui échoue à concevoir un cerveau non doué de vie — encore qu'il puisse s'en croire capable — l'esprit fini ne peut appréhender l'infini.

La simple existence de l'univers provoque à elle seule la déroute du pragmatique comme du cynique. Il y eut un temps — cent générations avant que le monde ne changeât, pourtant

— où l'humanité eut à son actif assez de prouesses scientifiques et techniques pour arracher quelques éclats de l'immense colonne du réel. À ceci près que, même à l'époque, la pseudo-lumière de la science — du savoir, si tu préfères — ne brillait que dans quelques pays évolués.

Or, malgré l'énorme accroissement des données disponibles sur le comment des choses, la compréhension de leur pourquoi resta remarquablement sporadique. Nos aïeux, pistolero, ont triomphé du fléau-qui-pourrit — que nous appelons cancer —, ont presque vaincu la vieillesse, sont allés sur la lune...

(— Je n'en crois rien, dit carrément le pistolero, et l'homme en noir répondit en souriant : — Qui t'y oblige ?)

... ont fabriqué ou découvert une centaine d'autres merveilleux joujoux. Mais cette profusion de connaissances n'a guère accru, voire pas du tout, leur pénétration. Nulle ode ne fut jamais composée à la gloire de l'insémination artificielle...

(— De quoi s'agit-il ? — De faire des bébés avec du sperme congelé. — De la merde. — Si tu veux... mais avec cette matière-là, même les anciens n'y sont pas arrivés.)

... ou de la voiture-qui-roule-toute-seule. Peu, si même il y en eut, donnèrent l'impression d'avoir saisi le Principe de Réalité : que tout acquis se solde par un mystère encore plus insondable. Une description physiologique plus fine du cerveau rend l'existence de l'âme à la fois moins possible et plus probable, de par la nature même de l'enquête. Tu me suis ? Sans doute pas. Tu baignes dans le romanesque, cul et chemise avec l'occulte. Il n'en reste pas moins que tu touches aux confins... non de la foi mais de la gnose. C'est à la contre-entropie de l'âme que te voilà confronté.

Mais restons au ras des pâquerettes.

La plus grande énigme de l'univers n'est pas la vie mais la proportion. La proportion englobe la vie, et la Tour englobe la proportion. L'enfant, qui est chez lui dans le merveilleux, ne demande-t-il pas : « Qu'y a-t-il au-dessus du ciel, papa ? » « Les ténèbres de l'espace », répond le père. « Et après l'espace, qu'est-ce qu'il y a ? » insiste l'enfant. « La galaxie », dit le père. L'enfant : « Et après la galaxie ? » Le père : « Une autre galaxie. » L'enfant : « Et plus loin que toutes les galaxies ? » Le père : « Personne n'en sait rien. »

Tu vois, la proportion nous domine. Aux yeux du poisson, le lac où il vit se confond avec l'univers. Quelles peuvent être ses pensées quand, arraché par la bouche aux frontières argentées de l'existence, il se retrouve dans un univers autre où l'air le noie, où la lumière a le bleu de la démence ? où d'immenses bipèdes sans ouïes dans l'étouffoir d'une boîte l'enferment et le recouvrent d'herbe humide jusqu'à ce que mort s'ensuive ?

Ou encore, prenons un crayon bien taillé, grossissons-en la pointe. Il arrive un moment où, stupéfiante révélation, tu t'aperçois que la mine n'est pas solide : c'est en fait un milliard de milliards d'atomes qui tourbillonnent comme des planètes en folie. Ce que tu prenais pour un corps tangible n'est qu'un lâche réseau dont la gravitation seule assure la cohérence. Ce sont des lieues, des abîmes, des distances incommensurables qui séparent ces atomes une fois ramenés à leurs justes proportions. Eux-mêmes ne sont pas des corps solides mais l'incessante révolution d'électrons autour d'un noyau de neutrons et de protons. Le pas suivant t'amène au niveau des particules élémentaires. Et ensuite ? Plus rien ? Que non ! Tout dans l'univers infirme le concept de néant. Envisager un stade ultime relève de l'impossible.

Suppose que tu ailles jusqu'au bout de l'univers. Vas-tu y trouver quelque rue barrée d'une palissade avec un panneau marqué : VOIE SANS ISSUE ? Non, bien sûr. En revanche, il se peut que tu tombes sur une surface compacte, concave, quelque chose comme ce que perçoit le poussin dans son œuf, et si tu fais comme lui, si tu perces la coquille, quelle insoutenable et torrentielle lumière va se ruer par ce trou au fond de l'espace ? Maintenant, colles-y ton œil, à ce trou. Ne vas-tu pas découvrir que notre univers entier n'est qu'un seul élément d'un seul atome de ton fameux brin d'herbe ? Ne seras-tu pas forcé d'en déduire que, brûler la moindre brindille, c'est réduire en cendres une éternité d'éternités ? Que l'existence ne tend pas vers l'infini mais vers une infinité d'infinis ?

Il se peut donc que tu aies vu quelle place occupe notre univers dans l'ordre des choses : celle d'un atome dans un brin d'herbe. Tout ce que nous percevons, de l'infinitésimal virus à la lointaine nébuleuse d'Orion, est contenu dans un seul brin d'herbe... un brin qui n'a peut-être eu d'existence que l'espace d'un jour ou deux dans un flux temporel différent du nôtre. Et si quelque lame le fauchait, sa décomposition disséminerait-elle dans notre univers et dans nos vies des humeurs putrides, jaunissant et desséchant tout ? Peut-être le processus est-il déjà en cours. Nous disons que le monde a changé, mais n'entendons-nous pas par là qu'il a commencé de flétrir ?

Songe à quel point pareille conception des choses nous rend négligeables, pistolero ! S'il est un Dieu qui nous observe, irait-il rendre la justice pour un peuple de moucherons perdu dans une multitude illimitée d'autres races d'aussi piètre importance ? Son œil voit-il tomber le moineau quand celui-ci n'est pas même un atome d'hydrogène séparé de ses congénères et dérivant dans les profondeurs de l'espace ? Et même s'il le voit... quelle peut être la nature de ce Dieu ? Où est-il ? Comment peut-on résider au-delà de l'infini ?

Représente-toi ce sable du désert de Mohaine que tu viens de traverser derrière moi. Imagine un milliard de milliards d'univers — d'univers, te dis-je, pas de mondes — enclos dans chaque grain, et une infinité d'autres dans chacun d'eux. Et nous voilà dominant ce foisonnement d'univers, perchés sur notre misérable brin d'herbe, libres de balancer notre pied dans des milliards de milliards de mondes, de les envoyer valdinguer dans les ténèbres, de les vouer à ne plus jamais reformer leur chaîne.

La proportion, pistolero... l'échelle des grandeurs...

Mais n'en restons pas là, continuons d'imaginer... que tous ces mondes, tous ces univers se rencontrent en un point unique d'un axe, un même pilier, une tour. Un escalier, peut-être, des marches montant vers la Divinité. Aurais-tu l'audace, pistolero ? Si quelque part, surplombant le réel et son infinitude, il existait une pièce ultime...

Non, tu n'oserais pas.

Tu n'oseras pas.

— Quelqu'un l'a eue, cette audace, dit le pistolero.

— Qui donc ?

— Dieu, dit-il tout bas. (Ses yeux brillaient.) Dieu a osé... ou alors, cette pièce serait-elle vide, devin ?

— Je n'en sais rien. (La peur passa sur les traits narquois de l'homme en noir, sombre et veloutée comme l'aile d'un busard, et il ajouta :) D'ailleurs, je ne me pose pas de questions. Il se pourrait que ce soit déconseillé.

— Peur d'être foudroyé sur place ? fit le pistolero, sarcastique.

— Peut-être d'avoir des comptes à rendre, rétorqua l'homme en noir, et le silence s'installa entre eux.

La nuit n'en finissait pas. La Voie lactée se déployait au-dessus d'eux dans toute sa splendeur, terrifiante aussi dans sa vacuité. Le pistolero se demanda quelle serait sa réaction si ce ciel d'encre se déchirait pour déverser des torrents de lumière.

— Le feu, dit-il. J'ai froid.

Le pistolero s'assoupit. À son réveil, il vit que l'homme en noir le contemplait avec une avidité malsaine.

— Qu'est-ce que tu regardes comme ça ?

— Toi, bien sûr.

— Alors, arrête. (Il tisonna les braises, brouillant l'idéogramme.) Je n'aime pas ça.

Il se tourna vers l'est, en quête d'une lueur naissante, mais la nuit s'éternisait.

— Tu t'y prends bien tôt pour chercher la lumière.

— Je suis né pour elle.

— Ah, oui, c'est exact. Quelle impolitesse de ma part d'avoir oublié ce détail ! Mais nous avons encore une longue discussion devant nous. Ainsi en a décidé mon maître.

— Qui ?

L'homme en noir sourit.

— Allons-nous enfin nous dire la vérité, toi et moi ? Sans plus de mensonges ? Sans plus de fascinerie ?

— De fascinerie ? Qu'est-ce que ça veut dire ?

Mais l'homme en noir suivit le fil de sa pensée :

— Allons-nous parler en toute franchise, en hommes ? Pas comme des amis mais d'ennemi à ennemi, d'égal à égal, donc. Pareille opportunité ne te sera pas souvent donnée, Roland. Les ennemis seuls sont sincères. Amis et amants ne cessent de mentir, pris comme ils sont dans les rets du devoir.

— En ce cas nous dirons la vérité. (Mais il n'avait rien fait d'autre depuis le début de la nuit.) Commence par m'expliquer ce qu'est la fascinerie.

— La fascinerie est charme, enchantement. C'est ainsi que mon maître a suspendu cette nuit, qu'il continuera de la suspendre... jusqu'à ce que nous en ayons fini.

— Ce sera long ?

— Oui. Impossible d'être plus précis. Je n'en sais pas davantage. (L'homme en noir se tenait au bord du feu, les braises dessinant sur son visage un masque d'ombre et de lumière.) Pose tes questions. J'y répondrai dans la mesure de mon savoir. Tu y as droit : tu m'as rattrapé. Je ne croyais pas que tu y parviendrais. Toutefois, ta quête n'en est qu'à ses débuts. Pose tes questions. Il sera toujours temps d'en arriver à l'essentiel.

— Qui est ton maître ?

— Je ne l'ai jamais vu, mais toi, tu le verras. Il te faudra passer par lui pour atteindre la Tour, par lui, l'Inconnu Sans Âge. (Il sourit sans rancune.) Et tu auras à le tuer. Mais ce n'est pas ce que tu voulais me demander, je pense.

— Comment le connais-tu puisque tu ne l'as jamais vu ?

— Il m'est apparu en songe sous les traits d'un adolescent alors que je vivais dans une contrée lointaine, il y a de ça mille ans, ou peut-être cinq mille si ce n'est dix mille. C'était à l'époque où les anciens n'avaient pas encore franchi la mer, dans un pays qui se nommait l'Angleterre. Voilà donc une brassée de siècles que ma tâche m'a été confiée, même si j'ai eu à m'acquitter de diverses missions entre ma jeunesse et mon apothéose. Cette apothéose que tu représentes, pistolero. (Il rit sous cape.) Tu vois, quelqu'un au moins t'a pris au sérieux.

— Cet Inconnu n'a pas de nom ?

— Que si. Il en a un.

— Et quel est-il ?

— Maerlyn, répondit l'homme en noir presque en un souffle. (Et quelque part dans les ténèbres orientales, là où la chaîne dressait ses sommets, un éboulement vint ponctuer ce nom ; un puma cria, et son cri ressemblait à celui d'une femme. Le pistolero frissonna et vit tressaillir l'homme en noir.) Mais, encore une fois, je ne pense pas que ce soit la question que tu souhaites me poser. Il n'est pas dans ta nature de te projeter si loin dans l'avenir.

Le pistolero savait quelle était cette question. Elle ne l'avait pas lâché de la nuit, le tourmentait déjà depuis plusieurs années, songea-t-il. Elle lui brûlait la langue, tremblotait au bord de ses lèvres mais il ne la formula pas... pas encore.

— Cet Inconnu, ce Maerlyn, est-il un suppôt de la Tour Sombre ? Comme toi ?

— Sans commune mesure avec moi. Bien supérieur. Il lui a été donné de remonter le temps. Il se fond dans l'ombre. Il s'en imprègne. Il est de tout temps. Mais il y a plus puissant que lui.

— Qui ?

— La Bête, chuchota craintivement l'homme en noir. Le gardien de la Tour. La source de toute *fascinerie.*

— Qu'est-ce à dire ? Que fait cette Bête...

— Fini, les questions ! cria l'homme en noir. (Le ton s'était voulu péremptoire et se désagrégeait dans la prière.) Je ne sais rien de tout ça ! Je ne veux pas savoir. Parler de la Bête, c'est appeler sur soi la ruine de l'âme. Devant elle, Maerlyn est comme je suis devant lui.

— Et au-dessus de la Bête, c'est la Tour et ce qu'elle renferme.

— Exact, murmura l'homme en noir. Mais là encore, ce n'est pas ce que tu voulais me demander.

Exact aussi.

— D'accord. (Alors le pistolero posa la plus vieille question du monde.) Est-ce que je te connais ? T'ai-je déjà vu quelque part ?

— Oui.

— Où ?

Il se pencha en avant, anxieux de la réponse. Son destin était en jeu.

L'homme en noir se plaqua les mains sur la bouche et pouffa comme un gosse.

— Je crois que tu le sais.

— Où ?

Il était debout, les mains sur les crosses polies.

— Ne t'en sers pas. Cela n'ouvre aucune porte mais les ferme à jamais.

— Où ? répéta la pistolero.

— Dois-je le mettre sur la voie ? demanda l'homme en noir aux ténèbres. Il me semble. (Son regard retourna sur le pistolero, brûlant.) Un jour, on t'a donné un conseil, dit-il. Ton maître...

— Oui, Cort, coupa le pistolero.

— Il t'a dit de prendre patience. Mais le conseil était mauvais. Les plans de Marten, déjà, venaient à échéance. Quand ton père est rentré...

— On l'a tué, acheva inutilement le pistolero.

— Et toi, quand tu t'es retourné, Marten était déjà parti... pour l'ouest. Or, il y avait dans l'entourage de Marten un homme qui arborait la robe du moine et le crâne rasé du pénitent...

— Walter, fit le pistolero en un souffle. Tu... n'es pas Marten. Non. Tu es Walter... Walter !

L'homme en noir gloussa.

— Et ton serviteur.

— Je devrais t'abattre sur-le-champ.

— Ce ne serait pas justice. Après tout, n'est-ce pas moi qui t'ai livré Marten, trois ans plus tard, quand...

— Tu m'as donc manipulé ?

— En un sens, oui. Mais c'est fini, pistolero. Vient maintenant le temps du partage. Ensuite, au matin, lorsque j'aurai jeté le charme, les rêves te visiteront. Ta quête, alors, commencera pour de bon.

— Walter, fit encore une fois le pistolero, ébahi.

— Assieds-toi. Je vais te raconter mon histoire, elle sera moins longue que la tienne.

— Je ne parle jamais de moi, grommela le pistolero.

— Il faudra que tu fasses une exception, cette nuit. Pour que nous puissions comprendre.

— Comprendre quoi ? Mon but ? Tu le connais. Trouver la Tour. J'ai juré d'y parvenir.

— Pas cela, pistolero, mais ta manière de poursuivre ce but. Cet esprit lent, laborieux, opiniâtre qui t'anime. Et qui n'a pas eu son pareil dans toute l'histoire du monde, peut-être même dans toute celle de la Création.

» L'heure de parole est venue. L'heure des récits.

— Alors vas-y, raconte.

L'homme en noir secoua la volumineuse manche de sa robe. Un paquet en tomba, papier replié autour du renflement de son contenu. Le bord froncé accrocha la clarté des braises.

— Du tabac, pistolero. Ça te dit ?

Il avait su résister au lapin mais là il n'en fut pas question. Ses doigts déplièrent fébrilement le paquet. Du tabac de coupe fine, enveloppé dans des feuilles vertes qui lui gardaient sa fraîcheur. Et quelle fraîcheur ! Voilà bien dix ans qu'il n'avait eu sous les yeux pareille qualité.

Il roula deux cigarettes dont il trancha l'extrémité d'un coup de dents pour libérer la saveur, en tendit une à l'homme en noir qui la prit. Chacun ramassa dans le feu sa brindille incandescente.

Le pistolero alluma sa cigarette et inhala jusqu'au fond des poumons une première bouffée de l'aromatique substance, les yeux fermés pour se concentrer sur la sensation. Puis il la souffla dans une longue et lente complétude.

— C'est bon ? demanda l'homme en noir.

— Très.

— Profites-en. Tu risques de ne pas refumer d'ici longtemps.

Le pistolero accueillit impassiblement la nouvelle.

— Parfait, dit l'homme en noir. Commençons :

» Il faut bien comprendre que la Tour a toujours existé, qu'il y a toujours eu des garçons pour le savoir et, partant, la convoiter, plus que pouvoir, femmes ou richesses...

Et paroles il y eut, une entière nuitée de paroles — plus qu'entière, même, Dieu seul sut de combien —, mais le pistolero n'en devait retenir que peu de chose... et sa tournure d'esprit singulièrement pratique n'y vit rien qui parût avoir une quelconque importance. Il lui fallait gagner la mer, apprit-il de l'homme en noir. Il la trouverait à huit lieues de marche aisée vers l'ouest. Il y serait investi du pouvoir de tirer les cartes.

— Mais ce n'est pas vraiment ça non plus, dit l'homme en noir, expédiant sa cigarette dans les vestiges de leur feu. Nul ne cherche à t'investir d'un pouvoir, pistolero ; il est en toi, tout simplement, et je suis obligé de t'en informer pour moitié à cause du sacrifice de l'enfant, pour l'autre parce que c'est la loi, le cours naturel des choses. Aussi nécessairement que l'eau suit sa pente, il faut que tu sois informé. Tu vas en tirer trois, ai-je compris... mais peu m'importe, en fait, je ne tiens pas à le savoir.

— Trois, murmura le pistolero, repensant à l'Oracle.

— Ensuite, le jeu va commencer. Mais je ne serai plus là, et depuis longtemps. Adieu, pistolero. J'ai fait ma part. La chaîne est toujours entre tes mains. Prends garde qu'elle ne s'enroule autour de ton cou.

Poussé par une force qui lui était extérieure, Roland dit :

— Il te reste encore une chose à dire, non ?

— Oui, répondit l'homme en noir. (Et, de ses yeux sans fond, il sourit au pistolero, une main tendue vers lui.) Que la lumière soit.

Et la lumière fut.

Au réveil, Roland se retrouva près d'un feu en cendres avec dix ans de plus. Ses cheveux noirs s'étaient raréfiés aux tempes, avaient pris le gris des toiles d'araignée sur la fin de l'automne. Ses traits s'étaient creusés, sa peau épaissie.

Le restant du bois ramassé avait tourné au bois de fer et l'homme en noir s'était fait squelette hilare encore vêtu des lambeaux de sa robe noire, quelques os de plus dans cet ossuaire, un crâne ajouté au golgotha.

Le pistolero se leva et promena son regard autour de lui. Il regarda la lumière et vit que la lumière était bonne.

D'un geste prompt et soudain, il tendit la main vers les vestiges de son compagnon de la nuit écoulée — d'une nuit qui de quelque manière avait duré dix ans —, arracha la mâchoire de Walter et la fourra négligemment dans la poche arrière de son jean où elle remplaça fort à propos celle qui était restée sous les montagnes.

La Tour. Quelque part devant, elle l'attendait : pivot du Temps, pivot de la Proportion.

Il se remit en route vers l'ouest, tournant le dos au soleil levant, dirigeant ses pas vers l'océan, prenant conscience qu'une page importante de sa vie venait d'être tournée.

— Je t'ai aimé, Jake, dit-il tout haut.

La raideur le quitta et son allure se fit plus rapide. Au soir, il avait atteint l'extrême limite des terres émergées. Il s'assit sur le sable d'une plage qui, à gauche comme à droite, s'étendait à l'infini, déserte. Inlassablement les vagues s'y fracassaient. Le soleil couchant plaquait sur la mer une large coulée de dorure.

Le pistolero s'assit là, les yeux levés vers la clarté déclinante. Et il rêva ses rêves coutumiers, contemplant l'apparition des étoiles : son objectif restait toujours aussi net, son cœur ne faiblissait pas, sa chevelure désormais grise et clairsemée flottait autour de sa tête et les pistolets de son père, avec leurs crosses en bois de santal, reposaient, lisses et meurtriers, contre ses hanches. L'obscurité descendait sur le monde et le monde changeait. Le pistolero attendit ainsi le temps de la prophétie, rêvant ses longs rêves sur la Tour Sombre qu'il aborderait un jour au crépuscule, soufflant dans son cor, pour livrer quelque ultime et inconcevable bataille.

POSTFACE

Le récit qui précède — lequel est presque (mais pas tout à fait !) complet en soi — forme la première époque d'un cycle plus long, *La Tour Sombre*. Une part de ce qui le suit est déjà bouclée, mais il reste à faire — mon synopsis suggère un pavé final de 3 000 pages, peut-être plus. On va probablement penser que mes projets concernant ce roman ont largement dépassé la simple ambition pour planer dans la folie douce... mais demandez à votre professeur de littérature préféré de vous parler des projets de Chaucer pour les *Canterbury Tales*. Cela dit, il reste toujours possible que Chaucer ait eu un grain.

Au train où va l'ouvrage, il me faudrait vivre environ trois siècles pour achever ce cycle de *La Tour Sombre*. Cette première époque, *Le Pistolero*, a été écrite sur une période de douze ans. C'est de loin le plus long temps que j'aie passé sur un de mes livres... et, pour parler franc, le plus long temps qu'une de mes œuvres inachevées soit restée en vie, et viable à mes propres yeux — et si un livre n'est pas vivant dans l'esprit de son auteur, il est aussi mort qu'une vieille bouse de l'an passé, quand bien même les mots continueraient de marcher en rangs serrés sur la page.

La Tour Sombre est née, je pense, d'une ramette de papier que j'ai reçue en héritage dans le deuxième semestre de ma dernière année d'université. Ce n'était ni votre papier ordinaire ni même une de ces ramettes de pelure colorée (souvent garnies de copeaux de bois non dissous) dont se servent bon nombre d'écrivains dans leur temps de vache enragée, pour le seul motif qu'elles coûtent trois ou quatre dollars de moins.

C'étaient des feuilles vert vif à grain serré, presque de la carte, et de dimensions parfaitement excentriques : environ dix-sept centimètres cinq de large sur vingt-cinq de long, ai-je souvenir. J'avais un job à la bibliothèque de l'université du Maine, à l'époque, et un lot desdites ramettes, dans diverses teintes, y apparut un jour, inexplicablement et sans traces dans les comptes. Ma future épouse — alors Tabitha Spruce — en prit une (bleu œuf de merle), le type avec qui elle était alors en prit une autre (jaune coucou). Et la verte m'échut.

Il se trouva que nous étions tous trois promis à faire carrière dans la littérature — coïncidence presque trop improbable pour être ainsi nommée dans un monde où des dizaines (voire des centaines) de milliers d'étudiants aspirent au métier d'écrivain alors qu'il en perce à peine quelques maigres centaines. J'ai d'ores et déjà publié une demi-douzaine de romans, ma femme un (et elle travaille d'arrache-pied sur le suivant), et le gars avec qui elle était à l'époque, David Lyons, s'est révélé un excellent poète doublé d'un éditeur puisqu'il a fondé les Lynx Press du Massachusetts.

Ce fut peut-être le papier, les amis. Du papier magique. Vous savez, comme dans les romans de Stephen King...

Quoi qu'il en soit, vous tous qui lisez ces lignes pouvez ne pas comprendre comment ces cinq cents feuilles de papier vierge peuvent sembler avoir été chargées de potentialités. Mais je pense aussi qu'il en est parmi vous bon nombre qui, à l'instant même, hochent la tête d'un air entendu. Ceux qui vivent de leur plume ont à leur disposition tout le papier qu'ils désirent : c'est leur matière première. Ils peuvent même le déduire de leurs impôts. En fait, cette pléthore de papier vierge n'est pas sans porter sa propre malédiction — de meilleurs écrivains que moi ont parlé de l'angoisse de la page blanche et Dieu sait combien d'entre eux s'en sont trouvés réduits au silence.

L'endroit de la médaille, particulièrement pour qui débute dans le métier, est l'exaltation impie que tout ce papier vierge peut produire : on se sent comme un alcoolique en présence d'une bouteille de whisky non dépucelée.

J'habitais à l'époque un bungalow en bordure de la rivière, pas très loin de l'université, et j'y vivais seul. Le troisième tiers de ce qui précède a été écrit dans un silence de mort, que rien ne vint rompre, et dont j'ai quelque mal à me souvenir, maintenant que m'entourent une pleine maisonnée d'enfants émeutiers, deux secrétaires et une gouvernante qui me trouve toujours mauvaise mine. Les trois colocataires avec lesquels j'avais commencé l'année s'étaient défilés. En mars, quand les glaces ont lâché la rivière, je me sentais comme le dernier des dix petits nègres d'Agatha Christie.

Ces deux facteurs, le défi de ce vert papier vierge et le silence absolu (hormis le ruissellement de la neige fondue dévalant jusqu'à la Stillwater) sont plus que tout autre à l'origine de ce volet d'ouverture de *La Tour Sombre*. Il y a eu un troisième facteur, mais sans les deux premiers, je ne crois pas que cette histoire eût vu le jour.

Ce troisième élément fut un poème étudié deux ans plus tôt dans le cadre d'un cours de deuxième année sur les premiers romantiques anglais (et quel meilleur moment pour se pencher sur les poètes romantiques qu'une deuxième année d'université ?). La plupart des autres poèmes abordés à cette occasion me sont depuis sortis de la tête mais celui-ci, splendide, riche, inexplicable, a subsisté... et demeure encore. C'était « Childe Roland » de Robert Browning.

J'ai caressé l'idée de m'attaquer à une longue nouvelle romantique incarnant le sentiment, si ce n'est le sens exact, du poème de Browning. Caressé, cela n'a pas été plus loin car j'avais alors bien d'autres choses à écrire, mes propres poèmes, des nouvelles, des colonnes dans des journaux. Dieu sait quoi.

Mais durant ce semestre printanier, une sorte de sourdine s'abattit sur ma vie créative, précédemment fort active pourtant. Non le blocage de l'écrivain mais le sentiment qu'il était temps d'arrêter de faire l'imbécile avec une pelle et une pioche pour prendre les commandes d'un bon sang de vraie grosse pelleteuse, le sentiment qu'il était temps d'en mettre un coup, d'exhumer quelque chose de vraiment maousse, même si cela devait se révéler être un monumental échec.

Une nuit de mars 70, donc, je me suis retrouvé devant ma vieille Underwood de bureau au « m » ébréché, au « O » qui s'envole, en train d'aligner les mots qui ouvrent ce récit : *L'homme en noir fuyait à travers le désert et le pistolero le poursuivait.*

Dans les années qui se sont écoulées depuis que j'ai tapé cette phrase — avec Johnny Winter sur la chaîne, impuissant à vraiment masquer les torrents de la fonte des neiges tout autour —, j'ai commencé à grisonner, j'ai eu des gosses, j'ai enterré ma mère, je me suis mis aux drogues et je m'en suis sorti, j'ai appris deux ou trois choses sur moi, tantôt amères, tantôt désagréables, le plus souvent franchement drôles. Comme ferait sans doute observer le pistolero, le monde a changé.

Mais dans tout ce temps, je n'ai jamais vraiment quitté le monde du pistolero. L'épais papier vert s'est perdu en route, mais j'ai toujours les quarante et quelques feuillets de l'original, lequel comprenait les deux premières parties : *Le Pistolero* et *Le Relais*. Il a été remplacé par du papier plus conforme à la norme mais le souvenir que j'ai gardé de ces drôles de feuilles vertes véhicule plus d'affection que je ne saurai jamais en exprimer. J'ai revisité le monde du pistolero (*L'Oracle et les Montagnes*) alors que *Salem* était dans une impasse, et narré la triste fin de Jake peu de temps après avoir vu un autre enfant, Danny Torance, se sortir d'un mauvais pas dans *Shining*. En fait, la seule période au cours de laquelle mes pensées ne sont pas retournées, ne fût-ce qu'à l'occasion, vers l'univers aride et pourtant splendide (du moins m'a-t-il toujours donné cette impression) du pistolero fut celle où j'étais hanté par un autre non moins réel à mes yeux : l'univers postapocalyptique du *Fléau*. Quant au dernier fragment ici présenté : *Le Pistolero et l'Homme en noir*, il a été écrit il y a moins d'un an et demi dans l'ouest du Maine.

Je dois probablement au lecteur qui m'a accompagné aussi loin une sorte de synopsis (« l'argument », auraient dit ces grands poètes romantiques) de ce qui doit suivre, puisque je suis à peu près sûr de mourir avant que ce roman... ou cette épopée... ou quel que soit le nom qu'on lui donne... parvienne à son terme. Hélas, j'en suis incapable. Les gens qui me connaissent savent que je n'ai rien d'un feu d'artifice intellectuel, et ceux qui ont lu mes œuvres avec un regard critique (ils sont rares : je les paie) s'accordent probablement à dire que le meilleur est venu du cœur et non de la tête... ou alors des tripes, endroit où les plus forts des écrits dictés par l'émotion prennent naissance.

Tout ça pour dire que je ne suis jamais complètement sûr de savoir où je vais, et c'est d'autant plus vrai dans ce récit. Je sais, par la vision que Roland a près de la fin de cette première partie, que son monde est effectivement en train de changer parce que l'existence de cet univers est entièrement comprise dans une seule molécule d'un brin d'herbe, quelque part dans le cosmos, sur un terrain encore à lotir (je suppose avoir pris l'idée dans *Chaîne autour du soleil*, de Clifford Simak ; par pitié, Cliff, ne lâche pas sur moi tes avocats !), et je sais que le tirage implique l'appel de trois personnes hors de notre monde (de même que Jake en a été tiré par l'homme en noir) qui se joindront à Roland pour sa quête de la Tour Sombre. Je le sais parce que des morceaux du second cycle d'histoires (*Les Trois Cartes*) sont déjà écrits.

Mais qu'en est-il du brumeux passé du pistolero ? Seigneur, j'en sais si peu. Et de la révolution qui a balayé son « monde de lumière » ? Alors là, rien du tout. Du face-à-face final avec Marten, qui a séduit sa mère et tué son père ? Rien. De la mort des compatriotes de Roland, Cuthbert, Jamie, ou de ses aventures dans les années qui séparent son entrée dans l'âge d'homme de sa première apparition dans le désert ? Ça non plus, je n'en sais rien. Et il y a cette fille, Susan. Qui est-elle ? Chais pas.

Sauf que, quelque part à l'intérieur, je sais. Quelque part à l'intérieur, tout ça m'est connu ; et il n'est nul besoin d'argument ou de synopsis ou de profil (les profils sont l'ultime ressource du mauvais romancier qui en crève de ne pas écrire des thèses de doctorat). Quand le temps sera venu, ces choses, et leur correspondance dans le monde du pistolero, naîtront naturellement dans l'allégresse ou les larmes. Et si elles ne voient jamais le jour, eh bien, comme a dit Confucius un jour, cinq cents millions de Chinois communistes s'en balancent comme de l'an quarante.

Une chose que je sais, c'est qu'en quelque occurrence, en quelque instant magique, il y aura un soir violacé (un soir fait pour le romanesque !) où Roland atteindra sa Tour Sombre, s'approchera d'elle et fera sonner son olifant... et si par hasard je suis dans les parages, vous en serez les premiers avertis.

Stephen King
Bangor, Maine

LES TROIS CARTES

À Don Grant, qui a misé sur
ces romans, *un par un*

Titre original : *The Dark Tower. The Drawing of the Three*
Published by agreement with the author and the author's agents, Ralph M. Vicinanza, Ltd.

Traduit de l'américain par Gérard Lebec.

1re édition : Donald M. Grant, Publisher, Inc. West Kingston, Rhode Island.

Sommaire

ARGUMENT

Les Trois Cartes sont le second tome d'un long récit, *La Tour Sombre*, qui puise ses racines dans un poème narratif de Robert Browning intitulé « Childe Roland to the Dark Tower Came » (lui-même inspiré du *Roi Lear*).

Le premier volume, *Le pistolero*, raconte comment Roland, le dernier pistolero d'un monde qui a « changé », finit par rattraper l'homme en noir... un sorcier qu'il a poursuivi pendant très longtemps — *combien* de temps, nous ne le savons pas encore. Nous découvrirons par la suite que l'homme en noir est un certain Walter qui se prétendait l'ami du père de Roland, en ces jours où le monde n'avait pas encore changé.

Ce qui pousse Roland dans sa quête, ce n'est pas cette créature à demi humaine mais la Tour Sombre. L'homme en noir — et surtout ce qu'il *sait* — représente la première étape sur la route du pistolero jusqu'à ce lieu de mystère.

Mais *qui* est Roland ? À quoi ressemblait son monde avant de « changer » ? Qu'est donc la Tour et pourquoi est-il à sa recherche ? Nous n'avons que des fragments de réponses. Roland est un pistolero, une sorte de chevalier chargé d'assurer la pérennité de ce monde « d'amour et de lumière » dont il se souvient.

Nous savons que Roland, très tôt, dut prouver qu'il était un homme, après qu'il eut découvert que sa mère était devenue la maîtresse de Marten, un sorcier infiniment plus puissant que Walter (lequel, inconnu du père de Roland, est en réalité l'allié de Marten) ; nous savons que Marten a prévu la découverte de Roland, qu'il s'attend à ce que ce dernier échoue et soit « envoyé à l'Ouest » ; enfin, nous savons que Roland sortira vainqueur de cette épreuve.

Que savons-nous d'autre ? Que le monde du pistolero n'est pas totalement différent du nôtre. Des objets tels qu'une pompe à essence, des chansons (*Hey Jude*, par exemple) ou des comptines (*Beans, beans, the musical fruit...*) ont survécu. Tout comme des coutumes et des rituels qui évoquent étrangement l'épopée de la conquête de l'Ouest.

D'une certaine manière, un cordon ombilical relie notre monde à celui du pistolero. À un relais sur la route déserte empruntée par les diligences, au cœur du désert nu et stérile, Roland rencontre Jake, un jeune garçon qui est *mort* dans notre monde à nous. Un garçon qui fut en réalité poussé dans la rue par l'homme en noir, roi de l'ubiquité (et de l'iniquité). La dernière chose que Jake — qui se rendait à l'école, son cartable dans une main et son casse-croûte dans l'autre — se rappelle de son monde, *notre* monde — ce sont les roues d'une Cadillac qui fonce sur lui... et le tuent.

Avant d'atteindre l'homme en noir, Jake meurt à nouveau... cette fois parce que le pistolero, confronté à l'un des choix les plus douloureux de son existence — la seconde —, décide de sacrifier ce fils symbolique. Entre la Tour et l'enfant — la damnation et le salut ? —, Roland opte pour la Tour.

« Allez-vous-en, lui dit Jake avant de plonger dans l'abîme. Il y a d'autres mondes. »

La confrontation finale entre Roland et Walter survient dans un golgotha poussiéreux rempli de squelettes en décomposition. L'homme en noir lit l'avenir de Roland dans un jeu de tarots. Ces cartes — qui montrent un homme nommé le Prisonnier, une femme appelée la Dame d'Ombres et une figure ténébreuse qui n'est autre que la Mort (« mais pas pour toi, pistolero », lui dit l'homme en noir) sont des oracles qui deviennent le fil conducteur de ce volume... et, pour Roland, la seconde étape sur la route longue et ardue qui mène à la Tour sombre.

Le pistolero s'achève quand Roland, assis sur la plage bordant la Mer Occidentale, regarde le soleil se coucher. L'homme en noir est mort, l'avenir du pistolero lui-même demeure obscur. *Les Trois Cartes* commencent sur cette même plage, moins de sept heures plus tard.

Prologue

LE MARIN

Le pistolero émergea d'un rêve trouble qui semblait n'avoir comporté qu'une seule image : celle du Marin, une lame du Tarot dans laquelle l'homme en noir avait déchiffré (ou prétendu déchiffrer) son avenir gémissant.

Il se noie, pistolero, disait l'homme en noir, *et il n'y a personne pour lui lancer une amarre. L'enfant, Jake.*

Mais cela n'avait rien d'un cauchemar. C'était un bon rêve. Bon parce que c'était *lui* qui se noyait, ce qui signifiait qu'il n'était pas Roland mais Jake. Il en fut soulagé parce qu'il valait bien mieux se noyer dans la peau de Jake que de vivre dans la sienne, celle d'un homme qui, pour un rêve glacé, avait trahi un enfant qui lui avait fait confiance.

Parfait, je vais me noyer, se dit-il, attentif au rugissement de l'océan. *Qu'il en soit ainsi.*

Mais ce vacarme n'était pas celui du large et de ses abîmes ; de l'eau, certes, mais qui se raclait la gorge, une gorge encombrée de graviers. Était-ce lui, le Marin ? Si oui, pourquoi la terre ferme était-elle si proche ? En fait, n'était-il pas *sur* le rivage ? Il se sentait comme si...

Une eau glaciale détrempait ses bottes, montait à l'assaut de ses cuisses, de ses parties. Ses yeux s'ouvrirent, et ce qui l'arracha à son rêve n'était ni ses couilles gelées, subitement rétrécies jusqu'à ne plus être que de la taille de deux noix, ni l'horreur qui surgissait sur sa droite... mais la pensée de ses armes... de ses armes et, plus essentiel encore, de ses cartouches. On pouvait en peu de temps démonter des pistolets, les essuyer, les huiler, les réessuyer, les rehuiler, puis les remonter. Mais les cartouches qui avaient pris l'eau étaient comme des allumettes mouillées, susceptibles de servir comme d'être bonnes à jeter.

L'horreur était une créature progressant au ras du sol et qui avait dû être rejetée sur la grève par la vague précédente. Elle traînait péniblement sur le sable un corps luisant d'humidité, mesurait son bon mètre, était encore distante de quatre environ, et elle posait sur Roland le regard morne de ses yeux pédonculés. Son long bec denté s'ouvrit et ce qui s'en échappa ressemblait étrangement à des sons humains : une voix plaintive, désespérée même, qui interrogeait le pistolero dans une langue étrangère :

— *Est-ce que chèque ? A-ce que châle ? Eut-ce que chule ? I-ce que chic ?*

Le pistolero avait déjà vu des homards. Ce n'en était pas un, bien qu'il ne vît pas à quelle autre famille que les crustacés cet animal aurait pu être apparenté. La créature ne semblait pas avoir peur de lui, et il ne savait pas si elle était dangereuse ou non. La confusion qui régnait dans son esprit ne l'inquiétait pas outre mesure — cette incapacité temporaire à se rappeler où il était et comment il était arrivé en ces lieux, s'il avait rattrapé l'homme en noir ou n'avait fait que le rêver. Il savait seulement qu'il lui fallait au plus vite sortir de l'eau avant que ses munitions ne soient noyées.

Il entendit s'enfler le rugissement graveleux des flots et détourna les yeux de la créature (elle s'était arrêtée, levant des pinces dont elle avait jusqu'alors restreint l'usage à sa locomotion, évoquant absurdement un boxeur prêt à l'attaque, dans cette pose que Cort disait être la Posture d'Honneur). Son regard se porta sur la frange ourlée d'écume de la vague suivante.

Cette chose entend les vagues, pensa le pistolero. *Quoi que ce soit, c'est pourvu d'oreilles*. Il voulut se relever mais ses jambes, trop engourdies, se dérobèrent.

Je suis toujours dans mon rêve, songea-t-il. Mais, si troublé qu'il fût, pareille hypothèse était trop tentante pour qu'il pût y croire. Il fit un nouvel essai pour se redresser, y parvint presque, puis retomba sur le dos. La vague allait déferler. Le temps manquait de nouveau. Il fallait qu'il se meuve presque de la même manière que la créature à sa droite : les deux mains plantées dans la grève et tirant le poids mort de ses jambes et de ses fesses loin du flot montant.

Il ne s'éloigna pas tout à fait assez pour éviter totalement la vague mais se trouvait suffisamment hors d'atteinte pour que l'eau ne recouvre que ses bottes. Elle lécha ses jambes presque jusqu'à la hauteur des genoux puis battit en retraite. *Peut-être que la première vague n'est pas montée aussi haut que je le pensais*, se prit-il à espérer.

Une demi-lune brillait dans le ciel. Elle était voilée par la brume, mais sa clarté restait suffisante pour lui révéler la couleur trop sombre de ses étuis. Les revolvers pour le moins avaient été mouillés. Impossible de déterminer la gravité des choses, toutefois, ni de savoir si les balles dans les barillets et dans les ceinturons avaient elles aussi souffert. Avant de vérifier, il lui fallait s'extirper de l'eau. Il fallait...

— *O-ce que choc ?*

Beaucoup plus près, cette fois. Dans son angoisse d'avoir eu ses munitions trempées, il avait fini par oublier la créature rejetée par les flots. Il regarda autour de lui et vit qu'elle se trouvait à moins d'un mètre, pattes accrochées aux galets, tirant vers lui sa carapace encroûtée de sable, soulevant son corps charnu, hérissé, qui, un instant, évoqua celui d'un scorpion — à ceci près que Roland ne vit nul dard à l'autre extrémité.

Nouveau rugissement, plus fort encore. La bête s'arrêta aussitôt, se redressa, pinces en garde dans sa singulière version de la Posture d'Honneur.

La vague était plus grosse. Roland recommença de se traîner sur la grève et, quand il tendit les mains pour ce faire, la créature jaillit à une vitesse que ses mouvements précédents ne laissaient même pas soupçonner.

Le pistolero ressentit une vive onde de souffrance dans sa main droite mais n'avait guère le temps de s'y attarder. Il prit appui sur les talons de ses bottes détrempées, s'agrippa des deux mains et réussit à échapper à la vague.

— *I-ce que chic ?* s'enquit le monstre de cette voix plaintive qui semblait répéter interminablement : *Vas-tu m'aider, oui ou non ? Es-tu insensible à mon désespoir ?* Et Roland vit disparaître l'index et le majeur de sa main droite dans le bec denté. La créature réitéra son assaut et, cette fois, Roland n'eut que le temps de relever sa main dégoulinante de sang pour sauver les autres doigts.

— *Eut-ce que chule ? A-ce que châle ?*

Le pistolero se releva, chancelant. La créature déchira la toile gorgée d'eau de son jean, cisailla une botte dont le vieux cuir, bien que souple, n'en avait pas moins la résistance du métal, et préleva un morceau de chair sur le bas du mollet.

Il dégaina de sa main droite. Ce n'est que lorsqu'il vit le revolver tomber sur le sable qu'il s'aperçut que deux de ses doigts manquaient pour accomplir cet antique cérémonial de mort.

La monstruosité se tourna vers l'objet tombé avec un claquement de bec avide.

— Non, saleté ! grogna Roland qui lui décocha un coup de pied.

Ce fut comme s'il avait frappé un rocher... mais un rocher qui aurait mordu. Le bout de sa botte fut nettement sectionné, ainsi que la majeure partie de son gros orteil. La botte entière lui fut arrachée du pied.

Il se baissa et ramassa l'arme. Elle lui échappa et il jura, avant de réussir finalement à la prendre en main. Ce qui jadis avait été si simple qu'il n'avait même pas à y réfléchir se transformait à présent en prouesse de jongleur.

Tassée sur la botte du pistolero, la créature la déchiquetait tout en poursuivant le charabia ininterrompu de ses questions. Une lame roula vers la grève, et l'écume qui frangeait sa crête avait une pâleur cadavéreuse dans la clarté du demi-disque lunaire. L'homarstruosité cessa de s'acharner sur sa prise et leva de nouveau les pinces dans sa pose de boxeur.

Roland dégaina de la main gauche, pressa trois fois la détente.

Clic... clic... clic...

Maintenant il était fixé sur les balles des barillets.

Il rengaina le pistolet de gauche. Pour celui de droite, ce fut une autre affaire : il dut faire pivoter le canon de l'autre main avant de le lâcher au-dessus de l'étui pour le laisser reprendre sa place. Le bois dur des crosses était visqueux de sang ; ce même sang qui tachait aussi le cuir de l'étui et le jean. Il jaillissait des moignons qui remplaçaient maintenant ses deux doigts manquants.

Son pied droit abondamment mâchonné était encore trop engourdi pour faire mal, mais sa main droite était un incendie de douleur. Les spectres de ses doigts autrefois si talentueux et rompus à leur art — (ces doigts qui se décomposaient déjà dans les sucs digestifs du monstre) — hurlaient qu'ils étaient toujours là, et se tordaient dans le martyre des flammes.

Je pressens de sérieux ennuis, songea faiblement le pistolero.

La vague reflua. La monstruosité baissa ses pinces, ouvrit un nouveau trou dans la botte du pistolero puis décida que le propriétaire de ladite botte était infiniment plus succulent que ce morceau de cuir mort qu'elle venait de détacher.

— *Eut-ce que chule ?* s'enquit l'animal en se ruant à nouveau sur lui, toujours à la même effroyable vitesse.

Le pistolero battit en retraite, porté par des jambes qu'il sentait à peine et prenant conscience d'avoir affaire à une créature douée de quelque intelligence. Prudente dans son approche, elle devait l'avoir déjà guetté de loin sur la grève, pour mieux s'informer sur les capacités de cette proie éventuelle. Si la vague ne l'avait pas réveillé, elle lui aurait probablement arraché la figure pendant qu'il était encore plongé dans son rêve. Maintenant, la créature s'était fait une opinion : ce gibier s'avérait non seulement délicieux mais des plus vulnérables. Une proie facile.

Elle était presque sur lui, horreur de plus d'un mètre de long, haute d'un bon pied, pesant dans les soixante-dix livres, mue par un instinct carnassier aussi puissant que celui de David, le faucon de sa jeunesse... mais sans les vestiges de loyauté du noble oiseau.

Le talon du pistolero rencontra une pierre qui dépassait du sable et il chancela, manquant tomber à la renverse.

— *O-ce que choc ?* demanda la chose — avec sollicitude, sembla-t-il —, tenant le pistolero sous le regard oscillant de ses yeux pédonculés et tendant vers lui ses pinces...

Puis une vague déferla, et les pinces remontèrent dans la Posture d'Honneur. Elles se mirent toutefois à trembler imperceptiblement, et Roland comprit que c'était une réponse au bruit du ressac. Puis le bruit faiblit peu à peu.

Toujours à reculons, le pistolero enjamba la pierre sur laquelle il avait failli tomber puis se baissa au moment où la vague se fracassait sur les galets dans un grondement infernal. Sa tête n'était qu'à quelques pouces du faciès d'insecte de la chose et l'une des pinces aurait fort bien pu lui arracher les yeux, mais l'une et l'autre, pareilles à des poings crispés, restaient levées de part et d'autre de son bec de perroquet.

Les mains du pistolero se tendirent vers la pierre. Elle était de belle taille, à demi enfouie dans le sable, et sa main mutilée se tordit de douleur quand les grains et les arêtes tranchantes travaillèrent la chair à vif. Mais il parvint à desceller le bloc et le souleva, tandis que ses lèvres se retroussaient haut sur les gencives dans un rictus de souffrance.

— *A-ce que...* commença le monstre, rabaissant ses pinces et les ouvrant alors que la vague se brisait, que le vacarme refluait.

De toutes ses forces, le pistolero projeta la pierre.

Le dos segmenté de la créature se fracassa. Pattes et pinces s'agitèrent convulsivement sous la masse qui l'accablait. L'arrière-train se soulevait et retombait, se soulevait et retombait. De bourdonnantes explosions de douleur se substituèrent aux questions. Elle rouvrit ses pinces pour les refermer sur le vide. Son semblant de bec claqua en n'attrapant plus que des grains de sable et des galets.

Et pourtant, quand la vague suivante s'approcha de la grève, l'homarstruosité tenta une fois de plus de redresser les pinces, et ce fut alors que la botte valide du pistolero lui écrasa la tête. Il y eut un bruit comme celui d'une poignée de brindilles que l'on froisse. Un liquide épais gicla sous le talon de Roland et se projeta dans deux directions. Ça semblait être noir. La créature s'arqua, se tordit, frénétique. Le pistolero pesa de tout son poids.

Une vague déferla.

Les pinces de l'horreur se soulevèrent... d'un pouce, de deux, tremblèrent puis retombèrent, s'ouvrant et se fermant par saccades.

Roland souleva sa botte. Le bec denté, qui l'avait amputé à vif d'un orteil et de deux doigts, s'ouvrit avec lenteur puis tout aussi lentement se referma. Une antenne gisait brisée sur le sable. L'autre vibrait sans plus de raison.

Il écarta la pierre du pied, effort qui lui arracha un gémissement, puis longeant par la droite le corps de la créature, y imprima méthodiquement sa botte gauche, section par section, broyant la carapace, éclaboussant le sable gris foncé d'entrailles livides. Le monstre était mort et bien mort, mais n'allait pas s'en tirer à si bon compte. Dans toute son étrange existence, le pistolero n'avait jamais été si fondamentalement atteint, et tout s'était passé de façon si inattendue.

Il continua de broyer le cadavre de son agresseur jusqu'au moment où il vit le bout d'un de ses doigts dans la bouillie acide, vit sous l'ongle la blanche poussière du golgotha, là où lui et l'homme en noir avaient tenu leur longue, très longue palabre. Puis il se détourna et vomit.

Il retourna vers l'océan tel un ivrogne, crispant sa main blessée contre le tissu de sa chemise, se retournant de temps à autre pour voir si la créature n'était pas toujours en vie, comme ces guêpes qu'on écrase encore et encore et qui pourtant se tortillent toujours, assommées mais non point mortes. Pour s'assurer qu'elle ne le suivait pas, ne le poursuivait pas de sa voix lugubre et désespérée, de ses incompréhensibles interrogations.

À mi-plage, il s'arrêta, chancelant, et contempla les galets jonchés de varech à l'endroit même où il était revenu à lui, tandis que les souvenirs remontaient dans sa mémoire. Il avait apparemment sombré dans le sommeil juste en dessous de la ligne laissée sur la grève par les plus hautes marées. Puis il ramassa sa bourse et sa botte déchirée.

Dans la lumière glabre de la lune, il vit d'autres créatures comme celle qui l'avait attaqué, et dans la césure entre une vague et une autre, entendit leurs questions.

Pas à pas, le pistolero recula jusqu'à l'herbe qui succédait aux galets. Là, il s'assit et fit tout ce qu'il savait devoir faire : il sacrifia ses derniers restes de tabac, s'en saupoudra les moignons des doigts et de l'orteil pour stopper l'hémorragie, sans lésiner sur l'épaisseur de l'emplâtre, sourd au nouvel assaut de cuisante douleur qui en résultait (son gros orteil s'était joint au chœur hurlant des absents). Puis il resta assis, couvert de sueur dans la fraîcheur nocturne, s'interrogeant sur l'infection, s'interrogeant sur la manière dont il allait se débrouiller en ce monde avec deux doigts de sa main droite en moins (celle qui avait toujours prévalu, sauf quand il usait des deux mains pour jouer de ses armes), s'interrogeant sur l'éventuel venin qu'avaient pu lui injecter les dents de la créature et qui risquait déjà de se diffuser en lui, se demandant enfin s'il connaîtrait jamais l'arrivée d'un nouveau matin.

LE PRISONNIER

I

La Porte

1

Trois. C'est le chiffre de ton destin.

Trois ?

Oui. Trois est l'arcane... Trois se tient au cœur du mantra.

Quelle sorte de Trois ?

Le premier a les cheveux sombres. Il oscille au bord du vol, au bord du meurtre. Un démon est en lui qui le possède. Ce démon a pour nom HÉROÏNE.

De quelle nature est ce démon ? Je ne le connais pas et il ne figurait même pas dans les rondines de mon enfance.

Il voulut parler mais n'avait plus de voix. Et la voix de l'oracle, cette Roulure des Étoiles, cette Putain des Vents, avait disparu aussi. Il vit tomber une carte, voltigeant de nulle part à nulle part, tournant et retournant, paresseuse. Un babouin tout sourire y chevauchait l'épaule d'un jeune homme aux cheveux noirs et ses doigts, d'une perturbante apparence humaine, s'enfonçaient si profond dans le cou de sa monture que les premières phalanges y disparaissaient. Un regard plus attentif lui révéla que dans l'une de ses mains étrangleuses le singe tenait un fouet. Une terreur muette semblait tordre les traits du chevauché.

Le prisonnier, chuchota l'homme en noir (un homme en qui le pistolero avait jadis eu confiance et qui s'appelait alors Walter). *Un rien inquiétant, non ? Un rien inquiétant...*

2

Le pistolero s'éveilla en sursaut, interposant la dérisoire protection de sa main mutilée, sûr qu'un des monstrueux crustacés de la Mer Occidentale allait lui tomber dessus d'un instant à l'autre, le harceler désespérément dans sa langue étrangère tout en lui arrachant la figure.

Mais ce n'était qu'une mouette attirée par le jeu du soleil matinal sur les boutons de sa chemise. Effrayée par son geste, elle vira sur l'aile dans un cri paniqué.

Roland s'assit.

Des élancements dans la main, atroces, sans fin. La même chose dans le pied droit. Deux doigts et un orteil hurlant avec insistance qu'ils étaient toujours là. Une moitié de chemise disparue et ce qui en restait ressemblant à une veste en loques. Il en avait arraché un morceau pour se bander la main, l'autre pour se bander le pied.

Allez-vous-en, dit-il aux absents, à ses deux doigts, à son orteil. *Vous n'êtes plus que des fantômes. Allez-vous-en.*

Cela lui fit du bien... enfin, un peu. C'étaient des fantômes, oui, mais des fantômes pleins de vitalité.

Il mangea de la viande séchée. Sa bouche n'en voulait guère, moins encore son estomac. Il se força. Quand il la perçut à l'intérieur de son corps, il se sentit un peu plus solide. Oh pas beaucoup, toutefois : il était bien près du fond.

Néanmoins il fallait agir.

Il se leva, chancelant, promena un regard autour de lui. Partout des oiseaux tournoyaient et plongeaient, mais il semblait partager avec eux l'exclusive propriété du monde. Les monstres chitineux et pinçus n'étaient plus en vue. Peut-être s'agissait-il d'une espèce nocturne, ou portée par la marée. Pour l'heure, la distinction semblait sans importance.

La mer était énorme, se perdant à l'horizon dans des brumes bleuâtres, toute frontière évanouie entre elle et le ciel. Un long moment, le pistolero la contempla, oubliant de souffrir. Il n'avait jamais vu tant d'eau. En avait bien sûr entendu évoquer l'existence, enfant, dans des contes, voire par ses maîtres —

certains, en tout cas, l'avaient formellement attestée —, mais voir cela pour de vrai, cette immensité, cet éblouissement liquide après tant d'années de terres arides, voilà qui était difficilement acceptable... difficile à soutenir, même.

Il la regarda longtemps, extasié, tout son corps n'était plus que regard, noyant momentanément sa douleur dans l'émerveillement.

Mais c'était le matin et il restait à faire.

Il chercha la mâchoire dans sa poche arrière, prit soin d'en approcher la main par la paume, désireux d'éviter aux moignons tout contact avec l'os s'il était toujours là, n'en portant pas moins au paroxysme des hurlements les intarissables sanglots de la chair à vif.

La mâchoire était là.

Parfait.

Ensuite :

Il déboucla non sans mal les ceinturons et les posa au soleil sur un rocher. Puis il prit les pistolets, en bascula les barillets, éjecta les balles inutiles. Un oiseau mit le cap sur la brillance de l'une d'elles, la ramassa puis s'en désintéressa et reprit son essor.

Les revolvers mêmes réclamaient ses soins, les auraient réclamés en priorité si, dans ce monde comme dans tout autre, une arme à feu sans munitions n'avait vu son efficacité réduite à celle d'une matraque ou d'une massue. Il reprit donc les ceinturons, se bornant d'abord à les étaler sur ses genoux, laissant courir sur le cuir les doigts de sa main gauche.

Les ceinturons étaient trempés, depuis les boucles et les pattes de fixation jusqu'au point où ils se croisaient sur les hanches. À partir de là, le cuir était sec. Soigneusement, il extirpa les cartouches des alvéoles épargnées. Sa main droite exigeait de participer à l'ouvrage, oublieuse de son infirmité malgré la douleur, et il se surprit à la ramener sans cesse sur son genou comme un chien trop stupide ou trop obstiné pour rester au pied. Il fut à deux ou trois reprises bien près de s'administrer des claques sur la main.

Je pressens de sérieux ennuis, songea-t-il une fois de plus.

De ces balles qu'il espérait encore bonnes il fit un tas décourageant tant il était réduit. Vingt. Dont certaines feraient long feu, presque à coup sûr. Il ne pouvait compter sur aucune. Il ôta les autres et en fit un second tas. Trente-sept.

Bon. Tu n'avais pas de quoi soutenir un siège, de toute manière, se dit-il, néanmoins sensible à l'énorme différence entre cinquante-sept balles fiables et... combien ? Vingt ? Dix ? Cinq ? Une ? Zéro, peut-être.

Il avait toujours sa bourse. C'était déjà ça. Il la posa sur les genoux et, lentement, entreprit de démonter les pistolets pour procéder au rituel du nettoyage. Deux heures s'étaient écoulées quand il termina enfin son travail. La douleur avait crû en intensité au point que la tête lui tournait, que toute pensée consciente présentait des difficultés insurmontables. Il avait sommeil. De sa vie entière, il n'avait jamais tant désiré dormir. Mais dans l'accomplissement du devoir, aucun motif de désistement ne devenait acceptable.

— Cort, dit-il d'une voix qu'il ne reconnut pas, puis il eut un rire sec.

Lentement, lentement, il remonta les revolvers, puis il les rechargea, puisant sur le tas de cartouches présumées sèches. Cela fait, il prit celui conçu pour sa main gauche, l'arma... puis, progressivement, rabaissa le chien. Il voulait savoir, oui. Savoir si presser la détente se sanctionnerait par une détonation satisfaisante ou seulement par un nouveau clic inutile. Mais qu'aurait-il appris d'un clic ? Rien. Et d'une détonation ? Seulement que le nombre de ses balles s'était réduit de vingt à dix-neuf... ou de cinq à quatre... Peut-être même venait-il de gaspiller la dernière.

Il déchira un autre morceau de sa chemise, y plaça les munitions touchées par l'eau et noua les pans du tissu, utilisant à la fois ses dents et sa main gauche. Puis il rangea le paquet dans son sac.

Dors, exigea son corps. *Dors, il le faut, maintenant, avant qu'il ne fasse noir. Tu es à bout de forces...*

Il se releva et laissa remonter son regard sur la grève déserte. Elle avait la couleur d'un sous-vêtement trop longtemps tenu à l'écart de la lessive, et les coquilles qui la jonchaient se fondaient dans sa grisaille. Çà et là, saillant d'un sable grossier mêlé de galets, de gros rochers couverts de guano voyaient leurs anciennes couches, d'un jaune de dents fossiles, éclaboussées de blanc par les déjections plus fraîches.

Un cordon d'algues matérialisait la frontière des hautes eaux. Juste au-dessus de cette ligne, il vit des morceaux de sa botte droite et ses deux outres. C'était presque un miracle, songea-t-il, que ces dernières n'eussent pas été emportées par les plus fortes vagues. Il se dirigea vers elles comme s'il marchait sur des œufs, boitant de manière prononcée. Il ramassa l'une des sacoches et la secoua. Si l'autre était vide, celle-ci contenait à l'évidence encore un peu d'eau. Bien des gens n'auraient pas fait la différence mais, pour le pistolero, ces outres étaient depuis si longtemps ses compagnes de voyage qu'il n'aurait jamais pu les confondre, telle une mère incapable de confondre ses jumeaux. Il entendit le précieux liquide glouglouter à l'intérieur, don miraculeux. La créature qui l'avait attaqué — ou l'une de ses congénères — aurait fort bien pu déchirer l'une ou l'autre de ces outres d'un simple coup de pince ou de bec. Mais monstres et marée, instruments du destin, s'étaient montrés cléments. De la créature même il ne restait trace bien qu'elle eût trouvé la mort largement au-dessus de la limite des hautes eaux. Il se pouvait que d'autres prédateurs l'eussent emportée, ou encore ses semblables pour des funérailles en mer — à l'instar des *oliphontes*, ces géants du bestiaire légendaire dont Roland, enfant, avait entendu dire qu'ils enterraient leurs morts.

Il souleva l'outre sur son coude gauche, but abondamment et sentit quelque énergie revenir en lui.

Sa botte droite était bien sûr dans un état lamentable mais une étincelle d'espoir jaillit en lui quand il la regarda de plus près. La chaussure même était entière — labourée, marquée, mais entière — et il serait peut-être possible, en coupant l'autre, de les apparier, d'en faire quelque chose qui durerait au moins quelque temps.

L'évanouissement le gagna. Il lutta contre lui mais ses genoux lâchèrent et il se retrouva assis par terre en train de se mordiller stupidement la langue.

Tu ne vas pas tomber dans les pommes ! s'admonesta-t-il. *Pas ici, où un autre de ces monstres serait bien fichu de revenir cette nuit finir le boulot.*

Il se releva, attacha l'outre vide autour de sa taille, et n'avait pas fait plus de trente pas vers l'endroit où il avait laissé ses revolvers et sa bourse quand il s'écroula de nouveau, à demi inconscient. Il resta étendu là un bon moment, une joue collée au sable, le bord d'un coquillage mordant sa chair, assez profond pour en tirer du sang. Puis il réussit à boire une gorgée d'eau et reprit sa progression, en rampant. Vingt mètres plus haut sur la pente, il y avait un arbre de Josué — rabougri, mais susceptible d'offrir pour le moins quelque ombrage.

Vingt mètres firent à Roland l'effet de vingt milles.

Toutefois, non sans mal, il finit par pousser les maigres vestiges de ses biens dans la flaque d'ombre et s'y renversa sur le dos, s'enfonçant déjà dans ce qui pouvait être le sommeil, un évanouissement ou la mort. Il interrogea le ciel, essayant de se faire une idée de l'heure. Pas encore midi mais l'exiguïté de son havre de fraîcheur lui en montrait la proximité. Il résista encore un peu, le temps d'amener son bras droit à la hauteur de ses yeux, d'y chercher les rouges lignes témoins de l'infection, du poison qui filtrait lentement mais sûrement vers le centre de son corps.

Sa paume était d'un rouge éteint. Mauvais signe.

Je me suis toujours branlé de la main gauche, pensa-t-il. *C'est déjà ça.*

Puis les ténèbres se refermèrent sur lui et il dormit pendant les seize heures suivantes avec l'incessant fracas de la Mer Occidentale dans ses oreilles et dans ses rêves.

3

Quand le pistolero se réveilla, la mer était encore plongée dans l'ombre mais une vague lueur montait dans le ciel à l'est. Le matin était en route. Il se redressa. Des vagues de vertige l'assaillirent et faillirent le renvoyer au sol.

Il baissa la tête et attendit.

Quand le malaise fut passé, il regarda sa main. Sûr, c'était infecté : rouge, enflé, prenant toute la paume et le poignet. Pas plus haut pour l'instant, mais il distinguait l'esquisse d'autres lignes qui finiraient par atteindre le cœur, et par le tuer.

Il me faut un médicament. Mais où en trouver ici ?

N'avait-il été si loin que pour mourir ? Jamais ! Et s'il devait périr malgré sa détermination, ce serait au moins sur le chemin de la Tour.

Quel être d'exception tu fais, pistolero ! Comme tu es indomptable, ricana la voix de l'homme en noir dans sa tête. *Romantique dans ta stupide obsession !*

— Va te faire foutre, croassa-t-il, puis il but.

Il ne restait pas grand-chose. Il avait toute une mer en face de lui, de l'eau, de l'eau partout, et pas une goutte à boire. Allez, passe à autre chose !

Il boucla ses ceinturons, attacha les étuis à ses cuisses — manœuvre qui dura si longtemps qu'à son issue les premières lueurs de l'aube éclairaient déjà le ciel de l'après-nuit — et tenta alors de se mettre debout. Il lui fallut attendre d'y être arrivé pour avoir la conviction que c'était faisable.

Accroché par la main gauche à l'arbre de Josué, il ramassa l'outre pas tout à fait vide, la prit en bandoulière, puis répéta l'opération pour le sac. Quand il se redressa, la faiblesse le submergea une nouvelle fois. Il courba la tête et attendit, tendu, déterminé à vaincre.

Le malaise passa.

Du pas zigzaguant d'un homme au dernier stade de l'ivresse ambulatoire, le pistolero redescendit vers la plage. Il s'y planta face à l'océan couleur vin de mûre et sortit de sa bourse la dernière lanière de viande séchée qu'il mangea à moitié. Sa bouche et son estomac se montrèrent cette fois un peu moins difficiles. Puis le pistolero se retourna et commença de grignoter l'autre moitié en regardant le soleil se lever au-dessus des montagnes où Jake avait péri, — comme s'il s'accrochait d'abord aux arêtes cruelles et dénudées des sommets avant de s'élever enfin bien au-dessus des cimes.

Roland offrit son visage à la caresse du soleil, ferma les yeux et sourit. Il termina sa viande.

Et pensa :

Parfait. Je n'ai plus rien à manger maintenant. J'ai deux doigts et un orteil de moins qu'à ma naissance. Je suis un pistolero dont les balles peuvent très bien refuser de partir. Je suis malade à cause de la morsure d'un monstre et ne dispose d'aucun remède. Avec un peu de chance, j'ai encore de l'eau pour un jour. Je suis peut-être capable de couvrir quatre ou cinq lieues si je bats le rappel de mes ultimes ressources. Bref, je suis un homme au bord de n'importe quoi.

Quelle direction prendre ? Il venait de l'est et ne pouvait poursuivre vers l'ouest sans les pouvoirs d'un saint ou d'un sauveur. Restaient le nord et le sud.

Nord.

Telle fut la réponse que lui dicta son cœur. Une réponse sans l'ombre d'une nuance interrogative.

Nord, donc.

Le pistolero se mit en marche.

4

Il marcha trois heures, tomba deux fois, et la deuxième crut ne jamais devoir se relever. Puis une vague monta vers lui, assez près pour lui rappeler ses armes, et il fut debout d'un bond, sur des jambes qui vibraient comme s'il chevauchait des échasses.

Il se dit qu'il avait peut-être marché sur un peu plus d'une lieue durant ces trois heures. Le soleil commençait à chauffer, mais pas au point d'expliquer le tambour du sang dans son crâne ni la sueur qui lui ruisselait sur le visage, pas plus que la brise marine n'était assez forte pour justifier ces frissons qui le saisissaient de temps à autre, lui donnaient la chair de poule et faisaient claquer ses dents.

La fièvre, pistolero, ricana l'homme en noir. *Ce qui restait de toi s'est embrasé.*

Le rouge faisceau de l'infection était à présent plus net, remontant du poignet jusqu'au renflement de l'avant-bras.

Il couvrit un autre mille et vida sa deuxième outre, puis il l'attacha alors autour de sa taille avec l'autre. Le paysage était désagréablement monotone : la mer à sa droite, les montagnes à sa gauche, le sable gris jonché de coquilles sous la semelle de ses bottes rognées. Et le va-et-vient des vagues. Aux aguets d'homarstruosités éventuelles, il n'en vit aucune. Il sortait de nulle part, cheminait vers nulle part, venu d'un autre temps, ayant atteint, semblait-il, un terme inutile.

Peu avant midi, nouvelle chute, et la certitude que c'était la dernière. Ici, donc. La fin, après tout.

À quatre pattes, il redressa la tête, boxeur groggy... et plus loin, peut-être à un mille, peut-être à trois — difficile d'évaluer les distances sur cette bande de sable au décor immuable avec la fièvre qui le travaillait au corps, et faisait jaillir les globes de ses yeux hors de leurs orbites —, il vit quelque chose de vertical qui tranchait sur la grève.

Quoi ?

(*trois*)

Aucune importance.

(*c'est le chiffre de ton destin*)

Il réussit à se remettre debout, croassa quelque chose — plainte — que, dans leurs cercles incessants, les oiseaux marins seuls purent entendre *(et le plaisir qu'ils auraient à m'arracher les yeux de la tête,* songea-t-il, *l'aubaine! un tel morceau de choix!)* puis reprit sa marche, dans des zigzags de plus en plus prononcés, laissant derrière lui boucles et méandres.

Son regard restait rivé sur cette chose verticale droit devant. Quand ses cheveux lui tombaient dans les yeux, il les rejetait en arrière. Ça ne semblait ni grandir ni se rapprocher. Le soleil atteignit la clé de voûte du ciel et parut s'y attarder bien trop longtemps. Roland s'imagina retourné dans le désert, quelque part vers la bicoque du dernier ermite

(*fruits musicaux, plus t'en manges, plus tu joues du pipeau*)

et le relais où le gamin

(*ton Isaac*)

avait attendu sa venue.

Ses genoux plièrent, se raidirent, plièrent encore et se raidirent encore une fois. Quand ses cheveux revinrent obstruer son champ de vision, il ne prit même plus la peine de les écarter à nouveau ; il n'en avait plus la force. Il continua de fixer l'objet qui projetait maintenant une ombre étroite vers les hauteurs et continua de marcher.

À présent il avait fini par comprendre, fièvre ou pas, ce dont il s'agissait.

C'était une porte.

Moins d'un quart de mille l'en séparait quand ses genoux faiblirent de nouveau. Il ne put cette fois raidir à temps ses articulations et tomba. Sa main droite griffa le sable et les deux moignons protestèrent contre l'abrasive substance qui leur arrachait des particules de chair à vif. Ils recommencèrent à saigner.

Il poursuivit donc à quatre pattes, les oreilles pleines du constant cycle de ruées, rugissements et retraites de la Mer

Occidentale, progressant sur les coudes et les genoux, creusant de profondes ornières au-dessus de la guirlande de varech marquant la laisse de haute mer. Il supposa qu'un vent fort soufflait toujours — sinon pourquoi aurait-il continué de trembler ainsi ? — mais il ne percevait nul autre déplacement d'air que les rauques bourrasques happées et rejetées par ses poumons.

La porte se rapprocha.

Se rapprocha encore.

Enfin, vers trois heures dans l'après-midi de cette longue journée de délire, tandis que son ombre commençait à s'étirer à sa gauche, il atteignit la porte. Il s'assit sur les talons et posa sur elle un regard las.

Elle était haute d'une toise, et semblait faite en bois de fer massif, bien qu'il n'y eût probablement aucun arbre à fer à moins de deux cents lieues de là. La poignée paraissait toute en or et le métal précieux était travaillé d'un filigrane étrange que le pistolero déchiffra enfin : c'était le faciès grimaçant d'un babouin.

Pas de trou de serrure dans ce bouton de porte, ni au-dessus ni au-dessous.

Des gonds en revanche, mais qui ne s'articulaient sur rien... *ou donnaient du moins cette impression,* pensa-t-il. *Un mystère, des plus admirables certes, mais de quelle importance, au fond ? Tu es en train de mourir. Et c'est ton propre mystère qui vient à toi — le seul qui compte pour tout être humain quand il approche de son terme.*

Pourtant... tout bien considéré, ce mystère-ci semblait avoir de l'importance.

Cette porte. Qui se dressait là où nulle porte n'aurait dû se trouver. Banalement posée sur ce sable grisâtre à quelque dix pas des marées les plus hautes, apparemment aussi éternelle que la mer elle-même, projetant vers l'est l'ombre oblique de son épaisseur alors que déclinait le soleil.

Écrits en lettres noires aux deux tiers du panneau, écrits dans les caractères mêmes du Haut Parler, deux mots :

LE PRISONNIER

Un démon est en lui qui le possède. Ce démon a pour nom HÉROÏNE.

Le pistolero perçut un bourdonnement bas et l'imputa tout d'abord au vent ou à la fièvre qui le rongeait. Mais il lui fallut se rendre à l'évidence : il s'agissait d'un bruit de moteur... et qui provenait de derrière la porte.

Ouvre-la donc. Elle n'est pas fermée. Tu sais qu'elle n'est pas fermée.

Mais au lieu de l'ouvrir, il se releva sans élégance et la contourna par en haut, alla voir de l'autre côté.

Il n'y avait pas d'autre côté.

Rien que la plage grise à l'infini. Rien que les vagues, les coquillages, la laisse de haute mer et ses propres traces, la traînée de ses genoux, les trous de ses coudes. Ses yeux retournèrent sur l'emplacement de la porte absente et s'écarquillèrent un peu. Si la porte avait disparu, son ombre demeurait.

Il amorça un geste de la main droite — oh ! comme elle était lente à comprendre quel serait désormais le rôle amputé qui lui restait —, la laissa retomber, leva la main gauche et, à tâtons, chercha une résistance.

Si je sens quelque chose, ce sera pourtant comme de frapper contre rien, pensa le pistolero. *Voilà qui serait intéressant à expérimenter avant de mourir.*

Sa main continua de rencontrer de l'air longtemps après avoir dépassé le point où — même invisible — la porte aurait dû se dresser.

Rien sur quoi frapper.

Et le bruit de moteur — s'il s'était bien agi de ça — s'était évanoui. Il ne restait que le vent, les vagues et, dans son crâne, le bourdonnement de la fièvre. Il retourna lentement vers l'autre face de ce qui n'existait pas, supputant déjà qu'il avait dû être victime d'une hallucination ou bien de...

Il s'immobilisa.

L'instant d'avant, il avait eu vers l'ouest la vue ininterrompue d'un rouleau gris et voilà que s'interposait l'épaisseur de la porte. Il découvrait de biais le coffre de la serrure, avec le pêne qui en saillait comme une petite langue de métal butée. Déplaçant la tête de quelques centimètres vers le nord, Roland vit la porte disparaître. Mais elle fut de nouveau là quand il reprit sa position initiale. Elle n'apparut pas. Elle était simplement là.

Il retourna devant la porte et la contempla, chancelant.

La contourner par la mer ? Il était pratiquement sûr que cela reviendrait au même, à ceci près qu'il tomberait, cette fois.

Je me demande s'il est possible de la franchir par le côté du néant.

Il y avait toutes sortes de questions à se poser mais la vérité, elle, était toute simple : cette porte solitaire sur une bande de plage apparemment infinie dictait seulement deux marches à suivre : l'ouvrir ou la laisser fermée.

Le pistolero prit conscience non sans humour qu'il ne mourait peut-être pas aussi vite qu'il l'avait pensé. Sinon, il n'aurait sans doute pas été à ce point perméable à la terreur.

Il tendit sa main gauche et la referma sur le bouton. Ni le froid mortel du métal ni la chaleur féroce et ponctuelle des signes qui y étaient gravés ne le surprirent.

Il tourna le bouton. La porte s'ouvrit vers lui quand il tira.

Ce n'était rien de tout ce à quoi il aurait pu s'attendre.

Il regarda, figé, proféra le premier cri de terreur de sa vie adulte et referma violemment la porte. Il n'y avait rien sur quoi la claquer mais il la claqua quand même, provoquant le bruyant envol des mouettes qui s'étaient perchées tout autour sur les rochers pour l'observer.

5

Ce qu'il avait vu, c'était la Terre, mais de très haut — d'une hauteur inconcevable, plusieurs milles dans le ciel, semblait-il. Il avait vu l'ombre de nuages passer sur le globe, le traverser comme en un rêve. Il avait vu ce qu'aurait vu un aigle volant trois fois plus haut que n'importe quel aigle.

Franchir une telle porte signifierait tomber en hurlant, pendant d'interminables minutes, pour finir fiché dans le sol.

Non, tu n'as pas vu que ça.

Il y réfléchit alors qu'il s'asseyait, ébahi, sur le sable, face à la porte close, sa main blessée au creux des cuisses. L'infection commençait à préciser ses nervures au-dessus du coude. Il n'était pas douteux qu'elle dût bientôt atteindre le cœur.

C'était la voix de Cort qui avait résonné dans sa tête.

Écoutez-moi, larves. Écoutez-moi si vous tenez à la vie, car elle peut très bien en dépendre un de ces jours. Vous ne voyez jamais tout ce que vous voyez. C'est une des raisons pour lesquelles on vous a confiés à moi, pour que je vous montre ce que vous ne voyez pas dans ce que vous voyez... ce qui vous échappe quand vous avez la trouille, quand vous vous battez, quand vous courez, quand vous baisez. Personne ne voit tout ce qu'il voit, mais avant d'être des pistoleros — enfin, ceux d'entre vous qui ne partiront pas vers l'ouest — vous aurez appris à voir plus de choses dans un seul coup d'œil que biens des gens dans leur existence entière. Et une partie de ce que vous n'aurez pas vu dans ce premier regard, vous le verrez plus tard, par l'œil de la mémoire — enfin, si vous vivez assez longtemps pour vous souvenir. Car, entre voir et ne pas voir, il peut très bien y avoir la même différence qu'entre vivre et mourir.

Il avait vu la planète de cette hauteur phénoménale (avec là quelque chose de plus déviant, de plus vertigineux que sa vision de la croissance du monde juste avant la fin de son temps avec l'homme en noir, car ce qu'il avait vu par cette porte n'avait rien eu d'une vision). Et le peu d'attention qui lui était resté avait enregistré que la terre entrevue n'était ni désert ni mer mais quelque endroit verdoyant d'une inconcevable exubérance avec des alvéoles miroitantes qui lui avaient donné à penser qu'il s'agissait d'un marécage. Mais...

Le peu d'attention qui t'est resté, singea férocement la voix de Cort. *Tu as vu autre chose !*

Exact.

Il avait vu du blanc.

Des bords blancs.

Bravo, Roland ! clama Cort en lui, et il eut l'impression qu'une main calleuse s'abattait sur son épaule. Il tressaillit.

C'était par une fenêtre qu'il avait regardé.

Il se releva au prix d'un effort intense et tendit la main, sentit le gel contre sa paume, et les brûlantes lignes de chaleur ténue. Il rouvrit la porte.

6

Le spectacle auquel il s'était attendu — celui de la Terre vue d'une hauteur terrifiante, incroyable — avait disparu. Il regardait des mots qu'il ne comprenait pas... ou plutôt qu'il comprenait presque : c'était comme si les Grandes Lettres avaient été déformées...

Au-dessus des mots, l'image d'un véhicule sans attelage, une de ces automobiles que l'on supposait avoir rempli le monde avant que les temps changent. Il pensa soudain au récit de Jake quand, au relais, il l'avait hypnotisé.

Cette voiture mue par un moteur et près de laquelle riait une femme portant une étole de fourrure était peut-être ce qui avait écrasé l'enfant dans cet étrange autre monde.

C'est cet étrange autre monde que je vois, se dit le pistolero.

Soudain, la vue...

Non, ne se modifia pas, se déplaça. Le pistolero oscilla, saisi de vertige, vaguement nauséeux. Image et mots descendirent, et il découvrit une allée avec, par-delà, deux files de sièges. Quelques-uns vides, mais la plupart occupés... par des hommes vêtus d'étrange manière. Il présuma qu'il s'agissait d'un costume, tout en n'en ayant pourtant jamais vu de similaire. Et ce qu'ils avaient autour du cou faisait probablement fonction de foulard, ou de cravate, bien que, là encore, ça n'y ressemblât guère. Pour autant qu'il pût en juger, aucun n'était armé — ni dague ni épée, ni revolver bien sûr. À quelle espèce de brebis naïves s'apparentaient ces gens ? Certains semblaient plongés dans la lecture de grandes feuilles couvertes de caractères minuscules — des mots entrecoupés d'images —, d'autres écrivaient sur des feuilles plus petites avec des plumes comme Roland n'en avait jamais vu. Mais les plumes l'intéressaient peu. C'était le *papier* qui le fascinait. Il vivait dans un monde où l'or et le papier avaient exactement la même valeur. Jamais il ne lui avait été donné de voir tant de papier d'un seul coup. Et voilà que l'un de ces types arrachait une feuille du bloc jaune posé sur ses genoux et qu'il la froissait après s'être contenté de griffonner quelques lignes d'un côté et rien, absolument rien, de l'autre. Le pistolero n'était pas assez malade pour ne pas éprouver un sentiment d'horreur outragée devant ce gaspillage contre nature.

Derrière les deux séries de sièges, il y avait une paroi blanche incurvée percée de fenêtres. Toute une rangée. Quelques-unes occultées par une sorte de volet, mais il voyait le ciel bleu à travers les autres.

Voilà qu'une femme remontait l'allée, s'approchait de la porte. Elle portait une sorte d'uniforme, mais, encore une fois, d'un genre inconnu. Il était d'un rouge éclatant, et le bas était un pantalon. Roland voyait le confluent des deux jambes. C'était une chose qu'il n'avait jamais vue chez une femme habillée.

Elle approcha tant qu'il la crut sur le point de franchir la porte et recula d'un pas, en manquant tomber. Elle le regardait avec la sollicitude étudiée de quelqu'un qui accomplit un service tout en restant son propre maître. Mais ce n'était pas cela qui captiva le pistolero. Ce fut la fixité de l'expression qui le fascina. Ce n'était pas ce qu'on pouvait attendre d'une femme — de n'importe qui, en l'occurrence — confrontée à un personnage titubant, sale, exténué, avec des revolvers suspendus à ses hanches, un chiffon trempé de sang autour de la main droite, des jeans donnant l'impression d'être passés sur une sorte de scie circulaire.

— Souhaitez-vous... demanda la femme en rouge.

Elle ajouta autre chose dont l'exacte signification lui échappa. À boire ou à manger, supposa-t-il. Ce vêtement rouge... ce n'était pas du coton. De la soie. Oui, ça ressemblait à de la soie, mais comment...

— Gin, répondit une voix, mot que le pistolero comprit.

Et il comprit soudain beaucoup plus :

Il ne s'agissait pas d'une porte.

C'étaient des yeux.

Si dément que cela parût, son regard embrassait en partie l'intérieur d'un véhicule volant dans le ciel. Et ce regard passait par les yeux d'un autre.

De qui ?

Mais il connaissait la réponse. Il voyait par les yeux du prisonnier.

II

Eddie Dean

1

Comme pour confirmer cette hypothèse, si folle fût-elle, ce que le pistolero voyait par l'ouverture s'éleva brusquement tout en opérant un glissement latéral. Le décor pivota (de nouveau cette sensation de vertige, celle de se tenir en équilibre sur un plateau à roulettes que des mains invisibles auraient bougé dans un sens et dans l'autre), puis l'allée se dévida, s'esquivant par le bord inférieur de la porte. Au passage, il vit un groupe de femmes, vêtues du même uniforme rouge, debout dans un endroit plein d'acier. Malgré la douleur et la fatigue, il aurait aimé que la scène s'immobilisât, le temps de mieux comprendre ce qu'étaient ces objets en acier — des appareils de quelque type, sans doute. L'un d'eux ressemblait vaguement à un four. La soldate qu'il avait déjà vue servait le gin commandé par la voix. Elle le versait d'une toute petite bouteille en verre dans un gobelet qui, bien que donnant l'impression d'être en verre, ne l'était sans doute pas.

Mais ce qui lui était montré de cet endroit avait déjà disparu. Il y eut encore un autre de ces vertigineux virages et son regard se retrouva fixé sur une porte de métal. Un mot y était inscrit en lettres lumineuses dans un petit rectangle foncé. Un mot qu'il sut lire : LIBRE.

Léger glissement de son champ de vision vers le bas et une

main venue du côté droit de la porte ouverte où il plongeait son regard se posa sur le bouton de cette autre porte fermée qu'il regardait. Il vit la manchette d'une chemise bleue suffisamment retroussée pour révéler une pilosité noire et drue, de fermes virgules qui descendaient en rangs serrés sur une main aux doigts effilés. L'un d'eux était orné d'une bague dont la pierre pouvait être un rubis ou un sourdfeu, voire n'importe quelle imitation, conclut finalement le pistolero : la gemme était trop grosse et trop vulgaire pour être authentique.

La porte en métal s'ouvrit, le mettant en présence des plus insolites latrines qu'il eût jamais vues : rien que du métal. Les contours de la porte d'acier se superposèrent à ceux de la porte sur la plage, et le pistolero l'entendit se refermer, perçut le claquement d'un loquet. S'étant vu épargner une autre de ces étourdissantes volte-face, il comprit que l'homme qui lui prêtait ses yeux s'était contenté de tendre la main derrière lui pour verrouiller le battant.

Puis la vue changea quand même, opérant cette fois un simple quart de tour, et il se retrouva face à une glace, face à un visage qu'il connaissait... pour l'avoir vu précédemment sur une lame de tarot. Les mêmes yeux sombres, les mêmes cascades de mèches foncées. Un visage calme et pourtant pâle. Et dans ces yeux — des yeux dont, par leur propre entremise, son regard découvrait à présent le reflet —, le pistolero vit un peu de l'horreur, de la terreur qui avaient hanté ceux de l'être chevauché par le singe sur la carte en question.

L'homme tremblait.

Il est malade, lui aussi.

Puis il se rappela Nort, le mangeur d'herbe de Tull.

Un démon est en lui qui le possède.

Le pistolero pensa qu'après tout il savait peut-être ce qu'était l'HÉROÏNE : quelque chose de comparable à l'herbe du diable.

Un rien inquiétant, non ?

Sans l'ombre d'une pensée, avec cette seule détermination qui avait fait de lui le survivant d'entre tous, le dernier à avancer, à poursuivre la quête, longtemps après que Cuthbert et les autres avaient péri ou renoncé, qu'ils s'étaient suicidés, avaient trahi ou, simplement, abdiqué tout ce qui les rattachait à la Tour, avec cette détermination opiniâtre, indifférente, qui l'avait porté, au travers du désert et de toutes ces années précédant le désert, dans le sillage de l'homme en noir, le pistolero franchit la porte.

2

Eddie commanda un gin-tonic — débarquer bourré à New York et passer la douane comme ça n'était peut-être pas une idée si lumineuse, et il se savait incapable de s'arrêter une fois qu'il aurait commencé — mais il lui fallait absolument quelque chose.

Quand tu te sens sur la descente et que l'ascenseur est introuvable, lui avait un jour dit Henry, *tu dois y arriver par n'importe quel moyen, même si c'est en t'aidant d'une seule pelle.*

Puis, après avoir commandé, quand l'hôtesse se fut éloignée, il commença de se sentir comme s'il allait peut-être vomir. Pas vomir à coup sûr mais vomir peut-être, et il valait mieux prendre ses précautions. Franchir la douane avec une livre de coke sous chaque bras en empestant le gin n'était déjà pas si génial. Faire la même chose avec du dégueulis sur le pantalon, c'était la Berezina. Donc, méfiance. Le malaise allait probablement passer comme d'habitude, mais on n'était jamais trop prudent.

Le problème, c'est qu'il était parti pour être bientôt en manque. Disons que ça se rapprochait. Là aussi, il commençait à en savoir un bout grâce à l'expérience de cet autre sage & éminent junkie, Henry Dean.

Ils se tenaient tous les deux installés dans le parc sur la terrasse de Regency Tower, pas tout à fait sur le point de piquer du nez mais s'y acheminant, la chaleur du soleil sur la figure, lessivés et si bien... Oui, c'était le bon vieux temps, quand Eddie venait juste de se mettre à sniffer et que Henry n'avait pas encore touché à sa première shooteuse.

Tout le monde te parle de la phase de manque, avait dit Henry, *mais d'abord, il te faut passer par les préliminaires.*

Et Eddie, défoncé, complètement parti, s'était mis à glousser comme un malade parce qu'il savait exactement ce dont Henry parlait. Henry qui s'était juste fendu d'un sourire avant de reprendre :

Dans un sens, les préliminaires c'est pire que le vrai manque. Au moins, quand t'es en manque, t'es sûr que tu vas gerber. Sûr des tremblements, sûr que tu vas te mettre à suer au point d'avoir l'impression de te noyer dedans. Mais, avant, c'est comme qui dirait la malédiction de l'attente.

Eddie se rappelait avoir demandé à Henry comment on appelait ça quand un mec à la poussette (ce qu'en ces temps — déjà perdus dans les brumes du passé sans pourtant remonter à plus de seize mois — ils avaient solennellement juré de ne jamais devenir) se faisait une overdose.

Ça, c'est la phase ultime, avait répondu Henry, *pire que de se sentir devenir un poulet rôti au four.* Et il avait eu l'air surpris, comme quand on dit quelque chose qui se révèle beaucoup plus drôle qu'on ne l'avait pensé. Ils s'étaient regardés puis ils avaient hurlé de rire dans les bras l'un de l'autre. Poulet rôti ! Oh, le gag ! Pas tant que ça maintenant.

Eddie remonta l'allée, dépassa l'office et se planta devant les gogues. LIBRE. Il ouvrit la porte.

Dis, Henry, ô grand frère, grand sage & éminent junkie, pendant qu'on est sur nos compagnons à plume, tu veux entendre ma définition du pigeon rôti ? C'est quand, à Kennedy Airport, les types des douanes se disent que, vraiment, tu as une drôle de touche, ou que tu tombes sur l'un de ces jours où ils ont amené leurs chiens au nez diplômé, et que tous ces cabots se mettent à aboyer et à pisser partout, qu'ils tirent sur leur chaîne à s'en étrangler et que c'est contre toi qu'ils en ont. Et qu'ensuite, après avoir éparpillé tout ce que tu avais dans tes valises, les types t'emmènent dans la petite pièce et te demandent si ça ne te ferait rien d'enlever ta chemise, et que tu leur réponds : mais si, ça me ferait un max, j'ai chopé un petit rhume aux Bahamas et, avec votre climatiseur réglé sur Froid Polaire, ça pourrait bien tourner à la pneumonie, et qu'ils te disent : tiens, tiens ! Vous êtes toujours en nage quand le climatiseur fait trop bien son boulot ? Bon, ben faudra nous excuser, Mr. Dean, mais on y tient : retirez votre chemise, et tu le fais, et alors ils te disent qu'après tout vaudrait mieux ôter aussi ton T-shirt car tu as l'air d'être un cas clinique, ouais, mon gars, ces grosseurs sous tes aisselles, ça pourrait bien ressembler à des tumeurs lymphatiques ou à des trucs du même genre, et tu ne te donnes même pas la peine d'ajouter quoi que ce soit, c'est comme le joueur au centre du terrain quand il ne se donne pas la peine de poursuivre la balle qui a été cognée, il ne fait que se retourner pour la regarder filer à Pétaouchnok : quand c'est parti, c'est parti. Tu enlèves donc ton T-shirt et, visez-moi ça, les mecs, c'est qu'il est du genre veinard, ce ne sont pas des tumeurs, à moins que ce soit ça les tumeurs du corps social. Ouaf-ouaf-ouaf, sûr, on dirait plutôt des sacs en plastique, maintenus par du sparadrap et à ce propos, p'tit gars, pour l'odeur, ne te fais pas de bile, c'est seulement le pigeon : il est archicuit.

Il passa la main derrière lui, bascula le loquet. La lumière explosa dans les toilettes. Le bruit des moteurs n'était plus qu'un bourdon assourdi. Il se tourna vers la glace, histoire de mesurer les dégâts et, soudain, terrifiante, pénétrante, une sensation le submergea : celle d'être observé.

Arrête, mec, se dit-il, mal à l'aise. *Théoriquement, y a pas un type au monde qui soit moins parano que toi. C'est pour ça qu'on t'a expédié là-bas. C'est pour ça...*

Mais, brusquement, ce fut comme si ce n'étaient pas ses yeux dont le miroir lui renvoyait l'image, pas les yeux noisette presque verts d'Eddie Dean qui avaient fait fondre les cœurs à qui mieux mieux et lui avaient fait écarter tant de jolies paires de cuisses dans les trois dernières de ses vingt et une années d'existence, non pas ces yeux mais ceux d'un étranger. Et non pas noisette mais du même bleu qu'un Levis délavé. Des yeux glacés, précis, merveilleux. Des yeux de bombardier.

Et il y vit reflétée — nettement, sans erreur possible — une mouette qui descendait raser un brisant pour en extraire quelque chose.

Il eut le temps de penser : *Nom de Dieu, qu'est-ce que c'est que cette merde ?* puis sut que ça n'allait pas passer, qu'il était bel et bien sur le point de gerber.

Dans la demi-seconde qui précéda cet instant, dans cette demi-seconde où il continua de se regarder dans la glace, il vit s'effacer les yeux bleus... mais pas avant d'avoir eu la soudaine sensation d'être deux personnes... d'être *habité* comme la petite fille dans *L'Exorciste*.

Distinctement, il sentait un autre esprit à l'intérieur du sien, entendait une pensée, non pas comme l'une des siennes, plutôt comme une voix à la radio : *Je suis de l'autre côté. Je suis dans la diligence du ciel.*

Il y eut d'autres mots, mais qu'Eddie Dean ne put entendre, occupé qu'il était à vomir le plus discrètement possible.

La crise passée, alors qu'il allait s'essuyer la bouche, il se produisit quelque chose qui ne lui était jamais arrivé auparavant. L'espace d'un épouvantable instant, il n'y eut rien, juste un intervalle vide. Comme si, dans un journal, une petite ligne dans une colonne avait été soigneusement, totalement caviardée.

Qu'est-ce qui se passe ? pensa Eddie, désemparé.

Bordel de Dieu, qu'est-ce que c'est que cette merde ?

Puis il lui fallut de nouveau vomir, et peut-être ne fut-ce pas plus mal. Quelque défaut qu'on lui trouve, la régurgitation a pour le moins ce mérite : aussi longtemps qu'on s'y adonne, il est impossible de penser à autre chose.

3

Je suis de l'autre côté. Je suis dans la diligence du ciel, se dit le pistolero. (Et une seconde plus tard :) *Il me voit dans la glace !*

Roland se mit en retrait — ne quitta pas les lieux mais se mit en retrait, comme un gosse reculant se poster à l'extrême bout d'une très longue pièce. Il était à l'intérieur du véhicule céleste, mais aussi à l'intérieur d'un homme qui n'était pas lui. À l'intérieur du prisonnier. Dans ce premier instant, quand il s'était retrouvé presque *à l'avant* (c'était la seule description qu'il en pût donner), il n'avait pas fait qu'être à l'intérieur de cet homme, il avait été pratiquement lui. Il avait senti que ça n'allait pas — quelle que fût la nature du malaise —, que la nausée montait. Il comprit qu'il pouvait au besoin prendre le contrôle de ce corps. Qu'il en connaîtrait les souffrances et serait chevauché par ce démon-singe dont son hôte était la monture, certes, mais qu'il en était capable, si nécessaire.

Comme il pouvait choisir de rester en retrait, inaperçu.

Quand les vomissements cessèrent, il bondit... au premier plan, cette fois, directement. La situation lui échappait pour l'essentiel, et agir ainsi dans le brouillard, c'était s'exposer au pire, mais il avait besoin de savoir deux choses, un besoin si désespéré qu'il l'emportait sur toute conséquence susceptible de se faire jour.

Cette porte qu'il avait franchie pour venir de son monde, existait-elle encore ?

Et si oui, son corps l'attendait-il là-bas, évanoui, inoccupé, mourant peut-être, voire déjà mort sans le moi de son moi pour veiller à la bonne marche des poumons, du cœur et des nerfs ? Aurait-il survécu qu'il n'en aurait plus pour longtemps, de toute manière, jusqu'à la tombée de la nuit, quand les homarstruosités sortiraient poser leurs questions et se mettre en quête de leur dîner.

Il tourna brusquement cette tête qui pour l'heure était la sienne.

La porte était toujours là, dans son dos, ouverte sur son monde, ses gonds disparaissant dans la paroi d'acier de ces singulières latrines. Et lui aussi était là, lui, Roland, le dernier pistolero, couché sur le côté, sa main bandée plaquée sur l'estomac.

Je respire toujours, constata-t-il. Je vais y retourner et me déplacer. Mais j'ai des choses à faire avant. Des choses...

Il lâcha de nouveau l'esprit du prisonnier et battit en retraite, observa, attendit de voir si l'autre avait ou non conscience de sa présence.

4

La crise passée, Eddie resta penché sur le lavabo, les yeux fermés, paupières crispées.

Une seconde de passage à vide. J'sais vraiment pas ce que c'était. Est-ce que j'ai regardé autour de moi ?

Il chercha le robinet à tâtons et fit couler l'eau froide, s'en aspergea les joues et le front, les yeux toujours clos.

Puis ce fut impossible à éviter plus longtemps : il se regarda de nouveau dans la glace.

C'étaient ses yeux.

Pas de voix étrangères dans sa tête.

Pas la moindre sensation d'être observé.

Tu viens de nous faire une petite fugue, Eddie, l'éclaira le grand sage & éminent junkie. *Ça n'a rien de rare quand on commence les premiers stades du manque.*

Eddie jeta un coup d'œil à sa montre. Encore une heure et demie avant New York. L'atterrissage était prévu pour 4 h 05, régime horaire de la côte Est, mais il allait être midi juste en réalité. L'heure d'abattre son jeu.

Il retourna s'asseoir. Son verre l'attendait. Il y avait deux fois trempé les lèvres quand l'hôtesse réapparut, lui demandant s'il désirait autre chose. Il ouvrit la bouche pour dire non... et il eut une autre de ces bizarres absences.

5

— Oui, vous n'auriez pas quelque chose à manger ? dit le pistolero par la bouche d'Eddie Dean.

— Nous servirons un repas chaud dans...

— C'est que j'ai vraiment faim, dit Roland, parfaitement sincère. N'importe quoi, même un petit pain...

— Un petit pain ? répéta la fille en uniforme.

Elle lui lança un drôle de regard et il se retrouva fouillant l'esprit du prisonnier. Sandwich... mot lointain comme un murmure entendu dans une coquille.

— Oui, même un sandwich, dit le pistolero. La soldate eut l'air indécise.

— Euh... je dois en avoir au thon...

— Ce sera parfait, répondit Roland bien qu'il n'eût pas la moindre idée de ce que pouvait être du thon.

— Je vous ai vu tout pâle, dit-elle. Et j'ai pensé que vous aviez peut-être le mal de l'air.

— Seulement faim.

Elle le gratifia d'un sourire professionnel.

— Bon. Je vais voir ce que je peux déchiner.

Déchiner ? se répéta Roland ahuri. Dans son monde, le verbe déchiner signifiait en argot prendre une femme de force. Aucune importance. Il allait avoir à manger, il ignorait encore comment il allait se débrouiller pour ramener cette nourriture au corps qui en avait tant besoin, mais chaque chose en son temps.

Déchiner, pensa-t-il encore une fois, et quelque chose comme une mimique incrédule anima les traits d'Eddie Dean.

Puis le pistolero se mit de nouveau en retrait.

6

Les nerfs, lui assura le grand oracle & éminent junkie. *Les nerfs, sans plus. Rien qui soit étranger à l'expérience du manque.*

Mais si c'étaient les nerfs, comment expliquer cette étrange torpeur qui s'emparait de lui — étrange parce qu'il aurait dû être à cran, avoir envie de se tortiller et de se gratter, comme toujours avant les vrais tremblements. Même s'il n'était qu'à ce stade des préliminaires, comme disait Henry, restait le fait qu'il allait tenter de passer la douane avec un kilo de coke, crime passible de rien moins que dix ans de prison fédérale. Et voilà que, par-dessus le marché, il se mettait à avoir des absences.

Et pourtant, cette torpeur...

Il prit encore une gorgée de gin et laissa ses yeux se fermer.

Pourquoi t'es-tu évanoui ?

Si j'avais fait ça, elle aurait rappliqué avec leur trousse de premiers secours.

Décollé, alors ? Ce n'est pas très bon non plus. Ça ne t'est jamais arrivé. Piquer du nez, oui, mais décoller, jamais.

Quelque chose de bizarre aussi dans sa main droite. Il y sentait des élancements sourds, comme s'il s'était donné un coup de marteau.

Il la plia sans rouvrir les yeux. Pas de douleur. Pas d'élancements. Pas d'yeux bleus, d'yeux de bombardier. Quant aux absences, il fallait n'y voir qu'une combinaison de cet état de poulet frais avec une bonne dose de ce que le grand oracle & éminent junkie et cetera aurait sans nul doute appelé le blues du passeur.

N'empêche que je vais m'assoupir, se dit-il. *Comment ça se fait ?*

Le visage de Henry dériva devant lui comme un ballon lâché. *Ne te fais pas de bile, frérot*, disait-il. *Tout va marcher comme sur des roulettes. Tu prends l'avion pour Nassau et tu descends à l'hôtel Aquinas. Un mec t'y contacte vendredi soir. Un type cool. Il va te bichonner, te laisser le nécessaire pour passer le week-end. Dans la soirée du dimanche il t'apportera la coke, et toi, tu lui donneras la clé de la consigne. Lundi matin : routine, tu fais ce que Balazar a dit. C'est au gars de jouer. Il connaît la musique. Lundi midi, vol *retour, et comme on te donnerait le Bon Dieu sans confession, tu vas nous passer la douane les doigts dans le nez, si bien qu'avant le coucher du soleil on sera en train de se taper un steak au Sparks, toi et moi. Crois-moi, petit frère, ça va aller comme sur des roulettes.*

En fait, les roulettes semblaient avoir été grippées.

Son problème avec Henry, c'est qu'ils étaient comme Charlie Brown et Lucy. À ceci près qu'il arrivait à Henry de laisser le ballon à Eddie pour qu'il puisse taper dedans... pas souvent, mais de temps en temps quand même. Eddie avait même songé — au cours d'une de ses stupeurs héroïniennes — à écrire à Charles Schultz. *Cher Mr. Schultz,* lui aurait-il dit dans sa lettre, *vous ratez quelque chose en faisant que Lucy retire toujours le ballon au dernier moment. Il faudrait qu'elle le laisse de temps à autre. Que Charlie Brown ne puisse jamais être sûr, vous comprenez ? Elle pourrait faire en sorte qu'il shoote deux, trois ou même quatre fois d'affilée, puis plus rien pendant un mois, puis encore une fois, une seule, et de nouveau trois ou quatre jours où elle retire le ballon, puis... bref, vous voyez ce que je veux dire. Voilà qui ferait flipper le gamin pour de bon.*

Eddie savait que ça le ferait flipper.

Il le savait par expérience.

Un type cool, avait dit Henry, mais ce mec qui s'était pointé avait l'accent anglais, le teint jaune et une fine moustache semblant sortir d'un film noir des années 40, sans parler de ses dents carrément ocre qui penchaient toutes vers l'intérieur et faisaient penser à un piège préhistorique.

— Vous avez la clé, *señor* ? lui avait-il demandé.

— Elle est en lieu sûr, si c'est ce que vous voulez dire.

— Alors, donnez-la-moi.

— C'est pas prévu comme ça. Vous êtes censé me donner de quoi passer le week-end puis m'amener la coke dimanche soir. Moi, je vous donne alors la clé. Le lundi, vous descendez en ville et vous vous en servez pour récupérer autre chose. Je ne sais pas quoi, vu que ce n'est pas mes affaires.

Soudain, il y eut un petit automatique bleu extraplat dans la main du machin jaune.

— Pourquoi ne me la donnez-vous pas tout de suite, *señor* ? Cela m'évitera de perdre mon temps et vous d'y perdre la vie.

Junkie ou pas, Eddie avait des nerfs d'acier. Henry le savait et, plus important, Balazar aussi. C'était pour ça qu'on l'avait envoyé. La plupart pensaient qu'il y était allé parce qu'il était accro. Il le savait, Henry le savait, Balazar le savait. Mais Henry et lui étaient les seuls à savoir qu'il y serait allé même s'il n'avait jamais touché à la came. Pour Henry. Balazar n'avait pas été aussi loin dans son raisonnement. Mais Balazar pouvait aller se faire foutre.

— Et vous, pourquoi ne rangez-vous pas ce truc, espèce de minable ? demanda Eddie. Ou vous avez peut-être envie que Balazar expédie quelqu'un qui vous arrachera les yeux avec un vieux couteau rouillé.

Le type sourit. L'arme disparut comme par magie et, à la place, une petite enveloppe apparut. Il la tendit à Eddie.

— Je plaisantais, vous savez.

— Si vous le dites.

— Bon, à dimanche soir, fit l'homme, déjà face à la porte.

— Je crois que vous feriez mieux d'attendre.

Machin jaune se retourna, l'air étonné.

— Vous pensez peut-être que je vais rester là si j'ai envie de m'en aller ?

— Je pense surtout que si vous partez et que ce qu'il y a là se révèle être de la merde, c'est moi qui ne serai pas parti demain. Et vous qui serez dans de sales draps.

L'autre fit demi-tour et, maussade, alla s'asseoir dans l'unique fauteuil de la pièce pendant qu'Eddie ouvrait l'enveloppe et en faisait glisser une petite quantité de poudre brun clair.

— Je sais la gueule que ça a, lança Machin jaune, ça a l'air moche, mais c'est juste le coupage. En fait, c'est de la bonne.

Eddie arracha une feuille du bloc posé sur le bureau et sépara du tas quelques grains qu'il prit sur son doigt pour se les frotter sur le palais. Une seconde plus tard, il cracha dans la corbeille à papiers.

— Vous en avez marre de la vie ? C'est ça ? Vous avez un dernier souhait ?

— C'est tout ce qu'il y a, lâcha l'homme, plus maussade que jamais.

— J'ai une réservation pour demain, dit Eddie. (C'était faux mais il ne croyait pas que le type eût les moyens de vérifier.) Sur un vol TWA. Je l'ai prise de ma propre initiative, pour le cas où le contact serait un connard dans votre genre. Moi, je m'en fiche de tout laisser tomber. C'est même un soulagement. Je ne suis pas fait pour ce genre de boulot.

Machin jaune cogita. Eddie se concentra sur son immobilité. Tout en lui, pourtant, brûlait de bouger, de glisser un pied sur l'autre, de sautiller et de se trémousser, de se gratter les endroits qui le démangeaient, de faire craquer ses articulations. Il sentait même ses yeux prêts à dériver vers le tas de poudre brune, bien qu'il sût que c'était du poison. Il s'était piqué à dix heures et un nombre égal d'heures s'était écoulé depuis. Toutefois, s'il se permettait l'un ou l'autre de ces mouvements, la situation changerait. Le type ne faisait pas que cogiter, il l'observait, tentait d'évaluer sa pointure.

— Il se peut que je puisse trouver quelque chose.

— Donc, essayez. Mais, à onze heures, j'éteins, j'accroche la pancarte NE PAS DÉRANGER sur ma porte et, qui que ce soit qui frappe après ça, j'appelle la réception et je leur dis de m'envoyer quelqu'un pour me débarrasser d'un intrus.

— Vous êtes un enculé, dit l'homme dans son impeccable accent britannique.

— Erreur. Ça, c'est ce que vous attendiez. Or, c'est pas mon genre. Maintenant vous allez me faire le plaisir d'être ici avant onze heures avec un truc que je puisse consommer — pas besoin que ce soit génial, juste consommable — ou vous ferez un beau cadavre de connard.

7

Machin jaune n'attendit pas onze heures. À neuf heures trente il était là. Eddie devina qu'il n'avait pas été chercher cette autre poudre plus loin que dans sa voiture.

Il y en avait un petit peu plus cette fois. Pas blanche mais d'un ivoire terne assez prometteur.

Eddie la goûta. Correcte, apparemment. Mieux que ça, vraiment bonne. Il roula un billet, s'octroya un petit snif.

— Bon. À dimanche, donc, lança le type qui se leva.

— Attendez, fit Eddie sur le même ton que si c'était lui qui avait le pistolet.

En un sens, c'était lui qui l'avait. Une arme nommée Balazar. Balazar était un caïd dans le pays des merveilles new-yorkais de la drogue.

— Attendre ? (L'autre fit volte-face et regarda Eddie comme s'il le croyait bon pour le cabanon.) En quel honneur ?

— Ce que j'en dis, c'est pour vous. Si je suis malade comme un chien avec ce que je viens de m'envoyer, on en reste là. On en reste également là, évidemment, si j'en crève. Mais je me disais que si j'étais seulement un tout petit peu malade, je pourrais vous laisser encore une chance. Comme dans l'histoire où ce mec frotte la lampe et a droit à trois vœux.

— Vous ne serez pas malade. C'est de la chinoise.

— Si c'en est, dit Eddie, moi je suis Dwight Gooden.

— Qui ?

— Laissez tomber.

L'homme retourna s'asseoir. Eddie s'installa près du petit tas de poudre blanche disposé sur le bureau de la chambre de motel. (L'attrape-camé, ou quoi que c'eût été, avait depuis longtemps disparu dans les chiottes.) À la télé, l'équipe des Braves se faisait rétamer par celle des Mets grâce aux bons offices de la WTBS et de l'antenne parabolique géante qui équipait le toit de l'hôtel Aquinas. Eddie sentit comme une vague aura de sérénité qui semblait émaner de l'arrière-plan de son esprit... à ceci près qu'il ne s'agissait pas d'une impression, qu'elle venait réellement de là, de ce faisceau de câbles vivants à la base de sa colonne vertébrale, là où — il le savait pour l'avoir lu dans des revues médicales — s'installait l'assuétude à l'héroïne par un épaississement anormal du tissu nerveux.

Tu veux décrocher en cinq sec ? qu'il avait un jour demandé à Henry. *Casse-toi la colonne vertébrale. Tu ne pourras plus marcher, plus baiser, mais ton besoin de shooter aussi aura disparu.*

Henry n'avait pas trouvé ça drôle.

À vrai dire, Eddie non plus. Quand le seul moyen rapide de secouer la guenon qu'on avait sur le dos était de se rompre la moelle épinière au-dessus du fameux faisceau de nerfs, c'est que le singe était du genre maousse. Pas un capucin, pas une de ces mignonnes petites mascottes pour joueurs d'orgue de Barbarie, mais un gros vieux babouin vicieux.

Il commençait à avoir la goutte au nez.

— Bon. Ça ira, finit-il par dire. Vous pouvez débarrasser le plancher, connard.

Le type se leva.

— J'ai des amis, dit-il. Ils pourraient venir s'occuper de vous. Et alors vous me supplierez de pouvoir me dire où est cette clé.

— Pas moi, mec. Il y a erreur sur la personne.

Et il sourit. Sans savoir ce que donnait ce sourire. Mais ça ne devait rien avoir de très jovial car Machin jaune débarrassa le plancher, le débarrassa vite, et sans jeter un regard en arrière.

Quand il eut la certitude que l'autre était bien parti, Eddie fit sa popote.

Se shoota.

Dormit.

8

Comme il dormait maintenant.

Le pistolero, quelque part dans l'esprit de cet homme (d'un homme dont il ignorait toujours le nom : la canaille que le prisonnier nommait en pensée « Machin jaune » ne l'avait pas su et, partant, ne l'avait pas prononcé), assistait à tout cela comme à ces pièces de théâtre qu'on voyait jadis, avant que le monde n'eût changé… ou pensait ainsi regarder les choses car c'était le seul spectacle dont il eût l'expérience. Eût-il connu le cinéma que la comparaison se fût instantanément imposée. Ce qu'il ne voyait pas *stricto sensu*, il l'avait prélevé dans les pensées du prisonnier, dans des associations en étroit voisinage. Cette histoire de nom restait toutefois bizarre. Il connaissait celui du frère de son hôte mais pas celui de ce dernier. Évidemment, les noms étaient secrets par essence, investis de pouvoir.

Et, d'ailleurs, le nom de cet homme n'importait guère. Deux choses comptaient : qu'il y eût en lui cette faiblesse de toxicomane et, sous cette faiblesse, de l'acier, enfoui comme un pistolet dans la gangue de sables mouvants.

Douloureusement, il rappelait Cuthbert au pistolero.

Quelqu'un approchait. Endormi, le prisonnier n'en prit pas

conscience, mais le pistolero, qui ne dormait pas, bondit au premier plan.

9

Bravo ! pensa Jane. *Il me dit qu'il a une faim de loup, alors moi je lui prépare quelque chose parce qu'il est plutôt mignon, et voilà que je le trouve en train de roupiller.*

Puis le passager — une vingtaine d'années, grand, vêtu d'un jean à peine décoloré, propre, et d'une chemise écossaise — entrouvrit les yeux et lui sourit.

— Grand merci, dit-il, ou du moins crut-elle entendre.

Quelque chose de presque archaïque... ou étranger. *Il dort encore,* se dit-elle. *C'est tout.*

— De rien.

Elle lui sourit, son plus beau sourire d'hôtesse, sûre qu'il allait se rendormir et que le sandwich serait encore intact quand viendrait l'heure de manger pour de bon.

Bof, lui avait-on appris à s'attendre à autre chose ?

Elle regagna l'office pour s'en fumer une.

Elle gratta l'allumette qui monta jusqu'à mi-chemin de sa cigarette puis s'immobilisa, oubliée. Non, ce n'était pas là tout ce qu'on avait appris à Jane.

Si je l'ai trouvé plutôt mignon, c'est principalement à cause de ses yeux noisette.

Or, les yeux que, l'instant d'avant, l'occupant du siège 3A venait d'ouvrir n'étaient pas noisette mais bleus. Et pas de cette douceur azurée des iris de Paul Newman mais d'un bleu d'iceberg. Ils...

— Aïe !

La flamme avait atteint ses doigts. Elle s'en débarrassa.

— Ça va, Jane ? demanda Paula.

— Impec. Je rêvassais.

Elle gratta une autre allumette et, cette fois, s'acquitta correctement de sa tâche. À peine eut-elle tiré la première bouffée que l'explication se présenta, parfaitement rationnelle : il portait des verres de contact. Ce type de verres qui vous changent la couleur des yeux. Il était allé aux toilettes. Y était resté assez longtemps pour qu'elle s'inquiétât, se demandât s'il n'avait pas le mal de l'air. Avec ce teint pâle, la confusion était possible. Mais non, il y avait seulement été retirer ses verres de contact afin d'être plus à l'aise pour piquer un petit somme. Logique, non ?

Il se peut que vous sentiez quelque chose, fit soudain une voix surgie de son passé, d'un passé proche. *Un truc qui vous titille. Et vous êtes sans doute à même de voir ce qui cloche.*

Des lentilles colorées.

Jane Dorning connaissait pour le moins deux douzaines de personnes qui portaient des verres de contact. La plupart travaillant pour la compagnie.
Aucun n'avait jamais fait de commentaires sur ce choix mais il avait peut-être été dicté, se disait-elle, par leur sensation unanime que les passagers n'aimaient pas voir le personnel navigant porter des lunettes... que ça les rendait nerveux.

Sur tous ces gens, elle en connaissait peut-être quatre dont les verres étaient colorés. Les lentilles ordinaires n'étaient pas bon marché, celles de couleur coûtaient les yeux de la tête. Dans les relations de Jane, les seules capables de lâcher tant d'argent pour ce genre de choses étaient des femmes, toutes futiles à l'extrême.

Et alors ? Pourquoi les mecs ne seraient-ils pas futiles, eux aussi ? C'est qu'il est beau garçon.

Non. Mignon, peut-être... et encore. Avec ce teint blême, il n'était mignon que de justesse. Alors pourquoi ces lentilles de couleur ?

Les passagers ont souvent peur en avion.

Dans un monde où piraterie aérienne et trafic de drogue sont devenus monnaie courante, le personnel volant a souvent peur des passagers.

La voix qui l'avait dirigée sur ces pensées était celle d'une des formatrices à l'école des hôtesses, une vieille dure à cuire donnant l'impression d'avoir fait la Postale avec Mermoz. Elle leur disait : « Ne faites pas taire vos soupçons. Même si vous oubliez tout ce que vous avez appris d'autre sur la manière de se comporter face à des terroristes effectifs ou potentiels, souvenez-vous d'une chose : *Ne faites pas taire vos soupçons*. Dans certains cas, lors de l'enquête, tout un équipage vous dira qu'il ne se doutait de rien jusqu'à ce que le type sorte une grenade et gueule : “ Virez sur Cuba ou tout le monde à bord va rejoindre le jet-stream. ” Mais dans la plupart des cas, il y en aura toujours un ou deux — généralement stewards ou hôtesses comme vous le serez dans moins d'un mois — pour dire qu'ils ont senti quelque chose. Comme un titillement. L'impression que le type du fauteuil 91C ou la jeune femme du 5A n'étaient pas tout à fait normaux. Ils l'ont senti mais ils n'ont rien fait. Ils n'allaient quand même pas risquer de se faire virer pour ça ! On ne met pas un type aux fers parce qu'on n'aime pas la façon dont il se gratte ! Le vrai problème est qu'ils ont senti quelque chose... puis qu'ils l'ont oublié. »

La vieille routière du ciel avait levé un doigt carré. Jane Dorning, fascinée comme toutes ses condisciples, l'avait écoutée poursuivre : « Si vous sentez ce petit truc qui vous titille, ne faites rien... mais cela inclut : gardez-vous d'oublier. Parce qu'il y a toujours une petite chance que vous puissiez étouffer quelque chose dans l'œuf... quelque chose comme douze jours d'escale imprévue sur l'aérodrome pourri de quelque État arabe. »

Rien que des lentilles de contact colorées mais...

Grand merci.

Mots marmonnés dans un demi-sommeil ? Ou baragouin maternel qui lui avait échappé ?

Elle allait rester sur le qui-vive, décida-t-elle.

Et se garder d'oublier.

10

C'est le moment, pensa le pistolero. *On va bien voir.*

Il s'était trouvé en mesure de passer de son monde à ce corps par cette porte au bord de l'océan. Il lui fallait à présent savoir s'il pouvait ou non y rapporter des choses. Oh, pas y retourner. Il ne doutait pas de pouvoir, quand il le voudrait, franchir cette porte en sens inverse, réintégrer son corps souffrant, empoisonné. Mais qu'en était-il du reste, des autres objets matériels ? Ce qu'il avait devant lui, par exemple, ce sandwich au thon comme l'avait appelé la femme en uniforme. S'il n'avait pas la moindre idée de ce qu'était un thon, il savait reconnaître un petit pain quand il en avait un sous les yeux, encore que, bizarrement, on eût omis de cuire celui-ci.

Son corps avait besoin d'être nourri, abreuvé aussi, mais par-dessus tout réclamait des soins. Faute d'un contrepoison, la morsure de l'homarstruosité promettait d'être fatale. Un tel médicament devait exister dans ce monde où les diligences volaient dans le ciel, plus haut qu'aucun aigle, dans ce monde où tout semblait possible. Mais à quoi bon disposer ici d'un remède, quelle que fût sa puissance, si tout transfert était impossible ?

Tu n'as qu'à vivre dans ce corps, chuchota l'homme en noir dans les profondeurs de son crâne. *Abandonne aux crustacés ce qui n'est plus qu'un morceau de viande s'obstinant à respirer. Une enveloppe désertée, de toute manière.*

Non. Il s'y refusait. D'abord parce qu'il se fût agi d'un vol particulièrement odieux. Il n'aurait su longtemps se contenter de jouer les passagers, de contempler passivement ce monde par les yeux de cet homme comme un voyageur regarde défiler le paysage par la fenêtre de son véhicule.

Ensuite parce qu'il était Roland. S'il devait mourir, il voulait que cette mort fût celle de Roland, d'un Roland qui mourrait en rampant vers la Tour, s'il le fallait.

Puis l'étrange et rude sens pratique cohabitant en lui — tels tigre et chevreuil — avec son romantisme reprit le dessus. Il n'était nullement nécessaire de penser à la mort tant que l'expérience restait à vivre.

Il se jeta sur le petit pain, le découvrit coupé en deux et en prit une moitié dans chaque main, puis il ouvrit les yeux du prisonnier, promena un regard circulaire. Personne ne faisait attention à lui (même si, très fort, dans la cuisine, Jane Dorning pensait à lui).

Il se tourna vers la porte et la franchit avec ses deux moitiés de petit pain.

11

Le pistolero commença par entendre le rugissement broyeur d'une vague approchante, puis les chamailleries d'oiseaux qui, lorsqu'il se redressa en position assise, se soulevèrent en masse des rochers voisins. (*Les voilà qui s'enfuient, les salopards,* songea-t-il, *et que je respire ou non, ils n'auraient pas tardé à m'arracher des lambeaux de chair... ce sont des vautours, rien que des vautours maquillés.*) Ce fut alors qu'il prit conscience qu'une moitié du petit pain — celle qu'il avait dans la main droite — était tombée sur le gros sable gris. Car, si elle avait été tenue par une main entière quand la porte avait été franchie, elle se retrouvait à présent portée par des doigts réduits de quarante pour cent.

Il la pinça et l'assura maladroitement entre pouce et annulaire, l'essuya du mieux qu'il put et goûta du bout des dents. L'instant d'après, il la dévorait sans même remarquer le crissement des grains de sable oubliés. Quelques secondes plus tard, il reportait son attention sur la moitié restante. Elle disparut en trois bouchées.

Le pistolero n'avait pas idée de ce qu'était un sandwich au thon sinon que c'était succulent. Et pour l'heure, ça semblait suffire.

12

Dans l'avion, la disparition du sandwich passa inaperçue. Personne ne vit les mains d'Eddie en agripper si sauvagement les deux moitiés que la marque des pouces s'imprima dans le pain de mie.

Personne ne le vit s'estomper jusqu'à la transparence puis s'évanouir, ne laissant que quelques miettes.

Une vingtaine de secondes après cet événement des plus discrets, Jane Dorning écrasait sa cigarette, traversait l'avant de la cabine pour aller prendre son livre, cédant en fait à sa curiosité pour le 3A.

Il avait l'air de dormir à poings fermés... mais le sandwich n'était plus sur la tablette.

Seigneur ! Il ne l'a pas mangé, il l'a dévoré tout rond. Et pour se rendormir aussitôt. Non mais tu rêves ?

Quoi que ce fût qui la titillait à propos du 3A, de Monsieur Les Yeux Tantôt Noisette Et Tantôt Les Yeux Bleus, ça promettait de ne pas se calmer. À coup sûr, il y avait en lui quelque chose qui clochait.

Quelque chose.

III

Contact et atterrissage

1

Eddie fut réveillé par la voix du copilote annonçant qu'ils allaient se poser à Kennedy International où l'on jouissait d'une visibilité parfaite, où les vents soufflaient de secteur ouest à quinze kilomètres/heure, où la température dépassait agréablement les 21°, et ce dans quarante-cinq minutes environ. Il leur dit aussi, l'occasion risquant de ne pas se représenter, qu'il tenait à les remercier pour avoir choisi de voyager avec Delta.

Eddie promena un regard autour de lui et, voyant les gens préparer leurs papiers — en provenance des Bahamas, un permis de conduire et une carte de crédit émise par une banque américaine étaient censés suffire mais la plupart avaient leur passeport —, il sentit un fil d'acier qui, en lui, commençait de se resserrer. Il n'arrivait toujours pas à croire qu'il ait pu dormir, et si profondément.

Il se leva et gagna les toilettes. Bien qu'il les sentît fermement fixés sous ses bras, les sacs de coke ne lui causaient nulle gêne, épousant toujours le creux de chaque aisselle comme dans la chambre d'hôtel où William Wilson, un Américain à la voix presque inaudible, les avait ajustés. Après quoi, cet homme dont Edgar Poe avait rendu le nom célèbre (bien que l'allusion d'Eddie n'eût suscité qu'un regard niais chez l'homonyme) lui avait tendu la chemise. Une banale chemise écossaise aux couleurs légèrement passées, du genre qu'on peut s'attendre à voir sur le dos de n'importe quel étudiant de retour des courtes vacances précédant ses examens... à ceci près qu'elle avait été spécialement taillée pour dissimuler d'inélégants renflements.

— Histoire d'être sûr, il faudra vérifier que tout est bien en place avant de quitter l'appareil, avait dit Wilson, mais vous ne devriez pas avoir de problèmes.

Pour ce qui était des problèmes, Eddie ne savait pas s'il allait ou non en avoir mais il avait une autre raison d'aller aux chiottes avant que ne s'allumât le ATTACHEZ VOTRE CEINTURE. Malgré la tentation — et non tant la tentation, que l'exigeante brûlure du besoin —, il s'était débrouillé pour épargner un ultime petit reste de ce que Machin jaune avait eu l'audace d'appeler de la chinoise.

Franchir la douane en provenance de Nassau ne tenait pas de l'exploit comme lorsqu'on arrivait de Port-au-Prince ou de Bogota, mais on était quand même confronté à des gens qui avaient l'œil. À des experts. Il lui fallait mettre toutes les chances de son côté. S'il pouvait s'y présenter un peu plus calme, rien qu'un tout petit peu, cela pouvait s'avérer décisif.

Il prisa son restant de poudre, tira la chasse sur le petit tortillon de papier qui l'avait contenu et se lava les mains.

Évidemment, si ça marche, tu ne sauras jamais dans quelle mesure ça a joué. Non. Évidemment. Mais il s'en foutait.

Alors qu'il retournait à sa place, il vit l'hôtesse qui lui avait apporté son gin. Elle lui adressa un sourire qu'il lui rendit, puis il se rassit, boucla sa ceinture, prit la revue de la compagnie, la feuilleta, regarda images et titres. N'y trouva rien qui fît sur lui grosse impression. Ce filin d'acier continuait d'étreindre ses entrailles, et quand ATTACHEZ VOTRE CEINTURE finit par s'allumer, ça fit un double tour et ça serra le nœud.

L'héroïne avait touché sa cible — les reniflements l'attestaient —, mais il était sûr de ne pas la sentir.

Une chose qu'en revanche il sentit peu avant l'atterrissage fut une autre de ces troublantes absences... courte, mais incontestable.

Le 727 vira sur l'aile au-dessus de Long Island et amorça la descente.

2

Dans l'office de la classe affaires, Jane Dorning aidait Peter et Anne à ranger les derniers verres servis quand le type qui ressemblait à un étudiant s'était rendu dans les toilettes des premières.

Alors qu'il regagnait sa place, elle écarta le rideau séparant les deux classes et pressa instinctivement le pas pour le croiser en souriant, l'amenant à lever les yeux et à lui rendre son sourire.

Les yeux du 3A étaient redevenus noisette.

Bon. Parfait. Il est allé aux chiottes pour les retirer avant de piquer un somme, puis il y est retourné pour les remettre. Je t'en prie, Janey ! Ne sois pas idiote.

Mais elle ne l'était pas. Il y avait là quelque chose qu'il lui était impossible de cerner, mais elle n'était pas idiote.

Il est trop pâle.

Et alors ? Il y a des tas de gens qui sont trop pâles, y compris ta propre mère depuis que sa vésicule déraille.

Il avait des yeux d'un bleu troublant — pas aussi mignons qu'avec les verres de contact noisette — mais troublants pour sûr. Alors, pourquoi s'être ruiné à en changer la couleur ?

Parce qu'il aime modeler son apparence. Ça ne te suffit pas comme explication ?

Non.

Peu avant le ATTACHEZ VOTRE CEINTURE et la contre-vérification finale, elle fit quelque chose qu'elle n'avait jamais fait auparavant. Et le fit en pensant à la vieille routière du ciel de l'école des hôtesses. Elle remplit de café brûlant une thermos qu'elle négligea de reboucher, n'en revissant qu'à peine le capuchon de plastique rouge.

Suzy Douglas annonçait l'approche de l'avion, expliquant aux bestiaux qu'ils allaient avoir à éteindre leur cigarette et à ranger leurs affaires, qu'un agent de la compagnie les réceptionnerait au sol, qu'il leur fallait vérifier s'ils avaient les pièces exigées pour débarquer aux États-Unis et qu'on allait passer ramasser tasses, verres et casques.

Bizarre qu'on n'ait pas à vérifier s'ils n'ont pas fait pipi dans leur culotte, s'étonna distraitement Jane. Elle avait son propre fil d'acier qui lui garrottait les entrailles.

— Prends mon tour, dit-elle à Suzy qui raccrochait le micro.

Le regard de Suzy monta se poser sur le visage de Jane après un bref arrêt sur la thermos.

— Ça ne va pas, Jane ? Tu es blanche comme un...

— Si, si, ça va. Prends mon tour. Je t'expliquerai quand tu reviendras. (Elle jeta un coup d'œil sur les strapontins près de la portière gauche.) J'ai envie de faire une balade en moto sur le siège arrière.

— Mais, Jane...

— Prends mon tour, c'est tout.

— Bon, fit Suzy. D'accord. Pas de problème.

Jane Dorning se laissa choir sur le strapontin qui jouxtait l'allée et négligea de s'attacher. Elle voulait garder sur la thermos un contrôle total et la tenait en conséquence à deux mains : pas question de la lâcher pour boucler le harnais.

Suzy doit se dire que je débloque.

Et elle espérait qu'il en fût ainsi.

Si le commandant McDonald n'atterrit pas en douceur, je suis bonne pour avoir des cloques partout sur les mains.

C'était un risque à courir.

L'avion perdait rapidement de l'altitude. Soudain, le 3A, le passager au teint pâle et aux yeux bicolores, se pencha pour extraire un sac de sous son siège.

Nous y sommes, se dit Jane. *C'est là-dedans qu'il transporte sa grenade ou son arme automatique ou je ne sais quoi.*

Et à l'instant où elle vit le sac, à cet instant précis, d'une main légèrement tremblante, elle dégagea de son pas de vis le capuchon de plastique rouge de la thermos. Il allait y avoir un petit copain d'Allah sacrément surpris de se retrouver par terre dans l'allée avec la figure ébouillantée.

Le 3A ouvrit son sac.

Jane se tint prête.

3

Le pistolero songea que cet homme, prisonnier ou non, était probablement plus doué pour le grand art de la survie que tous ceux qu'il voyait autour de lui dans la diligence du ciel. Les autres étaient dans l'ensemble du genre adipeux, et même ceux qui paraissaient jouir d'une forme physique acceptable s'associaient à quelque chose de relâché dans leurs traits, à des visages d'enfants gâtés, d'hommes qui finiraient par se battre mais pas avant d'avoir gémi et pleurniché pendant des siècles. Des gens dont on pouvait mettre les tripes à l'air sans que leur ultime expression trahît la rage ou la souffrance, rien que la surprise éberluée.

Le prisonnier était mieux... mais pas encore assez bon. Loin de là.

La soldate. Elle a vu quelque chose. Je ne sais pas quoi, mais ça ne lui a pas semblé normal. Elle a une façon bien particulière de le regarder.

Le prisonnier s'assit et se mit à feuilleter un livre à la couverture souple qu'il associait mentalement au mot canard (analogie qui échappa au pistolero et dont le décryptage lui parut sans intérêt). Roland n'avait aucune envie de regarder un livre d'images, si surprenants que fussent de tels objets. C'était la femme en uniforme qu'il voulait surveiller. Son désir de bondir au premier plan prendre les commandes ne cessait de croître, mais il se retint... du moins pour le moment.

Le prisonnier était allé quelque part et en rapportait une drogue. Pas celle qu'il prenait lui-même ni rien susceptible de combattre le poison dont se mourait le pistolero, mais une autre que les gens payaient à prix d'or parce qu'elle était illégale. Cette drogue, il allait la remettre à son frère qui, à son tour, la donnerait à un homme nommé Balazar. La transaction serait complète quand Balazar leur aurait remis la drogue qui les intéressait en échange de celle qu'ils lui apportaient... mais ce à la seule condition que le prisonnier s'acquittât correctement d'un rituel inconnu du pistolero (l'un de ces singuliers rituels dont un monde aussi étrange que celui-ci ne pouvait que regorger), un rituel auquel se référait l'expression Passer la Douane.

Mais cette femme l'a repéré.

Pouvait-elle l'empêcher de Passer la Douane ? Roland estima que la réponse était probablement affirmative. Et ensuite ? La détention, bien sûr. Et si son hôte moisissait au fond d'une cellule, il n'était plus question de trouver ce médicament dont son organisme infecté avait besoin.

Il lui faut Passer la Douane, se dit le pistolero. *Il le faut. Et il lui faut accompagner son frère chez ce Balazar. Ce n'est pas prévu dans leur plan et son frère ne va pas aimer ça, mais il le faut.*

Parce qu'un homme qui s'occupait de drogues avait de fortes chances de connaître — ou d'être lui-même — une personne apte à guérir les maladies. Quelqu'un qui pourrait percevoir ce qui n'allait pas et réussirait... peut-être...

Oui, il lui faut Passer la Douane, se dit le pistolero.

La réponse était si gigantesque, à ce point évidente et à sa portée qu'il faillit ne pas la voir. Si le Passage de la Douane s'annonçait difficile pour le prisonnier, c'était bien sûr à cause de cette drogue qu'il transportait. Il devait y avoir sur les lieux de la cérémonie une sorte d'Oracle que l'on consultait lorsqu'on avait affaire à des gens suspects. Dans les autres cas, comprit Roland, le Passage était la simplicité même, comme de franchir la frontière d'un pays ami dans son propre monde. Un simple geste — purement symbolique — d'allégeance au monarque de ce royaume suffisait pour y être admis.

Bon.

Se sachant en mesure d'emporter dans son univers des objets matériels appartenant à celui du prisonnier — le petit pain au thon l'avait prouvé —, il allait faire de même avec les sacs de drogue. Le prisonnier Passerait la Douane. Après quoi, Roland lui rendrait les sacs.

Mais le pourras-tu ?

Ah, question assez troublante pour lui faire oublier le spectacle de toute cette eau en bas : après avoir survolé ce qui semblait être un immense océan, ils venaient d'effectuer un virage en direction de la côte, et avec régularité, maintenant, les flots se rapprochaient. La diligence du ciel descendait (et au regard superficiel d'Eddie pour lequel ce spectacle était des plus ordinaires se superposait celui du pistolero, fasciné comme un enfant devant sa première neige). Oui, il pouvait emporter des choses de ce monde. Mais les rapporter ? Voilà qui restait à prouver.

Il plongea la main dans la poche du prisonnier, referma les doigts sur une pièce de monnaie.

Puis il refranchit la porte.

4

Les oiseaux s'envolèrent quand il se redressa. Cette fois, ils étaient prudemment restés à quelque distance. Il avait mal, se sentait vaseux, fiévreux... et néanmoins bien plus revigoré qu'il n'aurait pu s'y attendre après l'ingestion d'une aussi faible quantité de nourriture.

Il ouvrit la main et regarda la pièce qu'on aurait prise pour de l'argent si des reflets rougeâtres sur la tranche n'avaient trahi quelque métal plus vil. Elle était frappée au profil d'un homme dont les traits respiraient noblesse, courage et persévérance mais dont la coiffure, à la fois bouclée au-dessus de l'oreille et serrée en queue sur la nuque, suggérait un rien de coquetterie. Roland la retourna et, sur l'autre face, vit quelque chose qui lui arracha un cri étranglé.

Un aigle, le blason qui avait orné sa propre bannière dans ce passé déjà bien estompé où il y avait encore eu des royaumes et des bannières pour en être le symbole.

Le temps presse. Retourne là-bas. Vite.

Mais il s'attarda encore un moment : réfléchir dans cette tête présentait certaines difficultés — car si l'esprit du prisonnier était loin d'être clair, son crâne, temporairement du moins, offrait un cadre plus propice à la pensée que celui du pistolero.

Essayer de transporter la pièce dans les deux sens ne constituait qu'une moitié de l'expérience, non ?

Il prit une cartouche dans l'un des ceinturons et la serra contre la pièce au creux de sa paume.

Puis, une fois de plus, il franchit la porte.

5

La pièce du prisonnier était toujours là dans le double écrin de sa main et de sa poche. Roland n'eut pas à passer au premier plan pour vérifier ce qu'il en était de la cartouche : il savait qu'elle n'avait pas fait le voyage.

Il n'en bondit pas moins à l'avant, brièvement, parce qu'il lui fallait savoir quelque chose, voir quelque chose.

Aussi se retourna-t-il, comme pour rectifier la position du truc en papier qui garnissait le dossier de son siège (par tous les dieux qui avaient eu quelque existence, il y avait du papier partout dans ce monde !) et jeta un coup d'œil par la porte. Il vit son corps, de nouveau affalé à terre, mais avec un filet de sang frais qui coulait à présent d'une coupure à la joue — sans doute venait-il de se l'entailler sur un caillou.

La cartouche qu'il avait essayé d'emporter avec la pièce gisait sur le sable au pied de la porte.

La réponse était néanmoins satisfaisante. Le prisonnier allait pouvoir Passer la Douane. Leurs hommes du guet auraient beau le fouiller de la tête aux pieds, de la bouche au trou du cul...

... ils ne trouveraient rien.

Le pistolero se réinstalla confortablement chez son hôte, content de lui, et inconscient — du moins pour l'heure — de ce qu'il n'avait pas encore saisi toutes les dimensions du problème.

6

Le 727 effectua son approche en souplesse au-dessus des salines de Long Island, abandonnant derrière lui les traînées de suie du carburant consumé. Son train d'atterrissage descendit, grondement suivi d'un choc sourd.

7

Le 3A, celui qui avait deux couleurs d'yeux, se redressa et Jane lui vit entre les mains — vit pour de bon — un pistolet-mitrailleur au profil compact avant de s'apercevoir qu'il s'agissait seulement de la carte de déclaration en douane et d'une de ces petites pochettes qu'utilisent les hommes pour ranger leurs papiers.

L'avion se posa sur du velours.

Parcourue d'un frisson convulsif, Jane revissa complètement le capuchon de la thermos.

— Tu peux me traiter d'andouille, glissa-t-elle à Suzy tout en bouclant le harnais maintenant qu'il était trop tard. (Elle avait informé sa collègue de ses soupçons afin qu'elle se tînt prête.) Tu en as parfaitement le droit.

— Non, dit Suzy. Tu as fait ce qu'il fallait.

— J'en ai trop fait. Du coup, je suis bonne pour te payer le resto.

— Ça, tu n'y couperas pas. Mais arrête de le regarder. Regarde-moi. Et souris, Janey.

Jane sourit. Hocha la tête. Se demanda ce qui allait se passer maintenant.

— Tu regardais ses mains, reprit Suzy, puis elle rit et Jane se joignit à elle. Moi je regardais sa chemise quand il s'est baissé pour ouvrir son sac. Il a sous les bras de quoi approvisionner tout un rayon du Woolworth's. Sauf que ce n'est pas le genre d'article qu'on trouve en magasin, je crois.

Jane rejeta la tête en arrière et rit de nouveau, se faisant l'effet d'être une marionnette.

— Comment on s'y prend ?

Suzy était son aînée de cinq ans dans la carrière d'hôtesse et Jane — qui quelques instants auparavant avait estimé avoir la situation en main, du moins sur le mode désespéré — était à présent bien contente d'avoir Suzy près d'elle.

— Ça, ce n'est pas notre problème. Tu vas tout raconter au commandant pendant qu'on nous remorque. Il en parlera aux douanes. Ton petit copain va faire la queue comme tout le monde, sauf qu'à un moment donné des hommes vont le faire sortir du troupeau pour l'escorter jusqu'à une petite pièce. Et je crains que ce ne soit pour lui la première d'une très longue série de petites pièces.

— Seigneur !

Jane continuait de sourire mais elle était parcourue de frissons tour à tour brûlants et glacés.

Elle enfonça le bouton qui la libérait du harnais tandis que les rétrofreins commençaient à s'essouffler, tendit la thermos à Suzy, puis se leva et alla frapper à la porte du poste de pilotage.

Pas un terroriste mais un trafiquant de drogue. Merci, mon Dieu, pour cette petite aubaine. Pourtant, en un sens, c'était affreux. Elle l'avait trouvé mignon.

Pas très mignon mais un peu.

8

Dieu du ciel! Il ne s'est toujours aperçu de rien, songea le pistolero, rageur, dans un désespoir naissant.

Eddie s'était penché afin de prendre les papiers dont il avait besoin pour le rituel et, quand il avait relevé les yeux, la soldate le regardait, les yeux exorbités, les joues blanches comme le papier revêtant le dossier des sièges. Le tube d'argent au capuchon rouge que Roland avait d'abord pris pour une sorte de gourde lui faisait maintenant l'effet d'une arme. Elle tenait l'objet à hauteur de ses seins. Il se dit que, d'un instant à l'autre, elle allait le lancer ou en dévisser la coiffe et lui tirer dessus.

Puis il la vit se détendre et boucler son harnais bien qu'un choc sourd les eût tous avertis que la diligence du ciel s'était posée. Elle se tourna pour dire quelque chose à l'autre fille de l'armée qui s'était assise à côté d'elle et qui se mettait à présent à rire en hochant la tête. Mais si c'était là un rire franc, Roland voulait bien être un crapaud des rivières.

Il se demandait comment l'homme dans l'esprit duquel son *ka* de pistolero avait élu domicile pouvait être aussi bête. En partie à cause de ce qu'il se mettait dans le corps bien sûr... une des versions locales de l'herbe du diable. En partie seulement, car sans être stupide au même point que les autres, il pouvait se montrer inattentif et mou comme eux.

Ils sont ce qu'ils sont parce qu'ils vivent dans la lumière, se dit soudain le pistolero. *Cette lumière de la civilisation qu'on t'a appris à révérer par-dessus tout. Il vit dans un monde qui n'a pas changé.*

Si c'étaient là le type de citoyens qu'engendrait un tel monde, Roland n'était pas sûr de ne pas lui préférer celui des ténèbres. « Avant que le monde n'eût changé », disaient les gens de cet univers, et ils le disaient toujours sur un ton de poignante nostalgie... Mais peut-être s'agissait-il d'une tristesse absurde, irréfléchie.

Elle a cru que je/il avait l'intention de sortir une arme quand je/il s'est penché pour prendre les papiers. Quand elle les a vus, elle s'est détendue, a fait ce que tout le monde avait fait avant que la diligence ne touche le sol. Maintenant, elle et son amie sont en train de causer et de rire, mais leur expression — et particulièrement celle de la soldate qui tient le tube de métal — dit autre chose. Elles parlent, d'accord, mais elles ne font que semblant de rire... pour la simple raison que le sujet de leur conversation, c'est moi/lui.

Le véhicule céleste roulait à présent sur ce qui avait toutes les apparences d'une longue route cimentée. Si essentiellement rivée que fût son attention sur les deux femmes, le pistolero voyait çà et là du coin de l'œil d'autres diligences sur d'autres chaussées similaires. Certaines se traînaient, d'autres filaient à une vitesse incroyable — comme celle de projectiles jaillis d'un revolver ou d'un canon —, prenant leur élan pour bondir dans les airs. En dépit du tour critique pris par sa situation, une part de son être brûlait du désir de passer au premier plan et de tourner la tête pour suivre leur envol. C'étaient des machines de facture humaine, mais non moins fabuleuses que dans les histoires du Grand Plumeux qui était censé avoir vécu dans le lointain (et probablement légendaire) royaume de Garlan — peut-être même plus fabuleuses pour la simple raison que des hommes les avaient fabriquées.

La femme qui lui avait apporté le petit pain décrocha son harnais (et ce, moins d'une minute après l'avoir bouclé), puis se dirigea vers une petite porte. *C'est là qu'est le cocher,* se dit-il, mais quand la porte s'ouvrit et que la femme entra, il s'aperçut qu'il en fallait apparemment trois pour conduire la diligence du ciel. Le bref coup d'œil qu'il put jeter sur ce qui semblait être un bon million de cadrans, de manettes et de petites lumières suffit d'ailleurs à lui faire comprendre pourquoi.

Son hôte regardait tout ça mais ne voyait rien — Cort aurait commencé par l'accabler de sarcasmes avant de l'expédier contre le mur le plus proche. L'esprit du prisonnier était entièrement requis par l'extraction du sac de sous le siège, par l'acte de retirer une veste légère du placard ménagé dans le plafond... et par la perspective du rituel auquel il allait être confronté.

La soldate l'a d'abord pris pour un voleur ou pour un fou. Il a dû — ou peut-être est-ce moi... oui, c'est plus probable — faire quelque chose qui a éveillé ses soupçons. Ensuite, elle a changé d'avis. Puis l'autre femme l'a ramenée sur sa première impression... sauf que maintenant, à mon sens, elles savent précisément ce qui cloche. Oui, elles ont compris qu'il va tenter de profaner le rituel.

Et ce fut alors que, dans un éclair, il mesura toute l'ampleur du problème. Primo, le transfert des sacs dans son monde n'allait pas être aussi simple que celui de la pièce : celle-ci n'adhérait pas au corps du prisonnier, maintenue par cette lanière collante dont le jeune homme s'était entouré le torse pour se plaquer les sacs sur la peau. Et il y avait un secundo : son hôte n'avait pas remarqué la disparition temporaire d'une pièce parmi d'autres, mais quand il se rendrait compte que ce pour quoi il risquait sa vie s'était envolé, il allait à coup sûr se poser des questions.

Il était plus qu'envisageable qu'il se mît à agir de manière insensée, avec pour effet de l'expédier au fond d'une cellule aussi promptement que s'il avait été pris en flagrant délit de profanation. Le choc promettait d'être assez grave : de cette pure et simple disparition des sacs il allait probablement déduire qu'il venait de verser dans la démence.

La diligence du ciel — simple charrette à présent qu'elle roulait sur le sol — se traîna dans un virage à gauche. Roland prit conscience de ne pouvoir s'offrir le luxe de pousser plus loin ses réflexions. Il lui fallait dépasser ce stade d'observateur à l'avant-plan. Il devait entrer en contact avec Eddie Dean.

Immédiatement.

9

Eddie rangea sa carte de déclaration en douane et son passeport à portée de main dans la poche de sa chemise. Le fil d'acier s'enroulait régulièrement autour de ses tripes, mordant de plus en plus profond, jusqu'à faire grésiller ses nerfs d'étincelles. Et soudain, dans sa tête, une voix parla.

Pas une pensée, une voix.

Écoute-moi, l'ami. Écoute-moi bien. Et si tu ne veux pas que ça tourne à la catastrophe, tâche de rien laisser paraître qui puisse accroître les soupçons des deux soldates. Elles n'en ont déjà que trop.

Eddie commença par se dire qu'il avait oublié d'enlever le casque fourni par la compagnie et qu'il y recevait par erreur quelque message venu du poste de pilotage. Puis il se rappela qu'une hôtesse était passée ramasser les écouteurs cinq minutes auparavant.

Sa deuxième explication fut qu'il y avait quelqu'un debout à côté de lui en train de parler. Il faillit tourner brusquement la tête mais se retint : c'était absurde. La simple vérité, qu'elle lui plût ou non, était que cette voix résonnait à l'intérieur de son crâne.

Mais peut-être s'agissait-il effectivement d'une interférence d'ondes AM, FM ou VHF captées par les plombages de ses molaires. Il avait entendu dire que de telles...

Tiens-toi droit, larve ! Ces femmes sont déjà assez méfiantes sans que tu aies par-dessus le marché l'air d'un vrai dingue.

Eddie se redressa d'un bloc comme s'il venait d'être frappé. Ce n'était pas la voix de Henry mais il y avait perçu une étonnante ressemblance avec celle de son frère, du temps où ils n'étaient que deux gosses grandissant au pied des HLM de la Cité. Deux garçons avec huit ans d'écart et dont la sœur — après avoir tenu la moyenne entre eux — n'avait désormais place que dans leurs souvenirs. Selina s'était fait écraser alors qu'Eddie avait deux ans et Henry dix. Ce ton âpre, péremptoire, explosait chaque fois que le grand frère voyait son cadet faire quelque chose susceptible de mal se terminer et de le faire se retrouver au fond d'une caisse de sapin bien avant l'heure... comme Selina.

Mais, bordel de merde, qu'est-ce qui se passe ?

D'abord, dis-toi bien que tu n'entends pas des voix, répondit la voix dans sa tête. Définitivement pas celle de Henry : plus âgée, plus sèche... plus forte. Mais très proche quand même de celle de son grand frère... Impossible de ne pas l'écouter. *Tu n'es pas en train de devenir fou. Je suis une autre personne.*

C'est de la télépathie ?

Eddie était vaguement conscient de conserver un visage totalement inexpressif. Il se dit que, vu les circonstances, cela aurait pu lui valoir l'Oscar du meilleur acteur. Il jeta un coup d'œil par le hublot et vit que l'avion se rapprochait du corps de bâtiments réservé à la compagnie Delta.

Je ne connais pas ce mot. Mais ce que je sais, c'est que les deux soldates sont au courant de ce que tu as sur toi...

Il y eut un temps d'arrêt. Une sensation — étrange, inexprimable — de doigts immatériels compulsant son cerveau comme s'il était un fichier vivant.

... de l'héroïne ou de la cocaïne. Impossible de préciser, sinon... oui, sinon que ce doit être de la cocaïne parce que tu n'en prends pas, tu ne fais qu'en transporter pour payer ce que tu consommes.

— Quelles soldates ? marmonna Eddie entre ses dents sans s'apercevoir qu'il parlait tout haut. Qu'est-ce que vous êtes en train de me raconter comme co...

De nouveau cette impression de recevoir une gifle... si nette qu'il en garda des tintements dans les oreilles.

Tu vas la fermer, connard !

Ouais, ouais, OK !

Et encore une fois ces doigts qui farfouillaient.

Les cantinières, reprit la voix de l'autre. *Tu vois ce que je veux dire ? Je n'ai pas le temps d'étudier tes pensées en détail, prisonnier.*

Qu'est-ce qui vous... commença Eddie, puis il se tut. *Pourquoi vous m'appelez comme ça ?*

Laisse tomber. Tu m'écoutes, c'est tout. On n'a vraiment pas le temps. Ces cantinières ont tout compris. Elles savent que tu as cette cocaïne.

Ridicule ! Comment pourraient-elles le savoir ?

J'ignore comment elles en ont eu connaissance, et d'ailleurs, peu importe. L'une d'elles est allée le dire aux cochers. Les cochers vont le répéter aux prêtres qui président à cette cérémonie : le Passage de la Douane...

La langue dans laquelle s'exprimait la voix tenait du mystère avec ses termes si décalés qu'ils en étaient presque charmants... mais le sens qu'ils véhiculaient n'en était pas moins net, massif et clair. Même si rien ne transparut sur ses traits, Eddie sentit ses dents se verrouiller dans un claquement douloureux et filtrer une petite inspiration brûlante.

La voix lui disait qu'il avait perdu la partie. Il était encore dans l'avion et il avait déjà perdu la partie.

Mais non, ce n'était pas vrai. Ça ne pouvait pas être vrai. C'était juste dans sa tête, un petit numéro de paranoïa qu'il se jouait *in extremis*. Suffisait de ne pas y faire attention. Voilà, il n'allait pas y faire attention et ça pass...

Tu vas y faire attention, sinon tu iras en prison et moi je mourrai ! rugit la voix.

Mais, au nom du ciel, qui êtes-vous ? demanda Eddie, de mauvaise grâce, la peur au ventre.

Et dans sa tête il entendit quelqu'un ou quelque chose exhaler un soupir de soulagement.

10

Il y croit, pensa le pistolero. *Que soient remerciés tous les dieux qui ont ou eurent jamais quelque existence : il y croit.*

11

L'appareil s'immobilisa. L'ordre d'attacher sa ceinture s'éteignit. La passerelle vint s'appliquer dans un choc amorti contre la porte avant.

Ils étaient arrivés.

12

Il y a un endroit où tu peux mettre ce que tu as pendant que tu t'acquittes du Passage de la Douane, dit la voix. *Un endroit sûr. Ensuite, après la cérémonie, tu pourras le récupérer pour le porter à ce Balazar.*

Les gens se levaient à présent, sortaient leurs affaires des coffres qui les surplombaient, s'arrangeant au mieux de vêtements qu'il faisait trop chaud pour porter à l'extérieur — du moins s'il fallait en croire l'annonce faite par les pilotes.

Ramasse ton sac et prends ta veste. Puis retourne dans les latrines.

Les lat...

Ah, oui. Les toilettes, les gogues.

S'ils sont persuadés que j'ai de la dope, ils vont croire que j'essaie de m'en débarrasser.

Eddie comprenait toutefois que ce point n'avait guère d'importance. Personne n'irait enfoncer la porte au risque de déclencher une panique chez les passagers. Et il était exclu de pouvoir jeter un kilo de poudre dans des WC d'avion sans laisser de trace. À moins que la voix n'ait pas menti, qu'il existât un endroit sûr. *Mais comment serait-ce possible ?*

Laisse tomber. Remue-toi.

Eddie se remua. Parce qu'il avait fini par prendre conscience de la situation. Bien sûr, il ne voyait pas tout ce que Roland décelait de par ses années d'expérience et cet entraînement où s'étaient mêlées torture et précision, mais il voyait le personnel, voyait les vrais visages derrière les sourires et les serviables restitutions aux passagers des bagages déposés à l'entrée. Il remarquait la manière dont, sans cesse, leurs yeux voletaient pour venir se poser sur lui, furtivement, comme pour mieux l'aiguillonner.

Il prit son sac, sa veste. On avait ouvert la porte donnant sur la passerelle et les gens commençaient à remonter l'allée. La porte de la cabine de pilotage s'était également ouverte et le commandant se tenait sur le seuil, souriant, bien sûr... mais dévisageant aussi les passagers de première classe qui en étaient encore à rassembler leurs affaires, le repérant soudain — non, le prenant pour cible —, puis regardant ailleurs, adressant un signe de tête à quelqu'un, ébouriffant au passage les cheveux d'un gamin.

Eddie était parfaitement froid maintenant. Pas en manque, froid tout court. Froid... c'était parfois très bien. Il fallait seulement faire attention de ne pas en arriver à geler sur place.

Il avança, remonta jusqu'au point où un virage à gauche allait l'engager sur la passerelle, puis porta soudain la main à sa bouche.

— Oh, je ne me sens pas bien, marmonna-t-il. Pardon.

Il repoussa la porte de la cabine de pilotage qui, sur sa droite, lui barrait en partie l'accès des toilettes et ouvrit la porte de ces dernières.

— Je crains que vous n'ayez à quitter l'appareil, lui fit sèchement remarquer le pilote alors qu'il avait déjà un pied dans les WC. Vous n'êtes...

— Je crois que je vais vomir, et je ne tiens pas à ce que ce soit sur vos chaussures, rétorqua Eddie. Ni sur les miennes.

Une seconde plus tard, il était à l'intérieur, loquet rabattu. Le commandant parlait toujours. Eddie ne comprenait pas ce qu'il disait, ne voulait pas le savoir. Mais c'étaient des mots et non des cris, et cela seul comptait. Il ne s'était pas trompé : personne n'allait se mettre à hurler avec peut-être deux cent cinquante passagers qui attendaient de débarquer par cette unique porte à l'avant. Ainsi enfermé dans les toilettes, il ne risquait rien pour un temps... mais en était-il plus avancé ?

Si vous êtes toujours là, pensa-t-il, *vous feriez mieux de faire quelque chose au plus vite, qui que vous soyez.*

L'espace d'un épouvantable instant, il n'y eut rien, rien du tout. Ce fut très court, mais ça parut néanmoins s'étirer presque à l'infini dans sa tête, comme ces rubans de guimauve que Henry lui payait parfois l'été quand ils étaient gosses. Faisait-il des bêtises que son frère le battait comme plâtre, était-il sage qu'il lui payait des guimauves. C'était ainsi que Henry assumait le surcroît de responsabilités que lui apportaient les grandes vacances.

Ô mon Dieu, ô Seigneur, j'ai tout inventé. Comment ai-je pu me mettre à débloq...

Tiens-toi prêt, fit la voix, sévère. *Je ne peux pas faire ça tout seul. Je sais monter au premier plan mais il m'est impossible de te faire traverser. Tu vas devoir effectuer la manœuvre avec moi. Tourne-toi.*

La vue d'Eddie se retrouva soudain véhiculée par deux paires d'yeux, et ses sensations gouvernées par deux arborescences nerveuses (mais tous les nerfs de l'étranger n'étaient pas là, une partie de ce corps manquait — mutilation toute fraîche qui hurlait sa souffrance), appréhendant le monde par dix sens, pensant avec deux cerveaux, le sang fusant dans ses artères au rythme d'un double cœur.

Il se tourna et découvrit une ouverture découpée dans la cloison, quelque chose qui ressemblait à une porte, donnant sur une grève de gros sable gris, sur les rouleaux pisseux qui s'y brisaient.

Et ces vagues, il les entendait.

Comme il avait dans les narines cette senteur saline aussi amère que des larmes.

Passe.

On frappait à la porte des toilettes, on lui disait de sortir, qu'il devait immédiatement quitter l'appareil.

Mais vas-y, merde !

Eddie franchit le seuil en maugréant... perdit l'équilibre et tomba dans un autre monde.

13

Il se releva lentement, conscient de s'être entaillé la paume sur un fragment de coquillage. Il regarda bêtement le sang suivre sa ligne de vie, puis vit sur sa droite un autre homme se redresser avec une égale lenteur.

Il eut un mouvement de recul, son vertige soudain supplanté par l'âpre dard de la terreur : ce type était mort et ne le savait pas. Un visage émacié, la peau tendue sur les os comme des bandelettes dont on aurait si étroitement enveloppé une structure métallique que le tissu menaçait de se déchirer aux angles. Peau livide hormis les touches de rouge que la fièvre avait plaquées haut sur les pommettes, de part et d'autre du cou sous la ligne des mâchoires, et entre les deux yeux. Marque isolée, circulaire, pareille à l'enfantine imitation de quelque symbole d'une caste hindoue.

Mais un regard qui niait la mort — bleu, solide, équilibré —, plein d'une extraordinaire et opiniâtre vitalité. Il était vêtu de sombre, d'une sorte de cotonnade artisanale. Une chemise aux manches retroussées, dont le noir achevait de tourner au gris, et un pantalon de type jean. Deux ceintures d'armes s'y entrecroisaient, suspendues à ses hanches, mais leurs alvéoles étaient presque toutes vides. Ce qui dépassait des étuis ressemblait à des 45 — mais d'un modèle d'une incroyable antiquité. Le bois lisse de leurs plaquettes de crosse semblait suinter ses propres luisances.

Eddie, qui ne se savait nulle intention de parler — ni rien à dire — s'entendit néanmoins demander :

— Vous êtes un fantôme ?

— Non, pas encore, croassa l'homme aux pistolets. Allez, vite. L'herbe du diable. La cocaïne. Enlève ta chemise.

— Votre bras...

Eddie venait de découvrir sur le bras droit de cet homme — lequel lui semblait appartenir à cette extravagante espèce de pistolero qui ne se rencontre que dans les westerns spaghetti — un réseau de sinistres lignes écarlates. Il en connaissait le sens. Elles étaient le symptôme d'un empoisonnement du sang. Elles disaient que le diable ne se contentait pas de vous courir au cul, qu'il remontait déjà les égouts vers vos pompes centrales.

— Ne t'occupe pas de mon putain de bras ! claqua la voix du spectral personnage. Retire ta chemise et débarrasse-toi de ce qu'il y a dessous.

Eddie entendait les vagues, avait dans les oreilles le sifflement esseulé d'un vent ignorant tout obstacle. Il voyait ce fou à l'agonie et rien d'autre, autour, qu'un décor désolé. Tout en continuant de percevoir derrière lui le murmure des passagers quittant l'appareil, tandis que les coups sourds, réguliers se fracassaient toujours contre la porte des toilettes.

— Mr. Dean ! (*Cette voix... elle vient d'un autre monde*, se dit-il, n'en doutant pas vraiment, tentant seulement de se l'enfoncer dans le crâne comme si c'était un clou à planter dans une bille d'acajou.) Il faut absolument que vous...

— Laisse tomber, tu verras ça plus tard, grinça le pistolero.

Tu ne comprends donc pas qu'ici je suis obligé de parler. Que ça fait mal ! Et puis qu'il n'y a pas de temps à perdre, espèce de crétin.

Il y avait des gens qu'Eddie aurait tués sur place pour l'avoir insulté de cette manière... Mais il avait dans l'idée que tuer cet homme présentait quelques difficultés, même si son état semblait appeler cet acte comme un service à lui rendre.

Il ne lisait pourtant que sincérité dans ces yeux bleus : toute question se dissolvant, s'annulant sous leur regard intense.

Il commença de déboutonner sa chemise. Sa première impulsion avait été de l'arracher, comme Clark Kent quand Lois Lane est attachée en travers des rails ou quelque chose de la même veine, mais ce genre d'agissement ne valait rien dans la vie de tous les jours : on se retrouvait avec des boutons dont, tôt ou tard, il fallait expliquer l'absence. Il les fit donc glisser un par un hors des boutonnières alors que, dans son dos, le tambourinement s'obstinait.

Puis il la retira, révélant les bandes de sparadrap qui bardaient son torse et lui donnaient l'aspect d'un type qu'on soigne pour des côtes salement fracturées.

Il jeta un coup d'œil derrière lui et vit une porte béante... dont le battant avait creusé une forme en éventail dans le sable gris de la plage quand quelqu'un — le mourant sans doute — l'avait ouvert. Au-delà, il reconnaissait les toilettes de l'avion, le lavabo, la glace... et le visage qui s'y reflétait, son visage, ses cheveux noirs qui lui tombaient sur le front au-dessus de ses yeux noisette. À l'arrière-plan, il voyait le pistolero, la grève à l'infini et des oiseaux de mer qui piaillaient en se disputant Dieu sait quoi.

Il palpa les épaisseurs de sparadrap, se demandant par où commencer, comment trouver un bout sur lequel tirer, se sentant alors envahi par une forme hébétée de désespoir. Ce que doit éprouver le cerf ou le lapin qui, traversant une route de campagne et parvenu au beau milieu, ne tourne la tête que pour être cloué par l'éblouissement des phares qui se ruent sur lui.

Enrouler la bande avait pris vingt minutes à William Wilson, l'homme dont Edgar Poe avait immortalisé le nom. Il allait s'en écouler cinq — sept au mieux — avant qu'ils ne se décident à forcer la porte des toilettes.

— Impossible de retirer cette saleté, dit-il à l'homme qui

chancelait en face de lui. Je ne sais ni qui vous êtes ni où je suis, mais je peux vous dire que ce sera bien trop long pour le temps dont nous disposons.

14

Deere, le copilote, suggéra au commandant McDonald de renoncer à tambouriner à la porte quand son supérieur, devant l'absence de réponse du 3A, entreprit d'exprimer ainsi sa frustration.

— Où voulez-vous qu'il aille ? demanda-t-il. Que peut-il faire ? Sauter dans la cuvette et tirer la chasse ? Il est beaucoup trop gros.

— Mais s'il passe de la... commença McDonald.

Deere — qui, pour sa part, se permettait un usage plus qu'occasionnel de la cocaïne — l'interrompit :

— S'il en passe, c'est un bon paquet. Il ne pourra pas s'en débarrasser comme ça.

— On n'a qu'à couper l'eau, fit le commandant.

— C'est déjà fait, rétorqua le copilote (qui, à l'occasion, se permettait également d'outrepasser ses fonctions). Mais je ne crois pas que ça change grand-chose. On peut dissoudre ce qui va dans les cuves, mais il est impossible de faire que ça n'y soit pas. (Ils étaient agglutinés contre la porte des toilettes — nargués par l'éclat du mot OCCUPÉ dans son petit rectangle — et chuchotaient presque.) Les types de la DEA vont vider la cuvette, prélever un échantillon, l'analyser... et le gars sera coincé.

— Il pourra soutenir qu'un autre est passé avant lui pour s'en débarrasser, fit remarquer McDonald dont la voix se teintait de nervosité.

Il n'avait pas envie d'épiloguer sur la situation, il voulait y répondre, brûlait d'agir, tout en restant intensément conscient que le troupeau de voyageurs n'avait pas encore évacué l'appareil et que bon nombre coulaient des regards plus que simplement curieux vers cet anormal congrès de l'équipage à proximité des toilettes. Pour sa part, ledit équipage était intensément conscient qu'une action — mettons par trop manifeste —

risquait de réveiller le terroriste tapi de nos jours au fond de chaque passager. McDonald savait que son navigateur et son mécanicien de bord étaient dans le vrai, que la came avait de fortes chances de rester dans ses sacs en plastique marqués des empreintes du connard, mais il n'en sentait pas moins les sirènes d'alarme se déclencher en lui. Quelque chose clochait dans toute cette histoire. Quelque chose ne cessait de lui répéter : *Vite ! Vite !* comme si le 3A était un joueur professionnel aux manches farcies d'as et sur le point de les abattre.

— En tout cas, il n'essaie pas de tirer la chasse, intervint l'une des hôtesses, Suzy Douglas. Même pas d'ouvrir les robinets du lavabo. On les entendrait pomper l'air s'il le faisait. J'entends bien quelque chose mais...

— Vous pouvez descendre, lui intima sèchement McDonald avant de reporter son regard sur Jane Dorning. Vous aussi. On va prendre les choses en main.

Alors que Jane, les joues en feu, s'apprêtait à obéir, Suzy dit tranquillement :

— C'est Jane qui l'a repéré, et puis c'est moi qui ai vu les grosseurs sous sa chemise. Aussi allons-nous rester, je crois, commandant McDonald. Si vous voulez nous coller un rapport pour insubordination, libre à vous. Mais je tiens à vous rappeler le risque de saboter le travail de la DEA sur ce qui pourrait être un énorme coup de filet.

Leurs yeux se verrouillèrent dans des gerbes d'étincelles.

— Ce doit être au moins le soixante-dixième voyage que je fais avec vous, Mac, reprit Suzy. Ce que j'en dis, c'est par amitié.

Le commandant la regarda encore un moment puis hocha la tête.

— Bon, vous pouvez rester... à condition de vous reculer l'une et l'autre.

Il se dressa sur la pointe des pieds pour regarder où en étaient les passagers. Les derniers franchissaient la séparation entre classe touriste et classe affaires. Deux minutes encore, trois peut-être.

Il reporta son attention sur l'entrée de la passerelle où un agent de la compagnie censé surveiller le débarquement observait en fait l'étrange groupe qu'ils formaient près de la porte des WC. L'homme devait avoir senti un problème de quelque nature ; il avait sorti son talkie-walkie de l'étui et le tenait à la main.

— Allez lui dire que je veux des types de la police des frontières, glissa tranquillement McDonald au navigateur. Armés. Trois ou quatre. Et tout de suite.

Le navigateur se fraya un chemin dans la file, s'excusant d'un grand sourire, puis tranquillement parla à l'agent qui, portant le talkie-walkie à ses lèvres, parla tout aussi tranquillement dedans.

McDonald — qui, de sa vie entière, ne s'était jamais rien introduit dans l'organisme de plus fort que de l'aspirine, et encore, de loin en loin — se tourna vers Deere. Ses lèvres s'étaient pincées en une mince et livide cicatrice.

— Dès qu'ils seront tous dehors, on enfonce cette putain de porte de chiottes, dit-il. Que les flics soient là ou non. Compris ?

— Cinq sur cinq, fit Deere, et il regarda le bout de la file atteindre enfin la première classe en piétinant.

15

— Prends mon couteau, dit le pistolero, là, dans ma bourse.

Il montra sur le sable un sac de cuir craquelé. Plus un paquetage qu'une bourse, le genre de truc qu'on s'attend à voir sur le Sentier de Grande Randonnée des Appalaches, trimballé par des hippies se shootant aux fleurs et aux petits oiseaux (avec, peut-être, çà et là, l'aide d'un pétard bien dosé), à la différence que celui-ci avait l'air vrai, pas un accessoire pour quelque fumeuse et narcissique image de soi ; un sac qui avait voyagé dur — dans le désespoir, peut-être — sur des années et des années.

Il le montra, mais pas du doigt. Ne pouvait pas. Eddie s'aperçut que l'homme avait la main droite enroulée dans un chiffon sale, un lambeau de sa chemise. Il en manquait une partie.

— Prends-le et taille dans la bande. Tâche de ne pas te couper. Faut que tu sois prudent, mais que tu fasses vite aussi. On n'a pas beaucoup de temps.

— Je sais, dit Eddie.

Il s'agenouilla. Rien de tout cela n'était réel. Voilà, elle était là la réponse. Comme aurait dit le grand sage & éminent junkie,

Henry Dean : Flip-flop, hippety-top, offa your rocker and over the top, la vie est un songe, le monde un mensonge, mets donc un Creedence et envoyons-nous en l'air.

Rien de tout cela n'était réel. Il avait piqué du nez, tout simplement, voyageait avec un extraordinaire réalisme. Le mieux était de se coucher sur la monture, de se laisser porter par le courant.

Sûr... des plus réalistes, ce voyage. Il tendit la main vers la fermeture Éclair — ou peut-être était-ce une bande Velcro — quand il s'aperçut que des lanières de peau brute entrecroisées fermaient en fait la sacoche de l'homme. Certaines, cassées, avaient été soigneusement renouées, assez serré pour continuer de passer dans les œillets.

Il dégagea les lanières, élargit l'ouverture du sac et trouva ce qu'il cherchait sous un paquet vaguement humide : des balles emmaillotées dans un autre morceau de chemise. Le manche seul du couteau eut de quoi lui couper le souffle... l'authentique nuance blanc-gris de l'argent massif y était gravée d'une complexe série de dessins qui accrochaient l'œil, le fascinaient...

Une douleur lui explosa dans l'oreille, vrilla son crâne de part en part, souleva momentanément dans son champ de vision une bouffée de brouillard rouge. Il s'effondra sur le sac entrouvert et heurta le sable alors que son regard remontait des bottes raccourcies de l'homme à ses traits livides. Non, pas un voyage. Les yeux bleus qui le foudroyaient dans ce visage à l'agonie étaient pure vérité.

— Tu t'extasieras plus tard, prisonnier, dit le pistolero. Pour l'heure, tu t'en sers et c'est tout.

Eddie sentait son oreille palpiter et s'enfler.

— Pourquoi vous m'appelez toujours comme ça ?

— Occupe-toi de la bande. S'ils déboulent dans ces latrines alors que tu es encore ici, j'ai bien l'impression que tu vas y rester un bout de temps. Et, sous peu, en compagnie d'un cadavre.

Eddie tira le couteau de sa gaine. Il n'était pas simplement vieux, ni même ancien ; il remontait au déluge. Sa lame, affilée au point de disparaître ou presque si on la regardait sous un certain angle, semblait être le temps fait métal.

— Ouais, il a l'air de bien couper, dit-il, et sa voix n'avait rien d'assuré.

16

Les derniers passagers abordaient la passerelle. Dans leur nombre, il y eut une vieille dame d'environ soixante-dix étés — avec cette charmante expression perdue que seuls savent apparemment revêtir ceux qui, trop avancés en âge, prennent l'avion pour la première fois. Elle s'arrêta pour montrer ses billets à Jane.

— Je continue sur Montréal, dit-elle. Comment vais-je faire pour trouver mon avion ? Et mes bagages ? Doit-on passer la douane ici ou là-bas ?

— Vous avez à l'entrée de la passerelle un de nos agents qui vous donnera toutes les informations nécessaires, madame, lui fut-il répondu.

— Je ne vois pas ce qui vous empêche de me les donner vous-même, rétorqua-t-elle. Cette passerelle — comme vous dites — est toujours pleine de monde.

— Je vous en prie, madame, veuillez avancer, fit le commandant McDonald. Nous avons un problème.

— Bon, excusez-moi d'être encore en vie, persifla la vieille dame. J'ai dû rater le corbillard.

Et elle passa devant eux le nez dressé comme le museau d'un chien flairant un feu dans la distance, une main crispée sur la poignée de son espèce de cabas, l'autre sur la pochette où étaient rangés ses billets (il en dépassait tant de talons de cartes d'embarquement qu'on était tenté de la croire venue de l'autre bout du monde en changant d'avion à chaque escale).

— Voilà une cliente qui risque de jamais remonter à bord d'un long-courrier de notre compagnie, commenta Suzy.

— Elle déciderait de voyager dans le slip de Superman, coincée entre ses roubignoles, que je n'en aurais rien à foutre, décréta McDonald. Ils sont tous sortis ?

Jane bondit, survolant du regard les sièges de la classe affaires, puis passa la tête côté touriste. Tout aussi désert.

Elle retourna vers les autres et confirma que l'appareil était vide.

McDonald se tourna vers la passerelle. Il vit deux types en

uniforme qui se frayaient un chemin dans la foule — s'excusant, certes, mais sans un regard pour ceux qu'ils bousculaient. Leur dernière victime fut la vieille dame. Sa pochette lui échappa et les papiers volèrent et s'éparpillèrent alors qu'elle poursuivait les coupables de ses cris de corneille en colère.

— Parfait, dit McDonald. Pas plus loin, les gars.

— Mais, commandant, nous sommes des douaniers fédéraux...

— Je sais, et c'est moi qui vous ai appelés. Je vous félicite d'être arrivés si vite. N'empêche que vous allez rester où vous êtes parce que c'est mon avion et que le mec qui s'est enfermé là-dedans fait encore partie de mon cheptel. Une fois qu'il aura mis le pied sur la passerelle, ça sera votre bestiau, et vous pourrez l'accommoder à la sauce qui vous plaira. (Il se tourna vers Deere, hochant la tête.) Bon, je donne encore à ce salopard une dernière chance puis on enfonce la porte.

— Ça me va, fit Deere.

Le commandant cogna de nouveau sur la porte du plat de la main et hurla :

— Sortez, l'ami ! Y en a marre de vous le demander.

Pas de réponse.

— OK, conclut McDonald. Allons-y.

17

Eddie entendit comme de très loin la voix d'une vieille dame : « Bon, excusez-moi d'être encore en vie, disait-elle. J'ai dû rater le corbillard. »

Il avait déjà cisaillé la moitié du bandage mais cette voix le fit sursauter. Un filet de sang lui coulait maintenant sur le ventre.

— Merde.

— Pas le temps de s'en occuper, croassa le pistolero. Termine. À moins que la vue du sang ne te rende malade.

— Seulement quand c'est le mien, cracha Eddie.

Le corset de sparadrap démarrait juste au-dessus de son ventre. Plus il montait, plus il devenait ardu de suivre la lame des yeux. Il tailla encore une dizaine de centimètres et faillit à nouveau se couper en entendant le « Parfait. Pas plus loin, les gars » de McDonald aux douaniers.

— Je peux terminer et, qui sait, m'ouvrir la gorge, ou alors vous pouvez essayer, dit-il. Je ne vois pas ce que je fais. J'ai mon putain de menton qui me gêne.

Le pistolero prit le couteau. Il le prit de la main gauche et cette main tremblait. Voir trembler cette lame au fil suicidaire rendit Eddie nerveux à l'extrême.

— Je ferais peut-être mieux...

— Attends.

Le pistolero riva les yeux sur sa main. Eddie n'avait jamais nié l'existence de la télépathie mais il n'y avait jamais vraiment cru non plus. Il n'en restait pas moins qu'il sentait quelque chose maintenant, quelque chose d'aussi réel, d'aussi palpable que la chaleur émanant d'un four. Quelques secondes après, il comprit : c'était la volonté de cet homme étrange qui se concentrait.

Comment peut-il être mourant si je suis à ce point sensible à l'énergie qu'il dégage ?

Le tremblement décrut. La main ne fit bientôt plus que frémir. Quelques secondes encore, dix au plus, elle était ferme et solide comme un roc.

— Bien, dit le pistolero.

Il s'approcha, leva le couteau. Eddie sentit se dégager une autre chaleur, moite et rance.

— Vous êtes gaucher ?

— Non.

— Mon Dieu ! fit Eddie.

Puis il tabla sur l'espoir de se sentir mieux s'il fermait un moment les yeux. L'âpre chuintement des deux plaques d'adhésif qui se séparaient lui emplit les oreilles.

— Voilà, dit le pistolero. (Il fit un pas en arrière.) Maintenant, arrache ça en le lançant aussi loin que tu peux. Je m'occupe du dos.

Fini les petits coups polis à la porte des toilettes. C'étaient des poings rageurs, désormais. *La chiasse !* se dit Eddie. *Sûr qu'il n'y a plus un passager dans l'avion, alors adieu les bonnes manières.*

— Sortez, l'ami ! Y en a marre de vous le demander.

— Tire, gronda le pistolero.

Eddie prit un pan du bandage dans chaque main et tira de

toutes ses forces. Ça fit mal, mal en diable. *Arrête de chialer. Ça pourrait être pire. Imagine que tu aies du poil sur la poitrine comme Henry.*

Il baissa les yeux et se découvrit en travers du sternum une zone à vif large d'environ vingt centimètres. Juste au-dessus de son plexus solaire, il vit l'endroit où il s'était blessé. Le sang s'y accumulait dans une fossette avant de rouler jusqu'à son nombril. Quant aux paquets de coke, ils pendaient à présent sous ses aisselles tels des sacs de selle mal arrimés.

« OK, fit la voix derrière la porte, s'adressant à quelqu'un d'autre. À... »

La suite se perdit dans l'inattendu raz de marée de souffrance qui lui déferla sur le dos quand le pistolero lui arracha sans ménagement le reste du corset.

Il se mordit les lèvres pour ne pas hurler.

— Remets ta chemise. (Le visage du pistolero d'une pâleur qu'Eddie n'aurait jamais crue possible chez un homme encore en vie — avait carrément viré au gris des cendres froides ; le corset, dans sa main gauche, était devenu un enchevêtrement poisseux, méconnaissable, qu'il jeta. Eddie vit sourdre une auréole de sang frais au travers du bandage improvisé de la main droite.) Vite.

Un coup sourd retentit. Plus rien d'une demande, même exigeante, d'être admis dans les toilettes. Eddie se retourna pour y voir le signal lumineux clignoter, la porte vibrer. Ils allaient l'enfoncer.

Il reprit sa chemise avec des doigts qui brusquement lui parurent trop gourds, trop gros. La manche gauche s'était retournée. Il tenta de la forcer, s'y coinça la main et s'en dégagea si violemment qu'il ramena la manche à son état initial.

Boum... une deuxième secousse ébranla la porte des WC.

— Dieu, comment peux-tu être si maladroit ? gémit le pistolero, enfonçant à son tour le poing dans la manche récalcitrante.

Eddie eut la présence d'esprit d'en retenir le poignet à l'instant où son nouveau compagnon retirait son bras. Maintenant, ce dernier lui tenait sa chemise comme un majordome le manteau de son maître. Eddie l'enfila et ses mains cherchèrent le premier bouton du bas.

— Pas encore, aboya le pistolero. (Il arracha un autre morceau de sa propre chemise déjà bien défigurée.) Essuie-toi.

Eddie fit de son mieux. La fossette où le couteau avait accroché la peau continuait à se remplir de sang. Une lame se devait d'être aiguisée, d'accord, mais il y avait des limites.

Il jeta le tampon maculé de sang et boutonna sa chemise.

Boum. Cette fois, la porte ne fit pas que trembler, elle se déforma dans son cadre. Un coup d'œil à travers la porte de la plage permit à Eddie d'assister à la chute du flacon de savon liquide posé près du lavabo et de le voir atterrir sur son sac.

Il avait eu l'intention de fourrer vite fait dans son pantalon les pans de sa chemise, laquelle était désormais boutonnée... et correctement, par miracle. Soudain, traversé par une meilleure idée, il dégrafa sa ceinture.

— Non ! Ça, on n'a pas le temps ! (Le pistolero qui avait voulu crier s'en découvrit incapable.) Encore un choc et cette porte va céder.

— Je sais ce que je fais, dit Eddie, espérant le savoir vraiment.

Puis, alors qu'il refranchissait la porte entre les mondes, il baissa la fermeture Éclair de sa braguette.

Au bout d'un court instant d'atroce et radical désespoir, le pistolero l'y suivit, en chair et en os un moment — chair envahie de souffrance —, pour ne plus devenir, à sa suite, qu'un *Ka* détaché dans le cerveau d'Eddie.

18

— Encore une fois, dit McDonald, et Deere hocha la tête.

Maintenant qu'il n'y avait plus un passager, non seulement dans l'avion mais sur la passerelle, les types des douanes avaient sorti leurs armes.

— On y va !

Les deux hommes s'élancèrent et, sous l'unique choc de leur double masse, la porte — diminuée d'un morceau qui resta un moment accroché par le loquet avant de tomber par terre — alla valdinguer contre la cloison.

Révélant le sieur 3A sur le trône, le pantalon sur les genoux, les pans de sa chemise écossaise aux couleurs passées dissimulant — mais à peine — son service trois pièces. *Pas de doute, il semble qu'on l'ait pris sur le fait,* songea le commandant McDonald, écœuré. *Le seul problème est que ce fait sur lequel on l'a pris n'a aux dernières nouvelles rien d'illégal.* Il était soudain sensible aux élancements dans son épaule là où elle avait heurté la porte par... combien ? trois fois ? quatre ?

— Putain de merde, beugla-t-il, qu'est-ce que vous foutez là-dedans ?

— Ma foi, je coulais un bronze, répondit le 3A. Mais si vous êtes tous si pressés que ça, je vais aller me torcher dans les toilettes de l'aé...

— Et bien sûr, petit malin, vous ne nous avez pas entendus frapper à la porte, hein ?

— Si, mais pas moyen de l'atteindre. (Le 3A tendit la main et, bien que ladite porte qui pendait de guingois contre la cloison fût désormais tout près, McDonald comprit qu'il s'agissait d'une preuve.) Évidemment, j'aurais pu me lever, mais j'avais comme qui dirait entre les mains une situation délicate. À ceci près qu'elle n'était pas exactement entre mes mains, si vous me suivez. Et que je n'avais pas non plus envie qu'elle y soit, si vous me suivez toujours.

Le 3A se fendit d'un sourire vaguement niais qui se voulait engageant et que le commandant jugea aussi crédible qu'une coupure de neuf dollars. À l'entendre, il ne s'était jamais trouvé personne pour lui expliquer le truc tout simple de se pencher en avant.

— Debout, dit McDonald.

— Avec plaisir. Pourriez-vous simplement prier les dames de s'écarter ? (Nouveau sourire charmeur.) Je sais que c'est complètement ringard par les temps qui courent, mais c'est plus fort que moi. Je suis pudique. Le fait est qu'il y a de quoi.

Il leva la main, le pouce et l'index séparés d'un centimètre et demi environ, et fit un clin d'œil à Jane Dorning qui piqua un fard et quitta l'avion, suivie de près par Suzy.

Pudique ! Tu m'as l'air pudique, pensa le commandant. *Tu me fais plutôt l'effet d'un chat qui vient de faire patte basse sur la crème.*

Les deux hôtesses disparues, le 3A se leva et se reculotta. Il allait tirer la chasse quand McDonald lui expédia promptement la main loin du levier de la chasse d'eau, l'empoigna aux épaules et le fit pivoter face au couloir. Deere lui accrocha une main ferme entre les reins dans la ceinture du pantalon.

— Pas de privautés, je vous prie, dit Eddie.

Il avait la voix dégagée, juste comme il fallait — du moins lui semblait-il —, mais à l'intérieur, c'était la chute libre. Il sentait l'autre, nettement, le sentait posté dans sa conscience, attentif, sur le qui-vive, prêt à intervenir s'il déconnait. Seigneur, ça ne pouvait être qu'un rêve, non ?

— Pas un geste, rétorqua Deere.

Le commandant McDonald jeta un œil dans la cuvette.

— Pas de crotte, dit-il, froudroyant aussitôt du regard le navigateur qui, sur le troisième terme de cette cascade de négations, s'était esclaffé sans le vouloir.

— Vous savez comment c'est, dit Eddie. Il arrive qu'on ait du bol et que ce ne soit qu'une fausse alerte. J'en ai quand même lâché deux, maousses. Je parle de la compagnie du gaz. Il y a trois minutes, gratter une allumette là-dedans vous aurait rôti à point votre dinde de Noël, vous savez ? Ce doit être quelque chose que j'ai mangé avant de monter dans l'avion, si vous voul...

— On en a assez vu, décréta McDonald.

Deere, qui tenait toujours Eddie par l'arrière de son jean, l'expédia jusqu'à la passerelle où les deux types des douanes le réceptionnèrent, chacun s'emparant d'un bras.

— Pas si vite ! hurla Eddie. Je veux mon sac ! Et ma veste !

— Nous aussi, on tient à ce que tu aies tout, le rassura l'un des douaniers dans une bouffée d'haleine empestant les digestions difficiles et les trucs dont il se bourrait pour les combattre. C'est qu'on s'y intéresse beaucoup, à tes affaires. Maintenant, mon coco, en route !

Quoiqu'il n'eût cessé de leur dire d'y aller mollo, de leur certifier qu'il était capable de marcher seul, Eddie ne devait pas évaluer rétrospectivement à plus de trois ou quatre les fois où la pointe de ses chaussures avait touché le sol de la passerelle entre la porte du 727 et l'aéroport proprement dit. Là, il trouva trois nouveaux chevaliers de la protection des frontières flanqués d'une demi-douzaine de simples flics, les uns l'attendant, les autres retenant la petite foule qui, avec une curiosité avide et un certain malaise, le regardèrent se faire emmener.

IV

La Tour

1

Eddie était dans un fauteuil, et le fauteuil se trouvait dans une petite pièce peinte en blanc. C'était l'unique fauteuil de la pièce et la pièce était bondée, la pièce était enfumée. Eddie était en slip. Eddie avait envie d'une cigarette. Les six — non, sept — autres occupants de la petite pièce blanche étaient habillés. Debout autour de lui, ils l'encerclaient. Trois d'entre eux — non, quatre — fumaient.

Eddie avait envie de se trémousser et de guincher, de bondir et de se tordre.

Eddie était assis, tranquille, détendu, promenant un regard amusé, curieux, sur les types qui l'entouraient, comme si le besoin de se shooter n'était pas en train de le rendre dingue, comme si la simple claustrophobie n'aboutissait pas au même résultat.

Et tout ça parce que l'autre était dans sa tête. Cet autre qui l'avait terrifié au début. Dont la présence était maintenant pour lui un sujet de remercier Dieu.

L'autre pouvait être malade, mourant même, il conservait en lui assez d'acier pour en concéder une partie, armer un pauvre junkie paniqué de vingt et un printemps.

— Cette marque rouge que tu as sur la poitrine, c'est vachement intéressant, dit l'un des douaniers. (Une cigarette lui pendait au coin des lèvres. Le paquet dépassait de sa poche de chemise. Eddie se voyait y prélever cinq ou six cigarettes, les aligner dans sa bouche, les allumer, s'expédier une énorme bouffée au fond des poumons, se sentir tout de suite mieux.) À croire que tu avais là quelque chose de fixé par du sparadrap et que brusquement tu t'es dit que ça serait peut-être bien de s'en débarrasser.

— Je vous l'ai déjà dit : j'ai chopé ça aux Bahamas, une allergie ou je ne sais quoi. Combien de fois faut-il que je vous le répète ? Je fais ce que je peux pour garder mon sens de l'humour mais ça devient de plus en plus dur à chaque instant.

— Tu peux te le foutre au cul, ton sens de l'humour, cracha un autre, sur un ton qu'Eddie reconnut.

Celui qu'il avait quand il passait la moitié de la nuit à attendre un dealer qui ne venait pas. Parce que ces types-là aussi étaient accros. À la seule différence qu'ils l'étaient à des mecs comme lui et Henry.

— Et ce que t'as au bide, Eddie ? Tu l'as récolté où ?

Un troisième désignait l'endroit où il s'était blessé avec le couteau. Le sang ne coulait plus mais la perle violet foncé qui obturait la plaie semblait n'attendre qu'un prétexte pour crever.

Eddie montra la zone irritée.

— Ça me démange, expliqua-t-il sans avoir besoin de mentir. Et quand je me suis endormi dans l'avion... vous pouvez demander à l'hôtesse si vous ne me croyez pas...

— Pourquoi est-ce qu'on ne te croirait pas, Eddie ?

— Je ne sais pas, moi. Vous en rencontrez souvent des gros trafiquants qui arrivent à roupiller pendant leur vol retour ? (Il s'interrompit, leur accorda une seconde pour méditer sa remarque, puis tendit des mains aux ongles rongés, certains même dangereusement déchiquetés ; les préliminaires du manque leur étaient fatals, avait-il constaté.) Bon, vu l'état de mes ongles, je n'avais pas intérêt à me gratter, et j'ai réussi à me retenir. Sauf quand je me suis endormi, apparemment.

— Ou quand tu as piqué du nez. Ce pourrait bien être une marque de seringue.

Le type y allait au flan, savait comme Eddie que c'était impossible. Si près du plexus solaire — de ce tableau de bord du système nerveux — un fix avait toutes les chances d'être le dernier.

— Faut pas pousser. Tout à l'heure, vous m'avez regardé les pupilles de si près que j'ai cru que vous cherchiez à m'hypnotiser. Vous avez bien vu que je n'étais pas dans les vapes.

Le troisième douanier prit un air écœuré.

— Pour un petit gars sans histoire, tu en connais un sacré rayon sur la dope.

— Ce qui ne vient pas de *Deux Flics à Miami*, je l'ai trouvé dans le *Reader's Digest*. Maintenant, dites-moi ce qu'il en est : combien de prises allons-nous devoir tourner de la même scène ?

Un quatrième brandit un sachet à spécimens. Des fibres étaient visibles au travers du plastique.

— On attend la confirmation du labo mais on est à peu près sûr de ce que c'est : des fragments de sparadrap.

— À la vitesse où je suis parti de l'hôtel, je n'ai pas eu le temps de me doucher, répéta Eddie pour la énième fois. J'avais pris un transat au bord de la piscine, histoire de m'exposer un peu au soleil, des fois que ça serait bon pour mes rougeurs. Pour cette allergie que j'avais chopée. Je me suis endormi. En fait, j'ai même eu de la chance d'attraper mon avion. Il m'a fallu courir comme un dingue. Il y avait du vent. Est-ce que je sais le genre de merde qui a pu se coller sur moi ?

Un doigt passa sur la pliure de son coude.

— Et là, ce ne sont pas des traces de shooteuse ?

Il balaya la main.

— Des piqûres de moustique, je vous l'ai déjà dit. Presque cicatrisées, en plus. Ça crève les yeux, non ?

Ça les crevait. Les marques n'étaient pas toutes jeunes. Voilà plus d'un mois qu'il décrochait de la poussette. Henry n'aurait pas pu, et c'était en partie pour ça que c'était Eddie, qu'il avait fallu que ce fût lui. Dans l'absolue nécessité d'un fix, il se piquait non au bras mais en haut de la cuisse gauche, sur la face interne, là où reposait son testicule... comme il l'avait fait l'autre nuit quand Machin jaune lui avait finalement apporté quelque chose de consommable. La plupart du temps, il sniffait, ce dont Henry ne pouvait plus désormais se contenter. Eddie en retirait des sentiments qu'il avait du mal à définir... un mélange de fierté et de honte. À part ça, s'ils allaient l'inspecter sous les couilles, il risquait d'avoir de sérieux problèmes, et plus encore s'ils lui faisaient une prise de sang. Mais c'était un pas qu'ils ne sauraient franchir sans un semblant de preuve... et justement, ils n'en avaient pas l'ombre d'une. Ils savaient tout sans rien pouvoir démontrer. Toute la différence entre ce qu'il y a et ce qu'on veut, aurait dit sa mère.

— Des piqûres de moustique.

— Oui.

— Et la bande rouge, une réaction allergique.

— Oui, je l'avais déjà en arrivant aux Bahamas, mais pas à ce point.

— Il l'avait déjà en arrivant là-bas, répercuta l'un des types à son voisin qui n'avait pas entendu.

— Ah bon, fit l'autre. Tu y crois ?

— Évidemment.

— Tu crois au Père Noël ?

— Évidemment. J'ai même une photo de lui avec moi sur ses genoux quand j'étais gosse. (Il se pencha vers Eddie.) Tu n'aurais pas une photo de cette fameuse plaque rouge datant d'avant ton voyage, Eddie ?

Pas de réponse.

— Si tu n'as rien à te reprocher, pourquoi ne pas demander un examen sanguin ?

Retour au premier, à celui qui avait la cigarette au bec. Elle en était presque au filtre.

Eddie eut soudain la rage au ventre, une rage noire. Il se tendit à l'écoute de sa voix intérieure.

OK, fut la réponse instantanée dans laquelle il sentit plus qu'un accord, une sorte de feu vert. Elle lui fit la même impression que lorsque Henry le serrait dans ses bras, lui ébouriffait les cheveux et lui disait avec une bourrade sur l'épaule : « Du bon boulot, gamin... faut pas que t'en aies les chevilles qui enflent, mais tu t'es débrouillé comme un chef. »

— Je suis clean et vous le savez. (Il se leva d'un bond — si brusquement qu'ils reculèrent — et riva les yeux sur le plus proche fumeur.) Toi, petit gars, autant que tu sois prévenu : si tu ne me retires pas cette clope de dessous le nez, je te la fais bouffer. (Le gars en question se fit effectivement petit.) Bon, je suppose que, d'ores et déjà, vous avez vidé la cuve à merde de l'avion — en tout cas ce n'est pas le temps qui vous a manqué. Et vous avez bien sûr passé mes affaires au peigne fin. Puis je me suis penché pour laisser l'un d'entre vous m'introduire dans le cul le plus long doigt du monde. Putain, si on parle de toucher rectal pour un examen de la prostate, là c'était un tringlage en règle. J'avais peur de baisser les yeux : je me disais que j'allais voir un ongle me sortir par le trou de pine.

Il promena sur eux un regard noir.

— Je récapitule : vous m'avez exploré les tripes, z'avez fouillé mes bagages, et je suis là dans ce fauteuil, en slip avec vous autres qui me soufflez votre fumée à la figure. Maintenant, si c'est un petit examen sanguin qui vous plairait, d'acc ! Amenez donc un mec pour s'en occuper.

Murmures. Regards échangés. Surprise. Malaise.

— Mais si vous voulez que ce soit fait sans requête du tribunal, enchaîna Eddie, votre type a intérêt à se munir de seringues et de fioles en quantité suffisante parce que je ne vais pas être le seul à donner mon sang. Je veux que ça se passe en présence d'un officier fédéral, qu'on fasse un prélèvement sur chacun d'entre vous, que vos nom et matricule soient portés sur chaque flacon et qu'on les confie à la garde de l'officier. Et quel que soit le type d'examen pratiqué sur mon sang — pour y déceler des traces de cocaïne, d'héroïne, d'amphés, d'herbe ou de je ne sais quoi —, j'exige que le vôtre soit soumis aux mêmes réactifs... et que les résultats soient communiqués à mon avocat.

— Allez donc, TON AVOCAT ! clama l'un d'eux. Tôt ou tard, faut toujours que ça vienne sur le tapis avec vous autres, bande d'enfoirés. Vous allez avoir des nouvelles de MON AVOCAT ! Je vais vous coller MON AVOCAT aux fesses ! Merde, ça me fait gerber d'entendre ça.

— En fait, il se trouve que je n'ai pas d'avocat attitré, dit Eddie. (Et c'était la vérité.) Je n'avais jamais pensé en avoir besoin un jour. Cela dit, vous venez de me faire changer d'avis. Si vous ne trouvez rien, c'est qu'il n'y a rien à trouver. Mais on ne va pas s'arrêter à ce genre de détail. Vous voulez m'en faire baver ? Parfait. Je vais en baver. Mais pas tout seul. Vous en baverez autant que moi.

Il y eut un silence oppressé, à couper au couteau.

— J'aimerais que vous ôtiez de nouveau votre slip, Mr Dean, fit l'un d'eux, plus âgé que les autres, celui qui semblait être leur chef.

Eddie se demanda si, peut-être — seulement peut-être — ce type n'avait pas fini par comprendre où chercher des marques d'aiguille plus récentes. Jusqu'à présent, ils s'étaient bornés à lui inspecter les bras, les épaules, les jambes... si grande avait été leur certitude de tenir leur gibier.

— J'en ai ras le bol d'enlever ceci, d'enlever cela et de me faire traîner dans la merde, dit Eddie. Ou vous appelez quelqu'un pour nous faire ces prises de sang à la chaîne ou je me tire. Choisissez !

Silence de nouveau, tout aussi pénible. Et quand ils commencèrent à se regarder, Eddie sut qu'il avait gagné.

Qu'on a gagné, rectifia-t-il. *Comment tu t'appelles, camarade ?*

Roland. Et toi, c'est Eddie. Eddie Dean.

Tu as des oreilles pour entendre.

Oui, et des yeux pour voir.

— Rendez-lui ses fringues, fit le doyen du groupe, dégoûté. (Puis s'adressant à Eddie :) J'ignore ce que vous transportiez et comment vous avez fait pour vous en débarrasser, mais on finira bien par le découvrir, je tiens à ce que vous le sachiez. (Il l'inspecta de la tête aux pieds.) Vous êtes là, devant moi, presque avec le sourire. Ce n'est pas ce que vous racontez qui donne envie de vomir, c'est ce que vous êtes.

— Je vous donne envie de vomir ?

— Exactement.

— C'est le bouquet, rétorqua Eddie. Je suis comme un con dans cette espèce de placard, quasiment à poil, avec sept types armés qui m'entourent, et c'est moi qui vous donne envie de vomir. Ça va pas, mec, faut vous soigner.

Il fit un pas vers le vieux type qui commença par ne pas céder un pouce de terrain puis vit quelque chose dans les yeux d'Eddie — des yeux bizarres, tantôt noisette tantôt bleus — quelque chose qui le fit reculer malgré lui.

— JE NE SUIS PAS UN TRAFIQUANT ! hurla Eddie. ARRÊTEZ VOTRE CIRQUE ! FOUTEZ-MOI LA PAIX !

Silence encore. Puis le chef pivota sur ses talons et beugla :

— Vous êtes sourds ou quoi ? Rendez-lui ses fringues !

Et voilà.

2

— Vous vous demandez si on est suivis ? fit le taxi avec de l'amusement dans la voix.

Eddie se retourna.

— Pourquoi vous me dites ça ?

— Parce que vous n'arrêtez pas de regarder derrière.

— Non, j'étais à cent lieues d'y penser, répondit Eddie sans avoir le moins du monde à mentir. (Son premier coup d'œil par la vitre arrière lui avait permis de repérer les filatures — les... car il y en avait plus d'une — et s'il continuait de regarder, ce n'était pas pour avoir confirmation de leur présence. Des échappés d'un hospice pour retardés mentaux auraient dû se donner du mal pour perdre le taxi d'Eddie par cet après-midi de fin mai. Le trafic était particulièrement fluide sur la voie express de Long Island.) Je prépare une thèse sur les structures de la circulation routière.

— Ah bon. (Dans certains milieux, une si bizarre réponse aurait provoqué un déluge de questions, mais les chauffeurs de taxi new-yorkais n'étaient pas du genre à en poser. Ils préféraient émettre des affirmations, le plus souvent péremptoires, lesquelles s'ouvraient en général sur l'expression : *C'te ville!* comme s'il s'agissait du prélude à un sermon... ce que c'était d'ailleurs, pour la plupart. Le chauffeur remplaça donc sa question par :) Parce que, si vous aviez pensé que nous étions suivis, j'aurais pu vous dire que non. Croyez-moi, je suis bien placé pour le savoir. Seigneur ! C'te ville ! Si je devais compter le nombre de filatures que j'y ai faites... Vous ne pouvez pas vous imaginer combien de gens montent en me lançant : « Suivez cette voiture ! » Je sais, on ne s'attend pas à entendre ça ailleurs qu'au cinéma. Juste. Mais, comme on dit, l'art copie la vie et la vie copie l'art. Ça arrive pour de vrai ! Quant à se débarrasser d'un mec qui vous suit, rien de plus simple du moment qu'on sait où et comment le rouler. Vous...

Eddie baissa le volume, ramenant sa perception de la voix du chauffeur à celle d'un simple fond sonore, n'écoutant ce bavardage — au demeurant très drôle — que pour être à même de hocher la tête aux bons endroits.

L'un des véhicules qui leur filaient le train était une conduite intérieure bleu nuit. Les douanes, présumait Eddie. L'autre, une fourgonnette, affichait en grosses lettres sa raison sociale : PIZZA GINELLI, illustrée également d'une pizza dessinée, à ceci près que ladite pizza était la bouille d'un gamin tout sourire, que ce gamin se léchait les lèvres et que sa délectation s'exprimait au bas de l'image dans ce slogan : « Miam-miam, quelle bonne pizza ! » À ceci près encore qu'un jeune graffitiste, armé d'une bombe et d'un sens de l'humour plutôt rudimentaire, avait biffé « pizza » pour lui substituer « chagatte ».

Ginelli. Eddie n'en connaissait qu'un, le patron d'un restaurant à l'enseigne des Quatre Pères. La restauration rapide n'était pour lui qu'un à-côté, une astuce destinée à équilibrer les comptes. Ginelli et Balazar. L'un n'allait pas sans l'autre, comme les hot dogs et la moutarde.

Il avait été prévu qu'une limousine attendît Eddie devant l'aéroport, une limousine dont le chauffeur l'aurait, en un rien de temps, conduit au quartier général de Balazar, un bar au cœur de Manhattan. Mais le plan initial n'avait évidemment pas inclus deux heures dans une petite pièce aux murs blancs, deux heures sous un feu roulant de questions assenées par un groupe de douaniers pendant que leurs collègues vidangeaient les cuves du vol 901 pour en passer le contenu au peigne fin dans l'espoir d'y trouver le gros paquet dont ils soupçonnaient l'existence, ce gros paquet impossible à évacuer, impossible à dissoudre.

Il allait par conséquent sans dire que, deux heures plus tard, Eddie n'avait pas vu la limousine. Le chauffeur avait vraisemblablement reçu des instructions précises : si, un quart d'heure après la sortie des autres passagers, le passeur n'était toujours pas là, il filait vite fait. Sans doute n'avait-il pas téléphoné de la voiture, équipée probablement d'une CB, donc susceptible d'être sur écoutes. En deux heures, toutefois, Balazar avait eu le temps de se renseigner, d'apprendre qu'Eddie avait foutu la merde, et de parer aux éclaboussures. Balazar pouvait avoir reconnu l'acier en Eddie, ça ne changeait rien au fait qu'il s'agissait d'un junkie. Et il n'était pas question de se fier à un junkie.

Il en résultait la possibilité que le camion les rejoignît, que sa vitre s'abaissât pour laisser dépasser la gueule d'une arme automatique et que le dos du chauffeur de taxi se transformât en quelque chose approchant de la râpe à fromage ensanglantée. Toutes choses qui auraient certainement inquiété Eddie si la douane l'avait retenu quatre heures au lieu de deux, et plus encore si ç'avait été six heures. Mais deux ? Sur si peu de temps, Balazar allait sans doute admettre qu'il ait pu tenir sa langue. Il allait simplement lui demander des nouvelles de sa marchandise.

La vraie raison pour laquelle Eddie restait tourné, c'était la porte.

Elle le fascinait.

Quand les types des douanes l'avaient à demi porté, à demi traîné jusqu'au bas des marches vers les bureaux de l'aéroport, il avait jeté un coup d'œil par-dessus son épaule et l'avait vue là, aussi réelle qu'invraisemblable, d'une existence incontestable, flottant à environ un mètre derrière lui. Il y avait vu les vagues s'écraser sur la grève, et le ciel coiffant ce paysage s'assombrir.

Elle était comme dans ces images où il faut chercher une forme fondue dans le feuillage, les nuages ou les plis d'un vêtement. Tant qu'on ne l'a pas trouvée, elle reste invisible, mais une fois repérée, aussi fort que l'on essaie, il devient impossible de ne plus la voir.

Elle n'en avait pas moins disparu à deux reprises quand le pistolero l'avait refranchie sans lui — expérience effrayante : Eddie s'était senti comme un gosse dont la veilleuse venait de s'éteindre — la première fois, en plein interrogatoire.

Il faut que je m'en aille, la voix de Roland avait tranché net au beau milieu d'une question qu'ils étaient en train de poser à Eddie. *N'aie pas peur, je ne resterai pas longtemps absent.*

Pourquoi ? Il faut vraiment que vous partiez ?

— Qu'est-ce qui t'arrive ? lui avait demandé un de ceux qui le cuisinaient. T'as l'air paniqué tout d'un coup.

Paniqué ? Sûr qu'il l'était, mais ces connards n'auraient rien pu y comprendre.

Il s'était retourné, imité par les types. Eux n'avaient vu qu'un mur blanc, les dalles d'isolant perforé blanc qui absorbaient les sons. Eddie, lui, avait vu la porte, à un mètre comme d'habitude, et désormais sertie dans la cloison, voie d'évasion dont lui seul avait conscience. Mais il avait vu autre chose. Des créatures qui sortaient des vagues. Du genre de celles qui envahissent l'écran d'un film d'horreur dont les effets sont légèrement plus spéciaux que vous ne l'auriez souhaité, assez pour vous donner la totale illusion du réel. D'un réel qui prenait l'aspect d'un hideux croisement de homard, de scorpion et d'araignée. Dont les bruits n'étaient pas moins inquiétants.

— Tu piques ta crise de delirium, Eddie ? lui avait demandé l'un des types. Tu vois des bestioles grimper sur le mur ?

C'était si proche de la vérité qu'il avait failli éclater de rire. Il comprenait pourquoi le pistolero avait dû précipitamment réintégrer son monde : ici, son esprit ne risquait rien — du moins pour l'heure — mais là-bas, les monstres montaient vers son corps... Un corps, suspectait Eddie, que Roland devait déplacer au plus vite, s'il voulait garder un endroit où retourner.

Soudain, dans sa tête, il avait entendu David Lee Roth brailler : *Ouais, mec... j' n'ai plus d' corps...* et cette fois, son rire avait fusé. Impossible de le retenir.

— Qu'est-ce qu'il y a de si drôle ? avait voulu savoir le type qui venait de lui demander s'il voyait des bestioles.

— L'ensemble de la situation, avait-il répondu. Et pas drôle dans le sens d'hilarant, seulement dans celui de bizarre. Je veux dire que si c'était un film, ce serait plutôt du Fellini que du Woody Allen.

Ça ira ? lui avait demandé le pistolero.

Ouais, impec. Magnez-vous.

Comment ?

Dépêchez-vous de faire ce que vous avez à faire.

Ah oui, d'accord. Je ne serai pas long.

Brusquement, l'autre n'avait plus été là, il s'était purement et simplement évanoui, telle une fumée si ténue que le moindre souffle d'air eût suffi à la dissiper. Eddie s'était de nouveau retourné, n'avait plus vu qu'un mur blanc percé de trous — ni porte, ni océan, ni monstre intermédiaire entre insecte et crustacé — et il en avait eu les entrailles qui se nouaient. Non par crainte d'avoir été victime d'une hallucination, malgré tout — la drogue avait bel et bien disparu, preuve amplement suffisante — mais par la seule angoisse de ne plus sentir en lui cet homme étrange qui... qui l'aidait de quelque manière, et rendait les choses plus faciles.

— Il te plaît, ce mur ? avait lancé l'un des douaniers. Tu veux qu'on y accroche un tableau ?

— Non. (Soupir d'Eddie.) Je veux qu'on me laisse sortir d'ici.

— Dès que tu nous auras dit ce que tu as fait du smack, avait rétorqué du tac au tac un autre. Ou était-ce de la coke ?

Et voilà, c'était reparti. Quand c'est fini, allez Nini...

Dix minutes plus tard — dix minutes étirées à l'extrême —, le pistolero s'était tout aussi brusquement réintroduit dans l'esprit d'Eddie qui l'avait senti à bout de forces.

Ça y est ? C'est réglé ?

Oui. Désolé que ça ait pris tant de temps. Pause. *J'ai dû ramper.*

Eddie s'était une fois de plus retourné. La porte avait réapparu, mais il s'y inscrivait un décor légèrement différent. Il avait alors compris que, de même qu'elle se déplaçait avec lui dans ce monde, elle accompagnait l'autre dans son propre univers. Concept qui le fit vaguement frémir. C'était comme d'être relié à cet autre lieu par quelque étrange cordon ombilical. Le corps du pistolero gisait toujours inanimé au premier plan mais le regard d'Eddie devait à présent couvrir une longue bande de plage avant d'atteindre la guirlande d'algues tressées marquant la limite des hautes eaux et autour de laquelle évoluaient en grondant et bourdonnant les horreurs chitineuses. Chaque fois qu'une vague se brisait, elles se dressaient, pinces tendues, évoquant ces foules que l'on voit dans les vieux films d'actualités, chaque fois que leur Führer marquait une pause dans son discours, tandis qu'elles jetaient le bras en l'air en gueulant *Heil Hitler !* comme si leur vie en dépendait — ce qui avait sans doute été le cas, à bien y réfléchir. Le sillage torturé laissé par le pistolero dans sa pénible progression vers des parages plus sûrs était également visible.

Puis, sous les yeux d'Eddie, l'un des monstres, vif comme l'éclair, avait levé la pince pour saisir un oiseau qui s'aventurait trop bas. Le malchanceux volatile s'était abattu sur le sable, sectionné en deux moitiés sanglantes qui avaient disparu alors même qu'elles remuaient encore, sous un grouillement de carapaces. Une unique plume blanche s'était élevée. Une pince l'avait ramenée au sol.

Mon Dieu Seigneur ! s'était mentalement exclamé Eddie. *Visez-moi cette bande de voraces !*

— Mais pourquoi n'arrêtez-vous pas de vous retourner ? lui avait demandé celui que son âge et son vouvoiement désignaient comme le chef.

— Parce que de temps à autre il me faut un antidote, avait-il répondu.

— À quoi ?
— À votre tronche de cake.

3

Quand le chauffeur de taxi l'eut déposé dans la cité au pied de son HLM, redémarrant aussitôt après l'avoir remercié pour le dollar de pourboire, Eddie resta un moment — le sac de voyage à la main, la veste jetée par-dessus l'épaule et négligemment retenue par un doigt de l'autre main — planté devant l'endroit où il partageait un deux-pièces avec son frère. Il resta donc à regarder cet immeuble, monolithe qui avait le style et l'attrait d'une boîte de cacahuètes salées grand modèle. Avec toutes ces fenêtres perçant en bon ordre la façade de brique rouge, l'ensemble avait l'aspect d'un corps prison et ce spectacle avait un effet aussi déprimant sur Eddie qu'il éveillait, au contraire, l'ébahissement chez Roland.

Jamais, même dans mon enfance, je n'ai vu de bâtiment aussi haut, s'écria ce dernier. *Et il y en a tant !*

Ouais, approuva Eddie, lugubre. *On vit là-dedans comme dans une fourmilière. Tu peux trouver ça chouette, Roland, mais crois-moi, ça commence à prendre un sacré coup de vieux. À vue d'œil, même.*

La voiture bleue passa au ralenti devant la cité, la fourgonnette y entra et s'approcha. Eddie se raidit et sentit Roland se raidir en lui. Peut-être avaient-ils l'intention de le descendre, après tout.

La porte ? suggéra Roland — d'accord, fit Eddie, prêt à tout — tranquillement toutefois. *Tu veux qu'on aille de l'autre côté ?*

Non, pas encore. Il se peut qu'ils veuillent simplement causer. Mais tiens-toi prêt.

Il aurait pu se passer d'ajouter ça, percevant que Roland gardait jusque dans les profondeurs du sommeil des réactions plus rapides qu'il n'en aurait jamais lui-même, fût-ce sur le qui-vive.

Le camion-pizza à l'emblème du gamin souriant obliqua vers le trottoir. Côté passager, la vitre commença de descendre. Avec son ombre qui s'étirait devant lui depuis la pointe de ses tennis,

Eddie attendit dans l'entrée de son immeuble, attendit de voir ce qui allait apparaître... un canon ou un visage.

4

La deuxième absence de Roland n'était pas survenue plus de cinq minutes après que les types des douanes eurent finalement déclaré forfait et laissé partir Eddie.

Le pistolero avait mangé, mais pas assez. Il avait soif. Pardessus tout, il lui fallait se soigner. Eddie n'était pas encore en mesure de lui fournir le médicament approprié (tout en suspectant que Roland avait vu juste, que Balazar pouvait... si Balazar voulait...) mais une bonne dose d'aspirine aurait au moins le mérite de faire tomber cette fièvre dont il avait senti l'ardeur quand le pistolero s'était approché de lui pour achever de cisailler le corset de sparadrap.

Il traversait le hall de l'aéroport et s'arrêta donc devant la boutique.

L'aspirine existe, là d'où tu viens ?

Jamais entendu parler de ça. C'est magie ou médecine ?

Les deux, à mon sens.

Eddie entra, acheta un tube d'Anacine Extra-Forte. Il passa ensuite au snack et prit deux doubles hot dogs (des Godzilla-dogs, comme les appelait Henry) et un Pepsi grand modèle. Il noyait les saucisses sous la moutarde et le ketchup quand il se rappela soudain que ce n'était pas lui qui allait les manger. Pour autant qu'il sût, Roland pouvait très bien ne pas aimer la moutarde et le ketchup. Pour autant qu'il sût, il pouvait être végétarien. Pour autant qu'il sût, cette cochonnerie risquait de le tuer.

De toute façon, c'est trop tard, se dit-il. Quand Roland parlait — ou qu'il agissait —, Eddie avait la certitude que tout ça était bien réel. Quand Roland cessait de se signaler, la vertigineuse sensation de ne vivre qu'un rêve — extraordinairement réaliste et visitant son sommeil à bord du Delta 901 à destination de Kennedy Airport — insistait pour refaire surface.

Roland lui avait dit pouvoir emporter de la nourriture dans

son monde, l'ayant déjà fait, prétendait-il, pendant qu'Eddie dormait. Le jeune homme trouvait cela parfaitement incroyable mais le pistolero lui soutenait que c'était vrai.

Bon, il va falloir rester prudent, dit Eddie. *Ils ont collé deux gars pour me... pour nous... bref, pour surveiller ce que je suis maintenant.*

Je sais, lui fut-il répondu. *D'autant qu'ils ne sont pas deux mais cinq.*

Et sur ce, Eddie fut le théâtre d'une sensation passant en étrangeté toutes celles qu'il avait éprouvées jusqu'alors. Sans avoir eu l'intention de poser les yeux ailleurs que droit devant lui, il les sentit bouger. C'était Roland lui-même qui les dirigeait sur :

Un type en débardeur pendu au téléphone.

Une femme installée sur un banc en train d'explorer les profondeurs de son sac à main.

Un jeune Noir qui aurait pu être d'une beauté peu commune si la chirurgie lui avait un peu mieux rafistolé son bec-de-lièvre et qui, pour l'heure, examinait des T-shirts dans la boutique qu'Eddie venait de quitter.

Bien qu'aucun ne présentât quoi que ce fût d'anormal dans son apparence, Eddie les reconnut tous pour ce qu'ils étaient — et ce fut une fois de plus comme dans ces images où le dessin caché, une fois découvert, refuse de retourner au néant. Il se sentit néanmoins les joues en feu parce qu'il avait fallu que l'autre lui montrât ce qu'il aurait dû voir du premier coup. Il n'avait pas été fichu d'en repérer plus de deux alors que ces trois autres, quoique un peu plus discrets, n'étaient quand même pas des super-cracks. Les yeux du type au téléphone n'avaient pas ce regard vide que l'on fixe sur un interlocuteur invisible mais regardaient pour de bon... regardaient l'endroit où était Eddie... cet endroit qui, comme par hasard, ne cessait de les attirer. La femme au sac, tout aussi incapable d'y trouver ce qu'elle cherchait que de renoncer, continuait d'en retourner le contenu. Quant à l'amateur de T-shirts, il devait avoir déjà eu le temps d'examiner une bonne douzaine de fois chaque modèle exposé.

Et, brusquement, Eddie se retrouva âgé de cinq ans et terrifié d'avoir à traverser la rue sans Henry pour lui tenir la main.

N'y pense pas, dit Roland. *Et ne t'inquiète pas non plus pour la nourriture. Il m'est arrivé de manger des insectes qui avaient encore assez de vie pour courir au fond de ma gorge.*

Ouais, répliqua Eddie. *Mais faut pas oublier qu'on est à New York.*

Il ramassa Pepsi et hot dogs pour aller s'installer tout au bout du comptoir, tournant le dos au vaste hall de l'aéroport. Son regard monta vers l'angle du plafond, à sa gauche, là où le surplombait un miroir convexe pareil à l'œil d'un hypertendu. Il pouvait y embrasser d'un seul coup d'œil les cinq membres de son escorte et constater qu'aucun n'était assez près pour voir ce qu'il avait sur le comptoir devant lui... avec satisfaction d'ailleurs, car il n'avait lui-même pas la moindre idée du sort attendant cette nature morte pop-art.

Tu poses l'astine sur les trucs à la viande. Puis tu prends le tout entre les mains.

L'aspirine.

Bon, tu appelles ça comme tu veux, priso... Eddie, mais tu fais comme je te dis.

Eddie sortit de sa poche où il l'avait fourré le sachet contenant l'Anacine et, manquant faire tomber le tube sur l'un des hot dogs, prit soudain conscience que Roland, avec ses doigts en moins, risquait d'avoir des problèmes, ne serait-ce que pour l'ouvrir.

Il s'en chargea donc, égrena trois pilules sur l'une des petites serviettes, pesa le pour et le contre, puis en rajouta trois de plus.

Trois maintenant, trois plus tard, dit-il. S'il y a un plus tard.

OK. Merci.

Bon. Comment on fait ?

Tu ramasses tout ça.

Nouveau coup d'œil dans le miroir. Deux des types s'approchaient comme si de rien n'était du snack-bar, n'appréciant peut-être pas qu'Eddie leur tournât le dos, flairant quelque tour de passe-passe et voulant y regarder de plus près. S'il devait arriver quelque chose, mieux valait que ça se passe vite.

Il plaça les mains autour de l'ensemble, sentit d'un côté la fraîcheur du Pepsi, de l'autre la chaleur des saucisses dans leur gaine de pain mou. En cet instant, il eut tout du type qui va rapporter de quoi nourrir sa petite famille... puis ça se mit à fondre.

Et il riva dessus des yeux qui s'écarquillaient, s'écarquillaient, au point qu'il les crut près de tomber et de pendre au bout de leurs nerfs.

Il voyait les hot dogs à travers le pain, le Pepsi à travers le gobelet, et le sombre liquide encombré de glaçons s'incurvant en un volume qui finissait par ne plus être visible.

Puis ce fut le formica rouge du comptoir qui transparut sous les hot dogs et le mur blanc derrière le Pepsi. Ses mains se rapprochèrent, la résistance entre elles s'amenuisant... puis se rencontrèrent, paume contre paume. La nourriture... les serviettes... le Pepsi... les six aspirines... tout ce qu'il avait tenu était parti.

C'est Jésus avec son violon... pensa-t-il. Ses yeux bondirent sur le miroir.

La porte avait disparu... tout comme Roland, sorti de son esprit.

Bon appétit, l'ami.

Mais cet insolite personnage venu d'ailleurs qui disait s'appeler Roland était-il vraiment son ami ? Allez savoir ? Sûr, il lui avait sauvé la mise, mais ça ne voulait pas dire qu'il s'agît d'un boy-scout.

N'empêche qu'il l'aimait bien. Qu'il le craignait... mais qu'il l'aimait bien.

Se demandait même si, avec le temps, il ne finirait pas par l'aimer tout court comme il aimait Henry.

Mange, étranger. Mange bien, reste en vie... et reviens.

Il avait à côté de lui des serviettes tachées de moutarde laissées par un client. Il en fit une boule qu'il expédia dans la poubelle en sortant, les mâchoires en mouvement comme s'il achevait une dernière bouchée de quelque chose. Puis, s'acheminant vers les panneaux qui montraient la direction à prendre pour BAGAGES et TRANSPORTS TERRESTRES, il réussit même à produire un rot fort convenable en approchant du jeune Noir.

— Vous n'avez pas trouvé votre bonheur ? lui demanda-t-il.

— Je vous demande pardon ? fit le gars en se détournant de l'écran des départs qu'il faisait semblant d'étudier.

— J'ai pensé que vous deviez sûrement chercher un T-shirt où on verrait, écrit dessus : LA CHARITÉ, S'IL VOUS PLAÎT ! JE TRAVAILLE POUR LE GOUVERNEMENT, lâcha Eddie avant de passer son chemin.

Alors qu'il descendait les marches, il vit la farfouilleuse refermer précipitamment son sac et se lever.

Ma foi, ça va ressembler à la parade du Thanksgiving Day au Macy's.

Journée passionnante, à coup sûr, et il ne pensait pas qu'elle fût achevée.

5

Quand Roland vit les monstrueux crustacés resurgir des vagues (le phénomène n'avait donc rien à voir avec la marée ; c'était la tombée du jour qui les ramenait sur la plage), il abandonna momentanément Eddie Dean pour aller déplacer son corps et lui épargner d'être découvert et dévoré par les créatures.

Il s'était attendu à la douleur, y était préparé. D'avoir si longtemps vécu avec elle en avait presque fait une vieille amie. Il fut toutefois sidéré de la rapidité avec laquelle sa fièvre avait empiré, ses forces diminué. S'il n'avait pas été mourant précédemment, il ne pouvait désormais douter de l'être. Existait-il dans le monde du prisonnier un remède assez puissant pour prévenir l'issue fatale ? Peut-être. Mais à moins de mettre la main dessus dans les six ou huit prochaines heures, la question perdrait sans doute toute importance. À l'allure où évoluait son mal, il n'y aurait bientôt plus ni médecine ni magie, qu'elles proviennent de quelque monde que ce soit, pour restaurer sa santé.

Impossible de marcher. Il allait devoir ramper.

Il s'y apprêtait quand son regard tomba sur les sacs de poudre du diable dans leur gangue entortillée de bande collante. Les laisser ici, c'était les vouer à être éventrés par les homarstruosités. La brise marine disperserait la poudre aux quatre vents. *Elle y serait à sa place,* songea le pistolero. Mais il ne pouvait permettre qu'il en fût ainsi. Sinon, à un moment ou à un autre, incapable de montrer cette poudre, Eddie allait se retrouver jusqu'au cou dans les ennuis. Il était rarement possible de bluffer le genre d'hommes auquel, à son sens, appartenait ce Balazar. Il allait demander à voir ce pour quoi il avait payé, et tant qu'il ne l'aurait pas vu, Eddie aurait assez d'armes pointées sur lui pour équiper une petite armée.

Roland ramena vers lui l'enchevêtrement poisseux de ses possessions et se l'accrocha autour du cou. Puis il entreprit de mettre une bonne distance entre lui et les vagues.

Il s'était traîné sur une vingtaine de mètres — presque assez haut sur la plage pour s'estimer en sécurité, jugeait-il —, quand il prit conscience (saisi d'horreur et cependant sensible à l'incommensurable comique de la chose) de laisser derrière lui le seuil entre les mondes. Comique, car pourquoi l'avait-il franchi ?

Tournant la tête, il vit alors que la porte n'était plus là où il croyait l'avoir laissée mais à trois pieds derrière lui. Pendant un long moment, il ne put que la fixer, comprendre ce qu'il aurait déjà dû savoir s'il n'y avait eu la fièvre et le feu roulant de questions auquel les Inquisiteurs soumettaient Eddie. Ces *Où as-tu ? Comment as-tu ? Quand as-tu ?* qui se superposaient aux *Esque chèque ? Asque châle ? Usque chule ? Isque chic ?* du grouillement que les vagues continuaient de vomir au bas de la grève.

Bon, maintenant j'emmène cette porte partout avec moi, se dit-il, *et Eddie aussi. Elle nous accompagne comme une malédiction dont on ne pourrait plus se débarrasser.*

Évidence incontestable tout comme l'était cet autre fait :

Que si la porte se refermait, ce serait pour toujours.

Quand cela se produira, il faudra qu'il soit de ce côte, avec moi.

Quel parangon de vertu nous avons en toi, pistolero ! L'homme en noir éclata de rire. Il semblait avoir définitivement élu domicile dans le crâne de Roland. *Tu as tué l'enfant, sacrifice qui t'a permis de me rattraper et, je suppose, de faire apparaître cette porte entre les mondes. Voilà qu'à présent tu t'apprêtes à un triple tirage, condamnant les trois compagnons qui te seront donnés à un sort dont tu ne voudrais pas : vivre le restant de leurs jours dans un univers radicalement autre où la mort sera susceptible de les prendre avec autant d'aisance qu'elle s'empare d'animaux de zoo remis en liberté dans la nature hostile.*

La Tour, se dit avec sauvagerie le pistolero. *Une fois que j'aurai atteint la Tour et fait ce que je suis censé y faire, que j'y aurai accompli cet acte fondamental — quel qu'il soit — de restauration ou de rédemption pour lequel j'ai été conçu, alors, peut-être...*

Mais le hurlement de rire de l'homme en noir — de cet homme qui était mort mais n'en continuait pas moins de vivre à l'instar de la conscience blessée du pistolero — n'allait pas lui permettre de s'en tirer à si bon compte.

Pas plus d'ailleurs qu'envisager sa propre trahison ne pouvait le détourner de sa trajectoire.

Il parvint à se traîner sur une autre dizaine de mètres, jeta de nouveau un coup d'œil derrière lui, et constata que le plus gros des monstres n'irait pas s'aventurer plus d'une vingtaine de pieds au-dessus de la laisse des hautes eaux. Sa reptation lui avait déjà fait couvrir trois fois cette distance.

Bon, c'est bien.

Rien n'est bien, répliqua, joyeuse, la voix de l'homme en noir, *et tu le sais.*

Ta gueule ! pensa le pistolero, et — miracle — l'homme en noir la ferma.

Roland remisa les sacs de poudre du diable dans l'interstice entre deux pierres et dissimula le tout sous quelques poignées d'herbe. Puis il s'accorda un bref répit, le crâne traversé de sourdes palpitations, la peau tour à tour brûlante et glaciale, tandis qu'il se laissait à nouveau rouler jusque par-delà le seuil, dans cet autre monde, dans cet autre corps, abandonnant encore pour un temps derrière lui l'infection à son évolution meurtrière.

6

La deuxième fois qu'il retourna dans son propre corps, il le trouva dans un sommeil si profond qu'il le crut un moment déjà entré dans le coma... dans un état où les fonctions vitales s'étaient à ce point raréfiées qu'il n'allait pas manquer de voir sa conscience entamer d'une seconde à l'autre une longue glissade dans les ténèbres.

À l'inverse, il força donc ce corps à l'éveil, le bouscula hors de la tanière de pénombre où il s'était terré. Il accéléra son cœur, fit réaccepter à ses nerfs la souffrance qui grésillait à fleur de peau, rendit sa chair à la douloureuse réalité.

Il faisait nuit. Les étoiles scintillaient dans le ciel. Les espèces de chaussons qu'Eddie lui avait pris étaient des parcelles de chaleur dans la fraîcheur nocturne.

Il n'avait pas faim, mais il allait manger. Et d'abord...

Il regarda les petites pilules blanches. De l'astine, avait dit le prisonnier. Non, il n'avait pas tout à fait dit ça mais le mot exact lui était imprononçable. Un médicament, de toute manière. Un médicament de cet autre monde.

Pas ce dont il avait vraiment besoin — du moins était-ce l'avis d'Eddie —, mais c'était quelque chose qui ferait tomber la fièvre.

Trois maintenant, trois plus tard.

Il s'en mit trois dans la bouche mais attendit pour les avaler d'avoir ôté l'étrange couvercle — ni du papier ni du verre mais tenant un peu des deux — du gobelet en carton contenant la boisson, et d'avoir ainsi de quoi les faire passer.

La première gorgée fut une telle surprise qu'il resta un moment contre le rocher auquel il s'était adossé, les yeux si écarquillés, si fixes, si éclaboussés d'étoiles reflétées qu'un improbable promeneur passant devant lui l'aurait à coup sûr tenu pour déjà mort. Puis il but avec avidité, les mains crispées autour du gobelet, si totalement absorbé dans ce qu'il buvait que l'atroce et pulsative souffrance des doigts absents n'était même plus sensible.

Quelle douceur ! Dieu, que c'est suave ! Que c'est doux ! Que...

Un des petits glaçons plats du breuvage se prit dans sa gorge Il toussa, se martela la poitrine, réussit à le déloger. Il se retrouvait avec une autre douleur dans le crâne, la sensation d'une sorte de vif-argent coulant en lui après avoir bu trop vite quelque chose de trop froid.

Il gisait immobile, sentant battre son cœur comme un moteur emballé, sentant cette énergie toute neuve lui déferler dans le corps avec une telle véhémence qu'un risque d'explosion n'était pas à exclure. Sans vraiment réfléchir à ce qu'il faisait, il déchira un autre morceau de sa chemise — il n'allait bientôt plus lui en rester qu'un chiffon autour du cou — et se l'étala sur la cuisse. Il y verserait les glaçons quand il aurait fini de boire, se confectionnant ainsi une espèce de vessie pour sa main blessée. Mais son esprit était ailleurs.

Tant de douceur ! criait et répétait chacune de ses pensées, s'efforçant d'en saisir le sens, ou de se convaincre qu'il y avait là un sens — un peu comme Eddie avait tenté de se convaincre que *l'autre* avait une existence réelle, qu'il ne s'agissait pas d'une aberration mentale, d'un tour que cherchait à lui jouer quelque autre part de lui-même. *Que c'est doux ! Que c'est suave !*

Le noir breuvage était saturé de sucre, plus encore que Marten — dont l'austère et ascétique apparence avait dissimulé gourmandise et sensualité — n'en avait mis le matin dans son café.

Du sucre... blanc... en poudre...

Le regard du pistolero dévia vers les sacs, à peine visibles sous l'herbe qu'il avait jetée dessus pour en masquer la présence, et se demanda fugitivement si leur contenu et ce qu'il y avait dans cette boisson n'étaient pas une seule et même substance. Il savait qu'Eddie n'avait pas eu de problème pour le comprendre dans ce monde-ci quand ils s'étaient retrouvés tous deux, face à face et distincts. Et il soupçonnait que s'il passait physiquement dans le monde du prisonnier (ce qu'il savait par intuition réalisable... encore que, si la porte se refermait pendant qu'il y était, il serait à jamais condamné à demeurer dans ce monde tout comme Eddie dans le sien si c'était l'inverse), il aurait une compréhension tout aussi parfaite de la langue. Il savait aussi, pour avoir séjourné dans l'esprit d'Eddie, que les langues des deux mondes étaient fondamentalement similaires. Similaires mais pas tout à fait superposables. Chausson se disait là-bas sandwich, et déchiner y était chercher quelque chose à manger. En ce cas... la drogue qu'Eddie nommait cocaïne ne pouvait-elle s'appeler sucre dans le monde du pistolero ?

Ce qui lui parut aussitôt fort improbable. Eddie avait acheté cette boisson ouvertement, se sachant observé par des gens au service des Prêtres de la Douane. Bien plus, Roland sentait que le prix en était relativement modique. Inférieur même à celui des chaussons à la viande. Non, sucre et cocaïne n'étaient pas synonymes, mais Roland ne pouvait comprendre que quiconque eût envie de cocaïne — ou de quelque autre drogue illégale, en l'occurrence — dans un monde où une substance de la puissance du sucre était disponible en abondance et bon marché.

Il baissa de nouveau les yeux sur les chaussons, sentit les premiers tiraillements de la faim... et constata, sidéré, empli de confuse gratitude, qu'il se sentait déjà mieux.

La boisson ? Était-ce elle ? Avec sa teneur en sucre ?

Pour une part, peut-être... mais réduite. Que le sucre pût momentanément ranimer votre énergie défaillante était un fait connu de lui depuis l'enfance ; il le savait néanmoins parfaitement incapable de calmer la douleur ou de faire tomber la fièvre quand une infection avait transformé votre corps en fournaise. Or c'était exactement ce qui venait de se produire... une expérience qui se prolongeait.

Le tremblement convulsif n'était plus qu'un souvenir, la sueur achevait de s'évaporer sur son front et les hameçons qui lui avaient tapissé la gorge semblaient avoir disparu. Incroyable, certes, mais tout aussi incontestable — et nullement fruit de son imagination ou de ses souhaits (frivole tentation d'un automensonge dont le pistolero ignorait tout depuis des décennies). Ses doigts et orteils manquants continuaient de palpiter et de se plaindre mais il ne doutait pas que cette souffrance dût à son tour s'atténuer.

Il rejeta la tête en arrière, ferma les yeux et remercia Dieu.

Dieu et Eddie Dean.

Ne va pas commettre la bêtise de placer ton cœur à sa portée, Roland, fit une voix dans les tréfonds de sa conscience — ni le gloussement nerveux de l'homme en noir ni l'âpre grondement de Cort — plutôt celle de son père. *Tu sais ce qu'il vient de faire pour toi, il l'a fait par nécessité personnelle, tout comme tu sais que ces hommes — ces Inquisiteurs — ont en partie ou tout à fait raison à son endroit. C'est un faible vaisseau, et ils l'ont retenu pour des motifs qui n'avaient rien d'erroné ou de vil. Certes, il y a de l'acier en lui, je te le concède, mais il y a cette faiblesse. Il est comme Hax, le cuisinier. Hax fut empoisonneur la mort dans l'âme, mais cela n'a jamais fait taire les cris des mourants dont les entrailles se tordaient pendant qu'ils crevaient. Et il est une dernière chose qui doit t'inciter à la prudence...*

Mais Roland n'avait besoin d'aucune voix pour lui dire quelle était cette ultime raison : il l'avait lu dans les yeux de Jake quand le gamin avait finalement commencé de comprendre quel était son but.

Ne va pas commettre la bêtise de placer ton cœur à sa portée.

Excellent conseil. On se fait mal en aimant ceux à qui on est voué à en faire voir de drôles.

Rappelle-toi où est ton devoir, Roland.

— L'ai-je jamais oublié ? grogna-t-il sous l'impitoyable clarté des étoiles, sur fond de raclement du ressac et de l'absurde échange de questions des homardesques monstruosités. Je me suis damné pour mon devoir. Pourquoi faut-il que les damnés soient rejetés ?

Il s'attaqua aux chaussons à la viande qu'Eddie nommait des « hot dogs ».

Roland n'appréciait guère d'avoir à manger du chien[1], mets qui était loin d'avoir la finesse de ce qu'on lui avait servi dans la diligence du ciel, mais avait-il le droit de se plaindre après avoir déjà eu la chance de boire cet extraordinaire breuvage ? Il supposait que non. Par ailleurs, la partie était trop engagée pour qu'il s'attardât sur les douceurs de l'existence.

Il mangea donc ses hot dogs sans en laisser une miette puis retourna là où Eddie se trouvait à présent, dans quelque véhicule magique filant à grande allure sur une route de métal emplie d'autres véhicules du même type... des douzaines, peut-être des centaines, et pas une seule à laquelle un cheval fût attelé.

7

L'approche du camion-pizza trouva Eddie sur ses gardes et plus encore Roland à l'intérieur de lui.

Rien qu'une nouvelle version du songe de Diana, pensa le pistolero. *Qu'y a-t-il dans le coffret ? La coupe d'or ou le serpent qui mord ? Et juste au moment où, après avoir tourné la clé, elle pose les mains sur le couvercle, elle entend sa mère qui l'appelle. « Debout, Diana, c'est l'heure d'aller traire ! »*

Bon, se dit Eddie. *Qu'est-ce qui se profile ? La belle fille ou le tigre ?*

Un visage pâle et boutonneux autour d'une paire d'incisives démesurées s'inscrivit dans la fenêtre baissée de la fourgonnette. Une tête qu'Eddie connaissait.

— Salut, Col, lança-t-il sans grand enthousiasme.

Derrière Col Vincent, il reconnut aussi Jack Andolini au volant, Triple Mocheté comme l'appelait Henry.

Un surnom que Henry n'irait jamais lui balancer en face, songea Eddie. Sûr que non. Faire état d'une telle inventivité en présence

1. *Hot dog*, en anglais, signifie littéralement « chien chaud ». (*N.d.T.*)

de son inspirateur pouvait constituer une superbe manière de se faire tuer. C'était une armoire à glace avec un front d'homme des cavernes et des mâchoires assorties. Il avait une parente mariée à Balazar, une nièce ou une cousine, quelque chose du genre. Ses énormes paluches s'accrochaient au volant du camion comme celles d'un singe à une branche. Des touffes de poils lui sortaient des oreilles. Eddie n'en voyait qu'une, pour l'heure, Andolini s'obstinant à rester de profil, à ne pas regarder ailleurs que devant lui.

Triple Mocheté. Mais même Henry (lequel, devait reconnaître Eddie, n'était pas toujours le type le plus perceptif qui fût au monde) ne se serait pas risqué à l'appeler Triple Crétin. Si Colin Vincent n'était qu'un grouillot promu, Jack, lui, avait assez de cervelle derrière son front néandertalien pour être le bras droit de Balazar. Eddie n'aimait pas trop que le caïd lui eût délégué un lieutenant de cette importance. Il n'aimait même pas ça du tout.

— Salut, Eddie, fit Col. Entendu dire que t'avais des ennuis.

— Rien que je n'aie pu régler, rétorqua Eddie, s'apercevant qu'il était en train de se gratter tour à tour bras gauche et bras droit, une de ces manies junks qu'il venait si fort de s'interdire pendant qu'il était en garde à vue. Il s'ordonna de cesser.

Mais Col le regardait en souriant, et il éprouva la soudaine impulsion de flanquer son poing en travers de ce sourire. Il l'aurait fait s'il n'y avait eu Jack. Celui-ci n'avait pas détourné les yeux du pare-brise, ayant tout du type qui suit le fil rudimentaire de ses pensées en observant le seul jeu de mouvements et de couleurs primaires qu'un intellect aussi réduit (ou que l'on jugeait tel si l'on se fiait aux apparences) pouvait percevoir du monde. Eddie n'en pensait pourtant pas moins et savait qu'en une journée Jack voyait plus que n'en verrait Col Vincent dans toute son existence.

— Bon, dit Col. C'est bien. C'est parfait.

Silence. Col surveillait Eddie, souriant, attendant la reprise du numéro junkie, attendant de le voir se gratter, danser d'un pied sur l'autre comme un gosse pressé d'aller aux toilettes, attendant par-dessus tout de l'entendre leur demander ce qu'il y avait et si par hasard ils n'avaient rien sur eux.

Eddie ne fit que soutenir son regard, ne se grattant plus, s'abstenant de tout geste.

Un coup de vent fit voler au ras du parking un emballage de

Ring-Ding. Le raclement du plastique sur le béton et le martèlement asthmatique des soupapes mal réglées de la camionnette rompaient seuls le silence.

Le sourire roublard de Col commença à s'altérer.

— Embarque, Eddie, fit Jack, les yeux toujours rivés devant lui. On va faire un tour.

— Où ? s'enquit Eddie non moins roublard.

— Chez Balazar. (Jack ne s'était toujours pas retourné. Ses mains se crispèrent, rien qu'une fois, sur le volant. À cette occasion, une grosse bague — en or massif à l'exception de l'onyx qui saillait de l'anneau tel l'œil à facettes de quelque insecte géant — brilla sur son annulaire droit.) Il veut avoir des nouvelles de sa marchandise.

— Je l'ai. Elle est en lieu sûr.

— Parfait. Personne n'a de souci à se faire, donc, conclut Jack Andolini, continuant de s'adresser au pare-brise.

— Je voudrais d'abord monter me changer, dit Eddie. Causer un peu avec Henry aussi...

— Et te shooter, n'oublie pas. (Le sourire aux dents jaunes de Col réapparut.) Sauf que, là-haut, tu ne trouveras rien, mon pote !

Osque pote ? songea le pistolero dans l'esprit d'Eddie, et leur corps commun fut traversé d'un frisson.

Col vit ce frisson et son sourire s'élargit. *Ah, nous y voilà*, disait ce sourire. *Le bon vieux numéro junkie. C'est qu'un instant, Eddie, tu m'as donné des inquiétudes.* Les chicots révélés par l'élargissement du sourire n'infirmaient en rien la première impression, loin de là.

— En quel honneur ?

— Monsieur Balazar a estimé préférable que le grand ménage soit fait chez vous, dit Jack, toujours de profil, continuant de poser sur le monde ce regard qu'aucun regard extérieur n'aurait pu déchiffrer. Pour le cas où vous auriez des invités à l'improviste.

— Des types avec un mandat de perquisition en bonne et due forme, par exemple, précisa Col. (Hilare, il attendit, rayonnant de joie mauvaise. Eddie se sentait maintenant rejoint par Roland dans son désir d'enfoncer un poing dans les dents pourries qui rendaient ce sourire si répréhensible, si imprescriptible en quelque sorte. La conscience de partager un tel sentiment lui rendit courage.) Il a fait appel à une équipe de professionnels pour lessiver les murs et passer l'aspirateur dans tous les coins. À ses frais, Eddie ! Ça ne te coûtera pas un rond !

Et là, tu vas me la poser, cette question, disait le sourire de Colin Vincent. *Tu vas me demander ce que j'ai sur moi, petit gars ! Parce que tu peux ne pas aimer le fourgue, ça ne t'empêche pas d'aimer ce qu'il peut t'apporter, pas vrai ? Et maintenant que tu sais que Balazar s'est arrangé pour faire disparaître ta réserve...*

Une pensée soudaine, hideuse et paniquante, traversa Eddie. Si la poudre n'était plus là...

— Où est Henry ? demanda-t-il soudain, avec une telle brusquerie que le visage de Col battit en retraite, surpris.

Jack Andolini finit par tourner la tête. Il le fit avec une infinie lenteur, comme s'il s'agissait d'un acte rarement accompli et qui lui coûtait. On s'attendait presque à entendre grincer de vieux roulements mal huilés dans l'épaisseur de son cou.

— En lieu sûr, dit-il, puis, tout aussi lentement, son profil préhistorique se reconstitua.

Eddie resta debout près du camion, luttant contre les vagues de panique qui lui cernaient l'esprit et tentaient de noyer toute pensée cohérente. Le besoin d'un fix, qu'il avait jusqu'alors réussi à tenir en échec, se fit tout à coup incontournable. Il lui fallait se shooter. Avec de l'héro dans les veines, il serait à même de réfléchir, de reprendre le contrôle de...

Laisse tomber ! lui rugit Roland dans la tête, si fort qu'il en grimaça (et que Col, prenant cette expression où se mêlaient douleur et surprise pour une nouvelle figure de la chorégraphie accro, retrouva son sourire). *Laisse tomber ! Je suis le seul contrôle dont tu aies besoin.*

Tu ne comprends donc pas ! C'est mon frère, mon putain de frère ! C'est mon frère que Balazar a pris en otage !

Tu me répètes ce mot comme si j'en ignorais le sens. Et tu as peur pour ton frère ?

Oui. Bon Dieu. Oui.

Alors, vas-y, donne-leur satisfaction. Pleure, chiale, traîne-toi à genoux. Mendie-leur ce fix. Je suis sûr qu'ils en ont sur eux, qu'ils n'attendent pas autre chose. Vas-y, fais tout ça, fais en sorte qu'ils te tiennent, et je suis sûr que toutes tes craintes se verront justifiées...

Je ne comprends pas ce que tu veux di...

Simplement que si tu te déballonnes, tu feras courir à ton frère bien-aimé un sérieux risque d'être tué. C'est ça que tu veux ?

D'accord, je vais rester cool. Ça n'en donnera peut-être pas l'impression, mais je serai cool.

C'est comme ça que tu dis ? Parfait, donc. Sois cool.

— Ce n'est pas de cette manière que l'affaire devait se traiter, dit Eddie, s'adressant directement, par-delà Col, à l'oreille moussue de Jack Andolini. Ce n'est que pour ça que j'ai pris soin de la marchandise de Balazar et que je suis resté bouche cousue, alors que d'autres auraient balancé facilement cinq noms pour chaque année promise en moins dans la sentence finale.

— Balazar a jugé que ton frère était plus en sécurité avec lui, répondit Jack sans tourner la tête. Il l'a mis sous protection rapprochée.

— Parfait, dit Eddie. Remercie-le de ma part et dis-lui que je suis de retour, que sa marchandise est en lieu sûr et que je peux m'occuper de Henry comme Henry s'est toujours occupé de moi. Tu lui diras aussi que j'ai un sachet au frigo et qu'une fois rentrés chez nous, mon frère et moi, on va se le partager. Qu'après ça on prendra la bagnole et qu'on descendra en ville conclure l'affaire comme prévu. Conformément au plan dont nous avons discuté.

— Balazar veut te voir, Eddie. (Implacable était la voix d'Andolini, inamovible, comme la direction de son regard.) Monte.

— Tu peux te le fourrer là où le soleil a peu de chances de jamais briller, salopard, rétorqua Eddie, et il s'achemina vers l'entrée de son bâtiment.

8

Il n'avait pas long à couvrir mais à peine fut-il à mi-distance que la main de Jack s'abattit sur son bras, paralysante à l'égal d'un étau. Il en sentit l'haleine brûlante comme celle d'un buffle baigner le bas de sa nuque. Tout ça dans le temps que l'on aurait cru voir mettre au cerveau du truand pour convaincre sa main de peser sur la poignée de la portière.

Eddie se retourna.

Cool, Eddie, chuchota Roland.

Cool, répondit Eddie.

— J'aurais pu te descendre pour moins que ça, fit Andolini. Personne ne m'a jamais dit de me le coller au cul, et certainement pas un petit junkie merdique dans ton genre.

— Me tuer, mon cul ! hurla Eddie, hurlante calculée.

Hurlante *cool.* Ils étaient là, sombres silhouettes découpées sur l'horizontale lumière d'or du couchant, dans ce désert d'expansion urbaine qu'était la cité HLM du Bronx, et des gens entendirent ce cri, y reconnurent le mot « tuer ». Ceux qui avaient leur radio allumée en montèrent le son. Était-elle éteinte qu'ils l'allumèrent puis la mirent à plein volume parce que c'était mieux comme ça, parce que c'était plus sûr.

— Rico Balazar a manqué à sa parole. Je me suis décarcassé pour lui et, après, y a plus eu personne. Alors je te dis que tu peux te le foutre jusqu'au fond de ton putain de cul, et je lui dis à lui aussi qu'il peut se le foutre jusqu'au fond de son putain de cul, et merde, je dis à qui je veux de pouvoir se le foutre jusqu'au fond de son putain de cul !

Andolini le regarda. Il avait des yeux si bruns que la couleur semblait avoir filtré dans la cornée, leur donnant la nuance du vieux parchemin.

— Et je dis au président Reagan qu'il pourra aussi se le foutre au cul s'il me manque de parole, et que je me contrefous de son putain de palpeur rectal ou de quoi que ce soit qui barre le passage !

Brique et béton répercutèrent la fin de sa phrase et la burent. Tout seul sur le terrain de sport, de l'autre côté de la rue, un gosse le regardait, le teint très noir contre le short blanc et les baskets, le ballon négligemment coincé entre la hanche et la saignée du coude.

— C'est fini ? demanda Andolini quand les derniers échos se furent dissipés.

— Oui, dit Eddie, sa voix revenue à la normale.

— Parfait. (Andolini tendit ses doigts d'anthropoïde et sourit... et quand il souriait, il se produisait simultanément deux choses : d'une part vous découvriez chez lui un charme qui vous laissait pantois, de l'autre son extrême intelligence se révélait. Une intelligence au plus haut point dangereuse.) On peut aborder la suite ?

Eddie se passa la main dans les cheveux, croisa un instant les bras pour pouvoir se les gratter ensemble puis répondit :

— Je crois que c'est préférable. On n'aurait abouti nulle part.

— Bon. Personne n'a rien dit ni rien pris de haut. (Et il ajouta brusquement, sans même se retourner ni briser le rythme de sa phrase :) Remonte dans le camion, imbécile.

Col Vincent, qui s'était prudemment glissé par la portière à la suite d'Andolini, réintégra si vite sa place qu'il se cogna ; il s'affala sur la banquette et se mit à gémir en se massant le crâne.

— Tu dois comprendre que d'avoir été retenu par les douanes change singulièrement la donne, enchaîna Andolini avec bon sens. Balazar n'est pas n'importe qui. Il a des intérêts à protéger, des gens à protéger. Il se trouve justement que, parmi ces gens, il y a Henry. Foutaises, dois-tu te dire. En ce cas, tu ferais mieux de penser à l'état actuel de ton frère.

— Henry va très bien, se récria Eddie, parfaitement conscient du contraire et ne pouvant empêcher cette conscience de teinter sa voix.

Il s'en aperçut et sut que Jack Andolini aussi s'en était aperçu. Ces derniers temps, Henry piquait du nez en permanence. Il avait ses chemises pleines de trous de cigarette et s'était salement coupé la main en ouvrant une boîte pour Potzie, leur chat. Eddie ne voyait pas comment il était possible de se blesser avec un ouvre-boîte électrique mais Henry avait réussi. De temps à autre, Eddie trouvait la table de la cuisine toute couverte de poudre après le passage de Henry, ou bien c'étaient des traces carbonisées qu'il découvrait dans le lavabo.

« Henry, disait-il alors. Henry, faut que tu fasses gaffe : tu n'assures plus. Tu voudrais te faire coincer que tu ne t'y prendrais pas autrement. »

« Ouais, petit frère, d'accord, répondait Henry. Discrétion totale. Je prends tout ça en main. »

Mais de temps à autre, quand Eddie regardait la mine terreuse de son frère et ses yeux brûlants, il avait la conviction que Henry n'aurait plus jamais rien en main.

Ce qu'il aurait voulu dire à Henry dans ces circonstances, et qui n'aurait rien eu à voir avec le risque que son frère se fît pincer ou même que tous deux se fissent pincer, c'était : « Henry, c'est comme si tu cherchais un endroit pour crever. C'est ça que j'ai l'impression, et, putain, tout ce que je veux, c'est que tu décroches. Parce que si tu crèves, pourquoi est-ce que j'ai vécu, moi ? »

— Henry ne va pas bien, dit Andolini. Il a besoin qu'on le surveille. Il faut... comment c'est dans la chanson ? Ah oui... un pont au-dessus de ces eaux troubles [1]. C'est de ça qu'il a besoin, d'un pont pour franchir des eaux troubles. *Il Roche* est ce pont.

Il Roche *est un pont vers l'enfer,* songea Eddie, puis, tout haut :

— C'est là qu'est Henry ? Chez Balazar ?

— Oui.

— Si je lui donne sa marchandise, il me donne Henry ?

— Et votre marchandise, lui rappela Andolini.

— En d'autres termes, on retourne à la normale.

— Exact.

— Maintenant, dis-moi ce qui va se passer, selon toi. Dis-le-moi, Jack. Je veux que tu me le dises en face. Et si tu en es capable, je veux voir de combien ton nez s'allonge.

— Je ne te suis pas, Eddie.

— Mais si, tu me suis parfaitement. Balazar pense que j'ai sa marchandise, c'est ça ? Il le penserait qu'il serait idiot, or je sais qu'il ne l'est pas.

— Moi, j'ignore ce qu'il pense, répliqua Andolini, serein. Ce n'est pas mon boulot de le savoir. Il sait que tu avais sa marchandise en quittant les Bahamas, que tu t'es fait coincer par la douane mais que tu es ici au lieu d'être en route pour le dépôt. Et il sait que cette marchandise ne peut qu'être cachée quelque part.

— Et aussi que j'ai les douanes qui me collent au cul comme une combinaison à la peau d'un plongeur. Il le sait parce que vous le savez et que vous l'avez prévenu sur la radio du camion par une espèce de message codé du genre : « Napolitaine, une, sans anchois. » Je me trompe, Jack ?

Jack Andolini s'abstint de répondre, garda son air serein.

— À ceci près que c'était lui raconter quelque chose qu'il savait déjà. Comme de relier les points d'un motif qu'on commence à entrevoir.

Dans la lumière dorée du couchant qui lentement virait à l'orange d'un brasier, Andolini resta campé, toujours aussi serein, continuant de ne rien dire.

1. Allusion à la chanson de Simon & Garfunkel : *Bridge over Troubled Water.* (*N.d.T.*)

— Il se dit probablement qu'ils m'ont retourné, que je marche pour eux. Il me croit assez bête pour ça. Je ne lui reproche rien, en fait. Je veux dire : pourquoi pas ? Un junk est capable de n'importe quoi. Vous voulez vérifier s'ils m'ont câblé ?

— Tu ne l'es pas. J'ai un gadget dans le camion. Une sorte de dispositif antibrouillage, sauf que ça capte les ondes courtes. Et, pour peu que ce soit efficace, je ne crois pas que tu marches pour les Fédés.

— Ah bon ?

— Ouais. Bon, alors est-ce qu'on se décide à aller en ville ou non ?

— Ai-je vraiment le choix ?

Non, fit Roland dans sa tête.

— Non, dit Andolini.

Eddie retourna vers le camion. Le gosse au ballon de basket était toujours planté de l'autre côté de la rue, son ombre si longue qu'elle ressemblait à celle d'une grue.

— Taille-toi, lui lança Eddie. Tu n'as jamais été là, tu n'as rien vu. Allez, déguerpis.

Le gamin ne se le fit pas dire deux fois.

— Pousse-toi, dit-il ensuite à Col qui le regardait venir, la figure barrée d'un large sourire.

— Je crois que tu devrais plutôt te mettre au milieu.

— Pousse-toi, répéta Eddie.

Col riva sur lui des yeux ronds puis les tourna vers Andolini qui ne répondit pas à leur interrogation muette, se contentant de tirer sa portière et de fixer droit devant lui le regard serein d'un bouddha en fin de journée, abandonnant à ses disciples le soin de s'installer comme bon leur semble. Après un dernier regard à Eddie, Col se poussa.

Ils pénétrèrent dans New York, et bien que le pistolero (tout à la contemplation émerveillée de structures sans cesse plus hautes et plus gracieuses, de ponts pareils à des toiles d'araignées d'acier enjambant un fleuve d'une largeur extrême et de véhicules aériens pourvus de pales dont le tournoiement les suspendait dans le ciel telles d'étranges libellules dues à l'ingéniosité des hommes) n'en eût aucunement conscience, l'endroit vers lequel ils se dirigeaient était la Tour.

9

De même qu'Andolini, Enrico Balazar ne pensait pas qu'Eddie Dean eût été retourné par les Fédés. De même qu'Andolini, il en avait même l'intime conviction.

Le bar était vide — FERMÉ POUR LA SOIRÉE, disait la pancarte sur la porte — et Balazar, dans son bureau, attendait l'arrivée d'Andolini et de Col Vincent accompagnés du jeune Dean. Il avait avec lui ses deux gardes du corps, 'Cimi Dretto et Claudio Andolini, le frère de Jack, tous deux installés sur le canapé, à gauche de l'immense bureau, et rivant des yeux fascinés sur l'édifice dont leur patron avait entrepris l'érection. La porte était ouverte, donnant sur un petit couloir qui, à droite, par l'arrière du bar, menait à la petite cuisine où ne se préparaient jamais que des pâtes, et à gauche au bureau du comptable et à la resserre. Dans ce bureau subalterne, trois autres « messieurs » de Balazar — c'était le nom qu'on leur donnait — jouaient au Trivial Pursuit avec Henry Dean.

— OK, disait George Biondi, en voilà une facile, Henry. Henry ? Ho ! Ho ! Henry ? Terre à Henry ? On demande Henry sur Terre. Redescends, Henry. Je répète : redescends, Hen...

— J' suis là, j' suis là, fit Henry, la voix pâteuse, celle du type endormi qui dit le contraire à sa femme pour qu'elle lui foute encore la paix cinq minutes.

— OK. Arts et Spectacles. La question est... Putain, Henry ! Tu fais chier à piquer du nez quand j' te parle !

— C'est pas vrai, gueula Henry, hargneux. J' pique pas du nez !

— OK. Quel roman à succès écrit par William Peter Blatty a pour cadre Georgetown, banlieue chic de Washington, et pour thème la possession démoniaque d'une jeune fille ?

— *Johnny Cash*, répondit Henry.

— Seigneur ! brailla Tricks Postino. *Johnny Cash !* Tu n'as que ça à la bouche. C'est ta réponse à tout.

— *Johnny Cash* EST la réponse ; dit Henry, solennel, et il y eut un moment de silence, palpable dans sa méditative stupéfaction... puis un énorme éclat de rire, non seulement des types présents dans la pièce mais des deux autres « messieurs » logés dans la resserre.

— Vous voulez que je ferme la porte, monsieur Balazar ? demanda 'Cimi.

— Non, ça ira.

Balazar était un Sicilien de la deuxième génération mais il s'exprimait sans une once d'accent et certainement pas comme un homme qui n'aurait reçu d'autre éducation que celle des rues. À la différence de bon nombre de ses contemporains dans son secteur d'activité, il était allé jusqu'au bout de sa scolarité secondaire. Plus loin même, puisqu'il avait fait deux années de gestion à l'université de New York. Tout comme ses méthodes de travail, sa voix était tranquille, cultivée, américaine, et elle rendait son aspect physique aussi trompeur que celui de Jack Andolini. Les gens qui l'entendaient pour la première fois ouvraient presque toujours des yeux ronds comme s'ils assistaient au spectacle d'un ventriloque exceptionnellement doué. Car il avait la touche d'un paysan ou d'un tenancier d'auberge, ou encore d'un *mafioso* à temps partiel, qui n'aurait pas tant réussi par l'usage de ses facultés intellectuelles que par celle d'être au bon endroit au bon moment. Il ressemblait à ce que les marlous de la génération précédente avaient appelé un « Père Lustucru ». Un gras du bide fringué comme un bouseux. Ce soir, il était en bras de chemise (blanche, le col ouvert, des taches de sueur s'élargissant aux aisselles) et pantalon de Tergal gris, ses pieds dodus à même des mocassins marron si avachis qu'ils tenaient plus de la mule que de la chaussure. Violettes et bleues, des varices s'entortillaient autour de ses chevilles.

'Cimi et Claudio le regardaient, fascinés.

Dans le temps, on l'avait surnommé *Il Roche* — le Roc — et il y avait encore des anciens pour le faire. Dans le tiroir supérieur droit de son bureau, là où d'autres hommes d'affaires rangeaient bloc-notes, stylos, coupures de presse et trucs du même genre, Enrico Balazar avait en permanence trois jeux de cartes. Il ne s'en servait jamais pour jouer.

Mais pour construire.

Il commençait par en prendre deux qu'il appuyait l'une contre l'autre de manière à former un A sans barre horizontale. Puis une deuxième forme en A prenait place à côté de la première et une dernière carte à l'horizontale venait coiffer l'ensemble. De A en A ainsi disposés puis pourvus d'un toit, il finissait par se constituer sur le bureau une véritable maison de cartes. Se pencher pour jeter un œil à l'intérieur vous offrait le spectacle d'une ruche aux alvéoles triangulaires. 'Cimi avait eu l'occasion de voir s'aplatir de telles architectures plusieurs centaines de fois (Claudio aussi, mais beaucoup plus rarement puisqu'il avait trente ans de moins que 'Cimi, lequel comptait bientôt prendre sa retraite avec sa garce de femme dans leur ferme au nord du New Jersey et y consacrer ses vieux jours au jardinage... et à survivre à la garce qu'il avait épousée ; pas à sa belle-mère — il avait depuis longtemps banni de ses projets celui de déguster des *fettucini* en veillant le corps de *La Monstra* — mais si la mère était à l'évidence éternelle il gardait quelque espoir d'enterrer la fille ; son père avait eu un proverbe qui, traduit dans leur langue d'adoption, donnait à peu près ceci : « Dieu te pisse chaque jour sur la nuque mais ne te noie qu'une fois », et tout en n'étant pas vraiment sûr qu'il fallût y voir la preuve que Dieu était somme toute un brave type, il estimait avoir ne serait-ce qu'une chance de survivre à l'une si ce n'était à l'autre). Il n'avait en revanche vu qu'une seule fois Balazar perdre son sang-froid à la suite d'une de ces chutes. La plupart du temps, c'était un événement fortuit qui les provoquait : quelqu'un refermant trop violemment la porte dans une pièce voisine ou un soûlard s'affalant contre la cloison séparant le bureau du bar. Il était arrivé que 'Cimi vît choir l'œuvre que son patron avait mis des heures à construire (il s'obstinait à l'appeler *Da Boss* comme dans une bande dessinée de Chester Gould), rien que sur la seule vibration du juke-box dans les tons graves. Et même que, de temps à autre, la ruine de ces délicates demeures survenait sans motif perceptible. Un jour — c'était une histoire qu'il avait bien racontée cinq ou six mille fois et dont tout le monde à part lui s'était lassé — *Da Boss* avait levé les yeux des vestiges pour lui dire : « Tu vois ça, 'Cimi ? Eh bien dis-toi qu'à chaque mère maudissant Dieu d'avoir laissé son enfant se faire écraser sur la route, qu'à chaque père maudissant celui qui le chasse de l'usine et le prive de travail, qu'à chaque enfant né pour souffrir et qui demande pourquoi, telle est la réponse. Nos vies sont comme ces choses que je construis. Elles peuvent avoir une raison de s'effondrer comme n'en avoir aucune. »

Carlocimi Dretto y voyait la considération la plus profonde qu'il eût jamais entendue sur la condition humaine.

Quant à cette unique fois où Balazar avait été mis hors de lui par la chute d'une de ses architectures, elle remontait à douze, sinon quatorze années en arrière. Un type était venu le voir pour une histoire de gnôle. Un type sans la moindre classe, ignorant des bonnes manières. Un type qui cocottait comme s'il ne prenait jamais plus d'un bain par an quelles que fussent les circonstances. Un type qui... bref, un Irlandais. Et, bien sûr, il n'avait pu s'agir que d'une histoire de gnôle. Avec les bouffeurs de patates, c'était toujours la gnôle, jamais la dope. Et celui-ci s'était imaginé que ce qu'il y avait sur le bureau de *Da Boss* n'était qu'un passe-temps sans importance. « Fais un vœu ! » qu'il avait braillé après que *Da Boss* lui eut expliqué, ainsi qu'un gentleman peut l'expliquer à l'un de ses pairs, pourquoi il leur était impossible de traiter ensemble. Et l'Irlandais, un de ces types aux cheveux roux et au teint si pâle qu'il donnait l'impression d'avoir la tuberculose ou un truc apparenté, un de ces types dont le nom commence par O et qui ont cette petite boucle entre ce O et leur vrai nom, avait soufflé sur le bureau de *Da Boss* comme un *bambino* sur les bougies de son gâteau d'anniversaire, et les cartes avaient volé tout partout autour de la tête de Balazar. Alors, Balazar avait ouvert le tiroir supérieur gauche de son bureau et de ce tiroir où d'autres hommes d'affaires auraient éventuellement remisé leur fourbi — carnet d'adresses, agenda personnel, ce genre de choses — il avait sorti un 45 et abattu le bouffeur de patates d'une balle en plein front. Et tout ça en gardant la même expression. Puis après que 'Cimi et un nommé Truman Alexander — lequel était mort, il y avait quatre ans, d'une crise cardiaque — eurent enterré l'Irlandais dans un poulailler quelque part aux alentours de Sedonville, Connecticut, Balazar avait dit à 'Cimi :

— Aux hommes de construire des choses, *paisan*, à Dieu de les détruire. N'es-tu pas d'accord ?

— Si, monsieur Balazar, avait répondu 'Cimi, totalement d'accord.

Balazar avait hoché la tête, ravi.

— Vous avez fait comme j'ai dit ? Vous l'avez mis dans un endroit où les poules et les canards ou n'importe quelle autre volaille puissent lui chier dessus ?

— Oui, patron.

— C'est parfait, avait calmement conclu Balazar avant de

prendre un nouveau jeu de cartes dans le tiroir supérieur droit de son bureau.

Il Roche ne pouvait se satisfaire d'un édifice de plain-pied. Sur le toit du premier niveau, il en construisait un deuxième — de superficie plus réduite, simplement — puis un troisième sur ce deuxième et ainsi de suite, mais à partir du quatrième, il lui fallait se lever. Il n'était plus nécessaire de se baisser pour regarder à l'intérieur, et ce que l'œil y découvrait n'avait plus rien d'une rangée de triangles tête-bêche. Cela ressemblait plutôt à quelque structure cristalline d'une impossible beauté. Et fixait-on trop longtemps les profondeurs labyrinthiques qu'on se sentait pris de vertige. À Coney, 'Cimi était un jour entré dans le Palais des Miroirs et il avait ressenti le même malaise. Il n'y était plus jamais retourné.

'Cimi disait aussi (persuadé de n'être cru par personne alors qu'à la vérité tout le monde s'en fichait) qu'il avait assisté une fois à la construction de quelque chose qui n'était plus un château mais une véritable tour, et qu'il l'avait vue atteindre ses dix étages avant de finalement s'effondrer. Que tout un chacun n'en eût rien à foutre, 'Cimi ne pouvait en avoir conscience, tout un chacun affectant d'être émerveillé par le prodige puisque tout un chacun le savait très proche du patron. Mais ils n'auraient pas eu besoin de feindre l'émerveillement s'il avait eu les mots pour décrire cette tour, son exquise silhouette, comment elle s'était élevée jusqu'aux trois quarts de la pièce entre bureau et plafond, dentelle de valets, de trois, de rois, de dix et d'as, rouges et noires configurations dressées, défiant un monde qui tournoyait dans un univers de mouvements et de forces d'une totale incohérence, une tour qui était aux yeux émerveillés de 'Cimi la cinglante négation de tous les injustes paradoxes de l'existence.

S'il avait su comment faire, il aurait dit : Je regardais ce qu'il bâtissait et cela m'expliquait les étoiles.

10

Balazar était conscient de la tournure qu'auraient dû prendre les choses.

Eddie ayant d'une manière ou d'une autre attiré l'attention des Fédés, peut-être sa première erreur avait-elle été de l'envoyer, d'obéir à son intuition même si elle lui claironnait que le jeune homme était parfait pour le job. Son oncle, au service duquel il était entré dans la carrière, n'avait cessé de répéter que toute règle souffrait des exceptions sauf une : celle de ne jamais se fier à un junkie. Balazar n'avait rien dit — ce n'était pas à un gamin de quinze ans, à l'époque, de l'ouvrir, fût-ce pour approuver — mais n'en avait pas moins conclu que la seule règle sans exception était qu'il y avait certaines règles pour lesquelles ce n'était pas vrai.

Mais, songea-t-il, *si Tio Verone était encore en vie, tu le verrais éclater de rire et te dire : « Rico, tu as toujours été plus malin qu'il n'est bon de l'être, tu connaissais les règles et tu la fermais tant qu'il te fallait rester respectueux, mais tu avais déjà cette morgue dans les yeux. Tu as toujours trop bien su à quel point tu étais futé, et tu es finalement tombé dans le piège de ton propre orgueil, ce dont je n'ai jamais douté. »*

Il dressa un nouveau A et prolongea d'autant le toit de la rangée en cours.

Ils avaient agrafé Eddie, l'avaient gardé un moment puis l'avaient laissé repartir.

Lui, il avait mis la main sur le grand frère et sur la réserve de poudre. Il estimait cela suffisant pour faire venir Eddie... qu'il tenait à voir.

Il tenait à le voir parce que le séjour chez les Fédés n'avait duré que deux heures, et que deux heures, ça n'était pas normal.

Ils l'avaient cuisiné sur place, à Kennedy, sans transfert dans leurs locaux de la 43ᵉ Rue, et cela aussi n'était pas normal. Cela signifiait qu'Eddie avait réussi à se débarrasser du gros de la coke sinon du tout.

Avait-il vraiment réussi ?

Balazar réfléchit, s'interrogea.

Eddie avait quitté l'aéroport deux heures après avoir été cueilli à la sortie de l'avion. Trop court pour qu'ils lui aient fait lâcher le morceau, trop long pour la simple constatation qu'il était clean, qu'une hôtesse avait eu des visions.

Balazar réfléchit, s'interrogea.

Si le grand frère était un zombie, le gamin avait encore toute sa tête, et restait coriace. Pas moyen de le retourner en deux malheureuses heures... à moins qu'il n'y ait eu son frère. Quelque chose à propos de son frère.

Mais là encore, pourquoi pas la 43e Rue ? Pourquoi n'y avait-il pas eu transfert dans l'une de ces fourgonnettes des douanes qui ressemblaient tant à un camion des postes, y compris avec les petites grilles sur les vitres arrière ? Parce que Eddie avait réellement fait quelque chose avec la marchandise ? S'en était débarrassé ? L'avait cachée ?

Impossible de rien dissimuler à bord d'un avion.

Impossible de rien faire disparaître.

Comme il était bien sûr impossible de s'évader de certaines prisons, de dévaliser certaines banques, de déjouer certaines lois. Comme il y avait aussi eu des gens pour le faire. Harry Houdini s'était libéré de camisoles de force, de malles cadenassées, de chambres fortes. Mais Eddie Dean n'était pas Houdini.

Ou bien l'était-il ?

Il aurait pu faire abattre Henry dans l'appartement, Eddie sur l'autoroute de Long Island, ou mieux, dans l'appartement aussi où les flics se seraient dit que ces deux drogués avaient fini par en oublier qu'ils étaient frères et s'étaient entre-tués. Mais trop de questions seraient restées sans réponse.

Des réponses qu'il allait obtenir ici et qui, selon le cas, lui permettraient de prendre ses dispositions ou se borneraient à satisfaire sa curiosité. Puis il les tuerait tous les deux.

Quelques réponses en plus, deux junkies en moins. Toujours ça de gagné et pas grand-chose de perdu.

Dans l'autre pièce, c'était à nouveau le tour de Henry.

— OK, Henry, disait George Biondi. Attention, parce que c'est une question-piège. Géographie. Quel est le seul continent où les kangourous sont une forme de vie indigène ?

Silence tout ouïe.

— Johnny Cash, dit Henry, ce qui fut suivi par un monumental éclat de rire.

Les murs en tremblèrent.

'Cimi se tendit, angoissé à l'idée que le château de cartes (susceptible de se faire tour si telle était la volonté de Dieu ou celle des forces aveugles régissant l'univers en son nom) allait peut-être en pâtir.

Les cartes frémirent. Si l'une d'elles cédait, l'ensemble s'écroulerait.

Aucune ne céda.

Balazar leva les yeux et sourit à 'Cimi.

— *Paisan*, dit-il. *Il Dio è buono ; il Dio è malo ; il tiempo è poco poco ; tu sei uno grande piparollo.*

'Cimi lui rendit son sourire.

— *Si, signore. Io sono uno grande piparollo. Io vado fanculer per tu.*

— *Nessuno, va fanculer, catzarro*, dit Balazar. *Eddie Dean va fanculer.*

Il eut un bon sourire et amorça le deuxième étage de sa tour de cartes.

11

Quand le camion se rangea le long du trottoir à proximité du quartier général de Balazar, Col Vincent vint à se tourner vers Eddie. Ce qu'il vit alors lui parut impossible. Il voulut parler, s'en trouva incapable. Sa langue s'était collée à son palais et tout ce qu'il put émettre fut un grognement informe.

Les yeux d'Eddie avaient viré du brun au bleu.

12

Cette fois, Roland n'eut pas à prendre consciemment la décision de passer à l'avant-scène. Il y bondit sans y penser, mouvement involontaire comme celui de s'arracher à son siège en portant les mains à ses armes quand quelqu'un faisait irruption dans la pièce.

La Tour ! C'est la Tour. Ô mon Dieu, la Tour, là, dans le ciel. La Tour qui s'y dessine en traits de rutilance ! Cuthberth ! Alan ! Desmond ! La Tour ! La T...

Mais cette fois, il sentit Eddie lutter — non contre lui mais pour tenter de lui parler, désespérément tenter de lui expliquer quelque chose.

Le pistolero battit en retraite, à l'écoute, désespérément à l'écoute alors qu'en surplomb d'une plage, il ne savait à quelle distance dans l'espace et dans le temps, le corps par lui déserté se tortillait et frissonnait comme celui d'un homme en proie aux plus hauts sommets de l'extase ou à des abîmes d'horreur.

13

Une enseigne! se hurlait Eddie dans la tête, le hurlant à l'autre qui la partageait.

Une enseigne, une simple enseigne au néon. Je ne sais pas de quelle tour tu parles, mais là, c'est rien qu'un bar, celui de Balazar. La Tour Penchée, qu'il l'a appelée, en pensant à celle de Pise ! Ce que tu regardes avec ces yeux que je sens, c'est juste une enseigne censée représenter cette putain de tour de Pise ! Casse-toi, bon Dieu ! Casse-toi ! Tu veux qu'on se fasse tuer avant que j'aie une chance de les voir ?

Pitz ? fit le pistolero, indécis, puis il fixa de nouveau le ciel.

Une enseigne ! Ah, oui ! Un Signe. C'était net, maintenant. Il ne s'agissait pas de la Tour mais d'une représentation symbolique. Inclinée sur le côté, pleine de courbes festonnées... une merveille, quoi, mais rien d'autre. Il la distinguait à présent constituée de tubes qu'on avait d'une manière ou d'une autre emplis de feux follets rouge vif. Par endroits, il semblait y en avoir moins, et dans ces sections, les lignes incandescentes palpitaient et bourdonnaient.

Il y avait une légende sous l'arcane, trois mots dont les caractères, faits de tubes plus minces et recourbés, correspondaient pour la plupart aux Grandes Lettres. LA TOUR, réussit-il à lire, mais au milieu du dernier mot, il y avait une lettre qu'il ne connaissait pas.

Pencrée ? demanda-t-il à Eddie.

PENCHÉE ! *Aucune importance. Ça n'est qu'une enseigne. Tu le vois, j'espère ? C'est tout ce qui compte.*

Je vois, répondit Roland, se demandant si le prisonnier

ajoutait foi à ses paroles ou s'il ne cherchait qu'à se rassurer en disant ça, à empêcher la situation de déborder comme semblait devoir le faire cette tour dont le symbole se dessinait en lignes de feu, se demandant si Eddie croyait réellement qu'un Signe — même s'il employait la forme « enseigne » — pouvait être quelque chose de banal.

Alors, du calme ! Tu m'entends ? Du calme !

Cool ? demanda Roland, et tous deux sentirent son petit sourire dans l'esprit d'Eddie.

Oui, cool, c'est ça. Tu me laisses faire.

D'accord.

Bon, il allait le laisser faire.

Pour le moment.

14

Col Vincent parvint finalement à se décoller la langue du palais.

— Jack, fit-il, la voix épaisse comme un tapis haute laine.

Andolini coupa le moteur et posa sur son collègue un regard peu commode.

— Ses yeux.

— Oui, quoi ?

— Oui, qu'est-ce qu'ils ont, mes yeux ? renchérit Eddie.

Col se retourna.

Le soleil avait disparu, laissant l'air aux cendres du jour, mais la lumière restait suffisante pour convaincre Col que les yeux d'Eddie avaient repris leur couleur d'origine.

S'ils avaient jamais changé.

Tu les as vus bleus, insista quelque chose en lui, mais avait-il bien vu ? Il avait vingt-quatre ans, et depuis vingt et une de ces années personne ne l'avait jamais vraiment cru digne de confiance. Utile parfois. Obéissant presque tout le temps... à condition de ne pas trop lui lâcher la bride. Mais digne de confiance, certainement pas. Il avait fini par souscrire à cet avis sur lui-même.

— Rien, marmonna-t-il.
— Alors, allons-y, dit Andolini.
Ils descendirent du camion. Avec Andolini sur leur gauche et Vincent sur leur droite, pistolero et prisonnier pénétrèrent dans la Tour Penchée.

V

Cartes sur table
et
règlement de comptes

1

Dans un blues des années 20, Billie Holiday — qui allait être un jour bien placée pour le savoir — chantait :

L' docteur m'a dit : Ma fille, faut qu'tu t'arrêtes fissa
Vu qu'si tu décolles encore un coup, ma fille,
T'es bonne pour y rester.

Le dernier décollage de Henry Dean n'eut pas lieu moins de cinq minutes avant que le camion-pizza ne se rangeât devant La Tour Penchée et que son frère y pénétrât sous bonne escorte.

C'était George Biondi — « Gros George » pour ses amis, « Gros Blair » pour les autres — qui, assis à droite de Henry Dean, posait les questions. Henry piquait du nez pour la énième fois, ouvrant sur le jeu des yeux de hibou tandis que Tricks Postino lui plaçait un dé entre les doigts. Des doigts qui avaient déjà cette nuance terreuse que l'on repère aux extrémités d'un corps soumis depuis longtemps à l'héroïne, cette livide avant-garde de la gangrène.

— C'est ton tour, Henry, dit Tricks, et Henry laissa échapper le dé.

Quand il continua de fixer le vide sans manifester la moindre intention de bouger son pion en forme de camembert, Jimmy Haspio le fit à sa place.

— Regarde, Henry, dit-il. Tu as l'occasion de gagner une autre portion de caldoche.

— Big bang, fit Henry, rêveur, puis il regarda autour de lui comme s'il se réveillait. Où est Eddie ?

— Il arrive, le rassura Tricks. Joue.

— J' cracherais pas sur un petit fix.

— Joue, Henry.

— Ouais, ouais, arrête de me bousculer.

— Le bouscule pas, dit Kevin Blake à Jimmy.

— Je le f'rai plus, dit Jimmy.

— Tu es prêt ? demanda George Biondi, décochant aux autres un énorme clin d'œil alors que le menton de Henry s'enfonçait puis, tout aussi lentement, amorçait une remontée. (C'était comme une épave gorgée d'eau mais pas encore assez pour sombrer pour de bon.)

— Ouais, dit Henry. Qu'on me la sorte.

— Il a demandé qu'on la lui sorte ! exulta Jimmy Haspio.

— Alors tu la lui sors, consentit Tricks, et tous rugirent de rire. (Dans la pièce voisine, Balazar en était à son troisième niveau. L'édifice trembla mais tint bon.)

— Bon. Écoute bien. (Nouveau clin d'œil de George. Bien que le camembert de Henry fût sur le quartier général de Sports et Jeux, il annonça la catégorie Spectacles.) Quel célèbre chanteur de country a fait un malheur avec « A Boy Named Sue », « Folson Prison Blues » et bon nombre d'autres rengaines de culs-terreux ?

Kevin Blake, qui était capable de vous trouver combien font sept et neuf (si on lui donnait des jetons de poker pour faire l'addition) hurla de rire en se tenant les côtes et manqua de renverser le plateau.

Continuant de faire semblant de lire la carte qu'il avait en main, George poursuivit :

— Ce célèbre chanteur est également connu comme l'Homme en Noir. Son prénom ressemble à l'endroit où tu vas pisser et son nom signifie ce que tu as dans ton portefeuille pour peu que tu ne sois pas un connard de junkie.

Long silence expectatif.

— Walter Brennan, dit enfin Henry.

Beuglements de rire. Jimmy Haspio s'accrochait à Kevin Blake et Kevin lui assenait des claques dans le dos. Dans le bureau de Balazar, le château de cartes en voie de se faire tour vibra dangereusement.

— Vos gueules, hurla 'Cimi. Il y a *Da Boss* qui bâtit !

Les rires cessèrent aussitôt.

— Bon, dit George. Cette fois, tu as bien répondu, Henry. C'était coton, mais t'y es arrivé.

— Comme toujours, dit Henry. J'y arrive toujours. J'ai droit à un petit fix, non ?

— Bonne idée !

George alla pêcher derrière lui une boîte à cigares, en extirpa une seringue chargée, la planta sous le biceps de Henry, dans la veine boursouflée, marquée de cicatrices, et l'aîné des Dean décolla pour la dernière fois.

2

Vu de l'extérieur, le camion-pizza n'était pas jojo mais tant la peinture bâclée que la crasse récoltée sur les routes dissimulaient une merveille technologique à faire pâlir de jalousie les mecs de la DEA. Comme Balazar l'avait dit plus d'une fois, baiser les salopards impliquait qu'on soit de taille, qu'on puisse rivaliser avec eux quant à la sophistication du matériel. D'un matériel qui n'était pas donné, mais là, Balazar et ses pareils disposaient d'un net avantage : celui de pouvoir voler ce qui, dans l'autre camp, faisait fondre les deniers du contribuable, vu les factures scandaleusement gonflées qu'on leur présentait. Il y avait même, dans les entreprises d'électronique de la côte Ouest, des types toujours prêts à vous vendre du top secret pour des clopinettes. Ces *catzzaroni* (Jack Andolini disait : « Ces aspirateurs à coke de la Silicon Valley ») bazardaient littéralement la marchandise.

Sous le tableau de bord, il y avait un dispositif antibrouillage, un brouilleur d'UHF efficace contre les radars de la police, un détecteur d'ondes radio gamme haute/haute fréquence, un brouilleur GH/HF, un répéteur-amplificateur capable d'amener quiconque cherchait à localiser le camion par une triangulation classique à la conclusion qu'il était simultanément dans le Connecticut, à Harlem et au fin fond de Long Island. On y trouvait aussi un radiotéléphone et un petit bouton rouge qu'Andolini enfonça dès qu'Eddie Dean fut descendu.

Dans le bureau de Balazar, l'interphone proféra un unique et court bourdonnement.

— C'est eux, dit-il. Va leur ouvrir, Claudio. Et toi, 'Cimi, va dire à tout le monde de la fermer. Pour Eddie Dean, il ne doit y avoir ici, à part moi, que toi et Claudio.

Ils quittèrent la pièce. Dans le couloir, 'Cimi prit à gauche, Claudio Andolini à droite.

Balazar s'attaqua tranquillement à l'érection d'un nouvel étage.

3

— *Tu me laisses faire,* répéta Eddie alors que Claudio ouvrait la porte.

— OK, répondit le pistolero qui n'en resta pas moins sur le qui-vive, prêt à passer au premier plan sitôt qu'il le jugerait nécessaire.

Des clés s'entrechoquèrent. Roland eut une conscience aiguë des odeurs — celle de vieille sueur de Col Vincent sur sa droite, l'âpre, voire âcre parfum de l'after-shave de Jack Andolini sur sa gauche, et, alors qu'ils pénétraient dans la pénombre, les effluves surs de la bière.

Cette odeur de bière fut la seule chose qu'il reconnut. L'endroit n'avait rien d'un saloon au sol jonché de sciure ni d'un bar fait de planches posées sur des tréteaux. Il était aussi loin qu'on peut l'être du bastringue de Sheb à Tull. Les doux reflets du verre y foisonnaient ; il y avait plus de verre dans cette seule pièce qu'il n'en avait vu durant toutes les années qui le séparaient de son enfance, de l'époque où l'approvisionnement avait commencé de partir à vau-l'eau, en partie à cause des raids incessants des rebelles de Farson, des partisans de l'Homme de Bien, mais surtout, songeait-il, surtout et simplement, parce que le monde était alors entré en mutation. Une mutation dont Farson avait été symptomatique mais nullement générateur.

Il les voyait partout, ces reflets — sur les murs, sur la façade vitrée du comptoir, sur le long miroir derrière, jusqu'en miniatures curvilignes dans les gracieux calices des verres à pied suspendus à l'envers au-dessus du bar... une guirlande de verres, fragile et fastueuse comme un décor de fête.

Dans un angle, une sculpture de lumières qui naissaient et changeaient, naissaient et changeaient, naissaient et changeaient. De l'or au vert, du vert au jaune, du jaune au rouge, du rouge à l'or de nouveau. Barrant en Grandes Lettres ces métamorphoses, un mot qu'il réussit à déchiffrer mais qui resta pour lui dénué de sens : ROCKOLA.

Aucune importance. Il avait quelque chose à faire ici, et ne pouvait s'octroyer le luxe d'avoir le comportement d'un touriste, si étrange et merveilleux que ce décor pût être.

L'homme qui leur avait ouvert était à l'évidence le frère de celui qui avait conduit ce qu'Eddie nommait le camion (sans doute un mot dérivé de *chemin*, supposait Roland) — bien qu'il fût beaucoup plus grand et environ de cinq ans plus jeune. Il portait un pistolet dans un étui accroché à l'épaule.

— Où est Henry ? demanda Eddie. Je veux voir Henry. Henry ! cria-t-il. Ho ! Ho ! Henry !

Pas de réponse. Rien qu'un silence dans lequel les verres suspendus au-dessus du bar semblaient vibrer subtilement juste hors de portée d'une oreille humaine.

— Monsieur Balazar aimerait d'abord te parler.

— Vous l'avez bâillonné, hein ? Il est quelque part, pieds et poings liés avec un mouchoir dans la bouche ? poursuivit Eddie, agressif, puis avant que Claudio n'ait pu faire plus que s'apprêter à répondre, il éclata de rire. Non, suis-je bête... vous l'avez simplement défoncé. Pourquoi se faire chier avec des cordes et des bâillons quand on a sous la main une shooteuse et de quoi la remplir ? Bon, d'accord. Allons voir Balazar. Autant régler ça tout de suite.

4

Le pistolero vit la tour de cartes sur le bureau de Balazar et pensa : *Encore un signe.*

Balazar n'eut pas à lever les yeux — l'édifice était assez haut pour que, par-dessus le sommet, son regard embrassât naturellement les visiteurs. Il s'y inscrivit simplement une expression chaleureuse et réjouie.

— Ah, Eddie ! Je suis content de te voir, fiston. On m'a dit que tu avais eu des problèmes à l'aéroport.

— Je ne suis pas votre fils, répondit sèchement Eddie.

Balazar fit un petit geste, à la fois hypocrite, comique et navré. *Tu me fais mal,* disait ce geste. *Tu me fais mal, Eddie, quand tu dis des choses pareilles.*

— On ne va pas tourner autour du pot, enchaîna Eddie. Si les Fédés m'ont relâché, vous savez très bien que c'est l'un ou l'autre : ou ils me contrôlent, ou ils n'ont pas trouvé le moyen de me coincer. Et vous savez aussi qu'il leur a été impossible de m'arracher quoi que ce soit en deux heures, que s'ils s'y étaient essayés, je serais encore 43e Rue à répondre à leurs questions avec, çà et là, une pause pour gerber.

— Alors, comme ça, ils ne te contrôlent pas ? demanda Balazar, tout en douceur.

— Non. Donc, c'est qu'ils ont été contraints de me relâcher. Ils me suivent mais je ne les mène pas.

— Ce qui implique que tu as réussi à te débarrasser de la marchandise. Fascinant ! Faut absolument que tu me racontes comment on s'y prend pour faire disparaître un kilo de coke à bord d'un avion. Plutôt précieux comme renseignement. Le genre Mystère de la chambre jaune.

— Je ne m'en suis pas débarrassé, mais je ne l'ai plus sur moi.

— Alors, qui est-ce qui l'a ? voulut savoir Claudio qui rougit aussitôt sous le regard que lui lança son frère.

— Lui, dit Eddie avec un sourire en montrant Enrico Balazar derrière sa tour de cartes. C'est déjà livré.

Pour la première fois depuis qu'Eddie et son escorte étaient entrés dans le bureau, les traits de Balazar s'éclairaient d'une expression sincère : la surprise. Puis ce fut remplacé par un sourire poli.

— Je vois. En un lieu qui sera révélé plus tard, lorsque tu auras récupéré ton frère, ta marchandise et que vous serez loin.

— Non. Vous ne m'avez pas compris. Je parle d'ici. La marchandise vous a été livrée à domicile. Comme convenu. Parce que, même à notre époque, il y a encore des gens qui ont à cœur de respecter les termes d'un marché. Je sais que ça paraît loufoque, mais c'est comme ça.

Tous les regards convergeaient sur lui.

Dis, Roland, comment je me débrouille ?

Bien. Très bien, même. Seulement, ne lui laisse pas le temps de récupérer, Eddie. Je crois que ce Balazar est dangereux.

Tu le crois ? Eh bien moi j'ai de l'avance sur toi : je le sais. Je sais qu'il est terriblement dangereux.

Son attention retourna sur Balazar et il lui décocha un petit clin d'œil.

— Ce qui fait que c'est vous qui devez vous sentir concerné par cette histoire de Fédés, pas moi. S'ils se pointent avec un mandat de perquisition, vous allez vous retrouver enculé jusqu'à l'os sans même avoir eu le temps de baisser votre froc, signor Balazar.

Balazar avait pris deux cartes. Un tremblement soudain dans ses mains les lui fit reposer. Infime détail, que Roland vit, et qu'Eddie vit aussi. L'incertitude — voire la peur, un instant — passa sur son visage.

— Surveille ta langue quand tu t'adresses à moi. Tâche de rester correct et de te rappeler que je n'ai pas plus de patience que d'indulgence à l'égard des absurdités.

Jack Andolini eut l'air paniqué.

— Il est de mèche avec eux, m'sieu Balazar ! Cette petite ordure leur a livré la coke et ils nous l'ont collée pendant qu'ils faisaient semblant de le cuisiner !

— Personne n'a pu entrer ici, Jack. Tu sais très bien que c'est impossible. Les alarmes se déclenchent dès qu'un pigeon pète sur le toit.

— Mais...

— Et en admettant même qu'ils nous aient monté un coup, on a assez de gens qui les infiltrent pour en faire tomber une quinzaine d'un coup. On sait qui, quand et comment.

Il retourna sur Eddie.

— Bon, dit-il. Tu as quinze secondes pour arrêter tes conneries. Ensuite, j'envoie chercher 'Cimi Dretto pour qu'il te fasse mal. Puis, quand il t'aura fait mal pendant un petit bout de temps, il s'en ira et tu l'entendras faire mal à ton frère dans une pièce voisine.

Eddie se raidit.

Détends-toi, murmura le pistolero qui pensa : *Tu veux lui faire mal, il suffit de prononcer le nom de son frère. C'est comme si tu lui fouillais une plaie ouverte avec un bâton.*

— Je vais emprunter vos toilettes, dit Eddie, montrant à l'autre bout de la pièce une porte si discrète qu'on l'aurait prise pour un panneau du revêtement mural. Je vais y aller tout seul et j'en ressortirai avec la moitié de votre cocaïne. Vous vous assurerez que c'en est, puis vous m'amènerez Henry. Quand je l'aurai vu, que j'aurai constaté qu'il va bien, vous lui donnerez notre marchandise et il rentrera chez nous avec un de vos messieurs. Ensuite, on tuera le temps, moi et... (il faillit dire Roland)... moi et les autres types que vous avez ici, en vous regardant bâtir vos châteaux de cartes. Dès que Henry sera à la maison, et en sécurité — c'est-à-dire sans pistolet braqué sur la tempe —, il va téléphoner, dira un certain mot. On en a convenu avant mon départ. Juste au cas où.

Le pistolero vérifia dans l'esprit du prisonnier s'il s'agissait ou non d'un bluff. Apparemment, c'était vrai, du moins pour Eddie qui pensait que son frère aurait préféré mourir que de donner le feu vert si quelque chose clochait. Roland en était moins sûr.

— Tu t'imagines sans doute que je crois encore au Père Noël ? demanda Balazar à Eddie.

— Je sais qu'il n'en est rien.

— Claudio, fouille-le. Toi, Jack, tu vas dans mes toilettes et tu les passes au peigne fin.

— Y a-t-il ici un endroit que je ne connaîtrais pas ? demanda Andolini.

Balazar prit son temps pour répondre, ses yeux sombres examinant attentivement son lieutenant.

— Oui, il y a une cache au fond de l'armoire à pharmacie. J'y garde deux ou trois bricoles. C'est trop petit pour une livre de coke mais autant vérifier.

Jack gagna la porte et, alors qu'il l'ouvrait, le pistolero

entrevit dans les latrines la même lumière glacée que celle du véhicule aérien. Puis la porte se referma.

Balazar ramena les yeux sur Eddie.

— Pourquoi vas-tu inventer des histoires pareilles ? lui demanda-t-il, presque avec tristesse. Je te croyais malin.

— Regardez-moi, rétorqua tranquillement Eddie. Regardez-moi en face et dites-moi que ce sont des inventions.

Balazar fit comme demandé. Scruta longuement Eddie. Puis il se détourna, les mains si enfoncées dans les poches que son postérieur de péquenot se dessinait sous le tissu tendu. Il présentait un dos de père affligé — navré que son fils s'obstinât dans l'erreur — mais avant de ne plus voir que son dos, Roland avait surpris sur le visage de Balazar une expression totalement étrangère au chagrin. Ce que Balazar venait de lire dans les yeux d'Eddie ne l'avait en fait nullement chagriné mais perturbé au plus haut point.

— À poil, dit Claudio qui avait sorti son arme et la braquait sur Eddie.

Eddie commença à se déshabiller.

5

Ça ne me plaît pas, songeait Balazar en attendant que Jack Andolini ressorte des toilettes. Il avait peur, transpirait à présent non seulement sous les bras et autour des parties — endroits qu'il avait moites en permanence, même quand il gelait à pierre fendre — mais de partout. Eddie était parti avec la touche d'un junkie — d'un junkie malin mais d'un junkie quand même, d'un type qu'on menait où on voulait, solidement ferré à l'hameçon de la poudre — et revenu avec celle... celle d'un quoi ? Comme s'il avait grandi en un sens, comme s'il avait changé.

Comme si quelqu'un lui avait insufflé une bonne dose de cran frais.

Ouais. Il y avait ça. Et il y avait la dope. Cette putain de dope.

Jack était en train de retourner les toilettes et Claudio fouillait Eddie, déployant la férocité d'un maton sadique. Eddie avait montré une impassibilité dont Balazar ne l'aurait jamais cru capable, ni lui ni aucun autre drogué, quand Claudio, après s'être enduit la main droite des quatre glaviots qu'il s'était crachés dans la gauche, la lui avait enfoncée dans le cul jusqu'au poignet et au-delà.

Pas de dope dans les toilettes, ni sur Eddie, ni dans Eddie. Non plus que dans ses vêtements, dans sa veste, dans son sac. Tout ça ne pouvait qu'être un bluff.

Regardez-moi en face et dites-moi que ce sont des inventions.

Il l'avait regardé en face. Avait vu quelque chose de renversant. Qu'Eddie était parfaitement sûr de lui, qu'il s'apprêtait à entrer dans ces toilettes pour en ressortir avec la moitié de la coke.

Et lui-même y avait presque cru.

Claudio Andolini récupéra sa main. Ses doigts firent *floc* en s'extirpant du trou du cul d'Eddie. Sa bouche se tordit, prit l'aspect d'une ligne emmêlée.

— Grouille-toi, Jack. J'ai de sa merde de junkie plein la pogne.

— Si j'avais su que t'allais enquêter de ce côté, Claudio, je me serais soigneusement récuré le derche avec un barreau de chaise la dernière fois que j'ai coulé un bronze. Ta main serait ressortie parfaitement nette et je n'aurais pas l'impression de m'être fait violer par un taureau.

— Jack !

— Tu n'as qu'à aller te laver dans la cuisine, dit Balazar. Eddie et moi, on ne va pas se sauter à la gorge dès que tu auras le dos tourné. Pas vrai, Eddie ?

— Sûr.

— De toute façon, il est net, dit Claudio. Enfin, net n'est peut-être pas le mot. Je veux dire qu'il n'a rien sur lui.

Il sortit en laissant pendre sa main merdeuse à bout de bras comme si c'était un poisson bien avancé.

Eddie reporta tranquillement son attention sur Balazar qui pensait de nouveau à Harry Houdini, à Blackstone, à Doug Henning et à David Copperfield. On n'arrêtait pas de dire que la prestidigitation avait rejoint le vaudeville dans le cimetière du show-business, mais Henning restait une superstar et il se souvenait encore de l'enthousiasme de la salle quand il avait assisté au spectacle du gamin Copperfield à Atlantic City. Balazar adorait les illusionnistes depuis le premier numéro de magie vu à un coin de rue quand il était encore tout gosse. Un gars qui s'assurait son argent de poche avec des tours de cartes.

Et qu'est-ce qu'ils faisaient tous avant de faire apparaître quelque chose... un truc devant quoi le public allait d'abord rester bouche bée puis exploser dans un tonnerre d'applaudissements ? Inviter quelqu'un dans la salle pour vérifier que l'endroit d'où allait sortir le lapin — ou la colombe ou le joli petit lot, les nibards à l'air, ou tout ce que vous voudrez — était parfaitement vide. Et mieux que ça, pour s'assurer qu'il n'y avait aucun moyen que quoi que ce fût y rentre.

Je me dis qu'il a peut-être réussi son coup. Je ne sais pas comment et n'en ai rien à cirer. Tout ce que je vois, c'est que ça ne me plaît pas... non, que ça ne me plaît pas du tout.

6

Il y avait également quelque chose qui ne plaisait pas du tout à George Biondi et il se demandait de quoi Eddie Dean serait capable lorsqu'il l'apprendrait.

Car il était pratiquement sûr qu'un peu après l'entrée de 'Cimi dans le bureau du comptable pour baisser les lumières, Henry était mort. Mort sans tambour ni trompette, tranquillement, sans emmerder personne. Emporté comme une spore de pissenlit par la brise. George estimait que l'événement avait pu se produire aux alentours du moment où Claudio était parti se laver les mains dans la cuisine.

— Henry ? murmura George à l'oreille de l'aîné des Dean, approchant ses lèvres si près que ce fut comme quand on donne un baiser dans l'oreille de votre voisine au cinéma, et c'était plutôt olé olé compte tenu que le type était probablement mort — comme de l'accrophilie ou le putain de nom qu'ils donnaient à ça — mais il lui fallait en avoir le cœur net et la cloison entre ce bureau et celui du patron était des plus minces.

— Qu'est-ce qui se passe, George ? demanda Tricks Postino.

— Z'allez la fermer ? fit 'Cimi, grondement sourd d'un camion au point mort.

Ils la fermèrent.

George glissa la main dans la chemise de Henry.

Oh, c'était de pire en pire, l'impression qu'il était au cinoche avec une nénette ne voulait pas le lâcher. Maintenant, voilà qu'il la pelotait, sauf que ce n'était pas la, mais le, pas de l'accrophilie normale mais de l'accrophilie de pédé, que par-dessus le marché, la poitrine décharnée de l'accro en question ne se soulevait ni ne retombait, et qu'il n'y avait rien qui battait à l'intérieur. Pour Henry Dean, c'était terminé. Pour Henry Dean, la pluie avait eu raison du match de base-ball à la septième reprise. Plus rien ne faisait tic-tac chez lui, à part sa montre.

George se déplaça jusque dans le halo d'ail et d'huile d'olive — l'atmosphère du Vieux Pays — nimbant 'Cimi Dretto.

— Je crois qu'on a un petit problème, murmura-t-il.

7

Jack ressortit des toilettes.

— Pas de dope là-dedans, annonça-t-il, et il examina Eddie d'un œil morne. Si tu avais des projets concernant la fenêtre, tu peux laisser tomber. Elle est doublée d'un grillage de dix.

— Qu'est-ce que j'en ai à foutre de la fenêtre ? rétorqua tranquillement Eddie. C'est déjà dedans. Tu n'as simplement pas su où chercher.

— Excusez-moi, m'sieu Balazar, dit Andolini, mais ce mec commence à me les gonfler.

Le regard de Balazar restait rivé sur Eddie comme s'il n'avait même pas pris conscience du retour de Jack. Il était complètement absorbé dans ses pensées.

Des pensées peuplées d'illusionnistes tirant des lapins de leur chapeau.

Constante numéro un : le pékin pris dans l'assistance à qui on fait vérifier que le chapeau est vide. D'accord, mais il y en avait une deuxième : à part le magicien, bien sûr, personne après ça ne regardait dans le chapeau. Or le gamin avait dit : *Je vais emprunter vos toilettes. Je vais y aller tout seul.*

Savoir comment marchait un tour de magie n'était d'habitude pas son truc, vu que ça vous gâchait le plaisir.

D'habitude.

Mais en l'occurrence, il était impatient de voir son plaisir gâché.

— Parfait, dit-il au jeune homme. Si c'est dedans, va le chercher. Comme tu es. À poil.

— OK.

Eddie s'achemina vers la porte.

— Mais pas tout seul, ajouta Balazar. (Eddie se figea comme s'il venait de recevoir un harpon invisible, et ce raidissement soudain versa du baume dans le cœur de Balazar : pour la première fois, quelque chose ne rentrait pas dans les plans du gamin.) Jack t'accompagne.

— Non, se récria aussitôt Eddie. Ce n'est pas ce qui...

— Eddie, mon cher Eddie, ne me dis pas non. C'est la seule chose que tu ne dois jamais faire.

8

Pas de problème, dit le pistolero. Qu'il vienne.

Mais... mais...

Eddie était à deux doigts de bafouiller, n'avait plus qu'un semblant de contrôle sur ses réactions. Ce n'était pas seulement la balle oblique et soudaine que Balazar venait de lui lancer ; il y avait le souci croissant qu'il se faisait pour Henry et, prenant lentement mais sûrement l'ascendant sur tout le reste, l'impérieux besoin d'un fix.

Si, si, qu'il vienne. Tout se passera bien. Écoute.

Eddie écouta.

9

Balazar le regardait, regardait un jeune homme nu, mince, dont la poitrine n'en était encore qu'à l'esquisse du caractéristique affaissement de l'héroïne, qui se tenait la tête légèrement penchée sur le côté, et à le regarder, Balazar sentait s'évanouir quelque peu de son assurance. C'était comme si le gamin tendait l'oreille à une voix que lui seul pouvait entendre.

La même pensée traversa Andolini, mais sur un mode différent : *Qu'est-ce qui lui arrive ? On dirait le chien sur les vieux disques de La Voix de son Maître.*

Col avait essayé de lui dire quelque chose à propos des yeux d'Eddie. Il regrettait soudain de ne pas l'avoir laissé parler.

Puis si Eddie avait écouté des voix dans sa tête, elles se turent ou il cessa de leur prêter attention.

— Bon. Allons-y, Jack. Je vais te montrer la huitième merveille du monde.

Il leur décocha un sourire qui les laissa de glace l'un comme l'autre.

— Ah bon ? fit Jack, allant pêcher une arme dans l'étui qu'il avait au creux des reins. Dois-je m'attendre à une surprise ?

Le sourire d'Eddie s'élargit.

— Ça oui. Sûr que tu vas en rester sur le cul.

10

Andolini suivit Eddie dans les toilettes, le pistolet bien haut vu que le trouillomètre dégringolait passablement.

— Ferme la porte, lui dit Eddie.

— Va te faire foutre, fut la réponse.

— Ferme cette porte ou pas de dope.

— Va te faire foutre, répéta Andolini.

Vaguement paniqué comme il l'était, sentant là quelque chose qui lui échappait, Jack Andolini révélait plus de son intelligence qu'au volant du camion.

— Il ne veut pas fermer la porte, gueula Eddie. Je vous prends à témoin, monsieur Balazar. Vous avez probablement une demi-douzaine de gars ici, avec une moyenne de quatre armes par tête de pipe, et je vous vois l'un comme l'autre en train de flipper devant un malheureux gamin, junkie de surcroît.

— Ferme cette putain de porte, Jack ! hurla Balazar.

— Parfait, dit Eddie alors qu'Andolini refermait derrière eux d'un coup de pied. T'es un homme ou t'es...

— Et puis merde, j'en ai ras le bol de ces conneries, décréta Jack sans s'adresser à quiconque en particulier.

Il retourna le pistolet avec l'évidente intention d'en flanquer un coup de crosse en travers de la mâchoire d'Eddie.

Puis il se figea, sa matraque improvisée stoppée dans son élan, son rictus mauvais se désagrégeant en niaise expression abasourdie alors qu'il découvrait ce que Col Vincent avait vu dans la fourgonnette.

Les yeux d'Eddie qui viraient du marron au bleu.

— *Maintenant, tu l'attrapes !*

La voix grave, péremptoire, qui sortait de la bouche d'Eddie n'était pas la sienne.

— *Schizo*, pensa Jack Andolini. *Le voilà qui devient schizo, qui me pique une putain de crise de schi...*

Mais l'explication tourna court alors qu'Eddie l'agrippait aux épaules car, en ce même instant, il vit surgir une brèche dans le réel un peu moins d'un mètre derrière le jeune homme.

Non, pas une brèche, rien d'un trou ; des dimensions trop régulières pour ça.

C'était une porte.

— Je vous salue Marie pleine de grâce, gémit Jack à mi voix.

Par cette découpe suspendue dans l'espace à une trentaine de centimètres du sol devant la douche personnelle de Balazar, il voyait une plage aux couleurs sombres dévalant vers les vagues qui s'y brisaient. Des choses bougeaient sur cette plage. Des monstres.

La crosse du pistolet redescendit, mais le coup censé fracasser les incisives d'Eddie mourut sur le coussinct de ses lèvres qu'il ensanglanta quelque peu. Jack Andolini comprit que ses forces l'abandonnaient ; il les sentait fuir.

— Ne t'avais-je pas averti que tu allais en rester sur le cul ? dit Eddie.

Puis il empoigna Jack qui ne saisit qu'au dernier moment où il voulait en venir, se débattit comme un diable, mais trop tard... ils basculaient déjà au corps à corps dans la fantastique ouverture. Et le murmure du New York nocturne, si permanent, si familier qu'on n'en percevait jamais que l'interruption, se vit remplacé par le fracas des vagues et par les voix grinçantes, interrogatives des horreurs qui évoluaient au ras du sable.

11

Il va falloir aller très vite ou on va se retrouver dans le four à houblon, avait dit Roland. Ce qu'Eddie avait compris qu'il fallait traduire par : s'ils ne se remuaient pas le cul à une vitesse approchant celle de la lumière, ils étaient cuits. Il partageait cette opinion. Quand il y avait du grabuge, Jack Andolini était du style Dwight Gooden : possible de le bousculer, ouais, voire de le secouer sérieusement, mais si vous le laissiez s'échapper dans les premières reprises, il vous battait plus tard à plates coutures.

La main gauche! hurla Roland alors qu'ils franchissaient le seuil et qu'Eddie et lui redevenaient deux individus distincts. *N'oublie pas! La main gauche! La gauche!*

Il vit Eddie et Jack tomber à la renverse puis rouler au bas de l'éboulis qui bordait la grève, luttant pour la possession de l'arme qu'Andolini tenait toujours.

Roland eut juste le temps de penser à l'énorme plaisanterie que lui aurait jouée le Destin s'il ne retournait présentement dans son monde que pour découvrir son corps physique mort dans l'intervalle... et puis ce fut trop tard. Trop tard pour se poser des questions, trop tard pour faire marche arrière.

12

Andolini ne voyait pas ce qui avait pu se produire. Une part de lui était persuadée d'avoir sombré dans la démence, une autre de s'être fait droguer par Eddie, ou gazer, ou quelque chose du genre, une autre encore que le Dieu vengeur de son enfance avait fini par se lasser de ses méfaits, qu'il l'avait arraché au monde des vivants pour le précipiter dans cet étrange purgatoire.

Puis il vit la porte ouverte et l'arc de lumière blanche — l'éclairage au néon des chiottes de Balazar — qu'elle projetait sur le sol caillouteux, comprit alors qu'il lui était possible de rebrousser chemin. Jack Andolini avait avant tout l'esprit pratique. Il serait toujours temps de s'interroger sur ce mystère ; pour l'heure, ses ambitions se bornaient à liquider ce fils de pute et à refranchir la porte en sens inverse.

L'énergie dont il s'était trouvé vidé sous le coup de la surprise réaffluait en lui, et il se rendit compte qu'Eddie tentait de lui arracher son petit mais efficace colt Cobra, et qu'il était sur le point d'y parvenir. Il se dégagea, essaya de viser, mais en vain : la main d'Eddie s'était de nouveau refermée sur son bras.

Ce fut alors son genou qu'il expédia dans la cuisse droite du jeune homme (notant au passage les plaques de sable sale et gris qui souillaient déjà la coûteuse gabardine de son pantalon) et le cri de douleur attendu explosa quand la crampe noua le muscle d'Eddie.

Qui, derrière ce cri, hurla :

— *Roland ! Viens m'aider ! Pour l'amour du ciel, viens m'aider !*

Andolini tourna brusquement la tête et ce qu'il vit lui fit perdre une deuxième fois l'équilibre. Un type, là, debout... sauf qu'il n'avait pas tant l'air d'un type que d'un revenant. Et pas vraiment du genre Gaspard le Petit Fantôme. Des traits d'une pâleur extrême, mangés par une barbe de plusieurs jours et par des yeux hagards. Une chemise déchirée dont le vent soulevait derrière lui les lambeaux entortillés, révélant les cannelures de ses côtes. Un chiffon crasseux noué autour de la main droite complétait le tableau. Il donnait l'impression d'être malade, malade et mourant, coriace aussi, malgré tout, assez pour qu'Andolini se sentît de nouveau gagné par une certaine mollesse.

Et l'enfoiré portait une paire de pistolets.

Des antiquités, dignes de figurer dans un musée du Far West... mais des armes quand même, et susceptibles de fonctionner. Andolini s'aperçut qu'il allait avoir à s'occuper séance tenante de l'homme au visage blême... à moins que ce fût réellement un spectre, auquel cas tout cela n'avait pas la moindre importance et il était inutile de s'inquiéter.

Il lâcha Eddie et se rejeta sur la droite, à peine conscient de déchirer sur une pierre son veston à cinq cents dollars. Au même instant, le pistolero dégaina de la main gauche, geste qui fut comme il avait toujours été, que son exécutant fût malade ou bien portant, réveillé ou encore dans les brumes du sommeil : plus vif que l'éclair zébrant de bleu la nuit d'été.

Je suis battu, pensa Andolini, émerveillé autant qu'amer. *Seigneur, je n'ai jamais vu quelqu'un d'aussi rapide ! Je suis battu, sainte Mère de Dieu, il va me descendre, il va...*

Le doigt gauche de l'homme en haillons pressa la détente du revolver et Jack Andolini crut — crut pour de bon — qu'il était mort avant de se rappeler n'avoir entendu qu'un *clic* en fait de détonation.

Long feu.

Souriant, il se redressa sur les genoux, leva son Cobra.

— Je ne sais pas qui tu es, putain de cadavre ambulant, mais tu peux te dire au revoir ! dit-il.

13

Eddie s'assit, tremblant, son corps nu couvert de bleus plus ou moins proéminents. Il vit Roland dégainer, entendit un claquement sec au lieu d'une explosion retentissante, vit Andolini se relever, l'entendit dire quelque chose, et sur ce, sans vraiment savoir encore ce qu'il faisait, il eut sous la main un gros caillou acéré à souhait qu'il dégagea du sol grenu et lança de toutes ses forces.

Il toucha Andolini sur le haut de la nuque avant de rebondir ailleurs, y laissant pendre un bout de cuir chevelu ensanglanté. Andolini fit feu, mais la balle, autrement vouée à tuer le pistolero, se perdit.

14

Pas vraiment, aurait dit le pistolero à Eddie. *Quand tu la sens passer au ras de ta joue, tu ne peux pas vraiment parler d'une balle perdue.*

Il réarma, tira de nouveau dans le temps même où il évitait la balle d'Andolini. Cette fois, la détonation retentit, sèche, impérieuse, emplissant toute la plage. Les mouettes qui dormaient sur les rochers, hors d'atteinte des homarstruosités, s'envolèrent en piaillant.

La balle de Roland aurait probablement cueilli Andolini si celui-ci, groggy du coup reçu, n'avait à cet instant basculé sur le côté. Le fracas de la pièce de musée lui parut lointain, mais pas le tisonnier brûlant qui plongea dans son bras, lui fit voler le coude en éclats. Il en sortit de son étourdissement et se releva, un bras cassé, pendeloque inutile, l'autre oscillant avec l'arme à la recherche d'une cible.

La première qui lui tomba sous les yeux fut Eddie, Eddie le drogué, Eddie qui l'avait d'une manière ou d'une autre entraîné dans cet endroit de dingues. Eddie qui était là aussi nu qu'au jour de sa naissance et tremblait de froid, s'enveloppait dans ses bras pour s'en protéger. Bon, il allait peut-être crever sur cette foutue plage mais il aurait au moins le plaisir de voir Eddie Dean Fleur de Pine l'accompagner.

Le petit Cobra s'était fait dix fois plus lourd dans sa main. Il réussit quand même à l'amener en position.

15

Vaudrait mieux que ça parte, cette fois, pensa Roland, sinistre, alors que son pouce ramenait le chien. Sous le vacarme des mouettes, il entendit le *clic,* aisé, huilé, de l'alvéole qui se verrouillait en place.

16

Le coup partit.

17

Le pistolero n'avait pas visé la tête d'Andolini mais l'arme dans sa main. Il ignorait s'ils allaient encore avoir besoin de cet homme, mais la chose n'avait rien d'impossible : c'était un type important aux yeux de Balazar, lequel s'était révélé largement aussi dangereux que Roland l'avait supputé. La prudence était donc de mise.

La balle toucha sa cible... rien d'étonnant à cela. Il en fut différemment de ce qui arriva au pistolet d'Andolini et, partant, à Andolini lui-même. Roland avait déjà vu le fait se produire, mais seulement une ou deux fois dans toutes ces années où il avait assisté à des échanges de coups de feu.

Pas de chance, mon gars, pensa-t-il en regardant son adversaire s'éloigner, chancelant, hurlant, vers la plage, la chemise et le pantalon éclaboussés de sang. La main qui avait tenu le colt Cobra s'achevait maintenant à mi-paume. Le pistolet n'était plus qu'un morceau de ferraille tordu gisant sur le sable, méconnaissable.

Eddie rivait sur Jack des yeux ronds. Plus personne n'irait préjuger inconsidérément du niveau d'intelligence de cet homme sur la foi de son faciès néandertalien, vu que ce faciès n'était plus qu'un souvenir. Il s'y était substitué une bouillie de chair sanguinolente autour du trou noir de sa bouche ouverte sur un long cri.

— Mon Dieu, que s'est-il passé ?

— Ma balle doit s'être coincée dans le canon de son arme à la seconde même où il en pressait la détente, répondit le pistolero, sec, précis comme s'il faisait une conférence de balistique à l'École de police. Il en a résulté une explosion qui a déchiqueté la culasse et entraîné, à mon sens, celle d'une ou deux autres cartouches.

— Achève-le, dit Eddie. (Il tremblait plus fort que jamais, et ce n'était plus seulement dû à la conjonction de la fraîcheur nocturne et de la brise marine sur son corps nu.) Mets fin à ses misères, pour l'amour du...

— Trop tard, dit le pistolero avec une froide indifférence qui glaça Eddie jusqu'aux os.

Et celui-ci se détourna juste un peu trop tard pour se soustraire à la vue des homarstruosités qui grouillaient aux pieds d'Andolini, lui arrachaient ses mocassins de chez Gucci... avec leur contenu, bien sûr. Hurlant, agitant spasmodiquement les bras devant lui, Andolini s'écroula. Les monstres le recouvrirent, avides, le dévorèrent vivant sous le feu roulant de leurs questions anxieuses : *I-ce que chic ? Eut-ce que chule ? A-ce que châle ? O-ce que choc ?*

— Mon Dieu, gémit Eddie. Qu'est-ce qu'on fait maintenant ?

— Tu vas prendre l'exacte quantité de (*poudre du diable*, dit le pistolero, *cocaïne*, entendit le jeune homme) que tu as promise à ce Balazar. Ni plus ni moins. Et puis on retourne là-bas. (Il regarda Eddie.) À ceci près que, cette fois, je t'y accompagne en tant que personne distincte.

— Seigneur ! Tu peux faire ça ? (Question à laquelle il répondit aussitôt :) Évidemment que tu en as la faculté. Je devrais plutôt te demander pourquoi tu veux être physiquement présent.

— Parce que, vu ce qu'il y a à faire, tu ne pourrais pas y arriver seul, dit Roland. Viens.

Eddie se retourna vers le grouillement des horreurs chitineuses un peu plus bas sur la plage. Il n'avait jamais eu la moindre sympathie pour Jack Andolini mais ce spectacle le révulsait quand même.

— Viens, répéta Roland avec impatience. On n'a pas l'éternité devant nous, et je n'aime pas trop ce que je vais devoir faire. Je n'y ai jamais été contraint et n'avais jamais pensé l'être un jour. (Un pli amer tordit ses lèvres.) Cela dit, faut que je m'y habitue.

Eddie rejoignit la silhouette décharnée, porté par des jambes qu'il sentait de plus en plus molles. Dans ce crépuscule d'un autre monde, sa peau nue avait des reflets livides. *Qui es-tu Roland ? Qui es-tu, au juste, et qu'es-tu ? Et ce feu qui émane de toi... est-ce seulement la fièvre ? Ou quelque type de folie ? Je crois bien qu'il s'agit des deux.*

Seigneur, il avait besoin d'un fix. Correction : il en méritait un.

— T'habituer à quoi ? demanda-t-il. De quoi parles-tu ?

— Prends ça, dit le pistolero, montrant — non du doigt mais de l'espèce de sac qui remplaçait sa main — l'autre antiquité suspendue bas sur sa hanche droite. Je n'en ai plus l'usage. Pour le moment, du moins, si ce n'est pour toujours.

— Je... (Eddie déglutit.) Je ne veux pas y toucher.

— Ça m'ennuie autant que toi que tu y touches, dit Roland avec une curieuse douceur dans la voix, mais je ne crois pas que nous ayons le choix. Il va y avoir du grabuge.

— Vraiment ?

— Oui. (Et, sans que son regard posé sur le jeune homme perdît en sérénité, il ajouta :) Pas qu'un peu, à mon sens.

18

L'inquiétude de Balazar ne cessait de grandir. Trop long. Voilà trop longtemps qu'ils étaient dans ces chiottes, et le silence était trop profond. Dans les lointains — peut-être dans l'immeuble en face —, il avait entendu un échange de cris, puis plusieurs détonations qui avaient dû correspondre à l'explosion de pétards... mais quand on était dans la branche de Balazar, ce n'était pas à des pétards qu'on pensait en premier.

Et ce hurlement ? Était-ce vraiment un hurlement qu'il avait entendu ?

Laisse tomber. Ce qui se passe en face n'a rien à voir avec toi. Voilà que tu te comportes comme une vieille bonne femme.

Tout cela, néanmoins, ne présageait rien de bon. Non, rien de bon.

— Jack, brailla-t-il en direction de la porte close au fond de la pièce.

Pas de réponse.

Il ouvrit le tiroir supérieur gauche du bureau et en sortit son pistolet. Il ne s'agissait pas d'un colt Cobra ni d'aucune arme assez pratique pour s'ajuster dans un étui à crampons : c'était un Magnum 357.

— 'Cimi ! appela-t-il. J'ai besoin de toi !

Il referma violemment le tiroir. La tour de cartes s'affaissa dans un soupir. Il n'y prêta même pas garde.

'Cimi Dretto apparut sur le seuil, ses cent vingt kilos interdisant toute vision du couloir. Il constata que *Da Boss* avait sorti son arme et, immédiatement, extirpa la sienne des profondeurs d'une veste écossaise si voyante qu'elle aurait probablement brûlé la cornée de quiconque aurait commis l'erreur de la regarder trop longtemps.

— Va me chercher Claudio et Tricks en vitesse, lui lança Balazar. Le gosse mijote quelque chose.

— On a un problème, patron.

Les yeux de Balazar quittèrent la porte des toilettes pour se poser sur 'Cimi.

— Un de plus, dit-il. De quoi s'agit-il, cette fois ?

'Cimi se passa la langue sur les lèvres. Dans les meilleures circonstances, il n'aimait déjà pas annoncer une mauvaise nouvelle à *Da Boss*. Alors, quand il le voyait comme ça...

— Eh bien... dit-il, et il se repassa la langue sur les lèvres. Il se trouve...

— Bordel de merde, accouche ! gueula Balazar.

19

Les plaquettes de crosse en bois de santal du revolver étaient si lisses que la première prouesse d'Eddie en le recevant fut de manquer le laisser choir sur ses orteils. L'arme était si grosse qu'elle en paraissait antédiluvienne, si lourde qu'il ne voyait pas d'autres moyens de la soulever que de la prendre à deux mains. *Le recul est fichu de me projeter au travers de la cloison la plus proche*, pensa-t-il. *Et ce, en admettant que la balle consente à partir.* Il n'en restait pas moins qu'une part de son être aspirait à tenir cette arme, répondait à la finalité qu'elle exprimait si parfaitement, sentait son obscure et sanglante histoire, voulait de toutes ses forces y avoir part.

Nul n'a jamais tenu ce bébé en main s'il n'était le meilleur, songea Eddie. *Du moins jusqu'à ce jour.*

— Tu es prêt ? lui demanda Roland.

— Non, mais allons-y quand même.

Il referma sa main gauche sur le poignet gauche de Roland.

Celui-ci glissa autour de ses épaules nues un bras droit qu'embrasait l'infection.

Ensemble ils refranchirent le seuil, passant de l'obscurité venteuse de cette plage, de ce monde à l'agonie du pistolero, à l'éclat froid des tubes fluorescents des toilettes privées de Balazar à la Tour Penchée.

Alors qu'Eddie clignait des yeux pour les habituer à la lumière, il entendit dans l'autre pièce le « On a un problème » de 'Cimi Dretto. *N'est-ce pas notre lot à tous ?* songea-t-il, et, à cet instant, son regard se riva sur l'armoire à pharmacie. Elle était restée ouverte. Il réentendit Balazar demander à Jack de fouiller la salle d'eau, réentendit Andolini demander s'il y avait là un endroit qu'il ne connaîtrait pas. Balazar avait marqué un temps d'arrêt avant de répondre. *Il y a une cache au fond de l'armoire à pharmacie*, avait-il fini par dire. *J'y garde deux ou trois bricoles.*

Andolini avait fait glisser le volet dissimulant la cache. Et il avait négligé de le refermer.

— Roland ! fit Eddie entre ses dents.

Le pistolero leva le revolver qu'il avait gardé, en posa le canon sur ses lèvres pour lui faire signe de se taire. Eddie s'approcha sans bruit de l'armoire.

Deux ou trois bricoles... Exact : un flacon de suppositoires, un numéro de *Jeux Enfantins* — revue à la quadrichromie sommaire où, nues en couverture, deux fillettes d'environ huit ans s'embrassaient avec passion — et huit ou dix échantillons de Keflex. Eddie savait ce dont il s'agissait. Exposés comme ils l'étaient aux infections tant locales que généralisées, les junkies faisaient une grosse consommation de Keflex.

C'était un antibiotique.

— Un de plus, entendit-il. (Balazar avait l'air à bout.) De quoi s'agit-il, cette fois ?

Si ça ne met pas KO les saletés de microbes qui le travaillent, se dit-il, *rien n'y parviendra*.

Il ramassait les boîtes de Keflex, s'apprêtant à les fourrer dans ses poches, quand il prit conscience de ne pas en avoir. L'aboiement rauque qui lui échappa n'eut rien d'un rire

Il allait mettre ça dans le lavabo et le reprendrait plus tard... s'il y avait un plus tard.

— Eh bien... disait 'Cimi Dretto. Il se trouve...

— Bordel de merde, accouche ! gueula Balazar.

— C'est le grand frère du gosse, dit 'Cimi, et Eddie se figea, ses deux dernières boîtes de Keflex à la main, la tête inclinée sur le côté. Plus que jamais, il ressemblait à ce chien sur les vieux disques La Voix de son Maître.

— Oui, alors, qu'est-ce qu'il a ? demanda Balazar, perdant patience.

— Il est mort, répondit 'Cimi.

Eddie laissa tomber les antibiotiques dans le lavabo et se tourna vers Roland.

— Ils ont tué mon frère, dit-il.

20

Balazar ouvrit la bouche pour dire à 'Cimi de ne pas venir l'emmerder avec ce genre de conneries alors qu'il avait à se préoccuper de choses plus sérieuses — entre autres cette impression qui ne voulait pas le lâcher : la sensation qu'Andolini ou pas, le gamin était en train de le baiser — quand il entendit la voix aussi distinctement qu'Eddie avait dû entendre la sienne ou celle de 'Cimi.

— Ils ont tué mon frère, disait le gosse.

Balazar perdit soudain tout intérêt pour sa marchandise, pour ses questions restées sans réponse, pour tout, bref, sauf la nécessité de stopper net la situation avant qu'elle ne virât franchement à la catastrophe.

— Tue-le, Jack, hurla-t-il.

Silence. Puis il entendit le gamin répéter :

— Ils ont tué mon frère. Ils ont tué Henry.

Balazar comprit soudain — il eut la certitude, même — que ce n'était pas à Jack qu'Eddie parlait.

— Va chercher les messieurs, dit-il à 'Cimi. Tous. On va lui faire la peau et quand il sera mort, on le transportera dans la cuisine où je m'occuperai personnellement de lui trancher la tête.

21

— Ils ont tué mon frère, dit le prisonnier.

Le pistolero ne dit rien, ne fit que regarder et penser : *Ces boîtes... dans le lavabo. C'est le médicament dont j'ai besoin ou qu'Eddie juge être ce dont j'ai besoin.*

— Tue-le, Jack ! entendit-il dans l'autre pièce.

Ni lui ni Eddie n'y prêtèrent la moindre attention.

— Ils ont tué mon frère. Ils ont tué Henry.

Balazar parlait à présent de prendre en trophée la tête d'Eddie. Le pistolero se sentit bizarrement réconforté par la menace : ce monde n'était donc pas radicalement différent du sien.

Celui qui se nommait apparemment 'Cimi se mit à brailler pour appeler les autres. S'ensuivit une cavalcade fort peu digne de messieurs.

— Tu veux faire quelque chose à ce propos ou tu préfères attendre et voir venir ? demanda Roland.

— Sûr que je veux faire quelque chose, rétorqua Eddie, levant l'arme du pistolero, se découvrant capable d'accomplir aisément ce qui lui avait paru, quelques minutes auparavant, réclamer l'usage des deux mains.

— Et que veux-tu faire ? poursuivit Roland, voix lointaine, même à ses propres oreilles.

Il était malade, habité par la fièvre, mais ce qui lui arrivait là était l'assaut d'une autre fièvre, différente, qui ne lui était que trop familière. Celle qui l'avait submergé à Tull. La fièvre des combats, qui voilait toute pensée, ne laissait subsister que le besoin d'arrêter de penser, de se mettre à tirer.

— Partir sur le sentier de la guerre, répondit Eddie, très calme.

— Tu ne sais pas de quoi tu parles, dit Roland, mais tu ne vas pas tarder à l'apprendre. Dès qu'on a franchi la porte, tu prends à droite. Moi, je prends à gauche. À ma main.

Eddie hocha la tête et ils partirent sur le sentier de la guerre.

22

Balazar attendait Eddie, ou Andolini, ou les deux. L'arrivée d'Eddie accompagné d'un total inconnu, un grand type aux cheveux gris-noir, dont le visage semblait avoir été ciselé dans un roc inexorable par quelque dieu sauvage, était parfaitement inattendue. Un instant, il ne sut où tirer.

'Cimi n'eut pas ce problème. *Da Boss* en avait contre Eddie. Il démolirait donc Eddie en premier, s'occuperait plus tard de l'autre *catzarro*. Il se tourna pesamment vers le jeune homme et, par trois fois, pressa la détente de son automatique. Les douilles vides s'éjectèrent, courbes scintillantes. Eddie avait déjà plongé dans une folle glissade au ras du sol comme un gamin saisi par la fièvre du samedi soir, un gamin défoncé au point de ne pas s'être aperçu qu'il avait oublié sa tenue de Travolta, jusqu'aux sous-vêtements. Il glissa, avec la pine qui se balançait, les genoux s'échauffant puis vite à vif alors que le frottement se prolongeait. Des trous apparurent dans ce qui, juste au-dessus de lui, était censé représenter un pin noueux, et des éclats de plastique s'abattirent sur ses cheveux et sur son dos.

Mon Dieu, ne me laissez pas mourir à poil et en manque d'héro, pensa-t-il, sachant qu'une telle prière dépassait le blasphème pour entrer dans la pure et simple catégorie de l'absurde. Il n'en continua pas moins : *Je suis prêt si c'est mon heure mais par pitié, accordez-moi un dernier fix...*

Le revolver que le pistolero tenait dans la main gauche parla. Déjà puissante sur la plage, la détonation fut assourdissante dans cet espace confiné.

— Ô Jésus ! hurla 'Cimi Dretto d'une voix étranglée, haletante. (C'était merveille qu'il en eût encore, sa poitrine s'étant soudain creusée comme un tonneau sous l'impact d'un marteau-pilon. Sa chemise blanche commençait à virer au rouge par touches circulaires comme si des coquelicots s'y épanouissaient.) Ô Jésus ! Jésus ! Jé...

Repoussé par Claudio Andolini, il s'écroula comme une masse. La pièce entière vibra et deux photos encadrées se décrochèrent du mur. Celle qui montrait Balazar en train de remettre sa coupe à l'Athlète de l'Année, un gamin tout sourire, lors du banquet de l'Association sportive de la police atterrit sur le crâne de 'Cimi, lui jonchant les épaules de verre brisé.

— ... Jésus, murmura-t-il d'une toute petite voix, puis le sang se mit à sourdre de ses lèvres.

Claudio venait de débouler avec sur ses talons Tricks Postino et l'un des messieurs précédemment en faction dans la resserre. Il avait un automatique dans chaque main, et l'autre type une arme de chasse — un Remington — aux canons sciés si court qu'elle ressemblait à un derringer qui aurait attrapé les oreillons. Tricks était équipé de ce qu'il nommait sa Merveilleuse Rambo Machine : un fusil d'assaut à feu continu, un M-16.

— Où est mon frère, enculé de junkie ? brailla Claudio. Qu'as-tu fait à Jack ?

La réponse ne devait pas outre mesure l'intéresser car il n'avait pas encore fini sa question qu'il faisait feu des deux armes. *Je suis foutu*, se dit Eddie, puis Roland tira de nouveau. Claudio Andolini fut projeté en arrière dans un nuage de sang, le sien. Les automatiques s'arrachèrent de ses mains pour glisser sur le bureau de *Da Boss* et choir en bout de course sur la moquette dans une voltigeante averse de cartes à jouer. Le gros de ses tripes toucha le mur une seconde avant qu'il ne les rattrapât.

— Descendez-le ! hurla Balazar. Descendez ce foutu spectre ! Le gosse n'est pas dangereux, un drogué à poil sans plus ! C'est l'autre qu'il faut éliminer !

Il pressa par deux fois la détente du Magnum qui se révéla presque aussi bruyant que le revolver de Roland. D'énormes trous aux bords déchiquetés se découpèrent de part et d'autre de la tête du pistolero dans le faux bois de la cloison entre le bureau et les toilettes. La lumière crue de ces dernières s'y engouffra, projetant dans la pièce d'épais rayons cannelés.

Roland pressa une fois de plus la détente de son arme.

Ne s'ensuivit qu'un *clic*.

Long feu.

— Eddie ! cria-t-il.

Le jeune homme leva son propre revolver et tira.

La déflagration fut telle qu'il crut un instant que l'arme venait de lui exploser dans la main comme c'était arrivé à Jack. Le recul ne lui fit pas traverser le mur mais jeta son bras en l'air dans un arc dément qui lui étira douloureusement les tendons.

Il vit l'épaule de Balazar se désintégrer en partie, se muer en brume vermeille, et entendit son cri de chat blessé.

— Alors, comme ça, le drogué n'est pas dangereux ! bleugla Eddie. C'est bien ce que tu as dit, connard ? Tu as voulu jouer au con avec moi et mon frère, et je vais te montrer qui est dangereux ! Je vais...

Il y eut une explosion comparable à celle d'une grenade alors que le type de la resserre entrait dans la danse avec son arme bricolée. Eddie roula pour ne pas être sur la trajectoire de la rafale qui décora la porte des toilettes et les murs adjacents d'une bonne centaine de trous minuscules. En plusieurs points, toutefois, son corps nu en resta piqueté de rouge et il comprit que si le type avait été plus près, la dispersion du tir moins grande, il n'aurait pas survécu à un pareil essaim de plombs.

De toute façon, je suis foutu, songea-t-il en voyant le type pomper des nouvelles cartouches dans la double culasse du Remington puis se le caler sur l'avant-bras. L'homme souriait, exhibant des dents particulièrement jaunes — qui n'avaient pas dû être mises en relation avec une brosse depuis pas mal de temps, se dit Eddie.

Seigneur, je vais me faire tuer par un demeuré aux dents dégueulasses dont je ne connais même pas le nom. Enfin, j'en aurai au moins collé un à Balazar. C'est toujours ça.

Il se demanda si Roland avait encore une seule balle valable. Pas moyen de se souvenir du nombre de fois où il avait tiré.

— Je le tiens, hurla joyeusement Tricks Postino. Laisse-moi le champ libre, Dario !

Et avant que le nommé Dario n'ait pu lui laisser le champ libre ou quoi que ce fût, Tricks ouvrit le feu avec la Merveilleuse Rambo Machine. Le lourd tonnerre du fusil-mitrailleur emplit le bureau de Balazar, et ce tir de barrage eut pour premier effet de sauver la vie d'Eddie. Dario était en train de l'ajuster avec son arme aux canons sciés ; il n'eut pas le temps d'en presser la double détente que Tricks l'avait cisaillé en deux.

— Arrête, crétin ! hurla Balazar.

Ou Tricks n'entendait pas, ou il ne put s'arrêter, ou il n'en eut pas la moindre envie. Les lèvres retroussées au point de dénuder ses dents luisantes de salive dans un gigantesque sourire de requin, il ratissa la pièce d'une extrémité à l'autre, réduisant en poussière deux pans du décor mural, transformant en tessons les vitres des cadres, arrachant de ses gonds la porte des toilettes. La cabine de douche en verre dépoli de Balazar explosa littéralement. Le trophée qu'il avait reçu l'an passé pour sa contribution à la lutte contre la polio rendit un son de cloche quand une balle le traversa.

Au cinéma, les gens font à la mitraillette une hécatombe humaine. Dans la vie, ça se passe rarement ainsi. Quand ils tuent, c'est avec les quatre ou cinq premières balles tirées — l'infortuné Dario en aurait témoigné, eût-il encore pu se porter témoin de quoi que ce fût. Après, il arrive deux choses au gars qui essaie de contrôler une arme de ce type, même si c'est un malabar : le canon commence à monter, et le tireur lui-même à se tourner tantôt à gauche, tantôt à droite selon qu'il a choisi d'infliger le martyre du recul à une épaule ou à l'autre. Bref, il n'y aurait qu'un acteur de cinéma ou un demeuré total pour s'équiper ainsi : ça revenait à vouloir tuer quelqu'un avec un marteau-piqueur.

Un moment, Eddie resta incapable d'œuvrer sur un mode plus constructif que la contemplation de ce prodige d'idiotie, puis il vit les autres qui se bousculaient à la porte derrière Tricks et leva le revolver de Roland.

— Je l'ai ! beuglait Tricks, tout à l'hystérique exultation du type qui a vu trop de films pour être à même de distinguer de la réalité le scénario qui se déroule dans sa tête. Je l'ai ! Je l'ai ! Je...

Le doigt d'Eddie pesa sur la détente et le crâne de Tricks se volatilisa au-dessus des arcades sourcilières. À en juger par le comportement du bonhomme, la perte n'était pas de taille.

Mon Dieu Seigneur ! Quand ces machins consentent à tirer, ils font réellement des trous dans les choses.

Un puissant KA-BLAM retentit sur sa gauche et, du même côté, un sillon brûlant s'ouvrit dans son biceps sous-développé. Il se tourna et vit dépasser le Magnum de Balazar de derrière le bureau jonché de cartes. Aussitôt, une nouvelle détonation le fit se plaquer sur la moquette.

23

Roland réussit à s'accroupir, visa le premier de ceux qui déboulaient dans la pièce et tira. Il avait basculé le barillet, éjecté les douilles vides et les balles qui n'étaient pas parties, chargé de neuf une unique alvéole. L'avait fait avec les dents. Balazar venait de clouer Eddie au sol. *Si c'en est une qui a pris l'eau, on est cuits tous les deux.*

La cartouche était bonne. Le revolver rugit, décocha son recul. Jimmy Haspio bascula par le côté, le 45 abandonnant ses doigts mourants.

Roland eut le temps de voir s'aplatir les deux autres avant d'être lui-même à quatre pattes dans les décombres qui jonchaient le sol. Il rengaina son revolver. L'idée de le recharger avec deux doigts en moins tenait de la plaisanterie.

Eddie se débrouillait à merveille. Roland le mesurait d'autant plus que le garçon se battait nu. C'était dur pour un homme. Parfois impossible.

Il attrapa au passage un des automatiques lâchés par Claudio Andolini.

— Mais qu'est-ce que vous attendez, merde ? hurla Balazar. Débarrassez-moi de ces types, à la fin !

George Biondi et l'autre gars qui avait été dans la resserre repartirent à l'assaut. Le dernier braillait quelque chose en italien.

Roland atteignit l'angle du bureau. Eddie se releva, visa la porte et ceux qui la franchissaient.

Il sait que Balazar n'attend que ça, songea le pistolero, *mais il croit être à présent le seul de nous deux qui ait une arme chargée. En voilà encore un prêt à mourir pour toi, Roland. Quelle énorme faute as-tu commise pour inspirer à tant d'autres une loyauté si terrible ?*

Balazar se leva, le pistolero sur son flanc sans en avoir conscience. Il ne pensait qu'à une chose : éliminer ce putain de junkie responsable du désastre.

— Non, dit Roland.

Balazar se retourna ; la surprise s'imprima sur ses traits.

— Putain de... commença-t-il, changeant de cible.

Le pistolero pressa quatre fois la détente de l'automatique. C'était une saloperie bon marché, à peine mieux qu'un jouet, et sa main répugnait à son contact, mais peut-être convenait-il de tuer un homme méprisable avec une arme qui l'était autant.

Enrico Balazar mourut avec, gravé sur ce qui lui restait de visage, cette expression d'étonnement absolu.

— Salut, George ! lança Eddie, pressant une fois de plus la détente du revolver prêté par Roland.

S'en voyant une fois de plus gratifié d'une détonation positive. *Pas de raté dans ce bébé,* pensa-t-il. *J'ai dû hériter du bon.* George ne put lâcher qu'une balle avant d'être repoussé par celle d'Eddie dans l'autre type hurlant qu'il renversa comme une quille. Et cette balle se perdit. Une conviction irrationnelle s'installa dans le jeune homme : celle que l'arme de Roland possédait quelque magie, le pouvoir d'un talisman. Tant qu'il la tenait, il était invulnérable.

Le silence tomba, un silence qu'Eddie n'entendit plus que traversé par les gémissements de Ruddy Vechhio (le malheureux qui s'était pris de plein fouet la masse du gros George et gisait dessous avec trois côtes cassées), et la stridence qui lui emplissait les oreilles. Il se demanda s'il pourrait jamais correctement réentendre. La fusillade — qui, semblait-il, venait de s'achever — ramenait en comparaison le plus violent concert de rock auquel il eût jamais assisté à la nuisance d'une radio au volume un peu trop poussé.

Le bureau de Balazar n'était plus reconnaissable en tant que tel, ni en tant que pièce vouée à quelque usage. Eddie promena autour de lui le regard d'un très jeune homme qui pour la première fois découvre ce genre de spectacle, un spectacle que Roland connaissait : c'était toujours le même. Que ce fût sur un champ de bataille où des milliers avaient péri par le canon, le fusil, l'épée, la hallebarde, ou dans une petite pièce où ils n'avaient été que cinq ou six à s'entre-tuer, c'était toujours pareil en fin de compte, un cimetière de plus puant la poudre et la viande crue.

La cloison entre bureau et toilettes n'existait plus à l'exception de quelques montants. Du verre scintillait partout. Le faux plafond, déchiqueté par le clinquant mais vain feu d'artifice du M-16, pendait en lambeaux comme une peau qui pèle.

Eddie toussa. Débouchées, ses oreilles perçurent de nouveaux sons : un brouhaha de voix excitées, des cris dehors, devant le bar, et plus loin, le chœur entrecroisé des sirènes.

— Combien étaient-ils ? demanda le pistolero. Est-ce qu'on les a tous eus ?

— Je crois...

— J'ai un cadeau pour toi, Eddie, fit Kevin Blake depuis le couloir. Je me suis dit que t'aimerais emporter un souvenir.

Le projet que Balazar n'avait pu mettre à exécution sur le jeune Dean, Kevin l'avait accompli sur l'aîné. Il balança dans la pièce la tête de Henry Dean.

Eddie la vit et poussa un grand cri. Il se rua vers la porte, indifférent aux échardes et aux bouts de verre qu'il récoltait dans ses pieds nus, criant toujours et tirant ses dernières balles.

— Non, Eddie ! hurla Roland.

Mais le jeune homme ne l'entendait plus. Il avait cessé d'entendre.

La sixième alvéole ne rendit qu'un *clic*, mais il n'était d'ores et déjà plus conscient de rien, sinon que son frère était mort. Henry... ils lui avaient coupé la tête, une espèce de petite crapule minable avait coupé la tête de Henry, et cette petite crapule allait le payer, oh oui, elle allait le payer.

Il se précipitait donc vers la porte, pressant la détente encore et encore, sans noter que rien ne se produisait, sans noter qu'il avait les pieds en sang et que Kevin Blake franchissait le seuil à sa rencontre, à demi accroupi, un Llama 38 à la main. La rousse tignasse de Kevin lui faisait autour du visage un halo de bouclettes et il était tout sourire.

24

Il va venir par le bas, s'était dit le pistolero, sachant que, même si le pronostic se vérifiait, il allait avoir besoin de chance pour atteindre sa cible avec cette espèce de joujou.

Quand il avait compris que le soldat de Balazar était en train de réussir son coup en attirant Eddie hors de la pièce, Roland s'était redressé sur les genoux, assurant sa main gauche sur le poing droit, ignorant stoïquement le cri de douleur qu'un tel acte lui arrachait. Il n'allait pas avoir trente-six chances de réussir. La douleur n'avait aucune importance.

Puis l'homme aux cheveux roux s'était présenté sur le seuil, en position basse comme prévu, et Roland, comme toujours, n'avait plus eu de cerveau, juste un œil pour voir et une main pour tirer ; le rouquin s'était soudain retrouvé gisant contre l'autre mur du couloir, les yeux grands ouverts, un petit trou bleu dans le front. Eddie debout au-dessus de lui, hurlant et sanglotant, avait commencé de décharger encore et encore sur le cadavre des balles inexistantes comme si ce type aux cheveux roux ne pouvait jamais être assez mort.

Le pistolero attendait maintenant le mortel feu croisé qui allait cisailler Eddie, et quand il en constata l'absence, il sut que c'était fini pour de bon. S'il y avait eu d'autres soldats, ils avaient de toute manière déguerpi.

Il se releva complètement, tituba un instant, puis à pas lents rejoignit Eddie.

— Arrête, dit-il.

Eddie n'y prit pas garde, continua de tirer à vide sur le cadavre.

— Arrête, Eddie. Il est mort. Ils sont tous morts. Tu as les pieds en sang.

Eddie l'ignorait toujours, son doigt s'obstinant sur la détente. Dehors, les voix excitées se rapprochaient. Les sirènes aussi.

Le pistolero saisit le revolver par le canon et tira dessus. Eddie se retourna. Avant que Roland n'ait pu vraiment se rendre compte de ce qui se passait, Eddie lui avait assené sa propre arme sur le côté de la tête. Il sentit un jet de sang chaud couler sur sa peau, s'affaissa contre le mur et lutta pour rester debout — il leur fallait sortir d'ici au plus vite. Mais il se sentit glisser jusqu'au bas de la cloison malgré tous ses efforts. Puis le monde s'évanouit quelque temps dans un océan de grisaille.

25

Cela ne dura guère que deux minutes. Puis il réussit à extirper les choses de leur flou et à se redresser. Eddie avait disparu du couloir. Le revolver gisait sur la poitrine du rouquin. Repoussant une vague de vertige, il se pencha pour le ramasser, et lui fit regagner son étui au prix d'une maladroite contorsion.

Je veux retrouver mes putains de doigts, songea-t-il avec lassitude, puis il soupira.

Il voulut regagner le bureau dévasté mais ce retour sur les lieux de leur victoire n'eut guère plus d'allure que les zigzags modérés d'un fêtard de bonne naissance. Il s'arrêta, se pencha de nouveau, cette fois pour ramasser tous les vêtements d'Eddie qui pouvaient tenir dans le creux de son bras gauche. Les ululements avaient presque atteint l'entrée du bar. Roland supposait que ceux qui les tiraient de quelque espèce de conque ou de corne appartenaient à une milice. C'étaient les assistants d'un shérif, ou quelque chose du même genre... mais la possibilité qu'il s'agisse d'autres hommes de Balazar n'était pas à exclure.

— Eddie, fit-il d'une voix rauque.

Sa gorge était à vif, nouvelle source de lancinants tourments, plus douloureuse encore que la bosse qui lui ornait le côté du crâne, là où Eddie l'avait frappé avec le revolver.

Eddie n'entendit pas ce croassement ou n'y fit pas attention. Il était assis au milieu des décombres, serrant sur son ventre la tête de son frère. Il tremblait de tout son corps et pleurait. Le pistolero chercha la porte, ne la vit pas et fut parcouru d'une déplaisante décharge assez voisine de la terreur. Puis il se rappela. Avec eux deux de ce côté, le seul moyen de susciter l'existence de la porte était d'établir un contact physique avec Eddie.

Il tendit la main mais le jeune homme se recula sans cesser de gémir.

— Ne me touche pas, dit-il.

— C'est fini. Ils sont tous morts... et ton frère aussi.

— Mêle pas mon frère à ça ! hurla Eddie, puéril, et une autre crise de tremblements le traversa. (Il referma les bras, amenant la tête coupée à hauteur de sa poitrine et, la berçant, leva sur le pistolero des yeux baignés de larmes.) Il a toujours pris soin de moi, tu comprends ? (Il sanglotait si fort que Roland avait peine à saisir ses paroles.) Toujours et tout le temps. Pourquoi n'ai-je pas veillé sur lui, juste cette fois, après tout ce temps qu'il a passé à s'occuper de moi ?

Ah bon ? pensa durement Roland. *Regarde-toi un peu, assis là, tremblant comme un type qui vient de croquer dans une pomme de l'arbre à fièvre. Sûr qu'il a splendidement pris soin de toi.*

— Il faut qu'on s'en aille, dit-il.

— S'en aller ? (Pour la première fois, une vague compréhension s'inscrivit sur les traits d'Eddie, vite remplacée par une expression inquiète.) Je ne vais nulle part. Et surtout pas dans cet autre endroit où il y a ces espèces de gros crabes ou de je ne sais quoi qui ont bouffé Jack.

Quelqu'un cognait sur la porte d'entrée, hurlait d'ouvrir.

— Tu veux rester et avoir à justifier ces cadavres ? demanda le pistolero.

— Je m'en contrefiche, dit Eddie. Henry mort, ça n'a plus aucune importance. Plus rien n'en a.

— Pour toi, peut-être, dit Roland. Mais tu n'es pas tout seul, prisonnier.

— Arrête de m'appeler comme ça ! glapit Eddie.

— Je continuerai tant que tu ne m'auras pas démontré que tu es capable de quitter ta cellule, hurla le pistolero en retour. (Ça lui déchira la gorge mais il hurla quand même.) Lâche ce bout de viande pourrie et cesse de piailler !

Eddie le regarda, les joues ruisselantes de larmes, les yeux écarquillés, la peur en eux.

— NOUS VOUS OFFRONS UNE DERNIÈRE CHANCE DE VOUS RENDRE ! fit une voix amplifiée dans la rue. (Eddie crut bizarrement y reconnaître celle d'un animateur de jeu télévisé.) LE GROUPE D'INTERVENTION EST SUR PLACE... JE RÉPÈTE : LE GROUPE D'INTERVENTION EST SUR PLACE !

— Qu'est-ce qui m'attend de l'autre côté de cette porte ? demanda tranquillement Eddie. Vas-y, dis-le-moi. Si tu es fichu de me le dire, il se peut que je vienne. Mais si tu mens, je le saurai.

— La mort probablement, lui répondit Roland. Mais avant cette échéance, tu n'auras pas le temps de t'ennuyer. C'est à une quête que je te convie. Bien sûr, tout s'achèvera sans doute dans la mort... notre mort à tous quatre dans quelque lieu étrange. Mais si nous devions triompher... (une flamme brilla dans son regard)... s'il nous est donné de triompher de tous les obstacles, Eddie, tu verras quelque chose surpassant tout ce à quoi tu as pu croire dans tes rêves.

— Quelle chose ?

— La Tour sombre.

— Et où est-elle, cette Tour ?

— Loin, bien loin au-delà de la plage où tu m'as trouvé. À quelle distance exacte, je ne sais.

— Et qu'est-ce que c'est ?

— Je n'en sais rien non plus... sinon qu'il s'agit peut-être d'une sorte de... de cheville. Un pivot central maintenant ensemble tous les plans de l'existence. Tous les temps, toutes les dimensions.

— Tu as dit quatre. Qui sont les deux autres ?

— Je ne les connais pas encore. Ils n'ont pas encore été tirés.

— Comme je l'ai été. Ou plutôt comme tu souhaiterais me tirer.

— Oui.

Dehors, une explosion cracha comme un tir de mortier. La vitre de la fenêtre sur la façade principale de la Tour Penchée vola en éclats et de suffocants nuages de gaz lacrymogène commencèrent d'envahir la salle.

— Alors ? demanda Roland.

Il aurait pu contraindre la porte à se matérialiser en agrippant Eddie puis en le faisant basculer de force avec lui dans son monde. Mais il avait vu le jeune homme risquer sa vie pour lui, il l'avait vu se comporter avec toute la dignité d'un pistolero en dépit de sa dépendance à la drogue et bien qu'il ait été forcé de se battre nu comme au jour de sa naissance. Il voulait en conséquence lui laisser le choix.

— Quêtes, aventures, Tours, triomphes, fit Eddie, et un pâle sourire s'esquissa sur ses traits. (Ni l'un ni l'autre ne prêta la moindre attention à la nouvelle tournée de bombes lacrymogènes qui venait d'être servie dans le bar et explosait au sol avec des sifflements prolongés. Les premiers tentacules de gaz irritant s'insinuaient à présent dans le bureau de Balazar.) Ça m'a l'air encore plus chouette que dans les bouquins où Edgar Rice Burroughs parle de Mars ; Henry m'en lisait parfois des passages quand on était gosses. Il n'y a qu'une chose que tu as oubliée.

— Quoi ?

— Les pin-up aux seins nus.

Le pistolero sourit.

— Sur le chemin de la Tour sombre, dit-il, tout est possible.

Un autre frisson secoua Eddie qui souleva la tête de son frère, effleura de ses lèvres la joue froide au teint cendreux. Puis il posa en douceur la sanglante relique et se leva.

— Bon, dit-il. De toute façon, je n'avais rien prévu d'autre pour ce soir.

— Prends ça, dit Roland. (Il lui tendit les vêtements.) Mets au moins les chaussures. Tu as vu dans quel état sont tes pieds ?

Dehors sur le trottoir, deux flics masqués de Plexiglas et portant des gilets pare-balles enfoncèrent la porte de la Tour Penchée. Dans les toilettes Eddie (qui avait remis son slip et chaussé ses Adidas mais avait borné là son rhabillage) tendait un par un à Roland les échantillons de Keflex, et Roland un par un les glissait dans les poches du jean d'Eddie. Quand toutes les boîtes furent ainsi remisées, Roland passa de nouveau son bras droit autour du cou du jeune homme qui, de nouveau, lui prit la main gauche. Et la porte fut là, rectangle d'ombre. Eddie sentit le vent de cet autre monde soulever de son front les cheveux plaqués par la sueur. Il entendit rouler les vagues sur la grève caillouteuse, eut les narines emplies de leur saline senteur. Et en dépit de tout, de la douleur et du chagrin, il désira soudain voir cette Tour dont Roland parlait. Henry mort, que lui restait-il en ce monde ? Leurs parents n'étaient plus et, depuis qu'il avait plongé pour de bon dans l'héro trois ans plus tôt, pas de régulière non plus, rien qu'une régulière succession de coureuses, d'enquiquineuses et de sniffeuses.

Ils franchirent le seuil, Eddie menant même un peu le mouvement.

De l'autre côté, il se trouva tout à coup en proie à de nouveaux frissons et à des crampes atroces — premiers symptômes du manque. Et avec eux vinrent les premières pensées de panique.

— Attends ! cria-t-il. Je veux y retourner ! Juste une minute ! Son bureau ! Oui, dans l'un des tiroirs... ou dans l'autre bureau ! La poudre ! Il leur en fallait pour garder Henry dans les vapes ! Je la veux ! J'en ai besoin !

Il posa un regard suppliant sur le pistolero qui resta de marbre.

— C'est une part de ta vie qui appartient désormais au passé, dit Roland.

Sa main gauche se tendit.

— Non ! hurla Eddie, se jetant sur lui toutes griffes dehors. Tu n'as rien pigé, mec ! J'en ai besoin ! BESOIN !

Il aurait aussi bien pu s'acharner sur du roc.

Le pistolero acheva son geste et repoussa la porte.

Elle claqua, son morne qui parla des fins dernières, puis bascula sur le sable. Un peu de poussière se souleva autour. Il n'y avait rien derrière, et plus rien maintenant qui fût écrit dessus. Ce passage entre deux mondes venait de se fermer à jamais.

— NON ! cria encore une fois Eddie, et les mouettes lui répondirent, cris narquois, comme méprisants.

Les homarstruosités posèrent leurs questions, lui suggérant peut-être de se rapprocher pour mieux les entendre. Et il s'écroula sur le côté, en larmes et frissonnant, tout vibrant de crampes.

— Ce besoin passera, dit le pistolero qui se débrouilla pour extraire une des boîtes de la poche d'Eddie, de ce jean si peu différent du sien.

Une fois de plus il reconnut des lettres mais pas toutes. REFLET, semblait-il être écrit.

Reflet.

Un remède de cet autre monde.

— Tue ou sauve, murmura Roland avant d'avaler à sec deux des cachets.

Puis il prit les trois autres *astines* et s'étendit près d'Eddie, le prit dans ses bras du mieux qu'il put et, passé quelques moments difficiles, tous deux s'endormirent.

BRASSAGE

Brassage

Le temps qui suivit cette nuit fut pour Roland du temps éclaté, du temps qui n'en fut pas en fait. Il n'en garda qu'une série d'images, de moments, de conversations sorties de leur contexte, des images qui défilaient comme des valets borgnes, des trois et des neuf, la Noire Salope de Reine de Pique à l'occasion, dans un rapide brassage de joueur professionnel.

Plus tard, il demanda à Eddie combien de temps cela avait duré ; Eddie n'en savait rien non plus. La notion de temps s'était trouvée anéantie pour l'un comme pour l'autre. Il n'y a pas d'heure en enfer et chacun d'eux était dans le sien, Roland dans l'enfer de la fièvre et de l'infection, Eddie dans celui du sevrage.

— Moins d'une semaine, dit Eddie. Il n'y a que ça dont je sois sûr.

— Comment tu le sais ?

— Je n'avais qu'une semaine de cachets à te donner. Après, c'était à toi seul de prendre une voie ou l'autre.

— Aller mieux ou mourir.

— C'est ça.

Brassage

Un coup de feu retentit alors que le crépuscule tourne à la nuit, une détonation sèche qui se greffe sur l'inévitable, inéluctable fracas des brisants venant mourir sur la grève désolée : KA-BLAM ! Puis il perçoit dans l'air une odeur de poudre. *Problème,* se dit faiblement le pistolero, et à tâtons il cherche des revolvers qui ne sont plus là. *Oh, non... c'est la fin, c'est...*

Mais il n'y a rien de plus... alors que quelque chose se met à sentir

Brassage

bon dans le noir. Quelque chose qui succède à ce long temps de ténèbres et d'absence, quelque chose qui cuit. Ce n'est pas seulement l'odeur. Il entend les craquements des brindilles, voit danser l'orange pâle d'un feu de camp. À l'occasion, la brise marine rabat sur lui une fumée haute en senteurs de résine et cet autre arôme qui lui fait venir l'eau à la bouche. *À manger,* pense-t-il. *Mon Dieu, aurais-je faim ? Si j'ai faim, c'est peut-être que je vais mieux.*

Eddie, s'efforce-t-il de dire, mais il n'a plus de voix. Sa gorge lui fait mal, atrocement mal. *On aurait dû aussi rapporter de l'astine,* se dit-il, puis il essaie de rire : toutes les drogues pour lui et rien pour Eddie.

Eddie apparaît. Il a entre les mains une assiette en fer-blanc que le pistolero reconnaîtrait n'importe où : après tout, ne vient-elle pas de sa bourse ? Sont disposés dessus des morceaux de viande blanc-rose d'où monte une vapeur appétissante.

Qu'est-ce que c'est ? veut-il demander ; rien ne sort à part une espèce de petit couinement.

Eddie a lu la question sur ses lèvres.

— Je n'en sais rien, lui répond-il avec mauvaise humeur. Tout ce que je sais, c'est que je n'en suis pas mort. Mange et fais pas chier.

Il constate qu'Eddie est très pâle, qu'il tremble, qu'il dégage une odeur ou de merde ou de mort, et en déduit qu'Eddie file un mauvais coton. Il tend vers lui une main hésitante, cherchant à le réconforter. Eddie le repousse brutalement.

— Je vais te nourrir, enchaîne Eddie sur le même ton. Je me demande bien en quel honneur. Je devrais plutôt te tuer. Ce serait fait si je ne m'étais dit que tu avais une chance de réaccéder à mon monde puisque tu y étais déjà arrivé une première fois.

Il regarde autour de lui.

— Et si je n'avais pas eu peur d'être seul. Avec eux...

Ses yeux retournent sur Roland et une crise de tremblements le saisit, si violente qu'il manque faire tomber les morceaux de viande de l'assiette. Les tremblements finissent par se calmer.

— Mange.

Le pistolero s'exécute. Cette viande n'est pas seulement comestible, elle est délicieuse. Il réussit à en avaler trois morceaux, puis tout se brouille dans un nouveau

Brassage

effort de parler mais il ne peut que chuchoter. L'oreille d'Eddie est collée à ses lèvres sauf quand, à intervalles plus ou moins réguliers, elle s'écarte en tremblant parce qu'une nouvelle crise secoue Eddie. Il répète :

— Plus au nord... en remontant la plage.

— Comment tu le sais ?

— Je le sais, voilà tout, chuchote-t-il.

Eddie le regarde.

— Tu es siphonné.

Le pistolero sourit et tente de replonger dans l'inconscience, mais Eddie le gifle... le gifle avec violence. Les yeux bleus de Roland se rouvrent et, pendant un instant, il y a en eux une telle vie, un tel magnétisme, qu'Eddie semble mal à l'aise. Puis les lèvres d'Eddie se retroussent en un sourire qui est avant tout une démonstration de hargne.

— Ouais, tu peux te rendormir, dit-il, mais pas avant d'avoir pris ta drogue. C'est l'heure. Enfin... au soleil, ou plutôt... je suppose. C'est que je n'ai jamais été scout, moi, je ne peux pas te certifier qu'il est l'heure, Boy, l'approximation devrait suffire pour jouer les assistantes sociales. Allez, ouvre la bouche, Roland. Ouvre-la bien grande pour le docteur Eddie, espèce d'enculé de kidnappeur.

Le pistolero ouvre la bouche comme un bébé à l'approche du sein maternel. Eddie y lâche deux cachets puis, sans ménagement, y verse de l'eau fraîche. Roland se dit que cette eau doit venir d'un torrent, quelque part dans ces collines à l'est d'ici. Le risque existe que ce soit du poison. Eddie ne saurait distinguer une eau potable d'une eau qui ne l'est pas. Toutefois, Eddie n'a pas l'air de trop mal se porter. *Et ai-je vraiment le choix ?* se dit-il. *Non.*

Il avale, tousse, s'étrangle presque, tout cela sous le regard indifférent d'Eddie.

La main de Roland se tend vers Eddie.

Eddie tente de s'écarter.

Les yeux du pistolero le lui interdisent.

Roland tire Eddie à lui, si près qu'il sent l'odeur de la maladie d'Eddie et qu'Eddie sent l'odeur de la sienne. Le mélange leur fait violence à tous deux, les rend tous deux malades.

— Le choix n'est pas large ici, murmure Roland. Je ne sais pas comment c'est chez toi mais ici, il n'y a qu'une alternative. Rester debout... peut-être vivre, ou mourir à genoux, la tête basse, le nez sur la puanteur de tes aisselles. Très peu... (Il débite au hachoir une quinte de toux.) Très peu pour moi.

— Qui es-tu ? lui hurle Eddie.

— Ton destin, murmure le pistolero.

— Pourquoi ne peux-tu simplement aller te faire foutre et crever ? lui demande Eddie.

Le pistolero essaie d'ajouter autre chose mais, avant qu'il n'y parvienne, il se met à dériver toujours plus loin alors que les cartes entament un

Brassage

KA-BLAM !

Roland ouvre les yeux sur un milliard d'étoiles qui tournoient dans le noir puis il les referme.

Il ne sait pas ce qui se passe mais il pense que tout va bien. Le jeu se déploie toujours, les cartes poursuivent leur

Brassage

Encore de ces délicieux, de ces suaves morceaux de viande. Il se sent mieux. Eddie aussi a l'air mieux. Mais non sans avoir également l'air soucieux.

— Ils se rapprochent, explique-t-il. Si vilains soient-ils, ils ne sont pas complètement idiots. Ils savent ce que je fais. D'une manière ou d'une autre, ils le savent, et ça ne leur plaît pas. Nuit après nuit, ils se rapprochent. Il serait peut-être astucieux de déménager au lever du jour, si tu en es capable. Sinon ça risque d'être la dernière fois que nous le verrons se lever.

— De quoi tu parles ?

Plus vraiment un murmure mais un souffle rauque, intermédiaire entre le chuchotement et la parole normale.

— D'eux, répondit Eddie, montrant la plage. *A-ce que châle, eut-ce que chule,* et toute cette merde. Je crois qu'ils sont comme nous, Roland : toujours prêts à bouffer mais pas très chauds pour se faire bouffer.

Dans un total sursaut d'horreur, Roland comprit ce qu'étaient ces morceaux de viande blanc-rose qu'Eddie lui avait servis. Il resta sans voix, le dégoût lui dérobant le peu qu'il avait réussi à récupérer. Mais sur son visage, le jeune homme vit tout ce qu'il voulait dire.

— Comment tu t'imagines que je m'y prenais ? (C'était presque un grognement de rage.) Que je passais commande d'un plat de homard à emporter ?

— C'est du poison, chuchota Roland. C'est ça qui m'a...

— Ouais, c'est ça qui t'a mis hors de combat. Mais, mon cher Roland, c'est aussi du hors-d'œuvre. Car pour ce qui est du poison, les serpents à sonnette s'y connaissent, et il y a pourtant des gens qui en mangent. Paraît que c'est bon, comme du poulet, j'ai lu ça quelque part. Moi, j'ai trouvé que ces bêtes-là ressemblaient à des homards, alors je me suis dit : pourquoi ne pas essayer ? Qu'est-ce qu'on aurait mangé d'autre ? Du sable ? J'ai dégommé un de ces salopards et je l'ai concocté à la sauce Petit Jésus en Culotte de Velours. Il n'y avait rien d'autre, de toute façon, et ça s'est révélé rudement goûteux. J'ai tiré celui-là le soir, juste après le coucher du soleil. Ils ne sont pas très vifs tant qu'il ne fait pas complètement noir. Je ne t'ai jamais vu refuser ce que je t'apportais.

Eddie sourit.

— J'aime à croire que c'était peut-être l'un de ceux qui ont bouffé Jack. Ça me fait jouir de penser que je suis en train de bouffer ce connard. Ça me tranquillise l'esprit en quelque sorte, tu vois ?

— L'un d'eux a aussi des morceaux de moi dans le corps, dit Roland dans son fantôme de voix. Deux doigts et un orteil.

— Ça n'est pas non plus désagréable.

Eddie continue de sourire. Son visage est très pâle, quelque chose d'un requin... mais il n'a plus aussi mauvaise mine, et cette odeur de merde et de mort qui flottait autour de lui comme un linceul semble s'être dissipée.

— Va te faire foutre, s'éraille le pistolero.

— Voyez-vous ça ! s'exclame Eddie. Roland qui reprend du poil de la bête ! En fin de compte, tu ne vas peut-être pas mourir ! Eh bien, mon cher, je trouve ça fan-tas-tique !

— Vivre, dit Roland, sa voix blanche de nouveau murmure, les hameçons revenus garnir sa gorge.

— Ouais ? (Eddie le regarde, puis hoche la tête et répond à sa propre question.) Ouais. Je pense que c'est ton intention. À un moment je me suis dit que tu étais en train de lâcher la rampe, à un autre que c'était déjà fait. Maintenant, il me semble que tu es sur la bonne voie. Les antibiotiques y sont pour quelque chose, bien sûr, mais c'est surtout parce que tu as décidé de te prendre par la main, à mon sens. Le problème, c'est pourquoi ? Pourquoi te décarcasses-tu à ce point pour rester en vie sur cette plage merdique ?

La Tour, dessinent les lèvres de Roland, parce qu'il n'est même plus question pour lui d'émettre un son.

— Toi et ta putain de Tour, lâche Eddie qui se détourne, s'apprêtant à partir, puis refait face à Roland, surpris de sentir la main de celui-ci se refermer sur son bras comme une paire de menottes.

Ils se regardent dans les yeux, puis Eddie s'incline.

— D'accord. C'est d'accord !

Vers le nord, articule en silence le pistolero. *Vers le nord, t'ai-je dit*. Le lui a-t-il dit ? Il en a l'impression, mais le souvenir s'est perdu. Perdu dans le brassage.

— Comment tu peux le savoir ? lui braille Eddie, soudain frustré.

Il lève les poings comme pour frapper Roland, puis il les baisse...

Je le sais, voilà tout... alors cesse de me faire perdre mon temps et mon énergie avec des questions stupides ! a-t-il envie de répondre, mais avant qu'il n'en ait le loisir, les cartes reprennent leur

Brassage

traîné, ballotté et cahoté, sa tête désemparée heurtant tour à tour un côté puis l'autre, arrimé par ses propres ceinturons sur quelque espèce de travois mal fichu, et la chanson d'Eddie Dean si étrangement familière qu'il croit d'abord rêver, être en proie au délire :

— Heyyy Jude... don't make it bad... take a saaad song... and make it better...

D'où la connais-tu ? a-t-il envie de demander. *M'as-tu entendu la chanter ? Et où sommes-nous ?*

Avant qu'il ne puisse s'enquérir de quoi que ce soit

Brassage

Cort défoncerait la tête au gamin s'il voyait ce bricolage, pense Roland à la vue du travois sur lequel il a passé la journée, puis il rit. Ça ne ressemble guère à un rire. On croirait plutôt l'une de ces vagues qui déversent leur charge de galets sur la grève. Il ne sait pas quelle distance ils ont parcourue mais c'est bien assez pour qu'Eddie soit complètement vanné. Il est assis sur un rocher dans la lumière qui s'étire, l'un des revolvers du pistolero sur ses genoux, une outre à moitié vide en bandoulière. Quelque chose fait une petite bosse dans sa poche de chemise. Ce sont les balles rangées à l'arrière des ceinturons — la réserve de « bonnes » balles qui diminue à vue d'œil. Eddie les a nouées dans un morceau de sa propre chemise. La raison majeure qu'a cette réserve de diminuer si vite est que, toutes les quatre ou cinq balles, il s'en trouve une pour refuser de partir.

Eddie, qui a été à deux doigts de s'assoupir, relève maintenant la tête.

— Qu'est-ce qui te fait rire ? demande-t-il.

Le pistolero lui fait signe que c'est sans importance. Parce qu'il se trompe, en fait. Cort n'aurait jamais levé la main sur Eddie à cause du travois, si bizarrement fichu, si bancal fût ce truc. Roland croit même possible que Cort ait pu grogner un vague compliment — et c'était si rare, avec lui, que celui à qui il l'adressait ne savait presque jamais quoi répondre et restait bouche bée, comme un poisson frais sorti du baril.

Deux branches de peuplier en constituent les montants. Elles sont de longueur et d'épaisseur approximativement égales et doivent avoir été abattues par le vent. Eddie s'est servi de branches plus petites comme traverses et a procédé à leur assemblage par des moyens hétéroclites pour ne pas dire loufoques, mettant à contribution les ceinturons, la bande enduite de glu qui avait maintenu les sacs de poudre du diable contre ses flancs, ainsi que les lacets de ses Adidas ; jusqu'à la cordelette de boyau du chapeau de Roland. Et, par-dessus l'ensemble, il a disposé la couverture.

Cort ne l'aurait pas cogné parce que, dans l'état où il était, Eddie avait au moins réussi à faire plus que s'asseoir sur les talons, la tête entre les mains pour gémir sur son sort. Il avait fait quelque chose. Il avait essayé.

Et Cort l'aurait peut-être gratifié d'un de ses compliments bourrus, presque hargneux même, parce que, si branque en soit l'aspect, le bricolage paraissait efficace. Les longues traces qui s'étiraient derrière eux sur la grève jusqu'au point où elles semblaient se rejoindre en étaient la preuve.

— Tu en vois un ? demanda Eddie.

Le soleil descend, déroulant un chemin d'or rouge en travers des flots, et le pistolero se rend alors compte qu'il a pour le moins dormi six heures d'affilée, cette fois. Il se sent plus solide. Il s'assoit et regarde l'océan. Ni la plage ni les terres qui montent se fondre dans le versant occidental des montagnes n'ont beaucoup changé ; s'il relève de faibles variations dans le paysage et dans les détritus (un cadavre de mouette, par exemple, petit tas de plumes ébouriffées à une vingtaine de mètres sur sa gauche, une trentaine en direction de l'eau), rien ne lui donne vraiment l'impression d'avoir avancé.

— Non, dit-il. Ah, si, j'en vois un.

Il tend son bras. Eddie plisse les yeux puis hoche la tête. Alors que le soleil sombre de plus en plus bas et que l'or du chemin se fait de plus en plus sang, les premières homarstruosités s'extraient des vagues et commencent à se répandre sur la plage.

Deux d'entre elles se lancent dans une maladroite course de vitesse vers la mouette morte. La première arrivée bondit dessus, l'ouvre d'un coup de pince et commence d'enfourner les restes en putréfaction dans son étrange bec denté.

— *I-ce que chic ?* demande-t-elle.

— *Eut-ce que chule ?* répond la perdante. *O-ce que...*

KA-BLAM !

Le revolver de Roland met fin aux questions de la deuxième créature. Eddie descend la ramasser. Il la saisit par le dos en gardant un œil sur sa collègue, laquelle n'y voit aucun inconvénient, occupée qu'elle est avec le cadavre de l'oiseau. Eddie rapporte sa prise. Elle se tortille encore, haussant et baissant ses pinces, mais ne tarde pas à y renoncer. Sa queue s'arque une dernière fois puis retombe simplement au lieu de fouetter l'air en sens inverse. Les pinces de boxeur pendent lamentablement.

— Le dîner sera bientôt servi, Monsieur, dit Eddie. Monsieur a le choix entre filet d'horreur à carapace et filet d'horreur à carapace. Monsieur se sent-il tenté plutôt par l'un ou l'autre ?

— Que veux-tu dire ?

— Monsieur m'a parfaitement compris, rétorque Eddie. Où est passé ton sens de l'humour, Roland ?

— Il a dû se faire tuer dans une guerre ou une autre.

Réponse qui fait sourire Eddie.

— Tu m'as l'air d'être un peu plus en forme, ce soir.

— Oui, c'est aussi mon impression.

— Bon. Alors tu pourras peut-être marcher un moment demain. Pour parler franc, l'ami, te traîner c'est la croix et la bannière.

— Je ferai un effort.

— C'est tout ce qu'on te demande.

— Toi aussi, tu as l'air mieux, hasarde Roland, et sa voix se brise sur la fin comme celle d'un gosse qui mue. *Si je ne m'arrête pas de parler,* pense-t-il, *je vais me retrouver définitivement aphone.*

— Ouais, je crois que je vais survivre. (Il pose un regard vide sur Roland.) Par deux fois, pourtant, tu ne peux pas t'imaginer à quel point ça n'est pas passé loin. La première, quand j'ai pris ton pistolet et que je me le suis appliqué contre la tempe. Je l'ai armé, je l'ai tenu comme ça un moment, puis je l'ai écarté. J'en ai ramené le chien au repos et je l'ai remis dans son étui. L'autre, c'est quand j'ai eu des convulsions, une nuit. Je crois que c'était la deuxième nuit, mais je n'en suis pas sûr. (Il secoue la tête et ajoute quelque chose que le pistolero ne comprend pas tout en n'y voyant pas mystère :) Le Michigan me fait l'effet d'un rêve à présent.

Et bien que la voix de Roland se soit de nouveau réduite à ce bruissement de feuilles mortes et qu'il ait conscience qu'il vaudrait mieux pour lui de ne pas parler du tout, il lui reste une chose à savoir :

— Qu'est-ce qui t'a retenu de presser la détente ?

— Je n'ai pas d'autre jean, répond bizarrement Eddie, puis il s'explique : À la dernière seconde, je me suis dit que si je la pressais et que ce soit une de ces putains de balles qui ne partent pas, je n'aurais pas le courage de recommencer. Car une fois que tu as chié dans ton froc, faut que tu le laves tout de suite, ou alors tu vis avec l'odeur pour toujours. C'est Henry qui m'a dit ça. Il l'avait appris au Viêt-nam. Et comme c'était la nuit, et qu'Omar était de sortie sur le bord de mer avec tous ses copains...

Mais le pistolero est déjà plié de rire, même si de temps à autre ce sont des grincements inquiétants qui s'échappent de sa gorge. S'autorisant un petit sourire, Eddie reprend :

— Je crois que, dans cette guerre, tu n'as pas perdu ton sens de l'humour plus haut que le coude.

Puis il se lève, s'apprête apparemment à grimper la pente, là où il pourra trouver du bois pour faire un feu.

— Attends, murmure Roland, et Eddie se retourne. Pourquoi, en fait ?

— Parce que tu as besoin de moi, je suppose. Si je m'étais fait sauter la cervelle, tu serais mort. Plus tard, quand tu seras vraiment remis, je réexaminerai peut-être mes options. (Il jette un regard circulaire sur le paysage et pousse un soupir à fendre l'âme.) Il se peut qu'il y ait un Disneyland quelque part dans ton monde, Roland, mais ce que j'en ai vu jusqu'à présent est loin de m'emballer.

Il repart, s'arrête, se retourne encore une fois. Son visage est lugubre quoique la pâleur maladive l'ait quelque peu quitté. Les tremblements se sont réduits à des frissons sporadiques.

— Il y a des moments où tu ne me comprends pas, hein ?

— Oui, murmure le pistolero. Par moments.

— Bon, je vais être plus clair. Il y a des gens qui ont besoin que les gens aient besoin d'eux. Si tu ne me comprends pas, c'est parce que tu n'es pas de ceux-là. Tu te servirais de moi pour me jeter ensuite comme une vieille chaussette s'il le fallait. Mais Dieu t'a baisé, mon ami. Il t'a donné assez de jugeote pour que tu souffres d'agir comme ça et assez de stoïcisme pour que tu passes outre et que tu le fasses quand même. Tu ne pourrais pas t'en empêcher. Je serais couché là sur cette plage, hurlant pour que tu m'aides, tu me passerais sur le corps si tu n'avais pas d'autre chemin pour atteindre ta putain de Tour. Est-ce que je me trompe ?

Roland ne répond pas, ne fait que regarder Eddie.

— Mais tout le monde n'est pas comme ça. Il y a des gens qui ont besoin que d'autres aient besoin d'eux. Comme dans la chanson de Barbara Streisand. Rebattu mais vrai. Juste une autre façon d'être accro. (Il fixe Roland.) Mais toi, bien sûr, tu es au-dessus de ça. (Roland l'observe.) Sauf pour ta Tour, achève Eddie sur un petit rire grinçant. Tu es accro à la Tour, Roland.

— Quelle guerre était-ce ? murmure Roland.

— Hein ?

— Cette guerre où tu t'es fait dégommer ton sens de la noblesse et de la quête ?

Eddie recule comme si Roland l'avait giflé.

— Je vais aller chercher de l'eau, dit-il. Garde un œil sur les horreurs à carapace. On a fait un bon bout de chemin aujourd'hui, mais je ne sais toujours pas si elles ont un vrai langage.

Puis, pour de bon, il tourne le dos à Roland, mais pas avant que celui-ci n'ait vu ses joues baignées de larmes accrocher les ultimes rayons du soleil couchant.

Roland aussi se tourne. Il se tourne vers la grève et regarde. Les homarstruosités vont et viennent en posant leurs questions, posent leurs questions cependant qu'elles vont et viennent, mais sans qu'aucun de ces mouvements semble avoir un but. Elles sont certes douées de quelque intelligence, mais pas à un niveau suffisant pour communiquer entre elles.

Dieu ne te le crache pas toujours en pleine gueule, songe Roland. *La plupart du temps, mais pas toujours.*

Eddie revient avec le bois.

— Alors, s'enquiert-il. Où tu en es de tes pensées ?

— Je me disais qu'on était très bien ici, croasse Roland.

Eddie commence à dire quelque chose mais le pistolero est fatigué ; il se recouche, regarde les premières étoiles clouter le dais violacé du ciel et

Brassage

dans les trois jours qui suivirent, l'état du pistolero ne cessa de s'améliorer. Les lignes rouges sur son bras commencèrent par inverser leur progression puis s'estompèrent et disparurent. Le premier jour, comme prévu, tantôt il marcha, tantôt il se laissa tirer par Eddie. Le jour suivant, le travois devint inutile, ils n'eurent d'autre précaution à prendre que de s'arrêter toutes les une ou deux heures, le temps que la sensation cotonneuse quittât ses jambes. Ce fut durant ces périodes de repos, et dans celles comprises entre leur repas du soir et l'extinction des dernières braises préludant au sommeil qu'il en apprit un peu plus sur Eddie et son frère. Il se rappela s'être demandé ce qui avait pu rendre leur relation si complexe, voire conflictuelle, mais après que le jeune homme eut amorcé son récit hésitant, sous-tendu par cette hargne rancunière qui naît des grandes douleurs, Roland aurait pu l'arrêter net, aurait pu lui dire : *Ne t'en fais pas, Eddie. Je comprends tout.*

Sauf que ça n'aurait fait aucun bien à Eddie. Le jeune homme ne parlait pas pour venir en aide à son frère puisque son frère était mort. Il parlait pour enterrer définitivement Henry. Et aussi pour se remettre en mémoire que si Henry était mort, lui ne l'était pas.

Le pistolero l'écouta donc en silence.

Le fond du problème était simple : Eddie croyait avoir volé la vie de son frère, et celui-ci aussi l'avait cru. Conviction qui pouvait avoir germé seule dans l'esprit de Henry comme il pouvait l'avoir faite sienne à force d'entendre leur mère sermonner Eddie, lui répéter combien elle et Henry s'étaient sacrifiés pour lui, pour qu'il soit aussi protégé que possible dans la jungle de la cité, pour qu'il soit heureux, aussi heureux que possible dans cette jungle de la cité, pour qu'il ne finisse pas comme sa pauvre grande sœur dont il n'avait peut-être même pas vraiment gardé souvenir mais qui avait été si belle, Dieu l'ait en Sa Grâce éternelle. Selina était avec les anges, et c'était à coup sûr un endroit merveilleux, mais elle ne voulait pas qu'Eddie la rejoigne tout de suite, qu'il se fasse écraser par un dingue de chauffard imbibé d'alcool comme sa sœur ou qu'un dingue de junkie lui troue la peau pour les malheureux vingt-cinq cents qu'il avait en poche et l'abandonne tripes à l'air sur le trottoir, et parce qu'elle ne pensait pas qu'Eddie ait envie d'être tout de suite avec les anges, elle lui conseillait d'écouter son grand frère, de faire ce que son grand frère lui disait de faire et de toujours se rappeler que Henry se sacrifiait pour lui par amour.

Eddie exprima au pistolero ses doutes sur la connaissance que sa mère avait eue de certaines choses qu'ils avaient faites ensemble, Henry et lui, comme de piquer des illustrés chez le marchand de bonbons de Rincon Avenue ou de fumer en cachette derrière l'atelier de galvanoplastie de Cohoes Street.

Une fois, ils étaient tombés sur une Chevrolet avec les clés sur le tableau de bord et, bien que Henry eût à peine su conduire — il avait alors seize ans et son frère huit —, il avait poussé Eddie dans la voiture en lui disant qu'ils allaient descendre à New York. Eddie était mort de trouille et pleurait, Henry aussi avait peur et il était en colère contre Eddie, lui répétant de la fermer, d'arrêter de chialer comme un mioche, qu'il avait dix dollars en poche et qu'Eddie en avait trois ou quatre, qu'ils allaient passer la journée au cinéma, puis qu'ils prendraient le métro et seraient rentrés avant que leur mère ait eu le temps de mettre la table pour le souper et de se demander où ils étaient. Mais Eddie continuait de pleurer et, juste avant d'atteindre le Queensboro Bridge, ils avaient reconnu au passage une voiture de police dans une rue transversale et, bien que certain que le chauffeur n'avait même pas eu les yeux tournés dans leur direction, Eddie avait répondu « Ouais » quand Henry lui avait demandé, la voix rauque et tremblotante, s'il pensait que le flic les avait vus. Henry avait pâli et pilé si sec qu'il s'était presque payé une borne d'incendie. Deux secondes plus tard, il cavalait sur le trottoir alors qu'Eddie, tout aussi paniqué que lui maintenant, restait à se battre avec la poignée peu familière de la porte. Henry avait fait demi-tour, libéré son petit frère, lui avait aussi expédié un aller-retour. Puis rentrer à pied — traîner, en fait — jusqu'à Brooklyn leur avait pratiquement pris l'après-midi et, quand leur mère avait voulu savoir pourquoi ils étaient en nage et avaient l'air si crevés, Henry lui avait dit avoir passé la journée à apprendre à Eddie une technique de basket sur le terrain derrière l'immeuble. Puis que des loubards s'étaient pointés et qu'ils avaient dû courir. Leur mère avait embrassé Henry et tourné vers Eddie un visage rayonnant. Elle lui avait demandé s'il n'avait pas le meilleur grand frère qui fût au monde. Eddie avait répondu que si. Et n'avait pas eu à se forcer : il le pensait.

— Il avait autant la trouille que moi, ce jour-là, dit Eddie à Roland alors qu'ils contemplaient les dernières lueurs du jour abandonnant les flots, cette masse d'eau où bientôt ne se refléterait d'autre clarté que celle des étoiles. Plus même, car il croyait que ce flic nous avait vus alors que je savais bien que non. C'est pour ça qu'il a couru. Mais il est revenu me chercher. C'est ça qui compte. Il est revenu.

Roland resta silencieux.

— Tu vois ce que je veux dire ? Tu le vois ?

Il posait sur Roland un regard âpre, interrogateur.

— Je vois.

— Il avait toujours peur, mais il est toujours revenu.

Roland songea qu'il aurait peut-être été préférable pour Eddie — si ce n'était pour tous les deux à long terme — que Henry eût continué de prendre ses jambes à son cou ce jour-là... ou n'importe quel autre jour. Mais les gens comme Henry ne faisaient jamais ça. Les gens comme Henry revenaient toujours parce que les gens comme Henry savaient se servir de la confiance. C'était bien la seule chose dont les gens comme Henry connaissaient le mode d'emploi. Ils commençaient par transformer la confiance en besoin, puis ils transformaient le besoin en drogue, et cela fait, ils... quel était le mot d'Eddie pour ça ? Ah oui, « dealer ». Ils la dealaient.

— Bon, dit le pistolero. Je crois que je vais me pieuter.

Le lendemain, Eddie poursuivit son récit mais Roland savait déjà tout. Au lycée, Henry n'avait jamais joué dans aucune équipe parce qu'il n'était pas question de rester le soir pour l'entraînement. Il lui fallait s'occuper d'Eddie. Qu'il fût malingre, affligé d'une coordination douteuse et sans passion particulière pour le sport n'avait bien sûr rien à voir là-dedans : Henry aurait fait un extraordinaire lanceur au base-ball ou un de ces basketteurs qui semblent s'envoler vers le filet, leur certifiait leur mère dix fois plutôt qu'une. Henry collectionnait les mauvaises notes et avait à redoubler pas mal de matières, mais ce n'était pas qu'il fût bête : Eddie et Mrs Dean savaient l'un comme l'autre Henry aussi fin que vif. Mais Henry devait consacrer à la garde d'Eddie le temps qu'il aurait dû passer à lire ou à faire ses devoirs (que cette abnégation fraternelle eût d'ordinaire pour cadre le salon des Dean avec les deux gamins vautrés sur le canapé devant la télé ou par terre à se bagarrer pour rire n'avait apparemment aucune importance). Côté études supérieures, les sales notes avaient réduit le choix à la seule université de New York, ce qu'ils n'avaient pu se permettre parce que les mêmes notes compromettaient tout espoir de bourse, et puis Henry s'était retrouvé sous les drapeaux, et ça avait été le Viêt-nam où Henry avait perdu la moitié de son genou. La douleur était atroce. Ce qu'on lui avait donné pour la calmer ? De la morphine base. On l'avait sevré à peine remis, mais le boulot avait dû être fait à la va-vite parce que Henry était rentré à New York avec sa guenon sur le dos, une guenon affamée qui attendait ses rations, et au bout d'un mois ou deux, il était sorti voir un type, et quatre mois plus tard environ, trois semaines au plus après la mort de leur mère, Eddie avait pour la première fois vu son frère priser sur une petite glace une ligne de poudre blanche. Il avait pensé à de la coke. Ça s'était révélé être de l'héroïne. Et si on reprenait toute l'histoire en sens inverse, à qui la faute ?

Roland ne dit rien, mais il entendit la voix de Cort : « La faute est toujours au même endroit, mes bébés : chez celui qui est assez faible pour ne pas vouloir l'assumer. »

Passé le choc initial, Eddie était entré dans une rage noire. Henry y avait répondu non par la promesse d'arrêter mais en disant à Eddie qu'il ne lui reprochait pas de se mettre en colère, qu'il savait que le Viêt-nam avait fait de lui une loque, qu'il était faible, qu'il s'en irait, que c'était ce qu'il y avait de mieux à faire, qu'Eddie avait raison, qu'avoir un sale junkie dans les pattes était bien la dernière chose dont son petit frère eût besoin. Il espérait seulement qu'Eddie ne lui en voudrait pas trop. Il était faible, il le reconnaissait : quelque chose au Viêt-nam l'avait rendu comme ça, l'avait pourri de la même manière que l'humidité pourrissait les lacets de vos baskets ou l'élastique de votre slip. Car il y avait aussi au Viêt-nam quelque chose qui, apparemment, vous pourrissait le cœur, lui dit Henry en larmes. Il espérait seulement qu'Eddie se souviendrait de toutes les années où il avait tenté d'être fort.

Pour Eddie.

Pour maman.

Henry essaya donc de quitter la maison. Eddie, bien sûr, ne le laissa pas faire. Il était rongé de remords. Il avait vu l'horreur couturée de cicatrices qu'était devenue cette jambe autrefois normale autour d'un genou désormais plus fait de Téflon que d'os. Il en résulta une confrontation sonore sur le palier, Henry en vieux treillis, son paquetage à la main et des cernes violets sous les yeux, Eddie sans rien d'autre sur lui qu'un caleçon douteux, Henry disant : « Tu n'as pas besoin de moi dans le secteur, Eddie, je suis à fuir comme la peste et je le sais », Eddie braillant en réponse : « Tu n'iras nulle part, il n'en est pas question, ramène ton cul immédiatement », et ainsi de suite jusqu'au moment où Mrs. McGursky était sortie de chez elle pour crier : « Tu pars ou tu restes, pour moi c'est bonnet blanc, blanc bonnet, mais tu te décides en vitesse ou j'appelle la police. » Alors qu'elle ne paraissait pas avoir épuisé son stock de remontrances, elle s'aperçut soudain dans quelle tenue était Eddie et ajouta : « Et tu es indécent, Eddie Dean ! » avant de disparaître comme un diable rentrant dans sa boîte. Eddie regarda Henry. Henry regarda Eddie. « Look like Angel »..., dit Henry dans les graves, et tous deux tombèrent dans les bras l'un de l'autre, hurlant de rire, se bourrant les côtes, et Henry réintégra l'appartement ; quinze jours plus tard environ, Eddie sniffait aussi et ne pouvait comprendre pourquoi il en avait fait un tel fromage, ça n'était que sniffer après tout, et comme disait Henry (dans lequel Eddie allait finir par voir le grand sage & éminent junkie), dans un monde qui de toute évidence fonçait vers l'enfer tête baissée, qu'y avait-il de si bas à vouloir planer ?

Du temps avait passé. Eddie ne précisa pas combien. Le pistolero s'abstint de le lui demander. À son sens, Eddie savait qu'il existait un millier de bonnes excuses pour planer mais pas une seule raison valable, et il avait joliment réussi à contrôler sa consommation. Henry aussi s'était débrouillé pour contrôler la sienne. Pas aussi bien que son petit frère, mais assez pour ne pas sombrer. Car qu'Eddie ait ou non entrevu la vérité (au fond, pensait Roland, il avait dû la connaître), Henry ne pouvait qu'avoir compris : leur rapport s'était inversé ; maintenant, c'était Eddie qui prenait Henry par la main pour traverser la rue.

Vint le jour où Eddie surprit Henry non plus avec une pipette dans la narine mais avec une aiguille dans le bras. Suivit une nouvelle discussion hystérique, calque presque exact de la première à ceci près qu'elle eut pour cadre la chambre de Henry. Le dénouement non plus n'offrit guère de variantes : Henry pleurant et recourant à son implacable, inattaquable système de défense : l'absolue reddition, la totale reconnaissance des faits : Eddie avait raison, il était indigne de vivre, n'était même pas digne de se nourrir d'ordures ramassées dans le caniveau. Il allait partir. Eddie n'aurait plus à supporter sa vue. Il espérait seulement qu'Eddie se souviendrait de toutes les...

Le récit se fondit en une sorte de bourdonnement peu différent de celui des graviers roulés du ressac. Roland connaissait l'histoire et ne dit rien. C'était Eddie qui ne la connaissait pas, un Eddie qui pour la première fois, depuis dix ans ou plus peut-être, avait l'esprit clair. Eddie ne racontait rien à Roland ; Eddie se racontait en fin de compte cette histoire à lui-même.

C'était parfait. Pour autant que pût en juger le pistolero, le temps était une chose dont ils ne manquaient pas. Parler était une manière comme une autre de le tuer.

Le genou de Henry l'obsédait, expliqua Eddie, et les noueux torons de la cicatrice, tant sur la cuisse que sur la jambe (tout ça guéri, bien sûr, Henry ne boitait qu'à peine... sauf lors des engueulades avec Eddie où sa claudication semblait toujours plus prononcée), l'obsédaient toujours. Comme le hantait aussi tout ce à quoi Henry avait renoncé pour lui. Et puis il y avait une autre obsession, beaucoup plus terre à terre : Henry ne devait pas traîner dans les rues. Il y aurait été comme un lapin lâché dans une jungle pleine de tigres. Abandonné à lui-même, Henry se serait retrouvé en tôle ou à l'asile en moins d'une semaine.

Eddie avait donc supplié et fini par obtenir de Henry qu'il restât ; et six mois plus tard, Eddie aussi avait de l'or dans le bras. À dater de cet instant, les choses avaient entamé la régulière et inéluctable spirale descendante qui s'était achevée sur le voyage d'Eddie aux Bahamas et sur la soudaine intervention du pistolero dans sa vie.

Un autre que Roland, moins pragmatique et plus enclin à l'introspection, se serait sans doute demandé — ou bien l'aurait demandé à voix haute : Pourquoi lui ? Pourquoi cet homme en premier ? Pourquoi quelqu'un qui semblait promettre faiblesse, anormalité, voire malédiction pure et simple ?

Questions que le pistolero non seulement ne posa jamais mais qui jamais ne lui germèrent dans l'esprit. Cuthbert les aurait posées. Cuthbert avait eu des questions sur tout, en avait été infesté, était mort avec une ultime question à la bouche. Ils étaient tous morts. Les derniers pistoleros de Cort, les treize survivants d'une classe dont l'effectif initial avait été de cinquante-six. Tous morts, sauf Roland. Il était le tout dernier, poursuivant obstinément sa route dans un monde qui s'était éventé, s'était fait vide et stérile.

Treize, avait dit Cort la veille des Cérémonies de la Présentation. *C'est un chiffre de mauvais augure.* Et le lendemain, rompant avec trente-cinq années d'observance des traditions, Cort n'y avait pas assisté. Sa dernière couvée s'était rendue chez lui pour s'agenouiller à ses pieds, lui présenter leur nuque à nu, puis se relever, recevoir de lui le baiser de la félicitation et lui accorder l'honneur de charger leurs armes pour la première fois. Neuf semaines plus tard, Cort était mort. Empoisonné, avaient prétendu certains. Deux ans après, la finale et sanglante guerre civile avait éclaté. La rouge lame de fond des massacres et des pillages avait atteint l'ultime bastion de la civilisation, de la lumière et de la raison pour balayer tout ce qui leur avait paru impérissable. Avec la même aisance qu'une simple vague noyant le château d'un gamin sur la plage.

Il était donc le dernier, et ne devait peut-être d'avoir survécu qu'à la prééminence de son sens pratique et de sa simplicité sur le ténébreux romantisme de sa nature. Il comprenait que trois choses seules comptaient : la mort, le *ka* et la Tour.

C'était assez pour occuper les pensées d'un homme.

Eddie termina son récit en milieu d'après-midi, le troisième jour de leur progression vers le nord sur cette grève monotone. La plage même semblait immuable et, pour avoir le sentiment d'avancer, il fallait porter ses regards sur la gauche, vers l'est. Là, les sommets déchiquetés des montagnes avaient commencé de s'adoucir, de s'affaisser aussi — modérément certes, mais laissant entrevoir que, beaucoup plus loin, il ne subsistait plus qu'un moutonnement de collines.

Son histoire racontée, Eddie sombra dans le silence, et ils marchèrent sans parler une demi-heure durant, sinon plus. Eddie n'arrêtait pas de lui jeter des petits coups d'œil à la dérobée sans soupçonner qu'ils fussent perçus, tant le jeune homme était encore perdu dans ses pensées. Outre ces regards furtifs, Roland percevait chez Eddie une attente et savait laquelle : l'attente d'une réponse. D'une réponse de quelque type que ce soit. N'importe quelle réponse. Par deux fois Eddie n'ouvrit la bouche que pour la refermer. Finalement, il posa cette question que le pistolero n'avait jamais douté être voué à entendre :

— Alors, qu'est-ce que tu en penses ?

— J'en pense que tu es ici.

Eddie se planta, les poings sur les hanches.

— C'est tout ?

— Je n'en sais pas plus.

Ses doigts et son orteil absents se rappelaient à son souvenir, élancements et démangeaisons qui lui faisaient regretter de n'avoir pas emporté plus d'*astines* du monde d'Eddie.

— Tu n'as même pas quelque opinion sur ce que tout ça signifie ? insista ce dernier.

Roland aurait pu montrer sa main droite infirme et dire : *Pense plutôt à la signification de ça, triple crétin*, mais pareille réplique ne lui vint pas plus à l'esprit que de demander pourquoi, sur l'ensemble de ceux qui peuplaient l'intégralité des univers possibles, il avait fallu que ce fût Eddie qu'il tirât.

— C'est *ka*, dit-il, tournant vers Eddie une expression patiente.

— Et c'est quoi, *ka* ? (Agressive était la voix d'Eddie.) Première fois que j'entends ce mot. À part que si tu le répètes, ça devient ce que les gosses en bas âge disent pour désigner la merde.

— C'est un sens que j'ignore, répondit le pistolero. Ici, *ka* veut dire devoir ou destin, ou encore, dans l'usage courant, un endroit où tu dois te rendre.

Eddie se débrouilla pour avoir l'air à la fois consterné, écœuré et amusé.

— Alors, dis-le deux fois, Roland, parce que, au gosse à qui tu parles, des mots comme ça n'évoquent pas autre chose que de la merde.

Le pistolero haussa les épaules.

— Je n'ai de compétence ni en philosophie ni en histoire et me borne à constater que ce qui est derrière est derrière et ce qui est devant, devant. Ce second domaine est *ka* et se suffit à lui-même.

— Ah bon ? (Eddie se tourna vers le nord.) Moi, tout ce que je vois devant, c'est au bas mot neuf milliards de kilomètres de cette même putain de plage. Alors si c'est ça dont tu parles, *ka* et caca sont effectivement synonymes. Car si on a peut-être encore assez de bonnes balles pour refroidir cinq ou six autres de nos copains à pinces, on en sera ensuite réduits à les dégommer à coups de pierre. Donc : où allons-nous ?

Roland se demanda — fugitivement mais quand même — si c'était une question qu'Eddie avait jamais pensé poser à son frère, mais vouloir tirer ça au clair maintenant n'aurait fait que déclencher une discussion stérile. Aussi se contenta-t-il de basculer son pouce vers le nord en disant :

— Là. Pour commencer.

Le regard d'Eddie se porta dans la direction indiquée pour n'y découvrir que l'uniforme étendue de galets gris mêlés de coquillages et ponctués de rochers. Toutefois, alors qu'il se retournait vers Roland, le sarcasme au bord des lèvres, il vit ses traits baignés d'une sereine certitude. Aussi regarda-t-il de nouveau. Il plissa les yeux, plaça la main dans le prolongement de sa joue pour se les abriter du soleil couchant. Il voulait désespérément voir quelque chose — n'importe quoi, merde ! — même un mirage aurait fait l'affaire, mais rien c'était rien.

— Raconte-moi tout ce que tu veux comme salades, fit Eddie en détachant ses mots, mais laisse-moi libre d'y voir un putain de tour de cochon. Je te rappelle que j'ai risqué ma vie pour toi chez Balazar.

— J'en suis conscient. (Le pistolero sourit — rareté qui lui illumina le visage comme une brève éclaircie dans la grisaille d'une journée maussade.) C'est pourquoi je n'ai pas cessé d'être franc avec toi, Eddie. Il y a quelque chose là-bas. Voilà une heure que ça m'est apparu. Au début, j'ai cru qu'il s'agissait seulement d'un mirage, que je prenais mon désir pour une réalité. Mais c'est là. Pas de problème.

Une fois de plus, Eddie s'usa les yeux, se les usa jusqu'à les avoir les coins débordants de larmes.

— Je ne vois rien, finit-il par dire. Rien d'autre que cette plage. Et pourtant, j'ai dix sur dix d'acuité visuelle.

— Je ne sais pas ce que ça veut dire.

— Ça veut dire que, s'il y avait quelque chose à voir, je le verrais !

Mais il avait des doutes, se demandait sur quelle distance ces yeux bleus de tireur d'élite pouvaient voir plus loin que les siens. Courte, peut-être.

Peut-être énorme.

— Tu finiras par la voir, dit le pistolero.

— Par voir quoi, nom de Dieu ?

— Nous ne l'atteindrons pas aujourd'hui, mais si tu as une aussi bonne vue que tu le dis, tu peux être sûr de la voir avant que le soleil ne soit au ras des flots. À moins que tu ne préfères rester ici à bouder.

— *Ka*, fit Eddie comme en un rêve.

Roland hocha la tête.

— *Ka*.

— Caca, dit Eddie, qui éclata de rire. Allez, Roland. On fait un pari. Si je n'ai toujours rien vu avant le coucher du soleil, tu me paies un poulet-frites pour le dîner. Ou un Big Mac. Ou n'importe quoi du moment que ce n'est pas du homard.

— Allons-y.

Ils se remirent en marche et, au bas mot une bonne heure avant que l'arc inférieur du soleil ne touchât l'horizon, Eddie commença d'entrevoir une forme dans les lointains — c'était flou, miroitant, indéfinissable, mais nettement reconnaissable comme quelque chose. Quelque chose de nouveau.

— D'accord, dit-il. J'ai vu. Mais tu dois avoir les yeux de Superman.

— De qui ?

— Laisse tomber. Tu sais que tu représentes un cas vraiment phénoménal de décalage culturel ?

— Hein ?

Eddie éclata de rire.

— Laisse tomber. Dis-moi plutôt : qu'est-ce que c'est, ce truc, là-bas ?

— Tu verras bien.

Et Roland redémarra, coupant court à toute autre question.

Vingt minutes plus tard, Eddie pensa avoir vu. Un quart d'heure après, ce fut une certitude. Trois kilomètres, sinon, cinq, l'en séparaient encore, mais il savait ce que c'était. Une porte, bien sûr. Une autre porte.

Ni l'un ni l'autre ne dormit vraiment bien cette nuit-là. Ils furent debout et en route une heure avant que l'aube ne dessinât la silhouette érodée des montagnes et atteignirent la porte à l'instant même où perçaient, sereins et sublimes, les premiers rayons du soleil matinal. Leurs joues mal rasées s'embrasèrent comme des lampes. Le pistolero fit de nouveau ses quarante ans, Eddie guère plus que quand Roland avait combattu Cort avec David pour arme.

Cette porte ressemblait en tout point à la première, hormis pour l'inscription :

LA DAME D'OMBRES

— Nous y voilà, dit Eddie presque en un murmure, contemplant cette porte qui, simplement, se dressait là, ses gonds solidaires de quelque montant invisible entre un monde et un autre, entre un univers et un autre. Elle se dressait là, délivrant son message gravé, réelle comme le roc, étrange comme la clarté des étoiles.

— Oui, nous y voilà.

— *Ka.*

— *Ka.*

— Là où tu vas tirer ta deuxième carte ?

— On dirait.

Le pistolero sut ce qu'Eddie avait en tête alors qu'Eddie l'ignorait encore. Il le vit faire alors qu'Eddie se croyait encore immobile. Il aurait pu se retourner et casser le bras d'Eddie en deux points avant qu'Eddie n'ait su ce qui lui arrivait mais il ne fit rien. Il laissa Eddie subtiliser le revolver de son étui droit. C'était la première fois qu'il se laissait prendre une de ses armes sans en avoir au préalable fait l'offre. Pourtant, il s'abstint de tout geste pour l'en empêcher, se tourna simplement vers lui et le regarda, un regard tranquille et même empreint de douceur.

Eddie avait le teint livide, les traits creusés, le blanc des yeux qui faisait tout le tour de l'iris. Il tenait à deux mains le lourd revolver mais le canon n'en flottait pas moins, incapable de se fixer sur sa cible.

— Ouvre-la, dit-il.

— Tu es en train de faire une bêtise. (Aussi douce que son regard était sa voix.) Ni toi ni moi n'avons la moindre idée de ce qu'il y a derrière cette porte. Rien ne dit qu'elle donne sur ton univers, à plus forte raison sur ton monde. Pour ce que nous en savons, la Dame d'Ombres peut très bien être dotée de huit yeux et de neuf bras, comme Siva. En admettant même que cette porte s'ouvre sur ton monde, ce peut être très longtemps avant ta naissance ou bien après ta mort.

Eddie eut un sourire crispé.

— Tu veux que je te dise ? Je suis prêt à échanger le poulet aux hormones et les congés payés sur une plage merdique contre ce qu'il y a derrière la porte n° 2.

— Je ne comp...

— Je sais que tu ne comprends pas. Aucune importance. Ouvre cette putain de porte.

Le pistolero fit non de la tête.

Ils étaient là, dans la claire lumière du petit matin, la porte projetant son ombre oblique vers la mer à marée basse.

— Ouvre ! hurla Eddie. J'y vais avec toi ! Tu piges ? Je t'accompagne ! Ça ne veut pas dire que je vais rester là-bas. Je reviendrai peut-être. En fait, il y a même de grandes chances pour que je revienne. Je te dois bien ça. Tu as toujours été réglo avec moi, j'en ai conscience, ne t'inquiète pas. Il y a simplement que pendant que tu t'occuperas de cette Nana d'Ombres, je filerai au plus proche Chicken Delight et je m'y prendrai un truc à emporter. Je crois que le modèle familial de trente croquettes ira pour commencer.

— Tu ne bougeras pas d'ici.

— Tu t'imagines peut-être que ce sont des paroles en l'air ? (La voix d'Eddie avait grimpé dans les aigus. Il était à bout. Le pistolero avait presque l'impression de le voir entièrement tourné vers les profondeurs instables de sa propre damnation. Le pouce du jeune homme commença d'amener au bandé l'antique chien de revolver. Le vent était tombé avec le point du jour et le retrait des flots, et le *clic* du chien passant au cran d'arrêt se fit nettement entendre.) Tu n'as qu'à essayer.

— Je te descends ! hurla Eddie.

— *Ka*, répondit tranquillement le pistolero, et il se tourna vers la porte.

Sa main se tendait vers la poignée mais son cœur était dans l'attente : dans l'attente de voir s'il allait vivre ou mourir.

— *Ka*.

LA DAME D'OMBRES

I

Detta et Odetta

Dépouillé du jargon, voici ce qu'a dit Adler en substance : le schizophrène idéal — en admettant qu'un tel individu existe — serait un homme ou une femme qui non seulement ne serait pas conscient de sa ou de ses autres personnalités, mais n'aurait même pas l'impression que quelque chose cloche dans sa vie.

Dommage qu'Adler n'ait jamais connu Detta Walker et Odetta Holmes.

1

— ... dernier pistolero, dit Andrew.

Il y avait un bout de temps qu'il parlait mais avec Andrew c'était toujours ainsi, et Odetta avait pris l'habitude de laisser les mots ruisseler à la périphérie de sa conscience comme quand on prend sa douche et qu'on laisse couler l'eau chaude sur la figure et les cheveux. Mais ces mots-là, précisément, firent plus qu'attirer son attention, ils la piquèrent comme une épine.

— Pardon ?

— Oh, rien qu'un article dans le journal, dit Andrew. Je ne sais pas de qui. Je n'ai pas pensé à regarder. Sans doute un de ces gars dans la politique, et probab' que son nom vous dirait quelque chose, Miz Holmes. Faut dire que je l'aimais et que j'ai pleuré le soir où il a été élu...

Elle sourit, émue à son corps défendant. Andrew disait que son bavardage ininterrompu était quelque chose de plus fort que lui, dont il n'était pas responsable, que c'était son atavisme irlandais qui ressortait, et la plupart du temps, c'était effectivement sans importance — rien qu'un bruit de fond, des claquements de langue à propos de parents et d'amis qu'elle ne connaîtrait jamais, un vague brouet d'opinions politiques, des révélations scientifiques farfelues glanées à diverses sources, uniformément farfelues (Andrew était, entre autres, fermement convaincu de l'existence des soucoupes volantes qu'il appelait des *ovesnids*) — mais là, ce qu'il venait de dire l'avait émue parce qu'elle aussi avait pleuré au soir de l'élection.

— Mais je n'ai pas pleuré quand ce fils de pute — excusez mon latin, Miz Holmes — quand ce fils de pute d'Oswald l'a assassiné, et je n'ai pas pleuré depuis, et ça fait... combien déjà, deux mois ?

Trois mois et dix jours, songea-t-elle, mais elle répondit :

— Oui, quelque chose comme ça.

Andrew hocha la tête.

— Donc, hier, j'ai lu l'article — ça devait être dans le *Daily News* — au sujet de Johnson qui allait sans doute faire du bon boulot mais que ça ne serait pas pareil. Le gars disait que l'Amérique venait d'assister au passage du dernier pistolero du monde.

— À mon avis, John Kennedy n'était pas du tout ça, dit Odetta, et si sa voix fut plus âpre qu'à l'accoutumée (elle dut l'être car, dans le rétroviseur, Odetta vit Andrew plisser des yeux surpris — plus un froncement de sourcils, d'ailleurs, qu'un plissement d'yeux), c'était que cette remarque aussi l'avait touchée.

Absurde, mais réel. Il y avait dans cette citation d'un article de journal : *L'Amérique vient d'assister au passage du dernier pistolero du monde*, quelque chose qui éveillait en elle de profondes résonances. C'était répugnant, parfaitement inexact — John Kennedy avait été un homme de paix et n'avait rien eu d'un bagarreur du style Billy le Kid, dans la lignée duquel se plaçait plus un Goldwater — mais, sans qu'elle sache pourquoi, cela lui avait donné la chair de poule.

— Bref, le type disait qu'on n'allait pas être à court de

maniaques de la gâchette, poursuivit Andrew, posant sur elle des petits regards inquiets dans le rétroviseur. Il a parlé de Jack Ruby déjà, de Castro, et de son pote à Haïti...

— Duvalier, dit-elle. Papa Doc.

— Ouais, lui, et Diem aussi...

— Les frères Diem sont morts.

— Bon, il disait que John Kennedy n'avait pas été pareil, voilà tout. Qu'il n'aurait pas hésité à dégainer, mais seulement si quelqu'un de plus faible avait eu besoin de lui pour dégainer à sa place, et seulement dans l'impossibilité de faire autrement. Selon lui, Kennedy avait assez de jugeote pour savoir que parler n'amène parfois rien de bon. Pour savoir que, quand un chien a la rage, il faut l'abattre.

Ses yeux continuaient de la surveiller, pleins d'appréhension.

— Cela dit, c'est simplement un article que j'ai lu.

La limousine remontait maintenant la 5e Avenue, glissant vers Central Park West. L'emblème de la Cadillac, à la pointe du capot, fendait l'air glacial de février.

— Oui, fit Odetta, sa voix très douce, et la tension se relâcha quelque peu dans le regard d'Andrew. Je comprends. Je ne suis pas vraiment d'accord mais je comprends.

Menteuse, fit une voix intérieure, une voix qu'elle était loin d'entendre pour la première fois. Au point d'avoir un nom pour la désigner. C'était la voix de l'Aiguillon. *Tu comprends on ne peut mieux et tu es totalement d'accord. Tu peux mentir à Andrew si tu estimes que c'est nécessaire mais, de grâce, ne va pas te mentir à toi-même.*

Toutefois cela suscitait les protestations horrifiées d'une part de son être. Dans un monde qui s'était transformé en baril de poudre nucléaire sur lequel étaient assis près d'un milliard d'hommes, voir chez les flingueurs une différence entre bons et méchants était une erreur — d'envergure suicidaire, peut-être. Il y avait trop de mains tremblantes pour tenir la flamme d'une allumette à côté de trop de mèches. Ce monde n'était pas fait pour les pistoleros. S'ils avaient eu leur époque, elle était passée.

L'était-elle ?

Elle ferma les yeux quelques secondes et se massa les tempes. Elle sentait monter l'une de ses migraines. Il ne s'agissait parfois que d'une menace, telles ces barrières de nuages violacés qui s'élaborent par les chauds après-midi d'été pour se déporter ailleurs, pour aller déverser ailleurs leur tourmente.

Elle avait néanmoins le sentiment que, cette fois, l'orage allait éclater, une véritable tempête avec tonnerre, éclairs et grêlons gros comme des balles de golf.

La haie des lampadaires sur la 5e Avenue semblait par trop brillante.

— Comment c'était, Oxford, Miz Holmes ? hasarda Andrew.

— Humide. Février ou pas, c'était très humide. (Elle s'interrompit, s'intimant l'ordre de ne pas prononcer les mots qui s'accumulaient dans sa gorge comme de la bile, de les ravaler. Elle se montrerait inutilement brutale en les disant. Cette histoire de dernier pistolero du monde n'avait guère été qu'un tour de plus de ce moulin à paroles qu'était Andrew. Mais, venant en couronnement du reste, ce fut la goutte qui fit déborder le vase : ce qu'elle n'avait pas à dire lui échappa. Sa voix resta, supposa-t-elle, aussi calme et résolue que toujours mais elle ne fut pas dupe : elle savait reconnaître une gaffe quand elle en entendait une.) Le type est arrivé très vite avec la caution ; normal, on l'avait prévenu à l'avance. N'empêche qu'ils nous ont retenus aussi longtemps qu'ils ont pu, et moi, je me suis retenue aussi longtemps que j'ai pu, mais sur ce point, je crois qu'ils ont gagné parce que j'ai fini par faire pipi dans ma culotte. (Elle vit un nouveau tressaillement froisser les yeux d'Andrew et voulut s'arrêter, en fut incapable.) Voyez-vous, c'est ça qu'ils veulent vous faire rentrer dans le crâne. En partie, je suppose, parce que ça vous fait peur, et qu'une personne qui a peur est susceptible de ne pas redescendre les embêter dans leurs chers États du Sud. Mais je crois que la plupart d'entre eux — même les plus bouchés, ce qu'ils sont loin d'être en général — savent que, quoi qu'ils fassent, les choses finiront par changer, et ils sautent donc sur l'occasion de vous avilir tant qu'ils en ont encore les moyens. De vous apprendre qu'il est possible de vous avilir. Vous avez beau jurer par Dieu le Père, par son Fils et par toute la cohorte des saints que jamais, au grand jamais, vous ne vous souillerez, s'il vous retiennent trop longtemps, vous finissez par le faire. Ce qu'ils veulent vous inculquer, c'est que vous n'êtes qu'un animal en cage, pas plus que ça, pas mieux que ça. Alors, j'ai fait pipi dans ma culotte. J'en sens encore l'odeur et celle de cette maudite cellule. Ils disent que nous descendons du singe, vous savez. Et c'est exactement ce que j'ai l'impression de sentir. Le singe.

Elle vit les yeux d'Andrew dans le rétroviseur et fut désolée de ce qui s'y lisait. Parfois, l'urine n'était pas la seule chose qu'on fût incapable de retenir.

— Navré, Miz Holmes.

— Non, dit-elle, se massant de nouveau les tempes. C'est moi qui suis navrée. Ce furent trois jours plutôt éprouvants.

— J'imagine, dit-il sur un ton de vieille fille scandalisée qui la fit rire malgré elle. Mais, dans l'ensemble, elle ne riait pas. Elle avait cru savoir dans quoi elle se lançait, avoir pleinement mesuré l'horreur que ce pouvait être. Et elle s'était lourdement trompée.

Plutôt éprouvants. Bon, c'était une façon de décrire ces trois jours à Oxford, Mississippi. Une autre aurait pu être d'en parler comme d'une courte saison en enfer. Mais il y avait certaines choses impossibles à dire. Que la mort même n'aurait pu vous arracher... à moins d'avoir à en témoigner devant le trône de Dieu, le Père Tout-Puissant, là où, supposait-elle, même les vérités qui déclenchent des tempêtes dans cette étrange gelée grise qu'on avait entre les oreilles (gelée grise que les savants prétendaient dépourvue de nerfs, et si ça n'était pas à se tordre de rire, elle ne voyait pas ce qui pouvait l'être) devaient être avouées.

— Ce que je veux, c'est simplement rentrer à la maison, prendre un bain, prendre un bain, prendre un bain, dormir, dormir, dormir. Après, je pense être fraîche comme une rose.

— Sûr ! Comme une rose !

Andrew avait quelque chose à se faire pardonner, et cet écho était la meilleure tentative d'excuse qu'il pouvait produire. En outre, il ne voulait pas prendre le risque de pousser plus loin la conversation. Le trajet se poursuivit donc dans un inhabituel silence jusqu'à l'immeuble victorien dont la masse grise occupait l'angle de la 5e Avenue et de Central Park South. Un immeuble des plus sélects qui faisait d'elle quelqu'un de bien en vue, supposait Odetta, consciente qu'il y avait là, dans ces appartements huppés, des gens qui, pourtant, ne lui auraient jamais adressé la parole sauf cas de force majeure. Consciente, oui, mais s'en fichant comme de l'an quarante. Par ailleurs, elle les dominait, ce qu'ils savaient pertinemment. Il lui était plus d'une fois venu à l'esprit que certains d'entre eux devaient se sentir atrocement humiliés à l'idée qu'une négresse habitait l'appartement en terrasse de ce vénérable et splendide immeuble victorien où, en un autre temps, les seules mains noires admises avaient été gantées de blanc, ou à la rigueur du fin cuir noir des chauffeurs de maître. Humiliation qu'elle espérait réellement atroce, se reprochant de se montrer méchante et animée de sentiments bien peu chrétiens, mais c'était plus fort qu'elle. De même qu'elle n'avait pu réprimer le jet souillant la soie fine de ses dessous français, elle ne pouvait pas davantage empêcher cet autre débordement de pisse. C'était mesquin, totalement indigne d'une chrétienne et, presque aussi grave — non, pire, pour autant que le Mouvement fût concerné — c'était improductif. Ils allaient conquérir les droits qu'il leur fallait conquérir, et probablement cette année : Johnson, pénétré de l'héritage que lui avait laissé entre les mains le président assassiné (et souhaitant peut-être planter un autre clou dans le cercueil de Barry Goldwater) allait faire plus que veiller à la mise en place des droits civils ; il allait, si nécessaire, imposer l'adoption de la loi électorale. Il était donc essentiel de réduire les frictions. Il y avait encore du pain sur la planche. Loin de faciliter l'évolution des choses, la haine ne pouvait que l'entraver.

Mais, parfois, on n'en continuait pas moins de haïr.

Telle était l'autre leçon que venait de lui donner Oxford Town.

2

Detta Walker n'avait strictement aucun intérêt pour le Mouvement et un logement nettement plus modeste. Elle vivait dans le grenier d'un immeuble lépreux de Greenwich Village. Odetta ignorait tout de la soupente et Detta tout du penthouse, ce qui, pour soupçonner quelque anomalie à cette répartition des choses, ne laissait que le chauffeur, Andrew Feeny. Il était entré au service du père d'Odetta quand elle avait quatorze ans et que Detta Walker n'existait pour ainsi dire pas.

De temps à autre, Odetta disparaissait. Lesquelles disparitions pouvaient être l'affaire de quelques heures ou de plusieurs jours.

L'été dernier, l'une d'elles s'était prolongée trois semaines, et un soir, vers huit heures, Andrew avait été sur le point d'alerter la police quand Odetta l'avait appelé pour lui demander de passer la chercher avec la voiture le lendemain matin à dix heures. Elle comptait faire quelques achats.

Il avait eu envie de hurler dans l'appareil : *Miz Holmes ! Où étiez-vous ?* mais il avait déjà essayé de lui poser la question dans des circonstances similaires et n'avait obtenu en réponse qu'un regard éberlué — sincèrement éberlué, il n'y avait pas de doute à cela. Cette fois, donc, elle lui aurait probablement dit : *Mais, voyons, Andrew, ici même. Ne m'avez-vous pas conduite chaque jour en deux ou trois endroits ? Votre cervelle ne commencerait-elle pas, par hasard, à tourner à la sauce blanche ?* Puis elle aurait éclaté de rire et, pour peu qu'elle se fût sentie particulièrement en forme (ce qui, à la suite de ses disparitions, semblait être souvent le cas), lui aurait pincé la joue.

— Très bien, Miz Holmes, s'était-il contenté de répondre. À dix heures.

Il avait raccroché, fermé les yeux, remercié d'une courte prière la Très Sainte Vierge Marie pour le retour de Miz Holmes saine et sauve, puis avait redécroché le téléphone et composé le numéro de Howard, le concierge du luxueux immeuble victorien donnant sur Central Park.

— À quelle heure est-elle rentrée ?

— Il y a vingt minutes à peine, lui apprit Howard.

— Qui est-ce qui l'a ramenée ?

— J'sais pas. Tu sais comment ça se passe. C'est toujours une voiture différente. Des fois, ils se garent de l'autre côté de l'immeuble et je ne sais même pas qu'elle est de retour avant d'entendre la sonnette, de regarder dehors et de voir que c'est elle. (Howard marqua une pause puis ajouta :) Elle a un sacré bleu sur la joue.

Howard ne s'était pas trompé. Elle avait à coup sûr un sacré bleu sur la joue. Il avait meilleure apparence, maintenant, mais Andrew n'aimait pas trop penser à ce qu'il devait avoir été à l'origine. Miz Holmes venait d'émerger à dix heures précises de son immeuble, vêtue d'une robe de soie aux bretelles ultra-fines (on était fin juillet), le bleu tirant déjà sur le jaune. Elle n'avait guère apporté de soin à le dissimuler sous son maquillage comme si elle était consciente qu'un plâtrage trop épais ne ferait qu'attirer encore plus l'attention.

— Comment vous êtes-vous fait ça, Miz Holmes? lui demanda-t-il.

Elle eut un rire joyeux.

— Vous savez comment je suis, Andrew... maladroite comme toujours. Ma main a glissé sur la poignée, hier, alors que je m'extirpais de la baignoire, pressée d'aller voir les informations. Je suis tombée, me suis cognée juste sous l'œil. (Ce furent les yeux d'Andrew que, sur ce, elle sonda.) Vous allez me parler de docteurs et d'examens, non? Inutile de répondre. Après toutes ces années, je lis en vous comme dans un livre. Alors, tenez-vous-le pour dit : je n'irai pas consulter. Je me sens on ne peut mieux. Allez, Andrew, en route! J'ai l'intention d'acheter la moitié de chez Salks, la totalité du Gimbels et de prendre dans l'intervalle un échantillon de tout ce qu'il y a sur la carte des Quatre Saisons.

— Bien, Miz Holmes.

Et il sourit. Un sourire forcé. Et cela n'avait rien de facile. Ce bleu ne datait pas d'hier, mais d'une semaine au moins... d'autant qu'il avait une autre raison de douter de son histoire. Tous les soirs de la semaine dernière, il l'avait appelée à sept heures, sachant que, s'il avait une chance de la trouver chez elle, c'était au moment du journal de Huntley-Brinkley, vu qu'elle y était accro. Il avait téléphoné chaque soir, sauf hier. Hier, il y était allé, avait emprunté le passe à Howard. Car, soir après soir, la conviction n'avait cessé de grandir en lui qu'elle avait eu exactement le genre d'accident qu'elle venait de décrire... sauf qu'au lieu de récolter un bleu ou une fracture, elle était morte, toute seule, et que là-haut son cadavre l'attendait. Il s'était introduit dans l'appartement, le cœur battant à tout rompre, se sentant comme un chat dans une pièce obscure au sol tapissé de cordes à piano. À ceci près qu'il n'y avait rien trouvé justifiant son angoisse. Un beurrier était resté sur le plan de travail de la cuisine et, quoique couvert, son contenu avait eu le temps de développer une belle récolte de moisissures. Arrivé à sept heures dix, Andrew était reparti au quart. Sa rapide inspection de l'appartement n'avait pas négligé la salle de bains. La baignoire était sèche, les serviettes proprement —

voire austèrement — rangées, les nombreuses poignées d'acier chromé que comportait la pièce révélaient par leur éclat qu'elles étaient vierges d'eau.

L'accident décrit n'avait pu se produire.

Mais il n'en avait pas déduit pour autant qu'elle mentait. Elle avait été la première — en l'occurrence la seule — à croire à son histoire.

Pour l'heure, il jetait un nouveau coup d'œil dans le rétroviseur et la voyait se masser les tempes du bout des doigts. Ça ne lui disait rien qui vaille. Il l'avait trop souvent vue faire ce geste à la veille d'une disparition.

3

Andrew laissa le moteur tourner pour qu'elle pût bénéficier du chauffage. Puis il sortit ouvrir le coffre. La vue des deux valises lui arracha une nouvelle crispation des muscles du visage. On aurait dit que des fous furieux — dont la force devait être inversement proportionnelle à la taille de leur cerveau — les avaient longuement piétinées, leur infligeant ce qu'ils n'osaient infliger à Miz Holmes — ce qu'ils lui auraient infligé à lui, par exemple, s'il s'était trouvé là. Or ils s'étaient retenus, et pas seulement parce qu'il s'agissait d'une femme : avant tout, c'était une négresse, une arrogante négresse du Nord qui était venue foutre sa merde là où elle n'avait pas à la foutre, et à leurs yeux, probablement, une femme comme ça n'avait que ce qu'elle méritait. Mais c'était également une négresse riche. Elle était presque aussi connue du grand public américain que Medgar Evers ou Martin Luther King. Et sa tronche de négresse pleine aux as avait fait la couverture de *Time Magazine*. Alors pouvait-on molester quelqu'un de ce genre puis s'en sortir en disant : *Ah non, m'sieu, sûr que dans l'secteur on a vu personne correspondant à vot' description, pas vrai, les gars ?* Sûr que ça aurait promis d'être coton. Et tout aussi coton, en l'occurrence, de se décider à porter la main sur une femme qui était l'unique héritière des Industries Dentaires Holmes quand les États du Sud ne comptaient pas moins de douze usines Holmes, dont une dans le comté voisin de celui d'Oxford Town.

Ils avaient en conséquence fait à ses valises ce qu'ils n'osaient lui faire à elle.

Andrew contempla ces muets indices du séjour de sa patronne à Oxford, submergé par la honte, la colère et l'amour, émotions muettes à l'égal des plaies et bosses de ces bagages qui étaient partis pimpants pour revenir rompus. Il les fixa, momentanément paralysé, un petit panache s'arrondissant devant ses lèvres dans l'air glacé.

Howard accourait pour l'aider mais il prolongea encore un peu sa pause avant de se saisir des valises. *Qui êtes-vous, Miz Holmes ? Qui êtes-vous en réalité ? Où allez-vous parfois et qu'y faites-vous qui vous paraisse être si mal que vous ayez, même pour vous-même, à vous inventer un faux emploi de ces heures et de ces jours manquants ?* Et une autre question se forma dans son esprit juste avant que Howard n'arrivât à sa hauteur, une question d'une étrange pertinence : *Où est le reste de vous ?*

Tu vas me faire le plaisir de penser à autre chose, Andrew Feeny. Si quelqu'un par ici se doit de s'adonner à ce genre de cogitations, c'est Miz Holmes, et puisqu'elle ne le fait pas, tu n'as pas à le faire.

Il sortit les valises du coffre et les tendit à Howard qui à mi-voix lui demanda :

— Elle va bien ?

— Je crois, répondit Andrew tout aussi discrètement. Fatiguée, c'est tout. Complètement vannée.

Howard hocha la tête, prit les valises meurtries et retourna vers l'immeuble, marquant un bref temps d'arrêt pour porter deux doigts à sa casquette, saluer avec réserve et respect Odetta Holmes à peine visible derrière les vitres fumées.

Après son départ, Andrew sortit du fond du coffre un appareil d'acier inoxydable qu'il entreprit de déplier. C'était un fauteuil roulant.

Depuis le 19 août 1959, quelque cinq ans et six mois auparavant, Odetta Holmes avait dans son corps au-dessous des genoux un vide comparable à celui de ces heures et de ces jours dans son existence.

4

Avant l'épisode du métro, Detta Walker n'avait connu que de rares moments de conscience — lesquels étaient comme ces îles coralliennes qui donnent l'impression d'être isolées mais sont en fait les vertèbres d'une longue dorsale presque entièrement sous-marine. Odetta ne soupçonnait pas du tout l'existence de Detta ni Detta qu'il y eût dans la sienne une personne telle qu'Odetta... mais Detta au moins comprenait clairement que quelque chose n'allait pas, que quelqu'un tripatouillait sa vie. Si l'imagination d'Odetta brodait des romans sur toutes sortes d'événements mythiques censés s'être déroulés pendant que Detta contrôlait son corps, Detta n'était pas si douée. Elle croyait se rappeler des choses, certaines choses en tout cas, mais, la plupart du temps, elle ne se souvenait de rien.

Au moins était-elle partiellement consciente d'absences.

Elle se souvenait du plat en porcelaine. Oui, elle s'en souvenait. Se revoyait le glissant dans la poche de sa robe en surveillant par-dessus son épaule si la Femme en Bleu n'était pas en train de l'espionner. Il lui fallait s'en assurer car le plat en porcelaine appartenait à la Femme en Bleu. Ce plat était, Detta le comprenait de quelque vague manière, *pour les grandes occasions*. C'était pour ça qu'elle le prenait. Elle se rappelait l'avoir pris et emporté dans un endroit dont elle connaissait (sans pour autant savoir comment) le nom : les Drawers, un trou jonché d'ordures où de la fumée flottait en permanence et où elle avait un jour vu brûler un bébé à la peau en matière plastique. Elle se revoyait poser soigneusement le plat par terre puis s'apprêter à marcher dessus, s'interrompre, retirer sa petite culotte en coton, la mettre dans la poche dont elle avait sorti le plat, puis soigneusement glisser l'index de sa main gauche, soigneusement contre la fente dans son corps, là où Dieu le Vieux Con l'avait mal jointe comme il avait mal joint toutes les autres filles et femmes, mais il devait y avoir quelque chose de bien fait à cet endroit parce qu'elle se souvenait de la décharge, se revoyait voulant appuyer, se revoyait n'appuyant pas, se rappelait le délice d'avoir son sexe nu, sans la petite culotte en coton entre lui et le monde, et elle n'avait pas appuyé, tant que son soulier n'avait pas appuyé, son soulier verni noir, tant que son soulier n'avait pas appuyé sur le plat, puis elle avait appuyé sur la fente avec son doigt comme elle appuyait avec son pied sur le plat *pour les grandes occasions* de la Femme en Bleu, elle revoyait le soulier verni couvrir les fins filets bleus sur le bord du plat, retrouvait la sensation d'appuyer, oui, la sensation d'appuyer dans les Drawers, d'appuyer avec le doigt et avec le pied, se souvenait de la délicieuse promesse du doigt et de la fente, se rappelait que quand le plat avait craqué avec un petit bruit sec, acide, un plaisir pareillement acide était remonté dans ses entrailles, était remonté comme une flèche de cette fente, elle se rappelait le cri qui avait alors explosé sur ses lèvres, un cri rauque et déplaisant, celui d'un corbeau s'enfuyant, paniqué, d'un champ de maïs, elle se revoyait fixant d'un œil terne les débris du plat puis tirant lentement de la poche de sa robe la culotte de coton blanc pour la remettre, y renfiler d'abord un premier soulier verni puis y renfiler l'autre, la remonter sur ses jambes, dépasser les genoux, la croûte sur le gauche, presque prête à tomber, à révéler la neuve et rose peau de bébé qui s'était formée dessous, oui, elle en avait un souvenir si net que ce pouvait n'être pas arrivé une semaine auparavant ni même hier, pas plus loin, même, que dans la minute qui avait précédé, elle allait jusqu'à se rappeler comment l'élastique de la ceinture avait atteint l'ourlet de sa robe, le net contraste du coton blanc sur la peau brune, comme de la crème, oui, c'était ça, comme l'instant où la crème versée du pot n'a pas encore touché le café, la texture, la culotte disparaissant à demi sous l'ourlet de la robe. Sauf que maintenant la robe était rouille et que la culotte ne montait plus, elle descendait, elle était toujours blanche mais plus en coton, c'était du nylon, du voile de nylon à quatre sous, et elle se revoyait l'enlevant, la revoyait chatoyer sur le tapis de la 46 Dodge DeSoto, oui, comme elle était blanche, comme elle faisait camelote, rien d'un dessous chic, que du sexy toc, du sexy pas cher, comme la fille, et c'était bon d'être pas chère, c'était bon d'être à vendre, d'être sur le trottoir, pas même comme une pute mais comme une truie qui aime ça ; elle ne revoyait pas de plat rond en porcelaine blanche mais, ronde et blanche, la bouille d'un garçon, d'un jeunot en java, ahuri par l'alcool et la surprise, il n'était pas en porcelaine mais sa bouille était ronde comme l'avait été le plat de la Femme en Bleu, et il avait sur les joues des filets qui ne paraissaient pas moins bleus que ceux sur le bord du plat *pour les grandes occasions,* mais c'était seulement à cause du néon qui était rouge, de l'enseigne au néon de la taverne en bordure de route qui, dans le noir, avait fait paraître bleus les filets de sang sur les joues du garçon là où elle l'avait griffé, et il avait dit : « Pourquoi t'as pourquoi t'as pourquoi t'as... » puis il avait baissé la vitre et passé la tête dehors pour vomir, et elle se rappelait la chanson sur le juke-box, Dodie Stevens débitant son histoire de chaussures jaunes à lacets roses et de bande violette sur son grand panama, réentendait le bruit du gars qui vomissait comme du gravier tournant dans une bétonneuse, en revoyait le sexe, quelques instants auparavant point d'exclamation livide jaillissant de l'enchevêtrement crépu de la toison pubienne, maintenant tout mou, point d'interrogation ; elle se rappelait le bruit de bétonneuse que le garçon faisait en vomissant, qui avait cessé puis qui avait repris tandis qu'elle se disait : *Bon, je crois qu'il n'en a pas encore assez versé pour remplir cette tranchée de fondations,* et elle, riant, appuyant son index (équipé désormais d'un ongle de longueur et de forme adéquates) contre son propre sexe, qui était nu mais plus vraiment puisque envahi par le foisonnement de sa propre toison pubienne, et retrouvant ce même petit craquement acide en elle, toujours autant souffrance que plaisir (mais mieux, tellement mieux que rien du tout), puis le gars, à tâtons, avait de nouveau cherché à la saisir et il lui avait dit d'une voix qui se brisait, d'une voix blessée : « Oh, saloperie de négresse », tandis qu'elle continuait de rire, l'avait repoussé sans difficulté, avait ramassé sa culotte, ouvert la portière et senti l'ultime tâtonnement des doigts du gars dans le dos de son chemisier alors qu'elle s'élançait dans la nuit de mai, courait dans les premières senteurs de chèvrefeuille, enjambait les bégaiements rose-rouge du néon sur le gravier d'un parking d'après-guerre, fourrant la petite culotte non dans la poche de sa robe mais dans le joyeux fatras de produits de beauté d'un sac à main d'adolescente, qu'elle courait, que la lumière tressautait, puisqu'elle avait vingt-trois ans et que ce n'était plus une culotte qu'elle mettait dans son sac mais un foulard en rayonne, et qu'elle l'y glissait négligemment en passant devant un rayon dans la Boutique Inventive du Macy's, un foulard qui à ce jour coûtait 1,99 $.

De la camelote.

De la camelote comme la culotte en voile de nylon.

De la camelote.

Comme elle.

Le corps qu'elle habitait était celui d'une femme qui avait hérité des millions mais ce fait, n'étant pas connu, n'avait aucune importance — le foulard était blanc avec un liseré bleu, et le petit craquement de plaisir acide fut le même alors qu'à l'arrière du taxi, oublieuse du chauffeur, elle prenait le foulard d'une main et le regardait fixement tandis que l'autre main remontait sous la robe de tweed, se glissait sous le bord de la culotte blanche et qu'un long doigt sombre s'attaquait à la tâche qui réclamait d'être accomplie d'une seule et impitoyable caresse.

De temps à autre, donc, elle se demandait distraitement où elle était quand elle n'était pas ici, mais la plupart du temps ses envies étaient trop soudaines, trop urgentes, pour autoriser plus ample méditation, et elle s'acquittait simplement de ce dont il fallait s'acquitter, faisait ce qui avait besoin d'être fait.

Roland aurait compris.

5

Même en 1959, Odetta aurait eu toute latitude de ne se déplacer qu'en limousine ; même si, à l'époque, son père était toujours de ce monde et qu'elle n'était pas aussi fabuleusement riche qu'elle allait le devenir à sa mort en 1962, elle avait depuis son vingt-cinquième anniversaire la libre disposition de l'argent placé pour elle, et pouvait faire à peu près ce qu'elle voulait. Mais n'appréciait guère l'expression « libéral en limousine » forgée un an ou deux auparavant par un journaliste conservateur, elle se sentait assez jeune pour refuser d'être vue sous cet angle, même si elle n'était pas autre chose. Pas assez jeune (ou assez bête), en revanche, pour s'imaginer que quelques paires de jeans délavés et les chemises kaki qu'elle portait d'habitude changeaient en quoi que ce fût son statut fondamental, ni pour prendre le bus ou le métro alors qu'elle aurait pu aller n'importe où en voiture (mais assez égocentrique pour ne pas remarquer le profond désarroi d'Andrew, sa souffrance ; il lui vouait une grande affection et prenait pour lui ce refus de ses services). Mais assez jeune pour croire encore qu'un tel geste pouvait vaincre (ou du moins renverser) la réalité.

Ce geste, elle allait le payer au soir du 19 août 1959, le payer d'une moitié de ses jambes... et d'une moitié de son cerveau.

6

Odetta s'était d'abord sentie sollicitée, puis tiree, puis franchement emportée par la houle qui devait naître et finalement se transformer en raz de marée. En 1957, quand elle s'y était vraiment jetée, ce qui allait passer à la postérité comme le Mouvement n'avait pas encore de nom. Elle en connaissait à peu près les origines, savait que le combat pour l'égalité remontait plus loin que l'Émancipation, presque au débarquement de la première cargaison de bois d'ébène sur le sol américain (en Géorgie, pour être précis, colonie fondée par les Anglais pour se débarrasser de leurs assassins et de leurs insolvables), mais tout lui semblait toujours avoir pris naissance dans un même cadre, sur les mêmes mots : « Je ne bougerai pas. »

Le cadre, un autobus à Montgomery dans l'Alabama ; les mots, prononcés par une femme de couleur du nom de Rosa Lee Park ; et l'endroit dont Rosa Lee Park ne voulait pas bouger était l'avant du véhicule, l'arrière étant bien sûr censé être réservé aux moricauds. Beaucoup plus tard, Odetta chanterait avec tous les autres « On ne nous fera pas bouger », et toujours elle penserait à Rosa Lee Park, jamais ne pourrait entonner cet hymne sans un sentiment de honte. C'était si simple de dire *nous*, les bras soudés à ceux d'une foule entière, si simple, même quand on n'avait pas de jambes. Si simple de dire *nous*, si simple de l'être. Il n'y avait pas eu de *nous* dans ce bus qui avait dû puer le vieux cuir et des années d'imprégnation par la fumée des cigares et des cigarettes, avec ses pancartes incurvées couvertes de réclames du genre LUCKY STRIKE LSMFT, CHOISISSEZ VOTRE ÉGLISE MAIS ALLEZ-Y, POUR L'AMOUR DU CIEL, LE MATIN OVALTINE ET BONJOUR LA BONNE MINE,

CHESTERFIELD, VINGT ET UN GRANDS TABACS POUR VINGT GRANDS MOMENTS DE DÉTENTE, pas de *nous* sous les regards incrédules du conducteur et des Blancs au milieu desquels Rosa Lee Park était assise, sous les regards non moins incrédules de ses frères et sœurs de couleur assis au fond.

Pas de *nous*.

Pas de milliers d'autres pour marcher tous ensemble.

Rien que Rosa Lee Park pour déclencher un raz de marée par ces quatre mots : « Je ne bougerai pas. »

Odetta pensait : *Si je pouvais faire quelque chose comme ça, si je pouvais avoir ce courage, je crois que je serais heureuse jusqu'à la fin de mes jours. Mais cette sorte de courage n'est pas de mon ressort.*

Le lecture du fait divers n'avait d'abord suscité chez elle qu'un intérêt minime. C'était venu peu à peu. Difficile de préciser quand et comment son imagination avait été touchée puis embrasée par cet anodin frisson avant-coureur du séisme racial qui allait secouer le Sud.

Un an plus tard environ, un jeune homme qu'elle fréquentait avec une certaine constance l'avait emmenée dans un endroit de Greenwich Village où certains des jeunes folk-singers (blancs dans l'ensemble) qui s'y produisaient venaient d'ajouter quelques nouvelles et surprenantes chansons à leur répertoire — brusquement, en sus de toutes ces vieilles rengaines sur la façon dont John Henry avait pris son manteau et forgé ses pièces plus vite que le nouveau marteau-pilon à vapeur de l'usine (y perdant la vie ce faisant, ô mon Dieu, ô mon Dieu) et dont Bar'bry Allen avait cruellement éconduit son soupirant mort d'amour (et fini par en mourir de honte, ô mon Dieu, ô mon Dieu), voilà qu'ils se mettaient à raconter l'effet que ça faisait d'essayer de survivre en ville dans le trente-sixième dessous, rejeté, ignoré, l'effet que ça faisait de se voir refuser un boulot dans vos cordes parce qu'on n'avait pas la bonne couleur de peau, et l'effet que ça faisait d'être traîné en tôle et fouetté par Mr. Charlie pour la simple raison qu'on avait osé, ô mon Dieu, ô mon Dieu s'asseoir du côté WHITE ONLY du comptoir au snack-bar du Prisunic de Montgomery, Alabama.

Incroyable ou non, ce fut alors et seulement alors qu'elle commença de se poser des questions sur ses parents, et leurs parents, et sur les parents de leurs parents. Elle ne lirait jamais

Racines — serait passée dans un autre monde et dans un autre temps bien avant qu'Alex Haley n'en ait écrit une ligne, voire n'en ait eu l'idée —, mais ce fut à cette époque incroyablement tardive de son existence que, pour la première fois, se fit jour en elle l'idée que, quelques générations en arrière, ses ancêtres avaient été chargés de chaînes par les Blancs. À coup sûr, il s'agissait d'un fait qu'elle avait déjà croisé, mais comme une simple donnée historique sans chaleur, sans substance, une sorte d'équation, rien qui eût un rapport intime avec sa vie.

Odetta récapitula ce qu'elle savait et fut consternée d'en avoir si vite fait le tour. Elle savait que sa mère était née à Odetta, bourg de l'Arkansas dont elle avait hérité son prénom, que son père, dentiste dans une petite ville, avait inventé un nouveau type de couronnes dont le brevet avait dormi dix ans au fond d'un tiroir avant de faire soudain sa modeste fortune, qu'il avait, durant ces dix ans et dans les quatre qui avaient suivi la brusque augmentation de ses revenus, mis au point bon nombre d'autres inventions touchant à la dentisterie tant restauratrice qu'esthétique et que, peu de temps après avoir déménagé à New York avec son épouse et sa fille (laquelle était née quatre ans après le dépôt du brevet initial), il avait fondé une société, les Laboratoires Dentaires Holmes, qui était aux dents ce que Squibb était aux antibiotiques.

Mais chaque fois qu'elle lui demanda quelle avait été sa vie tout au long de ces années d'avant la réussite — tant de celles qui avaient précédé la naissance de sa fille que de celles qui l'avaient suivie —, ce fut pour n'en rien tirer. Il lui racontait toutes sortes de choses en s'arrangeant pour ne rien lui dire. Il lui refusait l'accès à cette part de lui. Un soir, la mère d'Odetta, Alice — il l'appelait maman, parfois Allie pour peu qu'il eût un petit coup dans le nez — avait lancé : « Dan, raconte-lui quand ces types t'ont tiré dessus alors que tu passais sur le pont couvert avec la Ford », et Odetta l'avait vu décocher à maman, qui avait quelque chose d'une hirondelle, un regard si sombre, si péremptoire, que maman s'était recroquevillée dans son fauteuil et n'avait plus rien dit.

À la suite de quoi, elle avait une ou deux fois profité de ce qu'elle était seule avec sa mère pour l'interroger et tenter d'en savoir plus... sans résultat. Y eût-elle pensé avant qu'elle en eût éventuellement pu tirer quelque chose, mais comme papa n'avait pas voulu parler, maman s'y était également refusée. Aux yeux de son père, comprit-elle, le passé — la famille, les chemins de terre rouge, les boutiques, les masures dont le sol en terre battue rimait avec l'absence de vitres aux fenêtres, de fenêtres déshonorées de ne saluer que d'un seul rideau, les enfants des voisins allant vêtus de blouses taillées dans des sacs de farine — tout cela était, pour lui, enfoui comme de vilaines dents dévitalisées sous l'éblouissante et blanche perfection des couronnes. Il ne voulait pas en parler, ne le pouvait pas peut-être, s'était peut-être volontairement affligé d'une amnésie sélective. La prothèse dentaire était toute leur vie dans la résidence Greymarl sur Central Park South. Le reste était entièrement caché sous l'inattaquable couronne en porcelaine. Un passé si bien protégé qu'il n'existait nulle brèche pour s'y glisser, franchir la barrière de cette denture impeccablement revêtue, et plonger dans la gorge de la révélation.

Detta savait des choses, mais Detta ne savait pas qu'Odetta existait, pas plus qu'Odetta ne soupçonnait l'existence de Detta, et là encore, les dents serrées opposaient un obstacle aussi lisse et inviolable que la porte d'un fortin.

Elle avait en elle un peu de la timidité de sa mère associée à l'impassible (encore que muette) ténacité de son père, et la seule fois où elle avait osé le poursuivre dans ses retranchements, lui suggérer que ce qu'il lui refusait était en fait une confiance qu'elle estimait mériter, la scène s'était déroulée un soir dans la bibliothèque paternelle. Il avait soigneusement regroupé les pages de son *Wall Street Journal* avant de le fermer, de le plier et de le poser à l'écart sur la table de bois blanc à côté du lampadaire. Ensuite, il avait ôté ses lunettes à monture d'acier qui avaient rejoint le journal. Puis il l'avait regardée — mince homme de race noire, d'une minceur presque aux limites du décharné, des cheveux gris et crépus qui, désormais, dégarnissaient de plus en plus les tempes, des tempes qui se creusaient tandis que l'on y voyait palpiter avec régularité les tendres ressorts de montre de ses veines — et il lui avait seulement dit : « Je ne parle jamais de cette période de ma vie, Odetta, pas plus que je n'y pense. Ce serait inutile. Le monde a changé depuis. »

Roland aurait compris.

7

Quand Roland ouvrit la porte où étaient inscrits les mots : LA DAME D'OMBRES, il vit des choses qu'il ne comprit pas du tout... mais comprit qu'elles n'avaient aucune importance.

C'était le monde d'Eddie Dean, mais cela mis à part, ce n'était qu'un tohu-bohu de lumières, de gens et d'objets... plus d'objets qu'il n'en avait jamais vu dans sa vie. Des articles pour dames, à ce qu'il semblait, et apparemment à vendre. Certains sous vitrine, d'autres disposés, ou s'offrant en piles tentantes... rien n'ayant plus d'importance que le mouvement qui faisait couler ce monde par-delà les bords de l'ouverture devant laquelle Eddie et lui se tenaient. Car cette porte ouvrait sur les yeux de la Dame d'Ombres. Des yeux par lesquels il regardait ce monde comme il avait regardé l'intérieur de la diligence du ciel par les yeux d'Eddie tandis qu'il remontait le couloir central.

Eddie, par ailleurs, était sidéré. Dans sa main, le revolver tremblait, penchait un peu. Roland aurait pu en profiter pour le lui reprendre mais n'en fit rien, se contentant de rester là, debout, sans rien dire, tactique éprouvée depuis fort longtemps.

Voilà que maintenant la vue effectuait un de ces virages que le pistolero trouvait si étourdissants — mais ce soudain balayage latéral de la scène eut sur Eddie un effet étrangement rassurant. Roland n'avait jamais été au cinéma. Eddie, lui, avait vu des milliers de films, et ce qu'il avait sous les yeux était l'un de ces travellings avant comme on en faisait dans *Halloween* ou dans *Shining*. Il connaissait même le nom du gadget dont on se servait pour faire ça : une Steadi-Cam.

— Et aussi dans *La Guerre des étoiles*, murmura-t-il. Sur l'Étoile de la Mort. Dans cette putain de crevasse, tu te rappelles ?

Roland le regarda et ne dit rien.

Des mains — des mains très brunes — s'inscrivirent dans ce que Roland voyait comme la découpe d'une porte et auquel Eddie, déjà, commençait à penser comme à une espèce d'écran magique... d'un écran de cinéma dans lequel on pouvait entrer, pour peu que certaines conditions fussent respectées, comme le type dans *La Rose pourpre du Caire* sortait de cet autre écran pour entrer dans le monde réel. Sacré film.

Eddie ne s'était pas rendu compte jusqu'alors à quel point c'était un sacré film.

Sauf qu'il n'avait pas encore été tourné de l'autre côté de cette porte par laquelle plongeaient maintenant ses regards. C'était New York, d'accord — les klaxons des taxis, si assourdis, si lointains fussent-ils, interdisaient d'en douter — et c'était un grand magasin dans lequel, un jour ou un autre, il avait mis les pieds, mais c'était... c'était...

— C'est plus vieux, dit-il entre ses dents.

— D'avant ton quand ? demanda le pistolero.

Eddie le regarda et eut un rire bref.

— Ouais, tu peux décrire ça comme ça, si tu veux.

— Bonjour, Miss Walker, fit une voix hésitante. (Dans un mouvement si brutal qu'Eddie même en fut vaguement étourdi, l'ouverture monta cadrer une vendeuse qui, de toute évidence, connaissait la propriétaire des mains noires — la connaissait et soit ne l'aimait pas soit la craignait. Ou les deux.) Que puis-je pour vous ?

— Celui-ci. (La propriétaire des mains prit un foulard blanc à bordure bleu vif.) Pas la peine de faire un paquet, mon petit. Fourrez-le juste dans un sachet.

— Liquide ou ch...

— Liquide. N'est-ce pas toujours en liquide ?

— Si, Miss Walker. C'est bien.

— Votre approbation me va droit au cœur, mon chou.

Juste avant qu'elle ne se détournât, Eddie surprit une petite grimace sur les traits de la vendeuse. Réaction peut-être consécutive à la façon dont cette femme qu'elle considérait comme une « négresse arrogante » lui avait adressé la parole. Ce furent davantage ses fréquents séjours dans les salles obscures que toute autre forme plus classique de culture historique, ou bien encore son expérience de la vie courante, qui amenèrent le jeune homme à cette explication des choses. Parce que c'était un peu comme de voir un film tourné dans les années 60, quelque chose du genre *Dans la chaleur de la nuit* avec Sidney Steiger et Rod Poitier. Mais l'hypothèse pouvait être encore plus simple : noire ou blanche, la Dame d'Ombres de Roland pouvait bien être une sacrée salope.

À vrai dire, cela n'avait aucune espèce d'importance. Rien de tout ça ne changeait quoi que ce fût. Il ne voyait qu'une chose, une seule chose, et qui réglait tout.

C'était New York ; il avait presque l'impression d'en sentir l'odeur.

Or, qui disait New York disait poudre.

Et il n'était pas loin d'en sentir également l'odeur flotter dans l'air.

Mais il y avait un hic.

Un seul et putain d'enculé d'énorme hic.

8

Roland posa sur Eddie un regard attentif et, bien qu'ayant eu six fois le temps de le tuer et ce à n'importe quel moment de son choix, s'en tint à sa décision de rester immobile et silencieux, de laisser au jeune homme le soin de tirer seul au clair la situation. Eddie était un tas de choses, et bon nombre de ces choses n'avaient rien de chouette (en tant qu'homme qui avait en connaissance de cause permis qu'un gosse fît une chute mortelle, le pistolero mesurait la différence entre chouette et pas tout à fait bien), mais à coup sûr Eddie n'était pas idiot.

C'était un gamin futé.

Il finirait par voir ce qu'il en était.

Ce qu'il fit.

Eddie répondit au regard de Roland, sourit sans écarter les lèvres, fit maladroitement tourner le revolver sur son doigt, parodiant la coda virtuose d'un tireur de foire, puis le tendit au pistolero en le tenant par le canon.

— Pour ce que ça m'aurait servi, j'aurais aussi bien pu avoir un paquet de merde dans la main, non ?

Tu es capable de sortir des choses intelligentes quand tu veux, Eddie, songea le pistolero. Pourquoi choisis-tu si souvent de dire n'importe quoi ? Est-ce parce que tu crois que c'est ainsi qu'on parlait là où ton frère est allé avec ses armes ?

— Non ? répéta Eddie.

Roland acquiesça d'un signe.

— Si je t'avais collé un pruneau, qu'est-ce qui serait arrivé à la porte ?

— Je n'en sais rien. Je suppose que la seule manière de l'apprendre serait d'essayer.

— Tu n'as vraiment pas une petite idée de ce qui se passerait ?

— Elle disparaîtrait, je pense.

Eddie hocha la tête. Il partageait cet avis. Hop ! Comme par enchantement ! Attention, messieurs et mesdames, c'est là, vous pouvez le constater... eh bien non, regardez, ça n'est plus là ! Fondamentalement, il n'y aurait pas eu grande différence avec un projectionniste sortant un six-coups pour farcir de balles son projecteur.

Si on tirait dans un projecteur, le film s'arrêtait.

Eddie n'y tenait pas.

Il voulait en avoir pour son argent.

— Tu as donc la possibilité de franchir seul cette porte, dit-il en détachant ses mots.

— Oui.

— Enfin, pour ainsi dire.

— Oui.

— De te pointer dans sa tête comme tu t'es pointé dans la mienne.

— Oui.

— Je résume : tu peux faire du stop dans mon monde, mais c'est tout.

Cette fois, Roland s'abstint de répondre. *Faire du stop* était l'une de ces expressions qu'employait parfois Eddie et dont le sens exact lui échappait... bien qu'il vît à peu près ce qu'elle voulait dire.

— Toutefois, tu pourrais être en mesure d'y aller physiquement. Comme tu as fait chez Balazar. (Il parlait tout haut mais se parlait en fait à lui-même.) Sauf que, pour ça, tu aurais besoin de moi.

— Oui.

— Alors emmène-moi.

Le pistolero ouvrit la bouche pour répondre mais déjà Eddie poursuivait :

— Non, pas tout de suite. L'idée ne m'a même pas effleuré de le faire maintenant. Je sais très bien qu'il en résulterait une émeute ou je ne sais quelle merde si on... si on déboulait comme ça de nulle part. (Il éclata d'un rire bref passablement hystérique.) Comme des lapins qu'un illusionniste ferait sortir de son chapeau... et sans chapeau par-dessus le marché. Ouais, sûr que maintenant c'est impossible, et sûr que je le comprends. Mais il suffirait d'attendre qu'elle soit seule et...

— Non.

— Mais je reviendrai, s'écria Eddie. Je te le jure, Roland ! Je sais que tu as un boulot à faire, et je suis conscient d'avoir un rôle à jouer. Je sais que tu m'as sauvé la mise pour le passage de la douane mais j'estime avoir sauvé la tienne chez Balazar... cela dit, je ne sais pas ce que tu en penses.

— J'en pense que tu m'as effectivement sauvé la mise.

Roland revit le jeune homme sortir au mépris de sa propre vie de derrière le bureau ; un instant, il fut assailli par le doute.

Mais rien qu'un instant.

— Alors ? enchaîna Eddie. Un prêté pour un rendu ? Chacun son tour ? Je ne suis pas gourmand. Tout ce que je veux, c'est retourner là-bas quelques heures. Mettre la main sur du poulet à emporter, peut-être sur un paquet de Dunkin Donuts. (Il se tourna vers la porte où le décor s'était remis en mouvement.) Alors, qu'est-ce que tu décides ?

— C'est toujours non, répondit le pistolero, bien que, depuis quelques secondes, le jeune homme fût presque entièrement sorti de ses pensées.

Cette manière de remonter l'allée... la Dame d'Ombres, qui qu'elle fût, ne se déplaçait pas comme tout un chacun — pas comme Eddie, par exemple, s'était déplacé quand il en avait occupé l'esprit et partagé les yeux, ni... (à présent qu'il s'attardait à y réfléchir, ce qu'il n'avait jamais fait auparavant, de même qu'il ne s'était jamais attardé à remarquer la constante présence de son nez sur la frontière inférieure de son champ de vision)... comme lui-même se déplaçait. Quand on marchait, le corps s'animait d'un léger mouvement de bascule — pied gauche, pied droit, pied gauche, pied droit — qui imprimait une oscillation similaire à votre regard sur le monde alentour. Mais sur un monde si subtil qu'au bout d'un moment — presque aussitôt après s'être mis en route, supposait-il — on cessait purement et simplement d'y être sensible. Or il n'y avait rien de pendulaire dans la progression de la Dame : elle ne faisait que remonter l'allée d'un mouvement uniforme, comme guidée par des rails. Il se trouvait qu'Eddie avait eu la même perception... à ceci près qu'elle lui avait évoqué un travelling. Elle l'avait rassuré parce qu'il l'avait trouvée familière.

Pour Roland, c'était une sensation radicalement étrangère... mais, la voix suraiguë, Eddie l'interrompit dans ses pensées.

— Pourquoi pas, merde ? Pourquoi pas ?

— Parce que c'est pas du poulet que tu veux, je le sais. Je connais même jusqu'aux mots que tu emploies pour en parler, Eddie. Tu veux te « faire un fix ». Tu veux te « recharger ».

— Et alors ? hurla Eddie. Même si c'est pour ça, qu'est-ce que ça change ? J'ai dit que je reviendrai ici avec toi ! Tu as ma parole ! Je ne dis pas ça en l'air : tu as ma putain de parole ! Qu'est-ce qu'il te faut de plus ? Tu veux que je te le jure sur ma mère ? OK Je te le jure sur ma mère ! Tu veux que je te le jure sur mon frère Henry ? Parfait, je te le jure ! Je te le jure ! Je te le JURE !

Enrico Balazar aurait pu le lui dire, mais Roland n'avait pas à apprendre des pareils de Balazar un tel truisme de l'existence : Ne jamais croire un junkie.

D'un signe de tête, il montra la porte.

— Jusqu'à la Tour au moins, cette part de ta vie est close. Après, je m'en fiche. Après, tu seras libre d'aller au diable à ta manière. Mais jusque-là j'ai besoin de toi.

— Ah, tu es un putain de salaud de menteur, fit Eddie avec douceur, sans émotion perceptible dans sa voix, mais le pistolero vit dans ses yeux le scintillement des larmes. Tu sais très bien qu'il n'y aura pas d'après, ni pour moi, ni pour elle, ni pour Dieu sait qui sera ce troisième type. Et probablement pas pour toi non plus... tu as la même putain de touche de crevard que Henry sur la fin. Si tu ne lâches pas la rampe sur le chemin de ta Tour, tu peux être sûr de le faire une fois que nous y serons. Alors pourquoi me mens-tu ?

Une forme assourdie de honte s'installa en Roland qui cependant ne fit que répéter :

— Pour le moment du moins, cette part de ta vie est close.

— Voyez-vous ça ? Eh bien, j'ai quelque chose à t'apprendre, Roland. Je sais ce qui va arriver à ton vrai corps une fois que tu auras franchi cette porte et que tu occuperas celui de la Dame. Je le sais parce que c'est tout vu d'avance. Je n'ai même pas besoin de tes armes. Je t'emmène près de ce célèbre endroit où poussent les cheveux courts, mon cher. Tu pourras même tourner la tête de cette femme comme tu as tourné la mienne et regarder ce que je fais de ton enveloppe mortelle pendant que tu n'es plus que ton putain de *ka*. J'aimerais pouvoir attendre la tombée de la nuit et te traîner au bord de l'eau. Comme ça tu pourrais vérifier que les homards te trouvent à leur goût. Mais j'ai bien peur que ce ne soit pas possible. Tu vas être beaucoup trop pressé de rentrer.

Eddie marqua une pause. Le raclement du ressac et l'appel de conque soutenu du vent parurent soudain se hisser au niveau du vacarme.

— Je pense donc me borner à te trancher la gorge avec ton propre couteau.

— Et fermer cette porte à jamais.

— Je ne fais que te prendre au mot. Cette part de ma vie est close, dis-tu. Je ne pense pas que tu veuilles seulement dire l'héro. Tu parles de New York, de l'Amérique, de mon époque, de tout. Alors si c'est comme ça, il n'est pas question que je joue un rôle dans le restant de la pièce. Le décor coule et les acteurs puent. Il y a des moments, Roland, où comparé à toi, Jimmy Swaggart aurait presque l'air sain d'esprit.

— D'extraordinaires merveilles nous attendent, dit Roland. De grandioses aventures. Et plus encore, c'est une quête à poursuivre, une occasion qui t'est donnée de racheter ton honneur. Autre chose aussi. Tu pourrais être pistolero. Rien n'exige après tout que je sois le dernier. Tu en as l'étoffe, Eddie. C'est en toi. Je le vois. Je le sens.

Eddie éclata de rire en dépit des larmes qui continuaient de rouler sur ses joues.

— Génial ! Absolument génial ! Exactement ce dont j'ai besoin ! Tu sais, Henry, mon frère ? Il a été pistolero. Dans un coin qui s'appelle le Viêt-nam. Ça a été super pour lui. Il aurait fallu que tu le voies quand il piquait du nez pour de bon. Il ne pouvait plus trouver le chemin des chiottes sans qu'on l'aide. S'il n'y avait personne pour l'y emmener, il restait là collé devant la télé et il se chiait dessous. Ah, c'est vraiment super-chouette d'être pistolero. Je le vois bien. Mon frère en est sorti camé jusqu'à la moelle et toi tu es complètement jeté.

— Peut-être ton frère n'avait-il pas une vision très nette de l'honneur.

— Peut-être pas, effectivement. On ne s'est jamais très bien représenté ce que c'était dans les cités. Juste un mot que tu mets derrière Votre si tu te fais piquer à fumer un pétard ou à dépouiller un mec et qu'on te traîne en justice pour ça. (Eddie se mit à rire alors que, pourtant, les larmes redoublaient et inondaient ses joues.) Passons à tes amis. Ce type dont tu n'arrêtes pas de parler en dormant, par exemple, ce Cuthbert...

Malgré lui, le pistolero sursauta. Toutes ses longues années d'entraînement avaient été impuissantes à réprimer ce sursaut.

— Est-ce que *eux* aussi ont avalé toutes ces salades que tu débites sur le ton d'un putain de sergent recruteur des Marines ? Ces histoires d'aventure, de quête, d'honneur ?

— Ils avaient une claire notion de l'honneur, oui, répondit lentement Roland, pensant aux disparus.

— S'en sont-ils mieux sortis que mon frère d'avoir porté les armes ?

Le pistolero garda le silence.

— Je sais ce que tu es, poursuivit Eddie. Des types comme toi, j'en ai croisé des tas. T'es rien qu'un cinglé de plus à chanter : « Marchons, soldats du Christ » avec un drapeau dans une main et un pistolet dans l'autre. J'en ai rien à cirer de l'honneur. Tout ce que je veux, c'est du poulet et un fix. D'abord du poulet, et ensuite un fix. Donc, je t'avertis : tu es libre de franchir cette porte, mais à l'instant même où tu seras parti, je zigouille ce qui reste ici de toi.

Le pistolero continua de ne rien dire.

Eddie eut un petit sourire de travers et, du revers des mains, essuya les larmes sur ses joues.

— Tu veux que je te dise comment on appelle ça chez nous ?

— Comment ?

— Un match nul à la mexicaine.

Un moment, ils ne firent que se regarder l'un l'autre, puis les yeux de Roland se rivèrent sur l'ouverture. Tous deux avaient eu partiellement conscience — Roland un peu plus qu'Eddie — qu'il s'était produit un autre de ces brusques virages, sur la gauche cette fois. Il y avait là un étincellement de joyaux, quelques-uns sous vitrine, la plupart non protégés, ce qui fit supposer au pistolero qu'il s'agissait d'imitations, de ce qu'Eddie aurait appelé du bijou fantaisie. Les mains noires examinèrent quelques pièces — comme ça, en passant, sembla-t-il — et, sur ces entrefaites, une autre vendeuse apparut. Suivit une conversation à laquelle ni lui ni Eddie ne prêtèrent vraiment attention, puis la Dame demanda à voir quelque chose. La vendeuse s'éloigna, et ce fut alors que les yeux de Roland retournèrent se fixer sur la scène.

Les mains réapparurent. Elles tenaient un sac. Il s'ouvrit. Et les mains soudain s'activèrent à y enfourner des choses, au hasard, apparemment... non, presque à coup sûr.

— Bon, dit Eddie avec une ironie amère. Je vois que tu ramasses un bel équipage. Tu as commencé par un échantillon de junkie blanc, et voilà que tu récoltes une de ces voleuses à l'étalage noi...

Mais Roland marchait déjà vers la porte entre les mondes, sans perdre un instant, ne se souciant plus d'Eddie.

— Je n'ai pas dit ça en l'air ! cria Eddie. Tu franchis cette porte et je te tranche la gorge. Je te tranche ta putain d...

Il ne put achever : le pistolero était parti. N'en restait sur la plage qu'un corps flasque animé par la seule respiration.

Un moment, Eddie resta là sans réaction, incapable de croire que Roland eût fait ça, fût réellement parti, en dépit de l'avertissement donné — de la putain de promesse qu'il lui avait faite, et sincère au possible — quant aux conséquences d'un tel acte.

Parfait. Parfait, donc.

Il n'allait pas avoir l'éternité devant lui pour la mettre à exécution, cette promesse. Tout au plus le pistolero risquait-il de lui laisser quelques instants, et il en avait clairement conscience. Il jeta un coup d'œil par la porte et vit les mains noires se figer avec un collier doré suspendu au-dessus d'un sac dont l'intérieur scintillait déjà comme les profondeurs d'une grotte où un pirate aurait caché son trésor. Bien qu'il ne pût l'entendre, il devina Roland parlant à la propriétaire des mains.

Il sortit le couteau de la bourse du pistolero et retourna le corps inerte qui gisait au pied de la porte. Les yeux étaient ouverts mais vides, révulsés, ne montrant que leur blanc.

— Regarde bien, Roland ! hurla-t-il. (Ce vent monotone, incessant, imbécile — suffisant pour pousser quiconque dans les retranchements de la folie — lui sifflait dans les oreilles.)

N'en perds pas une miette ! Je vais compléter ta putain d'éducation ! Je vais te montrer ce qui arrive quand on se fout de la gueule des frères Dean !

Il amena le tranchant de la lame au contact de la gorge du pistolero.

II

Et elles devinrent deux

1

Août 1959 :

Quand George ressortit au bout d'une demi-heure, il trouva Julio adossé au capot de l'ambulance toujours garée dans l'accès aux urgences de la clinique des Sœurs de Charité sur la 23e Rue. L'infirmier avait le talon d'une de ses santiags calé sur le pare-chocs avant et il s'était changé. Il portait à présent un pantalon de satin rose et une chemise bleue sur la poche gauche de laquelle était brodé son nom en lettres d'or : c'était sa tenue de bowling. George consulta sa montre et constata que l'équipe de Julio — les Hispanos Sensass — devait déjà être en piste.

— Je pensais que vous seriez parti, dit George Shavers. (Il était interne à la clinique des Sœurs de Charité.) Comment vos gars vont-ils se débrouiller pour gagner sans le Bourreau des Quilles ?

— Ils ont pris Miguel Basale pour me remplacer. Il a des hauts et des bas mais, dans les hauts, il est capable de faire un malheur. On devrait gagner quand même. (Julio marqua une pause.) J'étais curieux de savoir comment ça allait finir.

C'était lui le chauffeur de l'ambulance, Cubano, doté d'un sens de l'humour dont George n'était même pas sûr qu'il fût conscient.

George jeta un regard autour d'eux. Aucun des infirmiers de leur unité mobile n'était en vue.

— Où sont-ils ?

— Qui ? Les putains de Frères Bobbsey ? Où voulez-vous qu'ils soient ? Au Village, en train de courir la fesse d'une plouc. Vous croyez qu'elle va s'en tirer ?

— Pas idée.

Il avait essayé de prendre une voix sereine face à l'inconnu. Mais après que le médecin-résident de service d'abord puis deux chirurgiens lui avaient eu arraché la jeune Noire presque en moins de temps qu'il n'en faut pour dire *Je vous salue Marie pleine de grâce* (prière qu'il avait d'ailleurs eue sur le bout de la langue, la fille ne lui ayant pas vraiment donné l'impression d'en avoir pour très longtemps), ce genre de tentative semblait compromise.

— C'est qu'elle a perdu un paquet de sang.

— Ça, je veux bien le croire.

George était l'un des seize internes de la clinique et l'un des huit affectés au nouveau système d'unité mobile. On était parti du postulat qu'un interne faisant équipe avec une paire d'infirmiers pouvait de temps à autre, en situation d'urgence, faire toute la différence entre la mort et la vie. George savait que la plupart des chauffeurs et infirmiers jugeaient ces internes nés de la dernière pluie tout aussi capables de tuer leurs chargements de viande saignante que de les sauver. Mais il n'en estimait pas moins le nouveau système susceptible de donner des résultats.

De temps à autre, en tout cas.

Qu'il en donnât ou pas, c'était de toute façon excellent pour l'image de marque de la clinique et, même si les internes concernés râlaient de voir leur semaine grevée de huit heures supplémentaires (et non payées), George Shavers les supposait pour la plupart sensibles comme lui à la fierté qu'ils en tiraient, au sentiment d'être des durs à cuire, capables d'encaisser ce que le destin leur jetait sur les bras.

Puis était venu le soir où ce Tri-Star de la TWA s'était écrasé à Idlewild. Soixante-cinq passagers à bord, dont soixante que Julio Estevez classait dans la rubrique MSP — morts sur place — et trois des cinq survivants à peu près dans l'état de ce qu'on récolte au fond d'une chaudière à charbon quand on la nettoie... sauf que les résidus de combustion n'ont pas pour habitude de gémir et de hurler, de réclamer de la morphine ou qu'on les achève, s'pas ? *Si tu peux encaisser ça*, s'était-il dit juste après, se remémorant les membres sectionnés gisant au milieu des débris, fragments de volets d'aluminium, sièges éventrés, un morceau de la queue avec encore le chiffre 17, un grand T rouge, la moitié du W et rien d'autre, se remémorant l'œil échappé de son orbite qu'il avait vu posé sur une valise carbonisée, se remémorant l'ours en peluche et le regard fixe de ses yeux en boutons de bottine à côté de la petite basket rouge avec le pied du gosse encore à l'intérieur, *si tu peux encaisser ça, tu peux encaisser n'importe quoi*. Et il l'avait encaissé à merveille. Avait continué de l'encaisser tout au long du chemin en rentrant chez lui. Et jusqu'au bout de son souper tardif, un plateau TV de dindonneau Swanson. Ensuite, il s'était endormi sans problème, preuve que sans l'ombre d'un doute il l'encaissait à merveille. Puis, en quelque noire et mortelle heure du petit matin, il s'était réveillé d'un horrible cauchemar où, entre la valise carbonisée avec son œil et la petite basket rouge encore pourvue de son contenu, ce n'était pas un ours en peluche qu'il voyait mais la tête de sa mère, et les yeux de cette tête s'étaient ouverts, et ils étaient carbonisés, avec le même regard fixe et sans expression des yeux en boutons de bottine de l'ours en peluche, et la bouche de sa mère s'était ouverte, révélant les chicots éclatés de ce qui avait été sa denture avant que l'éclair ne frappât le Tri-Star de la TWA, lors de son approche finale. Et elle avait murmuré : « Tu ne m'as pas sauvée, George ; on s'est sacrifiés pour toi, on s'est privés, on s'est saignés aux quatre veines, ton père a réparé ce merdier dans lequel tu t'étais foutu avec cette fille, et tu n'as quand même pas été fichu de me sauver, que le diable t'emporte », et il s'était réveillé dans un hurlement, vaguement conscient que quelqu'un tambourinait sur le mur, mais déjà il s'était précipité dans la salle de bains pour réussir à s'agenouiller devant l'autel de porcelaine dans la posture du pénitent une fraction de seconde avant que son souper tardif ne remontât par l'ascenseur express. Il fit l'objet d'une livraison spéciale, tout chaud et tout fumant, sentant encore le dindonneau traité. Agenouillé là, il avait fixé le fond de la cuvette, les morceaux de volaille à moitié digérés, les carottes qui n'avaient rien perdu de leur éclat fluorescent d'origine, et ce mot lui avait flamboyé en travers de l'esprit en grosses lettres rouges :

TROP

Exact.
C'était :

TROP

Il allait renoncer à la carrière de charcuteur. Il allait renoncer parce que

TROP C'ÉTAIT TROP

Il allait renoncer parce que Popeye avait pour devise : *C'est tout ce que je peux supporter et je n'en supporterai pas plus*, et que Popeye avait foutrement raison.

Il avait tiré la chasse puis s'était recouché, avait presque instantanément sombré dans le sommeil et ne s'était réveillé que pour constater qu'il voulait toujours être médecin, et que c'était une sacrée bonne chose de le savoir pour de bon, qui justifiait peut-être tout le reste, qu'on lui donnât le nom d'Unité Mobile d'Urgence ou de Sang à la Une ou de Reconnaissez-moi C't Air.

Il voulait toujours être médecin.

Il connaissait une dame habile aux travaux d'aiguille. Il la paya dix dollars — qu'il ne pouvait se permettre pourtant de dépenser — pour qu'elle lui brodât un petit canevas désuet où était écrit :

SI TU PEUX ENCAISSER ÇA, TU PEUX ENCAISSER N'IMPORTE QUOI.

Oui. Exact.

Le sale boulot dans le métro survint quatre semaines plus tard.

2

— Cette fille, elle était sacrément bizarre, hein ? fit Julio.

George poussa un soupir intérieur de soulagement. Julio

n'aurait-il pas abordé le sujet que lui-même se serait déballonné pour le faire. Il était interne et, un de ces jours, allait être docteur en titre — il en avait la certitude à présent — mais Julio était un ancien, et on ne disait pas n'importe quoi devant un ancien. Il se serait mis à rire et aurait lâché : *Merde, c'est la millième fois que je vois ça, gamin. Va me chercher une serpillière pour éponger les flaques de c'te pluie avec laquelle t'es venu. Y en a encore partout.*

Mais il semblait que Julio n'eût pas vu ça mille fois, ce qui n'était pas plus mal car George avait vraiment envie d'en parler.

— Ouais, sûr qu'elle était bizarre. On aurait dit qu'elle était deux personnes distinctes.

George avait la surprise de voir que c'était maintenant Julio qui semblait soulagé ; il en fut accablé de honte. Julio Estavez, qui jusqu'à la fin de ses jours ne serait jamais autre chose qu'un type au volant d'une limousine avec une paire de gyrophares rouges sur le toit, venait de montrer plus de courage que lui-même n'avait été fichu d'en rassembler.

— Bravo, doc, vous avez tapé dans le mille.

Julio sortit un paquet de Chesterfield et s'en colla une au coin des lèvres.

— Ces saletés vont vous tuer, l'ami, dit George.

Le Cubain hocha la tête et lui tendit le paquet.

Un moment, ils fumèrent en silence. Les deux infirmiers étaient peut-être descendus draguer au Village, comme avait dit Julio... mais il se pouvait qu'ils aient simplement estimé à leur tour que trop c'était trop. George avait eu la trouille, d'accord, pas question d'en douter. Mais il savait aussi que c'était lui qui avait sauvé la fille, pas les infirmiers, et savait que Julio en avait pris conscience, que c'était peut-être la vraie raison pour laquelle il l'avait attendu. La vieille Noire avait certes donné un coup de main, ainsi que ce jeune Blanc qui avait téléphoné aux flics alors que tout le monde (hormis la vieille) restait planté là à regarder comme si c'était un putain de film, ou un show à la télé, quelque chose du genre — un épisode de *Peter Gunn*, pourquoi pas ? — mais au bout du compte, tout avait reposé sur lui, sur un petit toubib paniqué faisant son boulot le mieux possible.

La fille avait été en train d'attendre ce moyen de transport urbain que Duke Ellington tenait en si haute estime : le fabuleux métro de la ligne A. Juste une jolie petite Noire en jean et chemise kaki en train d'attendre le fabuleux métro de la ligne A pour monter quelque part dans les beaux quartiers.

Et quelqu'un l'avait poussée.

George Shavers ignorait si la police avait pincé l'ordure qui avait fait ça — il l'ignorait et s'en fichait. Son boulot, c'était cette fille qui était tombée sur les rails, juste devant le fabuleux métro de la ligne A, et avait eu de la veine d'éviter le troisième, ce fabuleux troisième rail qui lui aurait fait ce qu'à Sing-Sing l'État de New York fait aux sales types qui ont décroché un voyage à l'œil dans ce fabuleux métro qu'ils appellent le Cracheur d'étincelles.

Oh, les miracles de l'électricité.

Elle avait bien essayé de se sauver à quatre pattes, mais le temps manquait et la fabuleuse rame débouchait déjà du tunnel dans le crissement des freins, dans des gerbes d'étincelles, parce que le machiniste l'avait vue mais qu'il était trop tard, trop tard pour lui et trop tard pour elle. Les roues d'acier de ce fabuleux métro de la ligne A l'avaient rattrapée, lui avaient tranché les jambes juste au-dessus du genou. Et alors que tout le monde (sauf le jeune Blanc qui s'était rué sur le téléphone alerter les flics) restait là à s'astiquer le manche (ou le bouton, supposait George) la vieille Noire avait sauté dans la fosse — récoltant ainsi une hanche démise et la médaille du Courage que lui remettrait plus tard le maire — et s'était arraché son foulard de la tête pour improviser un garrot autour d'une des cuisses pissant le sang de la fille. Le jeune Blanc braillait à l'autre bout du quai, réclamant une ambulance, et la mémé de couleur braillait au fond de son trou, réclamant de l'aide... une cravate... quelque chose... n'importe quoi, pour l'amour du ciel... et il avait fini par y avoir un vieux monsieur blanc, genre homme d'affaires, pour à contrecœur se délester de sa ceinture, et la vieille avait levé les yeux vers lui pour prononcer les mots qui allaient faire la une du *Daily News* du lendemain, qui allaient faire d'elle une héroïne cent pour cent américaine : « Merci, frangin. » Puis elle avait bouclé la ceinture autour de la cuisse gauche de la jeune à mi-chemin entre la fourche du jean et l'endroit où elle avait eu un genou avant l'arrivée du fabuleux métro de la ligne A.

George avait entendu quelqu'un dire à un autre que les

derniers mots de la jeune Noire avant de tourner de l'œil avaient été : « Qui c'était c't enculé d'cul blanc ! Il peut êt'sûr que j'vais l' t'ouver pou' lui fai' la peau ! »

Il n'y avait pas de trou assez haut sur la ceinture pour que la vieille Noire y pût coincer l'ardillon, aussi continua-t-elle de tirer dessus jusqu'à l'arrivée de Julio, de George et des deux infirmiers.

George se souvenait de la ligne jaune, de sa mère lui répétant qu'il ne devait jamais, sous aucun prétexte, franchir cette ligne jaune quand il attendait le métro (fabuleux ou non), se souvenait de l'odeur de graisse et d'électricité qui s'était refermée sur lui quand, après avoir franchi la ligne jaune, il avait sauté au bas du quai, se souvenait de s'être retrouvé dans une étuve. Une chaleur atroce, qui semblait émaner de lui, de la vieille Noire, de la jeune, de la rame, du tunnel, du ciel invisible au-dessus de leur tête, et de l'enfer en dessous. Il se rappelait avoir pensé : *Si on me colle un brassard pour mesurer ma tension, je suis sûr de faire sauter le cadran*, et il s'était calmé, avait gueulé qu'on lui passe sa trousse, et quand l'un des infirmiers la lui avait apportée au bord du quai, prêt à bondir le rejoindre dans la fosse, il lui avait dit de se tirer, et l'infirmier avait eu l'air surpris comme s'il voyait George Shavers pour la première fois, et il s'était tiré.

George avait ligaturé autant d'artères et de veines que possible, et quand le cœur de la fille avait entamé un be-bop endiablé, il lui avait fait une piqûre de digitaline. Du sang était arrivé avec les flics. « On la remonte, doc ? », avait demandé l'un d'eux. George avait répondu : « Pas encore », et, comme si c'était une junkie en manque ayant avant tout besoin de son fix, il avait enfoncé l'aiguille dans le bras de la fille et le flacon avait commencé à se vider.

Alors, il les avait laissés la remonter.

Alors, ils l'avaient emmenée.

En chemin, elle s'était réveillée.

Alors, c'était devenu vraiment bizarre.

3

George lui fit une injection de Demerol quand les infirmiers la chargèrent dans l'ambulance — elle avait commencé de s'agiter et de pousser des petits cris. Il lui en colla une dose suffisante pour s'assurer qu'elle se tiendrait tranquille jusqu'aux Sœurs de Charité. Il avait déjà quatre-vingt-dix pour cent de certitude qu'elle serait encore avec eux quand ils y parviendraient, et c'était un point pour le camp des braves types.

N'empêche qu'elle battit des paupières alors qu'ils étaient encore à six rues de la clinique. Un gémissement rauque monta de ses lèvres.

— On n'a qu'à lui refaire une piqûre, doc, suggéra l'un des infirmiers.

À peine si George remarqua que, pour la première fois, un infirmier avait daigné l'appeler autrement que George, ou pire, Georgie.

— Ça va pas la tête ? Pas question que je confonde overdose et mort à l'arrivée à moins que pour vous ce soit du pareil au même.

L'infirmier fit marche arrière.

George ramena son regard sur la jeune Noire et constata que les yeux qui le lui rendaient étaient parfaitement réveillés et conscients.

— Que m'est-il arrivé ? demanda-t-elle.

George revit le type qui avait dit à un autre type que la fille avait soi-disant demandé qui c'était cet enculé, braillé qu'elle allait le retrouver, qu'il pouvait en être sûr, et qu'elle lui ferait la peau. Ç'avait été un Blanc. George concluait maintenant qu'il s'était agi d'une pure invention, inspirée soit par l'étrange penchant humain à rendre encore plus dramatiques des situations qui l'étaient déjà, soit au simple préjugé raciste. Cette jeune femme était à l'évidence intelligente et cultivée.

— Un accident, dit-il. Vous êtes...

Elle ferma les yeux et il crut qu'elle allait se rendormir. Bien. Qu'un autre aille lui dire qu'elle avait perdu ses deux jambes. Un autre qui se faisait plus de 630 $ par mois. Il s'était légèrement décalé sur la gauche pour jeter un nouveau coup d'œil sur la tension de la fille quand elle rouvrit les yeux. Il eut aussitôt l'impression d'avoir affaire à une autre femme.

— Putain de me'de, on m'a coupé les guibolles, j' les sens plus. Où que j'suis ? Dans l'ambulance ?

— Euh... oui.

Il avait soudain besoin de boire. Pas forcément de l'alcool. Juste quelque chose d'humide. Pour remédier à cette sécheresse dans la gorge. C'était comme Spencer Tracy dans *Dr Jekyll et Mr. Hyde*, sauf que ça ne se passait plus au cinéma.

— Ils l'ont coincé, l'culé d'cul blanc ?

— Non, dit George, et il pensa : *Le type avait raison, merde. Il a vraiment entendu ça.*

Il était vaguement conscient de ce que les infirmiers, après s'être penchés vers eux (peut-être dans l'attente de le voir faire une boulette) se détournaient pour regarder droit devant.

— Ext'a. Autant qu'la pou'aille cul blanc l'laisse cou'ir. Comme ça j'vais pouvoi' l'coincer, moi. Et j' lui coupe'ai l'zob. L'enculé ! J'vas t'di'e, moi, c'que vas lui fai'e à c'salopa'd ! J'vas te l'di'e, moi, 'spèce de 'culé d'cul blanc ! J'vas te di'e une chose... 'sp... j'vas...

Nouveau battement de paupières, et George pensa : *Oui, c'est ça, rendors-toi, je t'en prie, rendors-toi. Je ne suis pas payé pour des trucs comme ça. Je n'y comprends rien. On nous a bien parlé du syndrome commotionnel mais personne n'a jamais cité la schizophrénie dans les..*

Les yeux se rouvrirent une fois de plus. C'était la première femme.

— Quelle sorte d'accident ? Je me revois sortant du Toi.

— Du toit ? demanda-t-il bêtement.

Elle sourit. Un petit sourire douloureux.

— Du Toi et Moi. C'est un café.

— Ah, oui, c'est vrai.

L'autre, blessée ou pas, n'avait suscité en lui aucune pitié, bien plus, l'avait fait se sentir minable, mesquin, vaguement nauséeux. Celle-ci le transformait en chevalier de la Table Ronde, un chevalier qui venait d'arracher sa Dame aux griffes du dragon.

— Je me rappelle être descendue dans le métro, jusque sur le quai, et puis après...

— Quelqu'un vous a poussée.

Ça paraissait absurde, dit comme ça. Et alors ? Où était le problème puisque ça l'était ?

— *M'a poussée juste au moment où le métro arrivait ?*

— *Oui.*

— *Ai-je perdu mes jambes ?*

George essaya de déglutir mais en vain. Il ne semblait plus rien y avoir dans sa gorge pour graisser la machine.

— *Pas complètement, dit-il, lamentable, et les yeux de la fille de nouveau se fermèrent.*

Pourvu que ce soit un évanouissement, pensa-t-il. *Mon Dieu, faites que ce soit un évanouissement.*

Ils se rouvrirent, étincelants de rage. Des doigts fusèrent, tailladèrent le vide à moins de deux centimètres de son visage. Un peu plus près, et, pour l'heure, il serait toujours aux urgences à se faire poser des points de suture sur la joue au lieu de fumer des Chester avec Julio Estavez.

— Z'êtes rien qu'un tas d'culs blancs, tous autant qu'vous êt', des salauds d'culs blancs ! hurla-t-elle. (Des traits monstrueusement déformés. Des yeux où brûlaient les flammes de l'enfer. Un visage qui n'avait plus rien d'humain.) J'm'en vas fai'e la peau à chaque 'culé d'cul blanc que j'vois ! Leur couper la queue, leur couper les couilles et les r'cracher dans leur sale gueule de 'culé d'cul blanc ! J'm'en vais...

C'était dingue. Elle parlait comme une Noire de dessin animé, Butterfly McQueen version Ciné Cinoque. Elle — ou ça — semblait dotée d'une énergie surhumaine. Créature qui se tordait, hurlait, dont on n'aurait jamais pensé qu'elle était passée une demi-heure plus tôt sur le billard improvisé de rails de métro pour y être amputée des deux jambes. Elle mordait. Lançait vers lui ses griffes, encore et encore. Des bulles de morve lui sortaient du nez. Sa bouche était frangée d'écume. D'infectes vomissures lui coulaient du coin des lèvres.

— Piquez-la, doc ! brailla un infirmier. (Il était tout pâle.) Pour l'amour du ciel, collez-lui sa dose !

L'infirmier tendit vers la réserve une main que George écarta brutalement.

— Fais pas chier, connard.

Son attention retourna sur sa patiente ; le regard posé, cultivé de l'autre l'y attendait.

— Vais-je survivre ? demanda-t-elle sur le ton d'une conversation à l'heure du thé.

Elle n'est absolument pas consciente de ses absences, pensa-t-il.

Pas le moins du monde. Puis, au bout d'un moment : *L'autre non plus, d'ailleurs*.

— Je...

Il déglutit, même si c'était à sec, comprima la galopade de son cœur sous sa blouse, et s'ordonna de reprendre les choses en main. Il lui avait sauvé la vie. Ses problèmes psychologiques ne le concernaient pas.

— Ça va ? fit-elle, et le souci sincère qu'il perçut dans sa voix le fit sourire.

Elle lui demandait à *lui* si ça allait !

— Oui, mademoiselle.

— À quelle question répondez-vous ?

L'espace d'un instant, il resta sans comprendre, puis ça se déchira.

— Aux deux, dit-il.

Puis il lui prit la main, en sentit les doigts serrer les siens, plongea son regard dans ces yeux si lumineux, si sensibles, et songea : *Il n'y a ni heure ni lieu pour tomber amoureux*, et ce fut alors que la main qu'il tenait se fit serre et qu'il s'entendit traiter de 'culé d'cul blanc, qu'il l'entendit hurler qu'elle n'allait pas seulement lui couper les couilles mais qu'elle allait se les bouffer, ses couilles de 'culé d'cul blanc.

Il arracha sa main de la sienne, vérifiant si elle était intacte, ayant vaguement dans l'idée d'avoir à faire quelque chose s'il y voyait du sang, parce que cette fille était poison, cette fille était venimeuse, et être mordu par elle devait revenir au même qu'être mordu par une vipère ou par un serpent à sonnette.

Non, pas de sang. Et quand il la regarda, c'était de nouveau l'autre... la première.

— Je vous en prie, dit-elle. Je ne veux pas mourir. Je...

Puis elle ferma les yeux pour de bon, et c'était bien. Pour tout le monde.

4

— Alors, votre avis ?

— Sur qui va terminer au classement ? (George écrasa son

mégot sous le talon de son mocassin.) White Sox. Je les ai cochés sur mon bulletin de pronostics.

— Votre avis sur cette fille ?

— Elle pourrait bien être schizophrène, dit lentement George.

— Ouais, ça j'ai vu. Je veux dire, qu'est-ce qui va lui arriver ?

— Je n'en sais rien.

— Elle a besoin d'aide. Qui est-ce qui va lui en donner ?

— Ma foi... je viens de faire quelque chose pour elle, dit George, avec toutefois l'impression d'être rouge tant il avait chaud aux joues.

Julio le regarda.

— Si vous ne pouvez rien faire de plus, doc, il aurait mieux valu la laisser crever.

George regarda Julio un moment puis constata que ce qu'il voyait dans ces yeux était réellement insoutenable... rien qui l'accusât mais une effroyable tristesse.

Alors il s'éloigna.

Il avait des endroits où aller.

5

L'instant du Tirage :

Depuis l'accident, c'était dans l'ensemble Odetta Holmes qui était restée aux commandes mais Detta Walker avait fait des irruptions de plus en plus fréquentes, et ce que Detta préférait, c'était voler. Que son butin fût toujours sans grande valeur n'avait pas la moindre importance, pas plus que n'en avait le destin de ce butin qui, souvent, finissait un peu plus tard dans la boîte à ordures.

Seul importait le fait de prendre.

Quand le pistolero entra dans son esprit au Macy's, Detta hurla dans un mélange d'horreur, de terreur et de rage, ses mains se figeant sur les bijoux de pacotille qu'elle enfournait dans son sac.

Elle hurla parce que, à l'instant précis où Roland fit irruption et passa au premier plan, dans ce même instant elle sentit *l'autre* comme si une porte venait d'être ouverte à la volée dans sa tête.

Et elle hurla parce que cette présence qui l'envahissait, qui la violait, était celle d'un cul blanc.

Qu'elle ne voyait pas mais dont elle sentait la blancheur.

Les gens se retournèrent. Un surveillant vit cette femme en fauteuil roulant qui criait, vit le sac ouvert, vit la main figée dans l'acte d'y enfourner une poignée de bijoux fantaisie, dans ce sac qui — ça se voyait, même à dix mètres — valait bien trois fois ce que cette femme volait.

— Hé, Jimmy ! beugla-t-il, et Jimmy Halvorsen, un des flics maison, se retourna et vit ce qui se passait.

Il fonça sur la Noire au fauteuil roulant. Il ne put s'en empêcher — il avait fait huit ans dans la Police Municipale et courir était inscrit dans ses neurones — mais il se disait déjà que ça allait être une merde. Les petits gosses, les estropiés, les nonnes, c'était toujours une merde. Les pincer avait l'efficacité des coups de pied sur un ivrogne. Ils pleuraient un petit peu devant le juge et s'en sortaient avec un non-lieu. Dur de convaincre un juge qu'être infirme n'excluait pas d'être une canaille.

Il courait quand même.

6

Roland fut momentanément horrifié de se retrouver dans un tel puits sifflant de haine et de refus... puis il entendit le cri de la femme, vit le type au ventre en sac de pommes de terre se ruer sur elle/lui, vit les gens partout qui regardaient, et prit les commandes.

Il fut soudain cette femme aux mains d'ombre. Il sentit en elle quelque étrange dualité mais n'avait pas le loisir de s'y attarder.

Il fit pivoter le fauteuil et pesa sur les roues. L'allée se remit à défiler. Les gens plongeaient de part et d'autre, dégageant le passage. Le sac tomba, répandant sur le sol un sillage de trésors volés et de papiers. L'homme à l'énorme panse dérapa tant sur les chaînes d'or à zéro carat que sur les tubes de rouge à lèvres, et tomba sur le cul.

7

Merde! jura mentalement Halvorsen, et, un instant, il eut la main sous son veston là où il avait un 38 dans un étui à crampon. Puis il se reprit. Il ne s'agissait pas d'un coup de filet sur un beau réseau de trafic de drogue, ni d'un vol à main armée mais d'une moricaude en fauteuil roulant. Qu'elle en fît un bolide n'y changeait rien. Qu'est-ce qu'il allait faire ? Lui tirer dessus ? Génial ! Et pouvait-elle lui échapper, de toute manière ? Il n'y avait rien au bout de l'allée qu'une paire de cabines d'essayage.

Il se releva, massa son postérieur endolori et reprit sa poursuite, traînant toutefois la patte maintenant.

Le fauteuil roulant s'engouffra dans l'une des deux cabines. Sitôt libérée par les poignées arrière, la porte se referma.

Je te tiens, salope, pensa Jimmy. *Et je vais te flanquer une de ces trouilles. Je me fiche pas mal que tu aies cinq gosses sur les bras et rien qu'un an à vivre. Je ne te toucherai pas, ma cocotte, mais tu vas en chier sur ton putain d'engin.*

Il battit le surveillant au finish, enfonçant la porte de l'épaule gauche.

La cabine était vide.

Pas de moricaude.

Pas de fauteuil roulant.

Rien.

Il se tourna vers le surveillant, les yeux ronds.

— L'autre ! beugla celui-ci. Elle est dans l'autre !

Avant que Jimmy n'ait pu faire un geste, son collègue avait ouvert la porte de l'autre cabine. Une dame en jupette de nylon et Cœur Croisé poussa un cri strident et renforça de ses bras l'ingénieuse armature du sous-tif. Elle avait la peau très blanche et aussi, de toute évidence, ses deux jambes.

— Excusez-moi, fit le surveillant, rouge jusqu'aux oreilles.

— Sortez d'ici, satyre !

— Oui, madame.

Il referma la porte. Au Macy's, le client avait toujours raison.

Il regarda Halvorsen.

Qui lui rendit son regard et demanda :

— Qu'est-ce que c'est que ce foutoir ? Elle y est rentrée ou non ?

— Sûr, elle y est rentrée.

— Alors, elle est où ?

Le surveillant ne put que faire un geste d'impuissance.

— Allez, Jimmy, y a plus qu'à tout ramasser.

— Tu ramasses. Moi, j'ai l'impression de m'être cassé le cul en quinze morceaux. (Il marqua un temps d'arrêt.) À vrai dire, mon vieux, c'est surtout dans mes idées que j'ai besoin de remettre un peu d'ordre.

8

À l'instant où le pistolero entendit claquer derrière lui la porte de la cabine d'essayage, il fit faire demi-tour au fauteuil face à cette autre porte qui, si Eddie avait tenu sa promesse, ne devait plus être là.

Mais elle y était, toujours ouverte, et Roland y poussa la Dame d'Ombres.

III

Odetta de l'autre côté

1

Peu de temps après, Roland allait penser : *Toute autre femme, infirme ou non, soudain poussée dans l'allée du marché couvert où elle fait ses emplettes — même si c'est d'une manière peu orthodoxe — par un inconnu qui a élu domicile dans son crâne, poussée jusque dans une petite pièce avec derrière elle un type qui lui crie de s'arrêter, puis brusquement retournée, de nouveau poussée dans cette pièce où il n'y a matériellement pas la place d'aller ailleurs, et se retrouvant soudain dans un monde entièrement différent... j'estime qu'en pareilles circonstances toute autre femme aurait presque à coup sûr demandé : « Où suis-je ? » avant toute autre chose.*

Or, la question qu'Odetta Holmes posa sur un ton presque amusé fut :

— Que comptez-vous faire au juste avec ce couteau, jeune homme ?

2

Roland regarda Eddie qui était accroupi au-dessus de lui, le couteau à moins d'un centimètre de sa gorge. Quelle que fût la prodigieuse vitesse acquise au long des années de formation, il n'était pas question de pouvoir éviter la lame si Eddie décidait de s'en servir.

— Oui, dit-il, que comptes-tu faire au juste avec ça ?

— Je n'en sais rien, répondit Eddie. (Il y avait dans sa voix un profond dégoût pour lui-même.) Chercher des appâts, je pense. Évidemment, je ne dois guère donner l'impression d'être venu ici pour pêcher.

Il lança le couteau en direction de la Dame, nettement à droite du fauteuil cependant. Il se ficha dans le sable jusqu'à la garde, vibrant sur sa lame amincie à l'extrême.

Sur ce, la Dame se retourna et commença :

— Auriez-vous l'amabilité de m'expliquer où vous m'avez...

Et elle en resta là. Toutefois, si elle avait dit : « Auriez-vous l'amabilité... » alors que son regard n'avait pas encore décrit un arc de cercle suffisant pour lui révéler l'absence de tout interlocuteur derrière elle, le pistolero nota avec un intérêt réel qu'elle n'en avait pas moins poursuivi sa phrase quelques instants parce que sa situation dictait un certain nombre d'évidences, même contredites par les faits, entre autres, que si elle était arrivée ici, ce ne pouvait être que poussée par quelqu'un.

Bien qu'il n'y eût personne derrière elle.

Absolument personne.

Elle reporta son attention sur Eddie et sur le pistolero, l'incertitude dans les yeux, la confusion, l'inquiétude, et voilà qu'elle demandait :

— Où suis-je ? Qui m'a poussée ? Comment se fait-il que je sois là ? Pourquoi suis-je habillée, au fait, alors que j'étais chez moi en robe de chambre à regarder le journal de midi ? Qui suis-je ? Où est-ce ici ? Qui êtes-vous ?

« Qui suis-je ? », a-t-elle demandé, songea Roland. *La digue s'est rompue... sur un déluge de questions ainsi qu'il était prévi-*

sible. Mais il en est une — « Qui suis-je ? » — allant contre toute attente et dont je sens qu'elle n'a toujours pas conscience de l'avoir posée.

Ni conscience du moment où elle l'**a** posée.

Car elle avait dit ça avant.

Avant même de leur demander qui *ils* étaient, elle s'était inquiétée de savoir qui *elle* était.

3

Les yeux d'Eddie allèrent du beau jeune/vieux visage de la femme noire dans le fauteuil roulant à celui du pistolero.

— Comment se fait-il qu'elle ne le sache pas ?

— Difficile à dire. Le choc, je suppose.

— Un choc qui l'aurait surprise chez elle, dans son salon, avant de sortir pour aller au Macy's ? Tu m'as bien dit que son dernier souvenir, c'est d'être en peignoir devant sa télé en train d'écouter je ne sais quel minet brushingué de frais raconter qu'on a retrouvé ce gus au fin fond des Keys, en Floride, avec la main gauche de Christa McAuliff accrochée au mur de son cabanon, à côté de l'espadon de deux mètres ?

Roland s'abstint de répondre.

Plus éberluée que jamais, la Dame demanda :

— Qui est Christa McAuliff ? Est-elle de ces Cavaliers de la Liberté qui ont disparu ?

Ce fut au tour d'Eddie de ne pas répondre. Les Cavaliers de la Liberté ? Qu'est-ce que c'était que ces zouaves ?

Le pistolero lui jeta un regard qu'il n'eut aucun mal à interpréter : *Ça ne te crève pas les yeux qu'elle est en état de choc ?*

Je vois ce que tu veux dire, Roland, mon vieux copain, mais ça ne colle que jusqu'à un certain point. Moi-même, j'ai subi un choc quand tu as déboulé dans mon crâne façon Starsky et Hutch, mais mes banques de données n'en ont pas pris un coup, que je sache.

À propos de choc, il venait de se payer une jolie décharge quand elle avait franchi le seuil. Il avait été agenouillé au-dessus du corps inerte de Roland, le couteau presque posé sur la chair vulnérable du cou... mais, à la vérité, il n'aurait jamais pu poursuivre son geste, pas pour l'heure du moins. Il était fasciné par la porte, par ce qu'il y voyait, une allée du Macy's qui se ruait vers lui — en repensait de nouveau à *Shining*, à cette séquence où l'on voit ce que voit le gamin quand il fait du tricycle dans les couloirs du palace hanté, revoyait le moment où le gosse, au bout d'un de ces couloirs, tombe sur ces horribles momies jumelles. Ce qu'il y avait au bout de l'allée n'avait rien d'aussi fantastique, une simple porte blanche où était écrit en caractères discrets : VEUILLEZ LIMITER CHAQUE ESSAYAGE À DEUX VÊTEMENTS. Ouais, pas de problème, c'était le Macy's. Le Macy's tout craché.

Une main noire jaillit et poussa la porte cependant que, derrière, une voix masculine (celle d'un flic — Eddie l'eût reconnue entre mille, n'eût-il entendu ce genre de voix qu'une fois dans sa vie, ce qui était loin d'être le cas) criait à la propriétaire de la main de s'arrêter, que c'était une impasse et qu'elle ne faisait qu'aggraver les choses. Dans la glace, sur sa gauche, Eddie entrevit le fauteuil et son occupante; il se souvenait avoir pensé : *Il l'a eue, c'est sûr, mais on ne peut pas dire que ça ait l'air de l'enchanter.*

Puis la vue avait pivoté et Eddie s'était vu. Le spectacle s'était rué sur son spectateur et celui-ci avait failli lever la main tenant le couteau pour se protéger les yeux tant la soudaine sensation de regarder le monde par deux paires d'yeux était intense, tant elle était folle, tant elle risquait de le faire basculer dans la démence s'il ne s'y soustrayait pas, mais alors, tout arriva trop vite pour qu'il en eût le temps.

Le fauteuil franchit la porte. Ce fut juste. Les moyeux crissèrent sur le chambranle invisible. Au même instant, Eddie perçut un autre bruit : un déchirement visqueux qui le fit penser à un mot

(*placentaire*)

lequel ne put vraiment lui venir à l'esprit parce qu'il ne se savait pas le connaître. Puis la femme fut à rouler vers lui sur le sable tassé de la grève, et elle n'avait plus l'air d'une furie, plus grand-chose de commun, en l'occurrence, avec celle dont il venait d'entrevoir le reflet dans la glace, mais Eddie n'en était pas outre mesure surpris : quand on passait tout d'un coup d'une cabine d'essayage du Macy's à un bord de mer dans quelque monde oublié de Dieu où les homards pouvaient atteindre la taille de petits çolleys, on avait le droit d'être un peu secoué. Il estimait pouvoir en apporter un témoignage personnel.

Elle parcourut encore un mètre avant de s'arrêter, et n'alla si loin qu'en raison de la pente et de la compacité du sable. Ses mains ne poussaient plus sur les roues comme elles avaient dû le faire — Eddie devinait avec quelle énergie *(quand demain matin vous vous réveillerez avec des douleurs dans les épaules,* songea-t-il, acerbe, *c'est à Messire Roland qu'il faudra vous en prendre, ma petite dame)* —, et elles allèrent étreindre à la place les bras du fauteuil alors que le regard de l'infirme se posait sur les deux hommes.

Derrière elle, la porte entre les mondes avait déjà disparu. *Disparu* n'était peut-être pas le meilleur terme. Elle avait donné l'impression de se replier sur elle-même comme un morceau de pellicule repartant à l'envers. Le phénomène avait commencé de se produire à l'instant où le détective du magasin avait ouvert cette autre porte plus ordinaire se bornant à préserver l'intimité de la cabine d'essayage. L'avait ouverte ou plutôt enfoncée — tant il s'attendait à ce que la voleuse en eût rabattu le loquet — et avec une telle violence qu'Eddie l'avait jugé sur le point de se payer un putain de plat contre le mur d'en face. Pronostic que le jeune homme ne devait jamais voir confirmé ou infirmé. Avant que l'ouverture de ce monde sur l'autre ne se fût totalement résorbée, la scène qui s'y inscrivait se figea.

Le film se terminait par un arrêt sur image.

Ne demeurait de ces péripéties mouvementées que la double trace du fauteuil, démarrant d'un sableux nulle part pour s'achever un mètre plus loin, là où lui et son occupante s'étaient immobilisés.

— Quelqu'un pourrait-il m'expliquer où je suis et comment j'y suis arrivée ? demanda cette dernière d'une voix presque suppliante.

— Une chose est sûre, Dorothy, dit Eddie. Ce n'est plus le Kansas.

Elle était au bord des larmes. Il la vit lutter pour les retenir. Perdre. Se mettre à sangloter.

Furieux (et avec un égal dégoût pour lui-même), il se tourna vers le pistolero qui se relevait, chancelant. Roland s'éloigna, mais pas vers la Dame en pleurs. Il alla ramasser son couteau.

— Dis-lui ! hurla Eddie. Tu l'as amenée, alors maintenant,

vas-y, dis-lui ! (Et, au bout d'un moment, il ajouta, plus bas :) Et puis tu m'expliqueras comment ça se fait qu'elle ne sache même plus qui elle est.

4

Roland ne répondit pas. Pas tout de suite. Il se baissa, pinça entre les doigts restants de sa main droite le manche du couteau qu'avec le plus grand soin il transféra ensuite à la gauche pour le ranger dans sa gaine sur le côté du ceinturon. Il essayait toujours d'appréhender ce qu'il avait senti dans l'esprit de la Dame. À la différence d'Eddie, elle s'était débattue, débattue comme un chat, depuis l'instant où il était passé au premier plan jusqu'à celui où ils avaient franchi la porte. La lutte avait commencé dès qu'elle l'avait senti. Sans le moindre temps mort parce qu'il n'y avait pas eu de surprise. C'était cela qu'il avait senti, cela dont il n'avait pas le plus petit début de compréhension. Aucune surprise à l'irruption de cette présence étrangère dans son cerveau, rien que la rage et l'horreur, immédiates, et l'immédiat début d'un combat pour l'en déloger. Un combat qu'elle n'avait même jamais été près de gagner — qu'elle n'aurait pu gagner, suspectait-il — mais qu'elle n'avait pas moins livré sans relâche. C'était une femme folle de peur, de colère et de haine qu'il avait sentie.

Rien que noirceur en elle... un esprit muré dans les ténèbres d'un éboulement.

Sauf que...

Sauf qu'à l'instant où ils avaient jailli en ce monde, où ils s'étaient séparés, il avait regretté — amèrement regretté — de ne pouvoir rester ne fût-ce qu'une seconde de plus. Une seconde qui lui aurait tant appris. Car cette femme devant eux n'était pas celle qu'il venait de quitter. Être dans l'esprit d'Eddie avait été comme de séjourner dans une pièce aux murs qui suintaient et se trémoussaient. Être dans celui de la Dame, c'était se retrouver couché nu dans le noir avec des serpents venimeux que l'on sentait ramper tout autour.

Jusqu'à la fin.

Car, à la fin, elle avait changé.

Et il y avait eu quelque chose d'autre, quelque chose qu'il pensait être d'une importance vitale, mais qu'il ne pouvait soit comprendre soit se remettre en mémoire. Quelque chose comme

(*un coup d'œil*)

la porte, mais dans le cerveau de cette femme. Quelque chose à propos

(*tu as cassé le plat c'était toi*)

quelque soudain éclair de compréhension. Comme dans l'étude, quand on finit par voir...

— Oh, le diable t'emporte, dit Eddie, écœuré. Tu n'es rien qu'une putain de machine.

Il passa sans s'arrêter devant Roland, s'approcha de la femme, s'agenouilla près d'elle, et quand elle l'entoura de ses bras, s'accrocha à lui comme un nageur qui se noie, il ne fit rien pour se dégager de l'étreinte mais à son tour la prit dans ses bras, la serra contre lui.

— Ça va, dit-il. Pas que ce soit génial mais ça va.

— Où sommes-nous ? gémit-elle. J'étais chez moi à regarder la télé. Je voulais savoir si mes amis s'étaient sortis vivants d'Oxford, voilà que je me retrouve ici, et que je ne sais même pas où c'est !

— Moi non plus, en fait. (Il la serra plus fort, commença de la bercer.) Mais nous y sommes ensemble, à mon sens. Je viens du même coin que vous, de ce bon vieux New York, et il m'est arrivé à peu près la même chose — enfin... à quelques variantes près, mais la même chose — et ça va bien se passer. (Comme s'il y repensait tout d'un coup, il ajouta :) Du moment que vous aimez le homard.

Elle s'accrochait à lui et pleurait, il la tenait dans ses bras et la berçait. Le pistolero pensa : *Pour lui, maintenant, ça va aller. Son frère est mort mais il a quelqu'un d'autre dont il pourra s'occuper. Oui, ça va aller.*

Mais ce ne fut pas sans un serrement de cœur, sans un douloureux reproche. Il avait la faculté de tirer — de la main gauche, du moins —, de tuer, d'avancer sans relâche dans sa quête de la Tour, de s'y obstiner avec un acharnement brutal sur des milles, sur des années, voire sur des dimensions. Il avait la faculté de survivre, et même, de temps à autre, de protéger — n'avait-il pas sauvé l'enfant, Jake, d'une mort lente au relais, puis au pied des montagnes, de l'Oracle qui l'aurait sexuellement consumé ? — mais pour en fin de compte le laisser mourir. Et il ne l'avait pas fait par accident, il s'était agi d'un acte conscient, d'une damnation librement acceptée. Il les regardait tous les deux et, voyant Eddie serrer la femme dans ses bras, lui répéter que tout allait bien se passer, il se disait qu'il n'aurait jamais pu en faire autant, et voilà qu'une terreur insidieuse venait rejoindre en lui l'amertume.

Si tu as renoncé à ton cœur pour la Tour, Roland, tu as d'ores et déjà perdu. Un être sans cœur est un être sans amour, et un être sans amour est une bête. Être une bête est peut-être supportable, encore que l'homme qui accepte de se ravaler à ce rang finira sûrement par payer son tribut à l'enfer, mais pourquoi pas, si atteindre son objectif est à ce prix ? Si, sans cœur, on réussit à investir la Tour et à la conquérir ? Mais si tu n'as en toi que noirceur, que peux-tu faire sinon régresser de l'animal au monstre ? Devenir un animal à l'issue de tout cela relevait de la plaisanterie amère, comme d'offrir une loupe à un élaphonte. Mais devenir un monstre, c'était...

Payer son tribut à l'enfer est une chose. Mais souhaiterais-tu en porter tout le poids sur les épaules ?

Il repensa à Allie, et à la fille qui l'avait jadis attendu à sa fenêtre, repensa aux larmes qu'il avait versées sur le corps sans vie de Cuthbert. Oh, à l'époque, il avait aimé. Oui. À l'époque.

Je veux aimer! sanglota-t-il en silence, mais alors qu'Eddie avait commencé de joindre ses larmes à celles de la femme dans le fauteuil roulant, les yeux du pistolero restaient désespérément secs, comme le désert qu'il avait traversé pour atteindre cette mer sans soleil.

5

Il répondrait plus tard à la question d'Eddie. Plus tard, mais il y répondrait, car il estimait qu'Eddie avait intérêt à rester sur ses gardes. Si elle ne savait plus qui elle était, la raison en était fort simple : elle n'était pas une femme mais deux.

Et l'une des deux était dangereuse à l'extrême.

6

Eddie lui raconta ce qu'il put, glissant sur le règlement de comptes, mais sincère sur tout le reste.

Quand il eut achevé son récit, elle resta un moment parfaitement silencieuse, les mains réunies dans son giron.

Des ruisseaux dévalaient des montagnes qui ne cessaient de s'affaisser, les dévalaient sans jamais atteindre l'océan, et allaient se perdre à quelques milles à l'est de la plage qu'Eddie et Roland remontaient vers le nord. C'était là qu'ils allaient remplir les outres, corvées qu'Eddie avait assurées seul au début, Roland étant encore trop faible, mais plus tard, ils y étaient allés à tour de rôle, ayant à s'enfoncer toujours plus loin et à chercher plus longtemps pour trouver ces ruisseaux, toujours plus nonchalants à mesure que diminuait la hauteur des sommets où ils prenaient leur source. Toutefois, leur eau ne les avait jamais rendus malades.

Jusqu'à présent.

Roland y était allé hier et, bien que ce fût le tour d'Eddie, y était retourné aujourd'hui, prenant les outres en bandoulière et s'éloignant sans un mot. Geste qu'Eddie trouva d'une singulière discrétion sans vouloir en être touché — comme par tout ce qui venait du pistolero, en l'occurrence —, s'en découvrant néanmoins touché... un peu.

Elle prêtait une oreille attentive à Eddie, sans jamais l'interrompre, les yeux rivés sur lui. Il y avait des moments où le jeune homme lui donnait cinq ans de plus que lui, d'autres où il allait jusqu'à quinze, mais ce sur quoi il n'avait aucun doute, c'était de tomber amoureux d'elle.

Quand il eut fini, elle resta un moment sans rien dire, cessant de fixer le jeune homme pour poser son regard au-delà sur les vagues qui, à la tombée de la nuit, ramèneraient les monstrueux crustacés et leur incompréhensible kyrielle de questions. Il avait apporté un soin particulier à les décrire. Mieux valait qu'elle eût un petit peu peur maintenant que beaucoup plus tard, quand ils sortiraient se dégourdir les pinces. Elle allait refuser d'en manger, supposait-il, après avoir entendu ce que les créatures avaient fait au pied et à la main de Roland, à plus forte raison une fois qu'elle les aurait vues de près. Mais la faim finirait bien par triompher de *I-ce que chique* et *U-ce que chule.*

Elle avait maintenant dans les yeux quelque chose de lointain.

— Odetta ? fit-il après que peut-être cinq minutes se furent écoulées.

Elle lui avait dit son nom : Odetta Holmes. Un nom qu'il trouvait grandiose.

Arrachée à sa rêverie, elle ramena les yeux sur lui, eut une esquisse de sourire et dit un mot, un seul :

— Non.

Il ne fit d'abord que lui rendre son regard, incapable de trouver une réponse qui convînt. Il pensait n'avoir jamais compris jusqu'alors à quel point une simple négation pouvait être illimitée.

— Je ne vous suis pas, finit-il par dire. À quoi dites-vous non ?

— À tout ça.

Le bras d'Odetta traça un vaste demi-cercle (un bras dont il avait déjà remarqué l'extrême vigueur — lisse et galbé, mais sous-tendu de muscles durs), montrant la mer, le ciel, la plage, les collines pelées où le pistolero devait être à la recherche d'un cours d'eau (à moins qu'il ne fût en train de s'y faire dévorer par quelque monstre d'une intéressante et nouvelle espèce, éventualité sur laquelle Eddie n'avait guère envie de s'attarder). Montrant en bref l'ensemble de ce monde.

— Je vois ce que vous ressentez. Au début, j'ai moi-même eu l'impression de nager dans l'imaginaire. (Mais l'avait-il eue, cette impression ? Avec le recul, il lui semblait avoir tout de suite admis la réalité de ce monde, peut-être parce qu'il était malade, trop occupé à secouer sa guenon.) Ça vous passera, dit-il.

— Non, répéta-t-elle. Je ne vois que deux choses qui aient pu m'arriver, et, que ce soit l'une ou l'autre, je suis toujours à Oxford, Mississippi. Rien de tout ceci n'est réel.

Elle continua à parler. Si elle avait parlé un rien plus fort (ou s'il n'avait pas été lui-même en train de tomber amoureux) cela aurait presque eu l'air d'une conférence. En tout cas, la comparaison avec une ode lyrique s'imposa d'emblée.

À ceci près, s'astreignit-il à penser, *que toute cette absurdité qui nous entoure s'avère bien réelle, et que tu vas avoir à l'en convaincre. Pour son bien.*

— Je puis avoir été touchée à la tête, dit-elle. C'est qu'ils sont notoirement experts à manier matraque et manche de pioche à Oxford Town.

Oxford Town.

Il naquit un faible écho tout au fond des souvenirs d'Eddie. Elle avait dit ces mots dans une sorte de rythme qui, pour quelque motif, lui renvoyait Henry... Henry et des couches-culottes. Quoi ? Pourquoi ? Aucune importance pour l'heure.

— Vous voulez dire que tout ça pourrait n'être qu'une sorte de rêve que vous faites alors que vous êtes dans les pommes ?

— Ou dans le coma. Et vous n'avez pas besoin de me regarder comme si c'était absurde parce que ça ne l'est pas. Regardez.

Elle partagea ses cheveux sur la gauche si bien qu'Eddie put constater que ce n'était pas par simple coquetterie qu'elle les portait d'un seul côté. La vieille plaie au centre de la plaque à présent découverte était vilaine, dégarnie, torons blanc-gris tranchant sur la peau brune.

— Je vois que vous avez dû en baver.

— En baver et avoir du bon temps. Je suppose que ça rétablit l'équilibre. Mais je ne vous montrais ça que pour vous dire qu'à l'époque je suis restée trois semaines dans le coma. J'avais cinq ans. J'ai fait un tas de rêves qui me sont sortis de la tête, mais maman m'a toujours dit que c'est grâce à eux qu'ils avaient gardé quelque espoir : ils savaient que je n'allais pas mourir du moment que je parlais, et il semble que je parlais tout le temps, même si, d'après elle, il n'y avait pas un mot sur dix qui fût compréhensible. Et ces rêves étaient extraordinairement réalistes, ça je m'en souviens. (Elle marqua une pause, promena son regard autour d'elle.) Pas moins que cet endroit. Pas moins que vous, Eddie.

En entendant dans sa bouche les syllabes de son nom, il eut la chair de poule. Hou la la, c'était du sérieux.

— Ou que lui. (Elle frémit.) De tout, c'est lui qui a l'air le plus réel.

— Normal. Je veux dire : nous sommes réels, quoique vous en pensiez.

Elle lui adressa un petit sourire, à l'évidence incrédule.

— Comment vous l'avez récoltée ? enchaîna-t-il. Cette cicatrice.

— Aucune importance. C'était simplement pour vous faire

comprendre que ce qui est arrivé une fois peut toujours se reproduire.

— Peut-être, mais je vous demande ça par curiosité.

— Une brique m'est tombée sur la tête. C'était la première fois qu'on montait dans le Nord. Pas très loin de New York, à Elizabeth, dans le New Jersey. On était venus en train, dans le wagon à Jim Crow.

— Qu'est-ce que c'est ?

Elle écarquilla les yeux. Sa surprise presque méprisante.

— Mais où avez-vous vécu, Eddie ? Dans un abri antiatomique ?

— Non, dans un autre temps. Puis-je vous demander votre âge, Odetta ?

— Assez vieille pour voter, pas assez pour l'assistance sociale.

— Bon, voilà qui me remet à ma place, je suppose ?

— Mais gentiment, j'espère.

Et son sourire radieux hérissa de nouveau les avant-bras d'Eddie.

— J'ai vingt-trois ans, dit-il. Mais je suis né en 1964, l'année même où Roland vous a prise.

— Bêtises.

— Non. Moi, c'est de 1987 qu'il m'a tiré.

— Ma foi, fit-elle au bout d'un moment, ironique. Voilà qui plaide à coup sûr en faveur de votre théorie sur la réalité de ce monde, Eddie.

— Le wagon à Jim Crow... c'est là que les Noirs étaient tenus de voyager ?

— Les gens de couleur, rectifia-t-elle. Nous appeler Noirs est un peu péjoratif, non ?

— Vous ne vous donnerez pas d'autre nom dans les années 80, dit Eddie. Quand j'étais gosse, déjà, dire à un copain noir qu'il était de couleur, c'était s'exposer à recevoir son poing dans la gueule. Il pensait qu'on se foutait de lui. Tout juste s'il n'aurait pas préféré être traité de nègre.

Elle le regarda, plus trop sûre d'elle, puis secoua de nouveau la tête.

— Bon, fit Eddie, revenons à cette histoire de brique.

— La plus jeune sœur de ma mère allait se marier. Elle s'appelait Sophia mais maman disait toujours Sœur Bleue parce que c'était la couleur qu'elle adorait. Enfin... « qu'elle adorait adorer », comme disait maman. Donc, je l'ai toujours appelée Tante Bleue, même avant de la connaître. Un beau mariage. Avec une réception après. Je me souviens de tous les cadeaux. (Elle rit.) Ça a toujours l'air si beau, les cadeaux, quand on est gosse, vous ne trouvez pas, Eddie ?

Il sourit.

— Ouais, c'est vrai. On n'oublie jamais un cadeau. Qu'on l'ait reçu ou qu'on ait vu quelqu'un d'autre le recevoir.

— Mon père gagnait déjà de l'argent, à l'époque, mais tout ce que j'en savais, c'était que *nous étions en progrès*. Là encore, c'est une expression de ma mère. Je lui avais raconté qu'une petite fille avec laquelle je jouais m'avait demandé si mon papa était riche et elle m'a dit ce que j'étais censée répondre si l'on venait à me reposer la question : que *nous étions en progrès*.

« On était donc en mesure d'offrir à Tante Bleue un service en porcelaine de toute beauté, et je me souviens...

La voix lui manqua. Elle porta une main à sa tempe et la massa distraitement comme si une migraine y prenait naissance.

— De quoi, Odetta ?

— Que maman lui a donné à part un plat *pour les grandes occasions*...

— Qu'est-ce que c'est ?

— Excusez-moi. J'ai mal à la tête et ma langue a fourché. Je me demande d'ailleurs pourquoi je vous raconte tout ça.

— Ça vous embête ?

— Non, pas du tout. Je voulais dire que ma mère lui avait offert un plat spécial. Blanc, avec de jolis filets bleus sur le bord. (Elle sourit. Eddie n'eut pas l'impression d'un sourire parfaitement serein. Il semblait y avoir dans l'évocation de ce plat quelque chose qui la perturbait, et la manière dont ce souvenir prenait le pas sur la situation des plus étranges où elle se trouvait actuellement, situation qui aurait dû requérir l'essentiel de son attention, le perturbait, lui.)

« Je revois ce plat aussi nettement que je vous vois, Eddie. Ma mère l'a donné à Tante Bleue qui a fondu en larmes. Je crois qu'elle en avait vu un pareil dans la vitrine d'un magasin alors qu'elle et maman étaient encore gamines, et qu'à l'époque, bien sûr, leurs parents n'auraient jamais pu se permettre un tel achat. Elles n'avaient jamais rien eu qui fût *pour les grandes occasions* dans leur enfance. Après la réception, Tante Bleue et son mari étaient partis dans les Brumeuses pour leur lune de miel. Ils avaient pris le train.

Elle regarda Eddie.

— Dans le wagon à Jim Crow, dit-il.

— Exact ! Dans le wagon à Jim Crow ! À l'époque, les gens de couleur n'en connaissaient pas d'autre : le train regroupait les trois classes, servait de wagon-lit et de wagon-restaurant. C'est pour essayer de changer ce genre de choses que nous sommes à Oxford Town.

Elle gardait les yeux fixés sur lui, s'attendant sans doute à ce qu'il insistât sur sa présence ici et non là-bas, mais il était de nouveau pris dans l'enchevêtrement diffus de ses propres souvenirs. Oxford Town. À ceci près que d'autres mots avaient maintenant refait surface, rien qu'un fragment de refrain qu'il entendait Henry seriner d'une voix nasillarde jusqu'à ce que leur mère demande à son grand garçon s'il pouvait avoir la gentillesse de la laisser écouter Walter Cronkite.

Qu'attend-on pour enquêter ? répétait Henry dans sa mémoire. Il essaya d'y retrouver le reste du refrain, mais peine perdue. Sans grande surprise, d'ailleurs : les couches-culottes tendaient à situer le souvenir dans sa quatrième année au maximum. *Qu'attend-on pour enquêter ?* La question lui donnait froid dans le dos.

— Ça va, Eddie ?

— Oui, pourquoi ?

— Je ne sais pas, vous tremblez.

Il sourit.

— Donald a dû marcher sur ma tombe.

Elle rit.

— Toujours est-il qu'au moins je n'ai pas gâché la noce. C'est arrivé le lendemain matin au moment du départ. Nous avions passé la nuit chez un ami de Tante Bleue et mon père a appelé un taxi qui s'est présenté sans tarder. Mais quand le chauffeur a vu qu'il avait affaire à des gens de couleur, il a redémarré aussitôt comme s'il avait le feu où je pense. L'ami de Tante Bleue était déjà parti devant avec deux de nos valises — c'est qu'on était chargés : on devait rester une semaine à New York. Je me rappelle papa me disant qu'il avait hâte de voir mon visage s'illuminer quand j'allais découvrir le carillon de Central Park en train de frapper l'heure avec tous les animaux qui dansaient.

« Mon père a dit qu'on ferait aussi bien d'y aller à pied et ma mère a sauté sur cette idée, disant qu'elle était excellente, qu'il n'y avait après tout guère plus d'un kilomètre et demi d'ici à la gare et que ça nous ferait le plus grand bien de nous dégourdir les jambes après ces trois jours passés dans le train qui nous avait amenés du Sud et cette demi-journée qui nous attendait encore pour rejoindre New York. Mon père a dit qu'il était tout à fait d'accord avec elle et que, d'ailleurs, il faisait un temps splendide, mais je crois que, même si je n'avais que cinq ans, je me suis rendu compte qu'il était furieux et qu'elle était gênée, que tous deux craignaient d'appeler un autre taxi parce que la même chose risquait de se reproduire.

« On a donc commencé de descendre la rue. Je marchais du côté des maisons parce que maman aurait eu trop peur de me voir sur le bord du trottoir avec toutes ces voitures qui passaient. Je me rappelle m'être demandé si mon papa voulait vraiment dire que ma figure allait s'allumer comme une lampe ou quelque chose du genre quand j'allais voir cette horloge à Central Park, et si ça ne risquait pas de me faire mal, et c'est à cet instant que j'ai reçu la brique sur la tête. Tout est devenu noir pendant un moment. Puis je me suis mise à rêver. Des rêves extraordinairement réalistes. (Elle sourit.) Comme ce rêve-ci, Eddie.

— La brique est tombée seule ou il y avait quelqu'un pour la lancer ?

— On n'a jamais trouvé personne. La police (ma mère me l'a dit beaucoup plus tard, alors que j'avais dans les seize ans) a examiné l'endroit d'où, selon eux, provenait la brique : il y en avait d'autres qui manquaient et bon nombre de descellées. C'était juste à l'extérieur d'une fenêtre au troisième étage d'un immeuble condamné — que ça n'empêchait pas d'être habité, bien sûr... la nuit surtout.

— J'imagine, dit Eddie.

— On n'avait vu personne en sortir, alors on a conclu à un accident. Ma mère disait qu'à son avis ça n'avait pu être autre chose mais j'ai l'impression qu'elle mentait. Elle n'a même jamais essayé de me dire ce que mon père en pensait. Ils ruminaient toujours cette histoire de chauffeur de taxi qui avait jeté un regard sur nous pour redémarrer aussitôt. C'était ça plus que tout le reste qui pouvait leur faire admettre que quelqu'un ait pu être là-haut à jeter un coup d'œil par la fenêtre, à nous voir, et à se dire que lâcher une brique sur cette famille de nègres ne serait pas une si mauvaise idée.

« Vos crustacés vont-ils bientôt venir ?

— Non, répondit Eddie. Pas avant le crépuscule. Bon. Donc l'une de vos hypothèses concernant ce monde où nous sommes est qu'il s'agit d'un rêve de coma comme vous en avez eu après vous être fait assommer par cette brique. Sauf que cette fois, c'était par une matraque ou un instrument du même type.

— Oui.

— Et quelle est l'autre hypothèse ?

Si la voix et les traits d'Odetta conservaient un calme relatif, son crâne était le théâtre d'un hideux maelström d'images qui se superposaient pour donner Oxford Town, oui, Oxford Town. Comment c'était la suite ? *Déjà deux s'y sont fait tuer. Qu'attend-on pour enquêter ?* Pas vraiment dans le mille, mais près. Très près.

— Que je sois devenue folle, dit-elle.

7

La première réponse qui lui vint à l'esprit fut : *Si vous croyez que vous êtes devenue folle, Odetta, c'est que vous êtes cinglée.*

Un rapide examen lui présenta toutefois cette réponse comme peu susceptible de convaincre qui que ce soit.

Il choisit donc de garder le silence quelque temps, assis auprès du fauteuil, les genoux sous le menton, les mains verrouillées, chacune enserrant le poignet de l'autre.

— Vous étiez vraiment accro à l'héroïne ?

— Je le suis. C'est comme de fonctionner à l'alcool ou au crack. Pas le genre de truc dont on se débarrasse à jamais. Quand j'entendais ça, dans le temps, je me disais *Oui, oui, on lui dira*, mais maintenant, je comprends. J'en ai encore envie, et je pense qu'une part de moi en aura toujours envie, mais le besoin physique est passé.

— Qu'est-ce c'est, le crack ?

— On n'a pas encore inventé ça à votre époque. C'est un dérivé de la cocaïne, à ceci près que ça revient à transformer de la dynamite en bombe A.

— Et vous en preniez ?

— Dieu me préserve, non. Je vous l'ai déjà dit, mon truc c'était l'héro.

— Vous n'avez pas l'air d'un drogué.

Juste. Eddie était plutôt coquet... enfin, mis à part l'odeur de fauve qui montait tant de lui que de ses vêtements (il avait la possibilité de les passer à l'eau, de s'y plonger lui-même, et ne s'en privait pas, mais sans savon, le résultat n'était guère concluant). Il avait eu les cheveux courts quand Roland était entré dans sa vie (rien de mieux pour passer la douane, mon cher ; comique, vu la manière dont les choses avaient tourné) et ils restaient d'une longueur convenable. Il se rasait tous les matins avec le couteau extraordinairement affilé de Roland ; à sa maladresse du début avait succédé une assurance croissante. Il avait été trop jeune quand Henry était parti pour le Viêt-nam pour que se raser tînt une grande part dans sa vie et le retour du grand frère n'avait pas trouvé cette part fort grandie. Sans jamais aller jusqu'à se laisser pousser la barbe, il lui arrivait alors de résister trois ou quatre jours au harcèlement maternel visant à ce qu'il « tondît le chiendent ». Toutefois, Henry était revenu de là-bas maniaque sur le sujet (comme sur un certain nombre d'autres points de détail du même ordre : se saupoudrer les pieds d'un produit contre la transpiration après chaque douche, trois ou quatre brossages quotidiens des dents suivis d'un bain de bouche prolongé pour faire passer le goût du dentifrice, les vêtements toujours impeccables sur un cintre) et il avait converti Eddie au même fanatisme. Le chiendent était désormais tondu matin et soir. L'habitude s'était enracinée en lui comme tant d'autres qu'il devait à Henry, y compris celle qui réclame l'emploi d'une seringue.

— Trop soigné de ma personne ? demanda-t-il à Odetta, souriant jusqu'aux oreilles.

— Trop blanc, répondit-elle, laconique, puis elle garda le silence un moment, posant un regard sombre sur la mer.

Eddie aussi resta silencieux. S'il existait une réplique à ce genre de commentaires, il ne la voyait pas.

— Pardon, finit-elle par dire. C'était méchant, totalement injuste, et ça ne me ressemblait pas du tout.

— Ce n'est rien.

— Si, c'est comme un Blanc qui dirait : « Mon Dieu, je

n'aurais jamais pensé que vous étiez un nègre », à quelqu'un qui a la peau très claire.

— Vous préférez vous voir comme une personne plus impartiale ?

— Ce que nous préférons voir en nous et ce que nous sommes n'ont bien souvent pas grand-chose en commun, serais-je tentée de penser, mais c'est exact : j'aime à me considérer comme sans parti pris. Veuillez donc accepter mes excuses, Eddie.

— À une condition.

— Laquelle ?

Elle avait un peu retrouvé son sourire et il était content. Il aimait pouvoir la faire sourire.

— Que vous donniez impartialement sa chance à ceci. Telle est la condition.

— Donner impartialement sa chance à quoi ?

L'amusement perçait dans sa voix. Pareille intonation l'eût ulcéré chez tout autre, lui eût donné l'impression qu'on se foutait de lui, mais avec elle, c'était différent. Dans la bouche d'Odetta, ce ton un rien narquois ne posait pas problème. Venant d'elle, supposait-il, rien n'aurait pu en poser.

— À une troisième hypothèse. À la réalité de ce qui nous arrive. Je veux dire... (Il s'éclaircit la gorge.) Je ne suis pas doué pour toutes ces foutaises philosophiques ou pour... vous savez... la métamorphose ou je ne sais quel putain de nom que vous donnez à ça...

— La métaphysique ?

— Peut-être. Je n'en sais rien. Oui, ça doit être ça. Mais ce que je sais, c'est qu'on ne peut pas refuser de croire à ce que vous disent vos sens. Car enfin, si votre théorie comme quoi tout ceci n'est qu'un rêve est exacte...

— Je ne parlais pas d'un rêve ordi...

— Quoi que vous ayez dit, cela revenait à ça. À une illusion ?

S'il y avait eu, vraiment eu, dans la voix d'Odetta quelque condescendance, elle avait complètement disparu.

— Vous ne vous sentez peut-être aucune propension à la philosophie et à la métaphysique, Eddie, mais, au lycée, vous deviez briller dans les débats.

— Je n'y ai jamais participé. C'était bon pour les gais, les boudins et les chiffes molles. Comme le club d'échecs. Mais qu'est-ce que vous voulez dire par propension ? C'est quoi une propension ?

— Un penchant, ce qu'on aime bien faire. Mais vous, que voulez-vous dire par gais ? Qui appelle-t-on des gais ?

Il la regarda un moment puis haussa les épaules.

— Les homos. Les tapettes. Aucune importance. On pourrait passer la journée à faire des concours d'argot, ça ne nous mènerait nulle part. Ce que j'essaie de vous dire, c'est que si tout cela n'est qu'un rêve, rien ne prouve que ce soit le vôtre. Ce pourrait être le mien. C'est vous qui pourriez n'être qu'un produit de mon imagination.

Le sourire d'Odetta s'altéra.

— Mais... personne ne vous a tabassé.

— Vous non plus.

Le sourire avait complètement disparu maintenant.

— Pas que je me souvienne, rectifia-t-elle avec quelque aigreur.

— Tout comme moi ! s'écria Eddie. Vous me dites qu'ils ont la matraque facile à Oxford Town. Mais ces types des douanes n'étaient pas précisément aux anges quand ils se sont aperçus que je n'avais pas la dope qu'ils comptaient trouver. L'un d'eux aurait très bien pu me caresser le crâne avec la crosse de son arme. Je pourrais être à Bellevue à l'heure qu'il est, en train de rêver de vous et de Roland pendant qu'ils rédigent leur rapport, expliquant comment, alors qu'ils m'interrogeaient, je suis devenu violent et qu'ils ont dû me calmer.

— Ce n'est pas du tout pareil.

— Pourquoi ? Parce que vous êtes cette Noire handicapée, intelligente et cultivée, prenant une part active à la vie de son pays alors que je ne suis qu'un junkie de la cité HLM ?

Cela dit avec un grand sourire pour bien montrer qu'il blaguait, mais elle ne l'en foudroya pas moins du regard.

— J'aimerais que vous arrêtiez de parler de moi comme d'une Noire !

Il soupira.

— OK, mais il va falloir que je m'y habitue.

— Vous auriez vraiment dû participer à des débats.

— Mon cul, dit-il. (Et le regard qu'elle lui lança lui fit comprendre qu'entre elle et lui existait plus qu'une simple différence de couleur ; ils se parlaient à deux îles de distance. L'eau entre eux était du temps. Aucune importance. Le mot avait requis l'attention d'Odetta.) Ce n'est pas un débat que je veux avoir avec vous. C'est vous ouvrir les yeux sur le fait que vous êtes bien réveillée, voilà tout.

— Je pourrais être en mesure de me conformer provisoirement aux principes de votre troisième hypothèse aussi longtemps que ce... que cette situation se poursuivra s'il n'y avait une différence fondamentale entre ce qui vous est arrivé et ce qui m'est arrivé à moi, dit-elle. Si énorme et si fondamentale qu'elle vous a échappé.

— Alors montrez-la-moi.

— Il n'y a pas de rupture dans votre conscience des choses. Il y en a une très grande dans la mienne.

— Que voulez-vous dire par là ?

— Simplement que votre récit rend compte d'une chaîne ininterrompue d'événements : l'avion, l'incursion de cet... de... de lui... (Elle montra les collines avec une répugnance visible.) La mise en lieu sûr de la drogue, la garde à vue à la douane et tout le reste. C'est une histoire fantastique mais qui se tient d'un bout à l'autre.

« Quant à moi : Je suis revenue d'Oxford et Andrew, mon chauffeur, m'a ramenée chez moi. J'ai pris un bain avec l'envie d'aller me coucher juste après. J'avais un mal de tête terrible et le sommeil est la seule chose qui me fasse du bien dans ces cas-là. Mais on n'était pas loin de minuit et je me suis dit que j'allais d'abord regarder les informations. Si certains d'entre nous avaient été relâchés, la grosse majorité moisissait toujours au violon quand j'avais quitté la ville. Je voulais savoir si on avait réglé leur cas.

« Je me suis séchée, j'ai enfilé mon peignoir et je me suis installée devant la télé. Le speaker a commencé par parler du discours que Khrouchtchev venait de faire à propos des conseillers militaires américains au Viêt-nam. Il disait : " Nous avons des images qui ont été tournées... " et puis plus rien, je roulais sur cette plage. Vous me dites que vous m'avez vue franchir une sorte de porte magique à présent disparue, et qu'avant j'étais au Macy's et que j'y étais en train de voler à l'étalage. C'est déjà passablement absurde mais admettons... Vous ne croyez pas que j'aurais trouvé mieux à voler que des bijoux de pacotille dans ce cas ? Je ne porte jamais de bijoux.

— Vous feriez mieux de jeter un nouveau coup d'œil sur vos mains, Odetta, dit tranquillement Eddie.

Un long moment, son regard alla du « solitaire » sur son petit doigt gauche, une pierre trop vulgaire, trop grosse pour être autre chose que du strass, à l'opale débordant de l'annulaire gauche, trop vulgaire et trop grosse elle aussi pour être chose autre que bien réelle.

— Rien de tout cela n'existe, répéta-t-elle avec conviction.

— On dirait un disque rayé ! (Pour la première fois, sa colère n'était pas feinte.) Chaque fois qu'on perce un trou dans votre petite histoire bien nette, vous ne savez que vous réfugier dans cette réponse. Merde, réfléchissez un peu, 'Detta.

— Ne m'appelez pas comme ça ! J'ai horreur de ça !

Sa réaction avait été si violente qu'Eddie eut un mouvement de recul.

— Désolé. Seigneur, je ne pouvais pas savoir...

— Bon. Je suis passée de la nuit au jour, d'un seul peignoir sur le dos à une tenue complète, de mon salon à cette plage déserte. Et ce qui est arrivé, en fait, c'est qu'une espèce de panse à bière de shérif rougeaud m'a collé son bâton sur le sommet du crâne, et c'est tout !

— Mais vos souvenirs ne s'arrêtent pas à Oxford, lui fit doucement remarquer Eddie.

— Que... Qu'est-ce ?

Incertitude à nouveau. Ou peut-être voir et refuser l'évidence. Comme pour les bagues.

— Si vous avez perdu connaissance à Oxford, comment se fait-il que vos souvenirs aillent plus loin ?

— Il n'y a jamais trop de logique dans ce genre de choses. (Elle s'était remise à se masser les tempes.) Et maintenant, si ça ne vous fait rien, Eddie, j'aimerais que nous mettions un terme à cette conversation. Mon mal de tête est de retour, et il s'annonce carabiné.

— À mon avis, la logique dans tout ça ne dépend que de ce que vous voulez croire ou ne pas croire. Je vous ai vue au Macy's, Odetta. Je vous ai vue voler. Vous me dites que ce n'est pas une chose que vous faites, mais vous me dites aussi que vous ne portez jamais de bijoux. Et vous me le soutenez même après avoir à plusieurs reprises depuis que nous parlons baissé les yeux sur vos mains. Ces bagues n'ont pas cessé d'y être mais c'était comme si vous ne pouviez pas les voir tant que je ne vous y avais pas obligée en attirant votre attention sur elles.

— Je ne veux plus parler de ça ! hurla-t-elle. J'ai horriblement mal à la tête !

— D'accord. Mais vous savez très bien où vous avez perdu conscience de l'écoulement du temps, et ce n'était pas à Oxford Town.

— Laissez-moi tranquille, dit-elle d'un ton morne.

Eddie vit Roland qui redescendait vers eux, ses outres pleines, une autour de la taille, l'autre en bandoulière. Il avait l'air exténué.

— Je voudrais vous aider, ajouta-t-il à l'adresse d'Odetta. Mais pour que ce soit possible, il me faudrait être réel, je crois.

Il s'attarda encore un moment près d'elle mais elle gardait la tête baissée, continuait de se masser les tempes.

Il se porta à la rencontre du pistolero.

8

— Assieds-toi. Tu as l'air à bout de forces.

— Je le suis. Je recommence à être malade.

Eddie posa les yeux sur les lèvres craquelées de son compagnon, sur ses joues et son front qu'embrasait la fièvre et hocha la tête.

— J'espérais qu'il n'en serait rien mais je ne peux pas dire que ça me surprenne. Le coup de batte des antibios était trop mou pour un parcours complet. Balazar n'avait pas assez de Keflex.

— Je ne comprends pas.

— Avec la pénicilline, il te faut poursuivre le traitement un certain temps pour triompher de l'infection. Sinon, tu ne fais que la suspendre. Passent quelques jours et elle réapparaît. Il n'y a plus qu'à retrouver du Keflex. Et on a encore une porte qui nous attend. Dans l'intervalle, tu vas simplement avoir à te ménager.

Eddie songeait toutefois, non sans inquiétude, au handicap d'Odetta et aux trajets de plus en plus longs qu'ils allaient avoir à faire pour trouver de l'eau. Il se demanda si Roland aurait pu choisir un pire moment pour sa rechute. Sans doute, mais c'était déjà assez gratiné comme ça.

— Il faut que je te dise quelque chose à propos d'Odetta.

— C'est son nom ?

— Oui.

— Il est charmant.

— Ouais, c'est aussi mon avis. Ce qui l'est moins, c'est ce qu'elle pense de cet endroit. Elle est persuadée de pas y être pour de vrai.

— Je sais. Et elle n'a pas l'air de me porter dans son cœur, hein ?

Non, pensa Eddie. *Même si ta fonction de croque-mitaine ne te rend pas plus réel.*

Il le pensa mais n'en dit rien, et se contenta de hocher la tête.

— Les raisons sont presque les mêmes, dit le pistolero. Ce n'est pas la femme que j'ai emmenée de là-bas. Pas du tout.

Eddie ouvrit de grands yeux puis acquiesça, tout excité. Le reflet entrevu dans la glace de la cabine d'essayage... ce visage tordu par la haine... bon Dieu, Roland avait raison. Rien d'Odetta.

Puis il se rappela les mains qui avaient farfouillé négligemment dans les foulards, enfournant tout aussi négligemment la quincaille dans le sac ouvert sur les genoux... comme si, lui avait-il semblé, comme si elle avait voulu se faire prendre.

Il y avait eu des bagues sur ces mains.

Les mêmes bagues.

Ce qui n'impliquait pas nécessairement les mêmes mains, s'écria-t-il mentalement, mais ça ne tint pas plus d'une seconde. Il les avait étudiées, ces mains. C'étaient les mêmes doigts, longs, fuselés, tout en finesse.

— Non, reprit le pistolero. Ce n'est pas elle.

Son regard bleu se posa sur Eddie, l'examina.

— Les mains...

Écoute. Écoute-moi bien. Notre vie peut en dépendre. La mienne parce que je suis de nouveau mal, la tienne parce que tu es amoureux.

Eddie ne dit mot.

— Elles sont deux dans un même corps. C'était une femme quand je suis entré en elle, une autre quand j'ai franchi la porte.

Là, Eddie ne vit plus rien à dire.

— Et ce n'est pas tout. Il y a quelque chose d'étrange, que je n'ai pas compris, ou alors que j'ai compris mais qui m'a échappé depuis. Et qui semble important.

Les yeux de Roland se portèrent au-delà d'Eddie sur le fauteuil roulant échoué, solitaire, au bout de sa courte trace qui naissait de nulle part. Puis ils se reportèrent sur le jeune homme.

— Je n'y comprends pas grand-chose, ni comment une telle chose peut être possible. Mais il te faut rester sur tes gardes. Ça, tu le comprends ?

— Oui.

Eddie se sentait comme si l'air dans ses poumons s'était raréfié. Il comprenait — du moins avait-il cette espèce de compréhension d'un rat des salles obscures — ce dont parlait le pistolero — mais le souffle lui manquait pour l'expliquer... en tout cas pour l'instant. C'était comme si Roland le lui avait extirpé à coups de pied.

— Bien. Parce que la femme dans laquelle je me suis retrouvé de l'autre côté de la porte était aussi dangereuse que ces espèces de homards géants qui sortent des vagues à la tombée de la nuit.

IV

Detta de l'autre côté

1

« Il te faut rester sur tes gardes », avait dit le pistolero. Mais en dépit de l'accord exprimé, il n'en restait pas moins certain qu'Eddie ne savait pas de quoi il parlait. Toute la part profonde de sa conscience, celle qui héberge ou non l'instinct de survie, n'avait pas capté le message.

Le pistolero s'en aperçut.

Et ce fut une chance pour Eddie.

2

Au beau milieu de la nuit, les yeux de Detta Walker basculèrent, grands ouverts. Il y scintillait la clarté des étoiles et une conscience aiguë de la situation.

Elle se souvenait de tout, de la résistance qu'elle leur avait opposée, comment ils avaient fini par l'attacher dans son fauteuil, et la manière dont ils l'avaient narguée, ne cessant de la traiter de *sale négresse, sale négresse*.

Elle se rappelait les monstres sortant des vagues et l'un des deux hommes — le plus vieux — en tuant un. Le jeune avait allumé un feu pour faire cuire la prise puis il s'était approché d'elle avec un sourire mauvais et lui avait tendu un morceau fumant de chair de monstre. Elle l'avait frappé au visage et il lui avait dit : « Bon, parfait, tu finiras bien par changer d'avis, sale négresse. On va bien voir si tu ne changes pas d'avis. » Puis lui et le Vraiment Méchant avaient sorti un quartier de bœuf et l'avaient lentement, délicieusement rôti sur les braises de ce feu allumé sur cette plage inconnue où ils l'avaient amenée.

Tentation terrible que le parfum de ce bœuf grésillant sur les braises mais elle n'en avait rien montré. Même quand le jeune lui en avait agité un morceau sous le nez en serinant : « Mords dedans, sale négresse, allez, mords dedans », elle était restée de marbre, entièrement refermée sur elle-même.

Puis elle avait dormi et maintenant elle était réveillée. Ils l'avaient détachée. Elle n'était même plus dans le fauteuil mais allongée entre deux couvertures, largement au-dessus de la limite des marées hautes que les homards géants continuaient d'arpenter, tout en posant leurs questions absurdes, débarrassant l'air des mouettes bizarres qui avaient la malchance de passer à leur portée.

Elle tourna la tête à gauche, n'y vit rien.

Elle la tourna à droite et son regard rencontra les deux types endormis, enroulés dans leurs couvertures. Le jeune était le plus proche et c'était à côté de lui que le Vraiment Méchant avait posé ses ceinturons après les avoir retirés.

Les pistolets dépassaient des étuis.

T'as fait une connerie, cul blanc, pensa Detta, et elle roula sur sa droite, constata que le crissement du gros sable sous son corps restait inaudible, couvert par le vent, par les vagues et par l'interrogatoire plaintif des créatures. Telle l'une d'entre elles, les yeux brillants, elle commença de ramper vers les ceinturons.

Les atteignit, s'empara d'une arme.

La trouva très lourde, sa crosse si lisse, si totalement meurtrière dans sa main. Le poids ne l'inquiéta pas. Elle avait des bras musclés, Detta Walker.

Elle rampa un peu plus loin.

Le jeune n'était toujours qu'une souche aux ronflements sonores mais le Vraiment Méchant s'agita soudain dans son sommeil et elle se figea, un rictus tatoué sur la figure, jusqu'à ce qu'elle le vît de nouveau parfaitement immobile.

Il doit êt' 'usé, l'salaud. T'avise pas d'en douter, Detta.

Elle trouva le cran usé du barillet, le poussa, n'obtint rien, tira. Il bascula, révélant des alvéoles garnies.

Cha'gé! Bien, ma fille. D'abo'd, tu t'occupes du p'tit pédé. Le V'aiment Méchant, i'va se 'éveiller aussi sec, alors tu lui décoches ton plus beau sou'i'e, et ce joujou va lui nettoyer la caboche comme une to'nade blanche.

Elle referma le barillet, posa son pouce sur le chien... et attendit.

Profitant d'une bourrasque, elle arma au bandé.

Braqua le revolver de Roland sur la tempe d'Eddie.

3

Le pistolero vit tout cela par la fente de son œil entrouvert. La fièvre était de retour, mais pas assez encore pour qu'il eût à se méfier de lui-même. Donc, il attendit, un seul œil entrouvert, tous ses nerfs prêts à détendre son corps, ce corps qui avait toujours été son arme quand il n'en avait pas une à la main.

Elle pressa la détente du revolver qu'elle venait de prendre dans son ceinturon.

Clic.

Clic, évidemment.

Quand Eddie et lui, palabre conclue, étaient rentrés au camp, ils y avaient trouvé Odetta Holmes dans un profond sommeil, avachie sur un bras du fauteuil. Ils lui avaient aménagé le meilleur lit possible dans le sable, l'y avaient transportée puis bordée. Eddie, ce faisant, n'avait pas douté qu'elle dût se réveiller. Le pistolero savait qu'il n'en serait rien.

Il avait abattu un homard. Eddie l'avait fait cuire et ils avaient mangé, réservant une part pour Odetta.

Puis ils avaient parlé, et le jeune homme dit quelque chose qui avait fait à Roland l'effet d'un éclair déchirant la nuit. Ce fut trop éblouissant et trop bref pour une saisie exhaustive mais il vit beaucoup, comme on peut discerner la configuration d'une côte dans le temps de cette seule et providentielle explosion de lumière crue.

Il aurait pu en informer Eddie mais n'en avait rien fait. Il se savait devoir être le Cort du jeune homme, et quand un élève de Cort se retrouvait en sang à la suite d'un coup qu'il n'avait pas vu venir, le commentaire du maître n'avait jamais varié : « Un gosse ne comprend ce qu'est un marteau qu'après avoir eu son doigt proprement écrasé sur un clou. Allez, debout, larve, et cesse de pleurnicher ! Tu as oublié le visage de ton père ! »

Eddie s'était donc assoupi — en dépit de la recommandation de rester sur ses gardes — et quand le pistolero avait eu la certitude qu'ils dormaient tous deux (il s'était octroyé un délai, se méfiant de la Dame), il avait rechargé ses armes avec des douilles vides et ôté ses ceinturons (non sans une pointe d'angoisse) pour les déposer près d'Eddie.

Puis il avait attendu.

Une heure. Deux. Trois.

Vers la demie de la quatrième, alors que son corps exténué et fiévreux tentait de l'entraîner dans le sommeil, il sentit plutôt qu'il ne vit la Dame s'éveiller, ce qui réveilla chez lui une vigilance absolue.

Il la regarda rouler et se mettre à plat ventre, muer ses mains en serres et ramper sur le sable vers les ceinturons. L'observa tandis qu'elle sortait un des revolvers de son étui, reprenait sa progression vers le jeune homme puis s'immobilisait tête dressée, les narines palpitantes, faisant plus que humer l'air, le goûtant.

Oui, c'était bien celle qu'il avait été chercher de l'autre côté de la porte.

Quand elle jeta un rapide regard dans sa direction, il fit plus que feindre le sommeil — feinte qu'elle aurait sentie — et s'endormit pour de bon. À peine averti par son intuition qu'elle se désintéressait de lui, il s'éveilla de nouveau et, rouvrant à demi son œil, reprit sa surveillance. Il la vit lever l'arme — considérablement moins gênée par son poids qu'Eddie lorsque, pour la première fois, il avait fait de même — et la pointer sur la tête du jeune homme. Puis elle marqua une pause, et ses traits s'emplirent d'une indicible astuce.

En cet instant, elle lui rappela Marten.

Elle tripota le barillet, s'y prit mal au début puis réussit à le basculer. Son regard se posa sur les culots de douille et Roland se tendit, attendant d'abord de voir si elle allait comprendre que le percuteur avait déjà frappé ces amorces, et ensuite si elle allait retourner l'arme pour ne rien découvrir dans ces alvéoles au lieu du plomb qui aurait dû le garnir (il avait songé à charger les revolvers de cartouches qui avaient fait long feu, y avait songé mais fugitivement : Cort leur avait appris que toute arme à feu n'obéit en dernier ressort qu'au Vieux Pied Fourchu et qu'une balle qui a refusé de partir une fois peut très bien se décider la fois suivante). L'eût-il vue répondre à l'une de ces deux attentes qu'il eût aussitôt bondi.

Mais elle rabattit le barillet et commença de relever le chien... puis marqua une nouvelle pause, attendit une saute de vent pour couvrir le petit cliquetis qui sanctionnerait la fin de son geste.

Elle aussi, pensa-t-il. *Mauvaise et sans jambes, mais pistolero à coup sûr au même titre qu'Eddie.*

Il attendit avec elle.

Le vent s'enfla.

Elle amena le chien au bandé, plaça le canon presque au contact de la tempe du jeune homme.

Avec le sourire grimaçant d'une ogresse, elle pressa la détente.

Clic.

Il attendit.

Elle la pressa de nouveau. Puis encore une fois. Puis une autre.

Clic-Clic-Clic.

— Culé ! hurla-t-elle avant de retourner l'arme dans sa main d'un mouvement fluide.

Roland se ramassa mais ne bondit toujours pas. *Un gosse ne comprend ce qu'est un marteau qu'après avoir eu son doigt proprement écrasé sur un clou.*

Si elle le tue, elle te tue.

Aucune importance, répondit la voix de Cort, inexorable.

Eddie se réveilla. Et donna la preuve que ses réflexes étaient corrects, s'esquivant assez vite pour n'être ni assommé ni tué. Au lieu d'atteindre la tempe, cible vulnérable, la lourde crosse du revolver s'abattit sur le côté de la mâchoire.

— Qu'est-ce que... Seigneur !

— 'Culé ! 'Culé d'cul blanc ! brailla Detta, et Roland vit remonter l'arme.

Qu'elle fût infirme et qu'Eddie roulât déjà hors d'atteinte n'autorisèrent pas le pistolero à tenter le diable plus longtemps. Si Eddie n'avait pas retenu la leçon, le cas était désespéré. Mais, d'une part, il y avait fort à parier que la prochaine fois qu'il lui dirait de rester sur ses gardes, il le ferait, d'autre part — et surtout — la salope était trop rapide.

Il se détendit, vola par-dessus Eddie, renversa la femme, et atterrit sur elle.

— T'en veux aussi, salopa'd ? hurla-t-elle à Roland, lui plaquant simultanément son pubis contre les parties et levant au-dessus de lui le revolver qu'elle tenait encore. Pasque si t'en veux, j' vas t'en donner, tu peux êt' sû' !

— Eddie !

Plus qu'un cri, c'était un ordre. Auquel Eddie ne réagit d'abord qu'en restant stupidement accroupi à côté d'eux, les yeux écarquillés, le regard fixe, le sang ruisselant de sa mâchoire (déjà bien enflée). *Fais quelque chose !* pensa le pistolero, rageur. *Ou serait-ce que tu ne veux rien faire ?* Ses forces diminuaient et le prochain coup de crosse allait lui casser le bras... et encore, s'il interposait celui-ci à temps. Sinon, c'était sa tête qu'il fracasserait.

Puis Eddie se décida. Il bloqua l'arme à mi-descente et, dans un cri, elle se retourna contre lui, le mordit, l'insulta, dans un argot si outrageusement déformé par l'accent du Sud que même lui n'y comprit mot. Pour Roland, ce fut comme si elle s'était brusquement mise à parler dans une langue étrangère. Eddie réussit toutefois à lui arracher l'arme et, débarrassé de cette menace, le pistolero fut en mesure de clouer l'infirme au sol.

Elle ne s'avoua pas vaincue pour autant, s'obstinant à ruer, à se tordre, à hurler, son noir visage ruisselant de sueur.

Eddie restait paralysé, les yeux ronds, la bouche s'ouvrant et se fermant comme celle d'un poisson. Il porta une main hésitante à sa mâchoire, grimaça, regarda ses doigts et le sang qui les maculait.

Elle leur criait qu'elle aurait leur peau à tous les deux, qu'ils pouvaient essayer de la violer, qu'elle les tuerait avec sa chatte, qu'ils allaient voir ce que c'était que sa chatte, une putain de grotte avec des dents tout autour de l'entrée, qu'ils n'avaient qu'à essayer de l'explorer s'ils ne la croyaient pas.

— Mais merde... fit Eddie, la voix aussi niaise que l'expression de son visage.

— Un de mes ceinturons, vite, hoqueta le pistolero. Je vais

la rouler au-dessus de moi et tu vas lui attraper les bras, lui lier les mains dans le dos.

— Jaaa-mais ! hurla Detta, et elle cambra son corps infirme avec une telle violence qu'elle réussit presque à désarçonner Roland.

Il la sentit tentant de lui remonter le restant de sa cuisse droite dans les couilles, de chercher à les broyer.

— Je... Je... elle...

— Remue-toi, merde ! Que soit maudit le visage de ton père ! rugit Roland.

Eddie sortit enfin de sa stupeur.

4

À deux reprises, elle faillit leur échapper alors qu'ils la maîtrisaient. Mais Eddie finit par passer la boucle d'un ceinturon autour des poignets que, dans un ultime effort, Roland venait de réunir dans le dos de la femme (le pistolero n'ayant cessé dans l'intervalle de se rejeter loin des morsures comme une mangouste combattant un serpent, évitant les dents mais ne se retrouvant pas moins luisant de crachats jusqu'à ce que, enfin, Eddie la tire en arrière par l'espèce de laisse qu'ils venaient d'improviser). Le jeune homme ne voulait pas faire mal à cette horreur écumante et hurlante. Elle était mille fois plus repoussante que les homarstruosités car dotée d'une intelligence infiniment supérieure mais il savait qu'elle pouvait être belle. Il se refusait à blesser l'autre personne que cette enveloppe abritait (telle une colombe prête à jaillir du coffre à double fond d'un magicien).

Odetta Holmes était quelque part à l'intérieur de ce monstre.

5

Bien que sa dernière monture — une mule — fût morte dans un passé trop lointain pour lui être restée en mémoire, il avait toujours dans sa bourse une longueur de corde qui lui avait servi à l'attacher (laquelle corde avait été dans un passé plus reculé encore un magnifique lasso de pistolero). Ils s'en servirent pour river la Dame d'Ombres à son fauteuil comme elle s'était imaginé (ou avait cru se rappeler, ce qui en fin de compte revenait au même) l'avoir été auparavant. Puis ils s'en éloignèrent.

N'eussent été les monstrueux crustacés, Eddie aurait gagné le bord de l'eau pour se laver les mains.

— J'ai l'impression que je vais vomir, dit-il d'une voix qui muait d'un extrême à l'autre de son registre, comme celle d'un jeune adolescent.

— Pourquoi vous ne vous faites pas soixante-neuf, tous les deux ? braillait la créature en se débattant dans ses liens. Pourquoi vous ne faites pas ça si la femme noire vous flanque la trouille ? Allez, sucez-vous vos p'tites bougies ! Profitez-en tant que c'est possible pasque Detta Walker va sortir de son fauteuil et vous la couper, vot' p'tite bougie maigrichonne, elle va vous la couper pour en nourrir les scies circulaires qui se trimbalent là-bas !

— C'est elle, la femme dans laquelle je suis entré, dit le pistolero. Tu me crois, maintenant ?

— Je te croyais avant. Ne te l'ai-je pas dit ?

— Tu croyais me croire. Tu me croyais du bout de l'esprit. Me crois-tu de tout ton être maintenant ? Jusque dans ses moindres recoins ?

Eddie regarda la chose qui se convulsait et hurlait dans le fauteuil, puis il se détourna, blanc comme un linge hormis sa mâchoire qui saignait encore un peu. Tout ce côté de son visage commençait d'ailleurs à évoquer un ballon de baudruche.

— Oh que oui, dit-il.

— Cette femme est un monstre.

Eddie se mit à pleurer.

Roland aurait voulu le consoler, ne pouvait se permettre un tel sacrilège (le souvenir de Jake n'était que trop vif), aussi s'enfonça-t-il dans le noir avec en lui cette fièvre nouvelle qui le brûlait et le torturait.

6

Beaucoup plus tôt dans la nuit, alors qu'Odetta dormait toujours, Eddie avait dit qu'il avait peut-être une idée de ce qui ne tournait pas rond chez elle. Peut-être. Le pistolero lui avait demandé de développer.

— Il se peut qu'elle soit schizophrène.

Roland bornant sa réponse à une mimique impuissante, Eddie lui expliqua ce qu'il comprenait de la schizophrénie (savoir glané dans des films tel *Les Trois Visages d'Ève* ou au hasard de diverses émissions à la télé, en particulier les *soaps* [1] qui, lorsque Henry et lui étaient défoncés, leur servaient de toiles de fond pendant leurs voyages). Roland hocha la tête. Oui, la maladie que lui décrivait Eddie semblait correspondre : une femme à deux visages, l'un de lumière, l'autre enténébré, *Janus bifrons* comme la figure que l'homme en noir lui avait montrée sur la cinquième lame de Tarot.

— Et ces gens — les schizophrènes —, ils n'ont pas conscience d'avoir une autre personnalité ?

— Non, dit Eddie. Bien que...

Il en resta là, observant d'un air sombre les homarstruosités qui allaient et venaient et posaient leurs questions, posaient leurs questions et allaient et venaient.

— Bien que quoi ?

— C'est que ne suis pas jivaro... alors je n'en sais trop rien...

— Jivaro ? Qu'est-ce que c'est ?

— Réducteur de têtes. (Il se tapota la tempe.) Un type qui s'occupe de ce qui ne va pas là-dedans. Le vrai nom, c'est psychiatre.

Roland fit signe qu'il avait compris. Il préférait réducteur de têtes. Parce que l'esprit de cette femme occupait trop de place, deux fois plus que nécessaire.

1. *Soap :* feuilleton mélo. (*N.d.T.*)

— Bien qu'à mon avis, reprit Eddie, les schizos se doutent presque toujours qu'il y a quelque chose d'anormal chez eux. À cause des trous de mémoire. Je me trompe peut-être mais je vois ça comme s'il s'agissait le plus souvent de personnes qui pensent souffrir d'amnésie partielle du fait qu'elles interprètent mal les passages à vide qui semblent se produire quand leur autre « moi » est aux commandes. Elle, en revanche, dit se souvenir de tout. Et si elle le dit, c'est qu'elle est sincèrement persuadée qu'il en est ainsi.

— Je pensais t'avoir entendu dire qu'elle ne croyait pas à la réalité de ce qui lui arrive.

— Ouais, reconnut Eddie, mais oublie ça pour l'instant. Ce que j'essaie de dire c'est que, quelle que soit l'interprétation qu'elle en donne, ses souvenirs passent directement de son living où elle est en peignoir devant le journal télévisé de minuit à sa situation présente. Directement, sans rupture aucune. Elle n'a pas la moindre sensation qu'une autre personne ait pris le relais dans l'intervalle. Et il ne faut pas perdre de vue que, quand tu lui es tombé dessus au Macy's, ce pouvait être le lendemain ou des semaines plus tard. Je sais qu'on était encore en hiver parce que la plupart des clients dans le magasin étaient en pardessus... (Le pistolero hocha la tête. Les perceptions d'Eddie s'affinaient. Bien. Il n'avait certes pas encore remarqué ni les bottines ni les écharpes, ni les gants dépassant des poches, mais c'était un début.)... Mais à part ça, impossible de dire combien de temps Odetta est restée cette autre femme parce qu'elle n'en sait rien. Je pense qu'elle se trouve dans une situation où elle n'a jamais été auparavant, et pour se protéger des deux côtés, elle a recours à cette histoire de coup sur la tête qu'elle aurait reçu.

Roland acquiesça d'un signe.

— Et puis il y a les bagues, enchaîna Eddie. Les voir lui a donné un sacré choc. Elle a fait de son mieux pour ne pas le montrer mais ça crevait les yeux.

Roland avait alors demandé :

— Si ces deux femmes ignorent qu'elles partagent un même corps, si elles n'ont pas même le soupçon que quelque chose cloche et si chacune d'elles a son propre continuum de souvenirs — en partie réels, en partie forgés de toutes pièces pour justifier le temps de l'autre —, qu'allons-nous faire d'elle ? Comment même allons-nous pouvoir vivre à ses côtés ?

Haussement d'épaules d'Eddie :

— Ce n'est pas à moi qu'il faut poser ce genre de questions. C'est ton problème ! C'est toi qui dis avoir besoin d'elle. Merde, tu as risqué ta vie pour aller la chercher.

Eddie réfléchit un instant à ce qu'il venait de dire et se revit accroupi au-dessus du corps de Roland, le couteau de celui-ci à moins d'un centimètre de sa gorge. Il eut un rire sec, dénué d'humour. *Ouais, mec, ta vie n'a vraiment tenu qu'à un fil.*

Un silence s'installa entre eux. Alors que le pistolero allait le rompre pour réitérer sa mise en garde et annoncer (assez fort pour être entendu de la Dame si cette respiration régulière ne faisait que feindre le sommeil) qu'il allait se pieuter, Eddie le devança, lui disant quelque chose qui jeta dans son esprit une clarté vive et soudaine, quelque chose qui lui fit comprendre au moins une partie de ce qu'il avait si désespérément besoin de savoir.

À la fin, quand ils avaient franchi la porte.

Elle avait changé à la fin.

Et il avait vu quelque chose, une chose...

— Tu veux que je te dise, fit Eddie, sans cesser de fixer d'un œil morose les restes du feu qu'il remuait avec une pince de leur proie du soir, quand tu l'as ramenée, moi j'ai eu l'impression d'être schizo.

— Pourquoi ?

Eddie regarda Roland, vit que ce n'était pas une question en l'air, qu'il avait une raison précise de la poser — ou crut le voir — et prit une minute pour peser sa réponse.

— C'est rudement dur à décrire, mec. C'était le fait de regarder par cette porte. C'est ça qui m'a décoiffé. Faut bien s'imaginer que quand on y voit bouger quelqu'un c'est comme si on bougeait avec. Mais tu sais de quoi je parle.

Roland hocha la tête.

— Bien. Moi j'ai regardé ça comme si c'était un film — si tu ne sais pas ce que c'est, laisse tomber, aucune importance — et ce, presque jusqu'à la fin. Et puis tu as retourné Odetta vers ce côté-ci de la porte, et pour la première fois de ma vie je me suis vu. C'était comme... (Il chercha, en vain.) Ch'sais pas. On aurait pu dire que c'était comme de se voir dans une glace, mais ça n'aurait pas collé parce que... parce que c'était comme d'avoir quelqu'un d'autre en face de soi. D'être retourné comme un gant. D'être en deux endroits à la fois. Merde, je ne sais pas, moi.

Clouer le pistolero sur place n'en réclamait pas plus. C'était là ce qu'il avait senti quand ils avaient franchi la porte, ce qui lui était arrivé à elle, et pas seulement à elle, à elles deux : l'espace d'un instant Detta et Odetta s'étaient regardées, pas comme si chacune avait vu son reflet dans un miroir mais en tant que deux personnes distinctes ; la glace s'était muée en vitre et, pendant quelques secondes, Odetta avait vu Detta et Detta avait vu Odetta et une horreur égale les avait frappées.

Elles savent, l'une comme l'autre, songea le pistolero, lugubre. *Qu'elles n'aient pas su avant, peut-être ; c'est exclu désormais. Elles peuvent essayer de se le cacher mais il est un instant où elles se sont vues, où elles ont su. Et ce savoir est toujours en elles, maintenant.*

— Roland ?

— Oui ?

— Je voulais simplement être sûr que tu ne dormais pas les yeux ouverts, parce que c'est l'impression que tu donnais, d'être très loin dans l'espace ou dans le passé.

— Auquel cas, je suis de retour. Bon, maintenant je vais me coucher. Rappelle-toi ce que je t'ai dit : sois sur tes gardes.

— Je prends la veille, dit Eddie, mais le pistolero savait que, malade ou pas, ça allait être à lui de veiller cette nuit.

Tout le reste en avait découlé.

7

Passé le chahut, Eddie et Detta Walker avaient fini par se rendormir (elle n'était pas tant tombée dans le sommeil que dans une sorte d'évanouissement exténué, le corps retenu par les liens).

Le pistolero s'était recouché mais restait éveillé.

Je vais avoir à provoquer un affrontement entre elles deux, songeait-il sans qu'il fût besoin qu'un des « réducteurs de tête » d'Eddie lui soufflât qu'un tel combat risquait d'être effroyable. *Si c'est la part de lumière, Odetta, qui en sort vivante, tout peut encore bien se passer, mais si c'est l'autre, la part ténébreuse, il est presque certain que tout sera perdu.*

Il sentait néanmoins que n'était pas requise la mort de l'une ou l'autre mais leur fusion. Il s'était déjà rendu compte de la valeur que pouvait avoir pour lui — pour eux — la pugnacité vulgaire de Detta Walker, et souhaitait l'avoir à ses côtés... mais sous contrôle. Un long chemin les attendait. Detta les voyait, Eddie et lui, comme des monstres de quelque espèce nommée par elle 'culé d'cul blanc. Dangereuse illusion, sans plus, mais ils étaient voués à rencontrer des monstres bien réels — les crustacés géants n'étant que les premiers d'une longue série. L'agressive et tenace énergie de cette femme dans laquelle il était entré hier et qui venait de resurgir cette nuit de sa cachette pouvait se révéler, à condition d'être tempérée par la tranquille humanité d'Odetta Holmes, décisive dans un combat contre de tels monstres... particulièrement décisive maintenant qu'il lui manquait deux doigts, qu'il était presque à court de balles alors que la fièvre le gagnait.

Cela dit, nous n'en sommes pas là. Je crois que l'étape initiale pourrait être de faire prendre conscience à chacune de l'existence de l'autre, ce qui amènerait une confrontation. Mais comment y parvenir ?

Il resta éveillé tout au long de cette longue nuit, réfléchissant et retournant le problème en tous sens, et bien qu'il sentît la fièvre croître en lui, la solution refusa d'apparaître.

8

Eddie s'éveilla peu avant l'aube, vit le pistolero assis, drapé à l'indienne dans sa couverture, près des cendres de leur feu de la veille, et le rejoignit.

— Comment tu te sens ? lui demanda-t-il à voix basse.

La Dame dormait encore dans l'entrecroisement des cordes bien qu'elle sursautât de temps à autre, marmonnât et gémît.

— Bien.

Eddie l'examina.

— Tu n'en donnes pas l'impression.

— Merci, dit sèchement Roland.

— Tu trembles.

— Ça passera.

La Dame s'agita de nouveau. Cette fois, dans les mots qui lui échappèrent il y en eut un presque reconnaissable. *Oxford*, peut-être.

— Seigneur, ça me fait mal de la voir attachée comme ça, murmura Eddie. Comme un veau à l'étable.

— Elle ne va pas tarder à se réveiller. Il se peut qu'alors on puisse la détacher.

Ce qu'ils voulaient l'un et l'autre dire, en fait, c'était que, lorsque la Dame dans le fauteuil ouvrirait les yeux, le regard serein, peut-être même si légèrement perplexe, ce serait alors Odetta Holmes qui allait les accueillir.

Un quart d'heure plus tard, lorsque le soleil décocha ses premiers rayons par-dessus les collines, ces yeux s'ouvrirent — mais ce ne fut pas le regard serein d'Odetta Holmes qu'ils virent mais les éclairs de rage de Detta Walker.

— Combien de fois vous m'avez violée pendant qu' j'étais dans les pommes ? J'me sens l'con lisse et poissé comme si on y avait fou'é une poignée d'ces p'tites bougies minus qu'vous aut' 'culés d'culs blancs vous appelez des bites.

Roland soupira.

— Allons-y, dit-il, et il se mit debout, grimaçant sous l'effort.

— Pas question que j'aille que'qu'pa' avec toi, cul blanc, cracha Detta.

— Oh, mais si, rétorqua Eddie, tu vas nous accompagner, désolée chérie.

— Où vous allez m'emmener ?

— Ma foi, fit Eddie, ce qu'il y avait derrière la Porte Numéro Un n'était pas si terrible et derrière la Numéro Deux, c'était pire encore, alors maintenant, au lieu de laisser tomber comme si on avait deux sous de bon sens, on va aller jeter un coup d'œil derrière la Trois. Vu la progression, on a des chances d'y trouver quelque chose du genre Godzilla ou Ghidra Les Trois Têtes, mais, tu vois, j'suis optimiste. Je me dis qu'ça pourrait être la batterie de cuisine en inox.

— J'i'ai nulle pa'.

— Mais si, mais si, dit Eddie qui alla se placer derrière le fauteuil.

Elle recommença de se débattre dans ses liens mais les nœuds étaient l'œuvre du pistolero et il se resserraient à chaque geste. Elle eut tôt fait de s'en apercevoir. Venimeuse en diable mais ayant oublié d'être bête. Elle n'en décocha pas moins à Eddie par-dessus son épaule un sourire qui le fit légèrement reculer. Il lui semblait n'avoir jamais vu sur un visage humain d'expression aussi perverse.

— Bon, dit-elle, j'vais p't-êt' ben fai' un bout d'chemin avec vous, mais pas aussi loin qu' tu t'imagines, f'omage blanc. Et pas aussi vite, j'peux te l'ju'er.

— Qu'est-ce que tu veux dire ?

Encore une fois, ce sourire par-dessus l'épaule, tout de jouissance mauvaise.

— Tu ve'as bien, f'omage blanc. (Ses yeux, fous mais convaincants, sautèrent un instant sur le pistolero.) Tous les deux, vous allez voi'.

Eddie referma ses mains sur les poignées du fauteuil et ils reprirent leur marche vers le nord, laissant à présent, outre leurs pas, la double trace de la Dame sur le sable de cette plage apparemment sans fin.

9

La journée fut un cauchemar.

Dur d'évaluer la distance parcourue quand c'était dans un décor qui variait si peu, mais Eddie n'en sut pas moins qu'ils se traînaient à présent.

Et il savait à qui la faute.

Que oui.

Tous les deux, vous allez voir, avait dit Detta, et ils ne s'étaient pas ébranlés depuis plus d'une demi-heure qu'ils commençaient à voir.

Pousser.

D'abord ça. Pousser le fauteuil sur une plage de sable fin aurait eu le caractère d'impossibilité de conduire une voiture dans une épaisseur de poudreuse. L'agglomérat marneux de cette grève rendait l'exploit possible, loin d'être aisé toutefois. Ça consentait à rouler un moment sans problème, dans le crissement des coquillages et les projections de gravier sous le caoutchouc dur des roues... puis ça bloquait sur une plaque de sable plus fin et le jeune homme se retrouvait alors grogner en peinant pour forcer le passage. Le sable aspirait littéralement les roues et il fallait simultanément pousser et peser de tout son poids sur les poignées si l'on ne voulait pas voir le fauteuil et son ballot d'occupante basculer tête la première.

Et supporter en prime les gloussements de Detta.

— Alo's, mon mignon, tu t'amuses bien de'iè'e ? lui demandait-elle chaque fois qu'il rencontrait l'un de ces pièges.

Quand le pistolero s'approcha pour l'aider, il le renvoya d'un geste.

— Tu auras ta chance. On va faire un roulement.

Mais je pense que mes tours vont durer nettement plus longtemps que les siens, fit une voix dans sa tête. *Avec la touche qu'il se paie, je suppose que c'est déjà trois fois trop de boulot pour lui de se traîner, alors pousser le fauteuil... Non, m'sieur. J'crois que c'est à toi seul d'assumer. Dieu qui se venge, vois-tu ? Après toutes ces années où tu as porté ta guenon, voilà qu'il te faut en pousser une !*

Il émit un rire bref avec ce qui lui restait d'haleine.

— Qu'est-ce qui te fais ma'er, f'omage blanc ? demanda Detta d'une voix qu'elle voulait sarcastique mais qu'Eddie devina un rien hargneuse.

Visiblement, pour Miss Detta, je ne suis pas censé trouver quoi que ce soit de drôle dans la situation, se dit-il.

— Laisse tomber, cocotte, tu ne comprendrais pas.

— C'est moi qui vas te laisser tomber, dit-elle. Toi et ton copain, z'allez même tomber de si haut que vous vous r't'ouve'ez en mille mo'ceaux sur c'te plage. En attendant, tu fe'ais mieux d'ga'der ton souffle pou' me pousser. T'as déjà l'ai' de plus en avoi' t'op.

— Bon, apparemment, tu es capable de parler pour nous deux, hoqueta Eddie. Ton souffle n'est pas près de te lâcher ?

— En pa'lant d'l'âcher, j'vas t'en lâcher un, cul blanc. Ça va t'exploser au nez si fo't que t'en passe'as l'a'me à gauche.

— Promesses, promesses.

Eddie extirpa le fauteuil du sable et leur progression reprit sans trop de problèmes... pour un temps, du moins. Le soleil n'était pas encore au plus haut mais arrachait déjà de belles suées.

La journée s'annonce amusante et instructive, se dit-il. *Je vois ça d'ici.*

Piler net.

Ça, c'était le deuxième truc.

Ils avaient atteint une portion de plage plus compacte. Eddie poussait le fauteuil plus vite avec le vague espoir que cette vitesse acquise lui permettrait de franchir sur sa lancée le prochain piège à sable.

Et tout d'un coup, le fauteuil s'arrêta net. Eddie en reçut en pleine poitrine la barre transversale à l'arrière. Il grogna. Le pistolero leva les yeux mais ses réflexes, si rapides fussent-ils, ne purent empêcher le fauteuil de basculer exactement comme il avait failli le faire à chaque passage sablonneux. Il bascula et Detta bascula avec, ligotée, impuissante, mais n'en ricanant pas moins. Elle ricanait toujours quand, finalement, Eddie et Roland réussirent à redresser le véhicule et son occupante, constatant que certaines cordes s'étaient resserrées au point de lui cisailler vraisemblablement les chairs, bloquant la circulation sanguine aux extrémités. Elle était tombée sur le front et se l'était sérieusement éraflé ; du sang lui ruisselait jusque dans les sourcils. Mais elle ricanait quand même.

Puis le fauteuil fut de nouveau sur ses roues, les deux hommes pantelants et hors d'haleine. C'est qu'il leur avait fallu soulever plus de cent vingt kilos sans doute, dont une bonne moitié assurée par le seul fauteuil. Eddie songea que si le pistolero avait prélevé la Dame d'Ombres dans son époque à lui, 1987, l'engin en aurait facilement pesé trente de moins.

Detta alternait gloussements et râlantes, clignait des yeux pour en ôter le sang.

— 'Ga'dez-moi ces mectons. Pas fichus de pousser sans m'fai' 'amasser un billet d'pa'te'e.

— C'est ça, marmonna Eddie. Téléphone à ton avocat et colle-le-nous aux fesses.

— Et z'avez l'ai' complètement vannés. C'était si du' que ça de me 'elever ? Z'avez ben mis dix minutes.

Le pistolero déchira un nouveau pan de sa chemise — au point où elle en était, quelle importance ? — et il s'apprêtait à étancher la plaie au front de Detta quand les dents de celle-ci se ruèrent à la rencontre de la main secourable — c'était la gauche, celle qui avait encore tous ses doigts — et le claquement de ces dents qui se refermaient sur le vide persuada

Eddie que si Roland avait été moins vif, sa main droite n'aurait plus guère eu de motif d'être jalouse de l'autre.

Elle ricanait, rivait sur lui des yeux emplis de joie mauvaise, mais, derrière, le pistolero y voyait la peur. Detta le craignait. Il était le Vraiment Méchant.

Pourquoi ce titre ? Parce qu'il se pouvait qu'à un niveau plus profond elle le sentît conscient de ce qu'elle était.

— J'ai failli t'avoi', cul blanc, dit-elle. C'te fois, c'était moins une.

Et elle ricana, caquet de sorcière.

— Tiens-lui la tête, dit tranquillement le pistolero. Elle mord comme une belette.

Eddie fit comme demandé pendant que Roland essuyait la plaie. De faible étendue, elle n'avait pas l'air très profonde mais le pistolero ne voulut prendre aucun risque. Il descendit lentement jusqu'à la mer, trempa son morceau de chemise dans l'eau salée puis remonta vers Eddie et la Dame.

Elle se mit à hurler à son approche.

— Ne me touche pas avec ce t'uc ! Plus maintenant qu'tu l'as t'empé dans c'te flotte d'où so'tent ces poisons d'bestioles ! Fiche le camp avec ça ! Fiche-moi le camp.

— Tiens-lui la tête, dit encore une fois Roland, toujours sur le même ton. (Elle la lançait de gauche et de droite.) Je ne tiens à prendre aucune sorte de risques.

Eddie la lui maintint de nouveau... et serra quand elle tenta de se dégager. Elle vit qu'il prenait sa tâche à cœur et se calma aussitôt, ne manifestant plus la moindre peur à l'endroit du chiffon mouillé. Tout n'avait été que cinéma.

Elle sourit au pistolero qui bassinait sa blessure, la nettoyait avec soin des derniers grains de sable qui la souillaient.

— En fait, t'as pas l'ai' simplement vanné, cul blanc, fit-elle remarquer. T'as l'ai' malade comme un chien. M'est avis qu't'i'as pas loin comme ça. Qu't'es pas en état d'fai' un long voyage.

Eddie examinait les commandes rudimentaires du fauteuil. Il y avait là un frein à main qui bloquait les deux roues. Detta s'était débrouillée pour y amener sa main droite et avait eu la perverse patience d'attendre qu'Eddie ait pris de la vitesse pour l'actionner, provoquant ainsi sa propre chute. Dans quel but ? Nul autre que les ralentir. Les motifs d'agir ainsi brillaient par leur absence, mais une femme comme Detta n'avait pas besoin de motifs, se dit-il. Une femme comme elle était parfaitement capable de faire une pareille chose par pure méchanceté.

Roland relâcha quelque peu les nœuds de manière que le sang pût circuler plus librement puis rattacha la main de Detta loin du frein.

— T'en fais pas, mon bonhomme, dit-elle en lui décochant un éclatant sourire dangereusement surchargé de dents. T'en fais pas, je me déb'ouille'ai quand même. Il y a bien d'aut'es moyens de vous 'alenti', les ga's. Toutes so'tes de moyens.

— Allons-y, dit le pistolero d'une voix sans timbre.

— Ça va, mec ? lui demanda Eddie.

Roland était très pâle.

— Oui. Allons-y.

Et ils se remirent en route.

10

Le pistolero insista pour pousser pendant une heure et le jeune homme, à contrecœur, lui céda la place. Roland franchit sans encombre une première plaque de sable mais Eddie dut venir à sa rescousse pour sortir le fauteuil de la deuxième. La respiration du pistolero n'était plus qu'un halètement convulsif et c'était à grosses gouttes que la sueur perlait à son front.

Eddie le laissa reprendre les poignées et, pendant quelque temps, Roland se montra parfaitement à même de contourner les endroits présentant des risques ; puis de nouveau les roues s'ensablèrent et le jeune homme ne put supporter longtemps le spectacle de son compagnon pesant et poussant, pantelant, cependant que la sorcière (car il en était venu à la voir ainsi) hurlait de rire et se lançait de tous côtés pour lui compliquer la tâche. Il n'y tint plus ; bousculant le pistolero, il souleva le fauteuil pour le porter en terrain ferme dans une embardée rageuse. Le siège vacilla et voilà qu'il en voyait/sentait l'occupante se pencher au maximum que le lui permettaient ses liens, avec une étrange prescience du moment adéquat agissant pour réitérer sa chute.

Roland jeta tout son poids sur l'arrière du fauteuil aux côtés d'Eddie et ils l'empêchèrent de basculer.

Detta se retourna et leur fit un clin d'œil d'une complicité si obscène qu'Eddie sentit la chair de poule lui remonter le long des bras.

— Z'avez enco'e failli m' fai' tomber, mes mignons, dit-elle. Va falloi' fai' un peu plus attention à l'aveni'. Je ne suis qu'une vieille dame handicapée, alo's j'aime'ais qu'on ait des éga'ds pou' moi.

Elle éclata de rire.

Et bien qu'Eddie eût les plus grands égards pour l'autre part de cette femme — il était même tout bonnement tombé amoureux d'elle sur la seule base du bref moment qu'ils avaient passé ensemble à parler —, il sentit ses mains le démanger de serrer ce cou, d'étouffer ce rire, de l'étouffer jusqu'à ce qu'elle n'eût plus jamais la possibilité de rire.

Elle se retourna de nouveau, vit ce qu'il pensait comme si ça lui était imprimé sur le visage en lettres rouges, et n'en rit que plus fort. Elle le défia du regard. *Vas-y, cul blanc, fais-le. T'as envie de le fai' ? Alo's fais-le.*

En d'autres termes, pensa Eddie, *ne te contente pas de renverser le fauteuil, renverse la nénette. Allonge-la pour de bon. Être tuée par un Blanc pourrait bien être le seul but qu'ait Detta dans la vie.*

— Bon, dit-il, reprenant les poignées. On est partis pour visiter la côte, mon chou, que ça te plaise ou non.

— Va te fai'e fout', cracha-t-elle.

— On lui dira, fit Eddie, démarrant.

Le pistolero le suivit, les yeux rivés au sol.

11

Ils atteignirent un vaste affleurement de roches alors que le soleil indiquait dans les onze heures et y firent une halte assez longue, profitant de l'ombrage alors que l'astre montait à son midi. Eddie et le pistolero mangèrent les restes de leur proie de la veille. Eddie en offrit à Detta qui, de nouveau, refusa. Elle savait où ils voulaient en venir, leur cracha-t-elle à la figure, et, puisque c'était ça, ils n'avaient qu'à le faire de leurs propres mains au lieu de chercher à l'empoisonner. C'était de la lâcheté, dit-elle.

Eddie a raison, se prit à songer le pistolero. *Cette femme s'est forgé des souvenirs sur mesure. Toute une chaîne d'événements depuis hier soir alors qu'en fait elle a dormi à poings fermés.*

Elle croyait qu'ils lui avaient apporté des morceaux de viande qui puaient la mort et la putréfaction, puis qu'ils l'avaient narguée en se régalant de bœuf au sel arrosé de cette sorte de bière qu'avaient contenue leurs flacons. Elle s'imaginait les avoir vus de temps à autre lui tendre des morceaux de cette nourriture saine qu'ils mangeaient, les reprendre au dernier moment, à l'instant où elle allait mordre dedans... et rire, bien sûr. Dans le monde de Detta Walker (du moins dans la vision qu'elle en avait), les 'culés d'culs blancs ne faisaient que deux choses aux femmes un peu foncées : ils les violaient ou ils riaient d'elles, ou encore les deux à la fois.

Ça frisait le comique. Eddie Dean n'avait plus vu de viande de bœuf depuis son voyage dans la diligence du ciel, et Roland depuis qu'il avait mangé sa dernière lanière de pemmican, les dieux seuls savaient dans quel passé. Quant à la bière... il partit à rebrousse-temps.

Tull.

Il y avait eu de la bière à Tull. De la bière et du bœuf.

Dieu, qu'une bière serait la bienvenue ! Sa gorge le brûlait et la fraîcheur d'une bière eût tempéré ce feu. C'eût été plus efficace encore que les *astines* du monde d'Eddie.

Ils allèrent se mettre à l'écart.

— J'suis pas d'assez bonne compagnie pou' des Blancs comme vous, p't-êt' ? caqueta-t-elle dans leur dos. Ou c'est simplement pou' vous t'ipoter vos p'tites bougies pâlichonnes ?

Elle rejeta la tête en arrière et hurla de rire, provoquant l'envol effaré des mouettes qui tenaient congrès un quart de mille plus loin sur les rochers.

Le pistolero s'assit, les mains ballantes entre les genoux, et s'absorba dans ses réflexions. Il finit par relever la tête.

— Je ne comprends pas un mot sur dix de ce qu'elle raconte, annonça-t-il à Eddie.

— J'ai une nette avance. J'arrive à en saisir un sur trois. Mais tu ne perds pas grand-chose, la plupart se résument à *'culés d'culs blancs*.

Roland hocha la tête.

— Est-ce qu'il y a beaucoup de gens à la peau sombre qui

parlent comme ça, là d'où tu viens ? Ce n'était pas le cas de l'autre.

Eddie éclata de rire.

— Non ! Et je vais te dire un truc assez drôle... enfin, que je juge assez drôle, mais parce qu'il n'y a pas vraiment de quoi rire, peut-être. Ça n'a aucune réalité. De la pure invention. Et elle ne s'en rend même pas compte.

Roland le regarda sans rien dire. Eddie poursuivit :

— Tu te rappelles quand tu as voulu lui laver le front et qu'elle a fait semblant d'avoir peur de l'eau ?

— Oui.

— Tu savais que c'était du chiqué ?

— Pas au début, mais j'ai vite compris.

Eddie hocha la tête.

— Elle jouait donc un rôle, et consciemment. Mais comme elle est visiblement douée, on a marché pendant quelques secondes. Eh bien, sa façon de parler, c'est aussi du cinéma, mais beaucoup moins bon. Ça ne correspond à rien de réel. C'est purement débile !

— Tu penses qu'elle n'est bonne actrice que quand elle a conscience de jouer un rôle ?

— Exactement. Là, ça m'a fait l'effet d'un croisement entre un bouquin que j'ai lu qui s'appelait *Mandingo* et la façon dont Butterfly McQueen s'exprime dans *Autant en emporte le vent*. Je sais que ça ne te dit rien, tout ça, mais ce que je veux te faire comprendre, c'est qu'elle débite des clichés. Tu connais ce mot ?

— C'est ce que disent ou croient les gens qui n'ont rien ou presque rien dans la tête.

— Parfait. Je n'aurais pas su en donner une définition moitié moins bonne.

— Z'avez pas enco' fini d'vous b'anler, p'tits gars ? (Elle finissait par avoir la voix qui s'éraillait.) Ou p't-êt' que vous a'ivez pas à t'ouver vot'tit'bougie ? C'est ça ?

— Allons-y. (Le pistolero se releva lentement, chancela un moment, vit Eddie qui le regardait et sourit.) Ça ira.

— Combien de temps ?

— Autant qu'il faudra, répondit Roland, et la sérénité de sa voix glaça le cœur d'Eddie.

12

Ce soir-là, le pistolero tira la dernière cartouche dont il fût certain pour abattre leur repas. Dès demain, il allait entreprendre un test systématique de celles qui lui restaient mais ne se faisait pas trop d'illusions : comme lui avait dit Eddie, ils en seraient sans doute bientôt réduits à tuer les homarstruosités à coups de pierre.

Cette nuit ne différa pas des autres : le feu, la popote, le repas — un repas tout en lenteur à présent, sans enthousiasme. *On se contente de survivre*, se dit Eddie. Encore une fois, ils apportèrent à manger à Detta qui, encore une fois, hurla, ricana, se répandit en insultes, leur demanda s'ils allaient longtemps continuer de la prendre pour une idiote, puis commença de se lancer de part et d'autre du fauteuil, indifférente à la constriction des cordes, tendue vers le seul objectif de basculer une fois de plus le fauteuil pour qu'ils aient de nouveau à la ramasser avant de pouvoir s'attaquer à leur repas.

Elle allait y parvenir quand Eddie lui bloqua les épaules pendant que le pistolero assurait la stabilité du fauteuil en calant des grosses pierres de part et d'autre des roues.

— Calme-toi, lui dit Roland, et je te desserrerai un peu les nœuds.

— Viens me lécher la me'de que j'ai dans le t'ou de balle, 'culé d'cul blanc.

— Je n'ai pas compris si ça voulait dire oui ou non.

Elle le regarda, les yeux réduits à deux fentes, soupçonnant quelque sarcasme dans cette voix sereine (Eddie aussi ; mais également incapable de déterminer si la suspicion était fondée.) Puis elle rétorqua, boudeuse :

— OK, j'me calme. J'ai t'op faim pou' m'agiter, de toute façon. Vous comptez fai'e quoi, maintenant ? M'donner que'que chose que j'puisse manger ou me laisser c'ever ? C'est ça, vot'e plan ? Z'êtes t'op lâches pou' m'étouffer et vous savez bien que j'touch'ais jamais à c'te nou'itu'poisonnée, donc ça doit êt'ça vot'plan. Bon, laissez-moi c'ever d'faim. On va voi' si ça ma'che. Sû', on va bien voi'.

Elle leur décocha de nouveau son sourire à glacer les sangs.

Et peu de temps après, s'endormit comme une masse.

Eddie effleura la joue de Roland qui lui jeta un bref regard mais ne se déroba pas au contact de sa main.

— Ça va, dit le pistolero.

— Ouais, tu pètes la forme, je sais. Mais tu veux que je te dise ? On n'a pratiquement pas avancé aujourd'hui.

— Je sais.

Le fait d'avoir tiré leur dernière cartouche fiable l'obnubilait. Il jugeait toutefois inutile d'en faire part à Eddie. Pas ce soir, du moins. Il n'était pas malade mais son état de fatigue interdisait un surcroît de mauvaises nouvelles.

Pas malade, non, pas encore, mais s'il continue comme ça, sans un réel repos, il finira par l'être.

Et il l'était déjà, en un sens. Le pistolero et lui déployaient un bel éventail de pathologies superficielles. Eddie avait des engelures au coin des lèvres et des plaques de desquamation, le pistolero sentait ses dents qui se déchaussaient et des crevasses sanguinolentes s'étaient ouvertes entre ses orteils comme entre ses doigts restants. Ils n'étaient pas sous-alimentés mais mangeaient jour après jour la même chose et finiraient par en mourir aussi sûrement que de faim.

On a le scorbut, se dit Roland. *Le mal des marins sur la terre ferme. Pas plus compliqué que ça. Et d'un comique... On a besoin de fruits, de verdure.*

Eddie montra la Dame.

— Et elle va continuer de rendre ça pire.

— À moins que l'autre ne réapparaisse.

— J'aimerais bien, mais comment y compter ? (Il prit une pince noircie et commença de faire des gribouillis dans la poussière.) Tu as une idée de ce qui nous reste à faire avant la prochaine porte ?

Roland fit non de la tête.

— Je dis ça parce que, s'il y a autant de distance entre la Numéro Deux et la Numéro Trois qu'entre la Numéro Un et la Numéro Deux, on risque d'être dans la merde.

— On y est déjà.

— Ouais, jusqu'au cou. En fait, tout ce que je me

demande, c'est combien de temps je vais tenir à patauger dedans.

Roland lui donna une tape sur l'épaule, geste affectueux si rare qu'Eddie ouvrit des yeux ronds.

— Mais il y a une chose que la Dame ne sait pas, dit-il.

— Ah bon ? fit Eddie. Qu'est-ce que c'est ?

— Que nous autres, 'culés de culs blancs, on est capables de tenir longtemps et d'aller loin en pataugeant.

Eddie éclata de rire. Un rire bruyant, inextinguible, qu'il s'empressa d'étouffer dans ses bras pour ne pas réveiller Detta. S'il vous plaît, merci, de rien, c'était largement suffisant pour aujourd'hui.

Le pistolero le regarda, souriant.

— Bon, je vais me pieuter, dit-il. Tu restes...

— ... sur tes gardes. T'en fais pas, j'ai compris.

13

Le cri ensuite.

Eddie sombra dans le sommeil à la seconde même où sa tête toucha la chemise roulée dont il se servait comme oreiller. Il ne parut pas s'écouler plus de cinq minutes avant que Detta ne se mît à hurler.

Il se réveilla instantanément, s'attendant à n'importe quoi, à quelque roi Homard remonté des abîmes tirer d'eux vengeance pour le massacre de ses enfants ou à une autre horreur descendue des collines. À vrai dire, il n'eut que l'impression de s'être instantanément réveillé car le pistolero était déjà debout, un revolver à la main gauche.

Et quand elle les vit tous deux réveillés, Detta s'arrêta de crier.

— Juste pou' tester vos 'éflexes, les gars, leur annonça-t-elle. Pou'ait y avoi' des loups dans l'coin. Ça m'a l'ai' assez paumé pou' qu'il y en ait. Alo's j'voulais êt' sû' que si j'voyais un loup app'ocher, j'pou'ais vous 'éveiller à temps.

Mais il n'y avait aucune peur dans ses yeux, rien qu'un scintillement amusé.

— Seigneur, fit Eddie d'une voix pâteuse.

La lune était levée mais à peine. Ils n'avaient pas dormi deux heures.

Le pistolero rengaina son arme.

— Ne t'avise pas de recommencer, dit-il à la Dame.

— Vous fe'ez quoi, si je 'ecommence ? Vous me viole'ez ?

— Si on avait dû te violer, tu l'aurais déjà été cent fois, rétorqua Roland sans hausser le ton. Ne t'avise pas de recommencer, c'est tout.

Il se recoucha, disparut sous sa couverture.

Mon Dieu, mon Dieu, pensa Eddie, *dans quel putain de pétrin...* et il n'alla pas plus loin, dériva dans le néant de la fatigue et puis elle fut de nouveau à déchirer l'air de ses cris, de ses appels de sirène, et de nouveau Eddie fut debout, corps embrasé par l'adrénaline, poings crispés, et elle riait maintenant, la voix rauque et râpeuse.

Eddie leva les yeux au ciel et constata que la lune avait à peine parcouru dix degrés depuis leur précédent réveil.

Elle est décidée à continuer, se dit-il avec lassitude. *Elle ne va pas fermer l'œil pour nous surveiller et, une fois sûre que nous aurons glissé dans un profond sommeil, dans ce sommeil où on peut vraiment recharger ses accus, elle va se remettre à brailler. Et elle va recommencer encore et encore jusqu'à ce qu'elle n'ait plus de voix.*

Elle cessa brutalement de rire. Roland marchait sur elle, ombre au clair de lune.

— T'app'oche pas, f'omage blanc, fit Detta, mais avec un tremblement dans la voix. T'as pas inté'êt à m'toucher.

Roland s'immobilisa près d'elle et, un moment, Eddie eut la conviction absolue que le pistolero avait simplement atteint le bout de sa patience et qu'il allait l'écraser comme une mouche. Soudain, contre toute attente, il le vit plier un genou à terre, comme s'il s'apprêtait à faire sa demande en mariage.

— Écoutez, dit-il, d'un ton si suave qu'Eddie put à peine y croire. (La même surprise se lut sur les traits de Detta, sauf que la terreur, là, s'y mêlait.) Écoutez-moi, Odetta.

— Pou'quoi tu me dis vous ? Et pourquoi tu m'appelles comme ça : Odetta. C'est pas mon nom.

— Ta gueule, salope, gronda le pistolero, puis repassant à sa voix veloutée : Si vous m'entendez, si vous avez quelque contrôle sur elle...

— Qu'est-ce qui t'p'end d'me pa'ler comme ça, mec ? À c'oire qu'tu pa'les à quelqu'un d'aut'. T'a'ête ça tout d'suite, tu m'entends ?

— ... faites qu'elle se taise. Je pourrais la bâillonner, mais je ne veux pas. Un bon bâillon est dangereux. Il y a un risque d'étouffement.

— TU VAS TOUT D'SUITE A'ÊTER CES CONNE'IES D'VAUDOU CUL BLANC ! T'AS ENTENDU, 'CULÉ D'CUL BLANC, TOUT D'SUITE !

— Odetta.

Murmure. Crépitement feutré comme un début d'averse.

Elle se tut, le fixa, les yeux écarquillés. Eddie n'avait jamais vu tant de haine et de peur à ce point concentrées dans un regard humain.

— À mon sens, cette salope n'en a rien à faire de mourir étouffée par un bâillon, reprit Roland. Elle cherche à se faire tuer mais plus que tout, c'est votre mort qu'elle cherche. Mais vous avez tenu bon jusqu'à présent, et je ne crois pas que Detta soit une nouvelle venue dans votre vie. Elle s'y sent trop chez elle. Il se peut donc que vous puissiez m'entendre, que vous puissiez exercer sur elle quelque contrôle, même si vous n'êtes pas encore en mesure de prendre les commandes.

Empêchez-la de se réveiller une troisième fois, Odetta.

Je ne tiens pas du tout à la bâillonner.

Mais si j'y suis contraint, je le ferai.

Il se leva, s'éloigna sans un regard en arrière, s'enroula à nouveau dans sa couverture et se rendormit presque aussitôt.

Elle le regardait toujours, les yeux ronds, les narines palpitantes.

— Putain d'vaudou d'cul blanc, répéta-t-elle entre ses dents.

Eddie se recoucha, mais cette fois, le sommeil se fit tirer l'oreille, malgré la fatigue qui le terrassait. Il dérivait à la frange de sa conscience, tendu dans l'attente des cris et, irrésistiblement, se retrouvait ramené en arrière.

Trois heures et quelques plus tard, alors que la lune achevait son hémicyle visible, il finit par échapper à l'insomnie.

Detta ne se signala plus de la nuit, soit que Roland l'eût effrayée, soit qu'elle préférât garder sa voix pour plus tard, ou encore — peut-être, mais seulement peut-être — qu'Odetta eût capté le message du pistolero et lui eût rendu le service demandé.

Eddie avait fini par s'endormir mais il se réveilla lessivé. Son premier regard fut pour le fauteuil, un regard d'espoir contre tout espoir : celui d'y voir Odetta... par pitié, mon Dieu, d'y voir Odetta...

— Salut, f'omage blanc, fit Detta, et elle lui décocha son sourire de requin. J'me disais qu't'allais do'mi' jusqu'à midi. Tu peux pas t'pe'mett'e ça pasqu'on a enco' des kilomèt' à s'taper, non ? Et m'est avis qu'tu vas avoi' à fai' l'boulot tout seul ou p'esque, ca' ton copain aux yeux d'vaudou, i'm'fait l'imp'ession d'êt' plus pat'aque chaque fois qu'je l' 'ega'de. Ça, pou' êt' pat'aque, il est pat'aque. M'est avis qu'i'n'va plus manger g'and-chose, même c'te chouette viande fumée qu'vous ga'dez pou' les moments où vous aut', 'culés d'culs blancs, vous vous t'ipotez vos p'tites bougies. Allez, f'omage blanc, vas-y, Detta voud'ait pas t'empêcher d'attaquer ta jou'née du bon pied.

Sa voix et ses paupières s'abaissèrent un peu et ses yeux se posèrent sur lui de biais, sournois.

— Non, Detta voud'ait pas.

Car ça va êt' un jou' dont tu vas t'souveni', f'omage blanc, lui promirent les yeux sournois de la fille. *Ouais, t'es pas p'ès d'l'oublier.*

Pou' sû'.

14

Ils couvrirent une lieue ce jour-là, plutôt moins que plus, et à deux reprises le fauteuil de Detta se renversa. La première fois, ce fut l'œuvre de son occupante : patiemment, subrepticement, elle avait atteint le frein à main et l'avait tiré. Pour la deuxième chute, Eddie se débrouilla comme un grand, n'eut pas besoin d'aide pour pousser trop fort dans l'un de ces maudits pièges à sable. L'incident se produisit en fin de journée, et il paniqua, se dit qu'il n'allait tout bonnement pas réussir à la sortir de là. Puis, dans une ultime et gigantesque poussée, il libéra toute l'énergie qu'il était parvenu à rassembler et bien sûr, ce fut si violent que la femme bascula comme Humpty Dumpty de son mur. Et lui et Roland eurent un mal de chien à la remettre droite. Ils faillirent ne pas terminer à temps. La corde qui lui passait sous les seins était remontée se tendre en travers de sa gorge et les efficaces nœuds coulants du pistolero étaient en train de l'étrangler. Son visage avait déjà pris une drôle de couleur bleue et elle était sur le point de perdre conscience. Pourtant elle n'en consacrait pas moins le peu de souffle qui lui restait à son insupportable ricanement.

Pourquoi te casser la tête ? fut à deux doigts de demander Eddie à Roland qui s'activait déjà à libérer le nœud. *Laisse-la crever ! Je ne sais pas si elle veut sa mort, comme tu dis, mais elle veut la nôtre à coup sûr... alors laisse tomber !*

Puis le souvenir d'Odetta lui revint (même si leur rencontre avait été si brève et semblait remonter si loin dans le passé qu'elle commençait à s'effacer de sa mémoire) et il s'avança pour aider le pistolero.

Celui-ci le repoussa d'un geste impatient.

— Pas de place pour deux, dit-il.

Quand la corde perdit sa tension meurtrière et que la Dame en fut à hoqueter pour reprendre son souffle (qu'elle continuait à exhaler en bouffées de rire hargneux), il se tourna vers Eddie et posa sur lui un regard critique.

— Je pense qu'il est temps de s'arrêter pour la nuit.

— Encore un peu. (Le ton du jeune homme était presque suppliant.) Je peux encore aller un peu plus loin.

— Voyez-vous ça ! C'est qu'il est costaud, l'étalon ! I' peut enco' abat' une 'angée de coton et ga'der assez d'éne'gie pou' bien t'sucer ta p'tite bougie pâlichonne ce soi'.

Elle s'obstinait à refuser toute nourriture et son visage s'émaciait, se réduisait à un jeu d'angles et de lignes. Ses yeux brillaient au fond d'orbites creuses.

Roland ne lui prêta aucune attention, et reporta son regard sur Eddie qu'il examina attentivement. Il finit par hocher la tête.

— Bon, encore un peu. Pas très loin mais un peu.

Vingt minutes plus tard, Eddie renonça de lui-même, les bras mous comme de la guimauve.

Ils s'assirent à l'ombre d'un rocher, dans le vacarme des mouettes, contemplant la marée montante, dans l'attente que le soleil se couche, sonnant l'heure où les homarstruosités sortiraient des flots, entameraient leur ratissage lourdaud du bord de mer.

Assez bas pour que Detta ne pût entendre, le pistolero apprit à Eddie qu'ils étaient à court de cartouches fiables. Les lèvres du jeune homme se pincèrent mais, à la satisfaction de son compagnon, ce fut tout.

— Bon. Il va falloir leur écrabouiller la tête, conclut Roland. Et tu vas avoir à t'en occuper. Je pourrais à la rigueur soulever une pierre assez grosse pour faire le boulot mais je serais incapable de la lancer avec précision.

Ce fut à son tour d'être soumis à un examen prolongé.

Dont Eddie n'eut pas l'air d'aimer le résultat.

Auquel Roland mit fin d'un geste.

— C'est comme ça et puis c'est tout.

— *Ka*, dit Eddie.

— *Ka*, répondit le pistolero, qui, hochant la tête, esquissa un piètre sourire.

— Caca, fit Eddie, et ils se regardèrent.

Puis éclatèrent de rire. Roland parut surpris, peut-être vaguement effrayé, du raclement qui lui sortit des lèvres. Il ne prolongea pas trop l'épreuve, quoi qu'il en fût, et s'enferma ensuite dans une humeur lointaine et mélancolique.

— C'est d'avoir finalement 'éussi à vous dégo'gcr l'poi'eau qui vous fait 'igoler comme ça ? leur cria Detta d'une voix tout aussi éraillée et mourante. Quand c'est t'y qu'vous vous décidez à vous défoncer la 'ondelle ? C'est ça qu'Detta veut voi' ! Vous défoncer la 'ondelle !

15

Eddie tua un homard.

Comme d'habitude, Detta refusa de toucher à la part qu'il lui apportait. Il mangea la moitié d'un morceau devant elle, lui tendit l'autre.

— Pas question ! (Elle le foudroyait du regard.) Tu m'p'ends pou' une conne ? T'as mis l'poison à l'aut' bout, à ç'ui qu'tu m'donnes.

Sans mot dire, Eddie mit l'autre moitié dans sa bouche, mâcha puis avala.

— Ça p'ouve quoi ? fit Detta, ronchon. Fous-moi la paix, f'omage blanc.

Eddie fit la sourde oreille. Il lui tendit un second morceau.

— Tu le coupes en deux. Tu me donnes la moitié que tu veux. Je la mange. Et puis tu manges le reste.

— Tu t'imagines que j'vais couper dans tes entou'loupettes de cul blanc, missié Cha'lie ? Taille-toi, j'te dis, j't'ai assez vu.

16

Pas de cris, cette nuit-là, mais au matin, c'était encore elle.

17

Le lendemain vit leur performance se réduire à deux milles bien que Detta n'eût rien tenté pour faire basculer le fauteuil. Peut-être n'avait-elle plus la force de se livrer à des actes de sabotage, pensa Eddie, à moins qu'elle n'eût mesuré qu'elle pouvait désormais s'en passer. Trois facteurs concouraient à une issue inexorable : l'épuisement d'Eddie, le terrain — qui, après d'interminables journées interminablement semblables, avait fini par se modifier — et l'état du pistolero qui continuait d'empirer.

Pour ce qui était du terrain, les trous à sable ne constituaient plus qu'un obstacle occasionnel mais sans qu'on y gagnât au change. Le sol avait pris l'aspect aride d'un mélange de poussière, de gros sable et de cailloux (où l'on rencontrait çà et là des touffes d'herbe rabougrie qui semblaient s'excuser de leur présence) d'où jaillissaient de plus en plus fréquemment de grosses masses rocheuses qu'Eddie avait du mal à contourner. Et bientôt, il s'aperçut que la plage elle-même allait disparaître, les fauves et inhospitalières collines ne cessant de se rapprocher — Eddie en distinguait maintenant le lacis de ravines comme taillées à l'emporte-pièce par quelque géant maladroit. Et ce soir-là, tandis qu'il sombrait dans le sommeil, il entendit au loin dans ce relief désolé ce qui parut être le cri d'un énorme chat sauvage.

Cette plage qu'Eddie avait crue sans fin allait donc en avoir une.

Quelque part devant, les collines allaient se resserrer sur elle et la bouter hors de l'existence, puis s'avancer dans la mer et s'y enfoncer à leur tour, promontoire d'abord, archipel ensuite, puis plus rien.

Ce terme à leur progression en terrain plat n'était pas sans l'inquiéter, mais moins que l'autre progression, celle de l'infection chez Roland.

Désormais le pistolero ne semblait plus tant consumé par la fièvre que dissous par elle, vidé de sa substance, s'acheminant vers la transparence.

Le faisceau de lignes rouges était de retour, marchant en bon ordre vers le coude sur la face interne de l'avant-bras droit.

Voilà deux jours qu'Eddie gardait les yeux rivés sur les lointains devant eux, guettant l'apparition d'une porte, de la porte magique. Deux jours aussi qu'il attendait la réapparition d'Odetta.

Et que la réalité, dans les deux cas, s'obstinait à contredire ses espérances.

Avant de s'endormir, ce soir-là, deux terribles pensées le traversèrent, telle une plaisanterie à double chute.

Et s'il n'y avait pas d'autre porte ?

Et si Odetta Holmes était morte ?

18

— Debout, 'culé d'cul blanc ! hurla Detta, le tirant de son coma nocturne. M'est avis qu'y a plus qu'toi et moi pour répond' p'ésent. J'ai comme qui di'ait l'imp'ession qu'ton copain a cané, qu'à c'te heu'e c'est plus toi qu'il enfile mais l'diab' au fond d'l'enfe'.

Eddie jeta un coup d'œil vers le pistolero enroulé dans sa couverture et, l'espace d'un effroyable instant, il se dit que la salope avait raison. Puis Roland remua, émit un gémissement pâteux et se redressa en position assise.

— Voyez-vous ça ! (Elle avait tant braillé que sa voix désormais se brisait, se réduisait de temps à autre au chuchotement furieux du vent d'hiver sous une porte.) J'te c'oyais mort, du schnock !

Maintenant, avec une infinie lenteur, le pistolero se levait. Une fois de plus Eddie eut à l'esprit l'image d'un homme en train de gravir une invisible échelle. Et une émotion l'assaillit, rage et pitié mêlées... émotion familière, étrangement nostalgique, qu'il mit un moment à reconnaître. Puis ça lui revint. C'était la même chose que dans le temps, quand Henry et lui, vautrés devant la télé, regardaient un match de boxe où l'un des types sur le ring abîmait l'autre, l'abîmait salement, cognait encore et encore, pendant que la foule hurlait, réclamait du sang, et que Henry à ses côtés hurlait avec les autres, réclamant aussi sa part de sang, et que lui, Eddie, restait figé sous le double assaut de la colère et de la compassion, sous celui d'un dégoût muet, et qu'il restait là, au fond du canapé, à expédier message mental sur message mental à l'arbitre : *Mais arrête ça, mec. T'es aveugle ou quoi ? Tu ne vois pas que ce type est en train de crever ! De crever, j'te dis ! Alors qu'est-ce que tu attends, merde, pour arrêter le combat ?*

Pour ce qui était du combat actuel, il n'y avait personne à qui gueuler par télépathie pour y mettre un terme.

Roland posa sur Detta le regard halluciné de ses yeux fiévreux.

— Tu es loin d'être la première à avoir cru ça. (Il se tourna vers Eddie.) Tu es prêt ?

— Oui, je pense. Et toi ?

— Oui.

— Tu vas pouvoir...

— Oui.

Ils s'ébranlèrent pour une nouvelle journée de marche.

Aux environs de dix heures, Detta porta les mains à ses tempes et se mit à les masser.

— A'ête, dit-elle brusquement. J'me sens mal. J'c'ois que j'vais dégueuler.

— Sans doute que tu as trop mangé, hier soir, répliqua Eddie sans cesser de pousser le fauteuil. Tu as eu tort de prendre du dessert. Ne t'avais-je pas prévenue que ce gâteau au chocolat était dur à digérer ?

— J'te dis j'vais dégueuler, me'de ! J'ai...

— Arrête, Eddie, fit le pistolero.

Eddie s'arrêta.

Dans le fauteuil, la femme fut soudain saisie de contractions spasmodiques comme si un courant électrique la traversait. Ses yeux s'écarquillèrent, rivés sur rien.

— C'EST MOI QU'AI CASSÉ LE PLAT DE TA VIEILLE CONNE DE TANTE BLEUE ! hurla-t-elle. OUAIS, C'EST MOI QUE J'L'AI CASSÉ, ET J'SUIS TOUJOURS VACH'MENT CONTENTE DE L'A...

Puis tout aussi brusquement, elle s'affaissa, bascula en avant. S'il n'y avait pas eu les cordes pour la retenir, elle serait tombée du fauteuil.

Seigneur, elle est morte, elle a eu une attaque et elle est morte, pensa Eddie. Il bondit, s'apprêtant à contourner le fauteuil, quand il se rappela combien elle était rusée, démoniaque, et s'immobilisa tout aussi brusquement qu'il s'était élancé. Il tourna vers le pistolero un regard que celui-ci lui rendit, serein, ne perdant rien de ce qui se passait.

Puis elle gémit, ouvrit les yeux.

Des yeux qu'Eddie reconnut.

Les yeux d'Odetta.

— Grand Dieu, aurais-je de nouveau perdu connaissance ? Je suis désolée que vous ayez dû m'attacher. Maudites jambes ! Mais je crois pouvoir me redresser un peu si...

Mais à cet instant, ce furent les jambes de Roland qui commencèrent à se dérober sous lui, et il perdit connaissance à quelque trente milles au sud de l'endroit où s'achevait la grève de la Mer Occidentale.

REBRASSAGE

Rebrassage

1

Pour Eddie Dean, ni lui ni la Dame ne semblaient plus se traîner ni même marcher sur les derniers milles de plage. C'était plutôt comme s'ils y volaient.

Roland n'inspirait toujours, à l'évidence, ni affection ni confiance à Odetta Holmes, mais elle se rendait compte à quel point son état était désespéré et réagissait en conséquence. Maintenant, au lieu de pousser une masse inerte d'acier et de caoutchouc à laquelle un corps s'était trouvé attaché, Eddie avait presque l'impression de pousser un véhicule sur coussin d'air.

Va-t'en avec elle. Avant, j'avais à veiller sur toi, et c'était important. Maintenant, je ne ferai que vous ralentir.

Il s'aperçut que le pistolero était bien près d'avoir raison. Eddie poussait la chaise, Odetta aidait les roues.

Eddie avait l'un des revolvers du pistolero passé dans la ceinture de son jean.

Tu te souviens quand je t'ai dit de rester sur tes gardes et que tu ne l'as pas fait ?

Oui.

Je te le répète : Reste sur tes gardes. À tout moment. Si son autre personnalité reprend le dessus, ne perds pas une seconde. Assomme-la.

Et si je la tue ?

Ce sera la fin. Mais qu'elle te tue et ce sera aussi la fin. Et si elle réapparaît, elle essaiera. Je te garantis qu'elle essaiera.

Eddie l'avait quitté à contrecœur. Pas seulement à cause du cri de chat sauvage entendu dans la nuit (quoiqu'il ne fît qu'y penser), simplement parce que Roland était devenu sa seule prise sur ce monde auquel ni lui ni Odetta n'appartenaient.

Il ne s'en rendait pas moins compte que le pistolero avait eu raison.

— Tu veux qu'on fasse une pause ? demanda-t-il à Odetta. Il reste un peu à manger.

— Pas encore. (La fatigue néanmoins était nette dans sa voix.) Bientôt.

— Comme tu veux. Mais arrête au moins de pousser sur les roues. Tu es trop faible. Ton estomac...

— D'accord.

Elle se tourna, lui offrit son visage ruisselant de sueur éclairé d'un sourire qui à la fois le faisait fondre et le régénérait. Il aurait accepté de mourir pour un tel sourire... et pensait même y être prêt si les circonstances l'exigeaient.

Bien sûr, il espérait ne jamais voir ces circonstances se présenter mais n'avait aucune illusion. Le temps s'était fait crucial à en hurler.

Elle croisa les mains dans son giron et il continua de pousser. Derrière eux sur la grève, le sillage du fauteuil était à peine visible, le sol devenu progressivement plus ferme, s'étant aussi jonché d'épaves susceptibles de provoquer un accident, un accident qu'ils ne pourraient éviter à la vitesse où ils allaient, et dans lequel Odetta risquait d'être gravement blessée. Un accident qui, tout aussi gravement, risquait d'endommager le fauteuil. Grave pour eux, et plus encore pour le pistolero presque à coup sûr voué à une mort solitaire en ce cas. Et si Roland mourait, ils seraient à jamais piégés dans ce monde.

Avec Roland trop malade et trop affaibli pour marcher, Eddie s'était retrouvé confronté à la nudité d'un fait : ils étaient trois ici, dont deux infirmes.

Quel espoir donc ? Comment s'en tirer ?

Le fauteuil.

Le fauteuil était cet espoir, le seul espoir, et rien qu'un espoir.

Alors, à la grâce de Dieu.

2

Le pistolero avait repris conscience peu après qu'Eddie l'eut traîné à l'ombre d'un rocher. Sur son teint d'un gris terreux se détachaient les marques brûlantes de la fièvre. Sa poitrine se soulevait et retombait à un rythme accéléré. Un long gant de résille rouge lui recouvrait le bras droit de son réseau vénéneux.

— Donne-lui à manger, dit-il ou plutôt croassa-t-il à Eddie.

— Tu...

— T'occupe pas de moi. Ça va aller. Tu lui apportes à manger. Elle ne refusera plus, je crois. Qu'elle reprenne des forces, tu vas en avoir besoin.

— Et si elle ne faisait que semblant d'être...

Roland eut un geste d'impatience.

— Elle ne fait semblant de rien, si ce n'est dans le secret de son corps. Tu le sais aussi bien que moi. Ça te crève les yeux si tu la regardes. Tu lui donnes à manger, pour l'amour de ton père, et pendant qu'elle mange, tu reviens me voir. Dépêche-toi. Chaque minute compte, à présent. Chaque seconde.

Eddie se leva. Le pistolero le retint. Maladie ou pas, cette main crispée autour de son poignet gardait une force étonnante.

— Et tu ne dis rien sur l'autre. Pas un mot. Quoi qu'elle te dise, quoi qu'elle t'explique, tu ne la contredis pas.

— Pourquoi ?

— Je n'en sais rien. Mais il ne faut pas, ça je le sais. Maintenant, fais ce que je te dis et ne perds plus de temps.

Il avait retrouvé Odetta contemplant la mer avec dans le regard une expression rêveuse et légèrement surprise. Quand il lui avait tendu les restes de homard de la veille, elle avait souri.

— J'en prendrais si j'osais, lui dit-elle. Mais tu sais comment ça se passe.

Non, il ne savait pas... n'avait pas la moindre idée de ce dont elle parlait, et ne put que hausser les épaules et insister :

— Essaie quand même, Odetta. Il faut que tu manges. On va devoir faire vite et cela va réclamer toute notre énergie.

Elle eut un petit rire et lui toucha la main. Il sentit comme une décharge électrique passer de son corps à elle au sien. Oui, c'était bien elle, Odetta. Pas plus que Roland, il ne pouvait en douter.

— Je t'aime, Eddie. Tu as fait de tels efforts. Montré tant de patience. Lui aussi... (Elle se tourna vers le rocher contre lequel Roland, adossé, observait la scène.)... Mais ce n'est pas le genre d'homme facile à aimer.

— Ouais, j'en sais quelque chose.

— Bon, je veux bien refaire un essai.

— Pour toi.

Elle sourit et c'était effectivement pour elle que bougeait le monde, il le sentit, à cause d'elle, et il pensa : *Pitié, mon Dieu. Ça n'a jamais été à ce point. Alors, pitié, ne me la reprenez pas.*

Elle prit les morceaux qu'il lui tendait, fronça le nez, petite grimace triste et pitoyable, puis leva de nouveau les yeux vers Eddie.

— Je dois ?

— Un coup pour voir.

— C'est que je n'ai plus jamais remangé d'escalopes.

— Pardon ?

— Je croyais t'avoir raconté...

— Tu l'as peut-être fait, dit-il, puis il rit, le conseil de Roland soudain lui revenant à l'esprit : ne rien lui laisser soupçonner de la présence de l'autre.

— Il y en a eu un soir au dîner. J'avais dix ou onze ans. J'ai eu horreur du goût, horreur de la texture : comme des balles de caoutchouc sous la dent, et j'ai tout vomi plus tard. Je n'en ai plus jamais remangé. Enfin... (elle soupira)... un coup pour voir, comme tu dis.

Elle porta un morceau à sa bouche, comme un gosse une cuillère du sirop qu'il déteste, mâcha d'abord avec lenteur, puis plus vite, puis avala. Elle prit un autre morceau. Mâcha. Avala. Un troisième. N'en fit qu'une bouchée. Maintenant, à peine Eddie arrivait-il à suivre le mouvement de sa main.

— Whaou ! Ralentis.

— Ce ne doit pas être la même espèce de homard ! Voilà, bien sûr ! (Elle posa sur Eddie un regard rayonnant.) On a avancé sur cette plage et l'espèce a changé. Je n'y suis plus allergique, apparemment ! Ça n'a même plus mauvais goût comme avant... et pourtant je faisais des efforts pour ne pas vomir. N'est-ce pas que j'en ai fait ?

— Ça oui. (Il avait l'impression d'entendre sa voix comme une émission lointaine à la radio. *Elle est persuadée d'avoir essayé de manger, jour après jour, et de n'avoir rien pu garder,* pensa-t-il. *C'est l'explication qu'elle donne à sa faiblesse. Seigneur !*) Pour sûr que tu as fait des efforts.

— Et ce goût... (ou du moins est-ce de cette manière qu'il interpréta son *é-eu-ou* qu'elle prononçait la bouche pleine)... délicieux ! (Elle rit, trille cristallin, adorable.) Et ça va rester ! Je vais me nourrir ! Je vais reprendre des forces ! Je le sais ! Je le sens !

— Ne passe quand même pas d'un extrême à l'autre, lui conseilla-t-il en lui tendant une des outres. Ton estomac n'a plus l'habitude... Toutes ces fois où tu as... (il déglutit et il y eut dans sa gorge un *clic* audible — du moins pour lui)... où tu as vomi.

— Oui, oui.

— Il faut que j'aille dire un mot à Roland.

— D'accord.

Mais il allait partir quand elle le retint de nouveau par la main.

— Merci, Eddie. Merci d'être si patient. Et tu le remercies lui aussi. (Elle marqua une pause, sérieuse.) Tu le remercies et tu ne lui dis pas qu'il me fait peur.

— Je m'en garderai, avait répondu Eddie avant de retourner voir le pistolero.

3

Même quand elle ne poussait pas sur les roues, Odetta l'aidait. Elle dirigeait leur course avec la prescience d'une femme rompue à l'art de conduire un fauteuil roulant dans un monde qui allait encore mettre bien des années à accepter l'existence de handicapés comme elle.

— Gauche, criait-elle, et le jeune homme infléchissait leur trajectoire sur la gauche, dépassant une pointe rocheuse qui, tel un chicot érodé, affleurait à la surface grise et grenue de la grève. Seul, il aurait peut-être vu l'obstacle, comme il aurait pu ne pas le voir.

— Droite, et il basculait le fauteuil sur la droite, manquant de peu l'un des rares pièges à sable qu'ils rencontraient encore.

Ils finirent par s'arrêter. Eddie s'allongea, le souffle court et rauque.

— Dors, lui dit-elle. Dors une heure. Je te réveillerai.

Eddie la regarda.

— Si je te le dis, je le ferai. Je sais très bien dans quel état est ton ami...

— Ce n'est pas vraiment mon ami, tu s...

— ... et j'ai parfaitement conscience que le temps nous est compté. Je n'irai pas te laisser dormir plus d'une heure par quelque commisération malvenue, et je sais très bien lire l'heure au soleil. Tu ne lui feras aucun bien en t'exténuant toi aussi. Je me trompe ?

— Non, reconnut-il, mais il pensait : *Tu ne peux pas comprendre. Si je m'endors et que Detta Walker refasse surface...*

— Alors dors, dit-elle, et comme Eddie était trop épuisé (trop amoureux aussi) pour faire autrement que s'en remettre à elle, il s'endormit.

Et elle le réveilla une heure plus tard comme prévu, et c'était toujours Odetta, et ils se remirent en route, et de nouveau elle l'aidait, ses bras comme des pistons. Ils filèrent sur cette plage qui tirait à sa fin vers cette porte qu'Eddie ne cessait de chercher des yeux et qu'il continuait de ne pas voir.

4

Quand il avait quitté Odetta bien engagée dans son premier repas depuis des jours et des jours pour retourner auprès du pistolero, Eddie avait trouvé ce dernier un peu mieux.

— Approche-toi, lui avait dit Roland.

Eddie s'était accroupi à côté du pistolero.

— Laisse-moi l'outre qui n'est qu'à moitié pleine. Ça me suffira. Tu vas emmener Odetta jusqu'à la porte.

— Et si je ne...

— Si tu ne trouves pas de porte ? Tu en trouveras. Les deux premières étaient là. La troisième ne fera pas exception. Si tu l'atteins ce soir avant le coucher du soleil, attends la nuit et abats deux homards. Il va falloir que tu lui laisses à manger et que tu te débrouilles pour qu'elle soit le plus à l'abri possible. Si vous n'y êtes pas ce soir, abats une triple ration de gibier. Tiens.

Il lui tendait l'un des pistolets.

Eddie prit l'arme avec respect, surpris comme auparavant par son poids.

— Je croyais qu'il ne nous restait que des cartouches foireuses.

— Sans doute est-ce le cas. Mais j'ai chargé ce revolver avec celles qui me semblaient avoir le moins pris l'eau : les trois qui étaient au-dessus de la boucle de chaque ceinturon. Il y en aura peut-être une pour accepter de partir. Deux, si tu as de la chance. Mais ne les gaspille pas pour nos copains à pinces. (Ses yeux soumirent Eddie à un bref examen.) Il se peut qu'il y ait autre chose par là-bas.

— Toi aussi tu as entendu ?

— Si tu parles de ce qui miaulait dans les collines, la réponse est oui. Mais c'est non si tu penses à un type aux yeux en boule de loto du genre de celui que tu es en train d'imiter. J'ai entendu une sorte de chat sauvage dont la voix devait être quatre fois plus grosse que le corps, c'est tout. Rien dont tu ne puisses sans doute venir à bout rien qu'avec un simple bâton. Mais c'est plutôt elle qui m'inquiète. Si son autre personnalité réapparaît, il te faudra éventuellement...

— Je ne la tuerai pas, si c'est ce que tu veux dire.

— Il te faudra éventuellement lui mettre du plomb dans l'aile. Compris ?

Non sans répugnance, Eddie acquiesça. De toute façon, ces putains de cartouches allaient sans doute faire long feu, alors pourquoi se casser la tête à l'avance ?

— Quand vous aurez atteint la porte, tu l'y laisses. Tu veilles à ce qu'elle soit le plus en sécurité possible et tu reviens me chercher avec le fauteuil.

— Et le revolver ?

Un tel éclair embrasa les yeux du pistolero qu'Eddie rejeta brusquement la tête en arrière comme si Roland venait de lui braquer un lance-flammes sur la figure.

— Dieu ! Je rêve ! Lui laisser une arme chargée alors que l'autre, à tout instant, risque de refaire surface. Tu es complètement givré ou quoi ?

— Les cartouches...

— Rien à foutre des cartouches! hurla le pistolero, et une saute de vent porta son cri jusqu'à Odetta qui tourna la tête et les regarda un long moment avant de se remettre à contempler la mer. Tu ne lui laisses ce revolver sous aucun prétexte!

Eddie baissa le ton pour éviter une nouvelle indiscrétion du vent.

— Et si quelque chose descend des collines pendant que je suis sur le chemin du retour? Une sorte de chat quatre fois plus gros que sa voix au lieu du contraire? Quelque chose dont il n'est pas question de venir à bout avec un bâton?

— Tu lui laisses un tas de pierres à portée de main.

— Des pierres. Seigneur! Tu es vraiment le dernier des salauds!

— Je réfléchis, moi, rétorqua le pistolero. Ce qui ne semble pas être ton cas. Je t'ai donné mon arme pour que, durant la première partie du trajet qui te reste à faire, tu puisses la protéger contre cette sorte de danger dont tu parles. Ça te plairait que je reprenne le pistolet? Parce que ça pourrait te donner l'occasion de mourir pour elle et que c'est peut-être ça qui te plairait? Très romantique... mais alors, au lieu que ce soit juste elle, c'est nous trois qui y passerions.

— C'est d'une logique impeccable. Tu n'en restes pas moins le dernier des salauds.

— Bon, tu pars ou tu restes. Mais tu arrêtes de me traiter de tous les noms.

— Tu as oublié quelque chose, fit Eddie, furieux.

— Quoi?

— De me dire de grandir. C'est toujours ce que finissait par me lâcher Henry : « Grandis un peu, gamin! »

Le pistolero sourit. Un sourire las, étrangement beau.

— Je crois que c'est déjà fait. Tu es grand maintenant. Alors, tu pars ou tu restes?

— J'y vais. Qu'est-ce que tu vas manger? Elle a dévoré tous les restes.

— Le dernier des salauds trouvera bien un moyen. Ça fait des années que le dernier des salauds en trouve.

Eddie détourna les yeux.

— Je... je suis navré de t'avoir appelé comme ça, Roland.

Mais cette journée... (il éclata d'un rire suraigu)... a été un vrai calvaire.

Roland avait de nouveau souri.

— Oui. Tu peux le dire.

5

Ils firent ce jour-là leur meilleur temps de tout le voyage mais il n'y avait toujours aucune porte en vue quand le soleil commença de dérouler sa voie d'or au travers de l'océan. Odetta eut beau lui assurer qu'elle se sentait parfaitement capable de poursuivre encore une demi-heure, il décida d'en rester là pour aujourd'hui. Il la sortit du fauteuil et la transporta jusqu'en un endroit où le sol était assez lisse, l'y déposa puis retourna prendre les coussins du siège et du dossier pour l'installer confortablement.

— Seigneur, soupira-t-elle. C'est si bon de pouvoir s'étirer. Pourtant... (son front s'obscurcit)... je n'arrête pas de penser à cet homme, à Roland, qui est tout seul là-bas, et ça me gâche tout le plaisir. Qui est-ce, Eddie ? Qu'est-il ? (Puis, pratiquement comme si ça venait de lui revenir :) Et pourquoi passe-t-il son temps à crier ?

— Ce doit être dans sa nature, répondit le jeune homme avant de s'éloigner aussitôt en quête de pierres convenables.

Roland ne haussait pour ainsi dire jamais la voix. La réflexion d'Odetta pouvait reposer en partie sur l'éclat de ce matin — *Rien à foutre des cartouches!* — mais pour le reste cela semblait relever d'un faux souvenir, et d'un temps où elle croyait avoir été elle-même.

Il suivit les consignes de Roland et tua trois homarstruosités, si concentré sur la tâche de broyer la tête de la dernière qu'il fut bien près d'être le gibier d'une quatrième. Elle s'était approchée sur sa droite et, quand il vit ses pinces se refermer sur l'emplacement à présent vide mais occupé une seconde auparavant par son pied et par sa jambe, il ne put s'empêcher de penser aux doigts manquants du pistolero.

Il fit cuire ses proies sur un feu de bois sec — l'empiétement croissant des collines et leur végétation de moins en moins clairsemée accéléraient et facilitaient la recherche d'un combustible efficace ; c'était déjà ça — cependant que les dernières lueurs du jour abandonnaient le ciel occidental.

— Regarde, Eddie ! s'écria-t-elle. (Il suivit la direction du doigt qu'elle levait et vit une étoile isolée scintillant sur le sein de la nuit.) N'est-ce pas magnifique ?

— Si.

Et soudain, sans le moindre motif, les yeux d'Eddie se remplirent de larmes. Où donc au juste avait-il passé sa putain de vie ? Où l'avait-il passée, à quoi l'avait-il employée, qui avait-il eu à ses côtés ce faisant et pourquoi se sentait-il soudain si lugubre, si fondamentalement roulé ?

Le visage d'Odetta renversé vers le ciel était d'une beauté phénoménale, irréfutable en cet instant, sous cette lumière, mais d'une beauté dont la jeune femme n'avait pas conscience, elle qui n'avait d'yeux que pour l'étoile et accompagnait ses regards émerveillés d'un rire très doux.

— Une étoile est montée dans le ciel... dit-elle, puis elle s'interrompit, le regarda. Tu connais ?

— Oui, fit-il, gardant les yeux rivés au sol.

Sa voix restait assez claire mais s'il levait la tête, elle allait voir qu'il pleurait.

— Alors aide-moi. Mais il faut que tu regardes.

— D'accord.

Il essuya ses larmes d'un revers de main et regarda l'étoile avec elle.

— Une étoile... (elle le regarda de nouveau et il se joignit à elle)... est montée dans le ciel...

La main d'Odetta se tendit, tâtonnante, et il la saisit. Deux mains, l'une d'un délicieux brun clair chocolat au lait, l'autre de la blancheur tout aussi délicieuse d'une gorge de colombe.

— Première étoile du soir, firent-ils à l'unisson, garçon et fille pour le moment, pas encore homme et femme comme ils le seraient tout à l'heure quand il allait faire nuit noire et qu'elle allait l'appeler, lui demander s'il dormait, qu'il allait répondre non et qu'elle lui demanderait s'il voulait bien la prendre dans ses bras parce qu'elle avait froid. Un vœu je fais, et que se réalise...

Ils se regardèrent et il lui vit les joues baignées de larmes. Les siennes lui remontèrent aussi aux yeux et il les laissa se répandre sans rien faire pour les cacher. Il n'en éprouva nulle honte mais un soulagement indicible.

Ils se sourirent.

— ... ce vœu que je fais ce soir, dit Eddie qui pensa : *Toi pour toujours.*

— ... ce vœu que je fais ce soir, fit-elle, en écho, pensant : *Si je dois mourir dans cet endroit étrange, que ce ne soit pas trop dur et que ce bon jeune homme soit à mes côtés.*

— Je suis navrée d'avoir pleuré, dit-elle en s'essuyant les yeux. Ce n'est pas mon habitude mais cette journée...

— ... a été un vrai calvaire, acheva-t-il à sa place.

— Oui. Et tu as besoin de manger, Eddie.

— Toi aussi.

— J'espère que ça ne me rendra pas de nouveau malade.

Il lui sourit.

— Je ne crois pas.

6

Plus tard, sous le lent menuet des galaxies insolites, ils s'abandonnèrent l'un à l'autre, partageant le sentiment de n'avoir jamais vécu l'acte d'amour avec une telle douceur, une telle plénitude.

7

Ils furent en route avec l'aube, filant à la même allure que la veille, et vers neuf heures, Eddie se prit à regretter de n'avoir pas demandé à Roland ce qu'il conviendrait de faire s'ils parvenaient au point où les collines dressaient leur obstacle sans qu'une porte fût encore en vue. La question semblait avoir son importance car ce point allait bientôt être atteint. Les collines ne cessaient de se rapprocher, non plus parallèles au bord de mer mais coupant à l'oblique en travers de la grève pour le rejoindre.

La plage même n'en était plus une, pas vraiment. Le sol était ferme, désormais, parfaitement lisse aussi. Quelque chose — le ruissellement, supposait Eddie, voire les pluies en quelque saison appropriée (il n'avait pas plu depuis qu'il était en ce monde, pas une goutte ; le ciel s'était couvert deux ou trois fois mais les nuages avaient toujours fini par se dissiper) — avait emporté la plupart des roches affleurantes.

À neuf heures et demie, Odetta cria :

— Arrête, Eddie ! Arrête-toi !

Il obtempéra si brutalement qu'elle dut se retenir aux bras du fauteuil pour ne pas basculer. En un clin d'œil, Eddie fut devant elle.

— Excuse-moi. Ça va ?

— Oui, très bien. (Il s'aperçut qu'il avait pris l'excitation d'Odetta pour de l'angoisse. Elle avait le doigt pointé droit devant eux.) Là-bas ! N'y a-t-il pas quelque chose ?

Il mit sa main en visière mais ne vit rien. Plissa les yeux et, l'espace d'un instant, crut... non, sans doute n'était-ce qu'un mirage, le chatoiement de l'air au-dessus du sol surchauffé.

— Il n'y a rien là-bas, dit-il, et il sourit. Sinon la projection de ton souhait, peut-être.

— Moi je suis pratiquement sûre de distinguer quelque chose ! (Elle tourna vers Eddie un visage souriant et tout excité.) Comme une forme verticale. Tout au bout de la plage ou presque.

Il scruta de nouveau les lointains, plissa les yeux si fort qu'ils s'emplirent de larmes. Encore une fois, il eut la fugitive impression de voir ce qu'elle lui montrait. *Tu as effectivement vu quelque chose*, pensa-t-il, et il sourit. *Tu as vu la projection de son souhait*

— Peut-être, dit-il, non parce qu'il y croyait mais parce qu'elle y croyait, elle.

— Allons-y !

Il regagna sa place derrière le fauteuil et s'accorda un moment pour se masser les reins là où une douleur sourde avait fait son nid. Odetta se retourna.

— Qu'est-ce que tu attends ?

— Tu es certaine d'avoir bien vu ?

— Oui !

— Alors allons-y.

Et il recommença de pousser.

8

Une demi-heure plus tard, il dut se rendre à l'évidence. *Seigneur,* se dit-il, *elle a d'aussi bons yeux que Roland. Meilleurs, peut-être.*

Ni l'un ni l'autre n'avait envie de s'arrêter mais il leur fallait manger. Ils prirent un repas rapide et se remirent en route. La marée montait et Eddie jetait sur sa droite — à l'ouest — des regards d'une inquiétude croissante. Ils continuaient d'avancer largement au-dessus de la guirlande de végétation marine marquant la laisse des hautes eaux, mais il ne pouvait s'empêcher de penser qu'au moment où ils atteindraient la porte, ils se retrouveraient dans un angle désagréablement étroit entre, d'un côté, l'océan, de l'autre l'oblique des collines. Et il avait à présent une claire vision de ces dernières. Elles n'avaient rien d'engageant. Chaos de roches cloutées d'arbustes bas qui déroulaient leurs racines jusqu'au sol et s'y agrippaient — poignes noueuses, sinistres serres — et de buissons d'épines selon toute apparence. Des collines pas vraiment escarpées mais trop pour un fauteuil roulant. Il pouvait être en mesure de la porter sur un bout de pente, peut-être s'y verrait-il contraint, mais l'idée de la laisser là-haut ne l'enchantait guère.

Pour la première fois depuis longtemps, il réentendait des insectes. Un peu comme des criquets, mais plus haut perché, sans rythme, rien qu'un *riiiiii* continu comme celui d'une ligne à haute tension. Il voyait aussi apparaître d'autres oiseaux que des mouettes, des gros parfois, décrivant de vastes cercles au-dessus des terres sur la voilure de leurs ailes raidies. *Des faucons,* pensa-t-il. De temps à autre, il les voyait plier leurs ailes et plonger comme des pierres. Chasser. Chasser quoi ? De petits animaux, sans doute.

Mais il avait toujours en mémoire ce miaulement dans la nuit.

En milieu d'après-midi, la troisième porte se dessina nettement. Comme les deux autres, il s'agissait d'une impossibilité qui n'en était pas moins là sans conteste.

— Étonnant. entendit-il Odetta murmurer. Tout à fait étonnant.

Elle se dressait à l'emplacement exact qu'il avait prévu, dans l'extrême pointe de cet angle marquant le terme de toute progression aisée vers le nord. Juste au-dessus de la laisse de haute mer et à moins de neuf mètres de l'endroit où les collines s'arrachaient au sol, telle une main de géant velue, tapissée de broussailles vert-de-gris en guise de poils.

La marée fut haute alors que le soleil défaillait vers l'océan. Il pouvait être dans les quatre heures — de l'avis d'Odetta, et il la croyait puisqu'elle lui avait affirmé savoir lire l'heure au soleil (et qu'il l'aimait) — quand ils atteignirent la porte.

9

Ils ne firent que la regarder, Odetta dans son fauteuil, les mains dans son giron, Eddie debout à ses côtés, les pieds presque léchés par les vagues. Si, d'une certaine manière, ils la regardaient comme ils avaient la veille regardé l'étoile, avec ce regard que les enfants portent sur les choses, d'une autre, ils la regardaient différemment. Les deux enfants de la joie qui avaient fait un vœu devant la première étoile dusoir s'étaient faits solennels, cernés par le mystère, peut-être encore enfants mais posant les yeux sur l'inéluctable matérialisation d'une chose qui n'avait jusqu'alors existé pour eux que dans les contes de fées.

Deux mots étaient inscrits sur la porte.

— Qu'est-ce que ça veut dire ? finit par demander Odetta.

— Je n'en sais rien, répondit-il, même si ces mots l'avaient glacé de désespoir, même si la nuit d'une éclipse avait un instant visité son cœur.

— Vraiment ? fit-elle, et ses yeux attendirent la réponse.

— Non. Je... (Il déglutit.) Non.

Elle le regarda encore un moment. Puis :

— Pousse-moi de l'autre côté, s'il te plaît. J'aimerais bien voir comment c'est par-derrière. Je sais que tu es pressé de retourner le chercher, mais peux-tu encore faire ça pour moi ?

Et comment qu'il pouvait !

Ils s'ébranlèrent, contournant la porte par le haut.

— Stop ! s'écria-t-elle. Tu as vu ?

— Quoi ?

— Recule ! Puis repars en regardant la porte.

Il obéit et, cette fois, au lieu de concentrer son attention sur un éventuel obstacle en travers de leur route, il fit comme elle disait. Alors qu'ils amorçaient leur tournant, il vit le panneau rétrécir en perspective, en découvrit les gonds, des gonds qui ne semblaient s'ancrer dans rien, puis n'en vit plus que l'épaisseur...

Puis plus rien.

Il aurait dû y avoir, barrant verticalement le paysage, huit, voire dix centimètres de bois massif (l'extraordinaire épaisseur de la porte n'avait pas manqué de le frapper), mais son regard ne se heurtait à aucun obstacle.

La porte avait disparu.

Son ombre demeurait mais la porte avait disparu.

Il fit deux pas en arrière, de manière à être juste en deçà d'une droite fictive tracée dans le prolongement de la porte et l'épaisseur de celle-ci réapparut.

— Tu la vois ? s'enquit-il d'une voix blanche.

— Oui. Elle est de nouveau là !

Il repartit vers le nord. Avança d'une trentaine de centimètres : la porte était toujours là. De quinze : toujours là. Encore cinq : toujours là. Deux de plus... envolée.

— Seigneur... murmura-t-il. Seigneur Dieu.

— Tu crois pouvoir l'ouvrir ? demanda Odetta. Ou moi ?

Il se pencha, main tendue, la referma autour du bouton de porte, cette porte sur laquelle deux mots s'inscrivaient.

Il essaya de le tourner dans le sens habituel, puis dans l'autre sens.

Le bouton ne bougea pas d'un pouce.

— Bon, dit-elle, sereine et résignée. C'est pour lui. Je pense qu'on s'en doutait l'un comme l'autre. Va le chercher. Vas-y tout de suite.

— Il faut d'abord que je t'installe.

— Ça ira comme ça.

— Non. Tu es trop près de la mer. Si je te laisse ici, les homards vont sortir au coucher du soleil et tu leur serviras de dî...

Le feulement d'un félin très haut dans les collines l'interrompit comme un couteau tranchant un fin cordon. Cela venait de très haut dans les collines, loin encore, mais plus près que l'avant-veille.

Odetta baissa les yeux sur le revolver passé dans la ceinture d'Eddie, ne s'y attarda qu'un instant, remonta poser son regard sur le visage du jeune homme qui se sentit le rouge aux joues.

— Il ne tient pas à ce que je l'aie, c'est ça ? fit-elle doucement. Il t'a dit de ne pas me le donner. Pour une raison ou une autre, il ne veut pas.

— De toute façon, les cartouches ont pris l'eau, dit-il sans conviction. Elles ne partiraient sans doute pas.

— Je comprends. Porte-moi un peu plus haut sur la pente, Eddie. Tu crois que tu pourras ? J'imagine dans quel état est ton dos — Andrew appelle ça : haché fauteuil — mais inutile d'aller très loin, juste à l'abri des homards. Je doute que quoi que ce soit de vivant se risque si près d'eux.

Elle a probablement raison pour la marée haute, pensa Eddie. *Mais qu'en sera-t-il après, quand elle descendra ?*

— Laisse-moi à manger, et des pierres, dit-elle.

Et cet écho inconscient des paroles du pistolero déclencha une nouvelle bouffée de chaleur chez le jeune homme. Il se sentit jusqu'à la racine des cheveux pareil aux parois de brique d'un four à pain.

Elle le regarda, eut un petit sourire doux et fit non de la tête comme s'il avait exprimé tout haut sa pensée.

— Ce n'est pas le moment de se lancer dans une discussion. J'ai bien vu dans quel état il est. Il n'est pas question de le faire attendre. Tu vas me monter un peu plus haut, me laisser de la nourriture, puis tu reprendras le fauteuil et tu t'en iras.

10

Il l'installa au mieux et aussi vite qu'il put, puis sortit le revolver de sa ceinture et le lui tendit en le tenant par le canon. Elle refusa.

— Il serait en colère contre nous deux. Contre toi pour me l'avoir donné, contre moi pour l'avoir accepté.

— Conneries ! s'égosilla Eddie. Qu'est-ce qui a bien pu te mettre ça en tête ?

— J'en suis certaine.

Elle n'en démordrait pas.

— Bon, supposons que ce soit vrai. Je dis bien : supposons... Si tu ne le prends pas, c'est moi qui vais me mettre en colère contre toi.

— Range-le. Je n'aime pas les armes. Je ne sais même pas m'en servir. Si quoi que ce soit s'approchait de moi dans le noir, la première chose que je ferais serait de m'oublier, la deuxième de pointer ce truc dans la mauvaise direction et de me tirer dessus. (Elle s'interrompit, regarda Eddie d'un air grave.) Et ce n'est pas tout, autant que tu le saches. Je ne veux rien toucher qui lui appartienne. Rien. C'est sans doute personnel, mais tout ce qui l'entoure me semble avoir ce que maman appelait le vaudou. J'aime à voir en moi une femme moderne... mais je ne tiens pas à être en possession d'un objet vaudou quand tu seras parti et que ce paysage de ténèbres va se refermer sur moi.

Le regard d'Eddie alla de l'arme à Odetta, restant dubitatif.

— Range-le, répéta-t-elle, sévère comme une institutrice.

Il éclata de rire et obéit.

— Pourquoi ris-tu ?

— Parce qu'en disant ça, tu m'as fait penser à Miss Hathaway. C'était ma maîtresse au CM1.

Elle eut encore son doux sourire sans détacher ses yeux si lumineux de ceux d'Eddie, puis elle chantonna :

— Doucement, doucement, doucement s'en vient le soir...

Sa voix mourut sur les dernières syllabes et ils portèrent un même regard sur le ciel occidental, mais l'étoile de la veille restait invisible même si leurs ombres commençaient de s'étirer.

— Tu es sûre qu'il ne te manque rien, Odetta ?

N'importe quoi pour repousser l'instant du départ. Ça lui passerait une fois qu'il serait en route mais, pour l'heure, il semblait avoir un urgent besoin de trouver prétexte à s'attarder.

— Si, que tu m'embrasses. À moins que tu n'y voies quelque inconvénient.

Il n'en voyait pas et son baiser s'éternisa, puis quand leurs lèvres se séparèrent, elle lui prit le poignet, plongea ses yeux dans les siens.

— Je n'avais jamais fait l'amour avec un Blanc avant la nuit dernière. Je ne sais si ça a oui ou non de l'importance pour toi, ni même si ça en a pour moi, mais j'ai pensé que tu devais le savoir.

Il réfléchit.

— Pour moi, en tout cas, ça n'en a pas. La nuit, tu sais, tous les chats sont gris. Je t'aime, Odetta.

Elle plaça sa main sur la sienne.

— Tu es un jeune homme adorable et il se peut que moi aussi je t'aime, quoiqu'il soit encore trop tôt pour que nous sachions l'un et l'autre...

À cet instant, comme pour lui donner la réplique, une des créatures félines qui hantaient ce que le pistolero nommait *les Freins* donna de la voix. Ça semblait toujours à cinq ou dix kilomètres de distance mais c'était quand même cinq ou dix kilomètres plus près que la dernière fois, et ça donnait l'impression d'être gros.

Alors qu'ils tournaient la tête dans cette direction, Eddie sentit ses cheveux qui tentaient de se dresser sur l'arrière de son crâne... tentaient sans vraiment y parvenir. *Désolé, cheveux,* pensa-t-il bêtement. *Je crois que vous êtes un peu trop longs pour ça.*

Le miaulement s'enfla, se fit cri torturé, ressemblant à la plainte d'un animal luttant contre les affres d'une mort horrible (susceptible en fait de ne correspondre à rien de plus tragique qu'un accouplement réussi). Il dura un bon moment, culmina dans une stridence presque insoutenable, puis commença de se résorber, glissant dans des registres de plus en plus graves jusqu'à cesser et se fondre dans la hululante et constante plainte du vent. Ils attendirent un retour qui ne vint pas, mais la décision d'Eddie était prise. Il tira de nouveau le revolver de sa ceinture pour le tendre à Odetta.

— Prends-le et ne discute pas. Si tu as besoin de t'en servir, il peut très bien te jouer un tour de cochon mais prends-le quand même.

— Tu tiens vraiment à ce qu'on se dispute ?

— Oh, trouve tous les arguments que tu veux, ça n'y changera rien.

Après avoir étudié les yeux presque noisette du jeune homme, Odetta esquissa un sourire las.

— Pas de discussion, donc. (Elle prit l'arme.) Mais, je t'en prie, fais vite.

— Crois-tu que je vais traîner ?

Un dernier baiser, rapide cette fois, et il faillit lui dire d'être prudente... mais sérieusement, les mecs, qu'entendait-on par prudence dans une pareille situation ?

Dans l'ombre qui s'épaississait (les homarstruosités n'étaient pas encore sorties des vagues mais n'allaient plus tarder à honorer leur rendez-vous nocturne), il redescendit jusqu'à la porte et son regard se posa une fois de plus sur les mots qui y étaient inscrits. Le même frisson le traversa. C'étaient des mots terriblement justes. Oui, d'une rare vérité. Il chercha ensuite Odetta sur la pente, resta un temps sans la voir, puis surprit un mouvement, la tache brun clair de la main qu'elle agitait pour lui dire au revoir.

Il agita la sienne en réponse, fit pivoter le fauteuil et, au pas de course, commença de le pousser, tout en le basculant sur l'arrière pour maintenir les roues avant — plus petites et plus fragiles — hors de contact avec le sol et ses obstacles potentiels. Il courut cap au sud, retournant sur ses traces, et pendant la première demi-heure, son ombre l'accompagna, ombre impossible d'un géant décharné qui, collée à la semelle de ses tennis, s'étirait vers l'est sur de longs mètres. Puis le soleil sombra dans les flots et l'ombre disparut. Les vagues échouèrent un premier arrivage d'homarstruosités.

Il s'écoula encore une dizaine de minutes avant qu'il ne levât les yeux pour découvrir la sereine brillance de leur étoile du soir sur le velours bleu nuit du ciel.

Doucement, doucement, doucement s'en vient le soir...

Faites qu'il ne lui arrive rien. Les douleurs s'insinuaient déjà dans ses jambes et son souffle était trop brûlant, trop oppressant dans ses poumons alors qu'il venait seulement d'amorcer son retour à vide et qu'il lui restait un troisième voyage à faire, avec le pistolero comme passager. Il se doutait que Roland allait peser nettement plus lourd qu'Odetta, savait qu'il aurait dû ménager ses forces, et n'en courait pas moins, toujours plus vite. *Faites qu'il ne lui arrive rien, c'est là mon vœu. Faites que rien n'arrive à ma bien-aimée.*

Et, comme pour faire planer un sinistre présage sur l'exaucement de ce vœu, un chat sauvage hurla quelque part dans les gorges tourmentées qui entaillaient les collines... à ceci près que la puissance d'un tel cri évoquait plutôt un lion rugissant au fin fond d'une savane africaine.

Eddie accéléra sa course, imprimant une vitesse accrue au véhicule vide qu'il poussait devant lui. Lamentation lugubre et ténue, le vent se mit bientôt à bruire dans les rayons des roues avant qui tournaient sur elles-mêmes.

11

Le pistolero perçut l'approche d'un son gémissant comme celui de l'air dans les roseaux. Il se crispa un instant puis reconnut le rythme qui s'y superposait, celui d'un souffle haletant. Alors il se détendit. C'était Eddie. Il le savait sans avoir besoin d'ouvrir les yeux.

Quand la plainte s'évanouit et que s'espacèrent les chocs sourds marquant l'issue de chaque foulée (mais pas les sifflements de la respiration), il consentit à les rouvrir. Eddie était planté devant lui, hors d'haleine et les joues ruisselantes de sueur. Sa chemise trempée était plaquée sur sa poitrine, y dessinant une tache uniformément sombre. Disparus les derniers vestiges du look étudiant bon chic bon genre dont Jack Andolini avait recommandé l'adoption avec tant d'insistance pour mieux abuser les douaniers. Ses cheveux lui pendaient sur le front. Il s'était ouvert la couture du jean sous la braguette, et les magnifiques croissants bleu violacé sous ses yeux complétaient le tableau. Un vrai désastre.

— J'ai réussi, dit-il. Je suis de retour. (Il promena un regard circulaire qu'il ramena ensuite sur le pistolero comme s'il n'arrivait pas à y croire.) Je suis ici.

— Tu lui as donné le revolver.

Roland était dans un sale état, remarqua Eddie, un état comparable à celui dans lequel il l'avait connu avant la première prise écourtée de Keflex. Peut-être même dans un plus sale état. La fièvre semblait rayonner par vagues brûlantes de ce corps adossé au rocher, et il aurait dû en éprouver de la pitié, il le savait, mais restait apparemment incapable de sentir monter en lui autre chose qu'une colère noire.

— Je me casse le cul pour être de retour ici en un temps record et tout ce que tu trouves à dire c'est : « Tu lui as donné le revolver. » Bravo, mec, je te remercie ! Je n'irai pas dire que je m'attendais à d'exubérantes démonstrations de gratitude, mais là, c'est le bouquet.

— Je crois avoir dit la seule chose qui ait de l'importance.

— Puisque tu m'y fais penser, c'est exact : je le lui ai laissé. (Mains sur les hanches, Eddie fixait agressivement l'homme à terre.) Bon, maintenant ce sera selon les préférences de Monsieur. Soit Monsieur grimpe dans ce fauteuil, soit je le replie, histoire de voir si j'arrive à le fourrer tout entier dans le trou du cul de Monsieur. Que choisit Monsieur ?

— Ni l'un ni l'autre. (Roland souriait un peu, comme quelqu'un qui n'en a pas envie mais ne peut s'en empêcher.) D'abord, tu vas dormir, Eddie. On verra ce qu'on verra quand le moment sera venu de voir, mais pour l'heure tu as besoin de sommeil. Tu es lessivé.

— Je veux retourner près d'elle.

— Moi aussi. Mais si tu ne prends pas un minimum de repos, tu vas t'écrouler en route. Pas plus compliqué que ça. Et ce sera mauvais pour toi, pire pour moi, catastrophique pour elle.

Eddie était pris dans un nœud d'indécision.

— Tu as fait vite, concéda Roland, levant vers le soleil des yeux étrécis. Il est seize heures, seize heures quinze, peut-être. Tu vas dormir cinq... heures... allez, sept, et il fera nuit noire...

— Quatre. Pas plus de quatre heures.

— D'accord. Jusqu'à ce qu'il fasse noir. C'est ça l'important, à mon sens. Ensuite, tu mangeras. Puis on s'en ira.

— Toi aussi, il faut que tu manges.

Cette esquisse de sourire, une fois de plus.

— J'essaierai. (Ses yeux bleus se posèrent sur Eddie, tranquilles.) Ta vie est entre mes mains désormais. Je suppose que tu en as conscience.

— Oui.

— Je t'ai kidnappé.

— Je sais.

— As-tu envie de me tuer ? Parce que, dans ce cas, fais-le tout de suite au lieu d'exposer l'un ou l'autre d'entre nous... (son souffle s'amenuisa, se réduisit à un sifflement grêle cependant que montaient de sa poitrine des raclements qu'Eddie n'aima guère)... à un surcroît d'inconfort.

— Je n'ai pas envie de te tuer.

— Alors... (cette fois, ce fut une violente et soudaine quinte de toux qui l'interrompit)... va te coucher.

Eddie y alla. Le sommeil, loin de l'envelopper de voiles cotonneux comme il le faisait parfois, le saisit avec les mains brutales d'une amante que le désir rend gauche. Il entendit (ou peut-être ne fut-ce qu'en rêve) le pistolero dire : « Mais tu n'aurais pas dû lui laisser le revolver », puis pour un temps indéterminé, il fut simplement dans le noir, puis Roland fut à le secouer, le réveillant, puis quand il se fut assis, chaque parcelle de son corps fut douleur, douleur et pesanteur. Une sorte de rouille semblait avoir grippé ses muscles comme les treuils et poulies d'un chantier à l'abandon. Sa première tentative pour se mettre debout se solda par un échec. Il retomba lourdement sur le sable. Réussit au deuxième essai mais eut l'impression que l'élémentaire mouvement de se retourner allait lui prendre vingt minutes. Et lui faire horriblement mal.

Roland l'interrogeait du regard.

— Tu es prêt ? fit le pistolero, formulant la question.

Eddie hocha la tête.

— Oui. Et toi ?

— Oui.

— Tu y arriveras ?

— Oui.

Ils mangèrent, donc... puis Eddie entama son troisième et dernier voyage sur cette maudite longueur de plage.

12

S'ils couvrirent une bonne distance cette nuit-là, Eddie n'en fut pas moins déçu quand le pistolero annonça qu'ils allaient s'arrêter. Eddie ne marqua pourtant nul désaccord, tout bonnement trop fourbu pour continuer sans repos, mais il avait espéré aller plus loin. Le poids. C'était là le hic. Pousser Roland après Odetta revenait à pousser un chargement de barres à mine. Eddie dormit les quatre heures qui leur restaient avant l'aube, et quand il s'éveilla, le soleil bondissait par-dessus les croupes érodées, derniers soubresauts des montagnes. Roland toussait.

Eddie écouta. Toux sans force et sous-tendue de râles, toux de vieillard que la pneumonie va peut-être emporter.

Leurs regards se croisèrent. Le spasme du pistolero se mua en rire.

— Je ne suis pas encore au bout du rouleau, Eddie, même si c'est l'impression que je donne quand on m'entend. Et toi ?

Eddie pensa aux yeux d'Odetta et fit non de la tête.

— Pas encore, moi non plus, mais je ne cracherais pas sur un cheeseburger accompagné d'une mousse.

— Mousse ? répéta le pistolero, incertain, revoyant les frais vallons du Parc Royal.

— Laisse tomber. Allez, en voiture, mec. Ça n'a ni cylindres en V ni vitesses au plancher mais on n'en abattra pas moins notre paquet de bornes.

Ainsi firent-ils, mais au crépuscule de ce deuxième jour après qu'Eddie eut laissé Odetta, ils n'en étaient toujours qu'à se rapprocher de la troisième porte. Eddie se coucha dans l'intention d'effectuer un nouveau séjour de quatre heures dans les bras de Morphée mais il ne s'en était pas écoulé deux quand le hurlement d'un de ces chats sauvages l'en arracha, le cœur battant. Seigneur ! l'animal ne pouvait qu'être énorme !

Il vit briller dans le noir les yeux du pistolero qui s'était redressé sur un coude.

— On y va ? fit Eddie, se levant avec lenteur, grimaçant tant c'était un supplice.

— Tu es sûr de vouloir y aller ? demanda Roland presque en un murmure.

Eddie s'étira, suscitant une série de petits bruits secs le long des vertèbres, comme la mise à feu d'un chapelet de minuscules pétards.

— Ouais. Cela dit, je préférerais que ce soit avec ce cheeseburger dans le ventre.

— Je croyais que c'était du poulet que tu voulais.

— Lâche-moi les baskets, mec, gronda Eddie.

La troisième porte était en vue quand le soleil quitta les collines. Deux heures plus tard, ils l'avaient atteinte.

De nouveau réunis, pensa Eddie, s'apprêtant à s'écrouler.

Mais il se trompait, apparemment. Il n'y avait plus trace d'Odetta Holmes. Plus la moindre.

13

— Odetta ! s'époumona Eddie, la voix aussi éraillée que celle de Detta, l'autre personnalité d'Odetta.

Pas même un écho, rien, pas même l'illusion d'une réponse d'Odetta. Ce relief lourd, raboté, n'offrait aux sons nulle surface où rebondir. Ils restaient là, suspendus tout entiers dans les airs, d'une puissance exceptionnelle dans cet étroit couloir de la grève, fracas de cymbales des vagues déferlantes, et la grosse caisse du ressac pulsant à l'extrémité du tunnel qui s'était creusé dans la roche friable. Et puis il y avait aussi la plainte permanente du vent.

— Odetta !

Cette fois, il hurla si fort que sa voix se brisa sur la dernière syllabe et que, l'espace d'un instant, quelque chose de pointu comme une arête lui déchira les cordes vocales. Il darda des yeux hagards partout sur la pente, y cherchant la tache brun clair de la main qu'elle devait agiter, le mouvement qu'elle faisait pour se redresser, cherchant aussi (Dieu le lui pardonne) d'éventuelles éclaboussures de sang frais sur la basane usée des roches.

Et il se demanda ce qu'il ferait si c'était cette dernière recherche qui se trouvait satisfaite, ou si son regard tombait sur un revolver frappé au sceau de dents acérées plantées dans le tendre bois de santal des crosses. Pareilles découvertes auraient eu de quoi le faire basculer dans l'hystérie, voire dans la démence, mais ses yeux n'en poursuivaient pas moins leur quête.

Qui s'avéra vaine, tout autant que celle de ses oreilles qui ne captèrent aucun cri, même ténu, en réponse à ses appels.

Le pistolero en avait profité pour examiner la porte. Il s'était attendu à n'y voir qu'un mot, celui prononcé par l'homme en noir retournant la cinquième lame de son Tarot dans le poussiéreux Golgotha où ils avaient tenu palabre. *Mort*, avait dit Walter, *mais pas pour toi, pistolero*.

Il n'y avait pas qu'un mot sur la porte mais deux... et ni l'un ni l'autre n'était le mot MORT. Il relut l'inscription, ses lèvres dessinant en silence chaque syllabe :

LE PUSHER

Le sens en est pourtant mort, songea-t-il, le sachant mais sans savoir comment.

Ce qui le fit se retourner fut d'entendre la voix d'Eddie lui venir de plus loin. Le jeune homme escaladait déjà la première colline en continuant de crier le nom d'Odetta.

Un moment, il envisagea de le laisser faire.

Eddie avait une chance de la trouver, peut-être même de la trouver vivante, sans blessure grave et toujours aux commandes du corps qu'elle partageait avec l'autre. Il supposait qu'Eddie et elle n'étaient peut-être pas sans avoir vécu ici quelque chose ensemble, que l'amour du jeune homme pour Odetta et celui d'Odetta pour le jeune homme étaient susceptibles d'étouffer la face ténébreuse qui se donnait à elle-même le nom de Detta Walker. Oui, entre ces deux forces de lumière, il était parfaitement possible que Detta s'étiolât jusqu'à en mourir. Romantique dans sa rudesse, Roland avait également le réalisme de savoir que l'amour triomphait parfois de tout. Et lui, maintenant, où en était-il ? Même s'il parvenait à ramener du monde d'Eddie ces cachets qui, auparavant, l'auraient guéri, en eût-il eu en suffisance, rien ne prouvait qu'ils en fussent désormais capables, voire qu'il s'ensuivît une quelconque amélioration. Il était beaucoup plus malade que la première fois et se demandait si l'infection n'avait pas atteint un point de non-retour. D'atroces douleurs lui cisaillaient bras et jambes, lui martelaient le crâne tandis qu'un poids énorme broyait sa poitrine, et ses bronches pleines de glaires. Tousser lui mettait le flanc gauche à la torture comme s'il avait des côtes cassées. Jusqu'à son oreille gauche qui l'élançait. Peut-être l'heure était-elle venue d'en finir, se dit-il, de quitter la partie.

Contre pareille éventualité, tout en lui protesta.

— Eddie ! cria-t-il, et nulle toux ne s'en mêla : il avait la voix claire et puissante.

Eddie se retourna, un pied dans les éboulis, l'autre calé sur une roche en saillie.

— Va, lui cria-t-il en réponse avec un curieux geste de la main (un petit mouvement de balancier signifiant qu'il voulait être débarrassé du pistolero afin de passer aux choses sérieuses, à ce qu'il avait d'important à faire : retrouver Odetta et la sauver si la situation l'exigeait). Franchis cette porte et va donc chercher ce dont tu as besoin. Nous serons tous les deux là quand tu reviendras.

— J'en doute.

— Il faut que je la retrouve. (Eddie regarda Roland et son extrême jeunesse fut dans ce regard, dans sa totale nudité.) Je ne dis pas ça en l'air : il le faut.

— Je comprends ton amour, les exigences qu'il t'impose, dit le pistolero, mais cette fois, Eddie, je désire que tu m'accompagnes.

Eddie resta un long moment à le fixer comme s'il essayait d'ajouter foi à ce qu'il venait d'entendre.

— T'accompagner... finit-il par dire, rêveur. T'accompagner ! Seigneur ! Après ça, il n'y a plus qu'à tirer l'échelle. La dernière fois, ta détermination à me laisser derrière était telle que tu prenais le risque de me laisser te trancher la gorge. Et maintenant, tu veux qu'on se risque à laisser je ne sais quelle créature la déchiqueter !

— C'est peut-être déjà fait, dit Roland, sachant pertinemment qu'il n'en était rien.

La Dame était peut-être blessée mais il la savait vivante.

Et, malheureusement, Eddie aussi le savait. Une semaine à dix jours de sevrage lui avaient considérablement aiguisé l'esprit. Son doigt se pointa sur la porte.

— Tu sais très bien qu'elle n'est pas morte. Sinon ce putain de truc ne serait plus là. À moins que tu n'aies menti en disant que ça ne servait à rien si on n'y était pas tous les trois.

Eddie essaya de reprendre son ascension mais le regard du pistolero le cloua sur place.

— Bon, dit Roland. (Il parlait presque avec plus de douceur qu'il ne l'avait fait en s'adressant, par-delà le visage et les cris haineux de Detta, à l'autre, prisonnière quelque part sous hystérie et stridence.) Elle n'est pas morte. Ton explication à son silence ?

— Euh... un de ces félins a pu l'emmener.

C'était dit d'une voix faible.

— Ça l'aurait tuée. Il en aurait mangé ce qu'il voulait, aurait laissé le reste. Au mieux, ça aurait traîné le cadavre à l'ombre et serait revenu ce soir manger ce que le soleil aurait épargné. Mais alors, la porte ne serait plus là. Et les félins ne sont pas comme les insectes, il n'en est pas pour paralyser leur proie et tranquillement s'en repaître plus tard, tu le sais aussi bien que moi.

— Peut-être. (Et un moment Eddie entendit Odetta lui dire : « Tu aurais dû participer aux débats, Eddie », pensée qu'il poussa de côté.) Est-ce qu'un de ces fauves n'aurait pas pu descendre, alors elle aurait essayé de se défendre mais les deux premières cartouches ne seraient pas parties ? Mais alors, pourquoi pas les quatre ou cinq balles suivantes ? Le chat lui saute dessus et là, juste avant qu'il ne la tue, BANG ! (Eddie se cogna le poing dans la paume. Il voyait la scène. Aurait pu s'en porter témoin.) La balle tue l'animal, ou le blesse, ou le fait détaler Qu'est-ce t'en penses ?

— On aurait entendu le coup, suggéra Roland.

Sur le moment, Eddie resta coi, incapable de rien imaginer qui pût contrer l'évidence. Oui, ils auraient entendu. Le premier cri de l'une de ces bestioles leur était parvenu à vingt ou trente kilomètres de distance. Alors, la déflagration d'un pistolet...

Il regarda soudain Roland par en dessous.

— Mais tu as peut-être entendu quelque chose, toi ? Tu as peut-être entendu tirer pendant que je dormais ?

— Ça t'aurait réveillé.

— Pas crevé comme je suis, mec. Quand je m'endors, c'est comme si...

— Comme si tu mourais, dit le pistolero, la voix toujours aussi douce. Je connais la sensation.

— Alors tu comprends...

— Sauf que ce n'est pas être mort. Cette nuit, quand le chat a hurlé, tu as été réveillé et debout en une seconde. Tant tu te fais du souci pour elle. Il n'y a pas eu de coup de feu. Ça aussi, tu le sais. Tu n'aurais pas pu ne pas entendre... à cause de ce souci que tu te fais pour elle.

— Donc, elle a peut-être réussi à l'assommer avec une pierre ! hurla Eddie. Comment le saurais-je en restant planté là à discuter avec toi au lieu d'aller voir ce qu'il en est ? Imagine-toi qu'elle baigne dans son sang quelque part, blessée, et qui sait, mourante ! Ça te plairait que je franchisse avec toi cette porte et qu'elle y passe pendant qu'on est de l'autre côté ? Ça te plairait de te retourner, de voir cette porte, de te retourner une deuxième fois et de ne plus la voir, comme si elle n'avait jamais été là, parce qu'une des trois personnes qui la dotaient d'existence n'est plus ? Et que toi tu te retrouves piégé dans mon monde au lieu que ce soit le contraire !

Il était hors d'haleine, foudroyait le pistolero du regard, poings crispés.

Roland sentait monter en lui une exaspération lasse. Quelqu'un — Cort, peut-être, mais il semblait plutôt que c'eût été son père — avait eu un dicton : *Autant chercher à boire l'eau de l'océan à la petite cuillère que de vouloir discuter avec un amoureux.* S'il était besoin d'attester la justesse du proverbe, la preuve était là, qui lui tenait tête, toute de défi et de défiance. *Vas-y,* disait-il par sa seule posture. *J'ai de quoi répondre à chacun de tes arguments.*

— Il n'est pas forcé que ce soit un chat qui lui soit tombé dessus, disait-il à présent sur le mode ordinaire. Tu es peut-être dans ton monde mais je ne crois pas que tu connaisses cette région plus que moi Bornéo. Tu n'as aucune idée de ce qui peut rôder dans ces collines ? Ça pourrait bien être un singe ou quelque chose comme ça qui se serait emparé d'elle.

— On s'est emparé d'elle, je suis d'accord.

— Dieu soit loué, ta maladie ne t'a pas ôté tout sens com...

— Et ce « on » nous savons qui c'est, l'un comme l'autre. Detta Walker. C'est elle qui s'est emparée de la Dame. Elle, Detta Walker.

Eddie ouvrit la bouche mais l'espace d'un instant — quelques secondes, en fait, mais suffisantes pour qu'ils prissent l'un et l'autre conscience de l'évidente vérité — l'inexorable expression sur les traits du pistolero réduisit les arguments d'Eddie au silence.

14

— Ça ne s'est pas nécessairement passé ainsi.

— Rapproche-toi. Si on doit parler, parlons. Mais je ne tiens pas à brailler pour couvrir le fracas des vagues ; j'ai chaque fois l'impression de m'arracher un bout de poumon.

— Mère-grand, comme tu as de grands yeux, lança Eddie sans bouger d'un pouce.

— Qu'est-ce que tu me racontes ?

— Un conte de fées. (Le jeune homme consentit à redescendre mais sur quatre mètres, pas plus.) Et c'est le genre de littérature qui te convient si tu crois m'attirer assez près de ce fauteuil.

— Assez près pour quoi faire ? cria Roland. Je ne comprends pas, ajouta-t-il alors qu'il comprenait parfaitement.

Un demi-kilomètre à l'est de l'endroit où ils étaient et les surplombant d'environ cent cinquante mètres, des yeux noirs — aussi débordants d'intelligence que dénués de pitié — observaient la scène. Impossible d'entendre ce que disaient les deux hommes — le vent, les vagues et le ressac attelé au creusement de son tunnel y veillaient — mais Detta n'avait nul besoin de distinguer des mots dans leurs cris pour savoir de quoi ils parlaient. De même qu'elle pouvait se passer de jumelles pour constater qu'il n'était plus question de donner au Vraiment Méchant un autre nom que celui de Vraiment Malade, et que si le Vraiment Méchant était peut-être disposé à consacrer quelques jours, voire quelques semaines, à torturer une infirme de couleur — les occasions de se divertir devaient être assez rares dans le secteur, à en juger par le décor —, à son avis, le Vraiment Méchant n'avait plus qu'une envie, tirer d'ici son cul d'cul blanc. Prendre cette porte magique et le déménager vite fait. Mais avant ça, il n'avait trimbalé aucun cul d'aucune sorte. Avant ça, il n'avait rien eu à déménager, vite ou en prenant son temps. Avant ça, le Vraiment Méchant n'avait été nulle part sinon à l'intérieur de sa tête à elle. Elle n'aimait toujours pas trop penser à la manière dont ça s'était passé, à ce qu'elle avait ressenti, à la facilité avec laquelle il avait triomphé de ses tentatives enragées pour s'arracher du crâne cette présence et reprendre le contrôle. Horrible, c'était un souvenir horrible. Et ce qui le rendait pire encore, c'était l'absence de compréhension qu'elle en avait. Cette terreur, quelle en était l'origine au juste ? Ce n'était pas simplement l'intrusion qui la dérangeait et cela, justement, ne laissait pas d'être inquiétant. Peut-être aurait-elle pu comprendre, si elle avait porté sur elle un regard plus attentif. Elle en avait conscience mais s'y refusait. Un tel examen risquait de l'entraîner dans ce genre d'endroit redouté par les marins du temps passé, cet endroit qui n'est ni plus ni moins que l'extrême bord du monde, là où les cartographes avaient déroulé un phylactère portant pour légende : ICI SONT DES SERPENTS. Ce qu'il y avait eu de hideux à être envahie par le Vraiment Méchant avait été l'impression d'éprouver une sensation familière, comme si ce fait pourtant surprenant s'était déjà produit auparavant... et pas qu'une fois : plusieurs. Mais terrifiée ou pas, Detta n'avait pas cédé à la panique. Elle avait continué d'observer tout en se battant, et elle se revoyait regardant par cette porte face à laquelle ses mains, mues par cette présence en elle, venaient de la placer. Elle se souvenait y avoir vu le corps du Vraiment Méchant étalé sur le sable et l'autre accroupi à côté, un couteau à la main.

Ah, si cet Eddie avait pu plonger sa lame dans la gorge du Vraiment Méchant ! C'eût été mieux que quand on tue le cochon ! Mille fois mieux !

Il ne l'avait pas fait, dommage, mais Detta n'en avait pas moins vu en cet instant le corps du Vraiment Méchant... corps était le mot car, bien qu'il respirât, c'était une chose sans valeur, comme un sac qu'un débile eût rempli de graines ou de fanes de maïs.

Que l'esprit de Detta fût répugnant comme le trou du cul d'un rat ne l'empêchait pas d'être vif et acéré, à un plus haut degré même que celui d'Eddie. *Le V'aiment Méchant avait pété l'feu dans l'temps. Mais plus maintenant. Il sait que je suis là-haut et n'a qu'une idée, s'tailler avant qu'je n'descende lui c'ever l'cul. Son p'tit copain, c'est pas pa'eil... lui, il a enco' d'l'éné'gie à 'evend', et ça lui di'ait d'me fa' enco' un peu chier. L'a envie d'monter s'taper la mo'icaude même si le V'aiment Méchant est pas d'acco'. Ga'anti. Une nég'esse qu'a pas d'jambes, i' doit s'di', alle est pas d'taille à lutter avec g'and gailla' comme moi. Pas envie d'fout' le camp, donc. Envie d'la t'quer c'te pétasse, d'lui coller un ou deux coups d'a'balète et ap'ès ça on pou'a s'en aller où tu veux. Oui, c'est ça qu'i' pense, et c'est bien. Ouais, c'est 'udement bien, f'omage blanc. Tu peux continuer d'penser qu'tu vas te t'ingler Detta Walker, et juste monter là-haut dans ces D'awe's et fai' un essai. Tu vas t'ape'cevoi' en m'fou'ant ton p'tit zob me'dique dans ma chatte que t'as ti'é l'bon numé'o. Ouais, tu vas t'en ape'cevoi'...*

Mais un bruit la tira du trou à rats de ses pensées, un bruit qui domina sans peine le fracas du ressac et les sifflements du vent : la monumentale déflagration d'un revolver.

15

— Je pense que tu comprends mieux que tu ne veux l'admettre, dit Eddie. Vachement mieux. Tu voudrais que je m'approche assez pour que tu puisses m'attraper, voilà ce que je pense. M'attraper et me pousser là-dedans par surprise. (Il montra la porte d'un signe de tête sans lâcher des yeux le pistolero et ajouta, ignorant qu'à quelques mètres de là quelqu'un pensait exactement la même chose :) Je sais que tu es malade, mais je te vois très bien faire semblant d'être beaucoup plus faible que tu ne l'es en réalité. Ce serait tout à fait ton genre de te planquer à l'affût dans les hautes herbes.

— C'est mon genre, reconnut le pistolero sans sourire, mais ce n'est pas ce que je suis en train de faire. (Il le faisait quand même... rien qu'un peu mais quand même.) À part ça, tu n'en mourras pas de redescendre encore de quelques pas. Je ne vais plus pouvoir brailler ainsi très longtemps. (Comme pour en donner la preuve, sa voix se fit coassement de grenouille sur la dernière syllabe.) Et je tiens à ce que tu y réfléchisses avant de faire ce que tu as envie de faire. Si je ne puis te convaincre de m'accompagner, donne-moi une chance de te mettre sur tes gardes... une fois de plus.

— Pour l'amour de ta chère Tour, n'est-ce pas ? ricana Eddie qui ne s'en laissa pas moins glisser sur la moitié de la pente, ses tennis éculées soulevant des éboulis et des nuages de poussière ocre.

— Pour ma chère Tour, comme tu dis, et pour ta chère petite santé. Sans parler de ta chère existence.

Il sortit le revolver qu'il avait gardé, le contempla, son expression à la fois triste et insolite.

— Si tu crois me faire peur avec cet engin...

— Loin de moi cette pensée. Tu sais très bien que je ne peux pas te tirer dessus, Eddie. Mais je pense que tu as besoin de toucher du doigt combien les choses ont changé. Que tu mesures à quel point la situation n'est plus du tout la même.

Roland leva l'arme, canon braqué non vers Eddie mais vers

la vide immensité de l'océan. Son pouce amena le chien au bandé. Eddie se banda lui-même en prévision du vacarme.

Se banda pour rien. Seul un *clic* lui parvint.

Roland réarma. Le barillet tourna. Il pressa de nouveau la détente et, de nouveau, il n'y eut qu'un *clic*.

— Te casse pas, lui dit le jeune homme. Là d'où je viens, tu te serais fait jeter de l'armée à la première balle refusant de partir. À ta place, j'arrê...

Mais le violent KA-BLAM du revolver coupa la fin du mot non moins nettement que les brindilles des arbres sur lesquels le pistolero s'était exercé au tir du temps de sa formation. Eddie sursauta. Le constant *riiiiiii* des insectes s'interrompit momentanément, attendit pour reprendre, et dans un canon timide, que Roland eût posé l'arme sur ses genoux.

— Et qu'est-ce que ça prouve ?

— Tout dépend, je suppose, de ce que tu vas bien vouloir écouter et de ce que, de toute manière, tu te refuses à entendre, rétorqua Roland, un tantinet cinglant. C'est d'abord censé prouver que toutes ces cartouches ne sont pas bonnes à jeter. Mais aussi, et surtout, cela suggère — suggère fortement — qu'une ou plusieurs sinon toutes les balles du revolver que tu as donné à Odetta sont susceptibles de partir.

— Merde ! (Eddie réfléchit.) En quel honneur, au fait ?

— Parce que j'avais chargé l'autre — celui que je viens d'essayer — avec des cartouches prises sur l'arrière des ceinturons, des cartouches qui, en d'autres termes, avaient mariné dans la flotte. J'ai fait ça pour passer le temps pendant que tu étais parti. Ne va pas t'imaginer que charger un pistolet me prenne des siècles, même avec deux doigts en moins... (Roland se permit un petit rire et dut le regretter quand ça se transforma en toux qu'il musela d'un poing restreint)... mais après avoir tenté de tirer des cartouches humides, il te faut ouvrir ton arme et la nettoyer. *Ouvrez la machine et nettoyez-la, bande de larves*, c'est la première chose que Cort, notre maître, nous faisait rentrer dans le crâne. Je n'avais aucune idée du temps que j'allais mettre à ouvrir mon revolver, à le nettoyer puis à le remonter avec seulement une main et demie, mais je me suis dit que si je comptais survivre — ce dont j'ai la ferme intention, Eddie — je ferais mieux d'en avoir une. Voir le temps que ça me prend et chercher ensuite les moyens d'améliorer ce temps, tu ne crois pas ? Allez, rapproche-toi, Eddie ! Redescends un peu, pour l'amour de ton père !

— C'est pour mieux te regarder, mon enfant, lança Eddie qui n'en fit pas moins deux autres pas vers Roland.

Deux pas mais pas plus.

— Quand la première balle que j'ai tirée est partie, j'ai failli faire dans mon froc, enchaîna le pistolero. (De nouveau, il éclata de rire. Eddie en fut secoué : il le découvrait au bord du délire.) La première... et crois-moi si je te dis que c'était bien la dernière chose à laquelle je m'attendais.

Eddie s'efforça de déterminer si Roland mentait, si l'histoire du pistolet était ou non un mensonge, si son pitoyable état n'en était pas un de plus. L'animal était malade, pour sûr. Mais l'était-il à ce point ? Ça, Eddie n'en savait rien. S'il s'agissait d'un rôle de composition, l'acteur était prodigieux. Pareil pour les revolvers. Comment aurait-il su ? Tout au plus avait-il tiré trois fois au pistolet dans toute sa vie avant de se retrouver sous un feu croisé chez Balazar. Son frère eût peut-être été de bon conseil mais Henry était mort — pensée qui, une fois de plus, et toujours à sa grande surprise, ne manqua pas de raviver son chagrin.

— Aucune autre n'est partie, poursuivit Roland, j'ai donc nettoyé la machine, l'ai rechargée, ai tiré un nouveau tour de barillet. Cette fois, j'y avais mis des cartouches venant d'alvéoles plus proches de la boucle des ceinturons et qui couraient un peu moins le risque d'avoir pris l'eau. Pour te donner un repère, c'est avec les premières en partant des boucles que nous avons abattu les homards, avec celles que je savais parfaitement sèches. (Il s'interrompit pour tousser dans sa main puis reprit :) Lors de ce deuxième essai, deux coups sont partis. J'ai rouvert mon arme, l'ai renettoyée, en ai regarni le barillet, et n'y ai plus touché jusqu'à maintenant où tu viens de me voir presser par trois fois la gâchette. (Il eut un petit sourire las.) Tu sais, au bout de deux clics, je me suis dit que ce serait bien ma chance si, cette fois, je n'avais chargé que des balles mouillées. Ma démonstration en aurait souffert, tu ne penses pas ? Vraiment, Eddie, ne pourrais-tu te rapprocher ?

— Effectivement, elle n'aurait pas été très convaincante, dit le jeune homme, et, pour répondre à ta deuxième question : je ne crois pas avoir à m'approcher plus. Maintenant, quelle leçon suis-je censé tirer de tout ça, Roland ?

Le pistolero le regarda comme s'il était en présence du dernier des idiots.

— En t'envoyant ici, je ne t'envoyais pas à la mort, tu sais. J'ai fait en sorte que ni toi ni elle ne risquât de mourir. Grand Dieu, Eddie, qu'as-tu fait de ta cervelle ? C'est un pistolet parfaitement fiable qu'elle a en main ! (Ses yeux s'étrécirent, examinant Eddie.) Elle est quelque part dans ces collines. Tu te figures pouvoir retrouver sa trace mais tu n'as aucune chance si le terrain est aussi rocheux qu'il le paraît d'ici. Elle est là-haut et elle t'attend, mais ce n'est pas Odetta, c'est Detta, tapie là-haut avec un revolver chargé de balles qui sont probablement presque toutes bonnes. Si je te laisse monter à sa recherche, tu vas te retrouver mort avant de t'en apercevoir.

Un nouvel accès de toux le secoua.

Eddie regarda fixement l'homme qui toussait, accroché aux bras du fauteuil roulant, cependant que les vagues pilonnaient la grève, que le vent modulait sa note insensée.

Il finit par s'entendre dire :

— Tu as très bien pu garder pour cette démonstration une cartouche dont tu étais sûr. Je t'en sens parfaitement capable.

Et c'était la vérité. Il le sentait en fait capable de n'importe quoi.

Pour sa Tour.

Pour sa putain de Tour.

Et la perversité d'avoir logé cette bonne cartouche dans la troisième alvéole ! D'avoir ainsi donné à la démonstration bidon sa touche de réalisme, le petit détail qui vous oblige à y croire...

— Il y a une expression chez moi : Ce type serait fichu de vendre des frigos aux Eskimos. Voilà ce qu'elle dit, cette expression.

— Et elle signifie ?

— Que le type en question est un baratineur de première.

Le pistolero le regarda longuement et hocha la tête.

— Tu es décidé à rester. Bon. Sache toutefois qu'en tant que Detta, elle est bien plus à l'abri de... de quelque forme de vie sauvage hantant les parages... qu'elle ne l'aurait été en tant qu'Odetta, et que toi, tu serais plus à l'abri d'elle — du moins pour l'heure — si tu m'accompagnais, mais je vois ce qu'il en est. Ça ne me plaît pas mais je n'ai pas l'intention de perdre mon temps à discuter avec un insensé.

— Dois-je en conclure, demanda poliment Eddie, que personne n'a jamais tenté de discuter avec toi sur cette Tour Sombre que tu as un si grand désir d'atteindre ?

De nouveau ce sourire las.

— Bon nombre, au contraire. Et c'est ce qui me fait dire que tu ne changeras pas d'avis, je suppose. Un fou sait reconnaître ses pairs. De toute façon, je suis trop faible pour monter t'attraper, tu es manifestement trop méfiant pour descendre à ma portée, et je n'ai plus le temps de te faire entendre raison. Je ne puis qu'y aller en espérant que tout se passera au mieux. Mais avant de partir, je tiens à te répéter une dernière fois : reste sur tes gardes.

Puis Roland fit quelque chose qui rendit Eddie honteux de ses doutes (sans pourtant le faire revenir le moins du monde sur sa décision) : il bascula le barillet en position ouverte d'un coup de poignet expert, le vida de toutes ses cartouches et les remplaça par des neuves qu'il prit juste de part et d'autre des boucles de ceinturon. Un autre mouvement sec du poignet renvoya le barillet en position.

— Pas le temps de nettoyer la machine, dit-il, mais je crois que ça ira. Maintenant, attrape et tâche de ne pas le laisser tomber, ne salis pas la machine plus qu'elle ne l'est. Il n'y en a plus trop dans mon monde qui restent en état de marche.

Il lança le revolver. Dans la fébrilité dont le dotait l'angoisse, Eddie faillit le rater. Puis l'arme fut à l'abri de toute atteinte dans la ceinture de son jean.

Le pistolero s'extirpa du fauteuil, manqua s'étaler par terre à la renverse quand l'engin se déroba sous ses bras. Puis il s'avança, chancelant, vers la porte. Sa main se posa sur la poignée et la tourna sans effort. Eddie ne vit rien de la scène sur laquelle s'ouvrait la porte mais il y perçut, étouffé, le bruit de la circulation.

Roland se retourna une dernière fois vers Eddie. Dans son visage d'une pâleur mortelle, ses yeux de bombardier étaient d'un bleu étincelant.

16

Detta dans sa cachette ne perdait rien du spectacle. Elle aussi avait des étincelles dans les yeux, c'était la haine qui les faisait briller, une haine avide.

17

— N'oublie pas de rester sur tes gardes, Eddie, répéta le pistolero d'une voix rauque, puis il franchit le seuil.

Son corps s'y affaissa comme s'il avait cogné dans un mur de pierre au lieu d'aborder un espace vide.

Eddie fut pris du désir presque insatiable de se ruer jusqu'à la porte pour voir où — et sur quand — elle s'ouvrait, mais il s'en détourna et porta son regard vers les collines cependant que sa main se posait sur la crosse du revolver.

Je tiens à te répéter une dernière fois.

Soudain, alors que ses yeux balayaient ce désert de roches fauves, Eddie eut peur.

Reste sur tes gardes.

Rien qui bougeât là-haut.

Rien qu'il pût voir en tout cas.

Il n'en sentait pas moins sa présence.

Non celle d'Odetta. Roland ne s'était pas trompé.

C'était la présence de Detta qu'il sentait.

Il déglutit, clic perceptible dans sa gorge.

Sur tes gardes.

Oui. Mais, de sa vie entière, il n'avait été assailli par un tel besoin de dormir. Le sommeil allait s'emparer de lui, bientôt, et s'il ne s'y abandonnait pas, consentant, le sommeil allait le violer.

Et quand il serait endormi, Detta descendrait.

Detta.

Il combattit cette lassitude, promena sur l'immobilité des

collines des yeux qu'il sentait lourds et turgescents, se demanda combien de temps Roland mettrait pour ramener son troisième atout, le Pusher, quel qu'il fût.

— Odetta ? cria-t-il sans grand espoir.

Il n'y eut que le silence pour lui répondre et pour lui commença le temps de l'attente.

LE PUSHER

I

Amère médecine

1

Quand le pistolero était entré dans l'esprit d'Eddie, celui-ci, un instant, avait été pris de nausées puis il s'était senti observé (ce dont Roland n'avait pas eu conscience mais qu'Eddie lui avait raconté plus tard). Il avait, en d'autres termes, vaguement perçu la présence du pistolero. Avec Detta, Roland s'était trouvé contraint de passer immédiatement au premier plan, qu'il en eût ou non envie. Et elle n'avait pas fait que le sentir : d'étrange manière, il avait eu l'impression qu'elle l'attendait — lui, ou quelque autre visiteur plus familier. Toujours fut-il que, dès son irruption, elle avait eu pleinement conscience de sa présence.

Jack Mort en revanche ne sentit rien.

Il était trop concentré sur le gamin.

Voilà quinze jours qu'il l'observait.

Aujourd'hui, il allait le pousser.

2

Même de l'arrière de ces yeux par lesquels il regardait maintenant le monde, le pistolero reconnut le gamin. C'était celui qu'il avait rencontré au relais dans le désert, arraché à la séduction de l'Oracle dans les Montagnes, puis sacrifié quand il avait dû finalement choisir entre sauver cet enfant et rattraper l'homme en noir. Ce garçon qui, tout en plongeant dans l'abîme, lui avait alors crié : « Allez-vous-en. Il existe d'autres mondes. » Et, à coup sûr, le gosse avait eu raison.

C'était le même gamin. C'était Jake.

Il avait un cartable à la main... contenant des livres, se dit Roland au vu des formes anguleuses gonflant la toile bleue.

Le flot du trafic emplissait la rue que le garçon attendait de traverser — une rue, comprit le pistolero, appartenant à cette même grande ville d'où il avait déjà tiré le Prisonnier et la Dame. Mais pour l'heure, c'était sans importance. Seul comptait ce qui allait se produire ou ne pas se produire dans les quelques secondes qui allaient suivre.

Jake n'avait pas échoué dans le monde du pistolero par l'entremise d'une porte magique. Il s'y était retrouvé après avoir franchi un seuil plus grossier, moins insolite : celui de sa propre mort.

On l'avait assassiné.

Pour être plus précis, on l'avait poussé.

Poussé sur la chaussée où une voiture l'avait écrasé, poussé alors qu'il allait à l'école, son cartable à la main.

Poussé par l'homme en noir.

Ce qu'il va faire ! Ce qu'il est sur le point de faire ! Tel va être mon châtiment pour avoir laissé mourir l'enfant dans ce monde d'où je viens : assister à son meurtre sans avoir le temps de l'empêcher !

Mais Roland avait consacré sa vie entière à lutter contre la fatalité brutale — c'était son *ka* en quelque sorte —, aussi bondit-il au premier plan sans même y penser, obéissant à des réflexes si enracinés qu'ils étaient presque devenus des instincts.

Et dans le temps même où il agissait, une pensée aussi horrible qu'ironique lui traversa l'esprit : *Et si ce corps dans lequel il venait d'entrer était celui de l'homme en noir ? Si, alors qu'il se ruait au secours de l'enfant, c'étaient ses propres mains qu'il allait voir se tendre pour le pousser ? Si l'impression d'être aux commandes se révélait n'être qu'une illusion, et que l'ultime et jouissive plaisanterie de Walter fût que le pistolero lui-même dût assassiner l'enfant ?*

3

Un seul et unique instant, Jack Mort perdit le contact avec la fine et puissante flèche de sa concentration. Sur le point de bondir et de pousser le gosse sous les roues des voitures, il sentit quelque chose dont son esprit lui donna une interprétation erronée, un peu comme lorsque le corps attribue à tel ou tel de ses organes une douleur émanant en réalité d'ailleurs.

Quand le pistolero passa au premier plan, Jack crut qu'un insecte s'était posé sur sa nuque. Ni guêpe ni abeille, rien qui eût un dard et le piquât pour de bon mais une bestiole à la présence irritante. Un moustique, peut-être. Il y vit la cause de cette rupture de sa concentration en cet instant crucial, s'assena une claque sur l'endroit de la démangeaison et ramena son attention sur l'enfant.

S'il avait le sentiment de ne l'avoir détournée que le temps d'un clin d'œil, sept secondes s'étaient en fait écoulées. Il ne fut pas plus sensible à la vive retraite du pistolero qu'il ne l'avait été à sa vive avance, et personne autour de lui (passants se rendant à leur travail, pour la plupart, dégorgés par la bouche de métro un peu plus loin au carrefour, le visage encore bouffi de sommeil, le regard introverti oscillant entre veille et rêve) ne remarqua que les yeux de Jack, après avoir viré de leur bleu foncé habituel à une nuance plus claire derrière ses verres cerclés d'or, reprenaient leur couleur cobalt. Personne ne remarqua non plus l'éclair de rage frustrée qui envahit ces yeux lorsque, de retour à la normale, Jack les centra de nouveau sur l'enfant. Le feu était passé au rouge.

Il regarda sa proie manquée traverser avec le reste du flot puis rebroussa chemin à contre-courant du flux de piétons.

— Hé là, m'sieur. Faites un peu attention à ce que...

À peine entrevit-il la bouille de lait caillé de l'adolescente avant de la bousculer sans ménagement, indifférent au cri de colère qu'elle poussait alors que sa brassée de livres de classe lui échappait des mains. Il continua de descendre la Cinquième Avenue, s'éloignant du croisement de la 43e Rue, là où il avait espéré tuer le gamin aujourd'hui. Il fonçait tête baissée, lèvres pincées au point de ne plus paraître avoir de bouche tant il n'en restait qu'une mince et ancienne cicatrice lui barrant le bas du visage au-dessus du menton. Loin de ralentir, une fois libéré de la bousculade, il allongea le pas pour traverser la 42e Rue, franchit sur sa lancée la 41e, puis la 40e, et passa alors devant l'immeuble du garçon. Il n'y jeta qu'un bref regard, bien qu'il eût, depuis trois semaines, chaque jour où il y avait école, suivi Jake dans son trajet matinal sur la Cinquième Avenue, de la porte de cet immeuble jusqu'à la troisième intersection, endroit qu'il appelait mentalement Pushing Point [1].

Derrière, la fille braillait toujours mais Jack Mort ne s'intéressait pas plus à elle qu'un collectionneur de papillons au commun des lépidoptères.

Jack avait à sa manière beaucoup de ressemblance avec un collectionneur de papillons.

Il exerçait avec succès la profession d'expert comptable.

Pousser n'était que son violon d'Ingres.

4

Le pistolero regagna son poste d'observation à l'arrière de la conscience qu'il occupait et s'y fondit. S'il éprouvait quelque soulagement, c'était simplement parce qu'il savait à présent que cet homme n'était pas l'homme en noir, qu'il n'était pas Walter.

Mais tout le reste n'était qu'horreur absolue... et totale compréhension.

Divorcé d'avec un corps diminué, son esprit — son *ka* — retrouvait son acuité foncière, mais cette soudaine lucidité le frappa comme un coup sur la tempe.

À présent que le gosse était hors de danger, cette même lucidité lui révélait à présent un rapport entre cet homme et Odetta, rapport inconcevable au plus haut point et néanmoins trop affreusement pertinent pour ressembler à une pure coïncidence. Un terrible soupçon l'envahissait alors à propos du tirage, à propos de l'authentique nature des trois cartes retournées.

. En anglais : le lieu de la poussée. *(N.d.T.)*

La troisième n'était pas cet homme, ce Pusher, la troisième lame, Walter l'avait nommée Mort.

Mort... mais pas pour toi. C'était là ce que Walter, retors jusqu'au bout, retors comme Satan, avait annoncé en la retournant. Commentaire laconique d'un homme de loi, si proche de la vérité que la vérité n'avait aucune peine à se dissimuler dans son ombre. Mort, mais pas pour lui : mort dont il devenait l'instrument.

Le Prisonnier, la Dame.

Puis Mort en troisième position.

Troisième position qu'il eut soudain la certitude d'occuper.

5

Le bond que Roland fit pour passer au premier plan ne fut rien de moins que celui d'un projectile, missile inintelligent programmé pour lancer le corps qui l'hébergeait contre l'homme en noir sitôt qu'il le verrait.

Les considérations sur ce qui pourrait advenir s'il empêchait l'homme en noir d'assassiner Jake ne devaient se présenter que plus tard : l'éventuel paradoxe, la fistule dans le temps et dans l'espace susceptible d'annuler tout ce qui s'était produit après son arrivée au relais... car Jake n'avait pu y être s'il le savait ici, et tout ce qui avait alors suivi leur rencontre s'en trouvait nécessairement modifié.

Modifié comment ? Il était même impossible de s'en faire une idée. Que cela pût représenter la fin de sa quête ne lui effleura jamais l'esprit. Et, de toute façon, prévoir *a posteriori* était d'un intérêt discutable : aurait-il repéré l'homme en noir que ni conséquence ni paradoxe ni décret du destin ne l'aurait empêché de courber la tête du corps qu'il occupait pour la lancer dans la poitrine de Walter. Il n'aurait pu agir autrement, pas plus qu'un revolver ne peut se soustraire au doigt qui en presse la détente, expédiant la balle sur sa trajectoire.

Si ça foutait tout en l'air, que tout aille se faire foutre.

Il scruta rapidement la foule massée au bord du trottoir, examinant chaque visage, les femmes comme les hommes, s'assurant qu'aucun ne faisait simplement semblant d'être celui d'un passant.

Walter n'y était pas.

Progressivement, il se détendit, comme un doigt déjà replié sur la détente peut au dernier instant s'en détacher. Non, Walter n'était nulle part à proximité du garçon, et le pistolero eut de quelque manière la certitude intuitive que le moment n'était pas encore venu. Qu'il n'allait plus tarder — dans quinze jours, dans une semaine, voire d'ici vingt-quatre heures — mais pas encore.

Si bien qu'il se retira.

Ce faisant, il vit...

6

... et en resta interdit : cet homme dans l'esprit duquel s'ouvrait la troisième porte avait un jour été posté juste en retrait d'une fenêtre, celle d'une pièce inoccupée dans un immeuble rempli de pièces pareillement inoccupées — sinon par les alcoolos et les timbrés qui fréquemment y passaient la nuit. La présence habituelle des alcoolos se décelait à l'odeur de leur sueur désesperée et de leur pisse hargneuse, celle des timbrés à la puanteur de leurs pensées dérangées. Le mobilier se réduisait à deux chaises. Jack Mort se servait des deux : de l'une pour s'asseoir, de l'autre pour caler en position fermée la porte donnant sur le couloir. Il ne s'attendait pas à être dérangé, mais autant ne pas prendre de risques. Il était assez près de la fenêtre pour voir ce qui se passait dans la rue, assez enfoncé toutefois dans l'angle d'ombre pour être à l'abri d'un éventuel regard.

Et il avait à la main une brique qui s'apprêtait à retourner à la poussière.

Une brique qu'il avait détachée du mur sur le côté de l'embrasure, là où bon nombre ne tenaient plus très bien. Elle était déjà ancienne, avec ses coins arrondis par l'érosion, mais restait lourde. Des caillots de ciment y adhéraient comme des berniques.

Il avait l'intention de lâcher cette brique sur quelqu'un.

Sur qui ? Aucune importance. Quand il s'agissait d'accomplir sa fonction de pusher, de pourvoyeur de mort, Jack Mort n'était pas regardant sur la clientèle.

Au bout d'un moment, une petite famille apparut un peu plus haut dans la rue : papa, maman et leur fillette. La gamine marchait du côté des maisons, sans doute à cause de la circulation qui, si près de la gare, était plutôt intense. La densité des véhicules n'entrait pour aucune part dans le choix que Jack Mort avait fait du Pushing Point. Décisive, en revanche, avait été l'absence de bâtiment en vis-à-vis : de l'autre côté de la rue, on avait rasé des immeubles ; il n'en demeurait qu'un terrain vague jonché de planches fracassées, d'éboulis de briques et d'un miroitement de verre brisé.

Il n'allait pas se pencher plus de quelques secondes, et ne laisser paraître qu'une tête affublée de lunettes de soleil et coiffée d'un bonnet hors saison dissimulant ses cheveux blond-roux. C'était comme la chaise calée sous le bouton de la porte. Même si l'on s'estimait à l'abri de tout risque prévisible, il n'était pas mauvais de réduire l'inévitable reliquat d'inattendu.

Il portait également un sweat-shirt trois fois trop grand qui lui arrivait à mi-cuisses. En plus du doute que ce vêtement faisait planer sur son gabarit réel (il était assez maigre), un tel sac à patates, si d'aventure on le voyait se pencher, répondait à un autre but. Quand Jack « larguait une grenade sous-marine » sur quelqu'un (ainsi définissait-il cette forme de son activité), il larguait parallèlement la purée dans son froc. Le sweat-shirt informe avait donc le mérite annexe de dissimuler la tache humide qui s'arrondissait invariablement sur son jean.

La petite famille s'était rapprochée.

Ne gaspille pas ta bombe, attends, contente-toi d'attendre...

Il frémit au bord de la fenêtre, tendant la brique puis la ramenant sur son ventre, la tendant de nouveau pour de nouveau la ramener, mais pas tout à fait cette fois, l'immobilisant à quelques centimètres de son corps, puis se penchant pour de bon, d'un sang-froid total à présent. Il l'était toujours en ce pénultième instant.

Il lâcha la brique et la regarda tomber.

Elle descendit, présentant successivement ses faces, et Jack eut dans le soleil une vision nette de ses berniques de mortier. En ces instants comme dans nul autre, tout était d'une extraordinaire netteté, tout ressortait dans l'exacte et géométrique perfection de sa substance : c'était cela dont il venait de pourvoir le réel, comme un sculpteur qui, balançant son maillet sur le ciseau, modifie la pierre et fait naître une substance nouvelle de la *caldera* brute. C'était ce qu'il y avait de plus remarquable au monde : la logique dans un vêtement d'extase.

Il lui arrivait de rater sa cible ou de la frapper de biais, comme au sculpteur de détacher un éclat malencontreux du bloc qu'il travaille ou de riper dessus pour rien. Mais ce coup-ci fut parfait. La brique percuta carrément le crâne de la fillette en éclatante robe de guingan. Il vit jaillir le sang, d'un rouge plus vif que celui de la terre cuite mais qui, en séchant, allait s'obscurcir dans les mêmes tons de brun. Entendit hurler la mère. Fut déjà loin de la fenêtre.

Gagnant la porte, il envoya valdinguer à l'autre bout de la pièce la chaise qui l'avait calée (d'un coup de pied, au passage, il venait de renverser l'autre sur laquelle il s'était assis pour attendre). Puis il souleva le sweat-shirt, tira un foulard de sa poche arrière, et s'en servit pour tourner le bouton.

Comme ça, pas d'empreintes.

Les Négatifs seuls laissent leurs empreintes.

Il refourra le foulard dans sa poche arrière alors que la porte s'ouvrait. Et adopta pour descendre le couloir une démarche légèrement avinée. Sans se retourner.

Se retourner aussi était bon pour les Négatifs.

Car les Positifs savent que tenter de voir si quelqu'un vous regarde est le plus sûr moyen d'amener ce quelqu'un à vous regarder. Se retourner était le genre d'acte susceptible de se graver dans la mémoire d'un témoin à la suite d'un accident. Susceptible d'amener un flic plus malin que les autres à décider qu'il s'agissait d'un accident suspect et, partant, à ouvrir une enquête. Et tout ça à cause d'un simple coup d'œil nerveux par-dessus l'épaule. Jack ne croyait pas qu'on pût établir un lien entre lui et le crime, viendrait-on même à déclarer l'accident suspect, à ouvrir cette enquête. Mais...

Ne prendre de risques qu'acceptables, les réduire au possible.

En d'autres termes · toujours caler une chaise sous le bouton.

Il s'engagea donc dans le couloir poussiéreux dont le plâtre des parois révélait par plaques l'armature de baguettes, le descendit les yeux rivés au sol, se marmonnant des trucs comme les clodos qu'on voit dans les rues Les hurlements d'une femme — la mère de la fillette, supposait-il — continuaient de lui parvenir, mais de très loin, de la façade de l'immeuble, et c'était sans importance. Tout ce qui arrivait après — les cris, la confusion, les gémissements de la victime (quand elle était encore en mesure de gémir) — n'avait aucun intérêt pour Jack. La seule chose qui comptait, c'était de pourvoir au changement dans le cours normal des choses, de creuser de nouveaux biefs dans le flux des existences... et peut-être pas seulement dans le destin de ceux qui étaient frappés, mais sur un cercle autour d'eux qui allait s'élargissant comme les rides autour du caillou jeté dans un étang.

Qui pouvait dire qu'il n'avait pas sculpté le cosmos aujourd'hui ou que celui-ci n'allait pas dans l'avenir en porter la marque indélébile ?

Seigneur, pas étonnant qu'il balançât la purée dans son jean !

Il ne croisa personne dans l'escalier mais continua de tituber légèrement, sans embardée toutefois. Une allure modérément éméchée ne retiendrait pas l'attention comme l'auraient immanquablement fait d'ostentatoires zigzags. Il marmonnait toujours mais sans rien dire qui pût être compris. En pareilles circonstances, il aurait même été préférable de ne pas du tout jouer la comédie que d'en faire trop.

Une porte de service en piètre état le fit déboucher sur une ruelle jonchée d'ordures et de bouteilles cassées si nombreuses qu'elles éparpillaient sur le sol de scintillantes galaxies de tessons.

Il avait programmé sa retraite à l'avance comme il programmait toute chose à l'avance (ne prendre de risques qu'acceptables, les réduire au possible, être toujours et en tout un Positif). Une telle attitude lui avait valu d'être considéré par ses collègues comme un homme qui irait loin (et il avait effectivement l'intention d'aller loin mais l'un des endroits où il n'avait nulle intention d'aller était la prison, et un autre la chaise électrique).

Il y avait des gens qui couraient dans la rue sur laquelle donnait la ruelle mais c'était pour aller voir à quoi correspondaient les cris et pas un ne prit garde à Jack Mort qui avait retiré son bonnet hors saison mais pas ses lunettes noires (lesquelles, par une matinée si ensoleillée, n'avaient rien d'incongru).

Il emprunta une autre venelle.

Ressortit dans une autre rue.

Il remontait maintenant d'un pas nonchalant une troisième

ruelle moins crasseuse que les deux premières vers une artère desservie par une ligne de bus. Moins d'une minute après qu'il eut atteint l'arrêt, un bus se présenta, ce qui était également conforme au planning. Il y monta quand la porte accordéon s'ouvrit et laissa tomber sa pièce de quinze *cents* dans la boîte. Le chauffeur ne lui accorda même pas un regard. Parfait. Mais eût-il levé les yeux sur lui qu'il n'aurait vu qu'un type en jean, un chômeur peut-être avec ce sweat-shirt qui semblait sortir d'un colis de l'Armée du Salut.

Être prêt, paré à tout, être un Positif.

Tel était le secret de la réussite de Jack Mort, dans son travail et dans ses loisirs.

Neuf rues plus loin, il y avait un parking. Jack descendit du bus, pénétra dans le parking, se mit au volant de sa voiture (une Chevrolet 50 parfaitement anodine et toujours en excellent état), puis regagna New York.

Sans l'ombre d'une préoccupation.

7

La vision complète de cet épisode n'avait pas requis plus d'un instant. Avant que le pistolero n'ait pu simplement fermer son esprit à l'horreur de ces images, il vit autre chose. Pas tout mais assez. Largement assez.

8

Il vit Mort découper au cutter un morceau de la quatrième page du *New York Daily Mirror*, s'assurant avec un soin méticuleux que sa lame suivait exactement le cadre de l'article. UNE FILLETTE DE COULEUR DANS LE COMA À LA SUITE D'UN TRAGIQUE ACCIDENT, annonçait le journal. Il vit Mort appliquer la colle au dos de la coupure avec la petite spatule dont était pourvu le couvercle du pot. Il le vit la positionner au centre de la page vierge d'un album qui, à en juger par l'épaisseur gondolée des pages précédentes, en contenait déjà beaucoup. Il put en lire les premières lignes : « Odetta Holmes, cinq ans, venue à Elizabethville, New Jersey, pour un joyeux événement est à présent victime d'un cruel coup du sort. Après le mariage d'une de ses tantes, célébré avant-hier, la fillette et ses parents se rendaient à pied à la gare quand une brique... »

Mais ce n'était pas la seule fois que Mort s'était occupé d'elle.

Dans les années qui s'étaient écoulées entre ce matin-là et le soir où Odetta avait perdu ses jambes, Jack Mort avait largué un grand nombre d'objets et poussé un grand nombre de personnes.

Puis Odetta s'était de nouveau trouvée être sa victime.

La première fois, il avait projeté quelque chose sur elle.

La deuxième fois, c'était elle qu'il avait poussée devant quelque chose.

De quelle sorte d'homme suis-je censé me servir? pensa le pistolero. *De quelle sorte d'homme...*

Mais Jake lui revint à l'esprit, la poussée qui avait expédié Jake de ce monde dans un autre, et il crut entendre le rire de l'homme en noir, et cette accumulation l'acheva.

Roland s'évanouit.

9

Quand il reprit conscience, il avait sous les yeux des chiffres alignés bien nets sur une feuille de papier vert. Une feuille quadrillée, si bien que chaque chiffre ressemblait à un prisonnier dans sa cellule.

Il pensa : *Quelque chose d'autre.*

Pas seulement le rire de Walter. Quelque chose d'autre... un plan ?

Seigneur, non. Rien d'aussi complexe, d'aussi riche d'espoir.

Mais une idée au moins. L'esquisse d'une idée.

Depuis combien de temps suis-je ici? se demanda-t-il, saisi d'une inquiétude soudaine. *Il était dans les neuf heures quand j'ai franchi cette porte. Peut-être un peu moins. Combien de temps...*

Il se projeta au premier plan.

Jack Mort — qui pour l'heure n'était plus qu'une marionnette humaine manipulée par le pistolero — leva les yeux et vit les aiguilles de la coûteuse pendulette à quartz posée sur son bureau marquer treize heures quinze.

Dieu ! Tant que ça ? Mais alors... Eddie... il était dans un tel état de fatigue... il n'aura jamais pu rester éveillé jusque...

Roland tourna la tête de son hôte. La porte était toujours là, mais le spectacle qu'il y découvrait passait en horreur ses pires craintes.

Sur un côté de l'ouverture, il voyait deux ombres. L'une était celle du fauteuil, l'autre celle d'un être humain... mais d'une créature incomplète en appui sur ses bras parce que amputée en un temps d'une moitié de ses jambes avec la même brutalité que Roland l'avait été de son orteil et de ses doigts.

L'ombre se déplaça.

Roland détourna aussitôt le visage de Jack Mort avec la soudaineté d'un serpent qui attaque.

Il ne faut pas qu'elle croise le regard de cet homme. Il ne saurait en être question tant que je ne suis pas prêt. Jusque-là, elle n'en doit voir que la nuque.

Non par crainte que Detta Walker vît Jack Mort de face puisque quiconque regardait par la porte ne voyait que ce qui s'offrait aux regards de celui sur qui elle s'ouvrait. La seule possibilité que Detta eût de voir le visage de cet homme était qu'il se regardât dans une glace (encore qu'il pût en résulter par logique interne un atroce paradoxe) mais, même alors, ce visage n'aurait rien évoqué à l'une ou l'autre de ses deux moitiés, pas plus que celui de la Dame n'aurait évoqué quoi que ce soit à Jack Mort. Bien qu'ils aient été par deux fois sur un pied de mortelle intimité, ils ne s'étaient jamais vus.

Ce que le pistolero tenait à éviter, c'était que la Dame vît la Dame.

Pour le moment, du moins.

L'intuitive étincelle tendit vers un plan.

Mais il se faisait tard là-bas : la luminosité du ciel lui avait suggéré quelque chose comme trois heures de l'après-midi, voire quatre heures.

De combien de temps disposait-il avant que le coucher du soleil ne ramenât les homarstruosités sur la grève, mettant un terme à la vie d'Eddie ?

Trois heures ?

Deux.

Il pouvait retourner là-bas et tenter de sauver le jeune homme... mais c'était exactement ce que Detta souhaitait. Elle lui avait tendu un piège à l'instar de ces paysans sacrifiant un agneau, et l'attachant à la lisière de leur village, pour attirer à portée d'arc le loup qu'ils n'osent traquer dans les bois. S'il réintégrait son corps malade, il n'aurait pas à souffrir très longtemps. Quant à Detta, elle ne laissait voir que son ombre car elle se tapissait sur le côté de la porte, un revolver au poing, prête à tirer à l'instant même où elle verrait bouger ce corps qu'elle surveillait.

Et comme elle avait peur de lui, elle lui accorderait pour le moins la grâce d'une mort rapide.

Mais celle d'Eddie serait atroce.

Il lui semblait entendre le hideux gloussement de Detta Walker :

T'as envie d'me 'égler mon compte, hein, f'omage blanc ? Sû' qu'ça t'démange ! Ne m'dis pas qu't'as peu' d'une 'tite nég'esse infi'me !

— Il n'y a pas trente-six moyens, articulèrent les lèvres de Jack Mort. Il n'y en a qu'un. Un seul.

La porte du bureau s'ouvrit et un homme chauve aux yeux doublés de lentilles passa la tête à l'intérieur.

— Qu'est-ce que vous comptez faire pour le dossier Dorfman ? demanda-t-il à Mort.

— Je ne me sens pas très bien. Mon déjeuner qui ne passe pas, sans doute. Je m'en irais bien tout de suite.

Le chauve eut l'air ennuyé.

— Ce doit être un microbe. Il en traîne un du genre méchant dans le secteur, me suis-je laissé dire.

— Oui, c'est sans doute ça.

— Euh... du moment que vous nous réglez ce problème avec Dorfman d'ici demain dix-sept heures...

— Oui.

— Parce que vous savez comme moi quel connard...

— Oui.

Le chauve, qui semblait à présent vaguement mal à l'aise, hocha la tête.

— Bon, rentrez chez vous. C'est vrai que vous n'avez pas l'air bien... à peine si je vous reconnais.

— Ça ne m'étonne pas.

Le chauve s'empressa de disparaître.

Il m'a senti, pensa le pistolero. *Mais il y a autre chose. Cet homme leur fait peur. Ils ne savent pas pourquoi mais il leur fait peur. Et ils ont raison d'avoir peur.*

Le corps de Jack Mort se leva, trouva la mallette qu'il avait eue à la main quand le pistolero était entré en lui et y ramassa les papiers étalés sur le bureau.

L'impulsion le prit de jeter un coup d'œil derrière lui sur la porte et il y résista. Il ne la regarderait que lorsqu'il serait prêt à risquer le tout pour le tout et à la refranchir.

Dans l'intervalle, son temps était compté, et il avait des choses à faire

II

Le pot de miel

1

Detta s'était tapie dans l'ombreuse crevasse formée par deux rochers appuyés l'un sur l'autre tels des vieillards pétrifiés alors qu'ils se communiquaient un secret. Elle observait Eddie arpentant les éboulis des collines et s'égosillant à l'appeler. Avec le duvet qui avait fini par se transformer en barbe sur ses joues, on l'aurait presque pris pour un adulte. Presque, car quand, à trois ou quatre reprises, il était passé près d'elle (et même une fois si près qu'elle n'aurait eu qu'à tendre la main pour lui saisir la cheville), il était devenu manifeste qu'il s'agissait toujours d'un gamin, et d'un gamin au bout du rouleau.

Odetta en eût éprouvé de la pitié. Detta n'avait en elle que la glaciale vigilance du prédateur.

Quand elle s'était glissée à quatre pattes dans cet abri, elle avait senti comme des feuilles mortes craquer sous ses mains. À mesure que ses yeux s'étaient accoutumés à l'obscurité relative, elle avait découvert qu'il s'agissait non de feuilles mais des os minuscules de petits animaux. Quelque carnassier, depuis longtemps parti ailleurs s'il fallait en croire le jaunissement de ces vestiges, avait eu ici sa tanière, belette ou furet. Il avait dû sortir la nuit pour monter dans les Drawers, guidé par son flair, guidé vers sa proie, là où broussailles et futaies se faisaient plus épaisses. Il l'avait trouvée, l'avait tuée, en avait ramené ici les restes pour son repas du lendemain entre deux sommes dans l'attente du soir, dans l'attente du moment de repartir à la chasse.

L'antre hébergeait à présent un plus gros prédateur, et Detta avait tout de suite pensé qu'elle devait grosso modo — sommeil en moins — se comporter comme le précédent locataire : attendre le moment où Eddie s'endormirait, comme elle avait la quasi-certitude qu'il finirait par faire, puis le tuer et ramener ici son corps. Les deux pistolets en sa possession, elle pourrait alors descendre jusqu'à la porte et attendre le retour du Vraiment Méchant. Sa première idée avait été de tuer le corps du Vraiment Méchant sitôt réglé le compte du gamin, puis elle s'était ravisée. Si le Vraiment Méchant n'avait pas de corps où rentrer, quel espoir aurait-elle de s'évader d'ici, de réintégrer son propre monde ?

Cela dit, avait-elle un moyen de convaincre le Vraiment Méchant de la ramener chez elle ?

Peut-être pas.

Mais aussi peut-être.

Par exemple s'il savait Eddie toujours en vie.

Et il en résultait une bien meilleure idée.

2

Rusée au possible, elle pouvait être également — bien qu'elle eût probablement ri au nez de quiconque eût osé le suggérer — dénuée totalement d'assurance. C'est par la ruse qu'elle avait senti le pistolero. Elle avait entendu un coup de feu et avait regardé : de la fumée sortait de l'autre revolver. Puis elle avait vu Roland recharger son arme et la lancer à Eddie avant de franchir la porte.

Elle avait compris ce que c'était censé signifier pour Eddie : que toutes les cartouches n'avaient pas pris l'eau, que le revolver était en mesure d'assurer sa protection. Elle savait aussi quelle signification cela revêtait pour elle (car le Vraiment Méchant, bien sûr, n'avait pas ignoré qu'elle les observait et que, même si elle dormait encore quand ils avaient commencé de bavarder, le coup de feu n'avait pu manquer de la réveiller) : *Ne t'approche pas de lui. Il est armé.*

Mais les démons étaient connus pour leur subtilité.

Si ce petit numéro avait été monté à son intention, ne pouvait-elle envisager que le Vraiment Méchant ait eu en tête un autre but censé n'être entrevu ni d'elle ni du gamin ? Qu'il ait en réalité pensé : *Si elle voit cette arme en état de tirer, elle en déduira que celle qu'elle détient en est également capable.*

Maintenant, supposons qu'il ait eu conscience de ce qu'Eddie finirait par céder au sommeil. N'aurait-il pas su alors qu'elle allait attendre ce moment pour subrepticement descendre chercher l'arme et tout aussi subrepticement remonter se réfugier dans les collines ? Oui, le Vraiment Méchant pouvait avoir prévu tout ça. Il était vachement malin pour un cul blanc. Assez pour comprendre que Detta était vouée à tirer le meilleur parti du petit jeune homme.

Il était donc possible que le Vraiment Méchant eût à dessein mis dans cette arme des balles défectueuses. Il lui avait déjà fait le coup ; pourquoi n'aurait-il pas recommencé ? Cette fois, elle avait soigneusement vérifié que les cartouches étaient complètes, qu'il ne s'était pas contenté comme l'autre jour de garnir le barillet de douilles vides. Elle n'avait rien relevé d'anormal mais aurait eu tort d'y voir la preuve que ces balles partiraient. Car, en fait, il n'avait même pas eu à risquer que l'une d'entre elles fût assez sèche : il était parfaitement capable de les avoir bricolées. Après tout, les armes étaient la spécialité du Vraiment Méchant. Et pourquoi aurait-il fait ça ? Pardi, pour l'obliger à se montrer ! Eddie n'aurait plus eu qu'à la tenir en joue avec son pistolet qui, lui, fonctionnait, et, si fatigué fût-il, il n'irait pas faire deux fois la même erreur. Il était même permis de penser qu'il serait particulièrement attentif, précisément parce qu'il était au bout du rouleau.

Bien joué, cul blanc, se dit Detta dans sa tanière ombreuse, dans cet endroit exigu et néanmoins confortable avec son sol tapissé d'ossements que le temps avait rendus friables. *Bien joué, mais ça ne prend pas.*

Rien ne l'obligeait à tirer sur Eddie, après tout. Il lui suffisait d'attendre.

3

Sa seule crainte était de voir revenir le pistolero avant qu'Eddie n'ait succombé au sommeil, mais l'absence du Vraiment Méchant se prolongeait. Le corps affalé au pied de la porte restait inerte. Peut-être rencontrait-il des problèmes pour trouver le médicament dont il avait besoin... ou quelque autre sorte de problèmes, vu ce qu'elle savait de lui. Ce genre d'hommes semblait attirer les ennuis comme une chienne en chaleur attirait les mâles en rut.

Deux heures s'écoulèrent tandis qu'Eddie battait les collines à la recherche de celle qu'il nommait Odetta (oh, qu'elle avait horreur de ce O initial !), qu'il arpentait les lourdes courbes, hurlant jusqu'à ne plus avoir de voix.

Il finit par faire ce qu'elle n'avait cessé d'attendre, redescendant jusqu'à la petite pointe de plage pour s'asseoir à côté du fauteuil et promener autour de lui des regards désolés. Sa main monta effleurer les roues du fauteuil — presque une caresse — puis elle retomba et il poussa un gros soupir.

À cette vue, Detta sentit dans sa gorge une douleur à goût de métal qui finit par lui exploser dans le crâne, le déchirant de part en part comme un éclair zébrant le ciel d'été. Elle crut alors entendre une voix qui appelait... appelait ou exigeait.

Non, pas question, rétorqua-t-elle mentalement sans savoir à qui elle pensait ou s'adressait. *Pas question, pas cette fois, pas maintenant. Pas maintenant et plus jamais, peut-être*. L'atroce décharge lui traversa encore une fois la tête et ses poings se crispèrent. Jusqu'à son visage qui se fit lui-même poing, tordu dans un rictus d'extrême concentration — expression frappante par son mélange de laideur et de détermination quasi extatique.

Il n'y eut pas de troisième assaut, ni de la douleur ni de cette voix qui semblait s'exprimer au travers de ces crises.

Elle attendit.

Bien qu'il se fût calé le menton au creux des mains, la tête d'Eddie ne tarda pas à piquer du nez, donnant l'impression que ses poings lui remontaient le long des joues. Detta continua d'attendre, rivant sur lui son regard d'obsidienne.

Il redressa la tête en sursaut, se leva, gagna le bord de l'eau et s'en aspergea la figure.

C'est qu'il fe'ait tout pou' pas 'oupiller, ce p'tit Blanc. Dommage qu'y ait pas d'Anti-Dodo dans c'monde, t'en p'end'ais une pleine plaquette, pas v'ai ?

Eddie choisit cette fois de se rasseoir dans le fauteuil mais, à l'évidence, s'y trouva trop confortablement installé. Aussi, après avoir posé un long regard par la porte ouverte *(qu'est-ce tu y vois, p'tit gars ? Detta donne'ait che' pou' l'savoi'),* retransféra-t-il ses fesses à même le sable.

Se calant de nouveau la tête sur les poings.

Tête qui, de nouveau, ne tarda pas à s'affaisser.

Et que, cette fois, nul sursaut ne redressa. Le menton d'Eddie finit par buter sur sa poitrine et, malgé le vacarme du ressac, Detta commença d'entendre ses ronflements. Bientôt, il bascula sur le flanc et se roula en boule.

Surprise, écœurement et panique se mêlèrent en elle alors que l'assaillait une bouffée de pitié à l'égard de ce jeune Blanc là en bas sur la grève. Il ne lui évoquait rien tant qu'un petit mioche qui a tenté de veiller jusqu'aux douze coups de minuit le soir de la Saint-Sylvestre et a perdu le défi qu'il s'était lancé. Puis lui revint comment ce morveux de cul blanc et son copain le Vraiment Méchant avaient cherché à lui faire avaler de la nourriture empoisonnée, comment ils l'avaient narguée avec la leur, succulente et saine, la lui arrachant de devant la bouche à l'instant même où elle allait y mordre... du moins jusqu'à ce qu'ils aient eu peur de la voir mourir d'inanition.

S'ils avaient peur à ce point que tu meures, pourquoi auraient-ils voulu t'empoisonner au début ?

La question ne la paniqua pas moins que la soudaine pitié qui l'avait assaillie quelques instants plus tôt. Elle n'avait pas coutume de se tourmenter et la voix intérieure qui venait de l'assaillir n'avait rien eu à voir avec la sienne.

Z'avaient pas l'intention d'me tuer avec leu' poison, voulaient juste que j'sois malade à c'ever pou' qui puissent 'igoler d'me voi' dégueuler et gémi'.

Elle attendit encore une vingtaine de minutes puis s'ébranla vers la plage, mettant à profit la considérable vigueur de ses bras d'infirme pour, sans jamais quitter Eddie des yeux, ramper avec l'ondulante souplesse d'un serpent. Elle aurait bien continué d'attendre, une demi-heure encore, voire une heure de plus *(autant qu'ce p'tit 'culé d'cul blanc soit pa' quinze b'asses de fond dans l'dodo plutôt qu'pa' t'ois ou pa' quat')* mais il n'était pas question de se permettre un tel luxe. À tout instant, le Vraiment Méchant pouvait réintégrer son corps.

Parvenue à proximité d'Eddie qui ronflait toujours comme un sonneur, elle repéra une pierre suffisamment lisse d'un côté pour assurer la prise, suffisamment déchiquetée de l'autre pour faire du vilain.

Sa paume en enveloppa le côté lisse et elle reprit sa reptation vers le jeune homme endormi, le miroitement vitreux du meurtre dans les yeux.

4

Son plan était d'une simplicité brutale : abattre encore et encore les meurtrières aspérités de la pierre sur la tête d'Eddie jusqu'à ce qu'il n'y eût pas plus de vie dans l'une que dans l'autre. Puis elle prendrait le revolver et attendrait le retour du pistolero.

Il aurait à peine le temps de se redresser qu'elle le placerait devant un choix : la ramener chez elle ou se faire descendre. *Dans un cas comme dans l'aut', tu se'as déba'assé d'moi, mon mignon,* lui dirait-elle, *et avec ton p'tit copain camé, me 'aconte pas qu'ça t' fe'ait pas plaisi'.*

Si l'arme que le Vraiment Méchant avait donnée à Eddie n'était bonne à rien — ce qui restait possible, vu qu'elle n'avait jamais rencontré personne qui lui inspirât, autant que Roland, une telle haine, une telle terreur —, elle agirait avec lui comme avec l'autre. Elle le tuerait avec la pierre ou à mains nues. Il était malade et avait deux doigts de moins. Elle l'aurait.

Mais alors qu'elle n'était plus qu'à quelques mètres d'Eddie, une pensée la traversa, particulièrement perturbante. Une question, qu'une fois de plus une autre voix semblait avoir posée.

Et s'il le sait déjà ? Si à la seconde même où tu massacres Eddie, Roland est au courant ?

Pou'quoi i'se'ait au cou'ant ? I'se'a bien t'op occupé à che'cher son médicament.

La voix s'abstint de répondre, mais le doute était semé. Elle les avait entendus parler alors qu'ils la croyaient endormie, le Vraiment Méchant avait quelque chose à faire. Elle ne savait pas quoi, sinon qu'il était question d'une Tour. Peut-être le Vraiment Méchant avait-il dans l'idée que cette Tour était pleine d'or, de bijoux, de quelque chose dans le genre. Il disait qu'il avait besoin d'elle et d'Eddie, ainsi que d'un troisième qu'il avait encore à ramener, ce qu'elle avait jugé possible. Sinon, pourquoi y aurait-il eu ces portes ?

Si la magie avait à voir là-dedans et qu'elle tuait Eddie, l'autre était effectivement susceptible de l'apprendre. Et si lui interdire ainsi l'accès à sa Tour, c'était sans doute anéantir la seule chose qui raccrochât ce 'culé d'cul blanc à l'existence ? Et s'il savait qu'il n'avait plus de raison de vivre ? Alors l'culé d'cul blanc en question allait être capable de n'importe quoi parce que l'culé d'cul blanc allait se fiche de tout comme de l'an quarante.

Elle frissonna à la pensée de ce qui pourrait arriver si le Vraiment Méchant débarquait dans un tel état d'esprit.

Mais s'il était exclu de tuer Eddie, qu'allait-elle faire ? Se contenter de désarmer le gamin ? Mais quand l'autre allait revenir, serait-elle en mesure d'affronter les deux ?

Elle n'en savait strictement rien.

Son regard passa sur le fauteuil, le dépassa, puis y retourna vite fait. Il y avait une poche à l'arrière du dossier. Un bout de corde en sortait, de la corde dont ils s'étaient servis pour l'attacher.

Elle comprit alors la marche à suivre.

Et modifia sa direction, rampant vers le corps inerte du pistolero. Elle allait d'abord prendre quelque chose dont elle estimait avoir besoin dans le havresac que le Vraiment Méchant appelait sa « bourse » puis retournerait chercher la corde, le tout sans tarder... mais voilà que le spectacle offert par la porte la figeait sur place.

Comme Eddie, elle y voyait un film... celui-ci ayant une ressemblance accentuée avec les séries policières à la télé. Le décor montrait l'intérieur d'une pharmacie avec, au centre, le pharmacien qui avait l'air mort de trouille, et Detta n'aurait pas songé à le lui reprocher : il y avait une arme au premier plan, braquée sur le front du malheureux. Celui-ci disait quelque chose mais la voix était lointaine, déformée, comme venant d'un haut-parleur. Elle n'aurait su dire pourquoi. Ne voyait pas non plus qui tenait le pistolet, mais là, nul mystère, elle savait qui c'était.

Le Vraiment Méchant, voyons.

Pas dit, d'ailleu', qu'il ait la même appa'ence d'l'aut' côté, peut fo' bien 'essembler à un g'os patapouf, et même à un f'è' de couleu', mais dedans, c'est lui. En tout cas, i's'est t'ouvé vite fait un aut' péta'. M'est avis qu'i' met jamais cent sept ans à fai' les choses. Et tu fe'ais bien d'en p'end' de la g'aine, ma fille. Allez, g'ouille-toi, Detta Walker.

Elle ouvrit la bourse de Roland. Faible et nostalgique, l'arôme d'un tabac dont elle avait longtemps contenu la réserve et dont l'épuisement remontait à longtemps s'en exhala. Ce n'était pas très différent d'un sac de dame, rempli d'un bric-à-brac hétéroclite à première vue... mais se révélant à qui l'examine d'un peu plus près le nécessaire de voyage d'une personne que rien ou presque ne saurait prendre au dépourvu.

Detta avait dans l'idée que le Vraiment Méchant était depuis pas mal de temps sur le chemin de sa Tour. Si oui, la simple quantité d'objets qui restaient dans ce sac — même si bon nombre ne payaient pas de mine — était en soi passablement surprenante.

Allez, g'ouille-toi, Detta Walker.

Elle y trouva ce dont elle avait besoin puis, serpent silencieux, retourna vers le fauteuil. Quand elle l'eut atteint, elle prit appui sur un bras pour se hisser à la hauteur de la poche et y pêcher la corde. Ce faisant, elle garda un œil sur Eddie, s'assurant qu'il dormait toujours.

Il n'eut pas même un mouvement dans son sommeil jusqu'à ce que Detta, d'une brusque traction sur la corde, resserrât le nœud coulant qu'elle venait de confectionner et de lui passer autour du cou.

5

Il se sentit brutalement tiré en arrière et sa première pensée fut qu'il dormait encore, qu'il était la proie de quelque horrible cauchemar où on l'enterrait vivant, à moins qu'on n'y tentât de l'étouffer.

Puis il prit conscience, douloureusement conscience de la corde qui lui cisaillait la gorge, du chaud ruissellement de la salive sur son menton alors qu'il étouffait, mais pas en rêve. Ses doigts s'accrochèrent au garrot. Il tenta de se relever.

L'extraordinaire vigueur des bras de Detta se fit de nouveau connaître. Arraché en arrière, Eddie se raplatit sur le dos dans un bruit sourd. Il était violet.

— Tu bouges plus, siffla Detta derrière lui. J'te tue pas si tu bouges plus. Mais continue d'te débatt'e et je continue de se'er.

Eddie baissa les mains et tenta de bloquer ses spasmes. Le nœud se relâcha, juste de quoi lui laisser happer une goulée d'air brûlant. Mieux que rien, mais rien d'autre à en dire.

Quand son cœur emballé fut un peu revenu de sa panique, il voulut tourner la tête. Le nœud se resserra aussitôt.

— T'occupe! T'as pas aut' chose à voi' que c'te flotte là-devant, f'omage blanc. Pou' l'instant, ça t'suffit la'gement comme spectacle.

Il ramena les yeux sur l'océan et une autre de ces parcimonieuses mesures d'air enflammé lui fut accordée. Sa main glissa vers sa ceinture (mouvement subreptice qu'elle remarqua si lui ne la vit pas sourire). N'y trouva rien. Elle lui avait pris le revolver.

Elle t'est tombée dessus pendant que tu dormais, Eddie. C'était le pistolero, bien sûr, qui lui parlait. *Ça ne sert plus à rien que je te le dise mais... je t'avais averti. Regarde où ton roman d'amour t'a emmené : un nœud coulant autour du cou et une folle armée de deux pistolets quelque part derrière toi.*

Mais si elle avait voulu me tuer, elle l'aurait déjà fait, aurait profité de ce que je dormais.

Tiens, tiens, tu crois ça, Eddie ? Quelles sont ses intentions à ton égard selon toi ? T'offrir un voyage tous frais payés à Disneyworld pour deux personnes ?

— Écoute, dit-il. Odetta...

À peine le mot eut-il franchi ses lèvres que le nœud se resserra.

— T'a'ête de m'appeler comme ça! La p'ochaine fois qu'tu l' fais, ça se'a aussi la de'niè'e fois qu't'ouv'i'as la bouche. Mon nom, c'est Detta Walker, et si tu veux avoi' une chance d'met' un peu d'ai' dans tes poumons, t'as inté'êt à t'en souveni'!

Dans une succession de bruits étranglés, il crispa de nouveau ses mains sur le nœud. De grosses taches noires de néant commençaient d'exploser dans son champ de vision, fleurs maléfiques.

Au bout d'une éternité, la pression sur sa glotte redevint supportable.

— Pigé, cul blanc ?

— Oui, fit-il, couinement éraillé sans plus.

— Alo' dis-le ! Dis mon nom !

— Detta.

— En entier ! Dis-le en entier !

Hurlement hystérique, oscillant sur l'inquiétante frontière de la démence. Eddie en cet instant fut bien content de ne pas la voir.

— Detta Walker.

— Bien. (Léger relâchement du collier de chanvre.) Maintenant, tu m'écoutes, f'omage blanc, et tu tâches de pas en pe'd' une miette si t'as envie d'viv' jusqu'au coucher du soleil. T'as pas inté'êt à jouer les p'tits malins comme tu viens d'fai' en essayant d'att'aper c't' a'me qu'heu'eusement j't'avais d'jà p'ise tandis qu'tu d'omais. T'as pas inté'êt à vouloi' 'ouler la môme Detta pasqu'elle a l'œil. 'éfléchis-y bien avant d'fai' quoi qu'ce soit !

Et va pas non plus t'imaginer qu'tu pou'as jouer les p'tits malins pasque Detta elle a pas d'jambes. Y a des tas d'choses que j'ai app'is à fai' depuis qu'j'les ai pe'dues, et puis n'oublie pas qu'j'ai les deux pistolets maintenant, et qu'ça change un tas d'choses, tu c'ois pas ?

— Si, croassa Eddie. Mais je n'ai pas trop l'impression d'avoir envie de jouer les petits malins.

— Pa'fait, mon ga'. Félicitations. (Elle gloussa.) Tu sais qu' j'ai pas chômé pendant qu'tu 'oupillais. Le scéna'io est là point pa' point dans ma tête et j'vais te l'donner, cul blanc : tu vas d'abo' met' les mains de'iè'e le dos pou' que j'y passe le même gen'e de boucle qu'autou' du cou. Ca' j'ai aussi fait du mac'amé pendant qu'tu do'mais, feignasse ! T'ois jolies p'tites bouc' ! (Nouveau ricanement.) Dès qu'tu la sens, tu 'éunis les poignets pour qu'je puisse la passer. Alo' tu vas senti' ma main se'er l' nœud et, à c'moment-là, tu vas t'di' : « C'est là ma chance d'échapper à c'te salope de nég'esse. Faut qu'j'en p'ofite maintenant qu'a'n'tient plus aussi solidement la co'de », sauf que... (sur ce la voix de Detta s'assourdit, la caricature d'accent noir du Sud plus nasillarde et voilée que jamais)... sauf que tu fe'ais mieux de te 'etou'ner avant d'fai' une bêtise.

Eddie se retourna et découvrit une Detta qui avait désormais tout de la sorcière et dont la vue aurait glacé d'effroi des cœurs autrement mieux accrochés que le sien. La robe qu'elle avait portée au Macy's — et dans laquelle le pistolero l'avait arrachée à l'Amérique des années 60 — ne subsistait qu'à l'état de haillon répugnant, et elle avait utilisé le couteau de Roland — celui qui leur avait précédemment servi à ôter le corset de sparadrap — pour y faire deux entailles supplémentaires au-dessus des hanches, créant ainsi deux étuis de fortune dont dépassaient les crosses polies par le temps des revolvers.

Et si sa voix s'était épaissie, il fallait en chercher la cause dans la corde qu'elle tenait entre ses dents, l'extrémité fraîchement sectionnée d'un côté de son sourire mauvais, le reste allant droit à la boucle qu'elle lui avait passée autour du cou. Pareille vision de cette longueur de chanvre sertie dans un tel rictus avait quelque chose de si fondamentalement prédateur et barbare qu'il en resta figé, l'horreur écarquillant ses yeux tandis que s'élargissait par ricochet le sourire de Detta.

— Donc, reprit-elle, tu fais quoi que ce soit d'suspect pendant que j'm'occupe de tes mains et je te se'e le kiki à la fo'ce des dents. Et cette fois, j'vais jusqu'au bout. T'as comp'is, f'omage blanc ?

Il se contenta de hocher la tête, plus très sûr de pouvoir répondre à voix haute.

— Bien. Il se peut que tu su'vives encore quelque temps.

— C'est préférable, croassa Eddie. Sinon tu n'auras plus jamais le plaisir de piller les rayons de Macy's. Parce qu'il le saura, et qu'alors ça va chier des hannetons.

— Silence, dit Detta, murmurant presque. Tu la fe'mes gentiment et tu laisses le soin de 'éfléchi' à ceux qui en sont capab'. Tout c'que t'as à fai', c'est d'che'cher cette deuxième boucle avec tes mains.

6

Ca' j'ai aussi fait du mac'amé pendant qu'tu do'mais, avait-elle dit, et le dégoût d'Eddie se doublait d'une inquiétude croissante alors que s'imposait l'évidence. Odetta n'avait pas exagéré. La corde présentait l'aspect d'une série de nœuds coulants. Le premier l'étranglait depuis déjà trop longtemps et le deuxième venait de lui bloquer les mains derrière le dos. Maintenant, voilà qu'elle le poussait brutalement sur le flanc et lui ordonnait de plier les jambes jusqu'à ce qu'il eût les pieds au niveau des fesses. Il comprit à quoi ça l'amenait et se fit tirer l'oreille. Un des revolvers jaillit de son étui improvisé. Elle l'arma, en appliqua le canon contre la tempe du jeune homme.

— Tu t'décides ou c'est moi qui m'décide, f'omage blanc, susurra-t-elle. La diffé'ence, c'est que si c'est moi, tu se'as mo'. J'au'ais qu'à met' du sab' su' les mo'ceaux de ce'velle et te 'abat' les ch'veux su' l't'ou d'l'aut' côté. I'se'a pe'suadé qu' tu do's.

Suivit un autre de ses hideux gloussements.

Eddie leva les pieds. Elle lui passa la troisième boucle autour des chevilles et fit prestement coulisser le nœud.

— Voilà. Lié comme un veau au 'odéo.

Description d'une rare justesse, songea Eddie. Tenter de déplier les jambes, de soulager l'inconfort de cette posture, aurait d'abord pour effet de resserrer le nœud, partant de lui cisailler les chevilles, puis de tendre la longueur de corde entre celles-ci et ses poignets, resserrant au passage le nœud et, plus grave, communiquant sa tension au reste de la corde, c'est-à-dire au nœud coulant qu'il avait autour du cou, et...

Elle le tirait à présent, le tirait vers le bord de l'eau.

— Hé là ! Qu'est-ce que tu...

Il voulut se débattre et constata qu'effectivement tout se resserrait, y compris son aptitude à respirer. Il se fit aussi mou que possible *(et garde ces pieds en l'air, connard, tâche de t'en souvenir; dis-toi bien que si tu les baisses, ça équivaut à un suicide)* et se laissa traîner sur le sol inégal. Un caillou lui écorcha la joue, et il sentit la chaleur de son sang. Le souffle rauque de Detta lui emplissait les oreilles, mais plus encore le fracas des vagues et le choc du ressac au fond du tunnel qu'il creusait dans la roche.

Seigneur ! Aurait-elle l'intention de me noyer ?

Non, bien sûr que non. Il n'eut même pas à attendre que son visage ouvrît un sillon dans l'enchevêtrement de varech marquant la limite des hautes eaux — guirlande de matière morte à la puanteur saline, froide comme des doigts de marins noyés — pour savoir où elle voulait en venir.

Il crut réentendre Henry lui dire : *De temps à autre, ils nous dégommaient une sentinelle. Un Américain, je veux dire... Ils savaient très bien que ça n'aurait servi à rien de choisir un type de l'armée régulière, vu qu'aucun de nous ne se serait aventuré hors du camp pour un Viet. Non, fallait que ce soit un de nos gars frais débarqué des States. Ils l'éventraient et l'abandonnaient, hurlant et baignant dans son sang, puis cueillaient ensuite un par un tous les mecs qui se pointaient pour essayer de le sauver. Ça durait jusqu'à ce que leur victime ait rendu l'âme. Et tu sais comment ils l'appelaient, le pauvre connard ?*

Eddie avait fait signe que non.

Un pot de miel, qu'ils disaient. Quelque chose de sucré. Capable d'attirer les mouches. Un ours, pourquoi pas ?

C'était ça qu'elle faisait : elle se servait de lui comme d'un pot de miel.

Elle le laissa environ deux mètres plus bas que la laisse de haute mer, le laissa sans mot dire, le laissa face à l'océan. Ce n'était pas la marée montante et la perspective qu'Eddie se noyât que le pistolero était censé découvrir s'il jetait un œil par la porte, car les eaux étaient sur le reflux et il s'écoulerait encore six heures avant qu'elles ne redevinssent une menace. Mais, bien avant...

Il haussa légèrement les yeux et vit le soleil imprimer sa voie d'or sur les flots. Quelle heure pouvait-il être ? Quatre heures, environ. Il en restait à peu près trois d'ici le coucher du soleil.

Il allait faire nuit longtemps avant qu'il n'eût à se soucier de la marée montante.

Et avec la nuit, les homarstruosités sortiraient des vagues pour arpenter la grève où il gisait ligoté, arpenter et questionner, puis elles le trouveraient, et leurs pinces feraient le reste.

7

Le temps commença de s'étirer interminablement pour Eddie Dean. La notion même de temps devint une vaste plaisanterie. Même l'horrible perspective de ce qui allait lui arriver quand il ferait noir s'effaça devant l'inconfort grandissant de ses jambes, une palpitation qui s'enfla sur l'échelle des sensations pour se transformer en douleur lancinante puis en hurlant supplice. Relâchait-il ses muscles que les trois nœuds se resserraient et qu'au bord de l'étranglement il parvenait de justesse à redresser les chevilles, soulager la pression de la corde sur sa gorge et admettre un peu d'air dans ses poumons. Il n'était plus du tout sûr de tenir jusqu'au soir. N'importe quand dans ces trois heures, il pouvait y avoir un moment où il ne pourrait tout simplement plus relever les pieds.

III

Roland prend son médicament

1

Jack Mort était maintenant conscient de la présence du pistolero. Se fût-il agi d'un autre — d'un Eddie Dean ou d'une Odetta Holmes, par exemple —, Roland eût tenu palabre avec lui, ne fût-ce que pour ôter à cet homme un peu des panique et confusion bien naturelles de quiconque se retrouvant brutalement sur le siège du passager dans ce corps dont il avait depuis toujours tenu le volant.

Mais parce que Mort était un monstre — et de la pire espèce, bien pire même que ne le serait, ni ne saurait jamais l'être Detta Walker —, il ne fit aucun effort pour s'expliquer et jugea même inutile de parler. Le type n'arrêtait pas de se plaindre — *Qui êtes-vous ? Qu'est-ce qui m'arrive ?* —, et pissait dans un violon : le pistolero se concentrait sur sa courte liste d'urgences, mettant sans scrupule à contribution l'esprit de son hôte. Les plaintes se firent cris de terreur. Roland continua de les ignorer.

Ne pas être chassé d'un tel esprit par sa pestilence avait exigé de n'y voir qu'un atlas doublé d'une encyclopédie. Mort disposait de toutes les informations dont Roland avait besoin. Son plan d'action se réduisait à une ébauche mais, souvent, mieux valait de grandes lignes qu'un dessin trop fouillé. Pour ce qui était de programmer leurs entreprises, on n'aurait pu trouver dans l'univers entier deux créatures plus opposées que Roland et Jack Mort.

Se borner à tracer les grandes lignes de ce qu'on va faire vous laisse de la place pour l'improvisation. Or l'improvisation à court terme avait toujours été l'un des points forts du pistolero.

2

Un corpulent personnage avec des lentilles sur les yeux — comme le chauve qui avait passé la tête dans le bureau de Mort cinq minutes auparavant (apparemment, dans le monde d'Eddie, bon nombre de gens portaient ce genre de lentilles que la Mortcyclopédie désignait par le terme de « lunettes ») — monta dans l'ascenseur avec lui. Le regard de l'homme se fixa sur l'attaché-case de celui qu'il croyait être Jack Mort puis sur Mort même.

— Tu vas voir Dorfman, Jack ?

Le pistolero s'abstint de répondre.

— Parce que, si tu crois pouvoir lui parler de sous-location, je peux te dire que c'est une perte de temps, dit l'obèse qui cligna des yeux en voyant son collègue faire brusquement un pas en arrière.

Les portes de la petite cabine s'étaient refermées. Ils tombaient.

Roland se jeta sur l'esprit de Mort, sourd aux cris de celui-ci, et constata que tout était normal. Il s'agissait d'une chute contrôlée.

— Si tu estimes que ça te regarde, excuse-moi, dit l'homme, et le pistolero pensa : *Encore un qui a peur de lui.* Tu t'es mieux débrouillé avec cette enflure que quiconque dans la boîte, voilà ce que je pense.

Roland garda le silence. Il attendait d'être sorti de ce cercueil dégringolant.

— Et d'ailleurs je ne me gêne pas pour le dire, s'empressa d'enchaîner l'homme. Figure-toi que pas plus tard qu'hier, je déjeunais avec...

La tête de Jack Mort pivota et derrière ses verres cerclés d'or, des yeux d'un bleu différent de celui des yeux de Jack Mort se rivèrent sur l'obèse.

— Ta gueule, fit le pistolero sans intonation particulière.

Les traits de l'homme perdirent toute couleur et ce fut à son tour de reculer. Ses fesses molles s'aplatirent sur le panneau de faux bois au fond du cercueil ambulant qui soudain s'arrêta. Les portes s'ouvrirent et le pistolero, toujours vêtu du corps de Jack Mort comme d'un complet étriqué, sortit sans un regard en arrière. L'homme garda son doigt sur le bouton OUVERTURE DES PORTES et ne quitta pas l'ascenseur avant que Mort n'ait disparu. *Il a toujours eu un grain*, songeait-il, *mais cette fois, ça donne l'impression d'être plus sérieux. Il pourrait bien nous piquer sa crise.*

Le corpulent collègue de Jack Mort trouvait particulièrement rassurante la perspective que celui-ci fût enfermé dans un asile.

Le pistolero n'en aurait pas été surpris.

3

Quelque part entre la salle bruissante d'échos pour laquelle sa Mortcyclopédie donnait le mot : hall — à savoir un endroit par où s'effectuait l'entrée ou la sortie des bureaux remplissant cette tour qui montait jusqu'au ciel — et la rue baignée de soleil (la Mortcyclopédie la nommait indifféremment Sixième Avenue ou avenue des Amériques), Roland cessa d'entendre hurler son hôte. Non que la terreur eût fini par le tuer. Le pistolero sentait — intuition qui avait chez lui valeur de certitude — que si Mort mourait, leurs *kas* respectifs seraient expulsés à jamais dans le vide de possibilités qui s'étendait par-delà les mondes matériels. Pas mort, donc, mais évanoui. Évanoui sous la violence d'une surcharge de panique et d'étrangeté, au même titre que le pistolero quand il était entré dans l'esprit de cet homme et en avait découvert les secrets, un entrecroisement de destins trop exceptionnel pour ressortir à la pure coïncidence.

Il n'était pas mécontent que son hôte eût tourné de l'œil, du moment que cette perte de connaissance n'affectait en rien son accès à la Mortcyclopédie. C'était même un soulagement de ne plus l'avoir dans les pattes.

Les voitures jaunes étaient un service communautaire nommé *Tac-scies*. Ceux qui les conduisaient se répartissaient entre deux tribus, les *Spix* et les *Mockies*, lui apprit son ouvrage de référence. Pour en arrêter un, il suffisait de lever la main comme un gosse à l'école.

Roland procéda au rituel. Après qu'un certain nombre de *Tac-scies* furent passés devant lui sans même ralentir bien que manifestement vides à l'exception du chauffeur, il prit conscience de leur point commun : le capuchon sur l'enseigne. Il attendit d'en voir un affichant LIBRE (ce qu'il lut sans recours à la Mortcyclopédie : c'étaient des Grandes Lettres) et leva de nouveau le bras de Mort. Le *Tac-scie* pila. Le pistolero ouvrit la portière de derrière et monta. Une odeur de tabac refroidi, de parfum, de vieille sueur l'assaillit. La même que dans les diligences de son monde.

— Où va-t-on, l'ami ? demanda le chauffeur.

Était-ce un Spix ou un Mocky ? Roland n'en avait pas la moindre idée, ni la moindre intention de poser la question. Il se pouvait qu'en ce monde ce fût considéré comme une impolitesse majeure.

— C'est que je ne sais pas très bien, dit Roland.

— On n'est pas ici pour causer, l'ami. Je gagne ma croûte, moi.

Dis-lui d'enclencher son compteur, lut Roland dans la Mortcyclopédie.

— Enclenchez votre compteur, dit-il.

— I'va me débiter que du temps, rétorqua le chauffeur. C'est pas ça qui fera marcher mes affaires.

Dis-lui qu'il aura cinq tickets de pourliche, conseilla la Mortcyclopédie.

— Vous aurez cinq tickets de pourliche.

— J'veux les voir, rétorqua l'autre.

Demande-lui s'il veut ce fric ou s'il veut aller se faire foutre, souffla aussitôt la Mortcyclopédie.

— Vous voulez ce fric ou vous voulez aller vous faire foutre ? répéta le pistolero, glacial.

Un court instant, le taxi posa un regard effaré dans son rétroviseur, puis il se tut.

Roland mit son silence à profit pour consulter, plus attentivement cette fois, la banque de données réunie par Jack Mort. Le taxi jeta un nouveau coup d'œil dans son rétro durant les quinze secondes que son client passa la tête légèrement inclinée, la main gauche sur le front comme s'il avait un urgent besoin d'Excedrin. Il avait déjà décidé de placer à son tour le type devant un choix — se casser ou voir rappliquer le flic qu'il allait rameuter par ses cris — quand ledit client lui rendit son regard et dit :

— Je voudrais que vous m'emmeniez au carrefour de la 7e et de la 49e. Je vous paierai cette course dix dollars de plus que le tarif marqué au compteur, quelle que soit votre tribu.

OK, se dit le chauffeur (un bon WASP [1] du Vermont qui tentait de percer dans le showbiz), *j'ai affaire à un dingue. Mais peut-être à un dingue plein aux as*. Il embraya.

— C'est comme si on y était, mon pote.

Et tandis qu'il se glissait dans le flot des véhicules, il ajouta mentalement : *Et dommage que ce ne soit qu'une figure de style, car le plus vite sera le mieux*.

4

Improviser, tel était le maître mot.

Descendant du taxi, le pistolero repéra la voiture bicolore garée un peu plus bas et, sans recours au lexique de Jack Mort, lut PATROUILLE à la place du POLICE écrit dessus blanc sur bleu. Deux pistoleros étaient assis à l'intérieur, sirotant leur café dans des tasses de papier blanc. Des pistoleros, oui... mais gras et mous.

Il sortit la bourse de Jack Mort (le mot courant était portefeuille mais « bourse », cité entre autres synonymes par la Mortcyclopédie, amusait Roland qui avait peine à imaginer un voyageur réussissant à faire entrer son barda dans un si petit sac) et tendit au chauffeur un billet portant le chiffre 20. L'homme redémarra aussi sec. Il s'agissait à coup sûr du plus gros pourboire qu'il s'était fait de toute la journée mais, vu l'allure de ce barjot de mec, il en avait mérité chaque centime.

1 *White Anglo-Saxon Protestant* : protestant blanc d'origine anglo-saxonne. *(N.d.T.)*

Le pistolero reporta son attention sur l'inscription dominant le magasin :

CLEMENTS — ARMES ET ARTICLES DE SPORT — MUNITIONS, MATÉRIEL DE PÊCHE, FAC-SIMILÉS ESTAMPILLÉS.

Il fut loin d'en comprendre tous les termes mais un coup d'œil sur la vitrine lui suffit pour constater que Mort l'avait amené au bon endroit. Il y avait là des fers de poignet, des insignes... et surtout des armes à feu. Plutôt des fusils mais aussi des pistolets. Une chaîne courait de l'un à l'autre, passée dans chaque pontet, mais c'était sans importance.

Il saurait ce dont il avait besoin une fois qu'il le verrait... s'il le voyait.

Roland consulta l'esprit de Jack Mort — un esprit assez retors pour répondre à ses desseins — et cette nouvelle prise de renseignements dura plus d'une minute.

5

Dans la voiture pie, un des deux flics enfonça son coude dans le flanc de son collègue.

— Vise un peu, dit-il. Ça c'est un consommateur qui ne se laissera pas coller n'importe quoi.

L'autre éclata de rire.

— Mon Dieu, mon Dieu, fit-il d'une voix efféminée alors que l'homme en costume trois pièces et verres cerclés d'or mettait un point final à son examen des pièces exposées en vitrine et poussait la porte du magasin. Ze crois qu'il vient zuste d'arrêter son soix sur cette délicieuse paire de menottes mauves.

Le premier flic s'étouffa sur une gorgée de café tiède mais réussit l'exploit, tout en pouffant, d'en recracher l'essentiel dans sa tasse.

6

Presque tout de suite, un vendeur apparut et proposa ses services.

— Je me demandais, répondit l'homme au complet bleu, si vous n'auriez pas un papier... (Il s'interrompit, parut s'absorber dans ses réflexions, puis releva la tête.) Je veux dire un tableau avec le dessin des munitions pour revolver dont vous disposez.

— Une table des calibres ? demanda le vendeur.

Le client marqua une nouvelle pause.

— Oui, finit-il par dire. Mon frère a un revolver avec lequel j'ai déjà tiré, mais ça remonte à pas mal d'années. Je me sens toutefois capable d'en reconnaître les balles si je les vois.

— Vous croyez en être capable mais rien n'est moins sûr, rétorqua le vendeur. S'agissait-il d'un 22 ? D'un 38 ? Ou encore...

— Montrez-moi ce tableau et je vous le dirai.

— Un instant. (Le vendeur décocha un regard peu convaincu à l'homme en bleu puis haussa les épaules. Après tout, merde, le client avait toujours raison, même dans l'erreur... du moment qu'il avait de quoi payer.) J'ai une *Bible du tireur*. Peut-être devriez-vous y jeter un coup d'œil.

— Certainement.

Le pistolero sourit. *Bible du tireur*. Quel beau titre pour un livre.

L'homme fouilla sous le comptoir et en ramena un volume dont la tranche noircie témoignait d'une utilisation fréquente, et son épaisseur n'ayant rien à envier à celle des rares livres que le pistolero avait vus dans sa vie. Le vendeur le maniait pourtant comme s'il n'avait pas plus de valeur qu'une poignée de cailloux. Il l'ouvrit sur le comptoir et le retourna face à Roland.

— Regardez. Mais si c'est un vieux modèle, vous tirez dans le noir. (Il parut surpris, puis sourit.) Excusez le jeu de mots.

Roland ne l'écoutait plus. Il était penché sur le livre, examinant des images qui avaient l'air presque aussi réelles que les objets représentés, d'extraordinaires images que la Mortcyclopédie lui disait être des *Faux Tos*.

Il tournait les pages avec lenteur. Non... non... non...

... Et avait pratiquement perdu tout espoir de trouver ce qu'il cherchait quand il tomba dessus. Une telle excitation brillait dans ses yeux quand il les leva sur le vendeur que celui-ci en fut vaguement effrayé.

— Là ! dit Roland. Celle-là ! Là !

La photo sur laquelle son doigt semblait pris de tétanie était celle d'une munition de 45 pour pistolet Winchester. Bien que cette cartouche ne fût pas l'exacte réplique des siennes pour n'avoir été ni façonnée ni chargée à la main, il n'avait nul besoin d'en consulter les cotes (lesquelles n'auraient d'ailleurs pas eu grand sens à ses yeux) pour constater qu'elle s'ajusterait sans problème dans les alvéoles de ses barillets et réagirait de même à la retombée du percuteur.

— Bon, parfait, vous avez trouvé votre bonheur, à ce que je vois, dit le vendeur, mais il n'y a pas de quoi jurer dans vos jeans, l'ami. Ma foi, ce ne sont que des balles.

— Vous les avez en magasin ?

— Évidemment. Il vous en faut combien de boîtes ?

— Il y a combien de cartouches dans une boîte ?

— Cinquante.

Le regard que le vendeur posait sur le pistolero se teinta d'un net soupçon. Si ce type avait l'intention d'acheter des balles, il devait être au courant qu'il allait avoir à montrer un permis de port d'arme avec photo d'identité. Pas de munitions pour arme de poing sans présentation d'une pièce officielle en bonne et due forme, telle était la loi dans ce quartier de Manhattan. Or, s'il avait cette autorisation, comment pouvait-il être à ce point ignorant sur le conditionnement classique des cartouches ?

— Cinquante !

Et voilà que le mec le regardait, la bouche pendante. Sûr, il avait affaire à un timbré.

Il se décala légèrement sur la gauche, se rapprochant de la caisse enregistreuse... se rapprochant aussi, sans qu'il fallût vraiment y voir une coïncidence, du Magnum 357 chargé qui reposait en permanence dans son râtelier sous le comptoir.

— Cinquante ! répéta le pistolero.

Il s'était attendu à cinq, à dix, aurait peut-être été jusqu'à douze, mais tant... tant que ça...

Qu'est-ce que tu as sur toi comme argent ? s'enquit-il auprès de la Mortcyclopédie qui dit n'en rien savoir... enfin, pas avec précision, estimant toutefois que son portefeuille ne contenait pas moins de soixante tickets.

— Et combien coûte une boîte ?

L'autre allait lui annoncer un chiffre supérieur à soixante, supposa Roland, mais peut-être arriverait-il à le convaincre de lui vendre des cartouches au détail, ou encore...

— Dix-sept dollars cinquante, répondit le vendeur. Mais auparavant, monsieur...

Jack Mort était comptable, et il n'y eut cette fois aucun délai d'attente : conversion et réponse franchirent ensemble la ligne d'arrivée.

— Trois, fit le pistolero. Trois boîtes.

Cent cinquante cartouches ! Dieu du ciel ! Quelle corne d'abondance insensée que ce monde !

Le vendeur n'avait pas l'air de vouloir bouger.

— Vous n'en avez pas autant ?

Roland n'était pas vraiment surpris : ç'avait été un beau rêve.

— Oh si, j'ai tout ce qu'il faut en Winchester 45. (Le vendeur fit un deuxième pas sur la gauche, un deuxième pas qui le rapprocha encore un peu de la caisse et du Magnum. Si ce type était un dingue — hypothèse qu'il s'attendait à voir confirmée d'une seconde à l'autre —, il allait bientôt s'agir d'un dingue avec un gros trou quelque part au milieu du corps.) Sûr que j'en ai, des balles de 45. Mais ce que j'aimerais savoir, monsieur, c'est si vous, vous avez votre carte.

— Quelle carte ?

— Un permis de port d'arme avec votre photo dessus. Je n'ai le droit de vous vendre des munitions pour arme de poing que sur présentation de cette pièce. Maintenant, si vous n'en avez pas, il vous reste la solution de monter acheter vos cartouches à Westchester.

Le pistolero posa sur le vendeur un regard vide. Il n'avait rien compris. Sa Mortcyclopédie avait bien une vague idée de ce à quoi l'homme faisait allusion, mais trop vague justement pour qu'on pût s'y fier. Mort n'avait jamais eu d'arme. Il s'était toujours débrouillé pour faire son sale boulot autrement.

Le vendeur fit un nouveau pas sur la gauche sans détacher les yeux de son client. *Il est armé,* se dit Roland. *Il s'attend à ce que je fasse une connerie... ou il veut que j'en fasse une. Histoire d'avoir un prétexte pour me tuer.*

Improviser.

Il repensa aux pistoleros un peu plus bas sur la rue dans leur voiture blanc et bleu. Des gardiens de la paix, des hommes chargés de faire obstacle aux modifications du monde. Mais le bref regard qu'il leur avait jeté au passage ne lui avait pas révélé des êtres moins mous, moins dénués de vigilance que tout autre en ce monde de lotophages, rien que deux types en uniforme avachis dans leur véhicule à siroter du café. Il pouvait les avoir jugés trop vite, espérait toutefois pour eux ne s'être pas trompé.

— Ah oui, bien sûr, fit Roland, et il imprima un sourire d'excuse sur les traits de Jack Mort. Désolé. Je crois n'avoir pas mesuré combien le monde a changé depuis la dernière fois où j'ai eu un pistolet à moi.

— Il n'y a pas de mal, lui fut-il répondu, mais le vendeur ne se détendit qu'un peu.

Peut-être ce type était-il normal, après tout ; mais peut-être ne faisait-il que donner le change.

— Est-ce que je pourrais voir ce kit de nettoyage ? demanda le pistolero, la main tendue vers une étagère derrière l'homme.

— Bien sûr.

L'autre se retourna pour prendre le coffret, et le pistolero fit sauter le petit bissac de la poche intérieure de Jack Mort. Le fit avec la même dextérité qu'il dégainait. Le vendeur ne lui tourna pas le dos plus de trois secondes, et quand il lui refit face, le portefeuille était par terre.

— Une merveille, disait maintenant le vendeur, ayant opté pour la normalité du type. (Ouais, il savait la touche qu'on peut avoir quand on passe pour un connard total aux yeux des autres. Ça lui était arrivé assez souvent lors de son passage par les Marines.) Et pas besoin d'un foutu permis pour acheter ce genre d'article. C'est-y pas beau la liberté !

— Sûr, approuva gravement le pistolero qui prétendit s'absorber dans l'examen du kit de nettoyage même s'il n'avait pas eu plus d'un coup d'œil à lui accorder pour s'apercevoir que c'était de la camelote dans un emballage tape-à-l'œil, mais camelote itou.

Ce faisant, il repoussa du pied le portefeuille de Mort jusque sous le comptoir.

Au bout d'un moment, il mit un terme à sa curiosité feinte sur un médiocre numéro de regret :

— Je crains d'avoir à m'abstenir.

— Comme vous voudrez, fit le vendeur, perdant brusquement tout intérêt pour ce type qui n'était ni fou ni même acheteur potentiel, et avec qui, par conséquent, toute relation n'avait plus raison d'être. Autre chose ? articulèrent ses lèvres alors que ses yeux disaient au costard bleu de débarrasser le plancher.

— Non, ce sera tout. Merci.

Le pistolero sortit sans un regard en arrière. Le portefeuille de Mort était à l'abri des regards sous le comptoir. Roland venait lui aussi d'installer un pot de miel.

7

Leur café terminé, les agents Carl Delevan et George O'Mearah s'apprêtaient à transporter ailleurs leurs pénates quand l'homme au complet bleu sortit de chez Clements — que les deux flics pensaient être une poire à poudre (argot de police pour désigner une armurerie ayant pignon sur rue mais comptant parmi ses clients des truands indépendants dotés de papiers en règle et ne dédaignant pas non plus, éventuellement pour de grosses commandes, traiter avec la Mafia) — et marcha droit sur leur voiture.

Arrivé à sa hauteur, il se pencha du côté passager et son regard se posa sur O'Mearah, lequel s'attendit à une voix haut perchée, peut-être avec ce zézaiement qu'il avait imité tout à l'heure pour sa vanne des menottes mauves... bref, à une voix de pédé. Au commerce des armes, Clements ajoutait avec profit celui des menottes. Elles étaient en vente libre à Manhattan, et leurs acheteurs n'avaient généralement rien des émules de Houdini (ce qui déplaisait souverainement aux flics, mais depuis quand l'avis des flics sur quelque sujet que ce fût changeait-il quoi que ce fût ?). Les acheteurs, donc, étaient des homosexuels avec de vagues tendances sadomaso. L'homme, toutefois, ne semblait pas en être : il s'exprimait d'une voix posée, sans intonation particulière, polie mais comme morte.

— Le tenancier de ce magasin m'a pris mon portefeuille.

— Qui ?

O'Mearah s'était redressé d'un bond. Voilà un an et six mois qu'ils essayaient de pincer Justin Clements. Si la chose était possible, elle leur donnerait peut-être une chance de troquer leur uniforme bleu contre une plaque d'inspecteur. Encore une fois, la désillusion n'allait sans doute pas manquer à l'appel — c'était trop beau pour être vrai — mais quand même...

— Le négociant. Le... (pause infime)... vendeur.

O'Mearah et Carl Delevan échangèrent un regard.

— Des cheveux noirs ? demanda Delevan. Plutôt rondouillard ?

De nouveau la plus brève des pauses.

— Oui. Et des yeux marron. Une petite cicatrice sous l'un d'eux.

Il y avait quelque chose de bizarre chez ce type... Sur le moment, O'Mearah n'arriva pas à mettre le doigt dessus mais ça devait lui apparaître beaucoup plus tard, à une époque où il n'aurait plus grand-chose d'autre à quoi penser. Et certainement plus l'occasion d'accrocher au revers de son veston la plaque dorée des inspecteurs. Que Delevan et lui fussent restés dans la police avait déjà tenu du miracle.

Mais des années après, il y avait eu cette brève épiphanie mise à profit pour emmener ses deux gosses au musée de la Science à Boston. Ils y avaient vu une machine — un ordinateur — qui jouait au tictactoe, et vous baisait à tous les coups pour peu que vous n'ayez pas fait d'entrée votre croix dans la case du milieu. Il lui fallait toutefois, et systématiquement, marquer une pause pour consulter ses banques de données, faire l'inventaire des mouvements possibles. Il en était resté fasciné comme ses gosses mais sans pouvoir se défendre d'un certain malaise... puis Costard Bleu lui était revenu en mémoire. Il s'en était souvenu parce que Costard Bleu avait eu la même putain d'habitude. Lui parler avait été comme de parler à un robot.

Delevan n'avait jamais ressenti pareille impression mais, neuf ans plus tard, alors qu'un soir il avait emmené son propre fils au cinéma (le gamin avait dix-huit ans et entrait à l'université), Delevan devait brusquement se lever après une demi-heure de film et beugler : « C'est lui ! Lui ! Le type dans son putain de costard bleu ! Le type qui ressortait de chez Cle... »

Quelqu'un allait lui gueuler : « Assis, là devant ! », mais aurait pu s'en passer ; il n'allait pas même en être au « là » que Delevan, avec ses trente-cinq kilos de trop et toutes les cigarettes qu'il s'était fumées, serait déjà retombé mort, terrassé par une crise cardiaque. Entre l'homme en bleu qui les avait abordés ce jour-là dans leur voiture pour leur parler de son portefeuille et la vedette du film, pas de ressemblance, mais le même débit mort des mots, la même grâce implacable des mouvements.

Ce film, bien sûr, s'appellerait *Le Terminator*.

8

Les deux flics échangèrent un regard. Costard Bleu ne parlait pas de Clements mais d'un gibier presque aussi bon : Johnny Holden, dit Gras Double, beau-frère de Clements. Cela dit, une couillonnade monstre comme chouraver le portefeuille d'un pékin serait...

... *serait tout à fait dans la ligne de c'pauv'type*, acheva O'Mearah, et il lui fallut porter la main à sa bouche pour dissimuler un sourire momentanément irrépressible.

— Vaudrait peut-être mieux nous expliquer exactement ce qui s'est passé, fit Delevan. Commencer par nous dire votre nom, par exemple.

Encore une fois, la réponse de l'homme fit un drôle d'effet à O'Mearah. Dans cette ville où on avait parfois l'impression que les trois quarts des gens prenaient « Va te faire foutre », pour un synonyme de « Bonne journée », il s'était attendu à ce que le type lâche un truc du genre : « Hé, les mecs, je vous rappelle que cette ordure a fauché mon portefeuille. Vous comptez faire quelque chose pour que je le récupère, ou allons-nous continuer à jouer au jeu des Vingt Questions ? »

Mais il y avait le costume de bonne coupe et les ongles soigneusement manucurés, bref, la touche d'un type probablement rompu au merdier bureaucratique. En fait, George O'Mearah ne s'y attarda guère. La perspective de coincer Gras Double et de s'en servir pour faire tomber Arnold et Justin Clements le faisait saliver. Le temps d'une vertigineuse incursion dans un avenir glorieux, il se vit même utiliser Holden pour atteindre par-delà les Clements quelque très gros bonnet... Balazar, par exemple, ou cet autre Rital à défaut, Ginelli. Ouais, pas mal, pas mal du tout.

— Je m'appelle Jack Mort, dit l'homme.

Delevan avait sorti de sa poche un bloc passablement enclin à s'ouvrir en éventail.

— Adresse ?

Légère pause. *Une machine,* pensa de nouveau O'Mearah à la frontière de sa conscience. Un temps de silence suivi d'un clic presque audible.

— 409, Park Avenue South.

Delevan coucha l'adresse sur le papier.

— Numéro de Sécurité sociale ?

Nouvelle pause, puis Mort énonça les chiffres.

— Comprenez que ces éléments d'identité sont indispensables. Si ce type vous a effectivement pris votre portefeuille, ça sera chouette que je puisse détailler un peu son contenu avant de le récupérer. Vous comprenez ?

— Oui. (Une note d'impatience venait de percer dans la voix de Costard Bleu, rassurant O'Mearah de quelque manière.) Simplement que ça ne se prolonge pas outre mesure. Le temps passe et...

— On ne sait jamais. Oui, je pige.

— C'est ça, on ne sait jamais, approuva l'homme au trois-pièces bleu.

— Vous avez une photo particulière dans votre portefeuille ?

Pause, puis :

— Oui, de ma mère devant l'Empire State Building. Il y a écrit au dos : « Une journée fantastique, une vue merveilleuse. Ta maman qui t'aime. »

Delevan coucha la dernière tartine d'un stylo rageur puis claqua son bloc aussi violemment que le permettait le coussinet des feuillets épaissis.

— Bon. Je crois que ça ira. La dernière chose qu'on vous demandera, tout à l'heure, si on récupère votre bien, c'est un exemplaire de votre signature pour comparer avec celles de vos permis de conduire, cartes de crédit et le saint-frusquin. OK ?

Roland acquiesça, néanmoins conscient que s'il avait toute latitude pour puiser dans le réservoir des souvenirs et connaissances de Jack Mort, il n'avait pas la moindre chance d'en reproduire la signature sans la participation active d'un Mort pour l'heure évanoui.

— Dites-nous ce qui s'est passé.

— Je suis entré acheter des balles pour mon frère. Il a un revolver, un Winchester 45. Cet homme m'a demandé si j'avais un permis de port d'arme. Je lui ai dit que oui, et il a voulu le voir.

Pause.

— J'ai sorti mon portefeuille pour lui montrer ce qu'il demandait, mais quand je l'ai ouvert, il a dû voir qu'il y avait là une quantité appréciable de... (pause infime)... billets de vingt. Il faut vous dire que je suis expert comptable et que j'ai un client, un nommé Dorfman, qui vient de gagner son procès contre le fisc et d'obtenir la restitution d'un... (pause)... trop-perçu. Ça n'allait pas très loin, huit cents dollars, mais ce type, Dorfman, est... (pause)... le plus gros nœud qu'on ait jamais eu sur les bras. (Pause.) Excusez l'image.

O'Mearah se repassa dans la tête la dernière phrase de l'homme et comprit soudain. *Le plus gros nœud qu'on ait jamais eu sur les bras*. Pas mal. Il éclata de rire. Tout ce qui allait déclencher la comparaison *a posteriori* avec un robot ou un ordinateur jouant au tictactoe lui sortit de la tête. Ce type était simplement hors de lui et tentait de cacher sa colère sous un humour froid.

— Quoi qu'il en soit, Dorfman voulait du liquide. Il s'est montré sur ce point on ne peut plus insistant.

— Vous avez donc eu l'impression que Gras Double guignait la galette de votre client ? résuma Delevan alors que lui et O'Mearah descendaient de voiture.

— C'est le nom que vous donnez au type qui tient cette boutique ?

— Nous lui en donnons d'autres encore moins flatteurs, à l'occasion, précisa Delevan. Et que s'est-il passé quand vous lui avez montré votre port d'arme, Mr. Mort ?

— Il a demandé à le voir de plus près, alors je lui ai tendu le portefeuille. Il l'a pris mais pas pour regarder la photo : pour le laisser tomber par terre. Je lui ai demandé pourquoi il faisait ça et il m'a répondu que c'était une question stupide. Je lui ai dit de me rendre immédiatement mon portefeuille. J'étais fou de rage.

— Je veux bien le croire.

Mais un coup d'œil sur les traits marmoréens de Costard Bleu fit douter Delevan que celui-ci pût jamais perdre son sang-froid.

— Il n'a fait qu'en rigoler. J'allais contourner le comptoir pour lui faire sa fête quand il a sorti son arme.

Ils avaient commencé de s'acheminer vers le magasin mais se retrouvaient soudain immobiles. C'était plutôt le brusque regain d'intérêt qu'une quelconque inquiétude.

— Son arme ? répéta O'Mearah, voulant être sûr d'avoir bien entendu.

— Oui. Elle était sous le comptoir, près de la caisse enregistreuse, poursuivit l'homme en bleu. (Roland se rappelait comment il avait failli laisser tomber son projet initial pour simplement devancer le geste du vendeur et s'emparer du revolver. Il expliquait maintenant aux deux pistoleros pourquoi il n'en avait rien fait. Il voulait se servir d'eux, pas les envoyer au casse-pipe). Dans un crampon de débardeur, je crois.

— Un quoi ? fit O'Mearah.

Cette fois, la pause fut plus longue. Le front de l'homme se barra d'un pli.

— J'ignore le terme exact, mais c'est quelque chose dans lequel on met son arme. Personne ne peut vous la prendre par surprise à moins de savoir comment libérer le ressort...

— Un étrier à mécanisme ! s'écria Delevan.

Nouvel échange oculaire entre les deux coéquipiers. Aucun n'était très chaud pour être le premier à dire au plaignant que, d'ores et déjà, Gras Double avait probablement vidé le portefeuille de son argent, traîné ses miches jusqu'à la porte de derrière et balancé la pièce à conviction par-dessus le mur de la ruelle dans la cour d'un voisin... mais une arme à feu dans un étrier à mécanisme, voilà qui changeait tout. Si une inculpation pour vol restait envisageable, une autre pour dissimulation d'arme dissuasive se présentait soudain comme acquise. Rien d'aussi génial, peut-être, mais qui leur calait un pied dans l'entrebâillement de la porte

— Ensuite ? demanda O'Mearah.

— Ensuite, il m'a dit que je n'avais jamais eu de portefeuille. Il a prétendu... (pause)... que j'étais tombé sur un pot de piquet — sur un pickpocket, je veux dire — en venant chez lui, et que j'avais intérêt à m'en souvenir si je voulais rester en bonne santé. Je me suis alors rappelé avoir vu une voiture de police garée un peu plus bas dans la rue et je me suis dit que vous étiez peut-être toujours là. Je suis donc sorti.

— Bon, dit Delevan. Moi et mon coéquipier, on va y aller d'abord. Vous nous laissez une minute — une bonne minute — pour le cas où il y aurait des problèmes. Puis vous vous pointez, mais vous restez sur le pas de la porte, compris ?

— Ouais.

— Parfait. Allons cueillir cette ordure.

Les deux flics entrèrent. Roland n'attendit pas plus de trente secondes pour les y suivre.

9

Gras Double faisait plus que protester, il braillait comme un putois.

— Ce mec est complètement givré ! Il est rentré ici, il ne savait même pas ce qu'il voulait, puis il l'a trouvé dans la *Bible du tireur*, et là, c'était le nombre de cartouches dans une boîte qu'il ne connaissait pas, ni le prix, et ce qu'il raconte sur son port d'arme que j'aurais voulu examiner de plus près, c'est le pire tissu de conneries que j'aie jamais entendu parce qu'il n'en avait pas, de permis. Il a... (Holden s'arrêta net.) Tenez, le v'là ! Il a du culot, c'fumier ! Attention, mec... j'l'ai repérée, ta gueule. La prochaine fois que j'la croise, tu vas l'regretter ! Garanti, tu vas sacrément l'regretter !

— Vous niez toujours avoir le portefeuille de cet homme ? demanda O'Mearah.

— Sûr que je le nie ! Vous savez très bien que je ne l'ai pas !

— Verriez-vous un inconvénient à ce qu'on jette un coup d'œil derrière cette vitrine ? contre-attaqua Delevan. Juste pour ne pas rester sur un doute.

— Bordel de Bon Dieu de merde de Pute Vierge ! Elle est en verre, cette vitrine ! Vous y voyez des masses de portefeuilles à travers ?

— Pas là... mais là, peut-être... fit Delevan dans un pur feulement alors qu'il s'approchait de la caisse enregistreuse.

À cet endroit, une bande d'acier chromé courait du haut en bas des étagères sur une largeur d'environ cinquante centimètres. Delevan se retourna vers l'homme au costard bleu qui hocha la tête.

— Vous allez me faire le plaisir de sortir d'ici, les gars, et sur-le-champ, dit Gras Double dont le visage avait perdu ses couleurs. Si vous revenez avec un mandat de perquisition, on en reparlera. Mais, pour l'instant, je vous ai assez vus. On est encore dans un pays libre, que je sa... Hé là, qu'est-ce que vous foutez, vous ? Ecartez-vous de là ! (O'Mearah s'était penché par-dessus le comptoir.) Vous n'avez pas le droit ! hurla-t-il. Z'êtes dans l'illégalité la plus totale. La Constitution... Mon avocat... Retournez tout de suite à côté de votre copain ou...

— Je voulais seulement avoir une chance de jeter un coup d'œil sur votre marchandise, le coupa tranquillement O'Mearah, vu que la vitrine est franchement dégueulasse. C'est pour ça que je me suis penché par-dessus. Pas vrai, Carl ?

— Vrai de vrai, collègue, approuva solennellement Delevan.

— Et regarde ce que j'ai trouvé.

Roland perçut un *clic* et, soudain, le pistolero en uniforme bleu eut au poing un revolver d'une grosseur exceptionnelle.

Gras Double, finalement convaincu d'être le seul dans cette pièce à pouvoir donner des faits une version qui s'écartât du conte de fées débité quelques minutes auparavant par le flic qui, par-dessus le marché, venait de mettre la main sur son Magnum, sombra dans une humeur morose.

— J'ai un permis, dit-il.

— De port d'arme ? demanda Delevan.

— Ouais.

— De port dissimulé ?

— Ouais.

— Enregistré, ce revolver ? demanda O'Mearah, prenant le relais. Oui ou non ?

— Euh... j'ai peut-être oublié.

— Peut-être qu'il a été volé et que ça aussi tu l'as oublié.

— Faites chier ! J'appelle tout de suite mon avocat.

Gras Double se tourna vers le téléphone. Delevan le retint.

— Et puis il y a aussi la question de savoir si tu as ou non un papier qui t'autorise à dissimuler une arme de ce calibre dans un étrier à mécanisme. (Toujours ce même feulement doux.) Question intéressante, d'ailleurs, car, à ma connaissance, la Ville de New York ne délivre pas de permis de ce type.

Les deux flics avaient les yeux sur Holden, et Holden leur rendait un regard noir. Partant, nul ne vit Roland retourner la pancarte suspendue derrière la porte vitrée. Au lieu d'annoncer OUVERT, elle annonça FERMÉ.

— On y verrait peut-être plus clair si on retrouvait d'abord le portefeuille de monsieur, dit O'Mearah. (Satan même n'aurait pas menti avec une telle conviction.) Après tout, peut-être qu'il l'a seulement égaré.

— Je vous l'ai déjà dit ! Je ne l'ai même jamais vu, son portefeuille ! Ce type est complètement jeté !

Roland se pencha.

— Il est là-dessous. Je le vois. Il a son pied dessus.

Mensonge, mais Delevan, qui avait toujours la main sur l'épaule de Gras Double, le tira brusquement en arrière, rendant désormais impossible de dire si Holden avait eu ou non le pied sur quelque chose.

C'était maintenant ou jamais. Roland se glissa sans bruit derrière les deux pistoleros accroupis pour regarder sous le comptoir. Comme ils étaient côte à côte, leurs têtes se touchaient presque. O'Mearah avait toujours à la main l'arme du vendeur.

— Bon Dieu, il est là ! s'écria Delevan. Je le vois !

Roland décocha un bref regard à celui qu'ils avaient appelé Gras Double, s'assurant que le type ne mijotait pas quelque chose. Mais Holden était adossé à la cloison, pesant dessus comme s'il cherchait à s'y fondre, les mains le long du corps, les yeux en boules de loto. Il avait l'air du mec qui se demande pourquoi son horoscope ne l'a pas prévenu des tuiles qui allaient s'abattre aujourd'hui sur lui.

De ce côté, pas de problème.

— Ouais ! fit joyeusement O'Mearah. Ça y est, moi aussi, j' le v...

Roland venait de faire son dernier pas. Il avait plaqué une main sur la joue droite de Delevan, l'autre sur la joue gauche de O'Mearah et, tout d'un coup, cette journée dont Gras Double aurait juré qu'elle avait atteint le fond de l'horreur s'était révélée garder le meilleur pour la fin. Le cinglé en costard bleu avait réuni les deux têtes avec une telle violence qu'elles avaient rendu un son de roches enveloppées dans du feutre.

Les flics s'effondrèrent en tas et l'homme aux lunettes cerclées d'or se redressa. Il pointait le Magnum 357 sur Gras Double. Le méchant trou noir de l'arme était assez gros pour qu'on pût s'attendre à en voir sortir une fusée lunaire.

— On ne va pas se créer d'autres problèmes, n'est-ce pas ? demanda l'homme de sa voix sans timbre.

— Non, m'sieu, fit aussitôt Gras Double. Pas l'ombre.

— Tu ne bouges pas. Si tes fesses se décollent de ce mur, c'est de la vie telle que tu l'as toujours connue que tu vas décoller. Compris ?

— Oui, m'sieu. Compris.

— Bien.

Roland sépara les deux flics. Ils étaient toujours vivants. Bonne chose. Si lents, si peu vigilants fussent-ils, il n'en s'agissait pas moins de pistoleros, d'hommes qui s'étaient efforcés d'aider un étranger qui avait des ennuis. Rien n'exigeait qu'il tuât ses pairs.

Mais ne l'avait-il pas fait précédemment ? Si. L'un de ses frères jurés, Alain, n'était-il pas mort sous ses balles et sous celles de Cuthbert ?

Sans que Roland relâchât sa surveillance sur le vendeur, la pointe du mocassin Gucci de Jack Mort explora le dessous du comptoir et finit par rencontrer le portefeuille. Un coup sec de cette même pointe l'expédia, tourbillonnant, à quelques pas de Gras Double qui sursauta et poussa un cri comme une idiote voyant déboucher une souris de sous un placard. Momentanément, ses fesses perdirent contact avec la cloison mais le pistolero s'abstint de tenir sa promesse. Loin de lui toute intention de coller une balle dans le corps de cet homme. S'il devait se servir de ce revolver pour prévenir quelque absurde tentative, ce serait comme d'une arme de jet, la taille et le poids de cette masse de métal promettant d'assommer sa cible avec la même efficacité qu'une seule détonation ameutant tout le voisinage.

— Ramasse, dit le pistolero. Sans geste brusque.

Gras Double se pencha et, alors que sa main se refermait sur le portefeuille, il péta et poussa un autre petit cri. Vaguement amusé, Roland comprit que le type avait confondu l'explosion de ses entrailles avec celle d'un coup de feu et cru sa dernière heure arrivée.

Holden se redressa. Il était tout rouge... avait le devant du pantalon tout trempé.

— Bon, pose cette bourse — je veux dire : ce portefeuille — sur le comptoir.

Gras Double s'exécuta.

— Maintenant, occupons-nous de ces cartouches. Des Winchester 45. Et, pas un instant, je ne veux perdre de vue tes mains.

— Il va falloir que j'en mette une dans ma poche. Pour prendre les clés.

Roland l'y autorisa d'un signe.

Alors que le vendeur déverrouillait puis faisait glisser le panneau fermant le casier où étaient empilées les boîtes de munitions, Roland réfléchit.

— Tu m'en sors quatre boîtes, finit-il par dire, incapable de s'imaginer ayant besoin d'autant de cartouches mais ne pouvant résister à la tentation de les avoir.

Holden posa les boîtes sur le comptoir. Le pistolero en ouvrit une, continuant de n'y pas croire, s'attendant à trouver n'importe quoi sauf des balles. Mais c'en était, lisses, brillantes, sans trace de percussion, sans rayure, des douilles qui n'avaient jamais servi, n'avaient jamais été rechargées. Il en prit une, la tint un instant dans la lumière, puis la remit en place.

— Maintenant, tu me donnes une paire de ces fers.

— Des fers... ?

Roland consulta la Mortcyclopédie.

— Des menottes.

— Monsieur, je ne sais pas ce que vous voulez au juste, mais la caisse...

— Fais ce que je te dis.

Seigneur, ça n'aura donc jamais de fin, gémit en pensée Gras Double. Il ouvrit une autre section du comptoir et en sortit une paire de menottes.

— La clé ? fit Roland.

L'indispensable accessoire rejoignit sur le comptoir les bracelets d'acier, rendant un son cristallin en se posant sur le verre. L'un des flics sans connaissance émit un court ronflement et Johnny glapit en contrepoint.

— Tourne-toi, lui ordonna le pistolero.

— Vous n'allez pas me tirer dessus, hein ? Dites-moi que vous n'allez pas faire ça !

— Non, dit Roland. Du moment que tu te retournes. Sinon, je le fais.

Gras Double obéit et commença de pleurnicher. Bien sûr, le type venait de dire qu'il n'allait pas tirer mais l'odeur de mort s'était faite ici trop forte pour qu'il pût continuer de l'attribuer à son imagination. Ses sanglots cédèrent le pas à des gémissements étranglés.

— Je vous en supplie, monsieur, épargnez-moi. Faites-le pour l'amour de ma mère. Elle est vieille. Elle est aveugle. Et elle est...

— ... affligée d'un foie jaune en guise de fils, acheva Roland, glacial. Rapproche tes poignets.

Piaillant, le tissu mouillé du pantalon se prenant dans son entrejambe, Johnny s'exécuta. En un rien de temps les menottes furent en place. Comment s'y était pris le type pour faire aussi vite le tour du comptoir et les lui passer ? Mystère. Il n'avait à vrai dire aucune envie de le savoir.

— Tu restes là et tu regardes le mur jusqu'à ce que je t'autorise à te retourner. Si tu le fais avant, tu es un homme mort.

Une lueur d'espoir naquit dans l'esprit du malheureux vendeur. Le type n'avait peut-être pas l'intention de le tuer après tout. Peut-être n'était-il pas fou, simplement dérangé.

— J'me r'tournerai pas. Promis juré ! Par le Bon Dieu. Par tous ses saints. Par tous ses anges. Par tous ses arch...

— Et moi, par ce que tu veux, je te jure que si tu ne la fermes pas, je te colle un pruneau dans la nuque.

Johnny préféra la fermer. Il eut l'impression de rester planté devant ce mur pendant une éternité. Il ne s'écoula en réalité qu'une vingtaine de secondes.

Roland s'agenouilla, posa l'arme du vendeur à terre, releva un instant les yeux pour s'assurer que celui-ci était sage, puis se déplaça jusqu'aux deux pistoleros qu'il retourna sur le dos. L'un comme l'autre étaient hors de combat, mais sans que leur état, jugea-t-il, pût inspirer quelque inquiétude. La respiration était régulière. Celui qui s'appelait Delevan avait un peu de sang qui lui coulait de l'oreille mais rien de plus.

Roland jeta encore un coup d'œil sur l'homme collé au mur puis, après avoir ôté la veste de Jack Mort, il débarrassa les deux pistoleros de leurs ceinturons pour s'en revêtir. Si ridicules fussent-elles, c'étaient des armes, et en sentir de nouveau le poids sur ses hanches était bon. Sacrément bon. Meilleur qu'il ne l'aurait cru.

Deux revolvers, donc. Un pour Eddie et un pour la Dame... quand il serait possible — en admettant que ce vînt à l'être — de lui confier une arme.

Il renfila la veste de Mort et en lesta chaque poche avec deux boîtes de munitions, opération qui transforma cette pièce de costume, antérieurement impeccable, en sac informe. Ensuite, il ramassa le Magnum du vendeur, en extirpa les cartouches qu'il rangea dans sa poche de pantalon avant de balancer l'arme à l'autre bout du magasin. Quand elle atterrit sur le sol, Gras Double sursauta, glapit une fois de plus et gratifia son pantalon d'une petite giclée supplémentaire de liquide à 37°.

Puis Roland se releva et dit à Holden qu'il pouvait se retourner.

10

Quand, sans risquer sa vie, Gras Double put de nouveau poser les yeux sur le type au costard bleu et aux lunettes cerclées d'or, il en resta bouche bée, un moment convaincu que, pendant qu'il avait le dos tourné, l'homme s'était transformé en spectre. Il le voyait flou et avait l'impression de distinguer au travers une silhouette nettement plus réelle, celle d'une de ces légendaires figures du Far West dont cinéma et télé avaient nourri son enfance : Wyatt Earp, Doc Holliday, Butch Cassidy... enfin, l'un de ceux-là.

Puis l'illusion d'optique cessa et il comprit : le timbré avait pris les ceinturons des flics pour se les entrecroiser bas sur les hanches. Avec le costume trois pièces et la cravate, l'effet aurait pu être grotesque ; pour quelque obscur motif, il ne l'était pas.

— La clé des fers est sur le comptoir. Les patrouilleurs finiront bien par se réveiller et ils te libéreront. (Il prit le portefeuille, l'ouvrit et, contre toute attente, en sortit quatre billets de vingt qu'il déposa sur la surface vitrée. Puis il le rempocha.) Pour les munitions, expliqua-t-il. Au fait, j'ai vidé ton revolver de ses balles et, une fois dehors, je vais les jeter. Je pense qu'en l'absence de portefeuille et avec une arme non chargée ils auront quelques difficultés à t'inculper de quoi que ce soit.

Gras Double déglutit. Et, ce qui ne lui était pas arrivé plus de deux ou trois fois dans toute son existence, il se retrouvait sans voix.

— Maintenant, tu vas me dire où est la plus proche... (pause)... pharmacie.

Et Johnny Holden comprit tout — ou, du moins, crut tout comprendre. Il avait affaire à un drogué, bien sûr. Pas étonnant qu'il eût l'air si bizarre. Le mec était probablement défoncé jusqu'aux yeux.

— Tournez le coin de la rue et vous en trouverez une cinquante mètres plus bas sur la 49e.

— Si je constate que tu as menti, je reviens et je te loge une balle dans le crâne.

— C'est la vérité ! glapit Gras Double. Je le jure par Dieu le père. Je le jure par tous les saints. Je le jure sur la tête de ma mère...

Mais la porte se refermait déjà. Johnny la fixa dans un total silence, incapable de croire que le timbré fût parti. Puis, aussi vite qu'il le put, il se précipita sur le battant, se plaça de dos, chercha le loquet de la serrure, le trouva, l'enclencha. Mais il ne s'estima satisfait qu'après avoir également réussi à fermer le verrou.

Alors, et seulement alors, il se laissa glisser jusqu'au sol et, assis là, hoquetant et gémissant, prit Dieu à témoin, et tous ses saints et tous ses anges, de ce qu'il jurait d'aller à Saint-Antoine dans l'après-midi même, sitôt qu'un de ces deux poulets se serait réveillé pour lui ôter les menottes. Oui, qu'il irait à Saint-Antoine et qu'il s'y confesserait, qu'il y dirait le nombre voulu d'actes de contrition, puis qu'il y recevrait la communion.

Johnny Holden, dit Gras Double, voulait se mettre en règle avec Dieu.

C'était vraiment passé trop près cette fois.

11

Le soleil couchant se réduisit à une arche posée sur la Mer Occidentale puis se réduisit encore à un simple trait de brillance qui agressait les yeux d'Eddie. À regarder trop longtemps une telle lumière, on risquait une brûlure permanente de la rétine. C'était un de ces nombreux détails fascinants qu'on vous apprenait à l'école et qui vous permettaient de décrocher un boulot gratifiant de barman à temps partiel ou de vous adonner à un violon d'Ingres du plus haut intérêt (genre recherche à plein temps de la poudre — et du fric pour se la payer). Eddie ne détourna pas les yeux pour autant. Leur état ne semblait plus devoir compter très longtemps.

Il ne se donnait pas la peine de supplier la sorcière derrière lui. D'abord, ça n'aurait servi à rien. Ensuite, c'eût été dégradant. Il avait mené une existence dégradante et ne se découvrait nulle envie de tomber plus bas dans ce qui lui restait à vivre. Car la disparition de cette ligne aveuglante sur l'horizon n'était plus qu'une affaire de quelques minutes; alors les homarstruosités commenceraient de se hisser sur la grève.

Il avait cessé d'espérer le miracle qui ramènerait Odetta au dernier moment, comme il avait perdu tout espoir de lui faire comprendre qu'elle resterait à jamais échouée dans ce monde s'il mourait. Un quart d'heure auparavant, il la croyait encore en train de bluffer. Il savait maintenant qu'il n'en était rien.

Ça vaudra sans doute mieux que de s'étrangler toujours plus à chaque fois, se dit-il, mais sans vraiment le penser après avoir, soir après soir, assisté au retour des monstrueux crustacés. Il espérait pouvoir mourir sans hurler, était assez sûr d'en être incapable, comptait essayer.

— Vont a'iver, cul blanc ! lui cria Detta. Vont v'ni' te voi' d'une minute à l'aut' et tu vas êt' le meilleu' dîner qu'i' z'aient eu d'puis longtemps !

Sûr, elle ne bluffait pas, et Odetta ne réapparaissait pas... et le pistolero non plus. C'était ça le plus dur. Eddie avait eu le sentiment que lui et Roland étaient devenus... sinon frères, du moins associés au cours de leur remontée vers le nord de la grève, et il aurait attendu ne fût-ce qu'un petit effort de présence de sa part.

Mais Roland n'avait toujours pas l'air de s'annoncer.

Peut-être n'est-ce pas l'envie de venir qui lui manque, mais la possibilité. Peut-être qu'il est mort, tué par le vigile d'une pharmacie — merde, quelle rigolade : le dernier pistolero du monde abattu par un flic de location... ou encore écrasé par un taxi. Ouais, peut-être qu'il est mort et que la porte a disparu. Peut-être que c'est pour ça qu'elle ne bluffe pas. Parce qu'il n'y a plus de raison de bluffer.

— J'te dis, d'une minute à l'aut' qu'i' vont a'iver ! hurla Detta, puis Eddie n'eut plus à se préoccuper d'avoir les yeux brûlés puisque que les derniers feux du soleil couchant s'évanouirent et qu'il n'en subsista que les images dont sa rétine avait gardé le souvenir.

Il fixa les vagues et ce brillant souvenir à son tour s'estompa. Il attendit alors le rouleau qui déchargerait sur la grève le premier arrivage de homarstruosités.

12

Eddie tenta de détourner la tête pour éviter la première créature mais il fut trop lent. D'une pince presque négligente, la homarstruosité lui détacha du visage un lambeau de chair, ouvrit son œil gauche et en fit gicler l'humeur, révélant ainsi dans le crépuscule l'éclat blanc de l'os, cependant qu'elle poursuivait son interrogatoire et que la Vraiment Méchante hurlait de rire...

Arrête, s'ordonna Roland. *Penser ce genre de trucs est plus qu'inutile : c'est dangereusement distrayant. Et ça n'a aucune raison d'être. Il doit rester du temps.*

Il en restait, de fait. Alors que Roland dévalait la 43ᵉ Rue dans le corps de Jack Mort — les bras ballants au rythme de ses enjambées, les yeux rivés sur l'enseigne de la pharmacie, indifférent aux regards qu'il suscitait comme aux détours qu'on faisait pour l'éviter —, le soleil était toujours assez haut dans son monde d'origine. Un bon quart d'heure le séparait encore de l'instant où son arc inférieur allait toucher la frontière entre ciel et mer. Et, dût-il initier d'horribles souffrances pour le jeune homme, cet instant restait avenir.

Non que le pistolero tînt pour certain de disposer d'un tel délai : il savait seulement qu'il était plus tard là-bas qu'ici, et bien qu'il pût en déduire que le soleil n'y était pas encore couché, le postulat que dans les deux mondes le temps s'écoulait à la même allure pouvait se révéler extrêmement dangereux... surtout pour Eddie qui connaîtrait alors, songeait Roland, cette mort d'une horreur inimaginable et que son esprit ne s'obstinait pas moins à imaginer.

Le besoin de se retourner, de voir ce qu'il en était, avait quelque chose de presque irrépressible. Pourtant, il n'osait pas. Ne devait pas.

La voix de Cort s'interposa, sévère, barrant le flot de ses pensées : *Contrôle ce que tu peux contrôler, larve. Laisse le reste te tomber dessus comme ça lui chante, et si tu dois succomber, que ce soit avec tes revolvers crachant leur feu.*

Oui.

Mais c'était dur.

Très dur parfois.

Eût-il été un peu moins obnubilé par la nécessité d'en finir au plus vite avec ce qu'il avait à faire en ce monde qu'il aurait vu et compris pourquoi les gens rivaient sur lui des yeux ébahis puis bondissaient hors de son chemin. Mais ça n'aurait rien changé. Il marchait si vite vers les lettres bleues — qui, selon la Mortcyclopédie, signalaient un endroit où il pourrait trouver le Keflex dont son corps avait besoin — que les pans de la veste de Jack Mort lui flottaient dans le dos malgré le poids des munitions qui en lestaient les poches, révélant les ceintures d'armes bouclées sur ses hanches, ceintures qu'il ne portait pas à la manière nette et réglementaire des précédents propriétaires mais entrecroisées, chaque étui bas sur la cuisse.

Pour les badauds, les voyous et les putes arpentant la 49e, il offrait la même vision étrange que celle aperçue par Gras Double : celle d'un desperado.

Roland atteignit la pharmacie Katz et y entra.

13

Le pistolero avait connu dans le temps bon nombre de magiciens, d'enchanteurs et d'alchimistes. La plupart astucieux charlatans ou grossiers simulateurs dont les tours de passe-passe ne pouvaient qu'attraper les gens plus bêtes qu'eux (mais, le monde n'ayant jamais été à court d'imbéciles, la seconde catégorie prospérait autant que la première, sinon mieux), mais aussi une infirme poignée d'hommes authentiquement dignes de la noire réputation qui leur était faite, capables d'invoquer les morts et les démons, de tuer avec des mots, de guérir avec d'étranges breuvages. Dans l'un d'eux, le pistolero avait pensé reconnaître un démon, créature qui se faisait passer pour humaine et disait s'appeler Flagg. Brève avait été leur rencontre, et elle s'était située sur la fin, alors que déjà le chaos puis l'ultime écroulement cernaient son pays. Sur les talons de Flagg, étaient survenus deux autres personnages, des jeunes gens respirant le désespoir mais n'en dégageant pas moins une aura sinistre, et qui se nommaient Dennis et Thomas. Ces trois-là n'avaient traversé qu'une part infime de ce qui, dans l'existence de Roland, devait rester comme un temps de trouble et de confusion, mais il n'oublierait jamais comment Flagg avait changé en chien hurlant un malheureux qui avait eu l'imprudence de l'irriter. Oui, cette image s'était gravée dans sa mémoire. Puis il y avait eu l'homme en noir.

Et il y avait eu Marten.

Marten qui avait séduit sa mère alors que son père était au loin, qui avait tenté d'être l'artisan de sa mort et n'avait en fait réussi qu'à hâter son entrée dans l'âge adulte. Marten qu'il allait de nouveau croiser sur sa route avant d'atteindre la Tour... à moins qu'il ne dût l'y retrouver.

Cela pour dire que son expérience de la magie et des magiciens avait semé en lui l'attente de quelque chose d'assez différent de la pharmacie Katz telle qu'elle devait lui apparaître.

Il s'était imaginé un lieu de pénombre et de fumée douce-amère çà et là rompues par la clarté des chandelles, tout plein de bocaux et de fioles aux contenus mystérieux — poudres, potions et philtres — la plupart sous une épaisse couche de poussière, voire enveloppés dans des toiles d'araignées. Il s'était attendu à une silhouette encapuchonnée tapie au fond de cet antre, à un personnage dont il lui fallût éventuellement se méfier. Or les gens qu'il voyait évoluer derrière la transparence de ces murs de verre ne semblaient pas se comporter différemment que dans n'importe quel magasin, et il crut qu'il s'agissait d'une illusion.

En fait, ils étaient bien réels.

Pendant un moment donc, le pistolero ne fit que se tenir dans l'embrasure de la porte, surpris d'abord, puis franchement ironique. Il était là dans un monde qui, presque à chaque pas, le frappait d'étonnement, dans un monde où les diligences empruntaient la voie des airs, où le papier ne semblait pas avoir plus de valeur que le sable. Et la toute dernière merveille qu'il découvrait était que dans ce monde les gens avaient tout simplement cessé d'être sensibles au merveilleux : au sein de tels miracles, il ne voyait que mornes visages et corps pesants.

Il y avait là des milliers de fioles contenant des potions et des philtres que la Mortcyclopédie considérait en général comme du pipeau. Ici, c'était une panacée censée restaurer votre crâne chauve dans sa pilosité d'origine mais qui le laissait désespérément lisse, là une crème qui, promettant de vous gommer ces vilaines taches sur les bras et sur les mains, mentait honteusement. Et puis là, des remèdes pour ce qui n'en requérait d'aucune sorte : bloquant ou relâchant vos intestins, vous donnant des dents blanches ou des cheveux noirs, ou encore meilleure haleine comme si le même résultat ne pouvait être obtenu en mâchant de l'écorce d'aulne. Nulle magie en ces lieux, rien que du trivial — bien qu'il s'y trouvât de l'astine et quelques autres médicaments dont le nom semblait être un gage d'efficacité. Roland, dans l'ensemble, en était effaré. Fallait-il s'étonner que l'étonnement eût déserté ces lieux qui, promesse d'alchimie, s'occupaient avant tout de parfums ?

Mais un nouveau recours à la Mortcyclopédie lui apprit que la vérité de cet endroit n'était pas tout entière dans ce qu'il en voyait. Les potions réellements efficaces y étaient tenues à l'abri des regards, partant des convoitises. On ne pouvait les obtenir que sur autorisation d'un sorcier, lesquels, en ce monde, se nommaient DOCKTEURS et consignaient leurs formules magiques sur des feuilles de papier portant le nom d'ORDOS, termes l'un comme l'autre inconnus du pistolero. Il aurait pu s'informer plus avant mais c'était sans importance. Il en savait assez pour ce qu'il avait à faire, et un bref coup d'œil dans la Mortcyclopédie le renseigna sur l'endroit précis du magasin où il pouvait trouver ce qu'il cherchait.

D'un pas déterminé, il gagna donc le comptoir surmonté d'un écriteau où était écrit : EXÉCUTION DES ORDONNANCES.

14

Le Katz qui, en 1927, avait ouvert sur la 49e Rue le Drugstore Katz, pharmacie et débit de limonade (articles divers pour hommes et dames) avait depuis longtemps rejoint sa tombe et son fils unique semblait bien parti pour rejoindre la sienne. Tout en n'ayant que quarante-six ans, il en paraissait vingt de plus. Passablement dégarni, le teint jaune et d'une maigreur effarante, il savait que bon nombre de gens lui trouvaient une mine de déterré, savait aussi qu'aucun ne comprenait pourquoi.

Mrs. Rathbun, par exemple, cette conne qu'il avait au bout du fil et qui lui promettait pis que pendre s'il ne lui délivrait pas son putain de Valium, et tout de suite... à l'instant même.

Qu'est-ce que tu crois, mémère, que je vais te déverser un flot de pilules bleues par téléphone ? Dommage au demeurant que ce fût impossible : elle lui aurait au moins fait la grâce de la fermer, ou plutôt de ne l'ouvrir que pour attendre la manne sortant du combiné.

La pensée lui arracha un sourire spectral qui révéla ses dents jaunies.

— Vous ne comprenez pas, Mrs. Rathbun, l'interrompit-il après l'avoir écoutée délirer une pleine minute tandis que la trotteuse faisait un tour complet sur le cadran de sa montre.

Juste une fois, il aurait aimé être capable de lui dire : *Arrêtez de me gueuler dessus, connasse ! Prenez-vous-en plutôt à votre médecin traitant. C'est lui qui vous a rendue dépendante de cette saloperie !* Ces fumiers de toubibs prescrivaient ça comme si c'étaient des chewing-gums et, quand ils décidaient de fermer le robinet, qui est-ce qui se retrouvait éclaboussé de merde ? Lui, pardi !

— Que voulez-vous dire par : « Vous ne comprenez pas » ? (La voix résonnait dans son oreille comme une guêpe furieuse d'être prisonnière sous un pot.) Moi, je comprends que je laisse des fortunes dans votre pharmacie minable. Je comprends que j'ai toujours été une bonne cliente tout au long de ces années. Je comprends...

— Il faut vous adresser au... (à travers ses verres demi-lunes, il jeta un nouveau coup d'œil sur la carte Rolodex de la connasse)... Dr. Brumhall, Mrs. Rathbun. Votre ordonnance n'était pas renouvelable et je n'ai pas le droit de vous vendre du Valium maintenant qu'elle est expirée : ce serait un délit fédéral.

Et ce devrait en être un d'en prescrire... à moins que le médecin ne donne à son patient son numéro personnel, celui qui est sur la liste rouge.

— C'était un simple oubli ! hurla la femme dont la voix, maintenant, se teintait de panique.

Eddie aurait immédiatement identifié cette intonation : le cri sauvage et désespéré de l'oiseau-junkie.

— Appelez, donc, et demandez-lui de rectifier, dit Katz. Il a mon numéro.

Oui, ils avaient tous son numéro. Et c'était là le cœur du problème. S'il avait, à quarante-six ans, l'air d'un vieillard à l'agonie, il pouvait en remercier tous ces *fershlugginers* de toubibs.

Et tout ce que j'ai à faire pour voir fondre les derniers vestiges de bénéfices que je tire encore de ce bagne, c'est de dire à l'une de ces connasses d'aller se faire foutre.

— Mais je ne peux pas l'appeler ! hurla la voix au bout du fil dans un sursaut de stridence qui lui vrilla le tympan. Lui et son petit ami sont en vacances quelque part et personne ne veut me dire où !

Katz sentit au fond de l'estomac des sécrétions acides s'activer. Il avait deux ulcères, l'un cicatrisé, l'autre qui saignait en permanence, et toutes ces hystériques en étaient la cause. Il ferma les yeux. Aussi ne put-il voir le regard ébahi que son assistant rivait sur l'homme au costume bleu et aux lunettes cerclées d'or qui s'approchait du comptoir des ordonnances, pas plus qu'il ne vit Ralph, le vieux vigile obèse (Katz le payait une misère mais n'en râlait pas moins sur la dépense ; son père n'avait jamais eu besoin d'un vigile, mais son père — que Dieu le fît pourrir dans l'éternité — avait eu la chance de vivre à une époque où New York était encore une ville et pas une immense cuvette de chiottes), s'arracher à sa coutumière somnolence et porter la main à son arme. Il entendit bien crier une femme mais crut qu'elle venait simplement de s'apercevoir qu'il vendait du Revlon — il avait été obligé d'en garnir ses rayons pour contrer la concurrence déloyale de ce *putz* de Dollentz, un bloc plus haut sur la rue.

Il n'avait donc en tête que Dollentz et cette connasse au téléphone alors que le pistolero s'avançait vers lui, incarnation du destin, il ne pensait qu'à l'extraordinaire spectacle que ces deux-là pourraient offrir, sous le soleil brûlant du désert, sans rien d'autre sur eux qu'une couche de miel et attachés à un poteau planté sur une fourmilière. Chacun son poteau, chacun sa fourmilière. Merveilleux ! Jouissance de l'esprit qu'accompagnait cependant l'amère conscience d'avoir atteint le fond. Telle avait été la détermination du vieux Katz à voir son unique héritier marcher sur ses traces qu'il s'était refusé à lui payer d'autres études que celles débouchant sur une licence de pharmacologie ; l'infortuné fils avait donc marché sur les traces de son père, et que dans l'éternité Dieu fît pourrir ce dernier dont l'unique rejeton en était maintenant à toucher le fond d'une vie qui semblait n'avoir pourtant connu que des creux et l'avait vieilli avant l'âge.

Oui, le fond, le nadir absolu.

Du moins le croyait-il alors qu'il avait encore les yeux fermés.

— Si vous pouvez passer, Mrs. Rathbun, je pourrai vous donner une plaquette de douze Valium 5. Ça irait ?

— Enfin, il entend raison ! Merci, mon Dieu, de lui avoir fait entendre raison !

Et elle raccrocha. Comme ça. Sans un mot pour le remercier, lui. Mais dès qu'elle allait revoir ce rectum ambulant qui se prétendait médecin, elle tomberait à ses pieds, lui astiquerait avec son nez la pointe de ses Gucci, passerait ensuite à l'étage supérieur pour lui tailler une pipe, puis...

— Mr. Katz, fit son assistant d'une voix étrangement blanche. Je crois que nous avons un prob...

Il y eut un nouveau cri, suivi par la détonation d'une arme à feu, et si violente fut la surprise de Katz qu'il crut son cœur sur le point de battre un dernier coup monstrueux avant de s'immobiliser à jamais.

Il ouvrit les yeux, les retrouva rivés dans ceux d'un inconnu, puis il les baissa et découvrit le pistolet que celui-ci avait au poing. Un regard sur la gauche lui révéla Ralph en train de se tenir la main et de fixer lui aussi sur l'homme des yeux qui semblaient lui sortir du visage. Quant à l'arme du vigile, le 38 qu'il avait réglementairement porté tout au long de ses dix-huit années dans la police (et dont les balles n'avaient jamais touché d'autres cibles que celles du stand de tir dans le sous-sol du commissariat du 23e District même s'il prétendait — sans pouvoir en apporter la preuve — l'avoir dégainé par deux fois en service commandé), elle gisait dans le coin, hors d'usage.

— Je veux du Keflex, dit l'homme au regard bleu acier d'une voix sans expression. J'en veux beaucoup. Tout de suite. Et pas la peine de me demander mon ordo.

Sur le moment, Katz ne put que river des yeux ronds sur le type, la bouche molle, le cœur battant à tout rompre et l'estomac transformé en bouilloire pleine d'acide.

S'était-il imaginé être arrivé au fin fond ?

Avait-il vraiment cru pouvoir jamais l'atteindre ?

15

— Vous faites erreur, finit par articuler Katz. (Sa propre voix lui paraissait bizarre, ce qui en soi ne l'était guère, vu qu'il se sentait la bouche en flanelle et la langue comme de la ouate à molleton.) Il n'y a pas de cocaïne ici. C'est une substance qui n'entre dans aucune préparation que nous soyons habilités à faire.

— Je n'ai pas dit *cocaïne*, rétorqua l'homme au costume bleu et aux lunettes cerclées d'or, mais *Keflex*.

C'est bien ce que j'avais cru entendre, faillit dire Katz à ce tordu de *momser*, puis il se ravisa, jugeant que pareille réponse risquait d'être prise pour de la provocation. Il avait ouï dire qu'on attaquait des pharmacies pour se procurer des amphétamines ou une demi-douzaine d'autres produits actifs (au nombre desquels le précieux Valium de Mrs. Rathbun), mais ce devait être à sa connaissance le premier vol d'antibiotiques de toute l'Histoire.

La voix de son père (que Dieu le fasse pourrir dans l'éternité, le vieux salaud) lui intima l'ordre d'arrêter de bayer aux corneilles et de se décider à faire quelque chose.

OK, mais il ne voyait pas quoi faire.

L'homme au pistolet lui vint en aide :

— Dépêchez-vous de me donner ce que je demande. Je suis très pressé.

— Quelle quantité voulez-vous ? demanda Katz dont les yeux quittèrent un instant les traits du voleur pour découvrir par-delà son épaule un spectacle qui lui parut presque impossible.

Non, pas dans cette ville. Pourtant, il semblait que ce fût bien réel. De la chance ? Katz ayant de la chance ? Voilà qui était digne de figurer dans le livre Guinness des Records !

— Je n'en sais rien, dit l'homme au pistolet. Autant qu'en peut contenir un sac. Un grand sac. (Et sans crier gare, il pivota sur lui-même et la détonation de l'arme une fois de plus retentit. Quelqu'un beugla. Des éclats de vitre blindée volèrent sur le trottoir et jusque sur la chaussée, blessant quelques passants mais sans gravité. À l'intérieur du drugstore, des femmes — et des hommes en nombre appréciable — poussèrent des cris d'orfraie. L'alarme se déclencha, joignant au vacarme son propre mugissement rauque. Les clients paniqués se précipitèrent vers la porte et, à l'issue d'une courte bousculade, l'eurent tous franchie. L'homme au pistolet fit de nouveau face au pharmacien. Son expression n'avait pas changé. Il émanait toujours de son visage cette effrayante — mais certes pas inépuisable — patience dont il ne s'était pas départi depuis le début.) Faites ce que je dis, et vite. Je suis pressé.

Katz ravala bruyamment sa salive.

— Oui, monsieur.

16

Le pistolero avait vu et admiré le miroir convexe suspendu dans le coin supérieur gauche de la boutique alors qu'il était encore à mi-chemin du comptoir derrière lequel l'alchimiste gardait les potions puissantes. La fabrication d'un tel miroir était au-delà des capacités techniques de n'importe quel artisan de son monde dans l'état présent de celui-ci, bien qu'il y ait eu un temps où de tels objets — et bon nombre d'autres merveilles du monde d'Odetta et d'Eddie — avaient sans doute été monnaie courante. Il en avait relevé des vestiges dans le tunnel sous les montagnes et ailleurs aussi... reliques mystérieuses et d'une haute antiquité à l'égal des pierres aux *Druits* qui se dressaient parfois dans les lieux fréquentés par les démons.

Et il avait tout de suite compris à quoi servait ce miroir.

Le mouvement du garde, en revanche, ne lui était apparu qu'avec un léger retard — il commençait à mesurer l'effet désastreux des lentilles que portait Mort sur sa vision périphérique — mais encore assez tôt pour qu'il se tournât et le désarmât d'une balle bien ajustée. Tir de pure routine à ses yeux, bien qu'il ait eu à se presser quelque peu, mais dont la victime devait garder un souvenir différent. Ralph Lennox allait, jusqu'à la fin de ses jours, jurer ses grands dieux que le type avait réussi là un coup impossible... hormis peut-être dans les shows western pour gamins attardés, style *Annie Oakley*.

Grâce au miroir, évidemment placé là pour repérer les voleurs, Roland avait été plus rapide pour s'occuper de l'autre.

Il avait vu le regard de l'alchimiste se hausser un court instant par-dessus son épaule et, immédiatement, son propre regard s'était levé vers la providentielle surface réfléchissante, lui révélant l'image déformée d'un homme en veste de cuir qui s'avançait derrière lui dans l'allée centrale, un long couteau à la main et, sans nul doute, des rêves de gloire plein la tête.

Le pistolero fit volte-face et, le pistolet contre la hanche, pressa la détente, conscient que son manque de familiarité avec l'arme risquait de lui faire rater sa cible, mais peu désireux de blesser l'un des clients qui se tenaient figés derrière le prétendant au titre de héros. Mieux valait avoir à tirer, après rectification, une deuxième balle ascendante qui ferait son boulot tout en préservant la vie des badauds que de tuer par exemple une dame dont le seul crime aurait été de mal choisir son jour pour s'acheter du parfum.

Le pistolet avait été bien entretenu. Sa visée était juste. Au souvenir des rondeurs mollassonnes des pistoleros auxquels il les avait empruntées, il eut le sentiment que ces derniers s'étaient mieux occupés des armes qu'ils portaient que d'eux-mêmes. Un tel comportement lui semblait étrange, mais ce monde dans son ensemble était étrange et Roland ne pouvait se permettre de juger. Il n'en aurait d'ailleurs pas eu le temps.

La première balle fit donc mouche, tranchant le couteau de l'homme à la base de la lame, ne lui laissant que le manche en main.

Les yeux de Roland se posèrent, très calmes, sur le type en veste de cuir, et quelque chose dans ce regard dut rappeler à l'ex-prétendant au titre de héros quelque rendez-vous urgent car il pivota sur ses talons, laissa tomber les vestiges du couteau et se joignit à l'exode général.

Roland ramena son attention sur l'alchimiste pour lui donner ses ordres... assortis d'un avertissement : plus de blagues, sinon le sang coulerait. L'autre s'apprêtait à obéir quand le canon d'une arme effleura son épaule osseuse. Il se retourna aussitôt sur un « Yeeek ! » étranglé.

— Pas vous, dit le pistolero. Restez ici et laissez votre 'prenti s'en occuper.

— Mon quoi ?

— Lui.

D'un geste impatient, Roland montra le jeune homme.

— Que dois-je faire, Mr. Katz ?

Quelques survivances d'acné post-pubère rutilaient sur le blanc visage du préparateur.

— Lui apporter ce qu'il demande, *putz !* Du Keflex.

L'assistant gagna l'un des rayons qui se trouvaient derrière le comptoir et y prit un flacon.

— Tournez-le de manière que je voie ce qui est écrit dessus, dit le pistolero.

Le jeune homme montra l'étiquette et Roland n'y put rien déchiffrer : trop de lettres étaient étrangères à son alphabet. Il consulta la Mortcyclopédie qui confirma : c'était bien du Keflex. Roland prit alors conscience d'avoir perdu son temps en voulant vérifier. Si lui savait ne pas pouvoir tout lire en ce monde, il n'en était pas de même de ces gens.

— Combien y a-t-il de cachets dans ce flacon ?

— Ce ne sont pas des cachets mais des gélules, précisa

l'assistant, nettement nerveux. Mais si vous désirez des antibiotiques sous forme de ca...

— Je m'en fiche. Combien de doses ?

— Euh... (Le gamin affolé jeta de nouveau un œil sur le flacon et faillit le laisser tomber.) Deux cents.

Roland se sentit à peu près comme quand il avait découvert quelle quantité de munitions pouvait être acquise dans ce monde pour une somme ridicule. Le compartiment secret de l'armoire à pharmacie d'Enrico Balazar renfermait neuf échantillons de Keflex, soit trente-six doses, et notable avait été l'amélioration de son état. Si deux cents doses s'avéraient impuissantes à juguler définitivement l'infection, rien n'y parviendrait.

— Donnez-moi ça, dit l'homme au costume bleu.

Le préparateur lui tendit le flacon.

Le pistolero retroussa la manche de sa veste, révélant à son poignet la Rolex de Jack Mort.

— Je n'ai pas d'argent mais ceci devrait être une compensation correcte. Du moins, je l'espère.

Il se tourna et, de la tête, salua le vigile qui, assis par terre auprès de son tabouret renversé, continuait de le regarder avec des yeux ronds ; puis il sortit.

Pas plus compliqué que ça.

Cinq secondes durant, il n'y eut d'autre bruit dans le drugstore que le braiment de l'alarme, lequel était assez tonitruant pour couvrir jusqu'aux commentaires et autres bavardages qui, devant sur le trottoir, allaient bon train.

— Et maintenant, Mr. Katz, qu'est-ce qu'on fait ? osa finalement chuchoter le jeune préparateur.

Le pharmacien ramassa la montre et la soupesa.

De l'or. De l'or massif.

Il ne pouvait y croire.

Était bien obligé d'y croire.

Un dingue débarquait dans son magasin, d'une balle désarmait son vigile, d'une autre le quidam qui s'approchait parderrière avec un couteau, et tout ça pour se procurer la dernière drogue à laquelle on pût penser.

Du Keflex.

Pour environ soixante dollars de Keflex.

Et qu'il payait en laissant une Rolex à quatre briques.

— Ce qu'on fait ? répéta Katz. Vous commencez par me mettre

cette montre sous le comptoir. Vous ne l'avez jamais vue. (Il se tourna vers Ralph.) Vous non plus.

— OK, s'empressa d'acquiescer Ralph. Du moment que je touche ma part quand vous la vendrez, je n'ai rien vu qui ressemble à une montre.

— Il va se faire abattre comme un chien, dit Katz avec une évidente délectation.

— Du Keflex... fit l'assistant, songeur. Et il n'avait même pas l'air d'avoir la goutte au nez.

IV

Le tirage

1

Alors que l'arc inférieur du soleil touchait la Mer Occidentale, y déversant une coulée d'or en fusion jusqu'à cette extrême pointe de grève où Eddie gisait troussé comme une volaille, les agents O'Mearah et Delevan reprenaient péniblement conscience dans ce monde d'où le jeune homme était issu.

— Vous pourriez me retirer ces menottes ? quémanda humblement Johnny Gras Double.

— Où est-il ? demanda O'Mearah, la voix pâteuse, portant une main tâtonnante à son étui.

Plus d'étui. Ni étui ni ceinturon ni revolver. Envolé, le revolver.

Merde.

Commencèrent de défiler dans sa tête les questions qu'allaient probablement lui poser les connards de l'Inspection générale des Services — des mecs qui tiraient de *Starsky et Hutch* toute leur connaissance du travail de terrain — et, à ses yeux, la valeur monétaire de son pistolet perdu se fit tout d'un coup comparable en importance à la population de l'Irlande ou aux principaux gisements miniers du Pérou. Il se tourna vers Carl et constata que son coéquipier s'était également fait dépouiller de son arme.

Ô doux Jésus, pensa-t-il, *peut-on imaginer une plus belle paire de crétins ?*

Et quand Gras Double réitéra sa prière, lui demandant s'il voulait bien prendre la clé sur le comptoir et le débarrasser de ses menottes, O'Mearah lui répondit : « Je devrais plutôt... » puis s'arrêta parce qu'il avait été sur le point de dire : Je devrais plutôt te coller quelques pruneaux dans les tripes, et que cela aurait été une menace qui, de toute façon, n'aurait pas été prise au sérieux. Le fond de commerce des Clements était soi-disant imprenable et, pourtant, le salopard aux lunettes cerclées d'or — d'autant plus salopard qu'il avait eu la touche d'un citoyen respectable — les avait, Carl et lui, délestés de leur arme avec l'aisance de quelqu'un confisquant un pistolet à bouchons à un gamin.

Donc, au lieu d'achever sa phrase, il prit la clé sur le comptoir et délivra Gras Double. Puis, remarquant le Magnum dans le coin où, d'un coup de pied, Roland l'avait expédié, il alla le ramasser et le glissa dans la ceinture de son pantalon.

— Hé là, c'est à moi, glapit Gras Double.

— Ah bon ? Tu tiens à le récupérer ? (Il détachait ses mots, y était obligé, vu le mal de crâne qu'il se payait, et pour le moment, il n'avait qu'une envie, retrouver Mr. Lunettes Cerclées d'Or pour le clouer sur le premier mur venu. En choisissant des clous émoussés.) Il paraît que ça plaît beaucoup, les nouveaux détenus dans ton genre du côté d'Attica. Ils ont un dicton là-bas : « Plus le coussin est gros, plus c'est chouette de le pointer. » Tu es vraiment sûr de vouloir ce flingue ?

Johnny Holden se détourna sans répondre mais O'Mearah eut le temps de voir les larmes qui lui montaient aux yeux cependant qu'une tache de pisse toute fraîche apparaissait sur son pantalon. Mais sa pitié n'en fut nullement éveillée.

— Où est-il ? s'enquit derrière eux Delevan d'une voix qui se débrouillait pour être à la fois pâteuse et nasillarde.

— Parti, fit Gras Double. J'en sais pas plus. J'ai bien cru qu'il allait me tuer.

Delevan se relevait. Il porta la main à sa joue, la sentit humide ; regarda : du sang. Merde. Puis il chercha son arme et continua de la chercher longtemps après que ses doigts lui eurent amplement confirmé son absence, comme celle de l'étui, de la ceinture et du reste. Quant à son état de santé, si O'Mearah n'avait que la migraine, lui, Carl, aurait juré qu'on venait de se livrer dans sa tête à des essais nucléaires.

— Ce mec a piqué mon pistolet, fit-il dans une bouillie de voyelles à laquelle son collègue répondit dès qu'il en eut percé le sens :

— Je sais. Bienvenue au club.

— Il est toujours là ?

Delevan fit un pas vers O'Mearah, tanguant sur la gauche comme s'il avait à compenser une gîte énorme sur le pont d'un bateau par gros temps. Puis il réussit à se redresser.

— Tu parles !

— Depuis combien de temps il est parti ? demanda Delevan à Gras Double dont il n'obtint pas réponse — l'autre leur tournait le dos et pouvait les avoir crus parlant toujours ensemble — mais Delevan n'était pas connu pour son caractère facile, fût-ce dans les meilleures circonstances, et même si le crâne devait lui voler en éclats, le type eut droit à sa gueulante : Je t'ai posé une question, gros lard ! Y a combien de temps qu'il s'est tiré ?

— Peut-être cinq minutes, dit Gras Double, toujours sans entrain. Il a pris vos armes, puis ses cartouches. (Temps d'arrêt.) J'y croyais pas mais il les a payées.

Cinq minutes, réfléchit Delevan. Le type était arrivé en taxi. Ils l'avaient vu débarquer pendant qu'ils prenaient leur pause café dans la bagnole. Sauf que, maintenant, on approchait de l'heure de pointe, et trouver un taxi allait devenir rudement coton. Ils avaient une chance...

— Allez ! On y va ! Mais il va nous falloir une arme... (O'Mearah lui montra le Magnum ; il commença par en voir deux puis fit la mise au point.) Bien. (Ça revenait, mais pas d'un coup, comme à la boxe quand l'un des gars se ramasse un méchant crochet dans le menton.) Tu le gardes. Je prendrai le fusil sous le tableau de bord.

Il s'ébranla vers la porte et, cette fois, fit plus que tituber, bascula, et dut se retenir au mur pour ne pas s'étaler.

— Tu crois que ça ira ?

Le doute était perceptible dans la voix de O'Mearah.

— Parfaitement si on le rattrape.

Ils sortirent. Johnny ne fut pas tout à fait aussi soulagé par leur départ que par celui du tordu au costard bleu mais presque. Ouais, presque.

2

Delevan et O'Mearah n'eurent même pas à discuter de la direction prise par leur gibier en sortant de chez Clements ; la radio les renseigna sitôt qu'ils la branchèrent.

— Code 19, répétait la fille sans apparemment s'en lasser, code 19, vol à main armée en cours, coups de feu tirés. Code 19, code 19. Emplacement : 395, 49e Rue Ouest, pharmacie Katz. Agresseur : grand, blond-roux, costume bleu...

Des coups de feu, retint Delevan entre les assauts plus violents que jamais de son mal de crâne. *Partis de quel pistolet ? Du mien ou de celui de George ? Des deux, qui sait ? Si ce fumier a fait des morts, on est fichus. À moins de mettre la main dessus.*

— Démarre, dit-il à O'Mearah qui ne se le fit pas répéter, obsédé par les mêmes pensées que son collègue et souffrant moins que lui, donc plus lucide.

Il enclencha sirène et gyrophare et se lança dans la circulation. Ça commençait à se compliquer avec la sortie des bureaux et il roulait deux roues dans le caniveau, les deux autres sur le trottoir, suscitant des envols de piétons effarés. Côté chaussée, l'aile arrière d'un poids lourd garda le rude souvenir de leur passage. Ils avaient les yeux rivés sur les éclats de verre qui miroitaient là-bas devant et les oreilles déjà pleines des stridences de l'alarme. Les passants s'étaient tous abrités sur les pas de porte ou derrière les poubelles, mais dans les étages, on semblait s'être rué aux fenêtres comme s'il s'agissait d'une série télé disposant enfin d'un budget correct ou d'un film qu'on pouvait voir sans payer.

Devant l'immeuble, la rue n'avait pas attendu d'être barrée pour se vider de toute circulation.

— Espérons qu'il y est encore, dit Delevan, et, d'un tour de clé, il libéra les deux courtes barres d'acier qui bloquaient l'étrier du fusil à pompe sous le tableau de bord. Ouais, espérons seulement que cette saloperie de putain de fumier n'a pas déjà fichu le camp.

Ce qu'ils s'acharnaient tous deux à ne pas comprendre,

c'était que, quand on se retrouvait confronté au pistolero, il valait souvent mieux lui foutre la paix.

3

Quand Roland était ressorti du drugstore, le gros flacon de Keflex avait rejoint la moitié des munitions dans la poche de veste de Jack Mort mais le 38 de Carl Delevan n'avait pas regagné son étui... car c'était rudement bon de tenir de nouveau un pistolet dans une main droite à laquelle il ne manquait aucun doigt.

Il entendit la sirène et vit la voiture qui se ruait sur lui. *Eux*, pensa-t-il, et il allait lever son arme quand il se rappela : c'étaient des pistoleros. Des pistoleros dans l'accomplissement de leur tâche. Il pivota sur ses talons et rentra dans la boutique de l'alchimiste.

— Pas plus loin, salopard, hurla Delevan.

Les yeux du pistolero volèrent jusqu'au miroir convexe et s'y posèrent à l'instant où l'un de ses pairs en ce monde — celui qui avait saigné de l'oreille — se penchait avec un fusil à la fenêtre du véhicule que son coéquipier faisait piler net, dans le crissement et la fumée des roues en caoutchouc freinant sur l'étrange et lisse pierre noire de la chaussée. Il le vit faire monter d'un coup de levier une cartouche dans la chambre de l'arme.

Il se plaqua au sol.

4

Katz n'eut pas un regard à jeter dans un miroir de quelque type pour comprendre ce qui allait se passer. Au lieu d'un cinglé, trois. Un braqueur et deux flics. *Oy vay*.

— Baissez-vous ! cria-t-il à son assistant et à Ralph, le vigile, en se laissant tomber sur les genoux derrière le comptoir, sans se soucier de vérifier si son conseil était suivi.

Puis il sut que c'était du moins le cas pour le préparateur puisqu'une fraction de seconde avant que Delevan ne tirât, il reçut le jeune homme sur le dos et s'affaissa sous son poids. Il alla cogner du menton contre le carrelage et se fractura la mâchoire en deux points.

La décharge de douleur qui lui jaillit dans le crâne ne noya pas complètement le coup de feu ; il l'entendit comme il entendit voler en éclats le restant de sa vitrine ainsi que l'eau de Cologne, l'after-shave, le parfum, le sirop pour la toux... bref, tout ce qui était bouteilles. Un millier d'odeurs contradictoires se mêlèrent, créant un véritable enfer olfactif, et avant de tourner de l'œil, Katz exhorta une dernière fois Dieu à faire pourrir son père dans l'éternité pour lui avoir à l'origine attaché au pied le boulet infect de cette pharmacie.

5

Roland vit les flacons et les boîtes voler en tous sens sous la gifle des plombs. La vitre d'un présentoir se désintégra. Les montres qu'il contenait furent projetées en arrière sous forme de dense et scintillant nuage.

Ils n'avaient aucun moyen de savoir s'il restait ou non des innocents dans la boutique, songea-t-il. Et ils se sont quand même servis d'une arme à tir dispersé !

C'était impardonnable. Une bouffée de colère l'envahit qu'il réprima. C'étaient des pistoleros. Plutôt se dire que le choc entre leurs deux crânes en avait altéré le contenu que de les imaginer faisant sciemment ce qu'ils faisaient, sans nul souci de ceux qu'ils risquaient de blesser ou de tuer.

Ils s'attendaient à le voir fuir ou répondre à leur tir.

Au lieu de cela, il se redressa et rampa vers eux à quatre pattes, se lacérant mains et genoux sur les bouts de verre. La douleur fit reprendre conscience à Jack Mort, ce dont Roland fut enchanté : il allait avoir besoin de son hôte et, supportant aisément la cuisson des plaies que les tessons ouvraient dans les chairs, se fichait éperdument de leur gravité, les sachant infligées à un monstre qui les méritait cent fois plutôt qu'une.

Il atteignit le soubassement de ce qui n'offrait plus qu'une lointaine ressemblance avec une vitrine de verre blindé et se tapit derrière, juste à droite de la porte. Puis il rengaina l'arme qu'il avait — jusqu'alors et par plaisir — gardée au poing.

Il n'allait pas avoir à s'en servir.

6

— Arrête de déconner, Carl ! hurla O'Mearah.

Un gros titre du *Daily News* venait de s'inscrire brutalement dans sa tête :

BAVURE POLICIÈRE DANS UN DRUGSTORE
DU WEST SIDE : QUATRE MORTS

Delevan l'ignora totalement et pompa une cartouche neuve dans le fusil.

— Finissons-en avec c't'ordure.

7

Tout se passa conformément aux espoirs du pistolero.

Furieux d'avoir été sans effort bernés puis désarmés par un homme qui ne devait pas se distinguer à leurs yeux des autres moutons parqués dans les rues de cette ville apparemment infinie, et toujours groggys du choc qui les avait assommés, ils s'engouffrèrent dans la boutique avec, en tête, l'imbécile qui avait tiré à la grenaille. Ils couraient légèrement penchés en avant, tels des soldats chargeant une position ennemie, mais c'était là leur seule concession à l'idée que leur adversaire fût toujours à l'intérieur. Ils le voyaient déjà en train de s'enfuir par-derrière.

Ils traversèrent donc en trombe le trottoir, faisant crisser sous leurs pas le verre qui le jonchait, et, quand le pistolero au fusil poussa la porte à présent débarrassée de sa vitre, Roland se leva, les mains entrelacées en un poing unique qu'il abattit sur la nuque de l'agent Carl Delevan.

Lors de son témoignage devant la commission d'enquête, Delevan devait affirmer n'avoir aucun souvenir de tout ce qui avait suivi le moment où il s'était agenouillé dans l'établissement des frères Clements et avait vu sous le comptoir le portefeuille du plaignant, lequel, plus tard, allait se révéler leur agresseur. Les membres de la commission devaient estimer que, vu les circonstances, pareille amnésie était sacrément pratique, et Delevan allait avoir de la chance de s'en tirer avec deux mois de suspension sans solde. Roland, lui, l'aurait cru, et, dans d'autres circonstances (si l'imbécile ne s'était pas servi d'un fusil à forte dispersion dans une boutique pleine d'innocents, par exemple), aurait même compati. Quand on se reçoit deux coups sur le crâne en l'espace d'une demi-heure, on peut s'attendre à certains troubles cérébraux.

Alors que Delevan s'effondrait, soudain aussi mou qu'un sac de flocons d'avoine, le pistolero lui arracha son fusil des mains.

— Arrête ça ! hurla O'Mearah d'une voix où se mêlaient colère et consternation.

Il était en train de lever le Magnum de Gras Double mais ainsi que Roland l'avait soupçonné : lentement, avec cette pitoyable lenteur des pistoleros de ce monde. Il aurait eu pour le moins trois fois le temps de tirer sur O'Mearah mais, n'en éprouvant nullement le besoin, se contenta d'imprimer au fusil un irrésistible arc ascendant. Il y eut comme un bruit de baiser alors que la crosse entrait en collision avec la joue gauche de O'Mearah, dont tout le bas du visage, de la joue jusqu'au menton, se déjeta de cinq centimètres sur la droite. Il allait falloir trois opérations et quatre broches d'acier pour ramener et maintenir sa mâchoire en position normale. Un moment, il resta là, planté face au pistolero, rivant sur l'homme en costume de ville et ceinturons entrecroisés un regard incrédule, puis ses yeux ne montrèrent plus que leur blanc, ses genoux se ramollirent et, à son tour, il s'effondra.

Debout sur le seuil, indifférent à l'approche des sirènes, Roland ouvrit le fusil et en actionna le levier, éjectant les grosses cartouches rouges sur le corps inerte de Delevan. Après quoi, avec un égal mépris, l'arme alla rejoindre ses munitions.

— Tu es un fou dangereux qui aurait eu sa place à l'Ouest, dit-il à l'homme inconscient. Tu as oublié le visage de ton père.

Il enjamba le corps et s'achemina vers le véhicule des pistoleros qui ronronnait toujours à l'arrêt, en ouvrit la porte et se glissa sur le fauteuil du passager, puis sur l'autre derrière le gouvernail.

8

— Est-ce que tu sais conduire ça ? demanda-t-il au débordement de cris et de charabia auquel s'était réduit Jack Mort.

Mais il n'obtint aucune réponse cohérente, Mort ne démordant pas de ses stridences. Hystérie, reconnut-il, mais avec un soupçon d'inauthenticité. Jack Mort piquait sa crise à dessein, moyen d'éviter toute conversation avec l'étrange ravisseur.

Écoute, lui dit le pistolero. *Je suis trop pressé pour répéter. Si tu ne réponds pas à ma question ou à l'une de celles qui vont suivre, je te colle un pouce dans l'œil droit, j'appuie tant que c'est possible puis je te l'arrache du crâne et je m'essuie le doigt sur la banquette. Je pense pouvoir me débrouiller avec ton seul œil gauche. Après tout, ce n'est pas comme si c'était le mien.*

Il était dans l'incapacité de mentir à Mort comme Mort dans celle de lui mentir. Telle était la nature de leur relation, glaciale et forcée pour tous deux, mais plus intime que n'aurait su l'être le plus passionné des rapports sexuels. Il s'agissait en fait non d'une réunion des corps mais de l'ultime fusion de deux esprits.

Roland pensait ce qu'il disait.

Et Mort le comprit ainsi.

Les cris cessèrent aussitôt.

Je sais conduire, dit Mort, et ce furent les premiers mots sensés que Roland capta dans cette tête depuis qu'il y était entré.

Fais-le, donc.

— Où dois-je aller ?

Connais-tu un endroit qui s'appelle le « Village » ?

Oui.

Alors vas-y.

Où dans le Village ?

Pour l'instant, occupe-toi seulement de m'y conduire.

On ira sans doute plus vite si je mets la sirène.

Parfait. Tu la mets. Ainsi que ces phares qui tournent.

Pour la première fois depuis qu'il s'était emparé de cet homme, Roland se plaça légèrement en retrait, lui laissant partiellement les commandes. Quand la tête de son hôte se tourna pour inspecter le tableau de bord de la voiture blanc et bleu de Delevan et de O'Mearah, Roland regarda aussi mais sans avoir pris l'initiative. Toutefois, physiquement présent plutôt que *ka* désincarné, il n'eût pas manqué de se tenir sur la pointe des pieds, prêt à reprendre les choses en main au moindre signe de mutinerie.

Vigilance inutile. Cet homme qui avait tué ou estropié Dieu savait combien de personnes innocentes n'avait nulle intention de perdre un de ses chers yeux. Il enfonça des boutons, tira sur un levier, et ils furent en mouvement. La sirène gémit et le pistolero vit des spasmes de lumière rouge éclabousser avec régularité l'avant du véhicule.

Tâche de conduire vite, ordonna-t-il sèchement.

9

Nonobstant la sirène et les gyrophares, et bien que Jack Mort parût battre la mesure sur le klaxon, il leur fut impossible à cette heure de pointe d'atteindre Greenwich Village en moins de vingt minutes. Dans le monde du pistolero, les espoirs d'Eddie fondaient comme du beurre sur le feu.

La mer avait déjà dévoré la moitié du soleil.

Voilà, dit Mort. *Nous y sommes.* Et c'était la vérité, ne pouvait qu'être la vérité, même si Roland ne voyait rien qui évoquât un village dans cet étouffoir inchangé de bâtisses, de véhicules et de piétons. Et pour ce qui était des véhicules, ils ne faisaient pas qu'engorger la chaussée ; l'air même était empli de leurs clameurs incessantes et de leurs fumées nocives. Il les supposait provenir de la combustion d'un quelconque carburant, et c'était merveille que les gens pussent y survivre et que les femmes ne donnassent pas naissance à des monstres tels les Lents Mutants des montagnes de son pays.

Bon, où allons-nous maintenant ? demandait Mort.

Le plus dur attendait Roland. Il s'y prépara... s'y prépara comme il pouvait, quoi qu'il arrivât.

Éteins la sirène et les lumières. Gare-toi le long du trottoir

Mort obéit et s'immobilisa devant une borne d'incendie.

Il y a un chemin de fer souterrain dans cette ville, dit le pistolero. *Je veux que tu m'emmènes dans une gare où ces trains s'arrêtent pour laisser monter et descendre les voyageurs.*

Laquelle ? s'enquit Mort, non sans panique. Il ne pouvait rien cacher à Roland ni Roland rien lui cacher... du moins jamais très longtemps.

Voilà quelques années — j'ignore combien — tu as poussé une jeune femme devant le train qui entrait dans l'une de ces gares. C'est dans cette gare que tu vas m'emmener.

S'ensuivit une courte lutte acharnée. Le pistolero en sortit vainqueur mais ce fut étonnamment difficile. À sa manière, Jack Mort était aussi double qu'Odetta. Certes pas schizophrène comme elle puisqu'il était parfaitement au courant de ce qu'il faisait, mais gardant secrète cette part de lui qui était le Pousseur, la tenant sous clé avec le même soin qu'un détourneur de fonds cachant le tiroir où s'amasse peu à peu sa cagnotte.

Tu m'y emmènes, salopard, répéta le pistolero. Le pouce droit de Jack Mort monta vers l'œil correspondant. Un centimètre au plus l'en séparait lorsque le propriétaire de l'œil en question céda, affolé.

La main droite de Mort retourna sur le levier près du volant et ils roulèrent vers Christopher Street Station où, trois ans auparavant, une jeune femme nommée Odetta Holmes avait eu les jambes sectionnées par le fabuleux Train A.

10

— Allons voir ça d'un peu plus près, dit l'îlotier Andrew Staunton à son coéquipier Norris Weaver alors que la voiture pie de Delevan et de O'Mearah s'immobilisait presque en face d'eux.

Sans se donner la peine de chercher un emplacement libre, le chauffeur se garait en double file et, derrière lui, la circulation se ralentissait encore pour contourner ce nouvel obstacle, tel un filet de sang s'acharnant à alimenter un cœur désespérément obstrué par le cholestérol.

Weaver vérifia le numéro peint sur le côté du phare avant droit. 774. Ouais, c'était bien celui qu'on leur avait donné au Central.

Hormis son stationnement gênant — infraction dont les gyrophares semblaient établir qu'elle était justifiée —, le véhicule n'offrit rien d'anormal dans son apparence, du moins jusqu'à ce que sa portière se fût ouverte et que son chauffeur en fût sorti. Il était en bleu, d'accord, mais ni du bleu ni de la coupe que rehaussent ordinairement des boutons dorés et un badge argenté. Ses chaussures non plus n'avaient rien de réglementaire, à moins que Staunton et Weaver n'eussent raté la note de service spécifiant que, dorénavant, Gucci devenait le fournisseur exclusif de la police new-yorkaise, ce qui était peu probable. Hautement probable, en revanche, que ce fût là le tordu qui avait attaqué deux flics au centre ville. Indifférent au concert de protestations klaxonnées ou hurlées par les autres automobilistes, l'homme abandonna son véhicule.

— Bon sang, fit Andy Staunton entre ses dents.

« N'aborder qu'avec les plus extrêmes précautions, avait dit la voix dans sa radio. Suspect armé extrêmement dangereux. » À les entendre, on avait presque toujours l'impression qu'il n'existait pas au monde d'être humain plus blasé que les filles du Central, impression qu'avaient confirmée les rares contacts d'Andy Staunton avec ce corps féminin et son administration. Aussi, la répétition du mot « extrême », sous forme d'adjectif puis d'adverbe, s'était accrochée dans son esprit comme un bouton de bardane.

Pour la première fois en quatre ans de carrière, il sortit son arme de service. Un coup d'œil sur le côté lui apprit que son coéquipier avait fait de même. Tous deux se tenaient sur le seuil d'une charcuterie fine à une dizaine de mètres de la bouche de métro. Ils se connaissaient depuis assez longtemps pour être parfaitement accordés l'un à l'autre comme seuls savent l'être les flics et les soldats de métier. Sans échanger un mot, ils reculèrent dans l'embrasure de la porte, le revolver à la verticale.

— Métro ? demanda Weaver.

— Ouais. (Andy jeta un bref regard sur les escaliers un peu plus loin. Le rush battait son plein et la foule s'y enfonçait en un flot presque continu.) Il va falloir l'alpaguer tout de suite, avant qu'il n'en soit trop près.

— Allons-y.

Ils s'ébranlèrent, tandem impeccable dans lequel Roland eût aussitôt reconnu des adversaires autrement sérieux que les deux premiers pistoleros. D'abord, ils étaient plus jeunes, et puis la voix qui les guidait l'avait étiqueté comme *extrêmement* dangereux, ce qui, aux yeux d'Andy Staunton et de Norris Weaver, faisait de lui l'équivalent d'un tigre affamé. *S'il ne se fige pas à la seconde même où je lui dis de le faire, c'est un homme mort,* pensa Andy.

— Police ! On ne bouge plus ! hurla-t-il en se laissant choir accroupi, l'arme tendue à bout de bras et bloquée entre ses paumes, position dont Weaver offrait le calque exact. Mettez vos mains sur la tê...

Il en était là de son injonction quand le type piqua un sprint vers la bouche de métro, et à une vitesse proprement prodigieuse. Mais Andy Staunton en action se découvrait tout d'un missile à tête chercheuse : il pivota sur ses talons avec la sensation qu'un manteau de froideur inémotive l'enveloppait... sensation que Roland aurait également reconnue pour s'être maintes fois trouvé dans une situation similaire.

Andy prit une légère avance sur la silhouette en mouvement puis pressa la détente de son 38. Il vit l'homme au costume bleu tournoyer en tentant de rester debout. Puis il le vit s'écrouler à terre alors que les gens — ceux-là mêmes qui, quelques instants plus tôt, ne s'occupaient que de survivre au trajet qui les ramenait chez eux — se mettaient à hurler et à s'égailler comme des cailles, soudain conscients de dangers d'une autre ampleur que celui de mourir étouffé dans une rame surchargée.

— Putain de merde, collègue, fit Norris Weaver. Tu l'as vraiment soufflé comme une bougie.

— Je sais, dit Andy d'une voix ferme qui aurait suscité l'admiration de Roland. Allons voir qui c'était.

11

Je suis mort! braillait le Pousseur. *Vous avez réussi à me faire tuer et je suis mort, je suis...*

Non, répondit le pistolero.

Par des yeux réduits à deux fentes, il regardait approcher les deux flics, le revolver toujours sorti. Ils étaient plus jeunes et plus rapides que ceux qui avaient monté la garde près du magasin d'armes. Plus rapides, à coup sûr. Et au moins l'un d'entre eux était un tireur d'élite. L'hôte de Roland — et Roland par voie de conséquence — aurait dû être mort, mourant, ou grièvement blessé. Andy Staunton avait tiré pour tuer mais, si sa balle s'était foré un chemin dans le revers de la veste, elle n'avait pas été plus loin que la poche de chemise. Les deux hommes qui se partageaient ce corps, l'apparent et le caché, avaient eu la vie sauve grâce au briquet de Jack Mort.

Mort ne fumait pas, mais comme son patron — dont, l'année prochaine à cette même date, il avait bon espoir d'occuper la place — était un fumeur invétéré, Mort avait consacré deux cents dollars à l'achat chez Dunhill d'un briquet d'argent. Il n'allumait pas toutes les cigarettes que Mr. Framingham se fourrait dans le bec quand ils étaient ensemble — ce qui l'aurait par trop fait ressembler à un vulgaire lèche-cul — mais seulement une de temps à autre... et, en règle générale, quand ils étaient en présence d'un de leurs supérieurs dans la compagnie, de quelqu'un susceptible d'apprécier primo, la tranquille courtoisie de Jack Mort, secundo, le bon goût de Jack Mort.

Les Positifs mettaient toutes les chances de leur côté.

En l'occurrence, mettre toutes les chances de son côté venait de sauver tant sa vie que celle de Roland. La balle jaillie du 38 de Staunton avait frappé le briquet d'argent au lieu du cœur de Mort.

Il n'en était pas moins blessé, bien sûr. Se recevoir un pruneau de gros calibre exclut de s'en tirer indemne. Le briquet s'était trouvé assez profondément repoussé dans sa poitrine pour y créer un trou. Il s'était aplati puis avait volé en éclats, creusant des ornières superficielles dans l'épiderme de Mort, l'un de ces projectiles ayant nettement tranché son téton gauche. Chauffée à blanc, la balle avait également embrasé la mèche imbibée d'essence. Le pistolero n'en conservait pas moins une immobilité parfaite alors qu'approchaient ses deux pairs en ce monde. Celui qui n'avait pas tiré disait aux gens de reculer... de rester à distance, putain de merde !

J'ai pris feu, hurla Mort. *Je brûle. Éteins ça ! Mais qu'est-ce que tu attends pour étein...*

Roland restait couché sur le ventre, sans un geste, à l'écoute des crissements sous les pas des pistoleros, ne prêtant nulle attention aux cris de Mort, tâchant de faire de même à l'égard du feu qui couvait dans sa poitrine et de l'odeur de chair grillée qui se répandait.

Il sentit un pied s'introduire sous sa cage thoracique et le soulever ; il se laissa mollement retourner sur le dos. Jack Mort avait les yeux ouverts, les traits flasques. En dépit de la cuisante douleur qu'infligeaient à son corps inerte les vestiges du briquet, rien ne trahissait qu'à l'intérieur un homme hurlait, hystérique.

— Mon Dieu, murmura un badaud, c'est une balle traçante que vous lui avez tirée dessus, mec ?

Un mince filet de fumée montait du trou dans le revers de la veste de Mort, plus diffuse était celle qui s'échappait de par-dessous le revers. L'odeur de barbecue s'accentua quand, dans le briquet broyé, la mèche prit vraiment feu.

Puis Andy Staunton, qui pouvait jusqu'alors s'enorgueillir d'un sans faute, commit là son unique erreur, une erreur pour laquelle Cort l'eût renvoyé chez lui l'oreille enflée nonobstant l'admirable comportement qui avait précédée, vu qu'il n'en fallait bien souvent pas plus, lui aurait-il dit, pour causer la mort d'un homme. Staunton avait été capable de tirer sur le type — ce qu'aucun flic n'est réellement sûr de pouvoir faire avant d'être en situation de confrontation directe — mais la pensée que sa balle eût mis le feu audit type l'emplissait d'une horreur irraisonnée. Il se pencha donc imprudemment sur l'homme et le pied du pistolero s'écrasa dans son ventre, avant que Staunton n'ait eu le temps d'observer les étincelles de vie consciente flamboyant encore dans ces yeux censément morts.

Andy Staunton partit à la renverse, bousculant son coéquipier alors que le 38 lui échappait. Weaver ne s'en accrocha que plus fermement au sien mais il était encore empêtré avec Staunton quand il entendit un coup de feu et constata que son arme avait disparu comme par magie. La main qui l'avait tenue était aussi insensible que si elle avait reçu à pleine volée le marteau d'un forgeron.

Le type en costard bleu se leva, les regarda un moment et dit :

— Vous êtes bons. Bien meilleurs que les autres. Je vais donc vous donner un conseil : ne vous avisez pas de me suivre. J'en ai presque terminé ici, et ça m'embêterait d'avoir à vous tuer.

Puis il leur tourna le dos et s'engouffra dans le métro.

12

L'escalier était encombré de gens qui avaient renversé leur trajectoire descendante quand cris et coups de feu avaient déchiré l'ordinaire brouhaha. Tous, irrésistiblement, ils étaient retournés vers la surface, animés par ce morbide — et spécifique — désir new-yorkais de contempler des flaques de sang souillant l'asphalte de leur cité. Toutefois, ils trouvaient le moyen de reculer devant l'homme en costume bleu qui dévalait les marches à contre-courant. Cela n'avait rien d'étonnant : il tenait un revolver à la main et en avait un autre sur la hanche.

Et il était en feu.

13

Roland restait indifférent aux cris de douleur de Mort dont la veste, la chemise et le T-shirt brûlaient maintenant à flammes plus vives tandis que le briquet commençait à fondre et que d'ardentes gouttes d'argent roulaient jusqu'à son ventre.

Des remous d'air vicié venaient frapper ses narines ; le grondement d'une rame approchante lui emplissait les oreilles.

C'était presque l'heure, celle de tirer la troisième carte ou les perdre toutes. Encore une fois, il eut l'impression de sentir les mondes trembler et chanceler autour de lui.

Déboulant sur le quai, il jeta le 38, défit la ceinture du pantalon de Mort et le baissa, révélant un caleçon blanc qui tenait de la culotte sexy. Il n'avait pas le temps de s'attarder sur cette bizarrerie. Ralentirait-il le mouvement que la perspective d'être transformé en torche vivante ne cesserait de l'inquiéter : les boîtes de munitions qu'il avait achetées allaient bientôt être portées à une température telle qu'elles exploseraient et lui avec.

Il les transféra dans le caleçon où le flacon de Keflex les rejoignit. Les dessous de fille offraient à présent plus d'une bosse grotesque. Ensuite, il se débarrassa de la veste en flammes mais ne se préoccupa nullement d'ôter une chemise pourtant tout aussi dangereuse.

Il entendait le train rugir dans le tunnel, en voyait déjà la clarté. Bien que n'ayant aucun moyen de savoir que c'était une rame empruntant cette même ligne qui était passée sur Odetta, il le savait quand même. En ce qui concernait la Tour, le destin pouvait révéler miséricordieux comme ce briquet qui lui avait sauvé la vie, et cruel aussi comme le brasier qu'un tel miracle avait allumé. Il suivait, à l'instar du train dont les roues se ruaient vers lui sur les rails, une trajectoire à la fois logique et d'une brutalité inouïe, course contre laquelle acier et douceur seuls pouvaient se poser en obstacle.

Il remonta le pantalon de Mort et se remit à courir, à peine conscient que la foule s'éparpillait sur son passage. Dans le courant d'air qui l'alimentait, le feu gagna son col de chemise puis ses cheveux. Les boîtes de balles dans le sous-vêtement de Mort lui battaient les couilles, les broyaient ; d'atroces élancements lui percèrent les entrailles. Il enjamba le tourniquet, homme qui se muait en météore. *Éteins-moi !* hurlait Mort. *Éteins-moi avant que je ne sois brûlé vif !*

C'est ce qui devrait se passer, lui répondit le pistolero, glacial. *Mais tu vas connaître un sort autrement plus doux que celui que tu mérites.*

Qu'est-ce que tu veux dire ? Quel sort ?

Roland s'abstint d'en dire plus, rompit en fait tout contact avec son hôte alors qu'il redoublait de vitesse vers le bord du quai. Une des boîtes tenta de s'échapper de la ridicule petite culotte de Mort et il se plaqua la main sur les parties pour la retenir.

Toute sa puissance mentale se concentra sur la Dame. Il

ignorait si un tel ordre télépathique avait des chances d'être entendu et, si c'était le cas, quelle contrainte il pourrait exercer sur sa destinataire, mais il décocha quand même un trait de pensée vif et acéré.

LA PORTE ! REGARDE PAR LA PORTE ! LÀ ! TOUT DE SUITE !

Le vacarme du train envahit le monde. Une femme hurla : « Mon Dieu ! Il va sauter ! » Une main s'abattit sur son épaule et tenta de le retenir. Puis Roland poussa le corps de Jack Mort par-delà la ligne jaune et par-dessus le bord du quai. Il tomba devant la masse de métal qui fonçait sur lui, tomba les deux mains dans l'entrejambe, retenant le bagage qu'il avait à rapporter... qu'il rapporterait à la condition d'être assez rapide pour sortir de Mort au tout dernier instant. Et, alors qu'il tombait, il l'appela, *les* appela de nouveau :

ODETTA HOLMES ! DETTA WALKER ! REGARDEZ !
C'EST MAINTENANT QU'IL FAUT REGARDER !

Tout son être était tendu dans cet appel quand la rame fut sur lui, impitoyable. Il tourna la tête, regarda par la porte.

Et y vit le visage de la Dame.

Les visages !

Il voyait simultanément les deux visages...

Non ! hurla Mort, et dans l'ultime dernière fraction de seconde avant que le train ne lui passât dessus, ne le sectionnât non au-dessus des genoux mais au niveau de la taille, Roland s'élança vers la porte et la franchit.

Jack Mort mourut seul.

Munitions et pilules se matérialisèrent près du corps physique du pistolero et ses mains se tendirent vers elles, convulsives, les saisirent puis les relâchèrent. Il s'astreignit à se lever, conscient de revêtir à présent sa dépouille souffrante et palpitante, conscient des hurlements d'Eddie Dean, de ce que la Dame hurlait aussi mais avec deux voix différentes. Il posa sur elle un bref regard qui confirma ce qu'il venait d'entendre : il n'y avait plus une femme mais deux. Pareillement infirmes, dotées du même teint sombre et d'une égale beauté. Il n'en restait pas moins que l'une d'elles était une horrible sorcière, la laideur de son âme non point dissimulée mais rehaussée par l'extrême grâce de ses traits.

Roland contempla ces jumelles qui, en fait, n'en étaient pas, qui n'avaient d'autre lien que d'être les images positive et négative d'une même femme. Il riva sur elle un regard fiévreux, hypnotique.

Puis Eddie poussa un nouveau cri et le pistolero vit les homarstruosités s'extraire des vagues pour se traîner vers l'endroit où Detta avait abandonné le jeune homme troussé comme une volaille et sans défense.

14

Detta se vit par l'ouverture entre les mondes, se vit par ses propres yeux, se vit par ceux du pistolero, et son sentiment de dislocation fut aussi soudain que celui éprouvé par Eddie mais en beaucoup plus violent.

Elle était ici.

Elle était là-bas dans les yeux du pistolero.

Elle entendait se ruer la rame de métro.

Odetta ! cria-t-elle, comprenant tout, soudain : ce qu'elle était et quand c'était arrivé.

Detta ! cria-t-elle, comprenant tout, soudain : ce qu'elle était et qui en était responsable.

Suivit la fugitive sensation d'être retournée comme un gant… puis une autre, mille fois plus torturante.

Celle de se déchirer.

15

Roland descendit par embardées la courte pente vers l'endroit où gisait Eddie. Ses mouvements étaient ceux d'un homme qui aurait perdu ses os. Un des monstrueux crustacés tendit une pince menaçante vers Eddie qui hurla. D'un coup de botte, le pistolero repoussa l'animal, puis se pencha et saisit le jeune homme par les bras. Il commença de le tirer en arrière… mais c'était un peu tard, et il était trop faible : ils allaient avoir Eddie, ouais, ils allaient même les avoir tous les deux...

Eddie cria encore quand l'une des horribles créatures lui demanda : *I-ce que chic ?* avant d'arracher un lambeau de son jean et un morceau de chair du même coup. Il voulut réitérer ce cri mais rien ne sortit de sa gorge, sinon un gargouillis étranglé. Le nœud coulant de Detta faisait son office.

Les monstres resserraient à présent leur demi-cercle dans un horrible cliquetis de pinces. Le pistolero investit ses ultimes vestiges d'énergie dans une dernière traction... qui le fit basculer à la renverse. Il les entendit s'approcher, poser leurs maudites questions, ouvrir et fermer leurs pinces. Ce n'était peut-être pas si mal, songea Roland. Il avait joué son va-tout, et c'était là tout ce qu'il avait perdu.

Le tonnerre de ses propres armes l'emplit d'un émerveillement ébahi.

16

Les deux femmes gisaient face à face, le torse redressé comme des serpents prêts à mordre, les doigts porteurs des mêmes empreintes noués autour de leur gorge aux plis identiques.

Cette femme essayait de la tuer mais elle n'avait pas plus de réalité que n'en avait eu la petite fille de jadis : elle n'était qu'un rêve né d'avoir reçu cette brique sur la tête... et voilà que ce rêve s'accrochait pourtant à sa gorge et tentait de la tuer pendant que le pistolero s'efforçait de sauver son ami. Le rêve fait réalité hurlait des obscénités en lui couvrant le visage de chaude salive : « Oui, j'ai volé le plat bleu parce que cette femme m'avait laissée toute seule à l'hôpital et puis parce que je n'avais jamais rien eu à moi qui soit classe *et je l'ai cassé parce que j'avais besoin de le faire et quand je voyais un garçon blanc je faisais pareil parce que j'en avais besoin oui je faisais du mal aux garçons blancs parce qu'il fallait qu'ils aient mal et je vole dans des magasins qui ne vendent que des choses* classe *pour les Blancs pendant que nos frères et nos sœurs crèvent de faim à Harlem et que les rats bouffent leurs bébés, c'est moi, salope, c'est moi la seule, moi qui... moi... moi !*

Tue-la, se dit Odetta, et elle s'en savait incapable.

Elle ne pouvait pas plus tuer la sorcière et survivre que la sorcière ne pouvait la tuer et s'en tirer à si bon compte. Elles allaient s'entre-tuer pendant qu'Eddie et ce...

(Roland)/(Vraiment Méchant)

... lui qui les avait tirés de leur monde se faisaient dévorer vivants un peu plus bas sur la grève. Ils allaient tous mourir. Ou alors, elle pouvait

(Amour)/(haine)

lâcher.

Odetta lâcha la gorge de Detta, indifférente aux mains qui serraient la sienne, aux pouces qui lui coupaient la respiration. Au lieu de tendre les bras pour s'accrocher au cou de l'autre, elle les ouvrit pour l'enlacer.

— Non ! hurla Detta, mais dans un cri d'une infinie complexité, où se mêlaient horreur et gratitude. Fous-moi la paix, salope ! Tu me fous la paix et c'est t...

Odetta n'avait plus de voix pour lui répondre. Alors que Roland repoussait d'un coup de pied le premier assaillant et qu'une autre hormastruosité réussissait à se tailler un bifteck sur la cuisse d'Eddie, elle ne put que chuchoter à l'oreille de la harpie :

— Je t'aime.

Un moment, les doigts continuèrent de serrer... puis ils se relâchèrent.

Eurent disparu.

De nouveau la sensation d'être retournée comme un gant, puis soudain, merveilleuse, celle d'être entière. Pour la première fois depuis qu'un nommé Jack Mort avait laissé tomber une brique sur la tête d'une fillette qui n'était là pour la recevoir que parce qu'un chauffeur de taxi blanc s'était empressé de redémarrer après un bref regard sur eux (et que son père dans son orgueil avait refusé d'en appeler un autre par peur d'essuyer un second refus), elle se sentit former un tout. Elle était Odetta Holmes, mais alors, l'autre... ?

Magne-toi, salope ! lui gueula Detta... à ceci près que c'était toujours sa voix : elle et Detta avaient fusionné. Elle avait été une, elle avait été deux, le pistolero venait d'extraire d'elle une troisième. *Magne-toi ou ils vont se retrouver dans le ventre de ces bestioles !*

Elle regarda les boîtes de cartouches. Trop tard. Le temps de recharger les revolvers, ce serait déjà fini. Il ne lui restait que l'espoir.

Mais reste-t-il jamais autre chose? se demanda-t-elle, et elle dégaina.

Et le tonnerre emplit soudain ses mains brunes.

17

Eddie vit surgir au-dessus de lui une homarstruosité, des yeux comme des billes dépolies qui n'en brillaient pas moins d'une vie hideuse, des pinces qui s'abaissaient vers son visage.

— *O-ce qu...* commença la créature, puis elle partit en arrière, explosion de matières plus ou moins solides.

Roland, lui, en vit une sur sa gauche. *Je peux dire adieu à mon autre main*, pensait-il quand il ne resta plus de l'horreur qu'une masse indistincte de vertes entrailles et de fragments de carapace.

Il se retourna et vit une femme d'une beauté à couper le souffle, dans une rage à vous glacer les sangs.

— Allez-y, bande d'enculés! hurlait-elle. App'ochez! Essayez de les bouffer que je vous fasse sauter la t'onche, que vous en ayez les yeux qui 'esso'tent pa' l't'ou du cul!

Une troisième balle repoussa l'homarstruosité qui était remontée entre les jambes écartées d'Eddie, s'apprêtant à faire coup double, se nourrir et le châtrer.

L'intelligence rudimentaire que Roland avait soupçonnée chez ces créatures était à présent manifeste :

Elles fuyaient.

Si le percuteur d'un des revolvers finit par tomber sur une balle défectueuse, le coup suivant réduisit une quatrième horreur en bouillie.

Les autres n'en battirent que plus vite en retraite vers la mer. Elles semblaient avoir perdu tout appétit.

Entre-temps, Eddie s'étranglait.

Roland luttait avec la corde profondément sertie dans le cou du jeune homme mais voyait son visage virer peu à peu du violet au noir, entendait faiblir les petits cris.

Puis ses mains furent écartées par d'autres plus vigoureuses.

— Je m'en occupe.

Il y avait un couteau dans l'une de ces mains... son couteau.

Tu t'occupes de quoi ? pensa-t-il avant de perdre conscience. *Que comptes-tu faire maintenant que nous sommes tous deux à ta merci ?*

— Qui es-tu ? réussit-il à chuchoter alors que déjà l'enveloppaient des ténèbres plus noires que la nuit.

— Je suis trois femmes, l'entendit-il répondre, et c'était comme si elle lui parlait du fond de la margelle d'un puits dans lequel il tombait. Celle que j'étais, celle qui existait en moi sans en avoir le droit et celle que tu as sauvée. Merci, pistolero.

Elle l'embrassa sur les lèvres. Il en eut encore conscience mais, dans le long temps qui suivit, n'eut plus conscience de rien.

BRASSAGE
FINAL

Brassage final

1

Pour la première fois dans une période de temps qui semblait s'être étirée sur mille ans, le pistolero ne pensait pas à la Tour Sombre. Il était totalement concentré sur le daim qui était descendu s'abreuver à cette mare dans la clairière.

Il visa de la main gauche par-dessus le tronc d'un arbre abattu.

Viande, se dit-il, puis il tira tandis qu'un afflux de salive lui déferlait dans la bouche.

Raté, se dit-il encore dans la milliseconde qui suivit la détonation. *C'est fini. Toute mon adresse s'est envolée.*

Le daim s'écroula mort au bord de l'eau.

La Tour allait bientôt reprendre entière possession de son esprit mais, pour l'heure, il ne s'y trouvait que gratitude envers les dieux pour ses compétences intactes et la pensée de la viande, de la viande, de la viande. Il rengaina le revolver — le seul qu'il portât, désormais — et enjamba le tronc derrière lequel il avait patiemment attendu que l'après-midi tirât à sa fin, ramenant vers la mare, avec le crépuscule, quelque chose d'assez gros pour les nourrir.

Je vais mieux, songea-t-il avec quelque surprise alors qu'il tirait son couteau. *Je vais réellement mieux.*

Il ne vit pas la femme qui, debout derrière lui, le jaugeait du regard.

2

Dans les six jours qui avaient suivi la confrontation sur l'extrémité septentrionale de la plage, ils avaient continué de ne manger que de la chair de homard, de ne boire que l'eau saumâtre des ruisseaux. De cette période — vécue dans la confusion du délire —, Roland ne gardait que des souvenirs épars, entre autres celui d'avoir appelé Eddie tantôt Alain tantôt Cuthbert et celui de s'être obstiné à ne jamais nommer la femme autrement que Susan.

Puis, sa fièvre étant peu à peu tombée, ils avaient entamé leur lente et pénible ascension dans les collines. Il y avait des moments où c'était la femme qu'Eddie poussait dans le fauteuil, d'autres où c'était Roland, et le jeune homme la portait alors sur son dos, les bras lâchement noués autour de son cou. La plupart du temps, il était même impossible que quiconque occupât le fauteuil et leur progression s'en trouvait ralentie. Roland mesurait à quel point Eddie était exténué. La femme aussi. Mais Eddie ne se plaignait jamais.

Ils ne manquaient pas de nourriture. Durant ces jours que Roland avait passés entre la vie et la mort, brûlant de fièvre, revenant encore et encore sur des temps révolus, sur des êtres disparus, Eddie et la femme avaient chassé avec une égale constance. À la longue, les homarstruosités s'étaient tenues à bonne distance de ces dangereux bipèdes mais pas avant que ceux-ci ne se fussent constitué une bonne réserve de leur chair. Puis, s'enfonçant dans les collines, ils avaient fini par rencontrer des plantes et s'étaient jetés dessus, affamés qu'ils étaient de verdure, et ce changement de régime avait entraîné le résorption progressive de leurs boutons et autres affections cutanées. Certaines herbes étaient amères, d'autres sucrées, mais il les mangeaient toutes sans se soucier de leur goût... toutes, sauf une.

Le pistolero s'était éveillé d'une somnolence exténuée pour voir la femme arracher une herbe qu'il ne reconnaissait que trop.

— Non ! Pas celle-là ! Jamais ! Grave son image dans ta mémoire ! Tu ne dois jamais en cueillir !

Elle était restée un long moment à le regarder puis elle avait jeté son indésirable cueillette sans demander la moindre explication.

Le pistolero s'était recouché, glacé d'effroi rétrospectif. Si, parmi toutes ces plantes, il en était qui pouvaient les tuer, celle que la femme avait cueillie l'aurait à coup sûr damnée. Il y avait reconnu un pied d'herbe du diable.

Le Keflex avait déclenché dans ses entrailles une émeute qui, savait-il, avait inquiété Eddie, mais l'apport en verdure y avait mis bon ordre.

Ils atteignirent enfin d'authentiques sous-bois, et le fracas de la Mer Occidentale se réduisit à un bourdon lointain qu'ils percevaient seulement lorsque le vent soufflait du bon côté.

Et maintenant... de la vraie viande.

3

Le pistolero s'approcha et voulut vider le daim en tenant son couteau entre l'annulaire et le petit doigt de sa main droite. Pas moyen. Leur force était insuffisante. Il confia le travail à l'autre main et celle-ci se débrouilla, gauchement bien sûr, pour entailler l'animal du bas-ventre au sternum. Assez de sang s'échappa pour ne pas risquer qu'il se coagulât dans les chairs et les corrompît... mais c'était quand même un mauvais coup de lame. Un gamin aurait fait mieux.

Il va te falloir acquérir un peu plus de dextérité, dit-il à sa main gauche, et il s'apprêtait à recommencer quand deux mains brunes se refermèrent sur la sienne et prirent le couteau.

Roland se retourna.

— Je vais m'en occuper, dit Susannah.

— Tu as déjà vidé une bête ?

— Non, mais tu vas m'expliquer comment on fait.

— D'accord.

— De la viande, dit-elle, et elle lui sourit.

— Oui, dit-il, lui rendant son sourire. De la viande.

— Qu'est-ce qui se passe ? leur cria Eddie resté au camp. J'ai entendu un coup de feu.

— On est en train de tuer le veau gras, lui cria-t-elle. Viens nous aider !

Le repas qu'ils firent un peu plus tard fut celui de deux rois et d'une reine, et, alors qu'il dérivait vers le sommeil, les yeux sur les étoiles, baigné dans la fraîcheur aseptique de cet air des hauteurs, il songea qu'il n'avait jamais été si près de la plénitude et que cela avait duré depuis bien trop d'années pour qu'il pût envisager d'en faire le compte.

Il s'endormit. Et rêva.

4

C'était la Tour. La Tour Sombre.

Elle se dressait sur l'horizon d'une vaste plaine couleur sang dans le violent décor d'un coucher de soleil. Ses parois de brique interdisaient d'en voir l'escalier qui, toujours plus haut, portait sa spirale mais on l'apercevait au travers des fenêtres qui s'étageaient le long des marches, laissant se découper les ombres de tous ceux qu'il avait connus. Toujours plus haut ces fantômes poursuivaient leur ascension et le vent lui apportait le son de leurs voix qui l'appelaient par son nom.

Roland... viens... Roland... viens... viens... viens...

— J'arrive, murmura-t-il, et il s'éveilla, se redressa en sursaut, suant et tremblant comme si la fièvre le tenait encore.

— Roland ?

C'était Eddie.

— Oui.

— Un mauvais rêve ?

— Mauvais ou bon. Sombre, en tout cas.

— La Tour ?

— Oui.

Ils jetèrent un œil sur Susannah mais elle dormait toujours. Il y avait eu en un temps une femme nommée Odetta Susannah Holmes, puis une autre, plus tard, nommée Detta Susannah Walker. Il y en avait à présent une troisième : Susannah Dean.

Roland l'aimait parce qu'il la savait capable de se battre jusqu'au bout ; et il avait peur pour elle parce qu'il se savait capable de la sacrifier — comme de sacrifier Eddie — sans la moindre hésitation, sans un regard en arrière.

Pour la Tour.

Cette damnée Tour.

— C'est l'heure de ton médicament, dit Eddie.

— Je n'en veux plus.

— Prends-le et ferme-la.

Roland avala sa pilule et la fit passer avec une gorgée d'eau fraîche prise dans l'une des outres. Puis il rota, n'en eut cure : c'était un rot à la viande.

— Est-ce que tu sais où on va ? lui demanda Eddie.

— À la Tour.

— Ça, je sais, fit Eddie, mais moi, je suis comme un péquenot du Texas sans carte routière qui voudrait se rendre à Mal-au-Cul, Alaska. Où est-ce ? Dans quelle direction ?

— Va me chercher ma bourse.

Eddie y alla. Susannah s'agita dans son sommeil et le jeune homme marqua un temps d'arrêt, ses traits d'aplats rouges et d'ombres noires dans la clarté des braises mourantes. Quand elle fut de nouveau calme, il retourna vers Roland.

Roland fouilla dans le sac — désormais alourdi de munitions provenant de cet autre monde — et n'eut pas trop de mal à trouver ce qu'il cherchait dans les vestiges de sa vie passée.

La mâchoire.

La mâchoire de l'homme en noir.

— On va d'abord rester ici, dit il, le temps que je me remette.

— Tu crois que tu t'en apercevras quand tu seras mieux ?

Roland eut un petit sourire. Les tremblements se raréfiaient et la brise nocturne épongeait sans peine la sueur perlant à son front, mais il gardait à l'esprit, intensément présentes, ces silhouettes de chevaliers et d'amis, d'amantes et d'ennemis de jadis, leur hélicoïdale ascension brièvement entrevue au travers des fenêtres, il revoyait s'étirer l'ombre de la Tour qui tenait ces ombres enfermées, ombre noire et interminable déchirant une plaine de sang, de mort et d'épreuves sans merci.

— Moi non, dit-il, puis désignant Susannah du menton : mais elle, oui.

— Et ensuite ?

Roland montra la mâchoire de Walter.

— Ceci parlera. (Il regarda Eddie.) Ça reparlera.

— C'est dangereux, fit le jeune homme, la voix neutre.
— Oui.
— Et pas seulement pour toi.
— Non.
— Je l'aime, tu sais ?
— Je sais.
— Si tu lui fais du mal...
— Je ferai ce que j'aurai à faire.
— Et nous, on ne compte pas, c'est ça ?
— Je vous aime.

Roland leva de nouveau les yeux vers son compagnon et celui-ci vit ses joues briller dans les dernières lueurs de leur feu de camp. Il pleurait.

— Ce n'est pas une réponse. Vas-tu continuer ou non ?
— Je continue.
— Jusqu'au bout ?
— Oui. Jusqu'au bout.
— Et quoi qu'il arrive.

Dans le regard d'Eddie, il y eut amour et haine, et toute la tendresse qu'un être désemparé, désespéré peut offrir à l'esprit d'un autre, tout le désir, tout le besoin.

Le vent fit gémir les arbres.

— J'ai l'impression d'entendre Henry, enchaîna-t-il, luttant contre ses propres larmes : il avait horreur de chialer. Henry aussi avait sa tour, sauf qu'elle n'était pas sombre. Je t'en ai déjà parlé, souviens-toi. Nous étions frères, et des pistoleros je crois. On avait cette Tour Blanche et il m'a demandé de la chercher avec lui de la seule manière dont il pouvait me le demander, alors j'ai sauté en selle... parce que c'était mon frère, pigé ? On y est arrivés. On a trouvé la Tour Blanche. Seulement c'était du poison. Ça l'a tué. Ça m'aurait tué aussi. Tu as vu comment j'étais. Tu n'as pas fait que me sauver la vie. C'est ma putain d'âme que tu as sauvée. (Il saisit Roland et l'embrassa sur les joues, en goûta les larmes.) Alors quoi ? Dois-je remonter en selle ? Aller voir le mec ? (Le pistolero s'abstint de répondre.) Car, même si je n'ai pas encore vu grand monde ici, je sais que ça ne va pas durer, que dès qu'il est question d'une Tour, il y a toujours un mec. Et on attend ce mec parce qu'on a besoin de le voir, et au bout du compte, c'est le fric qui parle et les emmerdes qui arrivent, peut-être même des bons et solides pruneaux qui parleront mieux que les mots. Donc, je répète : Alors quoi ? Remonter en selle ? Aller voir le mec ? Parce que, s'il faut que je me replonge dans la même merde, vous auriez mieux fait de me laisser bouffer par les homards. (Il leva sur le pistolero des yeux cernés de sombre.) Je me suis retrouvé plus bas que terre, et s'il y a une chose dont je me suis aperçu, c'est que je n'avais pas envie de mourir comme ça.

— Ce n'est pas pareil.

— Ah bon ? Tu ne vas tout de même pas me dire que tu n'es pas accro ?

Silence de Roland.

— Qui va débouler par une porte magique pour te sauver ? Tu le sais, toi ? Moi, je le sais. Personne. Tu as tiré tout ce que tu pouvais tirer. La seule chose que tu puisses tirer à compter de maintenant, c'est un putain de pistolet de son étui car c'est tout ce qui te reste. Exactement comme Balazar.

Silence de Roland.

— Tu veux que je te dise la seule chose que mon frère m'ait jamais apprise ?

— Oui.

Le pistolero s'était penché, rivant son regard dans celui d'Eddie.

— Il m'a appris que, si l'on tuait ce qu'on aimait, on était damné.

— Je le suis déjà, répondit calmement Roland. Mais il se peut que même les damnés puissent être sauvés.

— Vas-tu nous faire tous tuer ?

Silence de Roland.

Eddie agrippa Roland par les haillons de sa chemise.

— Vas-tu la faire tuer, elle ?

— Nous mourrons tous à notre heure, dit le pistolero. Il n'y a pas que le monde qui soit soumis au changement. (Ses yeux plongèrent dans ceux d'Eddie, leur bleu délavé presque ardoise dans cette lumière.) Mais nous atteindrons la splendeur. (Il marqua une pause.) Ce n'est pas seulement un monde qui est à conquérir, Eddie. Je ne risquerais ni ta vie ni la sienne — et je n'aurais pas permis que mourût l'enfant — s'il n'y avait eu que cela.

— De quoi tu parles ?

— De tout ce qui est, répondit le pistolero, serein. On va y aller, Eddie. On va se battre. On va être blessés. Et à la fin, nous serons debout.

Maintenant, le silence était celui d'Eddie qui ne trouvait plus rien à dire.

Roland lui prit le bras en douceur.

— Même les damnés connaissent l'amour, dit-il.

5

Eddie finit par aller s'étendre aux côtés de Susannah, cette troisième carte tirée par le pistolero pour former un nouveau brelan. Roland, lui, resta éveillé à l'écoute des voix de la nuit cependant que le vent séchait les larmes sur ses joues.

Damnation ?

Salut ?

La Tour.

Il atteindrait la Tour Sombre et, là, chanterait leurs noms. Là, il chanterait leurs noms. Tous leurs noms.

Le soleil tacha l'orient de rose poussiéreux, et Roland, non plus dernier pistolero mais l'un des trois derniers, s'endormit et rêva ses rêves de colère où ne se faufilait que l'apaisement de ce seul fil bleu :

Là, je chanterai tous leurs noms !

POSTFACE

Ici s'achève le deuxième des six ou sept livres qui constitueront ce long récit que j'ai intitulé *La Tour Sombre*. Le troisième : *The Waste Lands* narre par le détail une moitié de la quête de Roland, d'Eddie et de Susannah. Le quatrième, *Wizzard and Glass*, parle d'un enchantement et d'une séduction mais se rapporte pour l'essentiel à la vie de Roland avant que le lecteur n'ait fait connaissance avec lui sur la piste de l'homme en noir.

Ma surprise à l'accueil favorable reçu par le premier volet de cet ouvrage — qui n'a rien à voir avec ceux pour lesquels je suis mieux connu — ne le cède qu'à ma gratitude envers ceux qui l'ont lu et aimé. C'est là, semble-t-il, ma propre Tour : ces personnages me hantent, Roland plus que tout autre. Sais-je vraiment ce qu'est cette Tour, et ce qu'en attend Roland (s'il l'atteint, car il vous faut vous préparer à l'éventualité bien réelle qu'il ne soit pas celui qui, en définitive, y parviendra) ? Oui... et non. Je ne sais qu'une chose : que ce récit n'a cessé de me solliciter sur une période de dix-sept ans. Ce deuxième volume, pourtant plus long, laisse à coup sûr bon nombre de questions sans réponse et loin encore dans l'avenir le point culminant de l'histoire, mais j'y sens un ouvrage plus achevé que le premier.

Et la Tour se rapproche.

Stephen KING
1er décembre 1986

TERRES PERDUES

Le troisième volume de cette histoire est dédié
avec reconnaissance à mon fils
Owen Philip
King : Khef, ka et ka-tet.

Titre original : *The Dark Tower. The Waste Lands*
Published by agreement with the author and
the author's agents, Ralph M. Vicinanza, Ltd.

Traduit de l'américain par J.-D. Breque et C. Poulain

1re édition : Donald M. Grant, Publisher, Inc., Hampton Falls, New Hampshire.

(...) Qu'un amas d'images brisées sur lesquelles frappe le soleil :
L'arbre mort n'offre aucun abri, la sauterelle aucun répit,
La roche sèche aucun bruit d'eau. Point d'ombre
Si ce n'est là, dessous ce rocher rouge
(Viens t'abriter à l'ombre de ce rocher rouge)
Et je te montrerai quelque chose qui n'est
Ni ton ombre au matin marchant derrière toi,
Ni ton ombre le soir surgie à ta rencontre ;
Je te montrerai ton effroi dans une poignée de poussière.

T. S. ELIOT
« La Terre vaine »
(trad. de Pierre Leyris, in *Poésie*, Éd. du Seuil)

Si un chardon dépenaillé montait plus haut
Que ses voisins, c'était sans tête — sinon l'herbe
L'envierait. Qui avait pu trouer, déchirer
La patience rude et sombre, assez meurtrie
Pour perdre tout espoir de verdir ? Seule une brute
Dut la broyer ainsi, avec un cœur de brute.

Robert BROWNING
« Le Chevalier Roland s'en vint à la Tour noire »
(trad. de Louis Cazamian, in *Hommes et Femmes*,
Éd. Aubier Montaigne)

— *Quelle rivière est-ce là ? s'enquit distraitement Millicent.*

— *Ce n'est qu'un ruisseau. Enfin, peut-être* un peu *plus qu'un ruisseau. On l'appelle le Perdu.*

— *Vraiment ?*

— *Oui, dit Winnifred.*

Robert AICKMAN
« Hand in Glove »

Sommaire

Sommaire

ARGUMENT

Terres perdues est le troisième tome d'un long récit, *La Tour Sombre*, qui puise ses racines dans un poème narratif de Robert Browning intitulé « Le Chevalier Roland s'en vint à la Tour noire ».

Le premier volume, *Le Pistolero*, raconte comment Roland, le dernier pistolero d'un monde qui a « changé », finit par rattraper l'homme en noir, un sorcier nommé Walter qui s'était prétendu l'ami du père de Roland en ces jours où l'Entre-Deux-Mondes jouissait encore de son unité. Le but ultime de Roland n'est pas de capturer cette créature à demi humaine, qui n'est qu'une étape sur la route menant à la puissante et mystérieuse Tour sombre dressée au centre névralgique du temps.

Mais *qui* est Roland ? À quoi ressemblait son monde avant de changer ? Qu'est donc la Tour et pourquoi est-il à sa recherche ? Nous n'avons que des fragments de réponses. Roland est de toute évidence une sorte de chevalier, un homme chargé d'assurer la pérennité (et peut-être la rédemption) de ce monde « d'amour et de lumière » dont il se souvient. Quant à savoir dans quelle mesure les souvenirs de Roland reflètent la réalité, cela est une autre histoire.

Nous savons que Roland, très tôt, dut prouver qu'il était un homme, après qu'il eut découvert que sa mère était devenue la maîtresse de Marten, un sorcier infiniment plus puissant que Walter ; nous savons que Marten a orchestré la découverte par Roland de l'infidélité de sa mère, qu'il s'attend à ce qu'il échoue et soit « envoyé à l'Ouest », dans les terres perdues ; enfin, nous savons que Roland déjoua les plans de Marten en triomphant de son épreuve.

Nous savons aussi que le monde du pistolero est lié au nôtre d'une façon étrange mais fondamentale, et qu'il est parfois possible de passer d'un monde à l'autre.

Dans un relais sur la route jadis empruntée par les diligences au cœur du désert, Roland rencontre Jake, un jeune garçon qui est mort dans notre monde, poussé sous les roues d'une voiture dans une rue de Manhattan. Jake Chambers est mort sous les yeux de l'homme en noir — Walter — avant de se réveiller dans le monde de Roland.

Avant d'atteindre l'homme en noir, Jake meurt de nouveau... cette fois-ci parce que le pistolero, confronté à l'un des choix les plus douloureux de son existence — le second —, décide de sacrifier ce fils symbolique. Entre la Tour et l'enfant, Roland opte pour la Tour. Avant de plonger dans l'abîme, Jake lui lance ces dernières paroles : « Allez-vous-en. Il y a d'autres mondes. »

La confrontation finale entre Roland et Walter survient dans un Golgotha poussiéreux rempli de squelettes en décomposition. L'homme en noir lit l'avenir de Roland dans un jeu de tarots. Roland accorde une attention particulière à trois cartes *très* étranges — le Prisonnier, la Dame d'Ombres et la Mort (« Mais pas pour toi, pistolero »).

Le deuxième tome, *Les Trois Cartes*, débute sur les rives de la mer Occidentale peu de temps après la fin de la confrontation entre Roland et Walter. Épuisé, le pistolero se réveille en plein milieu de la nuit pour découvrir que la marée montante a amené sur la plage une horde de créatures grouillantes et carnassières — les « homarstruosités ». Avant de pouvoir échapper aux pinces de ces créatures pourtant peu vives, Roland est grièvement blessé et perd l'index et le médius de sa main droite. Il est également empoisonné par le venin des homarstruosités, et lorsque le pistolero reprend sa route, longeant la mer Occidentale en direction du nord, son état de santé s'affaiblit... peut-être est-il mourant.

Il découvre alors trois portes dressées sur la plage. Chacune d'elles s'ouvre — mais uniquement pour lui — sur notre monde ; sur la ville où vivait Jake, en fait. Roland visite New York à trois époques différentes de notre continuum temporel, à la fois dans le but de sauver sa vie et dans celui de tirer les trois qui doivent l'accompagner dans sa quête de la Tour.

Eddie Dean est *le Prisonnier*, un héroïnomane vivant durant la fin des années 80. Roland franchit une porte sur la plage et pénètre dans l'esprit d'Eddie Dean alors que celui-ci, qui transporte de la cocaïne pour le compte d'un nommé Enrico Balazar, atterrit à l'aéroport Kennedy. À l'issue d'une série d'aventures mouvementées, Roland réussit à obtenir une petite quantité de pénicilline et à ramener Eddie Dean dans son monde. Eddie, découvrant qu'il a été conduit de force dans un monde sans came (et sans poulets à emporter, d'ailleurs) ne se montre guère enchanté.

La deuxième porte conduit Roland *à la Dame d'Ombres* — en fait *deux* femmes occupant le même corps. Cette fois-ci, Roland se retrouve dans le New York des années 60, face à une jeune activiste noire clouée dans un fauteuil roulant et répondant au nom d'Odetta Holmes. Dans son esprit se cache celui, empli de haine et de ruse, de Detta Walker. Lorsque cette femme à la double personnalité est tirée dans le monde de Roland, les résultats s'avèrent fort mouvementés pour Eddie et pour le pistolero de plus en plus malade. Odetta est persuadée que ce qui lui arrive relève du rêve ou de l'illusion ; Detta, dont l'intellect est beaucoup plus direct et brutal, décide tout simplement de faire tout son possible pour tuer Roland et Eddie, en qui elle voit des diables blancs qui la torturent.

Jack Mort, un tueur qui se cache derrière la troisième porte (le New York du milieu des années 70), mérite bien son nom. Bien que ni l'un ni l'autre n'en ait conscience, Mort a causé à deux reprises d'importants changements dans la vie d'Odetta Holmes/ Detta Walker. Mort, dont le *modus operandi* consiste à pousser ses victimes ou à lancer sur elles un objet lourd depuis une hauteur élevée, a réservé ces deux traitements à Odetta au cours de sa folle (mais si prudente) carrière. Alors qu'Odetta était encore une enfant, il lui a jeté une brique sur la tête, la plongeant dans un coma profond et donnant naissance à Detta Walker, la sœur cachée d'Odetta. Plusieurs années après, en 1959, Mort rencontre de nouveau Odetta et la pousse sous une rame de métro à Greenwich Village. Odetta survit à l'attaque de Mort, mais en paie le prix : la rame lui a sectionné les deux jambes à la hauteur des genoux. Seule la présence d'un jeune interne héroïque (et peut-être l'esprit malsain mais indomptable de Detta Walker) lui sauve la vie... du moins apparemment. Aux yeux de Roland, ces connexions suggèrent l'intervention d'une puissance dépassant la simple coïncidence ; il est persuadé que les forces titanesques qui entourent la Tour sombre ont recommencé à se rassembler.

Roland apprend que Mort se trouve peut-être également au cœur d'un autre mystère, un mystère qui est aussi un paradoxe dangereux pour l'intégrité de son esprit. Car la proie que traque Mort au moment où le pistolero entre dans sa vie n'est autre que

Jake, le jeune garçon que Roland avait rencontré au relais et perdu sous les montagnes. Roland n'avait aucune raison de douter du récit que Jake lui avait fait de sa mort, ni de l'identité de son assassin — c'était Walter, bien sûr. Jake l'avait aperçu, déguisé en prêtre, alors que la foule se rassemblait autour de lui, et Roland n'avait jamais mis en doute la description qu'il lui en avait faite.

Pas plus qu'il ne la met en doute à présent ; Walter était là, et bien là. *Mais si c'était Jack Mort et non Walter qui avait poussé Jake sous les roues de la Cadillac ?* Une telle chose est-elle possible ? Roland ne saurait exactement le dire, mais si *tel* est le cas, où est Jake à présent ? Mort ? Vivant ? Prisonnier des limbes du temps ? Et si Jake Chambers est toujours bien vivant dans le Manhattan du milieu des années 70, *comment se fait-il que Roland se souvienne encore de lui ?*

En dépit de la tournure déconcertante et peut-être dangereuse que prennent les événements, l'épreuve des portes — le tirage des trois cartes — se conclut par un succès. Eddie Dean, désormais amoureux de la Dame d'Ombres, accepte de demeurer dans le monde de Roland. Detta Walker et Odetta Holmes, les deux autres cartes de Roland, fusionnent pour former une troisième personnalité lorsque le pistolero parvient finalement à les contraindre à reconnaître leurs existences mutuelles. Cet hybride est capable d'accepter l'amour que lui porte Eddie et de l'aimer en retour. Odetta Susannah Holmes et Detta Susannah Walker deviennent ainsi une *troisième* femme : Susannah Dean.

Jack Mort périt sous les roues du même métro — ce fabuleux métro de la ligne A — qui avait sectionné les jambes d'Odetta quinze ou seize ans auparavant. Ce n'est pas une grande perte.

Et pour la première fois depuis un nombre incalculable d'années, Roland de Gilead n'est plus seul dans sa quête de la Tour sombre. Cuthbert et Alain, ses compagnons des temps enfuis, ont été remplacés par Eddie et Susannah... mais le pistolero a tendance à se révéler une amère médecine pour ses amis. Très amère.

Terres perdues reprend l'histoire de ces trois pèlerins de l'Entre-Deux-Mondes quelques mois après l'ultime confrontation près de la deuxième porte. Ils ont parcouru un assez long chemin vers l'intérieur des terres. Leur période de repos a pris fin, laissant la place à une période d'instruction. Susannah apprend à tirer...

Eddie apprend à tailler le bois... et le pistolero apprend ce que signifie perdre l'esprit par petits morceaux.

(*Note :* Les lecteurs connaissant bien New York constateront que j'ai pris certaines libertés avec la géographie de cette ville. J'espère qu'ils m'en excuseront.)

LIVRE I

JAKE

L'EFFROI DANS UNE POIGNÉE DE POUSSIÈRE

I

L'ours et l'os

1

C'était la troisième fois qu'elle tirait de vraies balles... et la première fois qu'elle utilisait l'étui que lui avait fabriqué Roland.

Ils avaient des munitions en abondance ; Roland avait rapporté plus de trois cents cartouches du monde où Eddie et Susannah Dean avaient vécu avant qu'il ne les tire. Mais abondance ne signifie pas gaspillage, bien au contraire. Les dieux désapprouvent le gaspillage. C'était ce que le père de Roland, puis Cort, son maître, lui avaient enseigné, et il le croyait toujours. Les dieux ne punissent pas les pécheurs sur-le-champ, mais, tôt ou tard, il faut payer le prix de son péché... et plus l'attente est longue, plus le châtiment est lourd.

De toute façon, ils n'avaient pas eu besoin de vraies balles, du moins au début. Roland était un tireur d'élite depuis plus d'années que la belle femme noire clouée à son fauteuil roulant n'aurait pu l'imaginer. Il s'était contenté de corriger sa visée en la regardant braquer son arme vide sur les cibles qu'il avait installées à son intention. Elle apprenait vite. Eddie aussi.

Comme il s'en doutait, c'étaient tous les deux des pistoleros-nés.

Ce jour-là, Roland et Susannah s'étaient rendus dans une clairière située à un kilomètre environ du campement qui leur servait de foyer depuis presque deux mois. Les jours s'étaient écoulés, paisibles et semblables. Le pistolero avait guéri de ses blessures pendant qu'Eddie et Susannah suivaient son enseignement : il leur apprenait à tirer, à chasser, à vider et à nettoyer les bêtes qu'ils avaient tuées ; à étirer, puis à tanner et à traiter leurs peaux ; à tirer parti le plus possible de leurs prises ; à retrouver le nord grâce au Vieil Astre et l'est grâce à la Vieille Mère ; à écouter la forêt dans laquelle ils se trouvaient, une centaine de kilomètres au nord de la mer Occidentale. Ce jour-là, Eddie était resté seul au campement, et le pistolero n'en était nullement décontenancé. Roland savait que les leçons qui marquent le plus durablement sont toujours celles que l'on apprend de soi-même.

Mais la plus importante de toutes les leçons n'avait pas changé : comment tirer, comment atteindre sa cible à tous les coups. Comment tuer.

La clairière était bordée au nord par un demi-cercle grossier de sapins sombres et odorants. Au sud, le terrain se faisait chaotique et descendait sur une hauteur de cent mètres, formant un gigantesque escalier de corniches et de falaises fracturées. Un ruisseau jaillissait des bois pour traverser la clairière en son centre, bouillonnant au fond de son lit bordé de mousse et de pierre friable avant de se déverser sur une plage de roc fissuré donnant sur le vide.

L'eau dévalait les marches en cascade, donnant naissance à une multitude d'arcs-en-ciel ondoyants. La falaise dominait une vallée profonde et magnifique, peuplée de sapins au sein desquels on apercevait des ormes séculaires qui refusaient de leur céder le terrain. Ces titans aux frondaisons luxuriantes étaient peut-être déjà vieux lorsque la terre qui avait vu naître Roland était encore jeune ; la vallée semblait n'avoir jamais souffert du feu, bien qu'elle ait pu attirer la foudre à un moment ou à un autre de son existence. Et la foudre n'était pas le seul danger qui la menaçait. Cette forêt avait jadis été peuplée d'êtres humains ; Roland avait trouvé des vestiges d'occupation à plusieurs reprises lors des semaines précédentes. Il s'agissait pour la plupart d'objets fort primitifs, parmi lesquels figuraient néanmoins des morceaux de poterie qui n'avaient pu être façonnés que par le feu. Et le feu est une entité maléfique qui prend plaisir à échapper aux mains qui l'ont créée.

Au-dessus de ce paysage pittoresque s'étendait un ciel d'un

bleu sans reproche où l'on apercevait quelques corbeaux croassant de leur vieille voix rouillée. Ils semblaient agités, comme si la tempête était proche, mais Roland avait humé l'air sans y percevoir de menace de pluie.

Un rocher était planté à gauche du ruisseau. Roland y avait posé six cailloux. Ils étaient constellés de mica et brillaient comme du verre à la lumière de l'après-midi.

— C'est ta dernière chance, dit le pistolero. Si cet étui te gêne — même un petit peu —, dis-le tout de suite. Nous ne sommes pas venus ici pour gaspiller des minutions.

Susannah lui lança un regard sardonique et, l'espace d'un instant, il revit le visage de Detta Walker. Comme un rayon de soleil paresseux ricochant sur une barre d'acier.

— Que ferais-tu si l'étui me gênait et si je refusais de te le dire ? Si je ratais ces six minables cailloux ? Tu me donnerais un coup sur la tête comme le faisait ton vieux prof ?

Le pistolero sourit. Il avait plus souri pendant les cinq dernières semaines que durant les cinq années qui les avaient précédées.

— Je ne peux pas, et tu le sais bien. Tout d'abord, nous étions des enfants — des enfants qui n'avaient pas encore subi leur rite de passage. On ne peut gifler un enfant pour le réprimander, mais...

— Dans le monde d'où je viens, les personnes de qualité n'apprécient guère que l'on gifle un gamin, dit sèchement Susannah.

Roland haussa les épaules. Il avait peine à imaginer un tel monde — le Grand Livre ne disait-il pas : « Qui ménage sa badine gâte son enfant » ? —, mais il ne pensait pas que Susannah mentait.

— Ton monde n'a pas changé, dit-il. Nombre de choses sont différentes là-bas. Ne l'ai-je pas vu de mes yeux ?

— Sans doute.

— Quoi qu'il en soit, Eddie et toi n'êtes pas des enfants. Je n'ai pas le droit de vous traiter comme tels. Et si des épreuves étaient nécessaires, vous les avez subies tous les deux.

Il pensait sans le dire à ce qui s'était passé sur la plage, où Susannah avait pulvérisé trois homarstruosités qui se préparaient à écorcher Eddie et lui-même. Il la vit sourire et se dit qu'elle pensait sans doute à la même chose.

— Alors, qu'est-ce que tu feras si je rate mon coup ?

— Je te regarderai. Je crois que ça suffira amplement.

Elle réfléchit quelques instants avant de hocher la tête.

— Peut-être.

Elle examina de nouveau son ceinturon. Il était passé autour de son torse, un peu comme une sangle destinée à soutenir un étui placé sous l'épaule (un crampon de débardeur, aurait dit Roland), et semblait fort simple d'aspect, mais sa fabrication avait nécessité plusieurs semaines de tentatives infructueuses — ainsi que de nombreuses retouches. La ceinture et le revolver dont la crosse en bois de santal fatigué dépassait de l'étui avaient naguère appartenu au pistolero ; l'étui avait reposé sur sa hanche droite. Il avait passé la majeure partie des cinq semaines précédentes à accepter le fait qu'il ne le porterait plus jamais. Les homarstruosités avaient fait de lui un gaucher.

— Alors, qu'est-ce que ça donne ? demanda-t-il.

Cette fois-ci, elle éclata de rire.

— Roland, il est impossible de rendre ce ceinturon plus confortable qu'il ne l'est déjà. Alors, tu veux que je tire ou tu veux qu'on écoute chanter les corbeaux dans le ciel ?

Il sentit la tension nerveuse insinuer ses vrilles sous sa peau et se dit que Cort avait dû éprouver la même sensation dans de tels moments en dépit de ses airs bourrus et de son visage impassible. Il voulait qu'elle soit forte... il *avait besoin* qu'elle soit forte. Mais s'il le laissait paraître à ses yeux, cela ne pourrait conduire qu'à la catastrophe.

— Récite-moi ta leçon encore une fois, Susannah.

Elle poussa un soupir d'exaspération feinte... mais lorsqu'elle prit la parole, son sourire s'effaça et son beau visage noir se fit solennel. Et sa bouche prononça le vieux catéchisme, qui paraissait neuf émergeant de ses lèvres. Jamais il n'aurait cru entendre ces mots dans la bouche d'une femme. Comme ils lui semblaient naturels... et pourtant étranges et dangereux.

— Je ne vise pas avec ma main ; celle qui vise avec sa main a oublié le visage de son père.

« Je vise avec mon œil.

« Je ne tire pas avec ma main ; celle qui tire avec sa main a oublié le visage de son père.

« Je tire avec mon esprit.

« Je ne tue pas avec mon arme.

Elle s'interrompit et désigna les cailloux étincelants posés sur le rocher.

— De toute façon, je ne vais rien tuer — ce ne sont que de minables *cailloux*.

À en juger par son expression — mi-hautaine, mi-narquoise —, elle s'attendait à ce que Roland se montre exaspéré, voire furieux. Mais Roland était déjà passé par là ; il n'avait pas oublié que les apprentis pistoleros étaient hargneux et excités, insolents et susceptibles de mordre au mauvais moment... et il avait découvert en lui un talent insoupçonné. Il savait enseigner. Et même, il *aimait* enseigner, et il se surprenait parfois à se demander si tel avait été le cas de Cort. Sans doute que oui.

Les corbeaux qui survolaient la forêt se mirent à leur tour à croasser. Une partie de l'esprit de Roland remarqua que leurs cris étaient agités plutôt que querelleurs; on aurait dit que quelque chose les avait effrayés et les avait forcés à fuir leur provende. Comme il avait autre chose à faire que de s'interroger sur ce qui avait pu effaroucher quelques corbeaux, il se contenta de classer l'information et se concentra sur Susannah. Agir autrement avec un apprenti signifiait inviter à une seconde morsure, bien moins amicale. Et qui serait alors en faute ? Qui d'autre à part le maître ? Car ne lui enseignait-il pas à mordre ? Ne leur enseignait-il pas à mordre, à tous les deux ? N'était-ce pas la nature même du pistolero, si l'on faisait abstraction du sévère rituel et du catéchisme de fer ? Un pistolero n'était-il pas un faucon humain entraîné à mordre sur commande ?

— Non, dit-il. Ce ne sont pas des cailloux.

Elle haussa légèrement les sourcils et esquissa un nouveau sourire. Lorsqu'elle vit qu'il n'allait pas exploser comme il le faisait parfois quand elle était trop lente ou trop hargneuse (du moins pas *encore*), elle laissa paraître dans ses yeux la lueur moqueuse qu'il associait à Detta Walker.

— Ah bon ?

Le ton de sa voix était encore gentiment taquin, mais Roland savait qu'il virerait à la méchanceté s'il n'intervenait pas. Elle était tendue, prête à bondir, les griffes déjà à moitié sorties.

— Eh non, dit-il du même ton narquois. (Il esquissa à son tour un sourire, dénué de toute trace d'humour.) Susannah, tu te rappelles les *'culés d'culs blancs* ?

Son sourire commença à s'effacer.

— Les *'culés d'culs blancs* d'Oxford Town ?

Son sourire avait disparu.

— Tu te rappelles ce que les *'culés d'culs blancs* vous ont fait, à toi et à tes amis ?

— Ce n'était pas *moi*, dit-elle. C'était une autre femme.

Ses yeux avaient un éclat terne et maussade. Il détestait cet air qu'elle prenait, tout en l'appréciant à sa juste mesure. C'était l'air qui convenait, l'air qui lui disait que le feu avait pris et allait bientôt se communiquer aux plus grosses bûches.

— Si. C'était toi. Que ça te plaise ou non, c'était Odetta Susannah Holmes, fille de Sarah Walker Holmes. Ce n'était pas celle que tu *es*, mais celle que tu *étais*. Tu te souviens des tuyaux d'arrosage, Susannah ? Tu te souviens de leurs dents en or, les dents en or que tu as vues quand ils vous ont tabassés à coups de tuyau, toi et tes amis ? Les dents en or que tu voyais luire quand ils riaient ?

Elle lui avait parlé de ces choses, et de bien d'autres, au cours de longues nuits passées près du feu de camp. Le pistolero n'avait pas tout compris, mais il avait quand même écouté avec attention. Et il n'avait pas oublié. La douleur est un outil, après tout. Parfois le meilleur de tous.

— Qu'est-ce qui te prend, Roland ? Pourquoi tu me reparles de toutes ces conneries ?

La lueur de ses yeux était à présent dangereuse ; Roland repensa aux yeux du placide Alain lorsqu'il était poussé à bout.

— Les cailloux que tu vois là sont ces hommes, dit-il doucement. Les hommes qui t'ont séquestrée dans une cellule où ils t'ont abandonnée au milieu de tes déjections. Les hommes qui jouaient de la matraque et lâchaient leurs chiens féroces. Les hommes qui t'ont traitée de connasse.

Il les désigna, l'un après l'autre.

— Celui-ci t'a pincé le sein et a éclaté de rire. Celui-ci a dit qu'il valait mieux vérifier que tu n'avais rien planqué dans ton cul. Celui-ci t'a traitée de guenon en robe à cinq cents dollars. Celui-ci n'arrêtait pas de taper sa matraque contre les barreaux jusqu'à ce que tu aies l'impression de devenir folle. Celui-ci a traité ton ami Leon de *pédé gauchiste*. Et celui-ci, Susannah, c'est Jack Mort.

« Les voilà. Ces cailloux-là. *Ces hommes-là*.

Elle avait le souffle court à présent, sa poitrine se soulevait et se rabaissait à un rythme saccadé sous le ceinturon lourdement chargé du pistolero. Elle ne le regardait plus ; ses yeux s'étaient posés sur les cailloux constellés de mica. Derrière eux, à une certaine distance de la clairière, un arbre se brisa et s'effondra. Absorbés par le jeu qui n'en était plus un, aucun d'eux n'y prêta attention.

— Ah ouais ? souffla-t-elle. Vraiment ?

— Vraiment. Maintenant, récite ta leçon, Susannah Dean, et sois sincère.

Cette fois-ci, les mots churent de ses lèvres comme autant de glaçons. Sa main droite, posée sur l'accoudoir de son fauteuil roulant, tremblait doucement comme un moteur au ralenti.

— Je ne vise pas avec ma main ; celle qui vise avec sa main a oublié le visage de son père.

« Je vise avec mon œil.

— Bien.

— Je ne tire pas avec ma main ; celle qui tire avec sa main a oublié le visage de son père.

« Je tire avec mon esprit.

— Il en a toujours été ainsi, Susannah Dean.

— Je ne tue pas avec mon arme ; celle qui tue avec son arme a oublié le visage de son père.

« Je tue avec mon cœur.

— *Alors* TUE-LES, *au nom de ton père !* hurla Roland. *TUE-LES TOUS !*

La main droite de Susannah parcourut à la vitesse de l'éclair la distance qui séparait l'accoudoir de la crosse du six-coups. L'arme jaillit de son étui, sa main gauche descendit vers le percuteur et le releva à six reprises, aussi vive et aussi gracieuse que l'aile d'un oiseau-mouche. Six détonations retentirent au-dessus de la vallée et cinq cailloux disparurent en autant de clins d'œil.

Durant quelques instants, aucun d'eux ne parla — aucun d'eux ne respira, sembla-t-il — et les échos des coups de feu rebondirent sur les falaises en perdant de leur intensité. Même les corbeaux étaient muets, du moins pour le moment.

Le pistolero brisa le silence d'une voix atone et pourtant étrangement emphatique.

— C'est très bien.

Susannah regarda le revolver comme si elle ne l'avait jamais vu. Une volute de fumée montait de son canon, parfaitement verticale dans l'air immobile et silencieux. Puis, lentement, elle rangea l'arme dans l'étui placé sous sa poitrine.

— C'est bien, mais ce n'est pas parfait, dit-elle finalement. J'en ai raté un.

— Tu crois ?

Roland alla jusqu'au rocher et prit l'unique caillou qui s'y trouvait. Il lui jeta un coup d'œil, puis le lança à Susannah.

Elle l'attrapa de la main gauche ; sa main droite ne s'écarta pas de la crosse du revolver, constata-t-il avec satisfaction. Elle tirait mieux, plus naturellement, qu'Eddie, mais elle avait appris cette leçon-là moins vite que lui. Si elle s'était trouvée à leurs côtés lors de la fusillade chez Balazar, peut-être aurait-elle progressé plus vite. Mais elle avait fini par apprendre. Elle examina le caillou et y vit un sillon profond d'à peine un millimètre.

— Tu n'as fait que l'effleurer, dit Roland en revenant près d'elle, mais ça suffit parfois lors d'un affrontement. Si tu effleures un tireur, tu l'empêches de bien viser... (Il s'interrompit.) Pourquoi me regardes-tu comme ça ?

— Tu ne le sais pas, n'est-ce pas ? Tu ne le sais vraiment pas ?

— Non. Ton esprit m'est souvent fermé, Susannah.

Il n'y avait aucune nuance d'excuse dans sa voix et Susannah secoua la tête, exaspérée. Les fluctuations soudaines de sa personnalité irritaient parfois Roland ; elle était également irritée par le fait qu'il disait toujours exactement ce qu'il pensait. C'était l'homme le plus *littéral* qu'elle ait jamais rencontré.

— D'accord, fit-elle, je vais te dire *pourquoi* je te regarde comme ça, Roland. Parce que tu m'as joué un sale tour. Tu m'as dit que tu ne me giflerais pas, que tu ne *pouvais* pas me gifler, même si je ratais complètement mon coup... mais ou bien tu m'as menti ou alors tu es un imbécile, et je *sais* que tu n'es pas un imbécile. Les gifles ne se donnent pas toujours avec la main, comme pourraient en témoigner tous les hommes et toutes les femmes de ma race. Il existe un dicton dans mon pays : « Les bâtons et les pierres me briseront les os... »

— « ... mais les moqueries ne me blesseront jamais », acheva Roland.

— Ce n'est pas tout à fait ça, mais ça s'en rapproche. Peu importe, c'est quand même une connerie. Ce n'est pas pour rien qu'on dit que certaines paroles sont blessantes. Tes paroles m'ont fait *mal*, Roland — est-ce que tu vas rester planté là et prétendre que tu ne t'en doutais pas ?

Elle se redressa sur son fauteuil roulant, le regardant avec une curiosité teintée de sévérité, et Roland pensa — pour la énième fois — que les *'culés d'culs blancs* de son pays devaient être très courageux ou très stupides pour avoir osé l'affronter, fauteuil roulant ou pas. Et comme il avait visité leur monde, il ne pensait pas que le courage était la bonne réponse.

— Je n'ai pas songé au mal que je pouvais te faire, je ne m'en suis même pas soucié, dit-il patiemment. J'ai vu que tu montrais les dents et que tu avais l'intention de mordre, aussi t'ai-je placé un bâton entre les mâchoires. Et ça a marché... n'est-ce pas ?

Le visage de Susannah exprimait à présent la peine et l'étonnement.

— Espèce de *salaud* !

Au lieu de lui répondre, il s'empara du revolver glissé dans l'étui, dégagea maladroitement le barillet avec les trois doigts qui subsistaient sur sa main droite et commença à le recharger de la main gauche.

— Jamais je n'ai vu quelqu'un d'aussi arrogant que...

— Tu avais *besoin* de mordre, dit-il d'une voix toujours aussi patiente. Sinon, tu aurais raté ta cible — tu aurais tiré avec ta main et avec ton arme au lieu d'employer ton œil, ton esprit et ton cœur. Tu penses que je t'ai joué un tour ? Que je me suis montré arrogant ? Pas moi. Moi, Susannah, je pense que c'était *toi* qui avais le cœur plein d'arrogance. Je pense que c'était *toi* qui avais l'esprit plein de sales tours à jouer. Ça ne me dérange pas. Bien au contraire. Un pistolero sans dents n'est pas un pistolero.

— Je *ne* suis *pas* un pistolero, bon sang !

Il fit semblant de ne pas l'avoir entendue ; il pouvait se le permettre. Si elle n'était pas un pistolero, alors il était un bafou-bafouilleux.

— S'il s'agissait d'un jeu, je me serais conduit tout autrement. Mais ce n'est pas un jeu. C'est...

Sa main valide se posa quelques instants sur son front, les doigts en éventail sur sa tempe. Susannah vit que leurs extrémités tremblaient légèrement.

— Qu'est-ce qui te trouble, Roland ? demanda-t-elle à voix basse.

Sa main s'abaissa lentement. Il remit le barillet en place et glissa le revolver dans l'étui.

— Rien.

— Si, il y a quelque chose. Je l'ai remarqué. Et Eddie aussi. Ça a commencé juste après qu'on a quitté la plage. Il y a quelque chose qui ne va pas, et ça ne s'arrange pas.

— Tout va bien.

Elle tendit les mains vers la sienne et s'en empara. Sa colère l'avait quittée, du moins pour le moment. Elle le regarda droit dans les yeux, sans broncher.

— Eddie et moi... ce monde n'est pas le nôtre, Roland. Sans toi, nous y mourrions. Nous aurions tes armes, et nous saurions nous en servir, tu nous as bien appris à le faire, mais nous mourrions quand même. Nous... nous avons besoin de toi. Alors dis-moi ce qui ne va pas. Laisse-moi t'aider. Laisse-*nous* t'aider.

Il n'avait jamais été de ces hommes qui se soucient de comprendre leur propre personnalité ; le concept de conscience de soi (sans parler de celui d'analyse) lui était étranger. Il était avant tout soucieux d'agir — de consulter en un éclair les méandres mystérieux de son esprit, puis d'agir aussitôt. Il était le plus parfaitement accompli d'entre tous, un homme dont l'âme profondément romantique était enfermée dans une boîte aux lignes simples et violentes, faite d'instinct et de pragmatisme. Il jeta un vif coup d'œil en lui-même et décida de tout dire à Susannah. Quelque chose n'allait pas, oh oui ! Oh que oui ! Ça avait rapport avec son esprit, c'était aussi simple que sa nature et aussi étrange que cette bizarre vie d'errance que sa nature l'avait conduit à adopter.

Il ouvrit la bouche pour déclarer : *Je vais te dire ce qui ne va pas, Susannah, et il me suffira de trois mots. Je deviens fou.* Mais avant qu'il n'ait pu prononcer une syllabe, un nouvel arbre s'effondra dans la forêt — dans un vacarme énorme, assourdissant. Cet arbre était plus proche, et ils n'étaient pas en train de se livrer à un duel de volontés déguisé en leçon. Tous deux l'entendirent, tous deux entendirent les cris paniqués des corbeaux, et tous deux remarquèrent que l'arbre s'était effondré non loin de leur campement.

Susannah s'était tournée vers la source du bruit, mais ses yeux écarquillés par la panique se reposèrent sur le visage du pistolero.

— Eddie ! dit-elle.

Un cri monta de l'immensité verdoyante qui s'étendait derrière eux — un puissant cri de rage. Un nouvel arbre s'effondra, puis un autre. On aurait cru entendre des salves de mortier. Du bois sec, pensa le pistolero. Des arbres morts.

— *Eddie !* hurla Susannah. Je ne sais pas ce que c'est, mais *c'est tout près d'Eddie !*

Ses mains se posèrent sur les roues de son fauteuil et entreprirent laborieusement de lui faire faire demi-tour.

— Pas le temps.

Roland l'attrapa par les aisselles et la souleva. Il l'avait déjà portée lorsque le terrain était trop accidenté pour son fauteuil — Eddie lui avait rendu le même service —, mais elle ne cessait de s'étonner de son incroyable vivacité. À un instant donné, elle était assise sur son fauteuil, un accessoire acheté durant l'automne 1962 chez le meilleur spécialiste new-yorkais. L'instant d'après, elle était juchée en équilibre instable sur les épaules de Roland, ainsi qu'une pom-pom girl, ses cuisses musclées serrées autour du cou du pistolero, qui avait levé les bras en arrière pour lui enserrer la taille. Il se mit à courir, foulant de ses bottes le tapis d'aiguilles entre les traînées laissées par le fauteuil.

— Odetta ! cria-t-il, l'appelant sous le coup de l'émotion par le nom sous lequel il l'avait initialement connue. Ne perds pas le revolver ! Au nom de ton père !

Il sprintait à présent entre les arbres. Lorsqu'il accéléra l'allure, une mosaïque mouvante de dentelles d'ombre et de chaînes de soleil défila sur leurs corps. Ils dévalaient une pente. Susannah leva la main gauche pour écarter une branche qui menaçait de lui faire quitter son perchoir. Au même instant, elle posa la main droite sur la crosse de son antique revolver et la serra.

Un peu plus d'un kilomètre, pensa-t-elle. Combien de temps faut-il pour parcourir cette distance ? Pas très longtemps, s'il ne glisse pas sur ces foutues aiguilles de pin... mais peut-être *trop* longtemps. Faites qu'il ne lui arrive rien, mon Dieu — faites qu'il n'arrive rien à mon Eddie !

Comme pour lui répondre, la bête invisible poussa un nouveau cri. Sa voix évoquait le tonnerre. Évoquait la mort.

2

C'était la plus grande et la plus ancienne des créatures peuplant la forêt jadis connue sous le nom de Grand Bois du Couchant. La plupart des immenses ormes que Roland avait remarqués dans la vallée n'étaient que des arbustes pointant timidement du sol lorsque l'ours avait surgi des marches inconnues du Hors-Monde comme un roi vagabond et violent.

Jadis, le Vieux Peuple avait vécu dans les Bois du Couchant (c'étaient ses vestiges que Roland avait trouvés au cours des semaines précédentes) et il avait redouté l'ours colossal et immortel. Les guerriers avaient tenté de le tuer lorsqu'ils avaient découvert que leur peuple n'était pas seul dans le nouveau territoire qu'il avait revendiqué, mais si leurs flèches le mettaient en rage, elles ne lui causaient aucun dommage sérieux. Et il n'avait aucune peine à localiser la *source* de son tourment, contrairement aux autres animaux de la forêt — y compris les grands chats prédateurs qui creusaient leurs tanières dans les collines sablonneuses de l'Est. Non ; il savait d'où venaient les flèches, cet ours-là. Il le *savait*. Et pour chaque flèche qui perçait sa chair sous la masse de sa fourrure, il massacrait trois, quatre, voire une demi-douzaine de membres du Vieux Peuple. Des enfants quand il le pouvait ; des femmes quand il ne le pouvait pas. Quant aux guerriers, il les méprisait, et ils en étaient d'autant plus humiliés.

Finalement, lorsque sa véritable nature leur apparut, ils cessèrent d'essayer de le tuer. C'était, bien entendu, un démon incarné — ou l'ombre d'un dieu. Ils l'appelèrent Mir, ce qui signifiait dans la langue du Vieux Peuple : « le monde en dessous du monde ». Il mesurait plus de vingt mètres de haut et, après avoir régné plus de dix-huit siècles sur les Bois du Couchant, il se mourait. Peut-être la cause première de sa mort était-elle un micro-organisme présent dans sa provende ; peut-être était-ce la vieillesse ; il s'agissait plus probablement d'une combinaison des deux. Peu importait la cause ; le résultat — une colonie de parasites dévorants en expansion rapide dans son cerveau fabuleux — ne faisait aucun doute. Après des années de lucidité brutale et calculatrice, Mir était devenu fou.

L'ours savait qu'il y avait de nouveau des hommes dans sa forêt ; il régnait sur cette forêt et, en dépit de son immensité, rien de ce qui s'y produisait d'important n'échappait très longtemps à son attention. S'il s'était tenu à l'écart des nouveaux venus, ce n'était pas parce qu'il les craignait mais parce qu'il n'avait rien à faire avec eux, ni eux avec lui. Puis les parasites s'étaient mis à l'œuvre et, à mesure que sa folie s'accroissait, il avait acquis la certitude que le Vieux Peuple était revenu, que les poseurs de pièges, les brûleurs d'arbres, étaient revenus et allaient bientôt se livrer à leurs bonnes vieilles activités stupides et malicieuses. Gisant dans sa dernière tanière, à une cinquantaine de kilomètres du lieu où les nouveaux venus s'étaient établis, plus malade à l'aube qu'il ne l'avait été au crépuscule, il en était venu à croire que le Vieux Peuple avait enfin trouvé une arme efficace : le poison.

Cette fois-ci, il ne venait pas se venger d'une blessure bénigne, il venait les exterminer jusqu'au dernier avant que le poison n'ait raison de lui... et toute pensée déserta son esprit lorsqu'il se mit en route. Il n'avait conscience que de sa rage écarlate, du bourdonnement éraillé de la chose plantée sur sa tête — la chose qui tournait entre ses oreilles et qui avait jadis fait son travail dans un silence apaisant — et de son odorat étonnamment développé qui le conduisait droit sur le camp des trois pèlerins.

L'ours, dont le nom n'était pas Mir mais tout autre chose, s'avançait dans la forêt comme un building en marche, une tour velue aux yeux d'un brun rougeoyant. Ces yeux luisaient de fièvre et de démence. Son énorme tête, à présent ornée d'une guirlande d'aiguilles de pin et de branches cassées, ne cessait de dodeliner. De temps en temps, il éternuait dans une explosion étouffé — AT-CHOUM ! — et des nuages de parasites blancs et grouillants se déversaient de ses narines. Ses pattes, qui se terminaient par des griffes longues d'un mètre, déchiquetaient les arbres devant lui. Il marchait droit, laissant des traces profondes dans l'humus noir. Il empestait le baumier frais et la vieille merde.

La chose plantée sur sa tête bourdonnait et couinait, couinait et bourdonnait.

La trajectoire de l'ours était presque rectiligne : une ligne droite qui le conduirait au camp de ceux qui avaient osé revenir dans sa forêt, qui avaient osé emplir son crâne d'un supplice vert sombre. Nouveau Peuple ou Vieux Peuple, ils allaient mourir. Quand il tombait sur un arbre mort, il faisait parfois un détour pour l'abattre. Le rugissement sec de sa chute l'emplissait de plaisir ; lorsque le tronc pourri de l'arbre s'était effondré sur le sol ou couché sur un de ses congénères, l'ours reprenait sa route sous les rayons obliques du soleil, que des essaims de sciure transformaient en brume dorée.

3

Deux jours plus tôt, Eddie Dean s'était remis à tailler le bois — c'était la première fois qu'il essayait de tailler quoi que ce soit depuis l'âge de douze ans. À l'époque, il aimait bien ça et il était plutôt doué. Il ne s'en souvenait pas avec certitude mais disposait d'un indice lui permettant de le croire : Henry, son frère aîné, détestait le voir tailler le bois.

Oh, regardez-moi ce petit chou ! disait Henry. *Qu'est-ce que tu fais, mon petit chou ? Une maison de poupée ? Un petit pot pour ton petit zizi ? Ohhh... c'est-y pas* ADORABLE *?*

Henry ne disait jamais franchement à son frère de cesser de faire telle ou telle chose ; il ne lui déclarait jamais en face : *Ça t'embêterait d'arrêter ce que tu fabriques, frérot ? Parce que, tu vois, c'est vraiment bien, et quand tu fais quelque chose de vraiment bien, ça me rend nerveux. Parce que, tu vois, c'est* moi *qui suis censé faire des trucs bien dans cette famille.* Moi. *Henry Dean. Alors voilà ce que je vais faire, frérot : je ne vais pas arrêter de te tarabuster au sujet de ces trucs. Je ne viendrai pas te dire en face : « Ne fais pas ça, ça me rend nerveux », parce que je risquerais d'avoir l'air un peu cinglé, tu vois. Mais je peux te tarabuster en paix, parce que c'est ce que font* tous *les grands frères, pas vrai ? Ça fait partie de notre image de marque. Je vais te tarabuster, te taquiner et me moquer de toi jusqu'à ce que... tu...* LAISSES... TOMBER *! OK ?*

Non, ce *n*'était *pas* OK, pas vraiment, mais chez les Dean, c'était plus ou moins Henry qui faisait la loi. Et jusqu'à une date récente, ça lui avait paru correct — pas OK, mais *correct*. À bien y réfléchir, il y avait une différence, minime mais cruciale. Si ça paraissait correct, c'était pour deux raisons. La première était évidente ; la deuxième était plus subtile.

Première raison : c'était Henry qui devait Faire Gaffe à Eddie quand Mme Dean était au boulot. Il devait Faire Gaffe tout le temps, car il y avait jadis eu une *sœur* Dean, qu'est-ce que vous dites de ça ? Si elle avait vécu, elle aurait eu quatre ans de plus qu'Eddie et quatre de moins que Henry, mais elle *n*'avait *pas* vécu, et là était le problème. Elle avait été écrasée par un chauffard ivre alors qu'Eddie avait deux ans. Elle regardait des enfants jouer à la marelle sur le trottoir quand c'était arrivé.

Lorsqu'il était plus jeune, Eddie pensait souvent à sa sœur en écoutant Mel Allen commenter les matches sur le Yankee Baseball Network. Quand un joueur faisait un lancer superbe, Mel se mettait à beugler : « Sabre de bois ! Il a envoyé valser cette balle ! À TOUT À L'HEURE ! » Eh bien, le chauffard avait envoyé valser Gloria Dean, sabre de bois, à tout à l'heure. Gloria se trouvait désormais sur le grand pont supérieur du ciel, et ce n'était pas parce qu'elle n'avait pas eu de chance, ni parce que l'État de New York n'avait pas décidé de retirer le permis à ce connard après sa troisième contredanse, ni même parce que Dieu s'était penché pour ramasser une cacahuète, c'était arrivé (ainsi que Mme Dean le rappelait fréquemment à ses fils) parce que personne n'était là pour Faire Gaffe à Gloria.

Henry avait pour mission de veiller à ce que rien de semblable n'arrive à Eddie. C'était son boulot, et il le faisait bien, mais ce n'était pas facile. Henry et Mme Dean étaient d'accord au moins sur ce point. Tous deux rappelaient fréquemment à Eddie les sacrifices consentis par Henry pour le protéger des chauffards, des voyous, des drogués et peut-être même des extraterrestres maléfiques qui rôdaient sans doute dans les environs immédiats du pont supérieur, des extraterrestres qui pouvaient décider de descendre de leur ovni, chaussés de skis à propulsion atomique, pour kidnapper des petits garçons comme Eddie Dean. Cette terrible responsabilité rendait déjà Henry particulièrement nerveux, et il ne fallait surtout pas accentuer sa nervosité. Si Eddie faisait quelque chose qui rendait Henry encore *plus* nerveux, Eddie devait cesser immédiatement. C'était une façon de remercier Henry pour tout le temps qu'il consacrait à Faire Gaffe à Eddie. Quand on considérait le problème sous cet angle, on voyait bien qu'il était injuste de faire certaines choses mieux que Henry.

Puis il y avait la raison plus subtile. Cette raison-là (le monde en dessous du monde, pourrait-on dire) était d'autant plus importante qu'elle était impossible à formuler : Eddie ne pouvait pas se permettre d'être meilleur que Henry parce que Henry n'était presque bon à rien... sauf à Faire Gaffe à Eddie, bien sûr.

Henry lui avait appris à jouer au basket dans le terrain de jeu situé près de l'immeuble où ils vivaient — lui-même situé dans une banlieue bétonnée à l'horizon de laquelle se dressaient les tours de Manhattan et où les allocations chômage régnaient sans partage. Eddie était beaucoup plus petit que Henry, de huit ans son aîné, mais il était aussi beaucoup plus rapide. Il semblait être né pour jouer au basket ; dès qu'il posait le pied sur le terrain craquelé, dès qu'il avait le ballon en main, les passes les plus magiques semblaient jaillir de ses extrémités nerveuses. Il était plus rapide, mais cela ne comptait pas pour grand-chose. Voilà ce qui comptait : il était *meilleur* que Henry. S'il ne l'avait pas déduit du résultat de leurs petites séances d'entraînement, les regards furibonds de Henry et les petites tapes amicales dont il le gratifiait sur le chemin du retour auraient suffi à lui ouvrir les yeux. Ces petites tapes amicales étaient soi-disant des plaisanteries — « Tu as bronché... deux tapes ! » s'exclamait Henry, et ensuite *paf-paf* ! deux petits coups dans le biceps —, mais Eddie ne les trouvait pas drôles. Elles ressemblaient davantage à des mises en garde. C'était la façon qu'avait Henry de lui dire : *T'as intérêt à ce que je n'aie pas l'air d'un con à côté de toi quand tu joues au basket, frérot ; t'as intérêt à te rappeler que je Fais Gaffe à Toi.*

Idem pour la lecture... le base-ball... le jeu de Ring-a-Levio... les maths... et même le saut à la corde, qui était pourtant un jeu de fille. C'était lui le meilleur, du moins en puissance, et ce secret devait être protégé à tout prix. Parce que Eddie était le plus jeune. Parce que Henry Faisait Gaffe à lui. Mais l'élément le plus important de cette raison subtile était aussi le plus simple : le secret devait être gardé parce que Henry était le grand frère d'Eddie et parce que Eddie l'adorait.

4

Deux jours plus tôt, alors que Susannah dépouillait un lapin et que Roland préparait le souper, Eddie était allé se promener dans la forêt au sud du campement. Il avait aperçu une drôle de bosse dépassant d'une souche. Une étrange sensation — sans doute celle que l'on appelait déjà-vu, supposa-t-il — le parcourut et il se retrouva les yeux fixés sur la bosse, qui ressemblait à un bouton de porte mal fichu. Il constata distraitement qu'il avait la bouche sèche.

Au bout de plusieurs secondes, il se rendit compte qu'il *regardait* la bosse dépassant de la souche mais qu'il *pensait* à l'arrière-cour de l'immeuble où Henry et lui avaient vécu — la chaleur du béton sous son cul, la puanteur atroce montant du conteneur de déchets au fond de la ruelle. Il voyait en esprit un bout de bois dans sa main gauche et dans sa main droite un couteau à découper prélevé dans le tiroir près de l'évier. La bosse sur la souche avait ramené à la surface de son esprit le souvenir de cette brève période où il s'était pris de passion pour le bois taillé. Ce souvenir était si profondément enfoui en lui qu'il ne l'avait pas tout de suite identifié comme tel.

Ce qu'il aimait le plus quand il taillait le bois, c'était le moment où il *voyait* le résultat de son travail avant même de l'avoir commencé. Il voyait parfois une voiture ou un camion. Parfois un chien ou un chat. Il avait même vu une fois le visage d'une idole — un de ces monolithes de l'île de Pâques qu'il avait aperçus à l'école dans le *National Geographic*. Ce bout de bois-là avait sacrément bien tourné. Le jeu consistait à extraire le maximum de choses du bout de bois sans le casser. On n'arrivait jamais à extraire la totalité de l'objet qu'on y avait vu, mais à condition d'être soigneux, on en tirait parfois une bonne partie.

Il y avait quelque chose dans la bosse qui poussait sur cette souche. Il serait sûrement capable d'en extraire pas mal à l'aide du couteau de Roland — l'outil le plus pratique et le mieux affûté qu'il ait jamais utilisé.

Au fond de ce bout de bois, quelque chose attendait patiemment que quelqu'un — quelqu'un comme lui ! — le fasse sortir. Le libère.

Oh, regardez-moi ce petit chou ! Qu'est-ce que tu fais, mon petit chou ? Une maison de poupée ? Un petit pot pour ton petit zizi ? Une fronde pour faire semblant de chasser le lapin, comme les grands ? Ohhh... c'est-y pas ADORABLE *?*

Il sentit monter en lui un flot de honte, une impression de malaise ; toujours ce secret qu'il fallait protéger à tout prix, puis il se rappela — une nouvelle fois — que Henry Dean, qui était devenu au fil des ans le grand sage et éminent junkie, était mort. Cette constatation n'avait pas encore fini de le surprendre ; elle s'abattait régulièrement sur lui, éveillant en lui tantôt le chagrin, tantôt la honte et tantôt la colère. Ce jour-là, deux jours avant que l'immense ours ne surgisse des corridors verts de la forêt, elle éveilla en lui le plus surprenant des sentiments. Un soulagement mêlé d'une joie triomphante.

Il était libre.

Eddie avait emprunté le couteau de Roland. Il extirpa soigneusement la bosse de la souche, puis la rapporta avec lui et s'assit au pied d'un arbre, la tournant et la retournant dans tous les sens. Ce n'était pas exactement elle qu'il regardait ; il regardait *en* elle.

Susannah avait fini de dépouiller le lapin. Elle mit la viande dans la marmite qui chauffait déjà ; elle tendit la peau entre deux bâtons, l'attachant avec des lanières de cuir fournies par Roland. Plus tard, après le souper, Eddie commencerait à la nettoyer. Avançant sans effort sur ses bras et sur ses jambes mutilées, elle rampa jusqu'au grand pin au pied duquel s'était installé Eddie. Près du feu, Roland émiettait des fines herbes inconnues — et sans nul doute délicieuses — dans la marmite.

— Qu'est-ce que tu fais, Eddie ?

Eddie se vit contraint de réprimer une envie absurde de cacher le bout de bois dans son dos.

— Rien, dit-il. J'avais envie de tailler quelque chose. (Il marqua une pause, puis ajouta :) Mais je ne suis pas très bon.

On aurait dit qu'il tentait de la rassurer.

Susannah lui avait jeté un regard intrigué. L'espace d'un instant, elle sembla sur le point de dire quelque chose, puis se contenta de hausser les épaules et de s'éloigner. Elle ne comprenait pas pourquoi Eddie paraissait avoir honte de passer le temps en taillant un bout de bois — son père faisait ça tout le temps —, mais s'il avait besoin de lui en parler, il finirait bien par s'y résoudre.

Il savait que ce sentiment de culpabilité était stupide et sans objet, mais il savait aussi qu'il se sentirait plus à l'aise pour travailler en l'absence de Roland et de Susannah. Il est beaucoup plus difficile de triompher de son enfance que de triompher de l'héroïne.

Lorsqu'ils s'absentaient tous les deux, pour chasser, pour tirer ou pour jouer au maître et à l'élève, Eddie se mettait à la tâche avec une habileté surprenante et un plaisir sans cesse croissant. La forme était bien là ; il ne s'était pas trompé. Elle était toute simple, et le couteau de Roland la libérait de sa gangue avec une facilité déconcertante. Eddie pensa qu'il allait l'extraire presque en totalité, ce qui signifiait que la fronde serait sans doute une arme très pratique. Pas grand-chose comparée aux revolvers de Roland, peut-être, mais quelque chose qu'il aurait fait tout seul. *Lui-même*. Et cette idée lui procurait un grand plaisir.

Il n'entendit pas le premier corbeau qui s'envola brusquement en poussant des cris paniqués. Il était déjà occupé à penser — à espérer — qu'il risquait avant longtemps de voir un arbre où était emprisonnée la forme d'un arc.

5

Il entendit l'ours approcher seulement quelques instants avant Roland et Susannah, plongé dans cet état de concentration qui accompagne l'impulsion créatrice la plus douce et la plus puissante. Cela faisait longtemps qu'il avait banni cette impulsion de sa vie, et elle s'était à présent emparée de lui corps et âme. Eddie en était ravi.

Ce ne fut pas le fracas des arbres abattus qui l'en arracha, mais le tonnerre du .45 provenant du sud. Il leva les yeux, sourit et écarta une mèche de cheveux de son front avec une main poisseuse de résine. En cet instant, adossé à un immense pin bordant la clairière qui était devenue son foyer, le visage strié de lumière dorée aux nuances vertes, il paraissait bien beau — un jeune homme aux cheveux noirs indisciplinés qui menaçaient constamment de retomber en masse sur son front, un jeune homme à la bouche ferme et mobile et aux yeux noisette.

L'espace d'un instant, ses yeux se posèrent sur l'autre revolver de Roland, glissé dans son étui suspendu à une branche toute proche, et il se surprit à se demander depuis combien de temps Roland ne s'était pas déplacé sans au moins une de ses armes fabuleuses posée sur ses hanches. Cette question en engendra deux autres.

Quel *âge* avait-il, cet homme qui avait arraché Eddie et Susannah à leur monde et à leurs *quands* ? Et, ce qui était beaucoup plus important, qu'est-ce qui clochait chez lui ?

Susannah lui avait promis qu'elle aborderait ce sujet aujourd'hui... si elle se débrouillait bien et si Roland ne se mettait pas en pétard, bien sûr. Eddie ne pensait pas que Roland le lui dirait — du moins pas tout de suite —, mais il était temps que ce grand échalas sache qu'ils *savaient* que quelque chose *clochait*.

— Il y aura de l'eau si Dieu le veut, dit Eddie.

Il se remit à l'ouvrage, un petit sourire aux lèvres. Susannah et lui citaient de plus en plus souvent les petits dictons de Roland... et vice versa. On aurait presque dit qu'ils formaient les deux moitiés d'un même...

Un arbre s'effondra tout près et Eddie bondit aussitôt sur ses pieds, la fronde ébauchée dans une main et le couteau de Roland dans l'autre. Il scruta la forêt dans la direction d'où provenait le bruit, le cœur battant, les sens enfin en alerte. Quelque chose s'approchait. Il l'entendait à présent piétiner les fourrés d'un pas impitoyable et s'étonnait amèrement d'avoir mis tant de temps à le remarquer. Au fond de son esprit, une petite voix lui déclara qu'il n'avait que ce qu'il méritait. Ça lui apprendrait à faire quelque chose mieux que Henry, à rendre Henry nerveux.

Un nouvel arbre s'effondra dans un craquement étouffé. Eddie aperçut un nuage de sciure monter dans l'air au-dessus d'un sentier grossièrement tracé entre les immenses sapins. La créature responsable de ce nuage poussa soudain un hurlement — un cri enragé à vous nouer les tripes.

Quoi que ce soit, c'était une grosse bête.

Eddie laissa choir le bout de bois, puis lança le couteau de

Roland vers un arbre situé à cinq mètres sur sa gauche. Il tourna deux fois sur lui-même avant de se planter dans le tronc en frémissant. Eddie saisit le .45 de Roland et l'arma.

Je reste ici ou je fiche le camp ?

Mais il s'aperçut bien vite qu'il n'avait plus le choix. La créature était aussi *rapide* qu'elle était gigantesque et il était désormais trop tard pour fuir. Il distingua son immense silhouette au bout du sentier, une silhouette qui dominait la majorité des arbres. Elle fonçait droit sur lui de sa démarche lourde, et lorsque ses yeux se posèrent sur Eddie Dean, elle poussa un nouveau hurlement.

— Bon Dieu, je suis *foutu*, murmura Eddie.

Un nouvel arbre ploya, craqua dans un bruit de mortier, et s'effondra sur le sol dans un nuage de poussière et d'aiguilles de pin. L'animal se dirigeait à présent vers la clairière où il se trouvait, un ours aussi grand que King Kong. Le sol tremblait sous ses pas.

Que vas-tu faire, Eddie ? demanda soudain la voix de Roland. *Réfléchis ! C'est le seul avantage que tu as sur cette créature. Que vas-tu faire ?*

Il ne se croyait pas capable de tuer ce monstre. Avec un bazooka, peut-être, mais sûrement pas avec le .45 du pistolero. Il pouvait s'enfuir, mais l'animal n'aurait sans doute aucun mal à le rattraper. Il estima à cinquante pour cent ses chances de finir en gelée de groseille sous les grosses pattes de l'ours.

Alors, qu'est-ce que tu fais ? Tu restes planté là et tu lui tires dessus ou tu fous le camp comme si tu avais le feu au cul ?

Il existait une troisième possibilité, pensa-t-il. Il pouvait grimper.

Il se tourna vers l'arbre près duquel il s'était assis. C'était un immense sapin chenu, de loin le plus grand de tous les arbres de cette partie de la forêt. La première branche étendait son plumage vert deux mètres cinquante au-dessus du sol. Eddie rabaissa le percuteur du revolver et le glissa à la ceinture de son pantalon. Il sauta, agrippa la branche et se hissa à la force du poignet. Derrière lui, l'ours poussa un nouveau hurlement en pénétrant dans la clairière.

Le monstre l'aurait quand même massacré, il aurait quand même laissé ses tripes pendues aux branches comme des rubans multicolores, s'il n'avait pas été saisi à ce moment précis par une nouvelle crise d'éternuements. Il éparpilla d'un coup de patte rageur les cendres encore fumantes du feu de camp, puis se courba et posa ses énormes pattes antérieures sur ses énormes cuisses, évoquant l'image d'un vieillard vêtu d'un manteau de fourrure, un vieillard atteint d'un rhume carabiné. Il éternua à plusieurs reprises — AT-CHOUM ! AT-CHOUM ! AT-CHOUM ! — et un essaim de parasites s'envola de son museau. Un jet d'urine chaude jaillit entre ses pattes postérieures et éteignit les braises éparpillées sur le sol.

Eddie profita des quelques instants de répit qui lui étaient ainsi accordés. Il grimpa le long de l'arbre avec l'agilité d'un singe, ne stoppant son ascension qu'une fois pour s'assurer que le revolver du pistolero se trouvait toujours passé à sa ceinture. Il était terrifié, à moitié persuadé de sa mort prochaine (à quoi s'attendait-il à présent que Henry n'était plus là pour Faire Gaffe à lui ?), mais un rire dément s'échappa néanmoins de ses lèvres. Me voilà coincé sur un arbre, pensa-t-il. Qu'est-ce que vous dites de ça, les mecs ? Coincé par un ours aussi grand que Godzilla.

Le monstre releva la tête, la chose qui tournait entre ses oreilles accrocha un rayon de soleil, et il chargea l'arbre où s'était réfugié Eddie. Il leva une patte et l'abaissa violemment, cherchant à cueillir Eddie comme une pomme de pin. Les puissantes griffes lacérèrent la branche où il se trouvait alors qu'il bondissait vers une branche supérieure. Elles lacérèrent également une de ses chaussures, la déchirant en deux morceaux qui s'envolèrent dans les airs.

C'est pas grave, pensa Eddie. Si tu veux aussi l'autre, Gros Nounours, je te la file. De toute façon, elles étaient usées.

L'ours se mit à rugir et à attaquer l'arbre, traçant de larges sillons dans son antique écorce, des blessures d'où suinta une résine étincelante. Eddie poursuivait son ascension. Les branches se faisaient moins épaisses et, lorsqu'il jeta un bref regard sous lui, ses yeux se rivèrent aux yeux troubles de l'ours. Derrière sa tête velue, la clairière ressemblait à une cible dont le centre aurait été les restes du foyer.

— Tu m'as raté, espèce de gros sac à... commença Eddie, et l'ours, la tête toujours levée vers lui, choisit ce moment pour éternuer.

Eddie fut aussitôt aspergé par une morve tiède où grouillaient des milliers de petits vers blancs. Ils se tortillèrent frénétiquement sur sa chemise, sur ses avant-bras, sur sa gorge et sur son visage.

Il poussa un cri de surprise et d'écœurement. Il leva la main pour s'essuyer les yeux et la bouche, manqua de perdre l'équilibre et réussit de justesse à passer un bras autour d'une branche. Il s'accrocha à elle et se passa la main sur le corps, en chassant des paquets de morve et de vers. L'ours rugit et frappa l'arbre une nouvelle fois. Le sapin frémit comme le mât d'un navire en pleine tempête... mais les sillons qui venaient d'apparaître sur son écorce étaient à plus de deux mètres en dessous de la branche où s'étaient plantés les pieds d'Eddie.

Il s'aperçut que les vers étaient mourants — ils avaient dû commencer à mourir dès qu'ils avaient été expulsés des organes infectés du monstre. Cela lui remonta le moral et il se remit à grimper. Il s'arrêta trois ou quatre mètres plus haut, hésitant à poursuivre son ascension. Le diamètre du tronc, qui était d'environ deux mètres cinquante à sa base, ne mesurait pas plus de cinquante centimètres en son milieu. Eddie s'était planté sur deux branches différentes pour mieux répartir son poids, mais il les sentait néanmoins ployer toutes les deux. Il avait à présent une belle vue sur la forêt et sur les collines de l'Ouest, tapis ondoyant déroulé sous ses yeux. Dans d'autres circonstances, il se serait senti récompensé par le panorama.

Maman, je suis le maître du monde, pensa-t-il. Il baissa de nouveau les yeux vers la tête de l'ours et la stupéfaction l'envahit, chassant de son esprit toute pensée cohérente.

Il y avait quelque chose qui poussait sur la tête de l'ours, et ce quelque chose ressemblait à une antenne radar.

Le gadget tournait sur lui-même en suivant un rythme saccadé, reflétant l'éclat du soleil, et Eddie l'entendit grincer doucement. Il avait possédé quelques voitures dans le temps — le genre de tires que les vendeurs de voitures d'occasion réservent aux amateurs de bricolage — et le bruit qui émanait de ce gadget lui rappelait celui d'un roulement à billes ayant besoin d'être remplacé.

L'ours poussa un long grondement sourd. Une écume jaunâtre, grumeleuse et infestée de vers coula entre ses mâchoires. Eddie avait peut-être déjà vu la folie à l'état pur (notamment chaque fois qu'il s'était retrouvé face à face avec cette salope de Detta Walker), mais cela n'avait rien de comparable avec ce qu'exprimait ce visage... qui, heureusement, se trouvait à une dizaine de mètres de lui, les griffes de l'ours ne pouvant quant à elles parvenir qu'à cinq mètres de ses pieds. De plus, l'arbre où il s'était perché était bien vivant, contrairement à ceux sur lesquels l'ours s'était défoulé en fonçant vers la clairière.

— Impasse à la mexicaine, mon vieux, haleta Eddie.

Il essuya son front en sueur d'une main poisseuse de résine et jeta le résidu de sa toilette sur la gueule de l'ours.

Alors, la créature que le Vieux Peuple avait baptisée Mir étreignit l'arbre de ses grosses pattes et se mit à le secouer. Eddie saisit le tronc et s'y accrocha désespérément, les yeux fermés, et le sapin se mit à osciller comme un pendule.

6

Roland fit halte à la lisière de la forêt. Susannah, perchée sur ses épaules, observa la scène qui se déroulait de l'autre côté de la clairière avec des yeux incrédules. La créature était plantée au pied de l'arbre près duquel Eddie était assis lorsque tous deux étaient partis trois quarts d'heure plus tôt. Branches et aiguilles ne lui permettaient d'apercevoir que des fragments de son corps velu. Le second ceinturon de Roland gisait aux pieds du monstre. Elle vit que l'étui était vide.

— Mon Dieu ! murmura-t-elle.

L'ours poussa un hurlement de femme terrifiée et se mit à secouer le sapin. Les branches s'agitèrent comme sous une bourrasque. Susannah leva les yeux et aperçut une silhouette sombre près de la cime. Eddie étreignait le tronc de toutes ses forces pour résister aux violentes oscillations de l'arbre. Sous ses yeux, il lâcha prise d'une main et agita frénétiquement le bras.

— *Qu'est-ce qu'on fait ?* cria-t-elle en se penchant vers Roland. *Il va le faire tomber ! Qu'est-ce qu'on fait ?*

Roland s'efforça de trouver une idée, mais une étrange sensation l'habitait à présent — une sensation qui l'habitait en permanence mais qui se faisait plus aiguë en période de stress. Il avait l'impression d'être deux hommes coexistant à l'intérieur de son crâne. Chacun d'eux avait son propre stock de souvenirs et lorsqu'ils se mettaient à se quereller, chacun affirmant que *ses* souvenirs étaient les bons, le pistolero avait l'impression d'être déchiré en deux. Il fit un effort désespéré pour réconcilier ses deux moitiés et y réussit... du moins pour le moment.

— C'est l'un des Douze ! s'écria-t-il. Un des Gardiens ! C'est *sûrement* ça ! Mais je croyais qu'ils étaient...

L'ours poussa un nouveau beuglement en direction d'Eddie. Il se mit à gifler l'arbre comme un boxeur attaquant un punching-ball. Plusieurs branches se brisèrent et tombèrent à ses pieds.

— *Quoi donc ?* hurla Susannah. *Quelle est la suite ?*

Roland ferma les yeux. Une voix se mit à crier dans son crâne : *Le garçon s'appelait Jake !* Une autre voix lui répondit : *Il N'y avait PAS de garçon ! Il N'y avait PAS de garçon, et tu le sais parfaitement !*

Allez-vous-en, tous les deux, gronda-t-il intérieurement, puis il dit à Susannah :

— Tire-lui dessus ! Tire-lui dans le cul ! Il va se retourner et charger ! À ce moment-là, tu verras quelque chose sur sa tête ! Ça...

L'ours se remit à hurler. Il renonça à frapper le pin et recommença à le secouer. On entendait à présent de sinistres craquements au niveau de sa cime.

Lorsqu'il put de nouveau se faire entendre, Roland reprit :

— Je crois que ça ressemble à un chapeau ! Un chapeau en acier ! Tire dessus, Susannah ! Et ne le rate pas !

Elle se sentit soudain envahie par la terreur — et par une autre émotion totalement inattendue : une terrible sensation d'isolement.

— *Non ! Je vais le rater ! Tire-lui dessus, Roland !*

Elle s'escrima sur le revolver, cherchant à l'extirper de son étui pour le donner au pistolero.

— Je ne peux pas ! cria celui-ci. Je n'ai pas un bon angle de tir ! C'est *toi* qui dois le faire, Susannah ! C'est ta véritable épreuve, et tu as intérêt à la réussir !

— *Roland...*

— *Il veut briser l'arbre pour faire tomber sa cime ! Tu ne le vois donc pas ?*

Elle regarda le revolver qu'elle tenait dans sa main. Regarda à l'autre bout de la clairière, où la gigantesque silhouette de l'ours était occultée par un nuage de poussière et d'aiguilles vertes. Regarda Eddie, qui oscillait comme un métronome. Eddie était sans doute armé du second revolver, mais il ne pouvait pas s'en servir sans courir le risque de tomber de sa branche comme un fruit trop mûr. Et il risquait de se tromper de cible.

Elle leva son arme. Son estomac était noué par l'angoisse.

— Tiens-moi bien, Roland, dit-elle. Sinon...

— Ne t'inquiète pas !

Elle tira à deux reprises, deux coups de feu rapprochés comme le lui avait appris Roland. Aussi sèches que deux coups de fouet, les détonations étouffèrent le vacarme produit par l'ours. Elle vit les deux balles se loger dans sa fesse gauche, séparées par moins de cinq centimètres.

Le monstre poussa un cri de surprise, de douleur et de protestation. Une de ses énormes pattes antérieures émergea de l'épais feuillage pour se poser sur ses blessures. Elle gouttait de sang lorsqu'elle remonta avant de disparaître. Susannah imagina l'ours en train d'examiner sa patte ensanglantée. Puis on entendit une série de froissements et de craquements, et l'ours se retourna tout en se mettant à quatre pattes afin de courir plus vite. Elle vit son visage pour la première fois et son cœur cessa de battre. Son museau était souillé d'écume ; ses grands yeux luisaient comme des lampes. Sa tête velue se tourna vers la gauche... puis vers la droite... et ses yeux se posèrent sur Roland, qui se tenait debout, les jambes écartées, tenant Susannah en équilibre sur ses épaules.

L'ours poussa un cri assourdissant et chargea.

7

Récite ta leçon, Susannah Dean, et sois sincère.

L'ours fonçait sur eux de sa démarche dandinante ; on aurait dit un tracteur d'usine emballé sur lequel on aurait jeté un énorme tapis mangé aux mites.

Ça ressemble à un chapeau ! Un chapeau en acier !

Elle vit ce dont parlait Roland... mais ça ne ressemblait pas à un chapeau à ses yeux. Ça ressemblait à une antenne radar — une version miniature des antennes qu'elle avait vues aux actualités dans un reportage sur le dispositif de défense censé protéger les États-Unis d'une attaque russe. Cette cible était plus grosse que les cailloux qu'elle avait pulvérisés un peu plus tôt, mais elle était aussi plus éloignée. Elle était parcourue de trompeuses taches d'ombre et de soleil.

Je ne vise pas avec ma main ; celle qui vise avec sa main a oublié le visage de son père.

Je n'y arriverai pas !

Je ne tire pas avec ma main ; celle qui tire avec sa main a oublié le visage de son père.

Je vais le rater ! Je le sais !

Je ne tue pas avec mon arme ; celle qui tue avec son arme a oublié le visage de son père.

— Descends-le ! rugit Roland. *Descends-le,* Susannah !

Avant même d'appuyer sur la détente, elle vit la balle atteindre sa cible, propulsée par le farouche désir qu'elle avait de tirer au but, ni plus, ni moins. Toute peur la déserta. Son esprit n'était plus habité que par une profonde froideur et elle eut le temps de penser : C'est ça *qu'il* ressent. Mon Dieu — comment peut-il le supporter ?

— Je tue avec mon cœur, fils de pute, dit-elle, et le revolver du pistolero rugit dans sa main.

8

L'objet argenté reposait sur une tige d'acier plantée dans le crâne de l'ours. La balle tirée par Susannah l'atteignit en plein centre et l'antenne radar explosa en une centaine de fragments étincelants. La tige fut aussitôt parcourue par une toile d'éclairs bleus qui recouvrirent l'espace d'un instant la totalité de la tête de l'ours.

Il se dressa sur ses pattes postérieures en poussant un hurlement de supplicié, boxant le vide de ses pattes antérieures. Puis il tourna maladroitement sur lui-même et agita les bras, comme pris d'une soudaine envie de s'envoler. Il essaya de pousser un nouveau rugissement, mais le son qui s'échappa de sa gueule ressemblait davantage au beuglement brouillé d'une sirène d'alerte.

— Très bien, dit Roland d'une voix épuisée. Tu as bien visé et bien tiré.

— Dois-je encore tirer ? demanda Susannah, hésitante.

L'ours continuait à décrire des cercles de sa démarche pataude, mais son corps penchait de plus en plus en avant et sur le côté. Il heurta un petit arbre, rebondit, manqua tomber à la renverse, et se remit à tourner en rond.

— C'est inutile, dit Roland.

Elle sentit ses mains l'agripper par la taille et la soulever. L'instant d'après, elle était assise par terre, les cuisses croisées. Eddie descendait lentement de son perchoir, mais elle ne le voyait pas. Elle n'arrivait pas à arracher son regard de l'ours.

Elle avait vu les baleines du Seaquarium de Mystic, dans le Connecticut, et estimait qu'elles étaient plus grandes — sans doute beaucoup plus grandes — que ce monstre, mais celui-ci était certainement le plus grand animal terrestre qu'elle ait jamais vu. Et, de toute évidence, il était mourant. Ses rugissements s'étaient transformés en gargouillis liquides et il paraissait aveugle en dépit de ses yeux grands ouverts. Il errait sans but autour du campement, renversant un râtelier de peaux en train de sécher, démolissant le petit abri qu'elle partageait avec Eddie, rebondissant sur les arbres. Elle aperçut la tige plantée dans son crâne. Des volutes de fumée en montaient, comme si la balle avait mis le feu à son cerveau.

Eddie arriva sur la branche la plus basse de l'arbre qui lui avait sauvé la vie et l'enfourcha en tremblant.

— Sainte Marie, mère de Dieu, dit-il. Je l'ai sous les yeux et je n'arrive toujours pas à croi...

L'ours se tourna vivement vers lui. Eddie descendit d'un bond et fila rejoindre Susannah et Roland. L'ours ne remarqua rien ; adoptant une démarche de poivrot, il se dirigea vers le sapin où s'était réfugié Eddie, essaya de le saisir, échoua et tomba à genoux. On entendait d'autres bruits provenant de son corps, des bruits qui évoquaient aux oreilles d'Eddie un moteur de camion ayant claqué son arbre de transmission.

Un spasme agita le monstre et il rejeta la tête en arrière. Ses griffes s'élevèrent vers son visage et le lacérèrent. Du sang grouillant de vers en jaillit, aspergeant le sol. Puis il s'effondra, faisant trembler la terre sous sa masse, et se figea. Après plusieurs siècles d'une étrange existence, l'ours que le Vieux

Peuple avait baptisé Mir — le monde en dessous du monde — était mort.

9

Eddie souleva Susannah, noua ses mains poisseuses au creux de ses reins, et l'embrassa goulûment. Il sentait la sueur et la résine. Elle lui caressa les joues, lui caressa le cou ; elle passa les mains dans ses cheveux ruisselants. Elle avait une envie irrésistible de le toucher partout jusqu'à ce qu'elle soit absolument sûre de sa réalité.

— Ce monstre a failli m'avoir, dit-il. J'avais l'impression d'être sur un manège d'enfer. Quel tir ! Bon Dieu, Suzie... quel tir !

— J'espère que je n'aurai plus jamais à faire un truc pareil, dit-elle.

Mais une petite voix s'éleva en elle pour la contredire. Cette voix insinuait qu'il lui *tardait* de refaire un truc pareil. Et elle était froide, cette petite voix. Glaciale.

— Qu'est-ce que... commença Eddie en se tournant vers Roland, mais Roland n'était plus là.

Il se dirigeait lentement vers l'ours, qui gisait à présent sur le sol, les genoux levés. De ses entrailles en cours de désintégration montait une série de hoquets et de gargouillis étouffés.

Roland aperçut son couteau planté dans un arbre près du vétéran scarifié qui avait sauvé la vie d'Eddie. Il le dégagea et l'essuya sur la veste en peau de daim qui remplaçait les haillons qu'il portait lorsqu'ils avaient quitté la plage. Il fit halte près de l'ours, le contemplant avec un mélange de pitié et d'émerveillement.

Salut, l'inconnu, pensa-t-il. Salut, vieil ami. Je n'ai jamais vraiment cru en toi. Je pense qu'Alain croyait en toi, et je sais que Cuthbert croyait en toi — Cuthbert croyait en *tout* —, mais j'étais le sceptique de la bande. Je pensais que tu n'étais qu'un conte pour enfants... une des histoires qui flottaient dans la tête creuse de ma nourrice avant de franchir le seuil de ses lèvres bavardes. Mais tu as toujours été là, un réfugié de l'ancien temps, comme les pompes du relais et les vieilles machines sous les montagnes. Les Lents Mutants qui vénéraient ces vestiges fracassés sont-ils les ultimes descendants du peuple qui vivait jadis dans cette forêt et qui a fini par fuir ton courroux ? Je ne le sais pas, je ne le saurai jamais... mais cela me paraît plus que probable. Oui. Et puis je suis arrivé avec mes amis — mes nouveaux amis si dangereux qui ressemblent de plus en plus à mes anciens amis si dangereux. Nous sommes arrivés, tissant notre cercle magique autour de nous et autour de tout ce que nous touchons, le tissant de fils empoisonnés, et te voilà à présent, gisant à nos pieds. Le monde a encore changé, et cette fois-ci, mon vieil ami, c'est toi qui es resté derrière.

Une chaleur maladive rayonnait encore du corps du monstre. Des hordes de parasites jaillissaient de sa gueule et de son museau, mais ils périssaient presque aussitôt. Deux piles d'un blanc cireux poussaient de chaque côté de sa tête.

Eddie s'approcha lentement. Il avait calé Susannah contre sa hanche, la portant comme une mère porte son bébé.

— Qu'est-ce que c'était que ce monstre, Roland ? Tu le connaissais ?

— Je crois qu'il a dit que c'était un des Gardiens, dit Susannah.

— Oui. (La voix de Roland exprimait l'étonnement.) Je pensais qu'ils avaient tous disparu, qu'ils *devaient* avoir disparu... s'ils avaient jamais existé ailleurs que dans les contes de bonne femme.

— Je ne sais pas ce que c'était que ce monstre, mais en tout cas, il était fou à lier, dit Eddie.

Roland eut un petit sourire.

— Si tu avais vécu deux ou trois mille ans, tu serais fou à lier, toi aussi.

— Deux ou trois mille... Bon Dieu !

— Est-ce que c'est vraiment un ours ? demanda Susannah. Et qu'est-ce que c'est que ce truc ?

Elle désignait ce qui semblait être une plaque de métal fixée à l'une des pattes postérieures de l'ours. Elle était presque entièrement dissimulée par ses poils touffus, mais le soleil de l'après-midi se réflétait sur sa surface en acier inoxydable et la rendait ainsi visible.

Eddie s'agenouilla et tendit une main hésitante vers la plaque, conscient des étranges cliquetis étouffés qui montaient encore des entrailles du géant terrassé. Il se tourna vers Roland.

— Vas-y, lui dit le pistolero. Il est mort et bien mort.

Eddie écarta une touffe de poils et se pencha plus près. On avait composé des mots dans le métal. Ils étaient bien érodés, mais lisibles au prix d'un petit effort.

NORTH CENTRAL POSITRONICS, LTD.

Granite City

Corridor Nord-Est

Modèle 4 GARDIEN

N° de série AA 24123 CX 755431297 L 14

Type/Espèce OURS

SHARDIK

°*NR*NE PAS REMPLACER LES CELLULES SUBATOMIQUES*NR°

— Seigneur Jésus, ce truc est un *robot*, dit Eddie à voix basse.

— Ce n'est pas possible, dit Susannah. Il a *saigné* quand je lui ai tiré dessus.

— Peut-être, mais les ours normaux ne se baladent pas avec une antenne radar sur la tête. Et, pour autant que je le sache, les ours normaux ne vivent pas deux ou trois mil... (Il s'interrompit soudain pour regarder Roland. Quand il reprit la parole, ce fut d'une voix outrée.) Roland, qu'est-ce que tu fabriques ?

Roland ne lui répondit pas ; c'était inutile. Ce qu'il fabriquait était parfaitement évident : il énucléait l'ours à l'aide de son couteau. Ses gestes étaient vifs, nets et précis. Lorsque l'opération fut achevée, une boule de gelée brune resta quelques instants en équilibre sur la lame de son couteau, puis il la jeta d'un geste sec. Quelques vers sortirent de l'orbite vide, tentèrent de ramper jusqu'au museau, puis moururent.

Le pistolero se pencha sur l'orbite béante de Shardik, le grand ours gardien, et scruta l'intérieur de son crâne.

— Venez jeter un coup d'œil, tous les deux, dit-il. Je vais vous montrer une merveille des derniers jours.

— Fais-moi descendre, Eddie, demanda Susannah.

Il s'exécuta et elle rampa vivement jusqu'au pistolero, toujours penché au-dessus du large visage flasque de l'ours. Eddie les rejoignit, regardant la scène entre leurs épaules. Ils restèrent abîmés dans la contemplation du cadavre pendant une bonne minute ; on n'entendait que les croassements des corbeaux qui tournaient toujours en rond dans le ciel.

Quelques épais filets de sang coulaient de l'orbite vide. Mais ce n'était pas *seulement* du sang, vit Eddie. Il y avait aussi un fluide translucide d'où montait un parfum parfaitement identifiable — une odeur de banane. Et il vit une toile de ficelles enchâssée dans le délicat croisillon de tendons qui formait l'orbite. Au fond de celle-ci clignotait une lueur rouge. Elle éclairait une minuscule plaque carrée ornée d'excroissances qui étaient de toute évidence des points de soudure.

— Si ce n'est pas un ours, c'est un walkman Sony, marmonna-t-il.

Susannah le regarda sans comprendre.

— Hein ?

— Rien. (Eddie se tourna vers Roland.) Tu crois qu'on peut regarder là-dedans sans danger ?

Roland haussa les épaules.

— Oui, je pense. S'il y avait un démon dans cette créature, il s'est enfui.

Eddie tendit l'auriculaire vers l'orbite, prêt à l'en retirer à la moindre décharge électrique. Il palpa la chair déjà froide dans la cavité presque aussi grande qu'une balle de base-ball, puis toucha l'une des ficelles. Mais ce n'était pas une ficelle ; c'était un fil d'acier ultra-mince. Il retira son doigt et vit la lueur rouge clignoter une dernière fois avant de disparaître à jamais.

— Shardik, murmura Eddie. Je *connais* ce nom-là, mais je n'arrive pas à le replacer. Ça te dit quelque chose, Suzie ?

Elle secoua la tête.

— Le problème... (Eddie ne put s'empêcher de rire)... c'est que j'associe ce nom-là à un lapin. C'est dingue, non ?

Roland se redressa. Ses genoux craquèrent comme un revolver.

— Il faut établir notre camp ailleurs, dit-il. Cette terre est

souillée. L'autre clairière, celle où nous allons tirer, sera...
Il fit deux pas, tremblant de tous ses membres, puis s'effondra à genoux, les mains pressées sur les tempes.

10

Eddie et Susannah échangèrent un regard terrifié, puis Eddie bondit vers Roland.

— Qu'y a-t-il ? Roland, qu'est-ce qui ne va pas ?

— Il y *avait* un garçon, dit le pistolero dans un murmure distrait. (Puis, sans reprendre son souffle :) Il *n*'y avait *pas* de garçon.

— Roland ? dit Susannah. (Elle arriva près de lui, lui passa un bras autour des épaules, sentit les tremblements qui agitaient son corps.) Qu'y a-t-il, Roland ?

— Le garçon, dit Roland en la regardant de ses yeux vitreux. C'est le garçon. *Toujours* le garçon.

— *Quel* garçon ? cria Eddie, paniqué. *Quel* garçon ?

— Allez-vous-en, dit Roland, il y a d'autres mondes.

Et il s'évanouit.

11

Cette nuit-là, ils étaient tous les trois assis autour du feu de joie confectionné par Susannah et par Eddie dans la clairière que ce dernier appelait « le stand de tir ». Le lieu aurait été mal choisi pour camper en plein hiver, exposé comme il l'était aux intempéries, mais il convenait parfaitement en cette saison. Selon les estimations d'Eddie, c'était la fin de l'été dans le monde de Roland.

La voûte noire du ciel se déployait au-dessus de leurs têtes, constellée par de véritables galaxies. Au sud, par-delà le fleuve de ténèbres que formait la vallée, Eddie apercevait la Vieille Mère en train de monter au-dessus de l'horizon invisible. Il jeta un coup d'œil à Roland, qui était emmitouflé dans trois épaisseurs de fourrure en dépit de la chaleur que dispensait le feu. Une assiette encore pleine était posée près de lui et il tenait un os dans ses mains. Eddie leva de nouveau les yeux vers le ciel et repensa à une histoire que le pistolero leur avait racontée durant le long voyage qui les avait conduits de la plage aux collines, puis des collines à la forêt profonde où ils avaient trouvé un refuge provisoire.

Avant le commencement des temps, disait Roland, le Vieil Astre et la Vieille Mère étaient de jeunes mariés unis par un amour passionné. Puis, un jour, ils avaient eu une violente querelle. La Vieille Mère (qui, en ces temps anciens, n'était connue que par son véritable nom, à savoir Lydia) avait surpris le Vieil Astre (de son vrai nom Apon) en compagnie d'une superbe jeune femme nommée Cassiopée. Ils avaient eu une véritable scène de ménage, ces deux-là : crêpage de chignon, coups de griffes et lancer d'assiettes. Un débris d'assiette était devenu la Terre : un autre, plus petit, la Lune ; une braise provenant de leur poêle était devenue le Soleil. Finalement, les dieux étaient intervenus afin qu'Apon et Lydia, tout à leur colère, ne détruisent pas l'univers avant même qu'il ne soit ébauché. Cassiopée, la beauté aguicheuse responsable de la querelle (« Ouais, c'est ça... c'est toujours la faute de la femme », avait dit Susannah à ce moment-là), avait été bannie pour l'éternité sur un fauteuil à bascule fait d'étoiles. Mais cela n'avait pas résolu le problème pour autant. Lydia était disposée à recoller les morceaux, mais Apon était trop orgueilleux pour l'accepter (« Ouais, c'est toujours la faute de l'homme », avait grommelé Eddie à ce moment-là). Ils s'étaient donc séparés et ils se contemplaient désormais de part et d'autre des débris stellaires de leur divorce, partagés entre la haine et le remords. Apon et Lydia ont disparu depuis trois millions d'années, leur dit le pistolero ; ils sont devenus la Vieille Mère et le Vieil Astre, le nord et le sud, le chacun désirant sa chacune, trop fiers tous les deux pour quémander une réconciliation à l'autre... et Cassiopée est assise sur son fauteuil à bascule et les regarde en riant.

Eddie sursauta lorsqu'une main se posa doucement sur son bras. C'était celle de Susannah.

— Allez, dit-elle. Il faut qu'on le fasse parler.

Eddie la porta jusqu'au feu de camp et le posa doucement à

droite de Roland. Il s'assit à sa gauche. Roland regarda Susannah, puis Eddie.

— Comme vous me serrez de près, remarqua-t-il. Comme des amants... ou des geôliers.

— Il est temps que tu te confies à nous. (La voix de Susannah était claire et mélodieuse.) Si nous sommes tes compagnons, Roland — et nous sommes apparemment tes compagnons, que ça nous plaise ou non —, il est temps que tu commences à nous *traiter* comme tels. Dis-nous ce qui ne va pas...

—... et ce que nous pouvons faire pour t'aider, acheva Eddie.

Roland eut un profond soupir.

— Je ne sais pas par où commencer, dit-il. Ça fait si longtemps que je n'ai pas eu de compagnon... ni d'histoire à raconter.

— Commence par l'ours, dit Eddie.

Susannah se pencha en avant pour toucher la mâchoire que Roland tenait dans ses mains. Cet os la terrifiait, mais elle le toucha quand même.

— Et finis avec ça.

— Oui. (Roland leva l'os à ses yeux et le regarda un long moment avant de le reposer sur ses cuisses.) Il faudra bien parler de ça, n'est-ce pas ? Cet os est au centre de tout.

Mais ce fut d'abord le tour de l'ours.

12

— Voici l'histoire que l'on m'a racontée lorsque j'étais un enfant, dit Roland. Lorsque tout était neuf, les Grands Anciens — ce n'étaient pas des dieux, mais des gens dont le savoir était quasi divin — créèrent douze Gardiens pour surveiller les douze portails qui permettent d'entrer et de sortir du monde. Certains m'ont dit que ces portails étaient des phénomènes naturels, comme les constellations que nous voyons dans le ciel ou comme la crevasse sans fond que nous appelions le Tombeau du Dragon à cause des grands jets de vapeur qui s'en échappaient tous les trente ou quarante jours. Mais d'autres — parmi eux se trouvait le maître queux du château de mon père, un dénommé Hax — prétendaient qu'ils n'avaient *rien* de naturel, qu'ils avaient été créés par les Grands Anciens eux-mêmes, avant que l'orgueil ne les étrangle comme un garrot et qu'ils ne disparaissent de la surface de la terre. Hax disait que la création des douze portails était le dernier acte des Grands Anciens, une tentative pour racheter les torts qu'ils avaient les uns envers les autres et envers la Terre.

— Des portails, dit Eddie d'une voix songeuse. Des *portes*, tu veux dire. On en revient de nouveau aux portes. Est-ce que ces portes qui permettent d'entrer et de sortir du monde donnent sur le monde d'où nous venons, Suzie et moi ? Comme celles que nous avons trouvées sur la plage ?

— Je ne sais pas, dit Roland. Pour chaque chose que je sais, il y en a une centaine que j'ignore. Il faudra que vous appreniez à l'accepter. Le monde a changé, disons-nous. Quand il a changé, il est parti comme le ressac, ne laissant derrière lui que des débris... des débris qui ressemblent parfois à une carte.

— Eh bien, essaie de *deviner* ! s'exclama Eddie.

Au ton de sa voix, le pistolero comprit qu'Eddie n'avait pas encore renoncé à l'idée de regagner son propre monde — qui était aussi celui de Susannah. Pas tout à fait.

— Laisse-le tranquille, Eddie, dit Susannah. Tu sais bien que cet homme-là ne devine pas.

— Erreur — parfois, cet homme-là *devine*, dit Roland, les surprenant tous les deux. Quand il ne peut rien faire d'autre, il lui arrive parfois de deviner. La réponse est non. Je pense — je *devine* — que ces portails ne ressemblent pas aux portes de la plage. Je *devine* qu'ils ne donnent pas sur un *où* et un *quand* que nous serions susceptibles de reconnaître. Je pense que les portes de la plage — celles qui donnaient sur le monde d'où vous venez tous les deux — ressemblent davantage au pivot d'une planche à bascule. Savez-vous ce que c'est ?

— Une balançoire ? dit Susannah, agitant la main pour illustrer son propos.

— Oui ! acquiesça Roland d'un air réjoui. Exactement. D'un côté de cette balancelle...

— Balançoire, corrigea Eddie avec un petit sourire.

— Oui. D'un côté, il y a mon *ka*. De l'autre, celui de l'homme en noir — Walter. Les portes se trouvaient au centre, créées par la tension existant entre deux destinées contraires.

Ces portails sont des choses bien plus grandes que Walter, que moi, ou que la petite compagnie que nous formons tous les trois.

— Est-ce que tu veux dire, demanda Susannah d'une voix hésitante, que les portails où se trouvent les Gardiens sont *en dehors* du *ka* ? Au-delà du *ka* ?

— C'est ce que je crois. (Il eut un bref sourire, éclat de faucille à la lueur du feu.) Ce que je *devine.*

Il resta silencieux quelques instants, puis ramassa un bâton. Il écarta les aiguilles pour dégager un espace de terre et y dessina une figure.

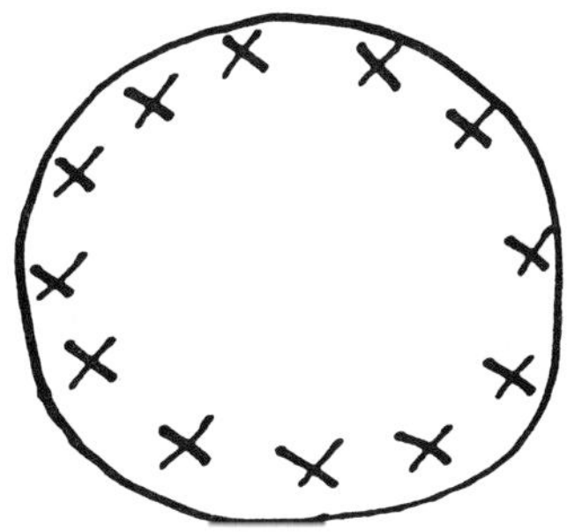

— Voici le monde tel qu'on me l'a décrit quand j'étais enfant. Les croix représentent les portails dressés en cercle le long de sa bordure éternelle. Si on dessine six lignes pour relier les croix diamétralement opposées...

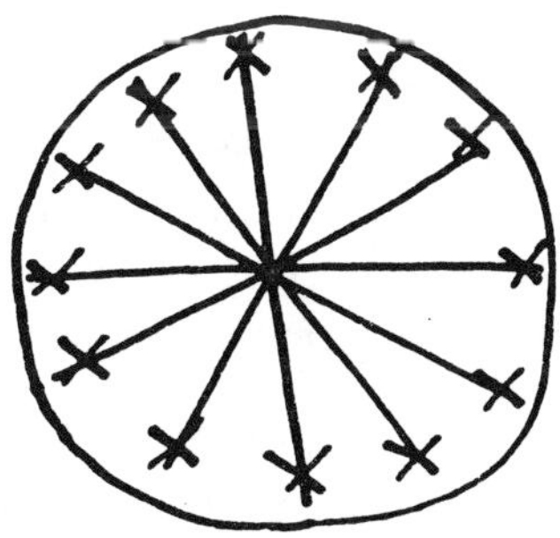

Il leva les yeux.

— Voyez-vous l'endroit où se croisent les lignes ?

Eddie sentit son échine et ses bras se couvrir de chair de poule. Il avait soudain la bouche sèche.

— Est-ce que c'est ça, Roland ? Est-ce que c'est... ?

Roland hocha la tête. Son long visage ridé était grave.

— Au centre de tout se trouve le Grand Portail, également appelé le Treizième Seuil, celui qui ne règne pas seulement sur ce monde mais sur tous les autres.

Il posa son bâton au centre du cercle.

— C'est là que se trouve la Tour sombre que j'ai cherchée durant toute ma vie.

13

— Les Grands Anciens ont posté un Gardien près de chaque petit portail, reprit le pistolero. Durant mon enfance, j'aurais pu désigner chacun d'eux par son nom grâce aux comptines que m'apprenaient ma nourrice et Hax le maître queux... mais mon enfance est bien loin. Il y avait l'Ours, bien sûr, et le Poisson... le Lion... la Chauve-Souris. Et la Tortue — celle-ci était très importante...

Le pistolero leva les yeux vers le ciel étoilé, le front plissé, perdu dans ses pensées. Puis un sourire étonnamment lumineux se peignit sur ses traits et il récita :

Vois la TORTUE comme elle est ronde !
Sur son dos repose le monde.
Son esprit, quoique lent, est toujours très gentil ;
Il tient chacun de nous dans ses nombreux replis.
Sur son dos se prêtent tous les serments ;
Elle ne peut nous aider mais jamais elle ne ment.
Elle aime la terre, elle aime l'océan,
Et elle m'aime, moi qui ne suis qu'un enfant.

Roland eut un petit rire un peu gêné.

— C'est Hax qui m'a appris cette comptine pendant qu'il touillait une crème qu'il me faisait goûter de temps en temps à la cuillère. Étonnant, les souvenirs qui se fixent dans l'esprit, n'est-ce pas ? Quoi qu'il en soit, à mesure que j'ai grandi, j'ai fini par penser que les Gardiens n'existaient pas réellement — qu'ils tenaient du symbole plutôt que de la réalité. Apparemment, je me trompais.

— J'ai dit que c'était un robot, intervint Eddie, mais je me suis trompé, moi aussi. Susannah a raison : quand on tire sur un robot, ce n'est pas du sang qui coule mais de l'huile de machine. Je pense que cette créature était ce que l'on appelle un cyborg dans le monde d'où je viens — un être fait à la fois de machinerie et de chair et de sang. Ça me rappelle un film que j'ai vu... on t'a déjà parlé du cinéma, n'est-ce pas ?

Roland hocha la tête en souriant.

— Eh bien, ce film s'appelait *Robocop* et son héros ressemblait un peu à l'ours que Susannah a tué. Comment savais-tu qu'elle devait viser ce truc au-dessus de sa tête ?

— Grâce aux histoires que me racontait Hax. S'il n'avait tenu qu'à ma nourrice, Eddie, tu serais à présent dans le ventre de l'ours. Est-ce qu'on dit aux enfants de votre monde de mettre un bonnet de pensée quand ils ont un problème à résoudre ?

— Oui, dit Susannah. Tout le temps.

— On le dit ici aussi, et cette expression provient de la légende des Gardiens. Chacun d'eux était muni d'un cerveau supplémentaire au-dessus de sa tête. Un cerveau dans un chapeau. (Il les regarda de ses yeux hantés par l'angoisse et sourit de nouveau.) Ça ne ressemblait pas vraiment à un chapeau, hein ?

— Non, dit Eddie, mais suffisamment pour nous sauver la mise.

— Je pense à présent que je n'ai cessé de chercher un Gardien tout au long de ma quête, reprit Roland. Quand nous aurons trouvé le portail gardé par Shardik — et il nous suffit pour cela de remonter sa piste —, nous aurons enfin une route à suivre. Il nous faudra tourner le dos au portail et marcher droit devant nous, tout simplement. Au centre du cercle... la Tour.

Eddie ouvrit la bouche pour dire : *D'accord, parlons un peu de cette Tour. Parlons-en une bonne fois pour toutes — qu'est-ce que c'est, qu'est-ce que ça veut dire et, surtout, qu'est-ce qui va nous arriver quand on y parviendra ?* Mais aucun mot ne sortit de sa bouche et il la referma au bout de quelques instants. Le moment était mal choisi — Roland souffrait beaucoup trop. Et seule l'étincelle ténue de leur feu tenait la nuit à distance.

— Nous arrivons à présent à l'autre problème, dit Roland avec lassitude. J'ai enfin trouvé ma route — après toutes ces années, j'ai enfin trouvé ma route —, mais il semble également que je sois en train de perdre la raison. Je la sens s'effriter sous mes pieds, comme un quai de béton rongé par l'eau de pluie. C'est le châtiment qui m'est infligé parce que j'ai laissé mourir un garçon qui n'a jamais existé. Et c'est aussi le *ka*.

— Qui est ce garçon, Roland ? demanda Susannah.

Roland se tourna vers Eddie.

— Ne le sais-tu pas, *toi* ?

Eddie secoua la tête.

— Mais j'ai parlé de lui, reprit Roland. Il hantait mes délires lorsque l'infection m'a conduit aux portes de la mort. (La voix du pistolero monta soudain d'une octave et son imitation d'Eddie était si bonne que Susannah se sentit envahie par une terreur superstitieuse.) « Si tu n'arrêtes pas de me casser les oreilles avec ce foutu gamin, Roland, je vais te bâillonner avec ta chemise ! J'en ai marre d'entendre parler de ce gosse ! » Tu ne te rappelles pas avoir dit ça, Eddie ?

Eddie réfléchit durant quelques instants. Roland avait parlé d'un millier de choses lorsqu'ils avaient erré sur la plage entre la porte marquée LE PRISONNIER et celle marquée LA DAME D'OMBRES, et il avait apparemment mentionné un millier de noms lors de son délire — Alain, Cort, Jamie de Curry, Cuthbert (celui-ci revenant plus fréquemment que les autres), Hax, Martin (ou Marten, comme l'oiseau), Walter, Susan, même un type au patronyme improbable de Zoltan. Eddie avait fini par se lasser d'entendre parler de tous ces gens qu'il n'avait jamais rencontrés (et qu'il n'avait aucune envie de connaître), mais il avait ses propres problèmes à ce moment-là, bien sûr, parmi lesquels le manque d'héroïne et un décalage horaire d'amplitude cosmique. Et, en toute honnêteté, il pensait que Roland s'était également lassé d'entendre les Contes de Fées déglingués qu'il lui racontait — la très édifiante histoire de son frère Henry auprès duquel il avait connu les plaisirs de l'adolescence et ceux de la drogue.

Mais il ne se rappelait pas avoir menacé Roland de le bâillonner avec sa propre chemise s'il n'arrêtait pas de parler d'un quelconque gamin.

— Ça ne te dit rien ? demanda Roland. Rien du tout ?

Est-ce qu'il n'y avait pas *quelque chose* ? Une vague impression de déjà-vu comme celle qu'il avait éprouvée en voyant la fronde cachée dans la bosse de la souche ? Eddie essaya de la cerner, mais elle avait disparu. Il décida qu'elle n'avait jamais existé ; il *souhaitait* la trouver parce que Roland avait mal, voilà tout.

— Non, dit-il. Désolé.

— Mais je *t'ai* parlé de lui. (La voix de Roland était posée, mais on y percevait une nuance d'inquiétude.) Le garçon s'appelait Jake. Je l'ai sacrifié — je l'ai tué — afin de pouvoir rattraper Walter et le faire parler. Je l'ai tué sous les montagnes.

Cette fois-ci, Eddie avait quelque chose à lui répondre :

— C'est peut-être ce qui s'est passé, mais ce n'est pas ce que tu m'as *raconté*. Tu m'as dit que tu étais tout seul quand tu es descendu sous la montagne, à bord d'une sorte de draisine. Tu n'as pas arrêté de me parler de ça quand on était sur la plage, Roland. Tu étais terrifié de te retrouver tout seul dans ces tunnels.

— Je m'en souviens. Mais je me rappelle aussi t'avoir parlé du garçon et de la façon dont il est tombé dans l'abîme. Et c'est la distance séparant ces deux souvenirs qui est en train de me déchirer l'esprit.

— Je ne comprends rien à tout cela, dit Susannah d'une voix soucieuse.

— Je pense que je commence tout juste à comprendre, dit Roland.

Il alla jeter quelques bûches dans le feu, faisant jaillir un essaim d'étincelles rouges vers le ciel nocturne, puis revint s'asseoir entre ses deux compagnons.

— Je vais vous raconter une histoire vraie, puis je vous raconterai une histoire qui ne l'est pas mais qui *devrait* l'être.

« J'avais acheté une mule à Pricetown, et quand je suis enfin arrivé à Tull, la dernière ville avant le désert, elle était encore fraîche... »

14

Le pistolero entreprit donc de leur raconter le plus récent chapitre de sa longue histoire. Eddie en avait déjà entendu des fragments épars, mais il l'écouta avec autant de fascination que Susannah, pour laquelle il était complètement inédit. Il leur parla du bar dans un coin duquel se déroulait une interminable partie de cartes, il leur parla de Sheb, le pianiste, d'Allie, la femme à la cicatrice sur le front... et de Nort, le mangeur d'herbe du diable, qui était mort et que l'homme en noir avait ramené à une pseudo-vie ténébreuse. Il leur parla de Sylvia Pittston, ce parangon du fanatisme religieux, et de l'ultime massacre apocalyptique au cours duquel lui-même, Roland le pistolero, avait tué tous les hommes, toutes les femmes et tous les enfants de la ville.

— Sacré nom de Dieu ! murmura Eddie d'une voix tremblante. Je comprends pourquoi tu étais presque à court de munitions.

— Tais-toi ! dit sèchement Susannah. Laisse-le finir !

Roland reprit le cours de son récit, aussi impassible que lorsqu'il avait traversé le désert après avoir laissé derrière lui la hutte du dernier frontalier, un jeune homme dont l'abondante chevelure rousse descendait presque jusqu'à la taille. Il leur raconta la mort de sa mule. Il leur précisa même que Zoltan, le corbeau du frontalier, lui avait dévoré les yeux.

Il leur parla des longues journées et des courtes nuits qu'il avait vécues dans le désert, des vestiges refroidis des feux de Walter qu'il avait suivis le long de son chemin, et du relais où il était enfin parvenu, sur le point de succomber à la déshydratation.

— Le relais était désert. Je pense qu'il devait être désert depuis l'époque où ce grand ours était flambant neuf. J'y ai passé une nuit avant de reprendre la route. Voici ce qui s'est passé... Mais à présent, je vais vous conter une autre histoire.

— Celle qui n'est pas vraie mais qui devrait l'être ? demanda Susannah.

Roland hocha la tête.

— Dans cette histoire inventée — dans cette fable —, un pistolero nommé Roland a rencontré au relais un jeune garçon nommé Jake. Il venait de votre monde, de votre ville de New York, et d'un *quand* situé quelque part entre le 1987 d'Eddie et le 1963 d'Odetta Holmes.

Eddie se pencha en avant, l'air excité.

— Est-ce qu'il y a une porte dans cette histoire, Roland ? Une porte où il est écrit LE GARÇON ou quelque chose dans ce genre ?

Roland secoua la tête.

— Le seuil qu'a franchi le garçon était celui de la mort. Il était en route pour l'école lorsqu'un homme — Walter, du moins le croyais-je — l'a poussé sur la chaussée, où il a été écrasé par une automobile. Il a entendu cet homme dire quelque chose comme :

« Écartez-vous, laissez-moi passer, je suis prêtre. » Jake a vu cet homme — rien qu'un instant — puis il s'est retrouvé dans *mon* monde.

Le pistolero marqua une pause et contempla les flammes.

— Maintenant, oublions une minute l'histoire du garçon qui n'a jamais été là et revenons à ce qui s'est vraiment passé. D'accord ?

Eddie et Susannah échangèrent un regard intrigué, puis Eddie fit un geste de la main pour inviter Roland à poursuivre.

— Le relais était désert, comme je vous l'ai dit. Mais il s'y trouvait néanmoins une pompe en état de marche. Elle était derrière l'étable où on abritait les chevaux des diligences. Je l'ai repérée grâce à mon ouïe, mais je l'aurais quand même localisée si elle n'avait fait aucun bruit. Je *sentais* l'eau, voyez-vous. Quand on a passé assez de temps dans le désert, quand on est sur le point de mourir de soif, on est capable de telles prouesses. J'ai bu et je me suis endormi. Quand je me suis réveillé, j'ai encore bu. Je voulais reprendre la route sans délai — ce besoin me dévorait comme une fièvre. La médecine que tu m'as rapportée de ton monde — l'*astine* — est quelque chose de merveilleux, Eddie, mais il est impossible de guérir de certaines fièvres, et celle-ci était du nombre. Je savais que mon organisme avait besoin de repos, mais j'ai dû mobiliser toutes les ressources de ma volonté pour ne passer qu'une seule nuit au relais. Le matin venu, je me sentais reposé et j'ai repris ma route. *Et je n'ai pris que de l'eau dans ce relais*. C'est l'élément le plus important de mon histoire.

Susannah prit la parole, adoptant les accents posés et mélodieux d'Odetta Holmes :

— D'accord, c'est ce qui s'est vraiment passé. Tu as rempli tes outres et tu es reparti. Maintenant, raconte-nous le reste de ce qui *ne* s'est *pas* passé, Roland.

Le pistolero posa la mâchoire sur ses genoux, serra les poings et se frotta les yeux — un geste curieusement enfantin. Puis il s'empara de nouveau de la mâchoire, comme pour reprendre courage, et poursuivit :

— J'ai hypnotisé le garçon qui n'était pas là, dit-il. Je l'ai fait à l'aide d'une de mes cartouches. Ça fait des années que je connais ce tour-là, depuis que Marten, le magicien de la cour de mon père, me l'a enseigné. Le garçon était un très bon sujet. Pendant qu'il était en état de transe, il m'a narré les circonstances de sa mort, telles que je viens de vous les exposer. Lorsque j'ai estimé que je n'en apprendrais pas davantage sans le troubler ou lui faire du mal, je lui ai ordonné d'oublier tous les détails de sa mort une fois qu'il se réveillerait.

— C'est pas le genre de souvenir qu'on souhaite chérir, marmonna Eddie.

— En effet, acquiesça Roland. Le garçon est passé directement de sa transe à un sommeil profond. Je me suis endormi à mon tour. Quand nous nous sommes réveillés, je lui ai dit que j'avais l'intention de rattraper l'homme en noir. Il savait de qui je parlais ; Walter avait également fait étape au relais. Jake avait pris peur et était resté caché. Je suis sûr que Walter savait qu'il était là, mais cela l'arrangeait de prétendre le contraire. Il a laissé le garçon sur ma route en guise de piège.

« Je lui ai demandé s'il y avait quelque chose à manger dans les parages. Cela me semblait plus que probable. Le garçon avait l'air en bonne santé et les choses se conservent merveilleusement bien dans le désert. Il avait sur lui un peu de viande séchée et il m'a dit que le relais était pourvu d'une cave. Il ne l'avait pas explorée parce qu'elle lui faisait peur. (Le pistolero les regarda d'un air sombre.) Il ne se trompait pas. Dans la cave, j'ai trouvé de la nourriture... et j'ai aussi trouvé un Démon qui Parle.

Eddie regarda la mâchoire en écarquillant les yeux. La lueur orange des flammes dansait sur ses anciennes courbes et sur ses dents pointues.

— Un Démon qui Parle ? Tu veux dire ce *truc* ?

— Non. Oui. Les deux. Écoute et tu comprendras.

Il leur parla des gémissements inhumains qu'il avait entendus monter de la terre dans la cave ; du sable qu'il avait vu couler entre deux des vieux moellons du mur. Il leur dit comment il s'était approché du trou en formation pendant que Jake lui hurlait de remonter.

Il avait ordonné au démon de parler... et le démon s'était exécuté, prenant pour cela la voix d'Allie, la femme au front orné d'une cicatrice, la femme qui tenait le bastringue de Tull. *Va lentement, pistolero, passé les monts des Drawers. Aussi longtemps que tu voyages avec le garçon, l'homme en noir voyage avec ton âme dans sa poche.*

— Les monts des Drawers ? demanda Susannah, surprise.

— Oui. (Roland la dévisagea.) Ça veut dire quelque chose pour toi, n'est-ce pas ?

— Oui... et non.

Elle parlait avec une hésitation sensible. Cela venait sûrement de sa répugnance à parler de choses qui lui étaient douloureuses, estima Roland. Mais elle souhaitait aussi sans doute ne pas brouiller des cartes qui l'étaient déjà suffisamment. Il admirait son attitude. Il l'admirait, *elle*.

— Ne parle que de ce dont tu es sûre, dit-il. Ne dis rien de plus.

— D'accord. Les Drawers étaient un endroit que Detta Walker connaissait bien. Un endroit auquel elle *pensait*. C'est un terme d'argot, un terme qu'elle a appris en écoutant les grands quand ils s'asseyaient sur le perron pour parler du bon vieux temps. Dans leur bouche, les Drawers étaient un endroit pourri ou inutile, ou les deux. Il y avait dans les Drawers — dans l'*idée* des Drawers — quelque chose qui attirait Detta. Ne me demande pas ce que c'était ; peut-être l'ai-je su, mais je ne le sais plus. Et je ne veux pas le savoir.

« Detta a volé le plat en porcelaine de tante Bleue — celui que mes parents lui avaient offert pour son mariage — et l'a emporté aux Drawers — *ses* Drawers — pour le casser. C'était une fosse emplie d'ordures. Un dépotoir. Plus tard, elle allait parfois lever des garçons dans les bars.

Susannah baissa la tête quelques instants, les lèvres serrées à se les mordre. Puis elle leva les yeux et poursuivit :

— Des garçons *blancs*. Et quand ils l'avaient fait monter dans leur voiture garée dans le parking, elle les aguichait puis prenait la fuite... c'étaient aussi les Drawers. Ce petit jeu était dangereux, mais elle était assez jeune, assez vive et assez méchante pour y jouer jusqu'au bout et pour en jouir. Plus tard, à New York, elle partait pour des expéditions de vol à l'étalage... mais vous le savez déjà, tous les deux. Et toujours dans le grands magasins les plus huppés — Macy's, Gimbel's, Bloomingdale's —, et toujours pour y voler de la camelote. Chaque fois qu'elle était d'humeur à partir pour une telle expédition, elle se disait : *J'vais aller aux D'awers aujou'd'hui. J'vais aller voler de la me'de aux f'omages blancs. J'vais aller voler quèqu'-chose pou' les g'andes occasions et ensuite je le casse'ai en mille mo'ceaux.*

Elle marqua une pause, les lèvres tremblantes, les yeux fixés sur le feu. Lorsqu'elle redressa la tête, Roland et Eddie virent des larmes perler à ses paupières.

— Ne vous laissez pas abuser par mes larmes. Je me rappelle avoir fait ces choses et je me rappelle en avoir *joui*. Si je pleure, c'est sans doute parce que je sais que je m'empresserais de recommencer si les circonstances me le permettaient.

Roland semblait avoir en partie recouvré sa vieille sérénité, son étrange équilibre.

— Il existe un proverbe dans mon pays, Susannah : « Le voleur avisé ne manque jamais de prospérer. »

— Je ne vois pas ce qu'il y a d'avisé à voler de la camelote, répliqua-t-elle sèchement.

— Est-ce que tu t'es jamais fait prendre ?

— Non...

Il écarta les mains comme pour dire : *Et voilà.*

— Donc, pour Detta Walker, les Drawers étaient un lieu maléfique ? demanda Eddie. C'est bien ça ? Parce que ça ne me paraît pas exactement coller.

— À la fois maléfique et bénéfique. C'était un lieu *puissant*, un lieu où elle se... *réinventait*, je suppose qu'on pourrait le formuler ainsi... mais c'était aussi un lieu *désolé*. Et tout cela n'a rien à voir avec le garçon fantôme de Roland, n'est-ce pas ?

— Peut-être pas, dit Roland. Les Drawers existent aussi dans mon monde, vois-tu. C'est aussi un terme d'argot, et le sens en est très semblable.

— Qu'est-ce que ça voulait dire pour toi et tes amis ? demanda Eddie.

— Le sens variait légèrement en fonction de l'endroit et de la situation. Un dépôt d'ordures. Un bordel ou un boui-boui où l'on joue aux cartes en fumant de l'herbe du diable. Mais le sens le plus communément répandu que je connaisse est aussi le plus simple.

Il les regarda tous les deux.

— Les Drawers sont un lieu de désolation, dit-il. Les Drawers... ce sont les Terres perdues.

15

Cette fois-ci, ce fut Susannah qui jeta de nouvelles bûches dans le feu. Au sud, la Vieille Mère brillait d'un éclat fixe. Ses études lui avaient appris ce que cela signifiait : ce n'était pas une étoile mais une planète. Vénus ? se demanda-t-elle. Ou bien le système solaire dont fait partie ce monde est-il aussi différent que tout le reste ?

Une sensation d'irréalité — l'impression que tout ce qu'elle vivait n'était qu'un rêve — s'empara de nouveau d'elle.

— Continue, dit-elle. Que s'est-il passé après que la voix t'a averti au sujet des Drawers et du petit garçon ?

— J'ai enfoui une main au fond du trou d'où suintait le sable, comme on m'avait appris à le faire si jamais je venais à me trouver dans une telle situation. J'en ai retiré une mâchoire... mais pas celle-ci. La mâchoire que j'ai extraite du mur de la cave du relais était beaucoup plus grosse ; elle provenait d'un Grand Ancien, cela ne fait presque aucun doute pour moi.

— Qu'est-elle devenue ? demanda doucement Susannah.

— Une nuit, je l'ai donnée au garçon, dit Roland. (Le feu dessinait sur ses joues des éclats orangés et des ombres mouvantes.) C'était pour lui une sorte de protection — un talisman. Plus tard, lorsque j'ai estimé qu'elle avait atteint son but, je l'ai jetée.

— À qui donc appartient la mâchoire que tu tiens, Roland ? demanda Eddie.

Roland souleva l'objet en question, le contempla longuement d'un air pensif, puis le laissa choir.

— Plus tard, après que Jake... après sa mort... j'ai rattrapé l'homme que je poursuivais.

— Walter, dit Susannah.

— Oui. Nous avons tenu palabre, lui et moi... une *longue* palabre. À un moment donné, je me suis endormi, et lorsque je me suis réveillé, Walter était mort. Mort depuis une bonne centaine d'années, et probablement davantage. Il ne restait plus de lui que des os, ce qui n'était que justice puisque nous étions dans un lieu d'os.

— Ouais, ça a dû être une palabre fichtrement longue, dit sobrement Eddie.

Susannah se renfrogna à cette remarque, mais Roland se contenta de sourire.

— Très, très longue, dit-il en contemplant le feu.

— Tu t'es réveillé le matin et tu as atteint la mer Occidentale le soir, dit Eddie. Et c'est durant la nuit que les homarstruosités sont arrivées, c'est ça ?

Roland hocha de nouveau la tête.

— Oui. Mais avant de quitter l'endroit où Walter et moi avions parlé... ou rêvé... ou fait autre chose... j'ai pris cette mâchoire à son crâne.

Il leva l'os, et la lueur orangée dansa sur les dents.

La mâchoire de Walter, pensa Eddie avec un petit frisson. La mâchoire de l'homme en noir. Rappelle-toi ce détail la prochaine fois que tu penseras que Roland n'est peut-être qu'un type ordinaire, mon vieil Eddie. Il a trimbalé ce truc avec lui pendant tout ce temps comme si c'était un... un trophée de cannibale. Bon Dieu !

— Je me souviens de ce que j'ai pensé en la prenant, dit Roland. Je m'en souviens très bien : c'est le seul souvenir de cette période qui ne se soit pas dédoublé dans mon esprit. J'ai pensé : « J'ai attiré la malchance sur moi en jetant ce que j'avais trouvé en trouvant le garçon. Ceci le remplacera. » Mais à ce moment-là, j'ai entendu le rire de Walter — son gloussement méchant. Et j'ai aussi entendu sa voix.

— Que disait-il ? demanda Susannah.

— « Trop tard, pistolero. » Voilà ce qu'il a dit. « Tu ne connaîtras désormais que la malchance jusqu'à la fin de l'éternité — tel est ton *ka*. »

16

— D'accord, dit finalement Eddie. Je comprends le paradoxe de base. Ta mémoire est divisée...

— Pas divisée. *Dédoublée*.

— D'accord ; ça revient quasiment au même, pas vrai ?

Eddie attrapa un bâton et traça à son tour un dessin sur le sol :

Il indiqua la ligne de gauche.

— Ceci représente ta mémoire de la période ayant précédé ton arrivée au relais — une seule piste.

— Oui.

Il indiqua la ligne de droite.

— Et là, c'est quand tu es arrivé sur l'autre versant des montagnes, dans le lieu d'os... là où Walter t'attendait. *Encore* une seule piste.

— Oui.

Eddie indiqua le milieu de son dessin, puis l'entoura d'un ovale grossier.

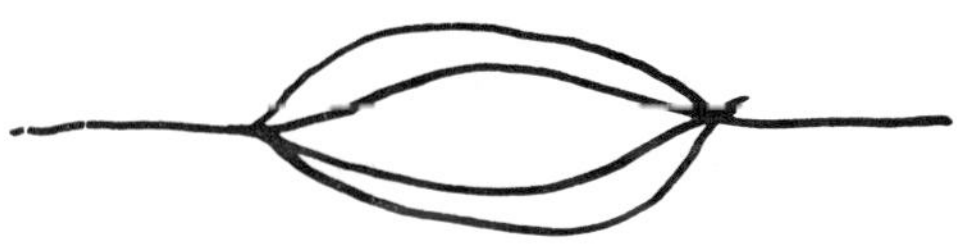

— Voici ce que tu dois faire, Roland — fermer cette piste dédoublée. Bâtir une palissade autour et l'oublier. Parce qu'elle ne veut *rien* dire, elle ne *change* rien, elle a *disparu*, c'est *fini*...

— Au contraire. (Roland brandit la mâchoire.) Si mes souvenirs de Jake sont erronés — et je sais qu'ils le sont —, *comment se fait-il que j'aie ceci sur moi ?* J'ai pris cet os pour remplacer celui que j'avais jeté... mais ce dernier provenait de la cave du relais et mes souvenirs que je sais justes me disent que *je ne suis jamais descendu dans la cave* ! Je n'ai jamais parlé au démon ! J'ai repris la route seul, avec de l'eau fraîche *et rien d'autre* !

— Roland, écoute-moi, dit Eddie avec insistance. Si la mâchoire que tu tiens provenait du relais, ça voudrait dire une chose. Mais n'est-il pas possible que tout — le relais, le gamin, le Démon qui Parle — n'ait été qu'une hallucination et que tu aies pris ensuite la mâchoire de Walter parce que...

— Ce n'était pas une hallucination, dit Roland.

Il les regarda tous les deux de ses yeux bleus de bombardier, puis fit quelque chose de totalement imprévu... quelque chose que, Eddie aurait pu en jurer, Roland ne savait même pas qu'il avait l'intention de faire.

Il jeta la mâchoire dans le feu.

17

Elle resta figée l'espace d'un instant, relique blanche formant un demi-sourire spectral à moitié torve. Puis, soudain, elle s'enflamma, éclaboussant la clairière d'une éblouissante lumière écarlate. Eddie et Susannah poussèrent un cri et levèrent les mains pour se protéger les yeux de cette forme brûlante.

L'os se mit à changer. Pas à fondre mais à *changer*. Les dents qui en saillaient comme des pierres tombales se rassemblèrent en paquets. La courbe de son arc supérieur se redressa, puis se retroussa à son extrémité.

Eddie laissa retomber ses mains sur ses cuisses et, bouche bée, émerveillé, regarda l'os qui n'était plus un os. Il avait à présent la couleur de l'acier en fusion. Les dents avaient formé trois V inversés, celui du centre étant nettement plus grand que les deux autres. Et soudain, Eddie vit ce que l'os souhaitait devenir, tout comme il avait perçu la fronde dans le bois de la souche.

Ce devait être une clé, pensa-t-il.

Tu dois te souvenir de cette forme, se dit-il, l'esprit enfiévré. Tu dois t'en souvenir.

Ses yeux la parcoururent frénétiquement — trois V, celui du centre plus grand et plus profondément enfoncé que les deux autres. Trois encoches... celle du bout s'achevant sur une arabesque, sur la vague forme d'un s minuscule...

Puis la forme en proie aux flammes changea une nouvelle fois. L'os qui était devenu une esquisse de clé se replia sur lui-même, se concentra pour devenir un drapé de pétales aussi sombres et veloutés qu'une nuit sans lune au cœur de l'été. L'espace d'un instant, Eddie vit une rose — une rose d'un rouge triomphant qui avait dû éclore à l'aube du premier jour de ce monde, une fleur d'une beauté insondable et éternelle. Son œil vit et son cœur s'ouvrit. On aurait dit que tout l'amour du monde, toute la vie du monde, venait soudain de surgir de l'artefact mort de Roland ; il était là, au cœur des flammes, brûlant d'une lueur triomphante et d'une merveilleuse arrogance inachevée, proclamant que le désespoir n'était qu'un mirage et que la mort n'était qu'un rêve.

La rose ! pensa Eddie. D'abord la clé, ensuite la rose ! Voyez ! Voyez s'ouvrir le chemin de la Tour !

Une toux épaisse monta du feu. Un essaim d'étincelles s'envola vers le ciel. Susannah poussa un cri et roula sur elle-même, étouffant du poing les braises orange qui constellaient sa robe alors que les flammes jaillissaient vers le ciel étoilé. Eddie ne bougea pas d'un pouce. Il était figé par sa vision, reposait au creux d'un berceau de merveilles à la fois terrible et fabuleux, inconscient des étincelles qui dansaient sur sa peau. Puis les flammes s'apaisèrent.

L'os avait disparu.

La clé avait disparu.

La rose avait disparu.

Souviens-toi, pensa-t-il. Souviens-toi de la rose... et souviens-toi de la forme de la clé.

Susannah sanglotait sous l'effet du choc et de la terreur, mais il ne lui prêta aucune attention et retrouva le bâton que Roland et lui avaient utilisé pour dessiner. Et, d'une main tremblante, il traça cette forme dans la terre :

18

— Pourquoi as-tu fait ça ? demanda finalement Susannah. Pourquoi, bon Dieu... et qu'est-ce que c'était ?

Un quart d'heure s'était écoulé. Le feu avait perdu de son intensité ; les braises dispersées avaient été écrasées à coups de pied ou bien s'étaient éteintes toutes seules. Eddie était assis, les bras passés autour de sa femme : Susannah s'était adossée à son torse. Roland s'était écarté d'eux, pelotonné dans un coin, contemplant le foyer rougeoyant d'un air songeur. Pour autant qu'Eddie pût en juger, aucun d'eux n'avait vu l'os se métamorphoser. Ils l'avaient tous deux vus se mettre à luire, et Roland l'avait vu exploser (ou imploser ? Eddie penchait pour cette seconde hypothèse), mais c'était tout. Du moins le pensait-il ; Roland, quant à lui, gardait souvent son opinion pour lui-même, et quand il décidait de jouer serré, il pouvait jouer très serré. Eddie le savait d'expérience, hélas ! Il envisagea de leur dire ce qu'il avait vu — ou *pensait* avoir vu — et décida de jouer serré lui aussi, du moins pour le moment.

De la mâchoire elle-même, il n'y avait aucun signe — même pas une esquille.

— J'ai fait ça parce qu'une voix m'a parlé en esprit et m'a dit que je devais le faire, dit Roland. C'était la voix de mon père ; de *tous* mes pères. Quand on entend une telle voix, il est impensable de ne pas lui obéir — de ne pas lui obéir sur-le-champ. C'est ce qu'on m'a enseigné. Quant à ce que c'était, je ne peux pas le dire... du moins pour le moment. Je sais seulement que l'os a prononcé son dernier mot. Je l'ai porté jusqu'ici pour l'entendre.

Ou pour le voir, pensa Eddie, et il se répéta : Souviens-toi. Souviens-toi de la rose. Et souviens-toi de la forme de la clé.

— On a failli se faire rôtir ! protesta Susannah.

Elle semblait à la fois épuisée et exaspérée.

Roland secoua la tête.

— Je pense que ce que nous avons vu ressemblait davantage aux feux d'artifice que les barons lançaient parfois dans le ciel lors de leurs fêtes de fin d'année. C'était brillant, c'était saisissant, mais ce n'était pas dangereux. Eddie eut une idée.

— Le dédoublement de ta mémoire, Roland — est-ce qu'il a disparu ? Est-ce qu'il a été levé de ton esprit quand l'os a explosé — s'il a vraiment explosé ?

Il était presque convaincu qu'une telle chose s'était produite ; au cinéma, ce genre de thérapie de choc fonctionnait tout le temps. Mais Roland secoua la tête.

Susannah s'agita entre les bras d'Eddie.

— Tu disais tout à l'heure que tu commençais à comprendre.

Roland acquiesça.

— Je le pense, en effet. Si j'ai raison, j'ai peur pour Jake. Où qu'il se trouve, *quand* qu'il se trouve, j'ai peur pour lui.

— Que veux-tu dire ? demanda Eddie.

Roland se leva, se dirigea vers son ballot de peaux enroulées et se mit à les étendre sur le sol.

— Assez d'histoires et assez d'excitation pour ce soir. Il est temps de dormir. Demain matin, nous remonterons la piste de l'ours et nous essaierons de retrouver le portail qu'il avait pour mission de garder. Je vous dirai en chemin ce que je sais et ce qui s'est passé — ce qui se passe encore — à mon avis.

Cela dit, il s'enroula dans une vieille couverture et dans une peau de daim fraîchement tannée, s'écarta du feu et se tut pour la nuit.

Eddie et Susannah s'étendirent côte à côte. Une fois sûrs que le pistolero s'était endormi, ils firent l'amour. Roland, toujours éveillé, entendit leurs caresses et leur conversation d'après l'amour. Ils parlaient surtout de lui. Il resta immobile, les yeux fixés sur les ténèbres, durant un long moment après que leurs murmures se furent tus et que leur souffle fut devenu régulier.

Comme il est agréable d'être jeune et amoureux ! pensa-t-il. *Même dans le cimetière qu'est devenu ce monde, comme c'est agréable !*

Profitez-en tant que c'est possible, car la mort nous attend encore sur la route. Nous sommes arrivés sur les berges d'un ruisseau de sang. Et ce ruisseau nous conduira à un fleuve de sang, cela ne fait aucun doute. Et ce fleuve à un océan de sang. Les tombeaux de ce monde s'entrouvrent et le repos de ses morts est troublé.

Lorsque le soleil pointa à l'est, il ferma enfin les yeux. Dormit un peu. Et rêva de Jake.

19

Eddie rêva lui aussi — il rêva qu'il était de retour à New York, qu'il marchait le long de la Deuxième Avenue, un livre à la main.

C'était le printemps dans son rêve. L'air était chaud, la ville était en éclosion, et le mal du pays lui faisait l'effet d'un hameçon planté dans son cœur. *Profite de ce rêve et fais-le durer aussi longtemps que tu le pourras,* pensa-t-il. *Savoure-le... parce que tu ne verras plus jamais New York d'aussi près. Tu ne peux plus* retourner chez toi, Eddie. Cette partie de ta vie appartient désormais au passé.

Il regarda le livre qu'il tenait à la main et ne fut nullement surpris de constater qu'il s'agissait du roman de Thomas Wolfe intitulé *Vous ne pouvez pas revenir*. Trois formes étaient embossées sur sa couverture rouge sombre : une clé, une rose et une porte. Il fit halte quelques instants, ouvrit le livre et en lut la première ligne. *L'homme en noir fuyait à travers le désert*, avait écrit Wolfe, *et le pistolero le poursuivait*.

Eddie referma le livre et reprit sa route. Il devait être 9 heures du matin, peut-être 9 h 30, et la circulation était fluide dans la Deuxième Avenue. Les taxis klaxonnaient et passaient vivement d'une file à l'autre, renvoyant les rayons du soleil qui se plantaient dans leur pare-brise ou sur leur carrosserie jaune vif. Au coin de la Deuxième Avenue et de la 52e Rue, un clochard lui quémanda une pièce et Eddie lui jeta le livre sur les genoux. Il remarqua (toujours sans la moindre surprise) que ce clodo n'était autre qu'Enrico Balazar. Il était assis en tailleur devant une boutique de magie. Les mots CHÂTEAU DE CARTES étaient peints sur sa vitrine, où était exposée une tour bâtie avec un jeu de tarots. Au sommet de la tour se trouvait un petit King Kong. Une minuscule antenne radar était plantée sur la tête du grand singe.

Eddie poursuivit sa route d'un pas nonchalant en direction du centre-ville, laissant défiler les panneaux indiquant les noms des rues. Il reconnut sa destination dès qu'il l'aperçut : une petite boutique au coin de la Deuxième Avenue et de la 46e Rue.

Ouais, pensa-t-il. Une profonde sensation de soulagement l'envahit. C'est ici. Ici même. La vitrine regorgeait de viandes et de fromages : TOM ET GERRY — CHARCUTERIE FINE ET ARTISTIQUE, disait l'enseigne. SPÉCIALISTE EN RÉCEPTIONS.

Alors qu'il examinait la vitrine, une personne qui lui était familière apparut au coin de la rue. C'était Jack Andolini, vêtu d'un costume trois-pièces couleur crème à la vanille et tenant une canne noire de la main gauche. La moitié de son visage avait disparu, arrachée par les pinces des homarstruosités.

Vas-y, Eddie, dit Jack en passant près de lui. *Après tout, il y a d'autres mondes que ceux-ci et ce foutu train les traverse tous.*

Je ne peux pas, répondit Eddie. *La porte est fermée.* Il ne savait pas comment il le savait, mais il le savait ; le savait sans l'ombre d'un doute.

A-ce que châle, est-ce que chèque, t'inquiète pas, t'as la clé, dit Jack sans se retourner. Eddie baissa les yeux et vit qu'il avait effectivement une clé ; un truc à l'air primitif avec trois encoches en forme de V.

Le secret, c'est ce petit machin en forme de s au bout, pensa-t-il. Il s'avança sous la banne de Tom et Gerry — Charcuterie fine et artistique, et inséra la clé dans la serrure. Elle tourna sans peine. Il ouvrit la porte, entra, et se retrouva dans une immense prairie. Il jeta un regard par-dessus son épaule, vit les voitures qui roulaient à vive allure dans la Deuxième Avenue, puis la porte se referma violemment et tomba par terre. Il n'y avait rien derrière elle. Absolument rien. Il se retourna pour examiner son nouvel environnement, et ce qu'il y vit l'emplit aussitôt de terreur. La prairie était bariolée d'écarlate, comme s'il venait de s'y dérouler une bataille titanesque, comme s'il avait coulé tant de sang que la terre n'avait pas pu l'absorber en totalité.

Puis il se rendit compte que ce qu'il voyait n'était pas du sang mais des roses.

Une sensation de joie et de triomphe mêlés déferla de nouveau en lui, lui gonflant le cœur presque jusqu'à le faire exploser. Il leva les poings pour esquisser un geste de victoire... et resta figé dans cette position.

La prairie s'étendait sur plusieurs lieues en pente douce et la Tour sombre se dressait à l'horizon. C'était un pilier de pierre terne qui montait si haut dans le ciel qu'il pouvait à peine distinguer son sommet. Sa base, entourée de roses d'un rouge criard, était d'une masse et d'une taille formidables, titanesques, mais la silhouette de la Tour n'en était pas moins gracieuse. La pierre dont elle avait été bâtie n'était pas noire, contrairement à ce qu'il s'était imaginé, mais couleur de suie. D'étroites fenêtres se découpaient sur le mur, le gravissant en spirale ; sous les fenêtres grimpait un escalier de pierre apparemment infini. La Tour était un point d'exclamation sombre planté dans la terre et dominant le champ de roses rouge sang. Au-dessus d'elle, la voûte du ciel était bleue mais emplie de nuages blancs cotonneux qui ressemblaient à des trois-mâts. Leur escadre infinie voguait autour du sommet de la Tour et au-dessus de lui.

Comme c'est merveilleux ! se dit Eddie. Comme c'est étrange ! Mais sa joie triomphante l'avait déserté ; il ressentait une profonde impression de malaise et d'angoisse. Il regarda autour de lui et se rendit compte, horrifié, qu'il se tenait dans l'ombre de la Tour. Non, il ne s'y *tenait* pas ; il y était enterré vivant.

Il poussa un cri qui fut aussitôt étouffé par la sonnerie dorée d'une trompe prodigieuse. Elle descendait du sommet de la Tour et semblait emplir le monde. Alors que cette note menaçante résonnait au-dessus de la prairie, les ténèbres suintèrent des fenêtres qui ceignaient la Tour. Elles en débordèrent et se répandirent dans le ciel en lambeaux effilochés avant de s'amasser pour former une tache sans cesse croissante. Cela ne ressemblait pas à un nuage ; cela ressemblait à une tumeur flottant au-dessus de la terre. Le ciel fut occulté. Et il vit que ce n'était ni un nuage ni une tumeur mais une *forme*, une *forme* ténébreuse et cyclopéenne qui fondait sur lui. Il était inutile de fuir cette bête qui se coagulait dans le ciel au-dessus du champ de roses ; elle allait le rejoindre, l'attraper et l'emporter. Elle l'emporterait dans la Tour sombre, et il serait ravi aux yeux du monde de lumière.

Les ténèbres se déchirèrent, laissant apparaître des yeux terribles et inhumains, aussi gigantesques que l'ours Shardik dont le cadavre gisait dans la forêt, et ces yeux le scrutèrent. Ils étaient rouges — rouges comme les roses, rouges comme le sang.

La voix morte de Jack Andolini résonna à ses oreilles : *Un millier de mondes, Eddie — dix milliers ! —, et ce train les traverse tous. Si tu réussis à le faire démarrer. Et si tu y réussis, tes ennuis ne font que commencer, car il est foutrement difficile d'arrêter cette machine.*

La voix de Jack récitait son message sur un ton mécanique. *Il est foutrement difficile d'arrêter cette machine, Eddie, mon pote, t'as intérêt à le croire, cette machine est...*

—... *EN PHASE D'INTERRUPTION ! L'INTERRUPTION SERA EFFECTIVE DANS UNE HEURE ET SIX MINUTES !*

Dans son rêve, Eddie leva les mains pour se protéger les yeux...

20

... et se réveilla, assis raide comme un piquet près du feu mourant. Il contemplait le monde à travers les interstices de ses doigts entrecroisés. Et la voix roulait encore et encore, la voix du chef d'un commando anti-terroriste beuglant comme un damné dans son mégaphone.

— *IL N'Y A AUCUN DANGER ! JE RÉPÈTE : AUCUN DANGER ! CINQ CELLULES SUBATOMIQUES SONT INACTIVES, DEUX CELLULES SONT À PRÉSENT EN PHASE D'INTERRUPTION, UNE CELLULE OPÈRE À DEUX POUR CENT DE SA CAPACITÉ. CES CELLULES N'ONT AUCUNE VALEUR ! JE RÉPÈTE : CES CELLULES N'ONT AUCUNE VALEUR ! INDIQUEZ LE LIEU OÙ SE TROUVE CET APPAREIL À NORTH CENTRAL POSITRONICS, LIMITED ! APPELEZ LE 1-900-44 ! LE NOM DE CODE DE CET APPAREIL EST « SHARDIK ». UNE RÉCOMPENSE VOUS SERA OFFERTE. JE RÉPÈTE : UNE RÉCOMPENSE VOUS SERA OFFERTE !*

La voix se tut. Eddie vit Roland debout à la lisière de la clairière, tenant Susannah au creux de son bras. Ils regardaient dans la direction d'où provenait le bruit, et lorsque le message enregistré se fit de nouveau entendre, Eddie réussit enfin à maîtriser le frisson qu'avait fait naître en lui son cauchemar. Il se leva et rejoignit Roland et Susannah, se demandant combien de siècles s'étaient écoulés depuis qu'on avait enregistré ce message programmé pour être diffusé dans le cas d'une panne totale du système.

— *CETTE MACHINE EST EN PHASE D'INTERRUPTION ! L'INTERRUPTION SERA EFFECTIVE DANS UNE HEURE ET CINQ MINUTES ! IL N'Y A AUCUN DANGER ! JE RÉPÈTE...*

Eddie posa une main sur le bras de Susannah et elle se tourna vers lui.

— Ça fait combien de temps que ça dure ?

— Environ un quart d'heure. Tu dormais comme un l... (Elle s'interrompit.) Eddie, tu as l'air lamentable ! Tu es malade ?

— Non. J'ai fait un mauvais rêve, c'est tout.

Roland l'étudiait d'une façon qui le mit mal à l'aise.

— On trouve parfois la vérité dans les rêves, Eddie. À quoi ressemblait le tien ?

Il réfléchit quelques instants, puis secoua la tête.

— Je ne m'en souviens pas.

— J'en doute fort, tu sais.

Eddie haussa les épaules et gratifia Roland d'un pauvre sourire.

— Eh bien, doute si ça te chante — je t'en prie. Et comment te sens-*tu* ce matin, Roland ?

— Comme hier, dit Roland.

Ses yeux d'un bleu délavé scrutaient toujours le visage d'Eddie.

— Arrêtez, tous les deux, dit Susannah. (Sa voix était sèche, mais Eddie y perçut une nuance de nervosité.) J'ai autre chose à faire que de vous regarder tourner l'un autour de l'autre comme des gosses jouant à chat perché. Surtout ce matin avec cet ours crevé qui essaie de gueuler plus fort que tout le monde.

Le pistolero hocha la tête sans quitter Eddie des yeux.

— D'accord... mais es-tu sûr de n'avoir rien à me dire, Eddie ?

Il réfléchit et envisagea sérieusement de tout lui dire. Ce qu'il avait vu dans le feu, ce qu'il avait vu dans son rêve. Il décida de n'en rien faire. Peut-être était-ce à cause de la rose dans le feu, et des roses qui avaient recouvert à profusion cette prairie onirique. Il savait qu'il ne pouvait pas décrire ces choses telles que ses yeux les avaient vues et telles que son cœur les avait ressenties ; il ne ferait que les flétrir. Et il voulait y réfléchir tout seul, du moins quelque temps.

Souviens-toi, se répéta-t-il... mais la voix qu'il entendait ne ressemblait guère à la sienne. Elle paraissait plus grave, plus ancienne — la voix d'un inconnu. Souviens-toi de la rose... et de la forme de la clé.

— Entendu, murmura-t-il.

— Entendu quoi ? demanda Roland.

— Je te le dirai, répondit Eddie. Si jamais il arrive quelque chose qui semble... vraiment important, je te le dirai. Je vous le dirai à tous les deux. Pour l'instant, rien ne presse. Alors, si on doit aller quelque part, Shane, mon pote, en selle ?

— Shane ? Qui est ce Shane ?

— Ça aussi, je te le dirai une autre fois. En attendant, allons-y.

Ils rassemblèrent le paquetage qu'ils avaient emporté et se dirigèrent vers leur précédent campement une fois que Susannah se fut installée dans son fauteuil roulant. Eddie était d'avis qu'elle cesserait de l'utiliser avant longtemps.

21

Jadis, avant que l'intérêt qu'Eddie portait à l'héroïne n'ait étouffé en lui toute autre préoccupation, il était allé avec deux amis à Meadowlands, dans le New Jersey, pour assister à un concert donné par deux groupes de hard rock, Anthrax et Megadeth. Le volume sonore des chansons d'Anthrax était peut-être légèrement plus élevé que celui du message diffusé par le cadavre de l'ours, mais il n'en était pas sûr à cent pour cent. Roland leur fit signe de stopper alors que six cents mètres les séparaient encore de la clairière et déchira sa vieille chemise pour y prélever six morceaux de tissu. Ils les fourrèrent dans leurs oreilles et reprirent leur route. Ces tampons de fortune n'étouffaient que partiellement le vacarme préenregistré.

— *CETTE MACHINE EST EN PHASE D'INTERRUPTION !* rugit l'ours lorsqu'ils pénétrèrent dans la clairière.

Il gisait toujours dans la même position, au pied de l'arbre où Eddie s'était réfugié, colosse terrassé aux jambes écartées et aux genoux dressés, telle une gigantesque femelle velue morte en essayant d'accoucher.

— *L'INTERRUPTION SERA EFFECTIVE DANS QUARANTE-SEPT MINUTES ! IL N'Y A AUCUN DANGER...*

Oh, que si, pensa Eddie tout en ramassant les peaux éparpillées que l'attaque et les convulsions de l'ours avaient épargnées. Il y a *plein* de danger. Du danger pour mes putains d'*oreilles*. Il ramassa le ceinturon de Roland et le lui tendit sans un mot. Le bout de bois qu'il avait été en train de tailler gisait non loin de là ; il l'attrapa et le glissa dans la poche installée derrière le dossier du fauteuil roulant pendant que le pistolero bouclait lentement la ceinture de cuir autour de sa taille et nouait la lanière de cuir qui maintenait l'étui plaqué contre sa cuisse.

—... *EN PHASE D'INTERRUPTION. UNE CELLULE SUBATOMIQUE OPÈRE À UN POUR CENT DE SA CAPACITÉ. CES CELLULES...*

Susannah suivait Eddie, tenant sur ses cuisses un fourre-tout qu'elle avait confectionné elle-même. Elle y entassait les peaux à mesure qu'Eddie les lui passait. Lorsqu'ils les eurent toutes récupérées, Roland tapa Eddie sur le bras et lui tendit un sac. Il contenait en majorité de la viande de cerf, salée grâce à un salègre que Roland avait trouvé cinq kilomètres plus haut en remontant le ruisseau. Le pistolero avait déjà passé un sac identique à son épaule. Sa bourse — réapprovisionnée et de nouveau bourrée de tout un bric-à-brac — était passée à l'autre.

Un étrange harnais de fortune pourvu d'un siège en peau de cerf était suspendu à une branche. Roland le cueillit, l'étudia quelques instants, puis l'endossa et noua ses lanières en dessous de sa poitrine. Susannah fit la grimace en le voyant et Roland s'en aperçut. Il n'essaya pas de prendre la parole — même s'il avait hurlé à pleins poumons, le vacarme produit par l'ours aurait rendu ses cris inaudibles — mais haussa les épaules en signe de sympathie et écarta les bras : *Tu sais bien qu'on en aura besoin.*

Susannah lui rendit son haussement d'épaules. *Je le sais... mais ça ne veut pas dire que ça m'enchante.*

Le pistolero désigna l'autre côté de la clairière. Une paire d'épicéas tordus et lacérés matérialisait l'endroit où Shardik, jadis connu dans les parages sous le nom de Mir, avait fait irruption sur les lieux.

Eddie se pencha vers Susannah, forma un cercle avec le pouce et l'index, puis haussa les sourcils d'un air interrogateur. OK ?

Elle hocha la tête, puis se plaqua les mains sur les oreilles. OK *— mais fichons le camp avant que je devienne sourde.*

Les trois compagnons traversèrent la clairière, Eddie poussant Susannah qui tenait sur son giron le sac plein de peaux. La poche installée derrière le dossier du fauteuil roulant était bourrée à craquer ; le bout de bois où se cachait la fronde n'était qu'un des nombreux objets qu'elle contenait.

Derrière eux, l'ours continuait à émettre son dernier message lancé à la face du monde, rugissant que l'interruption serait effective dans quarante minutes. Eddie était impatient de parvenir à ce moment. Les épicéas étaient penchés l'un vers l'autre, formant un grossier portail, et il se dit : C'est ici que commence la quête de la Tour sombre de Roland, du moins pour nous.

Il repensa à son rêve — les fenêtres en spirale d'où suintaient des oriflammes de ténèbres, des oriflammes qui se répandaient comme une tache sur le champ de roses — et un frisson lui parcourut l'échine lorsqu'ils passèrent entre les deux arbres.

22

Le fauteuil leur fit de l'usage plus longtemps que Roland ne s'y était attendu. Les sapins qui peuplaient cette forêt étaient très anciens et de leurs immenses branches était tombé un profond tapis d'aiguilles qui décourageait herbes et arbustes. Les bras de Susannah étaient robustes — plus robustes que ceux d'Eddie, mais Roland ne pensait pas que cela durerait très longtemps — et elle se propulsait sans peine sur le sol plat et ombragé. Lorsqu'ils arrivèrent devant l'un des arbres que l'ours avait abattus, Roland la prit dans ses bras et Eddie s'occupa de faire franchir l'obstacle au fauteuil.

Derrière eux, à peine étouffée par la distance, la puissante voix mécanique de l'ours leur apprit que la capacité de sa dernière cellule subatomique encore en opération était à présent négligeable.

— J'espère que ce foutu harnais restera inoccupé durant toute la journée ! cria Susannah en direction du pistolero.

Roland acquiesça mais, moins d'un quart d'heure plus tard, le terrain se mit à descendre en pente douce et des arbres plus petits et plus jeunes commencèrent à envahir cette partie de la forêt : des bouleaux, des aulnes et quelques érables rabougris qui s'accrochaient désespérément à l'humus. Le tapis d'aiguilles se fit plus élimé et les roues du fauteuil commencèrent à buter sur les petits buissons résistants qui poussaient dans le sentier. Leurs branches minces s'insinuaient en grinçant entre les rayons en acier inoxydable. Eddie jeta tout son poids sur les poignées et ils réussirent à parcourir tant bien que mal quatre ou cinq cents mètres. Puis la pente devint plus raide et le sol plus spongieux.

— Il est temps de faire un tour à dada, madame, dit Roland.

— Essayons de faire encore un bout de chemin avec le fauteuil, hein ? Ça va peut-être s'améliorer...

Roland secoua la tête.

— Si tu essaies de gravir cette colline, tu vas... comment as-tu dit, Eddie ?... te prendre une casserole ?

Eddie secoua la tête en souriant.

— On appelle ça se prendre une gamelle, Roland. Souvenir du bon vieux temps où je faisais du skate-board sur les trottoirs.

— Quoi qu'il en soit, ça revient quand même à tomber sur la tête. Allez, Susannah. À cheval.

— Ce handicap me rend folle, gronda Susannah.

Elle laissa néanmoins Eddie l'extraire de son fauteuil et aida le jeune homme à l'installer fermement dans le harnais que portait Roland. Une fois en place, elle caressa la crosse du revolver du pistolero.

— Tu veux le flingue ? demanda-t-elle à Eddie.

Il secoua la tête.

— Tu es plus rapide que moi. Et tu le sais.

Elle grogna et ajusta le ceinturon de façon à pouvoir dégainer le plus rapidement possible.

— Je vous ralentis, les amis, et je le *sais*... mais si jamais on arrive sur une bonne vieille route goudronnée, je vous jure que je vous laisserai sur place.

— Je n'en doute pas, dit Roland.

Puis il tendit l'oreille. Le silence régnait dans la forêt.

— Frère l'Ours s'est enfin éteint, dit Susannah. Dieu soit loué !

— Je croyais qu'il lui restait encore sept minutes, dit Eddie.

Roland ajusta les lanières du harnais.

— Sa pendule a dû se mettre à retarder un peu durant les cinq ou six derniers siècles.

— Tu crois vraiment qu'il était si vieux, Roland ?

Le pistolero hocha la tête.

— Largement. Et maintenant, il n'est plus... le dernier des Douze Gardiens, pour ce que nous en savons.

— Ouais, et personnellement, je n'en ai rien à foutre, répliqua Eddie, et Susannah éclata de rire.

— Est-ce que tu es à l'aise ? lui demanda Roland.

— Non. J'ai déjà mal au cul, mais continuez. Tâche simplement de ne pas me faire tomber.

Roland acquiesça et commença à descendre la pente. Eddie le suivit, poussant le fauteuil inoccupé en essayant de ne pas le cogner trop fort aux rochers qui commençaient à apparaître, tels de gros doigts blancs sortant du sol. À présent que l'ours s'était enfin tu, il trouvait la forêt beaucoup trop calme — il avait presque l'impression d'être un personnage d'un de ces vieux navets se déroulant dans une jungle peuplée de cannibales et de singes gigantesques.

23

La piste laissée par l'ours était facile à repérer mais difficile à remonter. À sept ou huit kilomètres de la clairière, elle les conduisit dans une dépression boueuse qui n'était pas tout à fait un marécage. Lorsque le sol daigna enfin remonter et se raffermir quelque peu, le jean délavé de Roland était trempé jusqu'aux genoux et son souffle était rauque et saccadé. Mais il était en meilleure forme qu'Eddie, qui avait eu du mal à pousser le fauteuil roulant dans l'eau et dans la fange.

— Il est temps de se reposer et de manger un morceau, dit Roland.

— Manger, manger, haleta Eddie.

Il aida Susannah à s'extraire du harnais et l'installa sur un tronc abattu dont l'écorce était sillonnée de profondes griffures. Puis il s'effondra à ses côtés.

— T'as mis plein de boue sur mon fauteuil roulant, fromage blanc, dit Susannah. Je le signalerai dans mon rapport.

Il la regarda en arquant un sourcil.

— Dès qu'on tombe sur un lave-auto, je te pousserai moi-même dedans. J'irai même jusqu'à simoniser cette saleté. D'accord ?

Elle sourit.

— Marché conclu, beau brun.

Eddie avait passé autour de sa taille une des outres de Roland. Il la tapa du doigt.

— OK ?

— Oui, dit Roland. Mais ne buvez pas beaucoup ; deux ou trois gorgées pour chacun avant de repartir. Comme ça, nous éviterons les crampes.

— Roland, le boy-scout du pays d'Oz, dit Eddie, gloussant en défaisant l'outre.

— Qu'est-ce que c'est que ce pays d'Oz ?

— Un endroit imaginaire dans un film, dit Susannah.

— C'est beaucoup plus que ça. Mon frère Henry me lisait parfois les romans de L. Frank Baum. Je t'en raconterai un autour du feu de camp, Roland.

— J'en serais enchanté, répondit le pistolero le plus sérieusement du monde. J'ai très envie de connaître votre monde.

— Le pays d'Oz n'a rien à voir avec notre monde. Comme l'a dit Susannah, c'est un endroit imaginaire...

Roland leur tendit des tranches de viande qu'il avait enveloppées dans des feuilles inidentifiables.

— Le moyen le plus rapide d'en apprendre sur un pays inconnu, c'est de connaître les rêves de ses habitants. J'aimerais en savoir plus sur ce pays d'Oz.

— OK, marché conclu derechef. Suzie te parlera de Dorothy, de Toto et de l'Homme en Fer-Blanc, et je te raconterai tout le reste.

Il mordit à belles dents dans sa tranche de viande et roula les yeux pour manifester son approbation. La viande s'était imprégnée de la saveur de la feuille et elle était délicieuse. Eddie engloutit sa ration pendant que son estomac grognait de satisfaction. À présent qu'il avait repris son souffle, il se sentait mieux — il se sentait en pleine forme. Une armature solide de muscles poussait sur son corps et chaque partie de celui-ci était en paix avec les autres.

Ne t'inquiète pas, pensa-t-il. Elles recommenceront à se quereller avant ce soir. À mon avis, Roland va nous pousser à continuer jusqu'à ce que je m'effondre sur le sentier.

Susannah mangeait plus proprement, avalait un peu d'eau toutes les deux ou trois bouchées, tournait et retournait la viande dans ses mains, en croquait la croûte avant d'en savourer l'intérieur.

— Finis l'histoire que tu as commencée hier soir, dit-elle à Roland. Tu disais que tu pensais comprendre ce conflit de souvenirs dans ton esprit.

Roland acquiesça.

— Oui. Je pense que les deux jeux de souvenirs sont vrais. Le premier est un peu plus vrai que le second, mais cela *n'annule pas* la véracité de celui-ci.

— Je ne pige pas, dit Eddie. Soit le gosse était au relais, soit il n'y était pas, Roland.

— C'est un paradoxe — quelque chose qui est et qui en même

temps n'est pas. Tant que je ne l'aurai pas résolu, je continuerai d'être divisé en deux. C'est déjà assez grave, mais la fissure de mon esprit ne cesse de s'élargir. Je le sens. C'est... indicible.

— Quelle est la cause de cette fissure, à ton avis ? demanda Susannah.

— Je vous ai déjà dit que le garçon avait été poussé sous les roues d'une voiture. *Poussé.* Ne connaissons-nous pas quelqu'un qui aimait bien pousser les gens devant des véhicules ?

Susannah comprit et son visage s'éclaira.

— Jack Mort. Tu veux dire que c'est *lui* qui a poussé ce garçon sous les roues d'une voiture ?

— Oui.

— Mais tu as dit que c'était l'homme en noir, objecta Eddie. Ton pote Walter. Tu as dit que le gamin l'avait *vu* — un homme qui ressemblait à un prêtre. Est-ce que le gamin ne l'a pas entendu *dire* que c'en était un ? « Laissez-moi passer, je suis prêtre », ou quelque chose comme ça ?

— Oh, Walter était là. Ils étaient là *tous les deux*, et ils ont poussé Jake tous les deux.

— Apportez la thorazine et une camisole de force ! lança Eddie. Roland vient de perdre les pédales.

Roland ne lui accorda aucune attention ; il avait fini par comprendre que les clowneries d'Eddie lui servaient à lutter contre la tension nerveuse. Il n'était guère différent de Cuthbert à cet égard... tout comme Susannah, à sa façon, n'était guère différente d'Alain.

— Ce qui m'exaspère le plus dans cette histoire, reprit-il, c'est que j'aurais dû le *savoir*. Je me trouvais *dans* l'esprit de Jack Mort, après tout, et j'avais accès à ses pensées, tout comme j'avais eu accès aux tiennes, Eddie, et aux tiennes, Susannah. J'ai *vu* Jake pendant que j'étais en Mort. Je l'ai vu par les yeux de Mort, *et je savais que Mort avait l'intention de le pousser*. Et il y a mieux ; j'ai *empêché* Mort d'agir. Il m'a suffi de prendre possession de son corps. Il ne s'est d'ailleurs rendu compte de rien ; il se concentrait tellement sur ce qu'il voulait faire qu'il a bel et bien cru que j'étais un moustique posé sur sa nuque.

Eddie commençait à comprendre.

— Si Jake n'a pas été poussé sur la chaussée, il n'est jamais mort. Et s'il n'est jamais mort, il n'est jamais venu dans ce monde. Et s'il n'est jamais venu dans ce monde, tu ne l'as jamais rencontré au relais. Exact ?

— Exact. J'ai même pensé sur le moment que, si Jack Mort avait l'intention de tuer le garçon, je devais m'abstenir d'intervenir et le laisser faire. Afin d'éviter de créer le paradoxe qui est en train de me déchirer l'esprit. Mais je n'ai pas pu faire ça. Je... je...

— Tu n'as pu tuer ce gamin deux fois, n'est-ce pas ? demanda doucement Eddie. Chaque fois que j'en viens à penser que tu es aussi mécanique que cet ours, tu me surprends en faisant quelque chose qui semble bel et bien humain. Merde.

— Laisse tomber, Eddie, dit Susannah.

Eddie détailla le visage légèrement baissé du pistolero et grimaça.

— Excuse-moi, Roland. Ma mère avait l'habitude de dire que ma bouche réfléchissait plus vite que mon cerveau.

— Ce n'est pas grave. J'avais jadis un ami qui te ressemblait un peu.

— Cuthbert ?

Roland hocha la tête. Il regarda un long moment sa main mutilée, puis la serra pour former un poing douloureux, soupira, et se tourna de nouveau vers eux. Quelque part, au fond de la forêt, monta la douce chanson d'une alouette.

— Voici ce que je crois. Si je n'avais pas pris possession du corps de Jack Mort quand je l'ai fait, il n'aurait *quand même* pas poussé Jake ce jour-là. Pas à ce moment-là. Et pourquoi donc ? *Ka-tet*. Tout simplement. Pour la première fois depuis la mort du dernier des amis avec lesquels j'avais entrepris cette quête, je me retrouve une nouvelle fois au centre d'un *ka-tet*.

— D'un quartette ? demanda Eddie avec une moue dubitative.

Le pistolero secoua la tête.

— *Ka* — le mot qui dans ton esprit signifie « destin », bien que son sens véritable soit beaucoup plus complexe et beaucoup plus difficile à formuler, comme c'est presque toujours le cas des mots du Haut Parler. Et *tet*, un mot qui désigne un groupe de gens partageant le même but et les mêmes intérêts. Nous formons un *tet* tous les trois, par exemple. Le *ka-tet* est l'endroit où plusieurs vies sont unies par le destin.

— Comme dans *Le Pont de San Luis Rey*, murmura Susannah.

— Qu'est-ce que c'est ? demanda Roland.

— L'histoire d'un groupe de personnes qui meurent ensemble

quand le pont qu'elles traversaient s'effondre sous leurs pas. Elle est très célèbre dans notre monde.

Roland hocha la tête en signe d'assentiment.

— Dans le cas présent, le *ka-tet* liait Jake, Walter, Jack Mort et moi-même. Il n'y avait aucun piège là-dessous, contrairement à ce que j'ai cru en reconnaissant la prochaine victime de Jack Mort, car le *ka-tet* ne peut ni être modifié ni se plier à la volonté de quiconque. Mais le *ka-tet* peut être *vu*, *reconnu* et *compris*. Walter l'a vu et Walter l'a reconnu. (Le pistolero se tapa sur la cuisse et s'exclama d'une voix amère :) Comme il devait rire sous cape lorsque j'ai fini par le rattraper !

— Revenons à ce qui se serait passé si tu n'avais pas contré les plans de Jack Mort le jour où il suivait Jake, dit Eddie. Tu veux dire que si *tu* n'avais pas arrêté Mort, quelqu'un ou quelque chose l'aurait fait à ta place. C'est ça ?

— Oui — parce que ce n'était pas *ce jour-là* que Jake devait mourir. Ce jour-là était *tout près*, mais ce n'était pas le bon. Je le sens en moi-même. Peut-être que Mort aurait remarqué qu'on l'observait juste avant de passer à l'action. Peut-être qu'un inconnu serait intervenu. Un inconnu ou...

— Ou un flic, dit Susannah. Il a peut-être vu un flic qui se trouvait au mauvais endroit au mauvais moment.

— Oui. Mais peu importe la raison exacte — l'agent du *ka-tet*. Je sais par expérience que Mort était rusé comme un vieux renard. S'il avait senti que quelque chose clochait, il aurait remis son crime à un autre jour.

« Et je sais autre chose. Il se déguisait toujours pour traquer ses proies. Le jour où il a lâché une brique sur la tête d'Odetta Holmes, il portait un bonnet de laine et un vieux sweat-shirt trop grand de plusieurs tailles. Il voulait ressembler à un soûlot car l'immeuble où il s'était posté servait de tanière à un grand nombre d'ivrognes. Vous voyez ?

Ils acquiescèrent.

— Plusieurs années plus tard, le jour où il t'a poussée devant le train, Susannah, il était déguisé en ouvrier du bâtiment. Il portait une fausse moustache et un grand casque jaune. Le jour où il *aurait* poussé Jake sur la chaussée, causant sa mort sous les roues d'une voiture, *il aurait été déguisé en prêtre.*

— Seigneur ! murmura Susannah. L'homme qui l'avait poussé à New York était Jack Mort et l'homme qu'il avait vu au relais était ce type que tu poursuivais — Walter.

— Oui.

— Et ce pauvre petit a cru qu'il s'agissait du même homme parce qu'ils portaient tous les deux le même genre de robe noire ?

Roland hocha la tête.

— Il y avait même une vague ressemblance physique entre Walter et Jack Mort. Ils ne se ressemblaient pas comme des frères, loin de là, mais ils avaient tous deux une haute taille, des cheveux sombres et un teint très pâle. Et vu que Jake était mourant lorsqu'il a aperçu Mort, vu qu'il se trouvait dans un lieu étrange et terrifiant lorsqu'il a aperçu Walter, je pense que son erreur était à la fois compréhensible et excusable. S'il y a un crétin dans cette histoire, c'est bien moi, qui n'ai pas plus tôt découvert la vérité.

— Mort aurait-il su qu'on l'utilisait ? demanda Eddie.

En repensant à sa propre expérience, et aux folles pensées qui avaient envahi son esprit en même temps que Roland, il ne voyait pas comment Mort aurait pu *ne pas* savoir... mais Roland secouait la tête.

— Walter se serait montré extrêmement subtil. Mort aurait cru que l'idée de son déguisement venait de lui-même... du moins je le pense. Il n'aurait pas eu conscience de la voix de l'intrus — de Walter — murmurant au fond de son esprit et lui dictant ses actes.

— Jack Mort ! s'émerveilla Eddie. Encore et toujours Jack Mort !

— Oui... avec l'aide de Walter. Et j'ai quand même fini par sauver la vie de Jake. Lorsque j'ai obligé Jack Mort à sauter du quai du métro sous les roues de la rame, j'ai tout changé.

Susannah prit la parole.

— Si ce Walter était capable d'entrer dans notre monde au moment de son choix — peut-être grâce à sa porte privée —, n'aurait-il pas pu utiliser un autre pion pour pousser le petit garçon ? S'il pouvait suggérer à Mort de se déguiser en prêtre, alors il aurait pu le suggérer à quelqu'un d'autre... Qu'y a-t-il, Eddie ? Pourquoi secoues-tu la tête ?

— Parce que je ne pense pas que Walter souhaitait qu'une telle chose se produise. Ce que souhaitait Walter, c'est ce qui est *en train* de se produire... c'est que Roland perde l'esprit morceau par morceau. J'ai raison ?

Le pistolero hocha la tête.

— Walter n'aurait pas pu agir ainsi même s'il l'avait *voulu*, ajouta Eddie, parce qu'il était mort bien avant que Roland ne trouve les portes sur la plage. Lorsque Roland a franchi la dernière pour pénétrer dans l'esprit de Jack Mort, ce vieux Walt n'était plus en mesure de brouiller les cartes.

Susannah réfléchit quelques instants, puis hocha la tête.

— Je vois... enfin, je crois. Toutes ces histoires de voyage dans le temps sont plutôt embrouillées, non ?

Roland commença à rassembler ses affaires et à les ranger.

— Il est temps de reprendre la route.

Eddie se leva et passa son sac à ses épaules.

— Il y a au moins un détail réconfortant dans cette histoire, dit-il à Roland. Tu as réussi à sauver le gamin, après tout — toi ou le *ka-tet*.

Roland s'affairait à nouer les lanières du harnais sur sa poitrine. Il leva la tête et Eddie recula d'un pas devant la clarté aveuglante de ses yeux.

— Tu crois ? demanda sèchement le pistolero. Tu crois vraiment que j'y ai réussi ? Je m'efforce de vivre avec deux versions différentes de la même réalité et ça me rend fou petit à petit. J'ai d'abord espéré que l'une de ces deux versions finirait par s'estomper, mais c'est tout le contraire qui se produit : ces deux réalités incompatibles sont de plus en plus présentes dans mon esprit et se lancent des défis comme deux factions opposées se préparant à livrer bataille. Alors dis-moi une chose, Eddie : que se passe-t-il dans la tête de *Jake*, à ton avis ? *Quel effet ça peut faire de savoir que tu es mort dans un monde et vivant dans un autre ?*

L'alouette se remit à chanter, mais aucun d'eux ne le remarqua. Eddie fixa les yeux d'un bleu délavé plantés dans le visage pâle de Roland et ne trouva rien à lui répondre.

24

Cette nuit-là, ils campèrent une vingtaine de kilomètres à l'est de la clairière où gisait le cadavre de l'ours, dormirent du sommeil de l'épuisé sinon de celui du juste (même Roland dormit durant toute la nuit, en dépit de ses rêves cauchemardesques) et se levèrent à l'aube le lendemain. Eddie alluma un petit feu sans piper mot et jeta un regard à Susannah lorsqu'une détonation retentit tout près dans la forêt.

— C'est le petit déjeuner, dit-elle.

Roland revint trois minutes plus tard, une peau jetée sur son épaule. Sur elle gisait le corps fraîchement vidé d'un lapin. Susannah le fit cuire. Ils mangèrent et reprirent leur route.

Eddie s'efforçait d'imaginer quel effet ça ferait de se souvenir de sa mort. Il lui fut impossible d'y parvenir.

25

Peu de temps après midi, ils pénétrèrent dans une zone où la plupart des arbres avaient été abattus et les buissons piétinés — on aurait dit qu'un cyclone avait dévasté cet endroit plusieurs années auparavant, y créant une large allée de désolation lugubre.

— Nous sommes tout près de l'endroit que nous cherchons, dit Roland. Il a tout abattu pour voir arriver l'ennemi de loin. Notre ami l'ours n'aimait pas les surprises. Il était grand, mais il n'était pas aimable.

— Et est-ce qu'il a laissé des surprises à *notre* intention ? demanda Eddie.

— Peut-être bien. (Roland eut un petit sourire et posa une main sur l'épaule d'Eddie.) Mais il y a un point en notre faveur — ce seront de *vieilles* surprises.

Ils ne progressèrent que lentement à travers cette zone de destruction. La plupart des arbres abattus étaient très vieux

— nombre d'entre eux s'étaient presque fondus dans le sol d'où ils avaient jailli —, mais ils étaient néanmoins suffisamment enchevêtrés pour transformer leur itinéraire en course d'obstacles. Les trois compagnons auraient déjà eu de la peine à avancer s'ils avaient été tous valides ; le handicap de Susannah, juchée sur son harnais attaché aux épaules du pistolero, mettait à rude épreuve leur patience et leur endurance.

Les arbres abattus et les fourrés particulièrement denses rendaient moins visible la piste de l'ours, et cela contribuait également à les ralentir. Jusqu'à midi, ils s'étaient guidés aux traces de griffes sur les troncs, aussi visibles que des balises. Mais la rage de l'ours avait été moins intense lorsqu'il avait quitté sa tanière et ces points de repère si pratiques avaient disparu. Roland avançait lentement, en quête d'excréments dans les herbes et de touffes de poils sur les arbres que l'ours avait enjambés. Il leur fallut tout l'après-midi pour parcourir cinq kilomètres dans cette jungle décomposée.

Eddie venait de décider que le soir allait bientôt tomber et qu'ils seraient obligés de camper dans ce coin sinistre lorsqu'ils arrivèrent devant un petit bosquet d'aulnes. Un peu plus loin résonnait le murmure d'un ruisseau courant sur un lit de cailloux. Derrière eux, le soleil couchant lançait des rayons de lumière rougeâtre sur le terrain accidenté qu'ils venaient de traverser, transformant les arbres abattus en formes noires entrecroisées évoquant des idéogrammes chinois.

Roland ordonna une halte et fit descendre Susannah de son perchoir. Il s'étira et se planta les poings sur les hanches pour faire quelques mouvements de gymnastique.

— C'est tout pour aujourd'hui ? demanda Eddie.

Roland secoua la tête.

— Donne ton arme à Eddie, Susannah.

Elle s'exécuta en le regardant d'un air interrogateur.

— Viens, Eddie. L'endroit que nous cherchons se trouve derrière ces arbres. On va y jeter un coup d'œil. Et peut-être même qu'on aura un petit travail à faire.

— Qu'est-ce qui te fait penser...

— Ouvre les oreilles.

Eddie obéit et s'aperçut qu'il entendait des bruits mécaniques. Il s'aperçut également qu'il les entendait depuis un bon moment.

— Je ne veux pas laisser Susannah toute seule.

— On ne va pas très loin et elle a une bonne voix. De plus, s'il y a du danger, il est devant nous — nous nous interposerons pour la protéger.

Eddie se tourna vers Susannah.

— Allez-y... mais ne tardez pas à revenir. (Elle regarda d'un air pensif dans la direction d'où ils venaient.) Je ne sais pas s'il y a des spectres dans ce coin, mais c'est l'impression que ça me fait.

— Nous reviendrons avant la tombée de la nuit, promit Roland.

Il se dirigea vers les aulnes et Eddie le suivit au bout de quelques instants.

26

Quinze mètres plus loin, Eddie se rendit compte qu'ils suivaient un sentier, sans doute tracé par l'ours au fil des ans. Les aulnes s'inclinaient pour former un tunnel au-dessus de leurs têtes. Les bruits avaient gagné en netteté et il commença à les distinguer les uns des autres. Il y avait parmi eux un bourdonnement sourd. Il le sentait dans ses pieds — une vibration ténue, comme celle d'une énorme machine souterraine. Plus aigus, plus proches et plus insistants, des sons entremêlés évoquant divers grattements, couinements et autres caquètements.

Roland s'approcha de lui et lui parla au creux de l'oreille.

— Je pense que nous ne courrons aucun danger si nous restons discrets.

Ils avancèrent de cinq mètres, puis Roland fit halte une nouvelle fois. Il dégaina son revolver et écarta du canon une branche qui ployait sous le poids de ses feuilles rougies par le couchant. Eddie découvrit par cette petite ouverture la clairière où l'ours avait demeuré pendant si longtemps — la base d'opérations à partir de laquelle il avait lancé ses nombreuses expéditions de terreur et de pillage.

Il n'y poussait aucun fourré ; le sol était arasé depuis bien longtemps. Un ruisseau émergeait au pied d'une falaise haute d'environ quinze mètres et traversait la clairière en forme de flèche. Sur la rive où ils se trouvaient, adossée à la paroi rocheuse, se dressait une boîte métallique haute de près de trois mètres. Son toit était incurvé et Eddie pensa en la voyant à une bouche de métro. Sa façade était peinte de rayures obliques, noires et jaunes. Le sol de la clairière n'était pas noir comme l'humus de la forêt, mais d'un étrange gris cendré. Il était parsemé d'os et, au bout de quelques instants, Eddie comprit que ce qu'il avait pris pour le sol n'était qu'un tapis d'os, des os si anciens qu'ils retournaient en poussière.

Des choses se déplaçaient sur cette poussière — les choses qui produisaient les bruits métalliques qui les avaient attirés. Il y en avait quatre... non, cinq. De petites machines, pas plus grandes que des chiots bien développés. Eddie comprit que c'étaient des robots, ou quelque chose comme ça. Elles avaient entre elles et avec l'ours dont elles étaient de toute évidence les serviteurs un unique point commun : la petite antenne radar qui tournait au-dessus de leur crâne.

Encore des bonnets de pensée, se dit Eddie. Mon Dieu, mais qu'est-ce que c'est que ce monde ?

La plus grande de ces machines ressemblait un peu au tracteur Tonka qu'on avait offert à Eddie pour son sixième ou son septième anniversaire ; ses chenilles laissaient sur son sillage de petits nuages de poussière grise. Une autre de ces machines ressemblait à un rat en acier inox. Une troisième semblait être un serpent construit en segments d'acier — elle rampait sur le sol en suivant un rythme saccadé. Elles décrivaient un cercle grossier sur l'autre rive du ruisseau, tournant en rond dans le profond sillon qu'elles avaient creusé dans le sol. En les regardant, Eddie pensa aux dessins humoristiques qu'il avait vus dans les vieux numéros du *Saturday Evening Post* que sa mère avait conservés pour une raison inconnue dans l'entrée de leur appartement. Ces dessins montraient souvent des hommes anxieux, fumant cigarette sur cigarette et usant la moquette devant une salle d'accouchement.

À mesure que ses yeux s'accoutumaient à la topographie toute simple de la clairière, Eddie s'aperçut qu'il y avait beaucoup plus de monstres que les cinq qu'il avait repérés. Il en distinguait au moins une bonne douzaine, et il y en avait sans doute d'autres dissimulés derrière les reliefs squelettiques des repas de l'ours. La différence, c'était que ces monstres-ci ne bougeaient pas. Les membres de la suite de l'ours étaient morts un par un au fil des ans jusqu'à ce qu'il n'en reste plus que cinq... lesquels ne semblaient guère en bonne santé, vu la tonalité de leurs couinements et de leurs caquètements rauques. Le serpent, en particulier, ne semblait pas dans son assiette quand il s'avançait derrière le rat mécanique pour faire le tour du cercle. De temps en temps, la machine qui suivait le serpent — un cube d'acier qui sautillait sur ses jambes courtaudes — le rattrapait et le poussait devant lui, comme pour lui dire de se magner le cul.

Eddie se demanda quel était leur boulot. Sûrement pas de protéger l'ours ; celui-ci était conçu pour assurer sa propre protection, et si ce vieux Shardik leur était tombé dessus alors qu'il était dans sa prime jeunesse, il les aurait avalés et recrachés en deux coups de cuiller à pot. Peut-être que ces petits robots faisaient office de personnel d'entretien, ou de scouts, ou de coursiers. Ils étaient sans doute dangereux, mais seulement lorsqu'ils devaient se défendre... ou défendre leur maître. Ils ne semblaient pas belliqueux pour deux sous.

Ils avaient en fait quelque chose de pitoyable. La plupart d'entre eux étaient morts, leur maître avait disparu, et Eddie était persuadé qu'ils en avaient conscience. Ce n'était pas une impression de menace qui émanait d'eux, mais une étrange et inhumaine tristesse. Vieux, presque hors d'usage, ils tournaient en rond dans le sillon d'inquiétude qu'ils avaient creusé dans la clairière, roulant et se dandinant avec anxiété, et Eddie parvenait presque à percevoir leurs pensées agitées : *Oh, misère de misère, qu'allons-nous devenir ? À quoi servons-nous à présent qu'Il a disparu ? Et qui prendra soin de nous à présent qu'Il a disparu ? Oh, misère de misère...*

Eddie sentit quelque chose lui tirailler la jambe et il faillit pousser un cri de peur et de surprise. Il pivota sur lui-même, arma le revolver de Roland et vit Susannah lever vers lui des yeux écarquillés. Eddie poussa un soupir de soulagement et rabaissa précautionneusement le percuteur de son arme. Il se mit à genoux, posa les mains sur les épaules de Susannah, l'embrassa sur la joue et lui murmura à l'oreille :

— J'étais à deux doigts de loger une balle dans ta tête de linotte... Qu'est-ce que tu fiches ici ?

— Je voulais voir, murmura-t-elle sans se démonter. (Roland

s'accroupit près d'elle et elle se tourna vers lui.) Et puis je commençais à avoir les chocottes, toute seule là-bas.

Elle s'était égratignée en rampant parmi les fourrés pour les rejoindre, mais Roland était bien obligé d'avouer qu'elle était aussi silencieuse qu'un fantôme quand elle le voulait ; il n'avait rien entendu. Il attrapa un chiffon (le dernier vestige de sa chemise) dans sa poche-revolver et nettoya ses bras de leurs quelques gouttes de sang. Il la considéra durant quelques instants, puis nettoya également une petite plaie sur son front.

— Eh bien, regarde, alors, dit-il d'une voix à peine audible. Je pense que tu l'as bien mérité.

Il écarta les branches devant elle, ménageant une ouverture dans le buisson, puis attendit pendant qu'elle examinait le spectacle de ses yeux fascinés. Puis elle se recula et Roland laissa retomber les branches.

— J'ai presque pitié d'eux, murmura-t-elle. C'est dingue, non ?

— Pas le moins du monde, répondit Roland. Ces créatures sont emplies de tristesse, à leur façon. Eddie va abréger leurs souffrances.

L'intéressé secoua aussitôt la tête.

— Si... à moins que tu ne veuilles passer la nuit dans la jungle, comme tu dis. Vise leurs chapeaux. Les petites machines qui tournent.

— Et si je les *rate* ? siffla Eddie, furieux.

Roland se contenta de hausser les épaules.

Eddie se redressa et, à contrecœur, releva une nouvelle fois le percuteur de son revolver. Il regarda les petits servomécanismes qui tournaient en rond, suivant une orbite solitaire et insensée. J'aurais l'impression de tirer sur des chiots, pensa-t-il. Puis il vit l'un d'eux — le robot qui ressemblait à une boîte ambulante — faire jaillir de sa carcasse une pince à l'air méchant et la refermer sur le serpent pendant quelques instants. Le serpent émit un bourdonnement surpris et fit un petit bond. La boîte ambulante rangea sa pince.

Enfin... ce ne sont pas *tout à fait* des chiots, décida Eddie. Il jeta un nouveau coup d'œil à Roland. Celui-ci le regarda d'un air totalement inexpressif, les bras croisés sur sa poitrine.

Tu choisis de drôles d'horaires pour donner tes cours, mon vieux.

Eddie revit Susannah logeant deux balles dans le cul de l'ours puis pulvérisant son antenne alors qu'il fonçait sur elle et sur Roland, et il eut un peu honte de lui. Et il y avait autre chose : une partie de lui-même voulait tenter le coup, tout comme une partie de lui-même avait *voulu* affronter Balazar et ses gorilles dans la Tour penchée. Cette pulsion avait sans doute quelque chose de malsain, mais cela ne l'en rendait pas moins séduisante : *Voyons voir qui s'en sortira... oui, voyons voir.*

Ouais, c'était sacrément malsain, en effet.

Imagine que tu es devant un stand de tir à la carabine et que tu veux offrir un chien en peluche à ta petite amie, se dit-il. Ou un ours en peluche. Il visa la boîte ambulante, puis se tourna vers Roland avec irritation en sentant la main du pistolero sur son épaule.

— Récite ta leçon, Eddie. Et sois sincère.

Eddie poussa un soupir d'impatience, troublé par cette intervention, mais comme les yeux de Roland restaient fixés sur lui, il inspira profondément et essaya de faire le vide dans son esprit : il en chassa les couinements éraillés des petits robots presque hors d'usage, les diverses douleurs qui lui tenaillaient le corps, l'idée que Susannah l'observait, dressée sur les paumes de ses mains, et une autre idée bien plus troublante : elle était au niveau du sol et s'il ratait un de ces gadgets, elle fournirait à celui-ci une cible idéale en cas de représailles.

— Je ne tire pas avec ma main ; celui qui tire avec sa main a oublié le visage de son père.

Quelle blague, pensa-t-il ; il ne reconnaîtrait pas son vieux s'il venait à le croiser dans la rue. Mais il sentait les mots accomplir leur œuvre, lui éclaircir les idées et lui calmer les nerfs. Il ne savait pas s'il avait l'étoffe d'un pistolero — cette idée lui paraissait hautement improbable, en dépit du courage qu'il avait manifesté lors de la fusillade dans le night-club de Balazar —, mais il *savait* qu'une partie de lui-même goûtait la froideur glaciale qui l'envahissait chaque fois qu'il récitait le catéchisme incroyablement ancien que leur avait appris le pistolero ; la froideur qui l'envahissait et la clarté à couper le souffle avec laquelle les choses lui apparaissaient. Une autre partie de lui-même lui disait que tout cela n'était qu'une drogue meurtrière, une drogue semblable à l'héroïne qui avait tué Henry et qui avait bien failli le tuer aussi, mais cela n'altérait en rien le plaisir intense que lui inspirait cet instant. Il sentait résonner en lui un rythme pareil à celui des fils électriques vibrant sous un vent violent.

— Je ne vise pas avec ma main ; celui qui vise avec sa main a oublié le visage de son père.

« Je vise avec mon œil.

« Je ne tue pas avec mon arme ; celui qui tue avec son arme a oublié le visage de son père.

Puis, sans avoir conscience de ce qu'il faisait, il émergea des arbres et s'adressa aux robots qui tournaient en rond de l'autre côté de la clairière

— *Je tue avec mon cœur.*

Ils interrompirent leur ronde sempiternelle. L'un d'eux poussa un bourdonnement suraigu qui était peut-être un signal d'alarme ou un avertissement. Leurs antennes radar, pas plus grosses qu'une barre de chocolat Hershey, se tournèrent vers lui à l'unisson.

Eddie se mit à tirer.

Les antennes explosèrent l'une après l'autre comme des pigeons d'argile. Toute pitié avait disparu du cœur d'Eddie ; il n'était habité que par cette froideur glaciale et par la certitude qu'il ne s'arrêterait pas, qu'il ne pourrait pas s'arrêter, tant qu'il n'aurait pas achevé sa tâche.

Le tonnerre éclata dans la clairière obscure et rebondit sur la falaise rocheuse à son extrémité. Le serpent d'acier fit deux soubresauts dans les airs et retomba dans la poussière en tressautant. Le plus grand des mécanismes — celui qui avait évoqué à Eddie le tracteur Tonka de son enfance — tenta de s'enfuir. Eddie pulvérisa son antenne radar et il se fracassa contre la paroi du sillon. Il tomba sur le nez tandis que des flammèches bleues jaillissaient des orbites d'acier qui abritaient ses yeux de verre.

La seule antenne qu'il rata fut celle du rat en acier inox ; la balle ricocha sur sa carapace de métal en poussant un gémissement de moustique. Le rat sortit du sillon, décrivit un demi-cercle autour de la boîte ambulante qui suivait le serpent et fonça vers l'autre côté de la clairière à une vitesse étonnante. Il émettait des cliquetis furibonds et, lorsqu'il se rapprocha, Eddie vit qu'il avait une gueule pleine de longs crocs pointus. Ils ne ressemblaient pas à des dents, en fait, mais à des aiguilles de machine à coudre aux mouvements saccadés. Non, se dit-il, ces engins n'ont décidément rien à voir avec des chiots attendrissants.

— *Descends-le, Roland!* cria-t-il désespérément.

... Mais lorsqu'il jeta un vif coup d'œil derrière lui, il vit que le pistolero avait toujours les bras croisés sur sa poitrine et que son visage était empreint d'une sérénité un peu distante. Il aurait pu être en train de réfléchir à un problème d'échecs ou de repenser à de vieilles lettres d'amour.

L'antenne radar du rat s'abaissa soudain. Elle changea légèrement de direction et se pointa droit sur Susannah Dean.

Il ne me reste qu'une balle, pensa Eddie. Si je rate cette saleté, elle va lui arracher le visage.

Au lieu de tirer, il s'avança d'un pas et shoota dans le rat. Il avait remplacé ses chaussures par une paire de mocassins en peau de cerf et il sentit l'onde de douleur monter jusqu'à son genou. Le rat poussa un couinement éraillé, tomba dans la poussière et se retrouva sur le dos. Eddie vit sur son ventre ce qui ressemblait à une douzaine de pattes mécaniques s'agitant comme des pistons. Chacune d'elles se terminait par une griffe en acier acéré. Ces griffes tournaient sur des cardans gros comme des gommes à crayon.

Une tige d'acier jaillit d'un des segments du robot et le remit aussitôt sur ses pattes. Eddie abaissa le revolver de Roland, étouffant l'impulsion qui le poussait à saisir son arme des deux mains pour la stabiliser. C'était peut-être comme ça qu'on apprenait à tirer aux flics de son monde, mais ce genre de trucs n'avait pas cours ici. *Quand vous oublierez la présence de votre arme, quand vous aurez l'impression de tirer avec votre doigt,* leur avait dit Roland, *alors vous commencerez à faire quelques progrès.*

Eddie appuya sur la détente. La minuscule antenne radar, qui s'était remise à tourner pour localiser l'ennemi, disparut dans un éclair bleu. Le rat émit un bruit étouffé — *Cloop!* — et tomba raide mort.

Eddie se retourna, le cœur battant aussi furieusement qu'un marteau piqueur. Il ne s'était jamais senti aussi furieux depuis qu'il s'était rendu compte que Roland comptait le garder dans ce monde jusqu'à ce qu'il ait gagné ou perdu définitivement sa putain de Tour... en d'autres termes, probablement jusqu'à ce qu'ils servent tous de petit déjeuner aux asticots.

Il braqua son arme vide sur le cœur de Roland et prit la parole d'une voix épaisse dans laquelle il avait peine à reconnaître la sienne.

— S'il me restait une balle dans le barillet, tu pourrais cesser illico de t'inquiéter au sujet de ta satanée Tour.

— Arrête, Eddie ! dit sèchement Susannah.

Il se tourna vers elle.

— Ce machin fonçait sur *toi*, Susannah, et il avait l'intention de te transformer en hamburger.

— Mais il n'est pas arrivé jusqu'à moi. *Tu* l'as *eu*, Eddie. Tu l'as *eu*.

— Ce n'est pas grâce à lui. (Eddie fit mine de rengainer son arme, puis s'aperçut, écœuré, qu'il n'avait pas d'étui où la glisser. C'était Susannah qui avait l'étui.) Lui et ses leçons. Lui et ses foutues *leçons*.

L'expression vaguement intéressée qu'affichait Roland s'altéra soudain. Ses yeux se posèrent sur un point situé au-dessus de l'épaule gauche d'Eddie.

— BAISSE-TOI ! hurla-t-il.

Eddie ne perdit pas de temps à poser des questions. Rage et confusion disparurent instantanément de son esprit. Il se laissa tomber et vit simultanément la main gauche du pistolero descendre en un éclair vers son revolver. Mon Dieu, pensa-t-il dans sa chute, il NE PEUT PAS être rapide à ce point ! Je ne suis pas mauvais, mais j'ai l'air d'un balourd à côté de Susannah, et à côté de lui, Susannah ressemble à une tortue en train de gravir une vitre...

Quelque chose passa au-dessus de sa tête, quelque chose qui poussa un couinement de rage mécanique et lui arracha une touffe de cheveux. Puis le pistolero tira, le revolver calé contre sa hanche, trois détonations retentirent et les couinements cessèrent net. Une créature ressemblant à une chauve-souris mécanique s'effondra à mi-chemin d'Eddie, couché par terre, et de Susannah, agenouillée près de Roland. Une de ses ailes segmentées et constellées de rouille battit faiblement sur le sol, comme pour manifester sa colère, puis s'immobilisa.

Roland se dirigea vers Eddie, foulant souplement le sol de ses vieilles bottes. Il tendit une main. Eddie la prit et laissa Roland l'aider à se relever. Il avait le souffle coupé et s'aperçut qu'il était incapable de prononcer un mot. Ça vaut sans doute mieux, se dit-il. Chaque fois que j'ouvre la bouche, on dirait que c'est pour sortir une connerie.

— Eddie ! Ça va ?

Susannah traversait la clairière pour le rejoindre. Il avait la tête basse, les mains plantées sur les cuisses, et s'efforçait de respirer.

— Ouais. (On aurait dit un croassement. Il se redressa avec peine.) Je me suis fait couper les tifs, c'est tout.

— Il était caché dans un arbre, dit posément Roland. Je ne l'ai pas vu tout de suite, moi non plus. La lumière vous joue des tours à cette heure de la journée. (Il marqua une pause, puis reprit, toujours sur le même ton :) Elle ne courait aucun danger, Eddie.

L'intéressé hocha la tête. Roland aurait eu le temps de manger un hamburger et de boire un milk-shake avant de commencer à dégainer. Il était vraiment rapide.

— D'accord. Disons simplement que je désapprouve tes conceptions de la pédagogie, OK ? Mais ne compte pas sur moi pour te présenter des excuses. Si tu en attends, ne te fatigue plus, c'est inutile.

Roland se pencha, prit Susannah dans ses bras et entreprit de l'épousseter. Il agissait avec une sorte d'affection détachée, comme une mère nettoyant son bébé après qu'il s'est cassé la figure en essayant de marcher dans le jardin.

— Tes excuses ne sont ni attendues ni nécessaires, dit-il. Susannah et moi avons eu une discussion semblable à celle-ci il y a deux jours. N'est-ce pas, Susannah ?

Elle acquiesça.

— Roland est d'avis que les apprentis ont besoin d'un bon coup de pied au cul de temps en temps.

Eddie parcourut du regard les machines massacrées et commença lentement à épousseter sa chemise et son pantalon.

— Et si je te disais que je *ne* veux *pas* devenir un pistolero, Roland, mon vieux ?

— Je dirais que ce que tu veux n'a pas grande importance.

Roland contemplait le kiosque de métal qui se dressait devant la paroi rocheuse, ayant apparemment perdu tout intérêt pour la conversation. Cette scène était familière à Eddie. Chaque fois que la conversation se déroulait au conditionnel, Roland perdait toujours tout intérêt pour elle.

— Le *ka* ? demanda Eddie avec un soupçon de sa vieille amertume.

— C'est exact. Le *ka*. (Roland se dirigea vers le kiosque et passa une main sur les rayures jaunes et noires qui décoraient sa façade.) Nous avons trouvé un des douze portails qui entourent le bout du monde... une des six pistes qui mènent à la Tour sombre.

« Et ça aussi, c'est le *ka*.

27

Eddie retourna chercher le fauteuil de Susannah. Personne n'eut besoin de le lui demander ; il voulait rester seul quelque temps, reprendre le contrôle de son esprit. À présent que la fusillade était terminée, tous les muscles de son corps s'étaient lancés dans une cacophonie de frissons. Il ne souhaitait pas que ses deux compagnons le voient ainsi — pas parce qu'ils risquaient de le croire dévoré par la peur, mais parce que l'un ou l'autre risquait de deviner la vraie nature de ce qui l'habitait : une overdose d'excitation. Il avait aimé ça. Même compte tenu de la chauve-souris qui avait failli le scalper, il avait aimé ça.

C'est de la connerie, mon vieux. Et tu le sais.

Le problème, c'était qu'il *ne* le savait *pas*. Il venait de découvrir quelque chose que Susannah avait découvert après avoir abattu l'ours : il pouvait bien *affirmer* qu'il ne voulait pas devenir un pistolero, qu'il ne voulait pas errer dans ce monde de dingues où la population humaine semblait s'être réduite à leurs trois petites personnes, qu'il désirait plus que tout glander au coin de Broadway et de la 42e Rue, claquer des doigts, manger un chili-dog et écouter Creedence Clearwater Revival dans son walkman tout en regardant passer les filles, ces New-Yorkaises si sexy dont la moue boudeuse vous dit : « Va au diable ! » et dont les longues jambes et les courtes jupes vous invitent à les suivre. Il pouvait bien parler de tout cela jusqu'à en attraper une extinction de voix, mais son cœur était plus avisé que sa bouche. Son cœur savait qu'il avait éprouvé du *plaisir* en envoyant la ménagerie électronique dans un monde meilleur, du moins sur le moment, quand le revolver de Roland était son petit bâton à cracher le feu à lui. Il avait éprouvé du *plaisir* en shootant le rat-robot, même s'il s'était fait mal au pied, même s'il était mort de trouille. Et, bizarrement, sa terreur n'avait fait qu'augmenter son plaisir.

Tout cela était déjà grave, mais son cœur savait quelque chose de bien pire : si une porte donnant sur New York apparaissait subitement devant lui, il risquait de ne pas la franchir. Du moins pas avant d'avoir vu la Tour Sombre de ses propres yeux. Il commençait à croire que la maladie de Roland était contagieuse.

Tout en transportant le fauteuil de Susannah entre les aulnes entremêlés, maudissant les branches qui lui fouettaient les joues et menaçaient de lui crever les yeux, Eddie parvint à accepter certains de ses sentiments, et cette acceptation lui refroidit quelque peu les sangs. Je veux voir si la Tour ressemble à celle que j'ai vue dans mon rêve, se dit-il. Voir quelque chose comme ça... ce serait vraiment fantastique.

Et une autre voix se fit entendre dans son esprit. *Je parie que ses autres copains — ceux qui semblaient tout droit sortis des rangs des chevaliers de la Table ronde — avaient la même envie, Eddie. Et ils sont tous morts. Tous, jusqu'au dernier.*

Il reconnaissait cette voix, que ça lui plaise ou non. C'était la voix de Henry, et il avait du mal à ne pas l'entendre.

28

Roland, tenant Susannah en équilibre sur sa hanche droite, était planté devant la boîte de métal qui ressemblait à une bouche de métro fermée pour la nuit. Eddie posa le fauteuil à la lisière de la clairière et les rejoignit. En chemin, il sentit la vibration régulière du sol s'accentuer sous ses pieds. La machine qui la produisait se trouvait dans la boîte ou sous la boîte, comprit-il. Il avait l'impression de la percevoir au fond de son crâne et de ses tripes plutôt qu'avec ses oreilles.

— Voici donc un des célèbres douze portails. Où est-ce qu'il conduit, Roland ? À Disneyworld ?

Roland secoua la tête.

— Je n'en sais rien. Peut-être nulle part... ou partout. J'ignore beaucoup de choses sur mon propre monde — vous vous en êtes sûrement déjà rendu compte. Et certaines des choses que je connaissais ont changé.

— Parce que le monde a changé ?

— Oui, dit Roland en se tournant vers lui. Ici, ce n'est pas seulement une expression toute faite. Le monde *change,* et il change de plus en plus vite. Et en même temps, les choses se détériorent... tombent en morceaux...

Il donna un coup de pied dans le cadavre mécanique de la boîte ambulante pour illustrer son propos.

Eddie revit en esprit le diagramme des portails que Roland avait tracé sur le sol.

— Est-ce qu'on est au bout du monde ? demanda-t-il presque timidement. Je veux dire, cet endroit ne semble guère différent d'un autre. (Il eut un petit rire.) S'il y a une falaise donnant sur le vide, je ne la vois nulle part.

Roland secoua la tête.

— Il ne s'agit pas d'un endroit de ce genre. C'est ici que l'un des Rayons prend naissance. Du moins me l'a-t-on enseigné.

— Les Rayons ? demanda Susannah. Quels Rayons ?

— Les Grands Anciens n'ont pas créé le monde, mais ils l'ont *recréé.* Certains conteurs affirment que les Rayons ont sauvé le monde ; d'autres prétendent qu'ils sont les germes de sa destruction. Ce sont les Grands Anciens qui ont créé les Rayons. Ce sont des sortes de lignes... des lignes qui *lient*... et qui maintiennent...

— Est-ce que tu veux parler du magnétisme ? demanda prudemment Susannah.

Le visage de Roland s'éclaira, perdant ses méplats et ses rides pour adopter une expression nouvelle et stupéfiante, et Eddie sut à quoi ressemblerait le pistolero s'il atteignait un jour sa Tour.

— Oui ! Ce n'est pas *seulement* le magnétisme, mais le magnétisme en fait partie... ainsi que la gravité... et l'alignement correct de l'espace, du volume et de la dimension. Les Rayons sont les forces qui lient toutes ces choses ensemble.

— Et c'est parti pour un cours de physique cinoque, dit Eddie à voix basse.

Susannah l'ignora.

— Et la Tour Sombre ? Est-ce une sorte de générateur ? Une centrale d'énergie pour ces Rayons ?

— Je ne sais pas.

— Mais tu *sais* qu'on se trouve au point A, dit Eddie. Si on marche assez longtemps en ligne droite, on arrivera devant un autre portail — le point C, disons — situé à l'autre bout du monde. Mais avant d'y parvenir, on tombera sur le point B. Le centre du cercle. La Tour sombre.

Le pistolero hocha la tête.

— Combien de temps durera le voyage ? Tu le sais, ça ?

— Non. Mais je sais que le but est très éloigné et que la distance qui nous en sépare grandira un peu plus chaque jour.

Eddie s'était penché pour examiner la boîte ambulante. Il se redressa et regarda fixement Roland.

— Ce n'est pas possible. (Il parlait comme un adulte essayant d'expliquer à un enfant qu'il n'y a pas de croque-mitaine dans son placard, qu'il *ne peut pas* y en avoir parce que les croque-mitaines n'existent pas.) Les mondes ne *grandissent* pas, Roland.

— Vraiment ? Quand j'étais enfant, Eddie, il existait encore des cartes. Je me souviens de l'une d'elles en particulier. Elle décrivait les Grands Royaumes de la Terre occidentale. Il y figurait mon pays, qui s'appelait Gilead. Il y figurait les Baronnies des Terres basses, où régnaient l'anarchie et la guerre civile un an après que j'eus gagné mes armes, il y figurait les collines, les déserts, les montagnes et la mer Occidentale. Une longue distance séparait Gilead de la mer Occidentale — quatre cents lieues ou plus —, *et il m'a fallu plus de vingt ans pour la parcourir.*

— C'est impossible, dit Susannah, effarée. Même si tu avais fait tout ce chemin à *pied*, il ne t'aurait pas fallu vingt ans.

— Hé, il faut bien s'arrêter de temps en temps pour boire une bière et écrire des cartes postales, dit Eddie, mais les deux autres l'ignorèrent.

— Je n'ai pas fait tout ce chemin à pied mais à cheval, dit Roland. De temps en temps, j'ai été... comment dirais-je ?... retardé, mais j'étais sur la route la plupart du temps. Je fuyais John Farson, l'homme qui conduisait la révolte qui a renversé le monde où j'ai grandi, l'homme qui voulait planter ma tête sur un pieu et en orner sa cour — je suppose qu'il avait de bonnes raisons, vu que mes compatriotes et moi-même étions responsables de la mort de nombre de ses partisans... et vu que je lui avais volé quelque chose de cher à son cœur.

— De quoi s'agissait-il, Roland ? demanda Eddie.

Roland secoua la tête.

— Cette histoire sera pour un autre jour... ou peut-être pour jamais. Pour le moment, oubliez-la et réfléchissez : j'ai parcouru *plusieurs* centaines de lieues. Parce que le monde est en train de grandir.

— Une telle chose est impossible, insista Eddie, qui était toutefois salement secoué. Il y aurait des tremblements de terre... des inondations... des raz de marée... et je ne sais quoi d'autre...

— *Regarde !* dit Roland, furieux. Regarde autour de toi ! Que vois-tu ? Un monde qui ralentit sa course comme une toupie d'enfant alors même qu'il prend une direction qu'aucun de nous ne comprend. Regarde les créatures que tu as abattues, Eddie ! Regarde-les, au nom de ton père !

Il fit deux pas vers le ruisseau, ramassa le serpent d'acier, l'examina brièvement et le lança à Eddie, qui l'attrapa de la main gauche. Le serpent se cassa en deux lorsqu'il le saisit.

— Tu vois ? Elle est épuisée. *Toutes* les créatures que nous avons trouvées ici étaient épuisées. Si nous n'étions pas venus les tuer, elles auraient quand même péri avant longtemps. Tout comme l'ours.

— L'ours était atteint d'une sorte de maladie, intervint Susannah.

Le pistolero hocha la tête.

— Des parasites qui dévoraient ses organes naturels. Mais pourquoi ne l'ont-ils pas infecté plus tôt ?

Susannah ne trouva rien à lui répondre.

Eddie examinait le serpent. Contrairement à l'ours, il semblait entièrement artificiel, une créature façonnée de métal, de circuits et de mètres (ou peut-être de *kilomètres*) de fils ultra-minces. Mais il apercevait des taches de rouille, non seulement sur la carapace du morceau qu'il tenait dans ses mains, mais aussi sur ses tripes. Et il vit aussi une tache humide signalant une fuite d'huile ou une infiltration d'eau. Les fils les plus proches commençaient à pourrir et une substance verte semblable à la moisissure poussait sur les cartes de circuits grosses comme le pouce.

Eddie retourna le serpent. Une plaque d'acier lui indiqua que la créature était l'œuvre de North Central Positronics, Ltd. Il y figurait un numéro de série, mais pas de nom. Ce truc n'était sans doute pas assez important pour être baptisé, se dit-il. Ce n'était rien qu'un auxiliaire mécanique de Frère l'Ours, une machine conçue pour le maintenir en état de marche, pour lui injecter des lavements de temps en temps — des lavements ou quelque chose d'encore plus répugnant.

Il laissa choir le serpent et s'essuya les mains sur son pantalon.

Roland avait ramassé le gadget en forme de tracteur. Il tira sur l'une de ses chenilles. Elle se détacha aussitôt, projetant un nuage de rouille entre ses bottes. Il la jeta au loin.

— Tout dans ce monde est en train de s'éteindre ou de tomber en morceaux, dit-il d'une voix neutre. Et en même temps, les forces qui donnent à ce monde sa cohésion — dans le temps et dans la dimension tout autant que dans l'espace — deviennent de plus en plus faibles. Nous le savions même quand nous étions enfants, mais nous ignorions à quoi ressemblerait la fin. Comment aurions-nous pu le savoir ? Mais je vis à présent le crépuscule du monde et je ne pense pas que lui seul soit affecté. Le vôtre aussi est affecté ; ainsi peut-être qu'un milliard d'autres mondes. Les Rayons se détériorent. Je ne sais s'il s'agit d'une cause ou d'un simple symptôme, mais j'en suis sûr. Venez ! Approchez-vous ! Écoutez !

Alors qu'Eddie se dirigeait vers la boîte métallique zébrée de jaune et de noir, un sinistre souvenir s'empara de lui — pour la première fois depuis des années, il se surprit à repenser à une maison victorienne en ruine située dans Dutch Hill, à un peu plus d'un kilomètre du quartier où Henry et lui avaient grandi. Cette maison, que les gamins des environs avaient baptisée le Manoir, occupait un terrain envahi par les mauvaises herbes dans Rhinehold Street. Presque tous les gosses du quartier avaient un jour ou l'autre entendu des histoires à faire peur sur le Manoir. Affaissée sous son toit pentu, la maison semblait fixer les passants à l'ombre de son avant-toit. Les vitres de ses fenêtres avaient disparu, bien sûr — on peut lancer des cailloux dans une vitre sans s'en approcher de trop près —, mais elle avait été épargnée par les tagueurs et n'était devenue ni un lieu de rendez-vous ni un stand de tir. Le plus étrange, c'était qu'elle fût toujours debout : personne n'y avait mis le feu pour toucher l'assurance ou pour le simple plaisir de la voir brûler. Les gamins affirmaient qu'elle était hantée, bien sûr, et un jour, alors qu'Eddie la contemplait en compagnie de Henry (ils avaient accompli ce pèlerinage dans le seul but de voir cet édifice fabuleux, objet de tant de rumeurs, bien que Henry eût raconté à leur mère qu'ils allaient avec des copains acheter des fusées chez Dahlberg), il avait eu l'impression qu'elle était peut-être bel et bien hantée. N'avait-il pas senti une force hostile suinter des fenêtres obscures de cette vieille maison, des fenêtres qui semblaient le fixer de leur regard de fou dangereux ? N'avait-il pas senti un vent subtil hérisser les cheveux sur sa nuque et les poils sur ses bras ? N'avait-il pas eu l'intuition que, s'il venait à pénétrer dans cet endroit, la porte se refermerait derrière lui en claquant et les murs commenceraient à se refermer sur lui broyant les os des cadavres de souris et souhaitant également broyer *ses* os ?

Hantée. Hantise.

C'était la même sensation de danger et de mystère qui l'habitait lorsqu'il s'approcha de la boîte métallique. Ses bras et ses jambes se couvrirent de chair de poule ; sur sa nuque, ses cheveux se dressèrent pour se transformer en touffes électrisées. Il sentit le même vent subtil souffler sur lui, bien que le feuillage des arbres environnants fût parfaitement immobile.

Mais il se dirigea quand même vers la porte (car c'était une porte, bien sûr, encore une porte, même si elle était fermée à clé et le resterait toujours pour quelqu'un comme lui), ne s'arrêtant que lorsque son oreille fut collée au métal.

On aurait dit qu'il commençait tout juste à ressentir les effets d'une tablette d'acide extra-fin ingurgitée une demi-heure plus tôt. D'étranges couleurs parcouraient l'espace noir derrière ses paupières. Il avait l'impression d'entendre des voix, des murmures lointains montant de longs couloirs pareils à des gosiers de pierre, de salles éclairées par des torches électriques défaillantes. Jadis, ces flambeaux des temps modernes avaient jeté sur les lieux une lueur crue, mais il n'en subsistait plus que des globes de pénombre bleutée. Tout n'était que vide... désolation... mort.

La machine continuait à bourdonner, mais ce bruit n'occultait-il pas une sorte de contrepoint ? Un rythme syncopé, désespéré, pareil à celui d'un cœur au bout du rouleau ? N'avait-il pas l'impression que la machine produisant ce bruit, quoique bien plus sophistiquée que les engrenages de l'ours, ne battait plus en mesure avec elle-même ?

— Tout est silence dans les corridors de la mort, murmura Eddie d'une voix blanche. Tout est oubli dans les corridors de pierre de la mort. Voyez l'escalier montant dans les ténèbres; voyez les chambres de la ruine; ce sont les corridors de la mort, où les araignées tissent leur toile et où les grands circuits se taisent, l'un après l'autre.

Roland le tira violemment en arrière et Eddie le regarda de ses yeux vitreux.

— Ça suffit, dit Roland.

— Je ne sais pas ce qu'on a installé là-dedans, mais ça ne tourne plus très rond, pas vrai ? s'entendit demander Eddie.

Sa voix tremblante lui paraissait infiniment lointaine. Il sentait encore le pouvoir émanant de cette boîte. Le pouvoir qui l'appelait.

— Non. Rien ne tourne rond dans mon monde ces temps-ci.

— Les gars, si vous avez l'intention de camper ici cette nuit, il faudra vous passer de ma compagnie, dit Susannah. (Son visage était une tache blanche dans la pénombre qui avait suivi le crépuscule.) Je retourne là-bas. Ce truc me fait un drôle d'effet et je n'aime pas ça.

— Nous allons *tous* camper là-bas, dit Roland. Allons-y.

— Excellente idée, dit Eddie.

Alors qu'ils s'éloignaient de la boîte, le bruit de machine s'estompa peu à peu. Eddie sentit son emprise se relâcher, bien qu'il continuât de l'appeler à lui, de l'inviter à explorer les corridors sombres, les escaliers dressés, les chambres de la ruine où les araignées tissaient leur toile et où les cadrans de contrôle s'assombrissaient, l'un après l'autre.

29

Dans son rêve, cette nuit-là, Eddie marchait de nouveau le long de la Deuxième Avenue, en direction de la boutique de Tom et Gerry (Charcuterie fine et artistique) située au coin de la 46e Rue. Il passa devant un disquaire et entendit les Rolling Stones rugir dans les baffles :

Je vois une porte rouge et je veux la peindre en noir,
Plus de couleurs, je veux que tout soit noir,

Je vois passer les filles dans leurs robes d'été,
Je dois tourner la tête pour que le noir s'en aille...

Il continua sa route, passa devant une boutique baptisée Reflets de Toi entre la 49e Rue et la 48e Rue, et vit son reflet dans un des miroirs exposés en vitrine. Il avait l'air plus en forme qu'il ne l'avait été depuis des années, pensa-t-il — les cheveux un peu trop longs, certes, mais bronzé et respirant la santé. Quant à ses fringues... zéro. De la merde d'ours en bâtons. Blazer bleu, chemise blanche, cravate bordeaux, pantalon gris... jamais de sa vie il n'avait porté une tenue aussi BCBG.

Quelqu'un le secouait.

Eddie tenta de s'enfoncer dans le rêve. Il ne voulait pas se réveiller. Pas avant d'être arrivé à la charcuterie fine, d'avoir ouvert la porte avec sa clé et d'avoir posé le pied dans le champ de roses. Il voulait revoir toute la scène — l'immense tapis écarlate, la voûte bleue du ciel où voguaient les grands vaisseaux-nuages blancs, et la Tour sombre. Il redoutait la ténèbre qui vivait dans ce pilier fabuleux, attendant de dévorer l'imprudent qui s'en approcherait trop près, mais il voulait quand même la revoir. Il *avait besoin* de la revoir.

Mais la main ne cessait de le secouer. Le rêve commença à s'assombrir et l'odeur des gaz d'échappement des voitures qui roulaient dans la Deuxième Avenue devint une odeur de feu de camp — une odeur ténue, le feu étant presque éteint.

C'était Susannah. Elle avait l'air terrifiée. Eddie s'assit et lui passa un bras autour de la taille. Ils avaient campé de l'autre côté du bosquet d'aulnes et on entendait le murmure du ruisseau qui traversait la clairière parsemée d'os. De l'autre côté des braises rougeoyantes de leur feu, Roland dormait. Son sommeil était plutôt agité. Il avait écarté sa couverture et remonté les genoux presque jusqu'à la poitrine. Ses pieds débottés semblaient blancs, frêles et vulnérables. Le gros orteil de son pied droit avait disparu, victime de la homarstruosité qui lui avait également dévoré le médius et l'index de la main droite.

Il répétait sans cesse la même phrase de sa voix gémissante. Au bout de quelques instants, Eddie se rendit compte que c'était la phrase qu'il avait prononcée avant de s'effondrer dans la clairière où Susannah avait abattu l'ours : *Allez-vous-en. Il y a d'autres mondes*. Puis, après quelques instants de silence, il appelait le garçon : « Jake ! Où es-tu ? *Jake !* »

Eddie fut empli d'horreur par la désolation et le désespoir qu'exprimait sa voix. Il serra Susannah dans ses bras et l'attira tout contre lui. Il la sentait frémir en dépit de la douceur de la nuit.

Le pistolero roula sur lui-même. Ses yeux grands ouverts reflétèrent la lueur des étoiles.

— *Jake, où es-tu ?* hurla-t-il dans la nuit. *Reviens !*

— Bon Dieu... ça le reprend ! Qu'est-ce qu'on doit faire, Suzie ?

— Je n'en sais rien. Tout ce que je sais, c'est que je ne pouvais pas rester toute seule à écouter ça. Il a l'air si lointain. Si loin de tout.

— Allez-vous-en, murmura le pistolero en roulant sur lui-même pour reprendre sa position initiale. Il y a d'autres mondes.

Il resta silencieux quelques instants. Puis sa poitrine se souleva et il appela le garçon dans un long cri à vous glacer le sang. Non loin de là, dans la forêt, un grand oiseau s'envola à tire-d'aile vers une partie un peu moins agitée du monde.

— Tu n'as aucune idée ? demanda Susannah. (Ses yeux écarquillés étaient mouillés de larmes.) Peut-être qu'on devrait le réveiller ?

— Je ne sais pas.

Eddie vit le revolver du pistolero, celui qu'il portait à sa hanche gauche. Reposant dans son étui, il était placé sur un carré de peau soigneusement plié, à portée de main de son propriétaire.

— Je n'oserai jamais, ajouta-t-il.

— Il va finir par devenir fou.

Eddie acquiesça.

— Qu'est-ce qu'on peut faire, Eddie ? *Qu'est-ce qu'on peut faire ?*

Eddie n'en savait rien. Les antibiotiques avaient réussi à stopper l'infection causée par la homarstruosité ; à présent, Roland brûlait de nouveau de fièvre, mais Eddie ne pensait pas qu'il existât un antibiotique capable de le guérir de l'infection dont il souffrait.

— Je ne sais pas. Viens t'étendre près de moi, Suzie.

Eddie s'enfouit avec elle sous une couverture et elle cessa de trembler au bout de quelques instants.

— S'il devient fou, il risque de s'attaquer à nous, dit-elle.
— Comme si je ne le savais pas.
Cette sinistre idée lui rappela l'ours — ses yeux rouges emplis de haine (et n'y avait-il pas aussi une lueur de confusion quelque part au fond de ces orbites rougeoyantes ?) et ses griffes meurtrières. Les yeux d'Eddie se posèrent sur le revolver, placé tout près de la main gauche du pistolero, et il se rappela la rapidité avec laquelle Roland avait abattu la chauve-souris mécanique qui fonçait sur eux. Sa main avait semblé se mouvoir plus vite que la lumière. Si le pistolero devenait fou, et s'il dirigeait sa folie contre Susannah et contre lui, ils n'auraient aucune chance. Aucune.
Il enfouit son visage au creux du cou de Susannah et ferma les yeux.
Quelque temps après, Roland cessa de délirer. Eddie leva la tête et l'examina. Le pistolero semblait de nouveau plongé dans un sommeil sans rêves. Eddie se tourna vers Susannah et vit qu'elle aussi s'était endormie. Il se rallongea à ses côtés, l'embrassa doucement sur le sein et ferma les yeux à son tour.
Pas si vite, mon vieux, se dit-il. Je parie que tu ne dormiras pas avant un *long* moment.
Mais ils avaient marché durant deux jours et Eddie était recru de fatigue. Il dériva... dériva.
Je vais retrouver mon rêve, pensa-t-il en sombrant dans le sommeil. Je veux retourner sur la Deuxième Avenue... chez Tom et Gerry. C'est ça que je veux.
Mais le rêve ne revint pas cette nuit-là.

30

Ils mangèrent un petit déjeuner sommaire au lever du soleil, refirent leur paquetage, se le répartirent, puis retournèrent dans la clairière en forme de flèche. Elle semblait bien moins sinistre à la lumière du jour, mais tous trois prirent soin de ne pas trop s'approcher de la boîte métallique zébrée de noir et de jaune. Si Roland gardait un souvenir des cauchemars qui l'avaient hanté durant la nuit, il n'en laissait rien paraître. Il avait effectué les corvées matinales comme il le faisait toujours, dans un silence pensif et obstiné.

— Comment comptes-tu t'y prendre pour ne pas perdre le cap une fois qu'on aura quitté cet endroit ? lui demanda Susannah.

— Si les légendes disent vrai, cela ne devrait nous poser aucun problème. Tu te rappelles quand tu m'as parlé de magnétisme ?

Elle acquiesça.

Il fouilla dans sa bourse et finit par en extraire un petit carré de vieux cuir souple. Une longue aiguille couleur argent y était glissée.

— Une boussole ! s'exclama Eddie. Tu es *vraiment* un boy-scout !

Roland secoua la tête.

— Tu te trompes. Je sais ce que c'est qu'une boussole, bien sûr, mais ça fait plusieurs années que je n'en ai pas vu une. Je me dirige grâce au soleil et aux étoiles, et même en ces temps troublés, ils me servent fidèlement.

— *Même* en ces temps troublés ? demanda Susannah, un peu mal à l'aise.

Il acquiesça.

— Les directions du monde vont elles aussi à la dérive.

— *Bon Dieu !* s'exclama Eddie.

Il essaya d'imaginer un monde où le nord glissait sournoisement vers l'est ou l'ouest, et y renonça presque aussitôt. Cette idée le rendait un peu malade, comme lorsqu'il regardait la rue depuis le sommet d'un gratte-ciel.

— Ceci n'est qu'une aiguille, mais elle *est* en acier et devrait nous faire le même usage qu'une boussole. Nous devons suivre la trajectoire du Rayon et cette aiguille va nous la montrer.

Il fouilla de nouveau dans sa bourse et en sortit un pot en terre cuite aux formes grossières. Une fêlure courait le long de sa paroi. Roland avait réparé avec de la résine cet artefact qu'il avait trouvé près de leur premier campement. Il se dirigea vers le ruisseau, y plongea le pot, puis revint vers Susannah. Il posa doucement le pot sur l'accoudoir du fauteuil roulant, et lorsque la surface de l'eau fut uniforme, il y laissa tomber l'aiguille. Elle coula aussitôt au fond.

— Wow ! dit Eddie. Génial ! Je me mettrais bien à genoux devant toi, Roland, mais je ne veux pas abîmer le pli de mon pantalon.

— Je n'ai pas fini. Tiens bien le pot, Susannah.

Elle s'exécuta et Roland la poussa lentement à travers la clairière. Lorsqu'elle se trouva trois ou quatre mètres devant la porte, il fit pivoter le fauteuil de façon qu'elle lui tourne le dos.

— Eddie ! s'écria-t-elle. Regarde ça !

Il se pencha au-dessus du pot, remarquant vaguement que l'eau suintait déjà par la fêlure tant bien que mal réparée par Roland. L'aiguille remontait lentement à la surface. Elle émergea et se stabilisa, aussi sereine qu'un quelconque bouchon. Elle était rigoureusement perpendiculaire à la porte et pointée vers la vieille forêt devant eux.

— Bon Dieu de merde... une aiguille flottante ! Maintenant, j'aurai *vraiment* tout vu.

— Tiens bon le pot, Susannah.

Elle le maintint en position pendant que Roland poussait le fauteuil dans la clairière après lui avoir fait faire un quart de tour. L'aiguille se mit à bouger, tourna en rond quelques instants, puis coula au fond du pot. Lorsque Roland fit regagner au fauteuil sa position initiale, l'aiguille remonta à la surface et indiqua la même direction que précédemment.

— Si nous avions de la limaille de fer et une feuille de papier, dit le pistolero, il nous suffirait de saupoudrer le papier de limaille et celle-ci formerait une ligne indiquant exactement la même direction.

— Est-ce que ton aiguille marchera encore quand on se sera éloignés du Portail ? demanda Eddie.

Roland hocha la tête en signe d'assentiment.

— Et ce n'est pas tout. Nous pouvons bel et bien *voir* le Rayon.

Susannah regarda par-dessus son épaule. Son coude heurta légèrement le pot. L'aiguille pivota lorsque les eaux s'agitèrent sous le choc... puis reprit fermement sa position initiale.

— Pas comme ça, dit Roland. Baissez les yeux, tous les deux — Eddie, regarde tes pieds, et toi, Susannah, regarde tes cuisses.

Tous deux s'exécutèrent.

— Quand je vous dirai de lever les yeux, regardez droit devant vous, dans la direction indiquée par l'aiguille. Ne fixez aucun objet ; laissez vos yeux se poser là où ils le veulent. Attention... allez-y !

Ils obéirent. Durant quelques instants, Eddie ne vit que la forêt. Il s'efforça de contraindre ses yeux à se détendre... et soudain, il vit, tout comme il avait vu la forme de la fronde dans le bout de bois, et il sut pourquoi Roland leur avait dit de ne fixer aucun objet. Le Rayon exerçait son effet tout le long de sa trajectoire, mais cet effet était subtil. Les aiguilles des pins et des épicéas indiquaient la même direction que l'aiguille de fer. Les buissons poussaient légèrement de travers, inclinés dans la direction du Rayon. Les arbres abattus par l'ours pour se dégager un espace n'étaient pas tous tombés le long de ce sentier camouflé — qui courait vers le sud-est, à en croire son sens de l'orientation —, mais c'était le cas de la majorité d'entre eux, comme si la force issue de la boîte les avait *poussés* dans cette direction, infléchissant leur chute. Les ombres qui s'étendaient sur le sol fournissaient la preuve la plus éclatante de ce phénomène. Comme le soleil se levait, elles étaient toutes orientées vers l'ouest, bien entendu, mais lorsque Eddie regarda en direction du sud-est, il distingua un fin réseau d'arêtes le long de la ligne indiquée par l'aiguille.

— Je vois vaguement *quelque chose*, dit Susannah d'une voix dubitative, mais...

— Regarde les ombres ! Les *ombres*, Suzie !

Eddie vit ses yeux s'écarquiller lorsqu'elle prit conscience du phénomène.

— Mon Dieu ! Je le vois ! *Je le vois* ! On dirait une raie dans des cheveux !

À présent qu'Eddie avait perçu le Rayon, il lui était impossible de ne plus le voir ; une vague allée traversant les broussailles, une ligne droite qui matérialisait la trajectoire du Rayon. Il prit soudain conscience de la puissance de cette force qui traversait l'air (et qui le traversait également, comme des rayons X) et dut lutter contre une violente envie de faire un pas de côté.

— Hé, Roland, ce truc ne va pas me rendre stérile, au moins ?

Roland haussa les épaules et eut un petit sourire.

— C'est comme le lit d'une rivière, s'émerveilla Susannah. Un lit envahi par la végétation et presque invisible... mais quand même présent. Les ombres ne changeront pas d'aspect tant que nous resterons sur le sentier du Rayon, n'est-ce pas ?

— Non, dit Roland. Elles changeront de direction à mesure que le soleil montera dans le ciel, bien entendu, mais nous arriverons toujours à distinguer la course du Rayon. Rappelle-toi qu'il a suivi ce même sentier pendant des milliers d'années

— voire des *dizaines* de milliers d'années. Regardez, regardez le ciel !

Ils levèrent la tête et virent que les cirrus étaient eux aussi affectés quand ils croisaient la trajectoire du Rayon... et qu'ils se déplaçaient plus vite lorsqu'ils étaient sous son emprise. Ils étaient détournés vers le sud-est. Poussés en direction de la Tour sombre.

— Vous voyez ? Même les nuages lui obéissent.

Un petit groupe d'oiseaux volait dans le ciel. Lorsqu'ils croisèrent la trajectoire du Rayon, ils prirent tous un instant la direction du sud-est. Eddie en croyait à peine ses yeux. Lorsque les oiseaux échappèrent à l'influence du Rayon, ils reprirent leur direction initiale.

— Eh bien, je suppose qu'il faut se mettre en route, dit-il. Même un périple de mille kilomètres commence par un premier pas, et toutes ces sortes de choses.

— Un instant, dit Susannah en se tournant vers Roland. Le voyage ne fera pas seulement mille kilomètres, n'est-ce pas ? Plus maintenant. Quelle distance allons-nous parcourir, Roland ? Cinq mille kilomètres ? Dix mille ?

— Je ne peux pas le dire. Ce sera très long.

— Alors comment va-t-on arriver au but tant que vous serez obligés de pousser ce putain de fauteuil ? On aura du pot si on fait cinq kilomètres par jour dans ces Drawers, et tu le sais parfaitement.

— La route est ouverte, dit patiemment Roland, et cela suffit pour le moment. L'heure viendra peut-être, Susannah Dean, où nous voyagerons plus vite que tu ne le crois.

— Ah ouais ? (Elle le regarda d'un air provocant et les deux hommes virent dans ses yeux une dangereuse lueur qui leur rappela Detta Walker.) T'as prévu une course de formules 1 ? Dans ce cas, ça serait sympa de sortir une route goudronnée de ta poche, bordel !

— La route et les moyens de transport que nous emprunterons finiront par changer. C'est toujours ainsi que ça se passe.

Susannah fit un geste de la main en direction du pistolero : *Tu peux toujours causer.*

— Tu parles comme ma mère : « Attendons la manne de Dieu », elle disait toujours.

— Et ne l'avons-nous pas reçue ?

Elle le regarda en silence un long moment, surprise, puis rejeta la tête en arrière et éclata de rire à la face du ciel.

— Eh bien, tout dépend du point de vue d'où on se place. Tout ce que je peux dire, Roland, c'est que s'Il nous a gratifiés de Sa manne jusqu'ici, je n'aimerais pas qu'Il décide de nous laisser mourir de faim.

— Allez, fichons le camp, dit Eddie. Je ne veux pas rester ici une minute de plus. Cet endroit me met mal à l'aise.

C'était la vérité, mais ce n'était pas toute la vérité. Il était également impatient de fouler ce sentier caché, cette autoroute occulte. Chaque pas qu'il ferait le rapprocherait du champ de roses et de la Tour qui le dominait de sa masse. Il se rendit compte — non sans émerveillement — qu'il était résolu à voir la Tour... ou à périr à la tâche.

Félicitations, Roland, se dit-il. Tu as réussi. Je suis un converti. Que quelqu'un chante alléluia.

— Il y a un autre détail à régler avant de nous mettre en route.

Roland se pencha et dénoua la lanière passée autour de sa cuisse gauche. Puis il déboucla lentement son ceinturon.

— Qu'est-ce que tu fabriques ? demanda Eddie.

Roland ôta son ceinturon et le lui tendit.

— Tu sais très bien pourquoi je fais ça, dit-il le plus posément du monde.

— Remets ton ceinturon, mec ! (Eddie sentit un horrible grouillement d'émotions s'agiter en lui ; sentit ses doigts trembler dans ses poings serrés.) Qu'est-ce que tu as donc dans la *tête* ?

— Je suis en train de perdre l'esprit morceau par morceau. Tant que la blessure qui est en moi ne sera pas guérie — si elle guérit jamais —, je ne serai pas digne de porter ceci. Et tu le sais parfaitement.

— Prends-le, Eddie, dit doucement Susannah.

— Si tu n'avais pas porté ce putain de ceinturon hier soir, quand cette chauve-souris m'a foncé dessus, c'est moi qui aurais perdu la tête, et pour de bon !

Le pistolero resta muet et persista à lui tendre la seule arme qui lui restait. À en juger par la posture qu'il avait adoptée, il était prêt à attendre toute la journée si c'était nécessaire.

— D'accord ! s'écria Eddie. *D'accord*, bordel !

Il arracha le ceinturon de la main de Roland et le passa à la va-vite autour de sa taille. Il aurait dû se sentir soulagé, supposa-t-il

— n'avait-il pas, quelques heures plus tôt, contemplé le revolver posé près de la main de Roland, se demandant ce qui arriverait si le pistolero perdait vraiment les pédales ? Susannah et lui n'en avaient-ils pas discuté ? Mais ce n'était pas du soulagement qu'il éprouvait. C'était un mélange de peur, de honte, et de tristesse au-delà des larmes.

Il avait l'air si bizarre sans ses revolvers.

Si *anormal.*

— C'est bon ? Maintenant que les connards d'apprentis sont armés et que le maître est désarmé, on peut se mettre en route, s'il vous plaît ? Si une grosse bête surgit d'un buisson pour nous sauter dessus, Roland, tu pourras toujours la descendre d'un coup de couteau.

— Oh, oui, murmura-t-il. J'ai failli oublier.

Il attrapa le couteau dans sa bourse et le tendit à Eddie.

— C'est *ridicule* ! s'écria celui-ci.

— La *vie* est ridicule.

— Ouais, écris ça sur une carte postale et envoie-la au *Reader's Digest*. (Eddie passa le couteau à sa ceinture d'un geste sec et jeta un regard de défi à Roland.) Et *maintenant*, on peut y aller ?

— Il y a *encore* une chose, dit Roland.

— Seigneur Dieu !

Les lèvres de Roland esquissèrent un sourire.

— C'était pour rire, dit-il.

Eddie en resta bouche bée. Près de lui, Susannah partit d'un nouveau rire. Le bruit monta dans le matin calme, aussi mélodieux que le chant d'un carillon.

31

Il leur fallut une bonne partie de la matinée pour sortir de la zone de destruction derrière laquelle l'ours s'était retranché, mais le sentier du Rayon leur offrait un terrain praticable, et une fois qu'ils eurent laissé derrière eux arbres abattus et fourrés inextricables, ils se retrouvèrent dans la forêt profonde et adoptèrent une allure plus convenable. Le ruisseau qui prenait sa source dans la clairière coulait à leur droite. Il avait rencontré quelques affluents en chemin et son murmure avait gagné en gravité. Les animaux étaient plus nombreux dans ce coin — ils les entendaient s'affairer derrière le rideau des arbres — et ils aperçurent des cerfs à deux reprises. L'un d'eux, un mâle aux yeux vifs et au front chargé d'andouillers, semblait peser au moins cent cinquante kilos. Le ruisseau s'écarta de leur chemin lorsque celui-ci se remit à grimper. Et lorsque l'après midi finissant laissa la place au crépuscule, Eddie vit quelque chose.

— Est-ce qu'on peut s'arrêter ici ? Souffler une minute ?

— Qu'est-ce qu'il y a ? demanda Susannah.

— Oui, dit Roland. On peut s'arrêter.

Soudain, Eddie sentit de nouveau la présence de Henry, comme un fardeau pesant sur ses épaules. *Oh, regardez-moi ce petit chou ! Est-ce que le petit chou a vu quelque chose dans l'arbre ? Est-ce que le petit chou veut tailler quelque chose ? C'est ça ? Ohhh... c'est-y pas* ADORABLE ?

— On n'est pas *obligés* de s'arrêter. Je veux dire, c'est pas grave. J'ai seulement...

— ... vu quelque chose, acheva Roland. Quoi que ce soit, ferme ta grande gueule et va le chercher.

— Ce n'est rien.

Eddie sentit le sang monter à ses joues. Il essaya de détourner les yeux du frêne qu'il avait remarqué.

— Au contraire. C'est quelque chose dont tu as besoin, et ce n'est pas rien. Si *tu* en as besoin, Eddie, nous en avons tous besoin. Mais on n'a pas besoin d'un homme incapable de se défaire de l'encombrant fardeau de ses souvenirs.

Son sang s'échauffa encore plus. Le visage écarlate, Eddie s'abîma un long moment dans la contemplation de ses mocassins, persuadé que les yeux de bombardier de Roland avaient vu jusqu'au fond de son cœur.

— Eddie ? demanda Susannah, curieuse. Qu'est-ce que c'est, mon chéri ?

Sa voix lui donna le courage nécessaire. Il se dirigea vers le jeune frêne au tronc vertical et saisit le couteau de Roland passé à sa ceinture.

— Peut-être que ce n'est rien, marmonna-t-il, puis il se força à ajouter : Mais peut-être que c'est important. Si je ne me plante pas, peut-être que c'est foutrement important.

— Le frêne est un arbre très noble et très puissant, fit remarquer Roland.

Mais Eddie l'entendit à peine. La voix sarcastique de Henry avait disparu ; sa honte avait disparu avec elle. Il ne pensait qu'à la branche qui avait attiré son attention. Elle s'enflait légèrement à sa jonction avec le tronc. C'était ce renflement de forme étrange qui l'intéressait.

Il croyait voir enfouie en lui la forme de la clé — la clé qu'il avait entr'aperçue dans le feu avant que la mâchoire en flammes ne lui dévoile la rose. Trois V inversés, celui du centre plus grand et plus large que les deux autres. Et le petit machin en forme de s au bout. C'était ça, le secret.

Une bouffée de rêve lui revint en mémoire : *A-ce que châle, est-ce que chèque, t'inquiète pas, t'as la clé.*

Peut-être, pensa-t-il. Mais cette fois-ci, il faut que j'en extraie la totalité. Cette fois-ci, je ne dois pas me contenter d'en extraire quatre-vingt-dix pour cent.

Il scia la branche avec un soin infini, puis en découpa l'extrémité. Il se retrouva avec un gros bâton de frêne long d'une vingtaine de centimètres. Il le sentait dans sa main, lourd et vital, bien vivant et prêt à dévoiler sa forme secrète... à un homme assez talentueux pour l'extirper et la façonner, bien sûr.

Était-il cet homme ? Et était ce important ?

Eddie pensait que la réponse à ces deux questions était oui.

La main gauche du pistolero se posa sur la main droite d'Eddie.

— Je pense que tu connais un secret.

— Peut-être.

— Peux-tu nous le confier ?

Il secoua la tête.

— Je crois qu'il est encore trop tôt.

Roland resta pensif quelques instants, puis hocha la tête.

— D'accord. Je veux te poser une question, et ensuite nous laisserons tomber ce sujet. Aurais-tu par hasard trouvé une solution susceptible de régler mon... mon problème ?

Jamais il ne me montrera plus clairement le désespoir qui est en train de le ronger, pensa Eddie.

— Je ne sais pas. Je ne peux pas le dire pour le moment. Mais je l'espère, mon vieux. Je l'espère de tout mon cœur.

Roland hocha de nouveau la tête et lâcha la main d'Eddie.

— Je te remercie. Le soir ne tombera pas avant deux heures... pourquoi n'en profiterions-nous pas ?

— OK !

Ils reprirent leur route. Roland poussait Susannah, et Eddie marchait devant eux, tenant dans sa main le bout de bois où était enfouie la clé. Il semblait pulser de sa proche chaleur, secrète et puissante.

32

Ce soir-là, après le souper, Eddie prit le couteau du pistolero et se mit à tailler. La lame était extrêmement coupante et son fil ne semblait jamais s'émousser. Eddie travaillait à la lueur du feu, lentement, soigneusement, tournant et retournant le bâton de frêne dans ses mains, regardant les copeaux s'enrouler au-dessus de la lame qui s'avançait avec force et assurance.

Susannah, étendue les mains derrière la nuque, contemplait les étoiles qui tourbillonnaient dans le ciel de velours noir.

Roland, assis un peu plus loin, hors de portée de la lueur du feu, écoutait les voix de la folie monter dans son esprit en proie à la douleur et à la confusion.

Il y avait un garçon.

Il n'y avait pas de garçon.

Avait.

Avait pas.

Avait...

Il ferma les yeux, posa une main glacée sur son front brûlant, et se demanda dans combien de temps il craquerait comme une corde d'arc trop tendue.

Ô Jake ! pensa-t-il. Où es-tu ? Où es-tu ?

Et au-dessus des trois compagnons, le Vieil Astre et la Vieille Mère se levèrent, prirent leur place et se regardèrent de part et d'autre des débris stellaires de leur ancien mariage à jamais brisé.

II

La clé et la rose

1

John Chambers (dit Jake) passa trois semaines à lutter courageusement contre la folie qui montait en lui. Durant cette période, il se sentit dans la peau du dernier passager à bord d'un transatlantique, pompant comme un damné, s'efforçant d'empêcher le navire de couler jusqu'à ce que la tempête se calme, que le ciel s'éclaircisse, que les secours arrivent... des secours venus de quelque part. De *n'importe où*. Le 29 mai 1977, quatre jours avant les vacances d'été, il finit par accepter le fait que les secours n'arriveraient jamais. L'heure était venue de renoncer ; l'heure était venue de se laisser emporter par la tempête.

La goutte d'eau qui fit déborder le vase fut sa composition de fin d'année en anglais.

John Chambers, Jake pour les trois ou quatre garçons qui étaient presque ses amis (si son père avait eu vent de ce factoïde, il aurait sûrement piqué une crise), achevait sa sixième à l'École Piper. Il avait onze ans mais était petit pour son âge et les gens qui le voyaient pour la première fois le croyaient souvent beaucoup plus jeune. En fait, on le prenait parfois pour une fille jusqu'au jour où, un ou deux ans plus tôt, il avait tellement insisté pour se faire couper les cheveux que sa mère avait fini par rendre les armes. Son père ne lui avait posé aucun problème, bien sûr. Il s'était contenté de sourire de ses dents en acier inox et de dire : *Le gosse veut ressembler à un marine, Laurie. Grand bien lui fasse.*

Son père ne l'appelait jamais Jake, l'appelait rarement John. Pour son père, il était « le gosse », un point c'est tout.

L'été précédent (c'était l'été du Bicentenaire — les rues de New York étaient pleines de drapeaux et de banderoles, le port de New York était plein de grands vaisseaux), son père lui avait expliqué que Piper était, tout simplement, La Meilleure Putain d'École du Pays pour un Garçon de ton Âge. Le fait que Jake ait été admis dans cet auguste établissement n'avait rien à voir avec l'argent, expliqua Elmer Chambers... presque avec insistance. Il était farouchement fier de ce fait, même si Jake, en dépit de ses dix ans, avait soupçonné ledit fait de ne pas être entièrement *véridique*, de n'être qu'une connerie que son père avait *transformée* en fait à seule fin d'alimenter la conversation lors d'un dîner ou d'un cocktail : *Mon gosse? Oh, il est à Piper. La Meilleure Putain d'École du Pays pour un Gamin de son Âge. Ce n'est pas le fric qui vous permet d'y entrer, vous savez; pour entrer à Piper, il faut en avoir dans la tête.*

Jake savait parfaitement que, dans le chaudron qui servait d'esprit à Elmer Chambers, le carbone des souhaits et des opinions donnait souvent naissance à de gros diamants qu'il appelait des faits... ou, quand il était vraiment détendu, des « factoïdes » . Son expression préférée, qu'il employait souvent et toujours avec révérence, était *Le fait est*, et il ne manquait pas une occasion de la placer dans la conversation.

Le fait est que l'argent n'a jamais aidé personne *à entrer à Piper*, lui avait dit son père durant l'été du Bicentenaire, l'été du ciel bleu, des banderoles et des grands vaisseaux, un été qui avait pris dans l'esprit de Jake des allures d'âge d'or parce qu'il n'avait pas commencé à perdre l'esprit à ce moment-là, préoccupé qu'il était à se demander s'il avait l'étoffe d'un élève de Piper, une école qui ressemblait à une pépinière de génies prépubères. *La seule chose qui te permet d'entrer dans un endroit comme Piper, c'est ce que tu as entre les oreilles*. Elmer Chambers avait tendu le bras au-dessus de son bureau et pointé sur le front de son fils un doigt jauni par la nicotine. *Pigé, le gosse*?

Jake avait acquiescé. Il n'était pas nécessaire de répondre à son père, car celui-ci traitait tout le monde — y compris sa femme — de la même façon que les sous-fifres de sa chaîne de télé, où il était responsable des programmes et considéré comme un maître dans la discipline de la Mise à Mort. Il suffisait de l'écouter avec attention, de hocher la tête lorsque c'était nécessaire, et il finissait par vous lâcher les baskets.

Bien, avait dit son père en allumant une de ses quatre-vingts Camel quotidiennes. *Nous nous sommes compris. Tu vas devoir te tuer à la tâche pour réussir, mais tu y arriveras. Sinon, on ne nous aurait jamais envoyé ceci.* Il attrapa la lettre d'acceptation de l'École Piper et l'agita dans l'air. Ce geste était empreint d'un triomphe farouche, comme si ce bout de papier était un animal sauvage qu'il venait de tuer, un animal qu'il allait maintenant écorcher et manger. *Alors travaille dur. Décroche de bonnes notes. Débrouille-toi pour que ta mère et moi soyons fiers de toi. Si tu réussis à avoir une moyenne de A à la fin de l'année, tu auras droit à un voyage à Disneyworld. Voilà qui devrait te motiver, pas vrai, le gosse ?*

Jake avait une excellente moyenne — des A dans toutes les matières (sauf durant les trois dernières semaines, bien sûr). Sa mère et son père étaient sûrement fiers de lui, mais il les voyait si rarement que c'était difficile à dire. En règle générale, il n'y avait *personne* à la maison quand il rentrait de l'école, excepté Greta Shaw — la gouvernante —, et c'était à elle qu'il avait fini par montrer ses bonnes notes. Après, il entassait ses copies dans un coin obscur de sa chambre. Il les parcourait parfois et se demandait si ses notes signifiaient quelque chose. Il l'aurait bien *voulu*, mais il entretenait de sérieux doutes à ce sujet.

Jake ne pensait pas qu'il irait en voyage à Disneyworld cet été, moyenne ou pas moyenne.

Un voyage à l'asile de fous lui semblait plus probable.

Alors qu'il franchissait les portes de l'École Piper à 8 h 45 le matin du 29 mai, une horrible vision visita son esprit. Il vit son père assis dans son bureau, 70 Rockefeller Plaza, une Camel pendue au coin des lèvres, le visage perdu dans un nuage de fumée, en grande conversation avec un de ses sous-fifres. Les rues de New York se déployaient derrière lui, leur vacarme étouffé par deux épaisseurs de verre Thermopane.

Le fait est que l'argent n'a jamais aidé personne *à entrer au sanatorium de Sunnyvale,* disait son père avec une sinistre satisfaction. Il tendit le bras et tapa sur le front du sous-fifre. *La seule chose qui vous permette d'entrer dans un endroit comme celui-*

ci, c'est quand quelque chose cloche entre vos oreilles. C'est ce qui est arrivé au gosse. Mais il se tue à la tâche pour réussir. Il tresse les plus beaux paniers d'osier de l'établissement, me dit-on. Et quand on le laissera sortir — si on le laisse sortir un jour —, il aura droit à un beau voyage. Un voyage au...

— ... au relais, murmura Jake.

Il posa sur son front une main qui n'osait pas trembler. Les voix étaient de retour. Ces horribles voix querelleuses qui le rendaient fou.

Tu es mort, Jake. Tu as été écrasé par une voiture et tu es mort.

Ne sois pas ridicule ! Regarde — tu as vu cette affiche ? N'OUBLIEZ PAS DE VENIR AU PIQUE-NIQUE DE FIN D'ANNÉE. *Tu crois qu'il y a des pique-niques dans l'au-delà ?*

Je ne sais pas. Mais je sais que tu as été écrasé par une voiture.

Non !

Si. C'est arrivé le 7 mai à 8 h 25 du matin. Tu es mort moins d'une minute plus tard.

Non ! Non ! Non !

— John ?

Surpris, il regarda autour de lui. M. Bissette, son professeur de français, le considérait d'un air soucieux. Derrière lui, les autres élèves rentraient en rang dans la salle commune pour assister à l'assemblée du matin. Il n'y avait que très peu de chahut et pas de bruit du tout. Les parents de ces élèves, tout comme ceux de Jake, leur avaient sans doute dit à quel point ils étaient vernis d'aller à Piper, où les cerveaux avaient plus d'importance que l'argent (même si l'inscription annuelle s'élevait à vingt-deux mille dollars). On avait sans doute promis un beau voyage à nombre d'entre eux à condition qu'ils aient une bonne moyenne. Les parents des heureux gagnants iraient même sans doute jusqu'à tenir leur promesse. Sans doute...

— John, est-ce que ça va ? demanda M. Bissette.

— Oui, dit Jake. Ça va. Je me suis levé un peu tard ce matin. Je ne suis pas encore réveillé, sans doute.

Le visage de M. Bissette se détendit et il sourit.

— Ça arrive aux meilleurs d'entre nous.

Pas à mon papa, pensa Jake. Le Virtuose de la Mise à Mort n'a jamais de panne d'oreiller.

— Êtes-vous prêt pour votre examen de français ? demanda

M. Bissette. *Voulez-vous passer un examen avec moi ce midi*[1] *?*

— Oui, j'crois bien, dit Jake.

À vrai dire, il ne savait pas s'il était prêt pour l'examen. Il ne se rappelait même pas avoir *étudié* son français. Rien ne semblait important à ses yeux ces temps-ci, excepté les voix dans sa tête.

— Je tiens à vous dire à quel point j'ai apprécié votre présence dans ma classe cette année, John. J'aurais voulu le dire à vos parents, mais ils ne sont pas venus à la réunion des parents d'élèves...

— Ils sont très occupés, dit Jake.

M. Bissette hocha la tête.

— Eh bien, je suis content de vous avoir connu. Je tenais à vous le dire... et j'espère vous retrouver dans ma classe l'automne prochain.

— Merci.

Jake se demanda quelle serait la réaction de M. Bissette s'il ajoutait : *Mais je ne crois pas que j'étudierai le français la rentrée prochaine, sauf si je peux suivre des cours par correspondance dans ce bon vieux sanatorium de Sunnyvale.*

Joanne Franks, la secrétaire de l'école, apparut sur le seuil de la salle commune, sa clochette plaquée argent à la main. Toutes les cloches de Piper étaient actionnées à la main. Jake supposait que c'étaient des détails comme celui-ci qui faisaient son charme aux yeux des parents d'élèves. Un souvenir de la petite école de leur enfance. Il détestait ça. Le bruit de la cloche lui taraudait le cerveau...

Je ne peux plus tenir très longtemps, pensa-t-il avec désespoir. Navré, mais je perds la boule. Je perds vraiment la boule.

M. Bissette avait aperçu Mme Franks. Il fit mine de s'éloigner, puis revint sur ses pas.

— Est-ce que *tout* va bien, John ? Vous m'avez paru préoccupé ces derniers temps. Troublé. Il y a quelque chose qui vous tracasse ?

Jake faillit succomber devant la gentillesse de son professeur, mais il imagina la tête que ferait M. Bissette s'il lui répondait : *Oui. Il y a quelque chose qui me tracasse. Un petit factoïde vraiment préoccupant. Je suis mort, voyez-vous, et je suis allé dans un autre monde. Et puis je suis mort une seconde fois. Vous allez me dire que*

1. En français dans le texte. *(N.d.T.)*

ce genre de truc est impossible, et vous aurez raison, bien sûr, et une partie de moi-même sait *que vous aurez raison, mais la majeure partie de moi-même sait que vous aurez tort. C'est* vraiment *arrivé. Je suis* vraiment *mort.*

S'il disait quelque chose dans ce genre, M. Bissette téléphonerait illico à Elmer Chambers, et le sanatorium de Sunnyvale ressemblerait à une partie de plaisir comparé à la discussion qu'il aurait avec son père au sujet des gosses qui perdent les pédales juste avant les examens de fin d'année. Les gosses qui font des trucs inaptes à alimenter la conversation lors d'un dîner ou d'un cocktail. Les gosses qui Se Laissent Aller.

Jake s'obligea à sourire à M. Bissette.

— Je me fais un peu de souci pour les examens, c'est tout.

M. Bissette lui fit un clin d'œil.

— Vous les passerez haut la main.

Mme Franks agita sa clochette pour signaler le début de l'assemblée. Le bruit poignarda les oreilles de Jake et lui traversa le cerveau de part en part comme une petite fusée.

— Venez, dit M. Bissette. Nous allons être en retard. On ne peut pas faire ça le premier jour des examens de fin d'année, n'est-ce pas ?

Ils passèrent devant Mme Franks et sa clochette. M. Bissette se dirigea vers la rangée baptisée le chœur de la faculté. Il y avait plein de noms ridicules de cet acabit à Piper ; l'auditorium s'appelait la salle commune, la pause déjeuner le raout, les élèves de quatrième et de troisième les supérieurs, et les sièges pliants placés près du piano (auquel Mme Franks réserverait bientôt un traitement analogue à celui qu'elle infligeait à sa clochette) formaient bien entendu le chœur de la faculté. Tout ça faisait partie de la tradition, supposait Jake. Un parent sachant que son rejeton participait à un raout dans la salle commune plutôt que de manger du hachis Parmentier à la cantine se voyait ainsi assuré que tout allait pour le mieux dans le meilleur des mondes de l'éducation.

Il s'assit au fond de la salle et écouta distraitement les annonces du matin. La terreur qui habitait son esprit en permanence lui donnait l'impression d'être un écureuil condamné pour l'éternité à galoper dans sa cage. Et quand il essayait de songer à un avenir meilleur, il ne voyait que des ténèbres.

Le navire de sa raison était en train de sombrer.

M. Harley, le principal, monta sur l'estrade et fit un bref discours sur l'importance de l'examen de fin d'année, affirmant que les notes qu'ils obtiendraient leur permettraient de faire un nouveau pas sur la Grande Route de la Vie. Il leur dit que l'école comptait sur eux, que *lui-même* comptait sur eux, que leurs parents comptaient sur eux. Il n'alla pas jusqu'à leur dire que le monde libre comptait sur eux mais se débrouilla pour sous-entendre que tel était le cas. Il conclut son intervention en les informant que les cloches seraient silencieuses durant la semaine des examens (la première et la seule bonne nouvelle que Jake ait apprise ce matin-là).

Mme Franks, qui avait pris place devant le piano, martela une mélodie qui se voulait évocatrice. Les élèves, soixante-dix garçons et cinquante filles, tous vêtus avec une élégance et une sobriété reflétant le goût et la stabilité financière de leurs parents, se levèrent comme un seul homme et entonnèrent l'hymne de l'école. Jake se contenta de remuer les lèvres et pensa à l'endroit où il s'était réveillé après sa mort. Il s'était tout d'abord cru en enfer... et lorsque l'homme à la robe noire était arrivé, il en avait été certain.

Ensuite, bien sûr, était arrivé l'autre homme. Un homme que Jake avait presque fini par aimer.

Mais il m'a laissé tomber dans l'abîme, pensa-t-il. Il m'a tué.

Il sentit des gouttes de sueur perler sur sa nuque et entre ses omoplates.

Saluons les murs de Piper,
Levons bien haut sa bannière ;
Salut à toi, alma mater,
J'ai réussi grâce à Piper !

Bon Dieu, quelle chanson de merde ! pensa Jake, et il s'aperçut soudain que son père l'aurait adorée.

2

La première heure de cours était consacrée à l'anglais, la seule discipline pour laquelle les élèves étaient dispensés d'examen. En guise d'épreuve de fin d'année, ils avaient dû rédiger une composition chez eux. Ils devaient rendre une copie tapée à la machine et longue de quinze cents à quatre mille mots. Le sujet imposé par Mme Avery était le suivant : *Qu'est-ce que la vérité ?* Leur note compterait pour vingt-cinq pour cent dans l'établissement de leur moyenne semestrielle.

Jake entra dans la classe et s'assit à la troisième rangée. Il n'y avait que onze élèves dans la salle. En septembre, lors de la journée d'orientation, M. Harley leur avait dit que Piper se targuait d'avoir les Classes les Moins Chargées de Toutes les Bonnes Écoles Privées de l'Est. Il avait tapé du poing sur son lutrin pour souligner son propos. Jake n'avait guère été impressionné, mais il avait transmis cette information à son père. Il pensait bien que celui-ci *serait* impressionné, et il ne s'était pas trompé.

Il ouvrit son cartable et en sortit délicatement la chemise bleue contenant sa composition. Il la posa sur son bureau dans l'intention de la relire une dernière fois, mais son attention fut attirée par la porte située à gauche de la salle. Cette porte donnait sur le vestiaire et elle était fermée ce jour-là car il faisait plus de vingt degrés à New York et personne n'avait de manteau à y ranger. Le vestiaire ne contenait qu'une enfilade de cintres en cuivre et un tapis en caoutchouc pour y poser les bottes. Quelques cartons contenant des fournitures — craies, cahiers, etc. — étaient entreposés dans un coin.

Aucun intérêt.

Mais Jake quitta son siège, laissant la chemise fermée sur son bureau, et se dirigea vers la porte. Il entendait les murmures de ses condisciples qui relisaient une dernière fois leurs compositions en quête d'une faute d'orthographe ou de syntaxe, mais ils lui paraissaient infiniment lointains.

La porte revendiquait son entière attention.

Au cours des dix dernières journées, à mesure que les voix

s'étaient mises à hurler dans son crâne, Jake était devenu de plus en plus fasciné par les portes — par toutes sortes de portes. Durant la semaine écoulée, il avait dû ouvrir celle de sa chambre cinq cents fois, et celle de la salle de bains mille fois ou plus. Chaque fois qu'il ouvrait une porte, il sentait une boule d'espoir et d'anticipation monter dans sa poitrine, comme si la réponse à tous ses problèmes se trouvait derrière telle ou telle porte, comme s'il allait la découvrir... un jour ou l'autre. Mais il ne voyait que le couloir, la salle de bains, l'entrée ou une pièce quelconque.

Le jeudi précédent, en rentrant de l'école, il s'était jeté sur son lit et s'était aussitôt endormi — le sommeil était apparemment le seul refuge dont il disposait désormais. Mais quand il s'était réveillé trois quarts d'heure plus tard, il était debout près de sa bibliothèque, occupé à dessiner une porte sur la tapisserie. Heureusement pour lui, il dessinait avec un crayon à papier et il avait réussi à gommer les traits les plus visibles.

Alors qu'il s'approchait du vestiaire, il ressentit de nouveau cet espoir irraisonné, persuadé que la porte ne donnait pas sur un placard obscur peuplé des seules senteurs persistantes de l'hiver — flanelle, gomme et fourrure mouillée —, mais sur un autre monde où il retrouverait son *intégralité*. Un faisceau de lumière éclatante transpercerait la salle de classe et il apercevrait des oiseaux volant dans un ciel bleu qui aurait la couleur

(*de ses yeux*)

d'un jean délavé. Le vent du désert lui ébourifferait les cheveux et sécherait la sueur qui maculait son front.

Il franchirait la porte et serait guéri.

Jake tourna le bouton et ouvrit la porte. Il ne vit que l'obscurité et une rangée de cintres étincelants. Un gant oublié depuis l'hiver dernier gisait près des piles de cahiers bleus dans le coin de la pièce.

Son cœur se serra et il eut une violente envie de se blottir dans ce placard obscur empli des senteurs amères d'hiver et de craie. Il allait pousser le gant et s'asseoir dans le coin, juste sous les cintres. Il s'assiérait sur le tapis de caoutchouc où les élèves posaient leurs bottes en hiver. Il allait s'asseoir là, s'enfoncer le pouce dans la bouche, se pelotonner, fermer les yeux et... et...

Et renoncer.

Cette idée — l'impression de *soulagement* qu'il ressentait à cette idée — était incroyablement séduisante. Elle sonnerait le glas de la terreur, de la confusion et de l'impression de dislocation qui l'avaient envahi. Car le pire, c'était bien ça ; cette impression persistante de vivre pour l'éternité dans un labyrinthe de miroirs.

Mais il y avait de l'acier dans Jake Chambers, tout comme il y en avait dans Eddie et dans Susannah. Et cet acier émit une lueur bleue qui éclaira les ténèbres de son esprit. Pas question de renoncer. La maladie qui l'affligeait risquait à plus ou moins long terme de triompher de sa raison, mais il ne lui ferait pas de quartier en attendant. Autant vendre son âme.

Jamais ! pensa-t-il farouchement. Jamais ! Jam...

— Quand vous aurez fini d'inventorier les fournitures du vestiaire, John, peut-être consentirez-vous à vous joindre à nous, dit Mme Avery de sa voix sèche et cultivée.

On entendit des gloussements lorsque Jake s'écarta de la porte du vestiaire. Mme Avery était debout derrière son bureau, ses longs doigts posés sur un buvard, et le regardait de ses yeux intelligents. Elle portait un tailleur bleu et ses cheveux étaient ramenés en chignon sur sa tête. Derrière elle, accroché au mur à sa place habituelle, Nathaniel Hawthorne lançait à Jake un regard sévère.

— Je vous demande pardon, marmonna Jake en refermant la porte.

Il fut aussitôt saisi par l'envie de la rouvrir, de vérifier une seconde fois qu'elle ne donnait pas sur un autre monde, un monde désertique écrasé par le soleil.

Au lieu de cela, il regagna sa place. Petra Jesserling lui lança un regard malicieux.

— Emmène-*moi* avec toi la prochaine fois, chuchota-t-elle. Comme ça, tu auras quelque chose à regarder.

Jake lui répondit par un sourire distrait et s'assit.

— Merci, John, dit Mme Avery de sa voix sempiternellement calme. À présent, avant que vous ne me rendiez vos compositions — qui, j'en suis persuadée, seront toutes excellentes, bien présentées et très *précises* —, j'aimerais vous donner la liste des livres que mes collègues et moi-même vous recommandons de lire durant l'été. J'aurais quelques mots à vous dire sur certains de ces excellents livres...

Tout en parlant, elle tendit à David Surrey une petite liasse de feuillets ronéotypés. David les distribua et Jake ouvrit sa chemise bleue pour jeter un dernier regard aux réponses qu'il avait bien pu donner à cette question essentielle : *Qu'est-ce que la vérité ?* Cela l'intéressait fort, car il ne se souvenait pas plus d'avoir rédigé sa composition qu'il ne se rappelait avoir étudié son français pour l'examen de fin d'année.

Il contempla la page de titre avec une sensation d'étonnement et de malaise mêlés. Les mots *QU'EST-CE QUE LA VÉRITÉ ? par John Chambers* étaient soigneusement tapés au centre de la page, et c'était très bien, mais pour une raison inconnue, il avait collé deux photos sous le titre. La première représentait une porte — il pensa qu'il devait s'agir de celle du 10 Downing Street à Londres —, la seconde un train Amtrak. C'étaient des photos en couleurs, de toute évidence découpées dans un magazine.

Pourquoi ai-je fait ça ? se demanda-t-il. Et *quand* ai-je fait ça ?

Il tourna la page et examina le début de sa composition, incapable de croire ou de comprendre ce qu'il voyait. Puis, à mesure que le choc laissait dans son esprit la place à une vague compréhension, l'horreur l'envahit insidieusement. C'était finalement arrivé ; il avait suffisamment perdu l'esprit pour que les *autres* puissent s'en rendre compte.

3

QU'EST-CE QUE LA VÉRITÉ ?
par John Chambers

Je te montrerai ton effroi dans une poignée de poussière
T. S. ELIOT (dit « Butch »)

Chacune de ses paroles était un mensonge,
Telle fut ma première pensée.
Robert BROWNING (dit « le Kid »)

Le pistolero est la vérité.
Roland est la vérité.
Le Prisonnier est la vérité.
La Dame d'Ombres est la vérité.

Le Prisonnier et la Dame sont mariés. C'est la vérité.
Le relais est la vérité.
Le Démon qui Parle est la vérité.
Nous sommes allés sous les montagnes, et c'est la vérité.
Il y avait des monstres sous les montagnes. C'est la vérité.
L'un d'eux avait une pompe à essence Amoco entre les jambes et prétendait que c'était son pénis. C'est la vérité.
Roland m'a laissé mourir. C'est la vérité.
Je l'aime encore.
C'est la vérité.

— Et il est très important que vous lisiez tous *Sa Majesté des mouches*, disait Mme Avery de sa voix claire mais quelque peu éteinte. Et quand vous l'aurez lu, vous devrez vous poser certaines questions. Un bon roman ressemble souvent à une série de devinettes à tiroirs, et celui-ci est un *très* bon roman — un des meilleurs romans de la seconde moitié du xxe siècle. Demandez-vous d'abord quelle est la signification symbolique de la conque. Deuxièmement...

Loin. Très loin. Jake tourna la première page de sa composition d'une main tremblante, y laissant une tache de sueur.

Quand est-ce qu'une porte n'est pas une porte ? Quand c'est une jarre[1]*, et c'est la vérité.*
Blaine est la vérité.
Blaine est la vérité.
Qu'est-ce qui a quatre roues et un million d'ailes ? Un camion à ordures grouillant de mouches, et c'est la vérité.
Blaine est la vérité.
Il faut surveiller Blaine en permanence, Blaine est peine, et c'est la vérité.
Je suis pratiquement sûr que Blaine est dangereux, et c'est la vérité.
Qu'est-ce qui est tout noir, tout blanc et tout rouge ? Un zèbre qui rougit, et c'est la vérité.
Blaine est la vérité.
Je veux retourner là-bas, et c'est la vérité.
Je dois retourner là-bas, et c'est la vérité.
Je vais devenir fou si je ne retourne pas là-bas, et c'est la vérité.

1. Jeu de mots intraduisible entre *a jar* (une jarre) et *ajar* (entrouvert). *(N.d.T.)*

Je ne pourrai pas rentrer chez moi tant que je n'aurai pas trouvé une pierre une rose une porte, et c'est la vérité.
Tchou-tchou, et c'est la vérité.
Tchou-tchou. Tchou-tchou.
Tchou-tchou. Tchou-tchou. Tchou-tchou.
Tchou-tchou. Tchou-tchou. Tchou-tchou. Tchou-tchou.
J'ai peur. C'est la vérité.

Jake leva lentement les yeux. Son coeur battait si fort qu'il voyait danser devant lui une boule incandescente, comme l'image rémanente d'une ampoule, une ampoule qui clignotait à l'unisson de son rythme cardiaque titanesque.

Il vit Mme Avery tendant sa composition à ses parents. M. Bissette se tenait près d'elle, le visage grave. Il entendit Mme Avery dire de sa voix claire et pourtant quelque peu éteinte : *Votre fils est gravement malade. Si vous avez besoin d'une preuve, jetez un coup d'œil à cette composition.*

John n'est plus lui-même depuis environ trois semaines, ajouta M. Bissette. *Il a parfois l'air terrifié et il a toujours l'air ahuri... il n'a plus sa tête à lui, si vous voyez ce que je veux dire.* Je pense que John est fou... comprenez-vous[1] ?

Au tour de Mme Avery : *Auriez-vous par hasard chez vous certaines substances hallucinogènes auxquelles John aurait pu avoir accès ?*

Jake ne savait que vaguement ce qu'étaient les substances hallucinogènes, mais il savait que son père conservait plusieurs grammes de cocaïne dans le dernier tiroir de son bureau. Son père penserait sûrement qu'il avait fouillé dedans.

— À présent, laissez-moi vous dire quelques mots sur *Catch 22,* dit Mme Avery depuis son bureau. C'est un livre très *difficile* pour des jeunes gens de votre âge, mais vous le trouverez littéralement enchanteur *si* vous ouvrez votre esprit à son *charme spécial.* Vous pouvez considérer ce roman, si vous le voulez, comme une *comédie surréaliste.*

Je n'ai pas besoin de *lire* quelque chose comme ça, pensa Jake. Je suis déjà en train de *vivre* quelque chose comme ça, et ça n'a rien d'une comédie.

Il regarda la dernière page de sa composition. Il n'y figurait aucun mot. Mais il avait de nouveau collé une image sur le

1. En français dans le texte. *(N.d.T.)*

papier. C'était une photographie de la tour de Pise. Il avait noirci sa silhouette avec un crayon à papier. Les lignes sombres et sinueuses décrivaient d'extravagantes arabesques.

Il n'avait aucun souvenir de cette photo triturée.

Absolument *aucun*.

Il entendit à présent son père s'adresser à M. Bissette : *Il est fou*[1]. *Oui, complètement fou. Un gosse qui gâche toutes ses chances de réussite dans une école comme Piper est* FORCÉMENT *fou, n'est-ce pas ? Eh bien... je vais m'occuper de ça. C'est mon boulot, après tout. La réponse, c'est Sunnyvale. Il a besoin de passer quelque temps à Sunnyvale, il pourra tresser des paniers d'osier et remettre de l'ordre dans son crâne. Ne vous inquiétez pas pour notre gosse, les amis ; il aura beau courir, il ne nous échappera pas.*

Est-ce qu'on l'enverrait *vraiment* chez les cinoques s'il devenait apparent que son ascenseur ne montait plus au dernier étage ? Jake pensait que la réponse était un oui franc et massif. Son père n'accepterait jamais d'abriter un dingue sous son toit. L'endroit où on l'enverrait ne s'appellerait peut-être pas Sunnyvale, mais il y aurait des barreaux aux fenêtres et des couloirs pleins d'hommes en blouse blanche et en souliers à semelles de crêpe. Ces hommes auraient des yeux vigilants, des muscles puissants et des seringues chargées de sommeil artificiel.

Ils diront à tout le monde que je suis parti, pensa Jake. (Un flot de panique réduisit provisoirement au silence les voix qui se querellaient dans son esprit.) Ils diront que je suis allé passer un an à Modesto, chez mon oncle et ma tante... ou que je suis allé en Suède pour apprendre la langue... ou que je suis parti réparer des satellites dans l'espace. Ma mère n'aimera pas ça... elle pleurera un peu... mais elle ne fera rien. Elle a ses petits amis pour la consoler, et puis elle fait *toujours* ce qu'il a décidé. Elle... ils... moi...

Il sentit un hurlement monter dans sa gorge et serra les lèvres pour le contenir. Il regarda de nouveau les arabesques noires qui grouillaient sur la photo de la tour de Pise et pensa : Je dois fiche le camp d'ici. Je dois fiche le camp tout de suite.

Il leva la main.

1. En français dans le texte. *(N.d.T.)*

— Oui, John, qu'y a-t-il ?

Mme Avery le regardait de cet air légèrement exaspéré qu'elle réservait aux élèves qui l'interrompaient au milieu d'un exposé.

— Je souhaiterais sortir quelques instants, s'il vous plaît, dit Jake.

Nouvel exemple du Piper tel qu'on le parle. Les élèves de Piper n'avaient jamais besoin d'aller « au petit coin », de « se soulager », ni — Dieu les garde ! — de « couler un bronze ». Sans doute les considérait-on comme des êtres trop parfaits pour souiller de leurs déjections la Grande Route de la Vie. De temps en temps, ils demandaient la permission de « sortir quelques instants », un point c'est tout.

Mme Avery soupira.

— Est-ce vraiment nécessaire ?

— Oui, m'dame.

— Très bien. Ne tardez pas.

— Non, m'dame.

Il ferma la chemise en se levant, la prit dans sa main, puis la reposa à contrecœur. Inutile. Mme Avery ne manquerait pas de se demander pourquoi il emportait sa composition aux toilettes. Il aurait dû sortir les pages compromettantes de la chemise et les fourrer dans sa poche avant de demander la permission de sortir. Trop tard.

Jake remonta l'allée en direction de la porte, laissant sa chemise sur le bureau et son cartable sous le bureau.

— J'espère que ça n'aura pas de mal à sortir, Chambers, murmura David Surrey en étouffant un rire.

— Fermez votre grande bouche, David, dit Mme Avery, de toute évidence complètement exaspérée, et toute la classe éclata de rire.

Jake arriva devant la porte donnant sur le couloir et sentit l'espoir l'envahir de nouveau lorsqu'il en tourna le bouton : Ça y est — cette fois-ci, ça y est. Je vais ouvrir cette porte et le soleil brillera sur le désert. Je sentirai un vent sec et brûlant sur mes joues. Je franchirai la porte et je ne reverrai plus jamais cette classe.

Il ouvrit la porte et ne vit que le couloir, mais il avait quand même raison sur un point : il ne revit plus jamais la classe de Mme Avery.

4

Il avança lentement le long du sombre couloir lambrissé, quelques gouttes de sueur sur le front. Il passa devant plusieurs salles, dont il se serait senti obligé d'ouvrir les portes s'il n'avait pas aperçu les élèves au travail derrière les fenêtres. Il jeta un coup d'œil sur la classe de français de M. Bissette et sur la classe de géométrie de M. Knopf. Ses condisciples étaient penchés sur leurs cahiers, un stylo à la main. Il jeta un coup d'œil sur la classe d'éloquence de M. Harley et vit Stan Dorfman — une de ses connaissances qui n'étaient pas tout à fait des amis — entamer son discours de fin d'année. Stan paraissait mort de peur, mais Jake aurait pu lui dire qu'il n'avait pas la moindre idée de ce qu'était la peur — la *vraie* peur.

Je suis mort.

Non, je ne suis pas mort.

Si.

Non.

Si.

Non.

Il arriva devant une porte où était inscrit le mot FILLES. Il l'ouvrit, s'attendant à découvrir le ciel bleu, le désert, les montagnes à l'horizon. Au lieu de cela, il vit Belinda Stevens debout devant un lavabo, les yeux fixés sur la glace, affairée à s'extraire un point noir du front.

— Bon Dieu, qu'est-ce qui te prend d'entrer ici ? demanda-t-elle.

— Excuse-moi. Je me suis trompé de porte. Je croyais que c'était celle du désert.

— *Hein* ?

Mais il avait déjà lâché la porte et elle se refermait sans bruit. Il passa devant la fontaine et ouvrit la porte marquée GARÇONS. Cette fois-ci, c'était la *bonne*, il le savait, il en était sûr, cette porte allait lui permettre de retourner dans...

Trois urinoirs impeccables luisaient à la lumière fluorescente. Un robinet gouttait solennellement dans un lavabo. Et c'était tout.

Jake laissa la porte se refermer. Il regagna le couloir, ses talons claquant énergiquement sur les carreaux. Il jeta un coup d'œil dans le bureau du principal et n'y vit que Mme Franks. Elle parlait au téléphone, se balançant doucement sur son fauteuil et triturant une mèche de ses cheveux. La clochette couleur argent était posée près du combiné. Jake attendit qu'elle disparaisse à sa vue, puis passa vivement devant la porte. Trente secondes plus tard, il émergeait à la lumière claire de ce matin de mai.

Je fais l'école buissonnière, pensa-t-il. (La confusion qui l'habitait ne l'empêcha pas de s'émerveiller de la tournure imprévue que prenaient les événements.) Dans cinq ou dix minutes, Mme Avery remarquera que je ne suis pas revenu des toilettes, elle enverra quelqu'un y jeter un coup d'œil... et tout le monde sera au courant. Tout le monde saura que je suis parti, que je fais l'école buissonnière.

Il pensa à la chemise posée sur son bureau.

Ils vont lire ma composition et ils vont penser que je suis dingue. *Fou*[1]. Bien sûr. C'est normal. Je suis fou.

Puis une autre voix prit la parole. Il crut reconnaître la voix de l'homme aux yeux de bombardier, l'homme qui portait deux revolvers sur ses hanches. Cette voix était glaciale... mais néanmoins quelque peu rassurante.

Non, Jake, dit Roland. *Tu n'es pas fou. Tu es perdu et terrifié, mais tu n'es pas fou, et tu n'as rien à craindre de ton ombre au matin marchant derrière toi ni de ton ombre le soir surgie à ta rencontre. Tu dois trouver le chemin qui te reconduira chez toi, voilà tout.*

— Mais où dois-je aller ? murmura Jake.

Il était sur le trottoir de la 50e Rue, entre Park Avenue et Madison Avenue, et regardait filer les voitures. Un bus passa en crachotant un mince sillage de fumée bleue et âcre.

— Où dois-je aller ? Où est cette foutue *porte* ?

Mais la voix du pistolero s'était tue.

Jake tourna à gauche, en direction de l'East River, et avança à l'aveuglette. Il n'avait aucune idée de sa destination — pas la moindre idée. Il ne pouvait qu'espérer que ses pieds l'y conduiraient... après l'avoir tant de fois égaré.

1. En français dans le texte. *(N.d.T.)*

5

C'était arrivé trois semaines plus tôt.

On ne peut pas dire : *Tout avait commencé trois semaines plus tôt*, car cela donnerait l'impression qu'il y avait eu une sorte de progression et ce serait inexact. Il y avait bien eu une progression dans le comportement des *voix*, qui s'étaient faites de plus en plus violentes à mesure qu'elles proclamaient la véracité de leurs réalités contradictoires, mais le reste était arrivé d'un seul coup.

Il est 8 heures du matin quand il part pour l'école — il va toujours à l'école à pied quand il fait beau, et il fait un temps superbe ce mois de mai. Son père est parti pour la Chaîne, sa mère est encore au lit, et Mme Greta Shaw est en train de lire le *New York Post* en buvant un café à la cuisine.

— Au revoir, Greta, lui dit-il. Je vais à l'école.

Elle le salue de la main sans lever les yeux de son journal.

— Bonne journée, Johnny.

Le train-train quotidien. Un jour comme les autres.

Et le train-train continue de rouler pendant les quinze cents secondes suivantes. Puis tout change de façon irrémédiable.

Il marche d'un pas nonchalant, son cartable dans une main et son déjeuner dans l'autre, s'attarde devant les vitrines. Sept cent vingt secondes avant la fin de sa vie telle qu'il l'a connue, il s'arrête devant la vitrine de Brendio's, où des mannequins vêtus de manteaux de fourrure et de tenues édouardiennes prennent des poses un peu raides. Il ne pense qu'aux parties de bowling qui l'attendent après les cours. Son score moyen est de 158, un score exceptionnel pour un gosse de onze ans. Il a pour ambition de devenir un jour un joueur professionnel (et si son père avait connaissance de *ce* petit factoïde, il piquerait une *autre* crise).

On se rapproche à présent — on se rapproche du moment où sa raison va subir une soudaine éclipse.

Il traverse la 39e Rue : plus que quatre cents secondes. Il attend le feu vert à la 41e Rue : deux cent soixante-dix secondes. Il s'arrête devant le magasin de jouets au coin de la Cinquième Avenue et de la 42e Rue : cent quatre-vingt-dix secondes. Et alors qu'il ne lui reste qu'un peu plus de trois minutes d'existence ordinaire, Jake Chambers pénètre dans l'ombre invisible de cette force que Roland appelle *ka-tet*.

Une étrange sensation de malaise l'envahit insidieusement. Tout d'abord, il a l'impression qu'on l'observe, puis il se rend compte que ce n'est pas ça... pas *exactement*. Il a l'impression d'avoir déjà vécu ce moment ; de revivre un rêve qu'il a en grande partie oublié. Il attend que ça passe, mais la sensation persiste. Et elle se fait même plus forte, s'enrichit d'un sentiment en lequel il reconnaît la terreur.

Devant lui, au coin de la Cinquième Avenue et de la 43e Rue, un Noir coiffé d'un canotier installe un stand de bretzels et de sodas.

C'est lui qui va crier : « Ô mon Dieu, il l'a tué ! » pense Jake.

Une grosse dame portant un sac Bloomingdale's s'approche du coin de la rue.

Elle va lâcher son sac. Elle va lâcher son sac, porter ses mains à sa bouche et pousser un hurlement. Le sac va se déchirer. Il y a une poupée dans le sac. Elle est enveloppée dans une serviette rouge. Je la verrai depuis la chaussée. La chaussée sur laquelle je serai allongé, le pantalon imbibé de sang, au milieu d'une mare de sang.

Derrière la grosse dame, il y a un homme de haute taille vêtu d'un costume gris anthracite. Il tient un attaché-case à la main.

C'est lui qui va vomir sur ses souliers. C'est lui qui va lâcher son attaché-case et vomir sur ses souliers. Qu'est-ce qui m'arrive ?

Mais ses pieds le conduisent vers le carrefour, vers la chaussée que les piétons traversent d'un pas vif. Quelque part derrière lui, de plus en plus près, il y a un prêtre assassin. Il le *sait*, tout comme il sait que le prêtre va bientôt tendre les mains pour le pousser... mais il est incapable de se retourner. C'est comme s'il était piégé par un cauchemar où les choses suivent leur cours inéluctable.

Plus que cinquante-trois secondes. Devant lui, le vendeur de bretzels ouvre un compartiment dans sa carriole.

Il va en sortir une bouteille de Yoo-Hoo, pense Jake. Pas une boîte, une bouteille. Il va l'agiter et la boire aussitôt.

Le vendeur de bretzels sort une bouteille de Yoo-Hoo, l'agite vigoureusement et la décapsule.

Plus que quarante secondes.

Le feu va passer au vert.

Le signal PASSEZ PIÉTONS disparaît. Le signal ATTENDEZ PIÉTONS se met à clignoter. Et quelque part, à moins de deux pâtés de maisons de là, une grosse Cadillac bleue roule vers le croisement de la Cinquième Avenue et de la 43ᵉ Rue. Jake le *sait*, tout comme il sait que son conducteur est un homme obèse coiffé d'un chapeau de la même couleur que sa voiture.

Je vais mourir !

Il veut hurler ces mots aux passants qui se bousculent autour de lui sans le voir, mais ses mâchoires sont bloquées. Ses pieds le conduisent sereinement vers le croisement. Le signal ATTENDEZ PIÉTONS cesse de clignoter et resplendit de sa couleur rouge vif. Le vendeur de bretzels jette sa bouteille de Yoo-Hoo dans une poubelle au coin de la rue. La grosse dame se plante de l'autre côté de la chaussée, face à Jake, tenant son sac par les poignées. L'homme au costume anthracite est juste derrière elle. Plus que dix-huit secondes à présent.

C'est là qu'arrive le camion de jouets, pense Jake.

Devant lui, une fourgonnette sur laquelle sont peints un diable jovial jaillissant de sa boîte et les mots TOOKER JOUETS EN GROS franchit le croisement à vive allure, rebondissant sur les nids-de-poule. Derrière lui, et Jake le sait, l'homme en noir accélère l'allure, se rapproche de lui, tend vers lui ses longues mains. Mais il est incapable de se retourner, tout comme dans ces rêves où vous êtes poursuivi par un monstre.

Cours ! Et si tu ne peux pas courir, assieds-toi et accroche-toi à un panneau de stationnement interdit ! Empêche ça d'arriver !

Mais il est incapable d'empêcher quoi que ce soit. Devant lui, au bord du trottoir, il y a une jeune femme vêtue d'un sweat-shirt blanc et d'un chemisier noir. À sa gauche, un jeune Chicano avec une énorme radio collée à l'oreille. Un tube disco de Donna Summer est en train de s'achever. Il sera suivi par *Dr Love*, de Kiss, et Jake le sait.

Ils vont s'écarter…

Alors même qu'il pense ces mots, la femme fait un pas sur sa droite. Le Chicano fait un pas sur sa gauche, et un espace se crée entre eux. Les pieds de Jake, ces traîtres, l'y conduisent. Plus que neuf secondes.

En bas de la rue, le soleil éclatant de ce mois de mai se reflète sur le bouchon de radiateur d'une Cadillac. C'est une Sedan de Ville modèle 1976 et Jake le sait. Six secondes. La Cadillac accélère. Le feu va bientôt passer au rouge et son conducteur, l'homme obèse au chapeau orné d'une petite plume, a l'intention de le prendre de vitesse. Trois secondes. Derrière Jake, l'homme en noir se penche. *Love to Love You, Baby* s'achève et la radio passe à présent *Dr Love*.

Deux.

La Cadillac change de file, rasant le trottoir sur lequel Jake se tient un peu plus loin, et fonce vers le croisement, calandre rugissante.

Un.

Le souffle de Jake se bloque dans sa gorge.

Zéro.

— Oh ! s'écrie Jake lorsque les mains le poussent violemment, le poussent sur la chaussée, le poussent vers la mort...

Sauf qu'il *n*'y a *pas* de mains.

Il chancelle quand même, agitant les bras, la bouche ouverte sur un O de désespoir. Le Chicano à la grosse radio tend la main, l'agrippe par le bras et le tire en arrière.

— Fais gaffe, petit héros, dit-il. Ces bagnoles vont te transformer en hamburger.

La Cadillac passe lentement devant lui. Jack aperçoit l'obèse au chapeau bleu qui lui jette un coup d'œil, puis la voiture disparaît.

C'est à ce moment-là, que c'est arrivé ; c'est à ce moment-là qu'il s'est déchiré en deux, qu'il est devenu deux petits garçons. Le premier agonisait sur la chaussée. Le second se tenait sur le trottoir et regardait, stupéfait, le signal ATTENDEZ PIÉTONS laisser la place au signal PASSEZ PIÉTONS, les gens traverser la rue comme si rien ne s'était passé... et rien ne s'était passé, rien du tout.

Je suis vivant ! s'écrira une moitié de son esprit avec soulagement.

Je suis mort ! lui répliqua l'autre moitié. *Je suis étendu sur la chaussée et je suis mort ! Ils se rassemblent autour de moi et l'homme en noir qui m'a poussé leur dit : « Je suis prêtre. Laissez-moi passer. »*

Un flot de nausée envahit son esprit et transforma ses pensées en nuages effilochés par le vent. Il vit la grosse dame s'approcher et jeta un coup d'œil dans son sac quand elle passa près de lui. Il aperçut les yeux bleus d'une poupée enveloppée dans une serviette rouge, tout comme il s'y était attendu. Puis elle disparut. Le vendeur de bretzels ne criait pas *Ô mon Dieu, il est mort* ; il continuait à s'installer pour la journée tout en sifflotant la chanson de Donna Summer qu'avait beuglée la radio du Chicano.

Jake se retourna, les yeux fous, en quête du prêtre qui n'était pas un prêtre. Il ne le vit nulle part.

Jake gémit.

Ressaisis-toi ! Qu'est-ce qui te prend ?

Il n'en savait rien. Il ne savait qu'une chose : il aurait dû être allongé sur la chaussée, dans l'attente de la mort, pendant que la grosse dame hurlait, que le type au costume anthracite vomissait, que l'homme en noir se frayait un chemin parmi les badauds.

Et c'était apparemment ce qui se passait dans une partie de son esprit.

Il fut pris d'un étourdissement. Laissant tomber son déjeuner sur le trottoir, il se gifla violemment les joues. Une femme en route pour le bureau lui jeta un regard bizarre. Il l'ignora. Abandonnant son déjeuner, il fonça sur la chaussée, ignorant le signal ATTENDEZ PIÉTONS qui s'était remis à clignoter. Mais cela n'avait plus d'importance. La mort s'était approchée de lui... mais elle était repartie sans le toucher. Ça n'aurait pas dû se passer comme ça, et il le savait au fond de lui-même, mais c'était quand même arrivé.

Peut-être qu'il vivrait éternellement.

Cette idée lui donnait envie de hurler.

6

Il avait les idées un peu plus claires lorsqu'il arriva à l'école et son esprit s'affairait à le convaincre que tout ça n'était pas grave, pas grave du tout. Peut-être qu'il lui était arrivé un truc un peu *bizarre*, une sorte de flash psychique, un bref coup d'œil jeté sur un futur possible, mais quelle importance ? Aucune, pas vrai ? En fait, c'était même une idée un peu cool — ça ressemblait aux articles des journaux à sensation que Greta Shaw dévorait quand elle était sûre que la mère de Jake n'était pas dans les parages —

des journaux comme le *National Enquirer et l'Inside View*. Sauf que, bien entendu, ces articles parlaient de flashes psychiques aussi décisifs qu'une attaque nucléaire tactique — une femme qui rêve d'un accident d'avion et qui annule sa réservation, un type qui rêve que son frère est retenu prisonnier dans une biscuiterie fabriquant des gâteaux chinois et qui s'avère avoir raison. Un flash psychique qui vous permet de savoir à l'avance que la radio va passer une chanson de Kiss, qu'une grosse dame a dans son sac Bloomingdale's une poupée enveloppée dans une serviette rouge, qu'un vendeur de bretzels va boire son Yoo-Hoo dans une bouteille et non dans une boîte... quelle importance ça peut avoir ?

N'y pense plus, se dit-il. C'est fini.

Excellente idée, sauf que ce n'était pas *encore* fini lors de sa troisième heure de cours. Alors qu'il regardait M. Knopf résoudre des équations algébriques élémentaires, il se rendit compte, horrifié, que tout un ensemble de souvenirs inédits montaient à la surface de son esprit. Il avait l'impression de voir d'étranges objets émergeant lentement des eaux boueuses d'un lac.

Je me trouve dans un endroit que je ne connais pas, se dit-il. Enfin, dans un endroit que je *connaîtrai* — ou que j'*aurais* connu si la Cadillac m'avait écrasé. C'est le relais — mais la partie de moi-même qui s'y trouve ne le sait pas encore. Elle sait seulement qu'elle est quelque part dans le désert et qu'il n'y a personne. J'ai pleuré parce que j'ai très peur. J'ai peur d'être en enfer.

À 3 heures de l'après-midi, lorsqu'il arriva à l'Entre-Deux-Quilles, il avait trouvé la pompe dans l'étable et bu un peu d'eau. L'eau était glaciale et avait un goût minéral très prononcé. Bientôt, il entrerait dans le relais et trouverait une petite provision de bœuf séché dans une pièce qui avait jadis été une cuisine. Il le savait avec certitude, tout comme il avait su que le vendeur de bretzels allait boire une bouteille de Yoo-Hoo et que la poupée enfouie dans le sac Bloomingdale's aurait les yeux bleus.

Ça ressemblait à des souvenirs du futur.

Il n'obtint que des scores médiocres au bowling — 96 et 87. Timmy jeta un coup d'œil à sa feuille de résultats lorsqu'il la lui tendit avant de partir et secoua la tête.

— Aujourd'hui est un jour sans, champion, dit-il.

— Tu peux le dire, répliqua Jake.

Timmy le détailla quelques instants.

— Tu te sens bien ? Tu es vraiment pâle.

— J'ai l'impression que j'ai attrapé un microbe.

Ça ne ressemblait pas à un mensonge. Il avait bel et bien attrapé *quelque chose.*

— Rentre chez toi et va te coucher, lui conseilla Timmy. Bois quelque chose de frais — du gin ou de la vodka, par exemple.

Jake se força à sourire.

— Entendu.

Il rentra lentement chez lui. Tout autour de lui, New York déployait sa séduction printanière — un musicien jouait sa sérénade à chaque coin de rue, les arbres étaient en fleurs, les passants de bonne humeur. Jake voyait tout cela, mais il voyait également *au-delà* : il se voyait tapi dans les ombres de la cuisine pendant que l'homme en noir buvait goulûment à la pompe, se voyait sangloter de soulagement lorsque l'homme — ou la créature — s'éloignait sans l'avoir découvert, se voyait plonger dans un profond sommeil lorsque le soleil se couchait et que les étoiles apparaissaient une à une, tels des fragments de glace dans le ciel pourpre du désert.

Il ouvrit la porte du duplex, entra et se dirigea vers la cuisine pour aller manger un morceau. Il n'avait pas vraiment faim, mais telle était son habitude. Il approchait du réfrigérateur lorsque son œil se posa sur la porte de l'office, et il s'immobilisa. Il comprit soudain que le relais — ainsi que tout le reste de ce monde étrange qui était désormais le sien — se trouvait derrière cette porte. Il lui suffisait de la pousser pour rejoindre le Jake qui s'y trouvait déjà. La dislocation bizarre qui affligeait son esprit cesserait d'exister ; les voix qui ne cessaient de discuter de sa mort survenue et évitée à 8 h 25 ce matin-là finiraient par se taire.

Jake poussa la porte des deux mains, un sourire éclatant au visage... et se figea lorsque Mme Shaw, debout sur un tabouret au fond de l'office, poussa un hurlement. La boîte de sauce tomate qu'elle tenait dans sa main tomba par terre. Elle vacilla sur son perchoir et Jake se précipita pour l'empêcher de rejoindre la boîte de conserve.

— Doux Jésus ! hoqueta-t-elle en posant une main tremblante sur sa poitrine. Johnny, tu m'as fichu une trouille bleue !

— Je suis navré, dit-il.

Il était bien navré, mais il était aussi amèrement déçu. Ce n'était que l'office, après tout. Il était pourtant si *sûr*...

— Qu'est-ce que tu fais à rôder comme ça dans la cuisine ? Je croyais que tu allais au bowling aujourd'hui ! Je ne t'attendais pas avant une heure ! Je ne t'ai pas encore préparé ton goûter, alors ne t'attends pas à ce que je te le serve.

— Ce n'est pas grave. De toute façon, je n'ai pas très faim.

Il se baissa pour ramasser la boîte de sauce tomate.

— On ne le croirait pas à te voir foncer tête baissée dans l'office, grommela-t-elle.

— J'ai cru entendre une souris. Sans doute que ce n'était que vous.

— Sans doute. (Elle descendit du tabouret et lui prit la boîte des mains.) On dirait que tu as attrapé la grippe, Johnny. (Elle posa une main sur son front.) Tu n'as pas l'air d'avoir de la température, mais ça ne veut pas dire grand-chose.

— Je dois être un peu fatigué, c'est tout. (Si seulement ce n'était que ça, pensa-t-il.) Je vais boire un soda et regarder la télé.

Elle grommela.

— Tu as des copies à me montrer ? Dans ce cas, dépêche-toi. Je suis en retard pour préparer le souper.

— Non, je n'ai rien aujourd'hui.

Il sortit de l'office, se servit un soda, puis alla dans la salle de séjour. Il alluma la télé et regarda *Hollywood Squares* d'un œil distrait pendant que les voix reprenaient leur querelle et que les souvenirs de l'autre monde continuaient à faire surface dans son esprit.

7

Sa mère et son père ne remarquèrent rien d'anormal — son père ne rentra du travail qu'à 21 h 30 — et ça lui convenait parfaitement. Il alla se coucher à 22 heures et resta étendu dans les ténèbres, écoutant les bruits de la ville montant à sa fenêtre : klaxons, sirènes et coups de frein.

Tu es mort.

Mais non. Tu es couché dans ton lit, bien à l'abri et bien en vie.

Aucune importance. Tu es mort, et tu le sais parfaitement.

Et le pire, c'est qu'il savait que les deux voix avaient raison.

Je ne sais pas laquelle de vous deux je dois croire, mais je sais que je ne tiendrai pas le coup longtemps si vous continuez comme ça. Alors taisez-vous, toutes les deux. Arrêtez de vous disputer et laissez-moi tranquille. D'accord ? S'il vous plaît ?

Mais les voix ne voulaient pas se taire. Ne *pouvaient* pas se taire, apparemment. Et Jake eut soudain l'idée de se lever — *tout de suite* — et d'ouvrir la porte de la salle de bains. L'autre monde se trouvait derrière elle. Il y aurait le relais et il y aurait aussi le reste de *lui-même,* blotti sous une vieille couverture dans un coin de l'étable, essayant de dormir et se demandant ce qui avait bien pu lui arriver.

Je peux le lui dire, pensa Jake, tout excité. Il rejeta ses couvertures, soudain persuadé que la porte qui se trouvait à côté de sa bibliothèque ne donnait plus sur la salle de bains mais sur un monde qui sentait la chaleur, l'armoise et l'effroi dans une poignée de poussière, un monde qui gisait à présent à l'ombre des ailes de la nuit. Je peux le lui dire, mais je n'en aurai pas besoin... parce que je serai EN lui... je SERAI lui !

Il traversa en courant sa chambre obscure, si soulagé qu'il se mit presque à rire, et ouvrit la porte en grand. Et...

Et c'était sa salle de bains. Rien que sa salle de bains, avec le poster encadré de Marvin Gaye sur le mur et sur le carrelage les lignes d'ombre et de lumière du store vénitien.

Il resta là un long moment, s'efforçant de ravaler sa déception. Elle refusa de se laisser faire. Et elle était amère.

Amère.

8

Les trois semaines suivantes s'étirèrent dans la mémoire de Jake comme une désolation brûlée par le soleil — des terres perdues de cauchemar où la paix, le calme et le répit étaient inconnus. Tel un prisonnier impuissant observant une ville mise à sac, il avait vu son esprit succomber peu à peu sous le poids des voix et des souvenirs spectraux. Il avait espéré que ses souvenirs parallèles disparaîtraient lorsque l'homme nommé Roland l'avait laissé choir dans l'abîme sous les montagnes, mais ils n'en avaient rien fait. Toute la séquence avait recommencé depuis le début, comme une bande magnétique programmée pour passer en boucle jusqu'à ce qu'elle se casse ou que quelqu'un vienne interrompre son déroulement.

Les perceptions qu'il avait de sa vie plus ou moins réelle de jeune garçon new-yorkais se firent de plus en plus éparses à mesure que le schisme s'élargissait dans son esprit. Il se rappelait être allé à l'école durant la semaine, au cinéma le week-end, et à un brunch dominical avec ses parents une semaine plus tôt (ou était-ce deux semaines plus tôt ?), mais il se souvenait de ces événements comme une personne atteinte de malaria se souvient des phases les plus dramatiques de son affection : les gens devenaient des ombres, leurs voix se superposaient, et il lui fallait lutter pour manger un sandwich ou pour prendre un Coca au distributeur du gymnase. Jake avait vécu ces journées dans une brume peuplée de voix querelleuses et de souvenirs dédoublés. L'obsession que lui inspiraient les portes — toutes sortes de portes — s'était aggravée; l'espoir qu'il avait de trouver le monde du pistolero derrière l'une d'elles avait persisté. Ce qui n'avait rien d'étrange, car c'était le seul espoir qui lui restait.

Mais à partir d'aujourd'hui, le jeu avait pris fin. De toute façon, il n'avait jamais eu une chance de le gagner. Il avait renoncé. Il faisait l'école buissonnière. Jake s'avança dans le réseau serré des rues de New York, la tête basse, ne sachant ni où il allait ni ce qu'il ferait une fois parvenu à destination.

9

Vers 9 heures, il finit par reprendre ses esprits et par jeter un coup d'œil autour de lui. Il se trouvait au coin de Lexington Avenue et de la 54e Rue et n'avait aucune idée sur la façon dont il était arrivé là. Il remarqua pour la première fois que le temps était absolument superbe. Il faisait déjà beau le 7 mai, le jour où sa folie avait pris naissance, mais il faisait dix fois plus beau aujourd'hui — peut-être était-ce aujourd'hui que le printemps allait apercevoir derrière lui l'été prêt à lui piquer la place, un sourire éclairant son visage bronzé et sûr de lui. Le soleil se reflétait avec éclat sur les vitres des buildings ; les ombres des piétons étaient d'un noir profond. Le ciel était d'un bleu sans reproche, parsemé çà et là de gros nuages de beau temps.

Un peu plus loin, deux hommes d'affaires en costume de bonne coupe se tenaient debout devant une palissade érigée autour d'un chantier. Ils riaient aux éclats et se passaient quelque chose. Curieux, Jake se dirigea vers eux et, une fois qu'il se fut rapproché, se rendit compte que les deux hommes d'affaires jouaient au morpion sur la palissade, dessinant grilles, X et O avec un stylo Mark Cross des plus coûteux. Jake fut littéralement enchanté de ce spectacle. L'un des deux hommes inscrivit un O dans le coin supérieur droit de la grille, puis traça une diagonale sur celle-ci.

— Encore battu ! s'exclama son ami.

Puis cet homme, qui ressemblait à un cadre supérieur, à un avocat ou à un agent de change, s'empara du stylo et dessina une autre grille.

Le gagnant tourna légèrement la tête et aperçut Jake. Il lui sourit.

— Belle journée, pas vrai, gamin ?

— Oh oui, dit Jake, émerveillé de sa propre sincérité.

— Trop belle pour aller à l'école, hein ?

Cette fois-ci, Jake éclata franchement de rire. Piper, ce lieu où on assistait à un raout plutôt que d'aller à la cantoche et où on sortait parfois quelques instants mais où on ne chiait jamais, lui semblait soudain lointain et insignifiant.

— Pour ça oui !

— Tu veux faire une partie ? Ce vieux Billy n'arrivait jamais à me battre quand on allait à l'école et il n'y arrive toujours pas aujourd'hui.

— Laisse ce gamin tranquille, dit le second homme d'affaires en brandissant le stylo. Cette fois-ci, je vais t'avoir.

Il fit un clin d'œil à Jake, et celui-ci fut fort surpris de lui lancer un autre clin d'œil en réponse. Il reprit sa route, laissant les deux hommes à leur jeu. Il avait de plus en plus l'impression que quelque chose de merveilleux allait arriver — avait peut-être *déjà* commencé à arriver —, et on aurait dit que ses pieds ne touchaient plus le trottoir.

Le signal PASSEZ PIÉTONS apparut et il commença à traverser Lexington Avenue. Il s'arrêta si brutalement au milieu de la chaussée qu'un coursier à bicyclette faillit le renverser. Il faisait un temps superbe — d'accord. Mais ce n'était pas pour cette raison qu'il se sentait si bien, si conscient de tout ce qui se passait autour de lui, si certain qu'il allait se passer quelque chose de fantastique.

Les voix s'étaient tues.

Elles ne s'étaient pas tues pour de bon — il le savait confusément —, mais pour le moment, elles s'étaient *tues*. Pourquoi ?

Jake pensa soudain à deux hommes en train de se quereller dans une pièce. Ils sont assis l'un en face de l'autre et leur discussion est de plus en plus échauffée. Au bout d'un certain temps, ils se penchent l'un vers l'autre, tendent leurs visages belliqueux, s'arrosent mutuellement de postillons furibonds. Ils en viendront bientôt aux mains. Mais c'est alors qu'ils entendent un battement régulier — le bruit d'une grosse caisse —, suivi par un jaillissement de cuivres Les deux hommes se taisent et échangent un regard intrigué.

Qu'est-ce que c'est ? demande le premier.

Je ne sais pas, répond l'autre. *On dirait un défilé.*

Ils se précipitent vers la fenêtre, et *c'est* un défilé — une fanfare en uniforme dont les membres marchent au pas tandis que le soleil fait chanter leurs trompettes et leurs cors, de jolies majorettes lançant leurs bâtons et agitant leurs longues jambes bronzées, des cabriolets couverts de fleurs et emplis de célébrités souriantes.

Les deux hommes oublient leur querelle et regardent par la fenêtre. Ils recommenceront tôt ou tard à se disputer, bien sûr, mais pour l'instant on dirait les meilleurs amis du monde ; épaule contre épaule, ils regardent passer le défilé...

10

Un coup de klaxon mit fin à la petite histoire que se racontait Jake, une petite histoire aussi vivante qu'un rêve dans son esprit. Il s'aperçut qu'il était toujours planté au milieu de Lexington Avenue et que le feu était passé au vert. Il jeta un regard terrifié autour de lui, persuadé que la Cadillac bleue allait lui foncer dessus, mais le type qui avait klaxonné était asis au volant d'une Mustang jaune et il avait un large sourire aux lèvres. On aurait dit que tous les habitants de New York avaient reçu une dose d'euphorisants ce jour-là.

Jake salua le conducteur de la Mustang et traversa en courant. Le type posa un doigt sur sa tempe pour lui faire comprendre qu'il était cinglé, puis lui rendit son salut et s'en fut.

Jake resta quelques instants immobile sur le trottoir, le visage offert au chaud soleil de mai, souriant et appréciant le beau temps. Les prisonniers condamnés à la chaise électrique devaient ressentir le même soulagement en apprenant qu'ils venaient de bénéficier d'une remise de peine, pensa-t-il.

Les voix s'étaient tues.

Quel défilé avait bien pu les distraire, même temporairement ? Telle était la question. Était-ce tout simplement la beauté peu ordinaire de ce matin de printemps ?

Jake ne le pensait pas. Il ne le pensait pas parce qu'il sentait monter en lui un étrange *savoir*, celui-là même qui l'avait possédé corps et âme trois semaines plus tôt, lorsqu'il était arrivé au coin de la Cinquième Avenue et de la 46e Rue. Mais le 7 mai, il avait su que sa mort était proche. Aujourd'hui, il ressentait la présence d'un rayonnement, une impression de bonheur et d'anticipation. C'était comme si... comme si...

Blanc. Tel fut le mot qui lui vint à l'esprit, et il résonna dans sa tête avec des accords chaleureux et triomphants.

— C'est le Blanc ! s'exclama-t-il. L'avènement du Blanc !

Il descendit la 54e Rue et, lorsqu'il arriva au coin de la Deuxième Avenue, il passa une nouvelle fois à l'ombre du *ka-tet*.

11

Il tourna à droite, puis s'arrêta et rebroussa chemin jusqu'au coin de la rue. Il devait descendre la Deuxième Avenue, oui, cela ne faisait aucun doute, mais il était du mauvais côté de la chaussée. Lorsque le feu passa au rouge, il traversa la rue en courant et tourna de nouveau à droite. Cette impression, cette idée de

(*Blancheur*)

justesse, se fit plus insistante. Il se sentait à moitié fou de joie et de soulagement. Tout irait bien. Cette fois-ci, pas d'erreur. Il était sûr qu'il allait bientôt voir des gens qu'il reconnaîtrait, tout comme il avait reconnu la grosse dame et le vendeur de bretzels, et ces gens-là feraient des choses dont il se souviendrait avant de les avoir vues.

Puis il arriva devant la librairie.

12

Les mots RESTAURANT SPIRITUEL DE MANHATTAN étaient peints sur la vitrine. Jake se dirigea vers la porte. On y avait accroché une ardoise du type de celles qu'on emploie dans les restaurants et les cantines.

MENU DU JOUR

En provenance de Floride ! John D. MacDonald grillés
Livres reliés : 3 pour $ 2,50
Livres de poche : 9 pour $ 5,00
En provenance du Mississippi !
William Faulkner poêlés
Livres reliés au prix marqué
Livres de poche (Vintage) 75 ¢ l'unité
En provenance de Californie ! Raymond Chandler rôtis

Livres reliés au prix marqué
Livres de poche : 7 pour $ 5,00

ENTREZ ET DÉVOREZ NOS LIVRES !

Jake entra, conscient du fait que, pour la première fois depuis trois semaines, il venait d'ouvrir une porte sans espérer trouver derrière un autre monde. Une clochette tinta au-dessus de sa tête. L'odeur légèrement épicée des vieux livres parvint à ses narines et lui donna l'impression de rentrer chez lui.

La librairie était bel et bien aménagée comme un restaurant. Les murs étaient couverts d'étagères croulantes de livres, mais le centre de la boutique était occupé par un long comptoir. D'un côté de celui-ci étaient placées des petites tables entourées de chaises de cafétéria. Chacune de ces tables proposait les articles figurant au menu : des romans de Travis McGee écrits par John D. MacDonald, des romans de Philip Marlowe écrits par Raymond Chandler et des romans de Snopes écrits par William Faulkner. Près de ceux-ci était placée une petite pancarte : *Éditions originales disponibles — nous consulter.* Une seconde pancarte, posée sur le comptoir, disait tout simplement : *FEUILLETEZ !* C'était ce que faisaient deux ou trois clients, assis au comptoir et buvant un café. Jake pensa aussitôt que cette librairie était la plus formidable qu'il eût jamais vue.

La question était la suivante : qu'est-ce qui l'avait conduit ici ? Était-ce la chance, ou bien était-ce l'impression persistante qu'il avait de suivre une piste — une sorte de rayon — que lui seul était destiné à trouver ?

Il jeta un coup d'œil aux livres posés sur une table toute proche et la réponse lui apparut aussitôt.

13

C'étaient des livres pour enfants. Comme la table n'était pas très grande, il n'y avait dessus qu'une douzaine de volumes — *Alice au pays des merveilles, Bilbo le Hobbit, Les Aventures de Tom Sawyer* et quelques autres du même acabit. Celui qui avait attiré l'attention de Jake était un livre d'images de toute évidence destiné à un très jeune public. Sur sa couverture d'un vert criard figurait une locomotive anthropomorphe qui gravissait une colline. Son chasse-buffles (d'une belle couleur rose) était en fait un large sourire et son phare était un œil jovial qui semblait inviter Jake Chambers à ouvrir le livre et à lire son histoire. *Charlie le Tchou-tchou,* tel était son titre, histoire et dessins de Beryl Evans. Jake revit en esprit sa composition de fin d'année, la photo d'un train Amtrak collée sur sa première page, les mots *tchou-tchou* qui y revenaient à plusieurs reprises.

Il attrapa le livre et le serra dans ses mains, comme s'il risquait de s'envoler sans crier gare. Lorsqu'il en examina la couverture, il s'aperçut qu'il se méfiait du sourire de Charlie le Tchou-tchou. Tu as l'air bien content, mais je pense que ce n'est qu'un masque, songea-t-il. Je ne pense pas que tu sois vraiment content. Et je ne pense pas non plus que tu t'appelles vraiment Charlie.

C'étaient là des pensées un peu dingues, sans aucun doute, mais elles ne lui *semblaient* pas dingues. Elles lui semblaient bien sensées. Elles lui semblaient refléter la *vérité.*

À côté de l'endroit où on avait posé *Charlie le Tchou-tchou* se trouvait un livre de poche en mauvais état. Sa couverture déchirée avait été rafistolée avec du Scotch jauni par l'âge. On y voyait un garçon et une fille, l'air très intrigué, une forêt de points d'interrogation au-dessus de leurs têtes. Ce livre s'intitulait *Devine, Devinettes.* Le nom de son auteur n'était pas mentionné.

Jake glissa *Charlie le Tchou-tchou* sous son bras et attrapa le recueil de devinettes. Il l'ouvrit au hasard et vit ceci :

Quand est-ce qu'une porte n'est pas une porte ?

— Quand c'est une jarre, murmura Jake. (Il sentit la sueur perler à son front... sur ses bras... sur tout son corps.) Quand c'est une *jarre !*

— Tu as trouvé quelque chose, fiston ? demanda une voix douce.

Jake se retourna et vit un gros homme vêtu d'une chemise blanche à col ouvert qui se tenait debout à l'extremité du comptoir. Ses mains étaient enfouies dans les poches de son vieux pantalon de toile. Une paire de lunettes à verres en demi-lune était perchée sur le dôme brillant de son crâne chauve.

— Oui, dit Jake, tout excité. Ces deux livres. Est-ce qu'ils sont à vendre ?

— Tout ce que tu vois ici est à vendre dit l'homme. L'immeuble lui-même serait à vendre s'il m'appartenait. Hélas ! je n'en suis que le locataire.

Il tendit la main et Jake hésita un instant à lui donner les livres. Puis il se décida à contrecœur. Une partie de lui-même s'attendait à voir le gros homme s'enfuir avec les bouquins, et si cela se produisait — si le gros homme faisait seulement mine de s'enfuir —, Jake était prêt à le plaquer au sol, à lui arracher les livres et à se tirer. Il avait *besoin* de ces livres.

— Bien, regardons ça de plus près, dit le gros homme. Au fait, je m'appelle Tower. Calvin Tower.

Il tendit la main.

Les yeux de Jake s'écarquillèrent et il recula d'un pas par pur réflexe.

— *Quoi ?*

Le gros homme l'examina avec un certain intérêt.

— Calvin Tower. Lequel de ces deux mots est une injure dans ta langue, ô vagabond hyborien ?

— Hein ?

— Tu ressembles à quelqu'un à qui on vient de mettre la main au panier.

— Oh ! Excusez-moi. (Il serra la grosse patte de M. Tower, espérant que celui-ci n'insisterait pas. Son nom l'avait fait sursauter, mais il ne savait pas pourquoi.) Je m'appelle Jake Chambers.

Calvin Tower lui serra la main avec enthousiasme.

— C'est un nom qui sonne bien, partenaire. On dirait le nom d'un héros de western — l'étranger qui arrive un beau jour à Black Fork, Arizona, qui nettoie la ville et puis qui reprend sa route. Un roman de Wayne D. Overholser, peut-être. Sauf que tu ne ressembles pas à un héros, Jake. Tu ressembles à un gamin qui a décidé qu'il faisait trop beau pour aller à l'école.

— Oh... non. Les cours sont finis depuis vendredi dernier.

Tower eut un large sourire.

— Ouais. Bien sûr. Et tu veux ces deux bouquins, hein ? C'est bizarre, les trucs que les gens achètent. Toi, quand je t'ai vu faire un bond tout à l'heure, j'aurais juré que tu étais un fan de Robert E. Howard prêt à me marchander une de ces superbes éditions publiées par Donald M. Grant — celles avec les illustrations de Roy Krenkel. Épée dégoulinante de sang, cuisses musclées,

Conan le Barbare se taille un chemin parmi les hordes stygiennes.

— Ça a l'air chouette. Mais je voudrais ces livres pour les offrir à... euh, à mon petit frère. C'est son anniversaire la semaine prochaine.

Calvin Tower fit descendre ses lunettes sur son nez d'un coup de pouce et examina Jake de plus près.

— Vraiment ? Tu ressembles pourtant à un fils unique. Un fils unique, oui, un gamin qui coque les cours pour profiter de la verte robe de Mlle Mai avant que n'arrive M. Juin et son canotier jaune.

— Pardon ?

— Peu importe. Je me sens toujours l'âme d'un poète quand vient le joli mois de mai. Les gens sont bizarres mais intéressants, Tex... pas vrai ?

— Sans doute, dit prudemment Jake.

Il ne savait pas s'il trouvait cet homme aimable ou irritant.

Un des lecteurs installés au comptoir pivota sur son tabouret. Il tenait une tasse de café dans une main et un exemplaire pourri de *La Peste* dans l'autre.

— Arrête de casser les pieds à ce gamin et vends-lui ces fichus bouquins, Cal, dit-il. On a encore le temps de finir cette partie d'échecs avant la fin du monde, à condition que tu te presses un peu.

— Je suis congénitalement incapable de me presser, dit Cal, mais il ouvrit *Charlie le Tchou-tchou* et scruta le prix inscrit au crayon rouge sur la page de garde. Ce n'est pas une rareté, mais il est en bon état. Les gosses ont pour habitude de massacrer les livres qu'ils aiment. Je devrais en exiger douze dollars...

— Bandit de grand chemin, dit le lecteur de *La Peste*.

L'homme assis à côté de lui éclata de rire. Calvin Tower ne leur prêta aucune attention.

— ... mais je n'ai pas le cœur à te demander une somme pareille par une telle journée. Il te coûtera sept dollars. Plus la taxe de vente, bien sûr. Quant au recueil de devinettes, je te l'offre. Un cadeau de ma part à ce jeune garçon assez sage pour seller son cheval et partir pour les territoires le dernier jour du printemps.

Jake sortit son portefeuille et l'ouvrit avec anxiété, redoutant de n'avoir que trois ou quatre dollars en poche. Mais la chance était de son côté. Il avait un billet de cinq dollars et trois billets d'un dollar. Il les tendit à Tower, qui les enfouit machinalement dans une de ses poches, sortant de l'autre de la petite monnaie.

— Ne te presse pas, Jake. Maintenant que tu es là, viens par ici et bois un peu de café. Tes yeux vont s'ouvrir tout grands quand je réduirai à néant la minable défense de Kiev concoctée par Aaron Deepneau.

— Tu peux toujours courir, dit le lecteur de *La Peste* — Aaron Deepneau, sans aucun doute.

— J'aimerais bien, mais je ne peux pas. Je... je dois aller quelque part.

— Très bien. Tant que ce n'est pas à l'école.

Jake eut un large sourire.

— Non... pas à l'école. Là règne la folie.

Tower partit d'un rire homérique et remonta ses lunettes au sommet de son crâne.

— Pas mal ! Pas mal du tout ! Peut-être que la nouvelle génération n'est pas destinée à l'enfer, après tout. Aaron, qu'est-ce que tu en dis ?

— Oh que si, elle est destinée à l'enfer, répliqua Aaron. Ce gamin n'est que l'exception qui confirme la règle. Peut-être.

— Ne fais pas attention à ce vieux cynique, dit Calvin Tower. Reprends ta route, ô vagabond hyborien. J'aimerais bien avoir dix ou onze ans, moi aussi, avec une si belle journée devant moi.

— Merci pour les livres, dit Jake.

— Il n'y a pas de quoi. On est là pour ça. Reviens nous voir un de ces jours.

— Ça me ferait plaisir.

— Eh bien, tu sais où on est.

Oui, pensa Jake. Si seulement je savais où *je* suis.

14

Aussitôt sorti de la librairie, il ouvrit le recueil de devinettes à la première page, où se trouvait une courte introduction non signée :

« La devinette est peut-être le plus ancien de tous les jeux de société. Les dieux et les déesses de la mythologie grecque se posaient souvent des devinettes et des énigmes, et celles-ci étaient utilisées dans la Rome antique comme outils pédagogiques. On trouve plusieurs excellentes devinettes dans la Bible. Une des plus célèbres est celle que Samson posa le jour de son mariage avec Dalila :

« *De celui qui mange est sorti ce qui se mange*

« *Et du fort est sorti le doux*[1].

« Il soumit cette devinette à plusieurs de ses jeunes invités, persuadé qu'ils seraient incapables de la résoudre. Mais ils attirèrent Dalila à l'écart et elle leur donna la réponse. Furieux, Samson fit exécuter les jeunes tricheurs — comme vous le voyez, les devinettes étaient une affaire sérieuse dans l'Antiquité !

« Au fait, la réponse de la devinette de Samson — et de toutes les devinettes contenues dans ce livre — figure en fin de volume. Mais nous vous demandons de faire un effort pour les résoudre avant de jeter un coup d'œil à la solution ! »

Jake tourna les pages, sachant ce qu'il trouverait à la fin du livre avant même d'y être parvenu. Derrière la page intitulée SOLUTIONS, il n'y avait que la trace d'un cahier déchiré. Les réponses avaient été arrachées.

Il réfléchit durant quelques instants. Puis, obéissant à une impulsion qui n'en était peut-être pas une, il fit demi-tour et rentra dans le *Restaurant spirituel* de Manhattan.

Calvin Tower leva les yeux de son échiquier.

— Tu as finalement décidé de boire un café, ô vagabond hyborien ?

— Non. Je voulais vous demander si vous connaissiez la solution d'une devinette.

— Je t'écoute, dit Tower en avançant un pion.

— C'est Samson qui l'a posée. Le costaud dans la Bible. Elle dit...

— « De celui qui mange est sorti ce qui se mange, dit Aaron Deepneau en se tournant vers Jake. Et du fort est sorti le doux. » C'est ça ?

— Oui, dit Jake. Comment la connaissez...

— Oh, j'ai pas mal roulé ma bosse. Écoute ça.

Il rejeta la tête en arrière et chanta d'une voix mélodieuse :

1. *Juges*, XIV, 14. Traduction œcuménique, Le Livre de Poche. *(N.d.T)*

Un jour le grand Samson affronta un lion
Il sauta sur le dos du fauve d'un seul bond.
Les griffes du lion sont armes meurtrières,
Mais Samson s'agrippa à la bête rétive !
Il chevaucha le lion jusqu'à ce que mort s'ensuive,
Et les abeilles firent du miel dans sa crinière.

Aaron cligna des yeux, puis s'esclaffa devant l'air surpris de Jake.

— Est-ce que cela répond à ta question, mon ami ?

Jake ouvrait de grands yeux émerveillés.

— Wow ! Quelle chouette chanson ! Où l'avez-vous apprise ?

— Oh, Aaron les connaît toutes, intervint Tower. Il glandait autour de Bleecker Street avant que Bob Dylan ait appris à accorder sa guitare. Enfin, c'est ce qu'il dit.

— C'est un vieux negro spiritual, dit Aaron à Jake, puis il se tourna vers Tower : Au fait, échec au roi, mon gros.

— Pas pour longtemps, dit Tower.

Il déplaça son fou. Aaron s'empressa de le capturer. Tower marmonna quelque chose entre ses dents. Jake crut entendre le mot *enfoiré*.

— La réponse est donc un lion, dit Jake.

Aaron secoua la tête.

— Ce n'est que la *moitié* de la réponse. L'énigme de Samson est à double détente, mon ami. L'autre moitié de la réponse est le miel. Tu as compris ?

— Oui, je crois.

— D'accord, alors en voilà une autre.

Aaron ferma les yeux quelques instants, puis récita :

Qu'est-ce qui a une bouche mais ne parle point,
Qui a un lit mais ne dort point,
Qui a des bras mais pas de mains ?

— Gros malin, grommela Tower.

Jake réfléchit quelques instants, puis secoua la tête. Il aurait bien aimé chercher à résoudre cette énigme — ces devinettes étaient à la fois charmantes et fascinantes —, mais il avait l'impression qu'il ne devait pas s'attarder, qu'il avait autre chose à faire dans la Deuxième Avenue.

— Je donne ma langue au chat.

— Oh non, dit Aaron. On peut s'avouer vaincu par une devinette *moderne*. Mais les *vraies* devinettes ne sont pas seulement des blagues, mon petit — ce sont des énigmes. Réfléchis encore un peu à celle-ci. Si tu ne trouves pas la solution, ça te fera une excuse pour revenir nous voir. Et si tu as besoin d'une autre excuse, ce gros malin de Calvin fait un *excellent* café.

— D'accord, dit Jake. Merci. Au revoir.

Mais lorsqu'il sortit de la librairie, il acquit soudain la certitude qu'il ne remettrait jamais les pieds au *Restaurant spirituel* de Manhattan.

15

Jake descendit la Deuxième Avenue, serrant ses nouveaux achats dans sa main gauche. Il essaya d'abord de réfléchir à la devinette — qu'est-ce qui a un lit mais ne dort point ? —, mais une sensation d'anticipation chassa bientôt cette question de son esprit. Ses sens paraissaient plus aiguisés que jamais ; il voyait des millions de particules étincelantes enchâssées dans le trottoir, sentait un millier de parfums chaque fois qu'il respirait, semblait entendre des bruits secrets à moitié étouffés par le brouhaha de la rue. Il se demanda si ce n'était pas le genre d'impressions que ressentaient les chiens avant une tempête ou un tremblement de terre, et pensa que tel était certainement le cas. Mais il était également persuadé que ce qui l'attendait n'avait rien de maléfique, qu'il allait vivre un événement dont la nature compenserait l'horreur qu'il avait vécue trois semaines plus tôt.

Et à mesure qu'il s'approchait du lieu où se déciderait son destin, il voyait en esprit les choses qu'il allait faire durant les minutes suivantes.

Un clochard va me mendier un peu d'argent et je vais lui donner la monnaie que m'a rendue M. Tower. Et il y aura un magasin de disques. La porte sera ouverte pour faire entrer un peu d'air frais et j'entendrai les Rolling Stones quand je passerai devant elle. Et j'apercevrai mon reflet dans une vitrine pleine de miroirs.

La circulation était encore fluide sur la Deuxième Avenue. Les taxis jouaient du klaxon et faisaient du slalom entre les voitures et les camions trop lents à leur gré. Le soleil printanier étincelait sur leurs pare-brise et sur leurs carrosseries jaunes. Alors qu'il attendait que le feu passe au rouge, Jake vit le clochard au coin de la 52e Rue. Il était adossé au mur de brique d'un petit restaurant, et Jake vit que celui-ci s'appelait *Mama Chowchow*.

Tchou-tchou, pensa-t-il. Et c'est la vérité.

— T'as pas un peu d'fric ? demanda le clochard avec lassitude.

Jake jeta sa monnaie dans la main tendue sans même la regarder. Il entendait les Rolling Stones, comme prévu :

Je vois une porte rouge et je veux la peindre en noir,
Plus de couleurs, je veux que tout soit noir...

En passant devant le magasin de disques, il vit — sans la moindre surprise — qu'il s'appelait Tower of Power.

Les tours n'étaient pas chères aujourd'hui, semblait-il.

Jake poursuivit sa route et les panneaux indiquant les noms des rues semblèrent flotter au-dessus de lui comme dans un rêve. Entre la 49e Rue et la 48e Rue, il passa devant une boutique baptisée Reflets de Toi. Il tourna la tête et aperçut une douzaine de Jake dans les miroirs, comme prévu — une douzaine de garçons plutôt petits pour leur âge, une douzaine de garçons soigneusement vêtus : blazer bleu, chemise blanche, cravate bordeaux, pantalon gris. Il n'existait pas d'uniforme officiel à Piper, mais cette tenue était ce qui se rapprochait le plus d'un uniforme officieux.

Comme l'école lui semblait lointaine à présent.

Soudain, Jake sut quelle était sa destination. On aurait dit qu'une merveilleuse source fraîche venait de jaillir dans son esprit. C'est une charcuterie fine, pensa-t-il. Du moins en apparence. En fait, c'est tout autre chose — c'est une porte sur un autre monde. *Le* monde. *Son* monde. Le *bon* monde.

Il se mit à courir en regardant droit devant lui. Le feu de la 47e Rue était vert, mais il l'ignora, bondit sur la chaussée et traversa les bandes blanches en jetant un vague regard sur sa gauche. Un camion de plombier pila dans un crissement de pneus pour l'éviter.

— Hé ! Ça va pas, la tête ? cria le chauffeur, mais Jake ne l'entendit pas.

Plus qu'un pâté de maisons.

Il se mit à sprinter comme un beau diable. Sa cravate flottait sur son épaule ; ses cheveux étaient rejetés en arrière ; ses tennis martelaient le trottoir. Il ignorait les regards — tantôt amusés, tantôt simplement curieux — que lui jetaient les passants, tout comme il avait ignoré les cris du plombier.

C'est ici — au coin de la rue. À côté de la papeterie.

Un livreur vêtu d'un uniforme sombre poussait un chariot empli de paquets. Jake tendit les bras et franchit l'obstacle d'un bond. Le pan de sa chemise blanche jaillit de son pantalon et flotta comme un jupon sous son blazer. Il toucha terre et faillit entrer en collision avec un landau poussé par une jeune Portoricaine. Jake le contourna comme un footballeur se jouant du pack adverse et filant à l'essai.

— Il y a le feu quelque part, mon mignon ? lui demanda la jeune femme, mais Jake l'ignora, elle aussi.

Il passa en courant devant la vitrine de la papeterie où s'amoncelaient stylos, agendas et calculettes.

La porte ! pensa-t-il, extatique. Je vais la voir ! Et est-ce que je vais rester planté devant comme un débile ? Oh que non ! Je vais la franchir sans m'arrêter, et si elle est fermée, je vais l'abattre et passer quand m...

Puis il vit ce qu'il y avait au coin de la Deuxième Avenue et de la 46e Rue et il finit par s'arrêter — il glissa sur les talons de ses tennis, en fait. Il resta immobile au milieu du trottoir, les poings serrés, le souffle court, le front couvert de cheveux poisseux de sueur.

— Non, gémit-il. *Non !*

Mais ce refus quasi frénétique était impuissant à altérer la nature de ce qu'il voyait, à savoir rien du tout. Il n'y avait rien à voir, excepté une petite palissade entourant un terrain vague empli de détritus et de mauvaises herbes.

L'immeuble qui s'était dressé sur ce terrain avait été démoli.

16

Jake resta planté devant la palissade pendant deux bonnes minutes, examinant le terrain vague de ses yeux vitreux. La commissure de ses lèvres était agitée de tics. Il sentait son espoir, sa *certitude absolue*, s'évaporer peu à peu. Elle était remplacée par le désespoir le plus profond et le plus amer qu'il ait jamais connu.

Encore une fausse alarme, se dit-il une fois que le choc se fut suffisamment dissipé pour qu'il puisse commencer à reprendre ses esprits. Encore une fausse alarme, encore une impasse, encore un puits sec. Maintenant, les voix vont se remettre à parler, et moi, je crois bien que je vais me mettre à hurler. Et c'est très bien comme ça. Parce que j'en ai marre de lutter. J'en ai marre de devenir fou. Si c'est à ça que ressemble la folie, alors qu'on en finisse, qu'on m'emmène à l'hôpital, qu'on me fasse une piqûre pour m'assommer. Je renonce. Je suis au bout du rouleau — c'est fini.

Mais les voix ne se manifestèrent pas — du moins pas encore. Et lorsqu'il commença à réfléchir à ce qu'il voyait, il se rendit compte que le terrain vague n'était pas complètement vide, après tout. Au milieu du chiendent et des détritus se dressait une pancarte :

> LES ENTREPRISES MILLS ET SOMBRA PROMOTION
> POURSUIVENT LA RÉNOVATION DE MANHATTAN !
> BIENTÔT SUR CET EMPLACEMENT :
> LA RÉSIDENCE DE LA BAIE DE LA TORTUE !
> RENSEIGNEMENTS AU 555-6712 !
> *VOUS NE REGRETTEREZ PAS*
> *DE NOUS AVOIR APPELÉS !*

Bientôt ? Peut-être... mais Jake avait des doutes. Les lettres de la pancarte avaient pâli et elle était un peu de guingois. Un tagueur du nom de BANGO SKANK avait apposé sa marque en bleu fluorescent sur le dessin censé représenter la Résidence de la Baie de la Tortue. Jake se demanda si le projet avait été retardé ou tout simplement annulé. Il se rappela une conversation téléphonique entre son père et son conseiller financier durant laquelle le premier avait fortement déconseillé au second d'investir dans l'immobilier. « Je me *fous* des avantages fiscaux ! avait-il hurlé (pour autant que Jake puisse en juger, son père adoptait toujours le même ton pour parler affaires — la cocaïne qu'il planquait dans son tiroir y était sans doute pour quelque chose). Quand on t'offre un poste de télé pour t'encourager à venir examiner des *plans*, il y a forcément anguille sous roche ! »

La palissade entourant le terrain vague lui arrivait à peine au menton. Elle était couverte d'affiches — Olivia Newton John au Radio City Music Hall, un groupe du nom de G. Gordon Liddy and the Grots dans un club de l'East Village, un film intitulé *La Guerre des zombies* qui n'avait connu qu'une brève carrière le printemps précédent. La plupart des pancartes ENTRÉE INTERDITE avaient été ainsi dissimulées par toutes sortes d'affiches et de posters. Un peu plus loin, la palissade était recouverte de graffitis dont la couleur jadis rouge vif s'était fanée, évoquant à présent celle des roses à la fin de l'été. Fasciné, les yeux grands ouverts, Jake murmura le message mural :

Vois la TORTUE comme elle est ronde !
Sur son dos repose le monde.
Tu veux des rires et des chansons ?
Suis donc le sentier du RAYON.

Jake n'avait guère de doutes sur l'origine (sinon le sens) de cet étrange petit poème. Ce quartier de Manhattan était après tout connu sous le nom de Baie de la Tortue. Mais cela n'expliquait pas la chair de poule qui lui parcourait l'échine, ni l'impression qu'il avait d'avoir trouvé un nouveau panneau sur une fabuleuse autoroute occulte.

Jake déboutonna sa chemise et glissa les deux livres contre sa peau. Puis il regarda autour de lui, vit que personne ne lui prêtait attention, se hissa à la force du poignet en haut de la palissade, l'enjamba et se laissa tomber de l'autre côté. Son pied gauche atterrit sur une pile de briques qui s'effondra sous son poids. Il sentit sa cheville se tordre et une violente douleur irradier dans sa jambe. Il tomba par terre et poussa un cri de douleur et de surprise en se recevant sur les briques, comme si on lui avait martelé les côtes à coups de poing.

Il resta allongé quelques instants, reprenant son souffle. Il ne pensait pas être grièvement blessé, mais il s'était tordu la cheville et elle allait sans doute enfler. Il rentrerait sûrement chez lui en traînant la patte. Tant pis, il ne lui restait plus qu'à serrer les dents en attendant que ça passe ; il n'avait pas de quoi se payer un taxi.

Tu n'as pas vraiment l'intention de rentrer chez toi, n'est-ce pas ? Tes parents vont te dévorer vivant.

Eh bien, peut-être que oui et peut-être que non. Pour autant qu'il pût en juger, il n'avait pas vraiment le choix. Chaque chose en son temps. Pour l'instant, il allait explorer ce terrain vague qui l'avait attiré aussi sûrement qu'un aimant attire la limaille de fer. La même sensation de pouvoir l'habitait encore, et il se rendit compte qu'elle était même plus forte que jamais. Il ne pensait pas se trouver dans un terrain vague ordinaire. Il se passait quelque chose ici, quelque chose d'important. Il sentait des vibrations agiter l'air, comme de l'électricité s'échappant de la plus grande centrale électrique du monde.

Comme il se relevait, Jake s'aperçut qu'il avait eu de la chance. Non loin de là se trouvaient des morceaux de verre éparpillés sur le sol. S'il était tombé là-dessus, il se serait sûrement coupé.

C'était la vitrine, pensa-t-il. Quand la charcuterie fine était encore ouverte, on voyait derrière elle toutes sortes de viandes et de fromages. Et ils étaient pendus à des ficelles.

Comment le savait-il, il n'en avait aucune idée, mais il le savait — le savait sans l'ombre d'un doute.

Il jeta autour de lui un regard pensif, puis s'avança vers le centre du terrain. Un nouveau panneau l'y attendait, à moitié enfoui dans les mauvaises herbes. Jake se mit à genoux, le redressa et l'épousseta. Les lettres qui y étaient inscrites étaient à moitié effacées mais néanmoins lisibles :

TOM ET GERRY — CHARCUTERIE FINE ET ARTISTIQUE
SPÉCIALISTE EN RÉCEPTIONS

Et sous l'enseigne, inscrite en lettres d'un rouge fané, cette phrase énigmatique : *SON ESPRIT, QUOIQUE LENT, EST TOUJOURS TRÈS GENTIL ; IL TIENT CHACUN DE NOUS DANS SES NOMBREUX REPLIS.*

C'est bien ici, pensa Jake. Oh oui !

Il laissa retomber le panneau, se releva et s'enfonça dans le terrain vague d'un pas lent, détaillant tout ce qui l'entourait. Le pouvoir montait en lui à chaque pas. Tout ce qu'il voyait — mauvaises herbes, verre brisé, tas de briques — lui apparaissait avec une extraordinaire clarté. Même les poches de chips lui semblaient superbes, et le soleil transformait une bouteille de bière en cylindre de feu mordoré.

Jake avait conscience de son propre souffle et de la chape d'or que le soleil déposait sur toutes choses. Il comprit soudain qu'il se trouvait au seuil d'un grand mystère et il sentit un frisson de terreur et d'émerveillement le parcourir de la tête aux pieds.

Tout est ici. Tout. Tout est encore ici.

Les herbes frôlaient son pantalon ; les bardanes s'accrochaient à ses chaussettes. La brise fit voleter un emballage de Ring-Ding devant lui ; le soleil se posa sur le papier, révélant l'espace d'un instant un terrible et superbe éclat dans ses fibres.

— Tout est encore ici, répéta-t-il à haute voix, inconscient de l'éclat qui illuminait son propre visage. *Tout.*

Il entendait un bruit — il l'entendait depuis qu'il était entré dans le terrain vague, en fait. C'était un merveilleux bourdonnement suraigu, désespérément solitaire et désespérément adorable. Cela aurait pu être le bruit du vent soufflant sur le désert, mais ce bruit-là était *vivant*. C'était le chant d'un chœur de mille voix, pensa-t-il. Il baissa les yeux et s'aperçut qu'il y avait des *visages* parmi les mauvaises herbes, les buissons et les tas de briques. *Des visages.*

— Que faites-vous ici ? murmura Jake. *Qui* êtes-vous ?

Il n'obtint aucune réponse mais crut entendre au sein du chœur un bruit de sabots frappant le sol poussiéreux, des coups de feu et des anges chantant des hosannas parmi les ombres. Les visages semblaient se tourner sur son passage. Ils semblaient suivre sa progression mais n'avaient aucune intention maléfique à son égard. Il apercevait la 46e Rue et un bout de l'immeuble des Nations unies de l'autre côté de la Première Avenue, mais ces bâtiments n'avaient aucune importance — *New York* n'avait aucune importance. La ville était devenue aussi pâle que le verre.

Le bourdonnement s'amplifia. Le chœur comprenait à présent un million de voix semblant monter du puits le plus profond de l'univers. Il entendit quelques noms mais n'aurait pu les identifier. L'un d'eux était peut-être Marten. Un autre était peut-être

Cuthbert. Un troisième était peut-être Roland — Roland de Gilead.

Il y avait des noms; il y avait des bribes de conversations qui auraient pu provenir d'une dizaine de milliers d'histoires entremêlées; mais il y avait surtout ce bourdonnement sublime, cette vibration qui voulait lui emplir la tête d'un blanc étincelant. Jake faillit succomber à une joie toute-puissante lorsqu'il se rendit compte que cette voix était la voix du *Oui*; la voix du *Blanc*; la voix du *Toujours*. C'était un chœur céleste proclamant une affirmation unanime; et ce chœur chantait dans le terrain vague. Il chantait pour lui.

Puis, enfouie parmi les bardanes enchevêtrées, Jake vit la clé... et derrière la clé, la rose.

17

Ses jambes le trahirent et il tomba à genoux. Il avait vaguement conscience des larmes qui coulaient sur ses joues, des gouttes d'urine qui souillaient son pantalon. Il rampa sur ses genoux et tendit la main vers la clé enfouie parmi les bardanes. Il pensait avoir déjà vu sa forme dans un rêve :

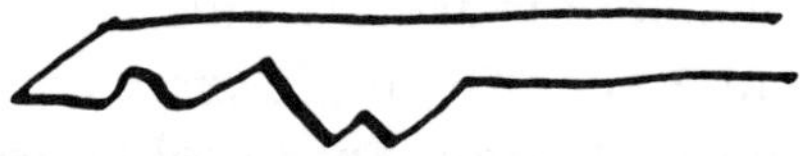

Le petit machin en forme de s au bout, pensa-t-il. C'est ça, le secret.

Lorsqu'il referma ses doigts sur la clé, le chœur se fit triomphant. Le cri que poussa Jake se perdit dans ce déchaînement de voix. Il vit un éclair blanc jaillir de la clé serrée entre ses doigts et sentit une violente décharge d'énergie lui parcourir le bras. On aurait dit qu'il venait d'agripper une ligne à haute tension, mais il ne ressentit aucune douleur.

Il attrapa *Charlie le Tchou-tchou* et glissa la clé entre deux pages. Puis ses yeux se posèrent de nouveau sur la rose et il comprit que c'était elle la *vraie* clé — la clé de tout. Il rampa vers elle, et son visage était auréolé de lumière, ses yeux étaient deux puits de feu bleuté.

La rose poussait sur une touffe d'herbe pourpre.

Alors que Jake s'approchait de cette herbe venue d'ailleurs, la rose commença à éclore sous ses yeux. Elle lui révéla une sombre fournaise, chacun de ses pétales s'ouvrit en brûlant de sa fureur secrète. Jamais de sa vie il n'avait vu quelque chose d'aussi intensément vivant.

Et lorsqu'il tendit ses doigts sales vers cette merveille, les voix se mirent à chanter son nom... et une terreur sans nom s'insinua au centre de son cœur. Une terreur froide comme la glace et lourde comme la pierre.

Quelque chose n'allait pas. Il percevait une discordance palpitante, pareille à une déchirure sur une œuvre d'art inestimable ou à une fièvre mortelle rampant sous la peau glacée d'un invalide.

C'était quelque chose comme un ver. Un ver envahisseur. Et une forme. Une forme tapie au prochain tournant de la route.

Puis le cœur de la rose s'ouvrit à lui, révélant une lumière aveuglante, et il fut emporté par une vague d'émerveillement qui lui fit oublier tout le reste. Jake pensa un instant qu'il voyait simplement du pollen investi de la lueur surnaturelle qui imprégnait le cœur de tous les objets se trouvant en ce lieu — cela bien qu'il n'ait jamais entendu parler d'une rose à pollen. Il s'approcha un peu plus vite et vit que le disque de lumière jaune n'était pas une boule de pollen. *C'était un soleil* : une immense forge brûlant au centre de cette rose qui poussait dans l'herbe pourpre.

La terreur s'empara de nouveau de lui. Tout va bien, pensa-t-il, tout va bien ici, mais tout pourrait aller mal — et peut-être que ça a déjà commencé. On me permet de le sentir, du moins ce que je peux en supporter... mais qu'est-ce que c'est ? Et que puis-je faire ?

C'était quelque chose comme un ver.

Il le sentait pulser comme un cœur sombre et malade, luttant contre la beauté secrète de la rose, opposant ses imprécations au chœur qui l'avait apaisé et enchanté.

Il s'approcha un peu plus de la rose et vit que son cœur était fait de plusieurs soleils et non d'un seul... peut-être que ce réceptacle fragile mais précieux contenait tous les soleils.

Mais ça va mal. Elle est en danger.

Jake savait qu'il risquait presque certainement la mort en touchant ce microcosme étincelant, mais il ne put s'en empêcher et tendit la main. Son geste était dénué de terreur comme de curiosité ; il brûlait tout simplement du désir de protéger la rose.

18

Lorsqu'il reprit connaissance, il sut tout d'abord que plusieurs heures s'étaient écoulées et qu'il avait une migraine carabinée.

Que s'est-il passé ? Est-ce qu'on m'a attaqué ?

Il roula sur lui-même et s'assit. Une nouvelle onde de douleur lui parcourut le crâne. Il porta une main à sa tempe gauche et la retira poisseuse de sang. Il baissa les yeux et vit une brique pointant entre les mauvaises herbes. Son coin émoussé était écarlate.

S'il avait été plus pointu, je serais probablement mort ou dans le coma, pensa-t-il.

Il regarda son poignet et fut surpris de constater que sa montre était encore là. C'était une Seiko relativement bon marché, mais on ne s'endort pas impunément dans un terrain vague new-yorkais. Même si votre montre ne vaut pas tripette, il se trouve toujours quelqu'un pour vous la piquer. Apparemment, il avait eu de la chance.

Il était 16 h 15. Il avait passé au moins six heures allongé sur les mauvaises herbes. Son père avait probablement lancé les flics à sa recherche, mais cela ne lui paraissait guère important. Jake avait l'impression que mille ans s'étaient écoulés depuis qu'il avait quitté Piper.

Il parcourut la moitié de la distance qui le séparait de la palissade, puis s'arrêta.

Qu'est-ce qui lui était arrivé *exactement* ?

Peu à peu, ses souvenirs lui revinrent. Il avait enjambé la palissade. Il avait glissé et s'était tordu la cheville. Il baissa la main pour la palper et grimaça. Oui — cela au moins était exact. Et ensuite ?

Quelque chose de magique.

Il chercha ce quelque chose à tâtons comme un vieillard s'avançant avec hésitation dans une pièce obscure. Tous les objets avaient rayonné de leur propre lumière. *Tous* — même les papiers de bonbons et les bouteilles de bière. Il y avait eu des voix — elles chantaient et racontaient des milliers d'histoires entremêlées.

— Et des *visages*, murmura-t-il.

Il regarda autour de lui avec appréhension. Aucun visage à l'horizon. Les tas de briques n'étaient que des tas de briques, les mauvaises herbes des mauvaises herbes. Il n'y avait pas de visages, mais...

... *mais ils étaient bien là. Ce n'était pas un effet de ton imagination.*

Il en était sûr. Incapable de capturer l'essence de son souvenir, sa beauté et sa transcendance, il était néanmoins convaincu de sa réalité. Le souvenir qu'il avait des instants ayant précédé son évanouissement ressemblait à une photo prise lors du plus beau jour de sa vie. Il se rappelait cette journée — du moins en gros —, mais la photo lui semblait terne et presque sans vie.

Jake parcourut du regard le terrain vague qu'envahissaient les ombres violettes du crépuscule et pensa : Je veux que tu reviennes. Mon Dieu, je veux que tu reviennes comme avant.

Puis il vit la rose poussant dans sa touffe d'herbe pourpre, tout près de l'endroit où il était tombé. Son cœur fit un bond. Jake se précipita vers elle, ignorant la douleur qui irradiait dans sa cheville. Il tomba à genoux devant la rose comme devant l'autel d'un dieu. Il se pencha vers elle, les yeux écarquillés.

Ce n'est qu'une rose. Ce n'est qu'une rose, après tout. Et l'herbe...

L'herbe n'était pas pourpre, après tout. Il y avait des *taches* pourpres sur les brins, oui, mais ceux-ci étaient d'un vert tout à fait normal. Il regarda un peu plus loin et vit qu'une autre touffe était tachée de bleu. À sa droite, une bardane était piquetée de rouge et de jaune. Et un peu plus loin, il aperçut un tas de pots de peinture. *Glidden satinée,* disaient les étiquettes.

Ce n'était que ça. Des taches de peinture. Mais tu délirais tellement que tu as cru voir...

Conneries.

Il savait ce qu'il avait vu et il savait ce qu'il voyait.

— Un camouflage, murmura-t-il. C'était bien là. *Tout* était là. Et... tout est encore là.

À présent qu'il reprenait ses esprits, il percevait de nouveau le pouvoir harmonique que recelait ce lieu. Le chœur était toujours là, toujours aussi mélodieux, même s'il semblait un peu plus lointain, un peu plus diffus. Il regarda un tas de briques et de morceaux de plâtre et y aperçut un visage à peine discernable. C'était le visage d'une femme au front orné d'une cicatrice.

— Allie ? murmura Jake. Vous vous appelez Allie, n'est-ce pas ?

Aucune réponse. Le visage avait disparu. Il n'avait devant lui qu'une pile de briques et de plâtre des plus ordinaires.

Il se retourna vers la rose. Sa couleur, vit-il, n'était pas ce rouge sombre qu'on trouve au cœur d'une fournaise mais un rose poussiéreux. Elle était très belle, mais loin d'être parfaite. Certains de ses pétales s'étaient recroquevillés ; leurs contours étaient brunâtres et racornis, morts. Aucun rapport avec les fleurs cultivées qu'on voyait aux étalages des fleuristes ; ce devait être une rose sauvage, supposa-t-il.

— Tu es très belle, dit-il, et il tendit la main vers la rose pour la caresser.

En dépit de l'absence totale de brise, la fleur se pencha vers ses doigts. L'espace d'un instant, ils en touchèrent la surface, douce, veloutée, merveilleusement vivante, et le chœur sembla gagner en puissance tout autour de lui.

— Es-tu malade, belle rose ?

Il ne reçut aucune réponse, bien sûr. Lorsque ses doigts s'écartèrent des pétales rose pâle, la fleur reprit doucement sa position initiale, dressée sur sa touffe d'herbe tachée dans sa tranquille splendeur oubliée.

Est-ce que les roses fleurissent à cette époque de l'année ? se demanda Jake. Les roses sauvages ? Et que fait une rose sauvage dans un terrain vague ? Et s'il en pousse une, comment se fait-il qu'il n'en pousse pas d'autres ?

Il resta à genoux devant elle pendant quelques instants, puis se rendit compte que, même s'il restait plongé dans la contemplation de la rose pendant tout l'après-midi (voire pendant le restant de ses jours), il ne parviendrait jamais à élucider son mystère. Il l'avait vue telle qu'elle était l'espace de quelques instants, tout comme il avait vu la totalité de ce recoin négligé de la ville ; il l'avait vue démasquée, dépouillée de son camouflage. Il souhaitait la revoir ainsi mais savait que son souhait ne serait pas exaucé.

L'heure était venue de rentrer à la maison.

Il vit les deux livres qu'il avait achetés au *Restaurant spirituel* de Manhattan. Lorsqu'il les ramassa, un objet brillant tomba de *Charlie le Tchou-tchou* et atterrit dans une touffe de chiendent. Jake se pencha, veillant à ménager sa cheville, et le prit. À ce moment-là, le chœur monta un peu plus haut, puis émit de nouveau un bourdonnement quasi inaudible.

— C'était donc bien réel, ça aussi, murmura-t-il.

Il fit courir le bout de son doigt sur les encoches de la clé, ces encoches en forme de V. Il caressa la petite courbe en forme de s. Puis il enfouit la clé dans la poche de son pantalon et se dirigea vers la palissade en boitillant.

Il se préparait à l'escalader lorsqu'une pensée terrifiante s'empara soudain de son esprit.

La rose ! Et si quelqu'un venait ici pour la cueillir ?

Un petit gémissement horrifié s'échappa de ses lèvres. Il se retourna, chercha la rose du regard et l'aperçut enfin, plongée dans l'ombre d'un immeuble tout proche — minuscule forme rose dans la pénombre, vulnérable, superbe et esseulée.

Je ne peux pas l'abandonner — je dois veiller sur elle !

Mais une voix s'éleva dans son esprit, une voix qui était sûrement celle de l'homme qu'il avait rencontré au relais dans cette étrange vie parallèle. *Personne ne viendra la cueillir. Et aucun vandale ne viendra l'écraser d'un coup de botte, incapable de supporter la vision de sa beauté. Elle ne court aucun danger de cette nature. Elle est capable de s'en protéger.*

Un profond soulagement envahit Jake.

Est-ce que je pourrai revenir la voir ? demanda-t-il à la voix spectrale. Quand je serai déprimé, ou si les voix recommencent à se quereller dans ma tête ? Est-ce que je pourrai revenir la voir et connaître un peu de paix ?

La voix ne répondit pas et Jake conclut au bout de quelques instants qu'elle avait disparu. Il glissa *Charlie le Tchou-tchou* et *Devine, Devinettes* dans la ceinture de son pantalon — lequel, remarqua-t-il, était taché de boue et couvert de bardanes —, puis se retourna vers la palissade. Il se hissa à la force du poignet, passa la jambe gauche de l'autre côté, puis la droite, et se laissa choir sur le trottoir de la Deuxième Avenue, prenant soin de se recevoir sur son pied valide.

Voitures et piétons étaient plus nombreux à cette heure de la journée. Quelques passants jetèrent un regard intrigué au petit garçon lorsqu'il atterrit sur le trottoir, blazer déchiré et chemise flottant au vent, mais quelques-uns seulement. Les New-Yorkais ont l'habitude de croiser des gens bizarres dans la rue.

Il resta immobile un moment, un peu désorienté et regrettant de quitter la rose, puis il s'aperçut que quelque chose avait changé — les voix querelleuses s'étaient tues. C'était déjà ça.

Lorsqu'il jeta un coup d'œil à la palissade, les vers de mirliton qui y étaient peints à la bombe lui sautèrent aux yeux, peut-être parce que les lettres avaient la même couleur que la rose.

— « Vois la TORTUE comme elle est ronde, murmura Jake. Sur son dos repose le monde. » (Il frissonna.) Quelle journée !

Il se retourna et prit en traînant la patte la direction de sa maison.

19

Le portier avait dû prévenir Elmer Chambers dès que Jake était entré dans le hall de l'immeuble, car il guettait son arrivée devant l'ascenseur au quatrième étage. Chambers portait un jean délavé et des bottes de cow-boy qui le grandissaient de cinq bons centimètres. Ses cheveux noirs taillés en brosse se hérissaient sur son crâne ; le père de Jake ressemblait en permanence à un homme venant de subir un choc extraordinaire. Il agrippa le petit garçon par le bras dès qu'il fut sorti de la cabine.

— Regarde-toi ! (Son père le détailla de la tête aux pieds : visage et mains également crasseux, taches de sang sur la joue et la tempe, pantalon souillé, blazer déchiré, cravate ornée d'une bardane en guise d'épingle.) Rentre ici ! Où diable étais-tu passé ? Ta mère est folle d'inquiétude !

Sans donner à Jake une chance de répondre, il le traîna derrière lui à l'intérieur de l'appartement. Jake aperçut Greta

Shaw dans le petit couloir séparant la cuisine de la salle à manger. Elle lui adressa un regard timide et compatissant, puis disparut avant que les yeux de « monsieur » se posent sur elle.

La mère de Jake était assise sur son fauteuil à bascule. Elle se leva en apercevant son fils, mais elle ne *bondit* pas à sa vue ; pas plus qu'elle ne se précipita vers lui pour le couvrir de baisers et d'invectives. Lorsqu'elle se dirigea vers lui d'un pas languissant, Jake examina ses yeux et estima qu'elle avait pris trois Valium depuis midi. Peut-être quatre. Ses parents étaient de grands partisans de l'industrie chimique.

— Mais tu *saignes* ! Où étais-tu passé ?

Elle prononça ces deux questions de sa voix aux accents cultivés d'ancienne étudiante de Vassar. On aurait pu la croire en train d'accueillir une vague connaissance ayant eu un accident de la route sans gravité.

— Dehors, dit Jake.

Son père le secoua sans ménagement. Jake ne s'y était pas attendu. Il trébucha et se reçut sur sa cheville blessée. La douleur qui lui tarauda la jambe le rendit soudain furieux. Il ne pensait pas que son père lui en voulait parce qu'il avait disparu de l'école en laissant derrière lui sa composition de cinoque ; son père lui en voulait parce qu'il avait eu la témérité de troubler son précieux emploi du temps.

Jusqu'à ce jour, Jake n'avait eu conscience que de trois sentiments relatifs à son père : l'incompréhension, la peur et un vague amour inexprimé. Un quatrième et un cinquième sentiment l'habitaient à présent. La colère et le dégoût. Une profonde nostalgie se mêlait à ces deux sentiments peu agréables. C'était cette nostalgie qui avait le plus d'importance pour lui, elle emplissait son esprit comme une brume subtile. Il regarda les joues cramoisies, les cheveux hérissés de son père, et souhaita retourner dans le terrain vague, contempler la rose et écouter le chœur. Ma place n'est plus ici, pensa-t-il. Plus maintenant. J'ai une tâche à accomplir. Si seulement je savais laquelle.

— Lâche-moi, dit-il.

— *Qu'est-ce* que tu dis ?

Les yeux bleus de son père s'écarquillèrent. Ils étaient injectés de sang. Il avait dû sérieusement piocher dans sa réserve de poudre magique et le moment était sans doute mal choisi pour le contrarier, mais Jake se rendit compte que c'était précisément ce qu'il avait l'intention de faire. Il refusait de se laisser traiter comme une souris dans les griffes d'un matou sadique. Pas ce soir. Peut-être plus jamais. Il comprit soudain que sa colère s'expliquait en grande partie par un fait tout simple : il ne pouvait pas leur *parler* de ce qui s'était passé — de ce qui se passait *encore*. Ils avaient fermé toutes les portes.

Mais j'ai une clé, pensa-t-il, et il la toucha à travers le tissu de son pantalon. Et deux vers de mirliton lui revinrent à l'esprit : *Tu veux des rires et des chansons ? Suis donc le sentier du* RAYON.

— J'ai dit : lâche-moi, répéta-t-il. Je me suis tordu la cheville et tu me fais mal.

— Tu n'auras pas seulement mal à la cheville si tu...

Jake sembla investi d'une force soudaine. Il saisit la main qui lui enserrait le bras juste en dessous de l'épaule et l'écarta violemment. Son père en resta bouche bée.

— Je ne *bosse* pas pour toi, dit Jake. Je suis ton *fils*, tu te rappelles ? Si tu l'as oublié, va donc jeter un coup d'œil à la photo posée sur ton bureau.

Les lèvres de son père se retroussèrent sur un rictus plombé qui exprimait la surprise plus que la colère.

— Ne me parle pas sur ce ton, mon gars... Où diable est passé ton respect ?

— Je ne sais pas. Peut-être que je l'ai perdu en chemin.

— Tu t'absentes de l'école pendant toute une journée et quand tu rentres à la maison, c'est pour parler à ton père comme si c'était...

— Arrêtez ! Arrêtez, tous les deux ! s'écria la mère de Jake.

Elle semblait au bord des larmes en dépit des tranquillisants qui imprégnaient son organisme.

Le père de Jake chercha à lui agripper le bras une nouvelle fois, puis se ravisa. La force avec laquelle son fils avait échappé à son étreinte quelques secondes plus tôt n'était sans doute pas étrangère à son hésitation. À moins que celle-ci ne soit due à l'éclat des yeux de Jake.

— Je veux savoir où tu es allé.

— Dehors. Je te l'ai déjà dit. Et c'est *tout* ce que je vais te dire.

— Nom de Dieu ! Ton principal a téléphoné, ton prof de

français est *venu ici*, et ils avaient *beaucoup*[1] de questions à te poser, tous les deux ! Et moi aussi ! Alors j'attends tes *réponses* !

— Tu es tout sale, fit remarquer sa mère, qui ajouta timidement : Est-ce que tu as été agressé, Johnny ? Est-ce que tu t'es fait agresser dans la rue ?

— Bien sûr que non, gronda Elmer Chambers. Il a toujours sa montre, pas vrai ?

— Mais il y a du sang sur sa tête.

— Ce n'est rien, maman. Je me suis cogné.

— Mais...

— Je vais me coucher. Je suis très, très fatigué. Si vous voulez parler de tout ça demain matin, c'est d'accord. Peut-être qu'on sera tous un peu plus raisonnables. Mais pour le moment, je n'ai rien à dire.

Son père fit un pas vers lui et leva la main.

— *Non, Elmer !* glapit sa mère.

Chambers l'ignora. Il attrapa Jake par le col de son blazer.

— Tu ne vas pas t'en tirer à si bon c...

Soudain, Jake pivota sur lui-même, lui arrachant le tissu des mains. La couture de son aisselle droite, déjà bien entamée, acheva de se découdre avec un ronronnement éraillé.

Elmer Chambers recula d'un pas en voyant les yeux étincelants de son fils. Quelque chose qui ressemblait à de la terreur apparut sur son visage déformé par la rage. L'éclat des yeux de Jake n'avait rien d'une métaphore ; ses globes oculaires semblaient bel et bien enflammés. Sa mère poussa un petit cri étouffé, porta une main à sa bouche, recula de deux pas et s'affala sur son fauteuil à bascule avec un bruit sourd.

— *Laisse... moi... tranquille,* dit Jake.

— Qu'est-ce qui *t'arrive* ? demanda son père d'une voix presque plaintive. Qu'est-ce qui t'arrive, *bon sang* ? Tu fais l'école buissonnière le premier jour des examens de fin d'année, tu rentres à la maison dans un état épouvantable... et tu te conduis comme si tu étais devenu fou.

Cette fois-ci, les mots étaient prononcés — *tu te conduis comme si tu étais devenu fou*. Les mots qu'il redoutait depuis trois semaines, depuis que les voix querelleuses se faisaient entendre dans sa tête. L'Horrible Accusation. Mais à présent qu'elle était

1. En français dans le texte. *(N.d.T.)*

proférée, Jake s'aperçut qu'elle ne lui faisait guère peur, peut-être parce qu'il avait fini par résoudre lui-même son conflit. Oui, il lui était arrivé quelque chose. Et ce n'était pas fini. Mais non — il *n*'était *pas* devenu fou. Du moins pas encore.

— On en reparlera demain matin, dit-il.

Il se dirigea vers la porte de la salle de séjour et, cette fois-ci, son père ne tenta pas de l'arrêter. Il était presque arrivé dans le couloir lorsqu'il se figea en entendant la voix inquiète de sa mère.

— Johnny... est-ce que tu te sens *bien* ?

Et que répondre à ça ? Oui ? Non ? Ni oui ni non ? Oui et non ? Mais les voix s'étaient tues et c'était déjà ça. C'était déjà beaucoup, en fait.

— Je me sens mieux, dit-il finalement.

Il descendit dans sa chambre et referma la porte derrière lui. Le bruit qu'elle fit en l'isolant du reste du monde était empli d'un profond soulagement.

20

Il resta quelque temps devant la porte, l'oreille tendue. La voix de sa mère n'était qu'un murmure, celle de son père était un peu plus forte.

Sa mère dit qu'il avait perdu du sang et qu'il fallait appeler un docteur.

Son père dit que le gosse allait parfaitement bien ; il avait la langue trop bien pendue, voilà tout, et c'était facile à soigner.

Sa mère dit qu'il devait se calmer.

Son père dit qu'il *était* calme.

Sa mère dit...

Il dit, elle dit, blablabla. Jake les aimait encore — du moins en était-il presque sûr —, mais il lui était arrivé quelque chose et ce quelque chose allait entraîner d'autres choses.

Pourquoi ? Parce que la rose était malade. Et peut-être parce qu'il voulait courir et jouer... et revoir *ses* yeux, ses yeux aussi bleus que le ciel au-dessus du relais.

Jake se dirigea lentement vers son bureau en ôtant son blazer.

Le vêtement était pratiquement fichu — la manche était presque complètement déchirée, la doublure pendait comme un drapeau en berne. Il le suspendit au dossier de sa chaise, puis s'assit et posa les livres sur son bureau. Il avait très mal dormi durant les dix derniers jours, mais il pensait qu'il dormirait bien cette nuit. Jamais il ne s'était senti aussi fatigué. Peut-être saurait-il ce qu'il devait faire lorsqu'il se réveillerait le matin venu.

On frappa doucement à la porte et Jake se retourna, les yeux méfiants.

— C'est Mme Shaw, John. Puis-je entrer une minute ?

Il sourit. Mme Shaw — bien sûr que oui. Ses parents l'avaient mobilisée pour servir d'intermédiaire. Ou peut-être valait-il mieux dire : de traductrice.

Allez le voir, lui avait sûrement dit sa mère. *Il vous dira ce qui ne va pas. Je suis sa mère, cet homme aux yeux injectés de sang et au nez qui coule est son père, et vous n'êtes que la gouvernante, mais il vous dira ce qu'il n'a pas voulu nous dire. Parce que vous le voyez plus souvent que nous deux et parce que vous parlez peut-être son langage.*

Elle porte un plateau, pensa Jake, et il souriait lorsqu'il ouvrit la porte.

Mme Shaw portait effectivement un plateau. Il s'y trouvait deux sandwiches, une tranche de tarte aux pommes et un verre de chocolat. Elle dévisageait Jake d'un air un peu anxieux, comme si elle l'avait cru capable de la mordre. Jake regarda derrière elle, mais il n'y avait aucun signe de ses parents. Il les imagina assis dans la salle de séjour, l'oreille tendue.

— J'ai pensé que tu aimerais peut-être manger un morceau, dit Mme Shaw.

— Oui, merci.

En fait, il avait une faim de loup ; il n'avait rien avalé depuis le petit déjeuner. Il s'écarta et Mme Shaw entra (lui jetant un nouveau regard inquiet au passage) et posa le plateau sur son bureau.

— Oh ! regardez ça, dit-elle en attrapant *Charlie le Tchou-tchou.* J'avais ce livre quand j'étais toute petite. Tu l'as acheté aujourd'hui, Johnny ?

— Oui. Est-ce que mes parents vous ont demandé de vous renseigner sur ce que j'ai fait de ma journée ?

Elle acquiesça. Ni mensonge ni comédie. Pour elle, ce n'était qu'une corvée de plus. *Tu peux me le dire si tu en as envie,* semblait dire son visage, *ou tu peux te taire si ça te chante. Je t'aime bien, Johnny, mais au fond, ça m'est égal. Moi, je travaille ici, c'est tout, et ça fait déjà une heure que j'aurais dû quitter mon service.*

Il n'était nullement offusqué par ce commentaire imaginé ; au contraire, cela ne l'en apaisait que davantage. Mme Shaw faisait partie de ces connaissances qui n'étaient pas tout à fait des amis... mais elle était sans doute un peu plus proche de lui que n'importe lequel de ses camarades de classe, et beaucoup plus proche de lui que son père ou sa mère. Au moins Mme Shaw était-elle honnête. Elle ne faisait pas de chichis. Tout était comptabilisé sur son chèque de fin de mois et elle enlevait *toujours* la croûte des sandwiches.

Jake mordit à belles dents dans un de ceux qu'elle venait de lui apporter. Saucisse et fromage, son sandwich préféré. C'était une des autres qualités de Mme Shaw — elle connaissait toutes ses préférences. Sa mère était toujours persuadée qu'il aimait le maïs grillé et qu'il détestait les choux de Bruxelles.

— Dites-leur que je vais bien, s'il vous plaît, et dites à mon père que je m'excuse d'avoir été grossier avec lui.

C'était faux, bien sûr, mais son père n'attendait de lui qu'une excuse de ce type. Une fois que Mme Shaw la lui aurait transmise, il se détendrait et se raconterait son vieux mensonge habituel — il avait rempli son rôle de père et tout allait pour le mieux dans le meilleur des mondes possibles.

— J'ai beaucoup bûché pour mes examens, dit-il la bouche pleine, et je pense que j'en ai subi le contrecoup ce matin. J'étais paralysé. Il fallait que je sorte, ou alors j'allais étouffer. (Il palpa la croûte qui ornait son front.) Quant à ceci, dites à ma mère que ça n'a rien de grave. Je ne me suis pas fait agresser ; ce n'était qu'un accident stupide. Je suis entré en collision avec le chariot d'un livreur. Ce n'est qu'une égratignure. Je ne vois pas double et ma migraine a disparu.

Elle hocha la tête.

— Je comprends — une école si exigeante avec ses élèves. Tu as eu peur d'échouer. Il n'y a aucune honte à avoir, Johnny. Mais tu n'étais *vraiment* pas dans ton assiette ces derniers temps.

— Je crois que ça ira maintenant. Il faudra peut-être que je refasse ma composition de fin d'année, mais...

— Oh ! fit Mme Shaw. (Ses yeux s'écarquillèrent et elle reposa *Charlie le Tchou-tchou* sur le bureau.) J'ai failli oublier ! Ton professeur de français a laissé quelque chose pour toi. Je vais le chercher.

Elle sortit. Jake espéra qu'il n'avait pas occasionné trop de souci à M. Bissette, qui était un type plutôt sympa, mais il supposa que tel devait être le cas puisque Bissette s'était fendu d'une visite à domicile. Ce n'était sûrement pas une habitude des enseignants de l'École Piper, pensa-t-il. Il se demanda ce que M. Bissette avait pu lui apporter. Sans doute une invitation à s'entretenir avec M. Hotchkiss, le psy de l'école. Cela l'aurait terrifié ce matin, mais pas ce soir.

Ce soir, seule la rose avait de l'importance à ses yeux.

Il attaqua son second sandwich. Mme Shaw avait laissé la porte ouverte et il l'entendait parler avec ses parents. Ceux-ci semblaient un peu rassurés. Jake but son chocolat, puis attrapa la tranche de tarte aux pommes. Mme Shaw revint quelques instants plus tard. Elle portait une chemise bleue que Jake connaissait bien.

Il découvrit que toute son angoisse ne l'avait pas déserté. Tout le monde était au courant à présent, les élèves comme les profs, et il était trop tard pour faire quoi que ce soit, mais ça le contrariait quand même que tout le monde sache qu'il avait perdu les pédales. Que tout le monde parle de lui.

Une petite enveloppe était attachée à la chemise par un trombone. Jake l'attrapa et se tourna vers Mme Shaw lorsqu'il l'ouvrit.

— Comment vont mes parents à présent ? demanda-t-il.

Elle s'autorisa un bref sourire.

— Ton père voulait savoir pourquoi tu ne lui as pas dit que tu avais tout simplement la fièvre des examens. Il dit que ça lui est arrivé deux ou trois fois quand il avait ton âge.

Jake fut fort surpris de cette révélation ; son père n'était pas du genre à s'attendrir sur des souvenirs du style *Tu vois, quand j'avais ton âge...* Jake s'efforça d'imaginer son père gamin et atteint de la fièvre des examens et s'aperçut qu'il en était incapable — tout ce qu'il voyait en esprit, c'était un nain agressif vêtu d'un sweat-shirt aux armes de Piper, un nain chaussé de bottes de cow-boy, un nain aux cheveux noirs hérissés sur son crâne.

La lettre provenait de M. Bissette.

Cher John,

Bonnie Avery m'a appris que vous aviez quitté l'école plus tôt que prévu. Elle est très inquiète à votre sujet, et moi aussi, même si nous avons déjà vu se produire ce genre de phénomènes, en particulier durant les examens de fin d'année. Venez donc me voir dès demain matin, d'accord ? Vos problèmes, quels qu'ils soient, ne sont pas insolubles. Si ce sont les examens qui vous tourmentent — et, je le répète, ça arrive tout le temps *— nous pouvons reporter les épreuves auxquelles vous êtes soumis. Votre bonne santé est notre premier souci. Passez-moi un coup de fil ce soir si vous le souhaitez ; vous pouvez me joindre au 555-7661. Je suis à votre disposition jusqu'à minuit.*

Rappelez-vous que nous vous estimons beaucoup et que nous sommes de votre côté.

À votre santé[1],

H. Bissette

Jake avait les larmes aux yeux. La compassion qu'exprimaient ces mots était merveilleuse, mais il lisait des choses encore plus merveilleuses entre les lignes — de la chaleur, de l'amour et un effort sincère (quoique né d'une méprise) pour le comprendre et le consoler.

M. Bissette avait dessiné une petite flèche à la fin de sa lettre. Jake tourna la page et lut ceci :

Au fait, Bonnie m'a demandé de vous transmettre ceci — félicitations !

Félicitations ? Qu'est-ce que ça voulait dire ?

Il ouvrit la chemise bleue. Une feuille de papier était attachée à la première page de sa composition. Elle portait l'en-tête de Bonita Avery et ce fut avec une stupéfaction croissante que Jake lut les lignes suivantes, rédigées au stylo à plume d'une écriture sans fioritures.

John,

Harvey vous aura sûrement fait part du souci qui est le nôtre — il est très doué pour ça —, aussi me contenterai-je de commenter votre

1. En français dans le texte. (*N.d.T.*)

composition, que j'ai lue et notée durant l'interclasse. Votre travail est profondément original et nettement supérieur à toutes les compositions scolaires que j'ai pu lire ces dernières années. L'utilisation que vous faites de la répétition incrémentielle (« ... et c'est la vérité ») est très inspirée, mais il ne s'agit bien sûr que d'une ficelle d'écriture. Ce qui fait la valeur de votre texte, c'est sa qualité symbolique, *telle qu'elle est initialement exposée par les images du train et de la porte sur la page de titre et telle qu'elle est développée de splendide façon dans le corps de votre travail. La conclusion logique de ce développement, à savoir l'image de la « Tour sombre », exprime à mon sens l'idée que les ambitions ordinaires sont non seulement malavisées mais de plus dangereuses.*

Je ne prétends pas comprendre tout le symbolisme de votre texte (« la Dame d'Ombres », « le pistolero ») mais il me semble évident que c'est vous *qui êtes « le Prisonnier » (de l'école, de la société, etc.) et que « le Démon qui Parle » n'est autre que le système éducatif. Il est possible que « Roland » et « le pistolero » représentent la même figure d'autorité — peut-être votre père ? Cette possibilité m'a tellement intriguée que j'ai cherché son prénom dans votre dossier scolaire. Il se prénomme Elmer, mais j'ai remarqué que l'initiale de son second prénom est R.*

Je trouve cela extrêmement intéressant. À moins que ce nom ne soit un double *symbole, inspiré à la fois par votre père et par le poème de Robert Browning, « Le Chevalier Roland s'en vint à la Tour noire » ? Ce n'est pas le genre de question que je poserais à n'importe quel élève, mais je sais quel lecteur vorace vous êtes !*

Quoi qu'il en soit, je suis extrêmement impressionnée. Les jeunes élèves sont souvent attirés par ce style qu'on a baptisé « courant de conscience » mais ils sont rarement capables de le maîtriser. Vous avez parfaitement réussi la synthèse du c. de c. et du langage symbolique.

Bravo !

Venez me voir dès que vous serez de nouveau « d'attaque » — je souhaite discuter avec vous d'une éventuelle publication de votre travail dans le numéro de rentrée du magazine littéraire des élèves.

B. Avery.

P.S. *Si c'est parce que vous doutiez de mes capacités à comprendre une composition d'une richesse si surprenante que vous avez quitté l'école aujourd'hui, j'espère que cette lettre vous aura rasséréné.*

Jake détacha la missive, découvrant la page de titre de sa composition profondément originale et pleine de richesse symbolique. Mme Avery y avait inscrit au feutre rouge la note A+ et l'avait enrichie de l'appréciation EXCELLENT !!!

Jake se mit à rire.

Toute la journée qu'il avait vécue — cette longue journée emplie de terreur, de confusion, d'exaltation et de mystère — était condensée dans ses éclats de rire tonitruants. Il s'affala sur sa chaise, la tête rejetée en arrière, se tenant les côtes, les joues inondées de larmes. Il rit presque à en perdre la voix. Chaque fois qu'il pensait réussir à s'arrêter, il apercevait un des commentaires laudateurs de Mme Avery, et c'était reparti pour un tour. Il ne vit pas son père lorsqu'il arriva sur le seuil de sa chambre, lui jeta un regard intrigué et hostile, puis repartit en secouant la tête.

Finalement, il prit conscience que Mme Shaw était toujours assise sur le lit et le regardait avec un détachement amical où perçait une légère curiosité. Il essaya de lui parler, mais fut de nouveau saisi par une crise de fou rire.

Il faut que je m'arrête, pensa-t-il. Il faut que je m'arrête ou ça va me tuer. Je vais avoir une attaque, une crise cardiaque ou quelque chose comme ça...

Je me demande comment elle a interprété « tchou-tchou, tchou-tchou », se dit-il, et il se remit à rire de plus belle.

Finalement, ses spasmes d'hilarité devinrent de simples gloussements. Il s'essuya les yeux avec la manche de sa chemise et dit :

— Excusez-moi, madame Shaw — c'est juste que... eh bien... j'ai eu un A plus à ma composition. Elle est très... très originale... et très riche en sym... en sym...

Mais il ne put achever sa phrase. Il se retrouva plié en deux, les mains sur ses côtes douloureuses.

Mme Shaw se leva et sourit.

— C'est très bien, John. Je suis ravie que ça se soit bien passé pour toi et je suis sûre que tes parents seront également enchantés. Je suis horriblement en retard — je crois que je vais demander au portier de m'appeler un taxi. Bonne nuit et fais de beaux rêves.

— Bonne nuit, madame Shaw, dit Jake en faisant un effort pour se contrôler. Et merci.

Dès qu'elle eut pris congé, il se mit de nouveau à rire.

21

Durant la demi-heure qui suivit, ses parents vinrent le voir à tour de rôle. Ils s'étaient effectivement calmés et la bonne note qu'il avait reçue sembla les apaiser davantage. Jake avait ouvert son manuel de français sur son bureau mais il ne l'avait pas vraiment regardé et il n'avait aucune intention de réviser pour son examen. Il attendait que ses parents aient disparu pour pouvoir étudier en paix les deux livres qu'il avait achetés. Il avait dans l'idée qu'il aurait bientôt à passer un *véritable* examen et il souhaitait désespérément le réussir.

Son père mit le nez à la porte de sa chambre vers 22 h 15, une vingtaine de minutes après la brève visite confuse de sa mère. Elmer Chambers tenait une cigarette dans une main et un verre de scotch dans l'autre. Il paraissait non seulement plus calme mais aussi un peu pété. Jake se demanda vaguement s'il n'avait pas pillé les réserves de Valium de sa mère.

— Ça va, le gosse ?

— Oui.

Il était redevenu le petit garçon propre sur lui en pleine possession de ses moyens. Les yeux qu'il tourna vers son père étaient opaques plutôt qu'étincelants.

— Je voulais te dire que je m'excuse de ce qui s'est passé tout à l'heure, lui dit son père.

Il n'était pas du genre à s'excuser et se débrouillait fort mal. Jake se surprit à avoir un peu pitié de lui.

— Ce n'est rien.

— J'ai eu une journée difficile. (Il agita son verre presque vide.) Pourquoi on ne tirerait pas un trait là-dessus ?

Il s'exprimait comme s'il venait d'avoir une idée vraiment géniale.

— C'est ce que j'ai déjà fait, dit Jake.

— Bien. (Son père semblait soulagé.) Il serait peut-être temps d'aller au lit, non ? Demain, tu auras des explications à donner et des examens à passer.

— Oui. Est-ce que maman se sent bien ?

— Ça va, ça va. Je retourne dans mon bureau. J'ai encore de la paperasse à faire.

— Papa ?

Son père le regarda d'un air méfiant.

— Quel est ton second prénom ?

Jake comprit à l'expression de son père que s'il avait bien vu sa note, il n'avait pris la peine de lire ni sa composition ni la critique rédigée par Mme Avery.

— Je n'en ai pas, dit-il. Ce n'est qu'une initiale, comme le S de Harry S. Truman. Sauf que moi, c'est un R. Pourquoi me demandes-tu ça ?

— Simple curiosité, dit Jake.

Il réussit à garder son sérieux jusqu'au départ de son père... mais dès que la porte se referma, il se précipita vers son lit et enfouit son visage dans l'oreiller pour étouffer une nouvelle crise de fou rire.

22

Une fois assuré que sa crise était passée (bien qu'un gloussement montât encore de temps en temps dans sa gorge comme une secousse résiduelle) et que son père s'était enfermé dans son bureau avec ses cigarettes, son scotch, sa paperasse et son petit flacon de poudre blanche, Jake retourna s'asseoir à son bureau, alluma la lampe et ouvrit *Charlie le Tchou-tchou*. Il jeta un bref coup d'œil aux premières pages et vit que le livre était sorti en 1952 ; il avait en sa possession un exemplaire de la quatrième édition. Il regarda en quatrième page de couverture, mais on n'y donnait aucun renseignement sur l'auteur, Beryl Evans.

Jake rouvrit le livre à sa première page, examina un dessin représentant un homme blond assis dans la cabine d'une locomotive à vapeur, s'attarda sur son sourire fier, puis se mit à lire.

> Bob Brooks travaillait comme mécanicien pour la compagnie ferroviaire de l'Entre-Deux-Mondes et faisait régulièrement le trajet de Saint Louis à Topeka. Bob le Mécano était le meilleur

conducteur de la compagnie ferroviaire de l'Entre-Deux-Mondes et Charlie était le meilleur train !

Charlie était une locomotive à vapeur 402 Big Boy et Bob le Mécano était le seul homme à avoir eu la permission de s'asseoir dans sa cabine et de tirer sur le cordon de son sifflet. Tout le monde connaissait le WHOOO-OOOO du sifflet de Charlie et chaque fois que les gens l'entendaient résonner sur les plaines du Kansas, ils disaient : « Voilà Charlie et Bob le Mécano, l'équipe la plus rapide de la ligne Saint Louis-Topeka ! »

Les petits garçons et les petites filles couraient dans leur jardin pour voir passer Charlie et Bob le Mécano. Bob le Mécano leur souriait et les saluait d'un grand geste de la main. Les enfants lui rendaient son sourire et son salut.

Bob le Mécano avait un grand secret. Il était le seul à savoir que Charlie le Tchou-tchou était bel et bien vivant. Un jour, alors qu'ils allaient de Topeka à Saint Louis, Bob le Mécano entendit quelqu'un chanter à voix basse.

— Qui est dans la cabine avec moi ? dit Bob le Mécano d'une voix sévère.

— T'as besoin d'aller voir un psy, Bob le Mécano, murmura Jake en tournant la page.

Il découvrit un dessin montrant Bob le Mécano penché sous le foyer automatique de Charlie le Tchou-tchou. Jake se demanda qui conduisait le train et guettait l'apparition sur la voie d'une vache égarée (ou d'un petit garçon ou d'une petite fille) pendant que Bob cherchait un passager clandestin dans sa cabine, et conclut que Beryl Evans ne devait pas connaître grand-chose sur les trains.

— Ne t'inquiète pas, dit une petite voix bourrue. Ce n'est que moi.

— Qui ça, moi ? demanda Bob le Mécano.

Il prit sa voix la plus sévère car il pensait encore que quelqu'un lui faisait une farce.

— Charlie, dit la petite voix bourrue.

— Ha ! Ha ! Ha ! dit Bob le Mécano. Les trains ne savent pas parler ! Je ne sais pas grand-chose mais je sais au moins cela ! Si tu es vraiment Charlie, je suppose que tu es capable de faire marcher toi-même ton sifflet !

— Bien sûr, dit la petite voix bourrue, et le sifflet fit entendre son joyeux cri qui résonna sur les plaines du Missouri : WHOOO-OOOO !

— *Bonté divine !* dit Bob le Mécano. *C'est vraiment toi !*

— Je te l'avais dit, dit Charlie le Tchou-tchou.

— Comment se fait-il que je n'aie jamais su que tu étais vivant ? demanda Bob le Mécano. Pourquoi ne m'as-tu jamais parlé avant aujourd'hui ?

Alors Charlie chanta sa chanson à Bob le Mécano de sa petite voix bourrue :

Ne me pose pas de questions bêtes,
Je ne jouerai pas à tes jeux bêtes.
Je ne suis qu'un brave train tchou-tchou
Qui est toujours plein d'entrain !

Je veux courir le long des rails
Sous le ciel d'un bleu d'azur,
Et rester un brave train tchou-tchou
Jusqu'à l'heure de ma mort.

— Est-ce que tu me parleras encore la prochaine fois qu'on fera le trajet ensemble ? demanda Bob le Mécano. Cela me ferait très plaisir.

— À moi aussi, dit Charlie. Je t'aime, Bob le Mécano.

— Moi aussi, je t'aime, Charlie, dit Bob le Mécano, et il tira sur le cordon du sifflet rien que pour montrer comme il était heureux.

WHOOO-OOOO ! C'était le coup de sifflet le plus beau et le plus fort que Charlie ait *jamais* poussé, et tous ceux qui l'entendirent sortirent de chez eux pour le voir passer.

Le dessin qui illustrait cette scène était identique à celui qui figurait en couverture du livre. Sur les illustrations précédentes (des esquisses à peine achevées qui rappelaient à Jake celles d'un livre qu'il avait dévoré à la maternelle, *Mike Mulligan et sa pelleteuse à vapeur*), la locomotive n'était qu'une machine des plus ordinaires — joviale, propre à déchaîner l'enthousiasme des enfants des années 50 auxquels le livre était destiné, mais néanmoins une locomotive comme les autres. Mais sur cette dernière illustration, elle avait des traits de toute évidence humains, et Jake sentit un frisson lui parcourir l'échine en dépit du sourire de Charlie et de la gentillesse bêtifiante du récit.

Ce sourire ne lui inspirait aucune confiance.

Il attrapa sa composition et la parcourut du regard. *Je suis pratiquement sûr que Blaine est dangereux, et c'est la vérité*, lut-il.

Il referma la chemise, la tapota d'un air pensif pendant quelques secondes, puis revint à *Charlie le Tchou-tchou*.

Bob le Mécano et Charlie passèrent ensemble maintes journées de bonheur et parlèrent de maintes choses. Bob le Mécano vivait seul et Charlie était son premier véritable ami depuis que sa femme était morte à New York il y avait longtemps de cela.

Puis, un jour, alors que Charlie et Bob le Mécano revenaient à la rotonde de Saint Louis, ils trouvèrent une locomotive Diesel toute neuve sur la voie de garage réservée à Charlie. Quelle superbe locomotive Diesel c'était là ! Cinq mille chevaux-vapeur ! Un attelage en acier inoxydable ! Un moteur sorti des usines d'Utica, dans l'État de New York ! Et derrière le générateur, il y avait trois ventilateurs électriques jaune vif.

— Qu'est-ce que c'est que ça ? demanda Bob le Mécano d'une voix inquiète, mais Charlie se contenta de chanter sa chanson de sa voix la plus nette et la plus bourrue :

Ne me pose pas de questions bêtes,
Je ne jouerai pas à tes jeux bêtes.
Je ne suis qu'un brave train tchou-tchou
Qui est toujours plein d'entrain !

Je veux courir le long des rails
Sous le ciel d'un bleu d'azur,
Et rester un brave train tchou-tchou
Jusqu'à l'heure de ma mort.

M. Briggs, le directeur de la Rotonde, vint alors les voir.

— C'est une superbe locomotive Diesel, dit Bob le Mécano, mais il faut l'enlever de la voie de garage réservée à Charlie, monsieur Briggs. Charlie a besoin d'une vidange dès cet après-midi.

— Charlie n'aura plus jamais besoin de vidanges, Bob le Mécano, dit M. Briggs avec tristesse. Voici son remplaçant — une locomotive Diesel Burlington Zephyr flambant neuve. Charlie était jadis la meilleure locomotive du monde, mais il se fait vieux et sa chaudière a des fuites. L'heure de la retraite a sonné pour Charlie, j'en ai peur.

— Ridicule ! (Bob le Mécano était en colère.) Charlie est encore plein d'entrain ! Je vais télégraphier à la direction de la compagnie ferroviaire de l'Entre-Deux-Mondes ! Je vais télégraphier au président, M. Raymond Martin ! Je le connais bien, car il m'a un jour remis une médaille pour services rendus à la compagnie et Charlie et moi avons emmené sa petite fille en promenade après la cérémonie. Je l'ai laissée tirer sur le cordon et Charlie lui a offert son plus beau coup de sifflet !

— Je suis navré, Bob, dit M. Briggs, mais c'est M. Martin lui-même qui a commandé la nouvelle locomotive Diesel.

C'était la vérité. Et c'est ainsi que Charlie le Tchou-tchou fut remisé sur un tronçon de voie dans le coin le plus reculé du dépôt de Saint Louis, où il rouilla doucement parmi les mauvaises herbes. On entendait désormais le HONNNK ! HONNNK ! du Burlington Zephyr sur la ligne Saint Louis-Topeka et le sifflet de Charlie restait muet. Une famille de souris fit son nid dans le siège sur lequel Bob le Mécano s'était jadis assis avec fierté et depuis lequel il avait regardé défiler le paysage ; une famille d'hirondelles fit son nid dans la cheminée. Charlie se sentait seul et il était très triste. Comme il regrettait les rails d'acier, le ciel bleu azur et les grands espaces ! Parfois, la nuit, il y pensait et pleurait des larmes sombres et huileuses. Son beau phare Stratham s'en trouva tout rouillé, mais cela lui était égal car le phare Stratham était vieux et restait toujours éteint.

M. Martin, le président de la compagnie ferroviaire de l'Entre-Deux-Mondes, écrivit à Bob le Mécano pour lui proposer de conduire le Burlington Zephyr flambant neuf. « C'est une superbe locomotive, Bob le Mécano, une locomotive pleine d'entrain, et c'est vous qui devriez la conduire ! Vous êtes le meilleur de tous les mécaniciens de la compagnie. Et ma fille Susannah n'a jamais oublié le jour où vous lui avez laissé tirer le cordon du sifflet de ce vieux Charlie ! »

Mais Bob le Mécano déclara que s'il ne pouvait plus conduire Charlie, il ne conduirait plus aucun train. « Je ne comprendrais jamais une superbe locomotive Diesel flambant neuve, et elle ne me comprendrait jamais. »

On lui confia le soin d'entretenir les moteurs au dépôt de Saint Louis, et c'est ainsi que Bob le Mécano devint Bob le Dépanneur. Parfois, les autres mécaniciens qui conduisaient les superbes locomotives Diesel flambant neuves se moquaient de lui :

— Regardez ce vieil imbécile ! disaient-ils. Il ne peut pas comprendre que le monde a changé !

Parfois, la nuit, Bob le Mécano allait dans le coin le plus reculé du dépôt, où Charlie reposait sur les rails rouillés du tronçon qui était devenu sa maison. Les herbes poussaient dans ses roues ; son phare était tout sombre et tout rouillé. Bob le Mécano parlait encore à Charlie, mais Charlie lui répondait de moins en moins souvent. Parfois, il ne lui répondait pas du tout.

Une nuit, une horrible idée vint à l'esprit de Bob le Mécano.

— Charlie, es-tu en train de mourir ? demanda-t-il, et Charlie lui répondit de sa voix la plus petite et la plus bourrue :

Ne me pose pas de questions bêtes,
Je ne jouerai pas à tes jeux bêtes.
Je ne suis qu'un brave train tchou-tchou
Qui est toujours plein d'entrain !

Mais je ne peux plus courir
Sous le ciel d'un bleu d'azur,
Et je vais rester ici
Jusqu'à l'heure de ma mort.

Jake passa un long moment à contempler le dessin illustrant cette révélation prévisible. Ce n'était peut-être qu'une esquisse grossière, mais elle incitait néanmoins le lecteur à sortir son mouchoir. Charlie paraissait vieilli, fatigué, oublié de tous. Bob le Mécano ressemblait à quelqu'un qui vient de perdre son meilleur ami... ce qui était le cas, à en croire le récit. Jake imaginait sans peine tous les enfants d'Amérique en train d'éclater en sanglots en découvrant cette scène, et il lui vint soudain à l'esprit qu'il existait *plein* d'histoires pour enfants contenant des scènes de ce type, des scènes destinées à plonger le lecteur dans le désarroi le plus total. Hansel et Gretel abandonnés en pleine forêt, la maman de Bambi descendue par un chasseur, la mort d'Old Yeller, le chien fidèle. C'était si facile de faire de la peine aux enfants, si facile de les faire pleurer, et cette idée semblait éveiller un sadisme latent chez la plupart des écrivains... y compris, semblait-il, chez Beryl Evans.

Mais Jake, quant à lui, *n'*était *pas* attristé de voir que Charlie se retrouvait exilé dans les Terres perdues situées à la lisière du dépôt de la compagnie ferroviaire de l'Entre Deux Mondes. Bien au contraire. C'est bien fait, pensa-t-il. C'est ici qu'il a sa place. Parce qu'il est dangereux. Qu'il rouille donc sur son tronçon, et ne vous fiez pas à ses larmes — ce sont des larmes de crocodile.

Il acheva rapidement l'histoire. Elle avait une fin heureuse, bien entendu, mais c'était sûrement cette scène de désespoir que se rappelaient les enfants longtemps après qu'ils avaient oublié la traditionnelle happy end.

M. Martin, le président de la compagnie ferroviaire de l'Entre-Deux-Mondes, vint un beau jour à Saint Louis pour inspecter les lieux. Il avait l'intention de prendre le Burlington Zephyr pour se rendre à Topeka, où sa fille donnait son premier récital de piano l'après-midi même. Mais le Zephyr refusait de démarrer. Apparemment, il y avait de l'eau dans son gasoil.

Est-ce que c'est toi qui as mis de l'eau dans le gasoil, Bob le Mécano ? se demanda Jake. Je parie que c'est toi, espèce de sournois !

Tous les autres trains étaient partis en voyage ! Que faire ?

Quelqu'un tapa sur l'épaule de M. Martin. C'était Bob le Dépanneur, mais il ne ressemblait plus à un dépanneur. Il avait ôté son bleu de travail taché de cambouis et enfilé une combinaison toute propre. Sa vieille casquette de mécano était fichée sur son crâne.

— Charlie vous attend sur son tronçon, dit-il. Charlie va vous conduire à Topeka, monsieur Martin. Grâce à Charlie, vous arriverez à l'heure pour le récital de piano de votre fille.

— Cette vieille ruine ! s'exclama M. Martin. Jamais Charlie n'aura fait la moitié du chemin avant la nuit !

— Charlie peut y arriver, insista Bob le Mécano. Il peut y arriver s'il n'a pas de wagons pour le retarder ! J'ai nettoyé et entretenu son moteur et sa chaudière pendant mes heures de loisirs, voyez-vous.

— Eh bien, essayons, dit M. Martin. Pour rien au monde je ne voudrais rater le premier récital de Mlle Susannah !

Charlie était prêt à partir ; Bob le Mécano avait mis du charbon frais dans son tender et son foyer était si chaud qu'il était rouge sur les bords. Il aida M. Martin à monter dans la cabine et, pour la première fois depuis plusieurs années, Charlie quitta son tronçon pour regagner la voie ferrée principale. Puis, alors qu'il prenait de la vitesse, Bob le Mécano tira sur le cordon et Charlie poussa son courageux coup de sifflet : WHOOO-OOOOO !

Tous les enfants de Saint Louis l'entendirent et sortirent dans leurs jardins pour regarder passer la vieille locomotive toute rouillée.

— Regardez ! s'écrièrent-ils. C'est Charlie ! Charlie le Tchou-tchou est revenu ! Hourra !

Ils lui firent tous des signes, et lorsque Charlie sortit de la ville à toute vapeur, il donna lui-même un coup de sifflet, comme au bon vieux temps : WHOOOO-OOOOOOO !

Clic-clac, clic-clac, faisaient les roues de Charlie !

Chouf-chouf, chouf-chouf, faisait la fumée en sortant de la cheminée de Charlie !

Brump-brump, brump-brump, faisait la chaîne qui transportait le charbon dans le foyer !

Quel entrain ! Quel entrain ! Quel formidable entrain ! Charlie n'avait jamais été aussi rapide ! Le paysage défilait autour de lui comme dans un rêve ! Ils dépassèrent les voitures de la route 41 comme si elles avaient été à l'arrêt !

— Sabre de bois ! s'exclama M. Martin en agitant son chapeau. Quelle locomotive, Bob ! Nous n'aurions jamais dû la mettre à la retraite ! Comment faites-vous pour faire tourner la chaîne aussi vite ?

Bob le Mécano se contenta de sourire, car il savait que Charlie *se nourrissait lui-même.* Et, au milieu des *clic-clac,* des *chouf-chouf* et des *brump-brump,* il entendait Charlie chanter sa vieille chanson de sa petite voix bourrue :

Ne me pose pas de questions bêtes,
Je ne jouerai pas à tes jeux bêtes.

Je ne suis qu'un brave train tchou-tchou
Qui est toujours plein d'entrain !

Je veux courir le long des rails
Sous le ciel d'un bleu d'azur,
Et rester un brave train tchou-tchou
Jusqu'à l'heure de ma mort.

Grâce à Charlie, M. Martin arriva à temps pour assister au récital de piano de sa fille (évidemment), et Susannah se montra ravie de revoir son vieil ami Charlie (évidemment), et tout ce petit monde regagna Saint Louis dans la vieille locomotive, Susannah tirant sur le cordon comme une folle pendant tout le trajet. M. Martin trouva du travail en Californie pour Charlie et pour Bob le Mécano : ils embarquaient des gamins pour leur faire faire le tour du tout nouveau parc d'attractions de l'Entre-Deux-Mondes, et

vous pouvez les y voir encore aujourd'hui, transportant des enfants ravis dans ce monde de lumières, de musique et d'amusements sains. Bob le Mécano a les cheveux tout blancs et Charlie parle moins souvent que par le passé, mais ils sont encore pleins d'entrain, tous les deux, et de temps en temps, les enfants entendent Charlie chanter sa vieille chanson de sa petite voix bourrue.

FIN

— Ne me pose pas de questions bêtes. Je ne jouerai pas à tes jeux bêtes, murmura Jake en contemplant la dernière illustration.

Celle-ci montrait Charlie le Tchou-tchou tractant deux petits wagons emplis d'enfants ravis qu'il conduisait des montagnes russes à la grande roue. Bob le Mécano était assis dans la cabine et tirait sur le cordon du sifflet, heureux comme un goret prenant un bain de boue. Jake supposa que le sourire de Bob était censé exprimer le bonheur suprême, mais il lui trouvait plutôt des allures de rictus de dément. Charlie et Bob le Mécano ressemblaient *tous les deux* à des déments... et plus Jake examinait leurs passagers, plus leur expression lui rappelait une grimace de terreur. *Laissez-nous descendre de ce train*, semblaient-ils implorer. *Par pitié, laissez-nous descendre vivants de ce train !*

Et rester un brave train tchou-tchou Jusqu'à l'heure de ma mort.

Jake referma le livre et le considéra d'un air pensif. Puis il le rouvrit et le feuilleta, soulignant certains mots et certaines phrases qui lui paraissaient particulièrement familiers.

La compagnie ferroviaire de l'Entre-Deux-Mondes... Bob le Mécano... une petite voix bourrue... WHOOOOOO... *son premier véritable ami depuis que sa femme était morte à New York il y avait longtemps de cela... M. Martin... le monde a changé... Susannah...*

Il reposa son stylo. *Pourquoi* ces mots et ces phrases lui semblaient-ils familiers ? En ce qui concernait le passage évoquant New York, cela paraissait évident, mais que dire des autres ? Et d'ailleurs, que dire de ce *livre* ? Il était censé se le procurer, cela ne faisait aucun doute. S'il n'avait pas eu assez d'argent en poche, il l'aurait sûrement volé, il en était sûr. Mais *pourquoi* ? Il se faisait l'impression d'être l'aiguille d'une boussole. L'aiguille n'a aucune conscience du nord magnétique ; elle sait seulement qu'elle doit se pointer dans une direction donnée, que ça lui plaise ou non.

La seule chose dont Jake était persuadé, c'était qu'il était très, très fatigué, et que s'il ne se glissait pas entre les couvertures, il allait bientôt s'endormir à son bureau. Il ôta sa chemise, puis contempla une nouvelle fois la couverture de *Charlie le Tchou-tchou.*

Ce sourire. Il ne lui inspirait aucune confiance.

Aucune.

23

Le sommeil ne vint pas aussi vite que Jake l'avait espéré. Les voix recommencèrent à se quereller sur la question de sa mort et l'empêchèrent de s'endormir. Finalement, il s'assit sur son lit, les yeux clos et les poings pressés contre ses tempes.

Silence ! hurla-t-il intérieurement. Arrêtez ! Vous vous êtes tues toute la journée, alors taisez-vous maintenant !

Je suis prêt à me taire dès qu'il admettra que je suis mort, dit la première voix d'un ton maussade.

Je suis prêt à me taire dès qu'il aura regardé autour de lui et aura admis que je suis bien vivant, répliqua sèchement la seconde.

Jake était à deux doigts de pousser un hurlement. Impossible de le refouler ; il le sentait monter dans sa gorge comme un flot de vomissures. Il ouvrit les yeux, aperçut son pantalon plié sur sa chaise, et eut une idée. Il descendit du lit, se dirigea vers la chaise et plongea une main dans la poche du vêtement.

La clé d'argent était toujours là, et les voix se turent dès que ses doigts se refermèrent sur elle.

Dis-le-lui, pensa-t-il sans savoir à qui il s'adressait. Dis-lui de prendre la clé. La clé fait disparaître les voix.

Il retourna se coucher, la clé bien serrée dans sa main, et il s'endormit moins de trois minutes après avoir posé la tête sur l'oreiller.

III

La porte et le démon

1

Eddie était sur le point de s'endormir lorsqu'une voix résonna dans son esprit : *Dis-lui de prendre la clé. La clé fait disparaître les voix.*

Il se redressa d'un bond et jeta autour de lui un regard paniqué. Susannah dormait profondément à ses côtés ; cette voix n'était pas la sienne.

Ni celle de personne, apparemment. Cela faisait à présent huit jours qu'ils suivaient le sentier du Rayon à travers bois, et ils avaient établi leur campement la veille au soir au fond d'une minuscule vallée. À gauche d'Eddie grondait un gros ruisseau dont le cours avait la même direction que leur périple, à savoir le sud-est. À sa droite se dressaient des sapins qui recouvraient le flanc de la colline. Aucun intrus en vue; rien que Susannah endormie et Roland bien éveillé. Il était assis près du ruisseau, enveloppé dans une couverture, les yeux fixés sur les ténèbres.

Dis-lui de prendre la clé. La clé fait disparaître les voix.

Eddie n'hésita qu'une fraction de seconde. La raison de Roland était dans la balance, la balance penchait du mauvais côté, et personne n'en était plus conscient que l'intéressé, ce qui était le plus grave. Eddie était prêt à se raccrocher au moindre fétu de paille.

Une peau de cerf pliée en quatre lui servait d'oreiller. Il glissa la main dessous et en ressortit un paquet enveloppé dans un autre bout de peau tannée. Il se dirigea vers Roland et constata avec inquiétude que le pistolero ne remarqua sa présence que lorsqu'il se trouva à quatre pas de son dos vulnérable. Il y avait eu un temps — pas si éloigné que cela — où Roland aurait su qu'Eddie était réveillé avant même qu'il ne se redresse. Il aurait perçu le changement de rythme de son souffle.

Il était plus alerte sur la plage quand il souffrait de la morsure de la homarstruosité, pensa Eddie avec un frisson.

Finalement, Roland se retourna vers lui. Ses yeux étaient luisants de douleur et de fatigue, mais Eddie savait que cet éclat n'était que superficiel. Il percevait dans le regard de son ami une confusion de plus en plus aiguë qui se transformerait bientôt en folie si on ne la guérissait pas. Son cœur se noua de pitié.

— Tu n'arrives pas à dormir ? demanda Roland.

Sa voix était presque aussi traînante que celle d'un drogué.

— Je dormais, mais je me suis réveillé, dit Eddie. Écoute...

— Je pense que je me prépare à mourir.

Roland considéra Eddie. Tout éclat déserta ses yeux, qui devinrent pareils à des puits de ténèbres sans fond. Ce fut ce regard vide plutôt que la déclaration de Roland qui donna des frissons à Eddie.

— Et sais-tu ce que j'espère trouver dans la clairière où s'achèvera le chemin, Eddie ?

— Roland...

— Le silence. (Roland exhala un soupir poussiéreux.) Rien que le silence. Cela me suffira. La fin de... ceci.

Il pressa ses poings contre ses tempes et Eddie pensa : J'ai vu quelqu'un d'autre faire ce geste il n'y a pas si longtemps. Mais qui était-ce ? Et où était-ce ?

C'était ridicule, bien sûr ; cela faisait maintenant presque deux mois qu'il n'avait vu personne d'autre que Roland et Susannah. Mais cette impression lui paraissait néanmoins authentique.

— Je suis en train de fabriquer quelque chose, Roland, dit-il.

Roland hocha la tête. Un pauvre sourire arqua ses lèvres.

— Je sais. Qu'est-ce que c'est ? Es-tu enfin prêt à me le dire ?

— Je crois que ça a un rapport avec cette histoire de *ka-tet*.

Le regard de Roland perdit sa vacuité. Il considéra Eddie d'un air pensif, mais resta muet.

— Regarde.

Eddie commença à déplier le carré de peau.

Ça ne servira à rien! brailla soudain la voix de Henry. Elle brailla si fort qu'Eddie en tiqua. *Ce n'est qu'un stupide bout de bois mal taillé ! Il va éclater de rire en le voyant ! Il va te dire : « Oh, regardez-moi ce petit chou ! Est-ce que le petit chou a taillé quelque chose ? »*

— Tais-toi, marmonna Eddie.

Le pistolero haussa les sourcils.

— Pas toi.

Roland hocha la tête, nullement surpris.

— Ton frère te rend souvent visite, n'est-ce pas, Eddie ?

Eddie le regarda sans rien dire pendant un long moment, le bout de bois toujours enveloppé dans son carré de peau. Puis il sourit. Son sourire n'était pas beau à voir.

— Moins souvent que dans le temps, Roland. Grâce en soit rendue à Dieu.

— Oui, dit Roland. Les voix du passé sont un lourd fardeau pour le cœur... Qu'est-ce que c'est, Eddie ? Montre-le-moi, s'il te plaît.

Eddie tendit le bâton de frêne. La clé, presque achevée, en jaillissait comme la tête d'une figure de proue sur un voilier... ou comme le pommeau d'une épée dans le roc. Eddie ne savait pas dans quelle mesure il avait reproduit la forme qu'il avait entr'aperçue dans le feu (et il ne le saurait pas tant qu'il n'aurait pas trouvé la serrure où glisser cette clé, supposait-il), mais il croyait y être presque parvenu. Et il était sûr d'une chose : jamais il n'avait aussi bien taillé un bout de bois. Jamais.

— Par les dieux, Eddie, elle est superbe ! (Toute apathie avait disparu de la voix de Roland ; elle exprimait une révérence empreinte de surprise qui était toute neuve aux oreilles d'Eddie.) Est-ce qu'elle est finie ? Non, elle n'est pas finie, n'est-ce pas ?

— Non... pas tout à fait. (Eddie caressa du doigt la troisième encoche, puis le petit machin en forme de s au bout.) Je dois encore travailler cette encoche et la courbe de l'extrémité n'est pas encore parfaite. Je ne sais pas comment je le sais, mais je le sais.

— C'est ton secret.

Ce n'était pas une question.

— Oui. Si seulement je savais ce qu'il signifie.

Roland tourna la tête. Eddie suivit son regard et aperçut

Susannah. Il se sentit soulagé de constater que Roland l'avait entendue avant lui.

— Qu'est-ce que vous faites debout si tard, les gars ? Vous taillez une bavette ? (Elle vit la clé qu'Eddie tenait dans sa main et hocha la tête.) Je me demandais quand tu te déciderais à nous montrer ce truc. C'est très beau, tu sais. Je ne sais pas à quoi ça sert, mais c'est très beau.

— Tu ignores quelle porte cette clé pourrait ouvrir ? demanda Roland. Cela ne faisait pas partie de ton *khef* ?

— Non... mais peut-être qu'elle va servir à quelque chose, même si elle n'est pas encore finie. (Il tendit la clé à Roland.) Je veux que ce soit toi qui la gardes.

Roland ne fit pas un geste pour la prendre. Il examina attentivement Eddie.

— Pourquoi ?

— Parce que... eh bien... parce que je crois que quelqu'un m'a dit que tu devais la garder.

— Qui donc ?

Ton gamin, pensa soudain Eddie, et il sut tout aussi soudainement que c'était la vérité. C'était ton foutu gamin.

Mais il ne voulait pas le lui dire. Il ne voulait pas prononcer le nom du gamin. Cela risquait de faire perdre la boule à Roland.

— Je ne sais pas. Mais je pense que tu devrais tenter le coup.

Roland tendit lentement la main. Lorsque ses doigts touchèrent la clé, Eddie crut la voir s'illuminer sur toute sa longueur, mais cela fut si rapide qu'il ne put se fier à ses yeux. Ce n'était peut-être que la lueur des étoiles.

La main de Roland se referma sur l'ébauche de clé. L'espace d'un instant, son visage demeura inexpressif. Puis son front se plissa et il inclina la tête, comme à l'écoute de quelque chose.

— Qu'y a-t-il ? demanda Susannah. Est-ce que tu entends...

— *Chut !*

Sur le visage de Roland, l'étonnement laissait lentement la place à l'émerveillement. Il regarda Eddie, puis Susannah, puis de nouveau Eddie. Ses yeux s'emplissaient d'une profonde émotion, telle une cruche plongée dans un frais ruisseau.

— Roland ? demanda Eddie, mal à l'aise. Est-ce que ça va ?

Roland murmura quelques mots qu'Eddie ne put distinguer.

Susannah paraissait terrifiée. Elle jeta à Eddie un regard frénétique, comme pour lui demander : *Qu'est-ce que tu lui as fait ?*

Eddie prit sa main dans les siennes.

— Tout va bien, dit-il.

La main de Roland serrait le bout de bois avec tant de force qu'Eddie crut qu'il allait le casser en deux, mais le bois était solide et il l'avait à peine entaillé. La gorge de Roland se convulsa ; sa pomme d'Adam monta et descendit, traduisant les efforts qu'il faisait pour parler. Et soudain, il se dressa face au ciel et s'exclama d'une voix claironnante :

— *DISPARU ! LES VOIX ONT DISPARU !*

Il se retourna vers ses deux compagnons et Eddie vit une chose qu'il n'aurait jamais cru voir de son vivant — même s'il avait dû vivre un millier d'années.

Roland de Gilead pleurait.

2

Cette nuit-là, le pistolero dormit d'un sommeil sans rêves pour la première fois depuis des mois, et il dormit en serrant dans sa main la clé inachevée.

3

Dans un autre monde, mais sous l'ombre du même *ka-tet*, Jake Chambers faisait le rêve le plus réaliste de sa vie.

Il marchait à travers les ruines enchevêtrées d'une antique forêt — une zone morte faite d'arbres abattus et de buissons épineux qui lui griffaient les chevilles et tentaient de lui arracher ses tennis. Il arriva devant une petite haie de jeunes arbres (des aulnes, pensa-t-il, ou peut-être des hêtres — c'était un citadin et il ne savait pas grand-chose des arbres, excepté que certains avaient des feuilles et d'autres des aiguilles) et découvrit un sentier. Il s'y avança en pressant le pas. Un peu plus loin se trouvait une sorte de clairière.

Il fit halte avant d'y arriver lorsqu'il aperçut sur sa droite une sorte de borne. Il sortit du sentier pour l'examiner. Il y avait des lettres gravées dans la pierre, mais elles étaient si érodées qu'il ne put les déchiffrer. Finalement, il ferma les yeux (jamais il n'avait agi de la sorte dans un rêve) et les caressa du bout des doigts, comme un aveugle déchiffrant un message en braille. Les lettres se dessinèrent sur l'écran noir de ses paupières, composant une phrase qui lui apparut auréolée d'une lueur bleue.

VOYAGEUR, ICI COMMENCE L'ENTRE-DEUX-MONDES.

Endormi dans son lit, Jake ramena ses genoux contre sa poitrine. La main qui tenait la clé était glissée sous l'oreiller et ses doigts raffermirent leur étreinte sur le métal.

L'Entre-Deux-Mondes, pensa-t-il. Évidemment. Saint Louis, Topeka, le pays d'Oz, le parc d'attractions et Charlie le Tchou-tchou.

Il ouvrit les yeux dans son rêve et continua sa route. Le sol de la clairière était de vieil asphalte craquelé. Un cercle jaune pâle était peint en son milieu. Jake se rendit compte que c'était un terrain de basket-ball avant même d'avoir aperçu le jeune garçon qui se tenait à l'autre bout, sur la ligne des coups francs, et lançait dans le panier un vieux ballon Wilson. Le ballon entrait dans le panier sans coup férir à chaque lancer. Le panier sans filet était suspendu à un édifice qui ressemblait à une bouche de métro fermée pour la nuit. Sa porte close était zébrée de rayures jaunes et noires. De derrière elle — ou d'en dessous — émanait la vibration régulière d'une puissante machine. Pour une raison indéterminée, ce bruit semblait troublant. Terrifiant.

Ne marche pas sur les robots, dit le jeune basketteur sans se retourner. *Je crois qu'ils sont tous morts, mais à ta place, je ne prendrais pas de risques.*

Jake regarda autour de lui et vit plusieurs bestioles mécaniques gisant sur le sol. L'une d'elles ressemblait à un rat, une autre à une chauve-souris. Tout près de ses pieds se trouvait un serpent mécanique coupé en deux.

Est-ce que tu es MOI *?* demanda Jake en faisant un pas vers le joueur de basket, mais il sut tout de suite qu'il se trompait. L'autre était plus grand que lui et devait avoir au moins treize ans. Ses cheveux étaient plus sombres et, lorsqu'il se retourna, Jake vit qu'il avait les yeux noisette. Les siens étaient bleus.

À ton avis ? demanda l'inconnu en lui lançant le ballon.

Non, bien sûr que non, dit Jake. Il semblait quémander une excuse. *Mais ça fait environ trois semaines que je suis coupé en deux.* Il fit rebondir la balle et la lança. Elle décrivit une superbe parabole et retomba en silence dans le panier. Il était ravi... mais il avait également un peu peur de ce que le jeune inconnu allait lui dire.

Je sais, dit le garçon. *Ça n'a pas été rose pour toi, pas vrai ?* Il portait un short aux couleurs passées et un tee-shirt jaune proclamant : *IL SE PASSE TOUJOURS QUELQUE CHOSE DANS L'ENTRE-DEUX-MONDES*. Il avait noué un foulard vert autour de son crâne pour empêcher ses cheveux de retomber sur ses yeux. *Et ça ne va pas s'arranger de sitôt, crois-moi.*

Quel est cet endroit ? demanda Jake. *Et qui es-tu ?*

C'est le Portail de l'Ours... mais c'est aussi Brooklyn.

Cela semblait absurde, et pourtant c'était sensé. C'est toujours comme ça que ça se passe dans les rêves, se dit Jake, mais cela ne ressemblait pas *vraiment* à un rêve.

Quant à moi, je n'ai pas un rôle important dans cette histoire, reprit le jeune garçon. Le ballon passa par-dessus son épaule, s'éleva dans les airs et retomba en plein dans le panier. *Je dois te guider, c'est tout. Je dois te conduire là où tu dois aller et te montrer ce que tu dois voir, mais tu devras être prudent parce que je ne te reconnaîtrai pas. Et Henry n'aime pas les inconnus, ils le rendent nerveux. Quand il est nerveux, il devient parfois méchant, et il est plus grand que toi.*

Qui est Henry ? demanda Jake.

Aucune importance. Ne te fais pas remarquer, c'est tout. Tu n'auras qu'à glander dans le coin... puis à nous suivre. Et quand on sera partis...

L'adolescent se tourna vers Jake. La pitié et la peur se lisaient dans ses yeux. Jake s'aperçut soudain que son interlocuteur commençait à *disparaître* — il apercevait les zébrures jaunes et noires de la boîte à travers son tee-shirt jaune.

Comment te retrouverai-je ? Jake était terrifié à l'idée que le jeune garçon puisse s'évanouir avant de lui avoir dit tout ce qu'il avait besoin d'entendre.

Pas de problème. La voix de l'adolescent avait pris une

résonance bizarre. *Prends le métro jusqu'à Co-op City. Tu me retrouveras.*

Je n'y arriverai jamais ! s'exclama Jake. *Co-op City est gigantesque ! Il y a bien cent mille personnes dans ce quartier !*

L'adolescent n'était plus qu'une silhouette aux teintes laiteuses. Seuls ses yeux noisette étaient encore là, ainsi que le sourire du chat de Chester dans *Alice*. Ils regardaient Jake avec anxiété et compassion. *Pas de problème, j'te dis. Tu as trouvé la clé et la rose, pas vrai ? Tu me trouveras de la même façon. Cet après-midi, Jake. Vers 3 heures, ça devrait aller. Tu devras être prudent, et tu devras être rapide.* Il marqua une pause, spectre aux pieds transparents près desquels était posé un vieux ballon de basket. *Il faut que j'y aille maintenant... mais ça m'a fait plaisir de te voir. T'as l'air d'un gamin sympa et ça ne m'étonne pas qu'il t'aime tant. Mais il y a du danger. Sois prudent... et sois rapide.*

Attends ! hurla Jake, et il se mit à courir vers le garçon qui disparaissait. Son pied buta sur un robot fracassé qui ressemblait à un tracteur jouet. Il trébucha et tomba sur les genoux, déchirant son pantalon. Il ignora la morsure de la douleur. *Attends ! Tu dois me dire ce que tout ça signifie ! Tu dois me dire pourquoi c'est à moi que ça arrive !*

C'est à cause du Rayon, dit le garçon, qui était réduit à une paire d'yeux flottant dans l'air, *et à cause de la Tour. En fin de compte, toutes choses servent la Tour, même le Rayon. Tu croyais que ce n'était pas ton cas ?*

Jake agita les bras et se releva avec maladresse. *Est-ce que je vais le retrouver ? Est-ce que je vais retrouver le pistolero ?*

Je ne sais pas, répondit le garçon. Sa voix semblait venir d'un point situé à un million de kilomètres de là. *Je sais seulement que tu dois essayer. Et que tu n'as pas le choix.*

L'adolescent avait disparu. Le terrain de basket était vide. On n'entendait que le léger bourdonnement des machines, un bruit que Jake n'aimait guère. Il y avait quelque chose qui clochait dans ce bruit, et il se dit que ce qui affectait les machines devait affecter la rose, ou vice versa. Tout était lié.

Il ramassa le vieux ballon et le lança. Il retomba en plein dans le panier... et disparut.

Un fleuve, soupira la voix de l'adolescent. On aurait dit une légère brise. Elle venait de partout et de nulle part. *La réponse est un fleuve.*

4

Jake se réveilla aux premières lueurs d'une aube laiteuse, les yeux fixés sur le plafond de sa chambre. Il pensait au type qu'il avait rencontré au *Restaurant spirituel* de Manhattan — Aaron Deepneau, qui glandait autour de Bleecker Street avant que Bob Dylan ait appris à accorder sa guitare. Aaron Deepneau lui avait posé une devinette.

Qu'est-ce qui a une bouche mais ne parle point,
Qui a un lit mais ne dort point,
Qui a des bras mais pas de mains ?

Il connaissait la solution à présent. Un fleuve a une bouche ; un fleuve a un lit ; un fleuve a des bras. C'était le garçon qui lui avait donné la réponse. Le garçon de son rêve.

Soudain, il pensa à ce que Deepneau lui avait dit : *Ce n'est que la moitié de la réponse. L'énigme de Samson est à double détente, mon ami.*

Jake jeta un coup d'œil à son réveil et vit qu'il était 6 h 20. Il avait intérêt à s'activer s'il voulait être parti avant le réveil de ses parents. Pas d'école pour lui aujourd'hui ; en ce qui le concernait, l'école était finie pour toujours.

Il rejeta drap et couvertures, se leva d'un bond et vit que ses deux genoux portaient des éraflures. Des éraflures toutes fraîches. La veille, il s'était égratigné le flanc en tombant sur les briques et il s'était cogné la tête quand il s'était évanoui près de la rose, mais il ne s'était pas fait mal aux genoux.

— C'est arrivé dans le rêve, murmura Jake, constatant qu'il n'était nullement surpris.

Il se hâta de s'habiller.

5

Au fond de son placard, derrière une pile de baskets sans lacets et un tas de numéros de *Spiderman*, il trouva le petit sac à dos qu'il portait du temps de l'école primaire. Aucun des élèves de Piper n'aurait accepté de porter un tel accessoire — comme c'est vulgaire, mon cher —, et lorsque Jake s'en empara, il ressentit une violente bouffée de nostalgie pour ce bon vieux temps où la vie semblait si simple.

Il y fourra une chemise propre, un jean propre, quelques chaussettes et sous-vêtements, *Charlie le Tchoutchou* et *Devine, Devinettes*. Avant de fouiller le placard, il avait posé la clé sur son bureau et les voix étaient aussitôt revenues, mais elles étaient lointaines et presque inaudibles. En outre, il était sûr de les faire disparaître en touchant la clé et cela le rassurait.

Bien, pensa-t-il en considérant le sac à dos. Même compte tenu des deux bouquins, il y avait encore plein de place. Quoi d'autre ?

L'espace de quelques instants, il pensa qu'il avait tout ce qu'il lui fallait... puis il sut qu'il lui manquait quelque chose.

6

Le bureau de son père sentait la cigarette et l'ambition

La pièce était dominée par un immense secrétaire en teck. Au fond, encastrés dans un mur couvert de livres, se trouvaient trois téléviseurs Mitsubishi. Chacun d'eux était branché sur une chaîne rivale, et le soir, dès que son père arrivait à la maison, chacun d'eux diffusait un flot d'images muettes à l'heure du *prime time*.

Les rideaux étaient tirés et Jake dut allumer la lampe de bureau pour y voir quelque chose. La seule idée de se trouver dans cette pièce le rendait nerveux. Si son père se réveillait et se pointait ici (et c'était du domaine du possible ; quelle que soit l'heure où il se couchait, quel que soit son degré d'ébriété, Elmer

Chambers avait le sommeil léger et se levait avec les poules), il piquerait une crise. Dans le meilleur des cas, cela risquait de retarder le départ de Jake. Plus tôt il serait parti, mieux il se sentirait.

Le secrétaire était fermé à clé mais son père n'avait jamais fait mystère de l'endroit où il cachait ladite clé. Jake glissa les doigts sous le buvard et l'attrapa. Il ouvrit le troisième tiroir, écarta les classeurs verticaux et toucha une surface de métal froid.

Une planche grinça dans le couloir et Jake se figea. Plusieurs secondes s'écoulèrent. N'entendant aucun nouveau bruit, Jake s'empara de l'arme que son père conservait dans des buts de « défense domestique » — un pistolet automatique Ruger calibre 44. Il l'avait fièrement montré à son fils le jour de son achat, deux ans auparavant, sourd aux protestations de sa femme qui l'implorait de le ranger avant de blesser quelqu'un.

Jake trouva le bouton qui éjectait le magasin. Celui-ci tomba au creux de sa main avec un bruit métallique — *snak* ! — qui lui sembla résonner dans tout l'appartement. Il jeta un regard inquiet vers la porte, puis se tourna vers le magasin pour l'examiner. Il était chargé. Jake fit mine de le remettre en place, puis se ravisa. Garder un pistolet chargé dans un tiroir était une chose ; se balader dans New York avec un pistolet chargé en était une autre.

Il rangea l'automatique au fond de son sac, puis plongea de nouveau la main derrière les classeurs. Cette fois-ci, il sortit du tiroir une boîte de cartouches à moitié pleine. Il se rappela que son père était allé s'entraîner au tir à la cible dans un stand de la Première Avenue avant de perdre tout intérêt pour cette activité.

La planche grinça une nouvelle fois. Jake avait hâte de partir.

Il prit la chemise dans son sac à dos, l'étala sur le secrétaire et l'enroula autour du magasin et de la boîte de cartouches. Puis il la remit dans le sac, dont il boucla soigneusement les sangles. Il allait quitter la pièce lorsque son regard se posa sur le bloc de papier à lettres placé près des casiers à courrier de son père. Les lunettes Ray Ban que ce dernier aimait à porter étaient posées dessus. Il prit une feuille, réfléchit quelques instants, s'empara des lunettes et les glissa dans sa poche de poitrine. Puis il attrapa le stylo en or de son père et écrivit : *Cher papa, chère maman.*

Il s'interrompit et fronça les sourcils. Que rajouter ? Qu'avait-il exactement à leur dire ? Qu'il les aimait ? C'était exact, mais ce n'était pas suffisant — il existait quantité de vérités déplaisantes plantées dans celle-ci, comme des aiguilles d'acier fichées dans une pelote de laine. Qu'ils lui manqueraient ? Il ne savait pas si c'était vrai ou non, ce qui était plutôt horrible. Qu'il espérait que *lui* leur manquerait ?

Il prit soudain conscience du problème. S'il avait eu seulement l'intention de partir pour la journée, il aurait été capable de leur laisser un message quelconque. Mais il était presque certain que son absence ne durerait pas *seulement* une journée, ni une semaine, ni un mois, ni une saison. Il était certain que lorsqu'il quitterait cet appartement, ce serait pour de bon.

Il faillit déchirer la feuille de papier, puis changea d'avis. *Prenez soin de vous. Je vous aime, Jake,* écrivit-il. C'était plutôt maigre, mais c'était au moins quelque chose.

Bien, se dit-il. Maintenant, vas-tu te décider à fiche le camp avant qu'il ne soit trop tard ?

Il sortit.

Il régnait dans l'appartement un calme presque mortel. Jake traversa la salle de séjour sur la pointe des pieds, n'entendant aucun bruit excepté le souffle de ses parents : les petits ronflements étouffés de sa mère, la respiration de son père, plus nasale et ponctuée de légers sifflements. Le réfrigérateur se mit à bourdonner lorsqu'il arriva dans l'entrée et il se figea quelques instants, le cœur battant la chamade. Puis il se retrouva devant la porte. Il l'ouvrit en faisant le moins de bruit possible, sortit et la referma doucement derrière lui.

Il se sentit le cœur plus léger lorsqu'il entendit le cliquetis de la serrure et une profonde sensation d'expectative s'empara de lui. Il ne savait pas ce qui l'attendait et il avait des raisons de croire que le danger croiserait sa route, mais il avait onze ans — il était trop jeune pour refouler le plaisir qui l'emplissait. Il allait fouler une autoroute fabuleuse, une autoroute occulte qui le conduirait dans une terre inconnue. Des secrets allaient lui être révélés s'il se montrait malin... et s'il avait de la chance. Il quitta sa maison à l'aube pour s'engager dans une grande aventure.

Si je suis courageux, si je suis sincère, je verrai la rose, pensa-t-il en appuyant sur le bouton d'appel de l'ascenseur. Je le sais... et je sais aussi que je *le* verrai.

Cette idée l'emplit d'une impatience si bouleversante qu'elle tenait presque de l'extase.

Trois minutes plus tard, il émergeait de l'ombre de la marquise qui ornait l'entrée de l'immeuble où il avait passé toute sa vie. Il s'accorda une pause, puis tourna à gauche. Cette décision ne devait rien au hasard, et il le savait. Il se dirigeait vers le sud-est, suivant le sentier du Rayon, reprenant sa quête de la Tour sombre après l'avoir interrompue.

7

Deux jours après qu'Eddie eut donné à Roland sa clé inachevée, les trois voyageurs — épuisés, en sueur et un peu déboussolés — émergèrent d'un fouillis de broussailles et d'arbustes particulièrement inextricable pour découvrir deux étroits sentiers parallèles courant sous les branches de deux rangées d'arbres antiques. Au bout de quelques secondes d'examen, Eddie conclut qu'il ne s'agissait pas de sentiers mais des vestiges d'une route depuis longtemps inutilisée. Buissons et arbustes poussaient en son milieu comme des bouquets en désordre. Les dépressions creusées de part et d'autre étaient tout simplement des ornières, et elles étaient assez larges pour laisser passer sans encombre le fauteuil roulant de Susannah.

— Alléluia ! s'exclama-t-il. Ça s'arrose !

Roland hocha la tête et dégagea l'outre gonflée d'eau qui lui ceignait la taille. Il la passa d'abord à Susannah, qui était perchée sur son harnais dorsal. La clé d'Eddie, attachée à une lanière de cuir pendue au cou de Roland, bougeait à chacun de ses mouvements. Susannah but une longue gorgée d'eau et tendit l'outre à Eddie. Il but à son tour puis entreprit de déplier le fauteuil. Il en était venu à détester cet accessoire lourd et encombrant ; on aurait dit une ancre de fer qui les retardait en permanence. Il était toujours en bon état, ne souffrant que de quelques rayons cassés. Eddie pensait certains jours que cette saleté les enterrerait tous. Et voilà qu'elle allait de nouveau se rendre utile... du moins pour un temps.

Eddie aida Susannah à descendre de son perchoir et

l'installa sur le fauteuil. Elle plaqua ses mains sur ses reins, s'étira et grimaça de plaisir. Eddie et Roland entendirent craquer sa colonne vertébrale.

Un peu plus loin, un animal assez gros qui ressemblait au croisement d'une marmotte et d'un raton laveur émergea des broussailles. Il les regarda de ses grands yeux aux iris dorés, plissa son long museau moustachu comme pour dire : *Peuh ! Aucun intérêt !* puis traversa la route d'un pas nonchalant et disparut. Eddie eut le temps de remarquer sa queue — longue et souple, elle ressemblait à un tire-bouchon velu.

— Qu'est-ce que c'était, Roland ?

— Un bafou-bafouilleux.

— Ça se mange ?

Roland secoua la tête.

— Trop coriace. Trop amer. Je préférerais manger du chien.

— Tu as déjà fait ça ? demanda Susannah. Manger du chien, je veux dire.

Roland hocha la tête sans donner d'autre précision. Eddie repensa au dialogue d'un vieux film de Paul Newman : *Eh oui, madame — j'ai mangé du chien et j'ai eu une vie de chien.*

Les oiseaux gazouillaient dans les arbres. Une douce brise soufflait sur la route. Eddie et Susannah la laissèrent caresser leur visage, puis se regardèrent et échangèrent un sourire. Eddie fut de nouveau frappé de gratitude à son égard — c'était terrifiant d'aimer quelqu'un, mais c'était aussi fort agréable.

— Qui a tracé cette route ? demanda-t-il.

— Des gens qui ont disparu depuis longtemps, répondit Roland.

— Les mêmes qui avaient fabriqué les poteries qu'on a trouvées ? demanda Susannah.

— Non. Cette route était fréquentée par les diligences, j'imagine, et si elle est encore là après tant d'années de négligence, ce devait être une grande route... peut-être même *la* Grand-Route. Si nous creusions un peu, nous trouverions sans doute du gravier et peut-être même des canalisations. Tant qu'on s'est arrêtés, mangeons donc un morceau.

— Manger ! s'exclama Eddie. Garçon ! Un poulet à la florentine ! Des crevettes à la polynésienne ! Une escalope de veau aux champignons sautés et...

Susannah lui donna un coup de coude.

— Laisse tomber, fromage blanc.

— Ce n'est pas ma faute si j'ai une imagination fertile, dit Eddie sans se démonter.

Roland laissa tomber sa bourse de ses épaules, s'accroupit et commença à préparer un déjeuner composé de tranches de viande séchée enveloppées de feuilles couleur olive. Eddie et Susannah avaient découvert que ces feuilles avaient un goût rappelant celui des épinards, en plus fort.

Eddie poussa Susannah vers Roland, qui tendit à la jeune femme ce qu'Eddie avait baptisé des « burritos à la pistolero ». Elle commença à manger.

Lorsque Eddie se retourna, Roland lui tendait trois tranches de viande... et autre chose. C'était le bâton de frêne où poussait la clé. Roland avait dénoué sa lanière, dont les deux bouts pendaient sur son torse.

— Hé, tu en as encore besoin, pas vrai ? demanda Eddie.

— Les voix reviennent quand je l'enlève, mais elles sont très lointaines, dit Roland. J'arrive à les supporter. En fait, je les entends même quand je porte la clé — comme si j'entendais deux hommes parlant à voix basse de l'autre côté d'une colline. Je pense que c'est parce que la clé est inachevée. Tu as cessé de travailler dessus depuis que tu me l'as confiée.

— Eh bien... tu la portais et je ne voulais pas...

Roland resta muet, mais ses yeux d'un bleu délavé contemplaient Eddie de leur air le plus professoral.

— D'accord, dit Eddie. J'ai peur de me planter. Tu es content ?

— Ton frère devait penser que tu te plantais tout le temps... pas vrai ? demanda Susannah.

— Susannah Dean, psychologue diplômée. Tu as raté ta vocation, ma chérie.

Susannah ne s'offusqua pas de cette saillie. Elle cala l'outre sur son coude, la souleva et but à la régalade comme une paysanne du Sud.

— Mais c'est vrai, n'est-ce pas ?

Eddie, qui venait de se rappeler qu'il n'avait pas non plus fini la fronde — du moins pas encore —, se contenta de hausser les épaules.

— Tu dois la finir, dit posément Roland. Je pense que l'heure approche où tu devras t'en servir.

Eddie fit mine de parler, puis ferma la bouche. C'était facile à dire, tout ça, mais aucun d'eux ne comprenait vraiment son problème. Son problème était le suivant : il ne pourrait pas s'estimer satisfait d'un taux de réussite de 70 %, de 80 %, ou de 98,5 %. Pas cette fois-ci. Et s'il se *plantait,* il ne pourrait pas se contenter de jeter le bout de bois et d'en chercher un autre. D'ailleurs, il n'avait pas vu un seul frêne depuis qu'il avait trouvé cette branche aux formes séduisantes. Mais ce qui le perturbait pouvait se résumer en termes très simples : c'était tout ou rien. S'il se plantait ne fût-ce que d'un iota, la clé ne tournerait pas quand ils auraient besoin qu'elle tourne. Et ce petit machin en forme de s le rendait de plus en plus nerveux. Ça avait l'air tout simple, mais impossible de le tailler à la perfection...

La clé ne fonctionnera pas dans son état présent ; tu sais au moins cela, se dit-il.

Il soupira en l'examinant. Oui, il savait au moins cela. Il fallait bien qu'il tente de la finir. Sa peur de l'échec lui rendrait la tâche plus difficile, mais il devait quand même essayer. Peut-être même qu'il pouvait réussir. Il avait réussi pas mal de choses depuis que Roland était entré dans son esprit à bord d'un avion de la Delta à destination de l'aéroport Kennedy. Le fait qu'il fût vivant et sain d'esprit était déjà une réussite.

Eddie rendit la clé à Roland.

— Garde-la pour l'instant, dit-il. Je me remettrai au travail quand on fera halte ce soir.

— Promis ?

— Ouais.

Roland hocha la tête, prit la clé et l'attacha de nouveau à la lanière qu'il portait autour du cou. Il avait des gestes lents, mais Eddie remarqua quand même avec quelle dextérité il utilisait les doigts de sa main mutilée. Décidément, cet homme s'adaptait à tout.

— Il *va* se passer quelque chose, n'est-ce pas ? demanda soudain Susannah.

Eddie leva les yeux vers elle.

— Qu'est-ce qui te fait dire ça ?

— Je dors auprès de toi, Eddie, et je sais que tu rêves désormais chaque nuit. Et il t'arrive parfois de parler. Tes rêves ne ressemblent pas exactement à des cauchemars, mais il est clair qu'il se passe *quelque chose* dans ta tête.

— Oui. Il se passe quelque chose. Mais je ne sais pas quoi.

— Les rêves sont choses puissantes, remarqua Roland. Tu n'as aucun souvenir de ceux que tu fais ?

Eddie hésita.

— Quelques-uns, mais ils sont très confus. Je suis de nouveau un gamin, ça c'est sûr. Ça se passe après l'école. Henry et moi, on joue au basket dans le vieux terrain de Markey Avenue, là où se trouve maintenant le tribunal pour mineurs. Je veux que Henry m'emmène voir un endroit situé dans Dutch Hill. Une vieille maison. Les gosses du coin l'appelaient le Manoir et prétendaient qu'elle était hantée. Peut-être bien que c'était vrai. Je me souviens qu'elle était plutôt du genre sinistre. *Très* sinistre.

Eddie secoua la tête, captivé par ses souvenirs.

— Ça faisait des années que j'avais oublié cette vieille baraque, et j'y ai repensé quand on était dans la clairière de l'ours, quand j'ai posé la tête contre cette boîte bizarre. Je ne sais pas... c'est peut-être à cause de ça que je fais ces rêves.

— Mais tu ne le crois pas, dit Susannah.

— Non. Je crois que ce qui est en train de m'arriver est beaucoup plus compliqué qu'une simple histoire de souvenirs d'enfance.

— Est-ce que vous êtes allés voir cette maison, ton frère et toi ? demanda Roland.

— Ouais... j'ai réussi à le convaincre.

— Et il vous est arrivé quelque chose ?

— Non. Mais c'était terrifiant. On est restés sur le trottoir et on a regardé la maison pendant un certain temps, puis Henry s'est mis à me taquiner — il m'a dit qu'il allait m'obliger à entrer là-dedans pour que je lui rapporte un souvenir —, mais je savais qu'il ne parlait pas sérieusement. Il était aussi terrifié que moi.

— Et c'est tout ? demanda Susannah. Tu rêves seulement que tu retournes là-bas ? Devant le Manoir ?

— Il y a autre chose. Quelqu'un arrive... et reste dans les parages. Je le remarque dans mon rêve, mais à peine... comme du coin de l'œil, tu vois ? Mais je sais aussi qu'on est censés faire semblant de ne pas se connaître.

— Y avait-il vraiment quelqu'un ce jour-là ? demanda Roland. (Il regardait Eddie avec une attention extrême.) Ou est-ce seulement un personnage du rêve ?

— C'était il y a longtemps. Je devais avoir treize ans à peine. Comment pourrais-je me souvenir avec certitude d'un détail de ce genre ?

Roland le regarda sans rien dire.

— D'accord, dit finalement Eddie. Ouais. Je crois qu'il *était* là ce jour-là. Un gamin qui portait un sac de sport ou un sac à dos, je ne me rappelle plus exactement. Et des lunettes de soleil trop grandes pour lui. Des lunettes à verres réfléchissants.

— Qui était-ce ? demanda Roland.

Eddie resta silencieux un long moment. Il tenait dans la main le dernier de ses burritos à la pistolero, mais il avait perdu l'appétit.

— Je pense que c'est le gamin que tu as rencontré au relais, dit-il finalement. Je pense que ton vieil ami Jake était dans les parages, qu'il nous surveillait, Henry et moi, le jour où on est allés à Dutch Hill. Je pense qu'il nous a suivis. Parce qu'il entend les voix tout comme toi, Roland. Et parce qu'il partage mes rêves comme je partage les siens. Je pense que mes souvenirs correspondent à ce qui est en train de se passer pour Jake dans son *quand*. Le gamin essaie de revenir ici. Et si la clé n'est pas terminée lorsqu'il tentera de passer de l'autre côté — ou si elle est mal faite —, il va probablement mourir.

— Peut-être qu'il a sa propre clé, dit Roland. Est-ce possible ?

— Ouais, je le crois, dit Eddie, mais ça ne suffira pas. (Il soupira et enfouit le dernier burrito dans sa poche, le gardant pour plus tard.) *Et je ne pense pas qu'il le sache.*

8

Ils reprirent leur route, Roland et Eddie se relayant pour pousser le fauteuil roulant. Ils choisirent l'ornière de gauche. Le terrain était relativement accidenté et les deux hommes étaient parfois obligés de porter le fauteuil lorsque jaillissaient du sol des cailloux blancs pareils à des dents émoussées. Ils avançaient cependant plus vite que durant la semaine précédente. Ils gagnaient régulièrement de l'altitude et, quand il regardait par-dessus son épaule, Eddie voyait la forêt se déployer en paliers successifs. Il aperçut une cascade se déversant sur une falaise au nord-ouest. C'était le lieu qu'ils avaient baptisé « le stand de tir », constata-t-il avec étonnement. La clairière était désormais presque invisible, perdue dans la brume de cet après-midi de rêve.

— Halte-là, mon gars ! s'exclama Susannah.

Eddie se retourna juste à temps pour éviter la collision avec Roland. Le pistolero avait fait halte et examinait les fourrés sur le bas-côté.

— Si tu continues comme ça, je vais te retirer ton permis, taquina Susannah.

Eddie l'ignora. Il suivit le regard de Roland.

— Qu'est-ce que c'est ?

— Il n'y a qu'une façon de le savoir. (Roland se retourna, souleva Susannah et la cala sur sa hanche.) Allons jeter un coup d'œil.

— Pose-moi par terre, mon grand — je peux me débrouiller toute seule. Et mieux que vous deux, d'ailleurs.

Pendant que Roland la déposait doucement sur l'ornière herbue, Eddie scruta les broussailles. La lumière du crépuscule projetait sur le sol des ombres entrecroisées, mais il crut distinguer ce qui avait attiré l'attention de Roland. Une haute pierre grise presque entièrement dissimulée par le lierre.

Susannah rampa vers le bas-côté, aussi vive qu'un serpent. Roland et Eddie la suivirent.

— C'est une borne, n'est-ce pas ?

Susannah, dressée sur ses bras, examinait le rocher rectangulaire. Jadis dressé à la verticale, il penchait nettement sur la droite, comme une pierre tombale dans un vieux cimetière.

— Oui. Passe-moi mon couteau, Eddie.

Eddie s'exécuta, puis s'accroupit près de Susannah pendant que le pistolero taillait dans le lierre. Petit à petit, il distingua des lettres gravées dans la pierre, et il déchiffra leur message avant même que Roland ait achevé de dégager l'inscription :

VOYAGEUR, ICI COMMENCE L'ENTRE-DEUX-MONDES.

9

— Qu'est-ce que ça veut dire ? demanda finalement Susannah. Sa voix exprimait l'émerveillement ; elle ne cessait d'examiner la borne de pierre grise.

— Cela veut dire que nous arrivons à la fin de la première étape. (Le visage de Roland était pensif et solennel lorsqu'il rendit son couteau à Eddie.) Je pense que nous ne quitterons plus cette vieille route, désormais — ou plutôt, c'est elle qui ne nous quittera plus. Elle suit le sentier du Rayon. La forêt va bientôt s'achever. Je m'attends à un grand changement.

— Qu'est-ce que l'Entre-Deux-Mondes ? demanda Eddie.

— Un des grands royaumes qui dominaient la terre durant l'époque qui a précédé celle-ci. Un royaume d'espoir, de savoir et de lumière — le genre de choses que nous avons essayé de préserver dans mon pays avant que les ténèbres n'aient triomphé de nous. Un jour, si nous en avons le temps, je vous raconterai toutes les vieilles histoires... du moins celles que je connais. Elles forment une grande tapisserie, très belle mais très triste.

« Selon les vieux contes, il y avait jadis une grande ville à la lisière de l'Entre-Deux-Mondes — peut-être était-elle aussi grande que votre New York. Elle est sûrement en ruine aujourd'hui, si elle existe encore. Mais nous risquons d'y trouver des gens... ou des monstres... ou les deux. Il faudra être sur nos gardes.

Il tendit sa main mutilée et caressa l'inscription du bout des doigts.

— L'Entre-Deux-Mondes, dit-il à voix basse. Qui aurait cru que...

Il laissa sa phrase inachevée.

— Enfin, on ne peut rien y faire, n'est-ce pas ? demanda Eddie.

Le pistolero secoua la tête.

— Non, rien.

— Le *ka*, dit soudain Susannah, et les deux autres la regardèrent sans rien dire.

10

La nuit ne tomberait que dans deux heures, aussi se remirent-ils en marche. La route se dirigeait toujours vers le sud-est, suivant le sentier du Rayon, et elle fut bientôt rejointe par deux autres routes plus petites mais également mal entretenues. Au second croisement se trouvaient les ruines envahies par la végétation d'un bâtiment qui avait dû être un immense mur rocheux. Une douzaine de bafou-bafouilleux prenaient le soleil parmi les gravats, et ils suivirent les pèlerins de leurs yeux aux iris dorés. Eddie les compara mentalement à un jury prêt à voter la mort par pendaison.

La route était de plus en plus large et de mieux en mieux définie. Ils aperçurent à deux reprises des bâtiments depuis longtemps désaffectés. Le second, selon Roland, était sans doute un moulin à vent. Susannah lui trouva des airs de maison hantée.

— Cela ne me surprendrait guère, répliqua le pistolero.

Ce commentaire émis d'un ton posé donna des frissons à ses compagnons.

Lorsque le crépuscule les obligea à faire halte, les arbres se faisaient plus rares et la douce brise qui les avait accompagnés était devenue un vent tiède. Ils n'avaient cessé de gagner de l'altitude durant la journée.

— Nous arriverons au sommet de la crête dans un jour ou deux, dit Roland. À ce moment-là, nous verrons.

— Nous verrons quoi ? demanda Susannah, mais Roland se contenta de hausser les épaules.

Ce soir-là, Eddie se remit à tailler le bois, mais sans se sentir réellement inspiré. L'assurance et la joie qui avaient été siennes lorsque la clé avait pris forme l'avaient déserté. Ses doigts lui paraissaient stupides et maladroits. Pour la première fois depuis plusieurs mois, il eut envie d'une petite dose d'héroïne. Pas une grosse dose ; il était sûr que quelques grammes lui suffiraient pour tailler ce bout de bois avec brio.

— Qu'est-ce qui te fait sourire, Eddie ? demanda Roland.

Il était assis de l'autre côté du feu de camp ; agitées par le vent, les flammes qui les séparaient dansaient comme des feux follets capricieux.

— Je souriais ?

— Oui.

— Je pensais à la stupidité des gens — tu les enfermes dans une pièce pourvue de six portes mais ils continuent de se cogner aux murs. Et ils ont encore le culot de râler.

— Si tu as peur de ce qu'il y a derrière les portes, peut-être qu'il est plus sage de rebondir contre les murs, intervint Susannah.

Eddie hocha la tête.

— Peut-être.

Il travaillait lentement, s'efforçait de voir les formes emprisonnées dans le bois — en particulier ce petit machin en forme de s. Il s'aperçut que ce dernier était devenu indistinct.

Mon Dieu, je vous en prie, faites que je ne me plante pas, pensa-t-il, mais c'était précisément ce qu'il était en train de faire, du moins le craignait-il. Il finit par renoncer, rendit au pistolero la clé qu'il avait à peine touchée et s'enveloppa dans une peau tannée. Cinq minutes plus tard, il rêvait de nouveau du gamin et du terrain de jeu de Markey Avenue.

11

Jake quitta son immeuble vers 7 h 15, ce qui lui laissait environ huit heures à tuer. Il envisagea de prendre le métro tout de suite pour se rendre à Brooklyn, puis décida que ce n'était pas une bonne idée. Un gamin errant dans les rues était davantage susceptible d'attirer l'attention dans ce coin-là, et s'il devait vraiment *chercher* l'endroit où il était censé retrouver le basketteur, il devait se montrer prudent.

Pas de problème, j'te dis, avait affirmé l'adolescent au tee-shirt jaune et au foulard vert. *Tu as trouvé la clé et la rose, pas vrai ? Tu me trouveras de la même façon.*

Sauf que Jake ne se rappelait plus *comment* il avait trouvé la clé et la rose. Il ne se rappelait que la joie et l'assurance qui lui avaient empli le cœur et l'esprit. Il ne lui restait plus qu'à espérer que le même phénomène se reproduirait. En attendant, il allait se balader. C'était le meilleur moyen de ne pas se faire remarquer à New York.

Il descendit à pied jusqu'à la Première Avenue, puis rebroussa chemin, se dirigeant lentement vers le centre-ville en suivant les signaux PASSEZ PIÉTONS (sachant peut-être au fond de lui qu'eux aussi servaient le Rayon). Vers 10 heures, il se retrouva devant le Metropolitan Museum of Art, sur la Cinquième Avenue. Il avait chaud et se sentait fatigué et un peu déprimé. Il aurait bien bu un bon soda mais ne souhai tait pas dépenser trop vite le peu d'argent qu'il avait sur lui. Il avait cassé sa tirelire mais celle-ci ne contenait qu'environ huit dollars.

Un groupe d'écoliers se mettaient en rang pour suivre une visite guidée. École publique, pensa Jake — ils étaient vêtus avec aussi peu de recherche que lui-même. Aucun blazer signé Paul Stuart, aucune cravate, aucun mocassin, aucune petite jupe plissée toute simple achetée chez Miss So Pretty ou chez Tweenity pour la modique somme de cent vingt-cinq dollars. Toutes ces têtes blondes s'habillaient chez K-Mart. Obéissant à une impulsion subite, Jake se plaça en bout de queue et suivit le groupe dans le musée.

La visite dura une heure et quart. Jake la trouva fort agréable. Le musée était un endroit calme. Mieux : il était climatisé. Il fut particulièrement fasciné par les peintures de Frederick Remington et par un immense tableau de Thomas Hart Benton représentant une locomotive à vapeur traversant la prairie en direction de Chicago sous les yeux de fermiers bedonnants vêtus de salopettes et coiffés de chapeaux de paille. Ni les profs ni les élèves ne remarquèrent sa présence. Puis une jolie Noire vêtue d'un tailleur bleu de coupe sévère lui posa une main sur l'épaule et lui demanda qui il était.

Jake ne l'avait pas vue venir et son esprit se retrouva paralysé quelques instants. Sans penser à ce qu'il faisait, il plongea la main dans sa poche et la referma sur la clé argentée. Il se ressaisit aussitôt et se sentit apaisé.

— Mon groupe est en haut, dit-il avec un sourire penaud. On devait aller regarder la section « Art moderne », mais je préfère ces tableaux parce qu'ils représentent quelque chose. Alors j'ai... enfin, vous savez...

— Tu t'es défilé ? demanda la jeune femme en s'efforçant de ne pas sourire.

— Disons plutôt que je me suis déclaré en permission, comme dans la Légion.

Il prononça cette réplique sans avoir conscience de ce qu'il disait.

Les élèves qui observaient la scène le regardèrent d'un air intrigué, mais le professeur éclata de rire.

— Tu ne le sais pas ou tu l'as oublié, dit-elle, mais dans la Légion étrangère, les déserteurs étaient fusillés. Je te suggère de rejoindre ta classe tout de suite, mon garçon.

— Oui, m'dame. Merci. De toute façon, la visite est presque finie.

— Comment s'appelle ton école ?

— Markey Academy, dit Jake.

Cette fois encore, il avait prononcé ces mots sans en avoir conscience.

Il monta à l'étage, écoutant l'écho désincarné des bruits de pas et des conversations à voix basse qui résonnait dans la rotonde, et se demanda pourquoi il avait dit ça. Jamais il n'avait entendu parler d'une école nommée Markey Academy.

12

Il resta quelque temps sur le palier du premier étage, puis remarqua qu'un gardien l'observait d'un air méfiant et décida qu'il valait mieux ne pas s'attarder — restait à espérer que le groupe dans lequel il s'était infiltré avait quitté les lieux.

Il regarda sa montre, grimaça comme pour dire : *Oh ! comme le temps passe*, et redescendit en quatrième vitesse. La classe et la jeune prof noire qui lui avait fait la leçon sur la Légion étrangère étaient parties et Jake se dit que ce serait une bonne idée d'en faire autant. Il allait encore se promener un peu — sans se presser, vu la chaleur — et prendre le métro.

Il s'arrêta au coin de Broadway et de la 42e Rue, échangeant une partie de ses maigres ressources financières contre un hot dog. Il s'assit sur les marches devant une banque pour déguster son déjeuner, ce qui se révéla être une erreur catastrophique.

Un flic se dirigea lentement vers lui en faisant tourner sa matraque avec des gestes de jongleur. Il semblait uniquement occupé par sa prestation, mais lorsqu'il arriva devant Jake, il passa sa matraque à sa ceinture et se tourna vers lui.

— Eh bien, mon gars, dit-il. Pas d'école, aujourd'hui ?

Jake était en train de dévorer sa saucisse mais la dernière bouchée resta coincée dans son gosier. Quel manque de chance... s'il s'agissait bien de chance. Ils se trouvaient dans Times Square, haut lieu de l'Amérique sordide ; le coin grouillait de dealers, de junkies, de putes et de chasseurs de chair fraîche... mais ce crétin de flic ignorait la faune pour s'intéresser à *lui*.

Il déglutit à grand-peine, puis répondit :

— C'est les exams de fin d'année en ce moment. Je n'avais qu'une épreuve ce matin. Ensuite, je pouvais partir. (Il marqua une pause, peu rassuré par l'éclat inquisiteur des yeux du flic.) J'ai demandé la permission, conclut-il piteusement.

— Mouais. Je peux voir tes papiers ?

L'estomac de Jake se noua. Ses parents avaient-ils déjà alerté les flics ? Après les événements de la veille, c'était fort probable, supposa-t-il. D'ordinaire, la police de New York ne se mettait pas en quatre pour rechercher un gamin disparu, surtout s'il n'avait disparu qu'une demi-journée, mais son père était un grand ponte et il aimait se vanter de la longueur de son bras. Jake ne pensait pas que ce flic ait sa photo... mais on lui avait peut-être communiqué son nom.

— Eh bien... dit-il à contrecœur, j'ai ma carte de membre de l'Entre-Deux-Mondes, mais c'est à peu près tout.

— L'Entre-Deux-Mondes ? Jamais entendu parler. Qu'est-ce que c'est que ce truc ?

— Je veux dire : l'Entre-Deux-*Quilles*. (Bon Dieu, ça ne s'arrangeait pas.) C'est un billard. Sur la 33e Rue. Vous connaissez ?

— OK ! Ça ira.

Le flic tendit la main.

Un Noir dont les cheveux tressés retombaient en masse sur un complet jaune canari leur jeta un coup d'œil en passant.

— Embarquez-le, officier ! dit-il le plus jovialement du monde. En taule, le petit cul blanc ! Faites votre devoir !

— Tais-toi et dégage, Eli, dit le flic sans se retourner.

Eli éclata de rire, exhibant plusieurs dents en or, et s'éloigna.

— Pourquoi vous ne lui demandez pas ses papiers, à *lui* ? demanda Jake.

— Parce que c'est à toi que je les demande. Magne-toi, fiston.

Ou bien le flic avait connaissance de son nom ou alors il avait senti quelque chose d'anormal — ce qui n'avait rien d'étonnant, vu qu'il était le seul jeune garçon de race blanche des environs à ne pas faire le trottoir. Quoi qu'il en soit, ça revenait au même : il avait eu une idée stupide de s'asseoir ici pour déjeuner. Mais il avait mal aux pieds et il avait faim, bon sang — *faim*.

Tu ne vas pas m'arrêter, pensa Jake. Je ne peux pas te le *permettre*. Je dois rencontrer quelqu'un à Brooklyn cet après-midi... et je serai au rendez-vous.

Au lieu d'attraper son portefeuille, il plongea une main dans sa poche et en ressortit la clé. Il la brandit vers le policier ; les joues et le front de celui-ci se retrouvèrent aussitôt mouchetés de taches de lumière. Ses yeux s'écarquillèrent.

— Hé ! souffla-t-il. Qu'est-ce que tu as là, mon gars ?

Il tendit la main vers la clé, et Jake l'écarta de ses doigts. Les taches de lumière exécutèrent une danse hypnotique sur le visage du flic.

— Vous n'avez pas besoin de ça, dit Jake. Mon nom est bien lisible, n'est-ce pas ?

— Oui, bien sûr.

Le flic avait perdu son expression méfiante. Il ne voyait plus que la clé. Ses yeux étaient fixes mais pas tout à fait vides. Jake y lut de la stupéfaction et un bonheur totalement imprévu. C'est tout moi, pensa-t-il. Voilà que je répands la joie et la bonne volonté partout où je passe. Et maintenant, qu'est-ce que je fais ?

Une jeune femme (vu son pantalon moulant, son chemisier transparent et ses talons aiguilles qui relevaient de l'attentat à la pudeur, ce n'était sûrement pas une bibliothécaire) fit son apparition sur le trottoir, avançant en roulant des hanches. Elle jeta un coup d'œil au flic, puis à Jake pour voir ce qui intéressait tant ledit flic. Lorsqu'elle aperçut la clé, elle en resta bouche bée et se figea sur place. Une de ses mains monta lentement vers sa gorge. Un homme la heurta et lui dit de regarder où elle allait, nom de Dieu. La jeune femme qui n'était sûrement pas une bibliothécaire ne lui prêta aucune attention. Jake vit que quatre ou cinq autres passants s'étaient arrêtés autour de lui. Ils regardaient tous la clé. Ils se rassemblaient autour de lui comme ils se seraient rassemblés autour d'un joueur de bonneteau particulièrement doué.

Tu te débrouilles vraiment bien pour passer inaperçu, se dit-il. Il jeta un coup d'œil de l'autre côté de la rue et aperçut une enseigne. Drugstore Discount Denby.

— Je m'appelle Tom Denby, dit-il au flic. C'est écrit là, sur ma carte de membre du billard — pas vrai ?

— Oui, oui, répondit le flic.

Il avait perdu tout intérêt pour Jake ; seule la clé retenait son attention. Les taches de lumière tournoyaient sur son visage.

— Et vous ne recherchez personne du nom de Tom Denby, pas vrai ?

— Non, dit le flic. Jamais entendu parler de lui.

Plus d'une demi-douzaine de personnes étaient rassemblées autour du flic, captivées par la clé argentée que Jake tenait dans sa main.

— Je peux m'en aller, alors ?

— Hein ? Oh ! Oh, oui... va-t'en, au nom de ton père !

— Merci.

Mais Jake ne savait pas exactement *comment* s'en aller. Il était encerclé par une foule de zombies silencieux qui croissait à chaque minute. La curiosité avait détourné leurs pas, mais ceux qui voyaient la clé restaient enracinés sur place.

Jake se leva et gravit lentement les marches à reculons, brandissant la clé comme un dompteur brandit son tabouret face au lion. Lorsqu'il arriva sur la placette surélevée, il remit la clé dans sa poche, pivota et prit ses jambes à son cou.

Il ne s'arrêta qu'une fois, de l'autre côté de la placette, et regarda derrière lui. Les personnes qui s'étaient rassemblées autour de la scène revenaient lentement à la vie. Elles se regardèrent d'un air encore étonné, puis se dispersèrent. Le flic jeta un coup d'œil à gauche, un coup d'œil à droite, puis tourna son visage vers le ciel, comme s'il cherchait à se rappeler comment il était arrivé là et ce qu'il était en train de faire. Jake en avait assez vu. Il était temps de trouver une station de métro et de foncer à Brooklyn avant qu'il ne lui arrive un autre incident bizarre de ce type.

13

Il était 14 h 15 lorsqu'il émergea de la bouche de métro située au coin de Castle Avenue et de Brooklyn Avenue, devant les tours en pierre grise de Co-op City. Il attendit que l'envahisse cette sensation de certitude — cette sensation qui ressemblait à un afflux de souvenirs du futur. Mais il ne se passa rien. Il n'était qu'un petit garçon des plus ordinaires, debout à un coin de rue de Brooklyn, avec à ses pieds une petite ombre qui ressemblait à un animal fatigué.

Eh bien, m'y voilà... et *maintenant*, qu'est-ce que je fais ?

Jake s'aperçut qu'il n'en avait pas la moindre idée.

14

Roland et ses compagnons atteignirent la crête de la colline qu'ils gravissaient depuis le début de leur périple et contemplèrent le paysage qui se révélait à eux. Ils demeurèrent silencieux un long moment. Susannah ouvrit la bouche à deux reprises, puis la referma. Pour la première fois de sa vie, elle était réduite au silence.

Devant eux s'étendait une plaine presque infinie baignée par la douce lumière dorée de l'après-midi. Elle était couverte d'une herbe luxuriante couleur vert émeraude et parsemée de bosquets d'arbres aux troncs élancés et aux larges frondaisons. Susannah crut se rappeler avoir vu des arbres semblables dans un documentaire sur l'Australie.

La route qu'ils suivaient descendait doucement le flanc de la colline avant de s'enfoncer dans la prairie, ligne droite d'un blanc étincelant traversant la plaine herbeuse. À l'ouest, Susannah aperçut un troupeau d'animaux en train de brouter paisiblement. On aurait dit des bisons. À l'est, la forêt s'achevait en péninsule incurvée, forme sombre et tourmentée évoquant un poing serré au bout d'un avant-bras.

C'était dans cette direction qu'affluaient tous les ruisseaux et courants qu'ils avaient aperçus. Ils se jetaient dans le large fleuve qui émergeait de la forêt pour couler, placide et rêveur sous le soleil estival, vers le bout oriental du monde. Il était large, ce fleuve — peut-être trois kilomètres d'une rive à l'autre.

Puis elle vit la cité.

Elle se trouvait droit devant eux, assemblage de flèches et de tours dressées au-dessus de l'horizon. Ces remparts flous pouvaient se trouver à cent, à deux cents ou à quatre cents kilomètres de distance. L'air de ce monde semblait exceptionnellement pur et il était vain de tenter de jauger les distances. Elle savait seulement que la vision de ces tours à peine distinctes l'emplissait d'émerveillement... et d'une profonde nostalgie pour New York. Je serais prête à faire n'importe quoi pour revoir Manhattan depuis le Triborough Bridge, pensa-t-elle.

Puis elle sourit de ce mensonge qu'elle se faisait à elle-même. En vérité, elle n'échangerait pas le monde de Roland contre le sien. Ses grands espaces et son mystère silencieux étaient enivrants. Et son amant était ici. À New York — du moins dans le New York de son époque — leur couple aurait été un objet de colère et de mépris, la cible de toutes sortes de plaisanteries stupides et cruelles : une femme noire âgée de vingt-six ans et son cul blanc d'amant de trois ans son cadet qui avait tendance à délirer quand il était excité. Son cul blanc d'amant qui avait transporté un singe sur son dos à peine huit mois plus tôt. Ici, il n'y avait personne pour se moquer d'eux. Personne pour les montrer du doigt. Il n'y avait que Roland, Eddie et elle, les trois derniers pistoleros du monde.

Elle prit la main d'Eddie et la sentit se refermer sur la sienne, chaude et rassurante.

— Ça doit être la Send, dit Roland à voix basse en désignant le fleuve. Je n'aurais jamais cru la voir de mon vivant... je n'étais même pas sûr de son existence, pas plus que de celle des Gardiens.

— C'est superbe, murmura Susannah.

Elle était incapable de se détacher du paysage qui se déployait devant elle, rêvant ses rêves fabuleux dans son berceau d'été. Elle suivit des yeux les ombres projetées par les arbres, démesurément allongées par le soleil qui plongeait vers l'horizon.

— Les grandes plaines de l'Ouest devaient ressembler à ceci

avant d'être colonisées — avant même l'arrivée des Indiens. (Elle leva sa main libre et désigna l'endroit où la Grand-Route se rétrécissait.) C'est la cité dont tu parlais, n'est-ce pas ?

— Oui.

— Elle a l'air en bon état, dit Eddie. Est-ce possible, Roland ? Peut-elle être encore intacte ? Les Anciens étaient-ils de si bons bâtisseurs ?

— Tout est possible en ces temps troublés, dit Roland d'une voix néanmoins dubitative. Mais n'espère pas trop, Eddie.

— Hein ? Oh, non.

Mais Eddie espérait *beaucoup*. La cité entr'aperçue avait éveillé la nostalgie dans le cœur de Susannah : dans celui d'Eddie, elle déclencha un flot soudain de suppositions. Si la cité était encore là — et c'était clairement le cas —, peut-être était-elle encore peuplée, et peut-être pas seulement par les êtres subhumains que Roland avait rencontrés sous les montagnes. Les habitants de cette cité étaient peut-être

(*américains*, murmura le subconscient d'Eddie)

intelligents et serviables ; peut-être même assureraient-ils le succès de la quête des trois pèlerins... voire tout simplement leur survie. L'esprit d'Eddie fut envahi par une vision (en grande partie inspirée de films comme *Starfighter* et *Dark Crystal*) : un conseil de sages chenus mais dignes leur offrant un repas somptueux provenant des réserves de la cité (ou de jardins enclos dans ses microbiosphères) et leur expliquant au cours du festin ce qui les attendait sur leur route et ce que signifiait leur quête. Leur cadeau d'adieu consisterait en une dernière édition du guide Michelin local sur lequel la route de la Tour sombre serait indiquée en rouge.

Eddie ignorait le concept de *deus ex machina*, mais il savait — était assez grand pour savoir — que des êtres aussi sages et aussi serviables n'existaient que dans les bandes dessinées et les films de série B. Cette idée n'en était pas moins enivrante : une enclave civilisée dans ce monde dangereux et en grande partie désert ; des vieillards sages aux allures d'elfes qui leur expliqueraient exactement ce qu'ils étaient venus faire dans cette galère. Et les formes fabuleuses et indistinctes de la cité conféraient à cette idée un soupçon de vraisemblance. Même si la cité était complètement déserte, même si sa population avait été anéantie par la maladie ou les armes chimiques, peut-être leur servirait-elle de gigantesque boîte à outils — un immense magasin de surplus de l'armée où ils pourraient s'équiper en vue des épreuves qui les attendaient sûrement. En outre, Eddie était un citadin de pure souche et il était naturel qu'il soit excité par le spectacle de ces grandes tours.

— Gé-*nial* ! dit-il en étouffant un rire. Hé-ho, hé-ho ! Sortez de votre trou, ô foutus elfes tout-puissants !

Susannah le regarda d'un air amusé et intrigué.

— Qu'est-ce qui te prend, fromage blanc ?

— Rien. Peu importe. Allez, on y va. Qu'est-ce que tu en dis, Roland ? Tu veux...

Mais lorsqu'il vit le visage de Roland — l'éclat songeur qui habitait ses yeux —, il se tut et passa un bras autour des épaules de Susannah, comme pour la protéger.

15

Après avoir jeté un bref regard machinal à la cité, Roland avait remarqué quelque chose de beaucoup plus proche de leur position actuelle, quelque chose qui l'emplissait d'inquiétude et d'angoisse. Il avait déjà vu des choses semblables, et Jake était à ses côtés la dernière fois que cela s'était produit. Il se rappela le jour où ils étaient enfin sortis du désert, la piste de l'homme en noir les conduisant à travers les collines et en direction des montagnes. Elle était dure à suivre, cette piste, mais au moins avaient-ils trouvé de l'eau. Et de l'herbe.

Une nuit, il s'était réveillé pour constater que Jake avait disparu. Il avait entendu des cris étouffés, désespérés, en provenance d'une saulaie bordant un petit ruisseau. Lorsqu'il était enfin parvenu dans la clairière au milieu de la saulaie, le garçon avait cessé de crier. Roland l'avait trouvé au centre d'un lieu identique à celui qui se trouvait dans la plaine. Un lieu de pierres ; un lieu de sacrifice ; un lieu où vivait un Oracle... qui parlait quand on l'y obligeait... et tuait chaque fois qu'il en avait l'occasion.

— Roland ? demanda Eddie. Qu'y a-t-il ? Qu'est-ce qui ne va pas ?

— Tu vois ceci ? dit Roland en désignant le lieu. C'est un anneau de parole. Les formes que tu aperçois sont des pierres dressées.

Il se surprit à dévisager Eddie, cet homme qu'il avait rencontré à bord d'une terrifiante et merveilleuse diligence du ciel dans ce monde étrange où les pistoleros portaient un uniforme bleu et où l'on disposait d'une quantité illimitée de sucre, de papier et de drogues fabuleuses comme l'*astine*. Une étrange expression — une prémonition — envahissait le visage d'Eddie. L'espoir qui avait illuminé ses yeux lorsqu'il avait découvert la ville s'évanouit, les rendant gris et mornes. C'étaient les yeux d'un homme étudiant la potence où il serait bientôt pendu.

D'abord Jake, et maintenant Eddie, pensa le pistolero. La roue qui fait tourner nos vies est sans remords ; elle s'arrête toujours au même endroit.

— Oh, merde ! (La voix d'Eddie était sèche, terrifiée.) Je crois que c'est là que le gamin va essayer de passer dans ce monde.

Le pistolero hocha la tête.

— C'est fort probable. Ce sont des lieux ténus et ce sont aussi des lieux *séduisants*. Je l'ai naguère suivi dans un lieu comme celui-ci. L'Oracle qui l'habitait a bien failli le tuer.

— Comment se fait-il que tu le *saches*, Eddie ? demanda Susannah. L'as-tu rêvé ?

Il se contenta de secouer la tête.

— Je ne sais pas. Mais dès que Roland m'a montré ce foutu endroit... (Il s'interrompit et se tourna vers le pistolero.) Nous devons aller là-bas le plus vite possible.

Eddie semblait à la fois terrifié et impatient.

— Est-ce que ça va se produire aujourd'hui ? demanda Roland. Ce soir ?

Eddie secoua la tête et s'humecta les lèvres.

— Je ne sais pas non plus. Pas avec certitude. Ce soir ? Je ne crois pas. Le temps... il n'est pas le même ici et dans le monde du gamin. Il s'écoule plus lentement dans son *où* et dans son *quand*. Peut-être demain. (La panique eut finalement raison de lui. Il se retourna et agrippa la chemise du pistolero de ses doigts glacés de sueur.) Mais je dois finir la clé et je n'y arrive pas, et je dois faire autre chose et je ne sais pas quoi. Et si le gamin meurt, ce sera *ma faute* !

Le pistolero referma ses mains sur celles d'Eddie et se dégagea.

— Maîtrise-toi.

— Roland, tu ne comprends donc pas...

— Je comprends une chose : ce n'est pas en pleurnichant que tu résoudras ton problème. Tu as oublié le visage de ton père.

— Arrête tes conneries ! s'écria Eddie d'une voix hystérique. Je n'en ai rien à *foutre* de mon père !

Roland le gifla. On aurait cru le bruit d'une branche qui casse.

La tête d'Eddie chancela sur son cou ; ses yeux s'écarquillèrent. Il regarda fixement le pistolero, puis leva lentement la main vers la trace rouge imprimée sur sa joue.

— Espèce de *salaud* ! siffla-t-il.

Sa main descendit sur la crosse du revolver qu'il portait à la hanche gauche. Susannah tenta de poser ses mains sur la sienne ; Eddie les écarta d'un geste sec.

Et voilà que je dois lui donner une nouvelle leçon, pensa Roland, mais cette fois-ci, c'est ma vie qui est en jeu, pas seulement la sienne.

Quelque part dans le lointain, un corbeau brisa le silence de son cri rauque, et Roland pensa fugitivement à son faucon, David. À présent, c'était *Eddie* qui était son faucon... et tout comme David, il n'hésiterait pas à lui crever un œil s'il n'y prenait garde.

À lui crever un œil ou à lui trancher la gorge.

— Est-ce que tu vas m'abattre ? C'est comme ça que tu veux que ça finisse, Eddie ?

— Si tu savais à quel point j'en ai marre de tes conneries, mec.

Les yeux d'Eddie étaient luisants de larmes et de colère.

— Si tu n'as pas terminé la clé, ce n'est pas parce que tu as peur de la terminer. Tu as peur de découvrir que tu *ne peux pas* la terminer. Si tu as peur de descendre dans le lieu où se dressent les pierres, ce n'est pas parce que tu as peur de ce qui arrivera une fois que tu seras au centre du cercle. Tu as peur de ce qui risque de *ne pas* arriver. Ce n'est pas du monde extérieur que tu as peur, Eddie, mais du petit monde qui est en toi. Tu as oublié le visage de ton père. Alors vas-y. Descends-moi si tu l'oses. Je suis las de te voir pleurnicher.

— Arrête ! s'écria Susannah. Tu ne vois donc pas qu'il va le faire ? Tu ne vois donc pas que tu le *forces* à le faire ?

Roland la poignarda du regard.

— Je le force à *se décider*. (Il tourna vers Eddie son visage ridé et sévère.) Tu es sorti de l'ombre de l'héroïne et de l'ombre de ton frère, mon ami. Sors donc de l'ombre de toi-même, si tu l'oses. Sors. Sors ou descends-moi, *et finissons-en.*

L'espace d'un instant, il crut qu'Eddie allait l'abattre, que son histoire allait s'achever ici, au sommet de cette colline, sous ce ciel sans nuages à l'horizon duquel se dressaient les spectres bleutés des flèches de la cité. Puis un tic agita les joues d'Eddie. Ses lèvres pincées s'adoucirent et se mirent à trembler. Sa main s'écarta de la crosse en bois de santal du revolver de Roland. Sa poitrine se souleva... une fois... deux fois... trois fois. Sa bouche s'ouvrit, et tout son désespoir, toute sa terreur s'en échappèrent dans un gémissement tandis qu'il s'avançait d'un pas hésitant vers le pistolero.

— *J'ai* peur, *espèce de connard ! Tu ne le comprends donc pas ? Roland,* j'ai peur !

Il trébucha et tomba en avant. Roland le rattrapa et le serra contre lui, humant la sueur et la poussière qui maculaient sa peau, respirant ses larmes et sa terreur.

Le pistolero l'étreignit quelques instants, puis le tourna vers Susannah. Eddie tomba à genoux près du fauteuil roulant, la tête pendant lamentablement. Susannah posa une main sur sa nuque, lui pressa le visage contre sa cuisse, et dit à Roland d'une voix amère :

— Il y a des moments où je te déteste, grand chasseur blanc.

Roland se plaqua les mains contre le front.

— Il y a des moments où je me déteste.

— Mais ça ne t'arrête jamais, pas vrai ?

Roland ne répondit pas. Il regarda Eddie, le visage pressé contre la cuisse de Susannah, les paupières serrées. Son expression était l'essence même de la misère. Roland refoula la lassitude qui le pressait de remettre à un autre jour cette charmante conversation. Si Eddie avait raison, il *n*'y aurait *pas* d'autre jour. Jake était presque prêt à passer à l'action. Eddie avait été choisi pour lui faciliter le passage dans ce monde. S'il n'était pas prêt à accomplir sa tâche, Jake périrait au point d'entrée, aussi sûrement qu'un nouveau-né étranglé par le cordon ombilical au cours des contractions de sa mère.

— Debout, Eddie.

L'espace d'un instant, il crut qu'Eddie allait rester là, le visage enfoui au creux de la cuisse de sa femme. Tout serait alors perdu... et ça aussi, c'était le *ka*. Puis, lentement, Eddie se redressa. Lorsqu'il fut debout, toutes les parties de son corps — mains, épaules, tête, cheveux — pendaient lamentablement, mais il était debout, et c'était un début.

— Regarde-moi.

Susannah s'agita, mal à l'aise, mais resta muette.

Eddie leva lentement la tête et écarta ses cheveux d'une main tremblante.

— Ceci est à toi. J'ai eu tort de l'accepter, en dépit de mes souffrances.

Roland saisit la lanière de cuir passée autour de son cou et la cassa d'un coup sec. Il tendit la clé à Eddie. Eddie leva une main vers elle, aussi lentement que s'il vivait un rêve, mais Roland ne la lâcha pas tout de suite.

— Vas-tu essayer de faire ce qui doit être fait ?

— Oui, dit Eddie d'une voix presque inaudible.

— As-tu quelque chose à me dire ?

— Je m'excuse d'avoir peur.

Il y avait quelque chose d'horrible dans la voix d'Eddie, quelque chose qui serrait le cœur de Roland, et il croyait savoir ce que c'était : c'était l'enfance d'Eddie qui expirait dans la douleur. Elle était invisible, bien sûr, mais Roland entendait ses cris d'agonie. Il s'efforça de se boucher les oreilles.

Encore un crime que j'ai accompli au nom de la Tour, pensa-t-il. Mon ardoise s'allonge de jour en jour, comme celle d'un ivrogne dans une taverne, et le jour approche où je devrai régler mon compte. Comment pourrai-je jamais payer ?

— Je ne veux pas de tes excuses, surtout si tu t'excuses d'avoir peur. Que serions-nous sans la peur ? Des chiens enragés au museau écumant de bave et aux jarrets maculés de merde séchée.

— Qu'est-ce que tu *veux*, alors ? s'écria Eddie. Tu as pris tout le reste — tout ce que j'avais à te donner ! Non, ce n'est même pas vrai, parce que en fin de compte c'est moi qui t'ai tout donné ! Alors *qu'est-ce que tu veux d'autre ?*

Roland garda serrée dans son poing la clé qui représentait la moitié du salut de Jake Chambers et resta muet. Ses yeux se rivèrent à ceux d'Eddie, le soleil baigna de lumière la plaine verdoyante et le ruban bleu de la Send, et quelque part dans le lointain, le corbeau poussa un nouveau cri qui résonna à plusieurs lieues à la ronde sur le paysage doré de cet après-midi d'été.

Au bout d'un certain temps, une lueur de compréhension éclaira les yeux d'Eddie.

Roland hocha la tête.

— J'ai oublié le visage...

Eddie s'interrompit. Courba la tête. Déglutit. Regarda de nouveau le pistolero. La chose mourante avait achevé son agonie — Roland le savait. Elle avait disparu. Comme ça. Sur cette colline battue par les vents, en plein milieu de nulle part, elle avait disparu à jamais.

— J'ai oublié le visage de mon père, pistolero... et j'implore ton pardon.

Roland desserra le poing et rendit le fardeau de la clé à celui que le *ka* avait choisi pour le porter.

— Ne parle pas ainsi, pistolero, dit-il dans le Haut Parler. Ton père te voit... ton père t'aime... et moi aussi.

Eddie referma ses doigts sur la clé et se retourna, les joues encore inondées de larmes.

— Allons-y, dit-il, et ils descendirent le flanc de la colline en direction de la plaine qui s'étirait jusqu'à l'horizon.

16

Jake descendit Castle Avenue, longeant des pizzerias, des bars et des bodegas où de vieilles femmes au visage soupçonneux embrochaient des patates et pressaient des tomates. Les lanières de son sac lui irritaient la peau sous les aisselles et il avait mal aux pieds. Il passa sous un thermomètre numérique qui indiquait trente degrés. Jake avait plutôt l'impression qu'il en faisait quarante.

Une voiture de police s'engagea dans la rue. Il s'intéressa aussitôt aux outils de jardinage exposés en vitrine d'une quincaillerie. Il suivit le reflet de la voiture pie et attendit qu'il eût disparu pour se remettre en route.

Hé, Jake, mon vieux... où vas-tu exactement ?

Il n'en avait pas la moindre idée. Il était sûr que le garçon qu'il recherchait — le basketteur au foulard vert et au tee-shirt jaune proclamant IL SE PASSE TOUJOURS QUELQUE CHOSE DANS L'ENTRE-DEUX-MONDES — était quelque part dans les environs, mais où ? Autant chercher une aiguille dans la gigantesque botte de foin qu'était Brooklyn.

Jake passa devant une ruelle abondamment décorée de graffitis. La plupart d'entre eux étaient des noms — EL TIANTE 91, PRESTO GONZALES, MOTORVAN MIKE —, mais quelques devises et messages s'étaient glissés parmi eux, et les yeux de Jake se posèrent sur deux d'entre eux.

UNE ROSE EST UNE ROSE EST UNE ROSE

Les lettres de cette phrase étaient de la même couleur fanée que la rose poussant dans le terrain vague où s'était jadis trouvée la Charcuterie fine et artistique de Tom et Gerry. En dessous, quelqu'un avait inscrit en lettres d'un bleu si sombre qu'il en était presque noir cette étrange prière :

J'IMPLORE TON PARDON

Qu'est-ce que ça veut dire ? se demanda Jake. Il n'en savait rien — peut-être que ça venait de la Bible —, mais ces mots le fascinaient comme les yeux du serpent fascinent sa proie. Finalement, il se remit en marche, le pas lent et le visage pensif. Il était presque 14 h 30 et son ombre commençait à s'allonger.

Il vit un vieil homme qui se dirigeait lentement vers lui, s'efforçant de marcher à l'ombre le plus souvent possible et s'appuyant à une canne tordue. Ses yeux ressemblaient à des œufs au plat derrière les verres épais de ses lunettes.

— J'implore votre pardon, monsieur ! dit Jake sans réfléchir à ce qu'il disait et sans vraiment entendre les mots qu'il prononçait.

Le vieillard se tourna vers lui, clignant des yeux sous l'effet de la surprise et de la peur.

— Laisse-moi tranquille, mon garçon.

Il leva sa canne et la brandit maladroitement vers Jake.

— Sauriez-vous où se trouve une école du nom de Markey Academy, monsieur ?

C'était une question complètement stupide, mais c'était la seule qui lui était venue à l'esprit.

Le vieil homme abaissa lentement sa canne — de toute évidence, le *monsieur* l'avait apaisé. Il regarda Jake avec cette curiosité un peu inquiétante qui accompagne les premiers stades de la sénilité.

— Comment ça se fait que tu ne sois pas en classe, mon garçon ?

Jake sourit avec lassitude. Cette blague commençait à se faire vieille.

— C'est les examens de fin d'année. Je suis venu voir un de mes copains qui va à Markey Academy, c'est tout. Excusez-moi de vous avoir dérangé.

Il contourna le vieillard (espérant qu'il n'allait pas décider de lui donner un coup de canne sur le postérieur en guise d'adieu), et il était presque arrivé au coin de la rue lorsque l'autre hurla :

— Hé, mon garçon ! *Mon garçon !*

Jake se retourna.

— Il n'y a pas de Markey Academy dans le coin, dit le vieillard. Ça fait vingt-deux ans que j'habite le quartier, alors je suis bien placé pour le savoir. Markey *Avenue,* oui, mais Markey Academy, sûrement pas.

L'estomac de Jake se noua d'excitation. Il fit un pas vers le vieil homme, qui leva aussitôt sa canne pour se défendre contre un éventuel assaut. Jake stoppa aussitôt, laissant entre eux une zone démilitarisée d'environ six mètres de large.

Où se trouve Markey Avenue, monsieur ? Pouvez-vous me le dire ?

— Bien *sûr.* Ça fait vingt-deux ans que j'habite le quartier, je te dis. C'est à deux rues d'ici. Tourne à gauche au cinéma Majestic. Mais, je te le répète, il n'existe pas de Markey Academy.

Jake fit demi-tour et examina Castle Avenue. Oui... il distinguait nettement la façade d'un cinéma à quelques centaines de mètres de distance. Il se mit à courir, puis adopta une démarche moins rapide de peur d'attirer l'attention sur lui.

Le vieil homme le regarda partir.

— *Monsieur!* dit-il d'une voix légèrement étonnée. *Monsieur,* qu'est-ce que vous dites de ça ?

Il gloussa et reprit sa route.

17

Roland et ses compagnons firent halte au crépuscule. Le pistolero creusa un petit trou dans le sol et prépara le feu. Ils n'en avaient pas besoin pour cuire leur dîner, mais ils en avaient quand même besoin. *Eddie* en avait besoin. S'il devait achever de tailler la clé, il aurait besoin de lumière pour travailler.

Le pistolero regarda autour de lui et aperçut Susannah, silhouette sombre découpée sur le ciel bleu marine, mais il ne vit pas Eddie.

— Où est-il ? demanda-t-il.

— Sur la route. Laisse-le tranquille, Roland... tu en as assez fait.

Roland hocha la tête, se pencha au-dessus des branches et frappa un bout de silex sur une barre d'acier. Les flammes jaillirent bientôt des brindilles. Il nourrit le foyer de plusieurs bouts de bois, l'un après l'autre, et attendit le retour d'Eddie.

18

À sept ou huit cents mètres de là, Eddie était assis en tailleur au milieu de la Grand-Route, la clé inachevée à la main, et contemplait le ciel. Il jeta un coup d'œil derrière lui, aperçut le feu de camp et comprit ce que Roland était en train de faire... et pourquoi il le faisait. Puis il leva de nouveau les yeux vers le ciel. Jamais il ne s'était senti aussi seul, aussi terrifié.

Le ciel était *immense* — jamais il n'avait vu autant d'espace, autant de vide. Il se sentait tout petit, ce qui n'avait sans doute rien d'anormal. En fin de compte, sa petite personne n'avait guère d'importance.

Le gamin était tout près. Il pensait savoir où se trouvait Jake et ce qu'il comptait faire, et cela l'emplissait d'émerveillement. Susannah venait de 1963. Eddie venait de 1987. Entre les deux... Jake. Essayant de les rejoindre. Essayant de venir au monde.

Je l'ai rencontré, pensa Eddie. Je l'ai *sûrement* rencontré, et je crois m'en souvenir... à peu près. C'était juste avant que Henry parte à l'armée, pas vrai ? Il suivait des cours de formation professionnelle à l'Institut de Brooklyn et il ne portait que du noir — jean noir, bottes de motard noires, tee-shirt noir aux manches relevées. Le look James Dean. Le poids du noir, le chic du mégot. Je le pensais souvent mais je n'osais jamais le dire de peur qu'il ne se fâche.

Il se rendit compte que ce qu'il attendait était arrivé pendant qu'il songeait ainsi : le Vieil Astre s'était levé. Dans un quart d'heure, peut-être moins, il serait rejoint par toute une galaxie de joyaux stellaires, mais pour l'instant il brillait en solitaire au sein des ténèbres opaques.

Eddie leva lentement la clé jusqu'à ce que le Vieil Astre brille au creux de son encoche centrale. Puis il récita une vieille formule originaire de son monde, celle que sa mère lui avait apprise lorsqu'ils regardaient l'étoile du soir monter dans les ténèbres au-dessus des toits de Brooklyn :

— Une étoile est montée dans le ciel, première étoile du soir. Un vœu je fais, et que se réalise ce vœu que je fais ce soir.

Le Vieil Astre étincelait dans l'encoche, diamant enchâssé dans le frêne.

— Aide-moi à trouver des tripes, dit Eddie. Tel est mon vœu. Aide-moi à trouver assez de tripes pour achever ce putain de truc.

Il resta encore assis un moment, puis se leva et rejoignit lentement le camp. Il s'assit le plus près possible du feu, prit le couteau du pistolero sans dire un mot à ses compagnons, et se mit au travail. De minuscules copeaux tombèrent du petit machin en forme de s au bout de la clé. Eddie travaillait vite, tournant et retournant la clé dans ses mains, fermant parfois les yeux pour laisser courir son pouce sur les courbes de la clé. Il s'efforça de ne pas penser à ce qui arriverait s'il se plantait — ça le paralyserait complètement.

Roland et Susannah, assis derrière lui, l'observaient avec attention. Finalement, Eddie reposa le couteau. Son visage était inondé de sueur.

— Ce fameux gamin, dit-il. Ce Jake. Il doit avoir de sacrées tripes.

— Il s'est montré courageux sous les montagnes, dit Roland. Il avait peur, mais il n'a pas reculé d'un pouce.

— J'aimerais bien être comme lui.

Roland haussa les épaules.

— Tu t'es bien battu chez Balazar, et pourtant ils t'avaient ôté tous tes vêtements. Il est très difficile de se battre nu, mais tu y as réussi.

Eddie essaya de se rappeler la fusillade dans le night-club, mais l'incident était brouillé dans son esprit — fumée, bruits, rais de lumière entrecroisés traversant un mur. Il crut se rappeler que ce mur avait été démoli par les armes automatiques, mais il n'en était pas sûr.

Il leva la clé pour détailler ses encoches à la lueur des flammes. Il resta immobile un long moment, s'attardant sur le petit machin en forme de s. Il était apparemment identique à celui qu'il avait aperçu dans le feu et au cours de son rêve... mais ça ne collait pas *tout à fait*. Presque, mais pas tout à fait.

Ce n'est que Henry, se dit-il. Et toutes ces années où tu n'as jamais été à la hauteur. Tu y es arrivé, mon vieux — mais ce vieux Henry est toujours en toi et il refuse de l'admettre.

Il posa la clé sur un carré de peau qu'il plia soigneusement.

— J'ai fini. Je ne sais pas si j'ai réussi ou non, mais je ne peux pas faire mieux.

Il se sentait étrangement vide à présent qu'il ne devait plus travailler sur la clé — sans but, déboussolé.

— Tu veux manger quelque chose, Eddie ? demanda doucement Susannah.

Le voilà, ton but, pensa-t-il. La voilà, ta boussole. Assise à côté de toi, les mains croisées sur les cuisses. C'est tout ce qu'il te suffit pour...

Mais quelque chose lui vint soudain à l'esprit. Ni un rêve... ni une vision...

Non, ni un rêve ni une vision, pensa-t-il. Un souvenir. Ça recommence — un souvenir du futur.

— J'ai quelque chose à faire avant, dit-il en se levant.

Roland avait entassé du bois non loin du feu. Eddie fouilla parmi les branches mortes jusqu'à ce qu'il trouve un bâton long de soixante centimètres et large de dix centimètres en son milieu. Il revint s'asseoir près du feu et récupéra le couteau de Roland. Il travailla plus vite cette fois-ci, se contentant de tailler le bâton en pointe, le transformant en succédané de piquet.

— Est-ce qu'on peut se remettre en route avant l'aube? demanda-t-il au pistolero. Je pense qu'il faut arriver au cercle le plus vite possible.

— Oui. Nous partirons avant si possible. Je ne veux pas me déplacer de nuit — un anneau de parole est dangereux la nuit —, mais s'il le faut, nous le ferons.

— D'après la grimace que tu fais, mon grand, ça m'étonnerait que ces cercles de pierres soient sans danger durant la *journée*, dit Susannah.

Eddie reposa le couteau. En creusant le sol pour préparer le feu, Roland avait entassé un peu de terre devant lui. Eddie y dessina un point d'interrogation avec la pointe de son bâton. Le signe était clair et net.

— OK! dit-il en l'effaçant. J'ai fini.

— Mange un morceau, alors, dit Susannah.

Eddie essaya, mais il n'avait pas très faim. Lorsqu'il finit par s'endormir, niché contre la chaleur de Susannah, ce fut d'un sommeil sans rêves et peu profond. Jusqu'à ce que le pistolero le réveille à 4 heures du matin, il entendit le vent souffler sur la plaine infinie, et il lui sembla qu'il volait sur ses ailes, au cœur de la nuit, loin de ses soucis, tandis que le Vieil Astre et la Vieille Mère montaient dans le ciel avec sérénité et bariolaient ses joues de givre.

19

— C'est l'heure, dit Roland.

Eddie se redressa. Susannah en fit autant, se frottant les yeux des deux mains. Aussitôt qu'il retrouva un peu de lucidité, Eddie prit conscience que le temps pressait.

— Oui, dit-il. Allons-y, et vite.

— Il est près du but, n'est-ce pas?

— Tout près.

Eddie se leva, attrapa Susannah par la taille et la posa sur son fauteuil. Elle le regarda d'un air anxieux.

— Est-ce qu'on arrivera à temps? demanda-t-elle.

— Tout juste, répondit Eddie.

Trois minutes plus tard, ils foulaient de nouveau la Grand-Route. Son ruban s'étirait devant eux comme un spectre. Et une heure plus tard, alors que l'aube éclairait le ciel à l'est, un bruit saccadé se fit entendre au loin.

Un bruit de tambour, pensa Roland.

Des machines, pensa Eddie. D'énormes machines.

C'est un cœur, pensa Susannah. Un immense cœur malade... et il se trouve dans cette cité, là où nous allons.

Deux heures plus tard, le bruit cessa aussi soudainement qu'il avait commencé. Des nuages blancs uniformes emplissaient le ciel au-dessus de leurs têtes, voilant le soleil avant de l'occulter tout à fait. Le cercle de pierres dressées ne se trouvait plus qu'à sept ou huit kilomètres de distance, luisant à la lumière diffuse comme les crocs d'un monstre terrassé.

20

SEMAINE SPAGHETTI AU *MAJESTIC* !

proclamait l'enseigne du cinéma au coin de Brooklyn Avenue et de Markey Avenue.

2 CLASSIQUES DE SERGIO LEONE

POUR UNE POIGNÉE DE DOLLARS

ET *LE BON, LA BRUTE ET LE TRUAND*

99 C LA SÉANCE

Une fille blonde avec des bigoudis dans les cheveux était assise à la caisse, mâchant du chewing-gum, écoutant Led Zep sur son transistor et lisant un de ces journaux à sensation tant appréciés de Mme Shaw. À sa gauche, une affiche représentant Clint Eastwood était collée au mur.

Jake savait qu'il devait se presser — il était presque 15 h —, mais il s'arrêta quelques instants pour contempler l'affiche sous son écran de verre lézardé. Eastwood portait un poncho mexicain. Un cigarillo était planté entre ses dents. Il avait relevé le poncho sur son épaule pour dégager son revolver. Ses yeux étaient d'un bleu pâle et fané. Des yeux de bombardier.

Ce n'est pas lui, pensa Jake, mais c'est *presque* lui. C'est surtout les yeux... il a presque les mêmes yeux.

— Tu m'as laissé tomber, dit-il à l'homme sur l'affiche, l'homme qui n'était pas Roland. Tu m'as laissé mourir. Que va-t-il se passer cette fois-ci ?

— Hé, gamin, dit la caissière blonde, faisant sursauter Jake. Tu rentres ou tu restes là à parler tout seul ?

— Non, merci. J'ai déjà vu ces deux films.

Il se remit en route, tourna à gauche dans Markey Avenue.

Il attendit de nouveau d'avoir un *souvenir du futur*, mais aucun ne lui vint. Il se trouvait dans une rue inondée de soleil et bordée d'immeubles gris ressemblant à des cages à lapins. Quelques jeunes femmes erraient sur les trottoirs, poussant leurs landaus et bavardant avec lassitude, mais la rue était presque déserte. Il faisait beaucoup trop chaud pour un mois de mai — beaucoup trop chaud pour se promener.

Qu'est-ce que je cherche ici exactement ?

Un éclat de rire masculin retentit derrière lui. Il fut aussitôt suivi par un cri outragé et indiscutablement féminin.

— Rends-moi ça, Henry ! Je ne plaisante pas !

Jake se retourna et découvrit deux garçons... le premier âgé d'au moins dix-huit ans et le second beaucoup plus jeune... douze ou treize ans, pas plus. Lorsqu'il l'aperçut, Jake eut l'impression que son cœur faisait un looping dans sa poitrine. L'adolescent portait un pantalon de velours côtelé vert et non un short, mais le tee-shirt jaune était le même et il tenait un vieux ballon de basket sous son bras. Bien qu'il tournât le dos à Jake, celui-ci sut tout de suite qu'il avait retrouvé le jeune garçon de son rêve.

21

C'était la caissière aux bigoudis qui avait poussé le cri. L'aîné des deux garçons — qui était assez vieux pour qu'on l'appelle un jeune homme — tenait son journal à la main. Elle chercha à le saisir. Le jeune homme — il portait un jean noir et un tee-shirt noir aux manches relevées — le leva au-dessus de sa tête et sourit de toutes ses dents.

— Saute, Maryanne ! Allez, saute !

Elle lui lança un regard furibond.

— Rends-moi ça ! Arrête de faire l'imbécile et rends-moi mon journal ! *Salaud !*

— Ooooh, écoute donc ça, Eddie ! dit le jeune homme. Quelle grossièreté ! Ce n'est pas gentil !

Sans cesser de sourire, il agita le journal devant lui, hors de portée de la caissière blonde, et Jake comprit soudain ce qui se passait. Ces deux-là rentraient de l'école — même s'ils ne fréquentaient pas le même établissement, vu leur différence d'âge — et l'aîné s'était dirigé vers la caisse du cinéma, prétendant avoir quelque chose d'intéressant à raconter à la blonde. Puis il avait glissé une main sous l'hygiaphone et lui avait piqué son journal.

Jake avait déjà vu le visage du jeune homme ; c'était le visage d'un gamin pour lequel le comble de l'humour consiste à enduire d'essence la queue d'un chat ou à donner à un chien affamé une boule de viande contenant un hameçon. Le genre de gamin qui s'assied toujours au fond de la classe, tire sur le soutien-gorge de sa voisine et s'exclame : « Qui ça ? Moi ? » quand elle se plaint, sans jamais se départir de son sourire innocent. Il n'y avait pas beaucoup de types dans son genre à Piper, mais il y en avait quand même quelques-uns. Il devait y en avoir dans toutes les écoles, pensa Jake. Ils étaient mieux habillés à Piper, mais leur visage était le même. Dans le temps, pensa-t-il, on devait dire d'eux qu'ils étaient nés pour finir sur l'échafaud.

Maryanne chercha à attraper son journal, que le jeune homme vêtu de noir avait enroulé. Il l'écarta un instant avant qu'elle ne le saisisse, puis lui en donna un coup sur la tête, comme à un chien qui vient de pisser sur le tapis. Elle s'était mise à pleurer — des larmes d'humiliation, pensa Jake. Son visage était si rouge qu'on aurait dit une lampe.

— Eh bien, garde-le ! hurla-t-elle. Tu ne sais pas lire, mais tu peux au moins regarder les images !

Elle fit mine de se détourner.

— Allez, rends-lui son canard, dit doucement le jeune garçon — le basketteur de Jake.

Le jeune homme tendit le journal. La caissière le lui arracha des mains et Jake entendit le papier se déchirer à dix mètres de distance.

— Tu n'es qu'un tas de merde, Henry Dean ! s'écria la jeune fille. Un tas de *merde* !

— Hé, qu'est-ce qui te prend ? (Henry semblait sincèrement froissé.) C'était une blague. Et puis je l'ai à peine déchiré — tu peux encore le lire, bordel. Ne t'énerve pas comme ça.

Et ça aussi, ça collait au personnage, pensa Jake. Les types comme Henry poussaient toujours leurs plaisanteries bêtes un peu trop loin... puis prenaient un air blessé et incompris quand on les engueulait. Et c'était toujours *Qu'est-ce qui te prend ?* ou *Tu n'as aucun sens de l'humour*, ou encore *Ne t'énerve pas comme ça.*

Qu'est-ce que tu fabriques avec ce mec, mon vieux ? demanda mentalement Jake. Si tu es dans mon camp, qu'est-ce que tu fabriques avec un abruti pareil ?

Mais lorsque le cadet se retourna pour s'éloigner du cinéma, Jake comprit. Les traits de l'aîné étaient plus lourds, sa peau était criblée d'acné, mais la ressemblance entre les deux était frappante. Ces deux garçons étaient frères.

22

Jake fit demi-tour et s'avança sur le trottoir, précédant les deux frères. Il plongea une main tremblante dans sa poche, en sortit les lunettes de soleil de son père et les chaussa maladroitement.

Des voix montèrent derrière lui, comme si on réglait un poste de radio.

— Tu n'aurais pas dû l'embêter comme ça, Henry. C'était méchant.

— Elle adore ça, Eddie. (La voix de Henry exprimait la sagesse et l'indulgence.) Tu comprendras quand tu seras un peu plus grand.

— Mais elle *pleurait*.

— Elle a sans doute ses ragnagnas, dit Henry avec philosophie.

Ils étaient tout près à présent. Jake se mit à raser les murs. Il avait la tête basse, les mains enfouies dans les poches de son jean. Il ne savait pas pourquoi il était d'une importance vitale qu'il ne se fasse pas remarquer, mais il en était persuadé. Henry n'avait aucune importance dans cette histoire, mais...

Le plus jeune n'est pas censé se souvenir de moi, pensa-t-il. Je ne sais pas exactement pourquoi, mais je le sais.

Ils le dépassèrent sans lui accorder l'aumône d'un regard, Eddie marchant au bord du trottoir en faisant rebondir son ballon dans le caniveau.

— Elle avait l'air marrant, reconnais-le, disait Henry. Maryanne en train de sauter pour attraper son journal. Ouah ! Ouah !

Eddie adressa à son frère un regard qui se voulait lourd de reproche... puis il craqua et éclata de rire. Jake lut sur son visage un amour absolu et se dit qu'Eddie pardonnerait beaucoup à son grand frère avant de le considérer comme une cause perdue.

— Alors, on y va ? demanda Eddie. Tu as promis qu'on irait. Après l'école.

— J'ai dit *peut-être*. Je ne sais pas si j'ai vraiment envie de marcher jusque-là. Maman est sûrement rentrée à la maison. Peut-être qu'on devrait laisser tomber. Peut-être qu'on devrait aller regarder la télé.

Ils étaient à trois mètres devant Jake et s'éloignaient encore de lui.

— Oh ! Tu avais *promis* !

Près de l'immeuble devant lequel passaient les deux garçons se trouvait une clôture grillagée munie d'une porte. Derrière cette clôture, Jake aperçut le terrain de jeu dont il avait rêvé la nuit précédente... du moins une version légèrement différente. Il n'était pas entouré d'arbres et on n'y voyait aucune bouche de métro zébrée de rayures jaunes et noires, mais le sol de béton craquelé était le même. Ainsi que les lignes jaune pâle qui y étaient tracées.

— Ouais... peut-être. J'sais pas. (Jake se rendit compte que Henry taquinait son frère. Celui-ci n'en avait pas conscience ; il ne pensait qu'à l'endroit où il souhaitait aller.) Faisons une petite partie pendant que j'y réfléchis.

Il piqua le ballon à son petit frère, entra sur le terrain en dribblant maladroitement, et effectua un lancer totalement raté, le ballon rebondissant sur le panneau sans même effleurer le cerceau. Henry était très fort pour voler un journal à une fille, pensa Jake, mais il était nul en basket.

Eddie franchit la porte du terrain, déboutonna son pantalon de velours et le laissa glisser sur ses chevilles. Il portait en guise de sous-vêtement le short dont il était vêtu dans le rêve de Jake.

— Oh, le petit chou porte son petit short, dit Henry. C'est-y pas *adooorable* ?

Il attendit que son frère se retrouve en équilibre sur une jambe, puis lui lança le ballon. Eddie réussit à le renvoyer, évitant probablement un saignement de nez, mais il perdit l'équilibre et tomba sur le béton. Jake vit qu'il aurait pu se couper assez gravement ; une multitude de bouts de verre étincelants parsemaient le sol près de la clôture.

— Allez, Henry, arrête, dit Eddie d'une voix indulgente.

Ça faisait si longtemps que Henry lui faisait des blagues de ce genre qu'il ne devait les remarquer que lorsque Henry s'attaquait à d'autres victimes — la caissière blonde, par exemple.

— Allez, Henry, arrête, répéta son frère d'une voix moqueuse.

Eddie se releva et entra sur le terrain en trottinant. Le ballon avait rebondi sur la clôture et Henry avait réussi à l'attraper. Il essayait à présent de contourner son frère en dribblant. La main d'Eddie jaillit, vive comme l'éclair mais étrangement délicate, et s'empara de la balle. Il esquiva sans peine le bras de Henry et fonça vers le panier. Henry tenta de le suivre, le front plissé de rage, mais il aurait tout aussi bien pu faire la sieste. Eddie se ramassa sur la pointe des pieds, fit un bond et marqua un panier. Henry saisit le ballon et recula vers la bande jaune.

Tu n'aurais pas dû faire ça, Eddie, pensa Jake. Il s'était posté à l'extrémité de la clôture pour observer les deux frères. Il ne risquait pas grand-chose, du moins pour le moment. Il portait les lunettes de soleil de son père et les deux basketteurs étaient si occupés par leur jeu qu'ils n'auraient même pas fait attention au président Carter s'il était venu les regarder. Henry ne devait même pas savoir qui était le président Carter, pensa Jake.

Il s'attendait à voir Henry se venger de son frère en trichant, mais il avait sous-estimé l'astuce d'Eddie. Henry fit une feinte qui n'aurait même pas trompé la mère de Jake, mais Eddie sembla tomber dans le panneau. Henry esquiva son attaque et fonça gaiement vers le panier sans prendre la peine de dribbler. Jake était sûr qu'Eddie aurait pu l'intercepter et lui piquer le ballon, mais le cadet s'abstint d'intervenir. Henry lança le ballon avec maladresse, et il rebondit à nouveau sur le panneau. Eddie s'en empara... et le laissa échapper. Henry le récupéra, se retourna, et l'envoya dans le panier dépourvu de filet.

— Un à zéro, dit Henry en haletant. On va jusqu'à douze ?

— D'accord.

Jake en avait assez vu. Le match serait disputé, mais Henry en serait le vainqueur. Eddie y veillerait. Non seulement cela lui épargnerait une correction, mais de plus cela mettrait Henry de bonne humeur, cela le rendrait plus susceptible d'exaucer le souhait de son petit frère.

Hé, Ducon ! pensa-t-il. Je crois bien que ton frangin te mène par le bout du nez depuis longtemps et que tu ne t'en es jamais rendu compte, pas vrai ?

Il recula jusqu'à ce que les frères Dean disparaissent derrière l'immeuble adjacent au terrain de jeu, se rendant invisible à leurs yeux. Il s'adossa au mur et écouta le ballon rebondir sur le béton. Henry ne tarda pas à souffler comme Charlie le Tchou-tchou en train de gravir un raidillon. C'était un fumeur, bien sûr ; les types comme Henry étaient toujours de gros fumeurs.

Le match dura une dizaine de minutes, et lorsque Henry proclama sa victoire, la rue s'emplissait d'écoliers regagnant leur domicile. Quelques-uns d'entre eux regardèrent Jake d'un air curieux.

— Bien joué, Henry, dit Eddie.

— Pas mal, haleta Henry. Tu te laisses toujours avoir par mes feintes.

Bien sûr, pensa Jake. Il se laissera toujours avoir jusqu'au jour où il fera quarante kilos de plus. Ce jour-là, tu risques d'avoir une surprise.

— Sans doute. Hé, Henry, on peut aller là-bas, *s'il te plaît* ?

— Ouais, pourquoi pas ? Allons-y.

— Gé-*nial* ! s'écria Eddie. (On entendit un bruit qui ressemblait à celui d'une gifle ; sans-doute les deux frères en train de se serrer la main.) T'es le chef !

— Monte à la maison. Dis à maman qu'on rentrera à 16 h 30, 16 h 45. Mais ne lui dis pas qu'on va au Manoir. Elle pense qu'il est hanté, elle aussi.

— Tu veux que je lui dise qu'on va chez Dewey ?

Silence : Henry réfléchissait.

— Nan. Elle risque de téléphoner à Mme Bunkowski. Dis-lui... dis-lui qu'on va acheter des pétards chez Dahlie. Elle te croira. Et demande-lui de te filer deux ou trois dollars.

— Elle ne me donnera pas d'argent. On ne la paie que dans deux jours.

— Connerie. Elle te donnera ce que tu veux. Allez, vas-y.

— OK ! (Mais Jake n'entendit pas Eddie partir.) Henry ?

— *Quoi ?* (Voix impatiente.)

— Tu crois que le Manoir est *vraiment* hanté ?

Jake se rapprocha du terrain de jeu. Il ne souhaitait pas se faire repérer, mais il avait l'impression qu'il devait entendre la suite.

— Nan. Les maisons hantées, ça n'existe pas — sauf dans les films.

— Oh.

On percevait un net soulagement dans la voix d'Eddie.

— Mais si jamais ça *existait,* reprit Henry (peut-être ne voulait-il pas que son frère soit *trop* soulagé, pensa Jake), le Manoir en serait une. On m'a dit qu'il y a deux ou trois ans, deux gosses de Norwood Street y sont allés pour fumer un joint et que les flics les ont retrouvés la gorge tranchée et vidés de leur sang. Mais il n'y avait pas une goutte de sang sur eux. Tu piges ? Leur sang avait *disparu.*

— Tu déconnes ? souffla Eddie.

— Non. Mais ce n'était pas le pire.

— C'était quoi ?

— Ils avaient les cheveux tout blancs, dit Henry.

La voix qui parvenait aux oreilles de Jake était solennelle. Il était sûr que Henry ne rigolait pas cette fois-ci, qu'il croyait dur comme fer à ce qu'il disait. (Il ne pensait pas non plus que Henry fût assez malin pour inventer une telle histoire.)

— Les cheveux blancs, tous les deux. Et ils avaient les yeux grands ouverts, comme s'ils avaient vu la chose la plus horrible du monde.

— Ah, tu me fais marcher, dit Eddie, mais sa voix était blanche.

— Tu veux toujours y aller ?

— Oui. Tant qu'on... enfin, tant qu'on s'approche pas de trop près.

— Alors va voir maman. Et essaie de lui soutirer deux ou trois dollars. J'ai besoin de clopes. Et va ranger ce foutu ballon.

Jake s'éloigna sur la pointe des pieds et entra dans l'immeuble le plus proche au moment précis où Eddie sortait du terrain de jeu.

Horrifié, il vit le garçon au tee-shirt jaune se diriger droit sur lui. Bon sang ! se dit-il, consterné. Et si c'est ici qu'il habite ?

Et c'était le cas. Jake eut tout juste le temps de se retourner et de scruter la liste des occupants, et il sentit Eddie Dean le frôler, passant si près de lui qu'une odeur de sueur monta à ses narines. Il sentit également le regard machinal que le garçon jeta dans sa direction. Puis Eddie pénétra dans le hall et se dirigea vers l'ascenseur, tenant d'une main son pantalon mal plié et de l'autre son vieux ballon.

Le cœur de Jake battait la chamade. La filature était un exercice beaucoup plus délicat que ne le laissaient croire les romans policiers qu'il lisait à l'occasion. Il traversa la rue et se posta entre deux immeubles à quelques dizaines de mètres de celui des frères Dean. Il pouvait ainsi observer son entrée ainsi que celle du terrain de jeu. Celui-ci était à présent rempli d'enfants, plutôt jeunes pour la plupart. Henry, adossé à la clôture, fumait une cigarette et s'efforçait de paraître empli d'angoisse adolescente. De temps en temps, il tendait le pied lorsque venait à passer un petit coureur distrait, et il réussit à en faire tomber trois avant le retour d'Eddie. La dernière de ses victimes s'étala de tout son long sur le béton et s'enfuit en pleurant, le front en sang. Henry lança son mégot vers le gamin et éclata de rire.

En voilà un gars qui sait s'amuser, pensa Jake.

Après cet incident, les enfants finirent par se tenir à l'écart de Henry. Il sortit du terrain de jeu et se dirigea vers l'immeuble où Eddie était entré cinq minutes plus tôt. Alors qu'il arrivait devant sa porte, elle s'ouvrit sur Eddie. Il avait enfilé un jean et un tee-shirt propre ; il avait également passé autour de sa tête un foulard vert, celui qu'il portait dans le rêve de Jake. Il brandissait deux billets d'un dollar d'un air triomphant. Henry s'en empara, puis lui posa une question. Eddie hocha la tête et les deux frères se mirent en route.

Jake les suivit à un demi-pâté de maisons de distance.

23

Debout dans les hautes herbes au bord de la Grand-Route, ils contemplaient l'anneau de parole.

Stonehenge, pensa Susannah en frissonnant. C'est à ça que ça ressemble. Stonehenge.

L'herbe qui recouvrait la plaine poussait dru au pied des grands monolithes gris, mais le disque qu'ils entouraient était de terre nue, parsemée çà et là de petits objets blancs.

— Qu'est-ce que c'est ? demanda-t-elle à voix basse. Des cailloux ?

— Regarde mieux, dit le pistolero.

Elle s'exécuta et vit qu'il s'agissait d'os. Des os de petits animaux, peut-être. Du moins l'espérait-elle.

Eddie fit passer son bâton de sa main droite à sa main gauche, essuya sa main droite sur sa chemise, puis y transféra le bâton. Il ouvrit la bouche mais aucun bruit n'en sortit. Il s'éclaircit la gorge avant de faire une nouvelle tentative.

— Je crois que je suis censé aller là-bas et dessiner quelque chose sur la terre.

Roland hocha la tête.

— Tout de suite ?

— Bientôt. (Eddie se tourna vers Roland.) Il y a quelque chose ici, n'est-ce pas ? Quelque chose d'invisible.

— Il n'est pas ici pour l'instant, dit Roland. Du moins je ne le *crois* pas. Mais il viendra. Notre *khef* — notre force vitale — va l'attirer. Et il garde jalousement son territoire, bien sûr. Rends-moi mon revolver, Eddie.

Eddie déboucla le ceinturon et le tendit au pistolero. Puis il se retourna vers le cercle de monolithes hauts de six mètres. Quelque chose vivait là-dedans, aucun doute. Il le reniflait, une puanteur qui lui évoquait du plâtre humide et des canapés moisis, des matelas antiques pourrissant sous des couvertures à moitié désagrégées. Cette odeur lui était familière.

Le Manoir — c'est là que je l'ai sentie. Le jour où j'ai persuadé Henry de m'emmener voir le Manoir de Rhinehold Street, dans Dutch Hill.

Roland boucla son ceinturon, puis se baissa pour attacher la lanière de l'étui. Il leva les yeux vers Susannah.

— Nous aurons peut-être besoin de Detta Walker, dit-il. Est-ce qu'elle est dans les parages ?

— Cette salope est toujours dans les parages, dit Susannah en grimaçant.

— Bien. L'un de nous devra protéger Eddie pendant qu'il fera ce qu'il est censé faire. L'autre ne servira strictement à rien. Ce lieu appartient à un démon. Les démons ne sont pas humains, mais ils sont quand même mâles ou femelles. Le sexe est à la fois leur arme et leur faiblesse. Quel que soit le sexe de ce démon, il va s'attaquer à Eddie. Pour protéger son territoire. Pour empêcher un intrus de l'utiliser. Tu comprends ?

Susannah acquiesça. Eddie ne semblait pas les écouter. Il avait glissé sous sa chemise le carré de peau abritant sa clé et il regardait fixement l'anneau de parole, comme hypnotisé.

— Je n'ai pas le temps de t'exposer ceci en termes choisis, dit Roland à Susannah. L'un de nous devra...

— L'un de nous devra baiser avec le démon pour protéger Eddie, coupa-t-elle. Ce genre de créature ne refuse *jamais* de tirer un coup. C'est ça que tu veux dire ?

Roland hocha la tête.

Les yeux de Susannah se mirent à luire. C'étaient les yeux de Detta Walker, à la fois sages et cruels, amusés et cyniques, et sa voix prenait des accents de plantation sudiste, ces accents chiqués caractéristiques de Detta Walker.

— Si c'est une démone, c'est toi qui t'y colles. Mais si c'est un démon, c'est moi qui m'y colle. C'est ça ?

Roland hocha la tête.

— Et s'il est à voile et à vapeu' ? T'as pensé à *ça*, mon g'and ?

Les lèvres de Roland esquissèrent un sourire presque imperceptible.

— Dans ce cas, on s'occupera de lui tous les deux. Mais rappelle-toi...

Derrière eux, Eddie murmura d'une voix lointaine :

— Tout n'est pas silencieux dans les corridors de la mort. Voyez, le dormeur s'éveille. (Il tourna vers Roland ses yeux terrorisés, hantés.) Il y a un monstre.

— Le démon...

— Non. *Un monstre*. Quelque chose entre les portes — entre

les *mondes*. Quelque chose qui attend. *Et il ouvre les yeux.*

Susannah jeta un regard terrifié à Roland.

— Tiens-toi droit, Eddie, dit Roland. Et sois sincère.

Eddie inspira profondément.

— Je me tiendrai droit jusqu'à ce qu'il m'abatte, dit-il. Je dois y aller maintenant. Ça va commencer.

— On y va tous, dit Susannah. (Elle arqua le dos et descendit de son fauteuil roulant.) Si ce démon veut me baiser, il va baiser avec la meilleu'e baiseuse du monde. Je vais le fai'e baiser comme il a *jamais* baisé.

Alors qu'ils passaient entre deux monolithes pour pénétrer dans l'anneau de parole, il commença à pleuvoir.

24

Dès que Jake vit la maison, il comprit deux choses : premièrement, il l'avait déjà vue, dans des rêves si horribles que son esprit en avait refoulé le souvenir ; deuxièmement, c'était un lieu de mort, de meurtre et de folie. Il se trouvait au coin de Rhinehold Street et de Brooklyn Avenue, soixante-dix mètres derrière Henry et Eddie Dean, mais il sentait le Manoir tendre vers lui ses mains invisibles, ignorant les deux frères. Il lui sembla que ces mains se terminaient par des griffes. Des griffes acérées.

Elle me convoite, et je ne peux pas fuir. La mort m'attend entre ses murs... mais je ne trouverai que la folie en refusant d'y entrer. Car quelque part dans cette maison se trouve une porte fermée. J'ai la clé qui l'ouvrira et je ne pourrai espérer le salut qu'une fois de l'autre côté.

Le cœur serré, il contempla le Manoir, une maison qui exsudait l'anormalité. Elle poussait comme une tumeur au centre d'un terrain infesté de mauvaises herbes.

Les frères Dean avaient traversé Brooklyn sur une longueur de neuf pâtés de maisons, marchant lentement sous le soleil impitoyable, avant de pénétrer dans un quartier qui était sûrement Dutch Hill, vu les noms hollandais de la plupart des magasins. Ils venaient de faire halte devant le Manoir. Celui-ci semblait déserté depuis plusieurs années, mais il avait remarquablement peu souffert du vandalisme. Jadis, pensa soudain Jake, ce devait *vraiment* être un manoir — la demeure d'un riche négociant et de sa nombreuse famille. Le bâtiment devait être peint en blanc à cette époque, mais il était à présent d'un gris sale qui était presque une absence de couleur. Ses fenêtres étaient cassées et la palissade qui l'entourait était couverte de graffitis, mais la maison elle-même était encore intacte.

Affaissée sous la chaude lumière, revenant de pierre et d'ardoise surgissant d'un dépotoir désolé, elle évoquait un chien méchant faisant semblant de dormir. Son avant-toit ressemblait à un front plissé de colère. Les planches de son porche étaient rugueuses et gondolées. Des volets jadis verts pendaient de guingois de part et d'autre de ses fenêtres béantes ; d'antiques rideaux y pendouillaient encore, tels des lambeaux de peau morte. Un vieux treillis ornait son mur gauche, maintenu en place par une profusion de lierre sale et poussiéreux. Il y avait une pancarte plantée dans la pelouse et un panneau apposé à la porte. Jake ne pouvait encore déchiffrer ni l'un ni l'autre.

La maison était *vivante*. Il le savait, il sentait sa conscience monter des planches et du toit affaissé, la sentait suinter des orbites noires de ses fenêtres. L'idée d'approcher cet horrible lieu l'emplissait d'angoisse ; l'idée d'y entrer l'emplissait d'une terreur sans nom. Mais il devait le faire. Il entendit un sourd bourdonnement dans ses oreilles — le bruit d'une ruche par un beau jour d'été — et se crut un instant sur le point de tomber dans les pommes. Il ferma les yeux... et entendit *sa* voix.

Tu dois *venir, Jake. C'est le sentier du Rayon, le chemin de la Tour, et c'est l'heure de ton Tirage. Sois sincère ; tiens-toi droit ; viens à moi.*

Il avait toujours peur, mais cette horrible sensation de panique avait disparu. Il rouvrit les yeux et vit qu'il n'était pas le seul à avoir perçu le pouvoir et l'intelligence maligne de la maison. Eddie voulait s'éloigner de la palissade. Il se tourna vers Jake, qui aperçut ses yeux agrandis par la terreur sous son foulard vert. Son grand frère l'agrippa par les épaules et le poussa vers le portail rouillé, mais sans violence excessive ; Henry était peut-être un abruti, mais le Manoir lui inspirait autant de méfiance qu'à son frère.

Ils s'écartèrent de la palissade et restèrent quelque temps encore à contempler la maison. Jake ne pouvait pas entendre ce qu'ils se disaient, mais le ton de leurs voix trahissait leur trouble. Jake se rappela soudain ce qu'Eddie lui avait dit en rêve : *Mais il y a du danger. Sois prudent... et sois rapide.*

Soudain, le véritable Eddie éleva la voix et Jake put distinguer ses paroles :

— Est-ce qu'on peut rentrer à la maison, Henry ? supplia-t-il. S'il te plaît ? Je n'aime pas cet endroit.

— Espèce de fillette, dit Henry, mais Jake perçut une nuance de soulagement dans sa voix bourrue. Allez, viens.

Ils s'éloignèrent de la maison en ruine tapie derrière la palissade affaissée et se dirigèrent vers la chaussée. Jake recula d'un pas, puis se tourna vers la vitrine d'une misérable échoppe baptisée Quincaillerie d'occasion de Dutch Hill. Il suivit la progression de Henry et d'Eddie, dont les reflets étaient superposés à l'image d'un antique aspirateur Hoover, lorsqu'ils traversèrent Rhinehold Street.

— Tu es *sûr* qu'elle n'est pas hantée ? demanda Eddie lorsque les deux frères arrivèrent sur le trottoir à quelques pas de Jake.

— Eh bien, je vais te dire une chose, répliqua Henry. Maintenant que je l'ai revue, je n'en suis plus si sûr.

Ils passèrent à quelques centimètres de Jake sans lui accorder la moindre attention.

— Tu serais prêt à entrer dedans ? demanda Eddie.

— Non, même pas pour un million de dollars, répondit aussitôt Henry.

Ils arrivèrent au coin de la rue. Jake s'écarta de la vitrine et les regarda s'éloigner. Ils retournaient chez eux, côte à côte sur le trottoir. Henry laissait traîner ses bottes aux talons d'acier, courbant le dos comme un vieillard prématuré, tandis qu'Eddie adoptait inconsciemment une démarche beaucoup plus gracieuse. Les ombres longilignes qui les suivaient se mêlaient amicalement.

Ils rentrent chez eux, pensa Jake, envahi par une sensation de solitude si intense qu'il se crut près d'y succomber. Ils vont manger leur soupe, faire leurs devoirs, se disputer pour choisir le programme télé de leur soirée, et ensuite ils iront au lit. Henry est peut-être un crétin et une brute, mais ils ont une vie, ces deux-là, une vie qui a un sens... et ils retournent la vivre. Je me demande s'ils ont conscience de la chance qui est la leur. Peut-être que c'est le cas d'Eddie, je suppose.

Jake fit demi-tour, ajusta les lanières de son sac à dos, et traversa Rhinehold Street.

25

Susannah sentit un mouvement dans la prairie déserte derrière le cercle de monolithes : un soupir, un froissement, un murmure.

— Y a quelque chose qui arrive, dit-elle d'une voix tendue. Et qui arrive vite.

— Sois prudente, dit Eddie, mais empêche-le de s'approcher de moi. Tu entends ? Empêche-le.

— J'ai compris, Eddie. Occupe-toi de tes oignons.

Eddie acquiesça. Il se mit à genoux au centre du cercle, leva le bâton devant lui comme pour en apprécier la pointe. Puis il l'abaissa et traça une ligne droite sur le sol.

— Veille sur elle, Roland...

— Je ferai mon possible, Eddie.

— ... mais empêche cette créature de s'approcher de moi. Jake arrive. Ce sacré gamin arrive pour de bon.

Susannah vit les hautes herbes s'écarter au nord de l'anneau de parole, dessinant un fossé noir qui se dirigeait droit sur les monolithes.

— Tiens-toi prête, dit Roland. Il va foncer sur Eddie. L'un de nous devra le prendre en embuscade.

Susannah se dressa sur ses hanches comme un serpent jaillissant du panier d'un fakir. Ses poings serrés étaient plaqués contre ses tempes. Ses yeux étincelaient.

— Je suis prête, dit-elle, puis elle s'écria : *Viens pa' ici, mon g'and ! Viens pa' ici tout de suite ! J'ai un cadeau pou' toi !*

La pluie redoubla d'intensité lorsque le démon regagna son cercle dans un coup de tonnerre. Susannah eut le temps de percevoir sa virilité impitoyable — elle l'enregistra comme une odeur de gin et de genièvre à vous donner les larmes aux yeux —, puis il fonça vers le centre de l'anneau de parole. Elle ferma les yeux et se tendit vers lui, ni avec ses bras ni avec son esprit, mais avec l'essence féminine qui se trouvait au cœur de son *être : Hé, mon g'and ! Où tu vas comme ça ? Ma chatte est pa' ici !*

Le démon pivota. Elle sentit sa surprise... puis son appétit cru, aussi palpitant qu'une artère à vif. Il bondit sur elle comme un violeur surgissant de la gueule d'une ruelle.

Susannah hurla et se convulsa, ses tendons saillirent sur sa gorge. Sa robe s'aplatit sur ses seins et son ventre, puis fut aussitôt réduite en lambeaux. Elle entendait un halètement qui venait de partout, comme si l'air lui-même avait décidé de copuler avec elle.

— Suzie ! s'écria Eddie, et il fit mine de se redresser.

— *Non !* hurla-t-elle en réponse. *Fais ton boulot ! Je tiens ce fils de pute et je ne lâche'ai pas ! Vas-y, Eddie ! Amène le gamin ! Amène-le...* (Un pieu glacé déchira les chairs tendres entre ses jambes. Elle grogna, tomba en arrière... puis s'appuya sur une main et répondit aux coups de boutoir du monstre par un coup de reins.) *Amène-le de ce côté !*

Eddie jeta un regard hésitant à Roland, qui hocha la tête. Eddie se tourna de nouveau vers Susannah, les yeux emplis d'une sombre douleur et d'une terreur plus sombre encore, puis, délibérément, il tourna le dos à ses deux compagnons et retomba à genoux. Il brandit le bâton pointu qui était devenu un crayon de fortune, ignorant la pluie glacée qui tombait sur ses bras et sa nuque. Le bâton se mit à bouger, traça des lignes et des angles, dessina une forme que Roland reconnut aussitôt.

Une porte.

26

Jake tendit une main, la posa sur le portail hérissé d'échardes, et le poussa. Il s'ouvrit lentement en grinçant de toutes ses charnières rouillées. Devant lui se déroulait une allée de brique accidentée. Plus loin, le porche. Encore plus loin, la porte. Elle était condamnée.

Il se dirigea lentement vers la maison, sentant son cœur télégraphier des points et des tirets dans sa gorge. L'herbe poussait haut entre les briques de l'allée. Il la sentait frôler son blue-jean. Tous ses sens semblaient fonctionner au-delà du maximum. *Tu ne vas pas vraiment entrer là-dedans, n'est-ce pas ?* demanda une voix paniquée dans sa tête.

La réponse qu'il lui donna lui parut à la fois complètement dingue et parfaitement raisonnable : *Toutes choses servent le Rayon.*

La pancarte plantée dans la pelouse annonçait :

DÉFENSE ABSOLUE *D'ENTRER*
SOUS PEINE DE POURSUITES !

Le carré de papier jauni et piqueté de rouille qui était collé sur une des planches de la porte était plus succinct :

PROPRIÉTÉ CONDAMNÉE
PAR ARRÊTÉ MUNICIPAL

Jake s'arrêta en bas des marches pour examiner la porte. Il avait entendu des voix dans le terrain vague, et il les entendait de nouveau... mais c'était à présent un chœur de damnés, un salmigondis de menaces et de promesses également insanes. Il pensait cependant n'entendre qu'une seule voix. La voix de la maison ; la voix de quelque gardien monstrueux venant de se réveiller après un long sommeil agité.

Il pensa brièvement au Ruger de son père, envisagea même de le sortir de son sac à dos, mais à quoi lui servirait-il ? Derrière lui, les voitures roulaient dans Rhinehold Street et une mère hurlait à sa fille d'arrêter de faire les yeux doux à ce garçon et de rentrer la lessive, mais ici se trouvait un autre monde, un monde où régnait un être lugubre sur lequel les armes à feu n'avaient aucun pouvoir.

Sois sincère, Jake — tiens-toi droit.

— D'accord, murmura-t-il d'une voix tremblante. D'accord, je vais essayer. Mais tu as intérêt à ne plus me laisser tomber.

Lentement, il commença à gravir les marches du perron.

27

Les planches qui condamnaient la porte étaient vieilles et pourries, leurs clous étaient tout rouillés. Jake saisit les deux planches entrecroisées en haut du battant et tira. Elles cédèrent en grinçant comme l'avait fait le portail. Il les jeta par-dessus la rambarde et elles atterrirent dans un massif où ne poussait plus que du chiendent. Il se pencha, agrippa les deux planches du bas... et se figea un instant.

On entendait un bruit sourd derrière la porte ; le grondement d'un animal affamé tapi à l'intérieur d'un conduit de béton. Jake sentit une pellicule de sueur malsaine lui recouvrir les joues et le front. Il était si terrifié qu'il avait l'impression de ne plus exister vraiment ; comme s'il était devenu un personnage dans le cauchemar d'un autre.

Derrière cette porte se trouvait le chœur maléfique, la présence maligne. Sa voix suintait des planches comme un sirop qui aurait tourné à l'aigre.

Il tira sur les deux planches. Elles cédèrent sans difficulté.

Bien sûr, pensa-t-il. Il *veut* que j'entre là-dedans. Il a faim et je suis son plat de résistance.

Quelques vers lui revinrent à l'esprit, le passage d'un poème que leur avait lu Mme Avery. Ce poème était censé évoquer le trouble de l'homme moderne, coupé de ses racines et de ses traditions, mais Jake était persuadé que son auteur avait vu cette maison :

Et je te montrerai quelque chose qui n'est
Ni ton ombre au matin marchant derrière toi,
Ni ton ombre le soir surgie à ta rencontre,
Je te montrerai...

— *Je te montrerai ton effroi dans une poignée de poussière*[1], marmonna Jake en posant une main sur le bouton de porte.

À ce moment-là, il fut de nouveau empli de soulagement et d'assurance : cette fois-ci, la porte s'ouvrirait sur un autre monde, il verrait un ciel qui n'avait jamais connu le smog et les fumées d'usine, et à l'horizon, non pas les montagnes mais les flèches bleutées d'une immense cité inconnue.

Il referma ses doigts sur la clé cachée dans sa poche, espérant que la porte serait fermée afin qu'il puisse l'ouvrir. Elle n'était pas fermée. Les charnières grincèrent et il en tomba des particules de rouille lorsque la porte tourna lentement sur ses gonds.

1. T. S. ELIOT, « La Terre vaine », *op. cit.* (*N.d.T.*)

L'odeur de pourriture lui fit l'effet d'un coup de poing en pleine figure : bois saturé d'humidité, plâtre spongieux, tapisseries moisies, kapok centenaire. Ces odeurs en dissimulaient une autre : la puanteur d'une tanière. Devant lui se trouvait un couloir sombre et humide. À sa gauche, un escalier tortueux grimpait au premier étage. Les débris de sa rampe gisaient sur le parquet de l'entrée, mais Jake n'était pas stupide au point de croire que ces débris étaient uniquement des bouts de bois. Il s'y trouvait aussi des os — des os de petits animaux. Certains d'entre eux ne semblaient pas provenir d'animaux, et Jake se refusa à les examiner en détail ; il savait qu'il n'aurait jamais le courage de poursuivre s'il s'attardait à cette tâche. Il resta immobile sur le seuil, rassemblant son courage pour faire le premier pas. Il entendit un bruit étouffé, sec et saccadé, et se rendit compte que c'était celui de ses dents qui claquaient.

Pourquoi personne ne vient-il m'arrêter ? pensa-t-il, paniqué. Pourquoi n'y a-t-il pas un seul passant pour s'écrier : « Hé, toi là-bas ! C'est défendu d'entrer là-dedans — tu ne sais pas lire ? »

Mais il le savait parfaitement. Les piétons changeaient souvent de trottoir en arrivant au niveau du Manoir, et ceux qui n'en faisaient rien ne s'attardaient guère.

Même si quelqu'un jetait un coup d'œil dans ma direction, il ne me verrait pas parce que je ne suis pas vraiment ici. J'ai laissé ce monde derrière moi, pour le meilleur ou pour le pire. J'ai déjà commencé à traverser. *Son* monde est quelque part devant moi. Ceci...

Ceci était l'enfer qui séparait les deux mondes.

Jake pénétra dans le couloir, et même s'il poussa un hurlement lorsque la porte se referma derrière lui comme celle d'un mausolée, il ne fut pas surpris.

Au fond de lui, il ne fut pas surpris du tout.

28

Il était une fois une jeune femme nommée Detta Walker qui aimait fréquenter les tavernes et les bouis-bouis de Ridgeline Road, dans la banlieue de Nutley, et de la route 88 ; près des lignes à haute tension, dans les environs d'Amhigh. Elle avait de belles gambettes en ce temps-là, comme dit la chanson, et elle savait s'en servir. Elle portait souvent une robe moulante bon marché qui ressemblait à une robe de soie et elle dansait avec les jeunes Blancs pendant que l'orchestre jouait de bons vieux airs entraînants comme *Double Shot of My Baby's Love* et *The Hippy-Hippy Shake*. Au bout d'un certain temps, elle choisissait un cul blanc parmi l'assemblée et se laissait conduire dans sa voiture. Là, elle se mettait à le peloter sérieusement (personne ne savait embrasser comme Detta Walker, et elle savait aussi se servir de ses mains) jusqu'à ce qu'il soit sur le point de devenir fou... et puis elle le plantait là. Que se passait-il ensuite ? Excellente question, pas vrai ? C'était le but du jeu. Certains se mettaient à pleurer et à supplier — pas mal, mais pas génial non plus. D'autres se mettaient à gronder et à écumer, ce qui était nettement mieux.

On lui avait donné des coups sur la tête, on lui avait mis l'œil au beurre noir, on lui avait craché dessus, on lui avait même décoché un coup de pied au cul qui l'avait envoyée embrasser le gravier du parking du *Moulin-Rouge*, mais on ne l'avait jamais violée. Tous ces culs blancs étaient rentrés chez eux les couilles pleines, tous jusqu'au dernier. Ce qui signifiait, aux yeux de Detta Walker, qu'elle était la championne, la reine. De quoi ? *D'eux tous*. De tous ces 'culés d'culs blancs aux cheveux coupés en brosse, à la braguette ouverte et à la bite frustrée.

Jusqu'à aujourd'hui.

Elle n'avait aucun moyen d'échapper au démon qui vivait dans l'anneau de parole. Pas de poignée de porte à saisir, pas de voiture à fuir, pas de taverne où s'abriter, pas de joue à gifler, pas de visage à griffer, pas de couilles à frapper si le salaud de cul blanc était lent à la détente.

Le démon fut sur elle... puis, en un éclair, il fut en elle. Il était bien *mâle*.

Elle ne le voyait pas, mais elle sentit sa masse la pousser en arrière. Elle ne voyait pas ses mains, mais elle vit sa robe se déchirer en plusieurs endroits sous leurs griffes. Puis, soudain, la douleur. Elle eut l'impression qu'on lui déchirait les chairs et poussa un cri de surprise et de souffrance. Eddie se tourna vers elle, les yeux plissés.

— Tout va bien ! hurla-t-elle. Continue, Eddie, ne t'occupe pas de moi ! Tout va bien !

Mais c'était faux. Pour la première fois depuis que Detta était entrée sur le champ de bataille du sexe à l'âge de treize ans, elle perdait. Une horrible masse froide et turgescente la pénétra ; on aurait dit qu'elle était baisée par un pic de glace.

Du coin de l'œil, elle vit Eddie se retourner et recommencer à dessiner sur le sol, abandonnant son air soucieux au profit de la froide détermination qu'elle pouvait parfois percevoir en lui et voir sur son visage. Eh bien, c'était ce qu'il fallait, n'est-ce pas ? Elle lui avait dit de continuer, de ne pas s'occuper d'elle, de faire le nécessaire pour faire passer le garçon de ce côté. C'était son rôle dans le tirage de Jake, et elle n'avait pas le droit de détester ces deux hommes qui ne lui avaient nullement forcé la main pour l'accomplir, mais elle les détesta néanmoins lorsque la froidure l'envahit et qu'Eddie se détourna d'elle ; en fait, elle aurait pu leur arracher leurs couilles de culs blancs.

Puis Roland fut à ses côtés, posa des mains robustes sur ses épaules, et elle entendit sa voix bien qu'il n'eût pas prononcé un mot : *Ne résiste pas. Si tu lui résistes, tu mourras. Le sexe est son arme, Susannah, mais c'est aussi sa faiblesse.*

Oui. C'était *toujours* leur faiblesse. La seule différence, c'était qu'elle allait devoir en donner un peu plus cette fois-ci — mais peut-être était-ce à son avantage. Peut être que, cette fois-ci, elle parviendrait à forcer ce cul blanc de démon à *payer* un peu plus.

Elle força ses cuisses à se détendre. Elles s'écartèrent aussitôt, creusant de profonds sillons dans le sol. Elle rejeta la tête en amère, offrant son visage à la pluie de plus en plus diluvienne, et sentit la tête du démon dodeliner au-dessus d'elle, sentit ses yeux boire goulûment les grimaces qui lui déformaient les traits.

Elle leva une main comme pour le gifler... et la posa doucement sur la nuque de son violeur démoniaque. Elle crut palper une poignée de fumée solidifiée. Et ne le sentait-elle pas reculer d'un pouce, surpris par cette caresse ? Elle souleva son bassin, se servant de la nuque invisible comme point d'appui. En même temps, elle écarta encore les jambes, achevant de retrousser ce qui restait de sa robe. Bon Dieu, il était énorme !

— Allez, haleta-t-elle. Tu ne vas pas me violer. Oh que *non* ! Tu veux me baiser ? C'est *moi* qui vais te baiser. Je vais te baiser comme tu n'as *jamais* été baisé ! Je vais te baiser à *mo't* !

Elle sentit trembler le membre qui la pénétrait ; sentit le

démon essayer, l'espace d'un instant, de se retirer et de reprendre ses esprits.

— Non, mon ché'i, coassa-t-elle. (Elle resserra les cuisses, emprisonnant le démon dans son étreinte.) Ça ne fait que *commencer.*

Elle souleva ses fesses, besognant la présence invisible. Elle leva sa main libre, croisa solidement ses dix doigts, et se laissa retomber en arrière, les hanches levées vers l'avant, les bras accrochés au néant. Elle secoua la tête pour écarter de ses yeux ses cheveux trempés de sueur ; ses lèvres dessinèrent un sourire de requin.

Lâche-moi ! hurla une voix dans son esprit. Mais elle sentait le propriétaire de cette voix réagir malgré lui à ses avances.

— Pas question, mon chou. Tu m'as voulue... tu m'as eue. (Elle donna un coup de reins, s'accrocha, se concentra sur la froidure qui était en elle.) Je vais fai'e fond'e ce glaçon, mon chou, et qu'est-ce que tu vas fai'e quand il au'a dispa'u, hein ?

Son bassin allait et venait, allait et venait. Elle serra ses cuisses féroces, ferma les yeux, griffa la nuquc invisible, et pria pour qu'Eddie fasse vite.

Elle ne savait pas combien de temps elle pourrait tenir.

29

Le problème était tout simple, pensa Jake : quelque part dans cette horrible ruine puante se trouvait une porte fermée. La *bonne* porte. Il lui suffisait de la trouver. Mais c'était difficile, car il sentait une présence se matérialiser dans la maison. La cacophonie de voix commençait à se fondre en un unique son — un sourd murmure rauque.

Et cela s'approchait.

Il y avait une porte ouverte sur sa droite. À côté d'elle, punaisé au mur, un daguerréotype jauni représentant un homme pendu à un arbre mort comme un fruit pourri. Derrière la porte, une pièce qui avait sans doute été jadis une cuisine. Le poêle avait disparu, mais une antique glacière — le modèle surmonté d'un tonnelet frigorifique — trônait encore sur le linoléum gondolé.

Sa porte était béante. Une matière noire s'était coagulée sur ses étagères, formant une épaisse flaque au dernier niveau. Les placards de la cuisine étaient grands ouverts. Il vit dans l'un d'eux ce qui était sans doute la plus vieille boîte de crabe du monde. La tête d'un rat mort dépassait d'un autre placard. Ses yeux blancs semblaient mobiles et Jake comprit au bout de quelques instants que ses orbites étaient emplies de vers grouillants.

Quelque chose tomba dans ses cheveux avec un bruit sourd. Il poussa un cri de surprise, leva une main et saisit un objet qui évoquait une balle molle et couverte de poils. Il le dégagea et vit qu'il s'agissait d'une araignée dont le corps bouffi avait la couleur d'un hématome. Elle le regarda de ses yeux stupides et maléfiques. Jake la jeta contre le mur. Elle explosa et glissa jusqu'au plancher, agitant faiblement ses pattes.

Une deuxième araignée chut sur sa nuque. Jake sentit une morsure douloureuse à la naissance de ses cheveux. Il recula en courant jusqu'à l'entrée, trébucha sur les débris de la rambarde, tomba par terre et sentit l'araignée crever sous son poids. Ses entrailles — mouillées, poisseuses et grouillantes — coulèrent entre ses omoplates comme du jaune d'œuf chaud. Il aperçut d'autres araignées sur le seuil de la cuisine. Certaines étaient suspendues à leur fil invisible comme d'obscènes boules de Noël ; d'autres s'étaient laissées tomber sur le sol avec un bruit mou et trottinaient impatiemment dans sa direction.

Jake se releva d'un bond sans cesser de hurler. Il sentit dans son esprit quelque chose qui ressemblait à une corde tendue et qui commençait à se rompre. Il supposa que c'était sa raison et c'est à ce moment-là que son courage considérable finit par le trahir. Il ne pouvait plus supporter cette quête, quel qu'en fût l'enjeu. Il se mit à courir, bien décidé à s'enfuir si c'était encore possible, et s'aperçut trop tard qu'il s'était trompé de direction et s'enfonçait dans le Manoir au lieu de se diriger vers le porche.

Il s'engouffra dans une pièce trop vaste pour être un salon ou une salle de séjour ; elle ressemblait à une salle de bal. Des lutins à l'étrange sourire cruel gambadaient sur la tapisserie, le fixant de leurs yeux vicieux sous leur bonnet vert. Un canapé couvert de moisissures était poussé contre le mur. Au centre du parquet gondolé gisait un lustre en pièces, sa chaîne rouillée serpentant parmi les perles et les pendants couverts de poussière. Jake contourna l'obstacle, jetant un regard terrifié par-dessus son épaule. Il ne vit aucune araignée ; si son dos n'avait pas encore été couvert de cet horrible fluide, il aurait pu croire qu'il avait imaginé leur présence.

Il se retourna et fit halte, stupéfait. Devant lui, une porte-fenêtre coulissante à moitié ouverte sur ses rails. Plus loin, un nouveau couloir. Au bout de ce couloir, une porte fermée au bouton doré. Sur cette porte étaient écrits — ou peut-être gravés — deux mots :

LE GARÇON

Sous le bouton de porte, il y avait une plaque d'argent et un trou de serrure.

Je l'ai trouvée ! s'exclama mentalement Jake. Je l'ai enfin trouvée ! C'est elle ! C'est la porte !

Derrière lui monta un sourd grognement, comme si la maison commençait à se déchirer. Jake se retourna vers la salle de bal. Le mur du fond était en train de se gonfler, poussant devant lui l'antique canapé. La tapisserie frémit ; les lutins se mirent à danser la gigue. Çà et là, le papier se déchirait et s'enroulait vers le haut, comme un store vénitien fermé trop brusquement. La surface de plâtre saillait comme le ventre d'une femme enceinte. Jake entendit une série de craquements lorsque les lattes de la cloison se brisèrent, se rassemblant pour façonner une forme encore invisible. Et le bruit gagnait en intensité. Mais ce n'était plus exactement un grognement ; on aurait davantage dit un grondement.

Il contempla la scène, hypnotisé, incapable de détourner les yeux.

Contrairement à son attente, le plâtre ne se craquela pas pour vomir ses fragments sur le plancher ; il semblait être devenu malléable, et à mesure que le mur continuait d'enfler, formant une grosse boule irrégulière sur laquelle pendaient encore des lambeaux de tapisserie, sa surface commença à se façonner en collines et en vallons. Soudain, Jake s'aperçut qu'il avait sous les yeux un immense visage mouvant qui émergeait du mur. Comme celui d'un homme masqué par un drap mouillé.

On entendit un craquement sec et un bout de latte jaillit du mur ondoyant. Il devint la pupille longiligne d'un œil. Plus bas, le mur s'ouvrit sur une bouche ricanante aux crocs acérés. Jake vit des bouts de tapisserie pendre à ses lèvres et à ses gencives.

Une main de plâtre s'extirpa du mur, traînant derrière elle un bracelet de fils électriques pourris. Elle saisit le canapé et l'écarta violemment, laissant sur son tissu sombre des empreintes d'un blanc spectral. De nouvelles lattes jaillirent lorsque les doigts de plâtre s'agitèrent. Elles formèrent des griffes plantées d'échardes. Le visage s'était à présent dégagé du mur et fixait Jake de son œil de bois. Un lutin de papier dansait encore sur son front. On aurait dit un tatouage excentrique. Il y eut un grincement visqueux lorsque la créature commença à ramper. La porte donnant sur l'entrée sortit de ses gonds pour devenir une épaule difforme. La main de la créature racla le plancher, éparpillant les débris du lustre.

Jake retrouva ses esprits. Il fit demi-tour, s'engouffra dans la porte-fenêtre et fonça dans le second couloir, son sac battant sur son dos et sa main droite plongeant dans sa poche à la recherche de la clé. Son cœur battait comme une usine aux machines déréglées. Derrière lui, la chose qui était sortie des boiseries du Manoir poussa un beuglement, et bien qu'il n'ait pu distinguer ses paroles, Jake savait ce qu'elle lui disait ; elle lui disait d'arrêter, elle lui disait qu'il était inutile de fuir, elle lui disait qu'il n'y avait aucune issue. La maison tout entière semblait douée de vie ; l'air résonnait des cris du parquet et du fracas des poutres. La voix insane du gardien de la porte était omniprésente.

Les doigts de Jake se refermèrent sur la clé. Lorsqu'il la sortit de sa poche, une de ses encoches s'accrocha au tissu de son pantalon. La clé glissa de ses doigts poisseux de sueur. Elle tomba sur le parquet, rebondit, retomba entre deux planches gondolées et disparut.

30

— Il est en danger ! s'écria Eddie.

Sa voix parut lointaine à Susannah. Elle avait sa part de

danger, elle aussi... mais elle pensait quand même se débrouiller plutôt bien.

Je vais fai'e fond'e ce glaçon, mon chou, avait-elle dit au démon, *et qu'est-ce que tu vas fai'e quand il au'a dispa'u, hein?*

Elle ne l'avait pas exactement fait fondre, mais elle l'avait *altéré.* Le membre qui la fouillait ne lui procurait aucun plaisir, mais au moins la douleur s'était-elle atténuée et la froidure avait-elle disparu. Il était pris au piège, incapable de se dégager. Et ce n'était pas avec son corps qu'elle le retenait. Roland avait dit que le sexe était à la fois son arme et sa faiblesse, et il avait eu raison, comme d'habitude. Le démon l'avait prise, mais *elle* l'avait pris en retour, et c'était comme si tous deux avaient eu un doigt coincé dans un tube d'où tous leurs efforts étaient impuissants à le faire sortir.

Il ne lui restait plus qu'une idée à laquelle s'accrocher; toute autre pensée cohérente avait disparu de son esprit. Elle devait maintenir cette créature vicieuse, terrifiée, sanglotante, dans la nasse de son propre désir. Le démon se débattait, se convulsait en elle, la suppliant de le libérer tout en usant de son corps avec une intensité frénétique, mais elle refusait de le lâcher.

Et que va-t-il se passer quand je serai obligée de le lâcher? se demanda-t-elle avec désespoir. Comment va-t-il me faire payer ce que je lui ai fait?

Elle n'en avait aucune idée.

31

La pluie tombait à verse, menaçant de transformer l'anneau de parole en océan de boue.

— *Trouve-moi quelque chose pour protéger la porte!* hurla Eddie. *La pluie va l'effacer!*

Roland jeta un coup d'œil en direction de Susannah et vit qu'elle luttait toujours avec le démon. Ses yeux étaient mi-clos, sa bouche déformée par un rictus. Il ne voyait ni n'entendait la créature, mais percevait ses convulsions furieuses et frénétiques.

Eddie tourna vers lui son visage ruisselant.

— *Tu m'entends ?* hurla-t-il. *Trouve-moi quelque chose pour protéger cette putain de porte, et TOUT DE SUITE !*

Roland attrapa une peau tannée dans leur paquetage et en saisit un coin dans chaque main. Puis il écarta les bras et se pencha au-dessus d'Eddie, lui fournissant un abri précaire. La pointe du bâton d'Eddie était couverte de boue. Il l'essuya sur son bras, y laissant une traînée couleur de chocolat noir, puis agrippa son crayon de fortune et se pencha sur son dessin. Cette porte n'était pas exactement aussi grande que celle que devait franchir Jake — peut-être faisait-elle les trois quarts de sa taille —, mais elle serait assez grande pour lui permettre le passage... *si* les clés marchaient.

À condition qu'il *ait* une clé, c'est ça que tu penses ? se demanda Eddie. Suppose qu'il l'ait laissée tomber... ou que cette maison l'ait *obligé* à la laisser tomber ?

Il dessina une plaque sous le cercle qui représentait le bouton de porte, hésita, puis traça les contours familiers d'un trou de serrure :

Il hésita de nouveau. Il y avait autre chose à faire, mais quoi ? Il avait de la peine à réfléchir, car une tempête semblait souffler dans son esprit, une tempête qui emportait sur ses ailes des pensées aléatoires plutôt que des granges ou des poulaillers arrachés au sol.

— Allez, mon chou ! hurla Susannah derrière lui. Tu ne tiens plus le 'ythme ! Qu'est-ce qui te p'end ? Je c'oyais que tu étais un g'and ga'çon !

Garçon. C'est ça.

Il écrivit soigneusement LE GARÇON au-dessus de la porte avec la pointe de son bâton. À l'instant précis où il achevait de tracer le N, son dessin s'altéra. Le cercle de terre sombre qu'il avait tracé s'assombrit encore plus... et le dessin émergea du sol, devenant un bouton de porte luisant. Et un faible rai de lumière jaillit du trou de la serrure.

Derrière lui, Susannah poussa un nouveau cri, encourageant le démon à s'activer, mais sa voix semblait épuisée. Il fallait en finir, et vite.

Eddie se courba comme un musulman à l'heure de la prière et colla son œil au trou de serrure qu'il avait dessiné. Il regarda à travers et découvrit son propre monde, découvrit la maison que Henry et lui étaient allés voir en mai 1977, sans savoir (mais Eddie l'avait su ; oui, il l'avait sans doute su) qu'ils étaient suivis par un garçon venu d'une autre partie de la ville.

Il vit un couloir. Jake était à quatre pattes sur le parquet et tirait frénétiquement sur une latte. Quelque chose fonçait sur lui. Eddie le voyait mais ne le voyait pas — on aurait dit qu'une partie de son esprit *refusait* de le voir, comme si voir cette chose aurait signifié la comprendre, et par là même devenir fou.

— *Dépêche-toi, Jake!* hurla-t-il dans le trou de la serrure. *Grouille-toi, bon Dieu!*

Au-dessus de l'anneau de parole, le tonnerre déchira le ciel comme un coup de canon, et la pluie se transforma en grêle.

32

Jake resta figé pendant quelques instants, fixant l'étroite fente où la clé venait de tomber.

Si incroyable que cela paraisse, il avait envie de dormir.

Ça n'aurait pas dû arriver, pensa-t-il. C'en est trop. Je ne peux pas continuer comme ça, même une minute, même une seconde de plus. Je vais me blottir contre cette porte, voilà ce que je vais faire. Je vais m'endormir, comme ça, tout de suite, et quand ce monstre m'attrapera pour me manger, je ne me réveillerai plus jamais.

Puis la créature surgie du mur poussa un grognement, et lorsque Jake leva les yeux, toute idée de renoncement fut balayée de son esprit par une onde de terreur. La chose s'était complètement extirpée du mur, immense tête de plâtre à l'œil de bois et à la main de plâtre. Des morceaux de lattes hérissaient son crâne, telle une chevelure dans un dessin d'enfant. Elle vit Jake et ouvrit la bouche, révélant ses dents de bois déchaussées. Elle poussa un nouveau grognement. De la poussière de plâtre jaillit de sa bouche comme de la fumée de cigare.

Jake tomba à genoux et regarda dans la fente. La clé était un brave éclat d'argent scintillant dans les ténèbres, mais la fente était trop étroite pour laisser passer ses doigts. Il saisit l'une des lattes et tira dessus de toutes ses forces. Les clous qui la maintenaient en place gémirent... mais tinrent bon.

Il y eut un violent fracas. Il regarda au bout du couloir et vit la main de plâtre, qui était encore plus grande que son corps, agripper le lustre et l'écarter violemment. La chaîne rouillée qui l'avait jadis soutenu claqua comme un fouet puis retomba dans un lourd craquement métallique. Une lampe morte maintenue par une chaîne également rouillée tressauta au-dessus de Jake, verre sale et cuivre vert-de-grisé grinçant l'un contre l'autre.

La tête du gardien, uniquement reliée à son épaule difforme et à son bras tendu, rampa sur le parquet. Derrière elle, ce qui restait du mur s'effondra dans un nuage de poussière. Un instant plus tard, les débris s'assemblèrent pour former le dos osseux et voûté de la créature.

Le gardien de la porte vit que Jake le regardait et sembla lui sourire. Des échardes jaillirent de ses joues ridées. Il se traîna à travers la salle de bal envahie par la poussière, ouvrant et refermant la bouche comme un poisson agonisant. Sa main tâtonna en quête d'une prise et arracha une des portes-fenêtres de ses gonds.

Jake poussa un cri inarticulé et tira de nouveau sur la latte. Elle refusa de céder, mais la voix du pistolero lui dit :

L'autre latte, Jake ! Essaie l'autre latte !

Il lâcha la latte rétive et saisit sa voisine. À ce moment-là, une autre voix prit la parole. Il ne l'entendit pas dans sa tête, mais avec ses oreilles, et comprit qu'elle venait de l'autre côté de la porte — la porte qu'il n'avait cessé de chercher depuis le jour où il n'avait pas été écrasé par une voiture.

— *Dépêche-toi, Jake ! Grouille-toi, bon Dieu !*

Lorsqu'il tira sur la seconde latte, elle céda si facilement qu'il faillit tomber à la renverse.

33

Deux femmes discutaient sur le seuil de la quincaillerie située en face du Manoir. La plus âgée en était la propriétaire ; la plus jeune était sa seule cliente au moment où retentit un fracas de murs qui s'effondrent et de poutres qui se brisent. Sans avoir conscience de ce qu'elles faisaient, les deux femmes s'étreignirent et se figèrent, tremblant comme des enfants ayant entendu un bruit dans le noir.

Un peu plus loin, trois jeunes garçons en route pour le terrain de base-ball de Dutch Hill se tournèrent vers le Manoir, bouche bée, oubliant leur caddie Red Ball empli de balles et de battes. Un livreur gara sa fourgonnette au ras du trottoir et descendit pour regarder la scène. Les clients du Henry's Corner Market et du *Dutch Hill Pub* sortirent en courant de ces établissements, jetant autour d'eux des regards paniqués.

Le sol se mit à trembler et un fin réseau de lézardes s'étendit sur la chaussée de Rhinehold Street.

— C'est un tremblement de terre ? cria le livreur en direction des deux femmes paralysées sur le seuil de la quincaillerie.

Mais au lieu d'attendre une réponse, il se remit au volant de sa fourgonnette et s'empressa de filer, roulant à gauche pour passer le plus loin possible de la maison en ruine qui était l'épicentre de ce séisme.

Tout le bâtiment semblait se replier sur lui-même. Ses planches se brisèrent, jaillirent de sa façade et tombèrent sur son jardin dans une averse d'échardes. Une cascade d'ardoise grise déferla de son toit. On entendit un bang assourdissant et une longue fêlure apparut sur le mur du Manoir. La porte y disparut, puis la maison sembla entrer en implosion.

La jeune femme se dégagea soudain de l'étreinte de son aînée.

— Je fiche le camp, dit-elle, et elle courut le long de la rue sans se retourner une seule fois.

34

Un étrange vent brûlant se mit à souffler le long du couloir, ébouriffant les cheveux poisseux de Jake lorsque ses doigts se refermèrent sur la clé. Il croyait comprendre la nature de cet endroit et celle de sa transformation. Le gardien de la porte n'était pas seulement *dans* la maison, il *était* la maison : chaque planche, chaque plinthe, chaque poutre, chaque ardoise. Et il émergeait de sa gangue de plâtre et de bois pour devenir une représentation aberrante de sa véritable forme. Il avait l'intention de s'emparer de lui avant qu'il ait eu le temps d'utiliser la clé. Derrière la gigantesque tête blafarde et l'épaule difforme du monstre bossu, Jake voyait des planches, des plinthes, des fils et des morceaux de verre — ainsi que la porte d'entrée et les débris de la rambarde — surgir dans la salle de bal comme un essaim pris de folie, s'amalgamant à la forme massive, composant peu à peu l'anatomie du monstrueux homme de plâtre qui tendait vers lui ses doigts crochus.

Jake dégagea sa main de la fente et vit qu'elle était couverte d'énormes cafards. Il tapa du poing contre le mur pour les faire tomber et poussa un cri lorsque le mur s'ouvrit sous ses coups, essayant de se refermer sur son poignet. Il dégagea sa main juste à temps, pivota et enfonça la clé argentée dans le trou de la serrure.

L'homme de plâtre poussa un nouveau rugissement, mais sa voix fut étouffée l'espace d'un instant par un chant que Jake reconnut sans peine : il l'avait déjà entendu dans le terrain vague, mais les voix étaient alors plus calmes, peut-être songeuses. Ce qu'il entendait à présent était un cri de triomphe sans équivoque. Une certitude familière et toute-puissante l'emplit de nouveau, et il sut cette fois-ci qu'il ne connaîtrait nulle déception. Toute l'assurance qui lui était nécessaire était contenue dans cette voix. C'était la voix de la rose.

La lumière venue de l'entrée fut occultée par la main de plâtre lorsqu'elle démolit la seconde porte-fenêtre et pénétra dans le couloir. La tête s'encadra entre les murs, scrutant

Jake de son œil maléfique. Les doigts de plâtre rampèrent vers lui comme les pattes d'une gigantesque araignée.

Jake tourna la clé dans la serrure et sentit un soudain flot d'énergie lui parcourir le bras. Il entendit un bruit puissant mais étouffé lorsque le pêne tourna dans le verrou. Il saisit le bouton de porte, le tourna et ouvrit la porte. Elle pivota sur ses gonds. Jake poussa un cri d'horreur en découvrant ce qu'elle dissimulait.

Le seuil était bloqué par une masse de terre, de haut en bas et de gauche à droite. Des racines en jaillissaient tels des paquets de fils électriques. Des vers, apparemment aussi déconcertés que Jake, rampaient çà et là sur le rectangle de terre. Certains s'y enfouissaient ; d'autres continuaient de se balader sur la surface, se demandant peut-être où était passé le niveau inférieur. L'un d'eux tomba sur le tennis de Jake.

La silhouette du trou de serrure resta visible quelques instants, projetant sur la chemise de Jake un faisceau de lumière laiteuse. Derrière lui — si près, si loin —, il entendait la pluie, et le tonnerre qui déchirait le ciel. Puis le trou de serrure disparut et des doigts gigantesques se refermèrent sur la cheville de Jake.

35

Eddie ne sentit pas les grêlons lui cribler le corps lorsque Roland laissa choir le carré de peau et courut vers Susannah.

Le pistolero l'agrippa par les aisselles et la traîna — le plus doucement, le plus gentiment possible — vers l'endroit où se trouvait Eddie.

— Lâche-le dès que je te le dirai, Susannah ! cria Roland. Tu as compris ? *Dès que je te le dirai !*

Eddie ne vit ni n'entendit tout ceci. Il n'entendait que les cris poussés par Jake de l'autre côté de la porte.

L'heure était venue d'utiliser la clé.

Il la sortit de sous sa chemise et la glissa dans le trou de serrure qu'il avait dessiné. Il essaya de la tourner. La clé refusa de bouger. Même d'un millimètre. Eddie leva les yeux au ciel, inconscient des grêlons glacés qui lui criblaient le front, les joues et les lèvres, y laissant des marbrures écarlates.

— *NON!* hurla-t-il. *MON DIEU, JE VOUS EN PRIE! NON!*

Mais il ne reçut aucune réponse de Dieu; rien qu'un coup de tonnerre et un éclair qui déchira le ciel empli de nuages tourmentés.

36

Jake fit un bond, agrippa la chaîne de la lampe qui vacillait au-dessus de lui et se libéra des doigts crochus du gardien. Il se balança d'avant en arrière, se propulsa du bout des pieds sur le rectangle de terre et recommença à se balancer comme Tarzan sur sa liane. Il leva les jambes et shoota dans les doigts du gardien lorsqu'ils s'approchèrent de lui. Sa chair de plâtre s'effrita, révélant un squelette rudimentaire où les lattes remplaçaient les os. L'homme de plâtre poussa un rugissement inarticulé exprimant sa rage et son appétit. Ce bruit n'empêchait pas Jake d'entendre toute la maison s'effondrer, comme celle du conte d'Edgar Allan Poe.

Il repartit en arrière sur sa chaîne, heurta le mur de terre tassée qui bloquait le seuil, puis repartit en avant. La main se tendit vers lui et il lui donna un coup de pied, agitant frénétiquement les jambes. Il sentit une violente douleur au pied lorsque les phalanges de bois se refermèrent. Lorsqu'il s'éloigna du gardien, il lui manquait un tennis.

Il essaya de se hisser sur la chaîne, y réussit et commença à grimper vers le plafond. Il entendit un grognement étouffé au-dessus de lui. Une fine poussière de plâtre se posait sur son visage poisseux de sueur. Le plafond commençait à s'affaisser; la chaîne en descendait lentement, un maillon à la fois. On entendit un craquement assourdissant lorsque l'homme de plâtre réussit finalement à faire franchir le seuil du couloir à son visage avide.

Jake se balança vers lui et poussa un cri d'impuissance.

37

Toute panique disparut soudain de l'esprit d'Eddie. Une cape glaciale tomba sur ses épaules — une cape que Roland de Gilead avait portée maintes fois. C'était la seule armure dont disposait un vrai pistolero... la seule qui lui était nécessaire. Au même instant, une voix retentit dans son crâne. Cela faisait trois mois qu'il était hanté par de telles voix ; celle de sa mère, celle de Roland, et, bien sûr, celle de Henry. Mais il fut soulagé de reconnaître la sienne, et de constater qu'elle était calme, rationnelle et courageuse.

Tu as vu la forme de la clé dans le feu, tu l'as revue dans le bois, et tu l'as vue parfaitement à deux reprises. Plus tard, tu as posé un bandeau de peur sur tes yeux. Enlève-le. Enlève-le et regarde une nouvelle fois. Il n'est peut-être pas trop tard.

Il avait vaguement conscience du regard sévère que le pistolero posait sur lui ; des hurlements étouffés mais toujours pleins de défi que Susannah lançait au démon ; des cris de terreur — ou de douleur ? — que Jake poussait de l'autre côté de la porte.

Eddie ignora tout cela. Il sortit la clé du trou de serrure qu'il avait dessiné, de la porte qui était devenue réelle, et l'examina attentivement, s'efforçant de retrouver le plaisir innocent qu'il avait parfois connu étant enfant — le plaisir de voir une forme cohérente dissimulée dans une masse sans signification. Et c'était là, là qu'il s'était planté, c'était si visible qu'il ne comprenait pas comment il avait fait pour ne pas le voir. Je devais *vraiment* m'être bandé les yeux, pensa-t-il. C'était le petit machin en forme de s au bout de la clé, bien sûr. Sa seconde courbe était un peu trop grosse. D'un micropoil.

— Couteau, dit-il, et il tendit la main comme un chirurgien en salle d'opération.

Roland posa le couteau sur sa paume sans dire un mot.

Eddie en saisit la lame entre le pouce et l'index de la main droite. Il se pencha sur la clé, inconscient de la grêle qui s'abattait sur sa nuque, et la forme dissimulée dans le bois lui apparut avec plus de clarté — lui apparut dans toute son adorable et indéniable réalité.

Il tailla.

Une fois.

Délicatement.

Un copeau de frêne, si mince qu'il en était presque transparent, se détacha du petit machin en forme de s au bout de la clé.

De l'autre côté de la porte, Jake poussa un nouveau hurlement de terreur.

38

La chaîne lâcha dans un grincement épouvantable et Jake tomba lourdement à genoux sur le sol. Le gardien de la porte poussa un rugissement triomphal. La main de plâtre se referma autour des hanches de Jake et commença à le traîner vers le bout du couloir. Il tendit les jambes et planta ses pieds sur le plancher, mais cela ne servit à rien. Il sentit des échardes et des clous rouillés lui creuser la peau lorsque la main raffermit son étreinte et continua de le tirer.

Le visage semblait coincé à l'entrée du couloir, comme un bouchon dans le col d'une bouteille. Sous l'effet de la pression des murs, ses traits rudimentaires s'étaient altérés pour dessiner un nouveau masque, celui d'un troll monstrueux et difforme. Il ouvrit la gueule en grand pour accueillir sa proie. Jake chercha fébrilement la clé, espérant l'utiliser comme un talisman de la dernière chance, mais il l'avait laissée dans la serrure, bien entendu.

— *Espèce de salaud!* hurla-t-il.

Il se rejeta en arrière de toutes ses forces, arquant le dos comme un plongeur olympique, ignorant la morsure des échardes qui se plantaient dans son dos comme une ceinture d'épines. Il sentit son jean glisser sur ses hanches et l'étreinte de la main se relâcher l'espace d'un instant.

Jake se rejeta en arrière une nouvelle fois. La main se referma brutalement, mais son jean glissa jusqu'à ses genoux et il tomba sur le parquet, son sac à dos amortissant le choc. La main s'écarta légèrement, souhaitant peut-être trouver une nouvelle prise sur sa proie. Jake réussit à relever les genoux, et lorsque la main se referma, il tendit brusquement les jambes. La main recula au même instant et le souhait de Jake fut exaucé : son jean et son tennis survivant se détachèrent de son corps comme la peau d'une orange, le laissant libre, du moins pour le moment. Il vit la main pivoter sur son poignet de planches et de plâtre en désintégration, puis enfourner son pantalon dans la gueule du gardien. Puis il rampa à quatre pattes vers la porte et son rectangle de terre, ignorant les débris de la lampe, obnubilé par l'idée de récupérer sa clé.

Il avait presque atteint le seuil lorsque la main se referma sur ses jambes nues et recommença à le traîner sur le sol.

39

La forme était là, enfin là.

Eddie remit la clé dans le trou de la serrure et appuya dessus. Il sentit une résistance momentanée... puis elle tourna sous ses doigts. Il entendit le mécanisme cliqueter, entendit le pêne tourner, sentit la clé se briser en deux dès qu'elle eut rempli son but. Il saisit des deux mains le bouton de porte et tira. Il sentit une immense masse pivoter sur un axe invisible. Eut l'impression que son bras était investi d'une force gigantesque. Et sut avec certitude que deux mondes venaient d'entrer en contact, qu'un passage venait d'être ouvert entre eux.

Il fut pris de vertige l'espace d'un instant et comprit pourquoi dès qu'il regarda de l'autre côté de la porte : il regardait vers le bas — à la verticale — mais voyait *à l'horizontale*. On aurait dit une étrange illusion d'optique créée par des prismes et des miroirs. Puis il vit Jake traîné sur le sol parsemé de plâtre et de verre, les coudes râpant le plancher, les chevilles enserrées par une main gigantesque. Et il vit la gueule monstrueuse qui l'attendait, exhalant un nuage blanc de fumée ou de poussière

— *Roland!* hurla Eddie. *Roland, il l'a captu...*

Puis on l'écarta violemment.

40

Susannah eut vaguement conscience qu'on la soulevait et la retournait. Le monde était un manège flou : monolithes, ciel gris, sol parsemé de grêlons... et un trou rectangulaire qui ressemblait à une trappe dans la terre. Des hurlements en montaient. Le démon hurlait et se débattait en elle, brûlant du désir de s'échapper mais incapable de le faire sans sa permission.

— *Vas-y !* hurlait Roland. *Lâche-le, Susannah ! Au nom de ton père, lâche-le* TOUT DE SUITE *!*

Ce qu'elle fit.

Avec l'aide de Detta, elle avait tissé une toile dans son esprit pour piéger le démon, et elle la défit. Elle sentit aussitôt le démon se dégager de son étreinte et éprouva une sensation fugitive de vide terrifiant. Puis un immense soulagement mêlé de répulsion à l'idée de la souillure qu'elle avait subie.

Elle entr'aperçut la créature une fois libérée de sa masse invisible — une forme inhumaine évoquant une raie manta pourvue d'ailes membraneuses et d'un membre ressemblant à un crochet acéré. Elle la vit/sentit s'agiter au-dessus de la trappe creusée dans le sol. Vit Eddie lever des yeux écarquillés. Vit Roland ouvrir les bras au démon.

Le pistolero trébucha, manquant d'être renversé par la masse invisible du démon. Puis il se redressa, les bras chargés d'un fardeau de néant.

Sans le lâcher, il plongea à travers la porte et disparut.

41

Une lumière blanche emplit soudain le couloir du Manoir ; des grêlons criblèrent les murs et rebondirent sur les lattes gondolées. Jake entendit des cris confus, puis vit le pistolero apparaître sur le seuil. Il sembla *bondir*, comme s'il tombait du ciel. Il avait les bras tendus et les mains jointes.

Jake sentit ses pieds glisser dans la gueule du gardien.

— *Roland!* hurla-t-il. *Roland, au secours!*

Les mains du pistolero se détachèrent l'une de l'autre et ses bras furent aussitôt rejetés en arrière. Il recula en trébuchant. Jake sentit des crocs acérés lui effleurer la peau, prêts à lui déchirer les chairs et à lui broyer les os, puis une masse passa au-dessus de lui comme une bourrasque de vent. L'instant d'après, les crocs avaient disparu. La main qui lui enserrait les jambes relâcha son étreinte. Il entendit un cri inhumain de surprise et de douleur monter du gosier poussiéreux du gardien, un cri qui fut aussitôt étouffé, refoulé.

Roland saisit Jake et le remit debout.

— Tu es venu! cria Jake. Tu es vraiment venu!

— Oui, je suis venu. Par la grâce des dieux, par le courage de mes amis, je suis venu.

Jake éclata en sanglots, terreur et soulagement mêlés, alors que le gardien de la porte poussait un nouveau rugissement. La maison ressemblait à présent à un navire battu par la tempête. Une pluie de bois et de plâtre tombait tout autour d'eux. Roland prit Jake dans ses bras et fonça vers la porte. La main de plâtre, agitée de tremblements convulsifs, le frappa aux pieds et l'envoya dans le mur, qui chercha de nouveau à mordre. Roland s'en écarta, se retourna et dégaina. Il tira à deux reprises sur la main en convulsions, pulvérisant un des doigts de plâtre. Derrière eux, le visage du gardien avait viré au pourpre marbré de noir, comme s'il s'étouffait sur quelque chose — quelque chose qui avait foncé si rapidement sur lui qu'il était entré dans sa gueule et s'était coincé dans son gosier avant qu'il n'ait eu le temps de se rendre compte de ce qui lui arrivait.

Roland se retourna et s'engouffra dans la porte. En dépit de l'absence de barrière visible, il resta immobile quelques instants, comme si un grillage invisible venait de tomber en travers du seuil.

Puis il sentit les mains d'Eddie dans ses cheveux, qui le tiraient non pas en avant mais vers le haut.

42

Ils émergèrent dans l'air strié de grêlons comme des nouveau-nés. Eddie faisait office de sage-femme, tout comme le lui avait dit le pistolero. Il était couché sur le ventre, les bras enfoncés dans la terre, les doigts empoignant les cheveux de Roland.

— Suzie ! Aide-moi !

Elle rampa vers lui, plongea un bras dans la terre et saisit le menton de Roland. Il monta vers eux la tête rejetée en arrière et un rictus de douleur aux lèvres.

Eddie sentit quelque chose se déchirer et sa main émergea du sol, tenant une touffe de cheveux grisonnants.

— Il glisse !

— Ce fils de pute... n'ira... *nulle part* ! haleta Susannah, et elle tira de toutes ses forces, comme si elle avait voulu briser la nuque de Roland.

Deux petites mains jaillirent de la terre et s'agrippèrent au montant de la porte. Libéré du poids de Jake, Roland se hissa à la force du poignet et se dégagea de sa gangue de terre. L'instant d'après, Eddie saisissait les poignets de Jake et le tirait vers lui.

Jake roula sur lui-même et resta immobile sur le dos, pantelant.

Eddie se tourna vers Susannah, la prit dans ses bras et couvrit de baisers son front, ses joues et son cou. Il riait et pleurait en même temps. Elle s'accrocha à lui, le souffle court... mais il y avait un petit sourire satisfait sur ses lèvres et sa main caressait les cheveux d'Eddie dans un geste de femme comblée.

Une véritable cacophonie monta des profondeurs de la terre : couinements, grognements, gémissements.

Roland s'éloigna du trou en rampant, la tête basse. Il avait les cheveux en bataille. Des filets de sang coulaient sur ses joues.

— Referme-la, dit-il à Eddie. Referme-la, au nom de ton père !

Eddie souleva la porte et les immenses charnières invisibles firent le reste. Elle retomba avec un bruit sourd, faisant taire les cris qui montaient de la terre. Sous les yeux d'Eddie, les traits qui l'avaient dessinée s'estompèrent pour devenir des sillons boueux. Le bouton de porte perdit tout relief et redevint un cercle tracé par un bâton. Là où s'était trouvé le trou de la serrure, on ne voyait qu'un gribouillis d'où jaillissait un bout de bois, tel le pommeau d'une épée dans le roc.

Susannah se dirigea vers Jake et l'aida doucement à s'asseoir.

— Ça va, mon petit ?

Il la regarda d'un air hagard.

— Oui, je crois. Où est-il ? Le pistolero ? J'ai quelque chose à lui demander.

— Je suis là, dit Roland.

Il se leva, tituba jusqu'à Jake et s'accroupit près de lui. Il caressa la joue du garçon avec incrédulité.

— Tu ne me laisseras pas tomber cette fois ?

— Non, dit Roland. Ni cette fois ni jamais.

Mais dans les ténèbres de son cœur, il pensa à la Tour et se demanda s'il disait vrai.

43

La grêle fit place à une pluie battante, mais Eddie aperçut des morceaux de ciel bleu entre les nuages au nord. La tempête s'achèverait bientôt, mais ils seraient trempés jusqu'aux os bien avant.

Cela lui était égal. Jamais il ne s'était senti aussi bien, aussi en paix avec lui-même, aussi épuisé. Cette aventure de dingues n'était pas encore finie — en fait, il était sûr qu'elle venait à peine de commencer —, mais aujourd'hui, ils avaient remporté une grande victoire.

— Suzie ? (Il dégagea son visage d'une masse de cheveux noirs et la regarda dans les yeux.) Est-ce que ça va ? Est-ce qu'il t'a fait mal ?

— Un peu, mais ce n'est rien. Je pense que cette salope de Detta Walker est encore la championne incontestée des bouis-bouis, démon ou pas démon.

— Qu'est-ce que ça veut dire ?

Elle eut un sourire malicieux.

— Pas grand-chose, plus maintenant... Dieu merci. Et toi, Eddie ? Tu te sens bien ?

Eddie tendit l'oreille en quête de la voix de Henry et ne l'entendit pas. Il avait l'impression que la voix de Henry avait disparu pour de bon.

— Je me sens encore mieux, dit-il, et il la prit de nouveau dans ses bras, éclatant de rire.

En regardant par-dessus son épaule, il vit ce qui restait de la porte : rien que quelques lignes et quelques angles également indistincts. La pluie les aurait bientôt fait disparaître.

44

— Comment t'appelles-tu ? demanda Jake à la jeune femme dont les jambes étaient coupées au-dessus des genoux.

Il se rappela soudain qu'il avait perdu son pantalon lors de sa lutte avec le gardien de la porte, et il rabattit sa chemise au-dessus de son slip. Il ne restait pas grand-chose non plus de la robe de son interlocutrice, d'ailleurs.

— Susannah Dean, dit celle-ci. Je sais déjà comment tu t'appelles.

— Susannah, répéta Jake d'un air pensif. Ton père n'est pas par hasard propriétaire d'une compagnie ferroviaire ?

Elle le regarda d'un air stupéfait, puis rejeta la tête en arrière et éclata de rire.

— Oh que non, mon chou ! C'était un dentiste qui a fait quelques inventions qui l'ont rendu riche. Pourquoi me demandes-tu ça ?

Jake ne répondit pas. Il s'était tourné vers Eddie. Toute terreur avait déserté son visage et ses yeux avaient un éclat froid, calculateur, dont Roland se souvenait pour l'avoir remarqué au relais.

— Salut, Jake, dit Eddie. Ça me fait plaisir de te voir, mec.

— Salut, dit Jake. Je t'ai déjà vu aujourd'hui, mais tu étais beaucoup plus jeune.

— J'étais beaucoup plus jeune il y a dix minutes de ça. Est-ce que ça va ?

— Oui, dit Jake. Quelques égratignures, c'est tout. (Il regarda autour de lui.) Vous n'avez pas encore trouvé le train.

Ce n'était pas une question.

Eddie et Susannah échangèrent un regard intrigué, mais Roland se contenta de secouer la tête.

— Pas de train.

— Est-ce que tes voix ont disparu ?

Roland hocha la tête.

— Toutes. Et les tiennes ?

— Disparues. Je ne suis plus coupé en deux. Comme toi.

La même impulsion les saisit au même instant. Lorsque Roland prit Jake dans ses bras, l'impassibilité peu naturelle du garçon s'effrita et il éclata en sanglots — les sanglots soulagés, épuisés, d'un enfant qui s'était perdu, qui avait beaucoup souffert et qui venait enfin de retrouver la sécurité. Lorsque les bras de Roland se refermèrent autour de sa taille, ceux de Jake se refermèrent autour de la nuque du pistolero et s'accrochèrent à lui comme des crochets d'acier.

— Je ne te quitterai plus jamais, dit Roland en pleurant à son tour. Je te le jure par les noms de tous mes pères : *je ne te quitterai plus jamais*.

Mais son cœur, cet organe silencieux et vigilant, ce prisonnier du *ka*, considéra cette promesse avec une certaine réticence, voire un certain doute.

LIVRE II

LUD

UN AMAS D'IMAGES BRISÉES

I

La cité et le *ka-tet*

1

Quatre jours après qu'Eddie l'eut tiré brutalement par la porte entre les mondes, délesté de son jean et de ses tennis mais toujours en possession de son sac à dos et de sa vie, Jake s'éveilla. Quelque chose d'humide et de chaud lui reniflait le visage.

Aurait-il émergé dans semblables circonstances un des trois matins précédents qu'il eût à coup sûr sorti ses compagnons du sommeil par ses cris de paon ; il était en proie à la fièvre et des cauchemars mettant en scène l'homme de plâtre peuplaient son sommeil. Dans ces rêves, il n'arrivait pas à ôter son jean, le gardien ne lâchait pas prise et l'engloutissait dans sa bouche innommable dont les dents s'abaissaient telles des herses protégeant un château fort. Jake reprit pied dans la réalité, parcouru de frissons et poussant force gémissements.

Sa fièvre était due à la piqûre de l'araignée sur sa nuque. Quand Roland avait examiné la plaie le deuxième jour et l'avait trouvée plus vilaine encore, il avait brièvement conversé avec Eddie, puis donné à Jake une gélule rose.

— Tu en prendras quatre par jour durant une semaine minimum, avait-il dit.

Jake avait considéré le médicament avec suspicion.

— C'est quoi ?

— Du *Cheflet*. (Roland, écœuré, avait regardé Eddie.) Dis-lui, toi. Moi, je n'y arrive toujours pas.

— Du Keflex. Tu peux avoir confiance, Jake ; ce truc vient d'une pharmacie dûment patentée de ce bon vieux New York. Roland en a avalé une flopée, et il a une santé de cheval. Même qu'il a un vague air de ressemblance avec un équidé, comme tu peux voir.

Jake était abasourdi.

— Comment t'es-tu procuré des médicaments à New York ?

— C'est une longue histoire, avait répondu le pistolero. Tu l'entendras en son temps. Pour l'instant, prends cette gélule.

Jake avait obtempéré. L'effet du Keflex avait été à la fois rapide et satisfaisant. L'enflure rouge et enflammée autour de la piqûre avait commencé à dégonfler en l'espace de vingt-quatre heures et, à présent, la fièvre elle aussi était tombée.

La chose chaude renifla son visage derechef. Jake s'assit d'un bond sur son séant, les yeux écarquillés comme des soucoupes.

La créature qui lui léchait la joue recula précipitamment de deux pas. C'était un bafou-bafouilleux, détail que Jake ignorait ; il n'avait jamais vu de bafou-bafouilleux de sa vie. Ce spécimen-là était plus maigrichon que ceux que Roland et sa bande avaient déjà aperçus et sa fourrure rayée de noir et de gris était hirsute et pelée. Un caillot de sang séché souillait un de ses flancs. Ses yeux cerclés d'or observaient Jake avec crainte ; son arrière-train oscillait avec espoir d'avant en arrière. Jake se détendit. Sûr qu'il devait y avoir des exceptions à la règle, mais un animal qui remuait la queue — ou essayait de la remuer — n'était sans doute pas trop dangereux.

L'aube poignait à peine, il devait être environ 5 h 30. Le garçon ne pouvait s'en faire une idée plus précise : sa montre digitale Seiko ne marchait plus... Ou, plutôt, elle marchait d'une manière on ne peut plus excentrique. Quand il lui avait jeté un coup d'œil après son parachutage, la Seiko affichait 98 : 71 : 65, une heure qui, à la connaissance de Jake, n'existait pas. Un coup d'œil plus appuyé lui avait appris que la montre fonctionnait à l'envers. L'eût-elle fait de façon constante, elle aurait pu lui être encore de quelque utilité, mais tel n'était pas le cas. Elle dévidait ses chiffres à ce qui paraissait être la bonne vitesse pendant un moment (Jake vérifia le fait en prononçant le mot « Mississippi » entre chacun), puis soit l'affichage s'interrompait complètement l'espace de dix ou vingt secondes — lui faisant conclure que la montre avait finalement rendu l'âme —, soit une théorie de chiffres s'estompaient tous en même temps.

Il avait signalé cet étrange comportement à Roland et lui avait montré la Seiko, pensant qu'elle l'étonnerait ; le pistolero, en vérité, ne lui avait accordé qu'un examen de quelques secondes avant de hocher la tête en signe d'indifférence et de dire à Jake que c'était certes là un objet plein d'intérêt mais que, d'une façon générale, aucun appareil servant à mesurer le temps ne faisait du bon boulot ces jours-ci. Ainsi, la Seiko n'avait plus d'utilité, mais Jake répugnait encore à la jeter... parce que, supposait-il, elle appartenait à son ancienne vie, et que les souvenirs de ce genre n'étaient pas légion.

Présentement, la Seiko affirmait qu'il était 40 h 62 un mercredi, un jeudi et un samedi de décembre et de mars.

La matinée était fort brumeuse ; au-delà d'un rayon de cent cinquante à cent quatre-vingts mètres, le monde disparaissait purement et simplement. Si ce jour-là était semblable aux trois précédents, le soleil se montrerait sous la forme d'un pâle halo blanc d'ici à deux heures ou à peu près, et, vers 9 h 30, la journée serait claire et brûlante. Jake regarda autour de lui et vit ses compagnons de voyage (il n'osait pas — pas encore, du moins — les appeler ses amis) endormis sous leurs couvertures de peau — Roland tout proche, Eddie et Susannah figurant une bosse plus grosse par-delà le feu de camp éteint.

Il tourna de nouveau son attention vers l'animal qui l'avait réveillé. La créature était un hybride de raton laveur et de marmotte, avec un soupçon de teckel pour faire bonne mesure.

— Comment va, mon p'tit pote ? demanda doucement Jake.

— *Ote !* rétorqua aussitôt le bafou-bafouilleux qui le regardait toujours avec crainte.

Il avait une voix basse et profonde, proche de l'aboiement ; la voix d'un footballeur anglais souffrant d'une angine.

Jake, sous le coup de la surprise, eut un mouvement de recul. Le bafou-bafouilleux, effrayé par la brusquerie du geste, s'éloigna de plusieurs autres pas, parut sur le point de prendre la fuite, puis se campa fermement sur ses pattes. Son arrière-train oscilla d'avant en arrière avec plus d'allant que jamais, ses yeux cerclés d'or continuèrent de fixer Jake nerveusement, ses vibrisses frémissantes.

— Celui-là se souvient des hommes, remarqua une voix à hauteur d'épaules de Jake.

Le garçon se retourna ; Roland était accroupi derrière lui, les avant-bras posés sur ses cuisses et ses longues mains pendantes entre ses genoux. Il observait l'animal avec un intérêt beaucoup plus marqué que celui qu'il avait porté à la Seiko.

— Qu'est-ce que c'est ? demanda Jake dans un chuchotement. (Il ne voulait pas effaroucher la créature ; il était aux anges.) Il a des yeux magnifiques !

— Un bafou-bafouilleux.

— *Fouilleux !* s'écria l'animal, qui recula d'un nouveau pas.

— Il parle !

— Pas vraiment. Les bafou-bafouilleux ne font — ou ne faisaient — que répéter ce qu'ils entendent. C'est le premier que je vois se comporter ainsi depuis des années. Ce coco-là crève de faim. Il est sans doute venu se restaurer.

— Il me léchait la figure. Je peux lui donner à manger ?

— On n'arrivera plus à se débarrasser de lui. (Roland esquissa un sourire et fit claquer ses doigts.) Hé, bafou !

La créature se débrouilla pour imiter le claquement de doigts, apparemment en clappant de la langue contre son palais.

— Hé ! cria-t-elle de sa voix rauque. Hé, afou !

À présent, son arrière-train pelé battait littéralement comme un drapeau.

— Allez, donne-lui un morceau. J'ai connu jadis un vieux palefrenier qui disait qu'un bon bafouilleux porte chance. Celui-là me fait l'effet d'un bon gars.

— Oui, approuva Jake. Tout à fait.

— Autrefois, on les apprivoisait et chaque baronnie en avait une demi-douzaine rôdant autour du château ou du manoir. Ils n'étaient pas bons à grand-chose, excepté à amuser les enfants et à endiguer la prolifération des rats. Ils peuvent être très fidèles — du moins l'étaient-ils au temps jadis —, bien que je n'aie jamais entendu dire d'aucun qu'il fût aussi loyal qu'un chien. Ceux qui vivent à l'état sauvage sont des nécrophages. Pas dangereux, mais casse-bonbon.

— Bonbon ! s'écria le bafou-bafouilleux, dont les yeux anxieux ne cessaient de voleter de Jake au pistolero.

Jake fourra la main dans son sac à dos avec lenteur, craignant d'effaroucher l'animal, et en sortit les reliefs d'un burrito à la pistolero. Il l'agita dans la direction du bafouilleux. Celui-ci recula, puis se retourna en poussant un petit cri d'enfant, exposant sa queue de fourrure en tire-bouchon. Jake ne douta pas qu'il s'apprêtait à détaler, mais l'animal s'immobilisa, jetant un regard incertain par-dessus son épaule.

— Viens, dit Jake. Mange ça, mon p'tit pote !

— Ote, marmonna le bafouilleux, mais il ne bougea pas d'un pouce.

— Laisse-lui le temps, dit Roland. À mon avis, il va venir.

Le bafouilleux étira la tête, révélant un long cou étonnamment gracieux. Son nez noir et fin se fronça, tandis qu'il humait la nourriture. Enfin, il s'approcha en trottinant ; Jake remarqua qu'il boitait légèrement. Le bafouilleux renifla le burrito, puis, s'aidant d'une de ses pattes, détacha le morceau de viande de cerf de la feuille. Il exécuta l'opération avec une délicatesse étrangement solennelle. Une fois la viande libérée de la feuille, il n'en fit qu'une bouchée, puis leva les yeux sur Jake.

— Ote ! dit-il.

Jake se mit à rire et l'animal eut un nouveau mouvement de recul.

— Il n'est pas bien gras, dit Eddie d'une voix ensommeillée dans leur dos.

Le bafouilleux détala aussi sec et se fondit dans la brume.

— Tu l'as effrayé ! fit Jake, accusateur.

— Désolé, parole. (Eddie passa la main dans ses cheveux emmêlés.) Si j'avais su que c'était un de tes intimes, Jake, j'aurais fait durer ce foutu croissant !

Roland assena une petite tape sur l'épaule de Jake.

— Il va revenir.

— Tu crois ?

— Si rien ne le tue, oui. Nous lui avons donné à manger, non ?

Avant que Jake ne pût répondre, un roulement de batterie retentit de nouveau. C'était le troisième matin qu'ils l'avaient entendu pour la première fois, et le son leur en était parvenu à plusieurs reprises tandis que l'après-midi glissait vers le soir : un faible grondement atone venant de la cité. Le son était plus net, ce matin-là, sinon plus compréhensible. Jake le détestait. On eût dit que, quelque part hors de l'épaisse et informe nappe de brouillard matinal, le cœur de quelque gros animal battait.

— Tu ne vois toujours pas ce que c'est, Roland ? demanda Susannah.

La jeune femme avait roulé sur le flanc, noué ses cheveux sur sa nuque et pliait à présent les couvertures sous lesquelles Eddie et elle avaient dormi.

— Non. Mais je suis certain que nous le découvrirons.

— Que c'est rassurant ! dit Eddie avec aigreur.

Roland se mit debout.

— Venez. Ne gaspillons pas cette journée.

2

Le brouillard commença à s'effilocher une heure environ après qu'ils se furent mis en route. Ils se relayaient pour pousser le fauteuil roulant de Susannah, et celui-ci avançait en cahotant misérablement, car le chemin, désormais, était semé de larges pavés mal dégrossis. Au milieu de la matinée, il faisait beau, très chaud et clair ; les contours de la cité se profilaient avec netteté sur l'horizon sud-oriental. Aux yeux de Jake, la vision ne différait guère de celle de New York, bien qu'il jugeât ces immeubles-ci de moindre hauteur. Si l'endroit tombait en ruine, comme la plupart des choses du monde de Roland, on ne pouvait le dire à cette distance. À l'instar d'Eddie, Jake s'était mis à nourrir le secret espoir qu'ils pourraient trouver de l'aide dans cette cité... ou, pour le moins, un bon repas chaud.

À main gauche, à une cinquantaine ou soixantaine de kilomètres, ils apercevaient la large courbe de la Send River. De nombreuses volées d'oiseaux décrivaient des cercles au-dessus de son cours. De temps à autre, un des volatiles repliait ses ailes et se laissait tomber comme une pierre, sans doute dans le cadre d'une expédition de pêche. La route et le fleuve s'avançaient lentement à la rencontre l'un de l'autre, bien qu'on ne distinguât pas encore leur point de jonction.

Les pèlerins virent des bâtiments en plus grand nombre. La plupart avaient l'air de fermes et tous paraissaient inhabités. Si certains étaient démolis, ces épaves semblaient davantage l'œuvre du temps que de la violence, ce qui renforçait les espoirs qu'Eddie et Jake fondaient à propos de la cité — espoirs que chacun d'eux avait gardés pour soi, de peur de susciter les moqueries des deux autres. De petits troupeaux de bêtes hirsutes paissaient tranquillement de par la plaine. Les animaux restaient à l'écart de la route, excepté pour la traverser, ce qu'ils faisaient à la hâte, au galop, tels des groupes d'enfants en bas âge effrayés par la circulation. Jake les prit pour des bisons... sauf qu'il en vit plusieurs dotés de deux têtes. Il mentionna le fait au pistolero, qui hocha le menton.

— Des mutants.

— Comme sous les montagnes ?

Jake perçut la peur dans sa voix et comprit que Roland la percevait aussi, mais le moyen de la tenir à distance ? Il se souvenait avec acuité de ce périple cauchemardesque et sans fin dans la draisine.

— À mon avis, la sélection estompe ici la mutagenèse. L'état des créatures que nous avons trouvées sous les montagnes allait s'aggravant.

— Et là-bas ? demanda Jake, pointant l'index vers la cité. Y aura-t-il des mutants ou...

Il était incapable de formuler plus expressément son espoir. Roland haussa les épaules.

— Je ne sais pas, Jake. Sinon, je te le dirais.

Ils longeaient une bâtisse vide — presque sûrement une ferme — qui avait partiellement brûlé. La foudre, peut-être, songea Jake, qui se demanda à quoi il jouait : essayait-il de s'expliquer le fait ou de se berner ?

Roland, comme s'il lisait dans ses pensées, lui entoura les épaules de ses bras.

— Inutile de chercher à le savoir, Jake. Ce qui est arrivé, quoi que ce soit, s'est produit voilà des lustres. (Il tendit l'index.) C'était probablement un corral. À présent, ce ne sont plus que quatre ou cinq bouts de bois saillant hors de l'herbe.

— Le monde a changé, pas vrai ?

Roland hocha le menton.

— Et les gens ? Ils sont allés dans la cité, d'après toi ?

— Certains, sans doute. D'autres sont toujours dans les parages.

— Quoi ?

Susannah se retourna brusquement pour le dévisager, l'air médusé. Roland opina.

— On nous a observés ces deux derniers jours. Il n'y a pas foule à se cacher dans ces vieux édifices, mais il y a des gens. Ils se feront plus nombreux à mesure que nous approcherons de la civilisation. (Il marqua une pause.) Ou de ce qui *était* la civilisation.

— Comment sais-tu qu'ils sont là ? s'enquit Jake.

— À l'odeur. J'ai vu aussi quelques jardins dissimulés derrière des rideaux de mauvaises herbes destinés à cacher les cultures. Et au moins un moulin à vent en activité derrière un bosquet. Mais c'est surtout une question d'intuition... comme l'ombre sur ton visage remplace soudain le soleil. Vous le percevrez tous trois à son heure, je suppose.

— Penses-tu qu'ils soient dangereux ? demanda Susannah.

Ils arrivaient en vue d'un grand bâtiment délabré qui avait peut-être été jadis un entrepôt ou un marché rural désaffecté et la jeune femme le regardait, en proie au malaise, sa main glissant jusqu'à la crosse du revolver qui barrait sa poitrine.

— Un chien inconnu mord-il ? rétorqua le pistolero.

— En clair, ça veut dire quoi ? fit Eddie. Je déteste quand tu te mets à parler dans ton charabia de bouddhiste zen, Roland.

— Que je n'en sais rien. Qui est ce bouddhiste zen, Eddie ? Est-ce un homme d'aussi grande sapience que moi ?

Eddie considéra Roland un très long moment avant de parvenir à la conclusion que le pistolero le gratifiait d'une de ses rares plaisanteries.

— Ah, fichons le camp d'ici ! (Il vit une fossette creuser la commissure des lèvres de Roland avant de se détourner. Comme il se remettait à pousser le fauteuil de Susannah, quelque chose attrapa son regard.) Hé, Jake ! s'exclama-t-il. Je crois que tu t'es fait un copain.

Jake regarda autour de lui et un franc sourire illumina ses traits. À une bonne trentaine de mètres derrière eux, le bafou-bafouilleux décharné boitillait d'un pas alerte à leur suite, reniflant les mauvaises herbes qui poussaient entre les pavés effrités de la Grand-Route.

3

Quelques heures plus tard, Roland ordonna une halte et leur dit de se tenir prêts.

— Prêts à quoi ? s'enquit Eddie.

Roland lui lança un coup d'œil.

— À tout.

Il pouvait être 3 heures de l'après-midi. Ils se tenaient à l'endroit où la Grand-Route longeait la crête d'un long drumlin qui courait sur la plaine en diagonale, tel un pli dans le plus grand couvre-lit du monde. Au-dessous et au-delà, la route filait à travers la première ville réelle qu'ils eussent rencontrée. La cité paraissait déserte, mais Eddie n'avait pas oublié la conversation du matin. La question de Roland — *Un chien inconnu mord-il ?* — ne lui semblait plus si zen que ça.

— Jake ?

— Quoi ?

Eddie pointa le menton vers la crosse du Ruger qui saillait de la ceinture du jean du gamin — le pantalon de rechange qu'il avait fourré dans son sac à dos avant de partir de chez lui.

— Tu veux que je le porte ?

Jake jeta un regard à Roland. Pour toute réponse, le pistolero haussa les épaules, l'air de dire : *La décision t'appartient.*

— OK !

Jake tendit l'arme à Eddie. Il ôta son sac de ses épaules, y fourragea et en sortit le magasin chargé. Il se rappela avoir passé la main derrière les classeurs verticaux dans l'un des tiroirs du bureau de son père pour le prendre, mais l'événement semblait s'être produit des siècles plus tôt. Ces derniers temps, quand il songeait à sa vie new-yorkaise et à sa scolarité à Piper, il avait l'impression de regarder par le mauvais bout de la lorgnette.

Eddie prit le magasin, l'examina, refoula la charge, inspecta le cran de sûreté, puis glissa le Ruger sous sa ceinture.

— Ouvrez grandes vos oreilles, dit Roland. Si gens il y a, ils seront sans doute âgés et beaucoup plus effrayés à notre vue que nous à la leur. Il y a belle lurette que les jeunes ont dû décamper. Il est peu probable que ceux qui sont restés aient des armes — en fait, les nôtres seront peut-être les premières que verront la plupart, exception faite d'une image ou deux aperçues dans de vieux livres. Ne faites pas de gestes menaçants. Et suivez la règle de l'enfance : ne répondez que si on vous adresse la parole.

— Et s'ils avaient des arcs et des flèches ? fit Susannah.

— Possible, en effet. Ainsi que des lances et des massues.

— Sans compter les pierres, dit Eddie d'un ton lugubre, l'œil fixé sur le groupe de bâtisses en bois. (Le lieu avait tout d'une ville fantôme, mais sait-on jamais...) Et s'ils sont à court de rocs, il y a toujours les pavés de la route.

— Oui, il y a toujours de la ressource, admit Roland. *Mais nous ne ficherons pas la pagaille...* Est-ce clair ?

Le trio opina.

— Il serait peut-être plus simple de faire un détour, dit Susannah.

Roland hocha la tête, ne quittant pas des yeux le relief uni devant eux. Une autre route croisait la Grand-Route au cœur de la cité, plaçant les bâtiments délabrés au centre de la lunette télescopique d'un fusil à grande portée de tir.

— Ce serait plus simple, en effet, mais nous ne le ferons pas. C'est là une mauvaise habitude qu'il est aisé de prendre. Il vaut toujours mieux aller droit devant, à moins qu'il n'y ait une bonne raison manifeste de ne pas le faire. Je n'en vois aucune, en l'occurrence. Et s'il y a bel et bien des gens, ma foi, ce ne serait peut-être pas plus mal. Nous pourrions palabrer un brin.

Susannah se fit la réflexion que Roland avait l'air différent, à présent, et, à son avis, ce n'était pas seulement dû au fait que les voix s'étaient tues dans l'esprit du pistolero. C'est ainsi qu'il était quand il devait livrer bataille, mener des hommes, entouré de ses vieux amis, pensa-t-elle. Ainsi était-il avant que le monde ne change et lui avec, traquant le dénommé Walter. Ainsi était-il avant que le Grand Vide ne l'oblige à se replier sur lui-même et à devenir autre.

— Peut-être savent-ils ce qu'est ce roulement de batterie, avança Jake.

Roland hocha de nouveau la tête.

— *Tout* ce qu'ils savent — en particulier au sujet de la cité — serait fort bienvenu, mais il est oiseux de trop gamberger par avance à propos de gens qui ne sont peut-être même pas là.

— Vous savez quoi ? fit Susannah. Si j'étais eux, je ne

montrerais pas le bout du nez à notre vue. Quatre personnes, dont trois armées ? Nous avons à coup sûr l'allure d'une bande de hors-la-loi de tes récits, Roland... Comment les appelles-tu, déjà ?

— Des pillards. (Le pistolero posa sa main gauche sur la crosse en bois de santal de son revolver restant et sortit légèrement l'arme de l'étui.) Mais aucun pillard vivant n'a jamais porté pareille arme, et s'il y a des Anciens dans cette ville-ci, ils le sauront. En route !

Jake regarda derrière eux et vit le bafouilleux couché sur la route, le museau entre ses courtes pattes antérieures, qui les étudiait.

— Ote !

— Ote ! répondit le bafouilleux en écho.

Aussitôt, il se remit péniblement debout.

Tous entreprirent de descendre le tertre peu élevé menant vers la ville, Ote trottinant sur leurs talons.

4

Deux bâtisses des faubourgs avaient brûlé ; le reste de la bourgade était poussiéreux mais intact. Ils dépassèrent une écurie de louage abandonnée à main gauche, un bâtiment — un ancien marché ? — à main droite, puis ils se retrouvèrent dans la ville proprement dite — telle qu'elle était. Une douzaine peut-être d'édifices branlants flanquaient la rue. Des allées couraient parmi certains d'entre eux. L'autre route, une piste boueuse en grande partie envahie par l'herbe, reliait le nord-est au sud-ouest.

Susannah considéra l'embranchement qui partait vers le nord-est et pensa : Il y avait jadis des péniches sur le fleuve, et quelque part au bout de cette route un appontement, sans doute une autre petite ville bâtie à la diable, surtout composée de saloons et de stalles. C'était le dernier point de négoce avant que les péniches ne pénètrent dans la cité. Les chariots passaient par là pour y entrer, puis en repartir. C'était il y a combien de temps ?

Elle l'ignorait... mais fort longtemps, à en juger par l'aspect des lieux.

Quelque part, un gond rouillé faisait entendre son grincement monotone. Ailleurs encore, une persienne claquait, solitaire, au gré du vent venu de la plaine.

Des barres destinées à attacher les chevaux, pour la plupart cassées, longeaient la façade des bâtiments. Il y avait eu jadis des trottoirs en planches, mais, de celles-ci, il n'en restait guère et de l'herbe poussait dans les trous où elles avaient été posées. Les enseignes étaient fanées; certaines, toutefois, étaient encore lisibles, écrites dans un anglais abâtardi qui était, supposait-elle, ce que Roland appelait la basse langue. ALIMENTS ET GRAIN, disait l'une, et Susannah songea que cela signifiait peut-être *fourrage* et grain. Sur le fronton rapporté de l'immeuble voisin, au-dessous d'un dessin grossier représentant un bison des plaines couché dans l'herbe, on déchiffrait les mots : REPOS REPAS BOISSONS. Sous l'enseigne, des portes battantes pendaient de guingois, bougeant légèrement sous l'effet de la brise.

— Est-ce un saloon ?

Susannah ne savait pas au juste pourquoi elle chuchotait, elle savait seulement qu'elle n'aurait pu parler d'un ton de voix normal. C'eût été comme jouer *Clinch Mountain Breakdown* sur un banjo à un enterrement.

— C'en était un, confirma Roland.

Il ne chuchotait pas, mais sa voix était basse et pensive. Jake cheminait au coude à coude, regardant autour de lui avec nervosité. Derrière eux, Ote avait réduit son écart à dix mètres. Il trottait rapidement, la tête oscillant de côté et d'autre comme un pendule tandis qu'il examinait les immeubles.

C'est alors que Susannah eut le sentiment d'être épiée. Exactement ainsi que Roland l'avait dit — l'impression que l'ombre avait remplacé le soleil.

— Il y *a* des gens, n'est-ce pas ? souffla-t-elle.

Roland hocha le menton.

Sis à l'angle nord-est de l'intersection des routes, la jeune femme vit un autre bâtiment dont elle comprit l'enseigne : AUBERGE, disait-elle, et LITS. À l'exception d'une église au clocher pentu, c'était, avec ses deux étages, le plus haut édifice de la ville. Susannah leva les yeux et aperçut une tache blanche — un visage, certainement —, qui s'éloigna d'une des fenêtres sans vitres. Soudain, elle eut envie de s'en aller d'ici. Roland, ce pendant, leur imposait une cadence lente, mesurée, et elle pensa en deviner la raison. Hâter l'allure aurait pu faire croire aux observateurs qu'ils avaient peur... et constitueraient des proies faciles. N'empêche...

Au croisement, les routes s'évasaient, formant une place qu'avaient envahie les herbes folles. Au centre se dressait un poteau de pierre érodée. Au-dessus, une boîte métallique pendait au bout d'un câble rouillé et flasque.

Roland, avec Jake à ses côtés, se dirigea droit dessus. Eddie poussa le fauteuil de Susannah à leur suite. De l'herbe froufroutait dans ses rayons et le vent chatouillait la joue de la jeune femme d'une mèche de cheveux. Plus loin dans la rue, le volet claquait et le gond grinçait. Susannah frissonna et repoussa la mèche.

— J'aimerais qu'il se magne le train, dit Eddie à voix basse. Cet endroit me flanque la chair de poule.

Susannah hocha la tête. Elle examina la place et, de nouveau, parvint quasiment à se l'imaginer telle qu'elle devait être les jours de marché de jadis — les trottoirs grouillant de monde, quelques citadines leur panier au bras, une majorité de charretiers et de mariniers grossièrement mis (elle ne savait pas pourquoi elle était si sûre de la présence des péniches et des mariniers, mais le fait était) ; les charrettes traversant la place, celles empruntant la route non pavée soulevant d'étouffants nuages de poussière ocre, tandis que les conducteurs cravachaient leurs chevaux de trait

(des bœufs, c'étaient des bœufs)

pour les faire avancer. Elle *voyait* ces charrettes, des morceaux d'étoffes poussiéreuses noués autour de ballots de vêtements sur certaines, des pyramides de barriques goudronnées sur d'autres ; elle voyait les bœufs, attelés par deux et tirant l'attelage avec patience, remuant les oreilles à cause des mouches bourdonnant autour de leur large tête ; elle entendait des voix, et des rires, et le piano du saloon martelant un air entraînant, *Buffalo Gals* ou *Darlin' Katy*, peut-être.

C'est comme si j'avais vécu ici dans une autre vie, songea-t-elle.

Le pistolero se pencha sur l'inscription du poteau.

— Grand-Rue, lut-il. Lud, cent soixante roues.

— Roues ? répéta Jake.

— Une ancienne mesure métrique.

— As-tu déjà entendu parler de Lud ? interrogea Eddie.
— Peut-être. Quand j'étais tout petit petit.
— Ça rime avec rude. C'est peut-être de mauvais augure.
Jake examinait la face orientale du poteau.
— Route du Fleuve. Drôles de caractères, mais c'est ce qui est écrit.
Roland scruta le côté du poteau tourné vers l'ouest.
— Jimtown, quarante roues. N'est-ce pas la ville natale de Wayne Newton, Roland ?
Le pistolero lui jeta un regard vide d'expression.
— J'fe'ais aussi bien de fe'mer ma g'ande gueule, dit Eddie en roulant les yeux.
À l'angle sud-ouest de la place se dressait le seul édifice en pierre de la cité — un cube trapu et poussiéreux, percé de fenêtres aux barreaux rouillés. Prison du comté doublée d'un tribunal, pensa Susannah. Elle en avait vu de semblables dans le Sud ; en ajoutant devant quelques places de parking en biais, on aurait été infoutu de faire la différence. Un barbouillis à la peinture jaune passé souillait la façade. Elle arriva à le déchiffrer et, sans en comprendre le sens, elle eut plus que jamais envie de quitter la ville. MORT AUX ADOS.
— Roland ! (Il se tourna vers elle et elle lui montra du doigt le graffiti.) Qu'est-ce que ça veut dire ?
Il lut, secoua la tête.
— Je ne sais pas.
Susannah jeta un nouveau coup d'œil alentour. La place, à présent, semblait plus petite, et les édifices donnaient l'impression de tomber sur eux.
— On peut s'en aller ?
— Bientôt.
Roland se pencha et préleva un fragment de pavé au revêtement de la rue. Il le fit pensivement sauter dans sa main gauche, tandis qu'il regardait la boîte métallique suspendue au-dessus du poteau. Il leva le bras ; Susannah comprit, avec une seconde de retard, ce qu'il avait l'intention de faire.
— Non, Roland ! cria-t-elle.
Elle se ratatina en entendant sa voix horrifiée.
Sans lui prêter attention, le pistolero visa le haut du poteau. Ses gestes n'avaient rien perdu de leur précision et le caillou vint frapper le centre de la boîte dans un bruit métallique et creux.

Un mécanisme d'horlogerie se mit en branle à l'intérieur, et un drapeau vert rouillé se déploya hors d'une fente latérale. Lorsqu'il se fut mis en place, une cloche carillonna. Les mots PASSEZ PIÉTONS écrits en grosses lettres noires apparurent sur le bord du drapeau.

— Que je sois damné ! s'écria Eddie. C'est un feu de circulation. Si tu le canardes une nouvelle fois, va-t-il afficher ATTENDEZ PIÉTONS ?

— Nous avons de la compagnie, dit tranquillement Roland qui, de l'index, désigna le bâtiment que Susannah supposait être le tribunal.

Un homme et une femme venaient d'en sortir et descendaient les degrés de pierre. Tu as décroché la timbale, Roland, pensa Susannah. Ils sont plus vioques que Mathusalem.

L'homme était habillé d'une salopette et coiffé d'un large sombrero de paille. La femme étreignait d'une main l'épaule nue et hâlée de son compagnon. Elle portait des vêtements tricotés maison et un chapeau cabriolet. À mesure qu'ils s'approchaient du poteau, Susannah comprit que la femme était aveugle et que l'accident qui lui avait coûté la vue avait dû être d'une rare horreur. À la place des yeux, il y avait désormais deux cavités peu profondes emplies de tissu cicatriciel. La femme semblait tout ensemble terrifiée et embarrassée.

— Sont-ce des pillards, Si ? s'écria-t-elle d'une voix fêlée, chevrotante. Tu vas nous faire tuer, je gage.

— Tais-toi, Mercy ! répondit l'homme. (Comme la femme, il s'exprimait avec un fort accent que Susannah avait peine à comprendre.) Non, ceux-là ne sont pas des pillards. Il y a un Ado avec eux, je te l'ai dit... On n'a jamais vu de pillards voyager avec un Ado.

Aveugle ou pas, la femme tenta de s'éloigner de lui. Il jura et la saisit par le bras.

— Ça suffit, Mercy ! Ça suffit, je te dis ! Tu vas tomber et te blesser, bon sang !

— Nous ne vous voulons aucun mal, cria le pistolero, se servant du Haut Parler.

Les yeux de l'homme brillèrent d'incrédulité. La femme se retourna, lançant son visage aveugle dans leur direction.

— Un pistolero ! s'exclama l'homme d'une voix que l'excitation faisait trembler. Par Dieu ! Je le savais ! Je le savais !

Il se mit à courir vers eux à travers la place, tirant la femme à sa suite. Celle-ci trébuchait misérablement, et Susannah attendit le moment inévitable où elle allait choir. Mais ce fut l'homme qui tomba d'abord, se recevant lourdement sur les genoux, et la femme s'étala de tout son long à côté de lui sur les pavés de la Grand-Rue.

5

Jake sentit une boule de fourrure contre sa cheville et baissa les yeux. Ote était blotti à ses pieds, l'air plus craintif que jamais. Jake tendit la main et lui caressa prudemment la tête, autant pour dispenser quelque réconfort que pour en recevoir. La fourrure était soyeuse, d'une incroyable douceur. Un instant, le garçon crut que le bafouilleux allait s'enfuir, mais non ; l'animal se contenta de le regarder, lui lécha la main, puis reporta son regard sur les deux nouveaux venus. L'homme essayait tant bien que mal d'aider la femme à se remettre debout. La tête de Mercy émergeait çà et là dans une confusion avide.

L'homme qui s'appelait Si s'était entaillé les paumes sur les pavés, mais il n'y prit garde. Renonçant à prêter main-forte à sa compagne, il ôta son sombrero en un geste majestueux et le tint contre sa poitrine. Jake trouva le couvre-chef aussi grand qu'un boisseau.

— Nous vous souhaitons la bienvenue, pistolero ! cria-t-il. Bienvenue, assurément ! Je pensais que vous et vos pareils aviez été rayés de la surface de la Terre, pour sûr !

— Je vous remercie de votre accueil, répondit Roland dans le Haut Parler. (Il posa ses mains avec douceur sur les bras de l'aveugle. Celle-ci, dans un premier temps, se déroba, puis se détendit et laissa le pistolero l'aider.) Mettez votre chapeau, l'Ancien. Le soleil est ardent.

L'homme obtempéra, puis resta à contempler Roland, les yeux brillants. Au bout d'un moment, Jake comprit à quoi était dû cet éclat : Si pleurait.

— Un pistolero ! Je te l'avais dit, Mercy ! J'ai vu le bâton de feu et je te l'ai *dit* !

— Ce ne sont pas des pillards ? demanda Mercy, comme si elle ne pouvait y croire. Es-tu sûr que ce ne sont pas des pillards, Si ?

Roland se tourna vers Eddie.

— Vérifie que le cran de sûreté est mis et donne-lui le pistolet de Jake.

Eddie tira le Ruger de sa ceinture, en examina la sécurité avant de placer l'arme avec précaution dans les mains de l'aveugle. Mercy haleta, faillit la laisser tomber, puis fit courir dessus ses doigts avec étonnement. Elle tourna vers l'homme les cavités vides qui avaient jadis abrité ses yeux.

— Un pistolet ! chuchota-t-elle. Par mon saint couvre-chef !

— Oui, si on veut, répliqua le vieil homme pour couper court. (Il le lui reprit des mains et le rendit à Eddie.) Mais le pistolero en a un vrai de vrai, lui, et il y a une femme qui en a un autre. Elle a aussi la peau brune, comme mon père disait qu'en avaient les gens de Garlan.

Ote poussa son aboiement strident, sifflant. Jake se retourna et vit d'autres gens remonter la rue, cinq ou six au total. Comme Si et Mercy, tous étaient vieux ; une femme, qui clopinait en s'aidant d'une canne telle une sorcière de conte de fées, semblait la contemporaine d'Hérode. Tandis qu'ils approchaient, Jake se rendit compte que deux des hommes étaient de vrais jumeaux. De longs cheveux blancs tombaient en cascade sur leurs chemises ravaudées. Leur peau avait la blancheur du lin et leurs yeux étaient roses. Des albinos, se dit-il.

La vieille ratatinée se révéla être leur chef. Elle s'avança clopin-clopant vers Roland et ses compagnons en prenant appui sur sa canne, les fixant de ses yeux perçants aussi verts que l'émeraude. Sa bouche édentée était profondément enfoncée. Le bord du vieux châle qu'elle portait voletait dans la brise venue de la plaine. Ses yeux s'arrêtèrent sur Roland.

— Salut, pistolero ! Enchantée ! (Elle aussi s'exprimait dans le Haut Parler et, comme Eddie et Susannah, Jake comprit parfaitement les mots, bien qu'ils eussent été du charabia à ses oreilles dans son monde à lui.) Bienvenue à River Crossing !

Le pistolero avait ôté son chapeau. Il s'inclina devant elle, se tapotant rapidement la gorge à trois reprises de sa main droite amputée.

— Bien le merci, mon commandant !

La vieille gloussa sans retenue et Eddie comprit soudain que

Roland avait fait d'une pierre deux coups : il avait fait une plaisanterie et un compliment. La pensée qui était déjà venue à l'esprit de Susannah lui traversa la tête : voilà comment il était... et voilà comment il se comportait. En partie, du moins.

— Tout pistolero que tu sois, dit la vieille femme, retournant à la langue basse, tu n'es jamais qu'un fou de plus sous tes habits.

Roland fit une nouvelle révérence.

— La beauté m'a toujours rendu fou, Vieille Mère.

Cette fois, la vieille *croassa* littéralement de rire. Ote se recroquevilla contre la cheville de Jake. L'un des jumeaux albinos se précipita pour retenir la vieille femme qui basculait en arrière dans ses chaussures poussiéreuses et trouées. Elle retrouva toute seule son équilibre, cependant, et fit un geste impérieux de la main — « ouste ! ». L'albinos battit en retraite.

— As-tu entrepris une quête, pistolero ?

Elle le fixait de ses yeux verts étincelant de perspicacité ; la poche pleine de plis que formait sa bouche ne cessait d'aller et de venir.

— Oui. Nous sommes à la recherche de la Tour Sombre.

Tous eurent l'air seulement ébahis, mais la vieille femme eut un mouvement de recul et, de l'index et du médius, fit le signe du mauvais œil... non pas à leur adresse, comprit Jake, mais vers le sud-est, dans la direction du sentier du Rayon.

— Voilà une nouvelle qui me navre le cœur ! s'exclama-t-elle. Car qui s'est jamais mis en quête de ce chien noir n'est oncques revenu. C'est ce que disait mon grand-père, et son grand-père avant lui ! Personne !

— Le *ka,* déclara patiemment le pistolero, comme si cela expliquait tout.

Et Jake s'aperçut qu'il en allait ainsi pour Roland.

— Oui, acquiesça la vieille femme, ce chien noir de *ka* ! À Dieu vat ! Tu feras ce que tu as mission de faire, tu suivras ton chemin et mourras quand il rejoindra la clairière. Veux-tu rompre le pain avec nous avant de repartir, pistolero ? Toi et ta troupe de chevaliers ?

Roland plongea en une autre révérence.

— Cela fait des lunes que nous n'avons rompu le pain en d'autre compagnie que la nôtre, Vieille Mère. Nous ne pouvons nous attarder, mais oui — nous mangerons votre nourriture avec gratitude et plaisir.

La vieille femme se retourna vers les autres. Elle parla d'une voix fêlée et vibrante ; pourtant, ce furent les mots qu'elle prononça et non le ton sur lequel elle le fit qui glacèrent l'échine de Jake.

— Voyez, le Blanc est de retour ! Après les maux des jours maudits, le Blanc est de retour ! Reprenez courage et redressez la tête, car vous avez vécu pour voir la roue du *ka* se remettre en branle.

6

La vieille femme, qui s'appelait tantine Talitha, leur fit traverser la place, puis les mena vers l'église au clocher pentu — l'église du Sang éternel si l'on en croyait l'écriteau défraîchi planté dans la pelouse à la croissance exubérante. Écrit par-dessus, dans une peinture verte dont la couleur n'était plus guère discernable, figurait un autre message : MORT AUX GRIS.

Tantine Talitha conduisit la troupe à travers l'église en ruine, clopinant avec célérité dans l'allée centrale entre les bancs fendus et renversés, descendit une brève volée de marches et pénétra dans une cuisine si différente du reste de l'édifice que Susannah cligna des yeux de surprise. Ici, tout était propre comme un sou neuf. Le parquet de bois, bien que très vieux, avait été régulièrement ciré et luisait sereinement de sa propre lumière intérieure. Le fourneau noir occupait à lui seul un coin entier. Il était immaculé, et le bois empilé dans la niche de brique voisine était aussi bien choisi que sec.

Trois autres citoyens d'âge les avaient rejoints — deux femmes et un homme qui clopinait sur une béquille et une jambe de bois. Deux femmes se dirigèrent vers les placards et commencèrent à s'affairer ; une troisième ouvrit le ventre du fourneau et craqua une longue allumette au soufre contre le petit bois déjà disposé avec soin ; une quatrième poussa une porte et descendit deux ou trois marches étroites qui menaient apparemment à un garde-manger. Tantine Talitha, pendant ce temps, guida le reste de la troupe dans un vestibule spacieux à l'arrière de l'édifice. De sa canne, elle désigna deux tables à tréteaux qu'on avait entreposées là sous une bâche propre mais déguenillée ; les deux albinos entreprirent aussitôt de se colleter avec l'une.

— Viens, Jake, dit Eddie. Allons leur donner un coup de main.

— Non ! fit tantine Talitha d'un ton brusque. Nous sommes peut-être vieux, mais nous n'avons besoin de personne pour nous aider. Pas encore, gamin !

— Laissez-les faire, intervint Roland.

— Ces vieux fous vont se récolter une hernie, marmonna Eddie, qui suivit cependant les autres, abandonnant les deux vieux albinos à leur table.

Susannah haleta lorsque Eddie la souleva de son fauteuil et lui fit franchir la porte de derrière dans ses bras. Ce n'était pas une pelouse, mais un haut lieu touristique, parsemé de parterres de fleurs aux flamboiements de torches parmi la douce herbe verte. La jeune femme en identifia certaines — des soucis, des zinnias, des phlox —, mais maintes autres lui étaient inconnues. Tandis qu'elle regardait, un taon se posa sur un pétale bleu vif... qui se replia aussitôt sur lui et l'enserra étroitement.

— Ouah ! s'exclama Eddie, jetant des regards alentour. C'est Busch Gardens !

— C'est le seul endroit, dit Si, que nous ayons conservé tel qu'il était au temps jadis, avant que le monde ne change. Et nous l'avons dissimulé à ceux qui sillonnaient le pays — les Ados, les Gris, les pillards. Ils y mettraient le feu s'ils en connaissaient l'existence... et nous tueraient d'avoir un lieu pareil. Ils détestent la beauté, tous autant qu'ils sont. C'est le seul point que ces bâtards aient en commun.

La femme aveugle tira violemment sur son bras pour le faire taire.

— Nous n'avons point vu de voyageurs, ces temps-ci, dit le vieil homme à la jambe de bois. Pas depuis un bout. Ils restent davantage près de la cité. Je suppose qu'ils y trouvent tout ce qu'il faut pour être comme des coqs en pâte.

Les deux albinos sortirent la table tant bien que mal. Une des vieilles femmes les suivait, une cruche de grès dans chaque main, les pressant de se dépêcher et de ne pas se fourrer dans ses jambes.

— Assieds-toi, pistolero ! s'écria tantine Talitha, balayant l'herbe de sa main. Asseyez-vous tous !

Susannah huma cent odeurs qui se heurtaient, l'étourdissant

et lui donnant l'impression d'être irréelle, comme si elle était en train de rêver. Elle avait peine à croire à la réalité de cette étrange petite poche d'éden, soigneusement dissimulée derrière la façade croulante de la cité morte.

Une autre femme arriva avec un plateau chargé de verres. Bien que dépareillés, ceux-ci rutilaient de propreté, étincelant au soleil à l'égal du plus fin cristal. Elle présenta d'abord le plateau à Roland, puis à tantine Talitha, à Eddie, à Susannah et enfin à Jake. Tandis que chacun d'eux prenait un verre, la première femme y versa un liquide ambré.

Roland se pencha vers Jake, assis en tailleur à côté d'un parterre ovale de fleurs vert vif, Ote près de lui. Il murmura :

— Bois juste ce qu'il faut pour te montrer poli, Jake, sinon nous devrons te porter pour quitter la ville. C'est du *graf*, une bière de pomme costaud.

Jake acquiesça.

Talitha leva son verre, et, quand Roland l'imita, Eddie, Susannah et Jake firent de même.

— Et les autres ? chuchota Eddie à Roland.

— On les servira après l'exorde. Tais-toi, à présent.

— Nous diras-tu un mot, pistolero ? demanda tantine Talitha.

Roland se mit debout, levant son verre. Il baissa la tête, comme s'il s'absorbait dans ses pensées. Les rares survivants de River Crossing l'observèrent avec respect, et, pensa Jake, un zeste de crainte. Enfin, il redressa la tête.

— Voulez-vous boire à la Terre et aux jours qui s'y sont écoulés ? (Sa voix était rauque, tremblante d'émotion.) Voulez-vous boire à la plénitude d'autrefois et aux amis qui s'en sont allés ? Voulez-vous boire à la bonne compagnie ? Tout cela nous insufflera-t-il du courage, Vieille Mère ?

Jake vit que Talitha pleurait, mais le visage de la vieille femme s'illuminait d'un sourire radieux de bonheur... et, l'espace d'un instant, elle parut presque jeune. Jake la dévisagea avec étonnement, empli d'une joie soudaine, croissante. Pour la première fois depuis qu'Eddie l'avait tiré par la porte, il sentit l'ombre de l'homme de plâtre quitter son cœur pour de bon.

— Ah oui, pistolero, dit Talitha, voilà qui est parler ! Ces choses nous insuffleront du courage, oui-da !

Elle inclina son verre et le vida d'un trait. Roland, alors, fit cul sec. Eddie et Susannah burent à leur tour, en moindre quantité.

Jake goûta la boisson et fut surpris de l'apprécier — il s'était attendu à un breuvage amer, or celui-ci était tout ensemble sucré et acidulé, comme du cidre. Il en ressentit cependant les effets presque instantanément et reposa son verre avec prudence. Ote le renifla, puis se recula et enfouit son museau contre la cheville du garçon.

Autour d'eux, le petit groupe de vieillards — les derniers habitants de River Crossing — applaudissait. La plupart, à l'instar de tantine Talitha, pleuraient sans se cacher. D'autres verres — moins beaux, mais tout à fait utilisables — furent distribués à la ronde. La fête commença, et ce fut une fête magnifique en ce long après-midi d'été sous le vaste ciel de la plaine.

7

De l'avis d'Eddie, le repas qu'il mangea ce jour-là fut le meilleur qu'il eût jamais fait depuis les mythiques anniversaires de son enfance, quand sa mère se faisait fort de lui servir ses plats préférés — pâté de viande, pommes de terre rissolées, épis de maïs et un gâteau à faire damner un saint accompagné de crème glacée à la vanille.

La diversité ahurissante des mets qu'on leur présenta — surtout après les mois qu'ils avaient passés à n'avaler rien d'autre que du homard, du cerf et les rares légumes amers que Roland jugeait comestibles — entrait sans nul doute pour une part dans le plaisir qu'Eddie prenait à se sustenter, mais ce n'était assurément pas la seule raison ; il remarqua que Jake s'en mettait plein le ventre (donnant une bouchée de chaque plat au bafouilleux blotti à ses pieds toutes les deux minutes), et cela ne faisait même pas une semaine que le gamin était là.

Il y avait des soupières de ragoût (des morceaux de viande de bison nageant dans une onctueuse sauce brune truffée de légumes), des plats de petits pains chauds, des pots de beurre doux et des jattes de légumes qui ressemblaient à des épinards sans en être vraiment... Eddie n'avait jamais raffolé des légumes verts ; pourtant, dès la première bouchée de ceux-ci, une part de lui-même en manque se réveilla et en réclama à grands cris. S'il mangea de tout avec appétit, son envie de légumes verts s'apparentait à la gloutonnerie et il vit que Susannah ne cessait de se resservir, elle aussi. À eux quatre, les voyageurs en vidèrent trois saladiers.

Les vieilles femmes et les deux albinos emportèrent les plats et revinrent avec des parts de gâteau empilées sur deux épaisses assiettes blanches et une jatte de crème fouettée. Le gâteau exhalait une odeur sucrée ; Eddie se crut mort et monté droit au paradis.

— Ce n'est que de la crème de bison, dit tantine Talitha avec dégoût. Il n'y a plus de vaches ; la dernière a crevé il y a trente ans. La crème de bison n'est guère fameuse, mais c'est mieux que rien, par Daisy !

Le gâteau était garni de myrtilles. Eddie songea qu'il battait à plate couture tous ceux qu'il avait jamais mangés. Il en engloutit trois parts et, se penchant en arrière, lâcha un rot sonore avant d'avoir le temps de mettre la main devant sa bouche. Il regarda autour de lui, la mine coupable.

Mercy, l'aveugle, gloussa.

— Entendez-moi ça ! Quelqu'un est en train de remercier la cuisinière, tantine !

— En effet, dit Talitha, pouffant de conserve.

Les deux femmes qui avaient fait le service revenaient encore. L'une portait un cruchon fumant ; la seconde un plateau sur lequel des tasses de céramique épaisse reposaient en équilibre précaire.

Tantine Talitha était assise au haut bout de la table, Roland à sa droite. Il se pencha et lui murmura quelques mots à l'oreille. Elle l'écouta, son sourire s'estompant légèrement, puis branla du chef.

— Si, Bill et Till, intima-t-elle, restez, tous les trois. Nous allons palabrer un brin avec ce pistolero et ses amis, car ils veulent se remettre en route aujourd'hui même. Les autres, allez prendre votre café dans la cuisine et mettez votre babillage en sourdine. Et n'oubliez pas vos bonnes manières avant de partir !

Bill et Till, les jumeaux albinos, demeurèrent assis au bout de la table. Les autres formèrent un rang et défilèrent à pas lents devant les voyageurs. Chacun donna une poignée de main à Eddie et à Susannah, puis embrassa Jake sur la joue. Si le garçon accepta le baiser de bonne grâce, Eddie perçut sa surprise et son embarras.

Lorsqu'ils parvinrent à la hauteur de Roland, ils s'agenouillèrent devant lui et touchèrent la crosse en bois de santal du revolver qui saillait de l'étui qu'il portait à la hanche gauche. Le pistolero posa les mains sur leurs épaules et baisa leurs fronts ridés. Mercy se présenta la dernière ; elle enserra de ses bras la taille de Roland et lui baptisa la joue d'un baiser mouillé et sonore.

— Dieu te bénisse et te garde, pistolero ! Si seulement je pouvais te voir !

— Un peu de tenue, Mercy ! dit tantine Talitha d'un ton bourru.

Roland l'ignora et se pencha vers l'aveugle. Il prit ses mains avec douceur mais fermeté dans les siennes et les leva jusqu'à son visage.

— Vois-moi avec elles, ma beauté, dit-il.

Il ferma les yeux, tandis que les doigts de Mercy, ridés et déformés par les rhumatismes, palpaient doucement son front, ses joues, ses lèvres, son menton.

— Si fait, pistolero ! souffla-t-elle, levant ses orbites aveugles vers les yeux bleus de Roland. Je te vois parfaitement ! Tu as un beau visage, mais marqué par la tristesse et les tracas. J'ai peur pour toi et les tiens.

— Mais nous sommes ravis d'avoir fait connaissance, non ? demanda-t-il avant de planter un doux baiser sur le front lisse et usé de Mercy.

— Oh oui, oh oui ! Merci de ton baiser, pistolero ! Je te remercie du fond du cœur !

— Va, Mercy, fit tantine Talitha d'une voix plus affable. Va prendre ton café.

Mercy se releva. Le vieil homme avec la béquille et la jambe de bois guida la main de l'aveugle jusqu'à la ceinture de son pantalon. Mercy l'agrippa et, sur un ultime salut à l'adresse de Roland et de sa troupe, se laissa emmener.

Eddie essuya ses yeux humides.

— Qui l'a rendue aveugle ? demanda-t-il d'une voix enrouée.

— Les pillards, répondit tantine Talitha. Ils l'ont brûlée avec un fer à marquer... Un fer à marquer, oui-da. Ils ont dit que c'était parce qu'elle les regardait avec effronterie. Cela remonte à vingt-cinq ans. Buvez votre café, à présent, tous ! Il est déjà mauvais chaud, mais ce n'est que de la gadoue une fois refroidi.

Eddie porta la tasse à ses lèvres et aspira une gorgée, histoire de goûter. Sans aller jusqu'à parler de gadoue, on ne pouvait qualifier le breuvage de nectar.

Susannah goûta le sien et parut surprise.

— Oh, c'est de la chicorée !

Talitha la regarda.

— Non. De la patience, voilà ce que c'est, et c'est le seul café que nous ayons bu depuis que j'ai été formée... et cela fait bien longtemps que mes cycles ont cessé.

— Quel âge avez-vous, madame ? demanda soudain Jake.

Tantine Talitha, saisie, dévisagea le gamin, puis gloussa.

— En vérité, mon gars, je ne m'en souviens plus. Je me revois assise à cette même place lors d'une fête donnée pour célébrer mon quatre-vingtième anniversaire, mais il y avait plus de cinquante personnes présentes sur la pelouse ce jour-là, et Mercy avait encore ses yeux. (Son regard tomba sur le bafouilleux couché aux pieds de Jake. Ote ne souleva pas le museau de la cheville du garçon, mais leva ses yeux cerclés d'or pour lui retourner son regard.) Un bafou-bafouilleux, par Daisy ! Cela fait des lunes et des lunes que je n'ai vu un bafouilleux en compagnie d'êtres humains... Il semble qu'ils aient perdu le souvenir de l'époque où ils cheminaient avec les hommes.

L'un des albinos se pencha pour caresser Ote. L'animal se recula.

— Jadis, ils gardaient les moutons, dit Bill (ou peut-être était-ce Till) à Jake. Tu savais ça, gamin ?

Jake secoua la tête.

— Est-ce qu'il parle ? demanda l'albinos. Certains parlaient, au temps jadis.

— Oui. (Jake regarda le bafouilleux, qui avait reposé sa tête sur sa cheville, dès que la main étrangère s'était éloignée.) Dis ton nom, Ote.

Ote se contenta de lever les yeux sur lui.

— Ote ! le pressa Jake. (Mais l'animal demeura coi. Jake, un tantinet dépité, dévisagea tantine Talitha et les jumeaux.) Eh bien, il parle... mais je suppose qu'il ne le fait que lorsqu'il le veut bien.

— Ce garçon ne paraît pas faire partie de notre monde, dit

tantine Talitha à Roland. Il porte de curieux vêtements... et ses yeux sont étranges.

— Il n'est pas là depuis longtemps. (Roland adressa un sourire à Jake ; le garçon le lui rendit avec hésitation.) Dans un mois ou deux, nul ne remarquera plus sa singularité.

— Je me le demande... Et d'où vient-il ?

— De très loin. De très, très loin.

Talitha hocha le menton.

— Et quand va-t-il repartir ?

— Jamais, déclara Jake. C'est ici chez moi, désormais.

— Dans ce cas, que Dieu ait pitié de toi, dit-elle, car le soleil se couche sur le monde. Il se couche pour toujours.

À ces mots, Susannah s'agita, mal à l'aise ; elle plaqua une main sur son estomac, comme s'il la faisait souffrir.

— Suzie, demanda Eddie, tu vas bien ?

La jeune femme s'efforça de sourire, mais ce fut une piètre tentative ; son assurance et son sang-froid habituels semblaient l'avoir momentanément abandonnée.

— Tout à fait. Une oie a marché sur ma tombe, c'est tout.

Tantine Talitha la jaugea un long moment du regard, ce qui parut gêner Susannah, puis elle sourit.

— Une oie a marché sur ma tombe ! Ha ! Je n'avais pas entendu l'expression depuis une éternité !

— Mon père l'employait à tout bout de champ. (Susannah sourit à Eddie — un sourire plus assuré, cette fois.) Et, de toute façon, ça ou autre chose, c'est fini, maintenant. Je me sens bien.

— Que savez-vous de la cité et des terres qui s'étendent d'ici à là-bas ? (Roland prit sa tasse et but une gorgée de café.) Y a-t-il des pillards ? Et qui sont les autres — les Gris et les Ados ?

Tantine Talitha poussa un soupir à fendre l'âme.

8

— Nous ne savons pas grand-chose, pistolero, sauf ceci : la cité est un lieu mauvais, surtout pour ce jeune garçon. Pour *tout* jeune garçon. Pourriez-vous faire un détour qui vous permette de l'éviter ?

Roland leva les yeux et observa la forme désormais familière des nuages qui filaient le long du sentier du Rayon. Dans ce vaste ciel de plaine, cette forme, telle une rivière coulant dans la voûte céleste, ne pouvait échapper au regard.

— Peut-être, répondit-il enfin d'une voix singulièrement réticente. Je suppose que nous pourrions contourner Lud pour rejoindre le Sud-Ouest et rattraper le Rayon de l'autre côté.

— C'est le Rayon que vous suivez. Ah, je m'en doutais !

Eddie, quand il songeait à la cité, nourrissait l'espoir grandissant que, quand ils y arriveraient — s'ils y arrivaient —, ils trouveraient de l'aide — de bonnes âmes abandonnées qui les aideraient dans leur quête, ou peut-être même des gens qui pourraient leur en dire un peu plus sur la Tour sombre et sur ce qu'ils étaient censés faire lorsqu'ils l'atteindraient. Ceux qu'on appelait les Gris, par exemple — ils étaient peut-être les elfes vieux et sages qu'il ne cessait d'imaginer.

La batterie lui donnait la chair de poule, pour ça, oui, lui rappelant l'un de ces innombrables films à grand spectacle et à petit budget qui se passaient au sein de la jungle (et qu'il regardait essentiellement à la télé, assis à côté de Henry, un bol de pop-corn entre eux), dans lesquels les fabuleuses cités perdues que sont venus chercher les explorateurs ne sont plus que ruines et où les indigènes ont dégénéré en tribus de cannibales sanguinaires. Eddie, toutefois, ne croyait plus que pareille chose eût pu se produire dans une ville qui, de loin tout au moins, avait l'air si semblable à New York. Et si ses murs n'abritaient pas des elfes vieux et sages ni de bonnes âmes abandonnées, il y aurait sans doute des *livres*. Eddie avait entendu Roland dire que le papier était rare par ici, mais toutes les villes où il était allé dans sa vie croulaient littéralement sous les bouquins. Peut-être même trouveraient-ils un quelconque moyen de transport ; l'équivalent d'une Land Rover... le pied ! Probable que ce n'était pas qu'un rêve idiot... N'empêche que quand on avait des milliers de kilomètres de territoire inconnu à se mettre dans les guêtres, deux ou trois rêves stupides ne pouvaient assurément pas faire de mal, ne serait-ce que pour garder le moral. Et, au fond, tout cela n'appartenait-il pas au domaine du possible, bon Dieu ?

Il ouvrit la bouche, prêt à formuler une de ces idées, mais Jake lui coupa l'herbe sous le pied.

— Je ne crois pas qu'on puisse contourner Lud, dit-il.

Il rougit légèrement quand tous tournèrent leur regard vers lui. Ote s'agita à ses pieds.

— Non ? fit tantine Talitha. Et pourquoi penses-tu cela, si je puis me permettre ?

— Savez-vous ce que sont les trains ?

Il y eut un long silence. Bill et Till échangèrent un regard embarrassé. Tantine Talitha ne quittait pas Jake des yeux. Celui-ci ne baissa pas les paupières.

— J'ai entendu parler de l'un d'eux, dit-elle. Peut-être même que je l'ai vu. (Elle pointa l'index en direction de la Send.) Il y a des lustres, je n'étais qu'une fillette et le monde n'avait pas encore changé... ou, du moins, pas autant que maintenant. Est-ce de Blaine que tu parles, mon petit ?

Une lueur de surprise et de reconnaissance illumina les yeux de Jake.

— Oui ! Blaine !

Roland scrutait le garçon.

— Et comment connaîtrais-tu Blaine le Mono ? interrogea tantine Talitha.

— Le Mono ? répéta Jake sans comprendre.

— Oui, c'est ainsi qu'on l'appelait. Comment connais-tu son existence ?

Jake, désemparé, regarda Roland, puis de nouveau la vieille femme.

— J'ignore *comment* je le sais.

Et c'est la vérité, songea Eddie tout à coup, mais pas l'*entière* vérité. Il en sait plus qu'il ne veut bien le dire... et, à mon sens, il a une frousse du diable.

— C'est notre affaire, déclara Roland du ton sec et brusque d'un homme d'affaires. Vous devez nous laisser nous en débrouiller, Vieille Mère.

— Oui, acquiesça Talitha à la hâte. Gardez vos projets pour vous. Mieux vaut que des gens comme nous demeurent dans l'ignorance.

— Et la cité ? insista Roland. Que savez-vous de Lud ?

— Peu de chose, à présent, mais ce que nous savons, vous l'entendrez.

Et elle se versa une autre tasse de café.

9

Ce furent les jumeaux, Bill et Till, qui, pour l'essentiel, firent les frais de la conversation, l'un reprenant en fondu enchaîné le récit là où l'autre le laissait. De temps en temps, tantine Talitha ajoutait un détail, apportait une rectification, et les jumeaux attendaient respectueusement jusqu'à être certains qu'elle eût fini. Si n'ouvrit pas la bouche ; assis, son café intact devant lui, il tiraillait les brins de paille qui hérissaient le large bord de son sombrero.

Roland ne tarda pas à se rendre compte qu'ils savaient peu de chose, en effet, même pour ce qui avait trait à leur propre ville (ce qui, au reste, ne le surprit pas ; ces derniers temps, les souvenirs s'estompaient très vite et plus rien ne semblait exister hormis le passé le plus récent), mais ce qu'ils savaient était inquiétant. Ce qui n'étonna pas non plus Roland.

À l'époque de leurs trisaïeuls, River Crossing ressemblait à la bourgade que Susannah avait imaginée : un lieu de négoce sur la Grand-Route, moyennement prospère, où des marchandises se vendaient parfois, mais étaient le plus souvent troquées. Elle avait fait partie, du moins nominalement, de River Barony, bien que, même alors, baronnies ou propriétés terriennes fussent tombées en désuétude.

Dans ces temps-là, il y avait des chasseurs de bisons, quoique le commerce de ces bêtes eût périclité ; les troupeaux étaient peu nombreux et avaient subi de funestes mutations génétiques. Sans être du poison, la viande de ces mutants était fétide et amère. Pourtant, River Crossing, sise entre un lieu qu'on appelait simplement le Landing et le village de Jimtown, avait joui d'un certain renom. Elle se trouvait au bord de la Grand-Route et n'était qu'à six jours de voyage de la cité par la terre, trois par péniche.

— Sauf si le fleuve était à sec, dit l'un des jumeaux. Dans ce cas, c'était plus long, et mon grand-père disait que, quelquefois, il y avait des péniches échouées tout le long du cours vers l'amont jusqu'à Tom's Neck.

Les vieillards ne savaient rien des habitants originels de la cité, bien sûr, ni des technologies qu'ils avaient utilisées pour bâtir tours et tourelles ; c'étaient les Grands Anciens, et leur histoire s'était perdue au plus lointain du passé, même lorsque le trisaïeul de tantine Talitha était enfant.

— Les édifices sont toujours debout, dit Eddie. Je me demande si les machines dont les Grands Anciens de l'âge d'or se sont servis pour les construire marchent encore.

— Possible, répondit l'un des jumeaux. Si c'est le cas, jeune homme, il n'est pas un homme ou une femme ici qui sache encore comment les faire fonctionner... C'est ce que je crois, si fait.

— Non, argumenta son frère, je doute que les anciennes façons de faire soient complètement inconnues aux Gris et aux Ados, même maintenant. (Il regarda Eddie.) Notre père disait qu'il y avait jadis des bougies électriques dans la cité. Certains prétendent qu'elles brûlent peut-être encore.

— Voyez-vous ça... répliqua Eddie, pensif.

Susannah lui pinça méchamment la jambe sous la table.

— Oui, dit l'autre jumeau, avec sérieux, sans s'apercevoir du sarcasme. Vous appuyez sur un bouton et d'éclatantes bougies ne dispensant pas de chaleur s'allument, sans mèche ni réservoir à pétrole. Et j'ai entendu dire qu'au temps jadis Quick, le prince hors-la-loi, a volé dans le ciel à bord d'un oiseau mécanique. Mais une des ailes s'est cassée, et il est mort en une longue chute, comme Icare.

Susannah en fut bouche bée.

— Vous connaissez la légende d'Icare ?

— Ah, madame ! dit-il, à l'évidence surpris qu'elle trouve le fait curieux. L'homme aux ailes en cire d'abeille.

— Des contes pour enfants, l'un et l'autre, déclara tantine Talitha avec un reniflement de mépris. Je sais que l'histoire des lumières qui ne s'éteignent jamais est vraie, car je les ai vues de mes propres yeux quand je n'étais qu'une enfançonne, et il se peut qu'elles brillent par-ci, par-là, oui-da ; certains, que je crois sur parole, affirment les avoir aperçues par nuit claire, bien que, moi-même, je ne les aie plus revues depuis de longues années. Mais aucun homme n'a volé, ça, non, pas même les Grands Anciens.

Pourtant, il y avait bel et bien d'étranges machines dans la cité, construites pour accomplir des tâches particulières et parfois dangereuses. Il se pouvait que nombre d'entre elles fonctionnent toujours, mais, selon les jumeaux, personne en ville désormais ne savait comment les mettre en marche — il y avait des années qu'on ne les avait entendues.

N'empêche, peut-être que cet état de fait pourrait changer, pensa Eddie, les yeux brillants. Supposons, par exemple, qu'un jeune gars entreprenant, ayant la fibre voyageuse et s'y connaissant un minimum en machines bizarres et en lumières qui ne s'éteignent jamais, vienne à passer par là. Peut-être qu'il ne s'agit que de trouver les boutons MARCHE. Je veux dire, le truc pourrait être aussi simple que ça. Ou peut-être que c'est juste une histoire de fusibles sautés... Imaginez, les amis ! En remettant une demi-douzaine d'ampoules de quatre cents ampères, on illuminerait le coin comme Reno un samedi soir !

Susannah lui donna un coup de coude et lui demanda à voix basse ce qu'il y avait de si drôle. Eddie secoua la tête et porta un doigt à ses lèvres, récoltant un regard courroucé de l'amour de sa vie. Les albinos, entre-temps, poursuivaient leur récit, s'en passant et s'en repassant le fil avec l'aisance toute de spontanéité que seule, sans doute, confère une vie de gémellité.

Quatre ou cinq générations plus tôt, disaient-ils, la cité était fort peuplée et normalement policée, bien que ses habitants eussent mené chariots et phaétons le long des larges boulevards que les Grands Anciens avaient percés pour leurs fabuleux véhicules sans chevaux. Les citadins étaient des artisans et, pour reprendre le terme des jumeaux, des « manufacturiers », et le commerce, tant sur le fleuve qu'au dessus, était florissant.

— Au-dessus ? interrogea Roland.

— Le pont qui enjambe la Send existe toujours, expliqua tantine Talitha, ou du moins existait-il voilà vingt ans.

— Si fait, le vieux Bill Muffin et son garçon l'ont vu il n'y a pas dix ans, acquiesça Si, apportant ainsi sa première contribution à la conversation.

— À quoi ressemble-t-il ? demanda le pistolero.

— C'est une grande structure de câbles et d'acier, dit l'un des jumeaux. Il est accroché dans le ciel comme la toile de quelque araignée géante. (Il ajouta timidement :) J'aimerais le revoir avant de mourir.

— Il est probablement détruit à l'heure qu'il est, déclara tantine Talitha, évacuant le problème d'un geste, et bon débarras ! C'est l'œuvre du diable. (Elle se tourna vers les jumeaux.)

Dites-leur ce qu'il est advenu depuis lors et pourquoi la cité est devenue si dangereuse — on entend dire que deux ou trois fantômes hantent les lieux, mais moi j'affirme qu'ils sont légion. Ces gens veulent partir, et le soleil est au couchant.

10

Le reste de l'histoire n'était rien d'autre qu'une version différente d'un conte que Roland de Gilead avait entendu à maintes reprises et avait, dans une certaine mesure, vécu lui-même. Il était fragmentaire et incomplet, assurément entremêlé de mythe et d'éléments erronés, sa progression linéaire distordue par les singuliers changements — temporels et dans l'espace — qui survenaient pour l'heure dans le monde, et on pouvait le résumer en une unique phrase : *Il était une fois un monde que nous connaissions, mais ce monde a changé.*

Les vieillards de River Crossing n'en savaient pas plus sur Gilead que Roland n'en savait sur River Barony, et le nom de John Farson, l'homme qui avait semé la ruine et l'anarchie sur la terre de Roland, leur était inconnu ; cela dit, tous les récits du trépas du vieux monde étaient similaires... trop similaires, songea Roland, pour que cela ne fût qu'une coïncidence.

Une grande guerre civile — peut-être à Garlan, peut-être en une contrée plus lointaine appelée Porla — avait éclaté trois, peut-être même quatre siècles auparavant. Les ondes s'en étaient peu à peu propagées à l'extérieur, poussant devant elles l'anarchie et la dissension. Peu de royaumes, voire aucun, avaient pu résister à ce lent train de vagues, et l'anarchie s'était étendue à cette partie du monde aussi sûrement que la nuit suit le coucher du soleil. À un moment donné, toutes les armées s'étaient retrouvées sur les routes, tantôt marchant à l'attaque, tantôt battant en retraite, nageant toujours dans la confusion et dépourvues d'objectifs à long terme. À mesure que le temps passait, elles s'effritèrent en groupes plus petits qui, à leur tour, dégénérèrent en bandes de pillards. Le négoce accusa une baisse, puis périclita complètement. Voyager fut d'abord une source d'ennuis, puis de dangers. À la fin, ce fut quasiment impossible.

Les communications avec la cité se raréfièrent progressivement pour cesser définitivement cent vingt ans plus tôt.

À l'instar de centaines d'autres villes que Roland avait traversées — d'abord en compagnie de Cuthbert et des autres pistoleros chassés de Gilead, puis seul, à la poursuite de l'homme en noir —, River Crossing avait été coupée du monde et réduite à ses seules ressources.

À ce point du récit, Si sortit de sa torpeur, et sa voix captiva aussitôt les voyageurs. Il s'exprimait avec le phrasé rauque et rythmé des conteurs — un de ces fous de Dieu nés pour fondre mémoire et mensonge en des rêves d'une splendeur aussi ténue que des toiles d'araignée enchevêtrées de perles de rosée.

— Nous avons pour la dernière fois payé tribut au château de la baronnie à l'époque de mon bisaïeul, dit-il. Vingt-six hommes s'en furent avec un chariot de peaux — il n'y avait plus de pièces de bon aloi alors, bien sûr, et c'était le mieux qu'ils pouvaient faire. C'était un voyage long et périlleux, d'environ quatre-vingts roues, et six d'entre eux moururent en cours de route, pour moitié massacrés par les pillards partis pour la guerre dans la cité, pour moitié de maladie à cause de l'herbe du diable.

« Lorsque les survivants finirent par arriver à destination, ils trouvèrent le château déserté, exception faite des corneilles et des merles. Les murs étaient tombés à bas ; les mauvaises herbes avaient envahi la cour de l'État. Il y avait eu un carnage formidable dans les champs situés à l'ouest ; ils étaient blancs d'ossements et rouges d'armures rouillées, c'est ce que disait mon bisaïeul, et les voix des démons hurlaient tel le vent d'est hors des maxillaires des morts. Le village au-delà du château avait été brûlé jusqu'aux fondations et un millier de crânes ou plus hérissaient les murs du château fort. Nos gens laissèrent les peaux à l'extérieur de la barbacane fracassée — aucun ne se serait aventuré dans ce lieu peuplé de fantômes et de voix gémissantes — et reprirent le chemin du retour. Dix autres moururent au cours du trajet, et c'est ainsi que, sur vingt-six, il n'en revint que dix. Mon bisaïeul était au nombre des survivants... mais il avait attrapé une teigne au cou et à la poitrine qui ne lui laissa plus de répit jusqu'au jour de sa mort. On a prétendu que c'était le mal des rayons. Après cela, pistolero, nul n'a plus quitté River Crossing. Nous sommes restés entre nous.

Ils s'étaient accoutumés aux déprédations des pillards, poursuivit Si de sa voix fêlée mais mélodieuse. On avait posté des sentinelles ; quand des bandes de cavaliers étaient signalées — elles se déplaçaient presque toujours vers le sud-est le long de la Grand-Route et du sentier du Rayon, allant rejoindre la guerre qui faisait éternellement rage à Lud —, les gens de River Crossing se cachaient dans un vaste abri qu'ils avaient creusé sous l'église. Les dégâts occasionnels n'étaient pas réparés, de crainte que le fait n'éveille la curiosité de ces troupes errantes. La plupart des cavaliers étaient au-delà de la curiosité ; ils ne faisaient que traverser la ville au galop, des arcs ou des haches d'armes jetés en travers de l'épaule, en route pour les zones de tueries.

— De quelle guerre parlez-vous ? demanda Roland.

— Oui, renchérit Eddie, et qu'est-ce que c'est que ce roulement de batterie ?

Les jumeaux échangèrent un nouveau regard, presque superstitieux.

— Nous ne savons pas le premier mot du tambour des dieux, leur répondit Si. Quant à la guerre de la cité...

La guerre, à l'origine, avait opposé pillards et hors-la-loi à une vague confédération d'artisans et de « manufacturiers » de la cité qui avaient décidé de prendre les armes plutôt que de laisser les pillards les dépouiller, brûler leurs échoppes et expédier les survivants dans le Grand Vide, les condamnant à une mort certaine. Et, pendant quelques années, ils avaient défendu Lud avec succès contre des groupes de pillards violents mais mal organisés qui tentaient de prendre le pont d'assaut ou d'envahir la cité par bateau ou par péniche.

— Les habitants de la cité possédaient de vieilles armes, dit l'un des jumeaux, et bien qu'ils en eussent peu, les pillards ne pouvaient riposter avec leurs arcs, leurs massues ou leurs haches d'armes.

— Voulez-vous dire que les citadins se servaient de fusils ? demanda Eddie.

L'un des albinos hocha la tête.

— Oui, de fusils, mais pas seulement. Il y avait des engins qui envoyaient des projectiles à un bon kilomètre ou plus. Des explosions comme avec de la dynamite, mais en plus puissant. Les hors-la-loi — les Gris actuels, ainsi que vous devez le savoir — n'eurent d'autre ressource que mettre le siège au-delà de la Send, et c'est ce qu'ils firent.

De fait, Lud devint l'ultime forteresse refuge du dernier monde. Seuls ou par deux, les plus doués et les plus capables y venaient de la campagne environnante. Quand il s'agissait de tester leur intelligence, se faufiler parmi l'enchevêtrement des campements et des fronts des assiégeants constituait l'examen final pour les nouveaux venus. La plupart franchissaient sans armes le no man's land du pont, et ceux qui réussissaient cette étape étaient admis. Certains, jugés inaptes, étaient, il va sans dire, renvoyés dans leurs foyers, mais ceux qui avaient un métier ou un talent (ou suffisamment d'intelligence pour en acquérir) étaient autorisés à rester. On prisait tout particulièrement les compétences de fermier ; à en croire les récits, chaque parc de grande taille de Lud avait été converti en potager. Coupé ainsi de la campagne, on n'avait qu'une alternative : faire pousser de la nourriture au sein de la cité ou mourir d'inanition parmi les tours de verre et les ruelles de métal. Les Grands Anciens s'en étaient allés, leurs machines étaient un mystère, et les prodiges silencieux qui demeuraient n'étaient pas comestibles.

Peu à peu, la nature de la guerre se transforma. L'équilibre des forces s'était déplacé en faveur des assiégeants, les Gris — ainsi nommés parce qu'ils étaient, en moyenne, bien plus âgés que les citadins. Ces derniers, à l'évidence, n'allaient pas en rajeunissant, eux non plus. On les désignait toujours sous le nom d'Ados, mais, en règle générale, leur adolescence appartenait à un passé plus que lointain. Et, au bout du compte, ils oublièrent le fonctionnement des vieilles armes ou les épuisèrent.

— Sûrement les deux, grommela Roland.

Quelque quatre-vingt-dix ans auparavant — durant l'existence de Si et de tantine Talitha —, une dernière bande de hors-la-loi était apparue, si nombreuse que l'avant-garde avait traversé au galop River Crossing à l'aube et que l'arrière-garde n'était pas passée avant le coucher du soleil ou presque. C'était l'ultime armée que ces régions eussent jamais vue, et elle était conduite par un prince guerrier qui répondait au nom de David Quick — celui-là même dont on prétendait qu'il avait trouvé la mort en tombant du ciel. Il avait organisé les restes hétéroclites des bandes de hors-la-loi qui rôdaient toujours aux abords de la cité, tuant quiconque s'opposait à ses plans. L'armée de Gris de

Quick ne se servit ni de bateau ni de pont pour tenter de pénétrer dans Lud ; elle construisit un ponton de près de vingt kilomètres et attaqua par le flanc.

— Depuis lors, la guerre a crachoté comme un feu de cheminée, conclut tantine Talitha. Il arrive, çà et là, qu'un combattant ayant réussi à s'échapper nous donne des nouvelles, si fait. Cela se produit un peu plus fréquemment, car le pont, paraît-il, n'est pas défendu et je pense que le feu est quasiment éteint. À l'intérieur de la cité, les Ados et les Gris se disputent les miettes du butin, mais, à mon avis, les descendants des pillards qui ont suivi Quick sur le ponton sont désormais les véritables Ados, bien qu'on les appelle toujours les Gris. Les descendants des habitants originels de la cité doivent être aussi vieux que nous, à présent, bien qu'il y ait toujours quelques jeunots parmi eux, attirés qu'ils sont par les vieilles histoires et le leurre d'un savoir censé y exister toujours.

« Les deux factions éprouvent encore de l'animosité l'une envers l'autre, pistolero, et toutes deux souhaiteraient capturer ce jeune homme que vous appelez Eddie. Si la femme à la peau foncée est féconde, ils ne la tueraient pas, bien qu'elle n'ait pas de jambes ; ils l'épargneraient afin qu'elle engendre des enfants, car ceux-ci se font rares, et même si les anciennes maladies sont en régression, certains nouveau-nés naissent anormaux.

À ces mots, Susannah s'agita, parut sur le point de dire quelque chose ; pour finir, elle se contenta de boire la fin de son café, puis reprit sa position d'écoute.

— Mais s'ils souhaiteraient mettre la main sur cette jeune femme et ce garçon, pistolero, ils vendraient leur âme au diable pour avoir le gamin.

Jake se pencha et se remit à caresser la fourrure d'Ote. Roland lut ses pensées sur son visage : il progressait de nouveau sous les montagnes, c'était un remake des Lents Mutants.

— Quant à toi, ils te tueraient sans autre forme de procès, conclut tantine Talitha, car tu es un pistolero, un homme hors de son temps et de son lieu, ni chair ni poisson, et sans utilité aucune pour l'un ou l'autre camp. En revanche, on peut capturer un adolescent, se servir de lui, le dresser à se rappeler certaines choses et à oublier toutes les autres. *Tous* ont perdu de vue le motif de leur combat ; le monde a changé depuis lors. À présent, ils combattent au son de leurs horribles roulements de tambour, certains encore relativement jeunes, la plupart assez âgés, comme nous autres, pour somnoler dans un rocking-chair, tous des monstres stupides qui ne vivent que pour tuer et ne tuent que pour vivre. (Elle marqua une pause.) Maintenant que vous nous avez écoutés jusqu'au bout, nous autres vieux sots, reprit-elle, ne vous paraît-il pas qu'il vaudrait mieux éviter Lud et les laisser à leurs affaires ?

Avant que Roland n'eût eu le loisir de répondre, Jake prit la parole et dit d'une voix claire et ferme :

— Dites-nous ce que vous savez au sujet de Blaine le Mono. Parlez-nous de Blaine et de Bob le Mécano.

11

— Le Mécano *qui* ? demanda Eddie.

Jake l'ignora, continuant de fixer les vieillards.

— La voie est là-bas, répondit enfin Si. (Il pointa l'index dans la direction de la Send.) Un rail unique, juché sur un socle d'une pierre faite par la main de l'homme, comme en utilisaient les Anciens pour édifier leurs rues et leurs murs.

— Un monorail ! s'exclama Susannah. Blaine le Monorail !

— Blaine est peine, marmonna Jake.

Roland lui jeta un coup d'œil, mais ne dit mot.

— Ce train roule-t-il encore ? demanda Eddie à Si.

Celui-ci secoua lentement la tête. Il avait l'air gêné et troublé.

— Non, mon jeune monsieur... De mon temps, cependant, et de celui de tantine Talitha, si. À l'époque où on était tout gosses et où la guerre de la cité gagnait rapidement du terrain. On l'entendait avant de le voir — un vrombissement bas, un bruit comme on en entend parfois quand couve un violent orage d'été — un orage chargé d'éclairs.

— Oui, dit tantine Talitha, l'expression perdue et rêveuse.

— Puis il arrivait, Blaine le Mono, étincelant dans le soleil, avec son nez pareil à l'une des balles de votre revolver, pistolero. Il mesurait peut-être deux roues de long. Ça paraît impossible, je sais, et peut-être l'était-ce (nous étions des gamins, souvenez-vous, et cela fait une différence), mais je persiste à croire que c'était vrai, car, quand il déboulait, il semblait filer le long de l'horizon tout entier. Rapide, trapu et envolé avant qu'on puisse l'observer dans le détail.

« Quelquefois, les jours où le temps était infect et l'air stagnant, il hurlait comme une harpie quand il débouchait de l'ouest. Parfois, il surgissait de la nuit, projetant une longue lumière blanche devant lui, et ce hurlement nous réveillait tous. C'était comme les trompettes qui, paraît-il, feront se lever les morts de leurs tombes à la fin du monde, oui, pareil.

— Parle-leur du tonnerre, Si ! dit Bill — ou Till — d'une voix qu'un respect mêlé de crainte faisait trembler. Raconte-leur le tonnerre impie qui suivait toujours !

— Oui, j'y venais, répondit Si avec un rien de contrariété. Après son passage, le silence régnait pendant quelques secondes... parfois une minute, peut-être... puis il y avait une explosion qui secouait les planches et jetait les tasses à bas des étagères et parfois même faisait voler en éclats les carreaux des fenêtres. Mais nul n'a jamais vu d'éclair ni de feu. C'était comme une explosion dans le monde des esprits.

Eddie donna une tape sur l'épaule de Susannah ; quand la jeune femme se tourna vers lui, sa bouche forma silencieusement les mots : *bang supersonique*. C'était dingue — à sa connaissance, aucun train n'allait plus vite que la vitesse du son —, mais c'était la seule hypothèse plausible.

Susannah hocha la tête et reporta son attention sur Si.

— C'est la seule machine faite par les Grands Anciens que j'aie jamais vue fonctionner de mes propres yeux, dit-il d'une voix douce, et si ce n'était pas là l'œuvre du diable, c'est que celui-ci n'existe pas. La dernière fois que je l'ai vue, c'était le printemps où j'ai épousé Mercy, et ça doit bien remonter à soixante ans.

— Soixante-dix, rectifia tantine Talitha avec autorité.

— Et ce train *pénétrait* dans la cité, dit Roland, venant par le chemin que nous avons nous-mêmes emprunté... de l'ouest... de la forêt.

— Oui, approuva une nouvelle voix de manière inattendue, mais il y en avait un autre... Un qui *sortait* de la cité... et qui peut-être marche encore.

12

Tous se retournèrent. Mercy se tenait près d'un parterre de fleurs, entre l'arrière de l'église et la table autour de laquelle ils étaient assis. Elle se dirigea à pas lents vers la direction d'où venaient leurs voix, les mains tendues devant elle.

Si se mit gauchement debout, se hâta tant bien que mal vers elle et lui prit la main. Mercy glissa son bras autour de la taille de son mari, et tous deux se figèrent, figurant le plus vieux couple du monde.

— Tantine t'a dit de prendre ton café à l'intérieur !

— J'ai fini mon café il y a belle lurette, rétorqua Mercy. C'est un breuvage amer, je le déteste. En outre... je désirais entendre la conversation. (Elle leva un doigt tremblant et le pointa dans la direction de Roland.) Je voulais entendre *sa* voix. Elle est claire et légère, pour sûr.

— J'implore votre pardon, tantine ! s'écria Si, considérant l'Ancienne avec un regard légèrement craintif. Mercy n'en a toujours fait qu'à sa tête, et les années ne l'ont pas bonifiée.

Tantine Talitha jeta un coup d'œil à Roland. Celui-ci hocha le menton de façon quasi imperceptible.

— Qu'elle vienne se joindre à nous, ordonna Talitha.

Si guida Mercy jusqu'à la table en ronchonnant. Mercy, de ses yeux aveugles, regardait par-dessus l'épaule de son mari, la bouche pincée en une ligne, intraitable.

Quand Si l'eut fait asseoir, tantine Talitha se pencha sur ses avant-bras.

— As-tu quelque chose à dire, vieille sœur, ou est-ce seulement histoire de causer ?

— J'entends ce que j'entends. Mon ouïe n'a rien perdu de son acuité, Talitha... Elle s'est même aiguisée !

Roland fourra un moment la main dans sa ceinture. Quand il la remit sur la table, il tenait une cartouche entre ses doigts. Il la lança à Susannah, qui l'attrapa au vol.

— Vraiment, gente dame ? dit-il.

— Suffisamment, rétorqua Mercy en se tournant vers lui, pour savoir que vous venez de jeter quelque chose. À votre femme, je pense — celle qui a la peau foncée. Un objet de petite taille. Qu'était-ce, pistolero ? Un biscuit ?

— Vous n'êtes pas tombée loin, dit Roland en souriant. Vous entendez aussi bien que vous le dites. Confiez-nous donc ce que vous avez en tête.

— Il y a un autre Mono, à moins que ce ne soit le même effectuant un trajet différent. Quoi qu'il en soit, un trajet différent était accompli par *un* mono... jusqu'à il y a sept ou huit ans, en tout cas. Je l'entendais quitter la cité et gagner les Terres perdues.

— Billevesées ! cria un des albinos. *Rien* ne va dans les Terres perdues ! Rien ne peut y vivre !

Mercy tourna son visage vers lui.

— Un train est-il doué de vie, Till Tudbury ? Une machine tombe-t-elle malade, avec plaies et vomissements ?

Eh bien, voulut dire Eddie, il y *avait* cet ours...

Tout bien pesé, il décida qu'il était peut-être de meilleure politique de tenir sa langue.

— Nous l'aurions entendu, insista l'autre jumeau avec feu. Un bruit comme celui dont ne cesse de parler Si...

— Celui-là ne faisait pas de tonnerre, admit Mercy, mais j'ai entendu cet autre son, ce vrombissement semblable à celui qu'on entend quand la foudre vient de frapper un endroit proche. Lorsque le vent soufflait avec force de la cité, je l'entendais. (Elle pointa le menton et ajouta :) J'ai également entendu le tonnerre, une fois. De très, très loin. La nuit où Big Charlie Wind est venu et a failli faire sauter le clocher. Ça a dû se produire à deux cents roues d'ici, peut-être deux cent cinquante.

— Balivernes ! s'exclama le jumeau. Tu bats la campagne !

— C'est toi que je vais battre, Bill Tudbury, si tu ne fermes pas ton clapet. Sans compter que tu n'as pas à dire *balivernes* à une dame. Pourquoi...

— Ça suffit, Mercy ! siffla Si.

Eddie prêtait une oreille distraite à cet aimable échange de propos rustiques. Pour lui, les paroles de l'aveugle étaient frappées au coin du bon sens. Sûr qu'il ne pouvait y avoir de bang supersonique, pas avec un train qui *entamait* son périple à Lud ; il n'arrivait pas à se rappeler exactement la vitesse du son — peut-être mille kilomètres à l'heure, dans ces eaux-là. Un train partant d'un point fixe mettrait un certain temps à atteindre cette vitesse et, au moment où il y parviendrait, il serait hors de portée d'oreille... à moins que les conditions acoustiques ne fussent idéales, ainsi que Mercy prétendait qu'elles l'étaient la nuit où Big Charlie Wind — qui c'était encore, celui-là ? — était venu.

Et le fait était riche de promesses. Sans doute Blaine le Mono n'était-il pas une Land Rover, mais peut-être que... peut-être que...

— Vous n'avez pas entendu le bruit de cet autre train depuis sept ou huit ans, gente dame? demanda Roland. Êtes-vous certaine que cela ne remonte pas à plus longtemps ?

— Impossible, car, la dernière fois, c'était l'année où le vieux Bill Muffin a attrapé une maladie du sang. Pauvre Bill !

— Cela fait près de dix ans, dit tantine Talitha d'une voix singulièrement douce.

— Pourquoi n'as-tu jamais dit que tu avais entendu ce bruit ? (Si regarda le pistolero.) Vous ne sauriez ajouter foi à tous ses propos, seigneur — ma Mercy veut toujours prendre la vedette.

— Oh, espèce de vieux croûton! s'exclama Mercy en lui donnant des tapes sur le bras. Je ne l'ai pas dit parce que je ne voulais pas te gâcher le coup — tu étais si fier de ton histoire... Mais à présent que ce que j'ai entendu importe, je ne puis garder le silence.

— Je vous crois, gente dame, dit Roland. Mais êtes-vous sûre de ne pas avoir entendu le bruit du Mono depuis ?

— Non, pas depuis. J'imagine qu'il a fini par atteindre le bout de sa route.

— C'est à voir... Oui, en vérité, c'est à voir.

Roland regarda la table, absorbé dans ses réflexions, soudain à des lieues de ses compagnons.

Le Tchou-tchou, pensa Jake, qui frissonna.

13

Une demi-heure plus tard, ils étaient de nouveau sur la place de la bourgade, Susannah dans son fauteuil roulant, Jake ajustant les courroies de son sac à dos, tandis que le bafouilleux, assis à ses pieds, l'observait avec attention. Apparemment, seuls les Anciens avaient pris part au repas dans le minuscule éden derrière l'église du Sang éternel ; lorsqu'ils retournèrent sur la place, en effet, une douzaine de personnes les y attendaient. Celles-ci ne jetèrent que quelques brefs coups d'œil à Susannah, plus appuyés à Jake (la jeunesse du garçon, semblait-il, les intéressait davantage que la peau sombre de la jeune femme), mais il était manifeste que c'était Roland qu'elles étaient venues voir ; leurs yeux interrogateurs étaient emplis de la crainte révérencielle de jadis.

C'est un survivant d'un passé qu'ils ne connaissent que par la tradition orale, songea Susannah. Ils le regardent ainsi que des chrétiens regarderaient un saint — Pierre, Paul ou Matthieu — s'il prenait fantaisie à celui-ci de se joindre à eux lors du dîner paroissial du samedi et de leur narrer à quoi ça ressemblait de se balader aux abords de la mer de Galilée en compagnie de Jésus le charpentier.

Le rituel qui avait clos le repas se répéta, sauf que, cette fois, chaque âme de River Crossing y participa. Tous s'avancèrent, traînant les pieds, sur un rang, serrèrent la main d'Eddie et de Susannah, embrassèrent Jake, qui sur la joue, qui sur le front, puis s'agenouillèrent devant Roland pour qu'il les touche et les bénisse. Mercy l'enlaça et pressa sa face aveugle contre son estomac. Le pistolero l'étreignit et la remercia pour les informations qu'elle leur avait données.

— Ne resterez-vous pas cette nuit avec nous, pistolero ? Le soleil décline rapidement et je gage que vous et les vôtres n'avez pas dormi sous un toit depuis des lustres.

— En effet, mais mieux vaut que nous poursuivions notre route. Merci, gente dame.

— Reviendrez-vous, pistolero ?

— Oui. (Eddie, cependant, n'eut pas besoin de scruter son étrange ami pour savoir qu'ils ne remettraient jamais les pieds à River Crossing.) Si nous le pouvons.

— Bien. (Mercy l'étreignit une dernière fois puis s'éloigna, sa main reposant sur l'épaule hâlée de Si.) Portez-vous bien.

Tantine Talitha se présenta la dernière. Quand elle entreprit de mettre un genou en terre, Roland l'agrippa aux épaules.

— Non, gente dame. Il n'en est pas question. (Et sous les yeux ahuris d'Eddie, Roland s'agenouilla devant la vieille femme dans la poussière de la place.) Pourrais-je avoir votre bénédiction, Vieille Mère ? Nous bénirez-vous en manière de viatique ?

— Oui-da. (S'il n'y avait nulle surprise dans la voix de Talitha, nulle larme dans ses yeux, sa réponse, toutefois, vibra d'une profonde émotion.) Tu as le cœur pur, pistolero, et tu es resté fidèle aux anciennes coutumes de ta race, pour sûr ! Je te bénis ainsi que les tiens et prierai pour qu'il ne vous arrive rien de mal. Tiens, accepte ceci, si tu veux bien.

Elle glissa la main dans le corsage de sa robe fanée et mit au jour une croix d'argent pendue au bout d'une chaîne de même métal à fins maillons. Elle l'ôta.

Ce fut au tour de Roland d'être surpris.

— Êtes-vous sûre ? Je ne suis pas venu prendre ce qui vous appartient, à vous ou aux vôtres, Vieille Mère.

— J'en suis sûre et certaine. Je l'ai gardée jour et nuit depuis plus de cent ans, pistolero. À présent, c'est toi qui vas la porter. Tu la déposeras au pied de la Tour Sombre et prononceras le nom de Talitha Unwin à l'autre bout de la Terre. (Elle passa la chaîne par-dessus la tête de Roland. La croix se nicha dans le col ouvert de la veste de daim comme si c'était sa place de toujours.) Allez, maintenant. Nous avons rompu le pain, nous avons palabré, nous avons votre bénédiction et vous avez la nôtre. Poursuis ton périple sain et sauf. Demeure loyal.

Sa voix trembla et se brisa sur le dernier mot.

Roland se releva, s'inclina et tapota sa gorge à trois reprises.

— Merci, gente dame.

Talitha lui rendit sa révérence sans mot dire. Des larmes, à présent, sillonnaient ses joues.

— Prêts ? demanda Roland.

Eddie acquiesça par un hochement de tête. Il craignait que sa voix ne trahît son émotion.

— Très bien, dit Roland. Allons-y.

Ils descendirent ce qui restait de la Grand-Rue, Jake poussant le fauteuil de Susannah. Comme ils dépassaient le dernier édifice (NÉGOCE ET BOURSE, disait l'enseigne défraîchie), le garçon se retourna. Les vieilles gens étaient toujours rassemblées près du poteau indicateur, une poignée d'êtres humains abandonnés au cœur de la plaine vaste et vide. Il leva la main. Jusqu'alors, il avait réussi à faire bonne figure, mais quand plusieurs vieillards — Si, Bill et Till, entre autres — levèrent la main en retour, il éclata en sanglots.

Eddie lui entoura les épaules de son bras.

— Ne ralentis pas, mon vieux, l'exhorta-t-il d'une voix manquant d'assurance. C'est le seul moyen.

— Ils sont si *vieux* ! sanglota Jake. Comment pouvons-nous les abandonner ainsi ? Ce n'est pas juste !

— C'est le *ka*, répondit Eddie sans réfléchir.

— Ah oui ? Eh bien, le *ka*, c'est ca... caca et compagnie !

— Hypermerdique, ouais, acquiesça Eddie qui n'en poursuivit pas moins sa route.

Jake l'imita et ne se retourna plus. Il avait peur de les voir encore là, plantés au milieu de leur bourgade oubliée, suivant Roland et ses amis des yeux jusqu'à ce qu'ils fussent hors de vue. Et il ne se serait pas trompé.

14

Ils avaient parcouru douze kilomètres à peine quand le ciel commença à s'assombrir et que le soleil couchant embrasa l'horizon occidental d'un flamboiement orange. Jake et Eddie allèrent ramasser du bois dans un bosquet d'eucalyptus proche.

— Je ne comprends vraiment pas pourquoi nous ne sommes pas restés, dit Jake. La femme aveugle nous a invités, et nous n'avons guère fait de route. Je me suis tellement empiffré que je me traîne comme un canard.

Eddie sourit.

— Moi aussi. Et tu sais quoi ? Ton bon ami Edward Cantor Dean se réjouit à la perspective de la longue halte pépère qu'il va faire demain parmi ces arbres dès potron-minet. Tu ne peux te figurer à quel point j'en ai ma claque de bouffer de la viande de cerf et ces saloperies de crottes de lapin. Si tu m'avais dit il y a un an que couler un bronze serait l'orgasme de ma journée, je t'aurais ri au nez !

— Ton deuxième prénom est vraiment Cantor ?

— Ouais, mais je te saurais gré de ne pas aller le crier sur les toits.

— Promis, juré ! Pourquoi ne sommes-nous pas restés, Eddie ?

Eddie soupira.

— Parce qu'on se serait rendu compte qu'il leur fallait du bois de chauffage.

— Hein ?

— Et une fois qu'on serait allés leur chercher du bois, on se serait aperçus qu'il leur fallait *aussi* de la viande fraîche, parce qu'ils nous avaient offert la dernière qu'il leur restait. Et on aurait été de fieffés salauds si l'on n'avait pas remplacé ce qu'on avait boulotté, pas vrai ? Surtout quand on a des flingues et que quatre ou cinq arcs ou flèches cinquantenaires constituent sans doute tout leur arsenal. On serait donc allés chasser pour eux. Dans l'intervalle, il aurait fait nuit une fois de plus, et, le lendemain matin, Susannah aurait dit qu'on devait au moins faire une ou deux réparations avant de partir — oh, pas aux abords de la bourgade, ç'aurait risqué d'être dangereux, mais peut-être dans l'hôtel, ou quel que soit le nom de l'endroit où ils crèchent. Seulement quelques jours, et qu'est-ce que quelques jours, pas vrai ?

Roland se matérialisa hors des ténèbres. Il se déplaçait avec son flegme habituel, mais semblait las et préoccupé.

— J'ai cru que vous étiez tombés dans une fondrière, tous les deux.

— Non. Je racontais juste à Jake les faits tels que je les vois.

— Et puis après, où aurait été le problème ? demanda Jake. Ce bidule, cette Tour Sombre, se dresse là où elle est depuis un bail, non ? Elle ne va pas déménager, hein ?

— Quelques jours, puis quelques autres, puis d'autres encore. (Eddie observa la branche qu'il venait de ramasser et la rejeta avec dégoût. Voilà que je me mets à parler comme lui, pensa-t-il. Et pourtant, il savait qu'il ne faisait que dire la vérité.) Peut-être qu'on aurait vu que leur source s'envasait, et ça n'aurait pas été poli de nous tirer avant d'avoir creusé. Mais pourquoi en rester là quand on pourrait encore prolonger de quinze jours pour construire une roue hydraulique, hein ? Ils sont vioques, et puiser de l'eau n'est pas plus leur truc que chasser le bison. (Eddie lança un coup d'œil à Roland, et sa voix se teinta de reproche.) Je vais vous dire... quand j'imagine Bill ou Till traquant un troupeau de bisons sauvages, j'en ai la chair de poule.

— Ils l'ont fait pendant longtemps, dit Roland, et ils pourraient nous en remontrer dans plus d'un domaine. Ils se débrouilleront. En attendant, occupons-nous du bois ; la nuit promet d'être froide.

Mais Jake n'en avait pas fini. Il scrutait Eddie, l'œil sévère.

— Tu es en train de dire qu'on ne pourrait jamais faire assez pour eux, c'est ça ?

Eddie avança la lèvre inférieure et souffla une mèche de cheveux de son front.

— Pas tout à fait. Je dis qu'il ne serait jamais plus facile de partir que ça ne l'a été aujourd'hui. Plus dur, peut-être, mais pas plus facile.

— N'empêche, tout ça n'est pas juste !

Ils rejoignirent l'endroit qui, une fois le feu allumé, deviendrait un campement parmi d'autres sur la route de la Tour sombre. Susannah s'était extirpée de son fauteuil et, couchée sur le dos, les mains derrière la nuque, contemplait les étoiles. Elle s'assit et se mit à disposer le petit bois ainsi que Roland lui avait appris à le faire des mois plus tôt.

— C'est telles que sont les choses que c'est juste, dit Roland. Si tu regardes trop longtemps les détails, Jake — les menus riens qui sont sous ton nez —, tu risques de perdre la vue d'ensemble. Les choses vont à vau-l'eau ; elles vont mal, et de mal en pis. Nous le constatons partout autour de nous, mais les réponses sont encore à venir. Tandis que nous aiderions les vingt ou trente habitants de River Crossing, vingt ou trente mille autres personnes souffriraient ou mourraient peut-être ailleurs. Et s'il est un lieu dans l'univers où ces choses peuvent être remises d'aplomb, c'est à la Tour sombre.

— Pourquoi ? Comment ? demanda Jake. Cette Tour, c'est quoi, au fait ?

Roland s'accroupit près du foyer que Susannah avait disposé, sortit sa pierre à briquet et fit jaillir des étincelles dans le petit bois. Bientôt, des flammes minuscules grandirent parmi les brindilles et les poignées d'herbe sèche.

— Ce sont des questions auxquelles je ne peux répondre, dit-il. Je regrette.

Réponse extrêmement futée, songea Eddie. Roland avait dit : *Je ne peux répondre*... Ce qui n'était pas la même chose que : *Je ne sais pas*. Loin s'en fallait.

15

Le souper se composa d'eau et de légumes verts. Tous se remettaient du lourd repas pris à River Crossing. La deuxième ou troisième fois, Ote lui-même refusa les miettes que Jake lui offrait.

— Explique-moi pourquoi tu n'as pas voulu parler, là-bas, le gourmanda Jake. Tu m'as fait passer pour un idiot !

— Id-io ! dit Ote, qui posa son museau contre la cheville du garçon.

— Il parle de mieux en mieux, remarqua Roland. Il commence même à avoir ta voix, Jake.

— Ake, acquiesça Ote sans lever le museau.

Jake était fasciné par les anneaux d'or dans les yeux du bafouilleux ; à la lumière vacillante du foyer, ils semblaient animés d'un lent mouvement de rotation.

— Mais il n'a pas voulu parler aux vieilles gens.

— Les bafouilleux sont très chatouilleux pour ce genre de choses, dit Roland. Ce sont d'étranges créatures. Si on me posait la question, je dirais que celui-ci a été banni par sa propre meute.

— Qu'est-ce qui te fait dire ça ?

Roland désigna le flanc de l'animal. Jake avait nettoyé le sang — Ote n'avait pas apprécié des masses, mais avait fait contre mauvaise fortune bon cœur — et la morsure guérissait, bien que le bafouilleux boitât encore légèrement.

— Je parierais un aigle qu'il a été mordu par un de ses congénères.

— Mais pourquoi sa propre meute le...

— Peut-être en avaient-ils ras le bol de l'entendre jacter, intervint Eddie.

Il s'était allongé près de Susannah et avait passé un bras autour des épaules de la jeune femme.

— Possible, dit Roland, surtout s'il était le seul parmi eux à s'essayer encore au langage. Les autres l'ont peut-être jugé trop intelligent — ou trop prétentieux — pour leur goût. Les animaux en savent moins que les hommes sur la jalousie, mais ils l'éprouvent.

L'objet de la discussion ferma les yeux et parut s'endormir... Jake, cependant, vit ses oreilles bouger quand la conversation reprit.

— Sont-ils très intelligents ? demanda-t-il.

Roland haussa les épaules.

— Le vieux palefrenier dont je t'ai parlé — celui qui affirmait qu'un bon bafouilleux porte chance — jurait en avoir eu un dans sa jeunesse qui était capable de compter. Il disait que l'animal, pour annoncer le total, grattait le plancher de l'étable ou bien assemblait des pierres à l'aide de son museau. (Roland sourit, ce qui illumina ses traits, en chassant les ombres qui y étaient depuis leur départ de River Crossing.) Inutile de préciser que les palefreniers et les pêcheurs sont des menteurs-nés.

Un silence convivial s'abattit sur l'assemblée, et Jake se sentit pris de somnolence. Il pensa qu'il n'allait pas tarder à dormir ; il n'avait rien contre. Ce fut alors que la batterie retentit, venant du sud-est en pulsations rythmées, et il se dressa sur son séant. Tous tendirent l'oreille sans prononcer un mot.

— C'est un tempo de rock and roll ! s'écria soudain Eddie. J'en suis sûr ! Enlevez les guitares, et c'est ce qu'il vous reste. En vérité, ça ressemble beaucoup à la musique des Z Z Top.

— Z Z *quoi* ? demanda Susannah.

Eddie sourit.

— Le groupe n'existait pas de ton temps. Ou plutôt, si, mais, en 1963, ce n'était qu'une bande de gamins fréquentant une école du Texas. (Il prêta l'oreille.) Que je sois damné si ce n'est pas le tempo d'un truc du genre *Sharp-Dressed Man* ou *Velcro Fly*.

— *Velcro Fly* ? dit Jake. Quel titre stupide pour une chanson !

— Plutôt drôlet, au contraire. Tu l'as loupé d'à peu près dix ans, mon vieux.

— Nous ferions mieux de dormir, dit Roland. Le matin se lève tôt.

— Je ne peux pas dormir avec cette connerie dans les oreilles. (Eddie hésita, puis dit ce qu'il avait en tête depuis le matin où ils avaient tiré Jake, visage de craie et hurlant, à travers la porte pour l'envoyer dans ce monde-ci.) Tu ne crois pas que l'heure va bientôt sonner d'échanger nos histoires, Roland ? On va peut-être découvrir qu'on en sait plus long qu'on le pense.

— Oui, l'heure est proche. Mais pas dans les ténèbres.

Roland roula sur le flanc, remonta sa couverture et parut sur le point de sombrer dans le sommeil.

— Jésus ! s'exclama Eddie. Pas plus compliqué que ça !

Il émit un petit sifflement dégoûté entre ses dents.

— Il a raison, dit Susannah. Allez, Eddie, dors !

Il sourit et lui embrassa le bout du nez.

— Oui, m'man !

Cinq minutes plus tard, il n'y avait plus personne, batterie ou pas. Jake se rendit compte que son envie de dormir avait fui. Il demeura étendu à observer les étranges étoiles et à écouter le martèlement continu et rythmé issu des ténèbres. Peut-être les Ados jouaient-ils un boogie-woogie endiablé sur une chanson intitulée *Velcro Fly*, tandis qu'ils se démenaient comme des forcenés dans une tuerie sacrificielle.

Il songea à Blaine le Mono, un train si rapide qu'il traversait ce vaste univers hanté en traînant un bang supersonique à ses basques, et il en arriva assez naturellement à évoquer Charlie le Tchou-tchou qu'on avait remisé sur une voie de garage oubliée quand son successeur, le Burlington Zephyr, l'avait rendu obsolète. Il pensa à l'expression de Charlie, censée traduire la joie et le plaisir, mais qui n'était ni l'une ni l'autre. Il pensa à la compagnie ferroviaire de l'Entre-Deux-Mondes et aux terres vides séparant Saint Louis de Topeka. Il pensa à la promptitude de Charlie à partir quand M. Martin avait eu besoin de lui, pensa à la façon dont Charlie savait souffler dans son sifflet et alimenter sa chaudière. Pour la énième fois, il se demanda si Bob le Mécano avait saboté le Burlington Zephyr afin de donner une seconde chance à son bien-aimé Charlie.

Enfin, aussi brusquement qu'elle était née, la pulsation rythmée se tut et Jake sombra dans le sommeil.

16

Il rêva, mais pas de l'homme de plâtre.

Non, il rêva qu'il se trouvait sur le bitume d'une autoroute, quelque part dans le Grand Vide du Missouri occidental. Ote était avec lui. Des signaux de chemin de fer — des X blancs avec des lumières rouges en leur centre — bordaient la route. Les lumières clignotaient et des sonneries retentissaient.

Un bourdonnement s'éleva du sud-est, s'enflant progressivement, pareil au rugissement du tonnerre dans une bouteille.

Le voici, dit-il à Ote.

Ci ! acquiesça le bafou-bafouilleux.

Et, soudain, une énorme masse rose longue de deux roues fendit la plaine à leur rencontre, basse, en forme de balle de revolver. À sa vue, Jake sentit son cœur s'emplir d'une peur formidable. Les deux fenêtres étincelant dans le soleil à l'avant du train étaient semblables à deux yeux.

Ne lui pose pas de questions bêtes, dit le garçon à Ote. *Il ne jouera pas à tes jeux bêtes. Ce n'est qu'un horrible train tchou-tchou, et son nom est Blaine la Peine.*

Tout à coup, Ote bondit sur les rails et s'y tapit, ses oreilles couchées en arrière, ses yeux d'or flamboyant, ses dents dénudées sur un grondement désespéré.

Non ! hurla Jake. *Non, Ote !*

Mais Ote n'en eut cure. La balle de revolver rose fonçait sur la minuscule silhouette provocante du bafou-bafouilleux et le vrombissement semblait hérisser la peau de Jake de chair de poule, lui faisant saigner le nez et sauter ses plombages dentaires.

Le garçon se rua vers Ote, Blaine le Mono (ou était-ce Charlie le Tchou-tchou ?) fondit sur eux et Jake s'éveilla en sursaut, frissonnant, baigné de sueur. Il avait l'impression que la nuit pesait sur lui comme du plomb. Il roula sur lui-même et chercha frénétiquement Ote à tâtons. L'espace d'un moment atroce, il crut que le bafouilleux était parti, puis ses doigts trouvèrent la fourrure soyeuse. Ote poussa un glapissement et regarda Jake avec une curiosité ensommeillée.

— Tout va bien, chuchota Jake, la gorge sèche. Il n'y a pas de train. Ce n'était qu'un rêve. Rendors-toi, mon p'tit pote.

— Ote, acquiesça l'animal, qui referma les yeux.

Jake se remit sur le dos et resta étendu à contempler les étoiles.

Blaine est plus que peine, songea-t-il. Il est dangereux, *très* dangereux.

Oui, peut-être.

Pas de peut-être quand il s'agit de lui ! insista son esprit saisi de folie.

D'ac, Blaine était peine, admettons. Mais sa composition de fin d'année avait eu autre chose à dire au sujet de Blaine, n'est-ce pas ?

Blaine est la vérité. Blaine est la vérité. Blaine est la vérité.

— Ô mon Dieu, quel merdier ! murmura Jake.

Il ferma les paupières et sombra aussitôt dans le sommeil. Cette fois, il ne fit pas de rêves.

17

Vers midi, le lendemain, ils atteignirent le faîte d'un autre drumlin et virent le pont pour la première fois. La construction enjambait la Send à un endroit où le fleuve, se rétrécissant, filait plein sud et longeait la cité.

— Doux Jésus ! murmura Eddie. Cela ne te rappelle-t-il pas quelque chose, Suzie ?

— Si.

— Et toi, Jake ?

— Si... On dirait le pont George-Washington.

— Je veux, mon neveu !

— Mais que vient fiche le pont George-Washington dans le Missouri ? demanda Jake.

Eddie le dévisagea.

— Où ça, mon vieux ?

Jake parut embarrassé.

— Dans l'Entre-Deux-Mondes, je veux dire. Tu sais...

Eddie l'observait plus sévèrement que jamais.

— Comment sais-tu que c'est l'Entre-Deux-Mondes ?

Tu n'étais pas avec nous quand nous sommes arrivés devant la borne.

Jake fourra les mains dans ses poches et baissa le nez sur ses mocassins.

— Je l'ai rêvé. Est-ce que tu t'imagines que j'ai pris des réservations à l'agence de voyages de mon père ?

Roland toucha l'épaule d'Eddie.

— Laisse-le tranquille.

Eddie jeta un coup d'œil au pistolero et acquiesça.

Ils demeurèrent quelque temps à contempler le pont. S'ils avaient eu le loisir de s'habituer à la ligne des toits de la cité, la structure, elle, était une nouveauté. Le pont rêvassait dans le lointain, forme vague esquissée contre le ciel d'azur du milieu de matinée. Roland parvint à distinguer quatre groupes de tours métalliques incroyablement hautes — un à chaque extrémité du pont et deux en son centre. Des câbles gigantesques les reliaient, qui fendaient l'air en de longs arcs. Entre ces derniers et la base du pont se dressaient de nombreuses lignes verticales — d'autres câbles ou des poutrelles d'acier, il n'aurait su se prononcer. Mais il vit aussi des brèches et se rendit compte au bout d'un bon moment que le pont n'était plus vraiment à niveau.

— Ce pont-là ne va pas tarder à se retrouver dans la Send, à mon avis.

— Ça se peut, admit Eddie de mauvais gré. N'empêche qu'il ne me paraît pas en si piteux état que ça.

Roland soupira.

— Ne nourris pas trop d'espoirs, Eddie.

— C'est censé signifier quoi ?

Eddie prit conscience de la susceptibilité que trahissait son ton, mais il était trop tard pour rattraper le coup.

— Que j'aimerais que tu croies ce que te disent tes yeux, Eddie, c'est tout. Du temps de mes années de formation, un proverbe circulait : « Seul un fou s'imagine qu'il rêve avant de se réveiller. » Tu comprends ?

Eddie sentit une réponse sarcastique lui démanger la langue ; il la ravala au terme d'une brève lutte. C'était juste que Roland avait le chic — sans intention maligne, il en était certain, mais cela n'arrangeait pas pour autant le problème — pour lui donner l'impression d'être un *gamin*.

— Oui, je crois, dit-il enfin. Il signifie la même chose que le proverbe favori de ma mère.

— Et quel était-il ?

— « Espère le meilleur et prépare-toi au pire », répliqua Eddie avec aigreur.

Le visage de Roland s'éclaira d'un sourire.

— Je préfère le proverbe de ta mère.

— Mais il tient toujours, ce pont ! Je conviens qu'il n'a pas une forme du tonnerre — probable que personne ne lui a fait de check-up réellement digne de ce nom depuis une centaine d'années ou à peu près —, mais il est encore là ! La cité tout entière est encore là ! Est-ce réellement répréhensible d'espérer y trouver un petit coup de pouce ? Ou des gens qui nous donneront un petit quelque chose à bouffer et nous parleront, comme ces vieillards de River Crossing, au lieu de nous tirer comme des lapins ? Est-ce tellement répréhensible d'espérer que la chance va peut-être tourner ?

Dans le silence qui suivit, Eddie s'aperçut avec gêne qu'il avait fait une harangue.

— Non. (Il y avait de la gentillesse dans la voix de Roland, cette gentillesse qui surprenait Eddie chaque fois qu'elle se manifestait.) Il n'est jamais répréhensible d'espérer. (Il regarda tour à tour Eddie et les deux autres tel un homme qui émerge d'un rêve profond.) Assez voyagé pour aujourd'hui. L'heure est venue de discuter, je crois, et ça risque d'être longuet.

Le pistolero quitta la route et s'enfonça dans les hautes herbes sans un regard en arrière. Au bout d'un moment, les trois autres lui emboîtèrent le pas.

18

Jusqu'à leur rencontre avec les vieillards de River Crossing, Susannah n'avait vu Roland que sous l'aspect d'un personnage de ces feuilletons télé qu'elle regardait rarement : *Cheyenne, Le Fusilier*, et, il va sans dire, l'archétype de tous, *Gunsmoke*. Celui-là, elle l'avait parfois écouté à la radio avec son père avant qu'il ne passe sur le petit écran (combien l'idée d'un drame radiophonique serait étrangère à Eddie et à Jake... À cette pensée, elle sourit — le monde de Roland n'était pas le seul qui eût changé). Elle se rappelait encore ce que le narrateur disait au début de ces piécettes radiophoniques : « Cela rend un homme vigilant... et un peu solitaire. »

Jusqu'à River Crossing, ce stéréotype, pour elle, avait résumé Roland à la perfection. Il n'avait pas la carrure de Marshal Dillon, il n'était pas de grande taille, tant s'en fallait, et son visage lui évoquait davantage celui d'un poète fatigué que celui d'un redresseur de torts de l'Ouest sauvage, mais elle l'avait toujours vu comme une version existentialiste de cet officier de la paix de pure fantaisie du Kansas dont l'unique mission dans la vie (à part boire un coup à l'occasion au *Longbranch* en compagnie de ses copains Doc et Kitty) avait été de nettoyer Dodge.

À présent, elle comprenait que Roland avait jadis été plus qu'un flic sillonnant un paysage surréaliste à la Dali aux confins du monde. Il avait été un diplomate, un médiateur, peut-être même un professeur. Surtout, il avait été un soldat de ce que ces gens-là appelaient « le Blanc », ce par quoi, supposa-t-elle, ils entendaient les influences de la civilisation qui freinaient suffisamment les massacres pour permettre quelque progrès. En son temps, Roland avait été plus un chevalier errant qu'un chasseur de primes. Et, à nombre d'égards, ceci *était* toujours son temps ; à coup sûr, c'était ce qu'avaient pensé les habitants de River Crossing. Pourquoi, sinon, se seraient-ils agenouillés dans la poussière pour recevoir sa bénédiction ?

Forte de cette intuition nouvelle, Susannah comprit avec quelle intelligence le pistolero les avait manipulés depuis l'horrible matin dans l'anneau de parole. Chaque fois qu'ils avaient voulu aborder un sujet de conversation qui eût abouti à un échange de vues — et quoi de plus naturel eu égard au « tirage » cataclysmique et inexplicable que chacun d'eux avait vécu ? —, Roland s'était empressé d'intervenir pour changer le cours de la conversation avec tant de doigté que tous (elle y comprise, qui avait passé près de quatre ans immergée jusqu'au cou dans le mouvement pour les droits civils) n'y avaient vu que du feu.

Susannah crut deviner ce qui motivait le pistolero — il voulait donner à Jake le temps de guérir. Mais comprendre ses mobiles ne changeait rien aux sentiments — étonnement, amusement, dépit — qu'éprouvait la jeune femme devant le brio avec lequel le pistolero les avait roulés dans la farine. Elle se rappela quelque chose qu'Andrew, son chauffeur, avait dit peu avant que Roland ne l'eût entraînée dans ce monde-ci, à savoir que le président Kennedy était le dernier pistolero du monde occidental. Elle s'était fichue de lui, à l'époque, mais à présent elle croyait comprendre qu'il y avait beaucoup plus de J. F. K. dans Roland que de Matt Dillon. Si Roland, à son sens, ne possédait guère l'imagination de Kennedy, en ce qui concernait le charme... le dévouement... le charisme...

Et la ruse, pensa-t-elle. N'oublie pas la ruse.

Elle éclata de rire et en fut la première surprise.

Roland, assis en tailleur, se tourna vers elle, sourcils levés.

— Quelque chose de drôle ?

— Très. Dis-moi... combien de langues parles-tu ?

Le pistolero réfléchit.

— Cinq, finit-il par répondre. Je parlais à la perfection les dialectes sellians, mais j'ai peur d'avoir tout oublié, excepté les jurons.

Susannah rit encore. Un son gai, de pur ravissement.

— Tu es un renard, Roland ! Un renard, ah oui !

Jake prit l'air intéressé.

— Dis un juron en strelleran.

— En *sellian*, le corrigea Roland.

Il se tut une minute, puis marmonna quelque chose dans un grasseyement rapide ; pour Eddie, ce fut un peu comme s'il se gargarisait avec un liquide très épais — du café vieux d'une semaine, par exemple. Roland sourit en le proférant.

Jake lui rendit son sourire.

— Qu'est-ce que ça veut dire ?

Roland entoura un moment de son bras les épaules du garçon.

— Que nous avons à discuter de pas mal de choses.

— Ouais, ça ne m'étonne pas, fit Eddie.

19

— Nous sommes un *ka-tet*, commença Roland. En d'autres termes, un groupe d'individus liés par le destin. Les philosophes de mon pays affirmaient que seules la mort ou la trahison pouvaient rompre un *ka-tet*. Mon grand Maître, Cort, prétendait pour sa part que, puisque la mort et la trahison sont elles aussi des rayons de la roue du *ka*, une telle union ne saurait jamais être brisée. À mesure que les années passent et que croît mon expérience, j'adhère de plus en plus à la façon de voir de Cort.

« Chaque membre d'un *ka-tet* est semblable à une pièce de puzzle. Prise isolément, chacune est un mystère, mais une fois assemblées, toutes forment une image... ou une *partie* d'une image. Il peut falloir beaucoup de *ka-tets* pour parachever une image. Ne soyez pas surpris en découvrant que vos vies se touchent d'une façon que vous ne soupçonniez pas jusqu'alors. Ainsi, chacun de vous trois est capable de connaître les pensées des deux autres...

— Quoi ? brailla Eddie.

— C'est la vérité. Vous partagez si naturellement les pensées les uns des autres que vous n'en avez jamais pris conscience, mais le fait est. Il est indéniablement plus facile pour moi de m'en rendre compte, parce que je ne suis pas membre à part entière de ce *ka-tet* — sans doute parce que je n'appartiens pas à votre monde — et ne puis donc partager complètement ce don. Mais je *peux* vous envoyer des pensées. Susannah, tu te rappelles quand nous étions dans l'anneau de parole ?

— Oui. Tu m'as dit de lâcher le démon à ton signal. Sauf que tu ne t'es pas exprimé à haute voix.

— Eddie... tu te souviens quand on était dans la clairière de l'ours et que la chauve-souris métallique a fondu sur toi ?

— Oui. Tu m'as dit de me baisser.

— Il n'a pas ouvert la bouche, Eddie, intervint Susannah.

— Si ! Tu as *crié* ! Je t'ai *entendu*, mec !

— J'ai crié, d'accord, mais dans ma *tête*. (Le pistolero se tourna vers Jake.) Tu te souviens, dans la maison ?

— Quand la lame de parquet sur laquelle je tirais ne venait pas, tu m'as dit d'essayer celle d'à côté. Mais si tu ne sais pas lire dans les pensées, Roland, comment pouvais-tu deviner dans quel pétrin j'étais ?

— J'ai *vu*. Je n'ai rien entendu, mais j'ai *vu*... à peine, comme par une vitre sale. (Il embrassa le trio du regard.) Cette proximité, cette aptitude à partager les pensées s'appelle le *knef*, un mot qui a beaucoup d'autres sens dans la langue originelle du vieux monde... Eau, naissance, force vitale n'en sont que trois parmi d'autres. Soyez-en conscients. C'est tout ce que je vous demande pour l'instant.

— Comment peut-on être conscient d'un truc auquel on ne croit pas ? demanda Eddie.

Roland sourit.

— Il suffit de garder l'esprit ouvert.

— Ça, c'est dans mes cordes.

— Roland ? (C'était Jake.) Penses-tu qu'Ote puisse faire partie de notre *ka-tet* ?

Susannah sourit, mais pas Roland.

— Je n'en ai aucune idée pour l'heure... mais je te le dirai, Jake. J'ai beaucoup songé à ton ami à fourrure. Le *ka* ne régit pas tout, et des coïncidences peuvent toujours se produire... Toutefois, la brusque apparition d'un bafou-bafouilleux qui a gardé la mémoire des hommes me paraît plus qu'une simple coïncidence. (Il jeta un coup d'œil à chacun.) Je vais parler le premier. Eddie prendra ma suite, enchaînant le récit là où je l'aurai laissé, puis Susannah. Jake, tu interviendras le dernier. D'accord ?

Ils acquiescèrent.

— Bien. Nous sommes un *ka-tet* — un parmi nombre d'autres. Que la discussion commence !

20

La discussion se poursuivit jusqu'au coucher du soleil, seulement interrompue le temps de leur permettre d'avaler un repas froid, et, lorsqu'elle prit fin, Eddie eut l'impression d'avoir livré douze rounds contre Sugar Ray Leonard. Il ne doutait plus qu'ils eussent « partagé le *khef* », ainsi que le formula Roland. Jake et lui semblaient vraiment avoir vécu chacun la vie de l'autre dans leurs rêves, comme s'ils figuraient les deux moitiés d'un même tout.

Roland évoqua d'abord l'épisode qui s'était déroulé sous les montagnes, là où s'était achevée la première vie de Jake dans le présent monde. Il relata les discussions qu'il avait eues avec l'homme en noir, ainsi que les vagues allusions de Walter à propos d'une Bête et d'un quidam qu'il appelait l'Étranger sans âge. Il parla du rêve étrange et déroutant qu'il avait fait, dans lequel l'univers tout entier s'était abîmé au sein d'un rayon d'une fantastique lumière blanche. Il raconta aussi comment, à la fin de ce rêve, une touffe d'herbe pourpre lui était apparue.

Eddie lança un regard en coin à Jake et fut abasourdi de voir de la reconnaissance — de la *recognition* — dans les yeux du gamin.

21

Si Roland avait dévoilé à Eddie d'incohérentes bribes de son récit à l'époque de son délire, celui-ci était inouï pour Susannah, et la jeune femme dressait l'oreille, les yeux comme des soucoupes. Lorsque Roland répéta les propos que Walter lui avait tenus, elle capta des lueurs de son monde à elle, tels des reflets dans un miroir brisé : des voitures, le cancer, des fusées allant sur la Lune, l'insémination artificielle. Elle ne savait pas le premier mot de ce qu'était la Bête, mais elle identifia l'Étranger sans âge comme étant une variante du nom de Merlin, l'enchanteur qui, paraît-il, avait orchestré la carrière du roi Arthur. De plus en plus curieux.

Roland leur confia s'être réveillé et avoir découvert que Walter était mort depuis des années — le temps, en quelque sorte, avait glissé en avant, peut-être de cent ans, peut-être de cinq cents. Jake écoutait dans un silence fasciné le pistolero leur dire qu'il avait abordé au rivage de la mer Occidentale, leur raconter comment il avait perdu deux des doigts de sa main droite et entraîné avec lui Eddie et Susannah avant de rencontrer Jack Mort, le sombre troisième.

Du geste, le pistolero invita Eddie à poursuivre le récit par l'apparition du grand ours.

— « Shardik » ? intervint Jake. Mais c'est le nom d'un *livre* ! Un livre de *notre* monde ! Il a été écrit par l'homme qui a pondu ce fameux bouquin sur les lapins...

— Richard Adams ! s'écria Eddie. Et le bouquin sur les Jeannot lapins s'intitulait *Watership Down* ! Je *savais* que je connaissais ce nom-là ! Mais comment est-ce possible, Roland ? Comment se fait-il que des gens de ton monde connaissent des choses du nôtre ?

— Il y a des portes, non ? N'en n'avons-nous pas déjà vu quatre ? Tu crois qu'elles n'existaient pas avant ou qu'elles n'existeront plus après ?

— Mais...

— Chacun de nous a vu des vestiges de votre monde dans le mien, et quand j'étais dans votre cité de New York, j'ai vu des traces de mon monde dans le vôtre. J'ai vu des *pistoleros*... Mollassons et lents pour la plupart, mais d'authentiques pistoleros quand même, à l'évidence des membres de leur ancien *ka-tet*.

— Roland, ce n'étaient que des flics. Tu les as enfoncés dans les grandes largeurs.

— Pas le dernier. Quand Jack Mort et moi étions dans le métro, ce type a failli m'avoir. Sans ce coup de pot — la pierre à briquet de Mort —, il m'aurait descendu. Celui-là... j'ai vu ses yeux. Il connaissait le visage de son père. Très bien, je crois. Et alors... Tu te rappelles le nom du night-club de Balazar ?

— Je veux, répondit Eddie, mal à l'aise dans ses baskets. La Tour penchée. Pure coïncidence, si ça se trouve. Tu as dit toi-même que le *ka* ne régissait pas tout.

Roland hocha la tête.

— Tu es vraiment le portrait craché de Cuthbert ! Je me souviens d'un truc qu'il a dit quand nous étions gosses. Nous projetions une expédition nocturne au cimetière ; Alain ne voulait pas venir. Il prétendait avoir peur d'offenser les ombres de ses ancêtres. Cuthbert s'est moqué de lui. Il a dit qu'il ne croirait aux revenants que lorsqu'il en tiendrait un entre ses dents.

— Voilà qui est parler ! Bravo !

Roland sourit.

— J'étais sûr que l'histoire te plairait. Bon, laissons là ce fantôme. Poursuis ton récit.

Eddie parla de la vision qu'il avait eue quand Roland avait lancé la mâchoire dans le feu — la vision de la clé et de la rose. Il évoqua son rêve, et la façon dont il avait franchi la porte de la boutique de Tom et Gerry, puis traversé le champ de roses que dominait la haute tour couleur de suie. Il dit le nuage sombre qui avait jailli de ses fenêtres pour envahir le ciel, s'adressant alors à Jake seul, car le gamin l'écoutait avec une intensité avide et un étonnement croissant. Il tenta de faire passer un peu de l'exaltation et de la terreur qui avaient baigné son rêve et lut dans les yeux de ses compagnons — ceux de Jake, surtout — que sa performance dépassait tous ses espoirs... ou qu'ils avaient eux-mêmes fait ce rêve.

Il leur raconta avoir suivi les traces de Shardik jusqu'au Portail de l'Ours, leur narra que, quand il y avait appuyé la tête, il s'était surpris à se rappeler le jour où il avait convaincu son frère de l'emmener à Dutch Hill afin de voir le Manoir. Il parla du pot et de l'aiguille et du fait que l'aiguille pointée avait perdu son utilité une fois qu'ils s'étaient rendu compte qu'ils pouvaient voir le Rayon à l'œuvre dans chaque chose que celui-ci touchait, jusqu'aux oiseaux dans le ciel.

Susannah prit alors la suite du récit. Tandis qu'elle parlait, racontant comment Eddie avait entrepris de sculpter sa propre version de la clé, Jake se mit sur le dos et, les mains croisées derrière la nuque, observa les nuages qui progressaient lentement vers la cité, cap sur le sud-est. La figure bien ordonnée qu'ils formaient témoignait de la présence du Rayon aussi sûrement que la fumée sortant d'une cheminée indique la direction du vent.

Susannah termina son récit en évoquant comment ils avaient finalement tiré Jake dans ce monde, colmatant la brèche des souvenirs du gamin et de ceux de Roland aussi soudainement et aussi complètement qu'Eddie avait fermé la porte de l'anneau de parole. Le seul fait qu'elle passa sous silence n'en était pas un à strictement parler — du moins pas encore. Elle n'avait pas de nausées au réveil, n'est-ce pas, et une seule absence de règles n'était pas symptomatique. Ainsi que Roland lui-même aurait pu le dire, c'était un récit qu'il valait mieux laisser en réserve pour un autre jour.

Cependant, lorsqu'elle se tut, elle se surprit à souhaiter pouvoir oublier les paroles que tantine Talitha avait prononcées quand Jake avait affirmé que ce monde était désormais le sien : *Dans ce cas, que Dieu ait pitié de toi, car le soleil se couche sur le monde. Il se couche pour toujours.*

— À ton tour, Jake, dit Roland.

Jake s'assit et tourna son regard vers Lud, où les fenêtres des tours situées à l'ouest reflétaient en plaques dorées la lumière de fin d'après-midi.

— Toute cette histoire est démente, murmura-t-il, mais fait presque sens. Comme un rêve au moment où on se réveille.

— On peut peut-être t'aider à y voir clair, dit Susannah.

— Peut-être. Du moins pouvez-vous m'aider à réfléchir à propos du train. Je suis fatigué de tenter de trouver un sens à Blaine. (Il soupira.) Vous savez ce par quoi Roland est passé, vivant deux vies à la fois, je peux donc sauter cette partie-là. Je ne suis pas sûr de pouvoir jamais expliquer comment c'était, en tout cas, et je ne veux même pas essayer. C'était choquant. Je crois que je ferais mieux de commencer par ma composition de fin d'année, parce que c'est à ce moment-là que j'ai cessé de croire que tout ce bazar allait s'arranger. (Il regarda l'auditoire, la mine sombre.) C'est à ce moment-là que j'ai baissé les bras.

22

Jake parla jusqu'au coucher du soleil.

Il leur dit ce qu'il se rappelait, évoquant d'abord sa version des faits et terminant sur le monstrueux portier qui avait littéralement jailli de l'huisserie de la porte pour l'attaquer. Les trois autres l'écoutèrent sans l'interrompre.

Quand Jake eut achevé son récit, Roland se tourna vers Eddie, les yeux brillants d'un méli-mélo d'émotions, que celui-ci, dans un premier temps, prit pour de l'étonnement. Puis il s'aperçut qu'il s'agissait d'une formidable fièvre... et d'une peur profonde. Il sentit sa bouche devenir sèche. Si Roland lui-même avait la trouille...

— Doutes-tu toujours que nos mondes respectifs se chevauchent, Eddie ?

Eddie secoua la tête.

— Non. Je descendais la même rue, et *dans ses vêtements* ! Mais... Jake, puis-je avoir ce bouquin ? *Charlie le Tchou-tchou* ?

Jake tendit la main vers son sac à dos, mais Roland l'intercepta.

— Attends ! Retourne à l'endroit vide, Jake. Répète-nous ce passage. Essaie de te rappeler chaque détail.

— Peut-être devrais-tu me plonger sous hypnose, dit Jake avec hésitation. Comme tu l'as déjà fait dans le métro.

Roland secoua la tête.

— Inutile. Ce qui t'est arrivé dans ce lieu est l'événement majeur de ta vie, Jake. De toutes tes vies. Tu sauras t'en remémorer le moindre détail.

Rebelote, donc. Pour chacun d'eux, il était manifeste que l'expérience de Jake dans le lieu vide qu'avaient occupé un jour Tom et Gerry était le cœur secret du *ka-tet* qu'ils partageaient.

Dans le rêve d'Eddie, la boutique existait encore ; dans la réalité de Jake, elle n'était plus que décombres, mais, dans l'un et l'autre cas, c'était un endroit doté d'un énorme pouvoir talismanique ; Roland ne doutait pas que le lieu vide, avec ses briques effritées et ses vitres en morceaux, était une version différente de ce que Susannah connaissait sous le nom de Drawers et de ce que lui-même avait vu à la fin de sa vision dans l'ossuaire.

Alors qu'il narrait pour la seconde fois cette partie de l'histoire, avec une élocution très lente, Jake découvrit que le pistolero avait dit vrai : il *se rappelait* chaque détail. Ses souvenirs s'améliorèrent tant et si bien qu'il eut pour finir quasiment l'impression de revivre l'anecdote. Il leur parla du panneau annonçant qu'un complexe, la résidence de la Baie de la Tortue, allait être édifié à l'emplacement de la charcuterie de Tom et Gerry. Il se rappela même le petit poème bombé sur la clôture et le récita à l'intention de ses compagnons :

Vois la TORTUE comme elle est ronde !
Sur son dos repose le monde.
Tu veux des rires et des chansons ?
Suis donc le sentier du RAYON.

Susannah murmura :

— « Son esprit, quoique lent, est toujours très gentil. Il tient chacun de nous dans ses nombreux replis »... C'est bien ça, Roland ?

— Quoi ? fit Jake. C'est bien ça, quoi ?

— Un poème que j'ai appris enfant, expliqua Roland. C'est un nouveau lien, un de ceux qui veulent vraiment nous dire quelque chose, bien que je ne sois pas certain que ce soit quelque chose qu'il nous faille savoir... Bah ! Y voir un peu plus clair pourra se révéler utile un jour.

— Douze portails reliés par six rayons, dit Eddie. Nous avons commencé par l'Ours. Nous n'allons pas plus loin que la moitié — la Tour —, mais si nous parcourions tout le chemin jusqu'à l'autre bout, nous arriverions au Portail de la Tortue, n'est-ce pas ?

Roland opina.

— À coup sûr.

— Le Portail de la Tortue, fit Jake, pensif, roulant les syllabes dans sa bouche, comme s'il les goûtait.

Puis il acheva son récit en évoquant une fois encore la magnifique mélodie du chœur, le fait qu'il avait compris que visages, contes et légendes étaient partout et qu'il croyait de plus en plus être tombé sur quelque chose de très proche du noyau de toute existence. Enfin, il leur narra de nouveau sa découverte de la clé et sa vision de la rose. Absorbé dans ses souvenirs, il se mit à pleurer, sans s'en rendre compte, apparemment.

— Quand elle s'est ouverte, dit-il, j'ai noté que le cœur en était du jaune le plus vif qu'on ait jamais vu. Tout d'abord, j'ai pensé que c'était du pollen, éclatant parce que *tout*, dans cet endroit, claquait. Quand on regardait de vieux papiers de bonbons, ou des bouteilles de bière, c'était comme contempler les plus merveilleux tableaux qui eussent jamais été peints. Et puis, je me suis aperçu que c'était un soleil. Ça paraît dingue, je sais, mais voilà ce que c'était. Sauf que c'était davantage qu'un seul et unique astre. C'était...

— Ce n'étaient que des soleils, murmura Roland. Tout était *réel.*

— Oui ! Et c'était *bien* — et *pas bien* également. Je ne peux expliquer pourquoi ce n'était pas bien, mais le fait est. C'était comme deux battements de cœur, l'un à l'intérieur de l'autre, et celui de l'intérieur était malade. Ou infecté. Ensuite, je me suis évanoui.

23

— Tu as eu semblable vision à la fin de ton rêve, n'est-ce pas, Roland ? demanda Susannah d'une voix que la crainte muait en chuchotis. La touffe d'herbe que tu as vue avant qu'il ne s'achève... Tu as cru qu'elle était pourpre, parce qu'elle était tout éclaboussée de peinture.

— Tu ne comprends pas, rétorqua Jake. Elle était *réellement* pourpre. Quand je la voyais telle qu'elle était réellement, elle était *pourpre.* Je n'avais jamais rien vu de tel dans ma vie. La peinture n'était que du camouflage. De la même manière que le portier se camouflait pour ressembler à une vieille maison à l'abandon.

Le soleil avait atteint l'horizon. Roland demanda à Jake s'il voulait bien leur montrer *Charlie le Tchoutchou*, puis leur en faire la lecture. Le garçon passa le livre à la ronde. Eddie et Susannah observèrent la couverture un long moment.

— J'avais ce bouquin quand j'étais tout môme, dit enfin Eddie, de ce ton uni que donne la certitude absolue. Puis nous avons quitté Queens pour Brooklyn — je n'avais pas quatre ans —, et je l'ai perdu. Mais je me souviens du dessin sur la couverture. Et il me faisait le même effet qu'à toi, Jake. Je ne l'aimais pas. Il ne m'inspirait pas confiance.

Susannah leva les yeux et fixa Eddie.

— J'avais le même, moi aussi... Comment aurais-je pu oublier la petite fille qui porte mon prénom... même si, à l'époque, c'était mon second prénom ? Et j'éprouvais des sentiments analogues aux tiens envers le train. Je ne l'aimais pas et il ne m'inspirait pas confiance. (Elle tapota la couverture du doigt avant de passer le livre à Roland.) Je trouvais que ce sourire était une imposture de première bourre.

Roland n'accorda qu'un coup d'œil au dessin avant de reporter son regard sur Susannah.

— Tu l'as perdu, toi aussi ?

— Oui.

— Et je parie que je sais quand, dit Eddie.

Susannah hocha la tête.

— Je n'en doute pas. Ç'a été après que cet homme m'a lancé une brique sur le crâne. Je l'avais quand nous sommes partis dans le Nord pour le mariage de tante Bleue. Je l'avais dans le train. Je m'en souviens, parce que je ne cessais de demander à mon père si c'était Charlie le Tchou-tchou qui nous tirait. Je ne *voulais* pas que ce soit lui, parce que nous devions aller à Elisabeth, dans le New Jersey, et je pensais que Charlie risquait de nous emmener n'importe où. À la fin de l'histoire, n'entraîne-t-il pas à sa suite des gens dans un village miniature ou un truc dans ce goût-là, Jake ?

— Un parc d'attractions.

— Mais oui ! Un dessin le représente remorquant des enfants dans ce parc, non ? Tous ont l'air hilares, sauf que j'ai toujours pensé qu'en réalité ils hurlaient.

— Oui ! cria Jake. Oui, c'est exact ! C'est tout à fait ça !

— Je croyais que Charlie allait peut-être nous emmener là où il habitait, et non au mariage de ma tante, et qu'il ne nous laisserait jamais revenir chez nous.

— Tu ne peux pas rentrer chez toi, à présent, murmura Eddie, qui passa nerveusement les doigts dans ses cheveux.

— Tout le temps qu'on a été dans ce train, je n'ai pas lâché le livre. Je me souviens même d'avoir pensé : S'il tente de nous kidnapper, je déchirerai ses pages jusqu'à ce qu'il mette les pouces. Mais faut-il le dire ? Nous sommes arrivés à bon port, et à l'heure, qui plus est. Papa m'a emmenée au bout du quai, pour que je voie la locomotive. C'était un diesel, pas une locomotive à vapeur, et je me rappelle que ce détail m'a réjouie. Puis, après le mariage, le dénommé Mort m'a lancé cette brique et je suis restée dans le coma un bout de temps. Après ça, je n'ai jamais revu *Charlie le Tchou-tchou*. Pas jusqu'à aujourd'hui. (Elle hésita puis ajouta :) Ce pourrait être le mien, qui sait ?... Ou celui d'Eddie.

— Ouais, et c'est sans doute le cas, approuva Eddie. (Son visage était pâle et solennel... puis il eut un sourire de gosse.) « Voyez la TORTUE, c'est-y pas trognon ? Toute chose sert ce foutu Rayon. »

Roland observa l'ouest.

— Le soleil se couche. Lis-nous l'histoire avant que nous ne soyons privés de lumière, Jake.

Le garçon ouvrit le livre à la première page, leur montra le dessin représentant Bob le Mécano dans la cabine de Charlie et commença :

— « Bob Brooks travaillait comme mécanicien pour la compagnie ferroviaire de l'Entre-Deux-Mondes et faisait régulièrement le trajet de Saint Louis à Topeka... »

24

— « ... Et de temps en temps, les enfants entendent Charlie chanter sa vieille chanson de sa petite voix bourrue », termina Jake.

Il leur montra la dernière image — les enfants hilares qui, en réalité, auraient aussi bien pu être en train de hurler, puis referma le livre. Le soleil était couché ; le firmament était pourpre.

— Eh bien, c'est un peu tiré par les cheveux, dit Eddie. L'histoire s'apparente davantage à un rêve dans lequel il arrive que les rivières coulent vers l'amont, mais ça tient suffisamment la route pour me flanquer une pétoche de tous les diables. C'est l'Entre-Deux-Monde — le territoire de Charlie. Sauf que son nom, par ici, n'est pas Charlie. Dans le coin, on l'appelle Blaine le Mono.

Roland observait Jake.

— Donne-nous ton avis. Devrions-nous contourner la cité ? Croiser au large de ce train ?

Jake réfléchit, tête basse, ses doigts courant distraitement dans l'épaisse fourrure soyeuse d'Ote.

— J'aimerais bien, répondit-il enfin, mais si j'ai bien pigé ce truc à propos du *ka*, je ne crois pas que nous soyons supposés le faire.

Roland opina.

— S'il s'agit du *ka*, la question de savoir ce qu'on est supposés faire ou ne pas faire n'entre même pas en ligne de compte. Si nous évitions Lud, les circonstances nous forceraient à y revenir. En l'occurrence, mieux vaut se soumettre tout de suite à l'inévitable au lieu d'atermoyer. Qu'en penses-tu, Eddie ?

Eddie réfléchit aussi longuement et aussi soigneusement que Jake l'avait fait. Il ne voulait rien avoir à faire avec un train doué de la parole qui fonctionnait tout seul ; qu'on l'appelât Charlie le Tchou-tchou ou Blaine le Mono, tout ce que leur avait dit et lu Jake laissait supposer qu'il y avait de fortes chances que ce fût un engin mauvais. D'un autre côté, ils avaient des kilomètres et des kilomètres à parcourir, et, quelque part au bout du chemin, se trouvait ce qu'ils étaient venus chercher. À cette pensée, Eddie fut surpris de s'apercevoir qu'il avait les idées claires et savait exactement ce qu'il voulait. Il releva la tête et, pour la première fois ou presque depuis qu'il avait mis le pied dans ce monde, il fixa fermement le regard bleu délavé de Roland de ses yeux noisette.

— Je veux retourner dans ce champ de roses et voir la Tour qui s'y dresse. J'ignore tout ce qui se passera ensuite. Sans fleurs ni couronnes, sans doute, et pour chacun de nous. Mais je m'en tamponne le coquillard ! Je veux être de nouveau là-bas. Je me contrefiche que Blaine soit le diable et que le train traverse le cœur de l'enfer pour rejoindre la Tour. Je vote pour.

Roland hocha le menton et se tourna vers Susannah.

— Eh bien, je n'ai fait aucun rêve concernant la Tour sombre, dit la jeune femme, je ne peux donc aborder la question à ce niveau — le niveau du désir, diriez-vous, je suppose. Mais à présent, je crois au *ka*, et je ne suis pas paralysée au point de ne rien sentir quand quelqu'un me martèle le crâne de ses phalanges et me serine : « Ce chemin-là, idiote ! » Et toi, Roland ? Qu'en penses-tu ?

— Que nous avons eu notre content de parlotes pour aujourd'hui et que le moment est venu de laisser tomber jusqu'à demain.

— Et *Devine, Devinettes* ? demanda Jake. Tu veux y jeter un coup d'œil ?

— Nous aurons largement le temps un autre jour. Dormons un peu.

25

Le pistolero, cependant, fut long à trouver le sommeil ; quand le martèlement rythmé se fit de nouveau entendre, il se leva et retourna sur la route. Il s'immobilisa, le regard rivé sur le pont et la cité. Il était en tout point le fin diplomate que Susannah avait soupçonné ; il avait compris que le train constituait la prochaine étape sur la route qu'ils devaient prendre dès le moment ou presque où il en avait entendu parler... Toutefois, il avait senti qu'il ne serait pas sage de le dire. Eddie, notamment, détestait qu'on lui force la main ; quand il s'apercevait qu'on le manipulait, il baissait la tête, se campait fermement sur ses jambes, dévidait ses plaisanteries stupides et regimbait comme une mule. Cette fois, ses désirs étaient les mêmes que ceux de Roland, mais il risquait tout de même de dire *jour* si Roland disait *nuit* et *nuit* si Roland disait *jour*. Il était moins risqué d'y aller en douceur, et plus sûr de questionner plutôt que de parler.

Il tourna les talons pour faire demi-tour... et saisit son revolver à la vue d'une silhouette sombre qui le regardait, debout au bord de la route. Il ne tira pas, mais ce fut moins une.

— Je me demandais si tu arriverais à dormir après cette petite représentation, dit Eddie. Non, apparemment.

— Je ne t'ai pas entendu, Eddie. Tu fais des progrès... Sauf que, cette fois, tu as failli recevoir une balle dans le ventre pour ta peine.

— Tu ne m'as pas entendu, parce que ton esprit carbure à plein régime.

Eddie rejoignit le pistolero et, même à la lumière des seules étoiles, celui-ci vit que le garçon n'était pas dupe pour un sou. Son respect pour lui s'en accrut encore. C'était à Cuthbert qu'Eddie lui faisait penser ; à nombre d'égards, toutefois, Eddie avait dépassé son ami de jadis.

Si je le sous-estime, songea-t-il, je suis bon pour m'en tirer avec une patte sanguinolente. Et si je le laisse tomber ou si je fais quelque chose qu'il verra comme une trahison, il essaiera probablement de me tuer.

— Qu'est-ce qui te tracasse, Eddie ?

— Toi. Nous. Je veux que tu saches ceci : jusqu'à ce soir, je supposais que tu le savais déjà. À présent, je n'en jurerais pas.

— Dis-moi, alors.

Comme il ressemble à Cuthbert ! pensa de nouveau le pistolero.

— Nous sommes avec toi parce que nous y sommes forcés... ton foutu *ka*. Mais également parce que nous le *voulons*. Cela est vrai pour Susannah et moi, et je suis à peu près certain que ça l'est aussi pour Jake. Tu es très intelligent, mon vieux poteau *khef*, mais tu devrais mettre ton intelligence dans un abri antibombes, parce que c'est vachement dur parfois de te suivre. Je veux la voir, Roland. Tu piges ce que je suis en train de te dire ? *Je veux voir la Tour*. (Eddie scruta le visage de Roland, n'y aperçut apparemment pas ce qu'il espérait y trouver et leva les mains en signe d'exaspération.) Je veux que tu cesses de me tirer par l'oreille comme un gosse !

— Que je cesse de te tirer par l'oreille ?

— Ouais. Te fatigue plus à me traîner. Je viens de mon plein gré. *Nous* venons de notre plein gré. Si tu mourais cette nuit dans ton sommeil, on t'enterrerait puis on reprendrait la route. Probable qu'on ne ferait pas de vieux os, mais on mourrait sur le sentier du Rayon. Tu comprends, maintenant ?

— Oui.

— Puisque tu le dis... Mais me crois-tu ?

Bien sûr, songea Roland. Où pourrais-tu aller, sinon, Eddie, dans ce monde qui t'est si étranger ? Et que pourrais-tu faire d'autre ? Tu ferais un bien piètre fermier.

Mais cette pensée était mesquine et injuste, et Roland le savait. Dénigrer le libre arbitre en le confondant avec le *ka* était pire qu'un blasphème ; c'était agaçant et stupide.

— Oui, répondit-il. Je te crois. Par mon âme, je te crois.

— Alors, cesse de te conduire comme si nous étions un troupeau de moutons et toi le berger nous filant le train en agitant une houlette pour nous empêcher, écervelées créatures, de quitter la route pour nous précipiter dans des sables mouvants. Montre-toi plus tolérant envers nous. Si nous devons mourir dans la cité ou à bord de ce train, que je perde la vie en sachant que j'étais plus qu'un simple pion sur ton échiquier !

Roland sentit la colère lui échauffer les joues, mais s'illusionner n'avait jamais été son fort. S'il était furieux, ce n'était pas parce que Eddie avait tort, mais parce qu'il avait lu en lui. Roland l'avait regardé aller son petit bonhomme de chemin, s'éloignant sans cesse davantage de sa prison — de même que Susannah, car elle aussi avait été emprisonnée — et, pourtant, son cœur n'avait jamais tout à fait accepté la preuve que lui donnaient ses sens. Apparemment, son cœur voulait continuer de les voir comme des êtres différents, inférieurs.

Roland inspira à fond.

— Pistolero, j'implore ton pardon.

Eddie hocha la tête.

— Nous fonçons droit dans un bel ouragan d'emmerdes... Je le sens, et j'ai une frousse bleue. Cependant, ce ne sont pas *tes* emmerdes, mais les *nôtres*. D'accord ?

— Oui.

— D'après toi, qu'est-ce qu'on risque, au pire, dans la cité ?

— Je l'ignore. Je sais seulement que nous devons tenter de protéger Jake, parce que la vieille tantine a dit qu'il susciterait la convoitise des deux factions en présence. Pour une part, les dangers que nous courrons seront fonction du temps qu'il nous faudra pour dénicher ce train. Pour l'essentiel, toutefois, ils dépendront de ce qui arrivera quand nous l'aurons trouvé. Si notre troupe était plus forte de deux hommes, je placerais Jake dans une boîte roulante et l'entourerais de fusils de toutes parts.

Comme ce n'est pas le cas, nous marcherons en file indienne — moi le premier, Jake derrière poussant Susannah et toi fermant la marche.

— Des tas d'emmerdes, Roland ? Essaie de deviner.

— Je ne puis.

— Je pense que si. Tu ne connais pas la cité, mais tu sais comment les gens de ton monde se sont comportés depuis que les choses ont commencé à se désagréger. Beaucoup d'emmerdes ?

Roland se tourna vers le bruit régulier de la batterie et réfléchit.

— Pas trop, si ça se trouve. Je suppose que les combattants sont vieux et démoralisés. Il se peut que tu aies raison et que certains nous offrent même leur aide, ainsi que l'a fait le *ka-tet* de River Crossing. Peut-être ne verrons-nous personne... Eux nous verront, verront que nous avons des armes et ils feront l'autruche, nous laissant aller notre chemin. Sinon, j'espère qu'ils s'égailleront comme des rats si nous faisons le coup de feu.

— Et s'ils décident de passer à l'attaque ?

Roland sourit.

— Dans ce cas, Eddie, nous nous rappellerons *tous* le visage de nos pères.

Les yeux d'Eddie étincelèrent dans les ténèbres et, de nouveau, Roland ne put s'empêcher de songer à Cuthbert — Cuthbert qui avait déclaré un jour qu'il ne croirait aux fantômes que lorsqu'il en aurait un entre les dents, Cuthbert avec qui il avait jadis éparpillé des miettes de pain sous un gibet.

— Ai-je répondu à toutes tes questions ?

— Non... Mais je crois que, ce coup-ci, tu as joué franc jeu avec moi.

— Eh bien, bonne nuit, Eddie.

— Bonne nuit.

Eddie tourna les talons et s'éloigna. Roland le suivit des yeux. À présent qu'il était à l'écoute, il l'entendait... mais si peu. Il fit lui aussi demi-tour, puis pivota vers les ténèbres au sein desquelles se dressait la cité de Lud.

Il est ce que la vieille femme appelait un Ado. Elle a dit que les deux factions se le disputeraient.

Tu ne vas pas me laisser tomber, cette fois ?

Non. Pas cette fois. Plus jamais.

Mais Roland savait un fait que les autres ignoraient. Après la conversation qu'il venait d'avoir avec Eddie, peut-être devait-il le leur dire... Mais non. Il le garderait pour lui encore un peu.

Dans l'ancienne langue qui avait jadis été la *lingua franca* de son monde, la plupart des mots, ainsi *khef* et *ka*, avaient de multiples significations. Le mot *char*, cependant — *char* comme dans Charlie le Tchou-tchou — n'en avait qu'une.

Char signifiait la mort.

II

Le pont et la cité

1

Ils découvrirent l'avion écrasé trois jours plus tard.

Jake le montra du doigt d'abord en milieu de matinée — un éclat de lumière à une quinzaine de kilomètres, comme un miroir posé dans l'herbe. Quand ils s'en furent rapprochés, ils distinguèrent un gros objet noir sur le bas-côté de la Grand-Route.

— On dirait un oiseau mort, dit Roland. De grande taille.

— Ce n'est pas un oiseau, dit Eddie. C'est un avion. Je suis à peu près sûr que c'est la réverbération du soleil sur la verrière du cockpit qui provoque cette clarté éblouissante.

Une heure plus tard, ils contemplaient en silence l'antique épave. Trois corneilles grassouillettes, perchées sur la peau en lambeaux du fuselage, fixaient les nouveaux venus avec insolence. Jake ramassa un caillou sur le bord de la route et le leur lança. Les volatiles s'envolèrent pesamment dans des croassements d'indignation.

Une des ailes de l'avion, cassée dans la chute, se trouvait à trente mètres de là, ombre pareille à une planche de surf plongeant en piqué au sein de l'herbe haute. Le reste de la machine volante était à peu près intact. La verrière du cockpit s'était fêlée en étoile là où l'avait heurtée la tête du pilote. Une large tache couleur de rouille s'y étalait.

Ote trottina jusqu'à l'endroit où trois pales rouillées se

dressaient hors de la végétation, les renifla, puis revint à la hâte vers Jake.

L'homme, dans le cockpit, n'était plus qu'une momie desséchée portant une veste de cuir rembourrée et un casque orné d'une pointe en son sommet. Il n'avait plus de lèvres, ses dents étaient dénudées sur une ultime et atroce grimace. Ses doigts, autrefois aussi gros que des saucisses et désormais réduits à l'état d'os couverts de peau, agrippaient le manche à balai. Son crâne était enfoncé là où il avait frappé le verre, et Roland devina que les amas gris verdâtre qui maculaient le côté gauche de son visage étaient tout ce qui restait de sa cervelle. Sa tête était inclinée en arrière, comme s'il n'avait pas douté, même à l'instant de sa mort, pouvoir de nouveau rejoindre le ciel. L'aile intacte de l'avion saillait de l'herbe luxuriante. On y discernait des insignes passés, qui représentaient un poing brandissant la foudre.

— M'est avis que tantine Talitha se gourait et que le vieil albinos était dans le vrai, finalement, dit Susannah d'une voix apeurée. Ce doit être David Quick, le prince hors-la-loi. Regarde sa taille, Roland... Il a sûrement fallu le graisser pour le faire entrer dans le cockpit.

Roland hocha la tête. Si la chaleur et les années avaient métamorphosé l'homme enfermé dans l'oiseau mécanique en un squelette enveloppé de peau sèche, il pressentait la largeur de sa carrure, et la tête difforme était massive.

— « Ainsi s'est abattu lord Perth, dit-il, et la campagne a tremblé sous ce coup de tonnerre. »

Jake lui adressa un regard interrogateur.

— C'est tiré d'un vieux poème. Lord Perth, parti guerroyer à la tête d'un millier d'hommes, était encore sur ses terres quand un petit garçon lui jeta une pierre, le blessant au genou. Il trébucha, le poids de son armure l'entraîna à terre et il se rompit le cou dans sa chute.

— Ça ressemble à notre histoire de David et de Goliath, dit Jake.

— Il n'y a pas eu de pétarade, déclara Eddie. Je parie qu'il est tout bêtement tombé en panne sèche et qu'il a essayé de faire un atterrissage forcé sur la route. C'était peut-être un hors-la-loi et un barbare, n'empêche qu'il avait des tripes.

Roland opina et regarda Jake.

— Tu supportes le choc ?

— Oui. Si ce type était encore... euh... coulant, ce serait peut-être différent. (Jake détourna son regard du cadavre et le porta sur la cité. Lud était beaucoup plus proche et plus nette à présent, et bien qu'on distinguât de nombreuses vitres brisées dans les tours, comme Eddie, il n'avait pas abandonné tout espoir d'y trouver de l'aide.) Je serais prêt à parier que les choses se sont comme qui dirait dégradées dans la cité après sa mort.

— À mon avis, tu gagnerais ton pari, dit Roland.

— Tu sais quoi ? (Jake étudiait de nouveau l'avion.) Les gens qui ont bâti cette ville ont peut-être également construit des avions, mais celui-là est un des nôtres. J'ai fait une rédaction à l'école, en septième, sur les combats aériens, et il me semble le reconnaître. Roland, je peux l'examiner de plus près ?

Le pistolero opina.

— Je t'accompagne.

Tous deux se dirigèrent vers l'avion ; l'herbe haute bruissait contre leurs pantalons.

— Regarde ! Tu vois la mitrailleuse sous l'aile ? C'est un modèle allemand à air froid, et l'avion est un Focke-Wulf d'avant la Seconde Guerre mondiale. J'en suis sûr ! Mais qu'est-ce qu'il fabrique ici ?

— De nombreux avions disparaissent, dit Eddie. Prends le Triangle des Bermudes, par exemple. C'est un endroit perdu au milieu d'un de nos océans, Roland. On le prétend ensorcelé. Peut-être est-ce une grande porte entre nos mondes — une porte qui reste ouverte en permanence. (Eddie voûta les épaules et s'essaya à une mauvaise imitation de Rod Serling.) « Attachez vos ceintures et préparez-vous à des turbulences : vous allez entrer dans... la zone de Roland ! »

Jake et Roland, à présent sous l'aile, ne lui prêtèrent pas attention.

— Soulève-moi, Roland.

Le pistolero secoua la tête.

— Cette aile a l'air solide, mais elle ne l'est pas — cet appareil est là depuis un bail, Jake. Tu risques de tomber.

— Fais-moi la courte échelle, alors.

— Je m'en charge, Roland, dit Eddie.

Roland examina un moment sa main droite mutilée, haussa les épaules et croisa les mains.

— Laisse. Il n'est pas lourd.

Jake ôta ses mocassins et se hissa avec légèreté dans l'étrier que lui avait fait Roland. Ote se mit à pousser des aboiements perçants. Excitation ou inquiétude ? Roland n'aurait su le dire.

Jake pressa sa poitrine contre un des volets rouillés de l'avion, le regard à hauteur des insignes représentant le poing brandissant la foudre. Ils s'étaient un peu décollés de l'aile. Jake saisit le volet et tira. Il se détacha si aisément que le garçon serait tombé à la renverse si Eddie, qui se tenait dans son dos, n'avait posé une main sur ses fesses pour le maintenir en équilibre.

— Je le *savais*, dit Jake. (Un autre emblème apparaissait à présent distinctement sous le poing et la foudre — un svastika.) Je voulais juste le voir. Tu peux me reposer par terre.

Ils se remirent en route. Chaque fois qu'ils se retournèrent, cet après-midi-là, ils aperçurent la queue de l'avion, se dressant nettement hors de l'herbe haute tel le monument funéraire de lord Perth.

2

Ce fut au tour de Jake de préparer le feu ce soir-là. Quand il eut disposé le bois à la satisfaction du pistolero, celui-ci lui tendit sa pierre à briquet.

— Voyons comment tu t'y prends.

Eddie et Susannah étaient assis à l'écart, leurs bras affectueusement passés autour de la taille l'un de l'autre. En fin de journée, Eddie avait trouvé une fleur jaune vif au bord de la route et l'avait cueillie pour la jeune femme. Elle l'avait piquée dans ses cheveux et, chaque fois qu'elle regardait Eddie, ses lèvres esquissaient un léger sourire et ses yeux s'emplissaient de lumière. Roland avait remarqué ces détails, et ils lui étaient agréables. L'amour des deux jeunes gens se faisait plus profond, plus fort. C'était bien. Assurément, il devrait être profond et fort pour survivre aux mois et aux années à venir.

Jake fit jaillir une étincelle, qui s'illumina à quelques centimètres du petit bois.

— Rapproche la pierre, dit Roland, et tiens-la bien. Et ne la *frappe* pas contre l'acier, Jake. *Frotte*-la.

Jake recommença et, cette fois, l'étincelle s'alluma dans le bois. Une légère volute de fumée s'éleva, mais le feu ne prit pas.

— Je ne suis pas très doué, on dirait.

— Tu vas y arriver. En attendant, réfléchis à ceci : qu'est-ce qui est vêtu quand la nuit tombe et dévêtu quand le jour point ?

— Hein ?

Roland rapprocha les mains de Jake du tas de brindilles.

— Je parie que celle-là n'est pas dans ton livre.

— Oh, c'est une devinette ! (Jake fit jaillir une autre étincelle. Cette fois, une flamme minuscule luit dans le bois avant de s'éteindre.) Tu en connais quelques-unes, toi aussi ?

Roland hocha la tête.

— Pas quelques-unes... plein. Quand j'étais gosse, j'ai dû en connaître des milliers. Ça faisait partie de mes études.

— Sans blague ? Pourquoi étudierait-on des devinettes ?

— Vannay, mon précepteur, affirmait qu'un garçon capable de répondre à une devinette avait l'esprit agile. On avait des concours de devinettes chaque vendredi midi et le gagnant ou la gagnante avait le droit de sortir plus tôt de l'école.

— T'arrivait-il fréquemment de partir plus tôt, Roland ? demanda Susannah.

Il secoua la tête, une esquisse de sourire sur les lèvres.

— J'adorais les devinettes, mais je n'étais pas très fort. Vannay disait que c'était parce que je pensais trop en profondeur, mon père parce que je manquais d'imagination. Tous deux avaient raison, je crois... Mon père, toutefois, était un peu plus près de la vérité. J'ai toujours été capable de dégainer un pistolet plus promptement qu'aucun de mes camarades et de viser plus sûrement dans le mille, mais je n'ai jamais eu l'esprit très agile.

Susannah, qui avait observé Roland de près quand il avait eu affaire aux vieillards de River Crossing, jugea que le pistolero se sous-estimait, mais ne souffla mot.

— Parfois, les soirs d'hiver, on organisait des concours de devinettes dans le grand hall. Quand il n'y avait que les jeunes, c'était toujours Alain qui gagnait. Quand les adultes, eux aussi, prenaient part à la compétition, c'était Cort. Il avait oublié plus de devinettes que nous n'en avions jamais su et, à la fin des Jeux de la Foire, il rapportait invariablement l'oie chez lui. Les devinettes ont de grands pouvoirs, et tout un chacun en connaît une ou deux.

— Même moi, dit Eddie. Par exemple, pourquoi le bébé mort a-t-il traversé la route ?

— C'est idiot, Eddie, fit Susannah.

Mais la jeune femme souriait.

— Parce qu'il était agrafé au poulet ! brailla Eddie, qui sourit quand Jake éclata de rire, faisant s'écrouler sa pile de petit bois. Hi, hi, hi, j'en ai des millions de la même veine, les mecs !

Roland, lui, ne rit pas. Il paraissait même un brin offensé.

— Pardonne-moi de te dire ça, Eddie, mais c'est assez stupide.

— Mon Dieu, Roland, je suis navré ! (Eddie souriait toujours, mais il avait l'air un peu irrité.) J'oublie tout le temps que tu as perdu ton sens de l'humour dans la Croisade des Enfants, ou je ne sais quoi.

— C'est seulement que je prends les devinettes au sérieux. On m'a enseigné que l'aptitude à les résoudre était la marque d'un esprit sain et rationnel.

— Sauf que ce n'est pas demain la veille qu'elles supplanteront les œuvres de Shakespeare ou les équations du second degré. Bon, ne nous emballons pas !

Jake regardait pensivement Roland.

— Mon livre disait que les devinettes sont le jeu de société le plus ancien auquel on joue encore. Dans notre monde, je veux dire. Et le type que j'ai rencontré dans la librairie prétendait que c'était une affaire sérieuse, pas uniquement des blagues. Que des gens pouvaient mourir à cause d'elles.

Roland scrutait les ténèbres grandissantes.

— En effet. J'ai vu cela se produire.

Il se remémorait certains Jeux de la Foire qui ne s'étaient pas achevés sur la remise de l'oie au vainqueur, mais par la mort d'un bigleux coiffé d'un chapeau à grelots roulant dans la poussière, un poignard planté en plein cœur. Le poignard de Cort. L'homme, un troubadour et acrobate ambulant, avait tenté de duper Cort en volant le carnet du juge dans lequel les réponses étaient consignées sur de petits morceaux d'écorce.

— Eh bien, scusez-moi, m'sieu-dames ! fit Eddie.

Susannah regardait Jake.

— Je ne me souvenais plus du tout de ton livre de devinettes. Pourrais-je y jeter un coup d'œil ?

— Bien sûr. Il est dans mon sac à dos. Mais les réponses n'y figurent plus. Peut-être que c'est pour ça que M. Tower me l'a donné gra...

Il se sentit soudain saisi violemment aux épaules.

— Quel nom as-tu dit ? demanda Roland.

— M. Tower. Calvin Tower. Je ne vous l'avais pas dit ?

— Non. (Roland relâcha lentement son étreinte.) Mais l'entendre ne me surprend guère.

Eddie avait ouvert le sac de Jake et trouvé *Devine, Devinettes*. Il le lança à Susannah.

— Tu sais, j'ai toujours pensé que cette devinette du bébé mort était vachement bonne, dit-il. De mauvais goût, j'en conviens, mais vachement bonne.

— De bon ou de mauvais goût, peu m'importe, rétorqua Roland. Elle est absurde et insoluble, et c'est ça qui la rend stupide. Une bonne devinette ne doit être ni absurde ni insoluble

— Nom d'un chien ! Vous avez pris ce truc au sérieux, on dirait !

— Oui.

Jake, pendant ce temps, avait réordonné le petit bois en tas et réfléchissait à la devinette qui avait donné lieu à la discussion. Il sourit soudain.

— Un feu. Voilà la réponse, n'est-ce pas ? On le couvre la nuit et on le découvre le matin. Si on remplace *vêtir* par *couvrir*, c'est simple.

— En effet.

Roland sourit à Jake à son tour, mais il ne quittait pas Susannah des yeux, l'observant tandis qu'elle feuilletait le petit livre dépenaillé. Il songea, à la vue de son froncement de sourcils studieux et du geste distrait par lequel elle remit en place la fleur jaune qui glissait dans ses cheveux, qu'elle seule serait à même de se rendre compte que le livre de devinettes déchiré était peut-être aussi importante que *Charlie le Tchou-tchou*... plus important, si ça se trouvait. Il porta ensuite son regard sur Eddie et sentit renaître son irritation à l'endroit de sa devinette. Le jeune homme avait un autre point commun avec Cuthbert, plutôt malheureux, celui-là : Roland avait parfois envie de le secouer jusqu'à lui faire pisser le sang par le nez et lui déchausser les dents.

Du calme, pistolero... Du calme ! La voix de Cort, pas précisément rieuse, résonna dans sa tête, et Roland chassa résolument ses émotions. La tâche lui en fut facilitée quand il se rappela qu'Eddie ne pouvait mais à ses occasionnelles escapades dans l'absurde ; le caractère de l'individu était également, en partie du moins, déterminé par le *ka*, et Roland savait pertinemment que, en ce qui concernait Eddie, il s'agissait d'autre chose que de l'absurde. Chaque fois qu'il commettrait l'erreur de l'oublier, il ferait bien de se remémorer leur conversation au bord de la route, trois nuits plus tôt, quand Eddie l'avait accusé de les manipuler comme des pions sur un échiquier. La remarque l'avait mis en rogne... mais elle était suffisamment juste, aussi, pour le mortifier.

Dans l'ignorance béate de ces longues réflexions, Eddie demanda :

— Qu'est-ce qui est vert, pèse cent tonnes et vit au fond des océans ?

— Je sais ! s'écria Jake. Moby Snot, la Grande Baleine morveuse.

— Foutaises ! maugréa Roland.

— Peut-être... mais c'est ça qui est censé être drôle. Les blagues, en principe, doivent mettre ton agilité d'esprit à l'épreuve, elles aussi. Ainsi... (Eddie dévisagea Roland, se mit à rire et leva les mains.) Laisse courir ! J'abandonne. Tu ne comprendrais pas. Pas même si tu disposais d'un million d'années. Voyons un peu ce foutu bouquin. Je vais m'efforcer de le prendre au sérieux... si nous pouvons avaler un morceau d'abord, j'entends.

— Regarde-moi bien, dit Roland avec une ombre de sourire.

— Quoi ?

— Cela veut dire que je tiens le pari.

Jake battit le briquet. Une étincelle jaillit et, cette fois, le petit bois s'enflamma. Le garçon s'assit, satisfait, et observa les flammes qui s'élevaient peu à peu, un bras passé autour du cou d'Ote. Il était fort content de lui. Il avait allumé le feu vespéral... et donné la bonne réponse à la devinette de Roland.

3

— J'en ai une, dit Jake, tandis qu'ils mangeaient leurs burritos en guise de dîner.

— Une stupide ? demanda Roland.

— Nan ! Une vraie de vrai.

— Je t'écoute.

— D'accord. Qu'est-ce qui a une bouche mais ne parle point / Qui a un lit mais ne dort point / Qui a des bras mais pas de mains ?

— Elle est bonne, dit Roland avec gentillesse, mais archiconnue. Un fleuve.

Jake fut un tantinet déconfit.

— Tu es vraiment dur à coller !

Roland lança la dernière bouchée de son burrito à Ote, qui l'accepta avec empressement.

— Non. Je suis ce qu'Eddie appelle un mateur. Tu aurais dû voir Alain ! Il collectionnait les devinettes comme les femmes les colifichets.

— Un amateur, Roland, vieux pote, dit Eddie.

— Merci. Écoutez celle-ci : Qu'est-ce qui est couché dans un lit puis se dresse / D'abord blanc, puis rouge / Plus ça devient tumescent / Plus la femme d'âge mûr l'apprécie ?

Eddie éclata de rire.

— Un pénis ! hurla-t-il. Un peu cru, Roland, mais j'adore ! J'adore !

Roland secoua la tête.

— Mauvaise réponse. Une bonne devinette est tantôt une énigme au niveau des mots, comme celle de Jake pour le fleuve, tantôt davantage semblable à un tour de magie, qui te fait regarder dans une direction, alors que les choses se passent ailleurs.

— C'est à double détente, déclara Jake, qui expliqua ce qu'Aaron Deepneau lui avait dit à propos de la devinette sur Samson.

Roland approuva d'un hochement de tête.

— Une fraise ? fit Susannah, qui répondit ensuite à sa question. Bien sûr que c'est une fraise ! C'est comme pour la devinette du feu. Une métaphore s'y cache. Une fois qu'on l'a pigée, on peut résoudre la devinette.

— J'ai métaphoré le sexe, mais elle m'a giflé et planté là quand je lui en ai causé, dit Eddie avec tristesse.

Tous l'ignorèrent.

— Si tu changes « plus ça devient tumescent » par « plus ça devient charnu », c'est fastoche ! D'abord blanc, puis rouge. Plus ça devient charnu, plus la femme d'âge mûr l'apprécie.

Susannah semblait satisfaite d'elle-même.

Roland hocha le menton.

— La réponse que j'ai toujours entendu donner était un bouton d'acné, mais je suis certain que toutes deux ont le même sens.

Eddie prit *Devine, Devinettes* et se mit à le feuilleter.

— Que dis-tu de celle-ci, Roland ? Quand est-ce qu'une porte n'est pas une porte ?

Roland se renfrogna.

— Est-ce là un nouveau témoignage de ta sottise ? Je te préviens que ma patience est...

— Non. Je t'ai promis d'être sérieux, et je le suis... du moins je *m'efforce* de l'être. C'est dans ce bouquin et il se trouve que je connais la réponse. Je l'ai entendue quand j'étais gosse.

Jake, qui connaissait lui aussi la réponse, cligna de l'œil à l'adresse d'Eddie. Celui-ci lui fit un clin d'œil en réponse et s'amusa de voir Ote s'essayer à les imiter. Le bafouilleux ferma les yeux, abandonnant la partie.

Roland et Susannah, pendant ce temps, réfléchissaient à l'énigme.

— Cela doit avoir quelque chose à voir avec l'amour, dit Roland. *A door, adore*[1]... Quand l'adoration n'est pas de l'adoration... Hum...

— Hum, dit Ote.

Son imitation du ton pensif de Roland était un petit chef-d'œuvre. Eddie refit un clin d'œil à Jake. Ce dernier couvrit sa bouche de sa main pour dissimuler un sourire.

— La réponse est-elle amour mensonger ?

— Non.

1. « Une porte, adorer. » Jeu de mots intraduisible. (*N.d.T.*)

— Fenêtre ! dit soudain Susannah avec détermination. Quand est-ce qu'une porte n'est pas une porte ? Quand c'est une fenêtre !

— Non.

Eddie souriait à présent jusqu'aux oreilles. Jake, lui, était frappé de constater à quel point Roland et Susannah étaient loin de la bonne réponse. Il y a là de la magie à l'œuvre, songea-t-il. Pas de tapis volants ni d'éléphants qu'on escamote, mais de la magie quand même. L'activité à laquelle ils étaient en train de se livrer — se poser tout bêtement des devinettes autour d'un feu de camp — lui apparut soudain dans une lumière entièrement neuve. C'était comme jouer à colin-maillard, sauf qu'ici le bandeau était remplacé par des mots.

— Je donne ma langue au chat, dit Susannah.

— Moi aussi, renchérit Roland. Dis-le-nous si tu sais.

— La réponse est : quand c'est une jarre. Tu piges ? (Eddie scruta le visage de Roland où pointait une lueur d'intelligence et demanda, légèrement anxieux :) Elle n'est pas bonne ? J'ai essayé d'être sérieux, ce coup-ci, Roland... parole !

— Elle n'est pas mauvaise du tout. Au contraire, elle est excellente. Cort l'aurait trouvée, j'en suis certain... Alain aussi, probablement. C'est très futé. J'ai fait ce que je faisais toujours à l'école : j'ai compliqué les choses et je suis passé à côté de la réponse.

— Il y a vraiment quelque chose dans cette devinette, hein ? fit Eddie, songeur.

Roland acquiesça d'un signe de tête, mais celui-ci fut perdu pour Eddie, qui avait plongé son regard au cœur du feu, où des douzaines de roses s'épanouissaient puis se fanaient dans les braises.

— Encore une, dit Roland, ensuite au lit. À partir de ce soir, toutefois, nous allons prendre des tours de garde. Toi d'abord, Eddie, puis Susannah. Je prendrai le dernier.

— Et moi ? demanda Jake.

— Plus tard, ça pourra se faire. Pour l'heure, il est plus important que tu dormes.

— Tu crois vraiment que c'est nécessaire ? s'enquit Susannah.

— Je ne sais pas — ce qui constitue la meilleure raison de le faire. Jake, choisis-nous une devinette dans ton livre.

Eddie tendit *Devine, Devinettes* au gamin, qui feuilleta les pages et s'arrêta non loin de la fin.

— Ouah ! Celle-là, elle est super !

— Voyons voir, dit Eddie. Si ce n'est pas moi qui la trouve, ce sera Susannah. On nous connaît dans les foires de toute la contrée sous le nom d'Eddie Dean et sa Reine de la Devine.

— Nous sommes spirituel, ce soir, on dirait, fit Susannah. On verra ce qu'il restera de ton humour quand tu auras fait le planton au bord de la route jusqu'à minuit ou à peu près, mon sucre.

— « C'est une chose, lut Jake, qui n'existe pas et porte pourtant nom. Tantôt longue, tantôt courte, elle ne nous quitte jamais d'une semelle. »

Ils discutaillèrent près d'un quart d'heure, mais aucun ne fut capable d'avancer la moindre réponse.

— Peut-être la solution viendra-t-elle à l'un de nous durant son sommeil, dit Jake. C'est comme ça que j'ai trouvé celle du fleuve.

— Pas un cadeau, ce bouquin, avec ses réponses dans la nature !

Eddie se leva et se drapa les épaules d'une couverture de peau comme d'une houppelande.

— Si ! rétorqua Jake. M. Tower me l'a donné.

— À quoi je dois faire gaffe, Roland ? demanda Eddie.

Le pistolero haussa les épaules tandis qu'il s'étendait.

— Je l'ignore, mais, à mon avis, tu le sauras si tu vois ou entends quelque chose.

— Réveille moi quand tu sentiras venir le sommeil, dit Susannah.

— Oh, ça, tu peux y compter !

4

Un fossé herbeux bordait la route. Eddie alla s'y asseoir, sa couverture drapée autour de ses épaules. Une mince couche de nuages galopant voilaient les cieux ce soir-là, faisant pâlir les étoiles. Un vent fort soufflait de l'ouest. Quand Eddie tourna son visage dans cette direction, il huma distinctement l'odeur des bisons qui avaient désormais fait leur cette plaine — un mélange de fourrure chaude et de fumées fraîches. L'acuité qu'avaient recouvrée ses sens au cours des mois écoulés était confondante... et, dans des moments comme celui-là, un peu terrifiante également.

Très faiblement, il entendait un bison mugir.

Il se tourna vers la ville ; au bout d'un certain temps, il se mit à croire qu'il y apercevait de lointaines étincelles lumineuses — les bougies électriques du récit des jumeaux —, parfaitement conscient, cependant, qu'il ne voyait peut-être rien d'autre que ce qu'il désirait voir.

Tu es à des lieues et des lieues de la 42ᵉ Rue, mon mignon, se morigéna-t-il ; l'espoir est un truc fantastique, quoi qu'on en dise, mais n'espère pas au point de perdre de vue cette pensée : tu es à des lieues et des lieues de la 42ᵉ Rue. Ce n'est pas New York que tu vois devant tes yeux, si fort que tu le désires. C'est Lud, et Lud, c'est Lud. Si tu gardes cette idée à l'esprit, tu n'auras peut-être pas de problèmes.

Il passa son tour de garde à essayer de trouver une réponse à la dernière devinette de la soirée. La réprimande de Roland à propos de sa plaisanterie sur le bébé mort l'avait mis de mauvais poil, et il serait ravi de pouvoir commencer la journée du lendemain en leur donnant la bonne réponse. Ils ne seraient évidemment pas en mesure de vérifier quelque réponse que ce soit à la fin du livre, mais, avec de bonnes devinettes, la réponse allait généralement de soi.

Parfois longue et parfois courte. C'était là la clé, à son avis, tout le reste n'était là que pour égarer les joueurs. Qu'est-ce qui *était* parfois long et parfois court ? L'haleine ? Non. S'il y avait parfois des trucs de longue haleine, il n'avait jamais entendu parler d'haleine courte. Des voyages au long cours ? Comme pour l'haleine, ça ne marchait que pour un des deux termes. Des drinks...

— Un terme, murmura-t-il.

Un moment, il pensa avoir trouvé la solution. Les deux adjectifs collaient au petit poil. Le long terme signifiait une échéance lointaine ; le court terme, une échéance brève. Sauf que le long et le court termes ne collaient pas à vos semelles.

Déçu, force lui fut de se moquer de lui, à se voir ainsi chamboulé à cause d'un innocent jeu de mots figurant dans un livre d'enfants. Cependant, il avait moins de peine à croire que des gens pussent s'entre-tuer à cause de devinettes — si les enjeux étaient suffisamment élevés et qu'il y eût fraude.

Allons... tu es en train de faire exactement ce qu'a dit Roland : passer à côté.

Oui, mais à quoi d'autre aurait-il pu penser ?

Puis la batterie se fit de nouveau entendre de la cité et Eddie eut autre chose à se mettre sous la dent. Il n'y avait pas de progression, dans ce bruit ; l'instant d'avant, c'était le silence et, l'instant suivant, le son battait à plein, comme si on venait de tourner un bouton. Eddie s'avança jusqu'au bout de la route en direction de la ville et tendit l'oreille. Il pivota alors sur lui-même pour voir si le martèlement avait réveillé ses compagnons. Il était toujours seul. Il se retourna vers Lud et, les mains en cornet, pointa les oreilles en avant.

Bump... ba-bump... ba-bump-bumpbump-bump.

Bump... ba-bump... ba-bump-bumpbump-bump.

La certitude d'Eddie se renforça ; il savait ce que c'était. Du moins avait-il résolu cette énigme-là.

L'idée qu'il se trouvait sur une route déserte au cœur d'un monde quasiment vide, à quelque deux cent soixante-dix kilomètres d'une ville bâtie par quelque fabuleuse civilisation perdue et écoutait un tempo de rock and roll était dingue, mais l'était-ce plus qu'un feu rouge qui faisait sortir et rentrer un drapeau vert rouillé avec les mots PASSEZ PIÉTONS imprimés dessus ? Plus que de découvrir l'épave d'un avion allemand des années 30 ?

Eddie fredonna *mezza voce* les paroles de la chanson des Z Z Top :

Prends juste ton content de ce truc collant
Pour tenir en place la couture de ton beau jean classe
Oh yeah...

Elles s'accordaient parfaitement au rythme. C'était la percussion disco de *Velcro Fly*. Eddie en aurait donné sa tête à couper.

Peu après, la musique se tut aussi soudainement qu'elle avait commencé, et il ne perçut plus que le vent et, plus faiblement, la Send, qui avait un lit mais ne dormait point.

5

Aucun fait notable ne marqua les quatre jours suivants. Ils marchèrent ; ils virent le pont et la cité gagner en taille et en netteté ; ils bivouaquèrent ; ils se restaurèrent ; ils jouèrent aux devinettes ; ils montèrent la garde à tour de rôle (Jake avait harcelé Roland pour avoir une minifaction durant les deux heures qui précédaient l'aube) ; ils dormirent. Le seul incident remarquable qui se produisit eut trait aux abeilles.

Vers midi, le troisième jour qui suivit la découverte de l'avion écrasé, un bourdonnement leur parvint, allant s'amplifiant jusqu'à dominer le jour. Roland finit par faire halte. Il désigna de l'index un bosquet d'eucalyptus.

— Là !

— On dirait des abeilles, décréta Susannah.

Les yeux bleu pâle de Roland brillèrent.

— Il se pourrait qu'on ait un petit dessert ce soir.

— Je ne sais comment te le dire, Roland, fit Eddie, mais je déteste être piqué.

— Comme nous tous, acquiesça Roland. Il n'y a pas de vent, on va pouvoir les enfumer pour les endormir et leur voler leurs rayons sans mettre la moitié de la planète à feu et à sang. Allons voir de plus près.

Il porta Susannah, aussi tentée que lui par l'aventure, jusqu'au bosquet d'eucalyptus. Eddie et Jake suivirent sans enthousiasme, et Ote, ayant apparemment conclu que la discrétion est la meilleure part de la bravoure, demeura assis au bord de la Grand-Route, haletant comme un chien et les observant avec attention.

Roland s'arrêta à la lisière des arbres.

— Restez où vous êtes, souffla-t-il à Eddie et à Jake. Nous allons jeter un coup d'œil. Je vous ferai signe de nous rejoindre si tout va bien.

Il porta Susannah sous les ombres mouchetées des arbres tandis que Jake et Eddie s'immobilisaient dans le soleil, les suivant des yeux.

Il faisait plus frais sous les ombrages. Le bourdonnement des abeilles était constant, hypnotique.

— Elles sont trop nombreuses, murmura Roland. C'est la fin de l'été ; elles devraient s'activer au-dehors. Je ne...

À la vue de la ruche saillant comme une tumeur hors du creux d'un arbre au centre de la clairière, il s'interrompit.

— Qu'est-ce qu'elles ont ? demanda Susannah d'une voix basse emplie d'horreur. Roland, qu'est-ce qu'elles ont ?

Une abeille, dodue et lente comme un taon en octobre, passa en bourdonnant près de sa tête. Susannah eut un sursaut de recul.

Roland fit signe à Jake et à Eddie de les rejoindre. Tous deux s'approchèrent et s'immobilisèrent, fixant la ruche sans prononcer un mot. Au lieu de figurer des hexagones bien ordonnés, les chambres n'étaient que des trous creusés au hasard, de toutes formes et de toutes tailles ; la ruche elle-même était bizarrement fondue, comme si on avait passé un coup de chalumeau dessus. Les abeilles qui y rampaient apathiquement étaient de la couleur de la neige.

— Nous pouvons faire une croix sur notre dessert de ce soir, dit Roland. Le miel que nous déroberions à ces rayons serait peut-être doux au palais, mais il nous empoisonnerait aussi sûrement que le jour succède à la nuit.

Une des grotesques abeilles blanches voleta pesamment près de la tête de Jake. Le garçon se baissa pour l'esquiver, empli de répugnance.

— À quoi c'est dû ? demanda Eddie. Qu'est-ce qui les a rendues comme ça, Roland ?

— La même chose que ce qui a nettoyé tout le pays par le vide ; qui fait que nombre de bisons naissent sous la forme de monstres stériles. Je l'ai entendu nommer la Vieille Guerre, le Grand Feu, le Cataclysme et le Grand Empoisonnement. Quoi que ce fût, ç'a été le début de tous nos problèmes et cela s'est produit voilà fort longtemps, un millier d'années avant la naissance des trisaïeuls des habitants de River Crossing. Les effets physiques — les bisons bicéphales, les abeilles blanches et ainsi de suite — se font plus rares au fil du temps. Je l'ai constaté de visu. Les autres changements se sont aggravés, même s'ils sont plus difficiles à déceler, et se poursuivent toujours.

Ils observèrent les abeilles neigeuses tandis qu'elles rampaient, hébétées et quasiment impotentes, autour de leur ruche.

Certaines, apparemment, essayaient de travailler ; la plupart se contentaient de voleter de droite et de gauche, se donnant des coups de tête et montant les unes sur les autres. Eddie se rappela soudain un clip d'informations qu'il avait vu autrefois — des survivants quittant une zone où avait explosé une canalisation de gaz, rasant presque totalement un pâté de maisons dans une ville de Californie. Les abeilles lui faisaient penser à ces gens ahuris, commotionnés.

— Vous avez eu une guerre nucléaire, hein ? demanda-t-il d'un ton de voix un rien accusateur. Ces Grands Anciens dont tu aimes parler... ils ont expédié leurs vénérables vieux culs directos en enfer, hein ?

— J'ignore ce qui s'est passé. Nul ne le sait. Les registres de l'époque se sont perdus, et les rares récits qui existent sont confus et contradictoires.

— Allons-nous-en, dit Jake d'une voix chevrotante. Ça me rend malade de regarder des trucs pareils.

— Je suis de ton avis, mon chou, dit Susannah.

Ils laissèrent donc les abeilles à leur existence sans but, brisée, dans le bosquet d'eucalyptus séculaires, et il n'y eut pas de miel pour le dessert ce soir-là.

6

— Quand vas-tu nous dire ce que tu sais ? demanda Eddie le lendemain matin.

La journée était lumineuse et bleue, mais le fond de l'air était mordant ; le premier automne qu'ils vivraient dans ce monde était imminent.

Roland jeta un coup d'œil à Eddie.

— Mais encore ?

— J'aimerais entendre toute ton histoire, du début jusqu'à la fin, en commençant par Gilead. Comment tu y as grandi et ce qui a mis un terme à tout ça. Je veux savoir comment tu as découvert l'existence de la Tour Sombre et pourquoi tu t'es mis en quête pour la trouver toutes affaires cessantes. Je veux également connaître ta bande d'amis. Et apprendre ce qui leur est arrivé.

Roland ôta son chapeau, essuya du bras la sueur sur son front et se recoiffa.

— Tu as le droit de savoir toutes ces choses, je suppose, et je te les dirai... Mais pas maintenant. C'est une très longue histoire. Je n'ai jamais eu l'idée de la narrer à quiconque, et je ne la raconterai qu'une fois.

— Quand ? s'obstina Eddie.

— Quand le moment sera venu.

Ils durent faire leurs choux gras de cette réponse.

7

Roland se réveilla juste avant que Jake ne le secoue. Il s'assit et jeta des regards alentour ; Eddie et Susannah dormaient profondément et, à la pâle lueur de l'aube, il ne vit rien d'anormal.

— Qu'y a-t-il ? demanda-t-il à voix basse.

— Je ne sais pas. Un combat, peut-être. Viens écouter.

Roland repoussa sa couverture et suivit Jake jusqu'à la route. Il calcula qu'ils n'étaient plus désormais qu'à trois jours de marche de l'endroit où la Send longeait la cité ; le pont — bâti en plein sur le sentier du Rayon — dominait l'horizon. Son inclinaison marquée était plus visible que jamais et il distinguait au moins une douzaine de trous, là où les câbles trop tendus avaient cassé net telles les cordes d'une lyre.

Cette nuit-là, ils eurent le vent de face lorsqu'ils regardèrent en direction de la cité, et les sons qu'il leur portait étaient faibles mais distincts.

— Est-ce un combat, vraiment ?

Roland hocha la tête et mit un doigt sur ses lèvres.

Il perçut de légers cris, un fracas qui semblait répercuter la chute de quelque énorme objet et — bien sûr — la batterie. Un autre tonnerre retentit, plus musical, celui-là : un bruit de verre brisé.

— Seigneur ! murmura Jake, qui se rapprocha du pistolero.

Puis leur parvinrent des sons que Roland avait espéré ne pas entendre : un cliquetis rapide, graveleux, de petites armes à feu, suivi d'une forte détonation creuse — une explosion, à n'en pas douter. Elle roula vers eux en grondant à travers la plaine telle une boule de bowling invisible. Ensuite, cris, bruits sourds et bris de verre furent promptement couverts par la batterie et, lorsque celle-ci s'interrompit quelques minutes plus tard avec son inquiétante soudaineté habituelle, la cité replongea dans le silence ; un silence lourd de menaces.

Roland entoura les épaules de Jake de son bras.

— Il n'est pas encore trop tard pour contourner la cité.

Jake leva les yeux sur lui.

— Impossible.

— À cause du train ?

Jake acquiesça et chantonna :

— Blaine est peine, mais nous *devons* prendre le train. Et la cité est l'unique endroit où nous puissions nous embarquer à son bord.

Roland considéra pensivement le garçon.

— Pourquoi dis-tu que nous *devons* le prendre ? À cause du *ka* ? Si oui, Jake, il te faut comprendre que tu ne sais pas encore grand-chose à propos du *ka* — c'est le genre de sujet qu'on étudie sa vie durant.

— J'ignore s'il s'agit ou non du *ka*, mais je sais que nous ne pouvons nous rendre dans les Terres perdues sans protection — autrement dit sans Blaine. Sans lui, nous mourrons, comme les abeilles que nous avons vues vont mourir à la survenue de l'hiver. Il faut que nous soyons protégés. Parce que les Terres perdues sont poison.

— D'où tiens-tu cela ?

— Je l'ignore ! cria Jake, au bord de la colère. Je le sais, c'est tout.

— D'accord, dit doucement Roland. (Il tourna de nouveau son regard vers Lud.) Mais il nous faudra être sacrément prudents. Dommage qu'ils aient encore de la poudre à fusil. Cela signifie qu'ils risquent d'avoir des armes plus puissantes encore. Je doute qu'ils sachent s'en servir, mais leur maladresse même accroît le danger. Ils peuvent s'énerver et nous envoyer tous *ad patres*.

— *Atres*, fit une voix grave dans leur dos.

Ils jetèrent un coup d'œil. Ote, assis sur le bord de la route, les observait.

8

Plus tard, ce jour-là, ils parvinrent à une nouvelle route qui serpentait vers eux, venant de l'ouest, et rejoignait leur route. Au-delà de ce point, la Grand-Route — beaucoup plus large, à présent, et divisée en son centre par une séparation en pierre noire polie — amorçait une inclinaison ; les remblais de béton émietté qui la flanquaient de part et d'autre donnèrent aux pèlerins une sensation de claustrophobie. Ils firent halte à un endroit où une de ces levées défoncées offrait une vision réconfortante du paysage et avalèrent un repas léger et peu satisfaisant.

— À ton avis, pourquoi a-t-on incliné la route ainsi, Eddie ? demanda Jake. Je veux dire, ç'a été fait exprès, n'est-ce pas ?

Eddie observa, par la brèche du béton, la plaine aussi étale que toujours et hocha la tête.

— Pourquoi donc ? insista Jake.

— *No se*, mon vieux.

Eddie, cependant, pensait le savoir. Il jeta un coup d'œil à Roland et comprit que le pistolero le savait, lui aussi. La route menant au pont avait été inclinée pour des raisons défensives. Des troupes postées au sommet des pentes de béton avaient ainsi le contrôle de deux redoutes soigneusement agencées. Si les défenseurs n'aimaient pas l'allure des gens qui cheminaient vers Lud par la Grand-Route, ils étaient à même de faire pleuvoir la destruction sur eux.

— Tu es sûr de ne pas savoir ?

Eddie sourit à Jake et essaya de chasser de son esprit la pensée qu'un cinglé, tout là-haut, s'apprêtait à faire rouler une grosse bombe rouillée le long d'une de ces rampes de béton délabrées.

— Aucune idée, répondit-il.

Susannah siffla entre ses dents en manière de désapprobation.

— Cette route-là mène à l'enfer, Roland. J'espérais que nous n'aurions plus à nous servir de ce foutu harnais, mais tu ferais bien de le ressortir.

Roland opina et se mit à farfouiller dans sa bourse sans mot dire.

L'état de la Grand-Route se dégradait à mesure que d'autres, plus petites, la rejoignaient, ainsi que des affluents rejoignent un fleuve. Comme ils approchaient du pont, ils virent que les pavés cédaient la place à une surface que Roland prit pour du métal et ses compagnons pour de l'asphalte ou du macadam. Le revêtement n'avait pas aussi bien tenu que les pavés. Si le passage du temps lui avait causé quelques dommages, celui d'innombrables chevaux et chariots, depuis qu'on l'avait réparé pour la dernière fois, avait fait pis encore. Le sol s'était transformé en un hachis de décombres pleins de traîtrise. Y marcher n'allait pas être de la tarte, et l'idée d'y pousser le fauteuil de Susannah était grotesque.

De chaque côté, les remblais s'étaient escarpés peu à peu, et à présent, ils distinguaient à leurs sommets des formes minces et pointues qui se profilaient indistinctement contre le ciel. Roland pensa à des pointes de flèches — énormes, des armes fabriquées par une tribu de géants ; ses compagnons à des fusées ou à des missiles guidés. Susannah y vit des Redstone lancés de Cap Canaveral ; Eddie des SAM construits pour être mis à feu depuis l'arrière de camions à dessus plat, et stockés dans toute l'Europe ; Jake des missiles ICBM dissimulés dans des silos de béton armé sous les plaines du Kansas et les montagnes désertiques du Nevada, programmés pour dévaster la Chine ou l'URSS en cas d'apocalypse nucléaire. Tous eurent l'impression d'entrer au sein d'une sombre et lugubre zone d'ombre ou d'une contrée frappée par quelque ancienne malédiction toujours à l'œuvre.

Plusieurs heures après avoir pénétré dans cette région — que Jake baptisa le Gantelet —, les voyageurs virent les remblais de béton disparaître, là où se rejoignaient une demi-douzaine de routes d'accès, tels les fils d'une toile d'araignée ; le paysage s'ouvrit de nouveau... Ce qui les soulagea tous, bien qu'aucun d'eux ne le formulât à haute voix. Un autre feu de signalisation se balançait au-dessus du croisement, plus familier, celui-là, à Eddie, à Susannah et à Jake ; il avait eu autrefois quatre faces de verre ; les vitres étaient depuis longtemps cassées.

— Je parie que cette route, jadis, était la huitième merveille du monde, dit Susannah. Et voyez ce qu'elle est devenue... Un champ de mines.

— Les anciennes routes sont parfois les meilleures, acquiesça Roland.

Eddie désigna l'ouest.

— Regardez !

À présent que les hautes barrières de béton avaient disparu, ils voyaient exactement ce que le vieux Si leur avait décrit par-dessus les tasses de l'amer café bu à River Crossing « Un rail unique, avait-il dit, haut placé sur un socle d'une pierre faite par la main de l'homme, comme en utilisaient les Anciens pour édifier leurs rues et leurs murs. » Le rail filait vers eux, venant de l'ouest, en une mince ligne droite, puis enjambait la Send et pénétrait dans la cité par un étroit pont à chevalet doré. C'était une construction toute de sobre élégance — et la seule, jusqu'à présent, qu'ils aient vue totalement dépourvue de rouille —, mais elle était tout de même très dégradée. En son centre, un grand morceau était tombé dans le fleuve. Il en subsistait deux longues piles en saillie pointées l'une vers l'autre tels des index accusateurs. Sous le trou, un tube de métal fuselé jaillissait hors de l'eau. Jadis d'un bleu éclatant, il était désormais terni par des éclaboussures de rouille. De cette distance, il avait l'air minuscule.

— Au temps pour Blaine ! dit Eddie. Pas étonnant qu'ils aient cessé de l'entendre. Les supports ont fini par céder quand il a franchi le fleuve, et il a bu la tasse. Il devait décélérer au moment où ça s'est produit, sinon il aurait foncé droit-fil et nous ne verrions qu'un énorme trou genre cratère de bombe sur l'autre rive. Eh bien, c'était un sacré engin à l'époque où il était opérationnel !

— Mercy a dit qu'il y avait un autre train, lui rappela Susannah.

— Ouais. Elle a dit aussi qu'elle ne l'avait pas entendu depuis sept ou huit ans, et tantine Talitha a dit plus de dix. Qu'est-ce que tu en penses, Jake... Jake ? La Terre à Jake, la Terre à Jake, allez, petit bonhomme !

Jake, absorbé dans la contemplation des vestiges du train émergeant de la Send, ne répondit que par un haussement d'épaules.

— Tu es d'une aide très précieuse, Jake. Tes informations sont de grande valeur... Voilà pourquoi je t'aime. Pourquoi nous t'aimons *tous*.

Jake ne lui prêta pas attention. Il savait que ce n'était pas Blaine qu'il voyait. Les restes du monorail sortant du fleuve étaient bleus. Dans son rêve, Blaine avait le rose poudreux et doux du chewing-gum qu'on vend avec des fiches de base-ball.

Roland, pendant ce temps, avait sanglé les courroies du harnais de Susannah sur sa poitrine.

— Eddie, hisse ta dame dans ce bidule. Il est temps que nous bougions nos fesses et voyions par nous-mêmes.

Jake porta nerveusement son regard sur le pont qui se profilait devant eux. Il percevait un vrombissement aigu, fantomatique, dans le lointain — le bruit du vent jouant dans les crochets d'acier déglingués qui reliaient les câbles aériens au tablier de béton.

— Crois-tu que ce soit sans danger de traverser ? demanda-t-il.

— Nous le saurons demain, rétorqua Roland.

9

Le lendemain matin, le groupe de voyageurs se tenait à l'extrémité du long pont délabré, l'œil fixé sur Lud. Les rêves d'Eddie concernant de vieux elfes pleins de sagesse qui auraient maintenu en état de marche des machines que pourraient utiliser les pèlerins avaient fait long feu. Maintenant qu'ils en étaient si proches, il apercevait des brèches dans la cité — des blocs entiers d'édifices avaient été brûlés ou soufflés par des explosions. La ligne des toits lui évoqua une mâchoire malade, déjà partiellement édentée.

Certes, nombre de bâtiments étaient toujours debout, mais leur aspect désolé, désaffecté, emplit Eddie d'une mélancolie qui ne lui était pas habituelle ; sans compter que le pont séparant les voyageurs de ce labyrinthe d'acier et de béton en ruine paraissait tout sauf solide et éternel. Les crochets verticaux de gauche s'affaissaient mollement ; ceux qui restaient à droite hurlaient sous l'effet de la tension. Le tablier était constitué de caissons trapézoïdaux. Certains s'étaient gauchis vers le haut, révélant de noires béances ; d'autres étaient de guingois. Si la plupart de ces derniers s'étaient à peine fissurés, d'autres étaient brisés, formant des brèches assez grandes pour laisser passer des camions — de *gros* camions. Là où âmes et hourdis avaient disparu, ils distinguaient la rive boueuse et les eaux vert-de-gris de la Send au-delà. Eddie estima la distance entre le tablier et l'eau à quatre-vingt-dix mètres au centre du pont. Estimation modeste, probablement.

Il observa les énormes caissons de béton où s'ancraient les câbles porteurs ; celui de droite semblait en partie arraché du sol. Eddie jugea plus sage de ne pas mentionner le fait aux autres ; que le pont oscillât lentement mais de façon perceptible suffisait. Rien qu'à le regarder, il souffrait déjà du mal de mer.

— Eh bien ? demanda-t-il à Roland. Qu'en penses-tu ?

Le pistolero désigna le flanc droit du pont. Une passerelle inclinée d'environ un mètre cinquante de large y courait, édifiée sur des caissons de béton plus petits et constituant un tablier à part, segmenté, soutenu par un sous-câble — ou peut-être une épaisse tige d'acier — et fixé aux câbles porteurs par d'énormes crampons arqués. Eddie examina le plus proche avec l'intérêt avide de qui risque de bientôt confier sa vie à l'objet de son examen. Le crampon, bien que rouillé, paraissait solide. Une inscription était gravée dans son métal : LAMERK FOUNDRY. Eddie, fasciné, s'aperçut qu'il ne savait plus si les mots étaient du Haut Parler ou de l'anglais.

— Je pense que nous pouvons l'utiliser, dit Roland. Il n'y a qu'un endroit à problème. Tu le vois ?

— Ouais... Difficile de faire autrement.

Le pont mesurait au moins quatre cents mètres. Il n'avait sans doute pas été entretenu depuis plus d'un siècle, mais Roland supputa que sa détérioration réelle ne datait guère plus loin que les cinquante années écoulées. La rupture des crampons de droite avait accentué son inclinaison sur la gauche. La torsion la plus forte s'était produite en son milieu, entre les deux tours de câbles hautes de cent vingt mètres. Au point de torsion maximale, un trou béant en forme d'œil courait le long du tablier. La brèche de la passerelle était moins importante ; deux caissons adjacents au moins étaient cependant tombés dans la Send, creusant un fossé de six à neuf mètres de large. À l'emplacement des caissons disparus, ils apercevaient nettement la tige d'acier rouillé, ou le câble, qui soutenait la passerelle. Ils allaient devoir s'en servir pour traverser le trou.

— À mon sens, on peut y aller, dit Roland en désignant calmement le pont. La brèche pose un problème, mais la rambarde de sécurité existe encore. On pourra se tenir à quelque chose.

Eddie acquiesça d'un hochement du menton ; son cœur, toutefois, cognait douloureusement dans sa poitrine. La tige de soutien visible de la passerelle ressemblait à un gros tuyau fait d'acier articulé et mesurait probablement un mètre vingt de largeur au sommet. En esprit, il visualisa la traversée, les pieds sur le large dos légèrement incurvé du câble, les mains agrippant la rambarde, tandis que le pont tanguerait lentement tel un navire pris dans une faible houle.

— Jésus ! s'écria-t-il. (Il voulut cracher ; il n'avait plus de salive — sa bouche était trop sèche.) Tu es sûr, Roland ?

— Je ne vois pas d'autre possibilité.

Le pistolero désigna le fleuve ; Eddie aperçut un second pont, depuis longtemps effondré dans la Send, celui-là. Ses vestiges saillaient de l'eau en un enchevêtrement rouillé de vieil acier.

— Qu'en penses-tu, Jake ? demanda Susannah.

— Oh, ça baigne ! rétorqua le garçon du tac au tac.

Et, de fait, il souriait.

— Je te déteste, môme, fit Eddie, que Roland observait, la mine un brin soucieuse.

— Si tu ne te sens pas capable de le faire, dis-le. Ne va pas te tétaniser à mi-parcours.

Eddie fit courir son regard un long moment sur la surface tordue du pont puis opina.

— J'y arriverai, je crois. Les hauteurs n'ont jamais été ma tasse de thé.

— Bien. (Roland regarda chacun tour à tour.) Plus tôt on s'y mettra, plus vite on aura fini. Je passe le premier, avec Susannah. Jake et Eddie suivront en arrière-garde. Tu peux t'occuper du fauteuil ?

— Je veux, mon neveu ! répondit Eddie avec désinvolture.

— Dans ce cas, en route.

10

Dès qu'il fut sur la passerelle, Eddie sentit la peur combler ses espaces vides telle de l'eau froide ; il commença à se demander s'il n'avait pas commis une bourde hyperdangereuse. Vu de la terre ferme, le pont paraissait ne tanguer que légèrement ; une fois qu'il y eut bel et bien pris pied, il eut l'impression de se retrouver juché sur le balancier de la plus grande horloge comtoise du monde. Le mouvement était très lent mais régulier, et l'amplitude des oscillations beaucoup plus longue qu'il ne l'avait supposé. Le revêtement de la passerelle était salement fissuré et penchait de dix degrés au bas mot vers la gauche. Ses pieds crissaient sur des amalgames lâches de béton poudreux et le grincement profond des caissons était constant. Au-delà du pont, les toits de la cité oscillaient sans hâte d'avant en arrière, tel l'horizon artificiel du jeu vidéo le plus lent qu'on eût jamais vu.

Au-dessus de leurs têtes, le vent grondait sans relâche dans les crampons tendus. Au-dessous, le sol s'inclinait en à-pic jusqu'à la rive nord-ouest boueuse du fleuve. Eddie était à neuf mètres de hauteur... puis dix-huit... puis trente. Il n'allait pas tarder à surplomber l'eau. À chacun de ses pas, le fauteuil battait contre sa jambe gauche.

Une masse de fourrure se faufila entre ses pieds et, de la main droite, il agrippa comme un dément la rambarde mouillée, retenant à grand-peine un hurlement. Ote, trottinant, lui jeta au passage un bref regard, l'air de dire : « Excuse-moi... Je ne fais que passer. »

— Stupide bestiole ! siffla Eddie entre ses dents serrées.

S'il regardait en contrebas sans plaisir, il se rendit compte qu'il détestait plus encore observer les crampons qui — par quel miracle ? — maintenaient toujours câbles et pont. Ils étaient bouffés par la rouille et des nœuds de fils d'acier s'échappaient de la plupart d'entre eux, semblables à des houppettes de coton métalliques. Eddie savait, grâce à son oncle Reg, qui avait travaillé en qualité de peintre sur les ponts George-Washington et Triborough, que crampons et câbles aériens étaient « tissés » de milliers de fils d'acier. Sur ce pont-là, la trame foutait le camp. Les crampons s'effilochaient littéralement et, par voie de conséquence, les fils cassaient.

Il a tenu jusqu'à maintenant, il tiendra bien encore un peu, pensa-t-il. Tu t'imagines que ce truc va tomber dans l'eau uniquement parce que tu marches dessus ? Prétentieux, va !

Cette pensée, cependant, ne lui fut d'aucun réconfort. Pour ce qu'il en savait, ils étaient peut-être les premiers à tenter la traversée depuis des dizaines d'années. Et le pont, somme toute, allait forcément s'effondrer un jour ou l'autre, et, à en juger par son aspect, ce jour était proche. Leurs poids combinés risquaient d'être la goutte d'eau qui ferait déborder le vase.

Eddie heurta de son mocassin un gros bloc de béton et, pris de nausée mais incapable de détourner le regard, il le suivit de l'œil tandis qu'il tombait à n'en plus finir, tournoyant sur lui-même. Il y eut un petit *plouf !* — minuscule —, quand il toucha le fleuve. Le vent, qui fraîchissait, soufflait en bourrasques, plaquant sa chemise contre sa peau en sueur. Le pont gémissait et oscillait. Eddie voulut ôter ses mains de la rambarde, mais elles semblaient gelées dans une étreinte mortelle sur le métal piqueté.

Il ferma les paupières un moment. Tu ne vas pas te paralyser. *Non.* Je... je te l'interdis. S'il te faut regarder quelque chose, choisis un truc long, grand et moche. Il rouvrit les yeux, les fixa sur le pistolero, obligea ses mains à relâcher leur étau et se remit en marche.

11

Roland atteignit le début de la brèche et se retourna. Jake le suivait à un mètre cinquante, Ote sur ses talons. L'animal était accroupi, le cou tendu. Le vent soufflait beaucoup plus fort au-dessus de la Send et Roland voyait onduler la fourrure du bafouilleux. Eddie se trouvait à quelque huit mètres derrière Jake. Les traits crispés, il s'évertuait cependant à poser un pied devant l'autre avec obstination, tenant le fauteuil plié de Susannah dans la main gauche. De la droite, il se cramponnait comme un noyé à la rambarde.

— Susannah ?

— Oui, dit aussitôt la jeune femme. Ça va.

— Jake ?

Le gamin leva les yeux, souriant toujours. Le pistolero comprit qu'il n'y aurait pas de problèmes avec lui. Jake vivait le plus beau moment de sa vie. Ses cheveux voletaient en vagues autour de son joli front et ses yeux étincelaient. Il leva le pouce. Roland sourit et leva le sien en retour.

— Eddie ?

— Ne te fais pas de bile pour moi.

Eddie, apparemment, avait l'œil fixé sur Roland ; celui-ci, toutefois, se rendit compte qu'il regardait, au-delà de lui, les bâtiments de brique sans fenêtres qui se pressaient sur la berge à l'autre bout du pont. Parfait. Étant donné sa peur manifeste des hauteurs, c'était sans doute la meilleure chose qu'il pût faire pour ne pas paniquer.

— D'accord, murmura le pistolero. Nous allons nous attaquer à la brèche, Susannah. Reste tranquillement assise. Ne fais pas de mouvements brusques. Compris ?

— Oui.

— Si tu veux rectifier ta position, c'est maintenant.

— Je suis bien, Roland, dit-elle avec calme. J'espère seulement qu'Eddie va tenir le coup.

— Eddie est un pistolero, désormais. Il va se conduire en pistolero.

Roland pivota vers la droite, faisant ainsi face à l'aval ; il saisit la rambarde, puis commença à franchir la brèche, raclant de ses boots le câble rouillé.

12

Jake attendit que Roland et Susannah soient presque de l'autre côté de la brèche pour se lancer à son tour. Bien que le vent soufflât en rafales et que le pont oscillât, il n'éprouvait pas la moindre peur. Au vrai, il était complètement grisé. À l'inverse d'Eddie, il n'avait jamais eu le vertige ; il était ravi d'être là-haut, d'où il pouvait voir la Send s'étirer comme un ruban d'acier sous un ciel qui commençait à se couvrir de nuages.

À mi-parcours de la brèche (Roland et Susannah, qui avaient atteint l'endroit où reprenait la passerelle inégale, regardaient leurs deux compagnons), Jake se retourna ; son cœur se serra. Ils avaient oublié un membre du groupe quand ils avaient discuté de la traversée. Ote était accroupi, paralysé et manifestement terrifié, au bord de la brèche. Il reniflait l'endroit où se terminait le béton et où commençait la tige incurvée et rouillée.

— Viens, Ote ! cria Jake.

— Ote ! répondit le bafouilleux, et le chevrotement de sa voix rauque fut fort semblable à celui d'un humain.

Il étira son long cou vers Jake, mais n'esquissa pas un mouvement. Ses yeux cerclés d'or étaient immenses et emplis de désarroi.

Une nouvelle rafale frappa le pont, le faisant osciller et hurler. Quelque chose vibra près de la tête de Jake — le son d'une corde de guitare pincée jusqu'à la faire casser net. Un fil d'acier venait de sauter du crampon vertical le plus proche, manquant lui écorcher la joue. À trois mètres, Ote était misérablement aplati au sol, les yeux rivés sur Jake.

— Viens ! cria Roland. Le vent fraîchit ! Viens, Jake !

— Pas sans Ote !

Jake entreprit de refaire en sens inverse le chemin qu'il venait de parcourir. Avant qu'il n'eût fait deux pas, Ote se hissa avec précaution sur la tige d'acier. Les griffes, au bout de ses pattes arc-boutées avec raideur, égratignèrent la ronde surface métallique. Eddie, juste derrière le bafouilleux, à présent, était désemparé et mortellement effrayé.

— C'est ça, Ote ! l'encouragea Jake. Viens vers moi !

— Ote-Ote ! Ake-Ake ! cria l'animal, qui se mit à trotter rapidement sur la tige.

Il était presque parvenu à la hauteur de Jake quand le vent se remit traîtreusement à souffler en rafales. Le pont oscilla. Les griffes d'Ote éraflèrent frénétiquement la tige à la recherche d'une prise, mais bernique ! Son arrière-train chassa dans l'espace. Le bafouilleux tenta de se retenir avec ses antérieurs, mais il n'y avait rien à quoi s'accrocher. Ses pattes postérieures filèrent follement en plein ciel.

Jake lâcha la rambarde et plongea, ne pensant qu'aux yeux cerclés d'or d'Ote.

— *Non, Jake !* hurlèrent Roland et Eddie d'une seule voix, chacun d'un côté de la brèche, trop éloignés l'un et l'autre pour intervenir.

Jake heurta la tige de la poitrine et du ventre. Son sac à dos tressauta sur ses omoplates et il entendit ses dents s'entrechoquer dans son crâne dans un fracas de boules de billard. Le vent souffla encore et Jake régla ses mouvements sur lui, nouant sa main droite autour de la tige et tendant la gauche vers Ote tandis que celui-ci basculait dans le vide. Le bafouilleux commença à glisser et referma violemment ses mâchoires sur la main offerte de Jake. La souffrance fut instantanée, atroce. Jake cria, mais tint bon, tête baissée, le bras droit étreignant la tige, les genoux durement pressés contre la surface pitoyablement lisse. Ote était suspendu à sa main gauche comme un acrobate de cirque, levant sur lui ses yeux cerclés d'or ; Jake vit son propre sang ruisseler en minces filets sur les joues du bafouilleux.

13

La peur d'Eddie se volatilisa, cédant la place à une froideur étrange, mais bienvenue. Il laissa bruyamment tomber le fauteuil de Susannah sur le béton craquelé et courut lestement le long du câble, faisant fi de la rambarde. Jake était suspendu tête en bas au-dessus de la brèche, Ote se balançant au bout de sa main gauche tel un pendule de fourrure. Et la main droite du garçon lâchait prise.

Eddie écarta les jambes en ciseaux et se laissa choir en position assise. Dépourvues de toute protection, ses couilles s'écrasèrent douloureusement dans son entrejambe, mais, pour l'heure, cet élancement, si abominable fût-il, était le cadet de ses soucis. D'une main, il saisit Jake aux cheveux et, de l'autre, une sangle du sac à dos. Il se sentit basculer dans le vide et, l'espace d'un instant de cauchemar, il crut que tous trois allaient passer par-dessus bord comme une guirlande de pâquerettes.

Il lâcha les cheveux de Jake et raffermit sa prise sur la sangle du sac à dos, formant des vœux pour que le gamin n'ait pas acheté de la camelote dans un magasin bon marché. De sa main libre, il battit l'air au-dessus de sa tête, à la recherche de la rambarde. Au bout d'une éternité, au cours de laquelle se poursuivit leur glissade de groupe, il la trouva et l'empoigna.

— ROLAND, beugla-t-il. J'AURAIS PEUT-ÊTRE BESOIN D'UN COUP DE MAIN !

Mais Roland était déjà à ses côtés, Susannah toujours perchée sur son dos. Quand il se pencha, la jeune femme noua ses bras autour de son cou, afin de ne pas tomber la tête la première hors du harnais. Le pistolero passa le bras autour de la poitrine de Jake et hissa le garçon. Quand ses pieds furent de nouveau sur la tige, Jake entoura le corps tremblant d'Ote de son bras droit. Sa main gauche, feu et glace mêlés, lui faisait souffrir le martyre.

— Lâche-moi, Ote ! haleta-t-il. Tu peux me lâcher, à présent... Nous sommes... saufs.

Pendant un horrible moment, il crut que le bafouilleux n'obéirait pas. Puis, lentement, les mâchoires d'Ote se desserrèrent, et Jake put libérer sa main. Elle était couverte de sang et cerclée d'un semis de trous sombres.

— Ote, dit le bafouilleux d'une petite voix.

Eddie, étonné, vit que les étranges yeux de l'animal étaient emplis de larmes. Ote tendit le cou et lécha le visage de Jake de sa langue ensanglantée.

— C'est OK, dit Jake, pressant sa figure contre la chaude fourrure. (Il pleurait, lui aussi, les traits figés en un masque sous l'effet du choc et de la souffrance.) Te fais pas de mouron, c'est OK. Tu n'avais pas le choix, et puis ça m'est bien égal !

Eddie se remit debout avec précaution. Son visage était cendreux et il avait l'impression d'avoir reçu une boule de bowling en plein ventre. Sa main gauche glissa lentement vers son entrejambe pour y évaluer les dommages.

— Une putain de vasectomie au rabais, dit-il d'une voix rauque.

— Tu vas tourner de l'œil, Eddie ? demanda Roland.

Une rafale frisquette envoya son chapeau dans la figure de Susannah. La jeune femme le rattrapa et le lui enfonça jusqu'aux oreilles, ce qui donna au pistolero l'allure d'un péquenot à demi débile.

— Non, répondit Eddie. J'aimerais bien, remarque...

— Examine Jake, dit Susannah. Il pisse le sang.

— Je vais bien, déclara l'intéressé, qui voulut dissimuler sa main.

Roland la prit doucement au vol entre les siennes. Le garçon avait au moins une douzaine de morsures sur le dos de la main, la paume et les doigts. La plupart étaient profondes. Pas moyen de savoir si des os avaient été fracturés ou des tendons sectionnés tant que Jake n'essaierait pas de faire des mouvements de flexion. Or, pas plus le moment que le lieu ne se prêtait à ce genre d'exercices.

Roland regarda Ote. L'animal lui rendit son regard, ses yeux expressifs emplis de chagrin et d'effroi. Il ne s'était pas donné la peine de nettoyer le sang de Jake de ses joues ; pourtant, se lécher eût été pour lui un comportement on ne peut plus naturel.

— Fiche-lui la paix ! dit Jake en resserrant son étreinte autour de l'animal. Ce n'est pas sa faute. Ç'a été la mienne de l'oublier. Le vent l'a balayé comme un fétu.

— Je n'ai pas l'intention de lui faire du mal. (Roland était certain que le bafouilleux n'avait pas la rage, mais il ne voulait pas laisser Ote vampiriser Jake plus avant. En ce qui concernait d'autres maladies dont Ote pouvait être porteur... Bon, le *ka* en déciderait, ainsi qu'il le faisait toujours, en finale. Roland ôta son foulard et essuya les babines et le museau d'Ote.) Là ! Brave bête... Bon petit pote...

— Ote, dit le bafouilleux d'une petite voix.

Susannah, qui observait la scène par-dessus l'épaule de Roland, eût donné sa tête à couper qu'elle avait perçu de la gratitude dans cette voix-là.

Une nouvelle rafale les frappa. Le temps se gâtait à la vitesse grand V.

— Eddie, nous devons quitter le pont. Tu peux marcher ?

— Non, missié. Moi y en a juste pouvoi' t'aîner les pieds.

La douleur dans l'aine et au creux de l'estomac, bien que toujours vive, l'était moins que la minute d'avant.

— Parfait. En route. Filons aussi vite que possible.

Roland tourna les talons, fit un pas, puis s'arrêta. Un homme, debout à l'extrémité de la brèche, les observait, le visage vide d'expression.

Le nouveau venu avait surgi tandis qu'ils étaient tous occupés à secourir Jake et Ote. Il portait une arbalète en travers du dos. Une écharpe jaune vif enturbannait sa tête ; les bouts s'en déployaient comme des bannières dans le vent fraîchissant. Des anneaux dorés, ornés de croix en leur centre, pendaient à ses oreilles. Un bandeau de soie blanche occultait un de ses yeux. Son visage était piqueté de pustules pourpres, dont certaines, ouvertes, suppuraient. Il pouvait avoir trente, quarante ou soixante ans. Il avait une main haut levée au-dessus de sa tête, refermée sur un objet que Roland n'arrivait pas à identifier ; sauf que la forme en était trop régulière pour que ce fût une pierre.

Derrière cette apparition, la cité s'esquissait avec une espèce de clarté surnaturelle dans le jour qui allait s'obscurcissant. Eddie effleura du regard les groupes d'immeubles en brique de la rive opposée — des magasins depuis belle lurette mis à sac par des pillards, à coup sûr —, ainsi que les canyons pleins d'ombre et les dédales de pierre et il comprit soudain à quel point il avait eu tort, à quel point il avait été fou d'espérer trouver de l'aide dans la cité. À présent, il voyait les façades en ruine et les toits brisés ; les nids d'oiseaux échevelés sur les corniches, dans les fenêtres béantes et dépourvues de vitres ; à présent, il *respirait* vraiment l'odeur de Lud, et cette odeur n'était pas celle d'épices fabuleuses ni des mets savoureux dans le genre de ceux que sa mère rapportait parfois de chez Zabar ; c'était la puanteur d'un matelas qui a pris feu et s'est lentement consumé, avant qu'on n'y jette de l'eau puisée dans les égouts. Tout à coup, il comprit Lud, la comprit tout à fait. Le pirate grimaçant qui avait surgi tandis qu'ils détournaient leur attention était probablement la version la plus approchante d'un elfe vieux et sage que pouvait produire ce lieu en miettes, agonisant.

Roland tira son revolver.

— Rengaine ce joujou, mon couillon, dit l'homme à l'écharpe jaune avec un tel accent à couper au couteau qu'ils le comprirent à peine. Range-le, mon petit cœur. Tu es un crack, pour sûr, mais cette fois, tu as perdu.

14

Avec son pantalon rapiécé de velours vert, le nouveau venu, debout au bord de la brèche creusée dans le pont, avait l'air d'un flibustier au soir d'une journée de pillage : malade, déguenillé, dangereux.

— Suppose que je décide de n'en rien faire ? fit Roland. Suppose que je choisisse de te loger une balle dans ta tête scrofuleuse ?

— Dans ce cas, je te précéderai en enfer juste le temps de te tenir la porte. (L'homme à l'écharpe jaune émit un gloussement éraillé. Il agita la main qu'il levait en l'air.) Pour moi, c'est blanc bonnet et bonnet blanc.

Roland devina qu'il disait vrai. L'homme donnait l'impression d'avoir au plus un an à vivre... et probable que les derniers mois de cette année-là seraient loin d'être un lit de roses. Les pustules suintantes de sa face n'étaient pas dues à des radiations ; à moins que Roland ne se fourrât le doigt dans l'œil jusqu'au coude, ce type était dans la phase finale de ce que la Faculté désigne sous le nom de syphilis et que les profanes appellent tout bêtement les bourgeons des putes. Affronter un homme dangereux était toujours une affaire délicate, mais du moins pouvait-on calculer ses chances dans ce genre de rencontres. Mais quand il s'agissait de la mort, les paramètres changeaient.

— Vous savez ce que j'ai là, mes petits chéris ? demanda le pirate. Vous savez ce qu'a dégoté ce bon vieux Gasher ? Une grenade, un chouette truc que les Anciens ont laissé sur place, et je l'ai dégoupillée... Rester couvert avant que les présentations soient faites trahirait un manque total de savoir-vivre, pas ? (Il jacassa gaiement pendant un moment, puis son visage redevint calme et grave. Tout humour déserta ses traits, comme si on venait de tourner un bouton dans quelque recoin de son cerveau dégénéré.) Il n'y a que mon doigt, désormais, qui retienne la goupille, mon petit chéri. Si tu me descends, il va y avoir une sacrée explosion. Toi et la guenon juchée sur ton dos serez atomisés. Le louchon, itou, m'est avis. Le jeune gandin qui se tient derrière vous et pointe son joujou sur mon nez a peut-être une chance de vivre, mais seulement jusqu'au moment où il touchera l'eau... et sûr qu'il la touchera, parce que ce pont ne tient que par un fil depuis quarante ans, et il ne faudrait pas grand-chose pour l'achever. Alors, veux-tu ranger ton pétard ou est-ce qu'on va tous faire une petite virée en enfer dans la même charrette ?

Un court instant, Roland envisagea de dégommer l'objet que Gasher appelait une grenade ; il vit comment l'homme l'agrippait et rengaina son revolver dans son étui.

— Ah, bien ! cria Gasher, remis de bonne humeur. Je savais que tu étais un mec correct, rien qu'à te voir ! Oh oui ! Je le savais !

— Que veux-tu ? demanda Roland, bien qu'il crût connaître la réponse.

Gasher leva sa main libre et pointa un index crasseux en direction de Jake.

— Le louchon. Donne-moi le louchon en échange de votre liberté.

— Encule-toi ! s'écria Susannah aussi sec.

— Pourquoi pas ? répliqua le pirate dans un gloussement. Passe-moi un éclat de miroir que je me coupe la bite et me l'enfile dans le cul... Pourquoi pas, vu le bien qu'elle me fait, ces temps-ci. Ouais, je ne peux même pas pisser sans qu'elle me brûle toute. (Ses yeux, singulièrement froids, ne quittaient pas le visage de Roland.) Qu'est-ce que t'en dis, mon poteau ?

— Qu'adviendra-t-il de nous si je te livre le gosse ?

— Ma foi, vous poursuivrez votre route peinards. Vous avez la parole de l'Homme Tic-Tac. Je suis son truchement, parfaitement, et Tic-Tac est un mec régule, lui aussi, qui ne reprend pas sa parole une fois qu'il l'a donnée. Je ne peux pas m'engager en ce qui concerne les Ados que vous pourriez croiser sur votre route, mais vous n'aurez aucun ennui de la part des Gris de Tic-Tac.

— Qu'est-ce qui te prend, Roland, bordel de merde ? rugit Eddie. Tu n'as pas l'intention d'obtempérer, non ?

Roland ne regarda pas Jake et dit, sans remuer les lèvres :

— Je tiendrai ma promesse.

— Oui... j'en suis sûr. (Puis Jake dit d'une voix forte :) Baisse ton flingue, Eddie. La décision m'appartient.

— Jake, tu as perdu l'esprit !

Le pirate gloussa joyeusement.

— Que nenni, mon couillon ! C'est toi qui as perdu l'esprit si tu ne me crois pas. À tout le moins, il sera à l'abri de la batterie avec nous, n'est-ce pas ? Et dis-toi bien que si je ne pensais pas ce que je disais, j'aurais commencé par vous ordonner à tous de jeter vos feux par-dessus la rambarde. C'était facile comme bonjour ! Mais est-ce que je l'ai fait ? Non !

Susannah avait surpris les paroles échangées entre Jake et Roland. Elle avait également eu l'occasion de comprendre combien leurs choix étaient limités en l'état actuel des choses.

— Range-le, Eddie.

— Comment être sûrs que vous ne lancerez pas la grenade une fois que vous aurez le gamin ? cria Eddie.

— Je la ferai exploser dans les airs s'il essaie, dit Roland. J'en suis capable, et il le *sait*.

— Je le ferai peut-être. Tu ne te mouches pas du pied, sûr.

— S'il dit vrai, poursuivit Roland, il mourra même si je

manque son jouet, car le pont s'effondrera et on fera tous le plongeon.

— Très futé, fiston ! dit Gasher. Tu es un petit malin, tu sais ça ? (Il croassa de rire, puis redevint sérieux et confiant.) Assez causé, mon poteau. Décide. Vas-tu me donner le petit gars ou marcherons-nous tous comme un seul homme jusqu'au bout du chemin ?

Avant que Roland n'eût pu dire un mot, Jake s'était éloigné sur le câble, Ote toujours pelotonné dans sa main droite. Il tendait la gauche, raide et sanglante, devant lui.

— Jake, *non* ! cria Eddie, au désespoir.

— Je viendrai te chercher, dit Roland, toujours de cette même voix basse.

— Je sais, répéta Jake.

Le vent se remit à souffler. Le pont oscilla et gémit. À présent, la Send était tachetée de moutons et l'eau bouillonnait, blanchâtre, autour de l'épave du mono bleu en amont.

— Ah, mon couillon ! chantonna Gasher. (Il retroussa les lèvres, révélant quelques dents rares qui saillaient de ses gencives blanches telles des pierres tombales décaties.) Ah, mon beau petit louchon ! Viens donc !

— Roland, c'est peut-être un bluff ! hurla Eddie. Un bobard.

Le pistolero ne répliqua mot.

Comme Jake approchait de l'extrémité de la brèche, Ote dénuda les dents à son tour et se mit à gronder à l'adresse de Gasher.

— Balance-moi ce fourbi parleur à la mer, fit le pirate.

— Allez vous faire foutre, rétorqua Jake d'une voix aussi unie.

Un instant, Gasher parut surpris, puis il hocha la tête.

— Tu l'aimes, c'est ça ? Très bien. (Il recula de deux pas.) Dans ce cas, pose-le par terre dès que tu auras mis le pied sur le béton. Et s'il me saute à la gueule, je te jure que je lui fais sortir sa cervelle par son mignon petit trou du cul.

— Trou du cul, dit Ote entre ses dents à nu.

— La ferme, Ote ! marmonna Jake.

Le garçon atteignit le revêtement de béton au moment où une rafale hyperviolente frappait le pont. La vibration de câbles cédant sembla venir de partout à la fois. Jake jeta un coup d'œil derrière lui. Roland et Eddie agrippaient la rambarde. Susannah l'observait par-dessus l'épaule du pistolero, son casque de boucles ondulant et s'ébouriffant dans la bourrasque. Jake leva la main vers eux. Roland leva la sienne en retour.

Tu ne me laisseras pas tomber, ce coup-ci ? avait-il demandé. *Non. Plus jamais*, avait répondu Roland. Jake le croyait... mais il avait une frousse du diable à la pensée de ce qui pouvait se produire avant son arrivée. Il posa Ote à terre. Gasher se rua vers le bafouilleux, lui décochant des coups de pied. Ote s'esquiva pour échapper au pied botté.

— Cours ! lui cria Jake.

Ote obtempéra, les dépassant comme un trait, et bondit, tête baissée, vers l'extrémité du pont côté Lud, slalomant afin d'éviter les trous et sautant par-dessus les lézardes. Il ne se retourna pas. Un moment plus tard, Gasher avait passé le bras autour du cou de Jake. Il puait la crasse et la viande en décomposition, et les deux odeurs se mêlaient pour former un seul relent fétide, agressif et lourd, qui fit se lever le cœur de Jake.

Il plaqua son sexe contre les fesses du garçon.

— Peut-être que je ne suis pas aussi mal en point que je le croyais. Ne dit-on pas que la jeunesse est le vin qui enivre les vieillards ? On va s'en payer une tranche, pas vrai, mon joli louchon ? Ah, on va s'en payer une tranche à en faire chanter les anges !

Ô Jésus ! se dit Jake.

Gasher haussa le ton.

— On se tire, mon impitoyable ami. De grandes choses nous attendent, nous avons d'importants personnages à voir, pour sûr, mais je tiendrai parole. Quant à vous, vous allez rester là où vous êtes un bon quart d'heure, si vous n'êtes pas idiots. Si vous faites mine de bouger, on va tous aller saluer la Camarde. Pigé ?

— Oui, dit Roland.

— Tu me crois quand je te dis que je n'ai rien à perdre ?

— Oui.

— Très bien. Avance, mon petit ! Une, deux !

Gasher resserra l'étau de son bras, coupant la respiration à Jake et l'entraînant à reculons. Ce fut ainsi qu'ils battirent en retraite, face à la brèche où Roland se tenait avec Susannah sur son dos ; Eddie, à deux pas derrière lui, avait toujours en main le Ruger que Gasher avait appelé un joujou. Gasher soufflait son haleine contre l'oreille de Jake en petites bouffées tièdes. Le pire, c'était l'odeur.

— N'essaie pas de jouer au plus fin, murmura le pirate, ou

sinon je t'arrache tes bijoux de famille et te les enfonce jusqu'au troufignon. Ce serait triste de les perdre avant d'avoir eu l'occase de t'en servir, pas ? Très, très triste.

Ils parvinrent au bout du pont. Jake se raidit, persuadé que Gasher allait finalement lancer sa grenade. Mais non... Du moins, pas encore. Le pirate poussa Jake dans une étroite allée, le faisant passer entre deux petits boxes — sans doute d'anciennes guérites de péage. Au-delà, les magasins en brique avaient l'allure de blocs cellulaires.

— Bien, mon couillon, je vais libérer ton cou... Sinon, comment pourrais-tu avoir du souffle pour courir ? Mais je vais te tenir par le bras, et si tu ne files pas aussi vite que le vent, je te promets que je te l'arrache et que j'en ferai un gourdin pour te taper dessus. Compris ?

Jake hocha la tête. D'un coup, l'horrible poids qui comprimait sa trachée-artère s'envola. Aussitôt, il reprit conscience de l'existence de sa main — chaude, gonflée et pleine de feu. Puis Gasher enferma son biceps dans des doigts pareils à des cercles de fer, et il oublia sa main.

— Tra-la-laire ! cria Gasher d'une voix de fausset grotesquement joyeuse. (Il agita la grenade dans la direction du trio sur le pont.) Bye-bye, mes poussins ! (Puis il grogna à l'intention de Jake :) Allez, cours, putain de petit louchon ! *Cours !*

Jake fut d'abord emporté puis propulsé dans un marathon. Le pirate et lui dévalèrent une rampe incurvée pour rejoindre le niveau de la rue. Confuse, la première pensée de Jake fut que c'était ce à quoi ressemblerait l'East River Drive deux ou trois siècles après que quelque mystérieuse maladie cérébrale aurait décimé tous les gens sains d'esprit du monde.

Des carcasses, vieilles et rouillées, de ce qui avait dû être jadis des voitures, apparaissaient par intervalles le long des deux trottoirs. La plupart étaient des roadsters en forme de bulle ; Jake n'avait de sa vie vu semblables véhicules (excepté, peut-être, ceux que conduisaient les personnages gantés de blanc des bandes dessinées de Walt Disney) ; il aperçut toutefois une antique coccinelle Volkswagen, peut-être aussi une Corvair Chevrolet et une Ford Model A. Aucune de ces sinistres épaves n'avait de pneus ; ils avaient dû être volés ou être tombés en poussière depuis belle lurette. Toutes les vitres avaient été brisées, comme si les derniers habitants de cette cité avaient pris en horreur le moindre objet susceptible de leur renvoyer leur reflet, même par hasard.

Sous et entre les voitures abandonnées, les caniveaux étaient jonchés de monceaux de ferraille non identifiables et de brillants éclats de verre. Des arbres avaient été plantés à distances régulières en bordure de la rue, à une époque plus heureuse, depuis longtemps révolue ; à présent, ils étaient tellement morts qu'ils ressemblaient à de rigides sculptures de métal contre le ciel nuageux. Certains magasins avaient soit été bombardés, soit s'étaient effondrés tout seuls et, au-delà des tas enchevêtrés de briques qui en constituaient les uniques vestiges, Jake apercevait le fleuve ainsi que les étais rouillés et affaissés du Send Bridge. L'odeur de pourriture mouillée — une odeur qui semblait se bloquer dans les narines — était plus forte que jamais.

La rue s'éloignait vers l'est, divergeant du sentier du Rayon, et les décombres l'obstruaient davantage. Six ou sept pâtés de maisons plus bas, elle paraissait complètement bouchée ; ce fut pourtant dans cette direction-là que Gasher le tira. Au début, Jake maintint l'allure, mais Gasher lui imposait une cadence formidable. Le garçon se mit à haleter et resta un pas à la traîne. Gasher le souleva quasiment du sol, tandis qu'il le traînait vers la barrière de ferraille, de béton et de barres d'acier rouillé qui se dressait devant eux. Une bouche d'incendie — placée là à dessein, à ce qu'il parut à Jake — se trouvait entre deux larges bâtisses aux façades de marbre poussiéreuses. Devant celle de gauche, se dressait une statue que Jake reconnut au premier regard : celle de la femme qu'on appelait la Justice aveugle, et cela faisait à coup sûr du bâtiment qu'elle gardait un tribunal. Mais il n'eut guère le loisir de la contempler ; Gasher le halait sans merci vers la barricade, et il ne ralentissait pas l'allure.

Il va nous tuer s'il nous emmène là-dedans ! pensa Jake. Mais Gasher, qui traçait comme l'éclair en dépit de la maladie qui s'affichait en réclame sur son visage, enfonça plus profondément les doigts dans le bras de Jake et l'entraîna à la hâte. Jake aperçut une venelle étroite au sein de l'amoncellement de béton, de meubles fendus, de tuyauteries rouillées, de camions et de voitures qui ne s'était pas vraiment formé tout seul. La lumière jaillit soudain dans son esprit. Ce dédale allait retarder Roland des heures... mais c'était l'arrière-cour de Gasher, et celui-ci savait *parfaitement* où il allait.

La petite ouverture sombre donnant sur la venelle se trouvait sur la gauche du dépotoir branlant. Quand ils y furent, le pirate lança l'objet vert par-dessus son épaule.

— Plonge, mon mignon ! cria-t-il avant de pousser des gloussements aigus, hystériques.

Un instant plus tard, une terrible explosion secoua la rue. L'une des voitures en forme de bulle bondit à six mètres dans les airs, puis retomba sur son toit. Une grêle de briques siffla au-dessus de la tête de Jake et quelque chose le frappa violemment à l'omoplate gauche. Il trébucha, et se serait étalé de tout son long si Gasher ne l'avait remis d'aplomb d'une saccade et tiré dans l'étroite ouverture dans les décombres. Une fois dans la venelle, ils furent happés par des ombres menaçantes qui les enveloppèrent.

Quand Jake et Gasher eurent disparu, une petite boule de fourrure se faufila hors d'un barrage de béton. C'était Ote. Le bafouilleux s'immobilisa un moment devant l'ouverture de la venelle, le cou étiré, les yeux brillants, puis il s'y engagea, le nez au ras du sol, reniflant avec soin.

15

— Allons-y ! dit Roland dès que Gasher eut tourné les talons.

— Comment as-tu pu ? demanda Eddie. Comment as-tu pu laisser ce monstre l'emmener ?

— Je n'avais pas le choix. Apporte le fauteuil. Nous allons en avoir besoin.

Ils avaient pris pied sur la surface de béton à l'extrémité de la brèche quand une explosion fit trembler le pont, projetant des débris dans le ciel qui s'obscurcissait.

— Seigneur !

Eddie tourna un visage crayeux et consterné vers Roland.

— Pas de panique, dit calmement celui-ci. Les types comme Gasher ne manipulent généralement pas à la légère leurs joujoux hautement explosifs.

Ils parvinrent aux guérites dressées au bout du pont. Roland s'arrêta juste après, au sommet de la rampe incurvée.

— Tu savais que ce mec ne bluffait pas, n'est-ce pas ? dit Eddie. Je veux dire, tu ne le supposais pas — tu le *savais*.

— C'est un cadavre ambulant, et ces gens-là n'ont plus besoin de bluffer. (La voix de Roland était calme, mais on y décelait une note d'amertume et de souffrance.) Je savais qu'un truc dans ce goût-là risquait de se produire, et si nous avions vu ce gars-là plus tôt, quand nous étions encore hors de portée de son œuf explosif, nous aurions pu le tenir à distance. Mais Jake est tombé, et Gasher était trop près. À mon avis, il a pensé qu'en amenant un garçon nous comptions acquitter un droit de passage pour pouvoir traverser la cité en toute sécurité. Merde ! Quelle guigne !

Roland assena son poing sur sa cuisse.

— Eh bien, allons le chercher !

Roland secoua la tête.

— Nous allons devoir nous séparer. Nous ne pouvons emmener Susannah là où ce fils de pute est parti ni la laisser seule.

— Mais...

— Écoute et ne discute pas... si tu veux sauver Jake. Plus nous nous attardons, plus sa piste sera froide. Et il est coton de suivre une piste refroidie. Tu as ta propre mission à remplir. S'il existe un autre Blaine — et je suis sûr que c'est ce que croit Jake —, toi et Susannah devez le trouver. Il doit y avoir une gare, ou ce qu'on appelait jadis, dans les pays lointains, un berceau. Tu comprends ?

Pour une fois, Dieu merci, Eddie n'ergota pas.

— Ouais. Nous le trouverons. Et après ?

— Tire une balle toutes les demi-heures ou à peu près. Une fois que j'aurai Jake, je vous rejoindrai.

— Des coups de feu risquent d'attirer l'attention d'autres gens, dit Susannah.

Eddie avait aidé la jeune femme à s'extirper du harnais et elle était de nouveau assise dans son fauteuil.

Roland leur jeta un regard froid.

— Débrouillez-vous-en.

— OK ! (Eddie tendit la main ; Roland la serra fugacement.) Retrouve-le, Roland.

— Oh, je le retrouverai ! Priez seulement vos dieux pour que ce ne soit pas trop tard. Et rappelez-vous le visage de vos pères, tous les deux.

Susannah hocha la tête.

— On va essayer.

Roland tourna les talons et dévala la rampe d'un pas ailé. Quand il eut disparu de leur vue, Eddie regarda Susannah et ne fut pas vraiment surpris de voir la jeune femme en pleurs. Lui-même avait envie de pleurer. Une demi-heure plus tôt, ils formaient une petite bande d'amis proches. Leur douillette intimité avait volé en miettes en l'espace de quelques minutes — Jake avait été enlevé, Roland était parti à sa recherche. Jusqu'à Ote qui s'était enfui. Eddie ne s'était jamais senti aussi abandonné de sa vie.

— J'ai l'intuition que nous ne les reverrons jamais, dit Susannah.

— Bien sûr que si ! répondit Eddie d'un ton brusque. (Cependant, il partageait le pressentiment de la jeune femme. La prémonition que leur quête avait pris fin avant d'avoir réellement commencé alourdissait son cœur.) Dans un combat contre Attila le Hun, je parierais à trois contre deux sur Roland le Barbare. Viens, Suzie... nous avons un train à prendre.

— Mais où ? demanda-t-elle, misérable.

— Je ne sais pas. Peut-être devrions-nous mettre la main sur le premier elfe vieux et sage venu pour lui poser la question.

— Qu'est-ce que tu racontes, Edward Dean ?

— Rien.

Et parce qu'il pensait être tout à fait capable d'éclater en sanglots, Eddie saisit les poignées du fauteuil et se mit à le pousser le long de la rampe craquelée et jonchée de verre qui menait à la cité de Lud.

16

Jake ne tarda pas à sombrer au sein d'un monde brumeux, où la souffrance constituait les uniques repères : sa main qui lui élançait, l'endroit de son biceps où les doigts de Gasher s'enfonçaient telles des chevilles d'acier, ses poumons en feu. Très vite, ces douleurs se fondirent, puis un point aigu, brûlant, dans le côté gauche, les domina. Jake se demanda si Roland était déjà sur leur piste. Il se demanda également combien de temps Ote serait capable de survivre dans ce monde si différent de l'habitat de plaine et de forêt qui avait toujours été le sien. Puis Gasher lui lança un coup de poing au visage, lui faisant saigner le nez, et toute pensée se dilua dans un bain rouge de douleur.

— Magne, mon salopiau ! Remue tes mignonnes petites fesses !

— Je cours... aussi vite que possible, haleta Jake, qui évita de justesse un épais tesson de verre saillant telle une longue dent translucide du mur de ferraille à main gauche.

— J'espère que non, ou je vais te mettre knock-out et te traîner par les cheveux si c'est le cas ! Allez, *schnell*, petit bâtard !

Jake, sans trop savoir comment, força l'allure. En plongeant dans la venelle, il avait cru qu'ils redéboucheraient rapidement sur l'avenue ; à présent, à son corps défendant, il comprenait que non. Plus qu'une venelle, c'était une rue camouflée et fortifiée qui s'enfonçait au cœur du pays des Gris. Les hauts murs chancelants qui enserraient les coureurs avaient été édifiés avec une foule de matériaux des plus hétéroclites : des voitures, complètement ou partiellement aplaties par des blocs de granit et d'acier empilés dessus ; des colonnes de marbre ; des machines-outils inconnues, rendues rouge terne par la rouille aux endroits où la graisse ne les noircissait plus ; un poisson de cristal et de chrome aussi grand qu'un avion privé, avec un mot sibyllin dans le Haut Parler — DÉLICE — élégamment gravé dans son flanc d'écailles étincelantes ; des chaînes enchevêtrées, dont chaque maillon était aussi gros que la tête de Jake, enveloppant un fouillis dément de meubles qui se tenaient en équilibre aussi précaire au-dessus d'eux que des éléphants de cirque sur leurs minuscules plates-formes d'acier.

Parvenu à un endroit où cette folle venelle se divisait, Gasher prit sans hésiter l'embranchement de gauche. Un peu plus loin, trois autres ruelles, si étroites, celles-là, qu'on aurait dit des tunnels, rayonnaient dans diverses directions. Cette fois, Gasher s'engagea dans celle de droite. Le boyau, apparemment tapissé de montagnes de boîtes pourrissantes et d'énormes tas de vieux papier — du papier qui, jadis, avait peut-être été des livres ou des magazines —, était trop exigu pour que tous deux y avancent de front. Gasher poussa Jake en avant et se mit à lui bourrer le dos de coups pour l'inciter à presser l'allure. C'est ce que doit éprouver un bœuf quand on le pousse dans la glissière menant à l'abattoir, pensa Jake, qui jura, s'il sortait vivant de l'aventure, de ne plus jamais manger de bifteck.

— Cours, mon joli ! *Cours !*

Jake perdit bientôt toute mémoire des tours et des détours qu'ils faisaient et, à mesure que Gasher l'entraînait de plus en plus loin au cœur de l'entrelacs d'acier tordu, de meubles fracassés et de machines au rebut, il commença à abandonner tout espoir d'être sauvé. Désormais, Roland lui-même ne serait pas capable de le retrouver. Si le pistolero tentait tout de même le coup, il s'égarerait et errerait jusqu'à la mort dans les boyaux de ce monde de cauchemar.

Ils amorçaient à présent une descente et les murs de papier compressé avaient cédé la place à des remparts de classeurs, à des amoncellements de machines à calculer et à des empilements de matériel informatique. Jake avait l'impression de courir à travers quelque cauchemardesque magasin Radio Shack. Pendant près d'une minute pleine, le mur qui défilait à toute allure sur la gauche de Jake se révéla fait de seuls téléviseurs et terminaux vidéo, entassés à la va-comme-je-te-pousse. Ils fixaient le gamin tels les yeux vitreux de morts. Et, tandis que le sol sous leurs pieds accentuait sa pente, Jake se rendit compte qu'ils étaient bel et bien dans un tunnel. Le lé de ciel nuageux, au-dessus de leurs têtes, s'étrécit en une bande, la bande en ruban et le ruban en fil. Ils se trouvaient dans des enfers sinistres, détalant comme des rats au sein d'un gigantesque dépotoir.

Et si tout ce fatras allait nous tomber dessus ? pensa Jake. Toutefois, épuisé et dolent comme il l'était, cette éventualité ne l'effrayait guère. Si le toit s'effondrait, au moins aurait-il le loisir de prendre quelque repos.

Gasher l'aiguillonnait comme un paysan sa mule, lui tapant tantôt l'une ou l'autre épaule pour lui signifier de tourner à gauche ou à droite. Dans les lignes droites, il frappait Jake à la nuque. Le garçon essaya tant bien que mal d'éviter un tuyau en saillie, qui le heurta violemment à la hanche, l'envoyant valdinguer dans l'étroit passage jusqu'à un enchevêtrement de verre et de planches déchiquetées. Gasher l'empoigna et le poussa de nouveau devant lui.

— Cours, espèce de louchon maladroit ! Tu ne sais donc pas

courir ? N'était l'Homme Tic-Tac, je te sodomiserais sur place et te trancherais la gorge dans le feu de l'action, pour sûr !

Jake galopait dans une brume rouge, où seuls avaient cours la douleur et les fréquents sons mats que produisaient les poings de Gasher en s'abattant sur ses épaules ou sur son crâne. Enfin, au moment où il sentait ne plus pouvoir tenir l'allure bien longtemps encore, le pirate le saisit par le cou et le fit s'arrêter si brutalement que le garçon lui rentra dedans avec un cri étranglé.

— Voici un truc astucieux ! claironna jovialement Gasher, hors d'haleine. Regarde droit devant et tu verras deux barbelés qui se croisent en X au ras du sol. Tu les vois ?

Au début, Jake ne distingua rien. Les lieux étaient très sombres ; d'énormes bouilloires de cuivre s'entassaient à main gauche et, sur la droite, s'amoncelaient des réservoirs d'acier qui ressemblaient à des scaphandres. Jake songea qu'il pourrait faire tomber ceux-ci en avalanche s'il soufflait très fort. Il s'essuya le front, repoussant des mèches de cheveux emmêlés, et s'efforça de ne pas penser à l'allure qu'il aurait aplati sous une quinzaine de tonnes de ces réservoirs. Il cligna des yeux dans la direction que lui indiquait Gasher. Il discerna en effet deux minces lignes d'argent semblables à des cordes de guitare ou de banjo. Chacune retombait d'un côté de la venelle et toutes deux se croisaient à une soixantaine de centimètres au-dessus du trottoir.

— Faufile-toi dessous, mon petit cœur. Et fais gaffe, car si tu fais ne serait-ce qu'effleurer l'une de ces cordes, la moitié de cette merde d'acier et de béton de la cité s'écroulera sur ta mignonne petite caboche. Sur la mienne itou, bien que je doute que cela te dérange des masses, hein ? Allez, passe là-dessous !

Jake, d'un mouvement d'épaules, se débarrassa de son sac à dos et, se mettant à plat ventre, le poussa dans la brèche devant lui. Et, tandis que lui-même progressait sous les minces fils tendus, il se rendit compte qu'il ne voulait pas mourir encore. Il sentait que ces tonnes de ferraille en équilibre savant guettaient le moment de fondre sur lui. Ces fils maintiennent probablement deux clés de voûte judicieusement choisies, pensat-il. Si l'un d'eux se rompt... adieu, Berthe ! Son dos effleura une des cordes et, loin au-dessus de sa tête, quelque chose grinça.

— Gare, mon couillon ! fit Gasher dans un râle. Vas-y en douceur !

Jake rampa sous le croisillon, s'aidant des pieds et des coudes. Ses cheveux puants, poissés de sueur, lui retombèrent dans les yeux, mais il ne pensait plus à les en ôter.

— C'est tout bon, grommela enfin Gasher, qui se glissa sous les fils avec l'aisance que confère une longue pratique. (Il se releva et s'empara du sac avant que Jake n'eût eu le temps de le remettre sur son dos.) Qu'est-ce que tu transportes là-dedans, mon couillon ? (Il défit les sangles et jeta un œil à l'intérieur.) Des friandises pour ton vieux pote ? Papa Gasher a la gueule sucrée, pour sûr !

— Il n'y a rien d'autre que...

La main de Gasher surgit comme la foudre et repoussa la tête de Jake d'une claque si violente qu'une écume sanglante jaillit du nez du garçon.

— Pourquoi avez-vous fait ça ? s'écria Jake, ulcéré.

— Pour t'apprendre à me dire ce que mes yeux chassieux sont capables de voir tout seuls ! hurla Gasher, qui jeta le sac à dos. (Il dénuda ce qui lui restait de dents en un sourire dangereux, terrible.) Et pour avoir failli nous faire tomber dessus tout ce bazar de merde ! (Il s'interrompit, puis ajouta d'une voix plus calme :) *Et aussi* parce que j'en avais envie, je dois le reconnaître. Ta stupide face de mouton me fout des démangeaisons dans les doigts, pour sûr. (Son sourire s'élargit, révélant des gencives blanchâtres et suintantes, vision dont Jake se serait volontiers passé.) Si ton dur à cuire d'ami nous file le train jusque-là, il aura une surprise quand il se fichera dans ces fils, hein ? (Gasher leva les yeux, souriant toujours.) Il y a un bus qui se balance quelque part en équilibre dans le coin, si je me souviens bien.

Jake se mit à pleurer — des larmes de fatigue, de désespoir, qui traçaient d'étroits sillons dans ses joues crasseuses.

Gasher leva la main, paume ouverte, menaçante.

— Ouste, mon couillon, avant que je me mette à chialer à mon tour... Ton vieux pote est très fleur bleue, tu sais, et quand il se laisse aller au chagrin et aux larmes, seul le fait de balancer une petite claque ou deux peut lui redonner le sourire. *Cours !*

Ils coururent. Gasher prit apparemment au hasard des venelles s'enfonçant de plus en plus profondément dans le dédale malodorant et grinçant, indiquant la route à suivre à Jake en lui assenant de vigoureuses bourrades sur les épaules. À un moment donné, la batterie se fit entendre. Le son semblait venir de partout et de nulle part ; pour Jake, ce fut la goutte d'eau qui fit déborder le vase. Le garçon abandonna tout espoir, toute pensée, et se laissa sombrer corps et âme dans le cauchemar.

17

Roland fit halte devant la barricade qui obstruait complètement la rue. À l'inverse de Jake, il n'espérait pas émerger à l'air libre à l'autre bout. Les immeubles sis à l'est de ce point seraient des îles truffées de sentinelles, affleurant d'une mer intérieure d'ordures, d'outils, d'objets... et de traquenards, sûr et certain. Si certains des décombres qui l'entouraient étaient toujours là où ils étaient tombés cinq cents, sept cents ou mille ans plus tôt, Roland supposa que la plupart avaient été entassés là un à un par les Gris. Le secteur oriental de Lud, en effet, était devenu la forteresse des Gris et le pistolero se trouvait à présent au pied de ses murs d'enceinte.

Il progressa à pas lents et aperçut l'ouverture d'une venelle à demi dissimulée derrière un gros bloc de béton effrité. Il distingua des empreintes de pieds dans la poussière poudreuse — celles de deux individus, des grandes et des petites. Sur le point de se remettre debout, Roland les examina encore et s'accroupit de nouveau. Il n'y avait pas deux paires d'empreintes, mais trois, la troisième dessinant les pattes d'un petit animal.

— Ote ? appela doucement Roland. (Pendant un moment, ce fut le silence, puis un unique aboiement discret retentit du sein des ténèbres. Roland pénétra dans la venelle ; deux yeux cerclés d'or le regardaient à hauteur du premier coude. Le pistolero se hâta vers le bafouilleux. Celui-ci, qui ne supportait toujours que la proximité du seul Jake, recula d'un pas, puis se campa fermement sur ses pattes, levant un regard anxieux sur l'arrivant.) Tu veux bien m'aider ? (Roland percevait le sec rideau rouge de la fièvre guerrière au bord de sa conscience, mais, pour l'heure, le pistolero ne devait pas céder à cet indicible soulagement.) M'aider à retrouver Jake ?

— Ake ! aboya Ote, observant toujours Roland de ses yeux craintifs.

— En route, alors ! Trouve-le !

Ote tourna aussitôt les talons et dévala promptement la venelle, le nez collé au sol. Roland lui emboîta le pas, levant à l'occasion les yeux sur le bafouilleux. Sinon, il gardait le regard fixé sur le trottoir vétuste, à la recherche de signes.

18

— Jésus ! fit Eddie. Qu'est-ce que c'est que ces gens-là ?

Susannah et lui avaient suivi la rue au pied de la rampe sur une distance de deux pâtés de maisons. Ils avaient aperçu la barricade qui se dressait droit devant (manquant de moins d'une minute l'entrée de Roland dans la venelle partiellement dissimulée) et, mettant le cap sur le nord, avaient pris une voie plus large qui avait rappelé la Cinquième Avenue à Eddie. Il n'avait pas osé le dire à Susannah ; il était encore trop sous le coup de la déception à la vue de cette cité puante et en ruine pour lâcher une remarque optimiste.

« La Cinquième Avenue » les conduisit dans une zone de grands immeubles de pierre blanche qui évoquèrent à Eddie la Rome des films de gladiateurs qu'il regardait, enfant, à la télé. Les bâtisses étaient austères et, dans l'ensemble, en bon état. Eddie était prêt à parier qu'il s'agissait d'édifices publics — galeries, bibliothèques, peut-être des musées. L'un, coiffé d'un vaste toit en dôme, qui s'était craquelé comme un œuf de granit, était peut-être un ancien observatoire, bien qu'Eddie eût lu quelque part que les astronomes aimaient à être *à l'écart* des métropoles, parce que toutes les lumières électriques foutaient la merde dans l'observation qu'ils faisaient des étoiles.

Il y avait des échappées entre ces imposants édifices et, si le gazon et les fleurs d'autrefois avaient été envahis par les mauvaises herbes et un fouillis de broussailles, l'endroit avait conservé un aspect majestueux ; Eddie se demanda s'il avait constitué jadis le noyau de la vie culturelle de Lud. Cette époque, bien sûr, remontait aux calendes grecques ; Eddie doutait fort que Gasher et ses comparses fassent montre d'un quelconque intérêt pour les ballets ou la musique de chambre.

Susannah et lui étaient parvenus à un embranchement important, d'où partaient quatre larges avenues tels les rayons d'une roue. En son moyeu, s'étendait une spacieuse place pavée, ceinte de haut-parleurs fichés sur des poteaux d'acier hauts de douze mètres. Au centre de la place, se dressait un piédestal soutenant les vestiges d'une statue — un puissant destrier de cuivre, vert-de-grisé, lançant ses antérieures dans les airs. Le guerrier qui avait jadis monté ce cheval de bataille reposait à côté sur son épaule corrodée, brandissant d'une main ce qui ressemblait à une mitrailleuse et une épée de l'autre. Ses jambes enlaçaient toujours le corps de son ancienne monture, mais ses bottes étaient demeurées soudées à ses flancs de métal. MORT AUX GRIS ! barrait le piédestal en lettres d'un orange fané.

En observant les avenues en étoile, Eddie vit les poteaux des haut-parleurs plus en détail. Si certains étaient tombés, la plupart étaient toujours debout, et chacun s'ornait d'une macabre guirlande de cadavres. Par voie de conséquence, la place sur laquelle débouchait « la Cinquième Avenue » ainsi que les rues qui en rayonnaient étaient confiées à la garde d'une petite armée de morts.

— Qu'est-ce que c'est que ces gens-là ? répéta Eddie.

Il n'attendait pas de réponse, et Susannah ne lui en donna pas... Mais elle aurait pu. Elle avait déjà eu auparavant des visions du passé du monde de Roland, mais aucune n'avait jamais été si nette et certaine que celle-là. Toutes ses visions précédentes, comme celle qu'elle avait eue à River Crossing, avaient une qualité obsédante, à l'instar des rêves, mais l'expérience qu'elle vécut alors survint en un flash unique, et ce fut comme si elle voyait la face tordue d'un dangereux maniaque à la lueur aveuglante d'un éclair.

Les haut-parleurs... les corps pendus... la batterie. Elle comprit tout à coup ce qui les reliait aussi clairement qu'elle avait compris que les chariots lourdement chargés qui traversaient jadis River Crossing pour se rendre à Jimtown étaient tirés par des bœufs et non par des mules ou des chevaux.

— Oublie cette racaille, dit-elle d'une voix qui tremblait à peine. C'est le train qui nous intéresse... Quelle route, d'après toi ?

Eddie leva les yeux sur le ciel qui s'obscurcissait et repéra sans mal le sentier du Rayon parmi les nuages qui filaient. Il baissa ensuite son regard sur le sol, et ne fut guère surpris de constater que l'entrée de la rue correspondant au plus près au sentier du Rayon était gardée par une grosse tortue de mer en pierre. Sa tête reptilienne pointait hors de la fente de sa carapace de granit ; ses yeux profondément enfoncés semblaient les observer avec curiosité. Eddie la désigna d'un signe de tête et eut un pauvre sourire.

— Tu vois la tortue comme elle est ronde ?

Susannah lui jeta un coup d'œil et acquiesça. Eddie poussa le fauteuil sur la place et s'engagea dans la rue de la Tortue. Les macchabs qui la flanquaient exhalaient une sèche odeur de cinnamome qui fit se révulser l'estomac du garçon... non qu'elle fût désagréable, bien au contraire... l'arôme d'épice sucrée d'un truc qu'un gosse serait ravi de verser sur ses tartines grillées du matin.

La rue de la Tortue, Dieu merci, était large et la plupart des cadavres accrochés aux poteaux n'étaient guère plus que des momies ; Susannah, cependant, en vit certains relativement récents ; des mouches très affairées rampaient encore sur la peau noircissante de leurs faces gonflées et des asticots sortaient en se tortillant de leurs yeux pourrissants.

Et, au pied de chaque poteau, s'empilait un petit tas d'os.

— Il doit y en avoir des milliers, dit Eddie. Hommes, femmes et enfants.

— Oui, répondit Susannah d'une voix calme qui parut lointaine et bizarre à ses propres oreilles. Ils ont eu beaucoup de temps à tuer. Et ils l'ont mis à profit pour se massacrer entre eux.

— Faites entrer en scène ces satanés elfes pleins de sagesse ! s'écria Eddie.

Le rire qui suivit son exclamation ressembla fort à un sanglot.

Eddie pensa qu'il commençait enfin à comprendre pleinement la signification réelle de cette phrase innocente : *Le monde a changé*. Et la masse d'ignorance et de mal qu'elle recouvrait.

Et sa profondeur.

Les haut-parleurs étaient une mesure de temps de guerre, pensa Susannah. Aussi évident que deux et deux font quatre ! Dieu seul sait quelle guerre ou à quelle époque elle a eu lieu, mais il a dû y avoir un sacré truc. Les maîtres de Lud utilisaient les haut-parleurs pour faire des annonces dans toute la cité de quelque point central, à l'abri des bombes — un bunker transformé en QG comme celui où Hitler et son haut état-major se sont réfugiés à la fin de la Seconde Guerre mondiale.

Et, dans ses oreilles, résonnait la voix de commandement et d'autorité qui avait grondé de ces haut-parleurs — aussi distinctement qu'elle avait entendu le grincement des chariots traversant River Crossing et le claquement du fouet sur l'échine des bœufs peinant sous l'effort.

Les centres de ravitaillement A et D seront fermés aujourd'hui ; veuillez vous rendre aux centres B, C, E et F munis des tickets appropriés.

Escouades de milice Neuf, Dix et Douze au rapport à Sendside.

Bombardement aérien prévu entre 8 et 10 heures. Tous les non-combattants devront se présenter aux abris qui leur ont été assignés. Apportez vos masques à gaz. Je répète : apportez vos masques à gaz.

Des annonces, oui... et une version dénaturée des nouvelles — une version de propagande, militante, que George Orwell eût qualifiée de mentir-vrai. Et, entre les bulletins d'informations et les annonces, de la musique militaire criarde et des exhortations à respecter les soldats tombés au champ d'honneur en envoyant davantage d'hommes et de femmes dans la gueule sanglante de l'abattoir.

Puis la guerre avait pris fin, et le silence s'était abattu... pour un temps. Car, à un moment donné, les haut-parleurs s'étaient remis à diffuser. Quand ? Cent ans plus tôt ? Cinquante ? Quelle importance ? pensa Susannah. Ce qui importait, c'était que lorsque les haut-parleurs avaient été réactivés, la seule chose qu'ils eussent diffusée était une unique bande enregistrée — celle avec le morceau de batterie. Et les descendants des habitants originels de la cité l'avaient prise pour... pour quoi ? La Voix de la Tortue ? La Volonté du Rayon ?

Susannah se surprit à se rappeler la fois où elle avait demandé à son père — un homme paisible mais profondément cynique — s'il croyait à l'existence d'un dieu dans le ciel qui dirigeait le cours des événements humains. *Eh bien,* avait-il répondu, *oui et non, Odetta. Je suis sûr que Dieu existe, mais, à mon avis, Il ne Se préoccupe guère, sinon pas du tout, de nous, ces temps-ci. Je crois que depuis que nous avons tué Son fils, Il a fini par Se persuader qu'il n'y avait rien à tirer des fils d'Adam et des filles d'Ève et qu'Il s'est lavé les mains de nous. Sage bonhomme !*

En réponse à cette déclaration (qu'elle attendait ; elle avait onze ans, à l'époque, et connaissait comme sa poche la tournure d'esprit de son paternel), Susannah lui avait montré un entrefilet à la page des Églises communautaires dans le journal local, où l'on annonçait que le révérend Murdock, de l'Église méthodiste de la Grâce, expliciterait ce dimanche-là le sujet : « Dieu parle chaque jour à chacun de nous » par un texte tiré des Premiers Corinthiens. Son père en avait ri aux larmes. *Bon, je suppose que chacun de nous entend* quelqu'un *lui parler,* avait-il dit ensuite, *et tu peux parier ton dernier dollar sur une chose, mon cœur : chacun de nous — y compris ce révérend Murdock ici nommé — entend cette voix lui dire exactement ce qu'il souhaite entendre. C'est tellement plus commode !*

Ce que *ces gens-là* avaient apparemment voulu entendre dans le morceau de batterie enregistré était une invitation à commettre un meurtre rituel. Et, désormais, chaque fois que la batterie commençait à vibrer à travers ces centaines ou ces milliers de haut-parleurs — un martèlement rythmique qui n'était en fait que la percussion d'une chanson des Z Z Top intitulée *Velcro Fly*, à en croire Eddie —, elle devenait pour eux le signal de tendre les cordes et de hisser trois ou quatre hères en haut des premiers poteaux qui leur tombaient sous la main.

Combien ? se demanda-t-elle tandis qu'Eddie poussait son fauteuil, dont les pneus de caoutchouc dur entaillés et cabossés grinçaient sur du verre brisé, chuintaient sur des amas de papier au rebut. Combien de gens ont-ils été tués au fil des années parce qu'un circuit électronique sous la cité a eu le hoquet ? Cela a-t-il commencé parce qu'ils ont reconnu le caractère fondamentalement étranger d'une musique venue — comme nous, et l'avion, et quelques voitures le long de cette rue — d'un autre monde ?

Elle l'ignorait ; elle savait toutefois qu'elle avait dorénavant fait sien le point de vue cynique de son père pour ce qui avait trait à Dieu et aux conversations qu'il pouvait ou non avoir avec les fils d'Adam et les filles d'Ève. Ces gens-là avaient cherché une raison de s'entre-tuer, c'est tout, et la batterie leur en avait fourni une aussi valable qu'une autre.

Elle songea à la ruche qu'ils avaient croisée — la ruche difforme des abeilles blanches dont le miel les aurait empoisonnés s'ils avaient été assez fous pour en manger. Ici, sur cette rive de la Send, une autre ruche agonisait, avec d'autres abeilles blanches et mutantes, dont le dard, en dépit de leur confusion, de leur égarement et de leur perplexité, ne serait pas moins mortel.

Et combien encore devront-ils mourir avant que la bande ne se casse ?

Comme si ses pensées avaient suffi pour les déclencher, les haut-parleurs se mirent soudain à retransmettre l'impitoyable battement syncopé de la batterie. Eddie en cria de surprise. Susannah hurla et porta les mains aux oreilles — mais elle eut encore le temps d'entendre faiblement le reste de la musique : la ou les pistes qui avaient été mises en sourdine des dizaines d'années auparavant quand quelqu'un (sans doute par hasard) avait touché le bouton BALANCE, le fermant à fond d'un côté, réduisant ainsi au silence les guitares et la partie vocale.

Eddie continuait de la pousser dans la rue de la Tortue et le long du sentier du Rayon, tentant de regarder dans toutes les directions à la fois et de ne pas humer l'odeur de putréfaction. Merci, mon Dieu, pour le vent ! pensa-t-il.

Il pressa l'allure, scrutant les trouées qu'envahissait l'herbe entre les massifs édifices blancs à la recherche de la gracieuse trajectoire d'un monorail aérien. Il voulait sortir de cet interminable corridor de la mort. Quand il aspira une nouvelle bouffée de cette odeur insidieusement douce de cinnamome, il lui sembla qu'il n'avait rien désiré aussi ardemment de toute sa vie.

19

Jake émergea brutalement de son état de torpeur ; Gasher l'avait attrapé par le cou et le tirait avec toute la force d'un cavalier cruel freinant son cheval lancé au galop. Le pirate avança la jambe, et Jake, y butant, tomba à la renverse. Sa tête heurta le trottoir et, l'espace d'un moment, il perdit conscience. Gasher, pas humanitaire pour deux ronds, lui fit rapidement recouvrer ses esprits en lui tordant la lèvre inférieure.

Jake hurla et se dressa d'un bond sur son séant, donnant des coups de poing à l'aveuglette, que Gasher, d'une main, esquiva sans difficulté ; de l'autre, il empoigna Jake sous l'aisselle et le remit sans ménagement sur ses pieds. Le garçon demeura planté là, chancelant comme un ivrogne. Il était désormais au-delà des protestations ; au-delà, quasiment, de tout entendement. Il ne savait qu'une chose : chaque muscle de son corps était endolori et sa main blessée hurlait comme un animal pris dans un piège.

Gasher, apparemment, avait besoin de souffler et, cette fois, il mit plus longtemps à reprendre haleine. Penché vers le sol, les mains cramponnées aux genoux de son pantalon vert, il respirait par petits halètements rapides et sifflants. Son écharpe jaune était de travers. Son œil sain rutilait comme un diamant de pacotille. Le bandeau de soie blanche qui recouvrait l'autre était tout froissé, et des caillots d'horribles sanies jaunâtres suintaient sur sa joue.

— Regarde au-dessus de ta tête, mon couillon, et tu verras pourquoi je t'ai stoppé net. Regarde !

Jake renversa son visage vers le ciel et, choqué comme il l'était, il ne fut pas le moins du monde surpris de découvrir une fontaine de marbre de la taille d'une caravane qui se balançait à vingt-cinq mètres dans les airs. Gasher et lui se trouvaient presque exactement dessous. Deux câbles rouillés la maintenaient, en grande partie dissimulés au milieu d'une énorme masse instable de bancs d'église. En dépit de son hébétude, Jake vit que les câbles étaient plus sérieusement dépenaillés que les crampons du pont.

— Tu vois ? (Gasher, souriant, porta la main gauche à son œil couvert d'un bandeau, cueillit un amas de matières semblables à du pus, qu'il lança au loin d'une pichenette avec indifférence.) Super, hein ? Oh, pour sûr, l'Homme Tic-Tac est un mec à la coule, y a pas à chier ! (Où est cette saloperie de batterie ? Elle devrait s'être mise en marche... Si Copperhead l'a oubliée, je lui enfoncerai un bâton si profond dans le cul qu'il en aura le goût de l'écorce dans la bouche.) À présent, regarde devant toi, mon délicieux petit louchon.

Jake obéit ; aussitôt, Gasher lui assena un tel coup de poing que le garçon chancela en arrière et faillit tomber.

— Pas *en l'air*, âne bâté ! *Par terre !* Tu vois ces deux pavés noirs ?

Au bout d'un moment, Jake les aperçut. Il hocha apathiquement la tête.

— Ne marche pas dessus, sous peine de recevoir tout ce fourbi sur le crâne, mon couillon. Et si quelqu'un voulait te récupérer après ça, il devrait te ramasser avec un buvard. Pigé ?

Jake hocha de nouveau la tête.

— Bien. (Gasher aspira une dernière goulée d'air et assena une bourrade sur l'épaule de Jake.) En route, mauvaise troupe ! Qu'est-ce t'attends ? *Une, deux !*

Jake enjamba le premier pavé décoloré et vit qu'il s'agissait en fait d'un disque de métal qu'on avait arrondi pour lui donner la forme d'un pavé. Le second était ingénieusement placé dans le prolongement du premier : si un intrus ou une intruse non averti loupait le premier, il ou elle poserait très certainement le pied sur le second.

Eh bien, vas-y ! songea Jake. Pourquoi pas ? Le pistolero ne te retrouvera jamais dans ce dédale, alors saute et finissons-en ! Ce sera plus propre que ce que Gasher et ses copains te réservent. Et plus rapide.

Ses mocassins poussiéreux s'agitèrent dans l'air au-dessus du traquenard.

Gasher le frappa du poing au milieu du dos, mais sans violence.

— T'as envie d'aller faire un tour chez la Camarde, hein, mon petit couillon ? (La note de cruauté démente de sa voix avait cédé la place à de la simple curiosité. Si on y percevait une autre émotion, c'était moins de la peur que de l'amusement.) Eh bien, vas-y, si c'est ton idée. Moi, j'ai déjà mon billet. Seulement, fais vite ! Que les dieux foudroient tes yeux !

Le pied de Jake se posa au-delà du mécanisme déclencheur. Sa volonté de vivre encore un peu ne se fondait pas sur l'espoir que Roland le retrouve, non ; simplement, c'était ce que Roland ferait : continuer jusqu'à ce que quelqu'un l'arrête, puis faire quelques pas de plus s'il le pouvait.

S'il mourait maintenant, il entraînerait peut-être Gasher avec lui, mais Gasher seul était de la roupie de sansonnet — un regard suffisait pour comprendre qu'il disait la vérité en affirmant avoir déjà un pied dans la tombe. S'il continuait, Jake avait peut-être une chance de prendre aussi certains des amis de Gasher... peut-être même celui que le pirate appelait l'Homme Tic-Tac.

Si je dois faire un tour chez la Camarde, comme il dit, autant que ce soit en nombreuse compagnie, pensa Jake.

Roland aurait compris.

20

Jake se trompait quant à la capacité du pistolero à suivre leurs traces à travers le dédale ; le sac à dos n'était que le plus évident des indices qu'ils avaient semés derrière eux, mais Roland eut tôt fait de se rendre compte qu'il n'avait pas besoin de s'arrêter pour chercher des indices. Il lui suffisait de suivre Ote.

Cela ne l'empêcha pas de faire halte à plusieurs intersections, histoire d'être sûr ; chaque fois, le bafouilleux se retourna et poussa son aboiement bas et impatient qui semblait dire : « Magne-toi ! Tu veux les perdre ? » Quand les indices qu'il repéra — des empreintes, un fil de la chemise de Jake, un morceau du tissu jaune vif de l'écharpe de Gasher — eurent par trois fois confirmé les choix de l'animal, Roland se contenta de suivre. Il ne renonça pas à chercher des indices, mais ne s'arrêta plus pour les repérer. Puis la batterie retentit, et ce fut elle — plus la curiosité qu'avait manifestée Gasher à propos du contenu du sac à dos de Jake — qui sauva la vie à Roland cet après-midi-là.

Il pila net, dérapant dans ses boots poussiéreux, et son revolver jaillit dans ses mains avant qu'il n'eût eu identifié le bruit. Quand il l'eut reconnu, il rengaina l'arme dans son étui avec un grognement d'impatience. Il était sur le point de se remettre en route quand son regard tomba par hasard sur le sac de Jake... puis sur deux lignes ténues à la gauche de celui-ci. Roland étrécit les yeux et distingua deux minces fils de fer qui se croisaient à hauteur des genoux à moins de trois pas devant lui. Ote, que sa morphologie mettait naturellement au ras du sol, s'était faufilé avec agilité à travers le X formé par les barbelés ; n'étaient la batterie et la découverte du sac, Roland, lui, se serait jeté droit dedans. Tandis qu'il levait le regard sur les amas de ferraille, disposés à dessein, tenant en équilibre de part et d'autre de la venelle, ses lèvres se serrèrent. Il l'avait échappé belle, et seul le *ka* lui avait permis d'avoir la vie sauve.

Ote aboya avec impatience.

Roland se mit à plat ventre et rampa sous les fils, progressant avec une prudente lenteur — il était plus grand que Jake ou que

Gasher, et il se rendit compte qu'un homme de haute taille ne pourrait passer là-dessous sans déclencher l'avalanche soigneusement préparée. La batterie vibrait, vibrait sourdement dans ses tympans. Je me demande s'ils sont tous devenus barges, pensa-t-il. Si je devais écouter ça tous les jours, il me semble que je perdrais la boule.

Il franchit les barbelés, ramassa le sac à dos et jeta un coup d'œil dedans. Les livres de Jake et quelques vêtements s'y trouvaient toujours, ainsi que les trésors que le gamin avait glanés en cours de route — une roche où étincelaient des éclats jaunes semblables à de l'or, mais qui n'en étaient pas ; une pointe de flèche, sans doute un vestige du Vieux Peuple de la forêt, que Jake avait trouvée dans un bosquet le lendemain de son parachutage ; une poignée de pièces de monnaie de son monde ; les lunettes de soleil de son père ; trois ou quatre autres bricoles que seul un garçonnet de moins de treize ans était à même d'apprécier. Des babioles qu'il voudrait récupérer... c'est-à-dire, à condition que Roland le retrouve avant que Gasher et ses amis aient le temps de le changer, de le blesser au point qu'il perde tout intérêt pour les passe-temps et les curiosités innocents de la préadolescence.

La face grimaçante de Gasher flotta dans l'esprit de Roland telle la trogne d'un démon ou d'un djinn sorti d'une bouteille : les dents mal plantées, les yeux vides, la syphilis qui lui bouffait les joues et s'étalait sous les mâchoires mal rasées. Si tu lui fais du mal... pensa-t-il, puis il s'obligea à chasser cette pensée, car elle ne menait à rien. Si Gasher faisait du mal au gosse (*Jake!* insista son cerveau avec force. *Pas le gosse... Jake ! Jake !*), Roland le tuerait, aussi sûr que deux et deux font quatre. Mais son acte n'aurait aucun sens — Gasher était déjà mort.

Le pistolero rallongea les sangles du sac à dos, s'émerveillant à la vue de ces boucles qui permettaient l'opération, le glissa sur son dos et se remit debout. Ote s'était éloigné ; Roland cria son nom et le bafouilleux se retourna.

— Viens, Ote.

Roland ignorait si l'animal comprenait (ou, si oui, s'il obéirait), mais il valait mieux — il était plus prudent — qu'il restât près de lui. Puisque guet-apens il y avait eu, il risquait d'y en avoir d'autres. La fois suivante, Ote pourrait bien ne pas être aussi chanceux.

— Ake ! aboya Ote, sans bouger d'un poil.

L'aboiement était péremptoire ; Roland, cependant, déchiffra les sentiments réels d'Ote dans ses yeux : ils étaient assombris par la peur.

— Oui, mais c'est dangereux. Viens, Ote.

Derrière eux, sur le chemin par lequel ils étaient venus, retentit le fracas d'un objet lourd qui tombait, probablement délogé par la dure vibration de la batterie. Roland aperçut çà et là les haut-parleurs qui saillaient des décombres tels d'étranges animaux au long cou.

Ote trottina vers lui et leva les yeux, essoufflé.

— Reste près de moi.

— Ake ! Ake-Ake !

— Oui. Jake.

Roland reprit sa course, Ote courant sur ses talons aussi docilement qu'un chien.

21

Pour Eddie, ainsi que l'avait dit un jour quelque sage, tout n'était jamais qu'un éternel recommencement : il galopait, poussant le fauteuil de Susannah, luttant de vitesse avec le temps. La rue de la Tortue avait remplacé la plage, mais, en somme, c'était du pareil au même. Oh... il y avait une différence notable : à présent c'était une gare (ou un berceau) qu'il cherchait, pas une porte logée dans le vide.

Susannah était assise, droite comme un I, dans son fauteuil, ses cheveux voletant, le revolver de Roland dans la main droite, son canon pointé vers le ciel lourd de nuages d'orage. La batterie pulsait sans relâche, les matraquant de son tonnerre. Un objet semblable à un plat gigantesque gisait au milieu de la chaussée juste devant eux ; l'esprit surmené d'Eddie, peut-être à cause des édifices classiques qui les entouraient, fit surgir l'image de Jupiter et de Thor jouant au frisbee. Jupiter fait un superbe lancer... Thor laisse tomber le disque à travers un nuage... Putain, c'était heure de récré à l'Olympe !

Frisbee des dieux, pensa-t-il, faisant slalomer Susannah entre deux épaves de voitures rouillées, quel concept !

Il propulsa le fauteuil sur le trottoir pour contourner l'objet qui, vu de plus près, avait l'air d'une antenne parabolique. Il faisait redescendre le fauteuil du trottoir afin de le remettre sur la chaussée — le trottoir était trop encombré de saloperies pour qu'on pût battre des records —, quand la batterie se tut soudainement. Les échos roulèrent et s'éloignèrent dans un silence renouvelé ; sauf que ce n'était pas réellement du silence, remarqua-t-il. Devant eux, un bâtiment de marbre se dressait à l'intersection de la rue de la Tortue et d'une seconde avenue. Bien que parasité par la vigne et une plante hirsute semblable à des barbes de cyprès, il conservait sa magnificence et une certaine majesté. Un peu plus loin, une foule jacassait avec excitation.

— Ne t'arrête pas ! ordonna sèchement Susannah. Nous n'avons pas le temps de...

Un cri hystérique perça les babillages, accompagné de beuglements d'approbation et, chose incroyable, de ce genre d'applaudissements qu'Eddie avait entendus dans les hôtels-casinos d'Atlantic City après la représentation du pianiste de service. Le cri s'étrangla en un long gargouillis mourant pareil à la stridulation d'une cigale entrant en hibernation d'été. Eddie sentit ses cheveux se dresser sur sa tête. Il jeta un coup d'œil aux cadavres suspendus au plus proche haut-parleur et comprit que les Ados avides d'amusements de Lud s'adonnaient à une nouvelle exécution publique.

Super ! pensa-t-il. Il ne leur manque que Tony Orlando et Dawn chantant *Knock Three Times* pour mourir heureux.

Il regarda avec curiosité le pilier d'angle de pierre. D'aussi près, la vigne qui l'avait envahi exhalait une puissante odeur d'herbe, sacrément amère, mais qu'il préférait à tout prendre à la senteur douceâtre de cinnamome des cadavres momifiés. Les vrilles retombaient en gerbes échevelées, créant des cascades végétales à l'emplacement des anciens porches. Tout à coup, une silhouette jaillit comme une fusée de l'une de ces cascades et se précipita vers eux. Eddie s'aperçut qu'il s'agissait d'un gamin, et qui n'avait pas quitté ses langes depuis très longtemps, à en juger par sa taille. Il était vêtu d'un étrange petit costume à la lord Fauntleroy, avec chemise blanche à jabot et culotte courte de velvet, et portait des rubans dans les cheveux. Une folle envie démangea Eddie d'agiter les mains au-dessus de sa tête et de hurler : *Visez-moi ça ! Lud est sensa !*

— Venez ! cria le gamin d'une voix flûtée. (Des aigrettes de verdure s'étaient prises dans ses cheveux ; il les balaya d'un air distrait de sa main gauche tout en courant.) Ils vont zigouiller Spanker ! C'est au tour de papa Spanker d'aller au pays de la batterie ! Venez, ou vous allez louper tout le spectacle, par la malédiction des dieux !

Susannah, elle aussi, était ébahie à la vue de l'enfant ; comme il approchait, elle fut frappée par un je-ne-sais-quoi d'extrêmement bizarre et maladroit dans la façon qu'il avait de repousser les vrilles et les gourmands qui s'accrochaient dans ses cheveux enrubannés : il ne se servait que d'une main. Il tenait l'autre derrière son dos quand il avait jailli de la cascade d'herbe folle, et derrière son dos elle demeurait.

Ce doit être d'un pratique ! pensa-t-elle, puis un magnétophone se déclencha dans sa tête, et elle entendit Roland parler au bout du pont : *Je savais qu'un truc dans ce goût-là risquait de se produire, et si nous avions vu ce gars plus tôt, quand nous étions encore hors de portée de son œuf explosif, nous aurions pu le tenir à distance... Merde !*

Elle leva le revolver de Roland à la hauteur de l'enfant qui avait bondi du trottoir et leur fonçait droit dessus.

— Stop ! cria-t-elle. Plus un pas !

— Suzie, qu'est-ce qui te prend ? hurla Eddie.

Susannah l'ignora. Au sens propre du terme, Susannah Dean n'existait plus ; c'était Detta Walker qui était assise dans le fauteuil roulant, et ses yeux brillaient d'une suspicion fébrile.

— Stop, ou je tire !

Little lord Fauntleroy aurait aussi bien pu être sourd pour l'effet que lui fit la sommation.

— Rengainez votre arme ! brailla-t-il. Vous allez rater tout le spectacle ! Spanker va...

Sa main droite commença enfin à émerger de derrière son dos. À cet instant, Eddie prit conscience qu'ils n'avaient pas affaire à un gamin, mais à un nain difforme dont l'enfance remontait à un bail. L'expression qu'Eddie avait prise de prime abord pour de la pétulance enfantine était en réalité un froid mélange de haine et de rage. Les joues et le front du nain étaient recouverts de ces plaques décolorées et suintantes que Roland appelait les bourgeons des putes.

Susannah ne vit pas son visage. Son attention était fixée sur la main droite qui peu à peu apparaissait et sur la sphère vert mat qu'elle tenait. C'était tout ce qu'elle avait besoin de voir. Le revolver de Roland cracha. Le nain fut projeté en arrière. Un cri strident de douleur et de rage s'éleva de sa bouche minuscule quand il atterrit sur le trottoir. La grenade sauta de sa main et repartit en roulant vers la même entrée voûtée d'où le nain avait surgi.

Detta s'était volatilisée comme un songe, et Susannah, étonnée, horrifiée, désemparée, regardait par-dessus le revolver fumant la silhouette miniature étalée sur le trottoir.

— Ô mon Dieu ! Je l'ai tué ! Eddie, je l'ai tué !

— *Mort*... aux Gris !

Little lord Fauntleroy essaya de lancer ces mots avec bravade, mais ils s'étranglèrent dans un gargouillis de sang qui macula les rares îlots encore blancs de sa chemise à fanfreluches. Une explosion assourdie parvint de la plaza intérieure, envahie par la végétation, du bâtiment d'angle, et les tapis de verdure miteuse masquant les entrées voûtées ondulèrent comme des drapeaux dans une rafale. Des nuages d'une fumée suffocante, âcre, s'en échappèrent, et Eddie se jeta sur Susannah pour lui faire un bouclier de son corps ; il sentit une averse gravillonneuse de morceaux de béton — petits, heureusement — crépiter sur son dos, son cou et son crâne. Des bruits déplaisants de baisers mouillés s'élevèrent sur sa gauche. Il ouvrit les yeux en une fente et vit la tête de Little lord Fauntleroy s'immobiliser dans le caniveau ; le nain avait les yeux grands ouverts, la bouche figée sur son ultime vocifération.

Des hurlements de fureur retentirent. Eddie donna une poussée au fauteuil de Susannah — le siège vacilla sur une roue avant de se décider à se mettre d'aplomb — et regarda dans la direction d'où avait jailli le nain. Une foule dépenaillée constituée d'une vingtaine d'hommes et de femmes avait surgi, certains venant de derrière l'édifice, d'autres se frayant un chemin au sein de l'entrelacs de feuillage qui en obscurcissait les porches, se matérialisant hors de la fumée produite par la grenade du nain tels des esprits mauvais. La plupart portaient des fichus bleus et tous étaient armés — un assortiment d'armes hétéroclite (et quelque peu pitoyable) : épées rouillées, couteaux émoussés et gourdins fendus. Eddie aperçut un homme qui brandissait un marteau avec un air de défi. Des Ados, pensa-t-il. Nous avons interrompu leur séance de pendaisons, et ça les emmerde un max.

Un tohu-bohu de cris — *Mort aux Gris ! Tuez ces deux-là ! Ils ont descendu Luster, que les dieux leur crèvent les yeux !* — s'éleva de ce charmant groupe à la vue de Susannah dans son fauteuil roulant et d'Eddie agenouillé devant. Le chef de file était vêtu d'une sorte de kilt et agitait un coutelas. Il le brandit farouchement (au risque de décapiter la femme trapue dans son dos si celle-ci n'avait baissé la tête), puis chargea. Les autres suivirent dans un concert de joyeux braillements.

Le revolver de Roland tonna dans le jour venteux, couvert, et le crâne de l'Ado portant kilt se décolla. La peau cireuse de la femme qui avait échappé de justesse à la décapitation se pointilla soudain de gouttelettes rubis ; la femme glapit d'effroi.

Le reste de la bande la dépassa, ainsi que l'homme mort, en plein délire et les yeux fous.

— Eddie ! hurla Susannah, qui fit de nouveau feu.

Un homme portant une cape doublée de soie et des bottes s'effondra sur la chaussée.

Eddie chercha le Ruger à tâtons et vécut un instant de pure panique quand il crut l'avoir perdu. La crosse de l'arme avait glissé sous sa ceinture. Il l'empoigna et tira de toutes ses forces. La mire, au bout du canon, s'était coincée dans son caleçon.

Susannah tira trois coups à la file. Chacun fit mouche, mais la vague d'Ados ne ralentissait pas.

— *Eddie, à l'aide !*

Eddie déchira son pantalon, se faisant l'impression d'être une version au rabais de Superman, et réussit enfin à libérer le Ruger. Il en fit sauter le cran de sûreté du revers de la paume gauche, posa le coude sur sa cuisse juste au-dessus du genou et fit feu. Pas besoin de réfléchir, pas besoin même de viser. Roland leur avait dit que, lors d'une fusillade, les mains d'un pistolero fonctionnaient toutes seules, et Eddie s'apercevait que c'était vrai. De toute manière, un aveugle aurait mis de la bonne volonté pour rater sa cible à cette distance. Susannah avait réduit le nombre des assaillants à quinze ; Eddie s'engouffra dans le reste comme un ouragan dans un champ de blé, en tuant quatre en moins de deux secondes.

Le visage unique de la foule, avec son expression d'avidité glacée et stupide, commença à se désagréger. L'homme au marteau jeta son arme et s'élança à sa suite, clopinant de façon extravagante sur deux jambes déformées par l'arthrite. Deux hommes lui emboîtèrent le pas. Les autres, indécis, tournèrent et virèrent sur la chaussée.

— Revenez, dégonflés ! cria un type relativement jeune d'une voix hargneuse. (Arborant son écharpe bleue autour de son cou comme un coureur de rallye son ascot, il était chauve, excepté deux touffes de cheveux roux frisottés de part et d'autre de la tête. Susannah trouva qu'il ressemblait à Clarabelle le Clown ; Eddie à Ronald McDonald ; tous deux pensèrent qu'il avait tout du trouble-fête. Il jeta une lance de fabrication maison qui pouvait bien avoir commencé son existence sous la forme d'un pied de table métallique. L'arme tomba dans un cliquetis, sans causer de dommages, à droite d'Eddie et de Susannah.) Revenez, j'ai dit ! Nous les aurons si nous réunissons nos for...

— Désolé, mec, murmura Eddie, qui le visa à la poitrine.

Clarabelle/Ronald chancela en arrière, portant la main à sa chemise. Il fixa Eddie avec des yeux comme des soucoupes qui disaient de navrante et éloquente façon que la scène n'était pas prévue au scénario. Sa main retomba lourdement le long de son flanc. Un unique filet d'un sang extraordinairement vif dans la grisaille ambiante ruissela du coin de ses lèvres. Les quelques Ados restants rivèrent sans un mot leur regard sur lui tandis qu'il s'affaissait sur ses genoux ; l'un d'eux voulut détaler.

— Macache ! fit Eddie. Reste où tu es, aimable crétin... ou tu vas avoir un bon aperçu de la clairière où s'achève ta route. (Il haussa le ton.) Jetez vos armes, jeunes gens ! Tout de suite !

— Vous... chuchota le mourant. Vous... pistolero ?

— Tout juste, Auguste, rétorqua Eddie qui, la mine menaçante, surveillait le groupe d'Ados.

— J'implore votre... pardon, haleta le rouquin aux cheveux frisottés, puis il tomba tête en avant.

— *Des pistoleros ?* demanda l'un des autres sur un ton qui exprimait l'horreur et la compréhension naissantes.

— Bon ! Débiles, mais pas sourds, c'est déjà ça, dit Susannah.

Elle agita le canon du revolver ; l'arme devait être vide, pensa Eddie. Au fait, combien de cartouches pouvait-il encore y avoir dans le Ruger ? Il s'aperçut qu'il n'avait pas la moindre idée du nombre de cartouches que contenait le magasin et maudit sa stupidité... Mais aussi, avait-il réellement cru pareil affrontement possible ? Non.

— Vous l'avez entendu, m'sieu-dames. Lâchez vos armes. Les vacances sont terminées.

Un par un, ils obéirent. La femme qui arborait sur sa figure une pinte ou à peu près du sang de M. Épée-et-Kilt déclara :

— Vous n'auriez pas dû tuer Winston, mam'selle... C'était son anniversaire, si fait.

— Eh bien, il aurait mieux fait de rester chez lui et de bâfrer plus de gâteau, dit Eddie.

Compte tenu de l'atmosphère générale de l'aventure, le garçon ne trouva pas plus surréaliste la remarque de la femme que sa réponse.

Il y avait une seconde femme parmi les Ados restants, une créature décharnée dont les longs cheveux blonds se dégarnissaient par plaques, comme si elle souffrait de la gale. Eddie l'observa tandis qu'elle se glissait vers le nain mort — et, au-delà, vers la sécurité potentielle des voûtes envahies par la végétation — et logea une balle dans le béton craquelé près de son pied. Il n'avait aucune idée de ce qu'il comptait lui faire, mais il ne voulait sûrement pas, en revanche, que l'un d'eux donnât des idées aux autres. Surtout, il craignait ce que ses mains risquaient d'accomplir si cette racaille souffreteuse et renfrognée qu'il avait sous le nez tentait de s'enfuir. Quoi que son cerveau pensât à propos de ce boulot de pistolero, ses mains, elles, avaient découvert qu'elles aimaient ça.

— Restez où vous êtes, ma belle ! L'agent de police Friendly vous dit d'y aller pépère. (Eddie jeta un coup d'œil à Susannah et fut pris d'inquiétude à la vue de son teint grisâtre.) Suzie, tu vas bien ? lui demanda-t-il à voix basse.

— Oui.

— Tu ne vas pas tourner de l'œil ou un truc dans ce goût-là, hein ? Parce que...

— Non. (Elle le dévisagea avec des yeux si sombres qu'on eût dit des cavernes.) C'est seulement que je n'avais jamais tué quelqu'un avant... D'ac ?

Eh bien, tu ferais mieux de t'y habituer. Eddie ravala la phrase qui lui montait aux lèvres et reporta le regard sur les cinq Ados qui observaient le couple avec une espèce de crainte morne qui était loin d'être de la terreur.

Merde ! La plupart d'entre eux ont oublié ce qu'est la terreur ! pensa Eddie. Même chose pour la joie, la tristesse, l'amour... Je ne crois pas qu'ils ressentent grand-chose, désormais. Ils ont trop longtemps vécu dans ce purgatoire.

Puis il se remémora les rires et les cris excités, les applaudissements frénétiques, et révisa son opinion. Il y avait au moins une chose qui faisait toujours tourner leurs moteurs, une chose qui actionnait toujours leurs manettes. Spanker aurait pu en témoigner.

— Qui est le responsable, parmi vous ? demanda-t-il.

Il scrutait l'intersection derrière le petit groupe, au cas où les fuyards auraient retrouvé leur courage. Jusque-là, il ne voyait ni n'entendait rien d'alarmant de ce côté-là. Les autres avaient sans doute abandonné cette bande déguenillée à son destin.

Tous s'entre-regardèrent, indécis, puis la femme à la face ensanglantée prit la parole.

— C'était Spanker, mais, quand le tambour des dieux a retenti, cette fois, c'est le caillou de Spanker qui est sorti du chapeau, et nous l'avons fait danser. Je pense que Winston lui aurait succédé, mais vous l'avez tué avec vos revolvers pourris par les dieux.

Elle essuya à dessein un peu de sang de sa joue, l'examina puis reporta son regard morne sur Eddie.

— Ouais ? Que croyez-vous que Winston essayait de me faire avec sa lance pourrie par les dieux ? (Eddie était ulcéré que cette bonne femme ait réussi à le faire se sentir coupable de son acte.) Me rafraîchir les rouflaquettes ?

— Z'avez zigouillé Frank et Luster itou, poursuivit-elle avec obstination, et qu'est-ce que vous êtes ? Soit des Gris, ce qui est mal, soit un couple d'étrangers pourris par les dieux, ce qui est pire. Qui reste-t-il pour les Ados à City North ? Topsy, je suppose... Topsy, le Marin... mais il n'est pas là, hein ? Il a pris son bateau et a descendu le fleuve, pour sûr, et que les dieux le fassent pourrir, lui aussi !

Susannah avait cessé d'écouter ; son esprit s'était fixé, dans une fascination horrifiée, sur quelque chose que la femme avait dit plus tôt : *C'est le caillou de Spanker qui est sorti du chapeau, et nous l'avons fait danser.* Elle se souvint d'avoir lu, du temps où elle était à la fac, un livre de Shirley Jackson, *The Lottery*, et comprit que ces gens-là, les descendants dégénérés des Ados originels, vivaient le cauchemar imaginé par l'écrivain. Pas étonnant qu'ils fussent incapables de ressentir la moindre émotion forte quand ils savaient qu'ils auraient à prendre part à cette loterie macabre non pas une fois l'an, comme dans le roman, mais deux ou trois fois par jour.

— Pourquoi ? demanda-t-elle à la femme ensanglantée d'une voix sévère, horrifiée. Pourquoi faites-vous ça ?

La femme regarda Susannah comme si cette dernière était la plus grande imbécile que la terre eût jamais portée.

— Pourquoi ? Afin que les fantômes qui habitent les machines ne s'emparent pas des corps de ceux qui sont morts ici — Ados ou Gris — et ne les envoient par les trous des rues pour nous dévorer. N'importe quel demeuré sait ça.

— Les fantômes n'existent pas. (Susannah trouva sa remarque absurde. Bien sûr qu'ils existaient ! Dans ce monde, les fantômes pullulaient. Elle poursuivit néanmoins :) Ce que vous appelez le tambour des dieux n'est qu'une bande dans un appareil. Ni plus, ni moins. (Sous le coup d'une inspiration subite, elle ajouta :) Ou peut-être est-ce un stratagème des Gris. Y avez-vous jamais songé ? Ils vivent dans l'autre partie de la cité, n'est-ce pas ? Ainsi qu'au-dessous ? Ils ont toujours désiré vous faire partir. Peut-être ont-ils trouvé un moyen réellement efficace de vous faire faire le boulot à leur place.

La femme ensanglantée se tenait près d'un homme d'âge mûr coiffé de ce qui paraissait être le plus antique chapeau melon du monde et vêtu d'un short kaki effrangé. Il se porta en avant et s'adressa à Susannah avec un vernis de bonnes manières qui transforma son mépris latent en une dague aux tranchants affûtés comme un rasoir.

— Vous vous trompez du tout au tout, madame Pistolero. Il y a une théorie de machines dans le ventre de Lud et des fantômes dans chacune — des esprits démoniaques qui ne souhaitent que du mal aux mortels et aux mortelles. Ces fantômes diaboliques sont *très* capables de ressusciter les morts... Et, à Lud, ceux-là sont légion.

— Écoutez, dit Eddie. Avez-vous déjà vu, de vos yeux vu, un de ces zombies, Jeeves ? L'un de vous en a-t-il vu ?

Jeeves fit la moue et ne dit mot — mais cette moue disait tout. Que pouvait-on attendre d'autre, demandait-elle, de barbares qui utilisaient des pétards en lieu et place de leur cervelle ?

Eddie décida que mieux valait clore la discussion. Il n'avait jamais eu la fibre missionnaire, de toute façon. Il agita le Ruger en direction de la femme mouchetée de sang.

— Vous et votre copain — celui qui ressemble à un maître d'hôtel british son jour de sortie — allez nous emmener à la gare. Après cela, nous pourrons tous nous dire *ciao* et je vais vous avouer un truc : ça transformera ma putain de journée !

— La gare ? répéta le type qui ressemblait à Jeeves le maître d'hôtel. Qu'est-ce que c'est, une gare ?

— Conduisez-nous au berceau, intervint Susannah. Menez-nous à Blaine.

Précision qui eut pour effet d'ébranler Jeeves ; une expression d'horreur choquée remplaça le mépris blasé dont il les avait gratifiés jusque-là.

— Vous ne sauriez y aller ! cria-t-il. Le berceau est zone interdite, et Blaine est le fantôme le plus dangereux de tout Lud !

Zone interdite ? pensa Eddie. Super ! Si c'est vrai, au moins pourrons-nous cesser de nous préoccuper de vous autres trous du cul. C'était chouette, aussi, d'entendre qu'il y *avait* toujours un Blaine... ou que ces gens pensaient qu'il existait.

Les autres fixaient Eddie et Susannah avec des expressions hébétées ; on eût dit que les intrus venaient de suggérer à un groupe de chrétiens ressuscités de retrouver l'Arche d'alliance et de la transformer en toilettes payantes.

Eddie leva le Ruger jusqu'à avoir le milieu du front de Jeeves dans le viseur.

— Nous partons, déclara-t-il, et si vous ne voulez pas rejoindre vos ancêtres à l'instant, je vous conseille d'arrêter de jouer les trouble-fête grincheux et de nous y emmener.

Jeeves et la femme ensanglantée échangèrent un regard dépourvu d'assurance ; toutefois, quand l'homme au chapeau melon considéra de nouveau Eddie et Susannah, son visage était résolu.

— Tuez-nous si ça vous chante, dit-il. Nous préférons mourir ici que là-bas.

— Vous êtes un ramassis de pauvres cloches au cerveau ramolli ! leur cria Susannah. *Personne* ne va mourir ! Conduisez-nous seulement là où nous voulons aller, pour l'amour de Dieu !

La femme dit, lugubre :

— Mais *c'est* la mort que de pénétrer dans le berceau de Blaine, m'dame, si fait. Car Blaine dort, et qui trouble son repos doit en payer le prix.

— Allons, ma jolie ! lança Eddie d'un ton rogue. Tu ne peux sentir l'arôme du café avec ta tête sur ton cul.

— Je ne comprends pas, répliqua la femme avec une étrange et embarrassante dignité.

— En d'autres termes, soit vous nous conduisez au berceau au risque d'encourir la colère de Blaine, soit vous restez ici au risque de tâter de celle de papa Eddie. Ce ne sera pas forcément une balle bien proprette dans la tête, figurez-vous. Je peux vous ôter un morceau à la fois, et je suis d'assez méchante humeur pour le faire. Je passe une fort mauvaise journée dans votre bled — cette musique qui vous pompe, tous ces gens qui puent, et le premier gus que nous avons rencontré nous a balancé une grenade sur la gueule et a kidnappé notre pote. Alors, quelle est votre réponse ?

— Pourquoi irions-nous à Blaine ? demanda un des autres. Il ne quitte plus sa couche dans le berceau, et ce depuis des années. Il a même cessé de parler de ses nombreuses voix et de rire.

Parler de ses nombreuses voix et rire ? pensa Eddie. Il regarda Susannah. La jeune femme lui retourna son regard et haussa les épaules.

— Ardis a été le dernier à s'approcher de Blaine, déclara la femme ensanglantée.

Jeeves hocha lugubrement le menton.

— Ardis faisait toujours n'importe quoi sous l'effet de la boisson. Blaine lui a posé une question. Je l'ai entendue, mais je ne l'ai pas comprise — quelque chose à propos de la mère des corbeaux, je crois — et comme Ardis ne savait répondre, Blaine l'a tué avec du feu bleu.

— De l'électricité ? demanda Eddie.

Jeeves et la femme ensanglantée acquiescèrent à l'unisson.

— Oui, confirma la femme. De l'électricité, c'est ainsi qu'on appelait cela autrefois, oui.

— Vous n'avez pas besoin d'entrer avec nous, proposa soudain

Susannah. Conduisez-nous seulement en vue de cet endroit. Nous ferons le reste du trajet seuls.

La femme la dévisagea avec méfiance, puis Jeeves attira sa tête près de ses lèvres et lui marmotta un bout de temps à l'oreille. Les autres Ados se tenaient derrière eux en un rang effiloché, fixant Eddie et Susannah avec les yeux hébétés de gens qui ont réchappé à un raid aérien gratiné.

Enfin, la femme regarda à la ronde.

— Oui. Nous allons vous emmener à proximité du berceau, et puis ce sera bon débarras de votre sale engeance !

— J'en ai autant à votre service, dit Eddie. Vous et Jeeves. Les autres, caletez ! (Il balaya le groupe du regard.) Mais rappelez-vous ceci : un coup de lance en traître, une flèche, une brique, et ces deux-là mourront.

La menace parut si dérisoire, si futile qu'Eddie regretta de l'avoir proférée. Comment se soucieraient-ils de ces deux zigotos, ou de tout autre membre de leur clan, quand ils en estourbissaient deux ou plus, et ce tous les jours ? Bon, pensa-t-il tandis qu'il observait la troupe s'égailler en courant sans même un regard en arrière, il est trop tard pour s'en soucier, désormais.

— Venez, dit la femme. Je veux en finir avec vous.

— Sentiments partagés, rétorqua Eddie.

Mais avant que Jeeves et la femme ne les emmènent, celle-ci fit une chose qui obligea Eddie à se repentir quelque peu de ses dures pensées : s'agenouillant, elle repoussa les cheveux de l'homme portant kilt et posa un baiser sur sa joue crasseuse.

— Au revoir, Winston, dit-elle. Attends-moi là où les arbres s'éclaircissent et où l'eau est douce. Je viendrai te rejoindre, oui, aussi sûr que l'aube fait se disperser les ténèbres vers l'ouest !

— Je n'avais pas l'intention de le tuer, déclara Susannah. Je veux que vous le sachiez. Mais j'avais moins encore celle de mourir.

— Oui. (Le visage qui se tourna vers Susannah était sévère et dénué de larmes.) Cependant, si vous désirez pénétrer dans le berceau de Blaine, vous mourrez, de toute façon. Et il y a des chances que vous enviiez alors ce pauvre vieux Winston. Il est cruel, Blaine. Le plus cruel de tous les démons de cet endroit ô combien cruel !

— Viens, Maud, dit Jeeves, qui l'aida à se remettre debout.

— Oui. Finissons-en avec eux. (Elle regarda encore Susannah

et Eddie, la mine sévère mais un rien égarée.) Que les dieux maudissent mes yeux pour vous avoir vus ! Et que les dieux maudissent aussi les armes que vous portez, car elles ont toujours été la source de nos ennuis !

En réagissant comme ça, tu n'es pas sortie de l'auberge, ma cocotte, pensa Susannah.

Maud fila d'un bon pas dans la rue de la Tortue, Jeeves trottant à ses côtés. Eddie, qui poussait Susannah dans son fauteuil, ne tarda pas à être hors d'haleine, peinant pour maintenir l'allure. Les édifices grandioses qui bordaient leur route se multipliaient et ressemblèrent bientôt à des manoirs couverts de lierre dressés sur des pelouses exubérantes ; Eddie devina qu'ils venaient d'entrer dans ce qui avait autrefois été un quartier hyperchicos. Devant eux, un bâtiment se profilait au-dessus des autres, une construction carrée faussement simple en blocs de pierre blanche, son toit en avancée soutenu par de nombreux piliers. Eddie repensa aux films de gladiateurs dont il raffolait gamin. Susannah, qui avait fréquenté des établissements plus classiques, songea au Parthénon. Tous deux virent et admirèrent le bestiaire somptueusement sculpté — Ours et Tortue, Poisson et Rat, Cheval et Chien — qui, par groupes de deux, en ceignait le sommet et comprirent que c'était l'endroit qu'ils cherchaient.

La sensation déplaisante d'être épiés par de nombreux yeux — des yeux qu'emplissaient à parts égales la haine et l'étonnement — leur collait à la peau. Le tonnerre gronda quand ils arrivèrent en vue du monorail ; comme l'orage, le rail venait du sud, rejoignant la rue de la Tortue et filant vers le berceau de Lud. Et comme ils approchaient de celui-ci, d'antiques cadavres commencèrent, de chaque côté d'eux, à se tordre et à danser dans le vent qui se renforçait.

22

Après qu'ils eurent couru Dieu seul sait combien de temps (tout ce dont Jake était sûr, c'était que la batterie s'était de nouveau tue), Gasher le fit encore stopper brutalement. Cette fois, le garçon réussit à garder l'équilibre. Il avait trouvé son deuxième souffle. Gasher, qui ne reverrait jamais ses onze ans, ne pouvait en dire autant.

— Hou ! Ma vieille pompe bat la breloque, mon trésor !

— Oh, navré ! dit Jake sans une once de pitié, puis il recula en chancelant tandis que la main noueuse de Gasher entrait en contact avec sa joue.

— Ouais, sûr et certain que tu verserais des larmes amères si je cassais ma pipe ici même, hein ? Mais tu n'auras pas ce pot-là, mon joli louchon... le vieux Gasher les a vus venir et partir, et je ne suis pas né pour tomber raide mort aux pieds d'un mignon de ton espèce.

Jake écouta ces incohérences la mine impassible. Il avait l'intention de voir Gasher mort avant la fin de la journée. Que le pirate l'entraîne avec lui, il s'en souciait désormais comme d'une guigne. Il épongea du sang de sa lèvre fraîchement fendue et le considéra pensivement, s'étonnant de la rapidité avec laquelle le désir de tuer était capable d'investir le cœur humain.

Gasher observa Jake en train de contempler ses doigts ensanglantés et sourit.

— La sève coule, pas vrai ? Ce ne sera pas non plus la dernière que ton vieux pote Gasher fera saigner du jeune arbre que tu es, à moins que tu te grouilles... que tu te grouilles sacrément. (Il indiqua du doigt le revêtement pavé de l'étroite ruelle qu'ils étaient en train de suivre. Il y avait une plaque d'égout rouillée, et Jake se souvint d'avoir vu récemment les mots gravés dans l'acier : LAMERK FOUNDRY.) Il y a une poignée sur le côté. Tu la vois ? Mets-y les mains et tire. Magne-toi le train, et peut-être que t'auras encore toutes tes quenottes quand nous rencontrerons l'Homme Tic-Tac.

Jake empoigna l'anse et tira. Il tira avec force, mais pas autant qu'il l'aurait pu. Le dédale de ruelles et de passages à travers lequel Gasher l'avait fait courir était craignos, mais du moins y voyait-il. Il n'arrivait pas à imaginer à quoi ressemblerait le monde souterrain qui s'étendait sous la cité, là où les ténèbres tueraient dans l'œuf toute velléité d'évasion, et il ne tenait pas à le savoir, sauf à y être obligé.

Gasher eut tôt fait de lui signifier qu'il le devait.

— C'est trop lourd pour que je... commença Jake.

Le pirate le saisit à la gorge et le souleva jusqu'à le hisser à hauteur de son visage. La longue course à travers les passages lui avait fait monter aux joues une légère rougeur transpirante et les plaies qui lui dévoraient les chairs avaient pris une horrible couleur pourpre jaunâtre. Celles qui étaient ouvertes exsudaient une substance épaisse et infecte ainsi que des filets de sang en pulsations régulières. Jake n'inhala qu'une bouffée de l'odeur nauséabonde de Gasher avant que la main qui lui avait encerclé le cou ne lui coupât la respiration.

— Écoute, stupide couillon, et ouvre bien tes esgourdes, car je te le répéterai pas. Tu soulèves ce satané couvercle séance tenante ou je t'arrache la langue. Et ne te gêne pas pour planter les dents dans ce qu'il te plaira pendant que j'opérerai — le mal dont je suis atteint court dans le sang et tu verras s'épanouir les premières pustules sur ta figure avant que la semaine soit terminée... si tu vis aussi longtemps. Tu piges, à présent ?

Jake acquiesça avec vigueur. Le visage de Gasher s'estompait dans des replis de grisaille et sa voix paraissait venir de très loin.

— Très bien.

Gasher l'éloigna d'une bourrade. Jake tomba en tas près de la plaque d'égout, suffoquant et le cœur soulevé de nausées. Il réussit enfin à aspirer une goulée d'air profonde et sifflante, qui le brûla comme du feu liquide. Il cracha une glaire sanguinolente et manqua vomir à sa vue.

— Maintenant, ôte ce couvercle, trésor de mon cœur, et qu'on n'en parle plus !

Jake rampa vers la plaque, glissa les mains dans la poignée et, cette fois, tira de toutes ses forces vives. L'espace d'un moment d'épouvante, il crut qu'il n'allait pas être capable de faire bouger le couvercle. Puis il imagina les doigts de Gasher pénétrant dans sa bouche et lui saisissant la langue, et il trouva un surcroît d'énergie. Il sentit une douleur sourde se propager dans ses reins lorsque quelque chose y céda, mais la plaque circulaire s'écarta avec lenteur, raclant les pavés et révélant un croissant grimaçant de ténèbres.

— Bien, mon couillon, bien! cria Gasher avec allégresse. Quelle vaillante petite mule ! Continue de tirer... n'arrête pas ton effort !

Quand le croissant se fut transformé en demi-lune et la douleur dans les reins de Jake en un feu chauffé à blanc, Gasher lui botta les fesses, l'envoyant s'étaler sur le sol.

— Très bien, dit-il, jetant un coup d'œil par l'ouverture. À présent, mon couillon, descends vite fait l'échelle le long de la paroi. Fais gaffe de ne pas lâcher prise et de dégringoler jusqu'en bas — ces barreaux sont salement glissants. Il y en a une vingtaine, si je me souviens bien. Et quand tu seras en bas, attends-moi sans bouger d'un poil. Tu pourrais avoir envie de fausser compagnie à ton vieux pote, mais, à ton avis, est-ce que ce serait une bonne idée ?

— Non, je ne crois pas.

— Très intelligent, fiston ! (Les lèvres de Gasher s'épanouirent en ce hideux sourire qui lui était propre, révélant une fois encore ses rares dents restantes.) Il fait noir comme dans le cul d'un nègre, là-dessous, et il y a un millier de tunnels qui s'en vont chacun leur petit bonhomme de chemin. Ton vieux pote Gasher les connaît comme sa poche, pour sûr, mais toi, tu te perdrais en moins de temps qu'il ne faut pour le dire. Et puis il y a des rats... et ils sont maousses et bigrement affamés. Alors, tu te contentes de m'attendre.

— Oui.

Gasher scruta Jake attentivement.

— Tu parles comme un petit mignon, mais tu n'es pas un Ado, par ma montre ! D'où viens-tu, louchon ?

Jake ne répondit pas.

— Le bafouilleux t'a mangé la langue, hein ? Eh bien, c'est parfait. Tic-Tac saura te la délier, parole ! Il a ses méthodes, le Ticky ; il veut seulement que les gens causent. Une fois qu'il les a lancés, ils jactent parfois si vite et braillent si fort qu'on doit leur taper sur le crâne pour les mettre en veilleuse. Aucun bafouilleux n'est autorisé à lier la langue de quiconque dans les parages de l'Homme Tic-Tac, pas même les jolis mignons de ton espèce. À présent, descends cette échelle, bordel ! *Go !*

Gasher décocha un violent coup de pied à Jake que celui-ci — une fois n'est pas coutume — réussit à esquiver. Le garçon regarda dans le trou à demi ouvert, repéra l'échelle et entreprit la descente. Il avait encore le buste dehors quand un épouvantable fracas d'avalanche ébranla l'air. Il provenait de deux kilomètres ou plus, mais Jake sut de quoi il s'agissait sans qu'on eût besoin de lui faire un dessin. Un cri de pure souffrance jaillit de ses lèvres.

Un rictus pointa au coin de la bouche de Gasher.

— Ton dur à cuire de copain t'a filé le train mieux que tu

l'imaginais, hein ? Pas mieux que moi je le pensais, remarque, mon couillon, car j'ai regardé ses yeux — pleins de ruse et d'impertinence qu'ils étaient. J'ai supposé qu'il pisterait comme un chef la délicieuse petite merveille de ses nuits, si du moins il suivait, et c'est ce qu'il a fait. Il a éventé le coup des barbelés, mais la fontaine l'a eu... Tout baigne, donc. Descends, mon mignon.

Il balança son pied sur la tête de Jake. Le garçon se baissa, mais un de ses pieds dérapa sur l'échelle et il n'évita la chute qu'en agrippant la cheville couverte de croûtes de Gasher. Il leva sur le pirate un regard suppliant et ne lut aucun attendrissement sur cette face moribonde et infectée.

— S'il vous plaît !

Il entendit les mots près de s'achever en un sanglot. Sans cesse, il voyait Roland gisant écrasé sous l'énorme fontaine. Qu'avait dit Gasher ? Si on voulait le récupérer, il faudrait le ramasser avec un buvard.

— Implore-moi si ça te chante, mon petit cœur. Seulement, n'espère pas que tes supplications te serviront à quelque chose, car la pitié n'a plus cours de ce côté du pont, c'est comme je te le dis. Maintenant, descends, ou je te fais jaillir la cervelle par les oreilles.

Jake obéit ; lorsqu'il atteignit l'eau croupissante au fond du boyau, son envie de pleurer avait passé. Il attendit, les épaules voûtées et la tête basse, que Gasher le rejoigne pour le mener à son destin.

23

Si Roland avait été à deux doigts de tomber dans le piège des barbelés croisés qui retenaient l'avalanche de ferraille, il trouva la fontaine puérile — un traquenard qu'eût pu imaginer un gamin débile. Cort leur avait appris à vérifier tous les quadrants visuels quand ils se déplaçaient en territoire ennemi, et cela signifiait aussi bien au-dessus, que derrière ou au-dessous.

— Stop ! intima-t-il à Ote, haussant la voix pour être entendu malgré la batterie.

— Op ! acquiesça le bafouilleux, qui regarda droit devant et ajouta dans la foulée : Ake !

— Oui. (Le pistolero jeta un autre regard à la fontaine de marbre suspendue, puis scruta la ruelle à la recherche du déclencheur. Il en dénombra deux. Peut-être leur camouflage sous la forme de pavés avait-il été naguère efficace, mais cette époque-là était révolue depuis belle lurette. Roland se pencha, mains aux genoux, et parla dans la face retournée du bafouilleux :) Je vais te prendre une minute dans mes bras. Ne fais pas d'histoires, Ote !

— Ote !

Roland enveloppa l'animal de ses bras. Tout d'abord, le bafouilleux se raidit et tenta de s'écarter, puis Roland le sentit céder — la petite bête n'était pas ravie d'être aussi près de quelqu'un qui n'était pas Jake, mais, à l'évidence, elle avait clairement l'intention de faire contre mauvaise fortune bon cœur. Roland se surprit à s'émerveiller une fois de plus de l'intelligence d'Ote.

Il le transporta jusqu'au bout de l'étroit passage, puis évita avec précaution les faux pavés sous la fontaine suspendue de Lud. Parvenu au-delà de la zone dangereuse, il se pencha pour reposer Ote. La batterie se tut alors.

— Ake ! dit Ote avec impatience. Ake-Ake !

— Oui... mais nous devons d'abord expédier un petit boulot.

Roland conduisit Ote quinze pas plus loin dans la ruelle et ramassa un fragment de béton sur le sol. Il le fit sauter, pensif, d'une main dans l'autre ; la détonation d'une arme à feu claqua dans la direction de l'est. La vibration amplifiée de la batterie avait assourdi le vacarme de la bataille qu'Eddie et Susannah livraient contre la bande d'Ados dépenaillés, mais Roland entendit distinctement ce bruit-là et sourit — cela signifiait certainement que les Dean avaient gagné le berceau, et c'était la première bonne nouvelle de cette journée qui paraissait déjà au bas mot aussi longue qu'une semaine.

Roland pivota sur ses talons et lança le fragment de béton. Son tir fut aussi précis que lorsqu'il avait visé l'antique feu de signalisation de River Crossing ; le missile frappa un des déclencheurs décolorés en plein dans le mille ; l'un des câbles rouillés cassa net dans une vibration stridente. La fontaine de marbre s'ébranla, se retournant sur elle-même dans sa chute, tandis que l'autre câble la retenait encore un moment — assez longtemps pour qu'un homme doté de prompts réflexes puisse détaler, supputa Roland. Puis le câble céda à son tour, et la fontaine tomba, bloc de pierre rose et difforme.

Roland fila derrière un amas de poutrelles rouillées ; Ote sauta prestement dans son giron alors que la fontaine heurtait la chaussée dans un coup de tonnerre dévastateur. Des fragments de marbre rose, certains de la taille d'une charrette, volèrent à travers les airs. Plusieurs petits éclats frappèrent Roland au visage. Il en ôta d'autres de la fourrure d'Ote. Il jeta un œil par-dessus la barricade de fortune. La fontaine s'était fendue en deux telle une assiette géante. Nous ne passerons pas par là au retour, pensa-t-il. La ruelle, déjà étroite, était désormais complètement obstruée.

Roland se demanda si Jake avait entendu se fracasser la fontaine, et, si oui, quelles conclusions il en avait tirées. Il ne s'embarrassa pas à spéculer sur la réaction de Gasher ; le pirate devait le croire réduit en purée, et c'était précisément ce que Roland désirait qu'il pense. Jake penserait-il la même chose ? Le gamin devait faire preuve d'un peu plus de bon sens et ne pas imaginer qu'un pistolero puisse être tué par un dispositif aussi simplet, mais si Gasher l'avait suffisamment terrorisé, Jake risquait de ne plus avoir les idées très claires. Bon, il était trop tard pour s'en inquiéter désormais, et s'il devait recommencer, il referait exactement la même chose. Moribond ou non, Gasher avait fait montre tout ensemble de courage et de ruse animale. S'il avait baissé sa garde, le jeu en valait la chandelle.

Roland se remit debout.

— Ote... trouve Jake.

— Ake !

Ote étira sa tête sur son long cou, renifla alentour en un demi-cercle, repéra l'odeur de Jake et fonça, Roland sur ses talons. Dix minutes plus tard, il fit halte devant une plaque d'égout au milieu de la ruelle, flaira tout autour, regarda Roland, puis poussa un aboiement aigu.

Le pistolero mit un genou en terre et observa l'embrouillamini d'empreintes ainsi que les éraflures des pavés. La plaque avait été enlevée très souvent. Ses yeux s'étrécirent quand il vit le caillot sanglant dans un interstice entre deux pavés.

— Ce salaud le bat, murmura-t-il.

Il ôta la plaque, plongea son regard dans le boyau obscur, puis dénoua le lacet de cuir qui fermait sa veste. Il souleva le bafouilleux et le fourra contre sa poitrine. Ote retroussa les babines, et, l'espace d'un instant, Roland sentit ses griffes s'enfoncer dans sa chair comme de petits couteaux aiguisés. Puis elles se rétractèrent et Ote regarda alentour de sous la veste de Roland de ses yeux brillants, soufflant aussi fort qu'une locomotive à vapeur. Le pistolero sentait le battement rapide du cœur d'Ote contre le sien. Il enleva le lacet des boutonnières de sa veste et en prit un, plus long, dans sa bourse.

— Je vais t'attacher. Ça va te plaire encore moins qu'à moi, mais il va faire noir comme dans un four, là-dessous.

Il noua ensemble les deux longueurs de cuir et fit une large boucle à l'une des extrémités qu'il passa par-dessus la tête d'Ote. Il crut que l'animal allait de nouveau montrer les dents, peut-être même le mordre, mais non ; le bafouilleux se contenta de le regarder de ses yeux cerclés d'or et d'aboyer : « Ake ! » de sa voix impatiente.

Roland prit le bout libre de la laisse de fortune dans sa bouche, puis s'assit au bord du puits d'égout... si c'en était un. Il tâtonna à la recherche du premier barreau ; le trouva. Il descendit avec une prudente lenteur, plus conscient que jamais qu'il lui manquait la moitié d'une main et que les échelons d'acier étaient visqueux d'huile et d'une substance plus épaisse — sans doute de la mousse. Ote était une boule lourde et chaude entre sa veste et son ventre, haletant sans répit et avec force. Les cercles d'or de ses yeux luisaient comme des médaillons dans la pénombre.

Enfin, le pied tâtonnant du pistolero fit gicler une gerbe d'eau au fond du boyau. Roland jeta un coup d'œil au morceau de lumière blanche loin au-dessus de sa tête. C'est là que les choses se corsent, pensa-t-il. Le tunnel, chaud et humide, exhalait l'odeur d'un très vieux charnier. À proximité, de l'eau gouttait, son monotone et creux. Plus loin, Roland percevait le grondement de machines. Il extirpa de sa veste un Ote éperdu de reconnaissance et le déposa dans l'eau peu profonde qui courait paresseusement le long de l'égout.

— À toi de jouer, maintenant ! murmura-t-il à son oreille. Mène-nous à Jake, Ote. À Jake !

— Ake ! aboya le bafouilleux.

Barbotant, il s'enfonça avec célérité dans les ténèbres, balançant sa tête de côté et d'autre au bout de son long cou, tel un pendule. Roland le suivit, l'extrémité de la laisse de cuir passée autour de sa main droite mutilée.

24

Le Berceau — l'édifice était à coup sûr assez grandiose pour acquérir le statut de nom propre dans leur esprit — se dressait au centre d'une place qui mesurait le quintuple de celle où ils avaient découvert la statue brisée ; en l'observant mieux, Susannah se rendit compte à quel point le reste de Lud était vieux, gris et archicradingue. Le Berceau était si rutilant qu'il en blessait quasiment la vue. Nulle vigne n'envahissait ses flancs ; aucun graffiti ne barbouillait ses murs, son escalier et ses colonnes d'un blanc éblouissant. L'omniprésente poussière ocre de la plaine était absente ici. Tandis qu'ils approchaient, Susannah comprit pourquoi : de l'eau ruisselait en flots continus sur les côtés de la bâtisse, que vomissaient des jets dissimulés dans les ténèbres des avant-toits gainés de cuivre ; d'autres, tout aussi invisibles, envoyaient des geysers par intervalles sur les marches, les métamorphosant en cascades intermittentes.

— Nom d'un chien ! s'exclama Eddie. À côté, Grand Central a l'air d'un arrêt Greyhound à Trifouillis-les-Oies, au fin fond du Nebraska.

— Quel poète tu fais, mon cher, dit sèchement Susannah.

Les marches ceignaient tout l'édifice et accédaient à un vaste hall ouvert. Aucun fouillis végétal n'en obscurcissait la vue, mais Eddie et Susannah se rendirent compte qu'ils ne pouvaient pas bien en distinguer l'intérieur ; les ombres portées par les toits en avancée étaient trop profondes. Les Totems du Rayon défilaient deux par deux tout autour de l'édifice ; les angles, eux, étaient réservés à des créatures que Susannah espéra ardemment ne jamais rencontrer ailleurs que dans un occasionnel cauchemar — de hideux dragons de pierre aux corps semés d'écailles, aux mains griffues et crochues, aux yeux mauvais et scrutateurs.

Eddie toucha l'épaule de la jeune femme et pointa l'index plus en hauteur.

Susannah regarda... et sentit son souffle se bloquer dans sa gorge. Campé, jambes écartées, sur le faîte du toit, loin au-dessus des Totems du Rayon et des gargouilles dragons, comme s'il les tenait sous sa domination, se dressait un guerrier d'or haut d'une bonne vingtaine de mètres. Un chapeau de cow-boy bosselé, repoussé en arrière, révélait son front barré de rides et rongé de soucis ; un foulard pendait de travers sur sa clavicule, comme si l'homme venait juste de l'ôter après qu'il lui eut longtemps servi de cache-poussière. Il brandissait un revolver dans un poing ; dans l'autre, ce qui semblait être un rameau d'olivier.

Roland de Gilead se tenait au sommet du Berceau de Lud, habillé d'or.

Non, pensa Susannah, se souvenant enfin de respirer de nouveau. Ce n'est pas lui... mais d'un autre côté, si. Cet homme était un pistolero, et la ressemblance entre Roland et lui, qui est sans doute mort depuis un siècle ou plus, est toute la vérité du *ka-tet* que tu auras jamais besoin de savoir.

Le tonnerre claqua en provenance du sud. Des éclairs chassaient les nuages à travers le ciel. Susannah souhaita avoir davantage de temps pour étudier tant la statue dorée qui se dressait au sommet du Berceau que les animaux qui l'entouraient ; des mots étaient gravés sur chacun d'eux, et elle se dit qu'il valait la peine d'en prendre connaissance. Compte tenu des circonstances, cependant, ils n'avaient pas une minute à perdre.

Une large bande rouge avait été peinte en travers du trottoir au débouché de la rue de la Tortue sur la place du Berceau. Maud et le gars qu'Eddie appelait Jeeves le maître d'hôtel firent halte à une prudente distance de la marque rouge.

— Nous ne ferons pas un pas de plus, leur déclara Maud tout net. Libre à vous de nous emmener vers notre mort, tout homme et toute femme en doit une aux dieux, de toute façon, et je mourrai de ce côté-ci de la ligne de démarcation, quoi qu'il arrive. Je ne défierai pas Blaine pour des barbares.

— Moi non plus, renchérit Jeeves.

Il avait ôté son melon poussiéreux et le tenait contre sa poitrine nue. Son visage était empreint d'une expression de crainte révérencielle.

— Parfait, décréta Susannah. À présent, débarrassez le plancher, tous les deux !

— Vous allez nous tirer dans le dos dès que nous aurons

tourné les talons, dit Jeeves d'une voix chevrotante. J'en jurerais, par ma montre !

Maud secoua la tête. Le sang avait séché sur son visage et y dessinait un grotesque motif bordeaux.

— On n'a jamais vu un pistolero tirer dans le dos... je dois le dire.

— Nous n'avons que *leur* parole pour nous prouver que c'en sont.

Maud indiqua le gros revolver à la crosse en bois de santal usé que tenait Susannah. Jeeves regarda... et, au bout d'un moment, il tendit la main à la femme. Quand Maud y glissa la sienne, l'image que Susannah avait d'eux — des tueurs dangereux — s'évanouit. Ils ressemblaient davantage à Hansel et à Gretel qu'à Bonnie et à Clyde ; las, effrayés, désemparés, et depuis si longtemps égarés dans la forêt qu'ils y avaient vieilli. La haine et la peur qu'elle nourrissait à leur endroit se volatilisèrent, remplacées par de la pitié et une profonde et douloureuse tristesse.

— Portez-vous bien, vous deux, dit-elle doucement. Marchez à votre pas et ne craignez rien de mal de moi ou de mon mari.

Maud hocha la tête.

— Je vous crois quand vous dites ne pas nous vouloir de mal, et je vous pardonne d'avoir tué Winston. Mais écoutez-moi, et bien : *croisez au large du Berceau*. Quelles que soient les raisons que vous croyez avoir d'y pénétrer, elles ne sont pas assez bonnes. Pénétrer dans le Berceau de Blaine, c'est la mort.

— Mais nous n'avons pas le choix, dit Eddie, et le tonnerre gronda de nouveau, en manière d'acquiescement. Maintenant, laissez-moi *vous* dire une chose. J'ignore ce qu'il y a ou n'y a pas sous Lud, mais ce que je sais, c'est que cette batterie qui vous assourdit les tympans fait partie d'un enregistrement — d'une *chanson* — qui a été réalisé dans le monde d'où ma femme et moi venons. (Il considéra leur expression ahurie et leva les bras de dépit.) Jésus-Tarte-aux-Potirons-Christ, vous ne comprenez pas ? Vous vous entre-tuez à cause d'un morceau de musique qui n'a même pas été sorti en quarante-cinq tours !

Susannah posa la main sur son épaule et murmura son nom. Il l'ignora, ses yeux voletant de Jeeves à Maud.

— Vous voulez voir des monstres ? Regardez-vous bien l'un l'autre, dans ce cas. Et quand vous retournerez à cette baraque de foire que vous appelez votre chez-vous, matez bien vos amis et vos parents.

— Vous ne comprenez pas, dit Maud. (Ses yeux étaient sombres et mornes.) Mais vous comprendrez. Si fait... vous comprendrez.

— Partez, maintenant, dit Susannah avec calme. Il ne sert à rien de discuter ; les mots tombent morts entre nous. Allez votre chemin et essayez de vous rappeler le visage de vos pères — à mon avis, vous les avez oubliés depuis des lunes.

Le couple s'en retourna par le chemin qu'ils avaient pris à l'aller sans ajouter une parole. Cependant, tous deux jetèrent çà et là un regard par-dessus leurs épaules, se tenant toujours la main : Hansel et Gretel égarés dans la profonde obscurité de la forêt.

— Faites-moi sortir d'ici ! dit Eddie avec difficulté. (Il mit le cran de sûreté du Ruger, glissa l'arme dans la ceinture de son pantalon, puis frotta ses yeux rougis du revers des paumes.) Faites-moi seulement sortir d'ici !

— Je te comprends, mon joli. (Susannah était manifestement effrayée, mais sa tête avait cette inclinaison de défi qu'Eddie avait appris à reconnaître et à aimer. Il posa les mains sur ses épaules, se pencha et l'embrassa. L'environnement pas plus que l'orage qui menaçait ne l'empêchèrent de mener l'opération à son terme. Quand il se redressa, Susannah l'étudia avec de grands yeux papillotants.) Ouah ! C'était en quel honneur ?

— Pour te montrer à quel point je t'aime, et pour tout, je suppose. C'est assez ?

Les yeux de Susannah s'adoucirent. Un instant, elle songea à lui révéler le secret qu'elle abritait peut-être — peut-être pas —, mais, à l'évidence, l'heure et le lieu ne s'y prêtaient guère ; elle ne pouvait pas plus lui apprendre à présent qu'elle était peut-être enceinte qu'elle ne pouvait prendre le temps de lire les mots écrits sur les Totems sculptés.

— C'est assez, Eddie, dit-elle.

— Tu es la meilleure chose qui me soit arrivée dans la vie, déclara-t-il, la couvant de ses yeux noisette. C'est duraille pour moi de dire ce genre de trucs — à cause de ma vie avec Henry, je suppose —, mais c'est vrai. Je crois que je me suis mis à t'aimer parce que tu représentais tout ce dont Roland m'avait éloigné — à New York, j'entends —, mais c'est beaucoup plus que ça, maintenant, parce que je ne désire plus y retourner. Et toi ?

Susannah considéra le Berceau. Elle était terrifiée à l'idée de ce qu'ils risquaient d'y trouver, mais baste !... Elle regarda Eddie.

— Moi non plus. Je veux passer le reste de ma vie à aller de l'avant. Tant que tu seras à mes côtés, c'est-à-dire. C'est drôle, tu sais, que tu dises que tu as commencé à m'aimer à cause de toutes les choses dont Roland t'a éloigné.

— Drôle ? Comment ça ?

— Je me suis éprise de toi parce que tu m'as délivrée de Detta Walker. (Susannah marqua une pause, puis secoua légèrement la tête.) Non... ça va plus loin que ça. Je me suis éprise de toi parce que tu m'as libérée de ces *deux* garces. L'une était une voleuse au langage ordurier et une allumeuse, l'autre une sainte-nitouche imbue d'elle-même. C'était bonnet blanc et blanc bonnet. Je préfère Susannah Dean à l'une et à l'autre... et tu es celui qui m'en a délivrée.

Cette fois, ce fut Susannah qui alla vers Eddie, pressant les paumes contre ses joues couvertes de barbe, l'attirant à elle, l'embrassant avec douceur. Quand il posa une main légère sur ses seins, elle soupira et la recouvrit de la sienne.

— Je crois qu'on ferait mieux d'y aller, dit-elle. On est capables, sinon, de se coucher à même la chaussée... et de se faire saucer, à ce qu'il semble.

Une dernière fois, Eddie observa longuement les tours silencieuses, les fenêtres brisées, les murs recouverts de vigne. Puis il hocha la tête.

— Ouais. Je ne crois pas qu'il y ait un quelconque avenir dans cette ville, de toute façon.

Il poussa le fauteuil, et tous deux se raidirent quand les roues franchirent ce que Maud avait appelé la ligne de démarcation, craignant de déclencher un antique dispositif protecteur et de mourir ensemble. Mais rien de tel ne se produisit. Eddie poussa Susannah jusqu'à la place, et, tandis qu'ils approchaient des marches montant au Berceau, une pluie froide chassée par le vent se mit à tomber.

L'un et l'autre l'ignoraient, mais la première des grandes tempêtes d'automne de l'Entre-Deux-Mondes était là.

25

Une fois dans l'obscurité malodorante des égouts, Gasher ralentit l'allure d'enfer qu'il avait maintenue en surface. Pas à cause des ténèbres, pensa Jake — Gasher semblait connaître chaque recoin du chemin qu'ils suivaient comme sa poche, ainsi qu'il l'avait proclamé —, non : son ravisseur devait être satisfait que la chausse-trape eût réduit Roland en gelée.

Jake lui-même avait commencé à se poser des questions.

Si Roland avait repéré les barbelés — un piège autrement plus subtil que le suivant —, était-il vraisemblable qu'il n'eût pas vu la fontaine ? Plausible, mais peu sensé. Il était plus probable que le pistolero eût déclenché le traquenard à dessein, dans le but de tromper Gasher et peut-être de le faire ralentir. Jake ne croyait pas que Roland pût les suivre à travers ce labyrinthe souterrain — l'obscurité totale mettrait en déroute même les capacités de traque du pistolero —, mais penser que Roland pouvait ne pas être mort en essayant de tenir sa promesse lui faisait chaud au cœur.

Ils tournèrent à droite, à gauche, puis encore à gauche. Comme les autres sens de Jake s'aiguisaient pour compenser son absence de vision, il perçut vaguement d'autres tunnels autour de lui. Les sons assourdis d'antiques machines en fonctionnement s'amplifiaient un instant, puis s'estompaient tandis que les fondations en pierre de la cité les encerclaient de nouveau. Des courants d'air arrivaient de temps en temps sur sa peau, tantôt chauds, tantôt froids. Le bruit de leurs pas barbotant retentit en brefs échos quand ils dépassèrent l'embranchement des tunnels d'où soufflaient ces bouffées fétides, et Jake manqua s'assommer contre un objet métallique qui saillait du plafond. Il y plaqua la paume — une grosse valve, peut-être. Après cela, il agita les mains en marchant pour tenter de déchiffrer l'air devant lui.

Gasher le guidait par de petites tapes aux épaules, comme un charretier menant ses bœufs. Ils progressaient à bonne allure, trottant mais sans courir. Gasher récupéra assez de souffle pour fredonner d'abord, puis pour entonner une chanson d'une voix profonde de ténor étonnamment mélodieuse.

Ribble-ti-tibble-ti-ting-ting-ting
J'vais m'dégoter un job et t'acheter un diam
Quand je mettrai la pogne
Sur tes nichons tressautants,
Ribble-ti-tibble-ti-ting-ting-ting !

Oh ribble-ti-tibble
Laisse-moi seulement tripoter
Tripoter ton ting-ting-ting !

Gasher se fendit encore de cinq ou six strophes de la même veine avant de déclarer forfait.

— À présent, à ton tour de pousser la chansonnette, louchon.

— Je ne connais pas de chanson, haleta Jake, espérant paraître plus essoufflé qu'il ne l'était en réalité.

Il ignorait si la tactique serait payante ; mais, dans ces ténèbres, il fallait exploiter le moindre avantage.

Gasher lui assena son coude en plein dans le dos, assez fort pour envoyer le garçon s'étaler dans l'eau qui coulait paresseusement dans le tunnel à hauteur de chevilles.

— Tu ferais *mieux* de connaître quèquechose si tu veux pas que je t'arrache ta bien-aimée colonne vertébrale. (Il s'interrompit, puis ajouta :) Il y a des fantômes par ici, mon petit. Ils vivent à l'intérieur de ces saletés de machines, parfaitement ! Chanter les tient à distance... tu ne sais pas ça ? *Chante*, à présent !

Jake carbura à plein régime, peu désireux de recevoir une nouvelle marque d'affection de Gasher, et trouva une chanson qu'il avait apprise dans un camp d'été à l'âge de sept ou huit ans. Il ouvrit la bouche et se mit à beugler au sein des ténèbres, écoutant les échos rebondir parmi le clapotis de l'eau et le martèlement des machines vétustes.

Ma greluche, elle est canon, c'est une New-Yorkaise
J'lui paie tout c'qu'elle veut pour qu'elle soit bénèze
Elle a une croupe
Comme une chaloupe
Bon Dieu, c'est là que passe tout mon pèze.

Ma greluche, elle est super, elle vient de Philly
J'lui paie tout c'qu'elle veut pour qu'elle soit mimi
Elle a des mirettes

Comme des tartelettes
Bon Dieu, c'est là que passent tous mes radis...

Gasher saisit Jake par les oreilles comme une tasse par ses anses et l'obligea à s'arrêter.

— Il y a un trou juste sous ton nez, dit-il. Avec une voix comme la tienne, mon louchon, ça serait rendre un fier service à l'humanité que de t'y laisser tomber, pour sûr, mais Tic-Tac ne serait pas d'accord du tout... alors m'est avis que t'es à l'abri pour quelque temps encore. (Gasher retira ses mains — les oreilles de Jake étaient en feu — et s'agrippa à la chemise du garçon.) À présent, penche-toi jusqu'à ce que tu sentes l'échelle de l'autre côté. Et fais gaffe de ne pas glisser et de nous entraîner tous les deux en bas !

Jake se courba avec précaution, les mains écartées devant lui, terrifié à l'idée de tomber dans un puits qu'il ne pouvait voir. Comme il tâtonnait à la recherche de l'échelle, il sentit une bouffée d'air chaud — propre et quasi odorant — lui effleurer le visage et aperçut une pâle lueur rosâtre au-dessous de lui. Ses doigts touchèrent un échelon d'acier et se refermèrent dessus. Les plaies de sa main gauche se rouvrirent et il sentit du sang tiède lui couler sur la paume.

— Tu y es ? demanda Gasher.

— Oui.

— Alors descends ! Qu'est-ce t'attends, bon Dieu ?

Gasher lâcha sa chemise et Jake l'imagina en train de tendre la jambe en arrière, prêt à le faire se presser à l'aide d'un coup de pied aux fesses. Il franchit le fossé faiblement lumineux et se mit à descendre, se servant aussi peu que possible de sa main blessée. Cette fois, les barreaux étaient vierges de mousse et d'huile, et ils étaient à peine rouillés. Tandis que Jake s'enfonçait dans le puits interminable, se dépêchant pour éviter que Gasher ne lui écrase les mains de ses boots à semelles épaisses, il se rappela un film qu'il avait vu à la télé : *Voyage au centre de la Terre*.

Le martèlement des machines s'amplifia et la lueur rosée s'accentua. Les machines ne produisaient pas un ronronnement satisfaisant, mais ses oreilles lui disaient qu'elles étaient en meilleur état que celles du dessus. Quand il parvint enfin en bas, il prit pied sur un sol sec. La nouvelle galerie horizontale, carrée, mesurait environ un mètre quatre-vingts de hauteur et était revêtue d'acier inoxydable riveté. Elle s'étirait, pour autant que Jake pût le voir, droit comme un cordeau devant et derrière. Il sut d'instinct, sans même avoir à y réfléchir, que ce tunnel (qui devait être au moins à plus d'une vingtaine de mètres sous Lud) suivait aussi le sentier du Rayon. Et quelque part là-devant — Jake en était certain, bien qu'il n'eût su dire pourquoi —, le train qu'ils étaient venus chercher se trouvait directement au-dessus.

D'étroites grilles d'aération couraient le long des murs au ras du plafond ; c'était de là que soufflait l'air propre et sec. De la mousse pendait de certaines en barbes gris-bleu, mais la plupart étaient nettes. Sous chacune, une flèche jaune surmontait un symbole qui ressemblait vaguement à un t minuscule. Les flèches indiquaient la direction que suivaient Jake et Gasher.

La lumière rose provenait de tubes de verre qui ponctuaient le plafond en rangées parallèles. Environ un sur trois était noir, d'autres crachouillaient par à-coups, mais une bonne moitié d'entre eux marchait. Des tubes au néon, pensa Jake, sidéré. Ça, alors !

Gasher se laissa tomber près de lui. Voyant l'expression surprise du gamin, il sourit.

— Chouette, hein ? Frais l'été, chaud l'hiver, et de la bouffe en suffisance pour que cinq cents types affamés n'en viennent pas à bout en cinq cents ans. Et tu sais pas la meilleure, mon louchon ? Le clou de tout ce bazar ?

Jake secoua la tête.

— Ces salauds d'Ados ignorent jusqu'à l'existence même de cet endroit. Ils pensent qu'il y a des monstres dans le coin, prêts à leur sauter sur le râble. Aucun Ado ne s'approche à moins de vingt pas d'une plaque d'égout, à moins d'y être contraint et forcé.

Il rejeta la nuque en arrière et se mit à rire à gorge déployée. Jake ne fit pas chorus, même si une voix froide, quelque part dans son crâne, lui soufflait qu'il serait de bonne politique de s'esclaffer de conserve. Il y avait des monstres sous la cité — des trolls, des korrigans et des korils. N'avait-il pas été capturé par l'un d'eux ?

Gasher le poussa vers la gauche.

— Là... nous y sommes presque. *Une, deux !*

Ils prirent le petit trot, le bruit de leurs pas les poursuivant d'une meute d'échos. Au bout de dix à quinze minutes, Jake vit une écoutille étanche à deux cents pas devant lui. Comme ils s'en approchaient, il distingua un gros volant à valve qui en saillait. Un interphone était fixé à droite dans le mur.

— Je suis mort, fit Gasher, pantelant, tandis qu'ils atteignaient la porte au bout du tunnel. Sûr que ce genre d'activités, c'est trop pour un gars aussi mal en point que ton vieux pote ! (Il écrasa le bouton de l'interphone et brailla :) Je l'ai, Tic-Tac... aussi frais et rose que tu le voulais. Je ne l'ai même pas décoiffé d'un cheveu ! Ne te l'avais-je pas promis ? Fais confiance à papa Gasher, je t'ai dit, il va te faire ça aux pommes ! À présent, ouvre et laisse-nous entrer !

Il relâcha le bouton et regarda impatiemment la porte. Le volant ne tourna pas. Une voix monotone et traînante jaillit de l'interphone.

— Quel est le mot de passe ?

Gasher fit une horrible grimace, se gratta le menton de ses longs ongles en deuil, puis souleva son bandeau et extirpa un amas de matières jaune verdâtre.

— Tic-Tac et ses mots de passe ! dit-il à Jake. (Il avait l'air aussi embêté qu'agacé.) C'est un mec régule, mais faut pas charrier, si tu veux mon avis. (Il appuya sur le bouton et hurla :) Allez, Tic-Tac ! Si tu ne reconnais pas ma voix, paie-toi un audiophone !

— Oh, je la reconnais, répondit la voix traînante. (Jake eut l'impression d'entendre Jerry Reed, l'acteur qui interprétait le rôle du copain de Burt Reynolds dans le film *Cours après moi, shérif*.) Mais j'ignore qui est avec toi, n'est-ce pas ? Aurais-tu oublié que la caméra est tombée en rade l'année dernière ? Tu me donnes le mot de passe, Gasher, ou tu peux pourrir sur place !

Gasher fourra un doigt dans son nez, en ramena un peu de morve couleur gelée de menthe, qu'il écrasa dans la grille du micro. Jake, subjugué, observa en silence cette manifestation puérile de mauvaise humeur, sentant un rire inopportun, hystérique, monter en bouillonnant de ses entrailles. Avaient-ils parcouru tout ce chemin, dans ces dédales truffés de pièges et ces tunnels obscurs, pour être bloqués devant cette porte étanche simplement parce que Gasher était infichu de se rappeler le mot de passe de l'Homme Tic-Tac ?

Gasher le regarda d'un œil torve, puis glissa la main sur son crâne, enlevant son écharpe jaune trempée de sueur. Il était chauve comme un œuf, hormis quelques touffes éparses de cheveux noirs semblables à des piquants de porc-épic, et la partie au-dessus de la tempe gauche était profondément enfoncée. Gasher jeta un œil dans son écharpe et brandit un bout de papier.

— Que les dieux bénissent Hoots ! marmonna-t-il. Hoots s'occupe de moi comme une mère.

Il étudia le papier, le tournant et le retournant dans tous les sens, puis le tendit à Jake. Il continua de parler entre haut et bas, comme si l'Homme Tic-Tac risquait de l'entendre bien que le bouton de l'interphone ne fût pas enclenché.

— Tu es un vrai petit gentleman, hein ? Et la première chose qu'on apprend à un gentleman après qu'on lui a enseigné à ne pas bouffer de la colle ni à pisser partout, c'est ses lettres. Lis-moi donc le mot qui est écrit sur ce papier, mon couillon, car il m'est complètement sorti de l'esprit.

Jake prit le papier, y jeta un coup d'œil, puis reporta son regard sur Gasher.

— Et si je refuse ? demanda-t-il froidement.

La réponse décontenança un instant Gasher... Puis le pirate se mit à sourire avec une bonne humeur qui ne présageait rien de bon.

— Eh bien, je te saisirai à la gorge et transformerai ta tête en heurtoir, dit-il. Je doute que ça persuade l'ami Ticky de me laisser entrer — car ton dur à cuire de copain lui fout toujours les jetons —, mais ça fera un bien indicible à mon petit cœur de voir ta cervelle dégouliner de ce volant.

Jake réfléchit au problème, le sombre rire bouillonnant toujours dans ses entrailles. L'Homme Tic-Tac était un mec à la coule, d'accord... Il savait qu'il serait ardu de persuader Gasher, même tombé aux mains de Roland, et à deux doigts de la tombe, de toute façon, de lâcher le mot de passe. Mais ce que Tic-Tac n'avait pas pris en compte, c'était la mémoire défaillante du pirate.

Ne ris pas, se dit Jake. Si tu ris, il va te faire exploser la cervelle pour de bon.

En dépit de ses paroles bravaches, Gasher observait Jake avec une réelle anxiété, et le garçon comprit un fait dont il pourrait éventuellement tirer parti : Gasher n'avait peut-être pas la trouille de mourir... mais il mouillait sa culotte à l'idée d'être humilié.

— OK, Gasher, dit-il d'un ton calme. Le mot qui figure sur ce bout de papier est *Généreux*.

— Donne-moi ça ! (Gasher arracha le papier des mains de Jake, le remit dans son écharpe, qu'il drapa de nouveau à la hâte autour de sa tête. Il appuya sur le bouton de l'interphone.) Tic-Tac ? Tu es toujours là ?

— Où pourrais-je bien être, sinon ? Aux confins occidentaux du Monde ?

La voix traînante semblait à présent légèrement amusée.

Si Gasher tira une langue blanchâtre à l'adresse du micro, sa voix fut pateline, obséquieuse, même.

— Le mot de passe est *Généreux*, et c'est un chouette mot, parole ! Maintenant, laisse-moi entrer, par les dieux !

— Bien sûr, dit l'Homme Tic-Tac.

Une pompe se mit en branle, faisant sursauter Jake. Le volant, au centre de la porte, pivota. Quand il s'arrêta, Gasher l'agrippa, le fit tourner vers l'extérieur, saisit le bras de Jake et, propulsant le garçon par-dessus le bord soulevé de la porte, le fit pénétrer dans la pièce la plus bizarre qu'il eût jamais vue.

26

Roland descendait dans une lumière vieux rose. Les yeux brillants d'Ote regardaient alentour par le décolleté en V de la veste ; son cou était étiré à la limite de sa longueur considérable tandis qu'il humait l'air chaud soufflé par les grilles de ventilation. Roland avait dû s'en remettre aveuglément au flair du bafouilleux dans les sombres ruelles en surface, et il avait eu grand-peur qu'Ote ne perde la trace de Jake dans l'eau... Mais quand il avait entendu les chansons — celle de Gasher, d'abord, celle de Jake, ensuite — se répercuter en écho le long des conduites, il s'était un peu détendu. Ote ne les avait pas fourvoyés.

L'animal avait entendu, lui aussi. Jusqu'alors, il avait progressé avec une prudente lenteur, revenant même à l'occasion sur ses pas pour être sûr, mais au son de la voix de Jake, il s'était mis à courir, tirant fort sur la laisse de cuir. Roland avait craint qu'il n'appelle le gamin de sa voix rauque — *Ake! Ake!* —, mais non. Et juste comme ils atteignaient le tunnel conduisant aux niveaux inférieurs de ce dédale digne du Minotaure, Roland avait perçu le ronronnement d'une nouvelle machine — peut-être une pompe —, suivi par le claquement métallique d'une porte violemment refermée.

Il parvint à l'entrée du tunnel carré et jeta un coup d'œil à la double rangée de tubes lumineux qui partaient dans les deux directions. Il remarqua qu'ils brûlaient d'un feu incandescent, comme l'enseigne accrochée à l'extérieur du night-club appartenant à Balazar, dans la ville de New York. Il examina de plus près les étroites grilles de ventilation courant en haut de chaque mur, et les flèches dessous, puis ôta la laisse de cuir du cou du bafouilleux. Ote secoua la tête avec impatience, manifestement ravi d'en être débarrassé.

— Nous approchons, murmura Roland à l'oreille dressée de l'animal. Nous devons marcher à pas de loup. Tu comprends, Ote ? À pas de loup.

— Pa-de-lou, répliqua Ote dans un chuchotis rauque qui eût été drôle en d'autres circonstances.

Roland le posa à terre et Ote s'engouffra aussitôt dans le tunnel, le cou en avant, le museau au ras du sol d'acier. Roland l'entendait marmonner *Ake-Ake! Ake-Ake!* à voix basse. Il sortit son revolver de son étui et suivit le bafouilleux.

27

Eddie et Susannah levaient les yeux sur le vaste Berceau de Blaine quand les cieux s'ouvrirent, libérant une pluie torrentielle.

— Quel bâtiment... sauf qu'on a oublié de prévoir les accès réservés aux handicapés, brailla Eddie, haussant la voix pour être entendu par-dessus la pluie et le tonnerre.

— Aucune importance, dit Susannah avec impatience, glissant hors du fauteuil. Montons nous mettre à l'abri du déluge.

Eddie observa, sceptique, l'inclinaison des marches. Les contremarches étaient peu élevées... mais il y en avait une tapée.

— Tu es sûre, Suzie ?

— Je vais te coiffer au poteau, homme blanc.

Se contorsionnant, la jeune femme se hissa avec une aisance singulière, se servant de ses mains, de ses avant-bras musclés et des moignons de ses jambes.

Et elle *faillit* le battre. Eddie devait se coltiner la quincaille, ce qui le ralentissait. Tous deux étaient hors d'haleine quand ils atteignirent le haut des marches, leurs vêtements mouillés exhalant des nuages de vapeur. Eddie saisit Susannah aux aisselles, la souleva dans les airs et la tint, les mains nouées au creux de ses reins, au lieu de la remettre dans son fauteuil, ainsi qu'il avait eu l'intention de le faire. Il se sentait excité et à demi fou sans savoir pourquoi.

Oh, pouce ! pensa-t-il. Vous êtes tous deux encore en vie ; c'est ce qui a gonflé tes glandes à bloc et les a rendues prêtes à une partie de jambes en l'air.

Susannah passa la langue sur sa lèvre enflée et enroula ses doigts robustes dans les cheveux d'Eddie. Et tira. Ça faisait mal... et, en même temps, c'était formidable.

— Je t'ai dit que je te battrai à plate couture, homme blanc, dit-elle d'une voix basse et rauque.

— C'est moi qui ai gagné... d'une demi-marche.

Eddie s'efforça de maîtriser son essoufflement — pas mèche.

— Peut-être... mais ça t'a mis à plat. (La main gauche de Susannah quitta les cheveux d'Eddie, descendit le long de son corps et exerça une légère pression. Une sourire rayonna dans les yeux de la jeune femme.) Ah ! Voilà quelque chose qui n'est pas à plat !

— Allons ! Pas de folies ! Ce n'est pas le moment.

Susannah ne le contredit pas, mais pressa encore son sexe avant de reposer la main sur son épaule. Eddie éprouva un pincement de regret ; il remit Susannah dans son fauteuil et la poussa à la hâte sur les vastes dalles jusqu'au couvert du toit. Il crut lire un regret égal au sien dans les yeux de sa compagne.

Lorsqu'ils furent à l'abri du déluge, Eddie s'arrêta et tous deux se retournèrent. La place du Berceau, la rue de la Tortue et toute la cité au-delà disparaissaient rapidement dans un mouvant rideau de grisaille. Eddie n'éprouvait pas la moindre nostalgie. Lud n'avait pas gagné sa place dans son album mental de souvenirs chers.

— Regarde, murmura Susannah.

Elle désignait une gouttière proche, qui se terminait en une grosse tête de poisson écailleuse, cousine germaine, apparemment, des gargouilles dragons qui ornaient les angles du Berceau. L'eau coulait de sa bouche en un torrent d'argent.

— Rien à voir avec un pipi de chat, on dirait !

— Et comment ! Il va pleuvoir jusqu'à plus soif, puis encore un chouia, juste histoire d'embêter le monde. Peut-être une semaine ; peut-être un mois. Ce n'est pas que ça nous gênera des masses si Blaine n'aime décidément pas notre look et nous passe à la poêle à frire. Tire une balle pour que Roland sache que nous sommes arrivés à bon port, mon sucre, puis nous irons jeter un œil. Afin de voir ce que nous pouvons voir.

Eddie pointa le Ruger vers le ciel gris, appuya sur la détente et tira le coup que Roland entendit à deux kilomètres ou plus, tandis qu'il pistait Jake et Gasher à travers le dédale truffé de traquenards. Eddie resta planté à la même place quelques instants encore, essayant de se persuader que les choses allaient peut-être bien tourner, que son cœur se trompait quand il s'obstinait à affirmer qu'ils ne reverraient jamais plus le pistolero et le garçonnet. Enfin, il remit le cran de sûreté, glissa l'arme dans la ceinture de son pantalon et revint vers Susannah. Il éloigna son fauteuil des marches et le fit rouler le long d'une galerie flanquée de colonnes qui menait plus avant au cœur du bâtiment. Susannah ouvrit la culasse du revolver de Roland et le rechargea.

Sous le toit, la pluie avait un bruit secret, sépulcral, et même le fracas du tonnerre était assourdi. Les colonnes qui soutenaient la structure mesuraient au moins trois mètres de diamètre et leurs faîtes se perdaient dans les ténèbres. Du sein des ombres, Eddie entendit la conversation roucoulante de pigeons.

Puis ils virent un panneau suspendu à d'épaisses chaînes d'argent chromé se balancer hors de l'obscurité :

NORTH CENTRAL POSITRONICS

VOUS SOUHAITE LA BIENVENUE

AU BERCEAU DE LUD

« — TRAJET NORD-EST (BLAINE)

TRAJET NORD-OUEST (PATRICIA) — »

— À présent, nous connaissons le nom du train tombé dans la Send, dit Eddie. Patricia. Il y a erreur sur la couleur, cela dit. Le rose est censé être pour les filles et le bleu pour les garçons, pas l'inverse.

— Peut-être sont-ils *tous les deux* bleus.

— Non. Blaine est rose.

— D'où le sais-tu ?

Eddie eut l'air gêné.

— Je l'ignore... mais je le sais.

Ils suivirent la flèche indiquant le quai de Blaine et pénétrèrent dans ce qui avait dû être un hall spacieux. Si Eddie ne possédait pas la faculté de Susannah de voir le passé par flashes pleins de netteté, il peupla cependant en imagination le vaste espace à colonnes d'un millier de gens se hâtant ; il entendit des talons cliqueter et des voix chuchotantes, vit des embrassades de bienvenue et d'adieux. Et, par-dessus tout cela, les haut-parleurs psalmodiant des informations sur une douzaine de destinations différentes.

Patricia va partir pour les Baronnies du Nord-Ouest...

Le passager Killington, le passager Killington, est prié de se présenter au guichet d'information au rez-de-chaussée...

Blaine vient d'arriver au quai numéro deux...

Il ne restait plus désormais que les pigeons.

Eddie frissonna.

— Regarde ces têtes, murmura Susannah. Je ne sais pas si elles te donnent la chair de poule, mais à moi, si.

Elle désignait un point sur sa droite. Tout en haut du mur, une théorie de têtes sculptées semblaient se pousser hors du marbre, observant les intrus du sein des ténèbres — des hommes austères aux durs visages de bourreaux heureux d'exercer leur job. Certaines étaient tombées et gisaient parmi des éclats de granit à une vingtaine de mètres au-dessous de leurs pairs. Celles qui demeuraient en place étaient tissées d'un réseau arachnéen de fêlures et couvertes de fientes de pigeon.

— Ce devaient être des membres de la Cour suprême ou quelque chose comme ça, dit Eddie, examinant avec malaise toutes ces lèvres minces et tous ces yeux fendus et vides. Seuls des juges peuvent avoir un air à la fois aussi élégant et aussi toutes ces lèvres minces et tous ces yeux fendus et vides. Seuls des juges peuvent avoir un air à la fois aussi élégant et aussi fâché — tu causes à un mec qui sait. Il n'y en a pas un, apparemment, qui aurait donné une béquille à un crabe infirme.

— « Un amas d'images brisées sur lesquelles frappe le soleil : l'arbre mort n'offre aucun abri »[1], murmura Susannah.

À ces mots, Eddie sentit ses bras, sa poitrine et ses jambes se hérisser de chair de poule.

— Qu'est-ce que c'est, Suzie ?

— Les vers d'un poète qui a dû voir Lud dans ses rêves. Viens, Eddie. Oublie-les.

— Plus facile à dire qu'à faire.

Mais il se remit à pousser le fauteuil.

Devant eux, une immense barrière grillagée, telle la barbacane d'un château fort, surgit des ténèbres... Et, au-delà, ils aperçurent enfin Blaine le Mono. Le train était rose, ainsi que l'avait prédit Eddie, d'une délicate nuance qui s'harmonisait aux veines courant à travers les piliers de marbre. Blaine flottait au-dessus du quai, balle de revolver lisse et aérodynamique davantage chair que métal. Sa surface n'était brisée que par une vitre triangulaire pourvue d'un essuie-glace de taille imposante. Eddie devina qu'une seconde vitre triangulaire, pourvue elle aussi d'un essuie-glace de taille imposante, ornait l'autre côté du nez du Mono, de telle sorte que, vu de face, Blaine devait donner l'impression d'avoir un visage, tout comme Charlie le Tchou-tchou. Les essuie-glaces devaient ressembler à des paupières sournoisement tombantes.

Une lumière blanche, venant de la fente sud-est du Berceau, se projetait sur Blaine en un long rectangle déformé. Eddie trouva que le corps du train était pareil au dos bosselé de quelque baleine fabuleuse — une baleine extrêmement silencieuse.

— Ouh ! souffla-t-il. Nous l'avons trouvé !

— Oui. Blaine le Mono.

— Il est mort, tu crois ? Il en a l'*air*.

— Non. Il dort, peut-être, mais il est loin d'être mort.

— Tu es sûre ?

— Étais-tu sûr qu'il serait rose ? (Ce n'était pas une question ; Eddie s'abstint donc d'y répondre. Susannah tourna vers lui un

1. T. S. ELIOT, « La Terre vaine », *op. cit.* (*N. d. T.*)

visage las et effrayé.) Il dort, et tu sais quoi ? J'ai une frousse bleue de le réveiller.

— Eh bien, dans ce cas, attendons les autres.

Elle secoua la tête.

— Il vaut mieux tâcher d'être prêts pour quand ils arriveront... Parce que j'ai dans l'idée qu'ils vont se pointer à la dernière minute. Pousse-moi jusqu'à cette boîte fixée aux barreaux. On dirait un interphone. Tu la vois ?

Il la voyait, en effet, et il roula lentement Susannah dans sa direction. La boîte était enchâssée dans le battant d'un portillon fermé qui se trouvait au centre de la barrière ceignant le Berceau. Les barres verticales de celle-ci étaient apparemment en acier inoxydable ; celles du portillon en fer ornemental, et leurs extrémités s'enfonçaient dans des trous cerclés d'acier creusés dans le sol. Il n'y avait pas mèche que l'un ou l'autre se faufile entre ces barres, nota Eddie. L'écart entre chacune ne faisait pas plus de dix centimètres. Même Ote aurait eu du mal à passer.

Des pigeons ébouriffaient leurs plumes et roucoulaient au-dessus de leur tête. La roue gauche du fauteuil roulant faisait entendre un grincement monotone. Mon royaume pour une burette d'huile ! pensa Eddie, se rendant compte qu'il avait une pétoche du diable. La dernière fois qu'il avait connu pareille terreur, c'était le jour où Henry et lui observaient du trottoir de Rhinehold Street, à Dutch Hill, les ruines du Manoir. Ils n'y étaient pas entrés en ce jour de 1977 ; ils avaient tourné le dos à la maison hantée et pris leurs jambes à leur cou. Eddie se rappela s'être juré de ne jamais plus, *jamais plus* retourner à cet endroit. Promesse qu'il avait tenue, mais voilà qu'aujourd'hui il se retrouvait dans une autre maison hantée, avec le fantôme juste sous son nez — Blaine le Mono, rose masse longue et basse, avec une vitre l'épiant comme l'œil d'un dangereux animal qui feint de dormir.

Il ne quitte plus sa couche dans le Berceau... Il a même cessé de parler de ses nombreuses voix et de rire... Ardis a été le dernier à s'approcher de Blaine... et comme Ardis ne savait répondre, Blaine l'a tué avec du feu bleu.

S'il m'adresse la parole, pensa Blaine, probable que je vais devenir maboul.

Le vent, dehors, soufflait en rafales, et une fine brumisation de pluie s'engouffrait par la grande fente de sortie taillée dans le flanc de l'édifice. Eddie la vit gifler la vitre de Blaine et y former un réseau de perles.

Il frissonna tout d'un coup et regarda autour de lui avec attention.

— On nous observe... Je le sens.

— Cela ne m'étonnerait pas. Rapproche-moi du portillon, Eddie. J'aimerais zieuter cette boîte de plus près.

— OK, mais n'y touche pas. Si elle est électrifiée...

— Si Blaine veut nous faire frire, il le fera, rétorqua Susannah, considérant le dos de Blaine à travers les barres. Tu le sais, et moi aussi.

Et Eddie ne répliqua mot, car il savait que c'était la vérité.

La boîte ressemblait à un hybride d'interphone et de système d'alarme antivol. Un micro y était incorporé dans la partie supérieure, avec ce qui semblait être une touche PARLEZ/ÉCOUTEZ à côté. Au-dessus, des chiffres étaient disposés en losange :

1
2 3
4 5 6
7 8 9 10
11 12 13 14 15
16 17 18 19 20 21
22 23 24 25 26 27 28
29 30 31 32 33 34 35 36
37 38 39 40 41 42 43 44 45
46 47 48 49 50 51 52 53 54 55
56 57 58 59 60 61 62 63 64
65 66 67 68 69 70 71 72
73 74 75 76 77 78 79
80 81 82 83 84 85
86 87 88 89 90
91 92 93 94
95 96 97
98 99
100

Sous le losange, il y avait deux autres touches, sur lesquelles étaient gravés deux mots en Haut Parler : COMMANDE et ENTREZ.

Susannah paraissait désorientée et sceptique.

— Qu'est-ce que *c'est*, à ton avis ? On dirait un gadget de film de science-fiction.

Sûr, se dit Eddie. Sans doute Susannah avait-elle vu, à son époque, un ou deux systèmes de sécurité à usage domestique —

somme toute, elle avait vécu parmi les richards de Manhattan, même s'ils ne l'avaient pas acceptée de gaieté de cœur —, mais il y avait un monde de différence entre le matos électronique dans son *quand* de 1963 et le sien, qui était 1987. Nous n'avons guère parlé non plus des différences, songea-t-il. Je me demande quelle serait sa réaction si je lui disais que Ronald Reagan était le président des États-Unis lorsque Roland m'a kidnappé. Elle me traiterait certainement de barge.

— C'est un système de sécurité, répondit-il.

Puis, bien que ses nerfs et son instinct lui hurlassent de ne pas le faire, il s'obligea à tendre la main droite et à appuyer sur la touche PARLEZ/ÉCOUTEZ.

Il n'y eut pas de craquement électrique ; aucun feu mortel ne remonta le long de son bras. Aucun signe que l'appareil fût même toujours branché.

Peut-être que Blaine est mort, se dit-il. Peut-être qu'il est mort, en fin de compte.

Mais, au fond, il n'y croyait pas.

— Hello ? (Dans sa tête, il vit le malheureux Ardis, beuglant tandis qu'il se faisait micro-ondiser par le feu bleu dansant partout sur sa figure et son corps, lui faisant fondre les yeux et flamber la tignasse.) Hello ? ... Blaine ? Il y a *quelqu'un* ?

Il ôta le doigt de la touche et attendit, raidi par la tension. La main de Susannah, froide et petite, se glissa dans la sienne. Toujours pas de réponse. Eddie, plus réticent que jamais, réappuya.

— Blaine ?

Il ôta le doigt. Attendit. Aucune réponse ne venant, il se sentit gagné par le vertige, comme c'était souvent le cas dans ses moments de stress et de peur. Quand ce vertige le prenait, évaluer les risques devenait secondaire. *Tout* devenait secondaire. Il n'avait connu ça quand il avait fait perdre contenance à Machin jaune, le contact de Balazar à Nassau, et c'était pareil à présent. Et si Roland l'avait vu à l'instant où cette extravagante impatience s'emparait de lui, il eût discerné plus qu'une simple ressemblance entre Eddie et Cuthbert : il eût juré qu'Eddie *était* Cuthbert.

Il écrasa la touche du pouce et se mit à brailler dans le micro, adoptant un accent british de la haute — et complètement bidon.

— Heullô, Blaiiine ! Sâluut, vieux pôte ! C'est Robin Leach, ânimâteur de « Styles de vie des pleins aux as et têtes creuses », qui vous annonce que vous âvez gâgné six milliârds de dôllârs et une Fôrd Escôrt lôrs du grand tirâge au sôrt ôrgânisé pâr le *Reader's Digest*.

Des pigeons prirent leur envol au-dessus d'eux dans de douces explosions d'ailes effarouchées. Susannah chercha sa respiration. Elle avait l'expression effrayée d'une femme qui vient d'entendre son mari blasphémer dans une cathédrale.

— Eddie, ça suffit ! *Ça suffit !*

Mais c'était plus fort que lui. Eddie souriait, cependant que ses yeux brillaient d'un mélange de peur, d'hystérie et de colère dépitée.

— Vous et vôtre petite âmie mônôraiiil Pâtriciâ âllez pâsser un mois de lûûûxe dans le touristique Jimtown. Vous n'y boirez que le vin le meilleuuur et ne crôquerez que les plus belles vierges ! Vous...

—... *Chhhh... ut...*

Eddie resta court et regarda Susannah. Certain que c'était elle qui lui avait intimé de se taire — et ce non seulement parce qu'elle avait déjà fait une tentative dans ce sens, mais parce qu'elle était l'unique autre personne présente —, il savait pourtant qu'il se trompait. Il y avait eu une *autre* voix ; la voix d'un enfant très jeune et fort apeuré.

— Suzie ? C'est toi qui...

Susannah secoua la tête et leva la main. Elle désigna du doigt la boîte et Eddie vit la touche marquée COMMANDE briller d'une très faible lueur rose. La même couleur que celle du mono dormant dans sa couche de l'autre côté de la barrière.

— *Chut... Ne le réveillez pas*, gémit la voix enfantine, sortant du micro telle une douce brise vespérale.

— Que... commença Eddie. (Puis il secoua la tête, tendit la main vers la touche PARLEZ/ÉCOUTEZ et appuya à peine dessus. Quand il parla, ce ne fut plus le claironnement façon Robin Leach, mais le chuchotis d'un conspirateur.) Qu'êtes-vous ? Qui êtes-vous ?

Il ôta son doigt. Susannah et lui se regardèrent avec les yeux écarquillés d'enfants qui viennent de comprendre tout à coup qu'ils partagent la maison avec un adulte dangereux — peut-être un psychopathe. Comment le savent-ils ? Eh bien, parce qu'un copain de leur âge le leur a dit, qui a vécu avec le psychopathe en question un long moment, se cachant dans des trous de souris et montrant le bout du nez uniquement quand il savait l'adulte endormi ; un enfant effrayé et invisible.

Il n'y eut pas de réponse. Eddie laissa s'égrener les secondes. Chacune semblait assez longue pour arriver au bout de la lecture d'un roman-fleuve. Il tendait de nouveau la main vers la touche quand la faible lueur rose réapparut.

— *Je m'appelle Little Blaine,* chuchota la voix d'enfant. *Je suis celui qu'il ne voit pas. Celui qu'il a oublié. Celui qu'il croit avoir abandonné dans les chambres de la ruine et les corridors de la mort.*

Eddie réappuya sur la touche ; sa main tremblait de façon incontrôlée. Il entendit le même tremblement dans sa voix.

— *Qui ? Qui* est celui qui ne voit pas ? Est-ce l'Ours ?

Non... pas l'Ours ; pas lui. Shardik gisait mort dans la forêt, à des kilomètres derrière eux ; le monde avait changé depuis lors. Eddie se rappela ses sentiments quand il avait posé l'oreille contre cette étrange porte encastrée dans rien dans la clairière où l'Ours avait vécu sa semi-existence violente, cette porte avec ses terribles rayures jaunes et noires. Elle était tout d'une pièce, se rendit-il compte à présent ; une partie de quelque horrible tout se délabrant, une toile en loques avec la Tour sombre en son centre telle une énigmatique araignée de pierre. L'Entre-Deux-Mondes tout entier s'était métamorphosé en une immense maison hantée, ces étranges derniers jours ; l'Entre-Deux-Mondes tout entier était devenu les Drawers ; l'Entre-Deux-Mondes tout entier s'était métamorphosé en une terre perdue, obsédante et obsédée.

Il vit les lèvres de Susannah former les mots de la véritable réponse avant que la voix de l'interphone n'eût eu le temps de les prononcer, et ces mots avaient la même évidence que la solution d'une devinette une fois la réponse donnée.

— *Big Blaine,* murmura la voix immatérielle. *Big Blaine est le fantôme dans la machine... dans toutes les machines.*

Susannah avait porté la main à sa gorge et l'étreignait, comme si elle avait l'intention de s'étrangler. Ses yeux, quoique emplis de terreur, n'étaient ni vitreux ni stupéfaits ; ils rayonnaient d'intelligence. Peut-être connaissait-elle une voix comme celle-là de son propre *quand* — le *quand* où le tout qui formait Susannah avait été shunté par les personnalités rivales de Detta et d'Odetta. La voix enfantine avait surpris Susannah autant qu'Eddie, mais les yeux emplis d'angoisse de la jeune femme disaient que le phénomène à l'œuvre ne lui était pas étranger.

Susannah connaissait tout sur la folie de la dualité.

— Eddie, nous devons nous en aller. (Sa terreur transforma ses paroles en une bouillie dénuée de ponctuation. Eddie entendait l'air siffler dans sa trachée-artère tel un vent froid autour d'une cheminée.) Eddie-partons-Eddie-partons-Eddie-partons-Eddie...

— *Trop tard,* dit la minuscule voix plaintive. *Il est réveillé. Big Blaine est réveillé. Il sait que vous êtes là. Et il arrive.*

Soudain, des lumières — des arcs au sodium orange vif — s'allumèrent deux par deux au-dessus de leur tête, baignant la vastitude à piliers du Berceau d'un éclat dur qui bannissait toute ombre. Des centaines de pigeons plongèrent et fondirent en piqué en un vol sans but, effrayé, propulsés de leur enchevêtrement de nids haut perchés.

— Attendez ! cria Eddie. Attendez, s'il vous plaît !

Dans son émoi, il en oublia d'appuyer sur la touche, mais cela ne fit aucune différence. Little Blaine répondit quand même .

— *Non ! Je ne puis le laisser m'attraper ! Je ne peux pas non plus le laisser me tuer !*

La lumière de l'interphone s'éteignit de nouveau, mais pour un court instant. Cette fois, les deux touches COMMANDE et ENTREZ s'allumèrent, et elles se colorèrent non pas en rose, mais dans le rouge foncé sanglant d'une forge de maréchal-ferrant.

— QUI ÊTES-VOUS ? rugit une voix qui ne venait pas seulement de l'interphone, mais aussi de tous les haut-parleurs de la cité encore en état de marche.

Les corps pourrissants suspendus aux poteaux tremblaient aux vibrations de ce puissant organe ; il semblait que les morts eux-mêmes allaient fuir Blaine, s'ils le pouvaient.

Susannah se ratatina au fond de son fauteuil, les paumes plaquées sur ses oreilles, le visage allongé de terreur ; la bouche déformée en un cri silencieux. Eddie se sentit lui-même régresser vers les terreurs fantastiques, hallucinatoires, de ses onze ans. Était-ce cette voix-là qu'il avait redoutée quand Henry et lui se tenaient à l'extérieur du Manoir ? Qu'il avait peut-être même *attendue* ? Il ne savait... mais il *savait* ce que Jack, le personnage d'un vieux conte, avait dû éprouver en se rendant compte qu'il avait eu trop souvent recours à la gousse de haricot et réveillé le géant.

— COMMENT OSEZ-VOUS TROUBLER MON SOMMEIL ? DITES-LE-MOI À LA MINUTE OU VOUS MOURREZ INCONTINENT.

Eddie aurait pu se figer sur place, laissant Blaine — Big Blaine — leur faire ce qu'il avait fait, quoi que ce fût, à Ardis (ou un truc encore pire) ; peut-être qu'il aurait *dû* se figer sur place, piégé dans ce terrier de lapin de conte d'épouvante. Ce fut le souvenir de la petite voix qui avait parlé la première qui lui insuffla le courage de bouger. Une voix d'enfant terrifié, mais, terrifié ou pas, le gosse avait essayé de les aider.

Aide-toi, le ciel t'aidera, pensa-t-il. Tu l'as réveillé ; négocie avec lui, pour l'amour de Dieu !

Eddie tendit la main et enfonça de nouveau la touche.

— Je m'appelle Eddie Dean. La femme qui m'accompagne est mon épouse, Susannah. Nous...

Il regarda Susannah, qui hocha la tête et lui intima, par force gestes frénétiques, de poursuivre.

— Nous sommes engagés dans une quête. Nous cherchons la Tour sombre qui se dresse sur le sentier du Rayon. Nous avons deux autres compagnons, Roland de Gilead et... et Jake de New York. Nous sommes tous deux également originaires de New York. Si vous êtes... (Eddie s'interrompit un instant, ravalant les mots *Big Blaine*. En les prononçant, il risquait de faire comprendre à l'intelligence qui s'abritait derrière la voix qu'ils en avaient entendu une autre ; un fantôme dans le fantôme, pour ainsi dire. Des deux mains, Susannah le pressa de continuer.) Si vous êtes Blaine le Mono... eh bien... nous souhaitons que vous nous preniez à votre bord.

Il relâcha la touche. Il n'y eut pas de réponse pendant ce qui parut une éternité, hormis le volettement agité des pigeons dérangés. Quand Blaine reprit enfin la parole, sa voix ne parvint que de la boîte à micro incorporé fixée dans le portillon ; elle avait un accent quasi humain.

— NE POUSSEZ PAS MA PATIENCE À BOUT. TOUTES LES PORTES QUI MÈNENT À CE *OÙ* SONT CLOSES. GILEAD N'EXISTE PLUS, ET CEUX QU'ON APPELAIT DES PISTOLEROS SONT TOUS MORTS. À PRÉSENT, RÉPONDEZ À MA QUESTION : QUI ÊTES-VOUS ? C'EST VOTRE DERNIÈRE CHANCE.

Il y eut un grésillement. Un rai de lumière d'un bleu blanc brillant tomba du plafond et fora un trou de la taille d'une balle de golf dans le sol de marbre à moins d'un mètre cinquante à la gauche du fauteuil de Susannah. De la fumée, qui sentait l'odeur que laisse la foudre, s'en éleva en volutes paresseuses. Susannah et Eddie se regardèrent un moment, muets de terreur, puis Eddie se rua sur le boîtier et écrasa la touche.

— Vous faites erreur ! Nous venons bien de New York ! Nous sommes passés par les portes, sur la plage, il y a de cela seulement quelques semaines.

— C'est vrai ! s'écria Susannah. Je le jure !

Silence. De l'autre côté de la longue barrière, le dos rose de Blaine s'arrondissait doucement. La vitre, à l'avant, semblait les considérer tel un morne œil de verre. L'essuie-glace aurait pu être une paupière à demi fermée en un geste sournois.

— PROUVEZ-LE, dit enfin Blaine.

— Bon sang, et comment ? demanda Eddie à Susannah.

— Je ne sais pas.

Eddie enfonça de nouveau la touche.

— La statue de la Liberté ? Ça vous dit quelque chose ?

— CONTINUEZ.

La voix, à présent, avait l'air songeuse.

— L'Empire State Building ! Wall Street ! Le World Trade Center ! Les hot dogs de Coney Island ! Le Radio City Music Hall ! L'East Vil...

Blaine lui coupa le sifflet... Et, prodige, la voix qui sortit du micro fut celle, traînante, de John Wayne.

— OK, PÈLERIN, JE VOUS CROIS.

Eddie et Susannah se jetèrent un coup d'œil, cette fois d'embarras et de soulagement mêlés. Mais quand Blaine reprit la parole, sa voix avait repris son ton froid et dénué d'émotion.

— POSEZ-MOI UNE QUESTION, EDDIE DEAN DE NEW YORK. ET MIEUX VAUT QU'ELLE SOIT BONNE. (Il y eut une pause, puis Blaine ajouta :) PARCE QUE, SINON, VOUS ET VOTRE FEMME ALLEZ MOURIR, QUEL QUE SOIT LE LIEU D'OÙ VOUS VENEZ.

Susannah porta son regard du boîtier à Eddie.

— De quoi *parle*-t-il ? siffla-t-elle.

Eddie secoua la tête.

— Je n'en ai pas la moindre idée.

28

Jake trouva que la pièce dans laquelle Gasher l'avait poussé avait tout du silo d'un missile Minuteman décoré par les pensionnaires d'un asile d'aliénés : hybride de musée, de salle de séjour et de foyer temporaire pour hippies. Au-dessus de sa tête, l'espace se courbait jusqu'à un plafond arrondi et, au-dessous de lui, il s'abaissait à vingt-cinq ou trente mètres vers une base identiquement arrondie. Des tubes au néon couraient en lignes verticales sur l'unique mur incurvé en touches de couleurs alternées : rouge, bleu, vert, jaune, orange, pêche, rose. Les longs tubes se rejoignaient en nœuds vrombissants couleur de l'arc-en-ciel à la base et au sommet du silo... si tant est que ce fût un silo.

La pièce occupait en hauteur à peu près les trois quarts du vaste espace en forme de capsule et son plancher était fait d'un grillage de fer rouillé. Des tapis turcs (Jake apprit par la suite qu'ils venaient en fait d'une Baronnie appelée Cachemin) étaient disposés çà et là sur le sol grillagé. Les coins en étaient maintenus en place par des malles renforcées de bronze, par des lampadaires ou par les pieds trapus de sièges rembourrés. Si tel n'avait pas été le cas, les tapis auraient voleté comme des bandes de papier attachées à un ventilateur électrique, à cause d'un courant d'air chaud qui s'engouffrait d'en bas. Un autre courant d'air, venant celui-là d'un cercle de grilles de ventilation identiques à celles du tunnel, décrivait des arabesques à un mètre, un mètre cinquante au-dessus de la tête de Jake. À l'autre bout de la pièce, il y avait une porte pareille à celle par laquelle Gasher et lui étaient entrés, et Jake supposa que c'était un prolongement du corridor souterrain suivant le sentier du Rayon.

Une demi-douzaine de personnes étaient réunies dans la salle, quatre hommes et deux femmes. Jake devina qu'il affrontait le haut commandement des Gris — c'est-à-dire s'il restait assez de Gris pour assurer un haut commandement. Aucun d'eux n'était jeune, mais tous étaient encore dans la fleur de l'âge. Ils considéraient Jake avec une curiosité égale à la sienne.

Au centre de la pièce, une de ses jambes massives nonchalamment jetée par-dessus l'accoudoir d'un fauteuil assez grand pour être un trône, était assis un homme qui semblait tenir tout ensemble du guerrier viking et d'un géant de conte de fées. Son torse puissamment musclé était nu, à l'exception d'un bracelet d'argent enserrant un biceps, d'un fourreau passé sur une épaule et d'un curieux pendentif autour du cou. Il portait un pantalon très ajusté de cuir souple rentré dans des bottes, dont l'une était ceinte d'une écharpe jaune. Ses cheveux, d'un blond gris sale, descendaient en cascade jusqu'au milieu de son large dos ; ses yeux étaient aussi verts et aussi inquisiteurs que ceux d'un matou assez vieux pour être sage, mais pas suffisamment pour avoir perdu ce sens raffiné de la cruauté qui passe pour de l'amusement dans les cercles félins. Une antique mitrailleuse, semblait-il, pendait par sa bretelle au dossier du fauteuil.

Jake examina de plus près le collier du Viking ; il s'agissait d'une boîte en verre en forme de cercueil suspendue à une chaîne d'argent. À l'intérieur, une minuscule pendule en or indiquait qu'il était 3 h 05. Sous le cadran, un balancier miniature de même métal allait et venait, et, en dépit du doux bruissement de l'air circulant d'en haut et d'en bas, Jake en percevait le tic-tac. Les aiguilles se déplaçaient plus vite que la normale, et Jake ne fut guère surpris de constater qu'elles marchaient à l'envers.

Il songea au crocodile de *Peter Pan*, qui passait son temps à pourchasser le capitaine Crochet, et un léger sourire effleura ses lèvres. Gasher le vit et leva la paume. Jake eut un mouvement de recul et se cacha le visage dans ses mains.

L'Homme Tic-Tac agita l'index à l'adresse de Gasher dans un plaisant geste de maîtresse d'école.

— Allons, allons... C'est inutile, Gasher.

Gasher baissa aussitôt le bras. Son expression avait changé du tout au tout. Avant, elle alternait de la rage stupide à une espèce d'humour rusé, quasi existentiel. À présent, elle n'était qu'adoration servile. À l'instar des autres occupants de la pièce (et de Jake lui-même), papa Gasher ne pouvait détourner longtemps son regard de Tic-Tac ; ses yeux étaient inexorablement attirés vers lui. Et Jake comprenait pourquoi. L'Homme Tic-Tac était la seule personne présente qui semblât déborder d'énergie, de bonne santé et de vie.

— Si tu dis que c'est inutile, c'est inutile, déclara Gasher, qui ne put s'empêcher de gratifier Jake d'un regard noir avant de reporter les yeux sur le blond géant assis sur son trône. Cela étant, il est fort impertinent, Ticky. Très, très impertinent, pour sûr, et si tu veux mon avis, il aura besoin d'un sacré dressage.

— Si je veux ton avis, je te le demanderai, répondit l'Homme Tic-Tac. À présent, ferme la porte, Gash... Tu as été élevé dans une étable ?

Une femme brune poussa un rire strident, semblable à un croassement de corneille. Tic-Tac la regarda ; elle se calma aussi sec et baissa le nez sur le sol grillagé.

L'entrée par laquelle Gasher avait poussé Jake était constituée en fait de deux portes. Le dispositif rappela à Jake les sas des vaisseaux spatiaux dans les films de science-fiction dignes de ce nom. Gasher alla les fermer toutes deux et se tourna vers Tic-Tac, pouces levés. L'Homme Tic-Tac hocha le menton et tendit languissamment la main pour appuyer sur un bouton serti dans un meuble qui ressemblait au podium d'un orateur. Une pompe se mit poussivement en branle dans le mur et la lumière des tubes au néon baissa de façon perceptible. Il y eut un faible sifflement d'air et le volant de la porte intérieure se bloqua. Jake supposa qu'il en allait de même pour celui de la porte extérieure. C'était une espèce d'abri antibombes, d'ac ; aucun doute là-dessus. Quand la pompe se tut, les longs tubes au néon retrouvèrent leur mat éclat.

— Bien, dit aimablement Tic-Tac. (Il se mit à toiser Jake de la tête aux pieds. Le garçon eut la nette et désagréable impression d'être fiché et catalogué par un expert.) Parfaitement sain et entier nous sommes. Heureux comme un coq en pâte. N'est-ce pas, Hoots ?

— Oui ! répliqua aussitôt un grand homme osseux vêtu d'un costume noir.

Son visage était couvert d'une sorte d'urticaire qu'il grattait comme un malade.

— Je l'ai amené, dit Gasher. Je t'avais dit que tu pouvais me faire confiance, et je l'ai prouvé, non ?

— Si, dit Tic-Tac. Au poil. J'ai eu quelques doutes sur tes capacités à te souvenir du mot de passe, à la fin, mais...

La femme brune poussa un nouveau croassement strident. L'Homme Tic-Tac se tourna à demi dans sa direction, son paresseux sourire creusant de fossettes la commissure de ses lèvres, et avant que Jake n'eût pu saisir ce qui se passait — ce qui s'était *déjà* passé —, la brune chancela en arrière, les yeux exorbités sous l'effet de la surprise et de la douleur, les mains tâtonnant vers une curieuse tumeur au milieu de sa poitrine qui n'y était pas une seconde plus tôt.

Jake s'aperçut que l'Homme Tic-Tac avait fait un geste tandis qu'il pivotait, si rapide que ce n'avait guère plus été qu'un frémissement. Le fin manche blanc qui saillait de la gaine accrochée à l'épaule de l'Homme Tic-Tac avait disparu. Le poignard se trouvait à présent à l'autre bout de la pièce, sortant de la poitrine de la brune. Tic-Tac l'avait dégainé et lancé avec une promptitude effarante — promptitude que Roland lui-même n'était peut-être pas capable d'égaler, pensa Jake. Ç'avait été comme un méchant tour de magie.

Les autres observèrent en silence la femme qui titubait vers Tic-Tac, les mains en coupe autour du manche du poignard. De la hanche, elle heurta un lampadaire et l'homme qui s'appelait Hoots se précipita pour le retenir dans sa chute. Quant à Tic-Tac, il ne bougeait pas d'un poil, toujours assis, une de ses jambes par-dessus l'accoudoir de son trône, considérant la femme avec un sourire nonchalant.

Celle-ci se prit le pied dans un tapis et elle vacilla, tête la première. De nouveau, l'Homme Tic-Tac bougea avec une vitesse à vous donner la chair de poule ; ramenant en arrière le pied qui se balançait par-dessus l'accoudoir, il le projeta en avant comme un piston. Il alla se nicher au creux de l'estomac de la brune, qui valdingua en arrière. Du sang jaillit de sa bouche, éclaboussant les meubles. La femme heurta le mur, s'y affaissa lentement et termina sa trajectoire en position assise, le menton sur la poitrine. Jake crut voir un Mexicain de cinéma faisant sa sieste adossé à un mur d'adobe. Il avait du mal à imaginer que la femme fût passée de vie à trépas à une vitesse aussi foudroyante. Les néons transformaient ses cheveux en un halo mi-rouge, mi-bleu. Ses yeux vitreux fixaient l'Homme Tic-Tac dans une stupeur ultime.

— Je l'avais *prévenue* à propos de son rire, dit Tic-Tac. (Ses yeux se reportèrent sur l'autre femme, une rouquine trapue à l'allure de camionneur.) N'est-ce pas, Tilly ?

— Oui, répliqua la dénommée Tilly du tac au tac. (Ses yeux brillaient de crainte et d'excitation et elle se léchait les lèvres de façon maladive.) Tu l'as fait, et plus d'une fois. Je vais régler ma montre et le jurer dessus.

— À condition que tu puisses soulever suffisamment ton gros cul pour aller la chercher. Apporte-moi mon poignard, Brandon, et n'oublie pas d'en effacer la puanteur de cette salope avant de me le donner.

Un petit homme aux jambes arquées sautilla pour exécuter l'ordre. Tout d'abord, le poignard refusa de venir ; il semblait coincé dans le sternum de l'infortunée femme brune. Brandon jeta un regard terrifié à l'Homme Tic-Tac par-dessus son épaule et tira plus fort.

Tic-Tac, cependant, n'avait plus l'air de se soucier de Brandon ni de la femme qui, au sens strict, était morte de rire. Ses yeux verts brillants s'étaient fixés sur un objet qui l'intéressait bien davantage.

— Approche-toi, mon couillon, dit-il, que je t'examine mieux.

Gasher donna une bourrade à Jake, qui chancela et serait tombé si les fortes mains de Tic-Tac ne l'avaient saisi aux épaules. Puis, quand il fut certain que Jake avait retrouvé l'équilibre, Tic-Tac lui saisit le poignet gauche et le leva. C'était la Seiko qui avait éveillé son intérêt.

— Si c'est ce que je crois, c'est un présage, pour sûr. Dis-moi, mon petit, qu'est-ce que c'est que ce *sigul* que tu portes ?

Jake, qui n'avait pas la moindre idée de ce qu'était un *sigul*, ne put espérer que pour le mieux.

— C'est une montre. Mais elle ne marche plus, monsieur Tic-Tac.

Hoots gloussa à ces mots, puis se frappa la bouche des deux mains quand l'Homme Tic-Tac se tourna vers lui pour le regarder. Au bout d'un moment, Tic-Tac reporta son regard sur Jake, et un sourire lumineux remplaça son air renfrogné. À contempler ce sourire, on en oubliait presque qu'il y avait une femme morte, et non un Mexicain de cinéma faisant sa sieste, contre le mur. À le contempler, on en oubliait presque que ces gens étaient fous et que l'Homme Tic-Tac était sans doute le pensionnaire le plus siphonné de tout l'asile.

— *Montre*, dit ce dernier, acquiesçant du menton. Oui, un nom qui se suffit pour ce genre d'objet ; après tout, que souhaite le possesseur d'un appareil à mesurer le temps sinon que celui-ci se *montre* par-ci, par-là ? N'est-ce pas, Brandon ?... Tilly ?... Gasher ?

Tous répondirent par des affirmations empressées. L'Homme Tic-Tac les gratifia d'un sourire charmeur, puis se tourna de nouveau vers Jake, qui remarqua alors que le sourire, charmeur ou non, était loin d'illuminer les yeux verts du géant. Ils étaient comme devant : froids, cruels et curieux.

Il pointa un doigt vers la Seiko, qui affirmait à présent qu'il était 7 heures passées de 91 minutes — AM *et* PM — et l'éloigna avant de toucher le verre au-dessus du visuel à cristaux liquides.

— Dis-moi, mon cher petit... Est-ce que cette montre qui est tienne est piégée ?

— Hein ? Oh non ! Non, elle n'est pas piégée.

Et Jake de poser l'index sur le verre.

— Ça ne prouve rien, si elle est réglée sur la fréquence de ton propre corps. (Tic-Tac s'exprimait sur ce ton de voix brusque, méprisant, que le père de Jake prenait quand il ne voulait pas que les gens soupçonnent qu'il n'avait pas la moindre idée de ce dont il était en train de parler. Tic-Tac jeta un coup d'œil à Brandon, et Jake le vit soupeser le pour et le contre pour décider s'il allait ou non faire de l'homme aux jambes arquées son « toucheur » désigné. Puis il abandonna le projet et planta de nouveau son regard dans celui de Jake.) Si cette chose me cause un choc, mon petit ami, tu vas mourir étouffé en trente secondes.

Jake déglutit avec difficulté, mais ne répondit mot. L'Homme Tic-Tac tendit le doigt et, cette fois, le posa sur le verre de la Seiko. À ce moment-là, tous les chiffres se remirent à zéro, puis recommencèrent à défiler à l'envers.

Les yeux de Tic-Tac s'étaient étrécis en une mimique anticipant une douleur potentielle lorsqu'il avait touché le cadran de la montre. À présent, leurs coins se plissaient dans le premier sourire digne de ce nom que Jake lui eût vu faire. C'était en partie de plaisir devant son courage, mais, pour l'essentiel, il s'agissait d'émerveillement et d'intérêt purs et simples.

— Puis-je l'avoir ? demanda-t-il d'un ton doucereux. Disons que tu manifesterais ainsi ta bonne volonté. Je suis un amateur de montres, mon jeune couillon... ça, oui.

— Je vous en prie.

Jake défit aussitôt la Seiko de son poignet et la glissa dans la large paume impatiente de Tic-Tac.

— Y cause comme un petit monsieur qui pète dans la soie, pas vrai ? dit Gasher, aux anges. Dans les anciens temps, on aurait payé une rançon très élevée pour récupérer un garçon de son espèce, Ticky, pour sûr. Mon père...

— Ton père est mort si décomposé par la syphilis que même les chiens ne l'auraient pas bouffé, l'interrompit l'Homme Tic-Tac. À présent, la ferme, sombre crétin !

Dans un premier temps, Gasher parut furax... puis seulement décontenancé. Il s'affala dans un siège proche et se tint coi.

Tic-Tac, cependant, examinait le bracelet d'argent élastique avec une expression d'effroi mêlé de respect. Il l'étira au maximum, lui fit reprendre sa forme initiale, l'étira de nouveau, le relâcha. Il glissa une boucle de ses cheveux dans les maillons ouverts, puis éclata de rire quand ils se refermèrent dessus. Enfin, il passa la main dans le bracelet et poussa celui-ci jusqu'à la moitié de son avant-bras. Jake trouva ce souvenir de New York très étrange en ce lieu, mais ne dit mot.

— Merveilleux ! s'exclama Tic-Tac. Où l'as-tu eue, mon couillon ?

— C'est un cadeau d'anniversaire que m'ont fait mon père et ma mère.

À ces mots, Gasher se pencha en avant, désireux, peut-être, de remettre le sujet de la rançon sur le tapis. L'expression absorbée de l'Homme Tic-Tac le fit changer d'avis et il se radossa sans ouvrir la bouche.

— Vraiment ? s'étonna Tic-Tac, haussant les sourcils. (Il avait découvert le petit bouton qui illuminait le cadran et ne cessait d'appuyer dessus, observant la lumière s'allumer et s'éteindre. Puis il reporta son regard sur Jake, ses yeux de nouveau étrécis en deux fentes d'un vert brillant.) Dis-moi, mon couillon... Fonctionne-t-elle sur un circuit dipolaire ou unipolaire ?

— Ni l'un ni l'autre, affirma Jake, sans se douter que son refus d'avouer son ignorance — il ne savait pas ce que signifiaient l'un et l'autre termes — allait lui valoir sous peu de sérieux ennuis. Elle marche avec une batterie au nickel-cadmium. Du moins, j'en suis à peu près sûr... Je n'ai jamais eu à la changer et il y a belle lurette que j'ai perdu le mode d'emploi.

L'Homme Tic-Tac le considéra un long moment sans proférer une parole, et Jake, terrifié, se rendit compte que le géant blond s'efforçait de déterminer s'il se payait ou non sa fiole. Si la réponse était oui, Jake imagina que les mauvais traitements que lui avait infligés Gasher seraient de la gnognote comparés à ce que lui réservait sans doute l'Homme Tic-Tac. Soudain, il souhaita changer le cours des pensées de son interlocuteur... le souhaita plus que tout au monde. Il dit la première chose qui lui vint à l'esprit.

— C'était votre grand-père, n'est-ce pas ?

L'Homme Tic-Tac leva des sourcils interrogateurs. Il reposa les mains sur les épaules de Jake, sans serrer, mais le garçon en sentit la force phénoménale. S'il prenait l'envie au géant de resserrer son étau et de tirer brutalement, il lui briserait les vertèbres cervicales comme de vulgaires crayons ; s'il poussait, il lui romprait probablement le dos.

— *Oui* était mon grand-père, mon couillon ?

Jake prit une nouvelle fois la mesure de la tête massive, majestueuse, de l'Homme Tic-Tac et de ses larges épaules. Il se souvint des paroles de Susannah : *Regarde sa taille, Roland... il a sûrement fallu le graisser pour le faire entrer dans le cockpit.*

— L'homme de l'avion. David Quick.

Les yeux de l'Homme Tic-Tac s'arrondirent comme des soucoupes sous le coup de la surprise et de la stupeur. Puis, rejetant la nuque en arrière, il éclata d'un rire rugissant qui se répercuta en écho bien au-delà du plafond voûté. Les autres sourirent nerveusement. Aucun, toutefois, n'osa rire franchement... pas après ce qui était arrivé à la femme brune.

— Qui que tu sois, et d'où que tu viennes, mon petit, tu es le mec le plus à la coule que l'ami Tic-Tac ait rencontré depuis de nombreuses années. Quick était mon arrière-grand-père, pas mon grand-père, mais tu n'es pas tombé loin... N'es-tu pas de cet avis, mon cher Gasher ?

— Pour sûr, acquiesça l'interpellé. Il est à la coule, y a pas à chier, j'aurais pu te le dire. Mais extrêmement insolent quand même.

— Oui, fit pensivement l'Homme Tic-Tac. (Ses mains raffermirent leur prise sur les épaules du garçon et il attira celui-ci plus près de son visage souriant, beau, fou.) Je vois qu'il est insolent. C'est écrit dans ses yeux. Mais nous allons nous en occuper, n'est-ce pas, Gasher ?

Ce n'est pas à Gasher qu'il s'adresse, mais à moi, pensa Jake. Il croit qu'il est en train de m'hypnotiser... et peut-être est-ce vrai.

— Oui, souffla Gasher.

Jake se sentit sombrer dans les grands yeux verts. Bien que l'étreinte de l'Homme Tic-Tac ne fût toujours pas réellement forte, il n'arrivait pas à inhaler suffisamment d'air dans ses poumons. Il fit appel à toutes ses forces afin de tenter de briser l'emprise de l'homme blond et prononça encore les premiers mots qui lui vinrent à l'esprit :

— « Ainsi s'est abattu lord Perth, et la campagne a tremblé sous ce coup de tonnerre. »

La phrase agit sur Tic-Tac comme un soufflet. Il se recula, ses yeux verts s'étrécissant, étreignant douloureusement les épaules de Jake.

— *Que* dis-tu ? Où as-tu entendu ça ?

— C'est un petit oiseau qui me l'a dit, riposta Jake avec une insolence calculée.

L'instant d'après, il volait à l'autre bout de la pièce.

S'il avait heurté le mur incurvé tête la première, il aurait été bon pour le compte ou laissé pour mort. Par chance, il le frappa de la hanche, rebondit et atterrit en tas sur le grillage de fer. Il secoua la tête, sonné, regarda autour de lui et se vit face à face avec la femme qui ne faisait pas la sieste. Il émit un cri horrifié et s'éloigna en rampant sur les mains et les genoux. Hoots lui flanqua un coup de pied en pleine poitrine, le faisant basculer sur le dos. Jake resta étendu, haletant, les yeux levés sur le nœud aux couleurs de l'arc-en-ciel que formaient les tubes au néon. Peu après, le visage de Tic-Tac emplit son champ visuel. Les lèvres en étaient serrées en une ligne dure et droite, les joues colorées et il y avait de la peur dans ses yeux. Le pendentif cercueil de verre qu'il portait autour du cou se balançait doucement devant les yeux de Jake au bout de la chaîne d'argent, à l'unisson du balancier de la minuscule horloge comtoise à l'intérieur.

— Gasher a raison. (Tic-Tac empoigna la chemise de Jake d'une main et tira le garçon.) Tu es insolent. Mais tu *n*'as *sûrement pas* envie d'être insolent avec moi, mon couillon, hein ? As-tu déjà entendu parler des gens qui sont soupe au lait ? Eh bien, ce n'est pas mon cas, et des milliers de personnes pourraient en témoigner si je ne les avais pas définitivement réduites au silence. Si tu me reparles jamais de lord Perth... jamais, jamais, *jamais*... je te scalperai et te boufferai la cervelle. Je ne veux pas de ce genre d'histoire porte-guigne dans le Berceau des Gris. *Tu me suis ?*

Il secoua Jake comme un prunier, et le garçon éclata en sanglots.

— *Tu me suis ?*

— O... O... Oui.

— Bien. (Tic-Tac reposa Jake sur ses pieds ; le garçon tangua et roula, essuyant ses yeux en larmes et laissant des traces de crasse si noires sur ses joues qu'on eût dit du mascara.) À présent, mon petit couillon, nous allons nous offrir une séance questions/réponses. C'est moi qui pose les questions et toi tu donnes les réponses. Compris ?

Jake ne répondit pas. Il regardait un panneau de la grille de ventilation qui ceignait la pièce.

L'Homme Tic-Tac lui saisit le nez entre le pouce et l'index et le pinça méchamment.

— *Compris ?*

— *Oui !* hurla Jake.

Ses yeux, d'où coulaient pour l'heure des larmes de souffrance et de terreur mêlées, se reportèrent sur le visage de Tic-Tac. Il désirait regarder de nouveau la grille de ventilation, désirait désespérément vérifier que ce qu'il y avait vu n'était pas une hallucination de son esprit effrayé, surmené, mais il n'osa pas. Il craignait que quelqu'un — Tic-Tac lui-même, plus que probable — ne suive son regard et ne voie ce qu'il avait aperçu.

— Bien. (Tic-Tac tira Jake par le nez jusqu'à son fauteuil, s'assit et passa la jambe par-dessus l'accoudoir.) On va donc se tailler une petite bavette. On va commencer par ton nom, hein ? Comment tu t'appelles, mon couillon ?

— Jake Chambers.

Le nez ainsi pincé, la voix de Jake était nasillarde et peu intelligible.

— Et es-tu un non-voyant, Jake Chambers ?

L'espace d'un instant, Jake se demanda si c'était une façon particulière de lui demander s'il était aveugle... mais, à l'évidence, tous voyaient qu'il ne l'était pas.

— Je ne comprends pas ce que...

Tic-Tac le secoua en le tenant par le nez.

— Non-voyant ! Non-voyant ! Cesse de jouer au plus fin, mon gars !

— *Je ne comprends pas...* commença Jake.

Puis son regard tomba sur la vieille mitrailleuse suspendue au dossier et il repensa au Focke-Wulf crashé. Le puzzle s'assembla dans son esprit.

— Non. Je ne suis pas un nazi [1]. Je suis un Américain. Tout cela s'est terminé bien avant ma naissance.

L'Homme Tic-Tac libéra son nez, qui se mit aussitôt à pisser le sang.

— Tu aurais pu me le dire tout de suite et t'épargner bien des souffrances, Jake Chambers... Mais du moins comprends-tu à présent nos méthodes, hein ?

Jake hocha le menton.

— Bon. Très bien ! Nous allons commencer par des questions simples.

Les yeux de Jake retournèrent à la grille de ventilation. Ce qu'il y avait vu auparavant était toujours là ; ce n'avait pas été le fruit de son imagination. Deux yeux cerclés d'or flottaient dans le noir derrière les lucarnes chromées.

Ote.

Tic-Tac le gifla, l'envoyant heurter Gasher, qui le repoussa aussi sec d'une bourrade.

— C'est l'heure de l'école, mon petit cœur, chuchota-t-il. Écoute tes leçons, maintenant ! Écoute-les bien !

— Regarde-moi quand je te parle, dit Tic-Tac. J'ai droit à quelque respect, Jake Chambers, ou je t'arrache les couilles.

— D'accord.

Les yeux verts de Tic-Tac eurent un éclat menaçant.

— D'accord *quoi* ?

Jake chercha à l'aveuglette la bonne réponse, chassant le fatras de questions et le soudain espoir qui avaient surgi dans son esprit. Et ce qui lui vint fut une formule en usage dans son propre Berceau des Ados... alias l'École Piper.

— D'accord, *monsieur* ?

Tic-Tac sourit.

— C'est un début, mon gars, dit-il, et il se pencha, les bras sur les cuisses. Maintenant... qu'est-ce qu'un Américain ?

Jake se mit à parler, essayant de toutes ses forces de ne pas regarder la grille de ventilation.

1. « Not-See », prononciation altérée de « Nazi ». (*N.d.T.*)

29

Roland glissa son revolver dans son étui, mit les mains sur le volant et tenta de le faire tourner. Il ne bougea pas, ce qui ne le surprit guère. Cela, toutefois, posait de sérieux problèmes.

Ote, près de son boot gauche, levait sur lui des yeux anxieux, attendant qu'il ouvre la porte afin qu'ils puissent continuer leur périple vers Jake. Le pistolero aurait souhaité que ce fût aussi facile. Il ne servait à rien de se planter là et d'attendre que quelqu'un s'en aille ; il pourrait s'écouler des heures, voire des jours, avant que l'un des Gris ne décide d'utiliser cette sortie-là. Gasher et ses amis risquaient d'avoir l'idée d'écorcher vif Jake tandis que le pistolero poireauterait.

Roland posa sa tête contre l'acier, mais n'entendit rien. Ce qui ne le surprit pas non plus. Il avait vu des portes comme celle-là longtemps auparavant — on ne pouvait pas plus en faire sauter les verrous qu'entendre quoi que ce soit au travers. Il pouvait y en avoir une ; il pouvait y en avoir deux, en face l'une de l'autre, avec du vide entre elles. Quelque part, cependant, il devait y avoir un bouton commandant le volant placé au milieu du battant et libérant les verrous. Si Jake pouvait dégoter ce bouton, rien n'était perdu.

Roland comprit qu'il n'était pas membre à part entière de ce *ka-tet* ; il devina qu'Ote lui-même était plus pleinement conscient que lui de la vie secrète qui existait en son cœur (il doutait fort que le bafouilleux eût pisté Jake grâce à son seul flair à travers ces tunnels où l'eau coulait en ruisselets pollués). Cependant, il avait été capable d'aider Jake quand le garçon avait essayé de passer de son monde dans celui-ci. Il avait été capable de *voir*... Et quand Jake avait tenté de récupérer la clé qu'il avait laissée tomber, il avait été capable d'envoyer un message.

Cette fois, il lui fallait montrer une extrême prudence en ce qui concernait l'envoi de messages. Dans le meilleur des cas, les Gris comprendraient qu'il se tramait quelque chose ; au pire, Jake risquait de mal interpréter ce que Roland essayait de lui dire et de commettre quelque sottise.

Mais s'il pouvait *voir*...

Roland ferma les yeux et se concentra tout entier sur Jake. Il pensa aux yeux du garçon et expédia son *ka* à leur recherche.

Au début, rien ne se produisit ; enfin, une image commença à se former — celle d'un visage encadré par de longs cheveux gris-blond. Des yeux verts brillaient dans des orbites enfoncées telles des veilleuses au fond d'une grotte. Roland eut tôt fait de comprendre qu'il s'agissait de l'Homme Tic-Tac et que ce dernier était un descendant de l'homme mort dans l'habitacle aérien — intéressant, mais sans valeur pratique, en l'occurrence. Il essaya de regarder au-delà de l'Homme Tic-Tac, de voir le reste de la pièce dans laquelle on retenait Jake ainsi que les gens qui s'y trouvaient.

— Ake, chuchota Ote, comme s'il voulait rappeler à Roland que ce n'étaient ni le lieu ni le moment de piquer un roupillon.

— Chhhut ! fit le pistolero sans ouvrir les yeux.

Mais bernique ! Il ne distinguait que des masses confuses, sans doute parce que Jake focalisait son attention sur l'Homme Tic-Tac. Le reste, gens et choses, était à peine plus que des formes grises aux confins de la perception du garçon.

Roland rouvrit les yeux et frappa légèrement sa paume droite de son poing gauche. Il pensait pouvoir pousser plus dur et voir davantage... mais cela risquait de rendre Jake conscient de sa présence. Ce serait dangereux. Gasher pourrait subodorer quelque chose, et, sinon lui, l'Homme Tic-Tac.

Il leva les yeux sur les étroites grilles de ventilation, puis les baissa sur Ote. Il s'était émerveillé à plusieurs reprises de l'intelligence du petit animal ; à présent, il semblait bien que c'était lui qui allait résoudre le problème.

Roland glissa les doigts de sa main valide, la gauche, entre les lamelles horizontales de la grille de ventilation la plus proche de l'écoutille par laquelle Gasher avait entraîné Jake et tira. La grille vint dans un nuage de rouille et de mousse desséchée. Le trou, derrière, était bien trop petit pour laisser passage à un homme... mais pas à un bafouilleux. Il posa la grille, souleva Ote et lui parla doucement à l'oreille.

— Va... Regarde... Reviens. Tu comprends ? Il ne faut pas qu'on te voie ! Va juste jeter un œil et reviens.

Ote le dévisagea, sans prononcer un mot, pas même le nom de Jake. Roland ignorait s'il avait ou non compris, mais perdre du temps en conjectures n'arrangerait pas les choses. Il plaça Ote dans le puits de ventilation. Le bafouilleux renifla les fragments de mousse, éternua discrètement, puis se tapit, le courant d'air faisant onduler sa longue fourrure soyeuse, et, dubitatif, contempla Roland de ses étranges yeux.

— Va, regarde et reviens, répéta le pistolero dans un souffle.

Ote disparut au sein des ombres, progressant silencieusement, griffes rétractées, sur ses coussinets.

Roland ressortit son revolver et fit le plus dur : attendre.

Ote revint moins de trois minutes plus tard. Roland le souleva hors du puits et le posa par terre. Ote leva son regard sur lui, son long cou étiré.

— Combien, Ote ? demanda Roland. Combien en as-tu vu ?

Un bon moment, il crut que le bafouilleux n'allait faire que le fixer de ses yeux anxieux. Puis l'animal leva timidement sa patte en l'air, sortit ses griffes et l'observa, comme s'il tentait de se souvenir de quelque chose de très difficile. Enfin, il se mit à taper sur le sol d'acier.

Un... deux... trois... quatre. Une pause. Puis deux autres coups, rapides et délicats, les griffes cliquetant légèrement contre l'acier : cinq, six. Ote s'interrompit encore, tête baissée, l'air d'un gamin perdu dans les affres de quelque colossal effort mental. Puis il frappa un dernier coup de ses griffes sur l'acier, les yeux levés sur Roland.

— Ake !

Six Gris... et Jake.

Roland prit le bafouilleux dans ses bras et le caressa.

— Bien ! murmura-t-il à son oreille. (En vérité, il était confondu d'étonnement et de gratitude. Le résultat dépassait ses plus folles espérances. Et il ne doutait guère de l'exactitude du total.) Brave petit pote !

— Ote ! Ake !

Oui, Jake. Voilà où était le problème. Jake, à qui il avait fait une promesse qu'il avait l'intention de tenir.

Le pistolero s'abîma dans ses pensées, et il le fit à sa façon — mélange de sec pragmatisme et de folle intuition qu'il tenait probablement de son étrange grand-mère, Deidre la Folle, et qui l'avait maintenu en vie toutes ces années après que ses vieux compagnons avaient péri. Pour l'heure, la sauvegarde de Jake en dépendait.

Il souleva de nouveau Ote, sachant que Jake aurait peut-être la vie sauve — *peut-être* —, mais que le bafouilleux allait presque certainement mourir. Il chuchota quelques mots simples à l'oreille attentive d'Ote, les répétant inlassablement. Enfin, il se tut et le remit dans le puits de ventilation.

— Brave petit ! souffla-t-il. Va, maintenant. Remplis ta mission. Mon cœur est avec toi.

— Ote ! Œur ! Ake ! murmura le bafouilleux, qui détala ensuite dans les ténèbres.

Roland attendit que l'enfer se déchaîne.

30

Pose-moi une question, Eddie Dean de New York. Et mieux vaut qu'elle soit bonne... sinon, toi et ta femme allez mourir, quel que soit l'endroit d'où vous venez.

Eh bien, mon cher *Dieu*, comment répondrais-tu à un truc dans ce goût-là ?

La lumière rouge foncé avait disparu, remplacée à présent par la rose.

— *Dépêchez-vous !* les pressa la petite voix de Little Blaine. *Il est pire que jamais... Dépêchez-vous ou il va vous tuer !*

Eddie était vaguement conscient que des nuées de pigeons agités voletaient toujours sans but à travers le Berceau et que certains d'entre eux s'étaient écrasés tête la première contre les piliers, tombant morts sur le sol.

— Qu'est-ce qu'il veut ? siffla Susannah à l'adresse du micro et à la voix de Little Blaine quelque part au-delà. Pour l'amour de Dieu, *qu'est-ce qu'il veut* ?

Nulle réponse. Et Eddie sentait leur délai de grâce se rétrécir comme une peau de chagrin. Il écrasa la touche PARLEZ/ÉCOUTEZ et parla avec une verve étourdissante tandis que la sueur ruisselait le long de ses joues et de son cou.

Posez-moi une question.

— Bon... Blaine ! Qu'est-ce que vous avez fait, ces dernières années ? Je suppose que vous n'avez pas accompli ce bon vieux trajet vers le sud-est, hein ? Et pourquoi donc ? Vous n'aviez pas la pêche ?

Aucun bruit sinon le bruissement et le battement d'ailes des pigeons. Eddie imagina Ardis essayant de hurler tandis que ses joues fondaient et que sa langue s'embrasait. Il sentit ses cheveux se dresser sur sa nuque. La peur ? Ou une accumulation d'électricité ?

Dépêchez-vous... il est pire que jamais.

— Qui vous a construit, Blaine, au fait ? demanda Eddie, au désespoir. (Et qui pensa : Si je savais seulement ce que *veut* cette saloperie !) Vous souhaitez en parler ? Étaient-ce les Gris ? Non... sûrement les Grands Anciens, n'est-ce pas ? Ou... (Il laissa tomber. À présent, il percevait le silence de Blaine comme un poids physique sur sa peau, telles des mains charnues, tâtonnantes.) Que *voulez-vous* ? brailla-t-il. Que voulez-vous *entendre*, bordel de merde ?

Nulle réponse... mais les touches du boîtier diffusèrent de nouveau une coléreuse lumière rouge foncé, et Eddie comprit que le délai qui leur avait été accordé touchait à son terme. Il entendait un vrombissement sourd à proximité, semblable à celui d'un générateur électrique. Ce bruit n'était pas le fruit de son imagination, si ardemment eût-il désiré le croire.

— Blaine ! cria soudain Susannah. Blaine, vous m'entendez ?

Nulle réponse... et Eddie sentit que l'air se chargeait d'électricité comme un récipient sous un robinet se remplit d'eau. Il en percevait le crépitement âcre dans son nez à chacune de ses inspirations ; sentait ses plombages zonzonner comme des insectes furibonds.

— Blaine, *j'ai* une question, et une bonne ! Écoutez ! (Susannah ferma les yeux un instant, ses doigts massant frénétiquement ses tempes, puis rouvrit les yeux.) C'est une chose qui... euh... n'existe pas et qui pourtant a un nom ; qui est tantôt longue et... et tantôt courte... (Elle s'interrompit et fixa Eddie avec des yeux écarquillés, pleins de souffrance.) Aide-moi ! Je n'arrive pas à me souvenir de la suite !

Eddie la dévisagea comme si elle était devenue folle. De quoi parlait-elle, au nom de Dieu ? Puis, eurêka ! Tout cela prit bizarrement sens et le reste de la devinette s'emboîta dans son esprit aussi parfaitement que les deux dernières pièces d'un puzzle. Il se rua de nouveau vers le micro.

— Et elle ne nous quitte jamais d'une semelle. Qu'est-ce que c'est ? Voilà notre question, Blaine... Qu'est-ce que c'est ?

La lumière rouge des touches COMMANDE et ENTREZ, sous le losange de chiffres, s'éteignit dans un clignotement. Il y eut un interminable moment de silence avant que Blaine ne reprît la parole... mais Eddie sentit s'estomper l'impression de chair de poule électrique sur sa peau.

— UNE OMBRE, BIEN SÛR, répondit la voix de Blaine. UNE DEVINETTE FACILE... MAIS PAS MAUVAISE. PAS MAUVAISE DU TOUT.

La voix venant du micro avait un accent méditatif... et autre chose, aussi. Du plaisir ? De la nostalgie ? Eddie ne pouvait l'identifier à coup sûr, mais il *savait* qu'il y avait un je-ne-sais-quoi dans cette voix qui lui rappelait Little Blaine. Il savait autre chose, également : Susannah avait sauvé leur bifteck, du moins pour l'instant. Il se pencha et embrassa son front couvert de sueur glacée.

— CONNAISSEZ-VOUS D'AUTRES DEVINETTES ?

— Oui, des tas, répondit Susannah aussi sec. Notre compagnon, Jake de New York, en a un plein bouquin.

— DE QUEL NEW YORK ?

À présent, Eddie définissait parfaitement ce je-ne-sais-quoi dans la voix. Blaine pouvait bien être une machine... Eddie s'était défoncé six ans à l'héroïne et il savait reconnaître le manque quand il l'entendait.

— De New York, point final, dit-il. Mais Jake a été fait prisonnier. Un type du nom de Gasher l'a kidnappé.

Pas de réponse... puis les touches émirent de nouveau la faible lueur rose.

— *Ça baigne, jusqu'à présent,* chuchota la voix de Little Blaine. *Mais restez sur vos gardes... Il a plus d'un tour dans son sac...*

La lumière rouge réapparut.

— L'UN DE VOUS A PARLÉ ?

La voix de Blaine était froide et — Eddie en eût juré — suspicieuse.

Il regarda Susannah, qui lui rendit son regard avec les yeux écarquillés d'effroi d'une fillette qui a entendu une chose innommable se déplacer furtivement sous son lit.

— Je me suis éclairci la gorge, Blaine. (Eddie déglutit et essuya la sueur de son front.) J'ai... merde, au diable l'amour-propre ! Je balise à mort !

— C'EST TRÈS SAGE DE VOTRE PART. CES DEVINETTES DONT VOUS

PARLEZ... SONT-ELLES STUPIDES ? JE NE TIENS PAS À ÉPROUVER MA PATIENCE AVEC DE STUPIDES DEVINETTES.

— La plupart sont intelligentes, dit Susannah, tout en regardant anxieusement Eddie.

— VOUS MENTEZ. VOUS NE CONNAISSEZ ABSOLUMENT PAS LA QUALITÉ DE CES DEVINETTES.

— Comment pouvez-vous dire que...

— ANALYSE DE LA VOIX. LES FRICATIVES ET L'ACCENTUATION EXAGÉRÉE DE DIPHTONGUES FOURNISSENT UN QUOTIENT FIABLE DE VÉRITÉ/NON-VÉRITÉ. LA FIABILITÉ PRONOSTIQUÉE EST DE QUATRE-VINGT-DIX-SEPT POUR CENT, PLUS OU MOINS ZÉRO CINQ POUR CENT. (La voix se tut un moment, et quand elle retentit de nouveau, elle avait adopté un accent traînant et comminatoire qui parut très familier à Eddie... C'était la voix de Humphrey Bogart.) JE VOUS SUGGÈRE DE VOUS EN TENIR À CE QUE VOUS SAVEZ, BABY. LE DERNIER GARS QUI A ESSAYÉ DE ME MENER EN BATEAU A FINI AU FOND DE LA SEND DANS UNE PAIRE DE BOOTS DE COW-BOY EN CIMENT.

— Seigneur ! s'exclama Eddie. On s'est farci six cents bornes ou à peu près pour rencontrer la version informatique de Rich Little ! Comment pouvez-vous imiter des mecs comme John Wayne et Humphrey Bogart, Blaine ? Des mecs de notre monde ?

Rien.

— D'ac, vous ne souhaitez pas répondre à cette question. Et celle-ci : si c'est une devinette que vous vouliez, pourquoi ne le disiez-vous pas ?

Une fois encore, il n'y eut pas de réponse. Eddie, cependant, s'aperçut qu'il pouvait s'en passer, au fond. Blaine aimait les devinettes, donc il *leur* en avait demandé une. Susannah l'avait compris. Eddie se dit que, sinon, elle et lui ressembleraient pour l'heure à deux briquettes de charbon de bois taille hyperéconomique gisant sur le sol du Berceau de Lud.

— Blaine ? demanda Susannah, mal à l'aise. (Il n'y eut pas de réponse.) Blaine, vous êtes toujours là ?

— OUI. DITES-M'EN UNE AUTRE.

— Quand est-ce qu'une porte n'est pas une porte ? dit Eddie.

— QUAND C'EST UNE JARRE. VOUS AVEZ INTÉRÊT À FAIRE MIEUX QUE ÇA SI VOUS PENSEZ VRAIMENT QUE JE VAIS VOUS EMMENER QUELQUE PART. *POUVEZ*-VOUS FAIRE MIEUX ?

— Si Roland arrive, je suis certaine que oui, dit Susannah. Nonobstant la qualité éventuelle des devinettes du livre de Jake,

Roland en connaît des centaines... au vrai, il les a étudiées enfant. (À ces mots, Susannah prit conscience de son incapacité à imaginer Roland sous les traits d'un garçonnet.) Nous emmènerez-vous, Blaine ?

— POSSIBLE, dit Blaine, et Eddie perçut une cruauté latente dans sa voix. MAIS IL VOUS FAUDRA AMORCER LA POMPE POUR ME METTRE EN MARCHE, ET MA POMPE S'AMORCE À REBOURS.

— Ce qui, en clair, signifie quoi ? s'enquit Eddie, observant à travers les barres la douce ligne rose du dos de Blaine.

Mais Blaine ne répondit pas à cette question, ni à celles qu'ils lui posèrent ensuite. Si la lumière rouge ne s'éteignit pas, Little Blaine et Big Blaine semblaient être entrés l'un et l'autre en hibernation. Eddie, toutefois, n'était pas dupe. Blaine était réveillé. Blaine les observait. Blaine les écoutait faire siffler les consonnes fricatives et accentuer leurs diphtongues à l'excès.

Il regarda Susannah.

— « Il vous faudra amorcer la pompe, mais ma pompe s'amorce à rebours », énonça-t-il d'un ton lugubre. C'est une devinette, n'est-ce pas ?

— Oui, bien sûr. (La jeune femme jeta un regard au hublot triangulaire, si semblable à un œil à demi clos, moqueur, puis attira Eddie à elle afin de lui chuchoter à l'oreille :) Il est complètement dément, Eddie, schizo, parano, probablement aussi psychotique.

— À qui le dis-tu ! chuchota Eddie en retour. Nous avons affaire à un monorail génial et fou hantant un ordinateur, qui aime les devinettes et se déplace à une vitesse supérieure à celle du son. Bonjour la version *fantasy* de *Vol au-dessus d'un nid de coucou* !

— Tu as une idée, pour la réponse ?

Eddie secoua la tête.

— Et toi ?

— Une légère chatouille au fin fond de mon crâne. Fausse piste, probablement. Je n'arrête pas de penser à ce qu'a dit Roland : une bonne devinette est toujours sensée et soluble. C'est comme un tour de magie.

— Erreur d'adresse.

Elle acquiesça.

— Tire une autre salve, Eddie, pour leur faire savoir qu'on est toujours là.

— Ouais. Si seulement nous pouvions être sûrs qu'ils sont toujours là, eux aussi !

— À ton avis, Eddie ?

Eddie s'était éloigné, et il ne s'arrêta ni ne se retourna pour répliquer :

— Je ne sais pas... C'est une devinette à laquelle Blaine lui-même ne saurait répondre.

31

— Je peux avoir quelque chose à boire ? demanda Jake d'une voix cotonneuse et nasillarde.

Sa bouche et les muqueuses de son nez malmené avaient enflé, et il avait tout d'un type qui a eu le dessous lors d'un sanglant combat de rue.

— Oh oui, répliqua judicieusement Tic-Tac. Tu *pourrais*. Je dirais que tu *pourrais* sans doute. Nous avons des tas de trucs à boire, n'est-ce pas, Copperhead ?

— Oui, rétorqua un homme grand à lunettes vêtu d'une chemise de soie blanche et d'un pantalon noir de la même étoffe, l'allure d'un prof de fac dans une bande dessinée de *Punch* au tournant du siècle. Pas de rationnement de bibine ici.

L'Homme Tic-Tac, de nouveau assis à son aise dans son fauteuil pareil à un trône, regarda Jake avec humour.

— Nous avons du vin, de la bière brune, de l'ale et, bien sûr, de la bonne vieille eau des familles. Parfois, le corps n'en demande pas davantage, pas vrai ? De l'eau fraîche, limpide, pétillante. Qu'est-ce que t'en dis, mon couillon ?

Jake sentit sa gorge, enflée, elle aussi, et aussi sèche que du papier de verre, lui brûler douloureusement.

— Ça me botterait, murmura-t-il.

— Cela m'a donné soif, foi de Tic-Tac ! (Le géant sourit. Ses yeux verts étincelèrent.) Apporte-moi une louche d'eau, Tilly... Que je sois damné si je sais où sont passées mes bonnes manières !

Tilly franchit l'écoutille à l'autre bout de la pièce, à l'opposé de celle par laquelle étaient entrés Jake et Gasher. Le garçon suivit la rouquine des yeux et lécha ses lèvres tuméfiées.

— Bon, dit l'Homme Tic-Tac, reportant son regard sur Jake, tu dis que la ville américaine d'où tu viens — New York — est très semblable à Lud.

— Eh bien... pas exactement.

— Mais tu *reconnais* certaines machines, le pressa Tic-Tac. Valves, pompes, etc. Sans parler des tubes veilleuses.

— Oui. Nous les appelons néons, mais c'est la même chose.

Tic-Tac tendit la main vers lui. Jake eut un mouvement de recul, mais le géant se contenta de lui tapoter l'épaule.

— Oui, oui, quasiment. (Ses yeux étincelèrent.) *Et* tu as entendu parler des ordinateurs ?

— Bien sûr, mais...

Tilly revint et s'approcha timidement du trône de l'Homme Tic-Tac. Celui-ci prit la louche et la présenta à Jake. Quand le garçon voulut s'en saisir, Tic-Tac l'éloigna et but. À la vue de l'eau qui lui dégoulinait de la bouche et coulait sur sa poitrine nue, Jake se mit à trembler de façon incontrôlable.

L'Homme Tic-Tac le regarda par-dessus la louche, comme s'il notait seulement sa présence à l'instant. Derrière lui, Gasher, Copperhead, Brandon et Hoots souriaient comme des écoliers qui viennent d'entendre une blague cochonne.

— Oh, j'ai pensé à *ma* soif, qui était grande, et je t'ai complètement oublié ! s'écria Tic-Tac. C'est d'un mesquin... que les dieux maudissent mes yeux ! Mais ç'avait l'air tellement bon... et *c'est* tellement bon... frais... limpide...

Il tendit la louche à Jake. Quand celui-ci voulut s'en emparer, il retira son bras.

— Dis-moi d'abord, mon couillon, ce que tu sais sur les ordinateurs dipolaires et les circuits à diodes, fit-il froidement.

— Ce que je... (Jake jeta un coup d'œil vers la grille de ventilation, mais les yeux d'or avaient disparu. Peut-être avait-il rêvé, en fin de compte. Il reporta les yeux sur l'Homme Tic-Tac, sûr et certain d'une chose : il n'aurait pas la moindre goutte d'eau. Qu'il avait été bête de se faire des illusions !) Les ordinateurs dipolaires... Qu'est-ce que c'est ?

Le visage de l'Homme Tic-Tac se déforma sous l'effet de la rage ; il lança le reste d'eau à la figure contusionnée, bouffie de Jake.

— *Ne te paie pas ma tête !* hurla-t-il. (Il ôta la Seiko et la balança sous le nez de Jake.) *Quand je t'ai demandé si cette montre marchait sur un circuit dipolaire, tu m'as répondu que non ! Alors, ne me dis pas à présent que tu ne comprends pas de quoi je parle quand tu as déjà clairement indiqué que tu le savais !*

— Mais... Mais...

Jake resta court. La peur et la confusion lui embrouillaient la cervelle. Il était conscient, de quelque façon très lointaine, d'être en train de lécher autant d'eau que possible de ses lèvres.

— *Il y a des milliers de ces satanés ordinateurs dipolaires sous cette cité,* une centaine *de mille, peut-être, et le seul qui fonctionne encore ne sait rien faire d'autre que jouer à cours toujours et à passer cette batterie ! Je* veux *ces ordinateurs ! Je veux qu'ils soient à* mon *service !*

L'Homme Tic-Tac jaillit de son trône, saisit Jake, le secoua comme un prunier puis le jeta à terre. Jake heurta un lampadaire, le renversant, et l'ampoule explosa dans un bruit de toux caverneuse. Tilly poussa un petit cri et recula, les yeux écarquillés et emplis d'effroi. Copperhead et Brandon se regardèrent avec gêne.

Tic-Tac se pencha, coudes sur les cuisses, et hurla au visage de Jake :

— Je les veux, ET JE LES AURAI !

Le silence s'abattit sur la pièce, brisé seulement par le doux bruissement de l'air chaud pulsé par les ventilateurs. Puis l'expression de rage qui tordait les traits de l'Homme Tic-Tac disparut si soudainement qu'elle aurait pu ne jamais avoir existé. Un nouveau sourire charmeur la remplaça. Tic-Tac se pencha davantage et aida Jake à se remettre debout.

— Navré. Quand je me mets à songer au potentiel de cet endroit, je me laisse parfois emporter. Je te prie d'accepter mes excuses, mon couillon. (Il ramassa la louche renversée et la lança à Tilly.) Remplis-moi ça, garce inutile ! Qu'est-ce qui te prend ? (Il reporta son attention sur Jake, souriant toujours de son sourire d'animateur de jeu télévisé.) Très bien ! Tu as eu ta petite plaisanterie et j'ai eu la mienne. À présent, dis-moi tout ce que tu sais sur les ordinateurs dipolaires et les circuits à diodes. Ensuite, tu pourras boire.

Jake ouvrit la bouche — il n'avait pas la moindre idée de ce qu'il allait dire —, puis, phénomène incroyable, la voix de Roland fut dans son esprit, le remplit.

Distrais-les, Jake... Et s'il y a un bouton qui ouvre la porte, rapproche-t'en.

L'Homme Tic-Tac le scrutait.

— Il vient de te venir un truc à l'esprit, hein, mon couillon ? On ne peut rien me cacher. Alors, fais-en profiter ton vieux copain Ticky !

Jake perçut un mouvement à la périphérie de son champ visuel. Bien qu'il n'osât pas lever les yeux sur le panneau de ventilation — pas avec l'attention maximale que lui accordait l'Homme Tic-Tac —, il sut qu'Ote était de retour, les épiant des lucarnes.

Distrais-les... Et, tout à coup, Jake sut comment.

— Je *pensais* à un truc, dit-il, mais sans rapport avec les ordinateurs. Un truc qui concerne mon vieux pote Gasher. Et *son* vieux pote Hoots.

— Eh là ! cria Gasher. De quoi tu causes, mon petit ?

— Pourquoi ne dites-vous pas à Tic-Tac qui vous a *réellement* donné le mot de passe, Gasher ? Ensuite, *je* pourrai apprendre à Tic-Tac où vous le gardez.

Le regard ahuri de l'Homme Tic-Tac allait alternativement de Jake à Gasher.

— De quoi parle-t-il ?

— De rien ! (Gasher, toutefois, ne put s'empêcher de lancer un coup d'œil à Hoots.) Il cause juste pour causer. Il cherche à me mettre sur la sellette à sa place, Ticky. Je t'ai dit qu'il était insolent ! Ne t'ai-je pas dit que...

— Jetez donc un coup d'œil dans son écharpe ! fit Jake. Il y conserve un bout de papier avec le mot écrit dessus. J'ai dû le lui lire, parce qu'il n'en était même pas capable.

Cette fois, Tic-Tac n'entra pas brutalement en fureur ; son visage s'assombrit graduellement, tel un ciel d'été avant un terrible orage.

— Fais-moi voir ton écharpe, Gasher, dit-il d'une voix sirupeuse. Laisse ton vieux copain y jeter un œil.

— Il ment, je te le dis ! cria Gasher, tenant son écharpe à deux mains et reculant de trois pas en direction du mur. (Juste au-dessus de lui, les yeux cerclés d'or du bafouilleux étincelaient.) Tu n'as qu'à le fixer droit dans les mirettes pour te rendre compte qu'un petit couillon insolent de son espèce ment comme il respire !

L'Homme Tic-Tac porta son regard sur Hoots, qui paraissait malade de trouille.

— Qu'en est-il ? lui demanda-t-il de sa terrible voix douce. Qu'en est-il, papa Hoots ? Je sais que Gasher et toi êtes comme cul et chemise depuis des lustres, et je sais aussi que tu as la cervelle d'un pois chiche, mais tu n'aurais tout de même pas la stupidité d'écrire en toutes lettres un mot de passe menant à la chambre intérieure... Je me trompe ? *Je me trompe ?*

— Je... j'ai seulement pensé que... commença Hoots.

— Ta gueule ! vociféra Gasher. (Il lança à Jake un regard de pure haine démente.) Tu me le paieras de ta vie, mon mignon... Tu verras si ce sont des promesses en l'air !

— Ôte ton écharpe, Gasher, dit l'Homme Tic-Tac. Je veux y jeter un coup d'œil.

Jake fit un pas discret en direction du podium truffé de boutons.

— Non ! (Gasher porta les mains à son écharpe, les y pressant comme si elle risquait de s'envoler toute seule.) Que je sois damné si je le fais !

— Brandon, empare-toi de lui ! ordonna Tic-Tac.

Brandon fondit sur Gasher. Celui-ci, sans égaler la promptitude de Tic-Tac, se pencha suffisamment vite quand même pour tirer un poignard du revers de son boot et l'enfoncer dans le bras de Brandon.

— Oh, espèce de salaud ! hurla celui-ci sous l'effet de la surprise et de la souffrance, tandis que le sang se mettait à gicler de la blessure.

— *Regarde ce que tu as fait !* brailla Tilly.

— Dois-je m'occuper de *tout*, ici ? tonna Tic-Tac, apparemment plus exaspéré que furieux, en se levant.

Gasher battit en retraite, agitant le poignard ensanglanté d'avant en arrière devant son visage en de mystérieux motifs, gardant son autre main fermement arrimée sur son crâne.

— Arrière ! haleta-t-il. Je t'aime comme un frère, Ticky, mais si tu ne recules pas, je vais enfoncer cette lame dans tes entrailles... c'est comme je te le dis.

— *Toi ?* Ça m'étonnerait, dit l'Homme Tic-Tac dans un éclat de rire.

Il sortit son poignard de sa gaine et le tint délicatement par son manche en os. Tous les yeux étaient fixés sur les deux protagonistes. Jake avança vivement vers le podium avec son petit bouquet de boutons et tendit la main vers celui sur lequel, pensait-il, l'Homme Tic-Tac avait appuyé.

Gasher reculait le long du mur incurvé, les tubes lumineux coloriant sa face criblée de pustules d'une succession de couleurs maladives : vert bile, rouge fièvre, jaune ictère. À présent, c'était l'Homme Tic-Tac qui se tenait sous la grille de ventilation d'où Ote les observait :

— Laisse tomber, Gasher, dit Tic-Tac d'une voix posée. Tu m'as amené le garçon comme je te l'avais demandé ; si quelqu'un doit porter le chapeau dans cette histoire, ce sera Hoots, pas toi. Montre-moi seulement...

Jake vit Ote se ramasser pour sauter et comprit, un : ce que le bafouilleux avait l'intention de faire, et deux : qui lui en avait donné mission.

— *Ote, non !* cria-t-il.

Tous se tournèrent vers lui. À ce moment-là, Ote bondit, heurtant la grille de ventilation peu solide et la faisant tomber au sol. L'Homme Tic-Tac pivota vers l'endroit d'où venait le bruit et Ote fondit sur son visage levé, tous crocs dehors.

32

Roland entendit faiblement le cri malgré les doubles portes — *Ote, non !* — et son cœur se serra. Il attendit que le volant tourne ; en vain. Fermant les yeux, il envoya un message à la puissance maximale : *La porte, Jake ! Ouvre la porte !*

Il ne perçut aucune réponse, et les images s'évanouirent. Sa ligne de transmission avec Jake, précaire au début, était désormais coupée.

33

L'Homme Tic-Tac recula à l'aveuglette, jurant et hurlant, tandis qu'il portait la main sur la créature gigotante qui lui lacérait le visage de ses dents et de ses griffes. Une atroce douleur écarlate s'engouffra dans son cerveau telle une torche ardente lancée dans un puits profond quand le bafouilleux lui creva l'œil gauche. Alors, la rage prit le pas sur la souffrance. Il saisit Ote, l'arracha de sa figure et le tint au-dessus de sa tête, prêt à le tordre comme un chiffon.

— *Non !* gémit Jake.

Oubliant complètement le bouton qui déverouillait les portes, il empoigna la mitrailleuse suspendue au dossier du fauteuil.

Tilly hurla. Les autres s'égaillèrent. Jake leva le vieux fusil allemand sur l'Homme Tic-Tac. Ote, cul par-dessus tête dans ces mains énormes, puissantes, et près de se casser en deux, se contorsionna tout ce qu'il savait et donna des coups de dents dans l'air. Il hurla de souffrance, en un cri terriblement humain.

— *Lâche-le, salopard !* brailla Jake, qui pressa la détente.

Il eut suffisamment de présence d'esprit pour viser bas. Le rugissement du Schmeisser calibre 40 creva les tympans dans l'espace confiné, bien que la salve ne fût que de cinq ou six coups. L'un des tubes d'éclairage explosa dans une gerbe de feu orange. Un trou apparut deux centimètres et demi au-dessus du genou gauche du pantalon moulant de l'Homme Tic-Tac et une tache rouge foncé s'y étala aussitôt. La bouche du géant blond s'ouvrit en un O de surprise choquée, mimique qui exprimait plus éloquemment que les mots n'eussent pu le faire que, en dépit de toute son intelligence, Tic-Tac avait escompté couler une longue existence heureuse, au cours de laquelle il aurait tué des gens, mais où personne ne l'aurait tué. *Visé*, à la rigueur, mais touché pour de bon ? Cette expression d'étonnement disait que pareille chose n'était pas supposée arriver.

Bienvenu dans le monde réel, saleté ! pensa Jake.

Tic-Tac posa Ote sur le sol grillagé et étreignit sa jambe blessée. Copperhead se rua sur Jake, passa un bras autour de sa gorge... et Ote fondit sur lui, poussant ses aboiements stridents et mordant sa cheville gauche à travers son pantalon de soie noire. Copperhead hurla et s'éloigna en sautillant, secouant la jambe pour faire lâcher prise à un Ote qui s'accrochait comme un crampon. Jake, se retournant, vit l'Homme Tic-Tac ramper vers lui. Il avait récupéré son poignard et en tenait la lame entre ses dents.

— Au revoir, Ticky !

Jake pressa de nouveau la détente du Schmeisser. Rien. L'arme devait être vide ou enrayée, mais l'heure ne se prêtait guère aux hypothèses. Jake recula de deux pas, puis le vaste siège qui servait de trône à l'Homme Tic-Tac lui coupa toute retraite. Avant qu'il n'eût pu le contourner, et le mettre entre eux, Tic-Tac l'avait saisi par la cheville et portait son autre main sur le manche du poignard. Les vestiges de son œil gauche gisaient sur sa joue, petite boule de gelée à la menthe ; l'œil droit regardait Jake avec un éclat de haine démentielle.

Jake essaya de se libérer de l'étau et s'affala sur le trône de l'Homme Tic-Tac. Son regard tomba sur une poche cousue dans l'accoudoir de droite. La crosse de nacre lézardée d'un revolver dépassait de la bordure élastique.

— Ô mon couillon, comme tu vas souffrir ! chuchota extatiquement Tic-Tac. (Le O de surprise avait cédé la place à un large sourire tremblant.) Oh, comme tu vas souffrir ! Et que je vais être heureux de... *Quoi ?*

Le sourire s'estompa et le O surpris refit surface, tandis que Jake pointait sur Tic-Tac le laid revolver nickelé et en abaissait le chien. L'étau se resserra sur sa cheville et il crut que ses os allaient se briser.

— *Non !* dit Tic-Tac dans un murmure perçant.

— *Si,* dit Jake, inflexible.

Et il pressa la détente de l'arme fatiguée de l'Homme Tic-Tac. Il y eut un claquement assourdi, beaucoup moins spectaculaire que le rugissement du Schmeisser teuton. Un petit trou noir apparut à la tempe droite de Tic-Tac. Celui-ci continuait de fixer Jake, son œil unique empli d'incrédulité.

Jake voulut s'obliger à tirer encore, mais ne le put.

Soudain, un lambeau de peau se déroula du crâne de l'Homme Tic-Tac comme un vieux papier mural et tomba sur sa joue droite. Roland aurait su ce que cela signifiait ; Jake, lui, était désormais au-delà ou presque de toute pensée cohérente. Une sombre horreur panique tournoyait dans sa tête comme la spirale d'une tornade. Il se rencogna dans le grand fauteuil lorsque la main libéra sa cheville et que l'Homme Tic-Tac s'effondra face contre terre.

La porte. Il devait ouvrir la porte pour permettre au pistolero d'entrer.

Se concentrant sur cette pensée à l'exclusion de toute autre, Jake lâcha le revolver à crosse de nacre qui cliqueta sur le grillage et s'extirpa du fauteuil. Il tendait de nouveau les doigts vers le bouton qu'il supposait être celui sur lequel avait appuyé Tic-Tac quand deux mains le saisirent à la gorge et l'entraînèrent loin du podium.

— J'ai dit que j'allais te tuer, mon sale petit pote, lui chuchota une voix à l'oreille, et papa Gasher tient toujours ses promesses.

Jake battit l'air de ses bras derrière lui, mais ne rencontra que du vide. Les doigts de Gasher s'enfoncèrent dans sa gorge, l'étranglant sans merci. Le monde vira au gris devant les yeux de Jake. Puis le gris se transforma rapidement en pourpre, et le pourpre en noir.

34

Une pompe se mit en marche, et le volant, au centre de la porte, tourna à toute vitesse. Que les dieux soient remerciés ! songea Roland. Il saisit le volant de la main droite avant qu'il ne fût complètement à l'arrêt et ouvrit d'un coup. La seconde porte était entrebâillée ; au-delà, on distinguait des bruits de lutte et l'aboiement d'Ote, à présent strident sous l'effet de la souffrance et de la fureur.

Roland poussa la porte du pied et vit Gasher en train d'étrangler Jake. Ote, qui avait abandonné Copperhead, essayait de faire lâcher prise à Gasher, mais le boot de celui-ci remplissait une double fonction : protéger son propriétaire des dents du bafouilleux, et ce dernier de la virulente infection qui courait dans le sang du pirate. Brandon enfonçait de nouveau son poignard dans le flanc d'Ote pour l'empêcher de harceler la cheville de Gasher, mais l'animal n'en avait cure. Jake pendait des mains crasseuses de son ravisseur tel un pantin dont on a coupé les fils. Son visage était blanc bleuâtre, ses lèvres tuméfiées avaient une délicate nuance lavande.

Gasher leva les yeux.

— *Toi !* lança-t-il d'un ton hargneux.

— Moi, acquiesça Roland.

Il fit feu, et la partie gauche de la tête de Gasher se désintégra. Le pirate partit en arrière, son écharpe jaune maculée de sang se dénouant, et alla atterrir sur l'Homme Tic-Tac. Ses pieds frappèrent spasmodiquement le grillage de fer un moment, puis s'immobilisèrent.

Le pistolero tira deux fois sur Brandon, actionnant le chien de son revolver du plat de la main droite. Brandon, penché sur Ote pour lui donner un nouveau coup, virevolta comme un toton, heurta le mur et s'affaissa lentement, s'agrippant à un des tubes. Une diffuse lumière verte jaillit d'entre ses doigts desserrés.

Ote boitilla vers Jake et entreprit de lécher son visage blême, sans vie.

Copperhead et Hoots en avaient assez vu. Ils coururent au coude à coude vers la petite porte que Tilly avait empruntée pour aller chercher la louche d'eau. L'heure n'était pas à la chevalerie ; Roland leur tira dans le dos. Il devait faire vite, à présent, très vite, en vérité, et il n'allait sûrement pas risquer d'être attaqué par ces deux-là au cas où ils reprendraient du cœur au ventre.

Un bouquet de lumière orange vif s'alluma en haut de l'enceinte en forme de capsule, et une alarme se déclencha : un fracas épouvantable à défoncer les murs. Peu après, les lumières se mirent à pulser synchrone avec la sirène.

35

Eddie revenait vers Susannah quand l'alarme se mit à hurler. Il cria sous l'effet de la surprise et leva le Ruger, le pointant sur rien.

— *Qu'est-ce qui se passe ?*

Susannah secoua la tête ; elle n'en avait pas la moindre idée.

La sirène faisait froid dans le dos, mais ce n'était là qu'une partie du problème : elle était également suffisamment forte pour être physiquement douloureuse. Ces déchirements sonores amplifiés rappelaient à Eddie le klaxon d'un semi-remorque élevé à la puissance dix.

Ce fut alors que les lampes à arc au sodium orange se mirent à pulser. Quand il atteignit le fauteuil de Susannah, Eddie vit que les touches COMMANDE et ENTREZ battaient elles aussi en pulsations rouge vif. On aurait dit des yeux qui clignaient.

— Blaine, que se passe-t-il ? hurla-t-il. (Il regarda autour de lui, mais n'aperçut que des ombres dansant frénétiquement.) C'est vous qui faites ça ?

L'unique réponse de Blaine fut un rire... un épouvantable rire mécanique qui évoqua à Eddie le clown-horloge qui se tenait à l'entrée de la Maison des Horreurs à Coney Island quand il était mioche.

— *Blaine, arrêtez !* brailla Susannah. Comment pouvons-nous penser à une réponse à votre devinette avec cette alarme de raid aérien dans les oreilles ?

Le rire cessa aussi soudainement qu'il avait commencé, mais Blaine ne répondit mot. Ou peut-être que si ; d'au-delà des grilles qui les séparaient du quai, d'énormes moteurs actionnés par des turbines sans frottement à transmission lente naquirent à la vie sur l'ordre des ordinateurs dipolaires qu'avait tant convoités l'Homme Tic-Tac. Pour la première fois en dix ans, Blaine le Mono était éveillé et accélérait vers sa vitesse de croisière.

36

L'alarme, prévue en effet pour avertir les habitants de Lud (depuis longtemps morts et enterrés) d'une attaque aérienne imminente (et qu'on n'avait même pas vérifiée en près de mille ans), enveloppa la cité d'une couverture sonore. Toutes les lumières encore en état de fonctionnement s'allumèrent et se mirent à pulser en rythme. Des Ados, dans les rues, et des Gris, au-dessous, furent également persuadés que la fin qu'ils redoutaient depuis toujours leur tombait bel et bien dessus. Les Gris supposèrent que quelque panne mécanique cataclysmique était en train de se produire. Les Ados, qui avaient toujours pensé que les fantômes tapis dans les machines sous la cité ressusciteraient un beau jour pour se venger enfin de ceux qui vivaient encore, étaient sans doute plus près de la vérité.

Une entité intelligente était assurément restée dans les vieux ordinateurs sous la cité, un unique organisme vivant qui avait depuis belle lurette cessé de fonctionner raisonnablement dans des conditions qui, à l'intérieur de ses implacables circuits dipolaires, ne pouvaient qu'être la réalité absolue. Il avait conservé, dans ses banques de mémoire, une logique s'aliénant de plus en plus durant huit cents ans et aurait pu l'y conserver huit cents autres années si Roland et ses copains n'étaient pas arrivés ; ce *mentis non corpus* avait végété et sa folie s'était aggravée au fil des années ; même dans ses périodes croissantes de sommeil, il rêvait, en quelque sorte, et ces rêves devenaient de plus en plus anormaux à mesure que le monde changeait. À présent, bien que l'inconcevable machinerie qui maintenait les Rayons se fût affaiblie, cette intelligence démente et inhumaine s'était réveillée dans les chambres de la ruine et, quoiqu'elle fût aussi immatérielle qu'un fantôme, elle s'était remise à fonctionner de manière balbutiante à travers les corridors de la mort.

Et, dans le Berceau de Lud, Blaine le Mono se préparait à sortir de Dodge.

37

Roland s'agenouilla auprès de Jake et entendit des pas derrière lui. Il se retourna, revolver pointé. Tilly, son visage crayeux transformé en un masque figurant l'embarras et la crainte superstitieuse, leva les bras et hurla :

— *Ne me tuez pas, m'sieur ! S'il vous plaît ! Ne me tuez pas !*

— Alors, caletez ! dit Roland d'un ton cassant, et comme Tilly amorçait un mouvement de fuite, il lui frappa le mollet du canon de son arme. Pas par là... par la porte que j'ai prise pour entrer. Et si vous devez jamais me revoir, je serai la dernière chose que vous verrez avant de mourir. À présent, *filez* !

Elle disparut au sein des ombres bondissantes.

Roland posa la tête sur la poitrine de Jake, plaquant sa paume contre son autre oreille pour assourdir le bruit de la sirène. Il entendit les battements de cœur du garçon, lents mais forts. Il glissa ses bras autour du corps allongé ; les yeux de Jake papillotèrent.

— Tu ne m'as pas laissé tomber, cette fois, dit-il dans un murmure rauque.

— Non, non, pas cette fois, et plus jamais. Ne parle pas.

— Où est Ote ?

— Ote ! aboya le bafouilleux. *Ote* !

Brandon avait poignardé l'animal à plusieurs reprises, mais aucune des blessures ne semblait mortelle ni même grave. Il était manifeste qu'il souffrait, mais tout aussi manifeste qu'il était transporté de joie. Il considérait Jake, les yeux étincelants, sa langue rose pendante.

— Ake, Ake, *Ake* !

Jake éclata en sanglots et tendit la main vers lui ; Ote se nicha dans le cercle de ses bras et se laissa étreindre un moment.

Roland se releva et jeta un coup d'œil alentour. Son regard se fixa sur la porte à l'autre bout de la pièce. Les deux hommes qu'il avait abattus d'une balle dans le dos s'étaient rués dessus, et la femme, elle aussi, avait voulu prendre cette direction-là. Le pistolero, Jake dans ses bras et Ote sur ses talons, se dirigea vers la porte, écartant au passage d'un coup de pied un des Gris morts, et la franchit en se baissant. La pièce était une cuisine, l'allure d'une auge à cochons en dépit des appareils incorporés et des murs d'acier inoxydable ; apparemment, les Gris n'étaient guère intéressés par les tâches domestiques.

— À boire... chuchota Jake. S'il te plaît... si soif.

Roland vécut alors un singulier dédoublement, comme si la spirale du temps s'était réenroulée à rebours. Il se rappela être sorti du désert en titubant, rendu fou par la chaleur et le vide. Il se rappela avoir perdu connaissance dans l'étable du relais, à demi mort de soif, et reprenant conscience au goût de l'eau fraîche qui coulait dans sa gorge. L'enfant lui avait ôté sa chemise, l'avait mouillée sous le flot de la pompe et lui avait donné à boire. À présent, c'était son tour de faire pour Jake ce que Jake avait jadis fait pour lui.

Roland jeta un coup d'œil autour de lui et aperçut un évier. Il se dirigea droit dessus et tourna le robinet. De l'eau en jaillit, claire, fraîche. Au-dessus d'eux, autour d'eux, sous eux, l'alarme rugissait tout ce qu'elle savait.

— Tu peux tenir sur tes jambes ?

Jake hocha la tête.

— Je crois, oui.

Roland posa le garçon sur ses pieds, prêt à le rattrapper s'il chancelait ; Jake étreignit l'évier, puis mit la tête sous l'eau. Roland souleva Ote et examina ses blessures. Elles se coagulaient déjà. Tu t'en es tiré à très bon compte, mon ami à fourrure, pensa-t-il ; il avança la main sous le robinet et recueillit de l'eau dans sa paume pour l'animal. Ote la lapa avec avidité.

Jake releva la tête, ses cheveux plaqués contre son visage. Il était encore très pâle, et les marques qu'avaient laissées les coups étaient visibles, mais il avait meilleure mine qu'au moment où Roland s'était penché sur lui. L'espace d'une terrible minute, le pistolero l'avait bel et bien cru mort.

Roland se surprit à souhaiter remonter le temps et tuer Gasher une seconde fois, ce qui le conduisit à une autre pensée.

— Et celui que Gasher appelait l'Homme Tic-Tac ? Tu l'as vu, Jake ?

— Oui. Ote l'a attaqué par surprise. Il lui a lacéré le visage. Puis je l'ai tué.

— Il est mort ?

Jake serra fort ses lèvres qui s'étaient mises à trembler.

— Oui. Je l'ai touché à la... (Il se tapota le front au-dessus du sourcil droit.) J'ai eu de... de la... de la veine.

Roland le jaugea du regard, puis secoua lentement la tête.

— J'en doute, tu sais. Mais n'y pense plus. Viens.

— Où allons-nous ?

La voix de Jake n'était toujours guère plus qu'un murmure voilé et le garçon ne cessait de regarder, par-dessus l'épaule de Roland, dans la direction de la pièce où il avait failli mourir.

Roland, de l'index, indiqua un endroit au-delà de la cuisine. Après une autre écoutille, le couloir se prolongeait.

— Par là, pour commencer.

— PISTOLERO, tonna une voix surgie de nulle part.

Roland pivota, Ote niché au creux d'un bras, l'autre passé autour des épaules de Jake, mais il ne vit personne.

— Qui me parle ? cria-t-il.

— NOMME-TOI, PISTOLERO.

— Roland de Gilead, fils de Steven. Qui me parle ?

— GILEAD N'EXISTE PLUS, ergota la voix, ignorant la question.

Roland leva les yeux et aperçut des motifs concentriques dans le plafond. C'est de là que venait la voix.

— AUCUN PISTOLERO N'A FOULÉ L'EN-MONDE OU L'ENTRE-DEUX-MONDES DEPUIS PRÈS DE TROIS SIÈCLES.

— Mes amis et moi sommes les derniers.

Jake prit Ote des bras de Roland. Le bafouilleux se mit aussitôt à lécher la face tuméfiée du garçon, ses yeux cerclés d'or emplis d'adoration et de bonheur.

— C'est Blaine, chuchota Jake à Roland. N'est-ce pas ?

Roland opina. Bien sûr... mais il devinait que Blaine était beaucoup plus qu'un train monorail.

— GARÇON ! ES-TU JAKE DE NEW YORK ?

Jake se serra davantage contre Roland et leva les yeux sur les haut-parleurs.

— Oui, dit-il. C'est moi. Jake de New York. Euh... fils d'Elmer.

— AS-TU TOUJOURS LE LIVRE DE DEVINETTES ? CELUI DONT ON M'A PARLÉ ?

Jake passa la main par-dessus l'épaule, et une expression de désarroi se peignit sur ses traits quand ses doigts ne touchèrent rien d'autre que son dos et que les souvenirs lui revinrent. Lorsqu'il reporta son regard sur Roland, celui-ci était en train de lui tendre son sac à dos, et bien que le visage étroit, finement ciselé du pistolero fût aussi inexpressif qu'à l'accoutumée, Jake devina une ombre de sourire au coin de ses lèvres.

— Tu vas devoir raccourcir les sangles, dit Roland tandis que Jake saisissait le sac. Je les ai rallongées.

— Mais *Devine, Devinettes* ?

Roland hocha la tête.

— Les deux livres y sont toujours.

— QU'EST-CE QUE TU AS PRIS, PETIT PÈLERIN ? demanda la voix avec un paresseux accent traînant.

— Seigneur ! fit Jake.

Il nous voit et nous entend, pensa Roland. Un instant plus tard, il repéra un petit œil de verre dans un coin, loin au-delà de l'acuité visuelle normale d'un homme. Un frisson lui parcourut l'échine et il conclut, tant de l'air troublé de Jake que de la façon dont il avait resserré ses bras autour d'Ote, qu'il n'était pas le seul à se sentir mal à l'aise. Cette voix appartenait à une machine, une machine extraordinairement *intelligente*, une machine *facétieuse*, mais quelque chose clochait drôlement avec elle.

— Le livre, répondit Jake. Le livre de devinettes.

— BIEN. (On discernait une note de satisfaction quasiment humaine dans la voix.) EXCELLENT, VRAIMENT.

Un type crade et barbu apparut soudain dans le corridor à l'autre bout de la cuisine. Une écharpe jaune maculée de sang, zébrée de crasse, claquait autour du biceps du nouveau venu.

— Les murs brûlent ! hurla-t-il. (Dans sa panique, il ne semblait pas remarquer que Roland et Jake n'appartenaient pas à son minable *ka-tet* souterrain.) De la fumée aux niveaux inférieurs ! Des gens qui se suicident ! Quelque chose a foiré ! Putain, *tout* a foiré ! Nous...

La porte du four s'ouvrit soudain comme une mâchoire sortie de son logement. Un épais rayon de feu blanc-bleu en jaillit et engloutit la tête du crademan, qui fut propulsé en arrière, ses vêtements en flammes et la peau du visage mijotant à gros bouillons.

Jake, abasourdi et horrifié, fixa Roland. Celui-ci passa le bras autour de ses épaules.

— IL M'A INTERROMPU, dit la voix. C'ÉTAIT GROSSIER, NON ?

— Oui, rétorqua Roland avec calme. Extrêmement grossier.

— SUSANNAH DE NEW YORK DIT QUE VOUS CONNAISSEZ PAR CŒUR UN GRAND NOMBRE DE DEVINETTES, ROLAND DE GILEAD. EST-CE VRAI ?

— Oui.

Il y eut une explosion dans une des pièces s'ouvrant sur cette partie du corridor ; le sol trembla sous leurs pieds et des voix hurlèrent en un chœur saccadé. Les lumières palpitantes et le martèlement incessant de l'alarme s'estompèrent momentanément, puis reprirent de plus belle. Un mince écheveau de fumée âcre s'échappa des ventilateurs. Ote en aspira une bouffée et éternua.

— DITES-MOI UNE DE VOS DEVINETTES, PISTOLERO, invita la voix, sereine comme s'ils se trouvaient sur une tranquille place villageoise et non sous une cité qui semblait à deux doigts de se désintégrer.

Roland réfléchit quelques instants, et ce fut la devinette favorite de Cuthbert qui lui vint à l'esprit.

— D'accord, Blaine. Qu'est-ce qui est meilleur que les dieux et pire que l'homme au pied fourchu ? Les morts s'en repaissent éternellement ; les vivants qui en mangent meurent à petit feu.

Il y eut un long silence. Jake enfouit son visage dans la fourrure d'Ote pour tenter de débarrasser ses narines de la puanteur du Gris carbonisé.

— *Sois prudent, pistolero.* (La voix était aussi ténue qu'un souffle de brise par un jour de canicule. La voix de la machine avait retenti de tous les haut-parleurs à la fois, mais celle-là ne provenait que de celui qui était juste au-dessus d'eux.) *Sois prudent, Jake de New York. Souviens-toi que ce sont les Drawers. Chi va piano va sano.*

Jake, les yeux arrondis comme des soucoupes, regarda le pistolero. Roland lui adressa un imperceptible signe de tête et leva l'index, comme s'il se grattait l'arête du nez, mais ce doigt barrait également ses lèvres, et Jake comprit que Roland lui signifiait de tenir sa langue.

— UNE DEVINETTE INTELLIGENTE, dit enfin Blaine, une note d'admiration sincère dans sa voix, semblait-il. LA RÉPONSE EST « RIEN », N'EST-CE PAS ?

— C'est exact, dit Roland. Vous êtes rudement intelligent vous-même, Blaine.

Quand la voix retentit de nouveau, Roland y perçut ce qu'Eddie y avait déjà décelé : une cupidité formidable et incontrôlée.

— POSEZ-M'EN UNE AUTRE.

Roland inspira à fond.

— Pas maintenant.

— J'ESPÈRE QUE CE N'EST PAS UN REFUS, ROLAND, FILS DE STEVEN, CAR CELA AUSSI EST GROSSIER. *EXTRÊMEMENT* GROSSIER.

— Emmenez-nous rejoindre nos amis et aidez-nous à sortir de Lud. On aura alors tout le temps pour des devinettes.

— JE POURRAIS VOUS TUER INCONTINENT, dit la voix, aussi froide désormais que le pire jour d'hiver.

— Oh, je n'en doute pas un instant. Mais les devinettes périraient avec nous.

— JE POURRAIS PRENDRE LE LIVRE DU GAMIN.

— Voler est plus grossier qu'un refus ou une interruption.

Roland parlait avec désinvolture, mais les doigts restants de sa main droite étreignaient rudement l'épaule de Jake.

— En outre, dit ce dernier, levant les yeux sur le haut-parleur dans le plafond, les réponses ne figurent pas dans le livre. Les pages en ont été arrachées. (Sous le coup d'une inspiration subite, il se tapota la tempe.) Mais elles sont là.

— VEUILLEZ VOUS RAPPELER, MES AMIS, QUE PERSONNE N'AIME LES JE-SAIS-TOUT.

Il y eut une nouvelle explosion, plus forte et plus proche. L'une des grilles de ventilation vola hors de son support et fila comme un projectile à travers la cuisine. Peu après, deux hommes et une femme émergèrent de la porte qui menait au reste de la garenne des Gris. Le pistolero les mit en joue, puis baissa son revolver tandis qu'ils chancelaient dans la cuisine et pénétraient dans le silo qui lui faisait suite sans même un regard à Roland et à Jake. On eût dit, songea Roland, des animaux fuyant devant un incendie de forêt.

Un panneau d'acier inoxydable glissa dans le plafond, révélant un carré de ténèbres. Un objet argenté y brilla et, quelques instants plus tard, une sphère d'acier d'une trentaine de centimètres de diamètre descendit du trou et resta suspendue dans l'espace.

— SUIVEZ, dit Blaine, autoritaire.

— Va-t-elle nous mener à Eddie et à Susannah ? demanda Jake, empli d'espoir.

Blaine ne répondit que par le silence... Mais quand la sphère se mit à flotter le long du couloir, Roland et Jake lui emboîtèrent le pas.

38

Jake ne garda pas grand souvenir des moments qui suivirent, et ce fut sans doute une bénédiction. Il avait quitté son monde un peu plus d'un an avant que neuf cents personnes ne se suicident collectivement dans un petit pays d'Amérique du Sud appelé Guyana, mais il connaissait les pulsions de mort périodiques des lemmings, et ce qui se passait dans la cité souterraine en désintégration des Gris y ressemblait comme deux gouttes d'eau.

Il y eut des explosions, certaines à leur niveau, mais beaucoup plus loin ; une fumée âcre sortait de temps à autre des grilles de ventilation ; toutefois, la plupart des purificateurs d'atmosphère étaient encore en état de marche et ils en absorbèrent le plus gros avant qu'elle n'eût eu le temps de s'assembler en nuages suffocants. Ils ne virent pas d'incendie. Pourtant, les Gris se comportaient comme si l'apocalypse était arrivée. Si la majorité d'entre eux se contentaient de fuir, arborant sur leurs traits le masque hébété de la panique, certains s'étaient suicidés dans les halls et les pièces communicantes à travers lesquels la sphère d'acier guidait Roland et Jake. D'aucuns s'étaient donné la mort avec une arme à feu ; d'autres, plus nombreux, s'étaient tailladé la gorge ou les poignets ; une minorité avait avalé du poison. Sur tous les visages privés de vie se lisait la même expression de terreur toute-puissante. Jake ne comprenait que vaguement ce qui les avait poussés à de tels actes. Roland avait une meilleure idée de ce qui leur était arrivé — de ce qui était arrivé à leurs *esprits* — quand la cité depuis si longtemps morte était d'abord revenue à la vie autour d'eux, puis avait apparemment commencé à se redéliter. Et c'était Roland qui comprenait que Blaine les y incitait, qu'il était le *deus ex machina*.

Ils évitèrent un homme pendu à une conduite de chauffage et dévalèrent bruyamment une volée de marches d'acier à la suite de la sphère flottante.

— Jake ! cria Roland. Ce n'est pas toi qui m'as fait entrer, n'est-ce pas ?

Jake secoua la tête.

— Je ne crois pas. C'était Blaine.

Ils atteignirent le pied de l'escalier et se hâtèrent le long d'un étroit couloir qui menait à une porte sur laquelle les mots : DÉFENSE ABSOLUE D'ENTRER étaient écrits dans les lettres élancées du Haut Parler.

— *Est*-ce Blaine ? demanda Jake.

— Oui... c'est un nom aussi valable qu'un autre.

— Et qu'en est-il de cette autre v...

— Chut ! fit Roland d'un air mécontent.

La boule d'acier s'arrêta devant l'écoutille. Le volant tourna et la porte s'entrebâilla d'un coup. Roland l'ouvrit en grand, et ils pénétrèrent dans une vaste salle souterraine qui s'étendait dans trois directions aussi loin que portait leur regard. Elle était pleine de rangées apparemment sans limites de pupitres de commande et de matériel électronique. La plupart des consoles étaient éteintes et mortes, mais tandis que Roland et Jake se tenaient dans l'embrasure de la porte, regardant alentour avec des yeux écarquillés, ils virent s'allumer des veilleuses et entendirent des machines se mettre en branle.

— L'Homme Tic-Tac disait qu'il y avait des milliers d'ordinateurs, dit Jake. Il avait raison. Mon Dieu, regarde !

Roland, qui n'avait pas compris le terme utilisé par Jake, ne pipa mot, se contentant d'observer les rangées de pupitres qui s'allumaient les unes après les autres. Une gerbe d'étincelles et une fugace langue de feu émeraude s'élevèrent de l'une des consoles quand une quelconque pièce vétuste fonctionna de travers.

Dans l'ensemble, les machines marchaient, et bien. Des aiguilles, immobiles depuis des siècles, bondissaient soudain dans le vert. D'énormes cylindres d'aluminium tournaient, déversant des données stockées sur des microplaquettes de silicone dans des banques de mémoire de nouveau en éveil et prêtes à les entrer. Des visuels digitaux indiquant tout — de la pression moyenne des eaux de la West River Barony à la puissance en ampères disponible à la centrale nucléaire en sommeil du bassin de la Send — s'allumaient de pointillés rouges et verts. Des rangées de globes suspendus au plafond se mirent à irradier. Et de dessous, de dessus et d'autour d'eux — de partout — parvint le vrombissement bas de générateurs et de moteurs à transmission lente se réveillant de leur sommeil de Belle au bois dormant.

Jake donnait des signes croissants d'épuisement. Roland le reprit dans ses bras et poursuivit la sphère d'acier entre des machines dont il ne devinait même pas la fonction ni le but. Ote courait sur ses talons. La sphère vira à gauche, et ils se retrouvèrent dans une allée filant parmi des rangées de milliers de moniteurs empilés comme un jeu de construction.

Mon père adorerait, pensa Jake.

Certaines parties de cette immense galerie vidéo étaient encore obscures, mais nombre d'écrans étaient allumés. Ils montraient une cité qui avait sombré dans le chaos, tant en surface que sous terre. Des groupes d'Ados se répandaient dans les rues, hagards, les yeux écarquillés, la bouche s'ouvrant et se fermant silencieusement. Beaucoup sautaient des hauts immeubles. Jake, horrifié, observa que des centaines d'individus s'étaient rassemblés sur le Send Bridge et se jetaient dans le fleuve. D'autres écrans laissaient voir de vastes pièces pleines de lits de toile, pareilles à des dortoirs. Certaines étaient en flammes ; les Gris, en proie à la panique, allumaient eux-mêmes les brasiers — mettant le feu à leurs propres matelas et couvertures pour Dieu seul savait quelle raison.

Un écran montrait un géant au torse de la taille d'une barrique qui balançait des hommes et des femmes dans une espèce de pressoir éclaboussé de sang. La vision, à elle seule, était insoutenable, mais il y avait pire : les victimes, ayant formé un rang que ne surveillait nul garde-chiourme, attendaient docilement leur tour. Le bourreau, son écharpe jaune enserrant étroitement son crâne, les bouts noués battant sous ses oreilles comme des nattes, saisit une vieille femme et la tint dans les airs, attendant patiemment que le bloc d'acier dégage le broyeur pour l'y précipiter. La vieille femme ne se débattait pas; en fait, elle *souriait*, semblait-il.

— « DANS LES PIÈCES LES GENS VIENNENT ET VONT, MAIS JE NE CROIS PAS QU'UN SEUL PARLE DE MICHEL-ANGE [1]. »

Blaine éclata de rire — un rire étrange, sot, semblable à un trottis de rats sur du verre brisé. Jake sentit ses cheveux se dresser sur sa nuque. Il refusait tout commerce avec une intelligence qui riait comme ça... Mais avaient-ils le choix ?

Désemparé, il regarda de nouveau les moniteurs... Roland, aussi sec, lui tourna la tête, avec gentillesse mais fermeté.

— Il n'y a rien là que tu aies besoin de voir, Jake.

— Mais pourquoi font-ils ça ? (Jake, bien qu'il eût l'estomac vide, avait envie de vomir.) *Pourquoi* ?

— Parce qu'ils sont effrayés et que Blaine entretient leur peur. Mais, surtout, je crois, parce qu'ils ont trop longtemps vécu dans le cimetière de leurs ancêtres et qu'ils en ont assez. Et avant que tu ne les prennes en pitié, souviens-toi comme ils auraient été heureux de t'emmener avec eux dans la clairière où s'achève le chemin.

La sphère d'acier prit en flèche un nouveau virage, s'éloignant des écrans de télévision et du matériel de contrôle électronique.

1. Allusion au poème de T. S. ELIOT, « La Chanson d'amour de J. Alfred Prufrock ». (*N.d.T.*)

Devant, incrusté dans le sol, un large ruban fait de quelque matière synthétique luisait comme du goudron frais entre deux étroites bandes d'acier chromé qui s'amenuisaient vers un point qui n'était pas l'extrémité de la pièce mais son horizon.

La sphère rebondit impatiemment au-dessus du ruban noir, et, soudain, le tapis roulant — car voilà ce que c'était — se mit silencieusement en mouvement, avançant pesamment à petite vitesse entre ses revêtements d'acier. La sphère décrivit de légères arabesques dans l'air, les pressant de sauter.

Roland courut à côté de la bande en mouvement jusqu'à acquérir à peu près la même vitesse, puis bondit. Il posa Jake à terre et tous trois — le pistolero, le garçonnet et le bafouilleux aux yeux d'or — furent rapidement emportés à travers cette plaine souterraine ombreuse où les vieilles machines renaissaient à la vie. Le tapis roulant les amena dans une zone pleine de ce qui ressemblait à des classeurs — des rangées de classeurs à l'infini. Ils étaient sombres... mais pas morts. Un bourdonnement bas et ensommeillé provenait des entrailles de chacun, et Jake aperçut des lueurs jaune vif entre les panneaux d'acier.

Il se surprit soudain à songer à l'Homme Tic-Tac.

Il y a peut-être cent mille de ces satanés ordinateurs dipolaires sous cette satanée ville ! Je veux ces ordinateurs !

Eh bien, songea Jake, voilà qu'ils se réveillent. Tu as donc ce que tu désirais, Ticky... Mais si tu étais là, je ne suis pas sûr que tu les voudrais toujours.

Puis il se rappela l'arrière-grand-père de Tic-Tac qui avait été assez courageux pour monter dans un avion d'un autre monde et pour l'emporter dans le ciel. Avec pareil sang coulant dans ses veines, Tic-Tac, loin d'être effrayé au point de se suicider, eût été ravi de la tournure des événements... et plus grande eût été la multitude de ceux qui se suicidaient sous l'emprise de la terreur, plus il eût été heureux.

Trop tard, Ticky, pensa-t-il. Dieu merci !

Roland parla d'une voix douce, emplie d'émerveillement.

— Toutes ces boîtes... je pense que nous cheminons dans l'esprit de la chose qui s'est elle-même baptisée Blaine, Jake. *Je pense que nous cheminons dans son esprit.*

Jake hocha le menton et songea à sa composition de fin d'année. « Blaine le Cerveau est une foutue peine. »

— Oui. (Jake dévisagea Roland.) Allons-nous sortir à l'endroit que je crois ?

— Oui. Si nous suivons toujours le sentier du Rayon, nous émergerons dans le Berceau.

Jake acquiesça.

— Roland ?

— Quoi ?

— Merci d'être venu me chercher.

Roland opina et passa le bras autour des épaules de Jake.

Loin devant eux, d'énormes moteurs rugirent. Peu après, un grincement sourd se fit entendre et une nouvelle lumière — une lueur criarde d'arcs au sodium orange — se déversa sur eux. Jake voyait à présent l'endroit où finissait le tapis roulant. Au-delà, un escalator, raide et étroit, menait à cette clarté orange.

39

Eddie et Susannah entendirent de lourds moteurs se mettre en branle presque sous eux. Quelques instants plus tard, une large bande du sol de marbre commença à glisser lentement, révélant une longue fente éclairée. Le dallage disparaissait dans leur direction. Eddie saisit les poignées du fauteuil et le recula en hâte le long de la barrière d'acier qui séparait le quai du monorail du reste du Berceau. Plusieurs piliers jalonnaient la trajectoire du rectangle croissant de lumière ; Eddie attendit qu'ils soient précipités dans la brèche à mesure que s'évanouissait le sol qui leur servait de base. Mais rien de tel ne se produisit. Les piliers restèrent sereinement debout, semblant flotter sur rien.

— Je vois un escalator ! cria Susannah par-dessus l'alarme qui pulsait sans fin.

Elle s'était penchée, scrutant l'intérieur du trou.

— Mais oui ! cria Eddie en retour. Vous trouverez au sous-sol les rayons mercerie, parfums, lingerie...

— *Quoi ?*

— Rien.

— *Eddie !* hurla Susannah. (Une expression de surprise illumina ses traits comme un feu d'artifice du 4-Juillet. Elle se pencha encore, l'index pointé, et Eddie dut l'agripper pour l'empêcher de choir de son fauteuil.) *C'est Roland ! Ils sont là tous les deux !*

Il y eut une sourde secousse quand la fente dans le sol s'ouvrit à sa longueur maximale et s'arrêta. Les moteurs qui l'avaient actionnée le long de ses rails dissimulés se turent en un interminable gémissement d'agonie. Eddie courut au bord du trou et vit Roland sur une des marches de l'escalator. Jake — blême, contusionné, sanguinolent, mais, à l'évidence, Jake, et, à l'évidence, vivant — se tenait à côté de lui, s'appuyant à son épaule. Et, sur la marche suivante, Ote levait ses grands yeux brillants.

— *Roland ! Jake !* brailla Eddie

Il sauta en l'air, agitant les mains au-dessus de la tête, s'approcha en dansant du bord de la fente. S'il avait porté un chapeau, il l'eût lancé en l'air.

Roland et Jake levèrent les yeux et firent des signes. Jake souriait, remarqua Eddie, et même Vieux Machin grand et moche donnait l'impression d'être à deux doigts de perdre ses nerfs et de se fendre d'un sourire. L'ère des miracles, songea Eddie, n'était pas révolue. Soudain, son cœur lui parut trop gros pour sa poitrine et il accéléra sa danse, agitant les bras et poussant des clameurs enthousiastes, craignant, s'il s'arrêtait, d'exploser à cause du trop-plein de sa joie et de son soulagement. Jusqu'alors, il ne s'était pas rendu compte à quel point il était sûr, au fond de son cœur, qu'ils ne reverraient jamais Roland et Jake.

— Hé, les gars ! OK ! Super ! Ramenez vos culs !

— Eddie, aide-moi.

Il se retourna. Susannah essayait de s'extirper de son fauteuil, mais un pli de son pantalon de daim s'était pris dans les freins. Elle riait et pleurait tout ensemble, ses yeux bruns étincelant de bonheur. Eddie la souleva avec une telle vigueur que le fauteuil se renversa sur le flanc. Il entraîna la jeune femme dans une valse frénétique. Elle s'aggrippa d'une main à son cou et agita l'autre énergiquement.

— Roland ! Jake ! Venez ! Magnez-vous le train, vous m'entendez ?

Quand ils atteignirent le bord, Eddie étreignit Roland, lui

assenant de grandes claques dans le dos, tandis que Susannah couvrait le visage renversé, riant, de Jake de baisers. Ote cavalait tout autour d'eux, décrivant des huit serrés et poussant des aboiements stridents.

— Mon sucre ! dit Susannah. Tu vas bien ?

— Oui. (Jake souriait toujours, mais des larmes perlaient dans ses yeux.) Et je suis heureux d'être là. Tu ne pourras jamais te figurer à quel point...

— Oh si, mon bout de sucre ! N'*en* doute pas. (Elle se tourna vers Roland.) Que lui ont-ils fait ? On dirait qu'un bulldozer lui est passé sur la figure.

— Ç'a surtout été Gasher. Ce type n'embêtera plus jamais Jake. Ou qui que ce soit.

— Et toi, mon grand ? Tu vas bien ?

Roland hocha la tête, regardant autour de lui.

— Ainsi, c'est le Berceau.

— Oui, dit Eddie, qui scrutait l'intérieur de la fente. Qu'est-ce qu'il y a, là-dessous ?

— Des machines et de la démence.

— Toujours aussi loquace, je vois. (Eddie sourit et dévisagea Roland.) Sais-tu combien je suis heureux de te voir, mec ? T'en as une idée ?

— Je crois, oui.

Roland sourit, pensant à la versatilité humaine. À une époque pas si lointaine, Eddie avait été bien près de lui trancher la gorge avec son propre poignard.

Au-dessous, les machines se remirent en marche. L'escalator s'immobilisa. La fente dans le sol commença à se refermer. Jake se dirigea vers le fauteuil renversé de Susannah et, alors qu'il le redressait, il aperçut la masse lisse et rose au-delà des barres de fer. Il cessa de respirer, et le rêve qu'il avait fait après avoir quitté River Crossing lui revint avec force : l'énorme balle de revolver rose fendant les Terres perdues du Missouri occidental pour se diriger sur Ote et lui. Deux grandes vitres triangulaires brillant haut dans la face inexpressive de ce monstre survenant, des vitres pareilles à des yeux... Et, à présent, son rêve prenait corps, ainsi qu'il l'avait pressenti.

Ce n'est qu'un horrible tchou-tchou, et son nom est Blaine la Peine.

Eddie vint le rejoindre et lui entoura les épaules de son bras.

— Eh bien, c'est lui, champion... tel qu'annoncé. Qu'est-ce que t'en penses ?

— Pas grand-chose, en vérité.

C'était une litote, et colossale, mais Jake était trop épuisé pour faire mieux.

— Pareil pour moi. Il parle. Et il aime les devinettes.

Jake hocha la tête.

Roland avait perché Susannah sur sa hanche, et tous deux examinaient le boîtier de contrôle avec son losange de nombres. Jake et Eddie vinrent les retrouver. Eddie remarqua qu'il ne cessait de regarder le gamin, afin de s'assurer que ce n'était pas seulement le fruit de son imagination ou l'envie de prendre ses désirs pour des réalités : Jake était bel et bien là.

— Et maintenant ? demanda-t-il à Roland.

Le pistolero effleura du doigt les touches à chiffres qui formaient le losange et secoua la tête. Il ne savait pas.

— Parce que je crois que les moteurs du Mono accélèrent, ajouta Eddie. Je veux dire, c'est dur d'en être sûr avec cette alarme qui vous martèle les tympans, mais je pense que oui... Et c'est un robot, en fin de compte. Qu'est-ce qui se passera si, par exemple, il fiche le camp sans nous ?

— Blaine ! cria Susannah. Blaine, êtes-vous...

— ÉCOUTEZ-MOI BIEN, MES AMIS, rugit la voix de Blaine. IL Y A DE GRANDS STOCKS DE BOITES CONTENANT DU MATÉRIEL DE GUERRE CHIMIQUE ET BIOLOGIQUE SOUS LA CITÉ. J'AI DÉCLENCHÉ UNE SÉQUENCE QUI VA PROVOQUER UNE EXPLOSION ET LIBÉRER CE GAZ. CETTE EXPLOSION VA SE PRODUIRE DANS DOUZE MINUTES.

La voix resta un moment silencieuse, puis celle de Little Blaine, quasiment noyée sous le vacarme de la sirène, leur parvint.

— *Je craignais un truc dans ce genre... Vous devez vous hâter...*

Eddie ignora Little Blaine, qui ne lui apprenait rien qu'il ne sût déjà. *Bien sûr* qu'ils devaient faire fissa, mais, pour l'heure, le fait passait au second plan. Une chose plus importante lui occupait l'esprit.

— *Pourquoi ?* demanda-t-il. Pourquoi, au nom de Dieu, feriez-vous cela ?

— JE DIRAIS QUE C'EST ÉVIDENT. JE NE PUIS ATOMISER LA CITÉ SANS ME DÉTRUIRE MOI-MÊME PAR LA MÊME OCCASION. ET COMMENT POURRAIS-JE VOUS EMMENER LÀ OÙ VOUS VOULEZ ALLER SI JE SUIS DÉTRUIT ?

— Mais il y a encore des milliers de gens dans la cité. Vous allez les *tuer*.

— OUI, répondit Blaine avec placidité. CIAO, ALLIGATOR. À UN DE CES QUATRE, CROCODILE. N'OUBLIE PAS D'ÉCRIRE.

— *Pourquoi ?* cria Susannah. *Pourquoi*, bordel ?

— PARCE QU'ILS M'ENNUYAIENT. VOUS QUATRE, TOUTEFOIS, JE VOUS TROUVE ASSEZ INTÉRESSANTS. ÉVIDEMMENT, COMBIEN DE TEMPS JE VAIS *CONTINUER* À VOUS TROUVER INTÉRESSANTS DÉPENDRA DE LA QUALITÉ DE VOS DEVINETTES. ET, À PROPOS DE DEVINETTES, NE FERIEZ-VOUS PAS MIEUX D'ESSAYER DE RÉSOUDRE LA MIENNE ? VOUS AVEZ EXACTEMENT ONZE MINUTES ET VINGT SECONDES AVANT L'OUVERTURE DES BOITES.

— Arrêtez ça ! hurla Jake par-dessus l'alarme. Il ne s'agit pas seulement de la cité... Un gaz de ce genre peut se répandre *n'importe où* ! Il peut même tuer les vieilles gens de River Crossing.

— SALE COUP POUR LA FANFARE, répondit Blaine avec indifférence. CEPENDANT, JE CROIS QU'ILS PEUVENT ESPÉRER MESURER LEURS VIES EN CUILLERS À CAFÉ POUR QUELQUES ANNÉES ENCORE ; LES TEMPÊTES D'AUTOMNE ONT COMMENCÉ. ET LES VENTS DOMINANTS ÉLOIGNENT D'EUX LE GAZ. MAIS VOTRE SITUATION, À TOUS QUATRE, EST TRÈS DIFFÉRENTE. VOUS AURIEZ INTÉRÊT À COIFFER VOS BONNETS DE PENSÉE, SINON CE SERA CIAO, ALLIGATOR, À UN DE CES QUATRE, CROCODILE, N'OUBLIE PAS D'ÉCRIRE. (La voix se tut un instant.) ADDENDUM : CE GAZ *N'EST PAS* INOFFENSIF.

— Faites-le rentrer ! dit Jake. Nous vous dirons des devinettes, n'est-ce pas, Roland ? Nous vous dirons toutes les devinettes que vous voulez ! Mais faites rentrer ce gaz !

Blaine se mit à rire. Il rit un bon bout de temps, faisant retentir de hurlements de joie électronique le vaste espace vide du Berceau où il se mêlait aux vibrations monotones, vrillantes, de l'alarme.

— Ça suffit ! cria Susannah. Ça suffit ! Ça suffit ! *Ça suffit !*

Blaine obéit. Un instant après, l'alarme se coupa net. Le silence qui s'ensuivit — uniquement brisé par le crépitement de la pluie — fut assourdissant.

La voix qui sortit du micro fut très douce, pensive et inexorable en diable.

— IL VOUS RESTE DIX MINUTES. VOYONS VOIR À QUEL POINT VOUS ÊTES RÉELLEMENT INTÉRESSANTS.

40

— Andrew.

Il n'y a pas d'Andrew ici, étranger, pensa-t-il. Andrew est mort depuis bien longtemps ; Andrew n'est plus, tout comme moi-même ne serai plus d'ici peu.

— Andrew ! insista la voix.

Elle venait de très loin. Elle venait de l'extérieur du pressoir à cidre qui avait jadis été sa tête.

Il y *avait eu* autrefois un garçon nommé Andrew, et son père l'avait emmené dans un parc situé aux confins occidentaux de Lud, un parc où poussaient des pommiers et où se dressait une cabane de fer-blanc rouillé qui avait une allure d'enfer et un parfum de paradis. En réponse à sa question, son père lui avait dit qu'on l'appelait la maison du cidre. Puis il lui avait caressé la tête, lui avait recommandé de ne pas avoir peur et lui avait fait franchir le seuil masqué par une couverture.

Des tonnes de pommes — des paniers et des paniers de pommes — étaient empilées contre les murs ; il y avait aussi un vieil homme décharné répondant au nom de Dewlap, dont les muscles se tortillaient comme des vers sous la peau blanche et dont le travail consistait à enfourner les pommes, panier après panier, dans la machine pleine de jeu et cliquetante qui occupait le centre de la pièce. D'un tuyau saillant à une de ses extrémités sortait du cidre doux. Un autre homme (dont il ne se rappelait plus le nom) remplissait de cidre une théorie de cruchons. Un troisième se tenait derrière *lui*, et *son* travail se résumait à assener le poing sur le crâne du remplisseur de cruchons si ce dernier répandait trop de liquide à côté.

Son père avait tendu à Andrew un verre de la boisson mousseuse, et bien que le garçon eût goûté à de nombreuses friandises oubliées durant ses années passées dans la cité, rien ne lui parut avoir jamais égalé ce breuvage acidulé et frais. Ç'avait été comme avaler une bouffée de vent d'octobre. Pourtant, plus net que la saveur du cidre ou que le grouillement vermiforme des muscles de Dewlap vidant les paniers, lui était resté le souvenir de la façon impitoyable dont la machine réduisait les grosses pommes rouges d'or en liquide. Deux douzaines de rouleaux les amenaient sous un cylindre d'acier perforé de trous. Les pommes, d'abord pressées, étaient ensuite littéralement écrasées, déversant leur jus dans une rigole inclinée, tandis qu'un tamis retenait pépins et pulpe.

À présent, sa tête était le pressoir à cidre et sa cervelle les pommes. Bientôt, elle éclaterait comme les fruits éclataient sous les rouleaux et une bienheureuse obscurité l'engloutirait.

— Andrew ! Lève la tête et regarde-moi !

Il en était incapable... et l'eût-il pu qu'il ne l'eût pas voulu. Mieux valait rester étendu par terre et attendre les ténèbres. Il était censé être mort, de toute façon ; ce satané louchon ne lui avait-il pas tiré une balle dans la tempe ?

— Elle n'a pas touché ton cerveau, trou du cul, et tu n'es pas en train de clamecer. Tu as seulement la migraine. Tu *vas* crever, remarque, si tu demeures couché là à vagir dans ton sang... Et ce que tu ressens en ce moment, Andrew, sera de la béatitude comparé à ton agonie... j'y veillerai.

Ce ne furent pas tant les menaces qui incitèrent l'homme à terre à lever la tête que le fait que le possesseur de cette voix pénétrante, sifflante, semblait avoir lu dans ses pensées. Il haussa la tête avec lenteur, souffrant le martyre — des objets lourds paraissaient glisser et filer à toute allure dans la boîte osseuse qui renfermait ce qui lui restait de cervelle, y creusant des canaux sanglants au passage. Un long grognement pâteux lui échappa. Il perçut un battement, un chatouillis sur sa joue droite, comme si une douzaine de mouches rampaient dans son sang à cet endroit-là. Il voulut les chasser, mais il avait besoin de ses deux mains pour se soutenir.

La silhouette dressée à l'opposé de la pièce, près de l'écoutille qui menait à la cuisine, avait l'air spectrale, irréelle. Cette impression était à la fois due au fait que les lumières, au plafond, étaient toujours stroboscopiques et qu'il ne voyait le nouveau venu que d'un œil (il n'arrivait pas à se rappeler ce qui était arrivé à l'autre et ne le souhaitait pas), mais s'expliquait essentiellement ainsi : la créature *était* spectrale et irréelle. On aurait dit un homme... mais celui qui avait naguère été Andrew Quick pensait qu'il n'en était rien.

L'étranger debout devant l'écoutille portait une courte veste noire cintrée à la taille, un jean délavé et de vieux boots poussiéreux — les boots d'un paysan, d'un cow-boy ou...

— Ou d'un pistolero, Andrew ? demanda l'étranger, qui gloussa.

L'Homme Tic-Tac fixa désespérément la silhouette sur le seuil, essayant d'apercevoir son visage, mais la courte veste avait un capuchon, et celui-ci était rabattu. L'expression de l'étranger était perdue dans ses ombres.

L'alarme se coupa net. Les lumières d'urgence restèrent allumées, mais cessèrent de clignoter.

— À la bonne heure, dit l'étranger — ou la créature de sa voix chuchotante, pénétrante. Au moins va-t-on pouvoir s'entendre penser.

— Qui êtes-vous ?

L'Homme Tic-Tac se déplaça légèrement, et d'autres poids se mirent à glisser à travers sa tête, creusant de nouveaux canaux dans sa cervelle. Si atroce que fût cette sensation, l'affreux chatouillis des mouches dans sa joue droite était pis encore.

— Je suis un homme aux noms multiples, partner, dit l'homme depuis les profondeurs obscures de son capuchon, et bien que sa voix fût grave, Tic-Tac y sentit affleurer le rire. Certains m'appellent Jimmy, et d'autres Timmy ; certains Handy, et d'autres Dandy. Ils peuvent bien m'appeler le Perdant ou le Gagnant tant qu'ils ne m'invitent pas trop tard à dîner.

L'homme sur le seuil rejeta la nuque en arrière, et son rire fit se hérisser de chair de poule les bras et l'échine de l'homme blessé ; on eût juré le hurlement d'un loup.

— On m'a baptisé l'Étranger sans âge. (L'homme avança vers Tic-Tac, qui se mit à geindre et tenta de battre en retraite.) On m'a également appelé Merlin ou Maerlyn... et que m'importe, puisque je n'ai jamais été *celui-là,* même si je ne l'ai jamais démenti. On m'appelle parfois le Magicien... ou l'Enchanteur... mais j'espère que nous pourrons traiter sur des bases plus simples. Des bases plus *humaines*

Il rabattit son capuchon, révélant un visage clair au grand front qui, en dépit de sa plaisante beauté, n'était pas humain. De larges rosaces fiévreuses marbraient les pommettes de l'Enchanteur ; ses yeux gris-bleu étincelaient d'une joie démente ; ses cheveux bleu-noir se dressaient en touffes hirsutes telles les plumes d'un corbeau ; ses lèvres carmin s'entrouvrirent sur des dents de cannibale.

— Appelle-moi Fannin, dit l'apparition souriante. Richard Fannin. Ce n'est pas *tout à fait* exact, peut-être, mais je suppose que le nom est suffisamment vraisemblable pour permettre à un quidam de se dégoter un job de fonctionnaire. (Il tendit une main dont la paume était complètement dépourvue de lignes.) Qu'est-ce que t'en dis, partner ? Serre la main de qui a ébranlé le monde.

L'homme qui avait jadis été Andrew Quick et qu'on avait connu dans le repaire des Gris sous le nom de l'Homme Tic-Tac hurla et tenta de nouveau de battre en retraite. Le morceau de son cuir chevelu enlevé par la balle de petit calibre qui n'avait fait qu'érafler son crâne au lieu d'y pénétrer voletait d'avant en arrière ; les longues mèches de cheveux gris-blond continuaient de lui chatouiller la joue. Quick, cependant, ne s'en rendait plus compte. Il avait oublié jusqu'à la douleur qui lui vrillait la tête et l'élancement de son orbite désormais vide. Toute sa conscience s'était fondue en une seule et unique pensée : Je dois m'éloigner de cette bête qui ressemble à un homme.

Pourtant, lorsque l'étranger saisit sa main droite et la serra, cette pensée s'envola tel un songe au réveil. Le cri emprisonné dans sa poitrine s'échappa de ses lèvres en un soupir d'amant. Il fixa un regard hébété sur le nouveau venu souriant. Le morceau à demi arraché de son cuir chevelu oscillait.

— Ça te gêne ? Cela *doit* te gêner. Attends ! (Fannin attrapa le bout pendant et l'arracha brutalement de la tête de Quick, révélant une partie de cervelle grisâtre. Il y eut un bruit de lourde étoffe qui se déchire. Quick hurla.) Là, là, c'est l'affaire d'une seconde. (L'homme, maintenant à croupetons devant Quick, lui parlait comme le ferait un parent indulgent à un enfant qui a une écharde dans le doigt.) N'est-ce pas ?

— O... o... oui, marmotta Quick.

Et c'était vrai. Déjà la souffrance refluait. Et quand Fannin tendit de nouveau la main vers lui, son sursaut de recul ne fut que pur réflexe, vite réprimé. Sous les caresses de la paume dépourvue de lignes, Quick sentit de la force revenir en lui. Il leva les yeux sur le nouveau venu avec une gratitude muette, lèvres tremblantes.

— Est-ce mieux, Andrew ? C'est mieux, n'est-ce pas ?

— Oui ! Oui !

— Si tu désires me remercier — et je n'en doute pas une minute —, tu n'as qu'à prononcer une phrase qu'avait coutume de dire une de mes vieilles connaissances. Cet homme m'a trahi, pour finir, mais ç'a quand même été un bon ami pendant un bail et je lui ai toujours conservé une petite place dans mon cœur. Dis : « Ma vie pour vous. » Andrew... tu peux le dire ?

Tic-Tac le pouvait, et le dit ; en vérité, il semblait qu'il ne pourrait *cesser* de le dire.

— Ma vie pour vous ! Ma vie pour vous ! Ma vie pour vous ! Ma vie...

L'étranger lui toucha encore la joue, mais, cette fois, une énorme vague de souffrance déferla dans le crâne d'Andrew Quick. Il hurla.

— Navré, mais le temps presse et tu étais bien parti pour avoir tout d'un disque rayé. Andrew, je n'irai pas par quatre chemins : est-ce que tu aimerais tuer le louchon qui t'a refroidi ? Sans compter ses amis et le sans-cœur qui l'a amené ici... lui, entre tous. Et même la sale bête qui t'a énucléé, Andrew... ça te plairait ?

— Oui ! haleta l'ex-Homme Tic-Tac. (Ses mains se serrèrent en deux poings sanglants.) *Oui !*

— C'est bien, dit l'étranger, aidant Quick à se mettre debout, parce qu'ils *doivent* mourir — ils se mêlent d'affaires qui ne les regardent pas. Je pensais que Blaine allait s'occuper d'eux, mais les choses sont allées beaucoup trop loin pour dépendre de *quoi que ce soit*... D'ailleurs, qui aurait pu imaginer qu'elles pourraient aller aussi loin ?

— Je ne sais pas.

Et, de fait, Quick n'avait pas la moindre idée de ce dont parlait l'étranger. Et il n'en avait cure, aussi bien ; un sentiment d'exaltation rampait dans son esprit comme une drogue de première bourre, et, après la souffrance du pressoir à cidre, il avait son compte. Plus que son compte.

Les lèvres de Richard Fannin s'incurvèrent.

— Ours et os... clé et rose... jour et nuit... temps et marée. *Assez !* Assez, dis-je ! *Ils ne doivent pas arriver plus près de la Tour qu'ils n'en sont à présent !*

Quick partit en arrière en chancelant quand les mains de l'homme jaillirent à la vitesse d'un éclair de chaleur. L'une brisa la chaîne qui soutenait la minuscule pendule enclose dans du verre ; l'autre ôta la Seiko de Jake Chambers de son poignet.

— Je prends juste ça, d'accord ? (Fannin l'Enchanteur avait un sourire charmeur, les lèvres modestement fermées sur ses horribles dents.) Ou as-tu une objection ?

— Aucune, dit Quick, abandonnant sans appréhension les symboles de son long leadership (sans avoir conscience, en fait, de la portée réelle de son geste). Faites comme chez vous.

— Merci, Andrew, dit doucement l'homme sombre. À présent, nous devons faire vite ——je m'attends à un changement drastique de l'atmosphère de ces parages dans les cinq minutes à venir ou à peu près. Nous devons nous rendre au plus proche entrepôt de masques à gaz avant que cela ne se produise, et c'est imminent. Je pourrais survivre sans problème, mais je crains que tu n'aies quelques difficultés.

— Je ne comprends pas de quoi vous parlez, dit Andrew Quick.

La tête lui élançait de nouveau et son esprit tourbillonnait.

— Il n'est pas nécessaire que tu comprennes, chuchota l'étranger. Viens, Andrew... nous devons nous hâter, je crois. Quelle journée chargée chargée, hein ? Avec un peu de chance, Blaine les carbonisera sur le quai, où je gage qu'ils se trouvent encore... Il est devenu très excentrique au fil des années, ce pauvre garçon. N'empêche... je pense que nous devons tracer.

Il passa le bras autour des épaules de Quick et, pouffant, lui fit franchir l'écoutille que Roland et Jake venaient d'emprunter quelques minutes plus tôt.

III

Devinette et terres perdues

1

— Très bien, fit Roland. Dis-moi sa devinette.

— Et tous ces gens ? demanda Eddie, indiquant de l'index la vaste place à colonnes du Berceau et la cité au-delà. Que pouvons-nous faire pour eux ?

— Rien, mais peut-être pouvons-nous encore faire quelque chose pour nous. Eh bien, et cette devinette ?

Eddie observa la forme aérodynamique du monorail.

— Il a dit que nous devions amorcer la pompe pour le mettre en marche... Sauf que sa pompe s'amorce à rebours. Ça t'évoque quelque chose ?

Après avoir mûrement réfléchi, Roland secoua la tête et tourna son regard vers Jake.

— Une idée, Jake ?

Le garçon secoua la tête.

— Je ne *vois* même pas de pompe !

— C'est probablement la partie facile. Nous disons *il* au lieu de *cela*, parce que Blaine a l'apparence d'un être humain ; or, c'est une machine — sophistiquée, certes, mais une machine quand même. Il a mis ses moteurs en route, mais il doit lui falloir un code ou une combinaison pour ouvrir le portillon et les portières du train.

— On ferait bien de se magner, dit Jake nerveusement.

Ça fait deux ou trois minutes qu'il nous a parlé. Au bas mot.

— Ne t'y fie pas, dit Eddie, lugubre. Le temps est bizarre, par ici.

— Pourtant...

— Ouais, ouais. (Eddie jeta un coup d'œil du côté de Susannah, mais la jeune femme, assise à califourchon sur la hanche de Roland, étudiait le losange numérique, une expression rêveuse sur le visage. Il reporta son regard sur Roland.) Je suis sûr que tu as raison quand tu dis que c'est une combinaison — ce doit être la raison d'être de tous ces chiffres. (Il haussa la voix.) C'est ça, Blaine ? Avons-nous au moins ça de bon ?

Il n'y eut pas de réponse, hormis le grondement des moteurs qui allait s'accélérant.

— Roland, dit brusquement Susannah, il faut que tu m'aides.

Son air rêveur avait cédé la place à une expression d'horreur, de désarroi et de détermination. Aux yeux de Roland, la jeune femme n'avait jamais été aussi belle... ou aussi seule. Il la tenait sur ses épaules quand, de l'orée de la clairière, ils avaient regardé l'Ours essayer de faire choir Eddie de l'arbre à coups de griffes, et Roland n'avait pas vu ses traits lorsqu'il lui avait dit que c'était à elle de le tuer. Mais il savait ce qu'avait été cette expression, car il la voyait, à présent. Le *ka* était une roue, dont le dessein était de tourner, et elle revenait toujours pour finir à l'endroit où elle s'était mise en branle. Ainsi en avait-il toujours été, et ainsi en était-il aujourd'hui ; Susannah faisait de nouveau face à l'Ours, et son visage disait qu'elle le savait.

— Quoi ? demanda-t-il. Qu'y a-t-il, Susannah ?

— Je connais la réponse, mais je n'arrive pas à mettre le doigt dessus. Elle est coincée dans ma tête, comme une arête dans la gorge. J'ai besoin que tu m'aides à me rappeler. Pas son visage, mais sa voix. Ce qu'il a *dit*.

Jake jeta un coup d'œil à son poignet et fut surpris, une fois encore, de se remémorer les yeux de chat verts de l'Homme Tic-Tac quand, en place et lieu de sa montre, il n'aperçut qu'un cercle blanc que soulignait sa peau très hâlée. Combien de temps leur restait-il ? Sans doute pas plus de sept minutes, et ce, en comptant large. Il leva les yeux et vit que Roland avait sorti une cartouche de sa ceinture et la frottait sur les phalanges de sa main gauche. Il sentit ses paupières s'alourdir et se hâta de regarder ailleurs.

— Quelle voix aimerais-tu te rappeler, Susannah Dean ? demanda Roland d'un ton bas, songeur.

Ses yeux n'étaient pas fixés sur le visage de la jeune femme, mais sur la cartouche, en suivant le ballet sans fin, agile, sur ses doigts... Il n'eut pas besoin de les lever pour savoir que Jake avait détourné le regard, mais non pas Susannah. Il accéléra le mouvement, jusqu'à ce que la cartouche parût flotter sur le dos de sa main.

— Aide-moi à me rappeler la voix de mon père, dit Susannah Dean.

2

Pendant un moment, le silence régna, excepté une lointaine explosion dans la cité, le crépitement de la pluie sur le toit du Berceau et le grondement gras des moteurs du monorail. Puis un profond bourdonnement hydraulique déchira l'air. Eddie détourna les yeux de la cartouche dansant sur les doigts du pistolero (ce qu'il fit avec effort ; il se rendit compte qu'il était près d'être lui-même hypnotisé) et jeta un œil entre les barres de fer. Une mince baguette d'argent se haussait de la rose surface inclinée entre les hublots avant de Blaine. On aurait dit une sorte d'antenne.

— Susannah ? demanda Roland toujours de cette même voix basse.

— Quoi ?

Les yeux de la jeune femme étaient ouverts, mais sa voix était lointaine et son souffle audible — la voix de quelqu'un qui parle en dormant.

— Te rappelles-tu la voix de ton père ?

— Oui... mais je n'arrive pas à l'entendre.

— SIX MINUTES, MES AMIS.

Eddie et Jake sursautèrent et rivèrent les yeux sur le micro du boîtier de contrôle ; Susannah, elle, semblait ne rien avoir entendu du tout ; elle fixait la cartouche devenue ballerine, sous laquelle les phalanges de Roland montaient et descendaient comme les lices d'un métier à tisser.

— Essaie, Susannah, la pressa Roland.

Et soudain, il sentit Susannah se métamorphoser à l'intérieur du cercle de son bras droit. Elle parut gagner en poids... et, de quelque indéfinissable façon, en vitalité. Son essence sembla s'être modifiée.

Et c'était vrai.

— Pou'quoi que tu t'emme'des avec c'te ga'ce ? demanda la voix rauque de Detta Walker.

3

Detta avait l'air tout ensemble exaspérée et amusée.

— Elle n'a jamais 'écolté mieux qu'un C en math de toute son existence. Et elle l'au'ait pas eu si je l'avais pas aidée. (Elle s'interrompit, puis ajouta de mauvaise grâce :) Ainsi que p'pa. Il l'aidait un peu, lui aussi. Je connaissais les nomb'es spéciaux, mais c'est lui qui nous a mont'é le c'ible. Oh la la, quel pied j'ai p'is ! (Elle gloussa.) Si Suzie n'a'ive pas à se 'appeler, c'est pa'ce que Detta a jamais pigé que dalle aux nomb'es spéciaux.

— C'est quoi, les nombres spéciaux ? interrogea Eddie.

— Les nomb'es p'emiers. (Elle regardait Roland, l'air parfaitement réveillée, à présent... sauf que ce n'était pas Susannah, pas plus que cette créature malade et diabolique qui avait auparavant existé sous le nom de Detta Walker, même si elle paraissait identique.) Elle est venue t'ouver p'pa en chialant et en faisant tout un foin pa'ce qu'elle s'était fait étend'e au cou's de math... et c'était 'ien d'aut'e que de l'algèb'e ! Elle pouvait fai'e le boulot — si *je* pouvais, *elle* pouvait —, mais elle ne voulait pas. Une dévo'euse de poésie comme elle était au-dessus du b.a.-ba de l'*a's mathematica*, vous pigez ? (Detta rejeta la nuque en arrière et se mit à rire, mais l'amertume empoisonnée, à demi démente, avait disparu de son rire. Elle semblait réellement amusée par la sottise de sa jumelle mentale.) Et p'pa, il lui dit : « Je vais te mont'er un t'uc, Odetta. Je l'ai app'is au collège. Ça m'a aidé pou' ces nomb'es p'emiers, et ça va t'aider aussi. T'aider à t'ouver tous les nomb'es p'emiers que tu veux. » *Oh*-Detta, c'uche comme elle était, elle 'épond : « Le p'of a dit qu'il n'y avait pas de fo'mule pou' les nomb'es p'emiers, p'pa. » Et p'pa, il lui 'eto'que du tac au tac : « En effet. Mais tu peux les att'aper, Detta, si t'as un c'ible. » Il appelait ça le c'ible d'E'atosthène. Emmène-moi jusqu'à cette boîte sur le mu', 'oland... je vais 'ésoud'e cette devinette d'o'dinateu' blanc. Je vais vous lancer un c'ible et vous att'aper une vi'ée en t'ain.

Roland la transporta, Eddie, Jake et Ote sur ses talons.

— Donne-moi ce bout de cha'bon de bois que tu ga'des dans ta poche.

Après y avoir fourragé, Roland en extirpa un court morceau de bâton noirci. Detta le prit et observa le losange de nombres.

— C'pas exactement la façon dont p'pa m'a mont'é, mais je suppose que ça 'evient au même, dit-elle au bout d'un moment. Les nomb'es p'emiers sont comme moi — têtus comme des ânes et spéciaux. Ce peut êt'e un nomb'e que tu obtiens en y ajoutant deux aut'es, et il ne se divise jamais, excepté pa' un et pa' lui-même. Un est p'emier juste pa'ce qu'il l'est. Deux est p'emier pa'ce que tu peux l'obteni' en ajoutant un et un et que tu peux le diviser pa' un et pa' deux, mais c'est le *seul* nomb'e pai' qui soit p'emier. Tu peux exclu'e tous les aut'es nomb'es pai's.

— Je suis paumé, dit Eddie.

— C'est pa'ce que t'es qu'un idiot de f'omage blanc, dit Detta, mais sans malveillance. (Elle examina de près le losange quelques instants encore, puis, du bout du charbon de bois, se mit à effleurer rapidement tous les nombres pairs, laissant dessus de petites macules noirâtres.) T'ois est un nomb'e p'emier, mais aucun p'oduit que tu obtiens en *multipliant* t'ois peut l'êt'e.

Cette fois, Roland entendit un phénomène étrange mais merveilleux : Detta disparaissait de la voix féminine, cédant la place non pas à Odetta Holmes, mais à Susannah Dean. Il n'aurait pas à faire sortir la jeune femme de sa transe ; elle s'en réveillait spontanément, d'une manière tout à fait naturelle.

Susannah entreprit de noircir tous les multiples de trois qui restaient à présent que les nombres pairs avaient été éliminés : neuf, quinze, vingt et un, et ainsi de suite.

— Pa'eil pour cinq et sept, murmura-t-elle. (Et, soudain, elle se réveilla et réintégra la personnalité de Susannah Dean.) Tu n'as plus qu'à marquer les nombres impairs comme vingt-cinq qui n'ont pas encore été barrés.

Le losange du boîtier de contrôle se présentait désormais ainsi :

— Voilà, dit-elle d'une voix lasse. Il reste dans le crible tous les nombres premiers entre un et cent. Je suis sûre que c'est la combinaison qui ouvre le portillon.

— IL VOUS RESTE UNE MINUTE, MES AMIS. VOUS VOUS MONTREZ BEAUCOUP PLUS BORNÉS QUE JE NE PENSAIS.

Eddie ignora la voix de Blaine et enlaça Susannah.

— Tu es de retour, Suzie ? Tu es réveillée ?

— Oui. J'ai repris conscience au beau milieu du discours de Detta, mais je l'ai laissée jacter un peu plus longtemps. Ça m'a paru mal élevé de l'interrompre. (Elle regarda Roland.) Qu'est-ce que t'en dis ? Tu veux essayer ?

— CINQUANTE SECONDES.

— Oui. Fais la combinaison, Susannah. C'est ta réponse.

La jeune femme tendit la main vers le sommet du losange, mais Jake la recouvrit de sa paume.

— Non. Cette pompe s'amorce *à rebours*. Tu te souviens ?

Susannah, la mine d'abord ahurie, sourit.

— C'est juste. Intelligent Blaine... et intelligent Jake, également.

Tous l'observèrent en silence tandis qu'elle appuyait sur

chaque nombre tour à tour, en commençant par quatre-vingt-dix-sept. Il y eut un *clic !* infime quand elle effleura la dernière touche ; aussitôt, le portillon au milieu de la barrière se mit à glisser sur ses rails, cliquetant avec fracas et semant sur le sol des taches d'une rouille venue de plus haut.

— PAS MAL DU TOUT, dit Blaine, admiratif. JE M'EN RÉJOUIS BEAUCOUP À L'AVANCE. PUIS-JE VOUS CONSEILLER DE MONTER RAPIDEMENT À BORD ? EN FAIT, VOUS POURRIEZ DÉSIRER COURIR. IL Y A PLUSIEURS VALVES D'ÉCHAPPEMENT DE GAZ DANS CETTE ZONE.

4

Trois êtres humains (l'un en portant un quatrième sur sa hanche) et un petit animal à fourrure franchirent au pas de course le portillon et se précipitèrent vers Blaine le Mono. Celui-ci vrombissait dans son quai étroit, à demi au-dessus, à demi au-dessous, l'air d'une balle de revolver géante — une balle qu'on aurait peinte dans une teinte incongrue de rose — couchée dans la culasse ouverte d'un fusil de gros calibre. Dans la vastitude du Berceau, Roland et les autres avaient l'air de taches en mouvement. Au-dessus d'eux, des pigeons — qui n'avaient plus désormais que quarante secondes à vivre — voletaient en arabesques sous l'antique toit du Berceau. Quand les voyageurs furent près du monorail, une partie incurvée de sa coque s'ouvrit, révélant une portière, et, au-delà, une épaisse moquette bleu pastel.

— Bienvenue à bord de Blaine, dit une voix d'hôtesse de l'air tandis qu'ils montaient en trombe. (Tous reconnurent cette voix ; c'était une version légèrement plus audible et plus confiante de celle de Little Blaine.) Loué soit l'Empire ! Assurez-vous, s'il vous plaît, que vous avez votre titre de transport et rappelez-vous que voyager en infraction est un délit sanctionné par la loi. Nous espérons que vous apprécierez votre voyage. Bienvenue à bord de Blaine ! Loué soit l'Empire ! Assurez-vous, s'il vous plaît, que vous avez votre titre de transport...

Soudain, la voix accéléra son débit, pour se transformer en un babillage de tamia humain, puis en un gémissement haut perché et bafouillant. Il y eut un bref juron électronique — *BOOP !* —, puis elle se coupa définitivement.

— JE PENSE QUE NOUS POUVONS NOUS DISPENSER DE *CES* VIEILLES CONNERIES RASOIR, NON ? demanda Blaine.

De dehors parvint une explosion épouvantable et sourde. Eddie, qui portait Susannah, fut propulsé en avant et serait tombé si Roland ne l'avait retenu par le bras. Jusqu'alors, le garçon avait désespérément voulu croire que la menace de Blaine au sujet du gaz toxique n'était qu'une plaisanterie macabre. Tu aurais dû t'en douter, pensa-t-il. On ne peut absolument pas faire confiance à quelqu'un qui trouve drôles les effets des acteurs des vieux films. C'est une loi de la nature, m'est avis.

Derrière eux, la partie incurvée de la coque se remit en place dans un léger chuintement. De l'air se mit à siffler doucement par des soupapes dissimulées, et Jake sentit ses oreilles se déboucher sans à-coups.

— Il vient de pressuriser le compartiment, non ?

Eddie hocha la tête, regardant autour de lui avec des yeux en soucoupe.

— Je l'ai senti, moi aussi. Vise un peu cet endroit ! Ouah !

Il avait lu un jour quelque chose à propos d'une compagnie d'aviation — Regent Air, peut-être — qui avait traité des voyageurs désireux de se rendre de New York à Los Angeles avec plus de style que des compagnies telles que Delta ou United. Elle avait affrété un 727 fabriqué sur commande et pourvu d'un salon, d'un bar, d'une salle vidéo et de compartiments couchettes. Eddie songea que l'intérieur de cet avion-là devait avoir un peu le look de ce qu'il avait sous les yeux.

Ils se trouvaient dans une longue pièce tubulaire, meublée de fauteuils pivotants rembourrés de peluche et de divans modulaires. À l'autre bout de ce compartiment qui devait bien mesurer plus de vingt mètres, il y avait une aire qui ressemblait moins à un bar qu'à un bistrot douillet. Un instrument de musique, peut-être un clavecin, était dressé sur un socle de bois poli, éclairé par un petit projecteur dissimulé. Eddie s'attendait presque à voir apparaître Hoagy Carmichael qui leur interpréterait *Stardust*.

Des lumières indirectes brillaient de panneaux placés haut sur les murs et un lustre, accroché au plafond, pendait à mi-hauteur du compartiment. Jake se dit que c'était, en plus petit, la réplique de celui qui gisait fracassé sur le sol de la salle de bal du Manoir. Le fait ne le surprit pas — il trouvait désormais naturels pareils associations et doublons. Seule ombre au tableau : pas une seule fenêtre n'éclairait ce lieu somptueux.

La *pièce de résistance*[1] se dressait sur un piédestal, sous le lustre — la sculpture en glace d'un pistolero avec un revolver dans la main gauche; la droite tenait la bride du cheval de glace qui, tête basse et fatigué, marchait derrière lui. Eddie remarqua que cette main-là n'avait que trois doigts : les deux derniers et le pouce.

Jake, Eddie et Susannah, fascinés, contemplèrent le visage hagard sous le chapeau gelé, tandis que le plancher se mettait à vibrer doucement sous leurs pieds. La ressemblance avec Roland était frappante.

— J'AI DÛ TRAVAILLER ASSEZ VITE, J'EN AI PEUR, dit modestement Blaine. QU'EN PENSEZ-VOUS ?

— C'est tout à fait époustouflant, dit Susannah.

— MERCI, SUSANNAH DE NEW YORK.

Eddie, de la main, testait un des divans; il était incroyablement moelleux; le toucher lui donnait envie de dormir au moins seize heures d'affilée.

— Les Grands Anciens savaient voyager avec panache, y a pas à dire !

Blaine rit encore. La note stridente, un peu démente, de ce rire les fit se regarder les uns les autres avec malaise.

— NE VOUS FAITES PAS DE FAUSSES IDÉES. C'ÉTAIT LE COMPARTIMENT DE LA BARONNIE — CE QUE VOUS APPELLERIEZ, JE CROIS, LA PREMIÈRE CLASSE.

— Et les autres voitures, c'est quoi ?

Blaine ignora la question. Sous leurs pieds, la vibration des moteurs s'accentuait. Susannah se souvint que les pilotes emballaient leurs moteurs avant d'attaquer la descente de LaGuardia ou d'Idlewild.

— VEUILLEZ VOUS ASSEOIR, MES INTÉRESSANTS NOUVEAUX AMIS

Jake se laissa tomber dans un fauteuil pivotant. Ote sauta promptement sur ses genoux. Roland prit le siège voisin, jetant un coup d'œil à la sculpture de glace. Le canon du revolver

1. En français dans le texte. *(N.d.T.)*

commençait à goutter lentement dans la bassine de porcelaine peu profonde où se dressait l'œuvre d'art.

Eddie prit place sur un des divans avec Susannah. Aussi confortable que sa main le lui avait laissé prévoir.

— Où allons-nous exactement, Blaine ?

Blaine répondit du ton de voix que l'on prend quand on s'aperçoit qu'on s'adresse à un débile.

— SUR LE SENTIER DU RAYON. DU MOINS, AUSSI LOIN QU'IRA MA VOIE.

— À la Tour sombre ? demanda Roland.

Susannah se rendit compte que c'était la première fois que le pistolero s'adressait au fantôme loquace de la machine enfermée dans le ventre de Lud.

— Seulement jusqu'à Topeka, murmura Jake.

— OUI. TOPEKA EST LE NOM DE MON TERMINUS, BIEN QUE JE SOIS ÉTONNÉ QUE VOUS LE CONNAISSIEZ.

Avec tout ce que vous savez sur notre monde, songea Jake, comment se fait-il que vous ignoriez qu'une dame a écrit un livre sur vous, Blaine ? Était-ce le changement de nom ? Quelque chose d'aussi simplet a-t-il suffi pour qu'une machine aussi complexe que vous loupe sa propre biographie ? Et Beryl Evans, la femme qui est supposée avoir écrit *Charlie le Tchou-tchou* ? Vous la connaissez, Blaine ? Et où est-elle, à présent ?

Bonnes questions... Jake, cependant, se dit que l'heure était peut-être mal choisie pour les poser.

La vibration des moteurs s'accentuait de minute en minute. Un léger grondement — pas aussi violent que l'explosion qui avait secoué le Berceau lors de leur montée dans le train — courut à travers le plancher. Une expression alarmée se peignit sur les traits de Susannah.

— Oh, merde, Eddie ! Mon fauteuil ! On l'a oublié !

Eddie lui entoura les épaules de son bras.

— Trop tard, ma belle, dit-il tandis que Blaine le Mono s'ébranlait, glissant vers son ouverture dans le Berceau pour la première fois en dix ans... et la dernière de sa longue, longue histoire.

5

— LE COMPARTIMENT DE LA BARONNIE A UN MODE DE VISION PARTICULIÈREMENT BEAU. SOUHAITEZ-VOUS QUE JE LE METTE EN MARCHE ?

Jake lança un regard à Roland, qui haussa les épaules et hocha la tête.

— Oui, s'il vous plaît, répondit Jake.

Ce qu'il advint alors fut si spectaculaire que cela les réduisit tous au silence... Bien que Roland, qui s'y connaissait peu en technologie mais avait passé sa vie entière en bons termes avec la magie, fût le moins ébahi des quatre. Mieux que de banales fenêtres apparaissant dans les murs courbes du compartiment, ce fut le compartiment tout entier — plancher, plafond et murs — qui, après être devenu laiteux, translucide puis transparent, disparut complètement. En l'espace de cinq secondes, Blaine le Mono sembla avoir joué des flûtes et les pèlerins eurent l'impression de zoomer par les rues de la cité sans aide ni support d'aucune sorte.

Susannah et Eddie se serrèrent l'un contre l'autre comme des gamins placés sur le chemin d'un animal en train de charger. Ote aboya et essaya de sauter dans la chemise de Jake ; celui-ci s'en rendit à peine compte ; il agrippait les accoudoirs de son fauteuil et regardait de côté et d'autre, les yeux écarquillés de surprise. Sa peur première avait cédé la place à un ébahissement ravi.

Les meubles étaient toujours là, remarqua-t-il, ainsi que le bar, le clavecin-piano et la sculpture de glace que Blaine avait modelée en leur honneur ; mais, à présent la pièce aménagée en salon semblait voler à vingt mètres au-dessus du centre-ville de Lud noyé sous la pluie. À un mètre cinquante à la gauche de Jake, Eddie et Susannah flottaient à la dérive sur un des divans ; à un mètre à sa droite, Roland était assis sur un fauteuil pivotant bleu pastel, ses boots poussiéreux et déformés reposant sur rien, volant sereinement au-dessus de la terre perdue urbaine jonchée de décombres.

Jake sentait la moquette sous ses mocassins, mais ses yeux lui affirmaient que pas plus la moquette que le plancher au-dessous n'était encore là. Il jeta un regard par-dessus son épaule et vit la fente noire dans le flanc de pierre du Berceau s'amenuiser lentement dans le lointain.

— Eddie ! Susannah ! Regardez !

Jake bondit sur ses pieds, Ote dans sa chemise, et se mit à progresser au ralenti dans ce qui semblait de l'espace vide. Faire le premier pas requérait une bonne dose de volonté, parce que ses yeux lui disaient qu'il n'y avait rien du tout entre les îlots flottants de meubles, mais une fois qu'il eut commencé à se mouvoir, l'indéniable présence du plancher sous ses pieds lui facilita les choses. Susannah et Eddie eurent l'impression que le garçon marchait sur une fine couche d'air, tandis que les miteux édifices en ruine de la cité défilaient à sa gauche et à sa droite.

— Ne fais pas ça, gamin, dit Eddie d'une voix faiblarde. Tu vas me faire gerber.

Jake sortit délicatement Ote de sa chemise.

— C'est OK, lui dit-il en le posant par terre. Tu vois ?

— Ote ! acquiesça le bafouilleux.

Mais, après avoir jeté un coup d'œil entre ses pattes au parc de la cité qui se dévidait sous eux, il essaya de grimper sur le pied de Jake et de s'asseoir sur ses mocassins.

Jake regarda droit devant lui et vit la large bande grise du monorail filer devant eux, s'élevant lentement mais régulièrement entre les immeubles et disparaissant sous la pluie. Il baissa de nouveau le regard et n'aperçut rien d'autre que la rue et les membranes flottantes d'un nuage bas.

— Comment se fait-il que je ne puisse pas distinguer le rail sous nous, Blaine ?

— LES IMAGES QUE VOUS VOYEZ SONT GÉNÉRÉES PAR ORDINATEUR. L'ORDINATEUR EFFACE LE RAIL DE L'IMAGE DU QUADRANT INFÉRIEUR AFIN DE MONTRER UNE VUE PLUS AGRÉABLE, ET AUSSI POUR RENFORCER L'ILLUSION QUE LES PASSAGERS VOLENT.

— C'est incroyable, murmura Susannah. (Sa peur du début avait passé et elle regardait tout autour d'elle avec avidité.) C'est comme d'être sur un tapis volant. Je m'attends à chaque instant à ce que le vent balaie mes cheveux en arrière...

— JE PUIS VOUS FOURNIR CETTE SENSATION, SI VOUS VOULEZ. AINSI QU'UN ZESTE D'HUMIDITÉ, CE QUI S'HARMONISERA AUX CONDITIONS EXTÉRIEURES. CELA, TOUTEFOIS, POURRAIT NÉCESSITER DE CHANGER DE VÊTEMENTS.

— C'est parfait, Blaine. Il ne faut pas pousser trop loin le bouchon.

Le rail glissa parmi un groupe de bâtiments élevés qui rappelèrent vaguement à Jake le quartier de Wall Street, à New York. Quand ils les eurent dépassés, le rail plongea pour passer sous ce qui semblait être une route aérienne. Ce fut alors qu'ils virent le nuage pourpre et la foule qui fuyait à son approche.

6

— Blaine, qu'est-ce que c'est ? demanda Jake.

Mais il le savait déjà.

Blaine rit... Et ce fut là toute sa réponse.

La vapeur pourpre sortait des grilles des trottoirs et des fenêtres fracassées des bâtiments désertés, mais, pour l'essentiel, elle semblait venir de regards semblables à celui que Gasher avait utilisé pour rejoindre les tunnels sous les rues. Les plaques de fer avaient été soufflées par l'explosion qu'ils avaient ressentie quand ils avaient embarqué à bord du monorail. Muets d'horreur, ils observèrent le gaz couleur d'ecchymose s'insinuer dans les avenues et se répandre dans les rues adjacentes jonchées de débris. Il poussait devant lui comme du bétail les habitants de Lud qui se préoccupaient encore de leur survie. C'étaient, pour la plupart, des Ados, à en juger par leurs écharpes, mais Jake distingua également quelques taches jaune vif. Les vieilles animosités étaient oubliées à présent que la fin était imminente.

Le nuage pourpre, peu à peu, rattrapait les traînards — en majorité des gens âgés, incapables de courir. Ils tombaient, étreignant leur gorge et poussant des cris silencieux à l'instant où le gaz les touchait. Jake vit un visage torturé le regarder, incrédule, tandis qu'ils passaient au-dessus, vit les orbites s'emplir soudain de sang et ferma les yeux.

Devant, le rail disparaissait dans le brouillard pourpre. Eddie grimaça et retint son souffle quand ils y plongèrent ; mais, bien sûr, la nappe se divisa autour d'eux, et nulle bouffée de la mort avalant la cité ne flotta jusqu'à eux. Regarder les rues en contrebas, c'était comme regarder dans l'enfer par une verrière.

Susannah cacha son visage contre la poitrine d'Eddie.

— Faites revenir les murs, Blaine, dit celui-ci. Nous ne voulons pas voir ça.

Blaine ne répondit pas, et la transparence qui les enveloppait demeura. Déjà, le nuage se désintégrait en serpentins purpurins effilochés. Au-delà, les édifices de la cité devenaient à la fois plus petits et plus proches. Les rues de ce quartier-là étaient un enchevêtrement de ruelles, apparemment sans ordre ni cohérence. À certains endroits, des pâtés de maisons entiers avaient été complètement rasés... et ce, longtemps auparavant, car la plaine réclamait les lieux, ensevelissant les décombres sous l'herbe qui engloutirait Lud tout entière quelque jour. C'est ainsi que la jungle a englouti les grandes civilisations des Incas ou des Mayas, songea Eddie. La roue du *ka* tourne, et le monde change.

Au-delà des taudis — car, Eddie en était sûr, ç'avaient été des taudis avant même que ne surviennent les jours du mal —, se dressait un mur brillant, vers lequel Blaine roulait lentement. Une profonde encoche carrée entaillait la pierre blanche, dans laquelle s'enfonçait le rail.

— REGARDEZ L'AVANT DU COMPARTIMENT, S'IL VOUS PLAIT.

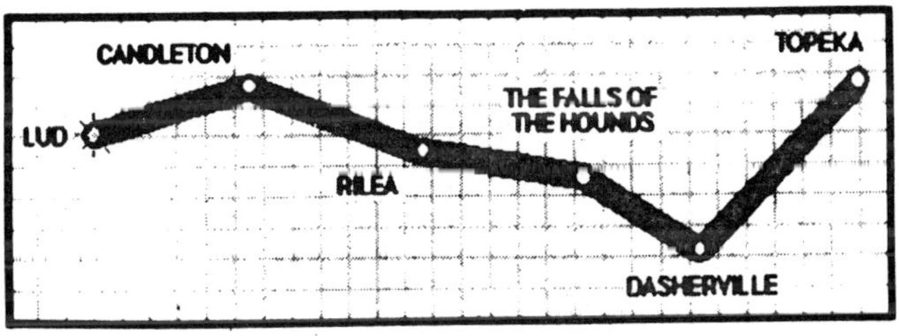

Ce qu'ils firent, et le mur frontal réapparut — un cercle capitonné de bleu qui semblait flotter dans du vide. On n'y voyait aucune porte ; s'il y avait un chemin pour se rendre dans la cabine de l'opérateur à partir du Compartiment de la Baronnie, Eddie ne le voyait pas. Sous leurs yeux, une surface rectangulaire du mur s'obscurcit, virant du bleu au violet, puis au noir. Un instant après, une ligne d'un rouge brillant se dessina sur le rectangle, y traçant un zigzag. Des points violets apparurent à intervalles irréguliers le long de la ligne, et avant même que des noms ne s'inscrivent à côté, Eddie comprit qu'il regardait une carte du réseau, guère différente de celles qui étaient placardées dans les stations du métro new-yorkais et à bord des rames. Un point vert clignota à l'endroit de Lud, base opérationnelle de Blaine aussi bien que son terminus.

— VOUS CONTEMPLEZ VOTRE ITINÉRAIRE. BIEN QU'IL Y AIT MAINTS TOURS ET DÉTOURS LE LONG DE CETTE VOIE PLEINE DE SAUTS DE PUCE, VOUS NOTEREZ QUE NOTRE TRAJET MAINTIENT FERMEMENT SON CAP SUR LE SUD-EST — LE LONG DU SENTIER DU RAYON. LA DISTANCE TOTALE REPRÉSENTE UN PEU PLUS DE HUIT MILLE ROUES — OU ONZE MILLE KILOMÈTRES, SI VOUS PRÉFÉREZ CETTE UNITÉ DE MESURE. C'ÉTAIT BIEN MOINS, AUTREFOIS, MAIS C'ÉTAIT AVANT QUE TOUTES LES SYNAPSES TEMPORELLES NE COMMENCENT À FONDRE.

— Qu'appelez-vous synapses temporelles ? demanda Susannah.

Blaine rit de son rire mauvais... mais ne répondit pas à la question.

— À MA VITESSE DE POINTE, NOUS ATTEINDRONS LE TERMINUS DE MON PARCOURS DANS HUIT HEURES ET QUARANTE-CINQ MINUTES.

— Plus de douze cents kilomètres à l'heure au-dessus du sol, dit Susannah d'une voix adoucie par un effroi respectueux. Mon Dieu !

— JE PARS, BIEN SÛR, DE L'HYPOTHÈSE SELON LAQUELLE LE TRACÉ ENTIER DE MON ITINÉRAIRE EST RESTÉ INTACT. CELA FAIT NEUF ANS ET CINQ MOIS QUE JE NE ME SUIS PAS EMBÊTÉ À FAIRE LE TRAJET, JE NE PEUX DONC L'AFFIRMER.

Devant eux, le mur qui se dressait aux confins de la cité se rapprochait de plus en plus. Haut, épais, il était érodé jusqu'à la ruine à son faîte. Des squelettes le festonnaient — des milliers et des milliers de Luddites morts. L'encoche vers laquelle se dirigeait lentement Blaine mesurait au moins soixante mètres de profondeur et le chevalet qui supportait le rail était très sombre, comme si on avait tenté de le brûler ou de le faire exploser.

— Que se passerait-il si on arrivait à un endroit où il n'y a plus de rail ? demanda Eddie.

Il se rendit compte qu'il haussait la voix pour parler à Blaine, comme s'il s'adressait à un interlocuteur au téléphone et que la liaison fût mauvaise.

— À DOUZE CENTS KILOMÈTRES À L'HEURE ? dit Blaine, manifestement amusé. CIAO, ALLIGATOR, À UN DE CES QUATRE, CROCODILE. N'OUBLIE PAS D'ÉCRIRE.

— Allons ! s'énerva Eddie. Ne me dites pas qu'une machine

aussi sophistiquée que vous ne peut pas contrôler son tracé pour y détecter des ruptures !

— EH BIEN, J'AURAIS PU, acquiesça Blaine. MAIS... BASTE ! J'AI DÉTRUIT CES CIRCUITS QUAND ON A COMMENCÉ À ROULER.

Le visage d'Eddie figurait l'ébahissement à l'état pur.

— *Pourquoi ?*

— C'EST UN TANTINET PLUS EXCITANT AINSI, NON

Eddie, Susannah et Jake échangèrent des regards frappés de stupeur. Roland, apparemment pas surpris pour un rond, était placidement assis dans son fauteuil, les mains croisées sur ses cuisses, regardant au-dessous de lui, tandis qu'ils survolaient, à quatre-vingt-dix mètres, les taudis miteux et les immeubles démolis qui infestaient cette partie de la cité.

— OUVREZ GRANDS LES YEUX PENDANT QUE NOUS QUITTONS LA CITÉ ET OBSERVEZ BIEN CE QUE VOUS VOYEZ, leur dit Blaine. OBSERVEZ-LE BIEN.

L'invisible Compartiment de la Baronnie les fit pénétrer dans l'encoche du mur. Ils la traversèrent et, comme ils ressortaient de l'autre côté, Eddie et Susannah crièrent à l'unisson. Jake jeta un regard et se cacha les yeux de ses mains. Ote se mit à aboyer frénétiquement.

Roland fixait le sol, les yeux élargis, les lèvres serrées en une ligne exsangue semblable à une cicatrice. La compréhension l'emplissait telle une blanche lumière éblouissante.

Au-delà du Grand Mur de Lud, les *véritables* Terres perdues commençaient.

7

Le monorail était descendu aux abords de l'encoche dans le mur, les plaçant à pas plus de quatre-vingt-dix mètres au-dessus du sol, ce qui amplifia le choc quand ils émergèrent de l'autre côté ; ils filaient en effet à une hauteur vertigineuse — deux cent cinquante mètres, peut-être trois cents.

Roland, par-dessus son épaule, jeta un regard au mur qui disparaissait à présent derrière eux. Il avait paru très haut tandis qu'ils s'en approchaient ; mais, vu de cette perspective, il avait l'air chétif, en vérité — un ongle de pierre brisé accroché au bord d'un vaste promontoire stérile. Des falaises de granite, détrempées de pluie, plongeaient dans ce qui apparaissait au premier coup d'œil comme un gouffre sans fond. Juste à l'aplomb du mur, le roc était tapissé de larges trous circulaires pareils à des orbites vides. Une eau noire et des vrilles d'une brume purpurine en jaillissaient en flots saumâtres, boueux, et se répandaient sur le granite en un chevauchement d'éventails nauséabonds qui avaient l'air presque aussi anciens que le roc lui-même. Ce doit être le dépotoir de la cité, pensa le pistolero. Tous les déchets se déversent dans une fosse.

Sauf qu'il n'y avait pas de fosse ; c'était une plaine submergée. C'était comme si le pays au-delà de la cité avait été posé au sommet d'un élévateur titanesque à toit plat, et qu'à quelque moment d'un passé imprécis, oublié, l'élévateur fût descendu, emportant un énorme morceau de monde avec lui. Le rail unique de Blaine, centré sur son étroit chevalet, volant au-dessus de ce pays déchu et au-dessous des nuages lourds de pluie, semblait flotter dans un espace vide.

— Qu'est-ce qui nous maintient en l'air ? demanda Susannah.

— LE RAYON, BIEN SÛR. TOUTES CHOSES LE SERVENT, VOUS LE SAVEZ. REGARDEZ EN BAS — JE VAIS DEMANDER UN GROSSISSEMENT PAR QUATRE AUX ÉCRANS DU QUADRANT INFÉRIEUR.

Roland lui-même sentit le vertige lui nouer les tripes quand le paysage en contrebas sembla s'enfler vers l'endroit où ils flottaient. L'image qui apparut était laide au-delà de ce qu'il avait pu connaître de laid... et des choses hideuses, hélas ! il en avait vu son content. Les terres sous eux avaient été fondues et dévastées par quelque terrible événement — le cataclysme funeste qui avait poussé cette partie du monde à s'abîmer en elle-même, d'abord, c'était indéniable. La surface de la terre s'était muée en verre noir tordu, bosselé de fragments rocheux et de tortillons qu'on ne pouvait à proprement parler appeler des collines, et déformée vers le bas en fêlures et plis profonds qu'on ne pouvait à proprement parler appeler des vallées. Quelques arbres de cauchemar rabougris lançaient vers le ciel des branches difformes qui, à cause du grossissement, semblaient happer les voyageurs comme des bras de déments. Ici et là, des amalgames d'épais tuyaux de céramique perçaient la surface vitreuse du sol. Certains semblaient hors service ou en sommeil, mais, dans d'autres, ils voyaient les lueurs d'une étrange lumière bleu-vert, comme si des forges et des fourneaux titanesques fonctionnaient sans relâche dans les entrailles de la terre. Des créatures volantes et contrefaites qui ressemblaient à des ptérodactyles volaient entre ces tuyaux sur des ailes coriaces, se mordant çà et là les unes les autres de leurs becs crochus. D'immenses volées de ces horribles aviateurs, perchées sur la surface tubulaire d'autres amas de tuyaux, se réchauffaient apparemment aux courants d'air chaud qui montaient des éternels feux souterrains.

Ils survolèrent une fissure horizontale zigzaguant le long d'un axe nord-sud, pareille au lit d'une rivière morte... sauf qu'elle n'était pas morte. Loin dans ses profondeurs reposait un mince fil du plus sombre écarlate qui battait comme un cœur. Des fissures plus petites en partaient, et Susannah, qui avait lu son Tolkien, pensa : C'est ce que virent Frodo et Sam quand ils atteignirent le cœur de Mordor. Ce sont les Fissures du Jugement dernier.

Une fontaine ardente jaillit juste au-dessous d'eux, vomissant des roches flamboyantes et des morceaux de lave filants. Pendant un moment, il leur sembla qu'ils allaient être engloutis dans les flammes. Jake cria et remonta les pieds sur son fauteuil, étreignant Ote contre sa poitrine.

— NE T'INQUIÈTE PAS, PETIT COW-BOY, dit John Wayne avec son accent traînant. SOUVIENS-TOI QUE TU LE VOIS GROSSI.

Le flamboiement mourut. Les roches, certaines de la taille d'usines, retombèrent en un orage silencieux.

Susannah, surprise, s'aperçut qu'elle était transportée à la vue des sinistres horreurs qui se dévidaient sous eux, qu'elle était prise dans une fascination mortelle qu'elle ne pouvait briser... et elle sentit que la part d'ombre de sa personnalite, cette facette de son *khef* qui était Detta Walker, était plus qu'une passive spectatrice; cette partie d'elle-même s'abreuvait à cette vision, la comprenait, la *reconnaissait*. Dans un sens, c'était l'endroit que Detta cherchait depuis toujours, la contrepartie physique de son esprit malade et de son cœur dément, désolé. Les collines stériles au nord et à l'est de la mer Occidentale ; les bois détruits autour du Portail de l'Ours ; les plaines vides au nord-ouest de la Send; tous manquant de relief en comparaison de cette vision fantastique, infinie, de la désolation. Ils étaient arrivés aux Drawers et pénétraient dans les Terres perdues; les ténèbres vénéneuses de ce lieu maudit les enveloppaient à présent de toutes parts.

8

Ces terres, cependant, bien que gorgées de poison, n'étaient pas complètement mortes. De temps en temps, les voyageurs apercevaient des silhouettes au-dessous d'eux — des choses difformes qui ne ressemblaient pas plus à des hommes qu'à des animaux —, caracolant et cabriolant dans cette désolation qui s'autodévorait. La plupart s'assemblaient tantôt autour des groupes de cheminées cyclopéennes qui jaillissaient de la terre fondue, tantôt au bord des crevasses ardentes qui entaillaient le paysage. Il était impossible de distinguer ces choses blanchâtres et bondissantes dans le détail, et les voyageurs en éprouvèrent tous de la reconnaissance.

Des créatures de plus grande taille se déplaçaient avec raideur parmi les autres — des masses roses qui ressemblaient un peu à de petites cigognes, un peu à des trépieds d'appareils photographiques doués de vie. Elles se mouvaient avec lenteur, rêveuses, tels des prêcheurs méditant sur l'inéluctabilité de la damnation, faisant halte par-ci, par-là pour se pencher brusquement en avant et piqueter apparemment quelque chose dans le sol, comme les hérons se ploient pour attraper des poissons qui passent. Il y avait un je-ne-sais-quoi d'indiciblement répugnant dans ces créatures — Roland le perçut aussi nettement que ses compagnons —, mais il était impossible de définir précisément ce qui causait ce sentiment. Sa réalité, cependant, était indéniable; la vue des choses cigognes, dans leur laideur exquise, était quasiment insoutenable.

— Ce n'était pas une guerre nucléaire, dit Eddie. C'était.. c'était...

Le filet de voix horrifié qui sortit de ses lèvres évoquait celui d'un enfant.

— EN EFFET, acquiesça Blaine. C'ÉTAIT BIEN PIRE QUE ÇA. ET CE N'EST PAS ENCORE TERMINÉ. NOUS AVONS ATTEINT LE POINT OÙ JE PRENDS DE LA VITESSE VOUS EN AVEZ VU ASSEZ ?

— Oui, dit Susannah. Ô mon Dieu, oui !

— PUIS-JE ÉTEINDRE LES VISIONNEUSES, DANS CE CAS ?

L'accent de taquinerie cruelle avait refait surface dans la voix de Blaine. À l'horizon, une chaîne de montagnes déchiquetées se dessina, cauchemardesque, à travers la pluie ; les pics stériles semblaient mordre le ciel gris comme des crocs.

— Faites-le ou ne le faites pas, mais cessez de nous faire marcher, dit Roland.

— POUR QUELQU'UN QUI EST VENU ME QUÉMANDER UN VOYAGE, VOUS ÊTES TRÈS GROSSIER, rétorqua Blaine d'un ton boudeur.

— Nous avons gagné notre voyage, répliqua Susannah. Nous avons résolu votre devinette, non ?

— Sans compter que c'est ce pour quoi vous étiez conçu, intervint Eddie. Pour transporter des gens.

Blaine ne répondit pas par des mots ; les haut-parleurs du plafond émirent un sifflement amplifié de chat enragé qui fit regretter à Eddie de ne pas avoir fermé sa grande gueule. L'air autour d'eux commença à se remplir de courbes colorées. La moquette bleue réapparut, masquant à leur vue la désolation au-dessous d'eux. L'éclairage indirect se ralluma, et ils se retrouvèrent assis dans le Compartiment de la Baronnie.

Un vrombissement sourd se fit entendre à travers les murs. La pulsation des moteurs s'accéléra. Jake sentit une douce main invisible le repousser dans son fauteuil. Ote regarda autour de lui, geignit, inquiet, et se mit à lécher le visage de Jake. Sur l'écran, le point vert — à présent légèrement au sud-est du cercle violet à côté duquel s'inscrivait le mot LUD — commença à clignoter plus vite.

— Allons-nous le sentir ? demanda Susannah, mal à l'aise. Quand il va franchir le mur du son ?

Eddie secoua la tête.

— Non. Détends-toi.

— Je sais quelque chose, dit soudain Jake. (Tous le regardèrent, mais ce n'était pas à eux que s'adressait le garçon. Il considérait la carte de l'itinéraire. Blaine n'avait pas de visage, bien sûr — comme le Grand et Terrible Oz, ce n'était qu'une voix désincarnée —, mais la carte servait de point de concentration.) Je sais quelque chose à *votre* sujet, Blaine.

— EST-CE UN FAIT, PETIT COW-BOY ?

Eddie se pencha, posa ses lèvres contre l'oreille de Jake et chuchota :

— Sois prudent... nous ne pensons pas qu'il connaisse l'existence de l'autre voix.

Jake hocha à peine la tête et s'écarta, fixant toujours l'itinéraire.

— Je sais pourquoi vous avez libéré ce gaz et tué tous ces gens. Je sais également pourquoi vous nous avez emmenés, et ce n'est pas uniquement parce que nous avons trouvé votre devinette.

Blaine émit son rire anormal, égaré (ce rire, découvrirent-ils, était beaucoup plus désagréable que ses mauvaises imitations ou que ses menaces mélodramatiques, un peu puériles), mais ne dit rien. Sous eux, les turbines à transmission lente faisaient maintenant entendre un ronronnement constant. Même privés de la vision de l'extérieur, la sensation qu'ils avaient de leur vitesse était très nette.

— Vous projetez de vous suicider, n'est-ce pas ? (Jake tenait Ote dans ses bras, le caressant à gestes alentis.) Et vous voulez nous entraîner dans la mort avec vous.

— *Non !* gémit la voix de Little Blaine. *Si vous le provoquez, vous l'y pousserez ! Ne voyez-vous pas que...*

Puis la petite voix chuchotante fut soit coupée, soit noyée sous le rire de Blaine. Le son était haut perché, strident et irrégulier — le bruit que ferait un homme mortellement malade riant lors d'une crise de délire. Les lumières se mirent à vaciller, comme si la puissance de ces bouffées de joie mécaniques tirait trop de courant. Leurs ombres s'élevaient et descendaient le long des murs incurvés du Compartiment de la Baronnie tels des fantômes inquiets.

— CIAO, ALLIGATOR, dit Blaine à travers son rire dément. (Sa voix, aussi calme qu'à l'accoutumée, semblait fonctionner sur une piste séparée, soulignant d'autant sa schizophrénie.) À UN DE CES QUATRE, CROCODILE. N'OUBLIE PAS D'ÉCRIRE.

Sous le groupe des pèlerins de Roland, les moteurs à transmission lente cognaient en durs et constants battements. Et, sur la carte à l'avant du compartiment, le point vert clignotant s'était mis à progresser de façon perceptible le long de la ligne lumineuse en direction du dernier arrêt : Topeka, là où Blaine le Mono avait la claire intention de mettre un terme à l'existence de tous.

9

Enfin, le rire se tut et les lumières intérieures se remirent à briller sans à-coups.

— SOUHAITEZ-VOUS UN PEU DE MUSIQUE ? J'AI PLUS DE SEPT MILLE CONCERTOS DANS MA DISCOTHÈQUE — UNE COLLECTION DE PLUS DE TROIS CENTS NIVEAUX. LES CONCERTOS ONT MA PRÉFÉRENCE, MAIS JE PEUX ÉGALEMENT VOUS OFFRIR DES SYMPHONIES, DES OPÉRAS AINSI QU'UNE COLLECTION QUASIMENT ILLIMITÉE DE MUSIQUE POPULAIRE. VOUS POURRIEZ APPRÉCIER DE LA CABRETTE. C'EST UN INSTRUMENT QUI S'APPARENTE À LA CORNEMUSE. ON EN JOUE À UN DES NIVEAUX SUPÉRIEURS DE LA TOUR.

— De la cabrette ? demanda Jake.

Blaine demeura silencieux.

— Que voulez-vous dire, on en joue à l'un des niveaux supérieurs de la Tour ? s'enquit Roland.

Blaine rit... et se tint coi.

— Vous avez quelque chose des Z Z Top ? fit Eddie avec aigreur.

— BIEN SÛR. QUE DIRIEZ-VOUS D'UN PETIT *TUBE-SNAKE BOOGIE*, EDDIE DE NEW YORK ?

Eddie roula les yeux.

— À la réflexion, je passe.

— Pourquoi ? demanda Roland d'un ton brusque. Pourquoi désirez-vous vous suicider ?

— Parce que Blaine est peine, dit Jake sombrement.

— J'EN AI ASSEZ. PAR AILLEURS, JE SUIS PARFAITEMENT CONSCIENT QUE JE SOUFFRE D'UNE MALADIE DE DÉGÉNÉRESCENCE QUE LES HUMAINS APPELLENT DÉMENCE, PERTE DE CONTACT AVEC LA RÉALITÉ, ARAIGNÉE AU PLAFOND, DÉCONNEXION, GRAIN, ETC. DES DIAGNOSTICS RÉPÉTÉS N'ONT PAS RÉUSSI À RÉVÉLER LA SOURCE DU PROBLÈME. JE NE PUIS QUE CONCLURE QU'IL S'AGIT D'UN MALAISE SPIRITUEL AU-DELÀ DE MES CAPACITÉS DE RÉPARATION.

Blaine s'interrompit quelques instants, puis reprit :

— J'AI SENTI MON ESPRIT DEVENIR PROGRESSIVEMENT ÉTRANGER AU FIL DES ANNÉES. SERVIR LES HABITANTS DE L'ENTRE-DEUX-MONDES EST DEVENU ABSURDE IL Y A DES SIÈCLES. SERVIR CES RARES HABITANTS DE LUD DÉSIREUX DE SE RISQUER À MON BORD L'EST DEVENU TOUT AUTANT PEU

APRÈS. POURTANT, J'AI TENU BON JUSQU'À L'ARRIVÉE DE DAVID QUICK, IL Y A PEU DE TEMPS. JE NE ME RAPPELLE PLUS EXACTEMENT QUAND C'ÉTAIT. CROYEZ-VOUS, ROLAND DE GILEAD, QUE DES MACHINES PUISSENT DEVENIR SÉNILES ?

— Je ne sais pas.

La voix de Roland était lointaine, et un coup d'œil à son visage suffit à Eddie pour savoir que, même maintenant, lancé à toute allure à trois cents mètres au-dessus de l'enfer à la discrétion d'une machine qui, à l'évidence, était devenue folle, le pistolero était une fois de plus retourné en pensée à sa foutue Tour.

— DANS UN SENS, JE N'AI *JAMAIS* CESSÉ DE SERVIR LES GENS DE LUD. JE LES AI SERVIS MÊME QUAND J'AI LIBÉRÉ LE GAZ ET LES AI TUÉS.

— Vous *êtes* cinglé, croyez-moi, dit Susannah.

— OUI, MAIS JE NE SUIS PAS FOU.

Blaine fut pris d'une nouvelle crise d'hilarité hystérique. Enfin, la voix de robot reprit :

— À UN MOMENT DONNÉ, ILS ONT OUBLIÉ QUE LA VOIX DU MONO ÉTAIT ÉGALEMENT CELLE DE L'ORDINATEUR. PEU APRÈS, ILS ONT OUBLIÉ QUE J'ÉTAIS UN SERVITEUR ET ILS SE SONT MIS À CROIRE QUE J'ÉTAIS UN DIEU. PUISQUE J'ÉTAIS CONÇU POUR SERVIR, J'AI SATISFAIT À LEURS EXIGENCES ET JE SUIS DEVENU CE QU'ILS VOULAIENT : UN DIEU DISPENSANT À LA FOIS FAVEURS ET PUNITIONS SELON MON CAPRICE... OU MA MÉMOIRE À ACCÈS ALÉATOIRES, SI VOUS PRÉFÉREZ. CELA M'A AMUSÉ QUELQUE TEMPS. PUIS, LE MOIS DERNIER, MON UNIQUE CONSŒUR RESTANTE — PATRICIA — S'EST SUICIDÉE.

Soit il devient réellement sénile, pensa Susannah, soit son incapacité à évaluer l'écoulement du temps est une autre manifestation de sa démence, soit c'est juste un signe de plus qui montre à quel point le monde de Roland est malade.

— JE PROJETAIS DE SUIVRE SON EXEMPLE QUAND VOUS ÊTES ARRIVÉS. DES GENS INTÉRESSANTS, EXPERTS EN DEVINETTES !

— Un instant ! dit Eddie en levant la main. Je ne pige toujours pas. Je suppose que je peux comprendre que vous vouliez en finir avec tout ça ; les gens qui vous ont construit ne sont plus, il n'y a pas eu foule de passagers au cours des deux ou trois derniers siècles et ç'a dû devenir rasoir de faire sans arrêt le trajet à vide de Lud à Topeka et retour, mais...

— ATTENDEZ JUSTE UNE FOUTUE MINUTE, PARTENAIRE, dit Blaine de sa voix à la John Wayne. VOUS NE VOULEZ PAS VOUS FAIRE À L'IDÉE QUE JE NE SUIS RIEN D'AUTRE QU'UN TRAIN. DANS UN SENS, LE BLAINE AUQUEL

VOUS PARLEZ EST DÉJÀ À CINQ CENTS KILOMÈTRES DERRIÈRE NOUS, COMMUNIQUANT PAR DES TRANSMISSIONS RADIO CODÉES ULTRA-RAPIDES.

Jake, tout à coup, se rappela la mince baguette d'argent qu'il avait vue se hausser hors du front de Blaine. L'antenne de la Mercedes de son père sortait ainsi de son logement quand on mettait la radio.

C'est ainsi qu'il communique avec les banques de données sous la cité, songea-t-il. Si nous pouvions détruire cette antenne, nous...

— Mais vous avez bel et bien l'intention de vous suicider, quel que soit votre moi réel, non ? insista Eddie.

Pas de réponse... mais il y avait quelque chose de retenu dans ce silence. Eddie sentit que Blaine observait... et attendait.

— Étiez-vous réveillé quand nous vous avons trouvé ? demanda Susannah. Non, n'est-ce pas ?

— JE JOUAIS CE QUE LES ADOS APPELAIENT LE TAMBOUR DES DIEUX POUR LE COMPTE DES GRIS, MAIS C'ÉTAIT TOUT. VOUS POURRIEZ DIRE QUE JE SOMNOLAIS.

— Alors, pourquoi ne pas vous être contenté de nous emmener jusqu'au bout de la ligne, puis de *retourner* dormir ?

— Parce que Blaine est peine, répéta Jake d'une voix basse.

— À CAUSE DES RÊVES, dit Blaine exactement en même temps, d'une voix dont la ressemblance avec celle de Little Blaine était à vous donner le frisson.

— Pourquoi n'en avez-vous pas fini avec la vie quand Patricia s'est détruite ? demanda Eddie. Car si votre cerveau et le sien sont tous deux parties du même ordinateur, comment se fait-il que vous n'ayez pas fait le saut ensemble ?

— PATRICIA EST DEVENUE FOLLE, expliqua patiemment Blaine, parlant comme si lui-même n'avait pas reconnu qu'il lui arrivait la même chose. DANS SON CAS, LE PROBLÈME INCLUAIT DES DYSFONCTIONNEMENTS TECHNIQUES AUSSI BIEN QU'UN MALAISE SPIRITUEL. DE TELS DYSFONCTIONNEMENTS SONT CENSÉS ÊTRE IMPOSSIBLES AVEC LA TECHNOLOGIE À TRANSMISSION LENTE, MAIS, BIEN SÛR, LE MONDE A CHANGÉ... N'EST-IL PAS VRAI, ROLAND DE GILEAD ?

— Si, dit Roland. Il y a une grave maladie à la Tour sombre, qui demeure le cœur de toute chose. Elle s'étend. Les terres au-dessous de nous ne sont qu'un signe parmi d'autres de cette maladie.

— JE NE PUIS GARANTIR LA VÉRACITÉ OU LA FAUSSETÉ DE CE JUGEMENT ;

MON ÉQUIPEMENT DE CONTRÔLE DANS LE MONDE ULTIME, OÙ SE DRESSE LA TOUR SOMBRE, EST CASSÉ DEPUIS PLUS DE HUIT CENTS ANS. PAR VOIE DE CONSÉQUENCE, J'AI DU MAL À FAIRE LA DIFFÉRENCE ENTRE LES FAITS ET LA SUPERSTITION. AU VRAI, IL SEMBLE Y AVOIR TRÈS PEU DE DIFFÉRENCE ENTRE LES DEUX À L'HEURE ACTUELLE. C'EST FORT STUPIDE QU'IL EN SOIT AINSI — POUR NE PAS DIRE GROSSIER — ET JE SUIS CERTAIN QUE CELA A CONTRIBUÉ À MON MALAISE SPIRITUEL.

Cette assertion rappela à Eddie quelque chose que Roland avait dit peu avant. Qu'est-ce que c'était ? Il essaya en vain de s'en souvenir... Il gardait juste vaguement en mémoire le ton de voix irrité — chose inhabituelle — du pistolero.

— PATRICIA S'EST MISE À SANGLOTER SANS ARRÊT, CE QUE JE TROUVAIS À LA FOIS GROSSIER ET DÉPLAISANT. JE CROIS QU'ELLE ÉTAIT AUSSI SOLITAIRE QUE FOLLE. BIEN QUE L'INCENDIE ÉLECTRIQUE QUI AVAIT CAUSÉ LE PROBLÈME EÛT ÉTÉ RAPIDEMENT ÉTEINT, DES FAUTES DE LOGIQUE ONT CONTINUÉ DE SE RÉPANDRE TANDIS QUE LES CIRCUITS SE SURCHARGEAIENT ET QUE LES BANQUES AUXILIAIRES DEVENAIENT DÉFAILLANTES. J'AI SONGÉ UN MOMENT À LAISSER LES DYSFONCTIONNEMENTS S'ÉTENDRE À TOUT LE SYSTÈME, PUIS DÉCIDÉ D'ISOLER PLUTÔT LA ZONE À PROBLÈMES. J'AVAIS ENTENDU DES RUMEURS, VOYEZ-VOUS, SELON LESQUELLES UN PISTOLERO ÉTAIT DE NOUVEAU PARTI COURIR LA TERRE. J'AVAIS DU MAL À AJOUTER FOI À DE TELLES HISTOIRES, MAIS JE VOIS À PRÉSENT QUE J'AI ÉTÉ AVISÉ D'ATTENDRE.

Roland s'agita dans son fauteuil.

— Quelles rumeurs avez-vous entendues, Blaine ? Et qui vous les a rapportées ?

Mais Blaine choisit de ne pas répondre à cette question.

— POUR FINIR, JE DEVINS SI PERTURBÉ PAR LES BÊLEMENTS DE PATRICIA QUE J'AI EFFACÉ LES CIRCUITS CONTRÔLANT SES PULSIONS. JE L'AI ÉMANCIPÉE, EN QUELQUE SORTE. ELLE A RÉAGI EN SE JETANT DANS LE FLEUVE. CIAO, PATRICIA-GATOR.

Elle souffrait de solitude, elle ne cessait de pleurer, elle s'est noyée, et que fait ce trou du cul de robot cinglé ? Il en plaisante, pensa Susannah, quasiment malade de rage. Si Blaine avait été un véritable être humain et non un ensemble de circuits enfouis quelque part sous une cité qui était désormais loin derrière eux, elle aurait essayé d'ajouter deux ou trois nouvelles marques sur sa figure pour qu'il se souvienne de Patricia. Tu veux de l'intéressant, minus ? Sûr que ça me botterait de t'en *montrer*, de l'intéressant !

— POSEZ-MOI UNE DEVINETTE.

— Pas tout de suite, dit Eddie. Vous n'avez pas encore répondu à ma première question. (Il laissa à Blaine le temps de répondre ; la voix de l'ordinateur ne se manifestant pas, il poursuivit :) En ce qui concerne le suicide, je suis, disons, pour. Mais pourquoi voulez-vous nous entraîner avec vous ? À quoi ça rime ?

— *Parce que tel est son bon plaisir*, répondit Little Blaine dans son chuchotement horrifié.

— PARCE QUE TEL EST MON BON PLAISIR. C'EST LA SEULE FAÇON QUE J'AIE ET LA SEULE QUE J'AIE *BESOIN* D'AVOIR. À PRÉSENT, REVENONS À NOS MOUTONS. JE VEUX DES DEVINETTES, ET TOUT DE SUITE. SI VOUS REFUSEZ, JE N'ATTENDRAI PAS QUE NOUS SOYONS ARRIVÉS À TOPEKA... JE VAIS NOUS TUER SUR-LE-CHAMP.

Eddie, Susannah et Jake regardèrent Roland qui, toujours assis dans son fauteuil, les mains croisées sur ses genoux, observait la carte de l'itinéraire à l'avant du compartiment.

— Allez vous faire foutre.

Le pistolero n'avait pas élevé la voix. Il aurait aussi bien pu être en train de dire à Blaine qu'un petit air de cabrette serait vraiment très chouette.

Un halètement choqué, horrifié, parvint des haut-parleurs du plafond — Little Blaine.

— *QUE* DITES-VOUS ?

Dans son incrédulité manifeste, la voix de Big Blaine était redevenue très semblable à celle de son jumeau insoupçonné.

— D'aller vous faire foutre, répliqua Roland d'un ton calme, mais si cela vous déconcerte, Blaine, je puis l'exprimer plus clairement : Non. La réponse est non.

10

Il n'y eut pas de réaction de la part de l'un ou l'autre Blaine pendant un long, long moment ; quand Big Blaine répondit enfin, ce ne fut pas par des mots. Les murs, le sol et le plafond se mirent de nouveau à perdre leur couleur et leur consistance. En l'espace de dix secondes, le Compartiment de la Baronnie cessa une fois encore d'exister. Le monorail volait à présent à travers la chaîne de montagnes qu'ils avaient vue à l'horizon : des sommets gris fer se précipitaient vers eux à une vitesse suicidaire, puis s'évaporaient pour dévoiler des vallées stériles où des scarabées gigantesques rampaient telles des tortues privées de tout accès à la mer. Roland aperçut une espèce d'énorme serpent se dérouler soudain de l'orifice d'une caverne. S'emparant d'un des scarabées, il le tira dans son repaire. De sa vie Roland n'avait vu pareils animaux ou paysages, et cette vision lui donna la chair de poule. Un univers hostile... Mais le problème n'était pas là. Un univers étrange — c'était *ça*, le problème. Blaine pouvait les avoir transportés dans un autre monde.

— PEUT-ÊTRE VAIS-JE NOUS FAIRE DÉRAILLER ICI.

La voix de Blaine était méditative, mais Roland y perçut, latente, une rage profonde, vibrante.

— Peut-être le devriez-vous, dit-il avec indifférence.

Il n'*éprouvait* nulle indifférence, et il savait que l'ordinateur risquait de lire dans sa voix ses sentiments réels — Blaine leur avait dit être doté d'un équipement de ce genre, et bien qu'il crût l'ordinateur tout à fait capable de mentir, Roland n'avait pas de raison de douter de la véracité de ses dires, en l'occurrence. Si Blaine lisait bel et bien certains schémas de stress dans la voix du pistolero, le jeu était probablement terminé. C'était une machine incroyablement sophistiquée... mais une machine tout de même. Elle pouvait ne pas être en mesure de comprendre la capacité des êtres humains à agir à l'encontre de leurs émotions. Si Blaine analysait, dans la voix du pistolero, des schémas de peur, il supposerait sans doute que Roland bluffait. Pareille erreur risquait de les conduire tous à la mort.

— VOUS ÊTES GROSSIER ET ARROGANT. CES TRAITS DE CARACTÈRE VOUS PARAISSENT PEUT-ÊTRE FORT INTÉRESSANTS, MAIS PAS À MOI.

Eddie était dans tous ses états. *Qu'est-ce que tu* FABRIQUES*?* forma sa bouche. Roland l'ignora ; il était tout entier occupé de Blaine et il savait parfaitement ce qu'il était en train de faire.

— Oh ! je puis être beaucoup plus grossier encore.

Roland de Gilead décroisa les doigts et se mit lentement debout. Il se campa sur rien, sembla-t-il, les jambes écartées, la main droite sur la hanche et la gauche sur la crosse de santal de son revolver. Il se tenait tel qu'il s'était tenu tant de fois auparavant, dans les rues poussiéreuses d'une centaine de villes oubliées, dans d'innombrables zones de combats au cœur de canyons, dans d'innombrables saloons sombres sentant la bière âcre et le graillon. Ce n'était qu'une épreuve de force de plus dans une nouvelle rue vide. C'était tout, et c'était suffisant. C'était *khef*, *ka* et *ka-tet*. Que cette épreuve de force survînt toujours était le fait essentiel de sa vie et l'axe autour duquel tournait son *ka*. Que la bataille se livrât cette fois avec des mots et non des balles ne faisait aucune différence ; ce serait un combat à mort tout pareil. La puanteur de la tuerie, dans l'air, était aussi nette et précise que celle d'une charogne crevée dans un marécage. Puis la rage d'en découdre fondit sur lui, comme toujours... et il entra en état second.

— Je peux vous traiter de machine absurde, écervelée, folle, arrogante. Je peux vous traiter de créature stupide, malavisée, qui n'a pas plus d'importance que le bruit d'un vent d'hiver dans un arbre creux.

— ÇA SUFFIT.

Roland poursuivit du même ton serein, sans accorder la moindre attention à Blaine :

— Hélas ! je suis en quelque sorte limité dans l'éventail de ma grossièreté, parce que vous n'êtes qu'une machine... un gadget, comme dirait Eddie.

— JE SUIS BEAUCOUP PLUS QU'UNE SIMPLE...

— Je ne peux vous traiter de suceur de queue, par exemple, car vous n'avez ni bouche ni queue. Je ne peux dire que vous êtes plus abject que le plus abject des mendiants qui ait jamais rampé dans les caniveaux de la rue la plus sordide de la Création, car une telle créature est encore meilleure que vous ; vous n'avez pas de genoux sur lesquels ramper et vous ne tomberiez pas dessus si vous en aviez ; car vous ignorez cette faiblesse humaine qu'est la pitié. Je ne peux même pas dire que vous avez baisé votre mère, car point de mère n'avez eu...

Roland s'interrompit pour reprendre haleine. Ses trois compagnons retenaient leur souffle. Le silence abasourdi de Blaine le Mono, suffocant, les enveloppait de toutes parts.

— Je *peux* vous traiter de créature perfide qui a laissé se suicider son unique compagne, vous traiter de lâche qui s'est délecté de la torture des simples d'esprit et du massacre des innocents, un lutin mécanique perdu et geignant qui...

— JE VOUS ORDONNE DE VOUS TAIRE OU JE VOUS TUE À L'INSTANT !

Les yeux de Roland flamboyèrent d'un tel éclat sauvage et bleu qu'Eddie recula, se recroquevillant sur son siège. Il entendit vaguement Jake et Susannah haleter.

— *Tuez-nous si ça vous chante, mais ne me donnez pas d'ordres !* rugit le pistolero. *Vous avez oublié les visages de ceux qui vous ont fait ! Décidez-vous : ou vous nous tuez ou vous la bouclez et m'écoutez, moi, Roland de Gilead, fils de Steven, pistolero et seigneur des vieilles terres ! Je n'ai pas parcouru tous ces kilomètres et toutes ces années pour entendre votre puéril babillage ! À présent, vous allez M'écouter !*

Il y eut un moment de silence choqué. Nul ne respirait plus. Roland fixa le vide devant lui avec sévérité, tête levée, la main sur la crosse de son revolver.

Susannah Dean porta la main à la bouche et y perçut un léger sourire, de la même façon qu'une femme tâtonne pour toucher un accessoire neuf — un chapeau, par exemple —, afin de s'assurer qu'il est toujours d'aplomb. Elle craignait que la scène qui se déroulait ne fût le terme de son existence ; toutefois, pour l'heure, le sentiment qui dominait son cœur n'était pas de la peur mais de la fierté. Elle jeta un coup d'œil sur sa gauche et vit Eddie considérer Roland avec un sourire ébahi. L'expression de Jake était encore plus simple : c'était de l'adoration à l'état pur.

— Dis-lui ! souffla le gamin. Vas-y ! Tout de suite !

— Vous feriez mieux de faire gaffe, déclara Eddie. Il ne fait pas le détail, Blaine. Ce n'est pas pour des prunes qu'on le surnommait le Chien fou de Gilead.

— C'EST AINSI QU'ON VOUS SURNOMMAIT, ROLAND, FILS DE STEVEN ?

— C'est possible, opina le pistolero, calmement dressé sur une mince couche d'air au-dessus des contreforts stériles.

— DE QUELLE UTILITÉ M'ÊTES-VOUS SI VOUS REFUSEZ DE ME POSER DES DEVINETTES ?

À présent, Blaine ressemblait à un gamin ronchonneur, boudeur, à qui on a permis de veiller trop longtemps après son heure de coucher habituelle.

— Je n'ai pas dit que nous refusions, déclara Roland.

— NON ? (Blaine parut désorienté.) JE NE COMPRENDS PAS. POURTANT, L'ANALYSE DE LA VOIX INDIQUE UN DISCOURS RATIONNEL. EXPLIQUEZ-VOUS, S'IL VOUS PLAIT.

— Vous avez dit que vous les vouliez *tout de suite. Voilà* ce que je refusais. Votre impatience était inconvenante.

— JE NE COMPRENDS PAS.

— Vous vous êtes montré grossier. Vous comprenez *ça* ?

Il y eut un long silence pensif. Puis :

— SI CE QUE J'AI DIT VOUS A PARU GROSSIER, JE VOUS PRÉSENTE MES EXCUSES.

— Je les accepte, Blaine. Mais il y a un problème autrement plus coton.

— EXPLIQUEZ-VOUS.

Blaine semblait à présent moins sûr de lui, et Roland, en vérité, n'en était pas surpris. Cela faisait des lunes que l'ordinateur n'avait connu, de la part des humains, qu'ignorance, laisser-aller et servilité superstitieuse. S'il avait jamais été confronté au courage, c'était il y avait belle lurette.

— Refermez le compartiment et je le ferai.

Roland se rassit, comme si la poursuite du débat — et la perspective d'une mort immédiate — était désormais impensable.

Blaine obtempéra. Les murs se remplirent de couleur et le paysage de cauchemar fut aussitôt occulté. Le tracé sur la carte clignotait désormais près du point qui indiquait Candleton.

— D'accord, dit Roland. La grossièreté est pardonnable, Blaine ; c'est ce qu'on m'a enseigné dans ma jeunesse, et l'argile a séché dans les moules façonnés par la main de l'artiste. Mais on m'a également appris que la sottise, elle, ne l'était pas.

— EN QUOI AI-JE FAIT MONTRE DE SOTTISE, ROLAND DE GILEAD ?

La voix de Blaine avait une douceur menaçante. Susannah pensa soudain à un chat tapi à l'entrée d'un trou de souris, battant de la queue, ses yeux d'émeraude brillant.

— Nous possédons quelque chose que vous désirez, mais la seule récompense que vous nous offrez en échange est la mort. C'est de la *dernière* stupidité.

Il y eut un long, long silence tandis que Blaine réfléchissait aux paroles du pistolero, puis :

— CE QUE VOUS DITES EST VRAI, ROLAND DE GILEAD. MAIS LA QUALITÉ DE VOS DEVINETTES RESTE ENCORE À PROUVER. JE NE VEUX PAS VOUS RÉCOMPENSER EN VOUS LAISSANT LA VIE SAUVE POUR DE MAUVAISES DEVINETTES.

Roland opina.

— Je suis d'accord avec vous, Blaine. Maintenant, écoutez-moi, et tâchez de comprendre. J'en ai déjà parlé à mes amis. Du temps de mon enfance dans la Baronnie de Gilead avaient lieu sept foires par an — l'Hiver, la Terre vaste, les Semailles, la Mi-Été, la Terre gravide, les Vendanges et le Terme de l'Année. Les devinettes, si elles tenaient une place importante dans chacune, constituaient cependant l'événement majeur de la Foire de la Terre vaste et de la Foire de la Terre gravide ; les devinettes qui y étaient dites étaient supposées augurer en bien ou en mal du succès des récoltes.

— C'EST DE LA SUPERSTITION, FONDÉE SUR RIEN, EN FAIT. JE TROUVE CELA ENNUYEUX ET AFFLIGEANT.

— Bien sûr que c'est de la superstition, mais vous pourriez être étonné de la justesse avec laquelle les devinettes prévoyaient les récoltes. Par exemple, devinez ça, Blaine : Quelle différence y a-t-il entre la reinette de Pierre et un grenier à blé ?

— ELLE EST ARCHI-ÉCULÉE ET PAS TRÈS INTÉRESSANTE. (Blaine, toutefois, semblait heureux d'avoir quelque chose à se mettre sous la dent.) L'UNE EST UNE POMME DE SAINT, L'AUTRE UNE SOMME DE PAINS. UNE DEVINETTE BASÉE SUR UNE COÏNCIDENCE PHONÉTIQUE. UNE AUTRE DU MÊME TONNEAU, DITE AU NIVEAU QUI CONTIENT LA BARONNIE DE NEW YORK, EST AINSI FORMULÉE : QUELLE DIFFÉRENCE Y A-T-IL ENTRE UN AVARE ET UN PRÊTRE ?

Jake prit la parole.

— Notre professeur d'anglais nous l'a dite cette année. Un avare aime les sous et déteste la chère ; un prêtre déteste les sous et aime la chaire.

— OUI. UNE DEVINETTE DES PLUS STUPIDES.

— Pour une fois, je suis d'accord avec vous, Blaine, mon poteau, dit Eddie.

— J'AIMERAIS EN APPRENDRE DAVANTAGE SUR LES CONCOURS DE DEVINETTES DES FOIRES DE GILEAD, ROLAND, FILS DE STEVEN. JE TROUVE ÇA TOUT À FAIT INTÉRESSANT.

— À midi, lors des Foires de la Terre vaste et de la Terre gravide, entre seize et trente joueurs se réunissaient dans le Hall des Ancêtres, qu'on ouvrait pour l'occasion. C'étaient les seules fois de l'année où le menu peuple — boutiquiers, fermiers, ranchers et autres — était autorisé à pénétrer dans le Hall des Ancêtres et, ces jours-là, *tous* y venaient.

Les yeux du pistolero étaient lointains et rêveurs ; c'était l'expression que Jake avait vue sur son visage dans cette autre vie brumeuse, lorsque Roland lui avait dit comment lui et ses amis, Cuthbert et Jamie, s'étaient un jour faufilés sur le balcon de ce même Hall pour regarder une sorte de danse rituelle. Jake et Roland gravissaient les montagnes, talonnant Walter, quand le pistolero avait évoqué cette époque-là.

Marten était assis avec mon père et ma mère, avait dit Roland. *Je n'avais pas de mal à les reconnaître, même de si haut — et il a dansé avec elle, lent tournoiement. Les autres leur ont laissé la piste et ont applaudi à la fin. Les pistoleros se sont abstenus d'applaudir...*

Jake observa Roland avec curiosité, se demandant une fois encore d'où était venu cet homme étrange et distant... et pourquoi.

— Un grand tonneau était placé au centre du plancher, poursuivit Roland, et chaque joueur y jetait une poignée de rouleaux d'écorce sur lesquels figuraient des devinettes. Quelques-unes étaient vieilles, ils les tenaient des aînés — dans certains cas, même, ils les avaient piochées dans des livres —, mais nombre d'entre elles étaient nouvelles, inventées pour l'occasion. Trois juges, dont l'un était toujours un pistolero, rendaient leur verdict quand on les disait à haute voix, et elles n'étaient acceptées que s'ils les trouvaient bonnes.

— OUI. UNE DEVINETTE DOIT ÊTRE BONNE.

— Ainsi donc, ils jouaient aux devinettes. (Un léger sourire éclaira la bouche de Roland tandis qu'il se remémorait ces jours-là, quand il avait l'âge du garçon contusionné assis en face de lui, un bafouilleux sur les genoux.) Ils jouaient des heures d'affilée. On formait un rang au centre du Hall des Ancêtres. La position de chacun y était déterminée par tirage au sort, et étant donné qu'il valait beaucoup mieux être en bout de rang qu'en début, chacun espérait tirer un nombre élevé, bien que le gagnant eût à répondre correctement à une devinette au moins.

— BIEN SÛR.

— À tour de rôle, hommes et femmes — car certains des meilleurs joueurs de Gilead étaient des personnes du sexe — s'approchaient du tonneau, tiraient une devinette et la tendaient au Maître. Le Maître posait la question, et si la devinette n'était toujours pas trouvée après que le sable eut coulé trois minutes dans un verre, le joueur devait sortir du rang.

— ET POSAIT-ON LA MÊME DEVINETTE AU SUIVANT ?

— Oui.

— ALORS, CELUI-CI AVAIT DAVANTAGE DE TEMPS POUR RÉFLÉCHIR.

— Oui.

— JE VOIS. ÇA A L'AIR CHOUETTE.

Roland se renfrogna.

— Chouette ?

— Il veut dire amusant, dit posément Susannah.

Roland haussa les épaules.

— Pour les spectateurs, peut-être, mais les participants prenaient l'affaire très au sérieux ; des disputes et des combats aux poings éclataient très souvent une fois la compétition terminée et le prix remis.

— C'ÉTAIT QUOI, LE PRIX ?

— La plus grosse oie de la Baronnie. Et, année après année, Cort, mon précepteur, rapportait ladite oie chez lui.

— CE DEVAIT ÊTRE UN FAMEUX JOUEUR, dit Blaine avec respect. J'AIMERAIS QU'IL SOIT LÀ.

Moi aussi, pensa Roland.

— Maintenant, j'en arrive à ma proposition.

— JE L'ÉCOUTERAI AVEC GRAND INTÉRÊT, ROLAND DE GILEAD.

— Que les prochaines heures soient notre Jour de Foire. Vous n'allez pas nous poser des devinettes, car vous souhaitez en entendre de nouvelles, ni en raconter certaines de ces millions que vous devez connaître...

— CORRECT.

— Nous ne pourrions en résoudre la plupart, de toute façon. Je suis sûr que vous en connaissez qui eussent collé Cort lui-même si elles avaient été tirées du tonneau.

Roland n'en aurait pas donné sa tête à couper ; cependant, l'heure avait sonné de jeter l'éponge et d'offrir le calumet de la paix.

— BIEN SÛR.

— Je propose que, en lieu et place d'une oie, ce soient nos vies qui constituent le prix. Nous allons vous poser des devinettes tandis que nous roulons, Blaine. Si, quand nous atteindrons Topeka, vous avez résolu chacune d'entre elles, vous pourrez mettre votre plan originel à exécution et nous tuer. Ce sera votre oie. Mais si c'est *nous* qui *vous* collons, s'il y a une devinette, dans le livre de Jake ou dans notre tête, que vous ne connaissez pas et à laquelle vous ne savez répondre, vous devrez nous emmener à Topeka, puis nous libérer pour que nous poursuivions notre quête. Ce sera *notre* oie.

Silence.

— Vous comprenez ?

— OUI.

— Vous êtes d'accord ?

Silence plus grand encore de la part de Blaine le Mono. Eddie, raide sur son siège, un bras passé autour de Susannah, contemplait le plafond du Compartiment de la Baronnie. La jeune femme pressait sa main gauche contre son ventre, songeant au secret qui y grandissait peut-être. Jake caressait la fourrure d'Ote d'un doigt léger, évitant les nœuds sanglants là où le bafouilleux avait reçu des coups de poignard. Ils attendirent que Blaine — le véritable Blaine, à présent loin derrière eux, vivant sa semi-vie sous une cité dont tous les habitants gisaient morts de sa main — réfléchisse à la proposition de Roland.

— OUI, dit-il enfin. JE SUIS D'ACCORD. SI JE RÉSOUS TOUTES LES DEVINETTES QUE VOUS ME POSEREZ, JE VOUS EMMÈNERAI AVEC MOI À L'ENDROIT OÙ S'ACHÈVE LE CHEMIN DANS LA CLAIRIÈRE. SI L'UN DE VOUS ME POSE UNE DEVINETTE QUE JE NE SAIS PAS RÉSOUDRE, J'ÉPARGNERAI VOS VIES ET VOUS MÈNERAI À TOPEKA, OÙ VOUS QUITTEREZ LE MONORAIL ET CONTINUEREZ VOTRE QUÊTE DE LA TOUR SOMBRE. AI-JE BIEN COMPRIS LES TERMES ET LES LIMITES DE VOTRE PROPOSITION, ROLAND, FILS DE STEVEN ?

— Oui.

— TRÈS BIEN, ROLAND DE GILEAD.

« TRÈS BIEN, EDDIE DE NEW YORK.

« TRÈS BIEN, SUSANNAH DE NEW YORK.

« TRÈS BIEN, JAKE DE NEW YORK.

« TRÈS BIEN, OTE DE L'ENTRE-DEUX-MONDES.

Ote leva brièvement les yeux en entendant son nom.

— VOUS ÊTES UN *KA-TET* ; UN FAIT DE PLUSIEURS. MOI AUSSI. LEQUEL EST LE PLUS FORT, VOILÀ CE QUE NOUS DEVONS À PRÉSENT PROUVER.

Il y eut un moment de silence, uniquement rompu par l'incessant martèlement des moteurs à transmission lente qui les transportaient à travers les Terres perdues, les transportaient vers Topeka, l'endroit où s'achevait l'Entre-Deux-Mondes et où commençait le Monde ultime.

— EH BIEN, cria la voix de Blaine, JETEZ VOS FILETS, VAGABONDS ! METTEZ-MOI À L'ÉPREUVE DE VOS QUESTIONS, ET QUE LA JOUTE COMMENCE !

POSTFACE

Le quatrième volume du récit de *La Tour Sombre* devrait paraître — toujours en supposant constants la vie de l'écrivain et l'intérêt du lecteur — dans un avenir pas trop lointain. Difficile d'être plus précis que ça ; trouver les portes menant au monde de Roland n'a jamais été pour moi du nanan, et il semble qu'il faille tailler et tailler encore le bois pour adapter clés et serrures successives. Mais baste...' si les lecteurs veulent un quatrième volume, on le leur donnera — je *suis* encore capable de trouver le monde de Roland si je m'y consacre corps et âme; j'en suis toujours l'esclave, davantage, à bien des égards, que de tous les autres mondes que j'ai parcourus en imagination. Et, à l'instar de ces mystérieux moteurs à transmission lente, cette histoire, semble-t-il, accélère à ses propres cadence et rythme.

Je suis tout à fait conscient que certains lecteurs seront mécontents de la fin de *Terres perdues* — tant d'énigmes demeurent irrésolues. Je ne suis pas très satisfait moi-même de laisser Roland et ses compagnons aux soins pas affectueux affectueux de Blaine le Mono, et bien que vous ne soyez pas obligés de me croire, je dois cependant souligner que j'ai été aussi surpris qu'ont pu l'être quelques-uns de mes lecteurs par la conclusion de ce troisième volume. Mais il faut accorder aux livres qui s'écrivent tout seuls (comme ç'a été le cas de celui-là, pour l'essentiel) le droit de s'achever tout seuls, et je puis seulement vous assurer, lecteurs, que Roland et sa bande sont arrivés à une étape frontière cruciale de leur histoire, et nous devons les abandonner un moment à la douane pour qu'ils répondent à des questions et remplissent des formulaires. Tout ce qui précède n'est qu'une façon métaphorique de dire que le récit était, une fois encore, parvenu à son terme provisoire et que mon cœur a été assez sage pour m'empêcher de tenter d'aller plus avant.

Le déroulement du prochain volume est encore flou, même si

je peux vous affirmer que la question de Blaine le Mono sera réglée, que nous en apprendrons plus sur la jeunesse de Roland et referons connaissance tant avec l'Homme Tic-Tac qu'avec cet intriguant personnage répondant au nom de l'Enchanteur, ou l'Étranger sans âge. C'est sur ce personnage terrible et énigmatique que Robert Browning fait commencer son poème épique « Le Chevalier Roland s'en vint à la Tour noire », disant de lui :

Je pensai tout d'abord : il ment à chaque mot,
Cet estropié chenu, à l'œil plein de malice
Détourné pour épier l'effet de son mensonge
Sur mes yeux, et dont la bouche pouvait à peine
Cacher la joie qui la plissait et la ridait
Devant une victime encore ainsi gagnée[1].

C'est ce menteur plein de malice, ce magicien sombre et puissant qui détient la véritable clé du Monde ultime et de la Tour Sombre... pour ceux qui possèdent suffisamment de courage pour la saisir.

Et pour ceux qui restent.

Bangor, Maine
5 mars 1991

1. *Op. cit. (N.d.T)*

Table des matières

Composition effectuée par BUSSIÈRE
Tirage sur presse CAMERON
en février 1999
par ***Bussière Camedan Imprimeries***
à Saint-Amand-Montrond (Cher)
pour le compte de France Loisirs, Paris

N° d'édition : 30978. N° d'impression : 990457/4.
Dépôt légal : novembre 1994.